中国当代文学名篇选读

(第四版)

张学正 主编

南开大学出版社
天 津

图书在版编目(CIP)数据

中国当代文学名篇选读／张学正主编. —4版. —天津：南开大学出版社，2013. 5
 ISBN 978-7-310-04151-0

Ⅰ. ①中… Ⅱ. ①张… Ⅲ. ①中国文学－当代文学－作品综合集 Ⅳ. ①I217. 1

中国版本图书馆 CIP 数据核字（2013）第 068573 号

版权所有　侵权必究

南开大学出版社出版发行
出版人：孙克强
地址：天津市南开区卫津路94号　邮政编码：300071
营销部电话：(022) 23508339　23500755
营销部传真：(022) 23508542　邮购部电话：(022) 23502200

*

天津泰宇印务有限公司印刷
全国各地新华书店经销

*

2013年5月第4版　2013年5月第21次印刷
210×148毫米　32开本　28.375印张　814千字
定价：53.00元

如遇图书印装质量问题，请与本社营销部联系调换，电话：(022) 23507125

本版参编人员

主　编
张学正

撰稿人
（以姓氏笔画为序）

万镜明　田旭修　李丽中
李润霞　宋宝珍　张志英
张学正　耿传明　商瑞芹

前　言

　　世界是多元的,流动的;作为人的意识与情感载体的文学更是五彩缤纷,变幻无穷。

　　由于特殊的政治、经济、文化背景,以 1949 年新中国成立为开端的大陆地区的中国当代文学具有更为复杂的性质:有继承"五四"传统的现实主义文学,接续延安革命精神的工农兵文学,表现新时代、新人物的社会主义现实主义文学,尝试突破政治与文学禁忌的"百花"文学,为浮夸的"大跃进"运动造势的"革命浪漫主义"文学,"艺术民主"召唤下产生的"现实主义深化"文学,宣扬"阶级斗争为纲"的完全政治化、样板化的极左文学,还有"文化大革命"后直面人生、反思历史的伤痕文学、反思文学、改革文学、知青文学,张扬人性、人道主义的"人的文学",以及自 20 世纪 80 年代始至今体现开放、变革观念的多元并举、多元互补、多元交融的多元化文学。中国当代文学就是这样一条多色的流动的大河。

　　中国当代文学已走过 60 余年的历程。就大陆文坛而言,时而艳阳高照,时而风雨交加,时而万木萧索,时而繁花似锦。这是一个既有坎坷、凋敝和血泪,又有抗争、创造和辉煌的文学时代。特别是进入改革开放的新时期以来,更是新人辈出,新作如林,思潮迭起,流派纷呈。面对着乱花迷眼的文坛,人们急切地期待能有一本可读的中国当代文学作品选。

　　近年来,当代文学作品的选家蜂起,选本众多。这里谈谈《中国当代文学名篇选读》的编选原则和设想。

　　第一,为体现"大中华"的理念,《选读》以大陆地区作家作品为主,同时选收了中国台湾、香港等地的一些作家作品。

第二,文学教学与文学欣赏兼顾。选收作家作品时,既要照顾到在当代文学发展史上曾产生过重要影响的,体现不同时期,不同地域,不同思潮流派,不同题材、体裁、风格的作家作品,又要考虑到广大读者所喜爱的一些名篇佳作,从而使《选读》具有文学教材与文学读本的双重品格。

所选作品应是经过历史严格筛选的文学精品,是思想性与艺术性高度统一的作品,是评家与读者公认的优秀作品,其中多数可以传世。

第三,对于那些弘扬爱国主义精神,认同民主、科学、公平、正义普世价值,体现爱与善人道主义情怀,直面现实,反思历史,有助于全民族思想启蒙的作品,我们将予以特别推荐。

第四,给创新者以突出地位。对于那些在艺术上有新追求、新实验、新探索、新突破的作家作品,我们将给予特别的关注。

第五,对于那些具有鲜明的艺术个性但又引起了较大争议的作品,我们也适当选收,以便让读者对这些作品进行辨析和思考,得出自己的结论。

第六,本着少而精的原则,加之仅一册的篇幅限制,所以除个别作家外,一般一位作家只有一篇(部)作品入选。

在体例方面,我们有以下设想:

第一,收入的作品分三种情况处理:一是全文选收,二是节选(或选场),三是存目。所选作品尽可能注明其原始出处,以了解作品的创作年代和发表年代。

第二,"作者简介",介绍作家的基本资料和生平创作概况。

第三,"作品简析",对作品的创作背景、思想内涵、艺术特色、历史地位和有关论争等进行简明扼要的述介与评点,有一定导读的性质。

第四,每类作品基本上按发表的时间顺序排列,有的为了阅读方便,将相关思潮、流派的作家作品编排在一起。

第五,书末存两个附录:附录(一):中国当代文学思潮纪事,概略叙述中国当代文学60余年的发展道路,为读者理解作家作品提供一个较完整、系统的文学背景资料;附录(二):中国当代文学自学参考书目,介绍有关中国当代文学的文学史著作、作品选本、工具书等,供读者学习、研究时参考。

《选读》从1984年出版至今近30年来,先后修订过三次,重印20次,累计印数达10余万册,并被教育部推荐为全国高校文科教材。对于部、校、院领导、南开大学出版社和广大读者给予我们的关心和支持,谨表由衷的谢意。

在本次修订《选读》的过程中,我们曾得到许多作家、评论家和学者的帮助与鼓励,参考并吸收了从事当代文学教学与研究的同仁的学术成果,在此要予以特别的说明与感谢。

张学正
2013年3月31日于南开园

目 录

前言 ································· 张学正(1)

· 诗 歌 ·

吐鲁番情歌(二首) ···················· 闻 捷(3)
草木篇 ······························ 流沙河(10)
桂林山水歌 ·························· 贺敬之(14)
团泊洼的秋天 ······················· 郭小川(20)
乡愁 ································ 余光中(26)
你的名字 ···························· 纪 弦(32)
冬 ·································· 穆 旦(37)
古罗马的大斗技场 ···················· 艾 青(45)
悼念一棵枫树 ························ 牛 汉(55)
小草在歌唱
　　——悼女共产党员张志新烈士 ······ 雷抒雁(61)
相信未来 ···························· 食 指(72)
回答 ································ 北 岛(77)
祖国呵,我亲爱的祖国 ················ 舒 婷(83)
短诗三首 ···························· 顾 城(88)
纪念碑 ······························ 江 河(93)
雪白的墙 ···························· 梁小斌(98)

1

飞天(《敦煌》组诗之三)…………………………………杨　炼(102)
独白(《女人》组诗之一)…………………………………翟永明(106)
划呀,划呀,父亲们!
　　——献给新时期的船夫 …………………………昌　耀(111)
山民 …………………………………………………………韩　东(118)
芸芸众生·罗家生 …………………………………………于　坚(121)
面朝大海,春暖花开 ………………………………………海　子(126)
帕斯捷尔纳克 ………………………………………………王家新(130)

·散　文　报告文学·

社稷坛抒情 …………………………………………………秦　牧(137)
日出 …………………………………………………………刘白羽(145)
荔枝蜜 ………………………………………………………杨　朔(151)
远的怀念 ……………………………………………………孙　犁(156)
怀念萧珊 ……………………………………………………巴　金(162)
空间 …………………………………………………………曾敏之(174)
干校六记·下放记别 ………………………………………杨　绛(180)
丑石 …………………………………………………………贾平凹(189)
榕树,生命进行曲 …………………………………………刘再复(194)
大唐的太阳,你沉沦了吗? ………………………………王英琦(202)
蝉声 …………………………………………………………郭　枫(208)
我与地坛 ……………………………………………………史铁生(213)
苏东坡突围 …………………………………………………余秋雨(233)

谁是最可爱的人 ……………………………………………魏　巍(249)
在桥梁工地上(节选) ………………………………………刘宾雁(256)
哥德巴赫猜想(节选) ………………………………………徐　迟(272)
唐山大地震(节选)
　　——"7·28"劫难十周年祭 …………………………钱　钢(297)
伐木者,醒来!(存目) ………………………………………徐　刚(308)

2

·戏 剧·

十五贯(存目)⋯⋯⋯⋯⋯⋯浙江省昆苏剧团《十五贯》整理小组(315)
茶馆⋯⋯⋯⋯⋯⋯⋯⋯⋯⋯⋯⋯⋯⋯⋯⋯⋯⋯⋯⋯老 舍(318)
关汉卿(选场)⋯⋯⋯⋯⋯⋯⋯⋯⋯⋯⋯⋯⋯⋯⋯田 汉(378)
蔡文姬(存目)⋯⋯⋯⋯⋯⋯⋯⋯⋯⋯⋯⋯⋯⋯⋯郭沫若(390)
刘三姐(存目)⋯⋯⋯⋯⋯⋯柳州《刘三姐》创作小组创编(394)
陈毅市长(选场)⋯⋯⋯⋯⋯⋯⋯⋯⋯⋯⋯⋯⋯⋯沙叶新(396)
屋外有热流(存目)⋯⋯⋯⋯⋯⋯马中骏 贾鸿源 瞿新华(404)
红白喜事(存目)⋯⋯⋯⋯魏敏(执笔) 孟冰 李冬青 林朗(407)
野人(选场)⋯⋯⋯⋯⋯⋯⋯⋯⋯⋯⋯⋯⋯⋯⋯⋯高行健(410)
潘金莲(选场)
　　——一个女人的沉沦史⋯⋯⋯⋯⋯⋯⋯⋯⋯魏明伦(433)
狗儿爷涅槃(存目)⋯⋯⋯⋯⋯⋯⋯⋯⋯⋯⋯⋯⋯锦 云(452)
曹操与杨修(选场)⋯⋯⋯⋯⋯⋯⋯⋯⋯⋯⋯⋯⋯陈亚先(455)
天下第一楼(存目)⋯⋯⋯⋯⋯⋯⋯⋯⋯⋯⋯⋯⋯何冀平(474)
有一种毒药(存目)⋯⋯⋯⋯⋯⋯⋯⋯⋯⋯⋯⋯⋯万 方(477)
窝头会馆(存目)⋯⋯⋯⋯⋯⋯⋯⋯⋯⋯⋯⋯⋯⋯刘 恒(482)

·小 说·

登记⋯⋯⋯⋯⋯⋯⋯⋯⋯⋯⋯⋯⋯⋯⋯⋯⋯⋯⋯赵树理(489)
百合花⋯⋯⋯⋯⋯⋯⋯⋯⋯⋯⋯⋯⋯⋯⋯⋯⋯⋯茹志鹃(513)
李双双小传(存目)⋯⋯⋯⋯⋯⋯⋯⋯⋯⋯⋯⋯⋯李 準(523)
永远的尹雪艳⋯⋯⋯⋯⋯⋯⋯⋯⋯⋯⋯⋯⋯⋯⋯白先勇(526)
班主任(节选)⋯⋯⋯⋯⋯⋯⋯⋯⋯⋯⋯⋯⋯⋯⋯刘心武(541)
乔厂长上任记(存目)⋯⋯⋯⋯⋯⋯⋯⋯⋯⋯⋯⋯蒋子龙(554)
爱,是不能忘记的⋯⋯⋯⋯⋯⋯⋯⋯⋯⋯⋯⋯⋯⋯张 洁(557)
陈奂生上城⋯⋯⋯⋯⋯⋯⋯⋯⋯⋯⋯⋯⋯⋯⋯⋯高晓声(573)
春之声⋯⋯⋯⋯⋯⋯⋯⋯⋯⋯⋯⋯⋯⋯⋯⋯⋯⋯王 蒙(585)
受戒⋯⋯⋯⋯⋯⋯⋯⋯⋯⋯⋯⋯⋯⋯⋯⋯⋯⋯⋯汪曾祺(597)

3

高女人和她的矮丈夫	冯骥才	(615)
哦,香雪	铁　凝	(627)
棋王(节选)	阿　城	(640)
铁木前传(节选)	孙　犁	(658)
人到中年(节选)	谌　容	(684)
北方的河(节选)	张承志	(702)
绿化树(节选)	张贤亮	(716)
你别无选择(节选)	刘索拉	(734)
爸爸爸(节选)	韩少功	(750)
红高粱(节选)	莫　言	(764)
顽主(节选)	王　朔	(782)
一地鸡毛(节选)	刘震云	(800)
红旗谱(节选)	梁　斌	(815)
创业史(存目)	柳　青	(833)
又见棕榈,又见棕榈(存目)	於梨华	(837)
古船(存目)	张　炜	(840)
活动变人形(存目)	王　蒙	(843)
平凡的世界(存目)	路　遥	(845)
活着(存目)	余　华	(849)
白鹿原(存目)	陈忠实	(853)
长恨歌(存目)	王安忆	(858)
私人生活(存目)	陈　染	(863)
秦腔(存目)	贾平凹	(866)

附录(一)　中国当代文学思潮纪事(1949—2012)……………(871)
附录(二)　中国当代文学自学参考书目……………………(887)
后记……………………………………………………………(892)

诗 歌

傳奇

吐鲁番情歌(二首)*

闻 捷

夜莺飞去了

夜莺飞去了,
带走迷人的歌声;
年轻人走了,
眼睛传出留恋的心情。

夜莺飞向天边,
天边有秀丽的白桦林;
年轻人翻过天山,
那里是金色的石油城。

夜莺飞向天空,
回头张望另一只夜莺;
年轻人爬上油塔,
从彩霞中瞭望心上的人。

夜莺怀念吐鲁番,
这里的葡萄甜,泉水清;
年轻人热爱故乡,
故乡的姑娘美丽又多情。

---

* 原载《人民文学》1955年第3期。

夜莺还会飞来的,
那时候春天第二次降临;
年轻人也要回来的,
当他成为一个真正矿工。

舞会结束以后

深夜,舞会结束以后,
忙坏年轻的琴师和鼓手,
他们伴送吐尔地汗回家,
一个在左,一个在右……

琴师踩得落叶沙沙响,
他说:"葡萄吊在藤架上,
我这颗忠诚的心呵,
吊在哪位姑娘辫子上?"

鼓手碰得树枝哗哗响,
他说:"多少聪明的姑娘!
她们一生的幸福呵,
就决定在古尔邦节①晚上。"

姑娘心里想着什么?
她为什么一声不响?
琴师和鼓手闪在姑娘背后,
嘀咕了一阵又慌忙追上——

---

① 即宰牲节,在这一天,伊斯兰教徒要宰羊感谢真主。

"你心里千万不必为难,
三弦琴和手鼓由你挑选……"
"你爱听我敲一敲手鼓?"
"还是爱听我拨动琴弦?"

"你的鼓敲得真好,
年轻人听见就想尽情地跳;
你的琴弹得真好,
连夜莺都羞得不敢高声叫。"

琴师和鼓手困惑地笑了,
姑娘的心难以捉摸到:
"你到底爱琴还是爱鼓?
你难道没有做过比较?"

"去年的今天我就做了比较,
我的幸福也在那天决定了,
阿西尔已把我的心带走,
带到乌鲁木齐发电厂去了。"

1952年—1954年
乌鲁木齐—北京

(选自《闻捷诗选》,人民文学出版社1979年版)

【作者简介】

　　闻捷(1923～1971),原名赵文节,江苏省丹徒县人。小学毕业后,曾在南京一家煤厂当学徒。抗战初期,在武汉参加抗日救亡演剧活动。1940年到延安,曾在陕北公学学习,后来一直在文艺部门和报社工作。1944年开始写作,写过通讯、散文、诗歌、小说、剧本等。解放战争期间,参加过解放西北的战斗。建国后,曾任新华社新疆分社社长。1955年陆续在《人民文学》上发表赞颂新疆各民族新生活的诗作,后结集为

《天山牧歌》出版。之后到东海沿岸和甘肃深入生活,出版了诗集《东风吹动黄河浪》、《祖国,光辉的十月》等。1959年开始发表长篇叙事诗《复仇的火焰》第一部《动荡的年代》,1962年发表第二部《叛乱的草原》,第三部只发表了部分章节,其作散佚。

闻捷1961年到上海作家协会从事专业创作。"文革"期间被迫害致死,粉碎"四人帮"后恢复名誉。1979年,人民文学出版社编辑出版了《闻捷诗选》。

【作品简析】

《吐鲁番情歌》是《天山牧歌》的五个组诗之一,包括《苹果树下》、《夜莺飞去了》、《葡萄成熟了》、《舞会结束以后》、《金色的麦田》、《告诉我》、《种瓜姑娘》等七首抒情短章。这些爱情诗以解放后吐鲁番地区青年男女的具有特色的爱情生活为题材,揭示了新时代、新生活在青年人恋爱观和精神境界上引起的深刻变化。这组情诗,像甘美的山泉,像闪光的雪山,给人以美的陶冶,发表后,立即吸引了广大读者。《吐鲁番情歌》是当代诗坛上的一颗明珠。

《夜莺飞去了》是通过思绪的流动抒写恋情。第一节和第二节,叙述一位吐鲁番的年轻人,为了实现建设"金色的石油城"的理想,怀着无限留恋的心情,辞别了家乡和心爱的姑娘,翻过天山,去参加大西北石油工业建设。第三节和第四节,写爬上油塔干活的年轻人看到天边的彩霞而触发的情思:登高望远,美丽的云霞不禁使他想起离别已久的可爱的故乡和正在热恋着的可爱的姑娘。空间距离造成了强烈的思念,也造成了情感上失与得的矛盾。为实现当石油工人的理想,必须远离心上人;然而理想与爱情,均是他不能舍弃的追求对象,小伙子的思绪起了波澜。新时代、新生活引起的这一心理矛盾,在收尾的一节得以圆满解决。小伙子没有放弃对真挚爱情的追求,也没有放弃对创造新生活的理想的追求,他只是暗暗下决心:"当他成为一个真正矿工"的时候,再重返故乡,回到心爱的姑娘身边。高尚的精神境界化解了这一心理矛盾。

纯洁高尚的情感和动人的绵绵情思,通过美的形象、美的形式显示出来,使这首小诗有着很强的艺术魅力。

诗人选择了"夜莺"、"白桦林"、"天山"、"金色的石油城"、"彩霞"、"葡萄"、"泉水"、美丽多情的"姑娘"等意象,构成了色彩明丽的画面。情缘景而发,景因情而媚,真情真景,感人至深。

赋、比、兴手法的妙用,加强了诗情的表现力和感染力。兴者,感物起兴,以他物引起所咏之物。本诗借"夜莺"起兴:"夜莺飞去了",引出"年轻人走了";夜莺飞向"秀丽的白桦林",引出年轻人去寻找"金色的石油城";夜莺在天空"回头张望另一只夜莺",引出年轻人在油塔上"从彩霞中瞭望心上的人";"夜莺怀念吐鲁番",引出年轻人思念故乡和恋人;夜莺在春天要飞回,引出年轻人当上矿工后"也要回来"。用"夜莺"这个意象,不仅有起兴的意思,还暗含着一种比喻。夜莺有着"迷人的歌声",有美好的追求,而且十分多情,时刻不忘故乡,恰好用来比喻具有高尚情操的年轻人,以及他对故乡与心上人的依恋。虚写夜莺,实写年轻人。夜莺形象的反复出现,使全篇具有一种回环往复的旋律美;回环的旋律,烘托出年轻人对"葡萄甜,泉水清"的吐鲁番故乡,对"美丽又多情"的姑娘的缠绵情思。贯穿始终的夜莺形象,给诗增添了美感和情韵。古诗《孔雀东南飞》中有"孔雀东南飞,五里一徘徊"的诗句,引出了一个悲惨的爱情故事。诗人借鉴了古诗的比兴手法,抒写了新时代青年男女的幸福爱情。诗人还擅长在抒情短章中用叙事与抒情相结合的表现手法,即把古代叙事诗"赋"的表现手法运用到抒情诗中,在赋的陈述式句型中穿插比兴,这样更适合表现人物隐秘、细腻的情感波动,更便于渲染场景以烘托人物的心理。这首诗就是用赋的手法构成简单的叙事框架,用比兴手法渲染场景、烘托气氛,以表现人物内在情感的流动,从而增强作品的艺术感染力,使其具有委婉蕴藉的美感。

这首二十行的抒情小诗,将时代的美、生活的美、精神的美、艺术的美熔铸成一个和谐的意境,在视觉上、听觉上、精神情操上给读者以怡悦。

《舞会结束以后》是一首具有喜剧色彩的爱情诗,描述的是一个姑娘如何巧妙应对两个追求者的趣事。诗人选择了求爱与拒绝求爱这个新鲜的视角,展现了新时代青年人美好的心灵、幸福的生活,以及高尚纯洁的爱情。

这首诗构思新颖,手法别致。诗人没有让男女主人公直接表白自己的爱情观,也避开了纯粹的客观叙述,人物的内心世界是通过富于戏剧性的动作和有特色的场景表现出来的。古尔邦节的深夜,舞会结束以后,在吐尔地汗姑娘回家的路上,出现了爱情生活中有喜剧色彩的场景:年轻的琴师和鼓手,利用伴送吐尔地汗回家的机会,"一个在左,一个在右",向姑娘吐露爱慕之情。诗人用笔之妙,在于用有限的笔墨,将人物的性格与心态刻画得活灵活现。从前三节的描述中,可以看出琴师和鼓手这两个小伙子求爱时的焦急而又腼腆的神态,风趣的表白还透露出难以掩饰的欣喜与自信;然而,追求的结果并不乐观,相接续的四节展示了情节发展中这一小小的波澜:当姑娘对二人求爱的话语没有反应时,两个小伙子再也无法沉住气,他们悄悄"闪在姑娘背后"商量下一步行动,两人"嘀咕了一阵又慌忙追上",不再绕弯子,也顾不上羞涩,急急忙忙追问姑娘:"你爱听我敲一敲手鼓?""还是爱听我拨动琴弦?"寥寥数语,将两个小伙子的憨厚淳朴,以及内心的急切慌乱,刻画得栩栩如生。姑娘的应对十分巧妙,她没有板起面孔正面拒绝,也没有嘻嘻哈哈地打趣,而是用动听的言辞称赞二人:"你的鼓敲得真好,/年轻人听见就想尽情地跳;/你的琴弹得真好,/连夜莺都羞得不敢高声叫。"琴师和鼓手听了这一回答,为"姑娘的心难以捉摸到"而更加"困惑",二人急不可耐地同时发问:"你到底爱琴还是爱鼓?/你难道没有做过比较?"诗人在此处制造了一个悬念,让读者迷惑不解,不知姑娘是委婉拒绝,还是同时爱上了两个,不好在其中作出选择,直到末尾一节才突然揭晓,原来姑娘早已有了心上人,那个叫阿西尔的小伙子已把姑娘的心"带到乌鲁木齐发电厂去了"。一个复杂的爱情纠葛,被姑娘用友好、机智的话语轻轻化解了。诗人用这种侧面描写的手法,烘托出吐尔地汗姑娘的聪明善良、真诚纯洁。

诗人善于将叙述、描写融为一体,如"琴师踩得落叶沙沙响"、"鼓手碰得树枝哗哗响",精练的语言,既写出了场景与动作,又烘托出深夜的寂静和求爱者内心的紧张慌乱。"琴师和鼓手闪在姑娘背后,/嘀咕了一阵又慌忙追上"也是以形传神之笔。

这首爱情诗汲取了戏剧艺术的表现手法,幽默、活泼、富有生活气息,给读者留下了鲜明的印象和无穷的回味。

这首小诗是闻捷抒情短诗中的佳作,充分显示了闻捷的艺术风格。闻捷是一个性情开朗的诗人,又有编剧、演剧的经验,他总是含着微笑看生活,将敏锐的目光投向生活中的新气象,投向人物变化细微的内心世界,借以歌颂改天换地的新时代和它所带来的工业建设的高潮。在20世纪50年代,像闻捷这样摄取生活中丰富多彩的小镜头,着意表现人物情感与心灵的轻型抒情诗并不多见,因而更显得珍贵。

(李丽中)

草　木　篇*

流沙河

寄言立身者，勿学柔弱苗。
　　　　　　——唐·白居易

白　杨

她，一柄绿光闪闪的长剑，孤伶伶地立在平原，高指蓝天。也许，一场暴风会把她连根拔去。但，纵然死了吧，她的腰也不肯向谁弯一弯！

藤

他纠缠着丁香，往上爬，爬，爬……终于把花挂上树梢。丁香被缠死了，砍作柴烧了。他倒在地上，喘着气，窥视着另一株树……

仙人掌

她不想用鲜花向主人献媚，遍身披上刺刀。主人把她逐出花园，也不给水喝。在野地里，在沙漠中，她活着，繁殖着儿女……

---

* 原载《星星》1957年1月号。

梅

在姐姐妹妹里,她的爱情来得最迟。春天,百花用媚笑引诱蝴蝶的时候,她却把自己悄悄地许给了冬天的白雪。轻佻的蝴蝶是不配吻她的,正如别的花不配被白雪抚爱一样。在姐姐妹妹里,她笑得最晚,笑得最美丽。

毒 菌

在阳光照不到的河岸,他出现了。白天,用美丽的彩衣,黑夜,用暗绿的磷火,诱惑人类。然而,连三岁孩子也不去采他。因为,妈妈说过,那是毒蛇吐的唾液……

(选自《星星》1957年1月号)

【作者简介】

流沙河(1931～　),原名余勋坦,四川省金堂县人。中学时期曾在成都进步报刊上发表诗歌、小说、杂文等。1949年考入四川大学农业化学系。1950年任《川西日报》及《川西农民报》副刊编辑。1952年5月调到四川省文联从事专业创作。《星星》创刊,任该刊编辑。1957年因发表《草木篇》而被错划为右派,并被开除公职。"文革"中仍受到不公正待遇,在家乡当锯木工。诗人被迫辍笔21年。1978年平反后调至金堂县文化馆工作,1979年10月《星星》复刊,被调回做编辑工作。

"文革"前,出版过诗集《告别星火》和《农村夜曲》。1979年以后,相继出版了《流沙河诗选》、《游踪》、《故园别》等诗集。组诗《故园六咏》获中国作家协会1979～1980年全国中、青年诗人优秀作品奖,诗集《流沙河诗选》获中国作家协会1979～1982年全国优秀新诗(诗集)一等奖。

流沙河的诗语浅而意深,感情细腻,耐人思索。

【作品简析】

《草木篇》是一组散文诗,由《白杨》、《藤》、《仙人掌》、《梅》、《毒菌》五个短章组成。篇首引白居易诗句以暗示诗人的用意。

《草木篇》的言外之意,是通过五种植物形象暗示出来的。"白杨"、"仙人掌"、"梅"是诗人褒奖的形象。"白杨"宁死也不肯弯腰;"仙人掌"遍身长刺,"她"在田地、沙漠繁殖后代;"梅"则把自己许给了冬天的白雪。从白杨的形象,读者看到的是革命者顶天立地的气概、宁死不屈的骨气;从仙人掌的形象,可以看到不肯阿谀奉承,具有正直品格的革命者,他们在艰苦环境中具有顽强奋斗的生命力;从梅的形象,可以看到革命者纯洁美好的心灵和高尚的情操。"藤"和"毒菌"是诗人贬斥的形象。"藤"的本性是纠缠着丁香往上爬,"毒菌"的特征是长在阴湿的地方,并善于用美丽的外衣伪装自己以诱惑人类。这两种植物形象,让人联想到损人利己的野心家和躲在阴暗的角落里用伪装伎俩谋害他人以达到个人目的的小人。诗人通过这两类植物形象,表达了自己的爱憎情感和立身处世的人生观,并告诫读者要善于分辨生活中的真、善、美与假、恶、丑。生活中,美的事物常常要受到邪恶势力的摧残,正如白杨要被暴风"连根拔去",仙人掌要被主人"逐出花园",梅花要与严寒搏斗,然而只有经过这种生死决战,美好的事物才能真正显示出自身的价值,才能被人们喜爱、尊敬、追求。诗人避开了议论说教,将这一深刻哲理化作鲜明的形象,让读者思而得之。

本篇用笔之妙,在于主观意图与客观物象的自然契合。句句在摹写物象,句句渗透着主观意图,读来逼真传神,思之又有象外之象、弦外之音。这是咏物诗达到艺术美的关键。古人早就注意到此中奥妙,提示"咏物最争托意隶事处,以意贯串,浑化无痕"(周济《介存斋词选序论》)。流沙河正是用"寄言立身者,勿学柔弱苗"之意贯串全篇,乃有"浑化无痕"之美。

《草木篇》尽管运用了象征、隐喻手法,仍然掩盖不住诗人有意触及现实的锋芒,这正是诗人最可贵的艺术个性。这组散文诗在文艺界受错误路线干扰时,曾被当作毒草批判,和作者一起受到不公正的待遇;粉碎"四人帮"后,《星星》发表了重评《草木篇》的文章,作为"重放的鲜花",使它又恢复了本来面目。

(李丽中)

桂林山水歌

贺敬之

云中的神呵,雾中的仙,
神姿仙态桂林的山!

情一样深呵,梦一样美,
如情似梦漓江的水!

水几重呵,山几重?
水绕山环桂林城……

是山城呵,是水城?
都在青山绿水中……

呵!此山此水入胸怀,
此时此身何处来?

……黄河的浪涛塞外的风,
此来关山千万重。

马鞍上梦见沙盘上画:
"桂林山水甲天下"……

---

* 原载《人民文学》1961 年第 10 期。

呵！是梦境呵，是仙境？
此时身在独秀峰①！

心是醉呵，还是醒？
水迎山接入画屏！

画中画——漓江照我身千影，
歌中歌——山山应我响回声……

招手相问老人山②，
云罩江山几万年？

——伏波山下还珠洞③，
宝珠久等叩门声……

鸡笼山一唱屏风开，
绿水白帆红旗来！

大地的愁容春雨洗，
请看穿山④明镜里——

呵！桂林的山来漓江的水——
祖国的笑容这样美！

---

① 独秀峰，在桂林市中心。孤峰一柱，拔地而起。
② 老人山、鸡笼山、屏风山均在桂林市区，因状得名。
③ 还珠洞，有老龙谢情还珠神话，本诗转意借用。
④ 穿山，在桂林市南郊。峰顶有巨大圆形洞口，洞穿露天，状似明镜高悬。

桂林山水入胸襟，
此景此情战士的心——

江山多娇人多情，
使我白发永不生！

对此江山人自豪，
使我青春永不老！

七星岩①去赴神仙会，
招呼刘三姐呵打从天上回……

人间天上大路开，
要唱新歌随我来！

三姐的山歌十万八千箩，
战士呵，指点江山唱祖国……

红旗万梭织锦绣，
海北天南一望收！

塞外的风沙呵黄河的浪，
春光万里到故乡。

红旗下：少年英雄遍地生——
望不尽：千姿万态"独秀峰"！

---

① 七星岩，桂林最著名岩洞之一。传说歌仙刘三姐在此洞中赛歌，后化石成仙。

——意满怀呵,情满胸,
　恰似漓江春水浓!

　呵!汗雨挥洒彩笔画:
　桂林山水——满天下!……

　　　　　　　一九五九年七月,旧稿
　　　　　　　一九六一年八月,整理

（选自《贺敬之诗选》,山东人民出版社1979年版）

【作者简介】

　　贺敬之(1924~　),出生于山东省峄县(今属枣庄市)一个贫苦农民家庭。抗战初期,流亡到湖北、四川一带读中学,在积极参加抗日救亡运动的同时开始写作诗和散文。1940年到延安,入鲁迅艺术学院学习。1945年和丁毅等集体创作了大型歌剧《白毛女》。这是我国第一部新歌剧,由于深刻的时代主题和群众喜闻乐见的艺术形式,赢得了广泛声誉。

　　建国后,贺敬之在担任文艺、宣传等行政工作的同时,没有停止诗歌创作,并在形式上做过多种探索。贺敬之解放前的诗作收入《乡村的夜》、《朝阳花开》等诗集中。20世纪50年代至70年代,他用民歌体创作了《回延安》、《桂林山水歌》等清新隽永的抒情短诗,用"楼梯体"创作了《放声歌唱》、《雷锋之歌》、《中国的十月》、《八一之歌》等气势磅礴的长篇政治抒情诗,用自由体创作了《西去列车的窗口》、《三门峡歌》等激情澎湃的抒情诗。这些诗作收入《放歌集》中,近年来先后出版了《贺敬之诗选》和《贺敬之代表作》。

【作品简析】

　　《桂林山水歌》是一首精致优美的写景抒情小诗,是贺敬之诗歌作品中的一篇力作。它和雄浑豪放的《放声歌唱》、《雷锋之歌》不同,表现出一种清丽隽永的艺术风格。

贺敬之的诗,不是看到一点就匆忙写成的急就章,即便这首短诗,也孕育了两年多。诗人1959年夏天去过桂林,"甲天下"的风景,触发了他的创作激情,于是挥笔写了一个草稿,直到1961年8月才完成。当时恰逢国民经济暂时困难时期,面对国家的困难景象,他想:"还是写点美好的东西吧!"在这首诗中,我们感受到的不仅仅是令人陶醉的桂林山水的景物美,以及能传"画中态"和"画外意"的艺术美,还有一种热爱祖国、奋发向上的精神美。

《桂林山水歌》不仅描绘出了桂林山水的独特个性,而且不落俗套,写出了新意。"桂林山水甲天下",其迷人的景色令人心醉而又难以言传,诗人竟然轻松自如地表现了出来。开篇的四句从整体上准确地概括了桂林山水的特色,简练而又传神地描绘出桂林山水那种妩媚朦胧的美、引人遐想的美。用"神姿仙态"、"如情似梦"来形容桂林的山、漓江的水,是诗人的独创。这是以虚比实、以情写景的艺术手法,最能唤起读者的审美感情和再创造的审美想像力,也最能表现桂林山水在云雾笼罩中虚无缥缈、若隐若现的秀美形象。"神"和"仙"这种虚幻之物,无固定形态,又很灵动并富有一种神秘色彩;"情"和"梦"也是虚幻的、神秘的,"以虚比实"比"以实比实"给读者带来更大的审美想像空间,更能诱使读者根据自己的审美经验去展开想像。从诗美创造角度来看,诗人有意创造了朦胧美和空白美,并使见过桂林山水的人们产生了陌生化效果。全篇写桂林山水之美不是静止的、客观的,而是将"我"这个战士身份的抒情主体融进去,写"我"对桂林山水的独特感受。既写景又写情。景,是特殊的,桂林独有的;情,也是特殊的,战士独有的。战士从"塞外"的风沙中来到日夜向往的桂林城,那仙境般的景色;一下子点燃了心中久蓄的激情,他从老人山、还珠洞、鸡笼山、穿山等名胜看到的不仅是山水的美,还有"换了人间"的时代美,"鸡笼山一唱屏风开,/绿水白帆红旗来!""大地的愁容春雨洗,/请看穿山明镜里——"像这样的句式,用虚实结合手法蕴情于物,既是在赞叹祖国山河的美好,又是在歌颂祖国革命事业的伟大胜利。实写,描绘出画中之态;虚写,传出画外之意。言有尽而意无穷,耐人寻味。在战士心目中,桂林山水就是祖国美好的身影,奇丽的景色为抒情提供了依据,战士的感情又为桂林山水涂上了一层明丽、壮美的色彩。人与物、景与情完全契合,在美丽的江山中有着战士的生命和感情,在战士的心中又有无穷的桂林山水。战士想过去看未来,过去的理想已经变成现实,今后还要为更加美好的未来奋斗。结尾两行表达了战士的理想和追求:"呵!汗雨挥洒彩笔画:/桂林山水——满天下!……""满"字的巧妙点化,总结上文,升华出新意,引导读者进入对美好未来无限憧憬的意境之中。

这首诗采用陕北民歌"信天游"的形式,两行一节,每节可自由换韵;诗人又多用对仗、复沓句式和咏叹调,读来韵味浓郁、铿锵悦耳。全篇流畅、活泼、轻松、明快,有一种使人陶醉其中的艺术魅力。《桂林山水歌》的形式美和内容美达到了和谐统一。

(李丽中)

团泊洼的秋天[*]

郭小川

秋风像一把柔韧的梳子,梳理着静静的团泊洼;
秋光如同发亮的汗珠,飘飘扬扬地在平滩上挥洒。

高粱好似一队队的"红领巾",悄悄地把周围的道路观察;
向日葵摇头微笑着,望不尽太阳起处的红色天涯。

矮小而年高的垂柳,用苍绿的叶子抚摸着快熟的庄稼;
密集的芦苇,细心地护卫着脚下偷偷开放的野花。

蝉声消退了,多嘴的麻雀已不在房顶上吱喳;
蛙声停息了,野性的独流减河也不再喧哗。

大雁即将南去,水上默默浮动着白净的野鸭;
秋凉刚刚在这里落脚,暑热还藏在好客的人家。

秋天的团泊洼啊,好像在香甜的梦中睡傻;
团泊洼的秋天啊,犹如少女一般羞羞答答。

团泊洼,团泊洼,你真是这样静静的吗?
全世界都在喧腾,哪里没有雷霆怒吼,风云变化!

---

[*] 原载《诗刊》1976 年第 11 期。

是的,团泊洼的呼喊之声,也和别处一样洪大;
听听人们的胸口吧,其中也和闹市一样嘈杂。

这里没有第三次世界大战,但人人都在枪炮齐发;
谁的心灵深处——没有奔腾咆哮的千军万马!

这里没有刀光剑影的火阵,但日夜都在攻打厮杀;
谁的大小动脉里——没有炽热的鲜血流响哗哗!

这里的《共产党宣言》,并没有掩盖在尘埃之下;
毛主席的伟大号召,在这里照样有最真挚的回答。

无产阶级专政的理论,在战士的心头放射光华;
反对修正主义的浪潮,正惊退了贼头贼脑的鱼虾。

解放军兵营门口的跑道上,随时都有马蹄踏踏;
五七干校的校舍里,荧光屏上不时出现《创业》和《海霞》。

在明朗的阳光下,随时都有对修正主义的口诛笔伐;
在一排排红房之间,常常听见同志式温存的夜话。

……至于战士的深情,你小小的团泊洼怎能包容得下!
不能用声音,只能用没有声音的"声音"加以表达:

战士自有战士的性格:不怕污蔑,不怕恫吓;
一切无情的打击,只会使人腰杆挺直,青春焕发。

战士自有战士的抱负:永远改造,从零出发;
一切可耻的衰退,只能使人视若仇敌,踏成泥沙。

战士自有战士的胆识：不信流言,不受欺诈；
一切无稽的罪名,只会使人神志清醒,大脑发达。

战士自有战士的爱情：忠贞不渝,新美如画；
一切额外的贪欲,只能使人感到厌烦,感到肉麻。

战士的歌声,可以休止一时,却永远不会沙哑；
战士的明眼,可以关闭一时,却永远不会昏瞎。

请听听吧,这就是战士一句句从心中掏出的话。
团泊洼,团泊洼,你真是那样静静的吗？

是的,团泊洼是静静的,但那里时刻都会轰轰爆炸！
不,团泊洼是喧腾的,这首诗篇里就充满着嘈杂。

不管怎样,且把这矛盾重重的诗篇埋在坝下,
它也许不合你秋天的季节,但到明春准会生根发芽。……

1975年9月于团泊洼干校
初稿的初稿,还需要做多次多次的修改,属于
《参考消息》一类,万勿外传。——作者原注

（选自《郭小川诗选》,人民文学出版社 1977 年版）

【作者简介】

郭小川(1919～1976),河北省丰宁县人。1937年参加八路军,跟随部队转战全国,做过宣传、教育等工作。建国后,曾在中南局、中宣部、中国作协、《诗刊》编辑部、《人民日报》社工作。这期间写过诗歌、杂文、报告文学。1955年至1956年陆续写成的政治抒情组诗《致青年公民》,使他饮誉文坛。"文革"时在和"四人帮"的斗争中,保持了革命战士的节操,写下了《团泊洼的秋天》等战斗的诗篇。1976年10月在河

南安阳不幸逝世。

郭小川始终以战士的责任感和战士的激情写诗,被誉为"战士诗人"。他的诗有鲜明的政治倾向性和强烈的时代精神。在新诗形式上,郭小川做过多种探索,他尝试用民歌体、楼梯体、古代歌行体、自由体进行创作,并独创了新辞赋体(亦称长廊体),这种诗体更易表现诗人那雄浑豪壮的艺术风格和深沉博大的胸怀。他的名篇《甘蔗林——青纱帐》、《厦门风姿》、《团泊洼的秋天》等就是用这种诗体写成的。

郭小川于20世纪50年代末60年代初曾创作了《白雪的赞歌》、《深深的山谷》、《一个和八个》、《严厉的爱》、《将军三部曲》等五篇叙事长诗,着意从感情领域剖析战士的精神境界和成长中的复杂心态,在题材、观点、手法上均有突破,为当代叙事诗创作提供了宝贵经验。

出版的诗集有《平原老人》、《投入火热的斗争》、《致青年公民》、《雪与山谷》、《月下集》、《昆仑行》等十部。《郭小川诗选》、《郭小川诗选续集》、《郭小川代表作》、《谈诗》等于粉碎"四人帮"后出版。

【作品简析】

1974年郭小川被"四人帮"关到天津静海县团泊洼干校进行"隔离审查"。精神和肉体所受的严重摧残,没能动摇诗人的革命意志。1975年秋天,诗人从形势发展中预见到"四人帮"将要灭亡,于是创作了《团泊洼的秋天》,鼓励人们起来和"四人帮"斗争。这首政治抒情诗,充分表现了郭小川战士的品格以及深沉豪壮的抒情个性。

《团泊洼的秋天》是借团泊洼的秋景和干校内的生活抒情言志。诗人在凄惨的境遇中,在白色恐怖下,无丝毫古代文人笔下那种悲秋伤秋之感,作品中充满了革命乐观主义精神和对胜利的坚定信念。在静静的团泊洼的狭小天地中,诗人看到的不是个人的累累伤痕,而是全国人民的愤怒情绪即将"轰轰爆炸";诗人不为个人的命运叹息,而是注视着人们"心灵深处""奔腾咆哮的千军万马","大小动脉里""炽热的鲜血流响哗哗"。这种崇高的思想境界,使诗人能准确地把握时代的脉搏,并化为诗中的节奏。人品和诗品交相辉映,产生出动人心魄的艺术魅力。

这首诗用巧妙的构思创造了深邃的意境。诗人把自己对时代的思考,对生活的独特感受,浓缩在对团泊洼秋景的细腻描绘中。

第一节至第六节为第一部分,通过对团泊洼秋景的描绘,展示出一幅表面幽静、暗含生机的北国秋景图。诗人借景抒怀,托物言志,委婉、隐曲地表达了自己的心情,暗示出全国"于无声处听惊雷"的斗争形势。这一部分突出了"静",用先抑后扬的手法。

第七节至第二十一节为第二部分,写干校内革命战士对"四人帮"的反抗情绪。由借景抒情转向直抒胸臆,由写"静"转向写"动",以"静"衬"动",收到了很好的艺术效果。诗人从一些端倪敏感地察觉到两种力量的"攻打厮杀",压抑已久的感情此时喷涌而出,连用数个排比句,高歌战士的性格、抱负、胆识、爱情,把感情推向最高峰。"战士的歌声,可以休止一时,却永远不会沙哑;/战士的明眼,可以关闭一时,却永远不会昏瞎",这是全诗的最强音,是对"四人帮"的勇敢挑战。强音戛然而止,接下去以轻音"团泊洼,团泊洼,你真是那样静静的吗?"作结,和第一部分内容相呼应,寓意深刻。

结尾两节是第三部分,是全篇点睛之笔。"时刻都会轰轰爆炸",准确地暗示出全国的斗争形势;"到明春准会生根发芽。……"是诗人对胜利的预言。诗到这里结束,省略号表示无穷的含意,这是诗人所说的"没有声音的'声音'"。诗人巧妙地写出了"动""静"的辩证关系,启迪读者认识"静"是表面的、暂时的,是爆炸前夜的假象,"动"却是内在的、本质的、必然的发展规律。诗人创造了"静"中有"动"的深邃意境,真实地、深刻地反映了"四人帮"覆灭前夕的中国社会现实,传达出广大人民的心声。这首诗构思相当巧妙。诗人抓住了矛盾即将转化、尚未转化的契机,用弯弓待发之势,赋予诗歌以深邃的、辩证的思想和感人的艺术效果。

《团泊洼的秋天》体现郭小川细腻与粗犷、庄严与秀美相结合的艺术风格。诗的第一部分描写细腻。诗人用"柔韧的梳子"、"发亮的汗珠"、"少女一般羞羞答答"等新奇的比喻来形容秋风的柔和、秋光的明媚、秋意的恬美;用蛙、蝉、大雁、野鸭、高粱、向日葵、垂柳、芦苇、快熟的庄稼、偷偷开放的野花等团泊洼秋季特有的景物来渲染秋意之浓;用许多精当的副词和动词,如"悄悄"、"默默"、"观察"、"微笑"、"抚摸"、"护卫"、"藏"等,传神地描绘出秋景的静谧,透露出白色恐怖下万马齐喑的政治气候,同时表达了诗人关心时局变化的心境。团泊洼的秋景表面幽静但暗含着生机,这是诗人对团泊洼秋景的独特感受。诗的第二部分是粗线条勾勒,在火候到时,放开感情的闸门任其宣泄,痛快淋漓,使人精神振奋。

　　这首诗在形式上采用了诗人惯用的长句体,即新辞赋体。由诗人独创的这一诗体形式,既便于细腻地描绘景色,又便于抒发浩荡绵邈的情思。全诗语词铿锵,气势磅礴,可谓新时代的正气歌。

(李丽中)

乡 愁[*]

余 光 中

小时候
乡愁是一枚小小的邮票
我在这头
母亲在那头

长大后
乡愁是一张窄窄的船票
我在这头
新娘在那头

后来啊
乡愁是一方矮矮的坟墓
我在外头
母亲在里头

而现在
乡愁是一湾浅浅的海峡
我在这头
大陆在那头

---

[*] 原载《白玉苦瓜》,1974年版。

(选自《余光中诗选》,台湾洪范书店有限公司1981年版)

【作者简介】

余光中(1928～　　),台湾著名诗人,祖籍福建永春。1928年9月9日出生于南京市。9岁时抗战爆发,随父母到达上海。后辗转抵达重庆,在四川读中学,又转入南京青年会中学。毕业后,考取了北京大学和金陵大学。因北方战火蔓延,留在了南京金陵大学外文系读书。大学二年级时转到厦门大学,大学三年级时经香港去台湾。1950年到台湾后考入台湾大学外文系就读,1952年毕业后在军中当了三年的翻译官。1954年曾与覃子豪、钟鼎文、夏菁、邓禹平等人共创"蓝星"诗社,倡导现代派文学。退伍后先后在台湾东吴大学、台湾师范大学任教。1958年去美国,次年获艺术硕士学位,并返台在台湾师范大学英语系任教。1961年发表《再见,虚无!》,宣告回归古典。1964年二度赴美国,在密执安州立大学英文系教授中国文学一年,之后返回台湾师范大学任教。1969年三度赴美国,在科罗拉多州任教育厅外国课程顾问,并在丹佛大学教书。1971年返台,仍在台湾师范大学任教,1972年任台湾政治大学西语系主任。1974年起到香港中文大学中文系任教,直至1985年返台。1985年至今,任台湾高雄市国立中山大学文学院院长及外文研究所所长。余光中先后主编过《蓝星》、《文学杂志》、《现代文学》等多种刊物。余光中一向被誉为有三只手,右手写诗,左手写散文,第三只手兼擅评论与翻译;以诗、文、论、译四者成为当代华文文学世界中的大家。他具有多重文化身份:诗人、作家、学者、教授、翻译、编辑。他那融现代与古典于一体的诗艺已臻炉火纯青之境界,备受海内外文坛推崇。自1952年出版处女诗集《舟子的悲歌》之后,又陆续出版了诗集《蓝色的羽毛》、《钟乳石》、《万圣节》、《莲的联想》、《天国的夜市》、《五陵少年》、《敲打乐》、《在冷战的年代》、《白玉苦瓜》、《天狼星》、《隔水观音》、《与永恒拔河》、《紫荆赋》、《五行无阻》等。另有散文集《左手的缪思》、《逍遥游》、《望乡的牧神》、《焚鹤人》、《听听那冷雨》、《青青边愁》、《记忆像铁轨一样长》、《凭一张地图》、《隔水呼渡》、《日不落家》等,评论集《掌上雨》、《分水岭上》、《从徐霞客到梵谷》、《蓝墨水的下游》

等,译著《梵谷传》《老人和大海》《书袋》《不可儿戏》《温夫人的扇子》《理想丈夫》等。

【作品简析】

　　余光中学贯中西,也游走东西,正像他自已在诗中所言:"也乞食新大陆/也浪荡南半球/走过江湖流落过西部/重重叠叠的摩天楼影下/鞭过欧风淋过美雨/阅不尽,异国的海关与红灯"(《盲丐》)。他一生写过很多乡愁诗,常把客居异乡异国的思乡之情化为浓浓的诗情,《乡愁》是他所有乡愁诗中流传最广的一首短诗精品。此诗写于1972年1月21日,收入1974年出版的诗集《白玉苦瓜》,与他的另一首《乡愁四韵》一起被谱曲广为传唱。写作此诗时,诗人已过不惑之年。在《白玉苦瓜》的自序里,诗人曾感慨自问:"走出那一块大大陆,走破几双浪子的鞋子,异乡异国,走来走去,绕多少空空洞洞的圈子?再回头,那一块大大陆可记得从前那小小孩,春,夏,秋,冬,他曾经俯仰于其中?家,真的是一座围城,里面的人想出来,外面的人想进去?还是少年想出来,中年想回去?"这种少年"想出来",中年"想回去"的情感其实就是一种乡愁冲动,也是写作此诗的情感基调。

　　全诗围绕一个"乡愁",写了人生的四个时间段:小时候、长大后、后来、现在。以此贯穿四种不同的人生体验,实际上贯穿的是人生的全部情感和体验。四个时间段对应的是阻隔两分的空间:这头与那头、里头与外头。同时,"乡愁"对应了四个意象:邮票、船票、坟墓、海峡。这四个意象构成的四个比喻实际是把乡愁这一不可触摸、不可把捉的抽象情感具象化、具体化和形象化了,这是一种"以物写情"的手法,即通过主观感情的客观对象化使得此诗具有了一种含蓄的诗意美。而"乡愁"的四个借代对象分别为:我与母亲、我与新娘、我与母亲、我与大陆。这四种乡思乡愁代表了人生的四种离情别恨:母子生离、夫妻生离、母子死别、家国隔绝难通。

　　诗的前三节写出的是对于亲人、爱人的思念,非常生活化,带有或温情或苦痛的个人记忆。第一节和第三节都是在写母子别,一为生离,一为死别。余光中的母亲于1958年7月仙逝,正值诗人而立之年,其后诗人写了很多追怀母亲的诗歌。在一首写于美国丹佛大学的诗《小时候》中,他用平和叙述的笔调写道:"母亲,她死了已不止十年/以色列人已回去以色列/现在是我在外面的雪地上/就我一人,在另一个大陆/零乱的脚印走不出方向/仰天,仰天","在夜夜哭醒的回国梦里,/有一个家——是幸福的"。而另一首诗《呼唤》中更是尽情彰显母子深情:母亲意味家,失去母亲意味着失去家和儿时的记忆,母亲的呼唤意味着回家的呼唤。所以在余光中笔下,少年时的真切记忆化为一幅母子相思图和游子思母图,思乡与思母的情感是同质合一的,而对母亲的怀念和追悼夹杂的是一种难言的苍凉悲伤。第二节写了一种夫妻别愁和夫妻相思。诗人于1956年与范我存结婚,伉俪情深,但因为诗人为了学业事业在东西方游走,在异国他乡漂泊,所以夫妻亦有聚有离,不免时有天各一方的离愁。这亦是一种人类普遍性的极易引起共鸣的真实情感。这一节在爱情的层面上道出乡愁在亲情之外的另一重含义。

第四节写出的是对于祖国大陆的思念之情,这是比绵密细腻的思家情更浓烈悠长的思国情。余光中从1949年离开大陆到1992年第一次回大陆,在与大陆山水睽违43载后,他曾说40年回头无岸,可以说,思大陆之深情就是思乡思国之深情,在他的心中,这种深情一天一刻都没有被隔绝。在他的诗中,这种深情已经凝结为一种浓郁的"大陆情结",而与之对应的是"孤岛(或岛屿)情结"。他在一篇散文中曾不乏风趣幽默地说:"大陆是母亲,台湾是老婆,香港是情人,美国是外遇。"对于身在异乡的诗人而言,大陆既是实有的物质化土地,同时也是精神化的历史与现实象征,"我的诗心既然起跳于大陆,少年的梦壮年的回忆既然都萦回于那一片后土,我当然也是大陆诗人"(《余光中诗歌选集》自序)。诗人不仅在身体归属而且在文化心理上都与大陆血脉相连,因为他的故土家园和中华历史文化就具象化地凝结在那片他所魂牵梦萦的大陆土地上,所以他也常以黄河、长江、长城、长安等带有中国历史文化绵长记忆的形象来替代祖国大陆。在《乡愁》之后不久写成的《盲丐》、《长城谣》、《呼唤》中,诗人的思乡思国之情愈加浓烈,他甚至自比"盲丐",写了"母性的磁音唤我回去"的情切情急:"那土地,凭嗅觉也摸得回去/不用狗牵何须杖扶/膝印印着血印,似爬似跪/盲丐回头,一步一忏悔/腿短路长,从前全是错路/一枝箫哭一千年/长城,你终会听见,长安,你终会听见"。余光中的许多乡愁诗中都融会了一种对故国故乡深远的精神家园感和文化归乡意识,正如他自己所言:"究竟是什么在召唤中年人呢?小小孩的记忆,30年前,后土之宽厚与博大,长江之滚滚千里而长,巨者如是,固长在胸臆,细者即如井边的一声蟋蟀,阶下的一叶红枫,于今忆及,亦莫不历历皆在心头。不过中年人的乡思与孺慕,不仅是空间的,也是时间的,不仅是那一块大大陆的母体,也是,甚且更是,那上面发生过的一切。土地的意义,因历史而更形丰富。湖北,只是一省,而楚,便是一部历史、一个梦、一首歌了。整块大大陆,是一座露天的巨博物馆,一座人去台空的戏台,角色虽已散尽,余音袅袅,气氛仍然令今人低回。"(《白玉苦瓜》自序)这是诗人灵魂的真诚告白和心迹的坦陈。乡愁是剪不断、理还乱的,可以穿越时空,穿越一切阻隔。余光中以个人身世之感写出的却是所有身在异国异乡、心怀乡愁的人类的普遍情思,不仅包括海峡对岸的台湾同胞,也包括所有思念故园故国的游子。

另外,这首诗在艺术形式上,极为吻合闻一多所倡导的新格律诗的"三美"规则。诗行长短对应,诗节均衡匀称,句式整饬中富于参差变化,具有结构整齐美观的建筑美特征。这种格式在他同时期创作的另外一些诗中也常被运用,如《收藏家》、《民歌》、《乡愁四韵》等。其中,邮票、船票、坟墓、海峡这四个现实生活中客观物象的选取可触可感,尤其是对应的四个重叠的形容词修饰——小小的、窄窄的、矮矮的、浅浅的,具有很强的视觉联想效果和可触可感的画面感,如在眼前,如身临其境,而诗人用浅近的词语所鲜明对比的情感却是长长的、深深的、宽宽的、远远的,是一种无法跨越又无法遏制的思乡、思亲、思家、思国之情。另外,这首短诗中回旋往复的节奏,和谐统一的韵律,使全诗有一种一唱三叹、低回萦绕的悠悠不尽之音乐美。

全诗用语浅近却字句精工,意味浅显却寄意遥深,不仅不给人轻浅空洞的感觉,反而在整体圆融和谐的形式美和口语化的清新隽永中,营造出了一种言浅意深的诗境。诗中虽未有强烈炽热、直抒胸臆的情感铺排,也没有夸张的痛苦、悲愁、眼泪等字眼,但却以冷静平和质朴的诗语传达出一种深情,亦有"不着一字,尽得风流"的审美效果。总之,《乡愁》是一首在诗意、诗美、诗情、诗境上均臻完美的诗歌精品。

(李润霞)

你的名字

纪 弦

用了世界上最轻最轻的声音,
轻轻地唤你的名字每夜每夜。

写你的名字。
画你的名字。
而梦见的是你的发光的名字:

如日,如星,你的名字。
如灯,如钻石,你的名字。
如缤纷的火花,如闪电,你的名字。
如原始森林的燃烧,你的名字。

刻你的名字!
刻你的名字在树上。
刻你的名字在不凋的生命树上。
当这植物长成了参天的古木时,
啊啊,多好,多好,
你的名字也大起来。

大起来了,你的名字。

亮起来了，你的名字。

于是，轻轻轻轻轻轻轻地唤你的名字。

（选自《纪弦自选集》，台湾黎明文化事业股份有限公司1978年版）

【作者简介】

纪弦（1913～　），台湾著名诗人，祖籍陕西。1913年4月27日生于河北省清苑县。少年时曾居住扬州多年，深爱瘦西湖之美景，遂以扬州为其心目中之故乡。1928年上初中，后入武昌美专并开始写诗，1930年转学至苏州美专，于1933年毕业。1934年创办《火山》诗刊。1936年东渡日本，归国后，从事教育工作，与诗人戴望舒、徐迟等一起创办《新诗》月刊。1937年"八一三"事变，全家流亡到了武汉，复经湘、黔、滇去香港。1942年重返上海，生活异常艰苦，全靠亲友接济，直到1945年抗战胜利，被圣芳济中学聘为文史教员。1948年11月离沪赴台，先任《平言日报》副刊《热风》编辑，后任教台北成功中学。1974年春因病退休。1976年离台定居美国。纪弦在1929年就开始写诗，早年以笔名"路易士"发表作品，是20世纪30年代现代派诗歌阵营中的一员。到台湾之后，于1953年独资创办《现代诗》季刊，发动"新诗的再革命"运动，并于1956年发起组织"现代派"，提倡"新现代主义"，引发台湾诗歌界的论争，给诗坛以广泛而深远的影响。1962年解散"现代派"，1964年《现代诗》停刊。1969年前往菲律宾，出席第一届世界诗人大会，被举为"中国杰出诗人"，获金牌奖。纪弦出版的诗集主要有《摘星的少年》(1929)、《易士诗集》(1933)、《行过之生命》(1935)、《火灾的城》(1937)、《饮者诗钞》(1943～1948)、《槟榔树》甲集、乙集、丙集、丁集、戊集(1949～1973)等。另有散文集《小园小品》、《终南山下》、《园丁之歌》，诗论集《纪弦诗论》、《新诗论集》、《纪弦论现代诗》等多种。

【作品简析】

纪弦是台湾现代诗的开创者和旗手，他从16岁开始写诗，自称"写诗和初恋是同时开始的"，迄今诗龄已经八十余载，仍然诗笔未辍，确是诗坛的长青树。他的诗题材多种多样，手法千变万化，在写实、象征、抽象、超现实中自由出入。他的现代派诗歌,一向以艰深晦涩著称,而《你的名字》这首爱情诗却写得激情明朗。

诗歌和爱情一样古老迷人,爱情是诗歌中最动人的风景和主题,古往今来,诗歌与爱情的结缘,诞生了无数优秀的爱情诗的佳篇绝构,所以,要想超越爱情诗的窠臼,必须有独特的才情、新颖的构思和别具一格的语言。纪弦是极具个性的现代派诗人,《你的名字》也同样具有独特的个性,可以说是爱情诗中的精品。诗人并没有像惯常的爱情诗一样细致描写爱人的漂亮外貌,或是抒发山盟海誓与相思热恋之情,通篇只以"你的名字"贯穿,伴随声声或急或慢的呼唤和想像,意象集中而纯粹,情感亦专一而纯粹。

这首爱情诗是一篇别具一格的爱情物语,诗人把对"你"的痴情集中转化为对"你的名字"的痴情,但"你的名字"在诗中并非抽象的、无生命的姓名符号,相反却在爱"你"的诗人心里是有生命的,与日月同辉的。开篇以轻言低语的娓娓私语开始,沉静而深情,把情绪转为内敛,把热烈化为静悄,爱的宣言也就变为爱的絮语,声声呼唤内藏一片痴情。紧接着,情绪逐渐激越,爱的絮语逐渐热烈,"日"、"星"、"灯"、"钻石"这些比喻的喻体基本是"静物",给人感觉"你的名字",即"你"与"你带给我的爱情"既明亮温暖又沉静温柔,既是贵重珍贵的,也是照亮生命的;而"缤纷的火花"、"闪电"、"原始森林的燃烧"这些"动态"的喻体充满"热度"和"强度",说明感情的极端炽烈浓郁,正因为爱"你",所以"你的名字"才在爱的辉映下是"发光"的,正因为"你"在诗人心目中是完美的,所以"你的名字"也是完美的。对"你的名字"的痴,实际是对"你"、对爱情的痴,这份痴单纯、真挚,不染世俗杂质,因为诗人最终"刻你的名字在不凋的生命树上",生命树不凋谢,爱情树亦永远长青,永不凋谢,这就是诗人对爱情天长地久的理解。因爱其人,故爱其名;既爱其名,更爱其人。全诗通篇围绕"你的名字"展开抒情,短短18行的诗中,仅"你的名字"就用了15次之多,几乎每一行都出现,可见"你的名字"已经深深烙印于心,并且这种意象的重复并没有给诗歌造成烦琐单调之感,却在诗意和情绪上构成一种回环往复和延宕缠绵之感。

这首诗在情绪上就像音乐的乐章一样张弛有度,如果说开篇第一节两行"最轻最轻"、"轻轻地"、"每夜每夜"等词语是以一种深沉柔情的慢乐章开端，那么到了中间第二、三、四节，"写"、"画"、"梦"、"刻"的一系列动作与想像"你的名字""如日"、"如星"、"如灯"、"如钻石"、"如缤纷的火花"、"如闪电"、"如原始森林的燃烧"等一连串繁复比喻，情感的波涛一浪高过一浪，汹涌澎湃，看似对你的"名字"实则正是对你的"爱情"写之不尽，画之不尽，梦之不尽，刻之不尽，就像激情的快板进行欢乐颂的演奏。最后一节中前两行的"大起来了，你的名字。/亮起来了，你的名字"，不仅给人一种近距离"特写"的感觉，而且充满了生命成长的生机蓬勃和变化跃动的欣悦感。你的"名字"随着你的"爱情"生长、壮大，这时的情感也从激扬高峰逐渐回转到宁静平稳，似乎整个诗歌的乐章都从激情的快板还原为慢板，这首诗最成功最新异的神来妙笔是全诗最后一句那七个"轻"字，呢喃不绝的缠绵絮语，有渐行渐远之妙，虽"轻"到极处，亦是情到深处、痴到极致的体现，这种叠字的铺排没有累赘、单调和拖沓之感，反而有情深如缕、悠长无尽、意犹未尽之感。至此，情绪的绵长丰富和一唱三叹的悄声轻唤，营造出一种有如小夜曲的声声慢的意境。

在艺术形式上，《你的名字》采用自由诗的形式，整饬中富于变化，结构完整和谐。全诗五节，每节行数并不一致，从两行一节、三行一节、四行一节到六行一节，每行字数也不是完全相同的，诗行随着情绪高低起伏、繁急舒缓的流动而流动。同时，此诗押韵自然，回环往复、不绝于耳的呼唤与流动的音节增强了诗歌的音乐美，适于吟咏。纪弦认为："诗之所以为诗，并不在于押韵与否，形式上的工整，亦非诗的精神所寄。而除了打破格律不押韵，以免以辞害意削足适履之外，则自由诗在声调的控制和节奏的安排上，实较之格律诗更活泼些，更自然些，也更富于变化些。"所以，在他的诗里，并不拘泥于格律的押韵，而是纯粹随着情感的自然流动而变化，正如这首《你的名字》一样。另外，这首诗的语言皆是平白自然的口语，没有太多华丽的词藻，甚至通篇没有一个"爱"字，却写尽了爱情的激情痴狂和款款深情；没有太多修辞的雕琢和手法的变幻，却给人一种精致和谐之感。纪弦是一个诗歌狂人，他自诩"天才中的天才"，他也是一个诗歌痴人，他对诗艺的创造孜孜以求，从不停歇。而这首《你的名字》能在末句连用七个"轻"字,亦是他"痴狂"的表现和大胆的创造。

总之,《你的名字》是一首意、音、形、色四者完美结合的诗歌佳作,全诗在浪漫中隐含现实,痴情中深铸机智,繁弦急鼓之间以慢板调和,唱响的是一曲永恒的爱情之歌、生命之歌。

(李润霞)

冬

穆 旦

一

我爱在淡淡的太阳短命的日子,
临窗把喜爱的工作静静做完;
才到下午四点,便又冷又昏黄,
我将用一杯酒灌溉我的心田。
人生本来是一个严酷的冬天。

我爱在枯草的山坡,死寂的原野,
独自凭吊已埋葬的火热一年,
看着冰冻的小河还在冰下面流,
似乎宣告生命是多么可留恋。
人生本来是一个严酷的冬天。

我爱在冬晚围着温暖的炉火,
和两三昔日的好友会心闲谈,
听着北风吹得门窗沙沙地响,
而我们回忆着快乐无忧的往年。
人生本来是一个严酷的冬天。

我爱在雪花飘飞的不眠之夜,

---

* 原载《诗刊》1980年2月号。

把已死去或尚存的亲人珍念,
当茫茫白雪铺下遗忘的世界,
我愿意感情的激流溢于心间。
人生本来是一个严酷的冬天。

二

寒冷,寒冷,尽量束缚了手脚,
潺潺的小河用冰封住口舌,
盛夏的蝉鸣和蛙声都沉寂,
大地一笔勾销它笑闹的蓬勃。

谨慎,谨慎,使生命受到挫折,
花呢?绿色呢?血液闭塞住欲望,
经过多日的阴霾和犹疑不决,
才从枯树枝漏下淡淡的阳光。

奇怪!春天是这样深深隐藏,
哪儿都无消息,都怕峥露头角,
年轻的灵魂裹进老年的硬壳,
仿佛我们穿着厚厚的棉袄。

三

你大概已停止了分赠爱情,
把书信写了一半就住手,
望望窗外,天气是如此肃杀,
因为冬天是感情的刽子手。

你把夏季的礼品拿出来,

无论是蜂蜜,是果品,是酒,
然后坐在炉前慢慢品尝,
因为冬天已经使心灵枯瘦。

你拿一本小说躺在床上,
在另一个幻象世界周游,
它使你感叹,或使你向往,
因为冬天封住了你的门口。

你疲劳了一天才得休息,
听着树木和草石都在嘶吼,
你虽然睡下,却不能成梦,
因为冬天是好梦的刽子手。

四

在马房隔壁的小土屋里,
风吹着窗纸沙沙响动,
几只泥脚带着雪走进来,
让马吃料,车子歇在风中。

高高低低围着火坐下,
有的添木柴,有的在烘干,
有的用他粗而短的指头,
把烟丝倒在纸里卷成烟。

一壶水滚沸,白色的水雾,
弥漫在烟气缭绕的小屋,
吃着,哼着小曲,还谈着
枯燥的原野上枯燥的事物。

北风在电线上朝他们呼唤,
原野的道路还一望无际,
几条暖和的身子走出屋,
又迎面扑进寒冷的空气。

(选自《中国新文学大系 1949—1976·诗卷》)

【作者简介】

　　穆旦(1918～1977),原名查良铮,曾用笔名慕旦、梁真。生于天津,祖籍浙江海宁。"九叶派"诗人,诗歌翻译家。早在就读南开中学时期就开始写诗著文。1935年以优异成绩考入清华大学英文系,1940年毕业于昆明西南联大外文系。1942年任西南联大助教期间参加中国远征军,奔赴滇缅前线的抗日战场,曾任中国远征军司令部杜聿明将军随军翻译,亲历震惊中外的野人山战役。20世纪40年代,出版了《探险队》(1945)、《穆旦诗集(1939—1945)》(自选集)(1947)、《旗》(1948)三部诗集,其诗风深受叶芝、艾略特、奥登等英美现代派诗人的影响,被称为中国现代派"九叶诗人"之一。1948年赴美国芝加哥大学攻读文学硕士,1953年回国后在南开大学外语系任教,由诗歌创作逐渐转向英语、俄语诗歌翻译,译介了大量英、美、俄浪漫主义诗歌(拜伦、雪莱、济慈、普希金等)与部分现代派诗歌(奥登、叶芝、艾略特等)。1958年起,在长达近二十年的时间里,历经"反右派运动"与"文化大革命"的政治迫害,先被宣布为"历史反革命",逐出课堂,继而多次劳改、关"牛棚"批斗,最后被安排在南开大学图书馆从事资料整理工作。诗人在多年困境中坚持诗歌翻译,曾激励自己:"有一分热,发一分光,就像萤火虫一般,也可以在黑暗里发一点光,不必等候炬火。"1975年起开始诗歌创作。1977年腿骨折后治疗延误,2月26日突发心脏病去世。人民文学出版社出版了两卷本《穆旦诗文集》和八卷本《穆旦译文集》,收录了他的所有著译。

【作品简析】

  这首《冬》作于1976年12月,距诗人猝然去世仅两个多月。读者如果了解诗人多舛的命运,明白他的执著与追求,读完这首诗,恐怕会有更深的感触。王佐良先生认为,"这首《冬》可以放在他最好的作品之列,而且更有深度";"当它还以手稿形式在朋友间流传的时候,引起了安慰和希望:安慰的是,经过将近二十年的坎坷,诗人仍有那无可企及的诗才,写得那样动人;希望的是,虽然这诗的情调是沉静而又哀戚的(试看第一部分的每一节都以'严酷的冬天'作结),但有点新的消息,恰恰在'严酷'之前端出了'跳动的生命','人生的乐趣','温暖'……朋友们觉得这一下好了,穆旦将有第二个创作盛期,而且必然会写得更深刻,更雄迈,像《冬》所预示了的那样"。然而诗人猝然逝去,没能成就他的第二个花朝。

  穆旦非常喜欢的两个季节是秋冬两季。他晚年在给友人的信中说:"不知你爱秋天和冬天不?这是我最爱的两个季节。它们体现着收获、衰亡、沉静之感,适于在此时给春夏的蓬勃生命做总结。那蓬勃的春夏两季使人昏头转向,像喝醉了的人,我很不喜欢。"关于冬的作品,诗人早年写过《冬夜》(1934),后来又写过《在寒冷的腊月的夜里》(1941)。尤其是后者,充分体现了穆旦诗歌的真纯、朴素与刚性美。这种硬朗、厚重的存在感在诗人晚年的《冬》第四章里再次得到了体现。不过《冬》在坚实的刚性美之外,更加多元,更富有技巧和多角度的层次感,可谓同一主题的复调演绎。

  本诗由四章构成,各章之间乍一看似乎没有非常紧密的逻辑关联。叙述视角从第一章的"我"(第一人称),过渡到第二章的"我们"(第一人称),第三章的"你"(第二人称),再到第四章的"他们"(第三人称)。第一章"我"直抒胸臆:"我"愿意用"感情的激流"温暖人生严酷的冬天。第二章则是具有象征意味的疑问:春夏何在?生机何在?冰封、沉寂、大地蓬勃尽失,生命受到挫折、血液闭塞欲望,在阴霾中,春天深深隐藏,"哪儿都无消息,都怕峥露头角"。在恐惧中,"年轻的灵魂裹进老年的硬壳,/仿佛我们穿着厚厚的棉袄。"这里,寻常的诗思逻辑大多应为:"我们穿着厚厚的棉袄,/仿佛年轻的灵魂裹进老年的硬壳",而诗人故

41

意倒置本体与喻体,产生陌生化效果,让人思之再三,琢磨字里行间的言外之意,颇有几分玄奥意味。本章似乎在描绘"我们"所处冬天的自然环境,实际上内外互相折射,描绘严冬对万物的压制,正暗示了严酷的社会环境中,灵魂遭受挫折扭曲并最终隐藏的状态。本章诗人的叙述视角不像第一章那样近距离抒情("我爱在……"),而是与读者比较疏离的自我思辨。读者似乎无意中听到了诗人的内心独白,并受激发做出各种阐释,而诗人似乎说了很多,又似乎什么都没说。

第三章的第二人称叙述视角适时出现,打断了前一章的内心思辨与含混晦涩,重新回归清晰简明的叙述方式。诗人描绘"你"对冬的无奈:"你"的各种活动都受限于肃杀的寒冬,冬这个"刽子手",扼杀感情,扼杀好梦,使"你"心灵枯瘦,难以自由出行,只得在"幻象世界周游"。本章与第一章同写冬的严酷肃杀,却在"你"、"我"应对严冬的做法和心态上形成鲜明对照:我"临窗把喜爱的工作静静做完",你却"把书信写了一半就住手";我在山坡、原野"独自凭吊已埋葬的火热一年","看着冰冻的小河还在冰下面流",感受到生命的"跳动";你却在无聊中"拿本小说躺在床上,在另一个幻象世界周游","因为冬天封住了你的门口"。"我爱在冬晚围着温暖的炉火",与两三好友会心闲谈,享受人生的乐趣;你却"无论是蜂蜜,是果品,是酒",坐在炉前独自品尝。虽然"茫茫白雪铺下遗忘的世界",我却爱在不眠夜珍念逝去或尚存的亲人,"愿意感情的激流溢于心间",来温暖人生的这"严酷的冬天";你却在寒风嘶吼中不能成梦,疲劳不堪,心有怨愤。这种对照,是诗人有意为之。在严冬的同一背景下,第一章透露出来的,是乐观、勇敢、明亮的生命之光;第三章描绘的则是敏感、怯懦、枯瘦的心灵。

第四章,镜头继续放远,叙述视角转到了第三人称,诗人几乎完全抽离,只提供纪实性十足的画面:北方原野,雪地跋涉的乡民在土屋歇脚烤火,"让马吃料",他们则"吃着,哼着小曲,还谈着/枯燥的原野上枯燥的事物。"短暂停歇脚后,尽管北风呼啸,夜路"还一望无际","几条暖和的身子走出屋,/又迎面扑进寒冷的空气"。穆旦诗歌中的泥土气息,对劳动人民质朴、坚韧品质的歌颂,早在《赞美》(1941)、《在寒冷的腊月的夜里》(1941)就有充分体现,本章也体现了类似的优秀品质:真实、朴素、阳刚。穆旦一向追求真实,他把普希金的精髓总结为"诗首先应该真实",他告诉友人:"诗还忌故作多情,否则就好比把感情当成一堆劈柴,你把它点燃了,又脱下褂子来把它扇旺,一边扇,一边还大吼大叫。这样不但不能引起读者的共鸣,甚至会对你的举动感到莫名其妙。"诗人本章并没说:"我为勇斗严冬的伟大劳动人民歌唱!",却不动声色地成功地赞美了劳动人民坚韧、敦厚、吃苦耐劳的精神。与第三章自闭无聊、敏感怯懦的枯瘦心灵相比,虽然乡民们"谈着枯燥的原野上枯燥的事物",他们的生命力多么旺盛!他们与严冬的对抗多么无畏!

实际上《冬》的各个章节间具有隐形的关联:冬在"我"、"你"、"他们"不同人身上投射的不同影像,综合起来就成了冬的全景图,并代表了不同人群在逆境中迥然不同的人生态度。在1975年11月17日给友人的信中,穆旦写道:"我至今仍旧认为,人是只能或为理想而活着,或为物质享受而活着。享受到手,可能淡而无味;只有理想使生活兴致勃勃。"可以说,《冬》反映了诗人在严酷环境下矢志不渝的理想的光芒。

在诗律和文体上,王佐良先生曾指出《冬》第一章体现了"诗艺的严格":"格律谨严,大多数诗行字数一样,脚韵从头到底(每节2、4、5行之末押韵),不让任何浮词、时髦词、文言词进入"。具体来说,《冬》第一章四个诗节,每节五行,每节2、4、5行押韵,一韵到底;第三章四个诗节,每节四行,一韵到底,偶数行押韵。第二、四两章都是每个诗节偶数行押韵,各节不同韵。穆旦晚年长期翻译拜伦叙事诗《唐璜》与普希金的长诗《欧根·奥涅金》;尤其是《唐璜》,原诗一万六千余行几乎完全以八行体写就,每个诗节都押韵,韵式为ABABABCC,穆旦在翻译时自创了隔行韵与双行韵交错的合乎律诗传统的韵式,韵式为×A×A×ABB,贯穿全诗。他的格律诗翻译使他对以现代汉语为语言材料的现代中国诗歌格律有了更娴熟的把握,这不可避免地对《冬》的创作产生影响。从本诗的韵式来看,穆旦对于隔行韵的使用无疑已经到了驾轻就熟的地步,完全以自然的现代汉语入韵,不因韵凑字、不因韵害意。在文体上,穆旦一向回避古典语言、意象,而以简练的现代汉语入诗。穆旦早年赞同艾青提出的"诗的散文美",主张以富有诗意的口头语言入诗,提炼诗歌语言;晚年译过英国现代派诗歌之后,他意识到诗歌和散文有许多不同之处,其中之一是"诗可以晦涩,而散文却不能"。据他判断,中国新诗自由体的弊端,主要不在形式,而在于内容太肤浅。欧美现代派诗歌深刻,但深刻过分以致晦涩难懂也不易接受。他认为,如何从普希金和艾略特的风格中各取所长,揉和成有机的一体,这未必不能成为今后中国新诗的一条探索之路。《冬》的创作,也可以看作穆旦为中国新诗所做的一项在形式和内容上并行的探索和实验。诗人、评论家们用如下语汇描述穆旦的诗:"诚挚"、"反映现实"、"深厚凝重而自觉"、"厚重深沉"、"知性成分重"、"内敛凝重"、"玄奥"、"隐藏着的向上突进的生命力"、"情思的深度、敏感的广度与表现的饱满的综合"、"自觉地把民族的苦难和个人的苦难结合起来"、"语言明确而浓缩"、"沉重感"、"阳刚美",深中肯綮。

(商瑞芹)

古罗马的大斗技场[*]

艾 青

也许你曾经看见过
这样的场面——
在一个圆的小瓦罐里
两只蟋蟀在相斗,
双方都鼓动着翅膀
发出一阵阵金属的声响,
张牙舞爪扑向对方
又是扭打,又是冲撞,
经过了持久的较量,
总是有一只更强的
撕断另一只的腿
咬破肚子——直到死亡。
古罗马的大斗技场
也就是这个模样,
大家都可以想像
那一幅壮烈的风光。

古罗马是有名的"七山之城"
在帕拉丁山的东面
在锡利山的北面

---

[*] 原载1979年8月13日《人民日报》。

在埃斯揆林山的南面
那一片盆地的中间
有一座——可能是
全世界最大的斗技场,
它像圆形的古城堡
远远看去是四层的楼房,
每层都有几十个高大的门窗
里面的圆周是石砌的看台
可以容纳十多万人来观赏。

想当年举行斗技的日子
也许是一个喜庆的日子
这儿比赶庙会还要热闹
古罗马的人穿上节日的盛装
从四面八方都朝向这儿
真是人山人海——全城欢腾
好像庆祝在亚洲和非洲打了胜仗
其实只是来看一场残酷的悲剧
从别人的痛苦激起自己的欢畅。

号声一响
死神上场

当角斗士的都是奴隶
挑选的一个个身强力壮,
他们都是战败国的俘虏
早已妻离子散、家破人亡,
如今被押送到斗技场上
等于执行用不着宣布的死刑
面临着任人宰割的结局

像畜棚里的牲口一样；

相搏斗的彼此无冤无仇
却安排了同一的命运，
都要用无辜的手
去杀死无辜的人；
明知自己必然要死
却把希望寄托在刀尖上；

有时也要和猛兽搏斗
猛兽——不论吃饱了的
还是饥饿的都是可怕的——
它所渴求的是温热的鲜血，
奴隶到这里即使有勇气
也只能是来源于绝望，
因为这儿所需要的不是智慧
而是必须压倒对方的力量；

看那些"打手"多么神气！
他们是角斗场雇用的工役
一个个长的牛头马面
手拿铁棍和皮鞭
（起先还带着面具
后来连面具也不要了）
他们驱赶着角斗士去厮杀
进行着死亡前的挣扎；
最可怜的是那些蒙面的角斗士
（不知道是哪个游手好闲的
想出如此残忍的坏点子！）
参加角斗的互相看不见

双方都乱挥着短剑寻找敌人
无论进攻和防御都是盲目的——
盲目的死亡,盲目的胜利。

一场角斗结束了
那些"打手"进场
用长钩子钩曳出尸体
和那些血淋淋的肉块
把被戮将死的曳到一旁
拿走武器和其它的什物,
奄奄一息的就把他杀死;
然后用水冲刷污血
使它不留一点痕迹——
这些"打手"受命于人
不直接去杀人
却比刽子手更阴沉。

再看那一层层的看台上
多少万人都在欢欣若狂
那儿是等级森严、层次分明
按照权力大小坐在不同的位置上,
王家贵族一个个悠闲自得
旁边都有陪臣在阿谀奉承;
那些宫妃打扮得花枝招展
与其说她们是来看角斗
不如说到这儿展览自己的青春
好像是天上的星斗光照人间;
有"赫赫战功"的,生活在
奴隶用双手建造的宫殿里
奸淫战败国的妇女;

他们的餐具都沾着血
他们赞赏血腥的气味;
能看人和兽博斗的
多少都具有兽性——
从流血的游戏中得到快感
从死亡的挣扎中引起笑声,
别人越痛苦,他们越高兴;
(你没有听见那笑声吗?)
最可恨的是那些
用别人的灾难进行投机
从血泊中捞取利润的人,
他们的财富和罪恶一同增长;

斗技场的奴隶越紧张
看台上的人群越兴奋;
厮杀的叫喊越响
越能爆发狂暴的笑声;
看台上是金银首饰在闪光
斗场上是刀叉匕首在闪光;
两者之间相距并不远
却有一堵不能逾越的墙。

这就是古罗马的斗技场
它延续了多少个世纪
谁知道有多少奴隶
在这个圆池里丧生。
神呀,宙斯呀,丘比特呀,耶和华呀
一切所谓"万能的主"呀,都在哪里?
为什么对人间的不幸无动于衷?
风呀,雨呀,雷霆呀,

为什么对罪恶能宽容?

奴隶依然是奴隶
谁在主宰着人间?
谁是这场游戏的主谋?
时间越久,看得越清:
经营斗技场的都是奴隶主
不论是老泰尔克维尼乌斯
还是苏拉、凯撒、奥大维……
都是奴隶主中的奴隶主——
嗜血的猛兽、残暴的君王!
"不要做奴隶!
要做自由人!"
一人号召
万人响应
为了改变自己的命运
就要捣毁万恶的斗技场;
把那些拿别人生命作赌的人
钉死在耻辱柱上!

奴隶的领袖
只有从奴隶中产生;
共同的命运
产生共同的思想;
共同的意志
汇成伟大的力量。
一次又一次地举起义旗
斗争的才能因失败而增长
愤怒的队伍像地中海的巨浪
淹没了宫殿,掀翻了凯旋门

冲垮了斗技场,浩浩荡荡
觉醒了的人们誓用鲜血灌溉大地
建造起一个自由劳动的天堂!

如今,古罗马的大斗技场
已成了历史的遗物,像战后的废墟
沉浸在落日的余晖里,像碉堡
不得不引起我疑问和沉思:
它究竟是光荣的纪念,
还是耻辱的标志?
它是夸耀古罗马的豪华,
还是记录野蛮的统治?
它是为了博得廉价的同情,
还是谋求遥远的叹息?

时间太久了
连大理石也要哭泣;
时间太久了
连凯旋门也要低头;
奴隶社会最残忍的一幕已经过去
不义的杀戮已消失在历史的烟雾里
但它却在人类的良心上留下可耻的记忆
而且向我们披示一条真理:
血债迟早都要用血来偿还;
以别人的生命作为赌注的
就不可能得到光彩的下场。

说起来多少有些荒唐——
在当今的世界上
依然有人保留了奴隶主的思想,

他们把全人类都看作奴役的对象
　　整个地球是一个最大的斗技场。

一九七九年七月　北京

（选自《归来的歌》，四川人民出版社1980年版）

【作者简介】

　　艾青（1910～1996），原名蒋海澄，浙江金华人。1928年考入国立西湖艺术院绘画系，次年赴巴黎学画。1932年初回国，在上海参加"中国左翼美术家联盟"，同年被捕入狱。狱中三年，写了不少诗。1933年发表了寄自狱中的诗《大堰河——我的保姆》，一举成名。抗日战争时期，是艾青诗歌创作的第一个高潮期。代表作有《雪落在中国的土地上》、《向太阳》、《火把》等。1941年到延安，创作了《毛泽东》、《给太阳》、《黎明的通知》等名篇。20世纪50年代，艾青写过许多国际题材的诗，如《维也纳》、《一个黑人姑娘在歌唱》等。1957年艾青被错划为右派后，沉默了21年。1978年重返诗坛，开始了他诗歌创作的第二个高潮期。短短两三年内，艾青创作了《在浪尖上》、《光的赞歌》、《古罗马的大斗技场》等长诗和二百余首抒情短诗，出版诗集《归来的歌》、《彩色的诗》、《雪莲》、《域外诗选》等。还出版了《诗论》、《艾青谈诗》、《艾青论创作》等论文集。2000年，《艾青诗库》(5卷)出版。

　　艾青在诗歌园地辛勤耕耘六十年，为新诗发展作出了卓越贡献。他的诗已被译成十余种文字。1985年艾青荣获法国艺术最高勋章。艾青在国内外享有崇高的声誉。

【作品简析】

　　《古罗马的大斗技场》这篇长达二百余行的大型政治抒情诗，是诗人在新时期的一篇力作。

　　1979年5月，艾青随中国人民对外友好协会代表团访问德、奥、意三国。在意大利，诗人参观了古罗马大斗技场的历史遗迹，由此获得诗思，回国后写成这首长诗。

　　在《艾青诗选》自序中，诗人曾经谈到过"灵感"，他认为："所谓'灵感',无非是诗人对事物发生新的激动、突然感到兴奋、瞬即消逝的心灵的闪耀。所谓'灵感'是诗人的主观世界与客观世界最愉快的邂逅。"古罗马大斗技场的遗址何以能触动诗人,让诗人激动并产生创作灵感呢?那是因为"奴隶社会最残忍的一幕"唤起了诗人对历史、对时代、对国家前途、对人类命运最庄严的思考。诗人看到,"在当今的世界上/依然有人保留了奴隶主的思想",奴役、压迫、野蛮、凶残依然存在,推行强权政治的人,"他们把全人类都看作奴役的对象/整个地球是一个最大的斗技场"。悲剧仍在上演,诗人的心岂能平静?燃烧的感情通过咏史而抒发,借古喻今,指斥了人类社会一切"不义的杀戮"、一切凶残的奴役。以咏史为题材而不局限于咏史,为这首诗开辟了更大的审美空间,从而具有更高的审美价值。

长诗的艺术个性,在于"把罪恶的巨大形象展示在人类的眼前"(席勒语),在于那罪恶的巨大形象所造成的悲剧感给诗句带来的情感冲击力。第一节用民间熟悉的"斗蟋蟀"游戏起兴,给全篇定下了"别人的痛苦激起自己的欢畅"这一悲剧基调。第二节以后,笔锋转向奴隶社会最野蛮、最残忍的游戏。诗人以极强的画面感揭示了这一游戏的罪恶本质。顺着诗人的笔锋,读者可以看到斗场和看台两幅截然不同的画面。斗技场上,是人与人、人与兽残酷厮杀,无辜的死者,或被野兽吸吮"温热的鲜血",或被打手"用长钩子钩曳出尸体/和那些血淋淋的肉块",清场时,发现有"奄奄一息的"也要就地杀死,"然后用水冲刷污血/使它不留一点痕迹",这就是奴隶们所表演的供贵族取乐的游戏场景;看台上,则是"按照权力大小坐在不同的位置上"的数以万计的奴隶主们,旁边有"陪臣"与"宫妃",他们"从流血的游戏中得到快感","从死亡的挣扎中引起笑声",这是权势和兽性的展览!两幅画面概括了"全世界最大的斗技场"所上演的惊心动魄的悲剧。诗人又用远镜头将两幅画面组接在一起进行对比:"看台上是金银首饰在闪光/斗场上是刀叉匕首在闪光;/两者之间相距并不远/却有一堵不能逾越的墙",四行诗集中、准确地画出了奴隶社会不可调和的阶级对立,令人心灵震颤的悲剧感就渗透在这死神徘徊的画面当中。诗人用灌注着情感的画面摇撼着读者的心,让读者和诗人一起愤怒、一起呐喊、一起思索、一起反抗,去"捣毁万恶的斗技场","把那些拿别人生命作赌的人/钉死在耻辱柱上!"

古罗马的时代早已消逝,然而大大小小的"斗技场"依然存在,在当今世界,依然能看到奴役和残暴。曾几何时,在中国当代史上就有过"盲目的死亡,盲目的胜利",有过"相搏斗的彼此无冤无仇",却要"用无辜的手""杀死无辜的人";在这个地球上,"用别人的灾难进行投机/从血泊中捞取利润的人"依然四处可见,难怪诗人要愤怒地呼喊:"谁在主宰着人间?""谁是这场游戏的主谋?"哪里有压迫,哪里就有反抗。诗人用激情描绘出奴隶起义的动人心魄的场面:

> 愤怒的队伍像地中海的巨浪
> 淹没了官殿,掀翻了凯旋门
> 冲垮了斗技场,浩浩荡荡
> 觉醒了的人们誓用鲜血灌溉大地
> 建造起一个自由劳动的天堂!

这才是全诗立意的核心。妙在写古与喻今融为一体,启迪读者将关注的目光从古代引向今天,用斗争去"建造一个自由劳动的天堂"。

以咏史为题材,但又不是客观地叙事,而是将叙事、抒情融为一体,达到以事醒人、以情感人的艺术效果。诗人将自我放在评判者的位置上,边叙述、边控诉、边评说。例如:"能看人和兽搏斗的/多少都具有兽性","他们的财富和罪恶一同增长","血债迟早都要用血来偿还;/以别人的生命作为赌注的/就不可能得到光彩的下场",这些蕴含着真理的诗句,从叙事中引出,又不停留于叙事,从个别上升为一般,起到举一反三的作用,将诗情引向一个更高的审美境界。

长诗在形式上是艾青惯用的自由体。段无定行,句无定字,诗句长短不一,无统一韵脚,读之却有内在的节奏与旋律。诗人以气贯情,以情驱笔,文笔纵横,意蕴深厚,是一篇有气魄、有深度、有现实意义的咏史杰作,堪称艾青国际题材诗作中的珍品。

(李丽中)

悼念一棵枫树[*]

牛 汉

我想写几页小诗,把你最后的绿叶保留下几片来。
————摘自日记

湖边山丘上
那棵最高大的枫树
被伐倒了……
在秋天的一个早晨

几个村庄
和这一片山野
都听到了,感觉到了
枫树倒下的声响

家家的门窗和屋瓦
每棵树,每根草
每一朵野花
树上的鸟,花上的蜂
湖边停泊的小船
都颤颤地哆嗦起来……
是由于悲哀吗?

---

[*] 原载《长安》1981年第1期。

这一天
整个村庄
和这一片山野上
飘忽着浓郁的清香

清香
落在人的心灵上
比秋雨还要阴冷

想不到
一棵枫树
表皮灰暗而粗犷
发着苦涩气息
但它的生命内部
却贮蓄了这么多的芬芳

芬芳
使人悲伤

枫树直挺挺的
躺在草丛和荆棘上
那么庞大,那么青翠
看上去比它站立的时候
还要雄伟和美丽

伐倒三天之后
枝叶还在微风中
簌簌地摇动
叶片上还挂着明亮的露水

仿佛亿万只含泪的眼睛
向大自然告别

哦,湖边的白鹤
哦,远方来的老鹰
还朝着枫树这里飞翔呢

枫树
被解成宽阔的木板
一圈圈年轮
涌出了一圈圈的
凝固的泪珠

泪珠
也发着芬芳

不是泪珠吧
它是枫树的生命
还没有死亡的血球

村边的山丘
缩小了许多
仿佛低下了头颅

伐倒了
一棵枫树
伐倒了
一个与大地相连的生命

1973年秋

(选自《长安》1981年第1期)

【作者简介】

牛汉(1923～   ),山西省定襄人,蒙古族。1940年开始发表诗作,最初追求现代派诗风。1942年是创作的第一个高潮,写出长诗《鄂尔多斯草原》。1943年入西北大学俄文专业就学,1946年因参加学生运动被捕入狱。曾编辑《流火》等文艺刊物。1948后在华北大学教务处、中国人民大学研究部工作。1950年至1953年参加抗美援朝,之后曾长期负责人民文学出版社现代部的工作。1955年5月因胡风案被拘捕审查,直到1980年秋才得到平反。1966年至1968年被关入"牛棚",1969年至1974年被下放到湖北咸宁"五七"干校劳动改造,这期间是他创作的第二个高潮,其中《鹰的诞生》(1970)、《半棵树》(1972)、《悼念一棵枫树》(1973)、《麂子》(1974)等,曾被视为"归来的诗"的代表作,也被认为是"文革地下诗歌"的名作。他曾因诗集《彩色的生活》列入《七月诗丛》而被称为"七月派"诗人。新时期复出后,主编《新文学史料》二十余年,1985年至1986年协助丁玲编辑文学杂志《中国》,任执行副主编。这时期创作了约二三百首诗,出版有诗集《温泉》(1984)、《海上蝴蝶》(1985)、《蚯蚓和羽毛》(1986)、《沉默的悬崖》(1986)、《牛汉抒情诗选》(1989)、《牛汉诗选》(1998),另有诗话集《学诗手记》(1986)、散文集《萤火集》(1994)和《命运的档案》(2000)等。

【作品简析】

《悼念一棵枫树》是一首咏物诗。1973年冬天,诗人在湖北咸宁"五七"干校因感念被伐倒的一棵枫树而写。"文化大革命"这段时期是诗人一生中最灰暗的一个时期,但是诗人并没有抛弃诗,而是悄悄地用诗记录下自己真实的心灵之声,记录下时代的扭曲的历史。当时,诗人并没有想到发表,只是纯粹为了表达心声,所以这类诗也被称为"地下诗歌"。

牛汉以诗维护着人性的尊严,并进行着韧性的抗争。在现实世界里枫树被伐倒,在诗歌世界里枫树依然挺立,随着枫树的被伐,诗人的心也跟着被伐。正因为诗人融入了自己的生命体验,才使这首诗带有强烈的主观感情色彩,才使人们对于枫树的被伐更带有生命被伐的创痛,因而具有震撼力量。诗人感同身受于枫树的"被伐"和"被伐"的创痛,为了不让"被伐倒的枫树"的伟大形象从天地间消失,而在诗歌中"把它重新树立在天地间"。他的诗写的是枫树的傲岸和坚韧,实际是借树喻人、以树励志,"树"、"人"、"历史"三者交叠而成的是生命遭到迫害后依然保持伟岸姿态的精神。诗中的"枫树"不仅是个人受难、自励、抗争的写照,也是历史灾难的有形见证,正如他自己所说的,它是"历史结出的果子",所以这首诗在悼念枫树之时,不仅写出了个人生命体验,而且具有历史深度。透过诗人对"枫树"的悼念,可以听到在一个万马齐喑的时代里一棵"生命树"的怒响,它是个人身世与历史劫难合成的一曲生命悲歌。牛汉写于干校的一些诗,大多浸透着悲愤和痛楚,体现了一种硬汉子精神和强者意志,是历史的活生生的、新鲜的断层,有一种史诗般的痛感和生命被磨砺的质感。

　　诗人的构思虽自现实引发,但却不是纯粹的写实,而有一种意味深长的象征和隐喻色彩,高大挺拔的枫树简直就像是现实中身材高大的诗人自身形象。枫树不再是客观世界的静物,而是一个与诗人生命息息相关的另一个生命,而悼念一棵枫树,实际上是悼念一个鲜活的生命。诗人曾经深情地回忆:"我的骨骼里树立着它永恒的姿态,血液里流淌着枫叶的火焰。"(《一首诗的故乡》)可以说,枫树意境成了诗人的精神支柱和诗人自我的外化和自况。"但它的生命内部/却贮蓄了这么多的芬芳","芬芳"是枫树的价值,也是生命的价值,而诗中砍伐枫树的刽子手,代表扭曲的时代中的恶势力。"芬芳/使人悲伤",随着枫树的被砍伐,诗人感觉"生命像被连根拔起",有价值的生命被砍伐、被毁灭,诗人只能通过诗歌来悼念,表达枫树和自己的悲伤。所以,对枫树的悼念也是对自己的悼念。因为,树的命运就是人的命运,树的灾难就是人的灾难,从树与人共同的命运可以折射出一个颠倒时代的悲剧历史,许多正直的树、正直的人却在政治的风暴中惨遭"被伐"的迫害。但是,诗人在为树、为人这种被迫害的命运悲愤的同时,也隐含了一种强烈的抗争意识和悲剧意识,通过枫树的悲剧不仅窥见到个人的悲剧,同时也可以透视出历史的悲剧,"文革"历史与"五七"干校最终让世人更加沉重真实地面对那一段历史记忆,以及那一段历史中每一颗坚强的诗心和灵魂。牛汉的诗中,常以自然之动植物借喻自我人生,如"枫树"、"半棵树"、"华南虎"、"麂子"、"鹰"等,这些诗是诗人在特定的扭曲时代里悲愤心情和坚韧意志的折射。

在"文革"地下诗歌创作中,除了牛汉这首诗外,其他如曾卓、绿原、蔡其矫、艾青等诗人借树喻人、以树励志的作品还有许多,他们的创作在主题和构思上有一些相似之处,而托物言志与中国古典诗歌的比兴手法几乎成了这些咏物诗最惯常用的手法。由于特定的环境与心境等原因,充满生命质感的"树"的形象成为中国新诗在特定时代出现的一个具有特殊意义的意象,在万马齐喑的"文革"时代可以听到各种"生命树"的怒响,如"悬崖边的树"(曾卓)、"悼念一棵枫树"(牛汉)、"半棵树"(牛汉)、"老朽了的芙蓉树"(蔡其矫)、"智慧之树"(穆旦)等。树的力度,抵抗外力的坚韧,被伐倒的痛楚与悲愤,生命力的顽强,这时获得了诗人灵犀相通的情感认同,"树"成了诗人生存境遇的自况,成了诗人在现实中的形象写照。诗人有意无意地将"树"与"自我"叠合、互化为一体。同时,对"树"的改造、摧残与变形、压抑的外力,诸如"奇异的风"、"二月的一次雷电"、"满天闪电"、"飓风"、"虚假的春天"、"一声炸雷"等便相应地成了"反面意象",代表暴力与恐怖的制造者或扼杀生命的刽子手,成为对恶势力的一种表达。这种借喻手法既是诗人处于地下写作不得不用的一种"曲笔",又是一种借物喻人、托物言志的写作手法,它与悠久的中国式的比兴传统可谓一脉相承。中国古代文人对梅兰竹菊的偏爱以及在文学创作中使之高度意象化甚至概念化,"文革"中老诗人群体性对"树"形象的挖掘与发扬不是偶然的,某种程度上是中国这种文学传统的延续。只是在古代诗人那里,意象化的"梅兰竹菊"等常常是诗人自己的以物喻己或以物明志,包含了极大的自我人格、情志的夸饰与情感寄托,有一种程式化、理念化的痕迹。老诗人不约而同对"树"的意象化再造,则是他们身处生活底层、贴近自然后对自然界万物与个人命运的重新体悟、观照和把握,并进而对文学意象的提升与重铸,所以是充满真情实感的主观人化的自然之物。

(李润霞)

小草在歌唱*
——悼女共产党员张志新烈士

雷抒雁

一

风说:忘记她吧!
我已用尘土,
把罪恶埋葬!
雨说:忘记她吧!
我已用泪水,
把耻辱洗光!

是的,多少年了,
谁还记得
  这里曾是刑场?
行人的脚步,来来往往,
谁还想起,
他们的脚踩在
 一个女儿、
 一个母亲、
 一个为光明献身的战士的
  心上?

---

* 原载《诗刊》1979年第8期。

只有小草不会忘记。
因为那殷红的血,
已经渗进土壤;
因为那殷红的血,
已经在花朵里放出清香!

只有小草在歌唱。
在没有星光的夜里,
唱得那样凄凉;
在烈日暴晒的正午,
唱得那样悲壮!
像要砸碎礁石的潮水,
像要冲决堤岸的大江……

二

正是需要光明的暗夜,
阴风却吹灭了星光;
正是需要呐喊的荒野,
真理的嘴却被封上!
黎明。一声枪响,
在祖国遥远的东方,
溅起一片血红的霞光!

呵,年老的妈妈,
四十多年的心血,
就这样被残暴地泼在地上;
呵,幼小的孩子,
这样小小年纪,

心灵上就刻下了
　　终生难以愈合的创伤!

我恨我自己,
竟睡得那样死,
像喝过魔鬼的迷魂汤,
让粼粼囚车,
碾过我僵死的心脏!
我是军人,
却不能挺身而出,
像黄继光,
用胸脯筑起一道铜墙!
而让这颗罪恶的子弹,
　　射穿祖国的希望,
　　打进人民的胸膛!
我惭愧我自己,
我是共产党员,
却不如小草
让她的血流进脉管,
日里夜里,不停歌唱……

　　　　三

虽然不是
面对勾子军的大胡子连长,
她却像刘胡兰一样坚强;
虽然不是
在渣滓洞的魔窟,
她却像江竹筠一样悲壮!
这是二十世纪,七十年代,

社会主义中国特殊的土壤里,
成长起的英雄
——丹娘!

她是夜明珠,
暗夜里,
放射出灿烂的光芒;
死,消灭不了她,
她是太阳,
离开了地平线,
却闪耀在天上!

我们有八亿人民,
我们有三千万党员,
七尺汉子,
伟岸得像松林一样,
可是,当风暴袭来的时候,
却是她,冲在前边,
挺起柔嫩的肩膀,
肩起民族大厦的栋梁!

我曾满足于——
月初,把党费准时交到小组
　　长的手上;
我曾满足于——
党日,在小组会上滔滔不绝
　　地汇报思想!
我曾苦恼,
我曾惆怅,
专制下,吓破过胆子,

风暴里,迷失过方向!

如丝如缕的小草哟,
你在骄傲地歌唱,
感谢你用鞭子
　　抽在我的心上,
让我清醒!
让我清醒!
昏睡的生活,
比死更可悲,
愚昧的日子,
比猪更肮脏!

　　　　四

就这样——
黎明。一声枪响,
她倒下去了,
倒在生她养她的祖国大地上。

她的琴呢?
那把她奏出过欢乐,
奏出过爱情的琴呢?
莫非就此成了绝响?
她的笔呢?
那支写过檄文,
写过诗歌的笔呢?
战士,不能没有刀枪!

我敢说:她不想死!

她有母亲:风烛残年,
受不了这多悲伤!
她有孩子:花蕾刚绽,
怎能落上寒霜!
她是战士,
敌人如此猖狂,
怎能把眼合上!

我敢说:她没想到会死。
不是有宪法么,
民主,有明文规定的保障;
不是有党章么,
共产党员应多想一想。
就像小溪流出山涧,
就像种子钻出地面,
发现真理,坚持真理,
本来就该这样!

可是,她却被枪杀了,
倒在生她养她的母亲身旁……

法律呵,
怎么变得这样苍白,
苍白得像废纸一方;
正义呵,
怎么变得这样软弱,
软弱得无处伸张!
只有小草变得坚强,
托着她的身躯,
抚着她的枪伤,

把白的,红的花朵,
插在她的胸前,
日里夜里,风中雨中,
为她歌唱……

五

这些人面豺狼,
愚蠢而又疯狂!
他们以为镇压,
就会使宝座稳当;
他们以为屠杀,
就能扑灭反抗!
岂不知烈士的血是火种,
播出去,
能够燃起四野火光!

我敢说:
如果正义得不到伸张,
红日,
就不会再升起在东方!
我敢说:
如果罪行得不到清算,
地球,
也会失去分量!

残暴,注定了灭亡,
注定了"四人帮"的下场!

你看,从草地上走过来的是谁?

油黑的短发,
披着霞光;
大大的眼睛,
像星星一样明亮;
甜甜的笑,
谁看见都会永生印在心上!

母亲呵,你的女儿回来了,
她是水,钢刀砍不伤;
孩子呵,你的妈妈回来了,
她是光,黑暗难遮挡!
死亡,不属于她,
千秋万代,
人们都会把她当作榜样!

去拥抱她吧,
她是大地的女儿,
太阳,
给了她光芒;
山冈,
给了她坚强;
花草,
给了她芳香!
跟她在一起,
就会看到希望和力量……

1979 年 6 月 7 日夜不成寐
6 月 8 日急就于曙光中

(选自《诗刊》1979 年第 8 期)

【作者简介】

  雷抒雁(1942～2013),陕西省泾阳县人。读中学时就迷上了诗歌。1962年考入西北大学中文系,毕业后到宁夏一个农村接受"再教育"。1970年参军,1973年任《解放军文艺》诗歌编辑,1981年到工人出版社工作。

  出版过《沙海军歌》、《漫长的边境线》、《小草在歌唱》、《云雀》、《春神》、《绿草的交响乐》、《跨世纪的桥》、《父母之河》等诗集。《父母之河》获全国第二届优秀新诗(诗集)奖。

  雷抒雁是一个勤奋的诗人。他善于提炼生活,在艺术上也能不断创新,已形成了自己的艺术风格。他的诗朴素、清丽、深沉,有鲜明的时代性和犀利的思想锋芒。

【作品简析】

  1979年夏,报纸上公开发表了与林彪、"四人帮"作不屈斗争而英勇牺牲了的张志新烈士的光辉事迹。这个敢于坚持真理,用生命来捍卫真理的优秀女共产党员的形象,这个发生在社会主义时代的悲剧,使人们激动不已,启迪人们深思和猛醒。诗人是时代的神经。一时间涌现出许多讴歌张志新烈士的优秀诗篇,艾青的《听,有一个声音……》、韩瀚的《重量》、周良沛的《沉思》、舒婷的《遗产》等均选取同一题材,从不同角度表达了诗人对时代的思考和千万人心头爱与恨交织在一起的呼声。《小草在歌唱》是这类题材诗歌中的佼佼者,它有自己独特的反映角度和表现手法,表达了诗人独特的感受,形成了沉郁、悲壮、激越的抒情风格。

  一声枪响之后,发出万声回响;一个人倒下了,唤起了千万人的觉醒。诗人选择了这一契机进行艺术构思,表达了亿万群众对林彪、"四人帮"的愤怒声讨和要求健全社会主义民主与法制的强烈呼声。

  诗人力求把这一严肃的政治性主题表达得更富于艺术性和感染力。他将自己炽热的心灵的袒露,严厉的自我解剖,与烈士卓美的形象交融在一起,从抒写感受出发来塑造形象,让形象传达出自己对生活、对人生的看法。这是诗人在艺术实践中形成的对于诗歌美学的见解。

他在一篇文章中谈到:"诗应该是生活的印象,情绪的记录,思想的启示。"他认为《小草在歌唱》走的是《雷锋之歌》的路子。就是说,《小草在歌唱》不是为介绍张志新烈士,而是抒写自己的印象和感受,是借这一题材来言志。

"我"是贯穿全诗的抒情线索,自始至终有"我"的声音,"我"的存在。这个与时代、与人民相通的"我",使诗达到了个性与共性的统一。"我"的感情、感受是独特的,又能唤起千百万读者的共鸣。这个袒露真情的"我",沟通了诗人与读者的心灵,它是架在诗人与读者心灵上的一座桥。这个时时自省自责的"我",对烈士形象起着烘托、对比的作用。用"我"的昏睡,烘托烈士的清醒;用"我"的怯懦,烘托烈士的勇敢坚强;用"我"满足于做一个按时交纳党费,在党日"滔滔不绝地汇报思想"的党员,来烘托烈士具有刘胡兰、江竹筠那样坚贞的党性。"感谢你用鞭子/抽在我的心上,/让我清醒!/让我清醒!"这是抒情的思想核心,是诗人严厉的自我解剖,又是一代人的声音。诗人通过自我解剖,解剖了整整一代人,表现了民族的觉醒,一代人的觉醒,"我"的感情的典型性正在这里。"我敢说:她不想死"和"我敢说:她没想到会死"这两段,既是诗人在抒发自己的感受,又是在讴歌张志新的崇高品德。烈士就义前和一般人一样,她爱母亲、爱孩子,不愿离开他们,她珍惜自己的生命,因为她是一个壮志未酬的战士,所以,她"不想死";然而,她毕竟死了,死在"四人帮"的枪口之下,这说明她把真理看得比生命更重要。她相信宪法,相信党章,所以"没想到会死";然而,她终于倒在生她养她的社会主义祖国的土地上。这怎能不引起亿万人的沉思,唤起亿万人的觉醒!诗人再也抑制不住愤怒的感情,他感叹法律"苍白得像废纸一方";他要求伸张正义!清算罪行!这声声呐喊,道出了广大人民要求健全社会主义民主与法制的强烈呼声。

这首诗构思别致、巧妙之处,还在于选择了"小草"这个抒情对应物。诗人在构思这首诗时,忽然想起以前写过的一首赞美小草的诗,飘动的诗情碰到了偶然的对应物,凝结成感人的诗篇。小草轻柔,有着内在的力量,甚至能顶起巨石;小草碧绿,充满了生机,"野火烧不尽,春风吹又生";小草质朴平凡,人人熟悉,平易亲切。小草的这些性质和烈士外柔内刚的美质十分吻合,诗人选择小草做感情的寄托物,用来象征烈士,象征与烈士休戚与共的人民,使诗的抒情显得委婉、含蓄,使诗在艺术上达到了诗人所追求的"力和美的统一"。

诗的语言也很有特色,充满激情,蕴含着深刻的思想,形成了全诗沉郁、悲壮的抒情格调。这首诗意新语工,具有整体美、和谐美,在轻柔的外表下表达了一个震撼人心的时代主题。

(李丽中)

相信未来*

食 指

当蜘蛛网无情地查封了我的炉台,
当灰烬的余烟叹息着贫困的悲哀,
我依然固执地铺平失望的灰烬,
用美丽的雪花写下:相信未来。

当我的紫葡萄化为深秋的露水,
当我的鲜花依偎在别人的情怀,
我依然固执地用凝露的枯藤,
在凄凉的大地上写下:相信未来。

我要用手指那涌向天边的排浪,
我要用手掌那托住太阳的大海,
摇曳着曙光那枝温暖漂亮的笔杆,
用孩子的笔体写下:相信未来。

我之所以坚定地相信未来,
是我相信未来人们的眼睛——
她有拨开历史风尘的睫毛,
她有看透岁月篇章的瞳孔。

---

* 原载《今天》1979年第2期。

不管人们对于我们腐烂的皮肉,
那些迷途的惆怅、失败的苦痛,
是寄予感动的热泪,深切的同情,
还是给以轻蔑的微笑,辛辣的嘲讽。

我坚信人们对于我们的脊骨,
那无数次的探索、迷途、失败和成功,
一定会给予热情、客观、公正的评定。
是的,我焦急地等待着他们的评定。

朋友,坚定地相信未来吧,
相信不屈不挠的努力,
相信战胜死亡的年轻,
相信未来,热爱生命。

(选自《今天》第2期,1979年2月26日)

【作者简介】

食指(1948~),原名郭路生,1978年开始使用"食指"的笔名。祖籍山东鱼台,1948年11月21日出生于山东诸城。1953年随父母迁居北京。1968年赴山西杏花村插队。1970年秋回老家山东鱼台县务农。1971年2月在山东济宁参军入伍,1973年2月退伍。1974年曾患精神疾病。1975年在北京光电技术研究所工作。1990年因病曾居于北京第三福利院,现居北京家中。食指的诗歌创作始于1965年。诗歌代表作为《相信未来》、《这是四点零八分的北京》、《疯狗》等。出版的诗集有《相信未来》(1988)、《食指黑大春现代抒情诗合集》(1993)、《诗探索金库·食指卷》(1998)、《食指的诗》(2000)。

【作品简析】

《相信未来》作于1968年2月,1979年2月最初发表于文学民刊《今天》第2期。从创作的时间向度和诗歌文本的精神向度上看,早在文革初期,食指已经有了相当有份量的诗歌创作,并在不同程度上启迪了朦胧诗人,他应该算作"朦胧诗"的先行者,同时"也是70年代以来为新诗歌运动趴在地上的第一人"(多多语)。他的困惑、他的真诚、他的矛盾,甚至连同他颠宕惨烈的人生经历都构成了一个时代的文化象征。食指"文革"时期的创作高峰期是1968年,他的优秀的代表作几乎都写于这一年,除《相信未来》外,还有《这是四点零八分的北京》等近20首。如果说1968年可以看作是这一代人从"红卫兵"到"知青"成长之路的时间界碑,那么,食指就是"六八年人"的精神代言人。他以朴素、忧伤的笔调倾诉了一代人理想的追求与破灭,真实地记录了一代人的心路历程,为一代人填写了他们的精神履历。

食指诗歌的主题与一个时代的政治运动密切相关,展示了一代人在红卫兵向知青的身份转变中纯净而复杂的情感:青春的激情与绝望混合了哀怨和自励。从时代背景来看,随着工人"造反派"的兴起,轰轰烈烈的红卫兵运动逐渐落潮,许多青年学生心里不同程度地有一种受挫感,促使一部分人从最初的极端狂热中冷静下来,开始思索自己的命运,寻找人生的出路,然而时代给予他们出路的暗示又似乎是"没有出路",这样,青年人普遍地产生了对未来迷惘、消沉的情绪。《相信未来》写出的就是一代青年对现实的迷惘失望,并以一种朋友般劝勉的方式表达了对"未来"的执著信念。

全诗以舒缓的回忆和忧郁的抒情开篇,诗的前三节格式整饬工整。"当……"这种句式是舒缓的记叙和忧伤的回忆笔法,而"无情地"、"叹息着"、"固执地"、"贫困的"、"失望的"、"凄凉的"等带有浓重感情色彩的词语堆积,不断重复自语的"相信未来"营造了一种类似咏叹调般的悠长意境,使得整首诗的情感基调一开始就笼罩在一种哀伤、失望之中,但抒情主人公又似乎在含悲带怨中不懈诉说着对"未来"的向往和呼唤。可以说,诗人用朴素而又充满诗意的语句写出了一个青年人的青春怅惘,把对未来的信念包裹在现实人生的感喟中。

诗歌从第四节开始出现情绪转折,对自我和现实的忧伤转为对未来的畅想和励志,前三节和后四节在情绪抒发、思想境界和语言选择上出现了一点小小的"断裂"。"迷途"、"未来"是理解这种断裂的关键词。

换句话说,前三节写的是现实的"迷途",而后四节写的是不确定但又坚定憧憬的"未来"。"未来"究竟是什么,诗人并没有给出答案,但"相信未来"树立和坚定的是一种自慰与励志相合的人生信念,是经历了现实失败后的别一种反抗精神,同时也是挣扎于灰暗绝望现实中的一枚止痛剂。因为,"未来之眼"有"拨开历史风尘的睫毛"和"看透岁月篇章的瞳孔",对于受伤的一代人而言,"相信未来"给出的首先是一种抚慰性的精神力量,它无异于一种必须的心理疗法。而"未来"又是一个相对于"现实"的不可知概念,这首诗潜在的是"未来"与"现实"二者之间的对立关系,诗人用对未来的确认否定了对现实的不信任(尽管还不彻底),所以,现实的痛苦和不公只有依靠、等待未来的补偿和肯定:"相信不屈不挠的努力,/相信战胜死亡的年轻。"《相信未来》使一代人看到或曰想象一个新的未来世界,这反映了一代人从"红卫兵"向"知青"身份转变过程中的普遍心理和共同情感,说到底,这一代人是"相信未来"的一代人,或者说,他们最初都是从"相信未来"的精神境界过渡而来的。食指反复吟诵的一句"相信未来"给予当时青年的精神震动和鼓舞是巨大的,至今仍有不少"文革"历史"过来人"在各种回忆中记述了这首诗带给当时的情感震动,这首诗在"文革"时期也成为被传抄诵读最多的作品之一。对于一代青年来讲,"相信"是一种并不陌生的感觉,比如现实教育他们相信语录和革命,相信"未来"的共产主义,但食指"相信未来"的诗歌却更新重塑了他们所熟悉的感觉。

从形式上看,这首诗结构整饬工整,语言精致华丽,讲究节奏与格律,抒情色彩浓郁,情调忧伤浪漫,富有音乐性。食指的诗歌基本上都遵循着现代格律诗的规范,格式变化不多,基本是四行一节,讲究押韵、辞藻的雕琢和格式的对称,多是格律体或半格律体的抒情诗,呈现出古典主义、浪漫主义的倾向,这一风格既有来自中国古典诗歌的渗透,也有何其芳、贺敬之以及马雅可夫斯基、洛尔伽等中外现代诗人的综合影响。他曾说:"有人说,现代格律诗是豆腐块,我说是窗户,更准确地说是心灵的小窗,应是'窗含西岭千秋雪'。"(郭路生《诗人谈诗》,载1980年10月23日《今天》文学资料之一)他的诗歌艺术整体呈现出一种"窗式美",即在诗歌外在形式上有"窗"的对称和整饬格局,四四方方,自成一体,字数、行数、诗节与句式大致固定均齐;同时在音节上讲究格律,《相信未来》前三节几乎是一韵到底,以 ai 韵为主,押"台"、"哀"、"来"、"怀"、"海",他通过格律营造的旋律美与节奏美,使得全诗读来朗朗上口,具有很强的可朗诵性。另外,在语言运用上,食指喜欢用形容词与名词的叠加来铺排诗歌形式,造成一种"装饰感"很强的情感修辞和视觉美感。他的语言清新,用词质朴丰满,带着生活的原色,抛弃了当时浮泛空洞的政治口号和概念化的流行语录,多用朴素的带有生活化的词语和意象表现生活细节,如"蜘蛛网"、"炉台"、"灰烬"、"紫葡萄"、"鲜花"等日常之"物"。

总之,他承担了一个时代所赋予一个诗人的全部命运,也必然承担了时代所加在他诗歌、人生中的幸与不幸。食指终究是属于"六八年"时代的诗人,他用碎片般的人生与标本般的诗歌为一个时代留下了活的、诗性的历史档案,由此可以窥见当时诗歌与当时政治思潮的某种景观和联系。清醒与疯狂、信仰与背叛、理想情怀与现实苦闷交织成他的诗歌纹路和生命纹路,这些纹路的浇铸者就是他所生活的时代。恰恰是这种清晰可辨的纹路才使他不仅成为一个诗人存在的标本,而且成为一个时代存在的见证。

(李润霞)

回 答*

北 岛

卑鄙是卑鄙者的通行证,
高尚是高尚者的墓志铭,
看吧,在那镀金的天空中,
飘满了死者弯曲的倒影。

冰川纪过去了,
为什么到处都是冰凌?
好望角发现了,
为什么死海里千帆相竞?

我来到这个世界上,
只带着纸、绳索和身影,
为了在审判前,
宣读那些被判决的声音。

告诉你吧,世界
我——不——相——信!
纵使你脚下有一千名挑战者,
那就把我算作第一千零一名。

---

* 原载《诗刊》1979年第3期。

我不相信天是蓝的，
我不相信雷的回声，
我不相信梦是假的，
我不相信死无报应。

如果海洋注定要决堤，
就让所有的苦水都注入我心中，
如果陆地注定要上升，
就让人类重新选择生存的峰顶。

新的转机和闪闪星斗，
正在缀满没有遮拦的天空。
那是五千年的象形文字，
那是未来人们凝视的眼睛。

（选自《诗刊》1979年第3期）

【作者简介】

　　北岛（1949～　　），原名赵振开，另有笔名石默、艾珊等，"北岛"这一笔名是诗友芒克于1978年为他所取。祖籍浙江湖州，1949年8月2日生于北京。1968年高中毕业，次年进入北京一家建筑公司，当过六年混凝土工，五年铁匠。1970年开始写诗。1976年参加天安门诗歌运动。1978年与诗人芒克等创办非正式文学刊物《今天》，担任主编。1980年任《新观察》杂志编辑。1981年在《中国报道》（英文版）任文学编辑，后辞职。1989年移居国外，先后旅居欧美。2007年至今，在香港中文大学任教。1978年10月油印第一部个人诗集《陌生的海滩》，1980年4月同名诗集作为《今天》丛书之二再版油印。正式出版的诗集有《北岛诗选》(1986)、《五人诗选》（与人合作，1986)、《午夜歌手（北岛诗选1972－1994)》（台湾，1995)、《零度以上的风景（北岛诗选1993－1996)》（台湾，1996)、《北岛诗歌集》(2003)。在国外出版的诗集有：《太阳城札记》、《北岛顾城诗选》等。除诗歌外，他还创作小说、散文，从事诗歌翻译,发表过小说《波动》和《稿纸上的月亮》等,出版小说集有《归来的陌生人》、散文集有《蓝房子》、译诗集有《北欧现代诗选》等。

【作品简析】

  北岛是中国当代"朦胧诗"的领军人物,也是"前朦胧诗"或曰"文革地下诗歌"的代表诗人。1978年10月,《回答》一诗最初发表于北岛与芒克共同创办的文学民刊《今天》创刊号,1979年3月在《诗刊》发表,标志着北岛正式登上中国诗坛。

  北岛的诗歌创作开始于特殊的"文革"时期,严苛的意识形态控制,狂热的领袖崇拜,被边缘化的知识分子,使得当时的文学呈现出畸形的生态,但也正是在这个黑暗压抑的非正常时期,青年诗人却在"地下"写作中酝酿成一股诗歌潜流重塑了独特的当代诗歌史。1973年3月15日,北岛写了诗歌《告诉你吧,世界》,1976年4月在此基础上修改为《回答》。从开始"地下诗歌"创作起,北岛的诗歌就鲜明地带有那个特殊时代的烙印和"北岛式"的诗性特质:强烈的现实关怀,深刻的历史反思,理性与批判的怀疑精神,沉重的理想主义色彩,英雄斗士般的抒情主人公形象。《回答》即是对癫狂时代、迷惘个体甚至民族文明发出的最犀利也最深挚的"北岛式回答"。

  全诗共七节,每节四行,诗形在整体的整饬中又颇多变化,情感在激越、愤怒和昂扬中衍进回环,整首诗名曰"回答",其实就是诗人在深刻的怀疑迷惘中激发出的各种时代之声,也是控诉、呐喊、怒吼、宣告、呼号、讲演、独白共同汇合成的一部"回答交响诗"。诗的每一种声音都张扬了诗人的独立思考和独立人格,经历了理想失落、精神幻灭、价值颠倒和人性回归,既不与政治同流合污,亦不架空抽离现实,而是以一种尖锐的诘问与呼吁对时代和历史做出了自己的判决,几乎可以说是一代人理想幻灭但又不甘沉沦重新殉道的心灵史。

  全诗开篇两句"卑鄙是卑鄙者的通行证,/高尚是高尚者的墓志铭"是这首诗歌的灵魂。这两句凝练工整、具有箴言式质感的诗句已经超越了具体的社会事件、历史语境和时代背景,具有对人性叙述的普遍性断言,亦可称之为"警世通言"。句式的叙述完全是不容置疑的确定性定义,语义与词性的交替反复,整齐对仗中的对比和思想的深刻冷峻,使之成为北岛诗歌中流传最广也最有震撼力且超越时代感的名句。经历过"文革"语录轰炸的人,可能会想到那句"卑贱者最聪明,高贵者最愚蠢"的政治语录,北岛借其词却反其意。此外,创作比北岛早的诗人食指在1968年写过《命运》一诗,开篇第一句也是对世事洞察的讽喻总结:"好的名誉是永远找不开的钞票,坏的名誉是永远挣不脱的枷锁。"视食指为启蒙老师的北岛或许也从此得到些许灵感。如果说,食指的《命运》像是一个不幸孤魂的哀鸣,那北岛的《回答》更像是献给时代的冷酷供词。因为,北岛"看到"了镀金天空中的血腥恐怖和死亡悲剧,使他重新省思自我与世界的真伪,也使他逐渐开始追问"为什么世界会如此"并给出"我不相信世界"的回答。镀金的虚伪虚妄和死者弯曲的真实倒影以对比强烈的矛盾方式为诗歌增添了一种冷峻阴郁的画面感,同时也奠定了讽喻悲怆的调子。

第二、三节从警世钟般的智性宣言转向愤怒决绝的控诉,在苦难的"冰川纪"与希望的"好望角"之间建立起一个善恶对立、充满诘问的"为什么"句式,把控诉推向更加直白尖锐的呐喊,对"冰凌"和"死海里千帆相竞"的质疑带出的正是一代人和一个民族的悲剧命运:青春的困惑,理想的失落,政治信仰的破产,时代的恐怖依然遍布现实世界;只带着"纸、绳索和身影"出场的诗人"来到这个世界上",显示出诗人作为初醒者的孤独和斗士般的决绝,而"审判"、"判决"则以一种沉重压抑的语调宣告了"文革"主流诗歌假大空的轻浮和无效。

《回答》中的第四、五节以排比和反复的句式凝聚并燃爆了排山倒海的极端怀疑情绪,以"告诉你吧,世界"开启了悲怆激越的呼号:"我——不——相——信!"成为全诗情绪和声响的高潮。无限延宕、无比愤激的呼号加上四个急促的排比"我不相信……"就像是一首离经叛道蔑视一切的摇滚,"天"、"雷"、"梦"、"死"亦实亦虚,成为诗人对荒诞现实纠结于心的精神投影。如果说,食指的《相信未来》代表了一代人像孩子般执著地"相信未来",那么北岛的"我不相信"则代表了一代青年已经在"纯真失落"、"理想幻灭"后走出迷狂且开始执著挑战世界,"纵使"和"第一千零一名"透出的正是某种否定中的坚定,批判后的自我寻找,抒情主人公是恐怖虚妄世界里的呐喊者和挑战者,他要告诉世界的是"我不相信"。从"相信未来"到"我不相信",一代人从"文化大革命"的热血青年蜕变成时代的叛逆者,完成了他们精神历程的痛苦转变。

但是,北岛又是一个游走于怀疑与探求两端、永远"在路上"的理想主义者和充满绝望的探求者,他诗中的觉醒、怀疑、反思、寻找充满悲怆悖反的复杂况味。他常表现出一种绝望的否定性和尖锐的不妥协姿态,但却并不陷入人生的无聊和现实的犬儒,相反,怀疑中的探求精神和绝望中的希望心态在诗中呈现出一种极端的张力和矛盾的和谐。甚至,他诗中对苦难的承受和对人性的救赎力量比他的悲观怀疑更令人难忘。这在全诗最后两节表现得淋漓尽致。从第四、五节中"我不相信"的彻底否定和决绝回答,诗人再次进入了感情转折,从极具个人性的抗议怒吼回到社会性的沉思独白,"我"转化提升为"人类",意境也拓展为宏大的民族历史忧思和人类情怀。在1973年写的《告诉你吧,世界》里,最后一节是"我憎恶卑鄙,也不稀罕高尚,/疯狂既然不容沉静,/我会说:我不想杀人,/请记住:但我有刀柄。"而在《回答》中,最后两节替换掉了原先直白愤怒带点暴力威胁色彩的结尾,变成了与个体生命困境息息相关的社会承诺,这也意味着他们从"相信的一代"转为"怀疑的一代"并最终成为"承担的一代"。

北岛诗中深沉的历史感总是印衬在现实的精神底色上,所以在最后两节中"海洋"与"陆地"、"苦水"与"峰顶"、"没有遮拦的天空"与"五千年的象形文字"等物象与空间的譬喻显示的恰是诗人对历史苦难的积极承担和不畏牺牲的社会使命感。这两节句式依然整齐,对仗依然工稳,情感重新回到饱满的肯定性情怀。"注定"预言了历史的不可逆转和舍我其谁的英雄情怀,而"新的转机和闪闪的星斗"传递了些许绝望中的希望和否定中的肯定;而从"注入我的心中"到"人类选择生存的峰顶"再到"未来人们凝视的眼睛",能够看出诗人从"自我"到"人类"、从个体苦难到民族命运的迷惘思索和痛苦承担,至此,他在理性怀疑和良知坚守中成为自觉肩起黑暗闸门的诗人。

总之,《回答》这首诗在政治抗争的现实讽喻中呈现出抵抗宿命、质疑虚妄、担当民族命运的殉道精神,诗人用深刻而具有启示意味的诗性语言,穿透历史的迷雾,呈现出道义和人性的光辉。同时,此诗以比喻、象征、隐喻、排比、对仗等密集的修辞和大量具有思想质感的意象语言摈弃了当代诗坛"颂歌体"或"战歌体"的滥情与粗暴,确立了一种"有意味"、"有深度"的"朦胧诗"经典范式。

(李润霞)

祖国呵,我亲爱的祖国[*]

舒 婷

我是你河边上破旧的老水车,
数百年来纺着疲惫的歌;
我是你额上熏黑的矿灯,
照你在历史的隧洞里蜗行摸索;
我是干瘪的稻穗;是失修的路基;
是淤滩上的驳船
把纤绳深深
  勒进你的肩膊;
——祖国呵!

我是贫困,
我是悲哀。
我是你祖祖辈辈
  痛苦的希望呵,
是"飞天"袖间
千百年未落到地面的花朵;
——祖国呵!

---

[*] 原载《诗刊》1979年第7期。

我是你簇新的理想，
刚从神话的蛛网里挣脱；
我是你雪被下古莲的胚芽；
我是你挂着眼泪的笑涡；
我是新刷出的雪白的起跑线；
是绯红的黎明，
　　正在喷薄；
——祖国呵！

我是你的十亿分之一，
是你九百六十万平方的总和；
你以伤痕累累的乳房
喂养了
迷惘的我、深思的我、沸腾的我；
那就从我的血肉之躯上
去取得
你的富饶、你的荣光、你的自由；
——祖国呵，
我亲爱的祖国！

1979 年 4 月 20 日

（选自《诗刊》1979 年第 7 期）

【作者简介】

舒婷(1952～　)，原籍福建厦门，生于福建省泉州。1963 年中学毕业，1969 年到闽西一个山村插队，1972 年回厦门。当过泥水工、炉前工、浆纱工、挡车工、焊锡工等。三年的插队生活和城市里的劳动生活，使她较为广泛地接触了基层社会的劳动者，特别对和她同时代的青年了解更为深刻。三年插队期间，她开始写诗，反映同代青年的痛苦、迷悯、觉醒、追求,她的诗在知识青年中广为传抄。1979年开始公开发表诗作。1981年调福建省文联从事专业创作。

著有诗集《双桅船》《会唱歌的鸢尾花》《舒婷顾城抒情诗选》《舒婷的诗》,长诗《最后的挽歌》,散文集《心烟》。1997年出版《舒婷文集》。

舒婷的诗具有独特的抒情个性:柔婉、细腻,善于写青年人复杂的内心世界,表现他们从沉迷到奋起的心灵轨迹。她喜欢把浪漫式的抒情与意象化、象征化手法相结合,将人们心灵深处波动的难以言传的思想情绪或瞬间的感觉,化作可以感触的氛围和形象。她的诗朦胧而不晦涩,她用女性"美丽的忧伤",建构了一个爱与美的艺术世界。

【作品简析】

舒婷说过:"我的忧伤和欢乐都是来自这块用汗水和眼泪浸透的土地……纵然我是一支芦苇,我也是属于你,祖国呵!"《祖国呵,亲爱的祖国》就是这种深挚感情的诗化表现。该诗荣获1979~1980年全国中青年诗人优秀新诗奖。

这首诗和一般歌颂祖国的诗不同,它没有慷慨激昂的豪言壮语,也没有夸耀文明古国的历史文化。在颂赞祖国时,女诗人选择了一个新鲜的角度。她从祖国贫穷落后的苦难历史写起,从人民痛苦的希望写起,从而表现出历史转折时期祖国的生机;她还把颂赞祖国新生与揭示一代青年的心灵历程相糅合,表达了他们基于民族忧患意识而产生的痛苦与欢欣、失望与希望相交织的复杂心态和苏醒以后的奋进精神。这一代在动乱环境中成长起来的青年人,自己的血肉之躯已经和伤痕累累的祖国融为一体,在新时期,他们决心为祖国的富饶、荣光、自由而献身。两重意旨交织在一起,使这首短诗获得了较大的容量和内涵,形式上也新鲜脱俗。

这首诗的魅力在于情感的真挚和抒情手法的独特。所抒发的情感,不是单向迸发、一泄而出,而是曲线式多方位辐射,数种情感纠结在一起,像春蚕吐丝般有节制地渐渐抽出;炽热的情感与长期被压抑的痛苦相交织,生成一种荡气回肠的沉郁风格,使诗情更富于感染力。

这种回荡式抒情,主要靠物我交流手法和意象结构来完成。

诗人将代表一代人和自我形象的"我"转化为鲜明的、有质感的物象,让物化了的"我"进入"祖国"这个抽象的意象之中,你中有我,我中有你,真切而形象地表现了"我"与祖国不可分割的血肉联系。每句诗都是"我"的情愫的表露,同时又是在展现祖国所发生的历史性变化。"我"由苦难而希望,而欢欣鼓舞,决心为祖国美好的未来贡献自己的一切。这种有普遍性的情感是通过独特的"我"表现出来的,更具有典型意义。

诗中的意象塑造很成功。凭直觉思维和通感手法创造的意象富有极强的表现力。

第一节用"破旧的老水车"、"熏黑的矿灯"、"干瘪的稻穗"、"失修的路基"、"淤滩上的驳船"……一系列拟喻式意象,传达给读者的是多种感觉交织在一起的立体感受,是对充满灾难的祖国和在灾难中痛苦追求、挣扎奋进的民族的总体感受。诗人用博喻手法,将彼此之间似乎毫不相干,却有着内在联系的色彩斑斓的形象贯穿在一起,表现了在漫长的历史岁月中,祖国的贫困、落后、闭塞、饥荒、发展迟缓等状况。新鲜奇特的意象,将上述抽象内容转化为能作用于读者视觉、听觉、触觉等感官功能的生动形象,似乎听到了祖国母亲像老水车一样的呻吟声,看到了人民在幽深的隧洞里艰难地蜗行,触摸到贫瘠田地里"干瘪的稻穗",感受到纤绳"勒进"肩膀的痛苦。这是通感手法的妙用。

第二节用"'飞天'袖间/千百年未落到地面的花朵"来形容民族祖祖辈辈"痛苦的希望"。这种比喻,是形象思维开出的奇葩,它使人联想到我们民族光辉灿烂的古代文化和对美好理想的执著追求。但是,这个美好的希望千百年来竟没能实现,我们的民族依然贫困,这又是什么原因呢?诗句给读者留下了思索的余地。

第三节,连用"刚从神话的蛛网里挣脱"的"簇新的理想"、"雪被下古莲的胚芽",比喻新的、美好的希望,正在破土而出;用"挂着眼泪的笑涡"来比喻祖国刚刚从痛苦中挣扎出来,迎来了欢乐;用"雪白的起跑线"赞美新长征的开始;用"绯红的黎明,/正在喷薄"象征祖国光辉灿烂的未来。这些意象富有质感和情韵,又具有浓郁的民族色彩。

全诗用四个意象群递进组合,给抒情内涵带来历史的深度,从中不仅可以看到从苦难中新生的祖国的形象,还可以看到从一场灾难中走过来的一代青年人的形象。每节诗尾那低沉的咏叹:"——祖国呵!"是在意象撞击所产生的律动中自然发出,传达出抒情主人公那激动不已的情绪,也传达出女诗人柔婉、深沉的抒情个性。

这是一首优美感人的抒情诗,既具现代诗的形式,又不失古典诗的情韵。

(李丽中)

短诗三首*

顾 城

一代人

黑夜给了我黑色的眼睛
我却用它寻找光明

远和近

你
一会看我
一会看云

我觉得
你看我时很远
你看云时很近

感 觉

天是灰色的
路是灰色的

---

* 《一代人》,原载《星星》1980 年第 3 期;《远和近》、《感觉》,原载《诗刊》1980 年第 10 期。

楼是灰色的
雨是灰色的

在一片死灰之中
走过两个孩子
一个鲜红
一个淡绿

(选自《朦胧诗选》,春风文艺出版社 1987 年版)

【作者简介】

　　顾城(1956~1993),上海人,生于北京。1969 年随被下放的父亲来到山东北部一个靠海的村庄,他的整个少年时代是在远离闹市浮尘的海边碱滩上度过的。大自然给了他创作的灵性,给了他纯净、透明的诗情。1971 年夏,15 岁的顾城创作了少年时代最好的习作——《生命幻想曲》,这首诗奠定了他的创作风格,他决心"用我的生命,自己和未来的微笑,去为孩子铺一片草地,筑一座诗和童话的花园"。1974 年回到北京,做过翻砂工、搬运工等。1977 年开始发表作品。作品收入《舒婷顾城抒情诗选》、《北岛顾城诗选》、《黑眼睛》等诗集中。顾城被称作"童话诗人"。他的诗清新、优美,富有想像力。

　　1987 年应邀出访欧美。1988 年赴新西兰任奥克兰大学亚语系研究员,后辞职隐居激流岛。1993 年 10 月 8 日在新西兰激流岛寓所杀死妻子谢烨(即诗人雷米)后自杀。死后,与妻子合作的长篇小说《英儿》出版。另有《顾城诗全编》。

【作品简析】

　　《一代人》是顾城诗歌作品中最短的一首,然而,其价值绝不能以长短而论。这首诗一发表,立即引起了诗坛的注意并产生了广泛的反响,不管是对朦胧诗持肯定或是抱否定态度的人,都曾被诗句所激动,认为它有高度的历史概括性和强烈的艺术力量。

　　真正的诗,应是有限与无限的统一。古代有一首题画诗:"莫将画竹论难易,刚道繁难简更难。君看萧萧只数叶,满堂风雨不胜寒。"诗艺与画艺相通。传统诗论提倡以"少少许"胜"多多许",现代诗论认为诗的主题,应该是一个空间,"这种空间具有多大的宽阔和纵深的可能性,决定了一首诗的内在含量"(徐敬亚语)。这首小诗符合诗的这一本质特征,言少意多,内蕴丰厚。

诗情的高度浓缩性是凭借诗人化繁为简的艺术功力实现的。意象和象征最便于完成艺术的简化。诗人避开了情感的直抒和景象的实叙,诗的画面感和氛围是通过意象显示的,画面所引起的想像空间则是通过象征手法构建的。传统诗论讲究炼字、炼句,现代诗人则把提炼意象放在首要地位。《一代人》精心选择了"我"、"黑夜"、"黑色的眼睛"、"寻找光明"四个意象。"我"象征着包括自我在内的在那个记忆犹新的荒谬现实中扭曲着成长起来的一代人。"黑夜"象征着荒唐岁月和压抑、迷惘的感受。"黑色的眼睛"意味着一代人明亮纯净的双目被浓重的黑夜熏染成深暗的黑色,这双黑色的眼睛,包含着痛苦、深沉和冷峻,也包含着扭曲和早熟,这是痛苦后的成熟,它适应了黑夜的环境,而且能洞察黑夜、穿透黑夜。这个意象是一个特写镜头,最传神,最精彩,最有包孕性。"寻找光明"是一个动态意象,象征着不屈的生命意志和顽强的求索精神,象征着从痛苦和沉迷中苏醒了的一代人在寻找新的生活位置与新的价值观念。这四个意象经过组合,构成了一个开放的时空,浮现在读者眼前的是一个有十余年历史跨度的立体空间,以及在这个四维时空里一代觉醒者的群像。诗人所揭示的,既是历史的真实,又是心理的真实。这真实在读者审美意识中唤起的是一重重黑色的记忆,是压抑感、失落感和沉重感,是历史造成的扭曲与觉醒。

这首诗在艺术上具有现代美风格。光与色的强烈反差和凸现于画面中心的"黑色的眼睛"打破了构图的和谐性,造成触目惊心的艺术效果,迫使人去反思这一段不愿回顾的历史。

《远和近》的美学价值,在于用轻松的笔调表达了深奥的哲理,用瞬间的感悟表现了人类永恒的存在状态。

"你"、"我"、"云"是诗人选择的三个普通意象。"你"和"我"究竟是什么关系,诗中没有点明,这种朦胧性和抽象性使"你"和"我"有了泛指性。从作品中可以感到,"你"和"我"似乎是熟悉的陌生人。在空间距离上,两人相距不远,可以彼此看到,但在心理距离上,却相隔甚远,咫尺恰似天涯。诗意就蕴涵在物理距离与心理距离的强烈对比之中。第一节三行用"你"、"我"、"云"构成了"你和我"、"你和云"两个物理距离,"你和云"的距离无疑比"你和我"远。然而第二节却这样写:"我觉得/你看我时很远/你看云时很近"。这是视觉上的错觉,来源于心理感觉。"我"发现,"你"看"我"时,那目光可能是冷漠的、躲闪的、不信任的;"你"在看天上的白云时,却流露出亲切、信任的神情。两相比较,前者显得疏远,后者显得亲近。诗人抓住瞬间产生的一种与客观物理距离相悖的主观感受,用最简单的意象将这种抽象的纯主观感受表现出来,含蓄地传达出现代人共有的生存经验:人与人之间的难以沟通,人对自然的向往。诗的背景模糊、抽象,读者尽可以根据意象组合所构成的智力空间,作多种联想。造成人与人之间隔膜的原因是多种多样的,我们民族在当代历史中体会最深的,莫过于十年动乱所造成的人与人之间相互提防、相互戒备的心理状态,诗人的特殊经历,使他对此有更真切的体会,然而诗的哲理内涵绝不限于此。

现代诗崇尚智性,崇尚体验,其情感隐藏在背后。这首小诗在冷静的外观下暗暗流动着一股热流,诗人从内心深处呼唤着相互理解、相互沟通、相互信任、和谐融洽的人际关系。顾城这个富于幻想的"童话诗人",又是沉思型的,想像与深沉的思考相结合,才能从瞬间的感悟中升华出智性之光。《远和近》反映了顾城的艺术个性:单纯、明净,蕴含着对人生、生命的智性思考。

《感觉》给读者提供了新的审美信息:不写意义,只写感觉和印象。

这首诗的时间、地点、人物、背景全是模糊的,只有感觉是清晰的。感觉的具体内涵全用色彩来表现。第一节用灰色意象的重叠显示色彩的单调和晦暗。第二节运用对比手法,灰暗的底色上出现了两个流动的色斑:"一个鲜红","一个淡绿"。整首诗的意象结构是三种颜色的拼合,简单、鲜明、强烈,犹如一幅色彩鲜明的油画,给读者留下了深刻的印象。

这首诗的审美效应不是情感的震动,也不是理性的启迪,而是色彩对情绪的强烈刺激。阴雨天带来的灰色世界,让人感到晦暗、压抑,"鲜红"、"淡绿"出现在迎面走来的两个孩子身上,这是蒙蒙灰色中的两道光芒,充满了生命的活力,让人精神为之一振。

　　读者不必在这类诗中追求确定的意义和深刻的象征内涵,只要能从感觉上领悟就达到了审美目的。每个读者都可以根据自己的生活经验和情绪体验作多种联想。八行小诗所创造的审美空间是朦胧的,也是开阔的。

(李丽中)

纪 念 碑[*]

江 河

我常常想
生活应该有一个支点
这支点
是一座纪念碑

天安门广场
在用混凝土筑成的坚固底座上
建筑起中华民族的尊严
纪念碑
历史博物馆和人民大会堂
像一台巨大的天平
一边
是历史,是昨天的教训
另一边
是今天,是魄力和未来
纪念碑默默地站在那里
像胜利者那样站着
像经历过许多次失败的英雄
在沉思
整个民族的骨骼是他的结构

---

[*] 原载《诗刊》1980年第10期。

人民巨大的牺牲给了他生命
他从东方古老的黑暗中醒来
把不能忘记的一切都刻在身上
从此
他的眼睛关注着世界和革命
他的名字叫人民

我想
我就是纪念碑
我的身体里垒满了石头
中华民族的历史有多么沉重
我就有多少重量
中华民族有多少伤口
我就流出过多少血液
我就站在
昔日皇宫的对面
那金子一样的文明
有我的智慧，我的劳动
我的被掠夺的珠宝
以及太阳升起的时候
琉璃瓦下紫色的影子
——我苦难中的梦境

在这里
我无数次地被出卖
我的头颅被砍去
身上还留着锁链的痕迹
我就这样地被埋葬
生命在死亡中成为东方的秘密

但是
罪恶终究会被清算
罪行终将会被公开
当死亡不可避免的时候
流出的血液也不会凝固
当祖国的土地上只有呻吟
真理的声音才更响亮
既然希望不会灭绝
既然太阳每天从东方升起
真理就把诅咒没有完成的
留给了枪
革命把用血浸透的旗帜
留给风,留给自由的空气
那么
斗争就是我的主题
我把我的诗和我的生命
献给了纪念碑

1977年

(选自《诗刊》1980年第10期)

【作者简介】

江河(1949~),北京人。1968年高中毕业后在北京当工人。20世纪70年代开始写诗,1980年首次发表诗作《星星变奏曲》。著有诗集《从这里开始》、《太阳和他的反光》。

江河的诗不拘于一种写法。他写过激情澎湃的政治抒情诗,如《纪念碑》、《祖国啊,祖国》等;写过具有柔美风格的抒情小诗,如《向日葵》、《故园》等;还写过以古代神话为题材的具有现代史诗品格的组诗,如《太阳和他的反光》。

江河的诗体现了他对历史和现实的严肃思考,体现了他对生活的辩证认识。他的诗视野开阔，气势恢宏，想像奇特，富有哲理性和思辨性。

【作品简析】

《纪念碑》是江河的代表作品。诗人在历史和现实的交叉口上寻找诗情，找到了自己情感的对应物。这是新时期诗歌中较早表现"寻根"倾向的诗篇。诗人以强烈的公民意识，从历史的灾难中汲取崛起的力量，从民族的荣辱历程中，寻求今日前进的方向。

这是一首成功的象征诗。整体性象征，为作品带来双重审美空间，一重是现实的，一重是心灵的。通过对"纪念碑"这个有限物象的歌咏，将笔触深入到内在无限的精神世界，甚至延伸到人的潜意识里。

意象化和象征化是新诗潮的共同特征，然而《纪念碑》所创造的意象世界，却是江河独有的。屹立在蓝天下的"纪念碑"，闪烁着陌生的奇异的光芒。

意象是主观情意与客观物象在审美直觉中的猝然契合。当诗人凝神观照"纪念碑"时，"纪念碑"就不仅仅是天安门广场上的一个建筑物，它与历史博物馆和人民大会堂，在诗人的想像中，是"一台巨大的天平"，"一边／是历史，是昨天的教训／另一边／是今天，是魄力和未来"，"纪念碑"正是连接、平衡历史与未来的"支点"。这一意义的发现，成为全篇构思的出发点。诗人由此展开对历史的沉思，对未来的展望。沉思内容是借"纪念碑"这个历史超人来表现的。"默默地站在那里"的"纪念碑"，是有生命的，"整个民族的骨骼是他的结构／人民巨大的牺牲给了他生命／他从东方古老的黑暗中醒来／把不能忘记的一切都刻在身上"。今天，屹立在广场中央的纪念碑，是一个"胜利者"，是"经历过许多次失败的英雄"，他站在"昔日皇宫的对面"，为古老的"文明"、为民族的"智慧"感到骄傲，也为民族的"苦难"、"被出卖"的耻辱感到"沉重"，甚至感受到"被埋葬"的痛苦。然而，有压迫必有不屈的反抗，"当死亡不可避免的时候／流出的血液也不会凝固／当祖国的土地上只有呻吟／真理的声音才更响亮"。"生命在死亡中成为东方的秘密"，是因为死亡唤起了斗争，有斗争才能清算历史上的一切罪恶，有斗争才能承担起民族几千年来"没有完成的"历史使命,"那么/斗争就是我的主题","我"誓为彻底结束民族灾难而斗争到底,并奉献"我的诗和我的生命"。诗人对历史、对生活、对如何实现自我价值的感悟,是个人的,又是超越个人的,具有一种公民意识。这种公民意识不是偶然产生的,它早已沉积在诗人的个体生命意识之中,一旦引爆,就会熊熊燃烧起来。是"纪念碑"引爆了诗情,随着浩荡诗情的流动,冷静的沉思渐渐被激越的情绪流所代替,诗句富有一种内在的律动,犹如江河滚滚,汹涌而来,读者的心灵不能不随之激荡。西方象征主义诗人曾说过"象征唤起灵魂的音乐",读江河的《纪念碑》可以获得这种美感。

诗人将自我化入意象。"纪念碑"既是"自我"(包括与作者同代的、从迷惘中苏醒的青年)和整个中华民族的塑像,又是现实中能沟通过去与未来的抒情中介。这一抒情视角的选择,便于容纳诗的多重寓意,并带来新鲜的审美意识。

这首诗是以"纪念碑"为中心意象的辐射式意象结构,这种艺术结构所创造的智力空间是立体的、多维的,更易于表达现代人对生活的多向思考。

(李丽中)

雪白的墙

梁小斌

妈妈,
我看见了雪白的墙。

早晨,
我上街去买蜡笔,
看见一位工人
费了很大的力气,
在为长长的围墙粉刷。

他回头向我微笑,
他叫我
去告诉所有的小朋友:
以后不要在这墙上乱画。

妈妈,
我看见了雪白的墙。

这上面曾经那么肮脏,
写有很多粗暴的字。
妈妈,你也哭过,

---

* 原载《诗刊》1980 年第 10 期。

就为那些辱骂的缘故,
爸爸不在了,
永远地不在了。

比我喝的牛奶还要洁白,
还要洁白的墙,
一直闪现在我的梦中,
它还站在地平线上,
在白天里闪烁着迷人的光芒。
我爱洁白的墙。

永远地不会在这墙上乱画,
不会的,
像妈妈一样温和的晴空啊,
你听到了吗?

妈妈,
我看见了雪白的墙。

(选自《朦胧诗选》,春风文艺出版社1987年版)

【作者简介】

梁小斌(1956～),出生于山东省荣成县。1973年高中毕业后曾在农村插队。1977年调安徽省合肥制药厂工作。1979年开始发表诗歌。其代表作有《雪白的墙》、《中国,我的钥匙丢了》等。他善于用象征手法,通过单纯的形象表现人的复杂的内心世界,语言朴素、自然,耐人寻味。

【作品简析】

这首诗成功地运用了写实与象征相结合的艺术手法,形象地传达出刚刚从动乱岁月走出来的一代年轻人的心声。

诗人选择了"雪白的墙"作为创造意境的核心意象。用写实手法描绘了墙的直观形象，用象征手法揭示了墙的变化所包孕的历史内容。墙浓缩了一个国家从动乱到新生的巨大变化，浓缩了一代人从痛苦、沉迷到重新振奋的精神变化。墙的"肮脏"，象征着社会政治环境的肮脏，令人厌恶；象征着丑恶、粗暴、残酷、灭绝人性的社会现象；象征着纯洁美好的事物被踩躏、被玷污。"雪白的墙"，象征着健康的、有正常秩序的社会环境、生活环境；象征着没有被污染的纯洁心灵；象征着人性和一切美好事物的复归。其他意象如"妈妈"和"我"、"温和的晴空"等，也都有象征意味。年轻的一代在向祖国倾诉自己的心声，他们企盼着，在自己的头上永远是"温和的晴空"，在自己的前方永远有一面洁白的墙，"闪烁着迷人的光芒"。诗人将自己对历史的反思，对现实的思索，对理想的追求，都隐藏在一系列象征性意象之中，诗情显得委婉、含蓄、耐人寻味。象征与写实相结合，拓宽了诗的意境，增加了作品的涵盖量。意境所呈现的，不仅仅是现实生活中的时空，还有历史时空和心理时空。

这首诗的成功，还在于抒情视角的选择。儿童对新鲜事物最敏感，最富于幻想，也最纯真，选择儿童视角表达诗的象征性内涵，容易获得审美陌生化效果。一向被人乱写乱画的墙，曾给全家带来不幸、带来痛苦的墙，现在像变魔术一样，被工人叔叔给变白了，比喝的牛奶还要洁白。这种突然的变化，以及"雪白的墙"的美好形象，首先引起孩子的惊异，同时在潜意识中感觉到这是生活中的好兆头，意味着与墙有关系的那些让妈妈流泪的事将会一去不复返，意味着一个美好生活的开端。惊异与欣喜之情打破了孩子内心世界的平静，引出一声发自心底的呼唤："妈妈，我看见了雪白的墙。"这句诗在作品中重复三次，强化了惊喜不已的感情和象征意象的叠印效果，造成诗意的回旋和特定的氛围。经过诗人这种艺术手段处理，那变得洁白的墙，在读者的审美感觉中不再是一面普通的、具有实用价值的墙；孩子的反复惊呼，引起了读者心灵的震颤，产生了悲喜交加的感情，那面墙在潜意识里已经成为历史转折的象征；往昔的一切灾难，今后的一切企盼似乎都凝缩在这面"雪白的墙"里。司空见惯的墙变得神秘了，成为幸运和美好的征兆，成为生活美、情感美的化身。

象征手法与特殊的抒情视角相结合,化平为奇,寓复杂于单纯,给人一种纯情的美、净化的美。

梁小斌说过:"单纯性是诗的灵魂。不管多么了不起的发现,我都希望通过孩子的语言来说出。"《雪白的墙》表现了诗人的审美追求。

(李丽中)

飞 天[*]
——《敦煌》组诗之三

杨 炼

我不是鸟,当天空急速地向后崩溃
一片黑色的海,我不是鱼
身影陷入某一瞬间、某一点
我飞翔,还是静止
超越,还是临终挣扎
升,或者降(同样轻盈的姿势)
朝千年之下,千年之上?

全部经历不过这堵又冷又湿的墙
诞辰和末日,整夜哭泣
沙漠那麻醉剂的咸味,被风
充满一个默默无言的女人
一小块贞操似的茫然的净土
褪色的星辰,东方的神秘

花朵摇摇欲坠
表演着应有的温柔

---

[*] 原载《人民文学》1985年第5期。

醒来,还是即将睡去?我微合的双眼
在几乎无限的时光尽头扩张,望穿噩梦
一种习惯,为期待弹琴
一层擦不掉的笑容,早已生锈
苔藓像另一幅壁画悄悄腐烂
我憎恨黑暗,却不得不跟随黑暗
夜来临。夜,整个世界
现实之手,扼住想像的鲜艳的裂痕

歌唱,在这儿
是年轻力壮的苍蝇的特长

人群流过,我被那些我看着
在自己脚下,自己头上,变换一千重面孔
千度沧桑无奈石窟一动不动的寂寞
庞大的实体,还是精致的虚无
生,还是死——我像一只摆停在天地之间
舞蹈的灵魂,锤成薄片
在这一点,这一片刻,在到处,在永恒

一根飘带因太久地垂落失去深度
太久了,面前和背后那一派茫茫黄土
我萌芽,还是与少女们的尸骨对话
用一种墓穴间发黑的语言
一个颤栗的孤独,彼此触摸

没有方向,也似乎有一切方向
渴望朝四周激越,又退回这无情的宁静
苦苦漂泊,自足只是我的轮廓
千年以下,千年以上

我飞如鸟,到视线之外聆听之外,
我坠如鱼,张着嘴,无声无息

1982年—1984年

(选自《五人诗选》,作家出版社1986年版)

【作者简介】

　　杨炼(1955～　),生于瑞士伯尔尼,长于北京。1973年高中毕业,次年到北京郊区昌平县参加农业劳动,这期间开始练习写诗。1977年回北京,到中国广播艺术团创作室工作。1979年以后开始公开发表诗作。杨炼写过清新隽永的抒情小诗,如《秋天》、《海边的孩子》等,也发表了一批很有影响的长篇组诗,如《诺日朗》、《半坡》、《敦煌》、《西藏》、《人与火》等。这些长篇组诗反映了杨炼在1982年以后对诗的新的追求,他试图从历史文化角度探索生命意义及人类生存本质,在艺术上则尝试将现代意识与东方哲学、东方美学相结合,创造具有东方文化特色的现代史诗。

　　已出版的诗集有《荒魂》、《礼魂》、《幽居》、《黄》等。

【作品简析】

　　《飞天》是杨炼长篇组诗《敦煌》中的一首。组诗《敦煌》包括《朝圣》、《高原》、《飞天》、《雕塑》、《命运》、《颂歌》六个短章。著名的敦煌石窟现存壁画和雕塑品492窟,"飞天"是千佛洞中一幅艺术价值很高的壁画,展示了东方艺术的神韵和魅力。诗人以此为题,探索现代意识与东方智慧相结合的新品格。

　　这是一首咏物象征诗。壁画中那个凌空翱翔的飞天女形象,既是诗人直接歌咏的东方文化,又是诗人主观情思的物化对应物。主观与客观的契合,是通过象征来完成的,象征是沟通两个世界的媒介。法国象征派诗人波德莱尔认为:"外界的事物与人的内心世界能互相感应契合,诗人可以运用有声有色的物象来暗示内心的微妙世界。"诗人的智慧和才能,在于发现客观物象与主观情思的契合点,并以感性的外衣给予诗化的表现。

杨炼从"飞天"形象中找到了那个契合点。飞天女永远处于动与静、升与降、生与死、醒与睡、历史与现实、瞬间与永恒、实体与虚无的临界点上。诗人从"飞天"艺术形象的外部特征感悟出人类生存的真实，并用内心独白的手法来表现："我飞翔，还是静止／超越，还是临终挣扎／升，或者降"，"醒来，还是即将睡去？""庞大的实体，还是精致的虚无／生，还是死——我像一只摆停在天地之间／舞蹈的灵魂，锤成薄片／在这一点，这一片刻，在到处，在永恒"。选择的痛苦和超越的艰难，是人类精神追求中的共同体验，除非没有追求，否则，这种痛苦将伴随一生。为了在追求中偶尔获得辉煌的一瞬，人类要像飞天女一样，忍受"一个颤栗的孤独"，"苦苦漂泊"，忍受"又冷又湿的墙"和"沙漠那麻醉剂的咸味"，还必须永无休止地和历史积淀的惰性作斗争，以对抗宿命的束缚。然而，人又是脆弱的，"憎恨黑暗"，"却不得不跟随黑暗"，当你被"现实之手，扼住想像的鲜艳的裂痕"时，超越只能成为一种空想，你必须"又退回这无情的宁静"，因此，"自足只是我的轮廓"，"期待"才是"我"的灵魂的本质。"期待"是美丽的，它可以暂时安慰一下"渴望朝四周激越"的灵魂，但是"期待"犹如飞天女袖间那温柔的花朵，"摇摇欲坠"，却永远落不到地面，所以，诗人用"精致的虚无"比喻那默默无言的、永恒的"期待"，用"没有方向，也似乎有一切方向"来比喻"期待"的神秘性和"期待"的诱惑。鸟的飞翔，是美丽的"期待"；鱼的静止，也是美丽的"期待"。飞天女似鸟非鸟，似鱼非鱼，"千年之下，千年之上"，在碧空展示着轻盈的舞姿，展示着"东方的神秘"。

"飞天"是诗人生命力灌注的意象，是生命本体存在形式，是民族不朽历史的象征。诗人选择了这个能寄托自我生命意识、审美意识，又能唤起读者想像力的意象，构建了他所向往的聚合着"人类复杂经验"的"智力空间"，达到了唐代诗人司空图所说的"超以象外、得其环中"的艺术效果。这个"智力空间"，是直观与象征、具象与抽象、历史与现实、有限与无限的对立统一体。

这首小诗是杨炼现代东方史诗系列中一个小剪影，空灵而又浑厚，流动的美与静穆的美同时在诗行中闪耀，给人以无穷启示。

（李丽中）

独　白*
——《女人》组诗之一

翟永明

我，一个狂想，充满深渊的魅力
偶然被你诞生。泥土和天空
二者合一，你把我叫做女人
并强化了我的身体

我是软得像水的白色羽毛体
你把我捧在手上，我就容纳这个世界
穿着肉体凡胎，在阳光下
我是如此眩目，使你难以置信

我是最温柔最懂事的女人
看穿一切却愿分担一切
渴望一个冬天，一个巨大的黑夜
以心为界，我想握住你的手
但在你的面前我的姿态就是一种惨败

当你走时，我的痛苦
要把我的心从口中呕出

---

* 原载《诗刊》1986 年第 9 期。

用爱杀死你,这是谁的禁忌?
太阳为全世界升起!我只为了你
以最仇恨的柔情蜜意贯注你全身
从脚至顶,我有我的方式

一片呼救声,灵魂也能伸出手?
大海作为我的血液就能把我
高举到落日脚下,有谁记得我?
但我所记得的,绝不仅仅是一生

1984年

(选自《女人》,漓江出版社1986年版)

【作者简介】

翟永明(1955~),祖籍河南,1955年5月出生于四川成都。1974年高中毕业下乡插队。1978年考入成都电讯工程学院(现改名为成都电子科技大学),1980年毕业分配至兵器工业部209物理所工作。1981年起开始在全国各报刊发表诗作。1984年组诗《女人》以独特奇诡的语言与惊世骇俗的女性立场震撼文坛。1986年停薪留职写作。1990年赴美,1992年回国。1996年之后成为自由撰稿人,长期居于成都写作。1998年开始经营"白夜"酒吧,多年来策划举办了一系列文学、艺术及民间影像活动。诗歌代表作有《女人》、《静安庄》、《十四首素歌》等。1984年,组诗《女人》发表,其序言《黑夜的意识》中,第一次把女性诗学和"黑夜意识"联系在一起,成为女性诗歌的宣言和理论纲要。出版有诗集《女人》(1986)、《在一切玫瑰之上》(1989)、《翟永明诗集》(1994)、《黑夜中的素歌》(1996)、《称之为一切》(1997)、《终于使我周转不灵》(2000)、《十四首素歌》(2011)。散文随笔集有《纸上建筑》(1996)、《坚韧的破碎之花》(1999)、《纽约,纽约以西》(2003)、《天赋如此》(2008)、《翟永明诗文录——最委婉的词》(2008)。

【作品简析】

　　《独白》是翟永明创作于1984年的《女人》组诗之一,该组诗共有二十首抒情诗,作为组诗的开篇,《独白》几乎可以说是理解整个《女人》组诗的钥匙。《独白》要表达的是以"自我"为中心的女人面对世界、面对男人、面对自我的一份独白,换句话说,整个《女人》组诗亦可看作是一个女人的内心独白。诗中的独白就是"我"作为一个女人的自白,但这首诗的张力却在于以独白之名既自设了一个自言自语的时空,同时却又隐含了一个"我"与"你"之间"我"说"你"听的对话场域。或者说,这首诗其实是"我"这个"女人"说给"你"这个"男人"的一些自白,只不过,女性始终是游走于前景的"出场者",男性始终是虚置于后台的"在场者"。所以"独白"既是女性在自我发现自我观赏中的狂想呓语,同时这种看似自说自话的独语却又自始至终暗含着一个倾听着的隐身"他者"或是沉默的对话者。这样,内心独白就不仅是一个女人单纯的孤芳自赏式的自恋,而是在与男性世界的共存共处、相爱相离中重新发现的女性自我。

　　全诗首句"我,一个狂想,充满深渊的魅力"可谓惊艳开篇。"我"奠定了饱满强烈的女性主体意识和主观化视角,前三节以"我""我是……"开头的自叙句式实际是对女性自我的追问与回答:我是谁? 女人是谁? "狂想"二字点明了全诗不同寻常的话语方式和抒情风格:一曲无所顾忌的自白式狂想曲,一种随心所欲的梦呓般语调,一首女性用生命激情演绎的独唱。诗人在"狂想"和"呓语"中进行自我审视和自我发现,并重新认识和定义了作为女人的"我","偶然被你诞生。泥土和天空/二者合一,你把我叫作女人/并强化了我的身体"这句把女性的诞生颇有气势地与宇宙洪荒的创世联系在一起,女人的"被创造"和"被命名"的历史不但重新定义了女性的性别身份和女人的生命来源,而且再一次赋予男女性别以别样的价值与情感意义。诗人重新挖掘着女人从原初到个体的魅力与痛苦,诗中大量的句子都是关于女性对自我身体、性情、价值、爱情的独白:"我是软得像水的白色羽毛体"、"我是最温柔最懂事的女人"、"你把我捧在手上"、"我想握住你的手"……这些充满主观感性的自白诗句如同一个女性在揽镜自照,带来一种独特的"镜像"效果,同时,诗中一些极致性的修饰词汇似乎不仅"强化"了女人的身体更"强化"了女人的精神:"我就容纳这个世界"、"看穿一切却愿分担一切"、"一个巨大的黑夜"、"一种惨败"、"用爱杀死你"、"以最仇恨的柔情蜜意贯注你全身"、"从脚至顶,我有我的方式"……这些极具个性的语言塑造出一个深怀似水柔情却也充满刻骨爱恨,无畏大胆却不乏痛苦激情的女人形象,她似乎上天入地而无处不在,既非无欲圣母亦非无助弱女。"我有我的方式"提醒了诗人与众不同的女性价值观和爱情观,而"我"的独特方式在爱情自白里表现得尤其惊心动魄。

第三节中出现的"冬天"、"黑夜"、"惨败"成为全诗情绪和语调的转折点,前三节相对平和炫目的柔情在"惨败"之后开启了第四节的"痛苦独白",甚至可以说是痛苦嘶喊。"当你走时,我的痛苦/要把我的心从口中呕出",这一句结束了之前"被你诞生"、"你把我捧在手上"的两情相悦,爱情不再,于是深陷爱情深渊的女人开始冲破世界之禁忌,开始不管不顾地诘问"用爱杀死你,这是谁的禁忌?"并且发出悲怆而激越的浩叹:"太阳为全世界升起!我只为了你","以最仇恨的柔情蜜意贯注你全身/从脚至顶"。第四节是全诗情感的爆裂点,也是最具复杂性的爱情自白,女性的多愁善感与爱恨怨念交织在一起,自白式絮语转变为自白式愤叹,既是痛苦决绝的情绪放纵,又有矛盾极端的感性修辞,女性"惨败"的感情体验在诗人快意情仇的激烈抒情中开始扭转抗争的方向。

最后一节最终完成了这种抗争的转向,把女性的惨败困境和抗争化为更具自救精神和生命体悟的自我觉醒。"肉体凡胎"的呼救最后依靠灵魂的援手,男欢女爱的纠缠,来与去的痛楚,爱与恨都变成记忆,遗忘和记得,一人和一生,共同构成"我/女性"的记忆,"我记得"和"我被记得"成为驻留时间里又超越时间外的感情体验和全新期待。从"有谁记得我"的诘问到全诗收尾之句"但我所记得的,绝不仅仅是一生",从最初的温柔懂事到之后的激烈决绝,再到最后的落日余晖和永恒记忆,翟永明写出了女性情感的多面与生命流转的多向,也把女性经验形而下的身体思考与形而上的生命思考联系在一起,她勾画了一幅女人从被男性诞生、命名到自我命名、抗争时间的速写图像。至此,一个"女人"对男人世界的独白最终展开为一个"人"对世界的表白。

　　《独白》整首诗都是一种自白式的抒情狂想,没有具体的日常生活化场景和生活化语言,女性自身的情感纠结与男性带来的爱与惑,构成了诗人思考女性意识和爱情禁忌的起点。如果从女性意识的觉醒、萌发轨迹来看,80年代,翟永明基本以"自我"为中心进行独白式的抒情宣泄,在个我经验的性别想象与感性叙述中,这一时期的诗人似乎处于一种自我寻找、寻找女人的充满压抑的"黑夜"时期,理工科的冷静自剖和诗人的善感天性结合成诗人"自白"风格的独特魅力。在整个《女人》组诗中,"自白"都是其主导性风格,组诗开篇即引用了杰佛斯和美国"自白派"女诗人普拉斯的名句:"至关重要,在我的身上必须有一个黑夜。"(杰佛斯)"世界伤害我,就像上帝伤害着我的身体。"(普拉斯)除了"自白"的抒情方式,"黑夜意识"的提出与书写是翟永明在80年代提供给诗坛的一个全新的女性书写方式,从女性意识的成长角度来看,它不同于新时期初期舒婷在《致橡树》中与男性平等独立的宣言式的女性呐喊;从黑夜意识的内涵来看,其男女对立、对话的性别深意,更不同于顾城《一代人》中以"黑暗"与"光明"二元对立的时代话语。"女性主义"立场的确立在翟永明这里并非有意为之,但她却是"女性主义诗歌"写作中的一个关键人物,她的"独白体"和"黑夜意识"构成80年代以来女性意识的重要内容。甚至可以说,正是翟永明的一系列广受关注的作品才使得这个概念有了充实的内涵。她的作品也非常鲜明地体现着女性主义诗歌的主要特征:性别意识的强调,对身体、生命以及私人经验中隐秘部分的关注,对自白式写作手法的自觉运用等。总体来说,由于受到普拉斯等国外优秀诗人以及整个现代(甚至后现代)西方文化思潮的影响,她确立了与前辈女诗人非常不同的诗歌风格,强化了现代女性的精神意识,并把它以一种极富女性特征的诗歌话语方式深刻地表达出来。

(李润霞)

划呀,划呀,父亲们!*
——献给新时期的船夫

昌　耀

自从听懂波涛的律动以来,
我们的触角,就是如此确凿地
感受着大海的挑逗:

　　——划呀,划呀,
　　父亲们!

我们发祥于大海。
我们的胚胎史,
也只是我们的胚胎史——
展示了从鱼虫到真人的演化序列。
脱尽了鳍翅。
可是,我们仍在韧性地划呀。
可是,我们仍在拼力地划呀。
我们是一群男子。是一群女子。
是为一群女子依恋的
一群男子。
我们摇起棹橹,就这么划,就这么划。

---

* 原载《诗刊》1982 年第 10 期。

在天幕的金色的晨昏,
众多仰合的背影
有庆功宴上骄军的醉态。
我们不至于酩酊。

　　最动情的呐喊
　　莫不是
　　我们沿着椭圆的海平面
　　一声向前冲刺的
　　嗥叫?

我们都是哭着降临到这个多彩的寰宇。
后天的笑,才是一瞥投报给母亲的
　慰安。
——我们是哭着笑着
从大海划向内河,划向洲陆……
从洲陆划向大海,划向穹窿……
拜谒了长城的雉堞。
见识了泉州湾里沉溺的十二桅古帆船。
狎弄过春秋末代的编钟。
我们将钦定的史册连根儿翻个。
从所有的器物我听见逝去的流水。
我听见流水之上抗逆的脚步。

　　——划呀,父亲们,
　　划呀!

还来得及赶路。
太阳还不见老,正当中年。
我们会有自己的里程碑。

我们应有自己的里程碑。
可那旋涡,
那狰狞的弧圈,
向来不放松对我们的跟踪,
只轻轻一扫
就永远地卷去了我们的父兄,
把幸存者的脊椎
扭曲。

  大海,我应诅咒你的暴虐。
  但去掉了暴虐的大海不是
  大海。失去了大海的船夫
  也不是
  船夫。

于是,我们仍然开心地燃起爝火。
我们依然要怀着情欲剪裁婴儿衣。
我们昂奋地划呀……哈哈……划呀
    ……哈哈……划呀……

是从冰川期划过了洪水期。
是从赤道风划过了火山灰。
划过了泥石流。划过了
原始公社的残骸,和
生物遗体的沉积层……
我们原是从荒蛮的纪元划来。
我们造就了一个大禹,
他已是水边的神。
而那个烈女
变作了填海的精卫鸟。

预言家已经不少。
总会有橄榄枝的土地。
总会冲出必然的王国。
但我们生命的个体都尚是阳寿短促,
难得两次见到哈雷彗星。
当又一个旷古后的未来
我们不再认识自己变形了的子孙。

可是,我们仍在韧性地划呀。
可是,我们仍在拼力地划呀。
在这日趋缩小的星球,
不会有另一条坦途。
不会有另一种选择。
除了五条巨大的舳舻,
我只看到渴求那一海岸的船夫。

  只有啼呼海岸的呐喊
  沿着椭圆的海平面
  组合成一支
  不懈的
  嚎叫。

大海,你决不会感动。
而我们的桨叶也决不会喑哑。
我们的婆母还是要腌制过冬的咸菜。
我们的姑娘还是要烫一个流行的发式。
我们的胎儿还是要从血光里
临盆。

  ……今夕何夕?

会有那么多临盆的孩子?
我最不忍闻孩子的啼哭了。
但我们的桨叶绝对地忠实。
就这么划着。就这么划着。
就这么回答着大海的挑逗:

——划呀,父亲们!
父亲们!
父亲们!

我们不至于酩酊。
我们负荷着孩子的哭声赶路。
在大海的尽头
会有我们的
笑。

1981.10.6—29

(选自《昌耀抒情诗集》,青海人民出版社 1986 年版)

【作者简介】

昌耀(1936～2000),名王昌耀,湖南省桃园人。1950 年考入部队文工队,1951 年赴朝作战。1953 年在抗美援朝战争中负伤致残,转河北荣军学校读书。1955 年他自愿来到青藏高原,投入大西北的建设,并在这里开始了新的生命历程。西部生活给昌耀带来了厄运,也给他带来了好运。1957 年,正当他用心爱的短笛吹出高原的心声时,被错划为右派,此后二十余年间,他在苦役中艰难地挣扎、默默地耕耘。这段岁月使他和西部土地及西部淳朴的民族结下了生死之缘,也使他更深刻地思悟社会、思悟人生,从而写出了属于他的西部之歌。

1979 年,昌耀调任中国作家协会青海分会工作。1982 年,参与边塞诗运动,成为新边塞诗派的主要代表。2000 年 3 月 23 日,因患肝癌不堪折磨跳楼身亡。著有《昌耀抒情诗集》,他的诗奇崛、冷峻、沉郁,是富有力度的生命之歌。

【作品简析】

《划呀，划呀，父亲们!》是昌耀于20世纪80年代初期所写的一首结构宏伟的长篇抒情诗。它以广阔的空间感、绵延的时间感、深沉的历史感，以及浓郁的人情味和磅礴的气势，显示着自身的审美价值和诗人的艺术个性。

这首具有史诗品格的长诗，其力度与分量震动了当代诗坛。长诗反映了新时期变革者的精神气魄，也表现出我们民族在漫长岁月中为自由、为光明、为人性复归而奋力拼搏的历史；然而，又不仅仅是这些。船夫们与惊涛骇浪搏斗的激动人心的场景，和那不间断的、相互鼓舞奋力划行的呼喊声，在现代人灵魂中引起的感觉，是很复杂的，是难以用理性语言说清楚的。人类为生存而奋争的历史，原本就是一幅幅惊心动魄的画面，有胜利也有失败，有压抑也有自豪，有眼泪也有欢笑，有脆弱也有坚强，有受伤也有抚慰，有呻吟也有呐喊。长诗由于采用了整体型象征结构，其意蕴就不是线型的、单一的，它带给读者的审美感觉和审美想像，是全息性的、全感官和超感官的。长诗用形象、用情感、用旋律将读者卷入一个全新的艺术世界，让你伸开心灵的触角，去感受、去捕捉诗人用生命发射的全部信息。

象征优于比喻就在于内涵的多义性和以具象特征所显示的抽象性。"大海"、"船夫"、"孩子"、"大禹"、"精卫鸟"、"橄榄枝"等物象是具体可感的，然而，这些物象一旦随着诗人灵感的指挥棒流动起来，就超越了它的辞典意义。长诗开头三行就显示了抽象性，"自从听懂波涛的律动以来，/我们的触角，就是如此确凿地/感受着大海的挑逗"，因此就注定了要一刻不停地"划呀，划呀"。人类无法回避"大海的挑逗"，人类又无法完全征服大海。大海是"暴虐的"，那狰狞的旋涡，"只轻轻一扫/就永远地卷去了我们的父兄，/把幸存者的脊椎/扭曲"，"大海，我应诅咒你的暴虐。/但去掉了暴虐的大海不是/大海。失去了大海的船夫/也不是/船夫"，船夫与大海既对立又依存的关系所包孕的抽象含义，不正是诗人对人类生存的哲理性思索吗？为了看到"有橄榄枝的土地"，

"一群男子"和"一群女子"昂奋地划着、呐喊着；他们晓得人寿短促，"难得两次见到哈雷彗星"，可是"仍在韧性地划呀"，"拼力地划呀"，仍在不懈地"负荷着孩子的哭声赶路"，"仍然开心地燃起爝火"，"依然要怀着情欲剪裁婴儿衣"，"婆母还是要腌制过冬的咸菜"。孱弱的人类多么顽强啊！"大海，你决不会感动。/而我们的桨叶也决不会喑哑"，这就是人类对大海挑逗的回答，因为"不会有另一条坦途。/不会有另一种选择"。诗人通过意象所构成的流动画面，揭示出历史的抽象，揭示出人类生存中无法逃避的使命与宿命的抗争。不管能否划向"那一海岸"，不管在征服暴虐的大海时要付出多大的代价，这种不懈的抗争总要继续下去，代代相传。抗争，是悲剧性的，又是崇高的、神圣的、有诱惑力的。他们相信"我们会有自己的里程碑"，他们幻想"在大海的尽头/会有我们的/笑"。长诗启示读者：重要的不是目的，而是过程。"父亲们"肩负着历史使命，为了子孙后代，拼命地划呀，划呀，这一悲壮的实践，就是价值所在。人的价值就是在永恒的追求与搏击的努力中显现的。

昌耀认为："能使灵魂震撼的，还应是灵魂的力，其获得既是历史的积淀，亦是灵肉的体察，必伴有较富的人情味。"这首长诗体现了昌耀的美学思想，其撼动人心的艺术魅力就在于将"历史的积淀"与"灵肉的体察"幻化为审美的抽象，因而产生了超越时代、超越形象的审美愉悦。

诗的节奏感很强，那是由大海的波涛与诗人情感的波涛合成律动，这力的律动、情的律动，化作生命的永恒律动，创造出雄健美与崇高美，为20世纪80年代初期的诗坛带来一股清新的阳刚之气。

（李丽中）

山　民

韩　东

小时候，他问父亲
"山那边是什么"
父亲说"是山"
"那边的那边呢"
"山，还是山"
他不作声了，看着远处
山第一次使他这样疲倦

他想，这辈子是走不出这里的群山了
海是有的，但十分遥远
所以没等他走到那里
就会死在半路上
死在山中

他觉得应该带着老婆一起上路
老婆会给他生个儿子
到他死的时候
儿子就长大了
………………
他不再想了

---

* 原载《青春》1982年第8期。

儿子也使他很疲倦

他只是遗憾
他的祖先没有像他一样想过
不然,见到大海的该是他了

1982.4

(选自《青春》1982年第8期)

【作者简介】

韩东(1961～　),南京人。1982年毕业于山东大学哲学系。1984年起在南京财贸学院任教。韩东联络各地有相同或相近文学倾向的人,于1984年组成了"他们"文学社,1985年创办了《他们》刊物,在诗界影响颇大。1982年至1992年,在西安、南京等地高校任马列教师,1994年受聘于广东省青年文学院,1996年转聘于深圳尼克艺术公司为合同制作家。作品有:诗《大雁塔》、《山民》、《白色的石头》,小说集《西天上》、《我们的身体》,诗文集《交叉跑动》等。

"他们"诗人主张诗应返回诗本体,而诗本体则与人的生命本体同构。强调感觉和体验过程。强调语言是生命的感觉语言,是诗人生命存在形式,应该返璞归真。强调"现在意识",认为只有抓住每一个感觉的时刻,才能真正聆听到生命的音乐。主张把人与物平等看待,客观地描述外部世界。韩东的诗体现了"他们"诗人的艺术观,在新生代诗中很有代表性。

【作品简析】

这首诗揭示了社会由超稳状态走向开放过程中人们的复杂心态,批判了传统文化中落后保守的一面。诗人在梦醒之后开始重新审视现实与历史,反思是什么造成了起飞的艰难。

变革之风吹到了闭塞的山区,长久以来安于现状的灵魂开始骚动。新一代山民和老一辈山民不同。老一代只知有山,绵延不尽的山;新一代知道"海是有的,但十分遥远"。"山"是古老文化的象征,是闭塞保守的象征;"海"象征着未来,象征着开阔美好的新天地。新一代山民开始打听"山那边是什么",还想"带着老婆一起上路",因为老婆会给他生儿子,"到他死的时候/儿子就长大了",儿子还会生儿子,这样一代接续一代,终有一日能走出群山见到大海。想走出山的愿望在新一代山民的灵魂中萌动,使他们不能安生,这是改革开放大潮引起的人的思想意识的变化;然而,由于民族传统文化意识中强大的惰性力量,新一代山民尽管不愿像祖辈们一样老死在山中,却又对看到海缺乏信心。想到山外还是山,他感到"疲倦",当他想到应该让儿子、孙子继续去寻找海时,又觉得很渺茫。诗句深刻地揭示了新一代人不甘心于命运的束缚,又无力摆脱命运的悲哀与困惑。历史已经过去,未来又很遥远,新一代山民只为现在没有看到大海而感到遗憾。这种只关心此时此地存在的"现在意识",正是韩东等新生代诗人自身观念的反映。新生代诗人注重感觉与体验,认为生命是一个个感觉瞬间的连续,惟有抓住眼下的感觉与体验,才能聆听到生命的音乐。

《山民》在艺术上是成功的。诗人用类似写实的象征手法凭虚构象,缩虚为实,创造了与生活中的现实不同的"第三现实"。艺术世界中的第三现实,是客观现实的高度浓缩,比真实的描摹写实有更大的容量。诗人把握了变革时代民族心理的整体真实,把整个民族在艰难起飞时的热烈渴望、美好憧憬、急欲改变现状的躁动不安,以及难以超越惰性思维的尴尬状态,全都凝缩于寓言式的象征画面,在艺术上达到了具体与抽象、历史与现实的交融。

《山民》的语言很有特色,是新鲜的口语,朴实、平易、单纯、简洁。多用不加修饰语的单词,如"山"、"海"、"他"、"儿子",显得干净、冷峻,与作品所表现的内容似乎有一种内在的联系。单调、闭塞的山区生活,平凡的山民的心态,用这种语言形式来表现,更适合,更能调动读者的感觉。还有像"'山那边是什么'/父亲说'是山'/'那边的那边呢'/'山,还是山'",这种故意啰嗦的语句,把"疲倦"的感觉传达得颇为传神。第三段关于儿子生儿子的联想,则用单词的重复及省略号的连续来表现,给读者以代代相传、无穷无尽的感觉。语言艺术的这种特色,就是诗人所强调的语感。语感不是技巧,而是诗人生命意识附丽于语言的显现。

(李丽中)

芸芸众生・罗家生[*]

于 坚

他天天骑一辆旧"兰陵"
在烟囱冒烟的时候
来上班

驶过办公楼
驶过锻工车间
驶过仓库的围墙
走进那间木板搭成的小屋

工人们站在车间门口
看到他 就说
罗家生来了

谁也不知道他是谁
谁也不问他是谁
全厂都叫他罗家生

工人常常去敲他的小屋
找他修手表 修电表
找他修收音机

---

[*] 原载《诗刊》1986 年第 11 期。

文化大革命
他被赶出厂
在他的箱子里
搜出一条领带

他再来上班的时候
还是骑那辆旧"兰陵"
罗家生
悄悄地结了婚
一个人也没有请
四十二岁
当了父亲

就在这一年
他死了
电炉把他的头
炸开了一大条口
真可怕

埋他的那天
他老婆没有来
几个工人把他抬到山上
他们说　他个头小
抬着不重
从前他修的表
比新的还好

烟囱冒烟了
工人们站在车间门口

罗家生
没有来上班

1983年

(选自《诗刊》1986年第11期)

【作者简介】

　　于坚(1954～　)，生于云南省昆明市。14岁辍学，在故乡闲居。16岁以后当过铆工、电焊工、搬运工、宣传干事、农场工人。1980年考入云南大学中文系。1984年开始发表诗歌作品。1985年与诗人韩东、丁当等创办《他们》文学杂志。著有诗集《空地》、《于坚诗六十首》、《对一只乌鸦的命名》、《0档案》等。

　　于坚的诗注重语感。他的诗歌实验，他对诗歌语言的思考，在新生代诗人中影响较大。

【作品简析】

　　这首诗以异于朦胧诗的新鲜的美感吸引了读者。

　　于20世纪80年代中期崛起于诗坛的新生代诗人群，有着全新的审美观。他们把关注的焦点，从历史转向现实，从英雄人物转向社会上广泛存在的"芸芸众生"。他们从生命角度去理解诗，认为诗美的最高层次是生命之光的闪耀，认为语言、作品、生命三者是同构关系。他们不追求新鲜的意象和精致的修辞，而追求灌注着生命意识的语感；主张用经过提炼的口语表达个体生命的本真状态。于坚是新生代诗人中有代表性的一个。他的这首《芸芸众生·罗家生》能体现新生代诗人的价值观和审美观，也体现出于坚本人的创作个性。

　　罗家生是一个平凡的小人物，他每天准时到工厂上班，骑着一辆旧"兰陵"，"驶过办公楼/驶过锻工车间/驶过仓库的围墙/走进那间木板搭成的小屋"。重复的句式，暗示出行驶路线的重复，从中可以感受到平凡人的平凡生活，日复一日，年复一年，像流水账一样平淡无味。罗家生是一个普通工人，普通到"谁也不知道他是谁/谁也不问他是谁/全厂都叫他罗家生"。安分守己的普通人，有时也有意想不到的厄运。

"文化大革命/他被赶出厂",人家说他是间谍,"在他的箱子里/搜出一条领带"。整个民族的灾难,普通人岂能幸免?他只好听从命运的安排。普通人不引人注意,普通人每天为温饱奔波,普通人往往有一种自卑心理,"罗家生/悄悄地结了婚/一个人也没有请/四十二岁/当了父亲"。这就是芸芸众生罗家生的剪影。罗家生死于意外的工伤事故,他的生命在四十二岁那一年突然中断。他的死,也和他活着一样,谁也不注意,只是在烟囱冒烟的时候"没有来上班"。于坚在作品的最末一节有意重复"烟囱冒烟","工人们站在车间门口",读者自然会联想起他的生前,想起他作为一个普通工人那一切平凡的重复的生活。平凡的重复,一直延续到他生命的中止,然而尚在呼吸的普通工人,依旧要像罗家生一样平凡地重复下去。这大概就是普通人的悲哀。普通人具有悲剧意义的生活中,也不完全是悲哀。罗家生活着的时候,大家"常常去敲他的小屋/找他修手表 修电表/找他修收音机";死后,"几个工人把他抬到山上/他们说 他个头小/抬着不重/从前他修的表/比新的还好"。这大概就是普通人的生命价值。新生代诗平民化、世俗化的趋向,从这首诗可以见到。

诗人用客观叙述的口气,既不悲伤也不激动,而是像个局外人,用一种冷漠的表情静观生活,并告诉读者,生活本身就是这样存在着,卑微者难以逃脱悲凉的命运,如此而已。变热烈为淡漠,变主观抒情为客观叙述,是新生代诗的普遍特征,《罗家生》很有代表性。

于坚对诗的语言有自己的看法,并辛勤地、大胆地进行着语言实验。他认为新生代诗的语言革新,标志着"诗再次回到语言本身。它不是某种意义的载体。它是流动的语感"。认为"诗的美感来自语感的流动","语感使诗人的直觉成为有意味的形式","语感同时给读者以意象流动的满足,意义流动的满足,情绪流动的满足,逻辑思维的满足。这一切都融合在一起,成为一种生命式的满足"。

《罗家生》一诗,没有激情,没有情节,也没有新鲜的意象,从首至尾,皆是平平淡淡的叙述。然而,当你读完全诗以后,你的心却禁不住颤栗,那是因为,语感触动了你。你从"埋他的那天/他老婆没有来",从"他们说 他个头小/抬着不重/从前他修的表/比新的还好",从"烟囱冒烟了/工人们站在车间门口/罗家生/没有来上班"等语流中感受到的,恐怕不仅仅是罗家生这个普通工人个体生命的脆弱与卑微,还会联想到自身。人的生命是短促的、渺小的,而人的追求却是无止境的,人生的负重也是没有间歇的,何况还有很多意外的厄运等待着你,这不能不是整个人类的悲剧。诗作者以个体生命体验暗示人类普遍的生存状态,进入到一个更高的哲学层次。人的自怜感、人的使命感、人对命运的抗争感,都因《罗家生》这杯浓度不大的苦酒被调动起来。

一首小诗引起了读者对生命的沉思,应该说,它是成功的。

(李丽中)

面朝大海，春暖花开

海 子

从明天起，做一个幸福的人
喂马，劈柴，周游世界
从明天起，关心粮食和蔬菜
我有一所房子，面朝大海，春暖花开

从明天起，和每一个亲人通信
告诉他们我的幸福
那幸福的闪电告诉我的
我将告诉每一个人

给每一条河每一座山取一个温暖的名字
陌生人，我也为你祝福
愿你有一个灿烂的前程
愿你有情人终成眷属
愿你在尘世获得幸福
我只愿面朝大海，春暖花开

1989年1月13日

（选自《海子诗全编》，上海三联书店1997年版）

【作者简介】

　　海子(1964～1989)，原名查海生，安徽省怀宁人。1964年5月出生在安徽省安庆城外的高河湾查湾，在农村长大。年仅15岁即考入北京大学法律系。1982年开始诗歌创作。1983年毕业后被分配到北京中国政法大学哲学教研室工作。1989年3月26日在河北省山海关附近卧轨自杀。海子短暂的一生,凭着辉煌的天才、奇迹般的创造力和敏锐的直觉,在极端贫困、单调的生活环境里创作了包括诗歌、小说、剧本等大量的文学作品,包括200余首抒情诗和7部长诗等,先后自印诗集《河流》、《传说》、《但是水、水》、《麦地之翁》(与西川合印)、《太阳,断头篇》、《太阳,天堂选幕》,另有长诗《土地》、《太阳,天堂和唱》。1988年写出仪式诗剧三部曲之一《刹》。身后出版有诗集《土地》、《海子、骆一禾作品集》、《海子的诗》、《海子诗全编》(友人西川代编)。他留下的大约200万字的诗作、剧本、小说和论文尚待整理出版。海子对于诗创作抱有一种近乎殉道者的虔诚、执著态度,但他生前诗名寂寞,死后获得极大关注。他杰出的、天才的创造力在中国的诗坛留下了独特的光芒。

【作品简析】

《面朝大海,春暖花开》写于1989年1月13日,是诗人自杀前两个多月所作。这首诗风格清新明朗,语言明白如话,意象单纯明净,以直抒胸臆的抒情为主,结合暗示与象征手法,写出了诗人对尘世幸福生活的憧憬、弃绝,以及对理想生活执著而孤独的追求。

全诗共三节,第一节诗人以质朴的笔调勾勒出一种想像中的尘世幸福生活,折射出诗人对单纯自由的人生境界的向往和对理想世界的执著追寻。起笔看似平淡,却寄意幽深:"从明天起,做一个幸福的人"。紧接着是一系列带有乡村情景的动作意象:"喂马,劈柴,周游世界"、"关心粮食和蔬菜"、"我有一所房子"。这些素朴简单、自然自由的幸福代表了一种最实在的紧贴大地的尘世生活,也表明诗人对都市物欲生活的拒绝和对乡村纯朴生活的向往。"周游世界"象征开放和自由,"房子"象征归宿和家园,最终诗人的一切向往归结到"面朝大海,春暖花开",这是诗人全部的人生理想。"大海"构成诗中的核心意象,成为诗人理想的象征和灵魂的归依。事实上,海子对大海是相对陌生遥远的,他出生、成长、读书、工作的环境都远离大海,但他对大海又充满了无限的向往,甚至希望一生的归宿是"面朝大海",这是他在封闭逼仄的现实世界里对辽阔广袤的大海的一种必然想像和憧憬。

第二、三节直抒胸臆，表达诗人得到幸福的的喜悦和对尘世中亲人、友人以及陌生人的祝愿，流淌着一种温暖清丽的气息。诗人在自己感受幸福的同时也想到与世界分享这份幸福，把对个人的理想憧憬转化为对世界的祝愿，从自然中的"河"、"山"到世界上的"陌生人"，他都给以单纯、明朗、美好的祝愿。"给每一条河每一座山取一个温暖的名字"，这是诗人留给世界的温暖；三个"愿你……"表达了他对尘世人前程、爱情、幸福的祝福，也即"在尘世获得幸福"。"尘世"二字透露出诗人此时此地对于"幸福"的理解。全诗四次提到"幸福"，这"幸福"的祝愿显示了诗人内心的孤独与大爱，而他自己则"只愿面朝大海，春暖花开"。

全诗最关键的、最能泄露诗人内心秘密，反映诗人最真实感情的正是这最后一句："我只愿面朝大海，春暖花开"。这是诗人情感与生命的最终归宿，诗人以温暖的字眼描述了自己生命的归宿、最后的安息所在。诗人非常清楚地知道"尘世中的幸福"与自己所追求的理想和幸福即"面朝大海，春暖花开"在根本上是异质的，是无法相合的，言外之意是"我不在尘世"、"尘世的幸福不属于我"。诗人的绝望是尘世人所无法拯救的，所以诗人把美好的希望和祝福留给尘世，而诗人自己追求的幸福却是超越弃绝了尘世幸福的永恒幸福。诗人写完此诗后仅仅两月之余，便在山海关附近一个可以"面朝大海"的地方卧轨自杀，永远地弃绝了尘世和尘世中的幸福。所以在他生命最后时期的诗作，往往就像一个弃世的谶语，或一个死亡的预言。尘世的祝福都是给予别人，甚至陌生人的，独独不包括"我"自己，因为"我只愿面朝大海，春暖花开"。

全诗有几组隐含的对比关系：人物关系是"你"（"我"之外的尘世中人）与"我"的对比；"从明天起"暗含的是时间关系上"明天"与"今天"的对比；在精神追求中，"尘世"代表的"现实世界"和"世俗世界"，暗含的是与"理想世界"的对比。这种表层与深层之间的对比，使得海子的诗歌意蕴显示出一种悖逆色彩。也就是说，他所憧憬的"从明天起"开始的幸福生活，衬托出的是"今天"与"当下"生活的暗淡和无奈；对"面朝大海"的渴望和追求，衬托出的是现实生活的封闭狭小。诗歌的表层似乎写尽了尘世间的明朗、温暖和纯净,"喂马,劈柴,周游世界"……然而诗歌内在的深层意蕴却隐藏着一种孤独和绝望,所以,"我只愿面朝大海"。对"你"(芸芸众生)和"尘世"(世俗生活)的憧憬和弃绝,使他在温婉平和中有一种深深的绝望和孤独。悖逆色彩与双重意蕴在诗中交织成一种理想与现实、瞬间与永恒、单纯与悲伤、宁静与绝望、祝福与弃世交织的情感悖论,这正是这首诗的复杂性和矛盾性所在,这种悖论使他的情感构成一种互相撕扯的力量,往往在宁静安详之中浸透一种世事沧桑的凝重和无法与世俗相合的绝望。他一方面真诚地憧憬尘世的幸福,另一方面却又反复说明这种幸福是"从明天起"开始的,透露出对现在生活的绝望和对尘世生活的厌弃;一方面,他决绝地弃绝了自己的生命和尘世,另一方面,他又在生命的最后时刻写下那首绝望的绝命诗《春天,十个海子》,在选择死亡的同时却又预言"春天,十个海子全部复活"。这种自我的冲突分裂和内心的矛盾挣扎,使得情感充满了奔突与冲撞,而在这种撕扯中,诗歌的表现内容与诗人的现实选择、尘世中的每一个人与诗人自我、尘世的幸福与诗人内心世界的理想之间形成了一个巨大的裂隙。

可以说,海子是一位向死而生的诗人,《面朝大海,春暖花开》亦是一首向死而生的诗。他曾在诗中写道:"我要在我自己的诗中把灰烬歌唱变成火种!与其死去!不如活着!"面对诗人内心的矛盾与痛苦,我们不禁追问:难道他所追求的就是永远孤独地"面朝大海",并绝望地等待"春暖花开"?如果把他面朝大海的死亡看作是一种精神还乡的复活,那么对于海子这位"海之子"来说,"大海"就是他的安魂之乡,在那里他应该已经得到了"春暖花开"的幸福吧?

(李润霞)

帕斯捷尔纳克

王家新

不能到你的墓地献上一束花
却注定要以一生的倾注,读你的诗
以几千里风雪的穿越
一个节日的破碎,和我灵魂的颤栗

终于能按照自己的内心写作了
却不能按一个人的内心生活
这是我们共同的悲剧
你的嘴角更加缄默,那是

命运的秘密,你不能说出
只是承受、承受,让笔下的刻痕加深
为了获得,而放弃
为了生,你要求自己去死,彻底地死

这就是你,从一次次劫难里你找到我
检验我,使我的生命骤然疼痛
从雪到雪,我在北京的轰响泥泞的
公共汽车上读你的诗,我在心中

---

* 原载《花城》1991 年第 2 期。

呼喊那些高贵的名字
那些放逐、牺牲、见证,那些
在弥撒曲的震颤中相逢的灵魂
那些死亡中的闪耀,和我的

自己的土地!那北方牲畜眼中的泪光
在风中燃烧的枫叶
人民胃中的黑暗、饥饿,我怎能
撇开这一切来谈论我自己?

正如你,要忍受更疯狂的风雪扑打
才能守住你的俄罗斯,你的
拉丽萨,那美丽的、再也不能伤害的
你的,不敢相信的奇迹

带着一身雪的寒气,就在眼前!
还有烛光照亮的列维坦的秋天
普希金诗韵中的死亡、赞美、罪孽
春天到来,广阔大地裸现的黑色

把灵魂朝向这一切吧,诗人
这是幸福,是从心底升起的最高律令
不是苦难,是你最终承担起的这些
仍无可阻止地,前来寻找我们

发掘我们:它在要求一个对称
或一支比回声更为激荡的安魂曲
而我们,又怎配走到你的墓前?
这是耻辱!这是北京的十二月的冬天

这是你目光中的忧伤、探询和质问
钟声一样,压迫着我的灵魂
这是痛苦,是幸福,要说出它
需要以冰雪来充满我的一生

1990年12月于北京

(选自《王家新的诗》,人民文学出版社2000年版)

【作者简介】

　　王家新(1957～　　),诗人、诗歌评论家,生于湖北省丹江口市。1974年高中毕业,并下乡当知青,直到1977年。1978年考入武汉大学中文系,并开始发表诗作,大学时代曾主编过全国高校学生刊物《这一代》。1982年毕业后在湖北陨阳师专任教,1985年至1990年借调《诗刊》从事编辑工作。1992年至1994年旅居英国,1994年回国后在北京教育学院任教。先后出版有诗集《告别》(1985)、《纪念》(1985)、《楼梯》(1993,英文版,伦敦)、《游动悬崖》(1996)、《王家新的诗》(2000)。另有诗论集《人与世界的相遇》(1989)、《夜莺在它自己的时代》(1997)、《没有英雄的诗》(2002),文学随笔集《对隐秘的热情》、《坐矮板凳的天使》等,编著《中国当代试验诗选》、《中国诗歌:九十年代备忘录》,翻译集《保罗·策兰诗文集》等。王家新从"朦胧诗"时期开始写诗,至今已经二十多年。随着时代的变化和个人经历的丰富,其诗歌的风格也在不断成熟。在20世纪90年代中国当代诗坛的诗歌创作中,"知识分子写作"与"民间写作"一般被认为是两种主要的写作倾向,而王家新与西川等人常被认为是"知识分子写作"的代表诗人。

【作品简析】

　　帕斯捷尔纳克(Pastemak,1890～1960)是俄罗斯"白银时代"的优秀诗人,在苏联建国后,被迫流亡,饱受政治压力。其诗歌以抒情性、画面感、音乐性和深沉的历史感见长,思考的是个人与历史、自我内在体验与时代境遇、知识分子与革命暴力的关系,其长篇小说《日瓦戈医生》更以揭示知识分子的悲剧命运和沉重的历史感著称。1958年获诺贝尔文学奖。

王家新以诗人"帕斯捷尔纳克"命名的这首诗既是对这位命运多舛的异域诗人的悼念和追思,同时也是对自己亲历的时代遽变经过切肤体认后的深刻反省。孤傲、深思、坚定、沉痛,在共同或相似的历史摆荡中,通过异国诗魂的悲剧命运进行自审,达到精神的相通和契合,这是灵魂与灵魂的对话,是历史与历史的对话。在这种对话中,王家新所追问的是:诗人自我与帕斯捷尔纳克之间的精神契合点在哪里?中国大地与俄罗斯大地之间的共同命运是什么?

诗的开篇以一种崇敬、低沉的感情点明创作的意旨,把一个中国诗人"一生的倾注"和"灵魂的颤栗"献给帕斯捷尔纳克和他的诗,虽然"不能到你的墓地献上一束花",却注定在精神上可以穿越"几千里风雪",穿越风雪之后获得的实质上是一种精神的沟通和契合。这样就把异域与祖国、历史与当下、帕斯捷尔纳克和"我"联系在了一起,诗人开始追问、探询历史的劫难与当下承受劫难的意义,并开始思考、诘问"写作"与"生活"之间的关联何在。时代给诗人出的一道难题是:个人言说与历史理性、写作与生活之间如何调适?王家新用诗歌回答:知识分子对历史的淡忘或逃避转为对历史和时代苦难的自觉承担。因为"相逢的灵魂",使得诗思在自我的现实生活与帕斯捷尔纳克的历史命运之间游走,这既是写自己的命运,又是写帕斯捷尔纳克的命运。

在艺术形式上,这首诗语意繁复,意象丰赡,修辞多样,总体风格沉郁顿挫,反复、通感、对比、比喻、夸张、拟人等修辞的运用,反问、感叹、跨行、跨段等句式的自如交替,体现了诗人成熟定型的艺术风格。值得称道的是这首诗的语言,不是平民气、平面化的日常口语,而是一种带有知识分子气质的理性与激情结合的思辨性语言,是言意达到最高统一的语言,是思想对语言本身的超载。一些诗句具有某种启示性的警世力量,如"为了获得,而放弃","为了生,你要求自己去死,彻底地死"。

全诗使用频率极高的一个词"雪",成为解读此诗的语言密码。"雪"是诗人自开始写诗就一直喜欢用的一个意象,"雪"在不同时期、不同诗作中代表了不同的情感和意蕴。在这首诗中,"雪"、"风雪"、"雪的寒气"、"冰雪"这些意象所见证的是劫难、痛楚、坚韧、承受等,"雪"也是中国诗人与俄罗斯诗人(帕斯捷尔纳克、普希金等)共同面临的"风暴"和"苦难",因为共同面临、共同承受,所以"雪"不仅意味着一种自然的共通,也意味着一种精神的共通。从第一节的"以几千里风雪的穿越"、第四节的"从雪到雪"、第七节的"正如你,要忍受更疯狂的风雪扑打"、第八节的"带着一身雪的寒气,就在眼前","雪"一直延续到提升全诗的最后一句"需要以冰雪来充满我的一生"。至此,生命与冰雪相连,生命中痛苦和幸福的历程就是经历冰雪、承受冰雪的历程。

　　王家新属于"沉思的诗人",他在20世纪90年代的诗歌精神具有一种严谨、内敛、凝重的思考品质。这首诗标志着诗人从"青春期写作"的芜杂状态彻底转向"知识分子精神"的诗歌写作,同时也及时否定了过分玩弄文字游戏的狂欢化、世俗化的写作倾向,被视作90年代诗歌创作中追求思想深度、拒绝平面的代表作。他的诗歌再一次把"思想"带回到诗歌家园,是诗意与思想结合的一个典范。同时,在诗意和思想之中渗透的是一种知识分子的人文激情,这种人文激情既不同于浪漫主义式的无节制的情感宣泄,也不同于理想主义式的单纯的热情信仰,更不同于现实主义式的因过分粘滞现实而缺乏精神超越、提升的所谓现实感。可以说,这是一种在理性规约下个人对历史、时代的人文关怀,是个人化立场、知识分子的道德使命感与历史的沉重感胶着在一起的人文激情,既带有中国知识分子的忧患意识,同时具有俄罗斯诗歌精神中苦难、深沉、高贵的美感。这也是自20世纪80年代中期以来的狂欢化、游戏化的第三代诗歌运动所缺失的一种诗歌精神,正是这种理性与激情相合的精神,使中国当代诗歌在90年代重新显示出一种思想锲入后的沉甸甸的美感。

(李润霞)

散文 报告文学

岩波文庫

社稷坛抒情[*]

秦 牧

　　北京有座美丽的中山公园,公园里有个用五色土砌成的社稷坛。

　　社稷坛是北京九坛之一,它和坐落在南城的天坛遥遥相对。古代的帝王们,在天坛祭天,在社稷坛祭地。祭天为了要求风调雨顺,祭地为了要求土地肥沃。祭天祭地的终极目的只有一个:就是五谷丰登,可以"聚敛贡城阙"。五谷是从地里长出来的,因此,人们臆想的稷神(五谷)就和社神(土地)同在一个坛里受膜拜了。

　　穿过古柏参天、处处都是花圃的园林,来到这个社稷坛前,突然有一种寥廓空旷的感觉。在庄严的宫殿建筑之前,有这么一个四方的土坛,屹立在地面,它东面是青土,南面是红土,西面是白土,北面是黑土,中间嵌着一大块圆形的黄土。这图案使人沉思,使人怀古。遥想当年帝王们穿着衮服,戴着冕旒,在礼乐声中祭地的情景,你仿佛看到他们在庄严中流露出来的对于"天命"畏惧的眼色,你仿佛看到许多人慑服在大自然脚下的神情。

　　这社稷坛现在已经没有一点儿神秘庄严的色彩了。它只是一个奇特的历史遗迹。节日里,欢乐的人群在上面舞狮,少年们在上面嬉戏追逐。平时则有三三两两的游人在那里低徊。对,这真是一个激发人们思古幽情的所在!作为一个中国人,可以让这种使人微醉的感情发酵的去处可真多呢!你可以到泰山去观日出,在八达岭长城顶看日落。可以在西湖荡画舫,到南京鸡鸣寺听钟声。可以在华北平原跑马,在戈壁滩上骑骆驼。可以访寻古代宫殿遗迹,听一听燕子的呢喃,或者到南

---

[*] 原载《我热爱新北京》,北京出版社 1957 年版。

方的海神庙旁看浪涛拍岸……这些节目你随便可以举出一百几十种来,但在这里面可不要遗漏掉这个社稷坛!这坛后的宫殿是华丽的,飞檐、斗拱、琉璃瓦、白石阶……真是金碧辉煌!而坛呢,却很荒凉,就只有五色的泥土。然而这种对照却也使人想起:没有这泥土所代表的大地,没有在大地上胼手胝足的劳动者,根本就不会有这宫殿,不会有一切人类的文明。你在这个土坛上走着走着,仿佛走进古代去,走到一望无际的原野上,在那里,莽莽苍苍,风声如吼。一个戴着高冠,穿着芒鞋的古代诗人正在用他的悲悯深沉的眼睛眺望大地,吟咏着这样的诗句:

> 朝东西眺望没有边际,
> 朝南北眺望没有头绪,
> 朝上下眺望没有依归,
> 我的驱驰不知何所底止!
> ……………
>
> 九州究竟安放在什么上面?
> 河床何以洼陷?
> 地面,从东至西究竟多少宽,从南至北多少长?
> 南北要比东西短些,短的程度究竟是怎样?

——屈原:《悲回风》和《天问》,引自郭沫若译诗。

这不仅仅是屈原的声音,也是许许多多古代诗人瞭望原野时曾经涌起的感情。这种"大地茫茫"的心境,是和对于自然之谜的探索和对于人间疾苦的忿慨联结在一起的。

想一想这些肥沃土地的来历,你会不由得涌起一种遥接万代的感情。我们居住的这个星球,最古老时代原是一个寂寞的大石球,上面没有一株草,一只虫,也没有一层土壤。经过了多少亿万年,太阳风雨的力量,原始生物的尸骸,才给地球造成了一层层的土壤,每经历千年万年,土壤才增加薄薄的一层。想一想我们那土壤厚达五十公尺的华北黄土高原吧！那该是大自然在多长的时间里的杰作！但这还不算，劳动者开辟这些土地，是和大自然进行过多么剧烈的斗争呀！这种斗争一代接连一代继续着，我们仿佛又会见了古代的唱着《诗经》里怨忿之歌的农民，像敦煌壁画上面描绘的辛勤劳苦的农民，驾着那种和古墓里挖掘出来的陶制高轮牛车相似的车子，奔驰在原野上，辛苦开辟着田地。然而他们一代代穿着破絮似的衣服，吃着极端粗劣的食物。你仿佛看到他们在田野里仰天叹息，他们一家老小围着幽幽的灯光在饮泣。看到他们画红了眉毛，或者在头上包一块黄布揭竿起义，看到他们大批地陈尸在那吸尽了他们的汗水然后又吸尽了他们鲜血的土地。想一想在原始社会中他们怎样匍匐在鬼神脚下，在阶级社会中他们又怎样挣扎在重重枷锁之中。啊，这些给荒凉的大地铺上了锦绣花巾的人们，这些从狗尾草、蟋蟀草中给我们选出了稻麦来的人们，我们该多么感念他们！想像的羽翼可以把我们带到古代去，在一家家的门口清清楚楚看到他们在劳动，在饮食，在希望，在叹息，可惜隔着一道历史的门限，我们却不能和他们作半句的交谈！但怀古思今，想起了我们这个时代的农民是几千年历史中第一次真正挣脱了枷锁，逐渐离开了鬼神天命的羁绊的农民，我们又仿佛走出了黑暗的历史的隧洞，突然见到耀眼的阳光了。

　　你在这个五色土坛上面走着走着，仿佛又回到公元前几千年去，会见了古代的思想家。他们白发苍苍，正对着天上的星辰，海里的潮汐，陶窑的火光，大地的泥土沉思。那时的思想家没有什么书籍可以阅读参考，日月经天，江河行地，四时代谢，万物死生的现象，都使他们抱头苦思。他们还远不能给世界的现象说出一个较完整的答案。但是他们终究也看出一点道理来了，世间的万物万事，有因有果，有主有从，他们互相错综地关联着……正是由于古代有这样的思想家在这样地思考过，才给后来的历史创造了这样一座五色的土坛。

　　"五行"的观念和我们这个民族一样地古老，东、南、西、北是人们很早就知道的，人们总以为自己所处是大地的中间，于是在四方之外又加上了一个"中心"，东、南、西、北、中凑成了五方五土的观念，直到今天我们还看到好些人家的屋角有"五方五土龙神"的牌位。烧陶方法和冶铜技术发明了，人们在熊熊火光旁边，看到火把泥土变成了陶器，把矿石烧成溶液，木头燃烧发出了火光，水又能够把火熄灭。这种现象使古代的思想家想到木、火、金、水、土（依照《左传》的排列次序）是万物的本源。于是木、火、金、水、土把五行的观念充实起来了。

烧制陶器这件事使人类向文明跨前一大步，在埃及，在希腊，都由此产生了神明用泥土造人的神话。在中国，却大大地发扬了"五行"的观念。根据木、火、金、水、土五种东西彼此的作用，又产生了五行相克相生的理论。根据这几种东西的颜色：树木是苍翠的，火光是红艳艳的，金属是亮晶晶的，深深的水潭是黝黑的，中原的泥土是黄色的。于是青、赤、白、黑、黄五种颜色就被拿来配木、火、金、水、土，成为颜色上的五行了。

这个四方、五行的观念被古代思想家用来分析许许多多的事物，音乐上的宫、商、角、徵、羽五个音阶，天上二十八宿的分隶青龙、朱雀、白虎、玄武（乌龟）四方，都是和这种观念紧密地联结起来的。

把世界万物的本源看做是木、火、金、水、土五种东西相互作用产生出来的，这和古代印度哲学家把万物说成是由地、火、水、风所构成，古代希腊哲学家说万物的本源是水或者火……那思想的脉络是多么地近似啊。

尽管这种说法在几千年后的今天看来是奇特甚至好笑的，然而那里面不也包含着光辉的真理吗：万物的本源都是物质，物质彼此起着错综的作用……哦！我们遇见的对着泥土沉思的思想家，他们正是古代的略具雏形的唯物主义者！

没有这些古代思想家，我们就不会有这个五色的土坛。审视这五种颜色吧，端详这个根据"天圆地方"的古代观念筑起来的四方坛吧！它和我们民族的古代文化存在多么密切的关系啊！

我们汉民族的摇篮在黄河的中上游，那里绵亘的是一望无际的黄土高原。因此，黄色被用来配"土"，用来配"中心"，成为我们民族传统中高贵的颜色。中心是不同于四方的，能够生长五谷的土地是不同于其他东西的，黄色是不同于其他颜色的。在这个土坛的中心，黄土被特别砌成了一个圆形，审视这个黄色的圆圈吧！它使我们想起奔腾澎湃的黄河,想起在地层下不断被发掘出来的古代村落,也想起那古木参天的黄帝的陵墓。

我多么想去抱一抱那些古代的思想家,没有他们的艰苦探索,就没有今天人类的智慧。正像没有勇敢走下树来的猿人,就不会有人类一样。多少万年的劳动经验和生活智慧积累起来,才有了今天的人类文明。每一个人在人类智慧的长河旁边,都不过像一只饮河的鼹鼠。在知识的大森林里面,都不过像一只栖于一枝的鹪鹩。这河是多少亿万滴水汇成的啊,这森林是多少亿万株草木构成的啊!

瞧着这个社稷坛,你会想起了中国的泥土,那黄河流域的黄土,四川盆地的红壤,肥沃的黑土,洁白的白垩土……你会想起文学里许许多多关于泥土的故事:有人包起一包祖国的泥土藏在身旁到国外去;有人临死遗嘱必须用祖国的泥土撒到自己胸上;有人远适异国归来,俯身去亲吻了自己国门的土地。这些动人的关于泥土的故事,使人对五色土发生了奇异的感情,仿佛它们是童话里的角色,每一粒土壤都可以叙述一段奇特的故事,或者唱一首美好的诗歌一样。

瞧着这个紧紧拼合起来的五色土坛,一个人也会想起了国土的统一,在我们的土地上,为了统一而发生的战争该有多少万次呀!然而严格说来,历史上的中国从来没有高度统一过。四分五裂,豪强纷纷划地称王的时代不去说它了,可怜的共主像傀儡似地住在京都,整天送猪肉、龟肉慰问跋扈的诸侯的时代不去说它了,就是号称强盛统一的时代,还不是有许多拥兵自重的藩镇,许多专权用事的贵戚,许多地方的豪霸,在他们的领地里当着小皇帝,使中央号令不行,使国中还有许许多多的小国。中国历史上没有一个时期像今天这样高度统一过,等我们解放了台湾和一些沿海岛屿以后,这种统一的规模就更加空前了。古代思想家的预言:"不嗜杀人者能一之。"由于不剥削人的无产阶级登上了历史舞台,竟使这一句话在两千多年后空前地应验了。

我在这个土坛上低徊漫步,想起了许许多多的事情。我们未必"前不见古人,后不见来者",凭着思想和感情的羽翼,我们尽可去会一会古人,见一见来者。我仿佛曾经上溯历史的河流,看见了古代的诗人、农民、思想家、志士,看他们的举动,听他们的声音,然后又穿过历史的隧洞,回到阳光灿烂的现实。啊,做一个历史悠久的民族的子孙是多么值得自豪的一回事!做今天的中国的一个儿女是多么值得快慰的一回事!回溯过去,瞻望未来,你会觉得激动,很想深深呼吸一口新鲜的空气,想好好地学习和劳动,好好地安排在无穷的时间之中一个人仅有一次,而我们又恰恰生逢其时的宝贵的生命。

啊,这座发人深思的社稷坛!

1956年

(选自《长河浪花集》,人民文学出版社1978年版)

【作者简介】

秦牧(1919~1992),当代著名散文作家,原名林觉夫,广东省澄海县人。幼年和少年时代在新加坡读书时就酷爱文学,并对大自然和动植物有浓厚的兴味。这段异国生活,培育了他爱国主义思想感情和广泛的兴趣爱好,对他以后的创作有很深的影响。1932年回国后曾在他的故乡和汕头、香港等地就学。抗日战争时期,曾在桂林、重庆等地做教师、编辑等工作,参加过救亡运动和大后方的民主运动。解放战争期间,在香港从事职业写作。建国后一直在广州工作,曾任广东文联副主席、暨南大学中文系主任等职。

秦牧的主要创作是散文,此外也写过小说、童话、诗歌、话剧、报告文学、杂文、文艺评论、科学小品等。他的主要散文集有《花城》、《贝壳集》、《星下集》、《潮汐和船》、《长街灯语》、《花蜜和蜂刺》、《晴窗晨笔》、《秋林红果》、《翡翠路》、《北京漫笔》等。《长河浪花集》是作者建国以来优秀散文的结集。《秦牧选集》是作者自选集,包括多种文体。此外还有文艺随笔《艺海拾贝》、中篇小说《黄金海岸》等。

秦牧散文的艺术魅力来自思想性、知识性、趣味性、艺术性的有机结合,来自丰富的联想和对事理的深刻剖析,来自平中见奇的生活情趣。他的散文独创一格,在读者中有很大的影响。

【作品简析】

《社稷坛抒情》写于1956年,是秦牧散文中一朵艳丽的奇葩,闪耀着时代的色彩,反映了作者的艺术个性。

被先进思想贯串着,展开想像的彩翼,闪耀着璀璨的知识的光辉,情趣横生,文采飞扬,是这篇抒情散文的魅力所在。

借物抒怀有多种写法,杨朔惯于在虚构的小故事中蕴蓄诗情、开拓意境;刘白羽喜欢在壮丽的景物描写中引出哲理、抒情言志;秦牧则擅长凭借一物展开想像,在想像中夹叙夹议,开拓意境,阐发对生活的独到见解,并把新鲜有趣的知识传授给读者。《社稷坛抒情》就体现了秦牧散文创作的这一风格特色。

想像是激情的产物。优秀的散文作家被崇高的思想所激动,感情的激荡必然产生出瑰丽的想像。作者来到象征祖国的社稷坛前,在土坛上低徊漫步,凝视着由五色土组成的四方土坛,蕴蓄很深的对民族、对祖国、对新时代的热爱之情突然找到了喷火口,于是,思绪万端、浮想联翩,由怀古而思今,而感慨生活在今天的幸福。作者以五色土为中心,把想像的触角伸向时间和空间的广阔领域,上下几千年,纵横数万里,在想像中塑造形象、开拓意境。面对土坛,他陷入了怀古的沉思。仿佛看见"穿着衮服,戴着冕旒,在礼乐声中祭地"的帝王们;"仿佛走进古代去,走到一望无际的原野上",看见"一个戴着高冠,穿着芒鞋"的古代诗人面对苍茫大地在吟诗抒怀。他从土坛想到了肥沃土地的来历,想到了劳动者开辟土地的斗争;从土坛的五种土色,联想到古代思想家关于五行的观念;从土坛中心的黄土,想到了中华民族的摇篮黄河中上游的黄土高原;从土坛想到祖国各地的土壤,想到文学中许多描写远离祖国的人们如何热爱祖国泥土的故事;从五种颜色土壤的紧密拼合,想到了祖国的统一。作者思想的羽翼在亿万年历史长河中穿越,引导读者去会见古代的诗人、农民、思想家、志士,"然后又穿过历史的隧洞,回到阳光灿烂的现实"。

作者就是用这种"思接千载,视通万里"的大跨度、多角度的想像敷衍成篇,在想像中塑造古代帝王、诗人、农民、思想家的生动形象,描绘祖国广阔的土地、壮丽的山河、勤劳的人民,从而抒发了"做一个历史悠久的民族的子孙是多么值得自豪的一回事!做今天的中国的一个儿女是多么值得快慰的一回事"这样一种爱民族、爱祖国的豪壮之情。前面海阔天空的想像,全为这结尾处集中、浓烈的抒情作铺垫,使人感到所抒之情有深厚的思想基础。丰富的想像,成为开拓意境、点化主题的主要手段。

作者的想像紧紧围绕"五色土"这个抒情媒介物,以此为中心辐射出去,有纵有收,多而不繁,杂而不乱,全篇挥洒自如,情趣横生。

想像从始至终被崇高的、先进的思想统率。古人曰"意犹帅也",对劳动人民和古代思想家为祖国创造物质文明、精神文明丰功伟绩的歌颂,对实现了历史上从未有过的高度统一的祖国的赞颂,是统率全篇想像的"意",是全篇之"神"。就是这种思想感情催动了作者想像的飞动,并构成了穿缀零碎想像的红线,使作品"博而能一",散而不乱。

这篇作品的另一显著特点,是寓思想、知识于想像之中,使想像新鲜、有趣,富有诗情和哲理。读者跟随作者的想像,知道了宇宙的形成、土壤的来历、物种的起源、劳动人民开辟土地和实现统一国土的种种斗争……作者边叙边议,如灯下谈心,娓娓道来,生动亲切,而且时时有精辟的阐发,使读者见微知著,于平凡的事物中发现真理的光芒。例如,从宫殿的金碧辉煌与土坛的荒凉冷落所形成的鲜明对照中,作者悟出:"没有这泥土所代表的大地,没有在大地上胼手胝足的劳动者,根本就不会有这官殿,不会有一切人类的文明。"从国土在今天实现了高度统一,作者想到古代思想家"不嗜杀人者能一之"的预言所包含的真理。鲜明的形象、充沛的感情、深刻的哲理的结合,产生了撼动人心的诗意。

这篇作品的语言精粹警辟,谈笑风生,亲切感人。长达四千余字关于"五色土"的想像不使人厌烦,相反,给人以意趣盎然、美不胜收之感。

(李丽中)

日　　出[*]

刘白羽

登高山看日出,这是从幼小时起,就对我富有魅力的一件事。

落日有落日的妙处,古代诗人在这方面留下不少优美的诗句,如像"大漠孤烟直,长河落日圆"、"落日照大旗、马鸣风萧萧",可是再好,总不免有萧瑟之感。不如攀上奇峰陡壁,或是站在大海岩头,面对着弥漫的云天,在一瞬时间内,观察那伟大诞生的景象,看火、热、生命、光明怎样一起来到人间。但很长很长时间,我却没有机缘看日出,而只能从书本上去欣赏。

海涅曾记叙从布罗肯高峰看日出的情景:

　　我们一言不语地观看,那绯红的小球在天边升起,一片冬意朦胧的光照扩展开了,群山像是浮在一片白浪的海中,只有山尖分明突出,使人以为是站在一座小山丘上。在洪水泛滥的平原中间,只是这里或那里露出来一块块干的土壤。

善于观察大自然风貌的屠格涅夫,对于日出,却作过精辟的描绘:

　　……朝阳初升时,并未卷起一天火云,它的四周是一片浅玫瑰色的晨曦。太阳,并不厉害,不像在令人窒息的干旱的日子里那么炽热,也不是在暴风雨之前的那种暗紫色,却带着一种明亮而柔和的光芒,从一片狭长的云层后面隐隐地浮起来,露了露面,然后就

---

[*] 原载《新观察》1959 年第 15 期。

又躲进它周围淡淡的紫雾里去了。在舒展着云层的最高处的两边闪烁得有如一条条发亮的小蛇；亮得像擦得耀眼的银器。可是，瞧！那跳跃的光柱又向前移动了，带着一种肃穆的欢悦，向上飞似的拥出了一轮朝日。……

可是，太阳的初升，正如生活中的新事物一样，在它最初萌芽的瞬息，却不易被人看到。看到它，要登得高，望得远，要有一种敏锐的视觉。从我个人的经历来说，看日出的机会，曾经好几次降临到我的头上，而且眼看就要实现了。

一次是在印度。我们从德里经孟买、海德拉巴、帮格罗、科钦，到翠泛顿。然后沿着椰林密布的道路，乘三小时汽车，到了印度最南端的科摩林海角。这是出名的看日出的胜地。因为从这里到南极，就是一望无际的、碧绿的海洋，中间再没有一片陆地。因此这海角成为迎接太阳的第一位使者。人们不难想像，那雄浑的天穹，苍茫的大海，从黎明前的沉沉暗夜里升起第一线曙光，燃起第一支火炬，这该是何等壮观。我们到这里来就是为了看日出。可是听了一夜海涛，凌晨起来，一层灰蒙蒙的云雾却遮住了东方。这时，拂拂的海风吹着我们的衣襟，一卷一卷浪花拍到我们的脚下，发出柔和的音响，好像在为我们惋惜。

还有一次是登黄山。这里也确实是一个看日出的优胜之地。因为黄山狮子林，峰顶高峻。可惜人们没有那么好的目力，否则从这儿俯瞰江、浙，一直到海上，当是历历可数。这种地势，只要看看黄山泉水，怎样像一条无羁的白龙，直泄新安江、富春江，而经钱塘入海，就很显然了。我到了黄山，开始登山时，鸟语花香，天气晴朗，收听气象广播，也说二三日内无变化。谁知结果却逢到了徐霞客一样的遭遇："浓雾弥漫，抵狮子林，风愈大，雾愈厚……雨大至……"只听了一夜风声雨声，至于日出当然没有看成。

但是，我却看到了一次最雄伟、最瑰丽的日出景象。不过，那既不是在高山之巅，也不是在大海之滨，而是从国外向祖国飞航的飞机飞临的万仞高空上。现在想起，我还不能不为那奇幻的景色而惊异。是在我没有一点准备、一丝预料的时刻，宇宙便把它那无与伦比的光华、丰采,全部展现在我的眼前了。当飞机起飞时,下面还是黑沉沉的浓夜,上空却已游动着一线微明,它如同一条狭窄的暗红色长带,带子的上面露出一片清冷的淡蓝色晨曦,晨曦上面高悬着一颗明亮的启明星。飞机不断向上飞翔,愈升愈高,也不知穿过多少云层,远远抛开那黑沉沉的地面。飞机好像惟恐惊醒人们的安眠,马达声特别轻柔,两翼非常平稳。这时间,那条红带,却慢慢在扩大,像一片红云了,像一片红海了。暗红色的光发亮了,它向天穹上展开,把夜空愈抬愈远,而且把它们映红了。下面呢?却还像苍莽的大陆一样,黑色无边。这是晨光与黑夜交替的时刻,这是即将过去的世界与即将来到的世界交替的时刻。你乍看上去,黑夜还似乎强大无边,可是一转眼,清冷的晨曦变为磁蓝色的光芒。原来的红海上簇拥出一堆堆墨蓝色云霞。一个奇迹就在这时诞生了。突然间从墨蓝色云霞里蠢起一道细细的抛物线,这线红得透亮,闪着金光,如同沸腾的溶液一下抛溅上去,然后像一支火箭一直向上冲,这时我才恍然大悟,原来这就是光明的白昼由夜空中迸射出来的一刹那。然后在几条墨蓝色云霞的隙缝里闪出几个更红更亮的小片。开始我很惊奇,不知这是什么。再一看,几个小片冲破云霞,密接起来,溶合起来,飞跃而出,原来是太阳出来了。它晶光耀眼,火一般鲜红,火一般强烈,不知不觉,所有暗影立刻都被它照明了。一眨眼工夫,我看见飞机的翅膀红了,窗玻璃红了,机舱座里每一个酣睡者的面孔红了。这时一切一切都宁静极了,宁静极了。整个宇宙就像刚诞生过婴儿的母亲一样温柔、安静,充满清新、幸福之感。再向下看,云层像灰色急流,在滚滚流开,好让光线投到大地上去,使整个世界大放光明。我靠在软椅上睡熟了。醒来时我们的飞机正平平稳稳,自由自在,向我的亲爱的祖国、向太阳升起的地方航行。黎明时刻的种种红色、灰色、黛色、蓝色,都不见了,只有上下天空,一碧万顷,空中的一些云朵,闪着银光,像小孩子的笑脸。这时,我深切感到这个光彩夺目的黎明,正是新中国瑰丽的景象;我忘掉了为这一次看到日出奇景而高兴,而喜悦,我却进入一种庄严的思索,我在体会着"我们是早上六点钟的太阳"这一句诗那最优美、最深刻的含意。

一九五八年

(选自《刘白羽散文选》,人民文学出版社 1978 年版)

【作者简介】

刘白羽(1916~2005),北京人,当代著名作家。20世纪30年代开始创作,写过短篇小说和报告文学。1938年到延安,参加延安文工团工作,走遍了华北抗日根据地。1944年被派往重庆,担任《新华日报》副刊编辑。1946年到东北解放区,任新华社随军记者,跟随第四野战军转战东北、平津、江南等战场,写了短篇小说《政治委员》、《无敌三勇士》,中篇小说《火光在前》等。抗美援朝战争期间曾多次赴朝,写了许多通讯报道。1955年以后,主要从事党的文化领导工作,但仍坚持写作。

刘白羽的创作以散文成就为最大。已出版的散文集有《延安生活》、《火炬与太阳》、《万炮震金门》、《早晨的太阳》、《红玛瑙集》、《冬日草》、《平明小札》、《红色的十月》、《芳草集》及《刘白羽散文选》等。刘白羽总是以战士的眼光观察生活、撷选题材,他的散文作品洋溢着战士的激情,气势豪迈,色彩绚丽,风格雄浑、壮美。

【作品简析】

太阳每天都是新的,刘白羽的这篇《日出》也是新的。他没有沿袭前代和同代作家对日出的描写,而是创造了一个属于他自己的"日出"。

这篇散文运用写实和象征相结合的艺术手法,因而,它的美质来自写实和象征两个层面。从写实角度看,作者选择了一个全新的视角,既不是在高山之巅,也不是在大海之滨,而是在万仞高空的飞机上看日出,从而能将朝阳最初萌芽的瞬息景象,以及由小到大、由隐到显、飞跃而出的整个过程的动态美、色彩美纳入一个背景无限开阔的巨型画幅,淋漓尽致地渲染了日出景观的雄伟、壮丽,满足了读者看日出的审美欲望;从象征角度看,作者有意将日出与人类世界最伟大的诞生相联系,创造了自然界日出与人类世界"日出"相叠合的深邃意境,启悟读者在自然美的享受中去思索象征层面所包孕的睿智的哲思。

写实美和象征美通过作者的匠心巧妙地融合在一起。看似即景写景,实则写情写理,实中运虚,凡写景处皆有微妙的寓意。例如,文章前半部引录了海涅和屠格涅夫两位文豪从布罗肯高峰及俄罗斯草原看日出的描述。从写景角度看,两幅精彩的画面,从不同方位展示了日出景象的多姿多彩,有助于开阔读者的审美视野;如果从象征角度来看,选录的那两段文字恰是作者点化意境的妙笔。海涅用"绯红的小球在天边升起"来描绘朝阳初升的美景;屠格涅夫描写太阳初升,是"从一片狭长的云层后面隐隐地浮起来"。从两位大师的描述中,作者悟出新生事物由小到大、由隐到显的道理,由此生出一段意味深长的议论:"太阳的初升,正如生活中的新事物一样,在它最初萌芽的瞬息,却不易被人看到。看到它,要登得高,望得远,要有一种敏锐的视觉。"紧接此段议论,是两次看日出未遇的虚写。尽管在印度的科摩林海角,因天不作美,作者没能实现看日出的夙愿,然而,面对"雄浑的天穹"、"苍茫的大海",却在想像中看到了"从黎明前的沉沉暗夜里升起第一线曙光,燃起第一支火炬"的壮观景象。这充满激情的想像,岂止是单纯的写景,而是对光与火的诞生的衷心赞颂。

　　文章后半部关于高空观日出的描述,是全文的中心。作者充分利用视点随飞机上升不断向上移动的特点,以及可将日出的空间变化无遮拦地尽收眼底的优越方位,绘制出一幅宏观的日出全景图。从这幅图景中,读者不仅有幸享受到大自然赐予的变幻神奇的日出之美,还能获得光明战胜黑暗、新生战胜腐朽的快慰,并从中感受到一种催人奋进的精神力量。新生事物在萌芽之初十分微弱,可是那孕育在生命内部的强大冲击力是不可低估的。它从量变到质变,一旦冲破那层束缚它的外壳,就会蓬蓬勃勃地生长,并给周围环境以巨大影响。刘白羽是从解放战争炮火中走过来的作家,亲身经历过驱逐黑暗的斗争,并迎来了新中国光彩夺目的黎明。因此,当他凝神观照那瑰丽的日出景象时,自然会有一种特殊的感情。艺术家的直觉思维,使他从自然界中飞跃而出的太阳看到了人类世界中美好事物的诞生,看到了新生事物的不可战胜。蘸满激情的笔锋,将景语化作情语,景中传情,景中寓理,展示出写景散文深层次的美感。篇末引用诗句"我们是早上六点钟的太阳",为自然界日出与人类世界"日出"两个画境的叠合涂上了最后一道光彩。

　　意境的开拓离不开技巧。本篇构思精巧,文势曲折,用笔多变,创造了与内容之美相吻合的形式美。

　　散文文体的美质在于散而不乱,在于变化有致。散而不乱,是由于将那虚写和实写的五幅看日出的画面,用"我"毕生欲看日出的执著追求贯穿在一起,有纵有横,经纬交织,层层推进;先后展现的五幅画面有浓有淡,有疏有密,有抑有扬,因而在层层推进中形成了波澜起伏的节奏;节奏犹如情绪的黏合剂,将全篇材料统成一个有机整体。作者不急于为"日出"这个新嫁娘掀盖头,而在掀盖头之前作了充分的渲染、铺垫。先是用"落日"烘托,让读者想像那日出景象的壮阔之美与诞生之美;接着用海涅和屠格涅夫书本上奇丽的日出画面激发读者亲历日出的欲望;然后又用两次看日出未遇的惋惜之情,进一步激发读者对日出之美的向往与追求。运笔的抑扬,结构的曲折,起了蓄势作用,新嫁娘一旦亮相,就格外引人注目。古人写散文,忌作"直布口袋",强调曲折顿挫,是因为曲能通幽,折能生姿,抑扬顿挫能避免阅读心理的单调。这篇散文注意了形式上的美感,也是其魅力的一个方面。

　　从《日出》开始,刘白羽的散文创作从纪实转向抒情,从政论风格转向诗化象征风格。《日出》正是作者在散文创作中"对新的美的探索的结果"。

(李丽中)

荔 枝 蜜[*]

杨　朔

　　花鸟草虫,凡是上得画的,那原物往往也叫人喜爱。蜜蜂是画家的爱物,我却总不大喜欢。说起来可笑。孩子时候,有一回上树掐海棠花,不想叫蜜蜂螫了一下,痛得我差点儿跌下来。大人告诉我说:蜜蜂轻易不螫人,准是误以为你要伤害它,才螫。一螫,它自己耗尽生命,也活不久了。我听了,觉得那蜜蜂可怜,原谅它了。可是从此以后,每逢看见蜜蜂,感情上疙疙瘩瘩的,总不怎么舒服。

　　今年四月,我到广东从化温泉小住了几天。四周是山,怀里抱着一潭春水,那又浓又翠的景色,简直是一幅青绿山水画。刚去的当晚,是个阴天,偶尔倚着楼窗一望:奇怪啊,怎么楼前凭空涌起那么多黑黝黝的小山,一重一重的,起伏不断。记得楼前是一片比较平坦的园林,不是山。这到底是什么幻景呢?赶到天明一看,忍不住笑了。原来是满野的荔枝树,一棵连一棵,每棵的叶子都密得不透缝,黑夜看去,可不就像小山似的。

　　荔枝也许是世上最鲜最美的水果。苏东坡写过这样的诗句,"日啖荔枝三百颗,不辞长作岭南人",可见荔枝的妙处。偏偏我来的不是时候,满树刚开着浅黄色的小花,并不出众。新发的嫩叶,颜色淡红,比花倒还中看些。从开花到果子成熟,大约得三个月,看来我是等不及在从化温泉吃鲜荔枝了。

　　吃鲜荔枝蜜,倒是时候。有人也许没听说这稀罕物儿吧?从化的荔枝树多得像汪洋大海,开花时节,满野嘤嘤嗡嗡,忙得那蜜蜂忘记早

---

[*] 原载1961年7月23日《人民日报》。

晚,有时趁着月色还采花酿蜜。荔枝蜜的特点是成色纯,养分大。住在温泉的人多半喜欢吃这种蜜,滋养精神。热心肠的同志为我也弄到两瓶。一开瓶子塞儿,就是那么一股甜香;调上半杯一喝,甜香里带着股清气,很有点鲜荔枝味儿。喝着这样的好蜜,你会觉得生活都是甜的呢。

我不觉动了情,想去看看自己一向不大喜欢的蜜蜂。

荔枝林深处,隐隐露出一角白屋,那是温泉公社的养蜂场,却起了个有趣的名儿,叫"蜜蜂大厦"。正当十分春色,花开得正闹。一走进"大厦",只见成群结队的蜜蜂出出进进,飞去飞来,那沸沸扬扬的情景,会使你想:说不定蜜蜂也在赶着建设什么新生活呢。

养蜂员老梁领我走进"大厦"。叫他老梁,其实是个青年人,举动很精细。大概是老梁想叫我深入一下蜜蜂的生活,小小心心揭开一个木头蜂箱,箱里隔着一排板,每块板上满是蜜蜂,蠕蠕地爬着。蜂王是黑褐色的,身量特别细长,每只蜜蜂都愿意用采来的花精供养它。

老梁叹息似的轻轻说:"你瞧这群小东西,多听话。"

我就问道:"像这样一窝蜂,一年能割多少蜜?"

老梁说:"能割几十斤。蜜蜂这物件,最爱劳动。广东天气好,花又多,蜜蜂一年四季都不闲着。酿的蜜多,自己吃的可有限。每回割蜜,给它们留一点点糖,够它们吃的就行了。它们从来不争,也不计较什么,还是继续劳动、继续酿蜜,整日整月不辞辛苦……"

我又问道:"这样好蜜,不怕什么东西来糟害么?"

老梁说:"怎么不怕?你得提防虫子爬进来,还得提防大黄蜂。大黄蜂这贼最恶,常常落在蜜蜂窝洞口。专干坏事。"

我不觉笑道:"噢!自然界也有侵略者。该怎么对付大黄蜂呢?"

老梁说:"赶!赶不走就打死它。要让它待在那儿,会咬死蜜蜂的。"

我想起一个问题,就问:"可是呢,一只蜜蜂能活多久?"

老梁回答说:"蜂王可以活三年,一只工蜂最多能活六个月。"

我说:"原来寿命这样短。你不是总得往蜂房外边打扫死蜜蜂么?"

老梁摇一摇头说:"从来不用。蜜蜂是很懂事的,活到限数,自己就悄悄死在外边,再也不回来了。"

我的心不禁一颤:多可爱的小生灵啊,对人无所求,给人的却是极好的东西。蜜蜂是在酿蜜,又是在酿造生活;不是为自己,而是在为人类酿造最甜的生活。蜜蜂是渺小的;蜜蜂却又多么高尚啊!

透过荔枝树林,我沉吟地望着远远的田野,那儿正有农民立在水田里,辛辛勤勤地分秧插秧。他们正用劳力建设自己的生活,实际也是在酿蜜——为自己,为别人,也为后世子孙酿造着生活的蜜。

这黑夜,我做了个奇怪的梦,梦见自己变成一只小蜜蜂。

1960年

(选自《杨朔散文选》,人民文学出版社1978年版)

【作者简介】

杨朔(1913～1968),当代作家,原名杨毓瑨,山东省蓬莱人。1937年在延安参加革命,1946年到华北野战军任新华社特派记者,其间写通讯报道并创作中、短篇小说。1949年到中华全国铁路总工会工作。1950年到朝鲜前线,写了许多反映抗美援朝斗争生活的散文和通讯,出版了长篇小说《三千里江山》。从朝鲜回国后主要从事外事工作,同时致力于文学创作。著有散文集《海市》、《东风第一枝》、《生命泉》、《亚洲日出》等。1978年出版了《杨朔散文选》。

【作品简析】

《荔枝蜜》是一篇玲珑剔透、诗意浓郁的散文,是杨朔散文中的精品。

立意新颖、构思巧妙,是杨朔这篇散文的主要艺术特色。

杨朔具有诗人的气质,对中国古典诗词又十分喜爱。他总是把散文当诗一样写,在散文中寻求诗的意境。在从化温泉养蜂场,是什么景象触动了他的心,使他发现了诗意呢?应该说,是蜜蜂精神。赞颂蜜蜂精神的诗文并不少见,而杨朔却能从一个新的角度去提炼诗意。他将蜜蜂辛勤采花酿蜜的特点与蜜蜂寿命短促、活到限数自己就悄悄死在外面这一特点结合起来去思考,悟出了一种可贵的精神:渺小、短命,却在拼命劳作;对人无所求,给人的却是最美好的东西。这种精神难道不感人吗?他又从蜜蜂酿蜜,联想到每个劳动者应该为人类酿造最甜的生活。这种新鲜的、能催人向上、使人灵魂净化的诗意,是作者在观察蜜蜂生活中所获得的独特感受。他把这一感受用艺术手法表现了出来,既赞颂了具有蜜蜂精神的普通劳动者,又寄托了自己"献身不惜作尘泥"的理想。

《荔枝蜜》的诗意美是通过精巧的结构表现出来的。全篇以"我"的感情的变化发展为贯穿线索,用托物咏志手法达到情景交融、物我结合,开拓出新鲜的意境。文章开头很别致,要赞颂蜜蜂,偏偏从讨厌蜜蜂写起,写对蜜蜂在感情上一直"疙疙瘩瘩"。接着又把笔放开,不去写蜜蜂,而写在从化温泉看到的荔枝林美景,又写苏东坡咏荔枝的诗,然后不知不觉地过渡到吃荔枝蜜,由吃蜜而"动了情","想去看看自己一向不大喜欢的蜜蜂"。作者不是直线写感情发展,而是用先抑后扬的手法,给人以"山重水复"之感。读者随作者的笔触渐渐进入一个新的境界:蜜蜂生活的世界。"我"在看了蜜蜂沸沸扬扬采蜜的情景,听了养蜂人老梁对蜜蜂生活的介绍后,"心不禁一颤",认识到蜜蜂"渺小"而又"多么高尚","对人无所求,给人的却是极好的东西。蜜蜂是在酿蜜,又是在酿造生活;不是为自己,而是在为人类酿造最甜的生活",这里道出了蜜蜂精神——作者立意的核心。这部分仍用曲笔,写景、写对话最终目的是点出文章的"神"——高尚的蜜蜂精神。结尾通过"我"的目光,把读者从蜜蜂社会引向人类社会,让读者从眼前景象悟出一个深刻的道理:蜜蜂精神并非高不可攀,普通劳动者身上就有这种可贵的精神;对这种精神不应只停留在赞叹、感慨,而应"在自己的生活实践中去发扬"。这一道理不是直白地说出,而是即物明理,即事寓情,达到含而不露的艺术效果。以"我"的梦境收尾,不仅强化了主题,而且增加了含蓄美。"我"对蜜蜂的感情已经完全改变了,由嫌到看,由看到赞,由赞到"梦见自己变成一只小蜜蜂",感情已十分浓烈,却静静地、轻轻地、淡淡地收了尾,出人意料、不露声色地把诗意又升高了一层。余音不绝的结尾,给读者留下了无穷的回味。作者在提炼诗意、开拓意境方面有三个层次:其一,由喝蜜而动情想去看看蜜蜂;其二,"我"观察、了解了蜜蜂的生活后,"心不禁一颤",赞叹之情油然而生;其三,"我"梦见自己变成了一只小蜜蜂,缘意造境,境随意高,使意境层层加深。杨朔在《东风第一枝·小跋》中说:"你在斗争中,劳动中,生活中,时常会有些东西触动你的心,使你激昂,使你欢乐,使你忧愁,使你深思,这不是诗是什么?凡是遇到这样动情的事,我就要反复思索,到后来往往形成我文章里的思想意境。动笔写时,我也不以为自己是写散文,就可以放肆笔墨,总要像写诗那样,再三剪裁材料,安排布局,推敲字句,然后写成文章。"可见,杨朔很重视把诗意转化为散文的意境,而且在剪裁、布局、推敲字句上颇具功力。

(李丽中)

远的怀念[*]

孙 犁

一九三八年春天,我在本县参加抗日工作,认识了人民自卫军政治部的宣传科长林扬。他是"七七"事变后,刚刚从北平监狱里出来,就参加了抗日武装部队的。他很弱,面色很不好,对人很和蔼,他介绍我去找路一,说路正在组织一个编辑室,需要我这样的人。路住在侯町村,初见面,给我的印象太严肃了:他坐在一张太师椅上,冬天的军装外面,套了一件那时乡下人很少见到的风雨衣,腰系皮带,斜佩一把大盒子枪,加上他那黑而峻厉的面孔,颇使我望而生畏。我清楚地记得,第一次和诗人远千里见面,是在他那里,由他介绍的。

远高个子,白净文雅,书生模样,这种人我是很容易接近的,当然印象很好。

第二年,我转移到山地工作。一九四一年秋季,我又跟随路从山地回到冀中。路是很热情爽快的人,我们已经很熟很要好了。

在我县郝村,又见到了远,他那时在梁斌领导的剧社工作,是文学组长,负责几种油印小刊物的编辑工作。我到冀中后,帮助编辑《冀中一日》,当地做文艺工作的同志,很多人住在郝村,在一个食堂吃饭。

这样,和远见面的机会就很多。他每天总是笑容满面的,正在和本剧团一位高个的女同志恋爱。每次我给剧团团员讲课的时候,他也总是坐在地下,使我深受感动并且很不安。

就在这个秋天,冀中军区有一次反"扫荡"。我跟随剧团到南边几个县打游击,后又回到本县。滹沱河发了水,决定暂时疏散,我留本村。

---

[*] 原载《人民文学》1978 年第 9 期。

远要到赵庄,我给他介绍了一个亲戚做堡垒户,他把当时穿不着的一条绿色毛线裤留给了我。

一九四五年,日本投降后,我从延安回到冀中,在河间又见到了远。他那时拄着双拐,下肢已经麻痹了。精神还是那样好,谈笑风生。我们常到大堤上去散步,知道他这些年的生活变化,如不坚强,是会把他完全压倒的。"五一"大"扫荡"以后,他在地洞里坚持报纸工作,每天清晨,从地洞里出来,透透风。洞的出口在野外,他站在园田的井台上,贪馋地呼吸着寒冷新鲜的空气。看着阳光照耀的、尖顶上挂着露珠的麦苗,多么留恋大地之上啊!

我只有在地洞过一夜的亲身体验,已经觉得窒息不堪,如同活埋在坟墓里。而他是要每天钻进去工作,在萤火一般的灯光下,刻写抗日宣传品,写街头诗,一年,两年。后来,他转移到白洋淀水乡,长期在船上生活战斗,受潮湿,得了全身性的骨质增生病。最初是整个身子坏了,起不来,他很顽强,和疾病斗争,和敌人斗争,现在居然可以同我散步,虽然借助双拐,他也很高兴了。

他还告诉我:他原来的爱人,在"五一"大"扫荡"后,秋夜趟水转移,掉在旷野一眼水井里牺牲了。

我想起远留给我的那条毛线裤,是件女衣,可能是牺牲了的女同志穿的,我过路以前扔在家里。第二年春荒,家里人拿到集上去卖,被一群汉奸女人包围,几乎是讹诈了去。

她的牺牲,使我受了启发,后来写进长篇小说的后部,作为一个人物的归结。

进城以后,远又有了新的爱人。腿也完全好了,又工作又写诗。有一个时期,他是我的上级,我私心庆幸有他这样一个领导。一九五二年,我到安国县下乡,路经保定,他住在旧培德中学的一座小楼上,热情地组织了一个报告会,叫我去讲讲。

我爱人病重,住在省医院的时候,他曾专去看望了她,惠及我的家属,使她临终之前,记下我们之间的友谊。

听到远的死耗,我正在干校的菜窖里整理白菜。这个消息,在我已经麻木的脑子里,沉重地轰击了一声。夜晚回到住处,不能入睡。

后来，我的书籍发还了，所有现代的作品，全部散失，在当作文物保管的古典书籍里，却发现了远的诗集《三唱集》。这部诗集出版前，远曾委托我帮助编选，我当时并没有认真去做。远明知道我写的字很难看，却一定要我写书面，我却兴冲冲写了。现在面对书本，既惭愧有负他的嘱托，又感激他对旧谊的重视。我把书郑重包装好，写上了几句话。

远是很聪明的，办事也很干练，多年在政治部门工作，也该有一定经验。他很乐观，绝不是忧郁病患者。对人对事，有相当的忍耐力。他的记忆力之强，曾使我吃惊，他能够背诵"五四"时代和三十年代的诗，包括李金发那样的诗。远也很爱惜自己的羽毛，但他终于被林彪、"四人帮"迫害致死。

他在童年求学时，后来在党的教育下，便为自己树立人生的理想，处世的准则，待人的道义，艺术的风格等等。循规蹈矩，孜孜不倦，取得了自己的成就。我没有见过远当面骂人，训斥人；在政治上、工作上，也看不出他有什么非分的想法，不良的作风。我不只看见他的当前，也见过他的过去。

他在青年时是一名电工，我想如果他一直爬在高高的电线杆上，也许还在愉快勤奋地操作吧。

现在，不知他魂飞何处，或在丛莽，或在云天，或徘徊冥途，或审视谛听，不会很快就随风流散，无处召唤吧。历史和事实都会证明：这是一个美好的，真诚的，善良的灵魂。他无负于国家民族，也无负于人民大众。

1976年12月7日夜记

（选自《孙犁散文选》，人民文学出版社1984年版）

【作者简介】

孙犁（1913～2002），原名孙树勋，曾用名芸夫、林冬苹等，河北省安平县人。1926年考入保定育德中学，曾在校刊上发表过小说等作品。高中毕业后在北平当过小职员，在安新县当过小学教员。1938年春参加革命，在冀中军区办的抗战学院当教官。1939年夏到阜平，先后在晋察冀通讯社、晋察冀文联、晋察冀日报、华北联大做过编辑和教学工作。1944年春到延安鲁迅艺术文学院工作和学习,其间创作了《荷花淀》、《芦花荡》等有独特风格的小说,驰名文坛。抗战胜利后,回冀中平原,在农村从事写作并参加土改工作。1949年以后一直在《天津日报》社工作。

孙犁的作品有中篇小说《村歌》、《铁木前传》,长篇小说《风云初记》,论文集《文学短论》,诗集《白洋淀之曲》,小说散文集《白洋淀纪事》。粉碎"四人帮"后,相继出版了《晚华集》、《秀露集》、《澹定集》、《尺泽集》、《远道集》、《老荒集》、《陋巷集》、《无为集》、《如云集》、《曲终集》等。1981年出版了《孙犁文集》,共七卷。1992年出版了《孙犁文集》珍藏本,增补了作者近年的新作。1998年出版了《芸斋书简》(上下),2004年出版《芸斋书简续编》,同年出版九卷本的《孙犁全集》。

孙犁的作品善于从日常生活画面折射出时代风云,并富有浓郁的诗意和生活情趣,笔调自然质朴,散发着泥土气息与荷花的清香。"文革"后的散文更加凝练、深沉。他主张抒真情、讲真话,敢于用犀利的笔锋直言是非,往往通过一些容易被人忽略的小事,抒发自己的爱与憎,表达自己的人生观、美学观。

【作品简析】

孙犁是一个感情深沉的人。他对友谊十分珍惜,何况是战争年月结下的患难之交,更何况友人是他所敬重的人,对于他们的辞世,就更加感到悲痛。因此,近十余年来,他经常写一些回忆性散文,来纪念他们。《远的怀念》是为悼念他在抗战初期结识的战友远千里而写的,是粉碎"四人帮"后孙犁所写的第一篇文章。

孙犁在《近作散文的后记》中谈到:"我所尊重的同志,都是纯朴和诚实的人。他们的心,对我来说,都是敞开的大门,清澈的潭水。我是可以随便走进去,也轻易就可以看清楚的。"远千里就是孙犁所尊重的纯朴和诚实的人,"他无负于国家民族,也无负于人民大众"。孙犁走进了这位挚友清澈如潭水的内心世界,写出了他的性格、情操、志趣,以及他对友谊的珍重,也写出了自己对战友深沉的怀念、惋惜之情,还有对迫害战友致死的民族败类的愤恨之情。

在回忆性散文中,孙犁善于将自己的情感和见解融于平实的叙事之中,读者像听故事一样,很容易接受,并留下深刻、鲜明的印象。本篇就是用的这种手法。作者没有慷慨陈词,也没有刻意描写,两千余字的内容,都是在娓娓的诉说中表达出来的。

文章第一部分是按时间顺序追忆与老战友的几次交往,以及每次交往所留下的印象。1938年春,第一次和远千里见面,留在作者脑中的形象是"远高个子,白净文雅,书生模样",由此判断"这种人我是很容易接近的"。后来和远千里交往越来越多,进一步了解了他的性格与品德。这也是通过一件件小事留下的印象积淀而成的,比如"每次我给剧团团员讲课的时候,他也总是坐在地下,使我深受感动并且很不安";反"扫荡"时,"他把当时穿不着的一条绿色毛线裤留给了我";1945年日本投降后,作者从延安回到冀中,又一次和远千里见面,他那时挂着双拐,下肢已经麻痹了,精神还是那样好,谈笑风生;"五一"大"扫荡"之后,远千里在令人憋闷的地洞里编报,在萤火一般的灯光下刻写抗日宣传品,写街头诗,一直坚持两年之久;后来转到白洋淀水乡,由于长期在船上生活战斗,得了全身性骨质增生病,"最初是整个身子坏了,起不来,他很顽强,和疾病斗争,和敌人斗争,现在居然可以同我散步,虽然借助双拐,他也很高兴了";接着又写远千里爱人的牺牲,写进城以后他又工作又写诗,写他当了领导仍然不忘旧谊,当"我"路经保定时,"热情地组织了一个报告会,叫我去讲讲","我爱人病重,住在省医院的时候,他曾专去看望了她"。就是通过叙写艰苦年月中这些琐事,表现了远千里顽强的斗争意志和革命乐观主义精神,以及他爱同志、重友情的优秀品德,还有他朴实的作风、喜欢写诗的爱好。在叙写当中,作者不时穿插一些议论与抒情,如在写到远千里挂着双拐依旧谈笑风生时,插入这样一句:"我们常到大堤上去散步,知道他这些年的生活变化,如不坚强,是会把他完全压倒的。"在写远千里在地洞里坚持编报纸,每天清晨钻出地洞透透风时,插入一句感情浓郁的描写:"洞的出口在野外,他站在园田的井台上,贪馋地呼吸着寒冷新鲜的空气。看着阳光照耀的、尖顶上挂着露珠的麦苗,多么留恋大地之上啊!"议论与抒情都是通过具体的事,十分自然,有很强的感染力。读者由此感知远千里顽强的生命意志以及这种生命力产生的源泉。

　　文章第二部分侧重写作者的感受。从"我"的内心感受继续展示远千里的信仰、品格、才学及为人,情感由怀念、敬仰转为沉重、愧疚与悲愤。如写远的死耗传来,"在我已经麻木的脑子里,沉重地轰击了一声。夜晚回到住处,不能入睡"。寥寥数语就展示出"我"所承受的哀痛之沉重,并由此透视出二人友情之深。老战友的形象,在作者心灵上留下的刻痕是相当深的,听到噩耗后,死者生前的一切又都活了起来,"远是很聪明的","他很乐观","对人对事,有相当的忍耐力","他的记忆力之强,曾使我吃惊","远也很爱惜自己的羽毛,但他终于被林彪、'四人帮'迫害致死"。爱到极点、痛到极点、恨到极点,却以平淡之语道出;作者长时期压在内心深处的感情倾泻而出,却又急速遏止,显示出一种无言的悲愤和情感的沉重。最末一段感情更为激荡,表现出来依旧是低沉的内心独白:"现在,不知他魂飞何处,或在丛莽,或在云天,或徘徊冥途,或审视谛听,不会很快就随风流散,无处召唤吧。历史和事实都会证明:这是一个美好的,真诚的,善良的灵魂。他无负于国家民族,也无负于人民大众。"整整一段,连一个惊叹号都没有用,然而却句句含情、字字是泪,表达了作者对亡友深挚幽远的哀思。这就是孙犁的风格、孙犁的声音。

(李丽中)

怀念萧珊[*]

巴 金

一

今天是萧珊逝世的六周年纪念日。六年前的光景还非常鲜明地出现在我的眼前。那天我从火葬场回到家中,一切都是乱糟糟的,过了两三天我渐渐地安静下来了,一个人坐在书桌前,想写一篇纪念她的文章。在五十年前我就有了这样一种习惯:有感情无处倾吐时,我经常求助于纸笔。可是一九七二年八月里那几天,我每天坐三四个小时望着面前摊开的稿纸,却写不出一句话。我痛苦地想,难道给关了几年的"牛棚",真的就变成"牛"了?头上仿佛压了一块大石头,思想好像冻结了一样。我索性放下笔,什么也不写了。

六年过去了,林彪、"四人帮"及其爪牙们的确把我搞得很"狼狈",但我还是活下来了,而且偏偏活得比较健康,脑子也并不糊涂,有时还可以写一两篇文章。最近我经常去龙华火葬场,参加老朋友们的骨灰安放仪式。在大厅里我想起许多事情。同样地奏着哀乐,我的思想却从挤满了人的大厅转到只有二三十个人的中厅里去了,我们正在用哭声向萧珊的遗体告别。我记起了《家》里面觉新说过的一句话:"好像珏死了,也是一个不祥的鬼。"四十七年前我写这句话的时候,怎么想得到我是在写自己!我没有流眼泪,可是我觉得有无数锋利的指甲在搔我的心。我站在死者遗体旁边,望着那张惨白色的脸、那两片咽下了千言万语的嘴唇,我咬紧牙齿,在心里唤着死者的名字。我想,我比她大十三岁,为什么不让我先死?我想,这是多么不公平!她究竟犯了什么

---

[*] 原载 1979 年 2 月 2 日至 5 日香港《大公报》。

罪？她也给关进"牛棚",挂上"牛鬼"的小牌子,还扫过马路。究竟为什么？理由很简单,她是我的妻子。她患了病,得不到治疗,也因为她是我的妻子。想尽办法一直到逝世前三个星期,靠开后门她才住进了医院。但是癌细胞已经扩散,肠癌变成了肝癌。

她不想死,她要活,她愿意改造思想,她愿意看到社会主义建成。这个愿望总不能说是痴心妄想吧。她本来可以活下去,倘使她不是"黑老K"的"臭婆娘"。一句话,是我连累了她,是我害了她。

在我靠边的几年中间,我所受到的精神折磨,她也同样受到。但是我并未挨过打,她却挨了"北京来的红卫兵"的铜头皮带,留在她左眼上的黑圈好几天以后才退尽。她挨打只是为了保护我,她看见那些年轻人深夜闯了进来,害怕他们把我揪走,便溜出大门,到对面派出所去,请民警同志出来干预,那里只有一人值班,不敢管。当着民警的面她被他们用铜头皮带狠狠地抽了一下,给押了回来,同我一起关在马桶间里。

她不仅分担了我的痛苦,还给了我不少的安慰和鼓励。在"四害"横行的时候,我在原单位给人当作"罪人"和"贱民"看待,日子十分难过,有时到晚上九、十点钟才能回家。我进了门看到她的面容,满脑子的乌云都消散了。我有什么委屈、牢骚都可以向她尽情倾吐。有一个时期我和她每晚临睡前服两粒眠尔通才能够闭眼,可是天刚刚发白就都醒了。我唤她,她也唤我。我诉苦般地说:"日子难过啊!"她也用同样声音回答:"日子难过啊!"但是她马上加一句:"要坚持下去。"或者再加一句:"坚持就是胜利。"我说"日子难过",因为在那一段时间里我每天在"牛棚"里面劳动、学习、写交代、写检查、写思想汇报。任何人都可以责骂我、教训我、指挥我,从外地到作协来串连的人可以随意点名叫我出去"示众",还要自报罪行。上下班不限时间,由管"牛棚"的"监督组"随意决定。任何人都可以闯进我家里来,高兴拿什么就拿走什么。这个时候大规模的群众性批斗和电视批斗大会还没有开始,但已经越来越逼近了。

她说"日子难过",因为她给两次揪到机关,靠边劳动,后来也常常参加陪斗。在淮海中路大批判专栏上张贴着批判我的罪行的大字报,我一家人的名字都给写出来"示众",不用说"臭婆娘"的大名占着显著的地位。这些文字像虫子一样咬痛她的心。她让上海戏剧学院"狂妄派"学生突然袭击、揪到作协去的时候,在我家大门上还贴了一张揭露她的所谓罪行的大字报。幸好当天夜里我儿子把它撕毁,否则这一张大字报就会要了她的命!

人们的白眼、人们的冷嘲热骂蚕食着她的身心,我看出来她的健康逐渐遭到损害,表面上的平静是虚假的。内心的痛苦像一锅煮沸的水,她怎么能遮盖住!怎么能使它平静!她不断地给我安慰,对我表示信任,替我感到不平。然而她看到我的问题一天天地变得严重,上面对我的压力一天天地增加,她又非常担心,有时同我一起上班或者下班,走近巨鹿路口、快到作家协会,或者走近湖南路口、快到我们家,她总是抬不起头。我理解她,同情她,也非常担心她经受不起沉重的打击。我还记得有一天到了平常下班的时间,我们没有受到留难,回到家里,她比较高兴,到厨房去烧菜。我翻看当天的报纸,在第三版上看到当时做了作协的"头头"的两个工人作家写的文章《彻底揭露巴金的反革命真面目》。真是当头一棒!我看了两三行,连忙把报纸藏起来,我害怕让她看见。她端着烧好的菜出来,脸上还带笑容,吃饭时她有说有笑。饭后她要看报,我企图把她的注意力引到别处。但是没有用,她找到了报纸。她的笑容一下子完全消失。这一夜她再没有讲话,早早地进了房间。我后来发现她躺在床上小声哭着。一个安静的夜晚给破坏了。今天回想当时的情景,她那张满是泪痕的脸还在我眼前。我多么愿意让她的泪痕消失,笑容在她那憔悴的脸上重现,即使减少我几年的生命来换取我们家庭生活中一个宁静的夜晚,我也心甘情愿!

二

我听周信芳同志的媳妇说,周的夫人在逝世前经常被打手们拉出去当作皮球推来推去,打得遍体鳞伤,有人劝她躲开,她说:"我躲开,他们就要这样对付周先生了。"萧珊并未受到这种新式体罚。可是她在精神上给别人当皮球打来打去。她也有这样的想法:她多受一点精神折磨,可以减轻对我的压力。其实这是她的一片痴心,结果只苦了她自己。我看见她一天天地憔悴下去,我看见她的生命之火逐渐熄灭,我多么痛心。我劝她,安慰她,我想把她拉住,一点也没有用。

她常常问我:"你的问题什么时候才解决呢?"我苦笑地说:"总有一天会解决的。"她叹口气说:"我恐怕等不到那个时候了。"后来她病倒了,有人劝她打电话找我回家,她不知从哪里得来的消息,她说:"他在写检查,不要打岔他,他的问题大概可以解决了。"等到我从五七干校回家休假,她已经不能起床。她还问我检查写得怎样,问题是否可以解决。我当时的确在写检查,而且已经写了好多次了。他们要我写,只是为了消耗我的生命。但她怎么能理解呢?

这时离她逝世不过两个多月,癌细胞已经扩散。可是我们不知道,想找医生给她认真检查一次,也毫无办法。平日去医院挂号看门诊,等了许久才见到医生或者实习医生,随便给开个药方就算解决问题。只有在发烧到摄氏三十九度才有资格挂急诊号,或者还可以在病人拥挤的观察室里待上一天半天。当时去医院看病找交通工具也很困难,常常是我女婿借了自行车来,让她坐在车上,他慢慢地推着走。有一次她雇到小三轮卡去,看好门诊回家,雇不到车,只好同陪她看病的朋友一起慢慢地走回来,走走停停,走到街口,她快要倒下了,只得请求行人到我们家通知。她一个表侄正好来探病,就由他去背了她回家。她希望拍一张 X 光片子查一查肠子有什么病,但是办不到。后来靠了她一位亲戚帮忙,开后门两次拍片,才查出她患肠癌。以后又靠朋友设法开后门住进了医院。她自己还高兴,以为得救了。只有她一个人不知真实的病情。她在医院里只活了三个星期。

我休假回家,假期满了,我又请过两次假留在家里照料病人,最多也不到一个月。我看见她病情日趋严重,实在不愿意把她丢开不管,我要求延长假期的时候,我们那个单位一个"工宣队"头头逼着我第二天就回干校去。我回到家里,她问起来,我无法隐瞒。她叹了一口气,说:"你放心去吧。"她把脸掉过去,不让我看她。我女儿、女婿看到这种情景自告奋勇跑到巨鹿路去向那位"工宣队"头头解释,希望他同意我在市区多留些日子照料病人。可是那个头头"执法如山",还说:"他不是医生,留在家里有什么用处!留在家里对他改造不利。"他们气愤地回到家中,只说机关不同意,后来才对我传达了这句"名言",我还能讲什么呢?明天回干校去!

整个晚上她睡不好,我更睡不好。出乎意外,第二天一早我那个插队落户的儿子在我们房间里出现了,他是昨天半夜里到的。他得到了家信,请假回家看母亲,却没有想到母亲病成这样。我见了他一面,把他母亲交给他,就回干校去了。

在车上我的情绪很不好。我实在想不通为什么会有这样的事情。我在干校待了五天,无法同家里通消息。我已经猜到她的病不轻了。可是人们不让我过问她的事。这五天是多么难熬的日子!到第五天晚上在干校的造反派头头通知我们全体第二天一早回市区开会。这样我才又回到了家,见到了我的爱人。靠了朋友帮忙她可以住进中山医院肝癌病房,一切都准备好,她第二天就要住院了。她多么希望住院前见我一面,我终于回来了,连我也没有想到她的病情发展得这么快。我们见了面,我一句话也讲不出来,她说了一句:"我到底住院了。"我答说:"你安心治疗吧。"她父亲也来看她,老人家双目失明,去医院探病有困难,可能是来同他的女儿告别了。

我吃过中饭就去参加给别人戴上反革命帽子的大会,受批判、戴帽子的人不止一个,其中有一个我的熟人王若望同志,他过去也是作家,不过比我年轻。我们一起在"牛棚"里关过一个时期,他的罪名是"摘帽右派"①。他不服,不肯听话,他贴出大字报,声明"自己解放自己",因此罪名越搞越大,给捉去关了一个时期不算,还戴上了反革命的帽子监督劳动。在会场里我一直在做怪梦。开完会回家,见到萧珊我感到格外亲切,仿佛重回人间。可是她不舒服,不想讲话,偶尔讲一句半句,我还记得她讲了两次:"我看不到了。"我连声问她看不到什么?她后来才说:"看不到你解放了。"我还能回答什么呢?

我儿子在旁边,垂头丧气,精神不好,晚饭只吃了半碗,像是患感冒。她忽然指着他小声说:"他怎么办呢?"他当时在安徽山区农村插队

---

① 王若望同志在一九五七年被错划为右派(一九六二年摘帽),最近已经改正,恢复名誉。——作者原注。

落户已经待了三年半,政治上没有人管,生活上不能养活自己,而且因为是我的儿子给剥夺了好些公民权利。他先学会沉默,后来又学会抽烟。我怀着内疚的心情看着他,我后悔当初不该写小说,更不该生儿育女。我还记得前两年在痛苦难熬的时候她对我说:"孩子们说爸爸做了坏事,害了我们大家。"这好像用刀子在割我身上的肉,我没有出声,我把泪水全吞在肚里。她睡了一觉醒过来,忽然问我:"你明天不去了?"我说:"不去了。"就是那个"工宣队"头头在今天通知我不用再去干校,就留在市区。他还问我:"你知道萧珊是什么病吗?"我答说:"知道。"其实家里瞒住我,不给我知道真相,我还是从他这句问话里猜到的。

三

第二天早晨她动身去医院,一个朋友和我女儿女婿陪她去。她穿好衣服等候车来。她显得急躁又有些留恋,东张张、西望望,她也许在想是不是能再看到这里的一切。我送走她,心上反而加了一块大石头。

将近二十天里,我每天去医院陪她大半天,我照料她,我坐在病床前守着她,同她短短地谈几句话,她的病情变化,一天天衰弱下去,肚子却一天天大起来,行动越来越不方便。当时病房里没有人照料,生活方面除饮食外一切都必须自理。后来听同病房的人称赞她"坚强",说她每天早晚都默默地挣扎着下了床走到厕所。医生对我们谈起,病人的身体受不住手术,最怕她的肠子堵塞,要是不堵塞,还可以拖延一个时期。她住院后的半个月是一九六六年八月以来我既感痛苦又感到幸福的一段日子,是我和她在一起度过的最后的平静的时刻,我今天还不能将它忘记。但是半个月以后,她的病情又有了发展,一天吃中饭的时候,医生通知我儿子找我去谈话。他告诉我:病人的肠子给堵住了,必须开刀。开刀不一定有把握,也许中途出毛病。但是不开刀,后果更不堪设想,他要我决定,并且要我劝她同意。我做了决定,就去病房对她解释,我讲完话,她只说了一句:"看来,我们要分别了。"她望着我,眼睛里全是泪水。我说:"不会的……"我的声音哑了。接着护士长来安慰她,对她说:"我陪你,不要紧的。"她回答:"你陪我就好。"时间很紧迫。

医生护士们很快作好了准备,她给送进手术室去了,是她的表侄把她推到手术室门口的。我们就在外面廊上等候了好几个小时,等到她平安地给送出来。由儿子把她推回到病房去。儿子还在她的身边守过一个夜晚。过两天他也病倒了,查出来他患肝炎,是从安徽农村带回来的。本来我们想瞒住他的母亲,可是无意间让他母亲知道了。她不断地问:"儿子怎么样?"我自己也不知道儿子怎么样,我怎么能使她放心呢?晚上回到家,走进空空的、静静的房间,我几乎要叫出声来:"一切都朝我的头打下来吧,让所有的灾祸都来吧。我受得住!"

我应当感谢那位热心而又善良的护士长,她同情我的处境,要我把儿子的事情完全交给她办。她作好安排,陪他看病、检查,让他很快住进别处的隔离病房,得到及时的治疗和护理。他在隔离病房里苦苦地等候母亲病情的好转。母亲躺在病床上,只能有气无力地说几句短短的话,她经常问:"棠棠怎么样?"从她那双含泪的眼睛里我明白她多么想看见她最爱的儿子。但是她已经没有精力多想了。

她每天给输血、打盐水针,她看见我去,就断断续续地问我:"输多少CC的血?该怎么办?"我安慰她:"你只管放心,没有问题,治病要紧。"她不止一次地说:"你辛苦了。"我有什么苦呢?我能够为我最亲爱的人做事情,哪怕做一件小事,我也高兴!后来她的身体更不行了。医生给她输氧气,鼻子里整天插着管子。她几次要求拿开,这说明她感到难受。但是听了我们的劝告她终于忍受下去了。开刀以后她只活了五天,谁也想不到她会去得这么快!五天中间我整天守在病床前,默默地望着她在受苦(我是设身处地感觉到这样的),可是她除了两三次要求搬开床前巨大的氧气筒,三四次表示担心输血较多、付不出医药费之外,并没有抱怨过什么,见到熟人她常有这样一种表情:请原谅我麻烦了你们。她非常安静,但并未昏睡,始终睁大两只眼睛。眼睛很大,很美,很亮,我望着,望着,好像在望快要燃尽的烛火。我多么想让这对眼睛永远亮下去!我多么害怕她离开我!我甚至愿意为我那十四卷"邪书"受到千刀万剐,只求她能安静地活下去。

不久前我重读梅林写的《马克思传》,书中引用了马克思给女儿的信里的一段话,讲到马克思夫人的死。信上说:"她很快就咽了气。

……这个病具有一种逐渐虚脱的性质,就像由于衰老所致一样,甚至在最后几小时也没有临终的挣扎,而是慢慢地沉入睡乡,她的眼睛比任何时候都更大、更美、更亮!"这段话我记得很清楚,马克思夫人也死于癌症。我默默地望着萧珊那对很大、很美、很亮的眼睛,我想起这段话,稍微得到一点安慰。听说她的确也"没有临终的挣扎",她也是"慢慢地沉入睡乡"。我这样说,因为她离开这个世界的时候,我不在她的身边,那天是星期天,卫生防疫站因为我们家发现了肝炎病人,派人上午来做消毒工作。她的表妹有空愿意到医院去照料她,讲好我们吃过中饭就去接替。没有想到我们刚刚端起饭碗,就得到传呼电话,通知我女儿去医院,说是她妈妈"不行"了。真是晴天霹雳!我和我女儿女婿赶到医院。她那张病床上连床垫也给拿走了。别人告诉我她在太平间。我们又下了楼赶到那里,在门口遇见表妹,还是她找人帮忙把"咽了气"的病人抬进来的。死者还不曾给放进铁匣子里送进冷库,她躺在担架上,但已经给白布床单包得紧紧的,看不到面容了。我只看到她的名字。我弯下身子,把地上那个还有点人形的白布包拍了好几下。一面哭着唤她的名字。不过几分钟的时间。这算是什么告别呢?

据表妹说,她逝世的时刻,表妹也不知道。她曾经对表妹说:"找医生来。"医生来过,并没有什么。后来她就渐渐"沉入睡乡"。表妹还以为她在睡眠。一个护士来打针才发觉她的心脏已经停止跳动了。我没有能同她诀别,我有许多话没有能向她倾吐,她不能没有留下一句遗言就离开我!我后来常常想,她对表妹说:"找医生来。"很可能不是"找医生",是"找李先生"(她平日这样称呼我)。为什么那天上午偏偏我不在病房呢?家里人都不在她身边,她死得这样凄凉!

我女婿马上打电话给我们仅有的几个亲戚,她的弟媳赶到医院,马上晕了过去。三天以后在龙华火葬场举行告别仪式。她的朋友一个也没有来,因为一则我们没有通知,二则我是一个审查了将近七年的对象。没有悼词,没有吊客,只有一片伤心的哭声。我衷心感谢前来参加仪式的少数亲友和特地来帮忙的我女儿的两三个同学。最后我跟她的遗体告别,女儿望着遗容哀哭,儿子在隔离病房,还不知道把他当作命根子的妈妈已经死亡。值得提说的是她当作自己儿子照顾了好些年的一位亡友的男孩从北京赶来只为了看见她的最后一面。这个整天同钢铁打交道的技术员和干部,他的心倒不像钢铁那样。他得到电报以后,他爱人对他说:"你去吧,你不去一趟,你的心永远安定不了。"我在变了形的她的遗体旁边站了一会。别人给我和她照了像。我痛苦地想:这是最后一次了,即使给我们留下来很难看的形象,我也要珍视这个镜头。

一切都结束了。过了几天我和女儿女婿再去火葬场,领到了她的骨灰盒。在存放室里寄存了三年之后,我按期把骨灰盒接回家里,有人劝我把她的骨灰安葬,我宁愿让骨灰盒放在我的寝室里,我感到她仍然和我在一起。

四

梦魇一般的日子终于过去了。六年仿佛一瞬间似的远远地落在后面了。其实哪里是一瞬间!这段时间里有多少流着血和泪的日子啊,不仅是六年,从我开始写这篇短文到现在又过去了半年,这半年中间我经常在火葬场的大厅里默哀,行礼,为了纪念给"四人帮"迫害致死的朋友。想到他们不能把个人的智慧和才华献给社会主义祖国,我万分惋惜。每次戴上黑纱、插上纸花的同时,我也想起我自己最亲爱的朋友,一个普通的文艺爱好者,一个成绩不大的翻译工作者,一个心地善良的好人。她是我的生命的一部分,她的骨灰里有我的泪和血。

她是我的一个读者。一九三六年我在上海第一次同她见面,一九三八年和一九四一年我们两次在桂林像朋友似的住在一起。一九四四年我们在贵阳结婚。我认识她的时候,她还不到二十,对她的成长我应当负很大的责任。她读了我的小说,后来见到了我,对我发生了感情。她在中学念书,看见我之前,因为参加学生运动被学校开除,回到家乡住了一个短时期,又出来进另一所学校。倘使不是为了我,她三七、三八年可能去了延安。她同我谈了八年的恋爱,后来到贵阳旅行结婚,只印发了一个通知,没有摆过一桌酒席。从贵阳我们先后到重庆,住在民国路文化生活出版社门市部楼梯下七八个平方米的小屋里。她托人买了四只玻璃杯开始组织我们的小家庭。她陪着我经历了各种艰苦生活。在抗日战争紧张的时期,我们一起在日军进城以前十多个小时逃离广州,我们从广东到广西,从昆明到桂林,从金华到温州,我们分散了,又重见,相见后又别离。在我那两册《旅途通讯》中就有一部分这种生活的记录。四十年前有一位朋友批评我:"这算什么文章!"我的《文集》出版后,另一位朋友认为我不应当把它们也收进去。他们都有道理,两年来我对朋友、对读者讲过不止一次,我决定不让《文集》重版。但是为我自己,我要经常翻看那两小册《通讯》。在那些年代每当我落在困苦的境地里、朋友们各奔前程的时候,她总是亲切地在我的耳边说:"不要难过,我不会离开你,我在你的身边。"的确,只有在她最后一次进手术室之前她才说过这样一句:"我们要分别了。"

我同她一起生活了三十多年。但是我并没有好好地帮助过她。她比我有才华,却缺乏刻苦钻研的精神。我很喜欢她翻译的普希金和屠格涅夫的小说。虽然译文并不恰当,也不是普希金和屠格涅夫的风格,它们却是有创造性的文学作品,阅读它们对我是一种享受。她想改变自己的生活,不愿做家庭妇女,却又缺少吃苦耐劳的勇气。她听从一个朋友的劝告,得到后来也是给"四人帮"迫害致死的叶以群同志的同意到《上海文学》"义务劳动",也做了一点点工作,然而在运动中却受到批判,说她专门向老作家、反动权威组稿,又说她是我派去的"坐探"。她为了改造思想,想走捷径,要求参加"四清"运动,找人推荐到某铜厂的工作组工作,工作相当繁重、紧张,她却精神愉快。但是我快要靠边的时候,她也被叫回作家协会参加运动。她第一次参加这种急风暴雨般的斗争,而且是以反动权威家属的身份参加,她不知道该怎么办才好。她张惶失措、坐立不安,替我担心,又为儿女的前途忧虑。她盼望什么人向她伸出援助的手,可是朋友们离开了她,"同事们"拿她当作箭靶,还有人想通过整她来整我。她不是作家协会或者刊物的正式工作人员,可是仍然被"勒令"靠边劳动站队挂牌,放回家以后又给揪到机关。过一个时期她写了认罪的检查,第二次给放回家的时候,我们机关的造反派头头却通知里弄委员会罚她扫街。她怕人看见,每天大清早起来,拿着扫帚出门,扫得精疲力尽,才回到家里,关上大门,吐了一口气。但有时她还碰到上学去的小孩,叫骂:"巴金的臭婆娘。"我偶尔看见她拿着扫帚回来,不敢正眼看她,我感到负罪的心情。这是对她的一个致命的打击,不到两个月,她病倒了,以后就没有再出去扫街(我妹妹继续扫了一个时期),但是也没有完全恢复健康。尽管她还继续拖了四年,但一直到死,她并不曾看到我恢复自由。这就是她的最后,然而绝不是她的结局。她的结局将和我的结局连在一起。

我绝不悲观。我要争取多活。我要为我们社会主义祖国工作到生命的最后一息。在我丧失工作能力的时候,我希望病榻上有萧珊翻译的那几本小说。等到我永远闭上眼睛,就让我的骨灰和她的骨灰搀和在一起。

一九七九年一月十五日写完

(选自《爝火集》,人民文学出版社 1979 年版)

【作者简介】

巴金(1904~2005),原名李尧棠,字芾甘,四川省成都人,现代著名作家。1920 年考入成都外语专门学校。1927 年旅居巴黎,1928 年底回国。巴金以撰写散文和新诗开始他的创作道路,第一本散文集是《海行》,于 1927 年完成,1932 年出版。自 20 世纪 20 年代末创作第一部小说《灭亡》开始,到 40 年代,他创作了二十多部中、长篇小说,近百篇短篇小说,数本散文集,并翻译了 19 部著作。其中最有影响的是长篇小说《爱情三部曲》(《雾》、《雨》、《电》)、《激流三部曲》(《家》、《春》、《秋》)和中篇小说《憩园》、《寒夜》等。

新中国成立后,巴金以散文创作的突出成就活跃于当代文坛。20 世纪 50 年代,曾两次赴朝采访,五次出访苏联,写过许多散文和特写,后结集为十多本散文集出版。60 年代又有几本散文集和小说集出版。1986 年至 1994 年,人民文学出版社出版了 26 卷本的《巴金全集》。

巴金出版的散文集共有二十余部,其中"文革"后出版的《随想录》系列散文集(包括《随想录》、《探索集》、《真话集》、《病中集》、《无题集》五种)和《再思录》是巴金新时期散文创作中成就最高、影响最大的作品,被誉为当代中国的"启示录"。巴金的散文感情热烈,文笔从容,白描手法已达炉火纯青的地步。晚年的散文寓炽热于冷峻，寓深沉于平淡，风格趋向淡远、静穆。

20世纪80年代以来，巴金相继荣获意大利、法国、美国、前苏联等国授予的学位及荣誉勋章。2005年10月17日在上海去世。

【作品简析】

在爱妻萧珊逝世六周年的日子里，巴金写下了这篇令人荡气回肠的悼亡散文。这篇散文之所以受到读者的交口称赞，首先是因为作者向读者袒露了真情。这真情包含着爱、包含着悲、包含着怨、包含着恨，复杂而且难以言说，却被作者那支有灵性的笔表达得淋漓尽致、感人肺腑；这真情既是巴金个人的，又不仅仅是巴金个人的；凡是从那个灭绝人性的荒谬年月中走过来的人，都可以从萧珊的悲惨死亡及巴金一家的不幸遭遇中看到自己滴血的心灵。那爱与恨交织的文字引起的是一个时代的共振，是整个民族对历史的认真反思及个人严肃沉重的自审。

这篇作品有极强的艺术感染力，还在于语言的功力。浓烈炽热的感情经过冷处理之后淡而出之，那么朴实，那么自然，那么从容不迫，那么优美潇洒。不是大手笔，很难达到如此至境。这篇散文不仅保持了巴金一贯的艺术风格，而且在语言艺术上更高一筹。作者不是慷慨陈词而是静静地诉说，用白描手法将一件件生活琐事寥寥几笔勾勒成生活气氛很浓的画面，那爱、那恨、那悲就从画面中缓缓流出，一直流进读者的心里，引起强烈的感情共鸣。作者仿佛就站在读者的对面，向你描述萧珊善良纯洁的心灵和她可亲可敬的形象，向你倾吐压抑已久的悲哀与愤懑、痛苦与自责，向你控诉邪恶势力如何摧毁爱与美，如何蚕食一个正常人的身心。每一行文字、每一段话语中似乎都蕴蓄着多重意蕴与多重情感，让你深思，让你迫不及待地往下读，让你和作者一起声泪俱下。这样的语言不是靠技巧来表达，而是靠生命。萧珊既然是巴金生命的一部分，那么怀念萧珊的文字也必定是从生命之泉中涌出。

巴金写过许多怀念故人之作，这一篇最为感人，那是因为作品中不仅有墨痕，而且有血痕。它的"每一句话都是通过作者自己的心写下来的，都经过自己良心的检查"。

（李丽中）

空　间[*]

曾　敏　之

我没有去过南京,不知道被称为石头城的南京的形势,有人说是龙盘虎踞,有人说是"山围故国"、"潮打空城",但是石头城这个形象性的命名却深深印在心中。想不到,我重游香港之时,却真的到了石头城了。

香港,这个被大海包围,倚岛建筑起来的国际商港,近二十年来真是变成石头城了。以钢筋水泥为骨骼的摩天大厦,矗立万仞,高耸天际的洋楼就像云南的石林,不论你走到什么地方,都像走进石头城一样。人潮与海潮并涌,声光与电波齐飞,如从维多利亚之巅眺望下来,真要为这大千世界目眩心乱。一到夜间,霓虹灯的七彩缤纷,把石头城点缀得有似童话中的奇妙境界,璀璨的灯光,浮动的海水,杂沓的市声,乘凉的街景……构成了香港的"美丽",令游人赞叹,令探险家狂热,也令清醒者感觉到越来越不容易找到生存的空间了!

空间,按理说存在于天空与地上,可是,在这里,这样的空间越来越狭小了,似有一只贪婪的巨掌在遮蔽与霸有空间,使人焦躁、气闷以至艰难于呼吸,因此,连在香港生长的人都说:"闷死了!闷死了!"

这就无怪有千千万万的人只要一有假期,就爱出游以呼吸清新空气,近如大屿山、太平山、麦理浩小径,都是他们足迹所到之处,就是远如宝安、珠海以至七星岩、鼎湖山……又何尝不兴致勃勃,结伴而游?说这些人有徐霞客癖,未免不恰当,说他们想透透气,自由地活动一下,倒是符合实情的。

---

[*] 原载1980年《香港文学》。

更有趣的是,在九龙边界有一个落马洲,洲渚上建有亭,地虽僻野荒芜,却是人踪常到的地方。说来奇怪,落马洲没有什么风景名胜,没有现代化的游乐场所,有的不过是荒郊的空洞,以及毗邻祖国广袤的大地。可是,游落马洲的人络绎不绝,哪怕是借助于望远镜吧,祖国广袤的景象也能摄取一角,正如大海中取一勺,已能一慰乡思了。"故国神游",在千万人的梦中是越来越频繁了。是物质文明的诱惑吗?不是。他们知道祖国到现代化需要较长时间,并不强求神游的享受。然而广阔的空间、自由呼吸的空间却是祖国特有的。壮丽的河山,芳馨的园林,荡漾涟漪的湖水,连天无穷碧的景色……有什么地方能媲美呢?即以广东而论,我的诗人朋友就曾写下这样的诗篇:

春有西樵七十二峰秀,夏有鼎湖瀑泻绿玉寒,
罗浮冬笋参天碧,飞霞秋烂层崖殷。
四时无日不见风物美,久非雨瘴兼烟蛮。

寥寥数语,已把空间美勾勒出来了。祖国似有无限空间,也就有无限的空间美,这是从落马洲也可窥眺到的。

对于空间的感受,香港人、海外客十分敏锐,地价飞涨,楼花①狂炒,房屋加租……都令香港有寸土千金之势,贫苦的人求得蜷缩一席之地是更艰难了。繁荣市区之中,简直无空旷的余地,利用率(不,应该称为搜刮率)已达到最高限度了。

话虽如此,却也有例外的奇迹,那就是在湾仔道、轩尼诗道与铜锣湾之间却有一大片空地,辟为维多利亚公园。这个空间,最受人注目,因为它是烦嚣之海中一片静穆之地,有海滨小径可以散步,有椰树、棕榈成林可以遮荫,有散尾葵点缀于道旁,有石凳小亭可以休憩,这是最难得的一个空间了。每当晨曦初上,就有人到这里来做早操,高空虽然弥漫着污染空气,海风吹来仍令人感到清新。特别是丛丛大王椰树敦实挺立的姿态,构成了亚热带椰风蕉雨特有的风光。我曾在维多利亚

---

① 楼花是地产商修建楼房预售,买者可以将楼房以高价转手,从中获利,叫炒"楼花"。

公园碰到一个从泰国来的华侨,闲聊之下,他告诉我说:"没有一个泰国人的生活能够离得开椰子。"这倒是令我感到有趣的奇闻。经他解释之后,我又觉得合于生活逻辑了。原来泰国无处不有椰树。椰子的用途也广,椰叶、椰壳、椰肉都可用来制成工业用品和食物用品,因而有"宝树'之称。香港的椰树属于观礼性质,树干粗、叶浓密,有气魄,最耐热,即使阳光酷炙,它的绿色不变,显得悠闲,显得热情健美,不愧是亚热带中植物之珠。

维多利亚公园就是以椰树点缀风景,吸引游人。但是游园的人非为风景而来,却是为有这么空阔的空间而来,他们不分年龄,不分男女老幼,更不分国籍,多是蹓蹓跶跶、慢跑、缓行,用香港俗语说是"行行企企",以难得悠闲的姿态,在自由地徜徉。我也是园中常客,并非有闲情逸致游园观海,却是透透气、转转身,有一点摆脱石头城压迫感而找到逃避尘嚣的空间似的,因此感到轻松舒畅。因是常客,结交了一些朋友,有一位年逾花甲的梁伯就是其中的一个。梁伯是老香港,也是教书匠,粉笔生涯磨炼了他的性格,显得"温文尔雅",人生阅历又丰富了他的知识,他知道的东西特多,说起香港掌故来,可真滔滔不绝。从他的叙述中,有一段就属于维多利亚公园的空间史。

据梁伯说,有一年维多利亚起过骚动,群情汹涌,闹到游行请愿。起因是官方以巨额地价要拍卖维多利亚公园这个空间,让石头城的高楼巨厦扩展地盘,把这空间占领。消息传出,多少人为争取这块空间的存在而抗议拍卖,扬扬沸沸,大有"时日曷丧,予及汝偕亡"之概。抗争的结果,终于保留了维多利亚公园这片干净的空间。"究竟能保得住多久谁也说不上啊"。梁伯最后仍然付之一叹。

我听了这段插曲,也为之默然。从这时候起,我更感到似乎争夺空间的魔手仍然在暗中挥舞,只是在窥探时机而已。

人类的生存、温饱、发展有赖于空间,香港的现代化文明却把正常的生活挤迫得渐渐失掉空间了。鲁迅先生于五十年前到过香港曾愤慨地说过:"能耐的死在洋场上,耐不住的逃入深山中,苗瑶是我们的前辈。"如今,耐得住与耐不住都不须作逃入深山的消极之想了,人们懂得了这么一条真理:到落马洲眺望、呼唤就会有慰藉的回声;向近百年时间回溯,也会从今后历史的发展获得生存发展的空间,不会长久地在默默中吃苦,过着窒息的日子了。

1980年1月于香港

(选自1980年《香港文学》)

【作者简介】

　　曾敏之(1918～　),祖籍广东梅县,落籍于广西省罗城。20世纪30年代开始文学创作,并加入中华文艺界抗敌协会。40年代从事新闻工作,撰写的《十年谈判老了周恩来》、《闻一多的画像》名噪一时。1957年被错划为右派分子,改正后调往香港,曾任香港《文汇报》代总编辑、评论委员会主任委员、《文艺》周刊主编、香港作家联谊会会长等职,著有《拾荒集》、《岭南随笔》、《望云海》、《文史品味录》、《文苑春秋》、《听涛集》、《春华集》、《欢海录》、《曾敏之杂文卷》等。他的散文、随笔、游记曾获得中国作家协会1989年全国优秀散文杂文奖等多个奖项。

【作品简析】

　　曾敏之的散文继承了古典散文"形散而神不散"的传统,看似随意、放松、率性而谈,但实际上在构思、立意上都经过苦心经营,是一种形散神聚的精心之作。他的散文具有很强的寓意、象征性,注重由此及彼、由现象到本质的哲理提炼和情感升华,使之具有比较深刻、厚重的社会历史文化内涵。本文也不例外。作者先从香港这个国际大都市所带给他的一个突出感受入手,来写生活在这里的人们所遇到的烦恼,那就是由于空间的狭窄所引发的人们精神上的沉闷、压抑和不快。香港的确是一个发展神速的国际大都市,进入其中,到处可见"以钢筋水泥为骨骼的摩天大厦,矗立万仞,高耸天际的洋楼就像云南的石林,不论你走到什么地方,都像走进石头城一样"。再加上它的热闹、繁华和拥挤:"人潮与海潮并涌,声光与电波齐飞,如从维多利亚之巅眺望下来,真要为这大千世界目眩心乱。"这是一种大都市现代化之美,曾经是人们所向往、追赶的目标。但是,置身于这座石头城中的人们却开始感觉到身处其中的苦恼了:"似有一只贪婪的巨掌在遮蔽与霸有空间,使人焦躁、气闷以至艰难于呼吸,因此,连在香港生长的人都说:'闷死了!闷死了!'"于是香港人只要一有假期,就爱出游以呼吸清新空气。他们常去的一个地方是落马洲,那里并没有什么风景名胜,有的不过是荒郊的空洞,但是此地有一个得天独厚之处,那就是它毗邻祖国广袤的大地,在这里视野空间开阔,可以借助望远镜,来一番"故国神游"。祖国虽然还不富裕,"然而广阔的空间、自由呼吸的空间却是祖国特有的"。光是广东一省的美景就已相当可观,更无论全国。于是,在落马洲,你就能真切地感受到"祖国似有无限空间,也就有无限的空间美"。香港人所需要的不只是一种自然的空间,它也同样需要有一个广阔的精神上的空间,而这只有将它自己与祖国联系起来才能得到。作者在这里就完成了一个主题的提升,但是它不是人为拔高的结果,毫无造作生硬之感,而是自然而然、顺理成章地完成的。

接下来,作家讲的是香港人为在香港这个寸土寸金之地保有一片空阔的自然空间而进行的努力。维多利亚公园是香港这个烦躁之海中的一片静穆之地:这里有海滨小径可以散步,有椰树、棕榈成林可以遮荫,有散尾葵点缀于道旁,有石凳小亭可以休憩。这在香港的确是一个空阔得近乎奢侈的地方。在这里可以使人们暂时摆脱这个石头城的压迫感,而找到逃避尘嚣的空间,得到心情的轻松和舒畅。但这块难得的空地是香港民众经过顽强的抗争才得以保全下来的,官方曾以巨额地价拍卖维多利亚公园这个空间,结果民众群起抗议,才得以保全。但香港的民众仍在担心,这块空地"究竟能保得住多久谁也说不上"。受经济利益的驱动,现代文明就这样一步步地把人们的正常生活所需要的空间挤占了去,把人们逼进了鸽子笼似的高楼大厦之中,这可以说是现代化对人的压迫和异化。但是作家也指出了香港人的出路和希望,他们无须再落入鲁迅当年所预言的命运:"能耐的死在洋场上,耐不住的逃入深山中,苗瑶是我们的前辈。"因为他们背后已经有了一个强大的、辽阔的祖国,这为香港人生存和发展提供了一个极为广阔的空间。至此,文章的主题又得到了进一步的强化。

曾敏之的散文看似朴素平淡,却极具张力和韧性。他从不刻意去讲究散文的味道,他的文章是作者自己真性情的自然流露,不经意间便拨动了读者心弦,达到一种情感上的共鸣效果。他的文风内敛而不张扬,随意而不造作,悠然之中见真情,达到了一种较高的艺术境界,这与他深厚的文学素养,特别是深厚的古典文学的根基是分不开的。

(耿传明)

干校六记·下放记别[*]

杨 绛

中国社会科学院,以前是中国科学院哲学社会科学部,简称学部。我们夫妇同属学部:默存在文学所,我在外文所。一九六九年,学部的知识分子正在接受"工人、解放军宣传队"的"再教育"。全体人员先是"集中"住在办公室里,六、七人至九、十人一间,每天清晨练操,上下午和晚饭后共三个单元分班学习。过了些时候,年老体弱的可以回家住,学习时间渐渐减为上下午两个单元。我们俩都搬回家去住,不过料想我们住在一起的日子不会长久,不日就该下放干校了。干校的地点在纷纷传说中逐渐明确,下放的日期却只能猜测,只能等待。

我们俩每天各在自己单位的食堂排队买饭吃。排队足足要费半小时;回家自己做饭又太费事,也来不及。工、军宣队后来管束稍懈,我们经常中午约会同上饭店。饭店里并没有好饭吃,也得等待;但两人一起等,可以说说话。那年十一月三日,我先在学部大门口的公共汽车站等待,看见默存杂在人群里出来。他过来站在我旁边,低声说:"耽会儿告诉你一件大事。"我看看他的脸色,猜不出什么事。

我们挤上了车,他才告诉我:"这个月十一号,我就要走了。我是先遣队。"

尽管天天在等待行期,听到这个消息,却好像头顶上着了一个焦雷。再过几天是默存虚岁六十生辰,我们商量好:到那天两人要吃一顿寿面庆祝。再等着过七十岁的生日,只怕轮不到我们了。可是只差几天,等不及这个生日,他就得下干校。

---

[*] 原载 1980 年《香港文学》。

"为什么你要先遣呢?"

"因为有你。别人得带着家眷,或者安顿了家再走;我可以把家撂给你。"

干校的地点在河南罗山,他们全所是十一月十七号走。

我们到了预定的小吃店,叫了一个最现成的沙锅鸡块——不过是鸡皮鸡骨。

我舀些清汤泡了半碗饭,饭还是咽不下。

只有一个星期置备行装,可是默存要到末了两天才得放假。我倒借此赖了几天学,在家收拾东西。这次下放是所谓"连锅端"——就是拔宅下放,好像是奉命一去不复返的意思。没用的东西、不穿的衣服、自己宝贵的图书、笔记等等,全得带走,行李一大堆。当时我们的女儿阿圆、女婿得一,各在工厂劳动,不能叫回来帮忙。他们休息日回家,就帮着收拾行李,并且学别人的样,把箱子用粗绳子密密缠捆,防旅途摔破或压塌。可惜能用粗绳子缠捆保护的,只不过是木箱铁箱等粗重行李;这些木箱、铁箱,确也不如血肉之躯经得起折磨。

经受折磨,就叫锻炼;除了准备锻炼,还有什么可准备的呢。准备的衣服如果太旧,怕不经穿;如果太结实,怕洗来费劲。我久不缝纫,胡乱把耐脏的料子用缝衣机做了个毛毡的套子,准备经年不洗。我补了一条裤子,坐处象个布满经线纬线的地球仪,而且厚如龟壳。默存倒很欣赏,说好极了,穿上好比随身带着个座儿,随处都可以坐下。他说,不用筹备得太周全,只需等我也下去,就可以照看他。至于家人团聚,等几时阿圆和得一乡间落户,待他们迎养吧。

转眼到了十一号先遣队动身的日子。我和阿圆、得一送行。默存随身行李不多,我们找个旮旯儿歇着等待上车。待车室里,闹嚷嚷、乱哄哄人来人往,先遣队的领队人忙乱得只恨分身无术,而随身行李太多的,只恨少生了几双手。得一忙放下自己拿的东西,去帮助随身行李多得无法摆布的人。默存和我看他热心为旁人效力,不禁赞许新社会的好风尚,同时又互相安慰说:得一和善忠厚,阿圆有他在一起,我们可以放心。

得一掮着、拎着别人的行李,我和阿圆帮默存拿着他的几件小包小袋,排队挤进月台,挤上火车,找到个车厢安顿了默存。我们三人就下车,痴痴站着等火车开动。

我记得从前看见坐海船出洋的旅客,登上摆渡的小火轮,送行者就把许多彩色的纸带抛向小轮船;小船慢慢向大船开去,那一条条彩色的纸带先后迸断,岸上就拍手欢呼。也有人在欢呼声中落泪;迸断的彩带好似迸断的离情。这番送人上干校,车上的先遣队和车下送行的亲人,彼此间的离情假如看得见,就决不是彩色的,也不能一迸就断。

默存走到车门口,叫我们回去吧,别等了。彼此遥遥相望,也无话可说。我想,让他看我们回去还有三人,可以放心释念,免得火车驰走时,他看到我们眼里,都在不放心他一人离去。我们遵照他的意思,不等车开,先自走了。几次回头望望,车还不动,车下还是挤满了人。我们默默回家;阿圆和得一接着也各回工厂。他们同在一校而不同系,不在同一个工厂劳动。

过了一两天,文学所有人通知我,下干校的可以带自己的床,不过得用绳子缠捆好,立即送到学部去。粗硬的绳子要缠捆得服贴,关键在绳子两头;不能打结子,得把绳头紧紧压在绳下。这至少得两人一齐动手才行。我只有一天的期限,一人请假在家,把自己的小木床拆掉。左放、右放,怎么也无法捆在一起,只好分别捆;而且我至少还欠一只手,只好用牙齿帮忙。我用细绳缚住粗绳头,用牙咬住,然后把一只床分三部分捆好,各件重复写上默存的名字。小小一只床分拆了几部,就好比兵荒马乱中的一家人,只怕一出家门就彼此失散,再聚不到一处去。据默存来信,那三部分重新团聚一处,确也害他好生寻找。

文学所和另一所最先下放。用部队的辞儿,不称"所"而称"连"。两连动身的日子,学部敲锣打鼓,我们都放了学去欢送。下放人员整队而出;红旗开处,俞平老和俞师母领队当先。年逾七旬的老人了,还像学龄儿童那样排着队伍,远赴干校上学,我看着心中不忍,独身先退;一路回去,发现许多人缺乏欢送的热情,也纷纷回去上班。大家脸上都漠无表情。

我们等待着下干校改造,没有心情理会什么离忧别恨,也没有闲暇去品尝那"别是一般"的"滋味"。学部既已有一部分下了干校,没下去的也得加紧干活儿。成天坐着学习,连"再教育"我们的"工人师父"们也腻味了。有一位二十二三岁的小"师父"嘀咕说:"我天天在炉前炼钢,并不觉得劳累,现在成天坐着,屁股也痛,脑袋也痛,浑身不得劲儿。"显然炼人比炼钢费事;"坐冷板凳"也是一项苦功夫。

炼人靠体力劳动。我们挖完了防空洞——一个四通八达的地下建筑,就把图书搬来搬去。捆,扎,搬运,从这楼搬到那楼,从这处搬往那处;搬完自己单位的图书,又搬别单位的图书。有一次,我们到一个积尘三年的图书室去搬出书籍、书柜、书架等,要腾出屋子来。有人一进去给尘土呛得连打了二十来个嚏喷。

我们尽管戴着口罩,出来都满面尘土,咳吐的尽是黑痰。我记得那时候天气已经由寒转暖而转热。沉重的铁书架、沉重的大书橱、沉重的卡片柜——卡片屉内满满都是卡片,全都由年轻人狠命用肩膀扛,贴身的衣衫磨破,露出肉来。这又使我惊叹,最经磨的还是人的血肉之躯!

弱者总沾便宜;我只干些微不足道的细事,得空就打点包裹寄给干校的默存。默存得空就写家信;三言两语,断断续续,白天黑夜都写。这些信如果保留下来,如今重读该多么有趣!但更有价值的书信都毁掉了,又何惜那几封。

他们一下去,先打扫了一个土积尘封的劳改营。当晚睡在草铺上还觉燠热。忽然一场大雪,满地泥泞,天气骤寒。十七日大队人马到来,八十个单身汉聚居一间屋里,都睡在土炕上。有个跟着爸爸下放的淘气小男孩儿,临睡常绕炕撒尿一匝,为炕上的人"施肥"。休息日大家到镇上去买吃的:有烧鸡,还有煮熟的乌龟。我问默存味道如何;他却没有尝过,只悄悄做了几首打油诗寄我。

罗山无地可耕,干校无事可干。过了一个多月,干校人员连同家眷又带着大堆箱笼物件,搬到息县东岳。地图上能找到息县,却找不到东岳。那儿地僻人穷,冬天没有燃料生火炉子,好多女同志脸上生了冻疮。洗衣服得蹲在水塘边上"投"。默存的新衬衣请当地的大娘代洗,洗完就不见了。我只愁他跌落水塘;能请人代洗,便赔掉几件衣服也值得。

在北京等待上干校的人,当然关心干校生活,常叫我讲些给他们听。大家最爱听的是何其芳同志吃鱼的故事。当地竭泽而渔,食堂改善伙食,有红烧鱼。其芳同志忙拿了自己的大漱口杯去买了一份;可是吃来味道很怪,愈吃愈怪。他捞起最大的一块想尝个究竟,一看原来是还未泡烂的药肥皂,落在漱口杯里没有拿掉。大家听完大笑,带着无限同情。他们也告诉我一个笑话,说钱钟书和丁××两位一级研究员,半天烧不开一锅炉水!我代他们辩护:锅炉设在露天,大风大雪中,烧开一锅炉水不是容易。可是笑话毕竟还是笑话。

他们过年就开始自己造房。女同志也拉大车,脱坯,造砖,盖房,充当壮劳力。默存和俞平伯先生等几位"老弱病残"都在免役之列,只干些打杂的轻活儿。他们下去八个月之后,我们的"连"才下放。那时候,他们已住进自己盖的新屋。

我们"连"是一九七〇年七月十二日动身下干校的。上次送默存走,有我和阿圆还有得一。这次送我走,只剩了阿圆一人;得一已于一月前自杀去世。

得一承认自己总是"偏右"一点,可是他说,实在看不惯那伙"过左派"。

他们大学里开始围剿"五一六"的时候,几个有"五一六"之嫌的"过左派"供出得一是他们的"组织者","五一六"的名单就在他手里。那时候得一已回校,阿圆还在工厂劳动;两人不能同日回家。得一末了一次离开我的时候说:"妈妈,我不能对群众态度不好,也不能顶撞宣传队;可是我决不能捏造个名单害人,我也不会撒谎。"他到校就失去自由。阶级斗争如火如荼,阿圆等在厂劳动的都返回学校。工宣队领导全系每天三个单元斗得一,逼他交出名单。得一就自杀了。

阿圆送我上了火车,我也促她先归,别等车开。她不是一个脆弱的女孩子,我该可以放心撇下她。可是我看着她踽踽独归的背影,心上凄楚,忙闭上眼睛;闭上了眼睛,越发能看到她在我们那破残凌乱的家里,独自收拾整理,忙又睁开眼。车窗外已不见了她的背影。我又合上眼,让眼泪流进鼻子,流入肚里。火车慢慢开动,我离开了北京。

干校的默存又黑又瘦,简直换了个样儿,奇怪的是我还一见就认识。

我们干校有一位心直口快的黄大夫。一次默存去看病,她看他在签名簿上写上钱钟书的名字,怒道:"胡说!你什么钱钟书!钱钟书我认识!"默存一口咬定自己是钱钟书。黄大夫说:"我认识钱钟书的爱人。"默存经得起考验,报出了他爱人的名字。黄大夫还待信不信,不过默存是否冒牌也没有关系,就不再争辩。事后我向黄大夫提起这事,她不禁大笑说:"怎么的,全不像了。"

我记不起默存当时的面貌,也记不起他穿的什么衣服,只看见他右下颔一个红包,虽然只有榛子大小,形状却峥嵘险恶:高处是亮红色,低处是暗黄色,显然已经灌脓。我吃惊说:"啊呀,这是个疽吧?得用热敷。"可是谁给他做热敷呢?我后来看见他们的红十字急救药箱,纱布上、药棉上尽是泥手印。默存说他已经生过一个同样的外疹,领导上让他休息了几天,并叫他改行不再烧锅炉。他目前白天看管工具,晚上巡夜。他的顶头上司因我去探亲,还特地给了他半天假。可是我的排长却非常严厉,只让我随人去探望一下,吩咐我立即回队。默存送我回队,我们没说得几句话就分手了。得一去世的事,阿圆和我暂时还瞒着他,这时也未及告诉。过了一两天他来信说:那个包儿是疽,穿了五个孔。幸亏打了几针也渐见痊好。

我们虽然相去不过一小时的路程,却各有所属,得听指挥、服从纪律,不能随便走动,经常只是书信来往,到休息日才许探亲。休息日不是星期日;十天一次休息,称为大礼拜。如有事,大礼拜可以取消。可是比了独在北京的阿圆,我们就算是同在一处了。

(选自《杨绛文集》散文卷(上),人民文学出版社 2004 年版)

【作者简介】

杨绛(1911~),江苏无锡人。1932 年苏州东吴大学毕业,同年入清华大学研究院研习。1935 年留学英国、法国,1938 年回国,先后任上海震旦女子文理学院教授、清华大学西语系教授。1949 年后,任中国社会科学院外文所研究员。主要作品有剧本《称心如意》、《弄假成真》、《风絮》,散文集《干校六记》、《我们仨》,短篇小说集《倒影集》,长篇小说《洗澡》,论文集《春泥集》等。译著有《吉尔·布拉斯》、《唐·吉诃德》等。2004年，人民文学出版社出版《杨绛文集》(八卷)。

【作品简析】

《干校六记》是一本系列散文集，包括《下放记别》、《凿井记劳》、《学圃记闲》、《"小趋"记情》、《冒险记幸》、《误传记妄》六篇，反映的是作者1970年7月至1972年8月在干校的生活。所谓干校，全名是五七干部学校，是"文化大革命"中根据毛泽东的"五七指示"建立起来的一种干部学校。然而对于高等院校、科研单位、文化机构这些"知识分子成堆的地方"而言，干校则是将知识分子集中起来，进行政治学习、开展政治运动和从事劳动改造的场所。正如钱钟书为《干校六记》写的《小引》中所说："学部(中国科学院哲学社会科学部)在干校的一个重要任务是搞运动，清查'五一六分子'。干校两年多的生活是在这个批判斗争的气氛中度过的。"政治斗争的严峻性、残酷性，就决定了干校的变相劳改营性质。首先是军事化编制，将研究所改为"连"，集体食宿，纪律严明，"不能随便走动"，外出购物、会友、看病，均需请假批准，实际上是失去了人身自由；其次是所有学员都必须从事繁重的体力劳动，即使年老体弱者也不能例外，而且十天才能休息一次，称为"大礼拜"，如有事，"大礼拜"也可以取消；再就是无尽无休地学习、批判、检举、揭发会，让学员们互相恶斗，一些人因不能承受或冤屈难申而自杀身亡。《干校六记》则是"这个大背景的小点缀，大故事的小穿插"。

《干校六记》没有正面写干校的主要生活内容(政治运动与斗争)，大都写的是衣、食、住、行，同志之谊，夫妻之情等"琐事"，然而通过这些"琐事"却反映出了大事，反映出了社会的动乱、生活的荒谬和几代知识分子的悲惨命运，显示出作者对于生活的个性化的审视角度。

《下放记别》是《干校六记》的第一篇，开篇就写了这次下放的非同寻常。这次下放是"连锅端——就是拔宅下放"，一去不复返。除极少数几个人"留守"外，学部的几千名专家、学者要统统下去，老弱病残也不能例外，"不能走的要抬着走"。当时，年近花甲的著名学者钱钟书(杨绛的丈夫)作为"先遣队"第一批走。要去的地方是地处豫鄂皖交界处的河南省息县东岳公社，距北京大约一千公里。当地民谣形容这里的土质特点是"晴天一把刀（干硬），雨天一团胶（稀烂）"。下去的人不仅要准备好一年四季的衣物，还要带上各种生活用品、小型家具，要准备在农村生活一辈子，走接受贫下中农再教育的"五七道路"。这样一个大变动，只给要走的人一个星期的准备时间，而"先遣队"的钱钟书走前两天才放假收拾行装，充分表现出这次下放的强迫、强制的专政性质。

干校的生活是一般人难以想象的。原本是习惯私家生活的专家、学者们，住进了一个"土积尘封的劳改营"，八十个单身汉聚居在一间屋里，睡的是草铺，一场大雨，满地泥泞，处境等同于劳改犯。

干校的劳动是一种苦役。学员要为自己造屋，女同志也拉大车、脱坯、烧砖、盖房。一级研究员、世界著名作家、学者钱钟书被派去烧锅炉。专家、学者们正是在这种惩罚性的劳役中逐渐丧失知识，丧失情感，丧失思想，丧失记忆，结果是将人非人化。

《干校六记》的内容是沉重的，甚至是带血腥味的，但作者却采用看似平静、平淡、平和的口吻在诉说那一段难以忘怀的往事。然而在平静、平淡、平和的后面，却隐藏着情感的波澜和批判的锋芒。

如写下放前，人们在院里挖防空洞，搬运图书，沉重的铁书架，沉重的大书橱，装满卡片的沉重的卡片柜，"全都由年轻人狠命用肩膀扛，贴身的衣衫磨破，露出肉来。这又使我惊叹，最经磨的还是人的血肉之躯！"话并不多，作者对于本来是前途无量的年轻学者被折磨，被荒废，表达出深深的同情、惋惜之情；对于糟蹋人才的"文化大革命"流露出难掩的怨怒。

下放出发那天，"红旗开处，俞平老（红学专家俞平伯）和俞师母领队当先。年逾七旬的老人了，还像学龄儿童那样排着队伍，远赴干校上学，我看着心中不忍，独身先退。"了了数语，写尽了"文革"的荒唐和作者胸中的义愤。

写两次送行：一次是作者与女儿、女婿送钱钟书，"痴痴站着等火车开动"，"彼此遥遥相望"，离去之时，又"几次回头望望"，千绕百结的夫妻情、父女情感人至深；另一次是刚刚失去丈夫的阿圆单独送杨绛："我看着她踽踽独归的背影，心上凄楚，忙闭上眼睛；闭上了眼睛，越发能看到她在我们那破残凌乱的家里,独自收拾整理,忙又睁开眼,车窗外已不见了她的背影。我又合上眼,让眼泪流进鼻子,流入肚里。"对孤身一人的女儿的担心、牵挂与怜爱尽在不言中了。

还有那几则穿插其间的趣闻轶事:钱钟书下放后变得"又黑又瘦",让人发生认知错误而产生误会;诗人何其芳误将肥皂当红烧鱼吃而传为笑谈;随队的小男孩儿临睡前常绕炕撒尿,为炕上众人"施肥"的闹剧,让人苦涩地一笑之后,又感到知识分子命运的悲惨与凄凉。

特别是女婿得一竟被"过左派"栽脏陷害,当作"五一六"的"组织者","工宣队领导全系每天三个单元斗得一,逼他交出名单。得一就自杀了。""得一就自杀了"一句话,似乎是轻轻的一笔带过,但其中的感情浓度、思想分量却让人震撼:连这么一位热心为别人提行李,助人为乐的人,这么一位"和善忠厚"的人,这么一位从不"害人"、从不"撒谎"的人,在"文革"中却没有他的容身之地。这样的社会还有任何存在的理由吗?

杨绛的《干校六记》朴实无华,但却情真意切。在看似平淡的叙述中暗含着深刻的思想意蕴,在似乎是不动声色的描写里,涌流着像地下熔岩般的爱憎。往往三言两语,一个细节,几句对话,就能生动地勾勒出一个人物的精神或一个事物的状貌,表达出丰富的思想与复杂的情感,其中还不乏寓庄于谐的幽默与调侃。这些都体现出作者创作的老练、圆熟以及语言上深厚的工力。

《干校六记》是较早反映"文革"干校生活的作品,它是"文革"期间惩罚革命干部、迫害知识分子"内情"与细节的一份难得的历史档案。同时它又是一份心灵的记录,真实地记下了在毁灭性的肉体与精神的折磨、摧残下,中国知识分子的节操与良知。这本书会因其开拓了新的题材领域和具有独特的认识价值、思想启蒙价值而留在中国当代文学史、文化史上。

(张学正)

丑　石

贾平凹

　　我常常遗憾我家门前的那块丑石呢：它黑黝黝地卧在那里，牛似的模样；谁也不知道是什么时候留在这里的，谁也不去理会它。只是麦收时节，门前摊了麦子，奶奶总是要说：这块丑石，多碍地面哟，多时把它搬走吧。

　　于是，伯父家盖房，想以它垒山墙，但苦于它极不规则，没棱角儿，也没平面儿；用錾破开吧，又懒得花那么大气力，因为河滩并不甚远，随便去捎一块回来，哪一块也比它强。房盖起来，压铺台阶，伯父也没有看上它。有一年，来了一个石匠，为我家洗一台石磨，奶奶又说：用这块丑石吧，省得从远处搬动。石匠看了看，摇着头，嫌它石质太细，也不采用。

　　它不像汉白玉那样的细腻，可以凿下刻字雕花，也不像大青石那样的光滑，可以供来浣纱捶布；它静静地卧在那里，院边的槐荫没有庇覆它，花儿也不再在它身边生长。荒草便繁衍出来，枝蔓上下，慢慢地，竟锈上了绿苔、黑斑。我们这些做孩子的，也讨厌起它来，曾合伙要搬走它，但力气又不足；虽时时咒骂它，嫌弃它，也无可奈何，只好任它留在那里去了。

　　稍稍能安慰我们的，是在那石上有一个不大不小的坑凹儿，雨天就盛满了水。常常雨过三天了，地上已经干燥，那石凹里水儿还有，鸡儿便去那里喝饮。每每到了十五的夜晚，我们盼那满月出来，就爬到其上，翘望天边；奶奶总是要骂的，害怕我们摔下来。果然那一次就摔了

―――――――――

* 原载1981年7月20日《人民日报》。

下来,磕破了我的膝盖呢。

人都骂它是丑石,它真是丑得不能再丑的丑石了。

终有一日,村子里来了一个天文学家。他在我家门前路过,突然发现了这块石头,眼光立即就拉直了。他再没有走去,就住了下来。以后又来了好些人,说这是一块陨石,从天上落下来已经有二三百年了,是一件了不起的东西。不久便来了车,小心翼翼地将它运走了。

这使我们都很奇怪!这又怪又丑的石头,原来是天上的呢!它补过天,在天上发过热,闪过光,我们的先祖或许仰望过它,它给了他们光明,向往,憧憬;而它落下来了,在污土里,荒草里,一躺就是几百年了?!

奶奶说:"真看不出!它那么不一般,却怎么连墙也垒不成,台阶也垒不成呢?"

"它是太丑了。"天文学家说。

"真的,是太丑了。"

"可这正是它的美!"天文学家说,"它是以丑为美的。"

"以丑为美?"

"是的,丑到极处,便是美到极处。正因为它不是一般的顽石,当然不能去做墙,做台阶,不能去雕刻,捶布。它不是做这些小玩意儿的,所以常常就遭到一般世俗的讥讽。"

奶奶脸红了,我也脸红了。

我感到自己的可耻,也感到了丑石的伟大;我甚至怨恨它这么多年竟会默默地忍受着这一切!而我又立即深深地感到它那种不屈于误解、寂寞的生存的伟大。

(选自1981年7月20日《人民日报》)

【作者简介】

贾平凹(1952～　),陕西省丹凤县人。1967年初中未毕业就回家乡务农。1975年毕业于西北大学中文系。陕南商州地区是贾平凹创作的根据地,他将那里的风土人情、世事变迁,收入他的文学镜头,他的作品具有独特的商州韵味。贾平凹从1973年开始发表作品,写过诗歌、小说、散文。40年来他勤奋笔耕,在小说创作方面取得了引人注目的成就,出版有短篇小说集《山地笔记》,中篇小说集《腊月·正月》,长篇小说《浮躁》、《废都》、《白夜》、《土门》、《高老庄》、《怀念狼》、《高兴》、《秦腔》、《古炉》、《带灯》等,1998 年,14 卷本的《贾平凹文集》出版。其中短篇小说《满月》曾获 1978 年全国优秀短篇小说奖,中篇小说《腊月·正月》获第三届全国优秀中篇小说奖,《浮躁》获美国"飞马文学奖",《秦腔》获第七届茅盾文学奖。1980 年以后涉足散文,先后出版了《月迹》、《爱的踪迹》、《商州三录》、《心迹》、《贾平凹散文选》等散文集。他的散文朴拙、淡雅、自然流畅、细而不腻,受到广大读者的赞赏。

【作品简析】

从贾平凹的散文中能看到诗的精灵,能发现深奥的哲思,这是他的散文耐读的主要原因。

《丑石》是贾平凹散文中的一篇代表作。作者精心描述了一块石头的命运。那块又大又笨又丑的石头,原是一块陨石,"它补过天,在天上发过热,闪过光",然而,当它落到小山村后,却被人们当作丑小鸭,被冷落,遭咒骂,在污土里、荒草里忍受着寂寞,一躺就是几百年。

作者细腻地描写了"丑石"的外形:"它黑黝黝地卧在那里,牛似的模样","它极不规则,没棱角儿,也没平面儿",天长日久,竟让荒草"锈上了绿苔、黑斑"。因为太丑,也无法派上用场,它不如汉白玉细腻,可以"刻字雕花",也不似大青石光滑,可以用来"浣纱捶布",垒山墙、铺台阶、做石磨也一概不成,孩子们爬到上面望月,还摔了下来。然而,它居然也有一个好处:"是在那石上有一个不大不小的坑凹儿,雨天就盛满了水。常常雨过三天了,地上已经干燥,那石凹里水儿还有,鸡儿便去那里喝饮。"作者幽默地写了这惟一"能安慰"人的好处,就更说明了它的无用。既无观赏价值,又无实用价值,搬又搬不走的丑石,自然要被人嫌弃了。如果不是有幸与天文学家相遇,虽则是天外来客,也将永远被冷落下去。某日,丑石时来运转,终于被小心翼翼地装上车运走了。作者没有继续写它以后的命运,但可以想见,它会被科学家视为宠儿,那身价自是汉白玉、大青石望尘莫及的。

丑石的起死回生震动了这个偏僻闭塞的小山村,人们开始思索关于"美"、"丑"的问题,他们由惊讶而迷惑,而脸红,自觉不辨美丑、不识奇才的可耻。作者写石而意不在石。丑石的命运何尝不是人的命运呢?有大智大才的人,往往由于外表愚痴而被轻视,压抑人才、摧残人才的现象自古有之。如何识才,要依靠伯乐,多培养一些知识渊博的伯乐,千里马才不至于去拉盐车。那位天文学家,一见丑石,"眼光立即就拉直了",这是由于他有知识,所以才有一双慧眼。可见,辨美丑、识人才必须有知识作为基础。没有识别真才的本领而又不为此感到脸红的人,总归要继续愚昧下去的。"奶奶脸红了,我也脸红了",这是由愚昧变聪明、由落后转向文明的良好开端。作者通过丑石命运的变化和村民的醒悟,自然地暗示出上述具有文化内涵的意蕴。《丑石》可以看作是对冷落人才的批判,也可以看作是对民族如何振兴的思悟。

　　作品中有一段精彩的对话。奶奶说:"真看不出!它那么不一般,却怎么连墙也垒不成,台阶也垒不成呢?"天文学家回答说:"它是太丑了","丑到极处,便是美到极处。正因为它不是一般的顽石,当然不能去做墙,做台阶,不能去雕刻,捶布。它不是做这些小玩意儿的,所以常常就遭到一般世俗的讥讽"。从对话中作者揭露了两种不同的价值观念。世俗往往目光短浅,只看形貌而忽略其内在美质,只关心其外在实用价值而忽略其内在的科学价值。判断的失误又直接影响价值的发挥。世俗之见之可悲,在于不以自身陋见为错为耻,反倒去讥讽别人;更可怕的是,世俗往往占多数,而智者往往是少数,他们以多压少,将真理拒之门外。那位天文学家倒不在乎众人怎么说,因为他相信自己的科学判断。知识就是力量,知识、文明,是医治愚昧的良药。

　　"丑石"在文中已被作者的审美意识熔铸,成为他的作品中富有个性色彩的意象。作者从丑石看到传统文化,看到社会人生。他写"丑石",也是在写生命。丑石被人格化,灌注着作者深刻的生命意识。丑石不屈于误解,耐得住寂寞,得意时不骄,失意时不悲,不管境遇如何,能始终坚持自身操守的高尚品格,不正是人的精神文化修养所达到的最高境界吗?

　　这篇散文的艺术功力表现在能于短小的篇幅中挥洒自如,浑朴、空灵,寓无限于有限,让隽美的诗意从作品中缓缓流出,浸润着读者的心田。

贾平凹不再把"形散神凝"作为散文写作的规范,《丑石》是一个象征性放射结构,它内藏多重意蕴,像一个多棱的水晶体,每一个闪光的侧面都呈现出不同的光彩。

(李丽中)

榕树,生命进行曲[*]

刘 再 复

一

我时常思念着故乡的灵魂,榕树。

记得有人问我:你追求过怎样美丽的灵魂?我说,榕树。

情感的潺潺,思想的潺潺,再一次流过故乡崎岖的山野,再一次流过往昔峥嵘的岁月,回过头来思量,那昨天使我爱恋过的灵魂,今天依然使我向往着的灵魂,也只有它——

榕树,我的永恒的爱恋。

二

我爱恋的榕树,不知道使多少陌生人为它兴叹过,倾倒过。

真是太壮阔了。只要你接近它,就会感到它的全身,都充满着一种最动人的东西,这就是生命。

善于思辨的哲学家说,美就是充满生命的人和物。我相信,因为榕树,我才相信。

几乎是整个童年时代与少年时代,我都在观赏这种洋溢着生命的大树。

我喜欢这种绿色世界在无风中的平静、雍容、丰盛、满足,像沉默的大山一样岿然而立。

我更喜欢它在风中的时刻。榕树的每一片绿叶,都像风帆那样善

---

[*] 原载《散文》1984年第1期。

于捕捉最弱的微风。因此,当轻风吹拂的时候,它的叶子就会颤动起来,刹那间,树上好像千百万绿色的蝴蝶,在一开一翕地扇着翅膀,共同编织着生命的织锦。

更使我陶醉的是雄风吹动的时刻。此时的榕树,瞬息间从沉默的大山变成汹涌的大海,波浪在树梢上澎湃着,时时发出拍打蓝天的沙沙的响声。

有一位很重感情的北方朋友告诉我,他第一次见到南国土地上的高大榕树时,几乎吓呆了。榕树那企图笼罩大地的浓荫,那企图吞没白云的树冠,那企图饮尽地下全部水分的根群,那陡立而又弯曲多节的巨枝所构筑的殿廊、山脉、峡谷和道路,一起在放射着生命的光波与音波。这种柔和而强大的波浪,把他的心灵摇撼得很久很久。

在撼动中,他感到自己的生命被另一种强大的生命所照明,所溶解,所征服。他觉得自己完全被这种强大的生命所俘虏,并且被剥夺了身上的渺小、卑琐、颓唐与消沉。在树下,澄清的空气中,他觉得自己的灵魂升腾起来了,仿佛也变成一只扇动着翅膀的绿蝶,也在这个充满生命的葱茏世界中快乐地翔舞。

三

我比这位北国的友人更了解榕树,生命里积淀着更多的榕树和碧叶。

我家乡的山野与原野上,处处都有榕树。肥沃的地上,贫瘠的地上;坚硬的地上,松软的地上;有泥土的地上,几乎没有泥土的地上。

我家乡的山野与原野上,时时都有榕树。潮湿的时节,干旱的时节;雨淋的时节,霜打的时节;有春天的时节,没有春天的时节。

小时候我迷恋过一棵倔强的小榕树,它就在几乎没有泥土的地方发展它的生命。它那生的征程,就在我家屋后的一块浑圆形的岩石上进行。大约三年时光,我一直追随着它的足迹,注视着它那平稳而坚实的脚步。

我不知道它是在岩缝的哪一处破芽而出,只看着它从缝穴里伸展出来的最初的嫩枝。这棵嫩枝在岩石的悬崖上,沉着地、缓慢地跋涉,攀登,开拓着本没有路的路,本没有前方的前方。

当它发现岩石身上的小坑洼处,有一点薄薄的尘土,就果断地在那里扎下了根,扎下一个营寨;然后又向前伸延,迈进,不倦地继续寻找着前方险峻的路,险峻的希望。

更使我惊讶的是,它在找不到任何营寨的时候,竟从生命深处撒出一束根须,像蚕儿抛出的银丝。柔韧的丝丝朝下生长,直至亲吻到地平面上的小草。后来,我才知道,这就是所谓气根。在没有泥土的时候,气根凭借它奋发的天性,吸收空气中的水分,然后把自己养育成榕树另一翼的生命线。

突破,挣扎,发展,挺进,这是一支青绿色的生命进行曲,这是一支铁流似的生命凯旋曲。

正是这支无声、无畏的歌,把巍峨的韧性,第一次灌进了我的贫穷而干旱的童年,灌进了我的还在襁褓中的人生。

四

后来,我在泉州的清源山和福州的于山里,看到了辉煌的石壁榕,才知道比起我家屋后那支进行曲来,还有更雄壮的进行曲。

清源山的石壁榕,真是生命的奇迹。这棵雄伟的榕树,生长在足有三层楼高的一块巨岩上,而本身又有两层楼高,观赏它时,非仰视不可。

沿着石壁,许多粗壮的根从岩顶射向大地,有的像缆索悬荡在空中,有的像巨蟒盘旋而下。它们把整块巨石紧紧拥抱。假如从云端俯瞰下来大约会看到这棵榕树像巨人伸出手臂,抱住一块天然宝石,企图把它从大地的母腹中拔出。

我很幸运,竟在一次雾天里见到清源石榕别样的风姿。那时,雾气正像炊烟似的袅袅上升,一阵一阵地掠过岩石,而且一阵比一阵浓烈,最后岩石像沉浸在浩渺的云海中。而榕树,被云岚雾霭所凝聚成的大白盘托住,在迷蒙的烟波中忽隐忽现,好像飘动在云空中的神树。更有意思的是,在榕树背后,又隐约可以见到岩石的母山中的一座寺庙,庙宇在云雾缭绕中浮沉,朦朦胧胧地,像是天上的殿堂。见到眼前景象,我竟飘飘忽忽起来,仿佛置身于云中仙山,置身于琼楼玉宇与金木玉树之前,似乎还听到苏东坡的南方口音:"不知天上宫阙,今夕是何年?"

在于山,我又一次见到气派雄伟的石壁榕。也是站在巨石肩膀上的云中大树,也是气吞大地的巨蟒似的根群。

于山是闽乡的父老们庆贺民族英雄戚继光凯旋归来的地方。在庆祝这位中华的抗倭将领赫赫战功的盛典中,有气壮山河的石壁榕屹立身后,有无声的生命进行曲在人们心中鸣响,不仅使英雄增色,而且使人想起英雄的生命进行曲怎样坚韧地组合它的豪迈的节奏,我们伟大的长江与黄河所哺育的民族,又充满着怎样不可战胜的生命。

五

了解清源山和于山石壁榕的友人告诉我:这种榕树所立足的岩石,不是一般的岩石,而是最坚硬的花岗岩。如果说,要在世界上寻找一种在最坚硬的基石上生长出来的最坚硬的生命,那就是榕树。

他还告诉我,这种生命的奇观,是发端于一种细韧的种子之中。那是一颗成熟的、像小珍珠似的果子,果子里面包藏着许多小颗粒似的种子。大约是一只顽皮的鸟儿,在它吞食了榕果之后,就选择这个奇伟的地方,排泄出它消化不了的种子。这颗种子,这个鸟儿的胃肠消化不了的生命,就凭借岩上那一层尘埃凝结成的薄薄的泥土,悄悄地、雄心勃勃长成绿光四射的庞然大物。

仔细瞧瞧,岩石上好像没有别的生命,也许在岩缝里有几株细小的野草,但我看不清。这种岩石真是生命难以生存和发展的地方。

榕树,就在生命难以生存的地方,让自己生长成伟大的生命;在生命难以发展的地方,把自己发展成其他生命望尘莫及的参天巨木。

这是多么了不起的生命进行曲。

六

　　因为和榕树同一故乡,所以我还知道它的生命进行曲有一种更超常的旋律。

　　那是我在一次砍柴时体验到的。我曾经在无意中砍伤过榕树还活着的青枝,被我误认为是死枝的生枝。就在我斧头砍下而提起的一刹那,它立即喷涌出雪白的乳汁,也许不是乳,而是血。总之,白色的生命之泉,神速地注入伤痕,盖住伤痕,而且很快就凝固,伤痕也随之愈合。

　　榕树这种生命泉,这样果断,这样机敏,这样迅速地履行它的天职,真叫人感慨不已。难怪榕树能够那么快地治好自己的创伤,继续壮大它那郁郁葱葱的事业。

　　我见过一棵伤痕累累的榕树,依然生长得非常美。每一片叶子都绿得发蓝,在阳光的映照下,满树好像垂挂着无数忽明忽灭的蓝宝石。我不知道这棵饱经风霜的大树抗衡过多少无情的刀剑,才赢得今天这种生命的繁荣。

　　我还看到惊动我故乡的大风暴,那是雷霆与闪电助阵的大风暴,榕树在风暴中是那样从容不迫,它那钢铁一样的躯干,镇定地屹立着,而它的枝叶摇曳着,有的被折断了。但是在风暴过后,我看到那些被打入地里的青枝,有的竟依附着泥土,独自重新萌动,复苏逝去的绿色。这失去母体的生命,不仅没有饥饿而死,而且执著地把自己发展成一个新的母体。

　　我还看到一次更撼动人心的生的壮观。那是在一次空前的劫难中,有一棵榕树被狂风击倒了。于是,一个奇迹因此发生了。这棵被拔倒的大树,并没有从此走向死亡,而是倒伏在地上,倔强地呼吸着,继续着生命的另一种道路。它那庞杂的根系一半裸露在地上,一半还残留在地下。残留在地下的那一半,负起它生命的全部使命,继续勇敢地演奏着它的生命进行曲。我看到,绿芽在这倒下的身躯里,纷纷崛起,接着,又长出新的嫩枝和嫩叶。青春,在这受难的生命中继续繁衍;琴键,在倒下的琴体中继续跳动。直到我在青年时代离开故乡那一年,还看到这倒下的生命体上那不朽的业绩,不屈的凯旋。

这种倒伏的生命与不倒伏的灵魂浑然一体的奇迹,这种在风暴中失败而最终又在风暴中胜利的力量,使我意识到,真正伟大的生命进行曲,是不会死亡的!即使被击倒在地狱里,它也会在地母伟大的怀中继续歌唱!

七

我常常思念着故乡的灵魂,榕树。

我常常思念着故乡的那一支生命的进行曲,榕树。

我点燃一枝心香,祝愿这支伟大的生命之曲,长久地在我故乡明丽的土地上歌唱。愿它常常挺进到我的心灵和我的梦境,常常挺进到为我所爱的一切心灵和为我所爱的一切梦境中。我祝福一切正直的胸脯里,都有一支巍峨的歌,都有一支峥嵘的进行曲,都有一棵飞翔着千百万绿蝶的——榕树。

(选自《太阳·土地·人》,百花文艺出版社1984年版)

【作者简介】

刘再复(1941~),福建省南安县人。1963年毕业于厦门大学中文系。在大学毕业前就开始在报刊上发表诗和文学评论。毕业后到《新建设》杂志任文学编辑。1977年到中国社会科学院文学研究所从事文学理论研究工作。1985年至1989年任文学研究所所长。1989年后移居国外。

著有《鲁迅美学思想论稿》、《性格组合论》、《文学的反思》等专著,发表过《论文学的主体性》等有影响的论文。20世纪70年代后期,在进行学术研究的同时,开始写散文诗。已出版的散文集有《深海的追寻》、《告别》、《雨丝集》、《太阳·土地·人》、《人间·慈母·爱》等。

刘再复是新时期在散文诗创作上有突出成就的新人,他的散文诗富有思辨性和哲理性。他把对宇宙、社会、人生的思索化为流动的诗情,熔哲理、思辨和抒情为一炉,为新时期散文诗的创作,提供了新的美质。

上世纪90年代刘再复移居国外后,曾在美国、瑞典、加拿大及香港多所大学担任客座教授、名誉教授和访问学者,著有思想与学术论著《放逐诸神》、《罪与文学》(与林岗合著)、《现代文学诸子论》、《高行健论》、《传统与中国人》(与林岗合著)、《告别革命》(与李泽厚合著)、《共鉴"五四"》(李泽厚、李欧梵、林岗诸友论衡"五四"新文化运动)、《李泽厚美学概论》、《红楼四书》(《红楼梦悟》、《共悟红楼》、《红楼人30种解读》、《红楼哲学笔记》)、《人论二十五种》、《思想者十八题》、《文学十八题》(刘再复文学评论精选集)、《双典批判:对〈水浒传〉、〈三国演义〉的文化批判》等,在海内外学者中有广泛影响。

刘再复在海外的散文创作有:《共悟人间:父女两地书》、《独语天涯:一千零一夜不连贯的思索》、《漂流手记》(10卷)、《刘再复散文诗合集》等。这一时期,刘再复作为"漂流人",他的散文对于文学、人生、历史、社会有了更宏阔的视野和更深邃的思考,达到了一个新境界。

【作品简析】

《榕树,生命进行曲》是刘再复散文诗中的代表作,也是新时期散文诗中的佼佼者。

散文诗是"散文形的诗"(茅盾语),"是比诗'实'一些、'自由'一些、而比散文'虚'一些、'凝炼'一些的文体"(刘再复语)。从本质上说,散文诗是诗,它有诗的情韵、诗的意境;从形式上说,它具有散文性,是用散文形式去表达诗的情韵。

《榕树,生命进行曲》最能显示诗意美的,是作品所蕴含的强烈的生命意识,以及咏物、象征手法所创造的虚实相生的意境。

这首生命进行曲由七个乐章组成,每个乐章都从不同侧面歌颂了生命之美。第一个乐章是轻轻弹奏出的序曲,点示出"榕树"是"我"永恒追求的"灵魂"。第二个乐章赞颂榕树的美。其美,在于充满生命的活力。第三个乐章是赞颂榕树"突破,挣扎,发展,挺进"的生命力。第四个乐章赞颂榕树非凡的气魄。第五个乐章赞颂榕树是"最坚硬的生命"。第六个乐章赞颂榕树如何对抗命运争取生存。第七个乐章是尾声,与首章相呼应,在浓郁的抒情气氛中结束。

诗不仅仅是诗人对世界的把握和表现,而且是生命的存在形式。诗人只有用生命意识去提炼诗情,才会创造高层次的诗美,生命之光是诗美的最高表现。刘再复用觉醒了的生命意识对榕树进行审美观照,榕树就发生变形,具有了人情美、人性美,成为作者所追求的完美人格的化身。从作者精心描绘的榕树形象中,可以看到力、美、创造、忧患、痛苦、受伤、抗争等生命的各种颜色。诗人就是用自我意识与榕树形象叠合所创造的意境去诱导读者、激励读者,希望他们在心灵和梦境中也植"一棵飞翔着千百万绿蝶的——榕树"。

作者用咏物和象征手法将榕树的生命与人的生命叠合在一起,化作美丽、生动的形象,构成诗意的两度空间,将读者的想像从实有的形象引向形象以外的时空,去获得言外之意。古代诗论曰:"诗有内外意,内意欲尽其理,外意欲毕其象,内外意含蓄,方入诗格。"(梅圣俞《金针诗话》)作者就是用咏物手法"毕其象",用象征手法"尽其理"。全篇对榕树的描写,枝枝叶叶、静态动态,皆没有离开榕树自身的特征,然而每个特征中皆有所寄寓,都能唤起读者对生命的联想。

这篇散文诗的另一艺术特色是融思辨性、哲理性于抒情、描写之中。请看下面这段文字:"这种倒伏的生命与不倒伏的灵魂浑然一体的奇迹,这种在风暴中失败而最终又在风暴中胜利的力量,使我意识到,真正伟大的生命进行曲,是不会死亡的!即使被击倒在地狱里,它也会在地母伟大的怀中继续歌唱!"像这样的文字全篇比比皆是,它闪烁着理性的光辉,将个体生命意识引向更高的哲学层次,展示出更为抽象的普遍真理。

炽热的爱心、宏伟的气势、诗的意境、哲理的内涵、壮美的形象,合奏出这支雄伟的生命进行曲。这是时代的最强音,是灵魂深处的鸣响。

(李丽中)

大唐的太阳,你沉沦了吗?

王英琦

我的面前,放着一本《井上靖西域小说选》。

翻开扉页,一位清癯潇洒的老人,正手指夹烟,目光深沉地凝视着远方……

对于这位老人——井上靖君,我是怀有深深的仰慕之情的。他是一位有着超群的才华,盖世的学问,以研究中日文化交流史和中国古代史,而被誉为日本"文化功臣"的杰出作家。

他的这部小说选,基本取材于我国古代西域的名城名人。我曾在此之前,有幸拜读过其中的《楼兰》和《异域人》。我不会忘记,当时在读完这两部历史小说后,我的心情是何等的激动……我既为《楼兰》——这座古西域的一代名城的不幸湮灭而痛心不止,亦为《异域人》中的一代忠臣班超——"立功异域"的伟大业绩钦叹不已……

还有那著名的三十六国,

还有那神秘的塔克拉玛干……

而在当时,我是根本不曾想到,能写出这样功力深厚的西域历史小说的人,竟是一位从未到过中国,基本是"仰仗于正史材料"和"依赖于稗史材料"的日本作家写的。

我想起了去年秋天在新疆,在塔克拉玛干边缘的喀什市,听到的有关这位作家的感人事迹。

由于迎来了中日邦交正常化的光辉时代,井上靖作为日中文化交流协会常任顾问、日中文化交流协会会长,曾先后访问过中国十三次。

---

* 原载 1985 年 9 月 16 日《人民日报》。

他曾三次来到过塔里木盆地,深入过塔克拉玛干地区,游历了他自己小说中的舞台。有一次,他想去看看叶尔羌河(塔里木河的上游支流),不料,却遭到了当地政府的拒绝。当然,他们不是没有理由的。譬如他们担心叶尔羌河水流太急,交通不便,他又年迈体衰等……

然而,井上靖却不是一个好对付的老人,他苦苦纠缠了好几天,到最后,竟流着老泪"扑通"一声,就要给当地政府的有关工作人员下跪:"求求你们,让我去吧,我写了一辈子的西域,一辈子的塔里木河,却从未真正见到过它。现在我好不容易来到了这里,来到了塔里木河畔,你们却不让我亲眼看看,我怎么能甘心呵!……"

老人的如此挚情,深深打动了有关工作人员的心,他们终于想方设法,排除一切困难和障碍,满足了老人的凤愿。

难得一个外国人,能对中国的历史和古文化发生如此浓烈的兴趣,这不仅需要热情,而且需要气魄。由此我突然联想到,为什么西域在中国,而写西域历史小说的人,却在日本,却是日本作家(我国几乎没有一位作家写过这方面的小说)?是我国的作家少,还是质量不如人家?我怎么就从未听说过,我国有哪位作家,去写日本的富士山和明治天皇呢?

还是那次在西行的途中,我遇到了一位叫沈勤的青年画家。他是有感于我国西域的画,都让一位叫平山的日本画家给包了,他憋不下这口气,才特意跑到大西北,发誓也要去生几个"大头儿子"回来的。那天也巧,我们谈话之时,收音机里正好在播送着日本作曲家喜多郎写的《丝绸之路》,沈勤气得一下子把收音机关掉,挥舞着拳头,大声地对我说:"好呵,井上靖在写,平山在画,喜多郎在作曲,西域全让日本人给包了,中国人死绝了!"

我完全可以理解青年画家的怨愤之情。他并不是真的在责怪日本朋友,他是真的在为我国缺乏这方面的人材而痛心疾首!

西行的最后一站,我拐到了南京。因为创作上的某些需要,我找到了南京大学历史系的博士研究生姚大力同志。

他基本属于我的同代人。虽只年长我几岁,但在知识和学问上,却超过我十万八千里。从这个不修边幅、文气十足的未来博士的口中,我又听到了一件不能平静的事情。

包括我国古代西域在内的整个中亚细亚地区,近年来发现了许多钵罗婆文字(古波斯文的一种)。在别的国家发现的这类文字,基本已由这些国家的考古人员研究破译出来了,而在我国发现的一些,却没有人能破译得出来。除了少量的聘请了有关国外的考古专家来认出了一些外,大量的,至今仍放在那里,无人问津。

在我国的国土上,发掘出来的文字,却要请外国人认,这叫什么话嘛!

姚大力的话,在我的本来已经沸腾着的心中,又投下了一颗巨石……

呵!我国的作家、画家、艺术家和考古学家们,你们都在哪里呵?你们难道听不到大西北在对你们殷殷呼唤吗?你们难道看不到古西域艺术在向你们频频招手吗?你们都躲到哪个鬼旮旯去了?你们怎么那么能沉得住气,而我,都快忍不住了呵!

你们为什么不去写,不去画?

莫非你们真的没有才力,没有勇气吗?莫非你们真甘心坐等外国人来研究我们的历史,我们的艺术?

哦,我们古老的五千年文明古国,我们灿烂的大汉、大唐的太阳!——难道你真的沉沦了吗?

不,太阳的暂时沉沦,是为了蕴育另一个更加辉煌无比的白昼。我们伟大的"大唐太阳",也一定会复出东山,普照中华大地的!

到那时,我们的文学艺术,也会冲出国界,走向全世界的。我们的作家、艺术家,也会去写美索不达米亚和爱琴海沿岸的古文明的,也会去画圣索菲亚大教堂和巴黎圣母院的,也会去考察希腊国土上倒塌的墙垣和罗马帝国的古典文明的……

井上靖第三次从西域归来,曾专门写了一篇散文,发表在《人民日报》上。我虽忘了题目,却忘不了那结尾的最后一句:"我惬意地点燃起了从西域归来的第一支烟……"

他老人家惬意了,我却窝下了心病……

(选自1985年9月16日《人民日报》)

【作者简介】

王英琦(1954～　),女,安徽省寿县人。1968年合肥一中毕业后下乡劳动,当过工人、干部、记者。1972年开始发表作品。1980年到安徽省文学艺术研究所从事专业创作。1985年就学于武汉大学中文系作家班,1988年调作协河南分会为专业作家。主要作品有散文集《热土》、《漫漫旅途上的独行客》、《我遗失了什么》、《情到深处》、《美丽的生活着》、《守望灵魂》、《求道者的悲歌》、《背负自己的十字架》等和小说集《爱之厦》、《走向荒漠》,另有电影文学剧本《李清照》。

王英琦是新时期文坛上出现的一位具有鲜明的创作个性的女作家。她的创作具有强烈的人文关怀和人道情感,呼吁文学应向多学科交叉渗透,散文应打破传统单一的美文观,去探寻文化的多元化与人的生存的终极价值和意义。她比较注重散文作者人格的自我修炼及自我完善,提倡作家用整体人格与世界对话。

【作品简析】

王英琦在新时期文坛上是一位敢为人先、个性鲜明的女作家,她曾独自游历人所罕至的西南、西北的僻远之地,有"天涯浪女"之称。她的散文代表着新时期散文创作中作家主体意识的强化和个性意识的张扬。她在作品中从不回避自我,敢于展示自己的内心世界,强调以真情实感来打动读者。因此,作家通过她的散文创作向人们展现出一个热情豪放、真诚坦率、敢爱敢恨、敢为天下先的自我形象。

该文是她20世纪80年代散文创作中的代表作之一。中国近现代以来,由于国力衰弱,所以事事不如人,即使是对本国历史、文化的研究也处于落后状态,这是一个不争的事实。20年代的陈寅恪针对当时北大历史系的毕业生纷纷东渡,到日本去学习中国历史,就发过这样的感慨和希望:"群趋东洋受国史,神州士夫羞欲死。田巴鲁仲两无成,要待诸君洗斯耻。"80年代王英琦的感慨和期望也是由此触发的,只是这位女作家的反应比较情绪化一些。该文是从"我"所仰慕的日本作家井上靖和他闻名于世的"西域小说"写起的。井上靖是一位以研究中日文化交流史和中国古代史著称的日本学者型作家,他的西域小说基本都取材于中国古代西域的名人名城。使"我"感到意外的是:"能写出这样功力深厚的西域历史小说的人,竟是一位从未到过中国,基本是'仰仗于正史材料'和'依赖于稗史材料'的日本作家写的。"更为感人的是这位日本作家对中国西域的深厚感情。中日邦交正常化之后,井上靖终于可以来到中国,亲身游历他自己小说中的舞台。他多次到新疆,有一次他想去看看他小说中经常写到的塔里木河,当地政府的有关人员因为交通不便、河水湍急,而他又年老体衰,没有答应他的要求,他竟要给工作人员下跪,恳求让他一偿夙愿。一个外国人对中国西域历史有这么浓烈的兴趣,使"我"深受感动。由此"我"联想到:为什么西域在中国,而写西域历史小说的人,却在日本,却是日本作家?是我国的作家少,还是质量不如人家?为什么就没有听说过我国有哪位作家去写日本的富士山和明治天皇呢?接下来"我"又进一步发现西域已经成为日本文学艺术家竞相表现的对象:"井上靖在写,平山在画,喜多郎在作曲,西域全让日本人给包了"。这极大地刺激了作家的民族自尊心,为之痛心疾首。而且作家又进一步了解到在中国土地上出土的古波斯文字,中国却没有人能破译,要请外国人辨认。面对中国这种在西域历史、文化研究上的落后现状,作家的急迫之情、焦灼之态溢于言表,忍不住要自己站出来向中国的作家、画家、艺术家和考古学家发出质问和呼吁"你们为什么不去写,不去画? 莫非你们真的没有才力,没有勇气吗?莫非你们真甘心坐等外国人来研究我们的历史,我们的艺术?哦,我们古老的五千年文明古国,我们灿烂的大汉、大唐的太阳!——难道你真的沉沦了吗?"该文与舒婷的《祖国呵,我亲爱的祖国》、骆耕野的《不满》等一样,都典型地代表着新时期文学所特有的精神、气质,它是一种敢于正视落后的现实感和一种高昂的理想主义精神的结合体,它代表着中华民族走出"文革"那种意识形态迷津的又一次觉醒,一种接受现代化的挑战,完成民族振兴大业的理想和勇气。

　　该文有感而发、一气呵成,具有一种打动人心的艺术感染力。文章以"大唐的太阳,你沉沦了吗?"这一设问句作为标题,既促人反思,又极具感召力。作家秉承中国知识分子"风声雨声读书声声声入耳,家事国事天下事事事关心"的感时忧国传统,表现出新时期作家的一种强烈的社会参与意识和昂扬奋发的精神风貌。作家穿越于历史和现实之间,时而回溯历史,时而面对现实,通过历史与现实的反差对比,希望国人能够知耻而近勇,后来而居上,这种穿插、对比手法,极具艺术表现力。作品表现的虽然是一个超出个人的宏大理想,但它是通过作家的强烈的个人感觉来传达的,是作家以情感来拥抱现实的产物,所以它与作家个人性情的流露并不矛盾而是相得益彰。这种真诚、由衷的个人抒情性和强烈的社会历史关怀,正是新时期作家主体意识的特征。作家虽然是位女性,但却没有女性作家常有的阴柔和婉约,相反倒表现出一种男性化的豪放性格、阳刚之气。她的散文也表现出一种宏大的格局,她所关心的不是儿女情、家务事,而是有关民族、人类、历史、文化的宏大主题。这种博大的心胸、宏阔的视野、浓烈的感情和执著的探索精神在当代女作家中是不多见的,所以她的作品在新时期文学史上自然会占据一席之地。

(耿传明)

蝉 声[*]

郭 枫

我爱听蝉,打从很小的时候起。

夏来了,蝉声呼唤着绿阴,绿阴涨满了黄河两岸。

黄河之水天上来,绿阴天上来,蝉儿们的鸣声天上来。多么丰富的夏,多么忙碌的夏!

夏,丰富着哪!在黄河两岸,那大平原,可真是正正式式的大平原;那么平整!那么辽阔!让你张大了眼睛看也看不到边。你要是有一匹好马你只管骑上它往前跑;跑啊!跑啊!看你可能跑到平原的尽头?平原没有边,翻滚在平原上的麦浪也没有边。麦浪,像浩瀚的海洋,摇荡啊摇荡,摇荡着那些庄稼汉的欢笑,摇荡着那些青布包头的大姑娘们的希望,摇荡着那些像石头一样的孩子们傻傻的梦想。麦浪,在六月的阳光下,闪烁着无边无际的金黄。不,闪烁着的是遍地的黄金。

太阳可厉害着哪!它不许人们躺在床上做梦。太阳,漫天地撒下了毒花花的火,燃烧着大地,燃烧着夏天。而蝉儿们是太阳的号手,一大清早,当地面开始蒸腾起热雾,它们便大声地嘶喊:起来,属于土地的人,到田间去。去啊!去收获那满地的黄金,去收获你一年的辛勤。

庄稼汉成群的像一阵风似的出发。然而,六月的北方,可没有风!风是蝉儿的鸣声,风是人的歌唱。风,是喜悦;吹起,自人们的心中。

麦田活动了,那些牛一样的汉子,收割的镰刀比着快,飞扬的山歌比着响。太阳,把兴奋搽在他们的脸上,蝉声起劲地作着啦啦队。

谁能忘记那一片蝉声呢?在太阳能把人烤焦的三伏天,看哪!那

---

[*] 原载《九月的眸光》,台北新地出版社 1986 年版。

一树青条的老柳,垂挂着多少殷勤。赶着路的、做够了活的,来吧!到绿阴里来,到柳丝中来,到蝉声里来。这里有的是成缸的绿豆汤或大麦茶,别问是谁家的?你只管喝吧!喝着凉茶,听着蝉声。蝉声在枝头,蝉声在心头。——撒给你满身的清爽。

谁能忘记那一片蝉声呢?日正当中,老牛在树下嚼沫,老人在树下打盹,上半天忙累的人,用斗笠盖着脸,东倒一个,西歪一个,各自去寻梦。麦场上,曝晒着新收的小麦,黄澄澄的,每一个颗粒都散放着希望的光彩。心房中,存放着祖传的敦厚,傻乎乎的,每一张脸,都流露着自得的颜色。那一片恬静,一片安详!谁都知道,啄食着的小鸡知道,散步着的小猫知道,连呆模呆样在一旁喘着气的小花狗也知道。可是,谁也无法说得出来,谁也无法描画得出来。只有蝉,才会高踞枝头,吟着赞美的诗篇。

谁能忘记那一片蝉声呢?当小麦收割之后,高粱便连天的扯起了"青纱帐",青纱帐是孩子们的儿童乐园,他们的儿童乐园不要票,不要票却送给人大把大把的快乐。孩子们在青纱帐里追逐、打滚、采食甜甜的野甘蔗。从城里回来的"学生",却不妨装模作样地去寻诗去唱情歌,去骗那些天真的姑娘,让她们瞪大圆圆的眼。热了,累了,跑向那古老的黄河,开始另一场战争,然后转移阵地,大伙儿呼啸着去进攻果林或瓜园,蹲在那种很原始的瓜棚下,随便地去享受瓜的甜美。一切都满足了,才班师回家。沿着高榆老柳的浓阴,一路追逐着蝉声;而蝉声,却又一路追逐着他们。

那一片蝉声,真美。

那一片蝉声是图画,那一片蝉声是音乐;画许多绿色的记忆,谱无数优美的灵魂。

那蝉声也是我们生活的课本。

读着蝉的歌唱,吮着泥土的乳汁,快乐而又痛苦地成长起来的人们,都喜爱那一片泥土的芳香,懂得蝉声中那种潇洒、低回、激越的感情,也学会了自由自在的生活,信仰着热切的人生。

在黄河两岸:那些褪了色的城,那些灰黯黯的村落,那些泥土路,那些守信用的花朵。……都像课本,都像蝉声,向我们述说同样的故事——生活,应该恬淡、勤恳和拙朴——而,那无边的大平原,那浩浩荡荡的黄河,那飞扬着的黄沙,狂舞着的白雪,和突然而来突然而去的风暴,却又教给我们另一种榜样——人啊!应该活得爽快,死得坚强。

那些把根扎在黄土里的人们,生与死,都有绚丽的光彩。当抗日的战争,沉重地滚过,土地流着血。于是,愤怒的男人们,擦亮了久藏的枪支,向着抗日的战场,呼啸而去。那些倔强的女人,却擦干了眼泪,挺起腰杆,撑起家的担子。凡是以暴力加给我们的,我们要把暴力还给他们;凡是耀武扬威地来的,我们要让他抱头鼠窜地回去。这是打不倒的族类。中国的希望不灭,人们的心中有火。

1986年6月21日

(选自《九月的眸光》,台北新地出版社1986年版)

【作者简介】

郭枫(1933~2006),江苏省徐州人。1948年就读于南京"国民革命军遗族学校",1949年到台湾,1950年就读于台湾省立台南师范学校,1954年创办《新地》文艺月刊。20世纪50年代崛起于文坛,60年代辍笔十余载,70年代至80年代重新执笔,创作趋于炉火纯青。著有散文《九月的眸光》、《老家的树》、《永恒的岛》等,是台湾文坛上的诗歌高手、散文名家。

【作品简析】

郭枫是台湾"少数有丰富历史意识的作家之一"(许达然语)。丰富而深厚的历史意识贯穿于他的整个散文创作之中。对故乡的眷恋,对人民的热爱,对民族文化的崇敬和弘扬构成了他的基本思想内容。他虽身在海岛,但无时无刻不在思念生他、养他的大陆故土。从20世纪50年代《黄河的怀念》到60年代的《山》,再到80年代的《我想念你,北方》,怀乡情愫越来越热烈而浓重。《老家的树》、《一缕丝》、《寻求一窗灯火》等作品都细腻准确、生动形象地描写了北方农村生活和北方农民坚韧、踏实、刚强的性格与宽广的胸怀,表达了对乡土、民族的真挚的热爱。

此文是他的乡恋散文的代表作之一。作者少小离家,从北方的原野,流落到遥远的台湾孤岛。但北方那母亲般的土地,那辽阔无边的黄淮大平原,那浑厚的庄稼人,以及那里的一草一木,都使他朝思暮想。他的乡恋散文都来自于作家少年时代的乡土生活记忆。该文是从蝉声入手,展开回忆和联想,来抒发怀乡之情的。随着蝉声展现出的是一幅平原盛夏时节"绿阴涨满了黄河两岸"的乡土风景图画。作家是把握住故乡风物的特色来进行描绘、渲染的:夏天在黄河平原上是丰收的季节、忙碌的季节。平展辽阔的大平原一眼看不到边,平原之上是同样看不到边的翻滚的麦浪。平原之上摇荡着的是"庄稼汉的欢笑"、"青布包头的大姑娘们的希望"和"像石头一样的孩子们傻傻的梦想"。蝉声像太阳的号手一样呼唤着这些属于土地的人们,到田间去收获那满地的黄金和一年的辛勤。夏天的平原上洋溢着的是一种丰收的喜悦和劳动的快乐。

作家并不止于描绘一幅浮光掠影的乡土风情画,而且是要着力把握住乡土的灵魂,一种乡土风情之中潜藏着的文化底蕴。所以作家进而要揭示的是平原上的人们那么一种乐天知命、恬淡安详、自在自为、天地人浑然一体的自然和谐的生命状态。在太阳能把人烤焦的三伏天,那一树青条的老柳,垂挂着多少殷勤,召唤着那些赶着路的、做够了活的人们到绿阴里来,到柳丝中来,到蝉声中来,喝着凉茶,听着蝉声,享受那满身的清凉。蝉声中的正午时分,老牛在树下嚼沫,老人在树下打盹,忙累了的人们,用斗笠盖着脸,东倒一个,西歪一个,各自去寻梦。麦场上是新收的小麦,心房里是祖传的敦厚,那种恬静,那种安详,的确是难以言表的,是为中国乡土文化所独有的情调、韵味和境界。只有"蝉"才能理解这种生活方式、生存状态中的诗意和自在,所以它高踞枝头,为村民和土地唱起了赞美的诗篇。麦收之后的遮天蔽日的青纱帐,又是平原上的另一种美。青纱帐是儿童、少年们的乐园,他们可以在青纱帐里尽情地玩耍,热了,累了,就跳进黄河里游泳,然后跑到果林、瓜园里去品尝新鲜的瓜果,一切都满足了,才班师回家。就这样,"读着蝉的歌唱,吮着泥土的乳汁,快乐而又痛苦地成长起来的人们,都喜爱那一片泥土的芳香,懂得蝉声中那种潇洒、低回、激越的感情,也学会了自由自在的生活,信仰着热切的人生"。平原上的一切向人们启示着这样的人生哲理:那就是"生活,应该恬淡、勤恳和拙朴","人啊!应该活得爽快,死得坚强"。这些把根扎在黄土里的人们,当民族灾难来临之际,生与死都迸发出了绚丽的光彩。男人们勇敢地走上了抗日的战场,女人们擦干泪水,挺起腰杆,撑起了家的担子。朋友来了有好酒,豺狼来了有钢枪,这些纯朴、刚强的庄稼汉们,才是我们民族的脊梁。

与台湾的大多数乡恋文学一样,作家是以异乡的眼、故乡的心来抒发他的思乡之情的,这种乡土感情没有因为离乡背井和三十余年的时间阻隔而淡化,而是更为浓烈了。也正是有这样巨大的时空距离和潜在的时空对照,作家对故乡的情感进一步地提纯、升华了,已经不再是单纯的有关个人哀乐的乡土生活回忆,而是上升为对乡土文化、民族性格、民族精神的歌颂和赞美,展示和弘扬。这种乡土之爱、民族之爱与一种深厚的历史人文关怀融为一体,构成了郭枫创作中的浓烈的诗情的源泉。该文在艺术构思上非常巧妙,赋予了"蝉声"这一自然的音响以浓厚的象征意蕴,假这种天籁之声唱出了无言的土地、沉默的村民的生命之歌,既具有浓烈的抒情性,又具有深邃的哲理性。整个作品情景交融,浑然天成,生气贯注,质朴动人,颇富诗情画意,达到了一种很高的艺术境界。

(耿传明)

我与地坛[*]

史 铁 生

一

　　我在好几篇小说中都提到过一座废弃的古园,实际就是地坛。许多年前旅游业还没有开展,园子荒芜冷落得如同一片野地,很少被人记起。

　　地坛离我家很近。或者说我家离地坛很近。总之,只好认为这是缘分。地坛在我出生前四百多年就坐落在那儿了,而自从我的祖母年轻时带着我父亲来到北京,就一直住在离它不远的地方——五十多年间搬过几次家,可搬来搬去总是在它周围,而且是越搬离它越近了。我常觉得这中间有着宿命的味道:仿佛这古园就是为了等我,而历尽沧桑在那儿等待了四百多年。

　　它等待我出生,然后又等待我活到最狂妄的年龄上忽地残废了双腿。四百多年里,它一面剥蚀了古殿檐头浮夸的琉璃,淡褪了门壁上炫耀的朱红,坍圮了一段段高墙又散落了玉砌雕栏,祭坛四周的老柏树愈见苍幽,到处的野草荒藤也都茂盛得自在坦荡。这时候想必我是该来了。十五年前的一个下午,我摇着轮椅进入园中,它为一个失魂落魄的人把一切都准备好了。那时,太阳循着亘古不变的路途正越来越大,也越红。在满园弥漫的沉静光芒中,一个人更容易看到时间,并看见自己的身影。

　　自从那个下午我无意中进了这园子,就再没长久地离开过它。我

---

[*] 原载《上海文学》1991年第1期。

一下子就理解了它的意图。正如我在一篇小说中所说的:"在人口密聚的城市里,有这样一个宁静的去处,像是上帝的苦心安排。"

两条腿残废后的最初几年,我找不到工作,找不到去路,忽然间几乎什么都找不到了,我就摇了轮椅总是到它那儿去,仅为着那儿是可以逃避一个世界的另一个世界。我在那篇小说中写道:"没处可去我便一天到晚耗在这园子里。跟上班下班一样,别人去上班我就摇了轮椅到这儿来。园子无人看管,上下班时间有些抄近路的人们从园中穿过,园子里活跃一阵,过后便沉寂下来。""园墙在金晃晃的空气中斜切下一溜荫凉,我把轮椅开进去,把椅背放倒,坐着或是躺着,看书或者想事,撅一权树枝左右拍打,驱赶那些和我一样不明白为什么要来这世上的小昆虫。""蜂儿如一朵小雾稳稳地停在半空;蚂蚁摇头晃脑捋着触须,猛然间想透了什么,转身疾行而去;瓢虫爬得不耐烦了,累了祈祷一回便支开翅膀,忽悠一下升空了;树干上留着一只蝉蜕,寂寞如一间空屋;露水在草叶上滚动,聚集,压弯了草叶轰然坠地摔开万道金光。""满园子都是草木竞相生长弄出的响动,窸窸窣窣片刻不息。"这都是真实的记录,园子荒芜但并不衰败。

除去几座殿堂我无法进去,除去那座祭坛我不能上去而只能从各个角度张望它,地坛的每一棵树下我都去过,差不多它的每一米草地上都有过我的车轮印。无论是什么季节,什么天气,什么时间,我都在这园子里呆过。有时候呆一会儿就回家,有时候就呆到满地上都亮起月光。记不清都是在它的哪些角落里了。我一连几小时专心致志地想关于死的事,也以同样的耐心和方式想过我为什么要出生。这样想了好几年,最后事情终于弄明白了:一个人,出生了,这就不再是一个可以辩论的问题,而只是上帝交给他的一个事实;上帝在交给我们这件事实的时候,已经顺便保证了它的结果,所以死是一件不必急于求成的事,死是一个必然会降临的节日。这样想过之后我安心多了,眼前的一切不再那么可怕。比如你起早熬夜准备考试的时候,忽然想起有一个长长的假期在前面等待你,你会不会觉得轻松一点?并且庆幸并且感激这样的安排?

剩下的就是怎样活的问题了,这却不是在某一个瞬间就能完全想透的、不是一次性能够解决的事,怕是活多久就要想它多久了,就像是伴你终生的魔鬼或恋人。所以,十五年了,我还是总得到那古园里去、去它的老树下或荒草边或颓墙旁,去默坐,去呆想,去推开耳边的嘈杂理一理纷乱的思绪,去窥看自己的心魂。十五年中,这古园的形体被不能理解它的人肆意雕琢,幸好有些东西是任谁也不能改变它的。譬如祭坛石门中的落日,寂静的光辉平铺的一刻,地上的每一个坎坷都被映照得灿烂;譬如在园中最为落寞的时间,一群雨燕便出来高歌,把天地都叫喊得苍凉;譬如冬天雪地上孩子的脚印,总让人猜想他们是谁,曾在哪儿做过些什么,然后又都到哪儿去了;譬如那些苍黑的古柏,你忧郁的时候它们镇静地站在那儿,你欣喜的时候它们依然镇静地站在那儿,它们没日没夜地站在那儿从你没有出生一直站到这个世界上又没了你的时候;譬如暴雨骤临园中,激起一阵阵灼烈而清纯的草木和泥土的气味,让人想起无数个夏天的事件;譬如秋风忽至,再有一场早霜,落叶或飘摇歌舞或坦然安卧,满园中播散着熨帖而微苦的味道。味道是最说不清楚的。味道不能写只能闻,要你身临其境去闻才能明了。味道甚至是难于记忆的,只有你又闻到它你才能记起它的全部情感和意蕴。所以我常常要到那园子里去。

二

现在我才想到,当年我总是独自跑到地坛去,曾经给母亲出了一个怎样的难。

她不是那种光会疼爱儿子而不懂得理解儿子的母亲。她知道我心里的苦闷,知道不该阻止我出去走走,知道我要是老呆在家里结果会更糟,但她又担心我一个人在那荒僻的园子里整天都想些什么。我那时脾气坏到极点,经常是发了疯一样地离开家,从那园子里回来又中了魔似地什么话都不说。母亲知道有些事不宜问,便犹犹豫豫地想问而终于不敢问,因为她自己心里也没有答案。她料想我不会愿意她跟我一同去,所以她从未这样要求过,她知道得给我一点独处的时间,得有这样一段过程。她只是不知道这过程得要多久,和这过程的尽头究竟是什么。每次我要动身时,她便无言地帮我准备,帮助我上了轮椅车,看着我摇车拐出小院;这以后她会怎样,当年我不曾想过。

有一回我摇车出了小院,想起一件什么事又返身回来,看见母亲仍站在原地,还是送我走时的姿势,望着我拐出小院去的那处墙角,对我的回来竟一时没有反应。待她再次送我出门的时候,她说:"出去活动活动,去地坛看看书,我说这挺好。"许多年以后我才渐渐听出,母亲这话实际上是自我安慰,是暗自的祷告,是给我的提示,是恳求与嘱咐。只是在她猝然去世之后,我才有余暇设想。当我不在家里的那些漫长的时间,她是怎样心神不定坐卧难宁,兼着痛苦与惊恐与一个母亲最低限度的祈求。现在我可以断定,以她的聪慧和坚忍,在那些空落的白天后的黑夜,在那不眠的黑夜后的白天,她思来想去最后准是对自己说:"反正我不能不让他出去,未来的日子是他自己的,如果他真的要在那园子里出了什么事,这苦难也只好我来承担。"在那段日子里——那是好几年长的一段日子,我想我一定使母亲作过了最坏的准备了,但她从来没有对我说过:"你为我想想"。事实上我也真的没为她想过。那时她的儿子,还太年轻,还来不及为母亲想,他被命运击昏了头,一心以为自己是世上最不幸的一个,不知道儿子的不幸在母亲那儿总是要加倍的。她有一个长到二十岁上忽然截瘫了的儿子,这是她唯一的儿子;她情愿截瘫的是自己而不是儿子,可这事无法代替;她想,只要儿子能活下去哪怕自己去死呢也行,可她又确信一个人不能仅仅是活着,儿子得有一条路走向自己的幸福;而这条路呢,没有谁能保证她的儿子终于能找到。——这样一个母亲,注定是活得最苦的母亲。

有一次与一个作家朋友聊天,我问他学写作的最初动机是什么?他想了一会说:"为我母亲。为了让她骄傲。"我心里一惊,良久无言。回想自己最初写小说的动机,虽不似这位朋友的那般单纯,但如他一样的愿望我也有,且一经细想,发现这愿望也在全部动机中占了很大比重。这位朋友说:"我的动机太低俗了吧?"我光是摇头,心想低俗并不见得低俗,只怕是这愿望过于天真了。他又说:"我那时真就是想出名,出了名让别人羡慕我母亲。"我想,他比我坦率。我想,他又比我幸福,因为他的母亲还活着。而且我想,他的母亲也比我的母亲运气好,他的母亲没有一个双腿残废的儿子,否则事情就不这么简单。

在我的头一篇小说发表的时候,在我的小说第一次获奖的那些日子里,我真是多么希望我的母亲还活着。我便又不能在家里呆了,又整天整天独自跑到地坛去,心里是没头没尾的沉郁和哀怨,走遍整个园子却怎么也想不通:母亲为什么就不能再多活两年?为什么在她儿子就快要碰撞开一条路的时候,她却忽然熬不住了?莫非她来此世上只是为了替儿子担忧,却不该分享我的一点点快乐?她匆匆离我去时才只有四十九呀!有那么一会,我甚至对世界对上帝充满了仇恨和厌恶。后来我在一篇题为"合欢树"的文章中写道:"我坐在小公园安静的树林里,闭上眼睛,想,上帝为什么早早地召母亲回去呢?很久很久,迷迷糊糊的我听见了回答:'她心里太苦了,上帝看她受不住了,就召她回去。'我似乎得了一点安慰,睁开眼睛,看见风正从树林里穿过。"小公园,指的也是地坛。

只是到了这时候,纷纭的往事才在我眼前幻现得清晰,母亲的苦难与伟大才在我心中渗透得深彻。上帝的考虑,也许是对的。

摇着轮椅在园中慢慢走,又是雾罩的清晨,又是骄阳高悬的白昼,我只想着一件事:母亲已经不在了。在老柏树旁停下,在草地上在颓墙边停下,又是处处虫鸣的午后,又是鸟儿归巢的傍晚,我心里只默念着一句话:可是母亲已经不在了。把椅背放倒,躺下,似睡非睡挨到日没,坐起来,心神恍惚,呆呆地直坐到古祭坛上落满黑暗然后再渐渐浮起月光,心里才有点明白,母亲不能再来这园中找我了。

曾有过好多回,我在这园子里呆得太久了,母亲就来找我。她来找我又不想让我发觉,只要见我还好好地在这园子里,她就悄悄转身回去,我看见过几次她的背影。我也看见过几回她四处张望的情景,她视力不好,端着眼镜像在寻找海上的一条船,她没看见我时我已经看见她了,待我看见她也看见我了我就不去看她,过一会我再抬头看她就又看见她缓缓离去的背影。我单是无法知道有多少回她没有找到我。有一回我坐在矮树丛中,树丛很密,我看见她没有找到我;她一个人在园子里走,走过我的身旁,走过我经常呆的一些地方,步履茫然又急迫。我不知道她已经找了多久还要找多久,我不知道为什么我决意不喊她——但这绝不是小时候的捉迷藏,这也许是出于长大了的男孩子的倔强或羞涩?但这倔只留给我痛悔,丝毫也没有骄傲。我真想告诫所有长大了的男孩子,千万不要跟母亲来这套倔强,羞涩就更不必,我已经懂了可我已经来不及了。

儿子想使母亲骄傲,这心情毕竟是太真实了,以致使"想出名"这一声名狼藉的念头也多少改变了一点形象。这是个复杂的问题,且不去管它了罢。随着小说获奖的激动逐日暗淡,我开始相信,至少有一点我是想错了:我用纸笔在报刊上碰撞开的一条路,并不就是母亲盼望我找到的那条路。年年月月我都到这园子里来,年年月月我都要想,母亲盼望我找到的那条路到底是什么。母亲生前没给我留下过什么隽永的哲言,或要我恪守的教诲,只是在她去世之后,她艰难的命运,坚忍的意志和毫不张扬的爱,随光阴流转,在我的印象中愈加鲜明深刻。

有一年,十月的风又翻动起安详的落叶,我在园中读书,听见两个散步的老人说:"没想到这园子有这么大。"我放下书,想,这么大一座园子,要在其中找到她的儿子,母亲走过了多少焦灼的路。多年来我头一次意识到,这园中不单是处处都有过我的车辙,有过我的车辙的地方也都有过母亲的脚印。

三

如果以一天中的时间来对应四季,当然春天是早晨,夏天是中午,秋天是黄昏,冬天是夜晚。如果以乐器来对应四季,我想春天应该是小号,夏天是定音鼓,秋天是大提琴,冬天是圆号和长笛。要是以这园子里的声响来对应四季呢?那么,春天是祭坛上空漂浮着的鸽子的哨音,夏天是冗长的蝉歌和杨树叶子哗啦啦地对蝉歌的取笑,秋天是古殿檐头的风铃响,冬天是啄木鸟随意而空旷的啄木声。以园中的景物对应四季,春天是一径时而苍白时而黑润的小路,时而明朗时而阴晦的天上摇荡着串串扬花;夏天是一条条耀眼而灼人的石凳,或阴凉而爬满了青苔的石阶,阶下有果皮,阶上有半张被坐皱的报纸;秋天是一座青铜的大钟,在园子的西北角上曾丢弃着一座很大的铜钟,铜钟与这园子一般年纪,浑身挂满绿锈,文字已不清晰;冬天,是林中空地上几只羽毛蓬松的老麻雀。以心绪对应四季呢?春天是卧病的季节,否则人们不易发觉春天的残忍与渴望;夏天,情人们应该在这个季节里失恋,不然就似乎对不起爱情;秋天是从外面买一棵盆花回家的时候,把花搁在阔别了的家中,并且打开窗户把阳光也放进屋里,慢慢回忆慢慢整理一些发过霉的东西;冬天伴着火炉和书,一遍遍坚定不死的决心,写一些并不发出的信。还可以用艺术形式对应四季,这样春天就是一幅画,夏天是一部长篇小说,秋天是一首短歌或诗,冬天是一群雕塑。以梦呢?以梦对应四季呢?春天是树尖上的呼喊,夏天是呼喊中的细雨,秋天是细雨中的土地,冬天是干净的土地上的一只孤零的烟斗。

因为这园子,我常感恩于自己的命运。

我甚至现在就能清楚地看见,一旦有一天我不得不长久地离开它,我会怎样想念它,我会怎样想念它并且梦见它,我会怎样因为不敢想念它而梦也梦不到它。

四

现在让我想想,十五年中坚持到这园子来的人都是谁呢?好像只剩了我和一对老人。

十五年前,这对老人还只能算是中年夫妇,我则货真价实还是个青年。他们总是在薄暮时分来园中散步,我不大弄得清他们是从哪边的园门进来,一般来说他们是逆时针绕这园子走。男人个子很高,肩宽腿长,走起路来目不斜视,胯以上直至脖颈挺直不动;他的妻子攀了他一条胳膊走,也不能使他的上身稍有松懈。女人个子却矮,也不算漂亮,我无端地相信她必出身于家道中衰的名门富族;她攀在丈夫胳膊上像个娇弱的孩子,她向四周观望似总含着恐惧,她轻声与丈夫谈话,见有人走近就立刻怯怯地收住话头。我有时因为他们而想起冉阿让与柯赛特,但这想法并不巩固,他们一望即知是老夫老妻。两个人的穿着都算得上考究,但由于时代的演进,他们的服饰又可以称为古朴了。他们和我一样,到这园子里来几乎是风雨无阻,不过他们比我守时。我什么时间都可能来,他们则一定是在暮色初临的时候。刮风时他们穿了米色风衣,下雨时他们打了黑色的雨伞,夏天他们的衬衫是白色的裤子是黑色的或米色的,冬天他们的呢子大衣又都是黑色的,想必他们只喜欢这三种颜色。他们逆时针绕这园子一周,然后离去。他们走过我身旁时只有男人的脚步响,女人像是贴在高大的丈夫身上跟着漂移。我相信他们一定对我有印象,但是我们没有说过话,我们互相都没有想要接近的表示。十五年中,他们或许注意到一个小伙子进入了中年,我则看着一对令人羡慕的中年情侣不觉中成了两个老人。

曾有过一个热爱唱歌的小伙子,他也是每天都到这园中来,来唱歌,唱了好多年,后来不见了。他的年纪与我相仿,他多半是早晨来,唱半小时或整整唱一个上午,估计在另外的时间里他还得上班。我们经常在祭坛东侧的小路上相遇,我知道他是到东南角的高墙下去唱歌,他一定猜想我去东北角的树林里做什么。我找到我的地方,抽几口烟,便听见他谨慎地整理歌喉了。他反反复复唱那么几首歌。文化革命没过去的时候,他唱"蓝蓝的天上白云飘,白云下面马儿跑……"我老也记不住这歌的名字。文革后,他唱《货郎与小姐》中那首最为流传的咏叹调。"卖布——卖布嘞,卖布——卖布嘞!"我记得这开头的一句他唱得很有声势,在早晨清澈的空气中,货郎跑遍园中的每一个角落去恭维小姐。"我交了好运气,我交了好运气,我为幸福唱歌曲……"然后他就一遍一遍地唱,不让货郎的激情稍减。依我听来,他的技术不算精到,在关键的地方常出差错,但他的嗓子是相当不坏的,而且唱一个上午也听不出一点疲惫。太阳也不疲惫,把大树的影子缩小成一团,把疏忽大意的蚯蚓晒干在小路上。将近中午,我们又在祭坛东侧相遇,他看一看我,我看一看他,他往北去,我往南去。日子久了,我感到我们都有结识的愿望,但似乎都不知如何开口,于是互相注视一下终又都移开目光擦身而过。这样的次数一多,便更不知如何开口了。终于有一天——一个丝毫没有特点的日子,我们互相点了一下头。他说:"你好。"我说:"你好。"他说:"回去啦?"我说:"是,你呢?"他说:"我也该回去了。"我们都放慢脚步(其实我是放慢车速),想再多说几句,但仍然是不知从何说起,这样我们就都走过了对方,又都扭转身子面向对方。他说:"那就再见吧。"我说:"好,再见。"便互相笑笑各走各的路了。但是我们没有再见,那以后,园中再没了他的歌声,我才想到,那天他或许是有意与我道别的,也许他考上了哪家专业文工团或歌舞团了吧?真希望他如他歌里所唱的那样,交了好运气。

还有一些人,我还能想起一些常到这园子里来的人。有一个老头,算得一个真正的饮者;他在腰间挂一个扁瓷瓶,瓶里当然装满了酒,常来这园中消磨午后的时光。他在园中四处游逛,如果你不注意你会以为园中有好几个这样的老头,等你看过了他卓尔不群的饮酒情状,你就会相信这是个独一无二的老头。他的衣着过分随便,走路的姿态也不慎重,走上五六十米路便选定一处地方,一只脚踏在石凳上或土埂上或树墩上,解下腰间的酒瓶,解酒瓶的当儿眯起眼睛把一百八十度视角内的景物细细看一遭,然后以迅雷不及掩耳之势倒一大口酒入肚,把酒瓶摇一摇再挂向腰间,平心静气地想一会什么,便走下一个五六十米去。还有一个捕鸟的汉子,那岁月园中人少,鸟却多,他在西北角的树丛中拉一张网,鸟撞在上面,羽毛戗在网眼里便不能自拔。他单等一种过去很多而现在非常罕见的鸟,其它的鸟撞在网上他就把它们摘下来放掉,他说已经有好多年没等到那种罕见的鸟,他说他再等一年看看到底还有没有那种鸟,结果他又等了好多年。早晨和傍晚,在这园子里可以看见一个中年女工程师;早晨她从北向南穿过这园子去上班,傍晚她从南向北穿过这园子回家。事实上我并不了解她的职业或者学历,但我以为她必是学理工的知识分子,别样的人很难有她那般的素朴并优雅。当她在园子穿行的时刻,四周的树林也仿佛更加幽静,清淡的日光中竟似有悠远的琴声,比如说是那曲《献给艾丽丝》才好。我没有见过她的丈夫,没有见过那个幸运的男人是什么样子,我想象过却想象不出,后来忽然懂了想象不出才好,那个男人最好不要出现。她走出北门回家去。我竟有点担心,担心她会落入厨房,不过,也许她在厨房里劳作的情景更有另外的美吧,当然不能再是《献给艾丽丝》,是个什么曲子呢?还有一个人,是我的朋友,他是个最有天赋的长跑家,但他被埋没了。他因为在"文革"中出言不慎而坐了几年牢,出来后好不容易找了个拉板车的工作,样样待遇都不能与别人平等,苦闷极了便练习长跑。那时

221

他总来这园子里跑,我用手表为他计时。他每跑一圈向我招下手,我就记下一个时间。每次他要环绕这园子跑二十圈,大约两万米。他盼望以他的长跑成绩来获得政治上真正的解放,他以为记者的镜头和文字可以帮他做到这一点。第一年他在春节环城赛上跑了第十五名,他看见前十名的照片都挂在了长安街的新闻橱窗里,于是有了信心。第二年他跑了第四名,可是新闻橱窗里只挂了前三名的照片,他没灰心。第三年他跑了第七名,橱窗里挂前六名的照片,他有点怨自己。第四年他跑了第三名,橱窗里却只挂了第一名的照片。第五年他跑了第一名——他几乎绝望了,橱窗里只有一幅环城赛群众场面的照片。那些年我们俩常一起在这园子里呆到天黑,开怀痛骂,骂完沉默着回家,分手时再互相叮嘱:先别去死,再试着活一活看。现在他已经不跑了,年岁太大了,跑不了那么快了。最后一次参加环城赛,他以三十八岁之龄又得了第一名并破了纪录,有一位专业队的教练对他说:"我要是十年前发现你就好了。"他苦笑一下什么也没说,只在傍晚又来这园中找到我,把这事平静地向我叙说一遍。不见他已有好几年了,现在他和妻子和儿子住在很远的地方。

这些人现在都不到园子里来了,园子里差不多完全换了一批新人。十五年前的旧人,现在就剩我和那对老夫老妻了。有那么一段时间,这老夫老妻中的一个也忽然不来,薄暮时分唯男人独自来散步,步态也明显迟缓了许多,我悬心了很久,怕是那女人出了什么事。幸好过了一个冬天那女人又来了,两个人仍是逆时针绕着园子走,一长一短两个身影恰似钟表的两支指针。女人的头发白了许多,但依旧攀着丈夫的胳膊走得像个孩子。"攀"这个字用得不恰当了,或许可以用"搀"吧,不知有没有兼具这两个意思的字。

五

我也没有忘记一个孩子——一个漂亮而不幸的小姑娘。十五年前的那个下午,我第一次到这园子里来就看见了她,那时她大约三岁,蹲在斋宫西边的小路上捡树上掉落的"小灯笼"。那儿有几棵大梨树,春天开一簇簇细小而稠密的黄花,花落了便结出无数如同三片叶子合抱的小灯笼,小灯笼先是绿色,继而转白,再变黄,成熟了掉落得满地都是。小灯笼精巧得令人爱惜,成年人也不免捡了一个还要捡一个。小姑娘咿咿呀呀地跟自己说着话,一边捡小灯笼;她的嗓音很好,不是她那个年龄所常有的那般尖细,而是很圆润甚或是厚重,也许是因为那个下午园子里太安静了。我奇怪这么小的孩子怎么一个人跑来这园子里?我问她住在哪儿?她随便指一下,就喊她的哥哥,沿墙根一带的茂草之中便站起一个七八岁的男孩,朝我望望,看我不像坏人便对他的妹妹说:"我在这儿呢",又伏下身去,他在捉什么虫子。他捉到螳螂、蚂蚱、知了和蜻蜓,来取悦他的妹妹。有那么两三年,我经常在那几棵大梨树下见到他们,兄妹俩总是在一起玩,玩得和睦融洽,都渐渐长大了些。之后有很多年没见到他们。我想他们都在学校里吧,小姑娘也到了上学的年龄,必是告别了孩提时光,没有很多机会来这儿玩了。这事很正常,没理由太搁在心上,若不是有一年我又在园中见到他们,肯定就会慢慢把他们忘记。

那是个礼拜日的上午。那是个晴朗而令人心碎的上午,时隔多年,我竟发现那个漂亮的小姑娘原来是个弱智的孩子。我摇着车到那几棵大栾树下去,恰又是遍地落满了小灯笼的季节。当时我正为一篇小说的结尾所苦,既不知为什么要给它那样一个结尾,又不知何以忽然不想让它有那样一个结尾,于是从家里跑出来,想依靠着园中的镇静,看看是否应该把那篇小说放弃。我刚刚把车停下,就见前面不远处有几个人在戏耍一个少女,作出怪样子来吓她,又喊又笑地追逐她拦截她,少女在几棵大树间惊惶地东跑西躲,却不松手揪卷在怀里的裙裾,两条腿袒露着也似毫无察觉。我看出少女的智力是有些缺陷,却还没看出她是谁。我正要驱车上前为少女解围,就见远处飞快地骑车来了个小伙子,于是那几个戏耍少女的家伙望风而逃。小伙子把自行车支在少女近旁,怒目望着那几个四散逃窜的家伙,一声不吭喘着粗气。脸色如暴雨前的天空一样一会比一会苍白。这时我认出了他们,小伙子和少女就是当年那对小兄妹。我几乎是在心里惊叫了一声,或者是哀号。世上的事常常使上帝的居心变得可疑。小伙子向他的妹妹走去。少女松开了手,裙裾随之垂落了下来,很多很多她捡的小灯笼便洒落了一地,铺散在她脚下。她仍然算得漂亮,但双眸迟滞没有光彩。她呆呆地望那群跑散的家伙,望着极目之处的空寂,凭她的智力绝不可能把这个世界想明白吧?大树下,破碎的阳光星星点点,风把遍地的小灯笼吹得滚动,仿佛暗哑地响着无数小铃铛。哥哥把妹妹扶上自行车后座,带着她无言地回家去了。

无言是对的。要是上帝把漂亮和弱智这两样东西都给了这个小姑娘,就只有无言和回家去是对的。

谁又能把这世界想个明白呢?世上的很多事是不堪说的。你可以抱怨上帝何以要降诸多苦难给这人间,你也可以为消灭种种苦难而奋斗,并为此享有崇高与骄傲,但只要你再多想一步你就会坠入深深的迷茫了:假如世界上没有了苦难,世界还能够存在么?要是没有愚钝,机智还有什么光荣呢?要是没了丑陋,漂亮又怎么维系自己的幸运?要是没有了恶劣和卑下,善良与高尚又将如何界定自己又如何成为美德呢?要是没有了残疾,健全会否因其司空见惯而变得腻烦和乏味呢?我常梦想着在人间彻底消灭残疾,但可以相信,那时将由患病者代替残疾人去承担同样的苦难。如果能够把疾病也全数消灭,那么这份苦难又将由(比如说)相貌丑陋的人去承担了。就算我们连丑陋,连愚昧和卑鄙和一切我们所不喜欢的事物和行为,也都可以统统消灭掉,所有的人都一样健康、漂亮、聪慧、高尚,结果会怎样呢?怕是人间的剧目就全要收场了,一个失去差别的世界将是一条死水,是一块没有感觉没有肥力的沙漠。

看来差别永远是要有的。看来就只好接受苦难——人类的全部剧目需要它,存在的本身需要它。看来上帝又一次对了。

于是就有一个最令人绝望的结论等在这里:由谁去充任那些苦难的角色?又由谁去体现这世间的幸福,骄傲和快乐?只好听凭偶然,是没有道理好讲的。

就命运而言,休论公道。

那么,一切不幸命运的救赎之路在哪里呢?

设若智慧的悟性可以引领我们去找到救赎之路,难道所有的人都能够获得这样的智慧和悟性吗?

我常以为是丑女造就了美人。我常以为是愚氓举出了智者。我常以为是懦夫衬照了英雄。我常以为是众生度化了佛祖。

六

设若有一位园神,他一定早已注意到了,这么多年我在这园里坐着,有时候是轻松快乐的,有时候是沉郁苦闷的,有时候优哉游哉,有时候栖惶落寞,有时候平静而且自信,有时候又软弱,又迷茫。其实总共只有三个问题交替着来骚扰我,来陪伴我。第一个是要不要去死?第二个是为什么活?第三个,我干嘛要写作?

现在让我看看,它们迄今都是怎样编织在一起的吧。

你说,你看穿了死是一件无需乎着急去做的事,是一件无论怎样耽搁也不会错过的事,便决定活下去试试?是的,至少这是很关键的因素。为什么要活下去试试呢?好像仅仅是因为不甘心,机会难得,不试白不试,腿反正是完了,一切仿佛都要完了,但死神很守信用,试一试不会额外再有什么损失。说不定倒有额外的好处呢是不是?我说过,这一来我轻松多了,自由多了。为什么要写作呢?作家是两个被人看重的字,这谁都知道。为了让那个躲在园子深处坐轮椅的人,有朝一日在别人眼里也稍微有点光彩,在众人眼里也能有个位置,哪怕那时再去死呢也就多少说得过去了,开始的时候就是这样想,这不用保密,这些现在不用保密了。

我带着本子和笔,到园中找一个最不为人打扰的角落,偷偷地写。那个爱唱歌的小伙子在不远的地方一直唱。要是有人走过来,我就把本子合上把笔叨在嘴里。我怕写不成反落得尴尬。我很要面子。可是你写成了,而且发表了。人家说我写的还不坏,他们甚至说:真没想到你写得这么好。我心说你们没想到的事还多着呢。我确实有整整一宿高兴得没合眼。我很想让那个唱歌的小伙子知道,因为他的歌也毕竟是唱得不错。我告诉我的长跑家朋友的时候,那个中年女工程师正优雅地在园中穿行。长跑家很激动,他说好吧,我玩命跑,你玩命写。这一来你中了魔了,整天都在想哪一件事可以写,哪一个人可以让你写成小说。是中了魔了,我走到哪儿想到哪儿,在人山人海里只寻找小说,要是有一种小说试剂就好了,见人就滴两滴看他是不是一篇小说,要是有一种小说显影液就好了,把它泼满全世界看看都是哪儿有小说,中了魔了,那时我完全是为了写作活着。结果你又发表了几篇,并且出了一点小名,可这时你越来越感到恐慌。我忽然觉得自己活得像个人质,刚刚有点像个人了却又过了头,像个人质,被一个什么阴谋抓了来当人质,不定哪天被处决,不定哪天就完蛋。你担心要不了多久你就会文思枯竭,那样你就又完了。凭什么我总能写出小说来呢?凭什么那些适合作小说的生活素材就总能送到一个截瘫者跟前来呢?人家满世界跑都有枯竭的危险,而我坐在这园子里凭什么可以一篇接一篇地写呢?你又想到死了。我想见好就收吧。当一名人质实在是太累了太紧张了,太朝不保夕了。我为写作而活下来,要是写作到底不是我应该干的事,我想我再活下去是不是太冒傻气了?你这么想着你却还在绞尽脑汁地想写。我好歹又拧出点水来,从一条快要晒干的毛巾上。恐慌日甚一日,随时可能完蛋的感觉比完蛋本身可怕多了,所谓不怕贼偷就怕贼惦记,我想人不如死了好,不如不出生的好,不如压根儿没有这个世界的好。可你并没有去死。我又想到那是一件不必着急的事。可是不必着急的事并不证明是一件必要拖延的事呀?你总是决定活下来,这说明什么?是的,我还是想活。人为什么活着?因为人想活着,说到底是这么回事,人真正的名字叫作:欲望。可我不怕死,有时候我真的不怕死。有时候——说对了。不怕死和想去死是两回事,有时候不怕死的人是有的,一生下来就不怕死的人是没有的。我有时候倒是怕活。可是怕活不等于不想活呀?可我为什么还想活呢?因为你还想得到点什么,你觉得你还是可以得到点什么的,比如说爱情,比如说价值之类,人真正的名字叫欲望。这不对吗?我不该得到点什么吗?没说不该。可我为什么活得恐慌,就像个人质?后来你明白了,你明白你错了,活着不是为了写作,而写作是为了活着。你明白了这一点是在一个挺滑稽的时刻。那天你又说你不如死了好,你的一个朋友劝你:你不能死,你还得写呢,还有好多好作品等着你去写呢。这时候你忽然明白了,你说:只是因为我活着,我才不得不写作。或者说只是因为你还想活下去,你才不得不写作。是的,这样说过之后我竟然不那么恐慌了。就像你看穿了死之后所得的那份轻松。一个人质报复一场阴谋的最有效的办法是把自己杀死。我看出我得先把我杀死在市场上,那样我就不用参加抢购题材的风潮了。你还写吗?还写。你真的不得不写吗?人都忍不住要为生存找一些牢靠的理由。你不担心你会枯竭了?我不知道,不过我想,活着的问题在死前是完不了的。

这下好了,您不再恐慌了不再是个人质了,您自由了。算了吧你,我怎么可能自由呢?别忘了人真正的名字是:欲望。所以您得知道,消灭恐慌的最有效的办法就是消灭欲望。可是我还知道,消灭人性的最有效的办法也是消灭欲望。那么,是消灭欲望同时也消灭恐慌呢?还是保留欲望同时也保留人生?

我在这园子里坐着,我听见园神告诉我,每一个有激情的演员都难免是一个人质。每一个懂得欣赏的观众都巧妙地粉碎了一场阴谋。每一个乏味的演员都是因为他老以为这戏剧与自己无关。每一个倒霉的观众都是因为他总是坐得离舞台太近了。

我在这园子里坐着,园神成年累月地对我说:孩子,这不是别的,这是你的罪孽和福祉。

七

要是有些事我没说,地坛,你别以为是我忘了,我什么也没忘,但是有些事只适合收藏。不能说,也不能想,却又不能忘。它们不能变成语言,它们无法变成语言,一旦变成语言就不再是它们了。它们是一片朦胧的温馨与寂寥,是一片成熟的希望与绝望,它们的领地只有两处:心与坟墓。比如说邮票,有些是用于寄信的,有些仅仅是为了收藏。

如今我摇着车在这园子里慢慢走,常常有一种感觉,觉得我一个人跑出来已经玩得太久了。有一天我整理我的旧像册,一张十几年前我在这园子里照的照片——那个年轻人坐在轮椅上,背后是一棵老柏树,再远处就是那座古祭坛。我便到园子里去找那棵树。我按着照片上的背景找很快就找到了它,按着照片上它枝干的形状找,肯定那就是它。但是它已经死了,而且在它身上缠绕着一条碗口粗的藤萝。有一天我在这园子碰见一个老太太,她说:"哟,你还在这儿哪?"她问我:"你母亲还好吗?""您是谁?""你不记得我,我可记得你。有一回你母亲来这儿找你,她问我您看没看见一个摇轮椅的孩子?……"我忽然觉得,我一个人跑到这世界上来真是玩得太久了。有一天夜晚,我独自坐在祭坛边的路灯下看书,忽然从那漆黑的祭坛里传出一阵阵唢呐声;四周都是参天古树,方形祭坛占地几百平米空旷坦荡独对苍天,我看不见那个吹唢呐的人,唯唢呐声在星光寥寥的夜空里低吟高唱,时而悲怆时而欢快,时而缠绵时而苍凉,或许这几个词都不足以形容它,我清清醒醒地听出它响在过去,响在现在,响在未来,回旋飘转亘古不散。

必有一天,我会听见喊我回去。

那时您可以想象一个孩子,他玩累了可他还没玩够呢。心里好些新奇的念头甚至等不及到明天。也可以想象是一个老人,无可质疑地走向他的安息地,走得任劳任怨。还可以想象一对热恋中的情人,互相一次次说"我一刻也不想离开你",又互相一次次说"时间已经不早了",时间不早了可我一刻也不想离开你,一刻也不想离开你可时间毕竟是不早了。

我说不好我想不想回去。我说不好是想还是不想,还是无所谓。我说不好我是像那个孩子,还是像那个老人,还是像一个热恋中的情人。很可能是这样:我同时是他们三个。我来的时候是个孩子,他有那么多孩子气的念头所以才哭着喊着闹着要来,他一来一见到这个世界便立刻成了不要命的情人,而对一个情人来说,不管多么漫长的时光也是稍纵即逝,那时他便明白,每一步每一步,其实一步步都是走在回去的路上。当牵牛花初开的时节,葬礼的号角就已吹响。

但是太阳,他每时每刻都是夕阳也都是旭日。当他熄灭着走下山去收尽苍凉残照之际,正是他在另一面燃烧着爬上山巅布散烈烈朝辉之时。那一天,我也将沉静着走下山去,扶着我的拐杖。有一天,在某一处山洼里,势必会跑上来一个欢蹦的孩子,抱着他的玩具。

当然,那不是我。

但是,那不是我吗?

宇宙以其不息的欲望将一个歌舞炼为永恒。这欲望有怎样一个人间的姓名,大可忽略不计。

1989年5月11日
1990年1月7日改

【作者简介】

史铁生(1951~2010),原籍河北涿县,1951年出生于北京,1967年毕业于清华大学附属中学,1969年去延安一带插队,1972年因病回到北京治疗,后双腿瘫痪,开始轮椅生涯,曾在北新桥街道工厂工作,病情加重后回家疗养。后来他又患肾病并发展到尿毒症,需要靠透析维持生命,因此自称是"职业是生病,业余在写作"。史铁生1979年开始发表作品,代表作有短篇小说《我的遥远的清平湾》、《命若琴弦》,长篇小说《务虚笔记》、《我的丁一之旅》,散文集《我与地坛》、《病隙碎笔》、《灵魂的事》等。他曾先后获全国优秀短篇小说奖、鲁迅文学奖、华语文学传播大奖年度杰出成就奖等多种文学奖,多篇作品被译成英、法、日等文字在海外出版。

【作品简析】

史铁生的文学写作与他身为残疾人的特殊的命运、境遇有关。他在"活到最狂妄的年龄(21岁)上忽地残废了双腿",这使他陷入到一种"失魂落魄"的极度绝望、痛苦、迷茫、狂躁之中。这种突然"废残"的命运,将他从熙熙攘攘的正常人的繁忙功利世界中抛出,虽使其极端痛苦,但也给他提供了独自面对自我、思考人生的机缘。他坐在轮椅上开始了他的悟道之旅,这种对于人生形而上的终极价值和意义的追问,使他得以破除"俗谛"的桎梏,对生命具有了更高的觉悟,从而走出了命运给他设置的生存困境,以一种更为睿智、旷达、健全、乐观的心态来看待人生和世界。可以说,史铁生的创作主要都是从突破"残疾"所带来的生命困境引发的,他由自身的困境上升到整个人类生存的困境,将残疾视为这个世界的本质,努力在此残缺的世界中为人的生存找到充分的理由,这使其创作具有了探本追源、启迪人生的哲学意蕴。《我与地坛》

即是他表达对于生与死的感悟的代表作品之一。

该文是以一种平淡的、追忆的方式讲述我在残疾之后所走过的那段非同寻常的由狂躁到平静的心路历程的,在此内心交战的艰难过程中"地坛"扮演了相当重要的角色。第一节讲述的是"我"与地坛之间近乎宿命的关系,"十五年前的一个下午,我摇着轮椅进入园中,它为一个失魂落魄的人把一切都准备好了。……在人口密聚的城市里,有这样一个宁静的去处,像是上帝的苦心安排。"此时困扰着他的最大的问题第一个是要不要去死?第二个是为什么活?因为"两条腿残废后的最初几年,我找不到工作,找不到去路,忽然间几乎什么都找不到了,我就摇了轮椅总是到它那儿去,仅为着那儿是可以逃避一个世界的另一个世界。"正是因为这种四面触壁的井底处境,使他的心灵触角开始向高空延伸,从而聆听到常人没有听到或无暇顾及的来自自然的启示:"满园子都是草木竞相生长弄出的响动,窸窸窣窣片刻不息。……园子荒芜但并不衰败。"在这个荒芜、宁静的公园里,"我"首先战胜的是对于死的恐惧:"我一连几小时专心致志地想关于死的事,也以同样的耐心和方式想过我为什么要出生。这样想了好几年,最后事情终于弄明白了:一个人,出生了,这就不再是一个可以辩论的问题,而只是上帝交给他的一个事实;上帝在交给我们这件事实的时候,已经顺便保证了它的结果,所以死是一件不必急于求成的事,死是一个必然会降临的节日。这样想过之后我安心多了,眼前的一切不再那么可怕。"而关于怎样活的问题,"却不是在某一个瞬间就能完全想透的、不是一次性能够解决的事,怕是活多久就要想它多久了,就像是伴你终生的魔鬼或恋人。"如此,主人公开始从一种自我中心主义的对个人命运的过度关注转向与"我"共在的他人、人类、自然和宇宙。

对于一个人来说,与之关系最为亲密的人自然是给予他生命的父母,特别是母亲。而他的残疾给母亲带来的巨大的痛苦是不言而喻的。母亲由于"我"的缘故也不得不与地坛建立关系,母亲"不是那种光会疼爱儿子而不懂得理解儿子的母亲。她知道我心里的苦闷,知道不该阻止我出去走走,知道我要是老呆在家里结果会更糟,但她又担心我一个人在那荒僻的园子里整天都想些什么。"其中一个动人的细节就是送走儿子的母亲仍然长久地站在原地出神。再是母亲在地坛里四处找"我",而"我"却故意视而不见。此时被命运击昏了头的儿子还来不及考虑母亲的感受,只有当母亲突然去世之后,他才意识到:"儿子的不幸在母亲那儿总是要加倍的。她有一个长到二十岁上忽然截瘫了的儿子,这是她唯一的儿子;她情愿截瘫的是自己而不是儿子,可这事无法代替;她想,只要儿子能活下去哪怕自己去死呢也行,可她又确信一个人不能仅仅是活着,儿子得有一条路走向自己的幸福;而这条路呢,没有谁能保证她的儿子终于能找到。——这样一个母亲,注定是活得最苦的母亲。"无我的母爱是主人公走出孤独、绝望之境的第一个依托。接下来第三节写的是"我"对地坛一年四季春夏秋冬景物变化的描摹和感悟,人与天地相应,春夏秋冬的过程也就对应着人的生老病死的生命过程。接着作者写下了一系列给他留下深刻印象的园中的见闻、人世的风景:其中有一对相爱默契、十五年来一直在公园散步的夫妻;有为实现梦想每天到公园练声的业余歌手;有可称为是真正的饮者的到公园饮酒、消闲的老人;有"挑剔"的捕鸟汉子和素朴优雅的女工程师以及试图靠长跑成绩来获得政治上的解放而又一次次被命运捉弄的业余长跑选手等。园子虽小,但它实是纷繁多样的人世的缩影。

　　接下来,作者将他对人生的思考又推向了更高的层面:那就是如何看待命运的不公?他从一个漂亮而弱智的女孩的命运引出他对于人间的差别和苦难的思考:"你可以抱怨上帝何以要降诸多苦难给这人间,你也可以为消灭种种苦难而奋斗,并为此享有崇高与骄傲,但只要你再多想一步你就会坠入深深的迷茫了:假如世界上没有了苦难,世界还能够存在么?……要是没有了残疾,健全会否因其司空见惯而变得腻烦和乏味呢?我常梦想着在人间彻底消灭残疾,但可以相信,那时将由患病者代替残疾人去承担同样的苦难。……就算我们连丑陋,连愚昧和卑鄙和一切我们所不喜欢的事物和行为,也都可以统统消灭掉,所有的人都一样健康、漂亮、聪慧、高尚,结果会怎样呢?怕是人间的剧目就全要收场了,一个失去差别的世界将是一条死水,是一块没有感觉没有肥力的沙漠。"因此他所得出的结论是:"看来差别永远是要有的。看来就只好接受苦难——人类的全部剧目需要它,存在的本身需要它。……

于是就有一个最令人绝望的结论等在这里：由谁去充任那些苦难的角色？……只好听凭偶然，是没有道理好讲的。就命运而言，休论公道。"如此，人生在世接受那些不可改变的，改变那些可以改变的，就成为人必须面对的选择，但如何分辨两者，需要的是人真正的智慧，而这种智慧恰恰是过度乐观、坚信人定胜天的中国现代文化所匮乏的，作家以超越现实的眼光发现了现实内在的缺失。

接着作家开始回答他所设定的第三个问题，那就是"我干嘛要写作？"他的回答是"活着不是为了写作，而写作是为了活着。"写作如果是为了获得外在的成功，那样写作者就会成为写作的奴隶，与被绑架的人质没有什么两样。只有当写作与自己的生命合而为一，它才能免于被异化为工具和手段，如此也才能真正获得写作的自由。作家正视人的欲望，认为"欲望"才是"人真正的名字"，既有欲望，那就难免患得患失的恐慌，如此"消灭恐慌的最有效的办法就是消灭欲望。可是我还知道，消灭人性的最有效的办法也是消灭欲望。那么，是消灭欲望同时也消灭恐慌呢？还是保留欲望同时也保留人生？"面对这种内在于人性的悖论，代表着自然之道的"园神"告诉我的是："孩子，这不是别的，这是你的罪孽和福祉。"这种对人的有限性和人与生俱来的生存困境的洞察，使作家的心灵得到了升华，从而跳出一己的祸福悲欢，进入与宇宙万物合而为一的天地境界。作品结束于"有一天，在某一处山洼里，势必会跑上来一个欢蹦的孩子，抱着他的玩具。当然，那不是我。但是，那不是我吗？宇宙以其不息的欲望将一个歌舞炼为永恒。这欲望有怎样一个人间的姓名，大可忽略不计"，只有将自我纳入到宇宙生生不息的无限循环，才能产生这种"纵浪大化中，不喜亦不惧"的旷达和乐观。

该作是一篇诗化的散文，主要以象征手法写成，作家自由往来于现实世界和超验世界之间，巧妙生动地传达出了宇宙自然给予人的生存启示，作品情理兼胜，堪称是一篇既真挚感人，又能开拓人的心智、提升人的生命境界的经典佳作。

（耿传明）

苏 东 坡 突 围[*]

余 秋 雨

一

住在这远离闹市的半山居所里,安静是有了,寂寞也来了,有时还来得很凶猛,特别在深更半夜。只得独个儿在屋子里转着圈,拉下窗帘,隔开窗外壁立的悬崖和翻卷的海潮,眼睛时不时地瞟着床边那乳白色的电话。它竟响了,急忙冲过去,是台北《中国时报》社打来的,一位不相识的女记者,说我的《文化苦旅》一书在台湾销售情况很好,因此要作越洋电话采访。问了我许多问题,出身、经历、爱好,无一遗漏。最后一个问题是:"在中国文化史上,您最喜欢哪一位文学家?"我回答:苏东坡。她又问:"他的作品中,您最喜欢哪几篇?"我回答:在黄州写赤壁的那几篇。记者小姐几乎没有停顿就接道:"您是说《念奴娇·赤壁怀古》和前、后《赤壁赋》?"我说对,心里立即为苏东坡高兴,他的作品是中国文人的通用电码,一点就着,哪怕是半山深夜、海峡阻隔、素昧平生。

放下电话,我脑子中立即出现了黄州赤壁。去年夏天刚去过,印象还很深刻。记得去那儿之前,武汉的一些朋友纷纷来劝阻,理由是著名的赤壁之战并不是在那里打的,苏东坡怀古怀错了地方,现在我们再跑去认真凭吊,说得好听一点是将错就错,说得难听一点是错上加错,天那么热,路那么远,何苦呢?

我知道多数历史学家不相信那里是真的打赤壁之战的地方,他们大多说是在嘉鱼县打的。但最近几年,湖北省的几位中青年历史学家

---

[*] 原载《收获》1993年第4期。

持相反意见,认为苏东坡怀古没怀错地方,黄州赤壁正是当时大战的主战场。对于这个论争我一直兴致勃勃地关心着,不管争论前景如何,黄州我还是想去看看的,不是从历史的角度看古战场的遗址,而是从艺术的角度看苏东坡的情怀。大艺术家即便错,也会错出魅力来。好像王尔德说过,在艺术中只有美丑而无所谓对错。

于是我还是去了。

这便是黄州赤壁。赭红色的陡峭石坡直逼着浩荡东去的大江,坡上有险道可以攀登俯瞰,江面有小船可供荡桨仰望,地方不大,但一俯一仰之间就有了气势,有了伟大与渺小的比照,有了视觉空间的变异和倒错,因此也就有了游观和冥思的价值。客观景物只提供一种审美可能,而不同的游人才使这种可能获得不同程度的实现。苏东坡以自己的精神力量给黄州的自然景物注入了意味,而正是这种意味,使无生命的自然形式变成美。因此不妨说,苏东坡不仅是黄州自然美的发现者,而且也是黄州自然美的确定者和构建者。

但是,事情的复杂性在于,自然美也可倒过来对人进行确定和构建。苏东坡成全了黄州,黄州也成全了苏东坡,这实在是一种相辅相成的有趣关系。苏东坡写于黄州的那些杰作,既宣告着黄州进入了一个新的美学等级,也宣告着苏东坡进入了一个新的人生阶段,两方面一起提升,谁也离不开谁。

苏东坡走过的地方很多,其中不少地方远比黄州美丽,为什么一个僻远的黄州能给他如此巨大的惊喜和震动呢?他为什么能把如此深厚的历史意味和人生意味投注给黄州呢?黄州为什么能够成为他一生中最重要的人生驿站呢?这一切,决定于他来黄州的原因和心态。

他从监狱里走来,他带着一个极小的官职,实际上以一个流放罪犯的身份走来,他带着官场和文坛泼给他的浑身脏水走来,他满心侥幸又满心绝望地走来。他被人押着,远离自己的家眷,没有资格选择黄州之外的任何一个地方,朝着这个当时还很荒凉的小镇走来。

他很疲倦,他很狼狈,出汴梁,过河南,渡淮河,进湖北,抵黄州,萧条的黄州没有给他预备任何住所,他只得在一所寺庙中住下。他擦一把脸,喘一口气,四周一片静寂,连一个朋友也没有,他闭上眼睛摇了摇头。他不知道,此时此刻,他完成了一次永载史册的文化突围。黄州,注定要与这位伤痕累累的突围者进行一场继往开来的壮丽对话。

二

人们有时也许会傻想,像苏东坡这样让中国人共享千年的大文豪,应该是他所处的时代的无上骄傲,他周围的人一定会小心地珍惜他,虔诚地仰望他,总不愿意去找他的麻烦吧?事实恰恰相反,越是超时代的文化名人,往往越不能相容于他所处的具体时代。中国世俗社会的机制非常奇特,它一方面愿意播扬和轰传一位文化名人的声誉,利用他、榨取他、引诱他,另一方面从本质上却把他视为异类,迟早会排拒他、糟践他、毁坏他。起哄式的传扬,转化为起哄式的贬损,两种起哄都起源于自卑而狡黠的觊觎心态,两种起哄都与健康的文化氛围南辕北辙。

苏东坡到黄州来之前正陷于一个被文学史家称为"乌台诗狱"的案件中,这个案件的具体内容是特殊的,但集中反映了文化名人在中国社会中的普遍遭遇,很值得说一说。搞清了这个案件中各种人的面目,才能理解苏东坡到黄州来究竟是突破了一个什么样的包围圈。

为了不使读者把注意力耗费在案件的具体内容上,我们不妨先把案件的底交代出来。即便站在朝廷的立场上,这也完全是一个莫须有的可笑事件。一群大大小小的文化官僚硬说苏东坡在很多诗中流露了对政府的不满和不敬,方法是对他诗中的词句和意象作上纲上线的推断和诠释,搞了半天连神宗皇帝也不太相信,在将信将疑之间几乎不得已地判了苏东坡的罪。

在中国古代的皇帝中,宋神宗确实是不算坏的,在他内心并没有迫害苏东坡的任何企图,他深知苏东坡的才华,他的祖母光献太皇太后甚至竭力要保护苏东坡,而他又是尊重祖母的,在这种情况下,苏东坡不是非常安全吗?然而,完全不以神宗皇帝和太皇太后的意志为转移,名震九州、官居太守的苏东坡还是下了大狱。这一股强大而邪恶的力量,就很值得研究了。

这件事说来话长。在专制制度下的统治者也常常会摆出一种重视舆论的姿态,有时甚至还设立专门在各级官员中找岔子、寻毛病的所谓谏官,充当朝廷的耳目和喉舌。乍一看这是一件好事,但实际上弊端甚多。这些具有舆论形象的谏官所说的话,别人无法申辩,也不存在调查机制和仲裁机制,一切都要赖仗于他们的私人品质,但对私人品质的考察机制同样也不具备,因而所谓舆论云云常常成为一种歪曲事实、颠倒是非的社会灾难。这就像现代的报纸如果缺乏足够的职业道德又没有相应的法规制约,信马由缰,随意褒贬,受伤害者无处可以说话,不知情者却误以为白纸黑字是舆论所在,这将会给人们带来多大的混乱!苏东坡早就看出这个问题的严重性,认为这种不受任何制约的所谓舆论和批评,足以改变朝廷决策者的心态,又具有很大的政治杀伤力("言及乘舆,则天子改容,事关廊庙,则宰相待罪"),必须予以警惕,但神宗皇帝由于自身地位的不同无法意识到这一点。没想到,正是苏东坡自己尝到了他预言过的苦果,而神宗皇帝为了维护自己尊重舆论的形象,当批评苏东坡的言论几乎不约而同地聚合在一起时,他也不能为苏东坡讲什么话了。

那么,批评苏东坡的言论为什么会不约而同地聚合在一起呢?我想最简要的回答是他弟弟苏辙说的那句话:"东坡何罪?独以名太高。"他太出色、太响亮,能把四周的笔墨比得十分寒碜,能把同代的文人比得有点狼狈,引起一部分人酸溜溜的嫉恨,然后你一拳我一脚地糟践,几乎是不可避免的。在这场可耻的围攻中,一些品格低劣的文人充当了急先锋。

例如舒亶。这人可称之为"检举揭发专业户",在揭发苏东坡的同时他还揭发了另一个人,那人正是以前推荐他做官的大恩人。这位大恩人给他写了一封信,拿了女婿的课业请他提意见、辅导,这本是朋友间正常的小事往来,没想到他竟然忘恩负义地给皇帝写了一封莫名其妙的检举揭发信,说我们两人都是官员,我又在舆论领域,他让我辅导他女婿总不大妥当。皇帝看了他的检举揭发,也就降了那个人的职。这简直是东郭先生和狼的故事。就是这么一个让人恶心的人,与何正臣等人相呼应,写文章告诉皇帝,苏东坡到湖州上任后写给皇帝的感谢信中"有讥切时事之言"。苏东坡的这封感谢信皇帝早已看过,没发现问题,舒亶却苦口婆心地一款一款分析给皇帝听,苏东坡正在反您呢,反得可凶呢,而且已经反到了"流俗翕然,争相传诵,忠义之士,无不愤惋"的程度!"愤"是愤苏东坡,"惋"是惋皇上。有多少忠义之士在"愤惋"呢?他说是"无不",也就是百分之百,无一遗漏。这种数量统计完全无法验证,却能使注重社会名声的神宗皇帝心头一咯噔。

又如李定。这是一个曾因母丧之后不服孝而引起人们唾骂的高官,对苏东坡的攻击最凶。他归纳了苏东坡的许多罪名,但我仔细鉴别后发现,他特别关注的是苏东坡早年的贫寒出身,现今在文化界的地位和社会名声。这些都不能列入犯罪的范畴,但他似乎压抑不住地对这几点表示出最大的愤慨。说苏东坡"起于草野垢贱之余"、"初无学术,滥得时名"、"所为文辞,虽不中理,亦足以鼓动流俗"等等,苏东坡的出身引起他的不服且不去说它,硬说苏东坡不学无术、文辞不好,实在使我惊讶不已了。但他不这么说也就无法断言苏东坡的社会名声和世俗鼓动力是"滥得"。总而言之,李定的攻击在种种表层动机下显然埋藏着一个最深秘的元素:妒忌。无论如何,诋毁苏东坡的学问和文采毕竟是太愚蠢了,这在当时加不了苏东坡的罪,而在以后却成了千年笑柄。但是妒忌一深就会失控,他只会找自己最痛恨的部位来攻击,已顾不得哪怕是装装样子的可信性和合理性了。

又如王圭,这是一个跛扈和虚伪的老人。他凭着资格和地位自认为文章天下第一,实际上他写诗作文绕来绕去都离不开"金玉锦绣"这些字眼,大家暗暗掩口而笑,他还自我感觉良好。现在,一个后起之秀苏东坡名震文坛,他当然要想尽一切办法来对付。有一次他对皇帝说:"苏东坡对皇上确实有二心。"皇帝问:"何以见得?"他举出苏东坡一首写桧树的诗中有"蛰龙"二字为证,皇帝不解,说:"诗人写桧树,和我有什么关系?"他说:"写到了龙还不是写皇帝吗?"皇帝倒是头脑清醒,反驳道:"未必,人家叫诸葛亮还叫卧龙呢!"这个王圭用心如此低下,文章能好到哪儿去呢?更不必说与苏东坡来较量了。几缕白发有时能够冒充师长、掩饰邪恶,却欺骗不了历史。历史最终也没有因为年龄把他的名字排列在苏东坡的前面。

又如李宜之。这又是另一种特例,做着一个芝麻绿豆小官,在安徽灵璧县听说苏东坡以前为当地一个园林写的一篇园记中有劝人不必热衷于做官的词句,竟也写信给皇帝检举揭发,并分析说这种思想会使人们缺少进取心,也会影响取士。看来这位李宜之除了心术不正之外,智力也大成问题,你看他连诬陷的口子都找得不伦不类。但是,在没有理性法庭的情况下,再愚蠢的指控也能成立,因此对散落全国各地的李宜之们构成了一个鼓励。为什么档次这样低下的人也会挤进来围攻苏东坡?当代苏东坡研究者李一冰先生说得很好:"他也来插上一手,无他,一个默默无闻的小官,若能参加一件扳倒名人的大事,足使自己增重。"从某种意义上说,他的这种目的确实也部分地达到了,例如我今天写这篇文章竟然还会写到李宜之这个名字,便完全是因为他参与了对苏东坡的围攻,否则他没有任何理由被哪怕是同一时代的人写在印刷品里。我的一些青年朋友根据他们对当今世俗心理的多方位体察,觉得李宜之这样的人未必是为了留名于历史,而是出于一种可称作"砸窗子"的恶作剧心理。晚上,一群孩子站在一座大楼前指指点点,看谁家的窗子亮就捡一块石子扔过去,谈不上什么目的,只图在几个小朋友中间出点风头而已。我觉得我的青年朋友们把李宜之看得过于现代派,也过于城市化了。李宜之的行为主要出于一种政治投机,听说苏东坡有点麻烦,就把麻烦闹得大一点,反正对内不会负道义责任,对外不会负法律责任,乐得投井下石,撑顺风船。这样的人倒是没有胆量像李定、舒亶和王圭那样首先向一位文化名人发难,说不定前两天还在到处吹嘘在什么地方有幸见过苏东坡,硬把苏东坡说成是自己的朋友甚至老师呢。

又如——我真不想写出这个名字,但再一想又没有讳避的理由,还是写出来吧:沈括。这位在中国古代科技史上占有不小地位的著名科学家也因嫉妒而陷害过苏东坡,用的手法仍然是检举揭发苏东坡的诗中有讥讽政府的倾向。如果他与苏东坡是政敌,那倒也罢了,问题是他们曾是好朋友,他所检举揭发的诗句,正是苏东坡与他分别时手录近作送给他留作纪念。这实在太不是味道了。历史学家们分析,这大概与皇帝在沈括面前说过苏东坡的好话有关,沈括心中产生了一种默默的对比,不想让苏东坡的文化地位高于自己。另一种可能是他深知王安石与苏东坡政见不同,他投注投到了王安石一边。但王安石毕竟也是一个讲究人品的文化大师,重视过沈括,但最终却得出这是一个不可亲近的小人的结论。当然,在人格人品上的不可亲近,并不影响我们对沈括科学成就的肯定。

围攻者还有一些,我想举出这几个也就差不多了,苏东坡突然陷入困境的原因已经可以大致看清,我们也领略了一组有可能超越时空的"文化群小"的典型。他们中的任何一个人要单独搞倒苏东坡都是很难的,但是在社会上没有一种强大的反诽谤、反诬陷机制的情况下,一个人探头探脑的冒险会很容易地招来一堆凑热闹的人,于是七嘴八舌地组合成一种伪舆论,结果连神宗皇帝也对苏东坡疑惑起来,下旨说查查清楚,而去查的正是李定这些人。

苏东坡开始很不在意。有人偷偷告诉他,他的诗被检举揭发了,他先是一怔,后来还潇洒、幽默地说:"今后我的诗不愁皇帝看不到了。"但事态的发展却越来越不潇洒,一〇七九年七月二十八日,朝廷派人到湖州的州衙来逮捕苏东坡,苏东坡事先得知风声,立即不知所措。文人终究是文人,他完全不知道自己犯了什么罪,从气势汹汹的样子看,估计会处死,他害怕了,躲在后屋里不敢出来,朋友说躲着不是办法,人家已在前面等着了,要躲也躲不过。正要出来他又犹豫了,出来该穿什么服装呢?已经犯了罪,还能穿官服吗?朋友说,什么罪还不知道,还是穿官服吧。苏东坡终于穿着官服出来了,朝廷派来的差官装模作样地半天不说话,故意要演一个压得人气都透不过来的场面出来。苏东坡越来越慌张,说:"我大概把朝廷惹恼了,看来总得死,请允许我回家与家人告别。"差官说:"还不至于这样。"便叫两个差人用绳子捆扎了苏东坡,像驱赶鸡犬一样上路了。家人赶来,号啕大哭,湖州城的市民也在路边流泪。

长途押解,犹如一路示众,可惜当时几乎没有什么传播媒介,沿途百姓不认识这就是苏东坡。贫瘠而愚昧的国土上,绳子捆扎着一个世界级的伟大诗人,一步步行进。苏东坡在示众,整个民族在丢人。

全部遭遇还不知道半点起因。苏东坡只怕株连亲朋好友,在途经太湖和长江时都想投水自杀,由于看守严密而未成。当然也很可能成,那么,江湖淹没的将是一大截特别明丽的中华文明。文明的脆弱性就在这里,一步之差就会全盘改易,而把文明的代表者逼到这一步之差境地的则是一群小人。一群小人能做成如此大事,只能归功于中国的独特国情。

小人牵着大师,大师牵着历史。小人顺手把绳索重重一抖,于是大师和历史全都成了罪孽的化身。一部中国文化史,有很长时间一直把诸多文化大师捆押在被告席上,而法官和原告,大多是一群群挤眉弄眼的小人。

究竟是什么罪?审起来看!

怎么审?打!

一位官员曾关在同一监狱里,与苏东坡的牢房只有一墙之隔,他写诗道:

> 遥怜北户吴兴守,
> 诟辱通宵不忍闻。

通宵侮辱、摧残到了其他犯人也听不下去的地步,而侮辱、摧残的对象竟然就是苏东坡!

请允许我在这里把笔停一下。我相信一切文化良知都会在这里颤栗。中国几千年间有几个像苏东坡那样可爱、高贵而有魅力的人呢?但可爱、高贵、魅力之类往往既构不成社会号召力也构不成自我卫护力,真正厉害的是邪恶、低贱、粗暴,它们几乎战无不胜、攻无不克、所向无敌。现在,苏东坡被它们抓在手里搓捏着,越是可爱、高贵、有魅力,搓捏得越起劲。温和柔雅如林间清风、深谷白云的大文豪面对这彻底陌生的语言系统和行为系统,不可能作任何像样的辩驳,他一定变得非常笨拙,无法调动起码的言词,无法完成简单的逻辑。他在牢房里的应对,绝对比不过一个普通的盗贼。因此审问者们愤怒了也高兴了,原来这么个大名人竟是草包一个,你平日的滔滔文辞被狗吃掉了?看你这副熊样还能写诗作词?纯粹是抄人家的吧!接着就是轮番扑打,诗人用纯银般的嗓子哀号着,哀号到嘶哑。这本是一个只需要哀号的地方,你写那么美丽的诗就已荒唐透顶了,还不该打。打,打得你淡妆浓抹,打得你乘风归去,打得你密州出猎!

开始,苏东坡还试图拿点儿正常逻辑顶几句嘴,审问者咬定他的诗里有讥讽朝廷的意思,他说:"我不敢有此心,不知什么人有此心,造出这种意思来。"一切诬陷者都喜欢把自己打扮成某种"险恶用心"的发现者,苏东坡指出,他们不是发现者而是制造者,应该由他们自己来承担。但是,苏东坡的这一思路招来了更凶猛的侮辱和折磨,当诬陷者和办案人完全合成一体、串成一气时,只能这样。终于,苏东坡经受不住了,经受不住日复一日、通宵达旦的连续逼供,他想闭闭眼、喘口气,惟一的办法就是承认。于是,他以前的诗中有"道旁苦李",是在说自己不被朝廷重视;诗中有"小人"字样,是讥刺当朝大人;特别是苏东坡在杭州做太守时兴冲冲去看钱塘潮,回来写了咏弄潮儿的诗"吴儿生长狎涛渊",据说竟是在影射皇帝兴修水利!这种大胆联想,连苏东坡这位浪漫诗人都觉得实在不容易跳跃过去,因此在承认时还不容易"一步到位",审问者有本事耗时间一点点逼过去。案卷记录上经常出现的句子是:"逐次隐讳,不说情实,再勘方招。"苏东坡全招了,同时他也就知道必死无疑了。试想,把皇帝说成"吴儿",把兴修水利说成玩水,而且在看钱塘潮时竟一心想着写反诗,那还能活?

他一心想着死。他觉得连累了家人,对不起老妻,又特别想念弟弟。他请一位善良的狱卒带了两首诗给苏辙,其中有这样的句子:"是处青山可埋骨,他时夜雨独伤神。与君世世为兄弟,又结来生未了因。"埋骨的地点,他希望是杭州西湖。

不是别的,是诗句,把他推上了死路。我不知道那些天他在铁窗里是否抱怨甚至痛恨诗文。没想到,就在这时,隐隐约约地,一种散落四处的文化良知开始汇集起来了,他的诗文竟然在这危难时分产生了正面回应,他的读者们慢慢抬起了头,要说几句对得起自己内心的话了。很多人不敢说,但毕竟还有勇敢者;他的朋友大多躲避了,但毕竟还有侠义人。

杭州的父老百姓想起他在当地做官时的种种美好行迹,在他入狱后公开做了解厄道场,求告神明保佑他;狱卒梁成知道他是大文豪,在审问人员离开时尽力照顾生活,连每天晚上的洗脚热水都准备了;他在朝中的朋友范镇、张方平不怕受到牵连,写信给皇帝,说他在文学上"实天下之奇才",希望宽大;他的政敌王安石的弟弟王安礼也仗义执言,对皇帝说:"自古大度之君,不以言语罪人",如果严厉处罚了苏东坡,"恐后世谓陛下不能容才"。最有趣的是那位我们上文提到过的太皇太后,她病得奄奄一息,神宗皇帝想大赦犯人来为她求寿,她竟说:"用不着去赦免天下的凶犯,放了苏东坡一人就够了!"最直截了当的是当朝左相吴充,有次他与皇帝谈起曹操,皇帝对曹操评价不高,吴充立即接口说:"曹操猜忌心那么重还容得下祢衡,陛下怎么容不下一个苏东坡呢?"

对这些人,不管是狱卒还是太后,我们都要深深感谢。他们有意无意地在验证着文化的广泛感召力,就连那盆洗脚水也充满了文化的热度。

据王巩《甲申杂记》记载,那个带头诬陷、调查、审问苏东坡的李定,整日得意洋洋,有一天与满朝官员一起在崇政殿的殿门外等候早朝时向大家叙述审问苏东坡的情况,他说:"苏东坡真是奇才,一二十年前的诗文,审问起来都记得清清楚楚!"他以为,对这么一个轰传朝野的著名大案,一定会有不少官员感兴趣。但奇怪的是,他说了这番引逗别人提问的话之后,没有一个人搭腔,没有一个人提问,崇政殿外一片静默。他有点慌神,故作感慨状,叹息几声,回应他的仍是一片静默。这静默算不得抗争,也算不得舆论,但着实透着点儿高贵。相比之下,历来许多诬陷者周围常常会出现一些不负责任的热闹,以嘈杂助长了诬陷。

就在这种情势下,皇帝释放了苏东坡,贬谪黄州。黄州对苏东坡的重要性,不言而喻。

三

我非常喜欢读林语堂先生的《苏东坡传》,前后读过多少遍都记不清了,但每次总觉得语堂先生把苏东坡在黄州的境遇和心态写得太理想了。语堂先生酷爱苏东坡的黄州诗文,因此由诗文渲染开去,由酷爱渲染开去,渲染得通体风雅、圣洁。其实,就我所知,苏东坡在黄州还是很凄苦的,优美的诗文,是对凄苦的挣扎和超越。

苏东坡在黄州的生活状态,已被他自己写给李端叔的一封信描述得非常清楚。

信中说:

> 得罪以来,深自闭塞,扁舟草履,放浪山水间,与樵渔杂处,往往为醉人所推骂,辄自喜渐不为人识。平生亲友,无一字见及,有书与之亦不答,自幸庶几免矣。

我初读这段话时十分震动,因为谁都知道苏东坡这个乐呵呵的大名人是有很多很多朋友的。日复一日的应酬,连篇累牍的唱和,几乎成了他生活的基本内容,他一半是为朋友们活着。但是,一旦出事,朋友们不仅不来信,而且也不回信了。他们都知道苏东坡是被冤屈的,现在事情大体已经过去,却仍然不愿意写一两句哪怕是问候起居的安慰话。苏东坡那一封封用美妙绝伦、光照中国书法史的笔墨写成的信,千辛万苦地从黄州带出去,却换不回一丁点儿友谊的信息。我相信这些朋友都不是坏人,但正因为不是坏人,更让我深长地叹息。

总而言之,原来的世界已在身边轰然消失,于是一代名人也就混迹于樵夫渔民间不被人认识。原本这很可能换来轻松,但他又觉得远处仍有无数双眼睛注视着自己,他暂时还感觉不到这个世界对自己的诗文仍有极温暖的回应,只能在寂寞中惶恐。即使这封无关宏旨的信,他也特别注明不要给别人看。日常生活,在家人接来之前,大多是白天睡觉,晚上一个人出去蹓跶,见到淡淡的土酒也喝一杯,但绝不喝多,怕醉后失言。

他真的害怕了吗?也是也不是。他怕的是麻烦,而绝不怕大义凛然地为道义、为百姓,甚至为朝廷、为皇帝捐躯。他经过"乌台诗案"已经明白,一个人蒙受了诬陷即便是死也死不出一个道理来,你找不到慷慨陈词的目标,你抓不住从容赴死的理由。你想做个义无反顾的英雄,不知怎么一来把你打扮成了小丑;你想做个坚贞不屈的烈士,闹来闹去却成了一个深深忏悔的俘虏。无法洗刷,无处辩解,更不知如何来提出自己的抗议,发表自己的宣言。这确实很接近有的学者提出的"酱缸文化",一旦跳在里边,怎么也抹不干净。苏东坡怕的是这个,没有哪个高品位的文化人会不怕。但他的内心仍有无畏的一面,或者说灾难使他更无畏了。他给李常的信中说:

> 吾侪虽老且穷,而道理贯心肝,忠义填骨髓,直须谈笑于死生之际。………虽怀坎壈于时,遇事有可尊主泽民者,便忘躯为之,祸福得丧,付与造物。

这么真诚的勇敢,这么洒脱的情怀,出自天真了大半辈子的苏东坡笔下,是完全可以相信的,但是,让他在何处做这篇人生道义的大文章呢?没有地方、没有机会、没有观看者,也没有裁决者,只有一个把是非曲直忠奸善恶染成一色的大酱缸。于是,苏东坡刚刚写了上面这几句,支颐一想,又立即加一句:此信看后烧毁。

这是一种真正精神上的孤独无告,对于一个文化人,没有比这更痛苦的了。那阕著名的"卜算子",用极美的意境道尽了这种精神遭遇:

> 缺月挂疏桐,漏断人初静。谁见幽人独往来?缥缈孤鸿影。
> 惊起却回头,有恨无人省。拣尽寒枝不肯栖,寂寞沙洲冷。

正是这种难言的孤独,使他彻底洗去了人生的喧闹,去寻找无言的山水,去寻找远逝的古人。在无法对话的地方寻找对话,于是对话也一定会变得异乎寻常。像苏东坡这样的灵魂竟然寂静无声,那么,迟早总会突然冒出一种宏大的奇迹,让这个世界大吃一惊。

然而,现在他即便写诗作文,也不会追求社会轰动了。他在寂寞中反省过去,觉得自己以前最大的毛病是才华外露,缺少自知之明。他想,一段树木靠着瘿瘤取悦于人,一块石头靠着晕纹取悦于人,其实能拿来取悦于人的地方恰恰正是它们的毛病所在,它们的正当用途绝不在这里。我苏东坡三十余年来想博得别人叫好的地方也大多是我的弱项所在,例如从小为考科举学写政论、策论,后来更是津津乐道于考论历史是非、直言陈谏曲直,做了官以为自己真的很懂得这一套了,洋洋自得地炫耀,其实我又何尝懂呢?直到一下子面临死亡才知道,我是在炫耀无知。三十多年来最大的弊病就在这里。现在终于明白了,到黄州的我是觉悟了的我,与以前的苏东坡是两个人。(参见致李端叔书)

苏东坡的这种自省,不是一种走向乖巧的心理调整,而是一种极其诚恳的自我剖析,目的是想找回一个真正的自己。他在无情地剥除自己身上每一点异己的成分,哪怕这些成分曾为他带来过官职、荣誉和名声。他渐渐回归于清纯和空灵。在这一过程中,佛教帮了他大忙,使他习惯于淡泊和静定。艰苦的物质生活,又使他不得不亲自垦荒种地,体味着自然和生命的原始意味。

这一切,使苏东坡经历了一次整体意义上的脱胎换骨,也使他的艺术才情获得了一次蒸馏和升华,他,真正地成熟了——与古往今来许多大家一样,成熟于一场灾难之后,成熟于灭寂后的再生,成熟于穷乡僻壤,成熟于几乎没有人在他身边的时刻。幸好,他还不年老,他在黄州期间,是四十四岁至四十八岁,对一个男人来说,正是最重要的年月,今后还大有可为。中国历史上,许多人觉悟在过于苍老的暮年,刚要享用成熟所带来的恩惠,脚步却已跟跄蹒跚;与他们相比,苏东坡真是好命。

成熟是一种明亮而不刺眼的光辉,一种圆润而不腻耳的音响,一种不再需要对别人察言观色的从容,一种终于停止向周围申诉求告的大气,一种不理会哄闹的微笑,一种洗刷了偏激的淡漠,一种无须声张的厚实,一种并不陡峭的高度。勃郁的豪情发过了酵,尖利的山风收住了劲,湍急的溪流汇成了湖,结果——

引导千古杰作的前奏已经鸣响,一道神秘的天光射向黄州,《念奴娇·赤壁怀古》和前、后《赤壁赋》马上就要产生。

(选自《收获》1993年第4期)

【作者简介】

余秋雨(1946~),浙江省余姚人。1963年考入上海戏剧学院,1967年毕业,到军垦农场劳动锻炼后留校任教。他多年从事文学教学与理论研究,并曾任该院院长,著有《戏剧理论史稿》、《戏剧审美心理学》、《中国戏剧文化史述》、《艺术创造工程》等。曾赴海内外许多大学和文化机构讲学。20世纪90年代,余秋雨逐渐转向散文创作,作品集有《文化苦旅》、《山居笔记》、《霜冷长河》、《千年一叹》、《行者无疆》、《借我一生》等。他的散文常常由文化遗迹引发而谈古论今,历史沧桑中融会着现代的思考,使散文有了新的文化视野和新的思想深度,因此被誉为当代文化散文的开拓者。

【作品简析】

余秋雨的文化散文在散文的发展史上是一种超越和创新。它既非传统的性灵小品,也非着眼于现实斗争需要的"匕首和投枪",更不同于杨朔式颂歌型的《茶花赋》和《荔枝蜜》。它是一种作家从自己独有的文化感受出发,将现实人生和社会文化的思考融为一体的具有较为深远的人文关怀的"文化大散文"。它的出现代表着知识分子的人文意识的觉醒和回归,走出"庙堂"和"广场"情结的纠缠,担负起知识分子所理应担当的文化传承和文化创造的天职和使命。所以,他对于当代散文的独特贡献就在于他空前提升了散文的这种文化境界,将一个学者的可能外在于自身的学术研究、思辨、考证内化为自身的一种精神探索,赋予学术研究以一种强烈的人文关怀,又将这种人文关怀审美化、感性化,以散文的方式表现出来,由此,也就为学术向审美的转化提供了桥梁。这种学术和审美之间的互融、互动,就使他写出了这种内蕴深厚而又个性鲜明的散文之作。这种别具一格的"文化大散文"代表着一种当代散文中独立的知识分子话语类型的确立,它为知识分子的价值实现方式提供了一种新的可能。

从对山川景物、历史遗迹的观览中重新认识与感受遥远的历史,是许多散文的一贯主题。然而众多散文对胜迹文化的领略,由于欠缺一种深厚的文化功力和人文关怀,往往只是停留在一个对附表的山川景物的描绘上,并未能与山川文化背后所蕴藏的深层文化内涵实现一种深层的精神上的沟通和交流。而余秋雨所关注的恰恰是自我与这种山川景物以及其上所负载的人文历史内涵的深层沟通,他说:"每到一个地方,总有一种沉重的历史气压罩住我的全身,使我无端地感动,无端地喟叹。……我站在古人一定站过的那些方位上,用与先辈差不多的黑眼珠打量着很少会有变化的自然景观,静听着与千百年前没有丝毫差异的风声鸟声,心想,在我居留的大城市里有很多贮存古籍的图书馆,讲授古文化的大学,而中国文化的真实步履却落在这山重水复、莽莽苍苍的大地上。大地默默无言,只要来一二个有悟性的文人一站立,它封存久远的文化内涵也就能哗的一声奔泻而出;文人本也萎靡柔弱,只要被这种奔泻所裹卷,倒也能吞吐千年。结果,就在这看似平常的伫立瞬间,人、历史、自然浑沌地交融在一起了,于是有了写文章的冲动。"如此,有文化自觉的人、自然山水和历史文化的交融,就构成了其创作的基本要素,他关注的不是自然山水自身,而关注的是这自然山水之上所负载的人文历史内涵。本文亦是如此。作者并不关心他所要去的"黄州赤壁"是否真正的三国时代的古战场,因为他"不是从历史的角度看古战场的遗址,而是从艺术的角度看苏东坡的情怀"。也就是作者真正的兴趣所在,在于通过苏东坡写下他的千古名篇的黄州赤壁,实现与以苏东坡为代表的中国知识分子的精神世界的沟通和交流。

  黄州时期的苏东坡正处于他人生的低谷时期。他因为"乌台诗案"而落入大牢,后来侥幸逃生,被放逐到当时还很荒凉的黄州。作者所感兴趣的是通过苏东坡的这种悲剧性的命运,揭示一种带有普遍性的历史文化现象存在的原因,那就是为什么"越是超时代的文化名人,往往越不能相容于他所处的具体时代"。由此,他首先将探索的目光投向了中国世俗社会机制。他发现中国世俗社会的机制非常奇特:它一方面愿意播扬和轰传一位文化名人的声誉,利用他、榨取他、引诱他;另一方面从本质上却把他视为异类,迟早会排拒他、糟践他、毁坏他。他认为这一切都起源于一种人的自卑而狡黠的觊觎心态,正是这种"文化群小"心态使才华卓绝一世的苏东坡陷入了重重围困之中。作者对那些罗织罪名,试图将苏东坡置于死地的"乌台诗案"中的卑劣小人的心态进行了痛快淋漓的揭露和剖析,并由衷地对苏东坡的命运发出了这样的感叹:"贫瘠而愚昧的国土上,绳子捆扎着一个世界级的伟大诗人,一步步行进。苏东坡在示众,整个民族在丢人。"这种"小人牵着大师,大师牵着历史。小人顺手把绳索重重一抖,于是大师和历史全都成了罪孽的化身"的荒诞场景,在中国历史上一再地上演,正是作家感到痛心和悲哀的原因,由此他呼唤一种文化良知和民族健全人格,以求这种迫害文化大师、毁灭文化的悲剧不致重演。所以作者虽然写的是历史,但关注的是现实。虽然是在发思古之幽情,实际上是在借古人之酒杯,浇自己之块垒。

该文既写出了苏东坡身处重围的孤寂和悲凉,又写出了苏东坡在这种逆境之中的精神上的升华和文化人格的成熟。他彻底地远离了人生的喧闹,去寻找无言的山水和远逝的古人,与其进行一种精神上的交流和对话。通过这种对话,他终于找回了一个真正的自己,抛开了名缰利索的束缚和羁绊,回归于清纯和空灵,由此完成了一次整体意义上的脱胎换骨,使他的艺术才情获得了一次蒸馏和升华。这种精神和人格上的升华和成熟,终于使他写出了光耀后世的千古杰作《念奴娇·赤壁怀古》和前、后《赤壁赋》。如此,文章也就通过对苏东坡的人生、艺术之路的探寻,描绘出了以苏东坡为代表的知识分子的精神成长的历史。

在形式创造上,该文也进行了一些新的探索,首先在作品的构架上,作家的这种"文化散文"是散文创作中的前所未有的宏篇巨制,它融历史故事、诗论语言和文化感怀于一体,使散文具有了较大的审美包容性。另外,典型的戏剧性品格,理与情的兼胜,典雅而又自如的语言营造,都构成了余秋雨散文的艺术特色。余秋雨在散文创作上的这种尝试和探索,为文学走向社会、走入民间以及文学的市场化都提供了一种新的经验和途径。

(耿传明)

谁是最可爱的人[*]

魏　巍

在朝鲜的每一天,我都被一些事情感动着;我的思想感情的潮水,在放纵奔流着;它使我想把一切东西,都告诉给我祖国的朋友们。但我最急于告诉你们的,是我思想感情的一段重要经历,这就是:我越来越深刻地感觉到谁是我们最可爱的人!

谁是我们最可爱的人呢?当然,我们的工农群众就是无比可爱的;可是这里我想说的是他们的子弟,那些拿起枪来献身革命斗争的工农子弟,那些为马列主义、毛泽东思想武装起来的战士们,我感到他们是最可爱的人。

也许还有人心里隐隐约约地说:你说的就是那些"兵"吗?他们看来是很平凡、很简单的哩,既看不出他们有甚么高明的知识,又看不出他们有丰盛细致的感情。可是,我要说,这是由于他跟我们的战士接触太少,还没有了解到我们的战士:他们的品质是那样地纯洁和高尚,他们的意志是那样地坚韧和刚强,他们的气质是那样地淳朴和谦逊,他们的胸怀是那样地美丽和宽广!

让我还是来说一段故事吧。

还是在二次战役的时候,有一支志愿军的部队向敌后猛插,去切断军隅里敌人的逃路。当他们赶到书堂站时,逃敌也恰恰赶到那里,眼看就要从汽车路上开过去。这支部队的先头连就匆匆占领了汽车路边一个很低的光光的小山岗,阻住敌人。一场壮烈的搏斗就开始了。敌人为了逃命,用了三十二架飞机、十多辆坦克和集团冲锋向这个连的阵地

---

[*] 原载 1951 年 4 月 11 日《人民日报》。

汹涌卷来,整个山顶的土都被打翻了,汽油弹的火焰把这个阵地烧红了。但勇士们在这烟与火的山岗上,高喊着口号,一次又一次地把敌人打死在阵地前面。敌人的死尸像谷个子似地在山前堆满了,血也把这山岗流红了。可是敌人还是要拼死争夺,好使自己的主力不致覆灭。这场激战整整持续了八个小时,最后,勇士们的子弹打光了。蜂拥上来的敌人占领了山头,把他们压到山脚。飞机掷下的汽油弹把他们的身上烧着了火。这时候,勇士们是仍然不会后退的呀,他们把枪一摔,身上帽子上呼呼地冒着火苗,向敌人扑去,把敌人抱住,让身上的火,也要把占领阵地的敌人烧死。……据这个营的营长告诉我,战后,这个连的阵地上,枪支完全摔碎了,机枪零件扔得满山都是。烈士们的尸体,保留着各种各样的姿势,有抱住敌人腰的,有抱住敌人头的,有掐住敌人脖子把敌人摁倒在地上的,和敌人倒在一起,烧在一起。还有一个战士,他手里还紧握着一个手榴弹,弹体上沾满脑浆;和他死在一起的美国鬼子,脑浆迸裂,涂了一地。另有一个战士,嘴里还衔着敌人的半块耳朵。在掩埋烈士们遗体的时候,由于他们两手扣着,把敌人抱得那样紧,分都分不开,以致把有些人的手指都掰断了。……这个连虽然伤亡很大,他们却打死了三百多敌人,更重要的,他们使得我们部队的主力赶上来,聚歼了敌人。

　　这就是朝鲜战场上一次最壮烈的战斗——松骨峰战斗,或者叫书堂站战斗。假若需要立纪念碑的话,让我把带火扑敌和用刺刀跟敌人拼死在一起的烈士们的名字记下吧。他们的名字是:王金传、邢玉堂、王文英、熊官全、王金侯、赵锡杰、隋金山、李玉安、丁振岱、张贵生、崔玉亮、李树国。还有一个战士,已经不可能知道他的名字了。让我们的烈士们千载万世永垂不朽吧!

　　这个营长向我说了以上的情形,他的声调是缓慢的,他的情感是沉重的。他说在阵地上掩埋烈士的时候,他掉了眼泪。但他接着说:"你不要以为我是为他们伤心,我是为他们骄傲!我觉得我们的战士太伟大了,太可爱了,我不能不被他们感动得掉下泪来。"

　　朋友们,当你听到这段英雄事迹的时候,你的感想如何呢?你不觉得我们的战士是可爱的吗?你不以我们的祖国有着这样的英雄而自豪吗?

我们的战士,对敌人这样恨,而对朝鲜人民却是那样地爱,充满国际主义的深厚热情。

在汉江北岸,我遇到一个青年战士,他今年才二十一岁,名叫马玉祥,是黑龙江青岗县人。他长着一副微黑透红的脸膛,高高的个儿,站在那儿,像秋天田野里一株红高粱那样淳朴可爱。不过因为他才从阵地上下来,显得稍微疲劳些,眼里的红丝还没有退净。他原来是炮兵连的。有一天夜里,他被一阵哭声惊醒了,出去一看,是一个朝鲜老妈妈坐在山岗上哭。原来她的房子被炸毁了,她在山里搭了个窝棚,窝棚又被炸毁了。回来,他马上到连部要求调到步兵连去,正好步兵连也需要人,就批准了他。我说:"在炮兵连不是一样打敌人吗?""那,不同!"他说,"离敌人越近,越觉着打得过瘾,越觉着打得解恨!"

在汉江南岸的那些日子里,有一天他从阵地上下来做饭。刚一进村,有几架敌机袭过来,打了一阵机关炮,接着就扔下了两个大燃烧弹。有几间房子着火了,火又盛,烟又大,使人不敢到跟前去。这时候,他听见烟火里有一个小孩子哇哇哭叫的声音。他马上穿过浓烟到近处一看,一个朝鲜的中年男人在院子里倒着,小孩子的哭声还在屋里。他走到屋门口,屋门口的火苗呼呼的,已经进不去人,门窗的纸已经烧着。小孩子的哭声随着那滚滚的浓烟传出来,听得真真切切。当他叙述到这里的时候,他说:"我能够不进去吗?我不能!我想,要在祖国遇见这种情形,我能够进去,那么,在朝鲜我就可以不进去吗?朝鲜人民和我们祖国的人民不是一样的吗?我就踹开门,扑了进去。呀!满屋子灰洞洞的烟,只能听见小孩哭,看不见人。我的眼也睁不开,脸烫得像刀割一般。我也不知道自己的身上着了火没有,我也不管它了,只是在地上乱摸。先摸着一个大人,拉了拉没拉动;又向大人的身后摸,才摸着小孩的腿,我就一把抓着抱起来,跳出门去。我一看小孩子,是挺好的一个小孩儿呀!他穿着小短褂儿,光着两条小腿儿,小腿儿乱蹬着,哇哇地哭。我心想:'不管你哭不哭,不救活你家大人,谁养活你哩!'这时候,火更大了,屋子里的家具什物也烧着了。我就把他往地上一放,就又从那火门里钻进去。一拉那个大人,她哼了一声,我就使劲往外拉,见她又不动了。凑近一看,见她脸上流下来的血已经把她胸前的白衣染红了,眼睛已经闭上。我知道她不行了,才赶忙跳出门外,扑灭身上的火苗,抱起这个无父无母的孩子。……"

朋友,当你听到这段事迹的时候,你的感觉又是如何呢?你不觉得我们的战士是最可爱的人吗?

谁都知道,朝鲜战场是艰苦些。但战士们是怎样想的呢?有一次,我见到一个战士,在防空洞里,吃一口炒面,就一口雪。我问他:"你不觉得苦吗?"他把正送往嘴里的一勺雪收回来,笑了笑,说:"怎么能不觉得?咱们革命军队又不是个怪物。不过咱们的光荣也就在这里。"他把小勺儿干脆放下,兴奋地说:"就拿吃雪来说吧。我在这里吃雪,正是为了我们祖国的人民不吃雪。他们可以坐在挺豁亮的屋子里,泡上一壶茶,守住个小火炉子,想吃点甚么就做点甚么。"他又指了指狭小潮湿的防空洞,说:"再比如蹲防空洞吧,多憋闷得慌哩,眼看着外面好好的太阳不能晒,光光的马路不能走。可是我在这里蹲防空洞,祖国的人民就可以不蹲防空洞呀,他们就可以在马路上不慌不忙地走呀。他们想骑车子也行,想走路也行,边蹓跶、边说话也行。只要能使人民得到幸福,也就是我们最大的幸福。所以,"他又把雪放在嘴里,像总结似地说,"我在这里流点血不算甚么,吃这点苦又算甚么哩!"我又问:"你想不想祖国呀?"他笑起来,"谁不想哩,说不想,那是假话,可是我不愿意回去。如果回去,祖国的老百姓问'我们托付给你们的任务完成得怎么样啦?'我怎么答对呢?我说'朝鲜半边红,半边黑',这算甚么话呢?"我接着问:"你们经历了这么多危险,吃了这么多苦,你们对祖国对朝鲜有甚么要求吗?"他想了一下,才回答我:"我们甚么也不要。可是说心里话,——我这话可不一定恰当呀,我们是想要这么大的一个东西……"他笑着,用手指比个铜子儿大小,怕我不明白,又说:"一块'朝鲜解放纪念章',我们愿意戴在胸脯上,回到咱们的祖国去。"

朋友们,用不着多举例,你已经可以了解我们的战士是怎样一种人,这种人是甚么一种品质,他们的灵魂是多么的美丽和宽广。他们是历史上、世界上第一流的战士,第一流的人!他们是世界上一切伟大人民的优秀之花!是我们值得骄傲的祖国之花!我们以我们的祖国有这样的英雄而骄傲,我们以生在这个英雄的国度而自豪!

  亲爱的朋友们,当你坐上早晨第一列电车走向工厂的时候,当你扛上犁耙走向田野的时候,当你喝完一杯豆浆、提着书包走向学校的时候,当你坐到办公桌前开始这一天工作的时候,当你向孩子嘴里塞着苹果的时候,当你和爱人悠闲散步的时候……朋友,你是否意识到你是在幸福之中呢?你也许很惊讶地说:"这是很平常的呀!"可是,从朝鲜归来的人,会知道你正生活在幸福中。请你意识到这是一种幸福吧,因为只有你意识到这一点,你才能更深刻了解我们的战士在朝鲜奋不顾身的原因。朋友!你是这么爱我们的祖国,爱我们的伟大领袖毛主席,你一定会深深地爱我们的战士,——他们确实是我们最可爱的人!

一九五一年四月一日夜草

(选自《谁是最可爱的人》,人民文学出版社 1978 年版)

【作者简介】

  魏巍(1920~2008),当代著名作家,河南省郑州市人。1937 年参加八路军,曾在延安抗日军政大学学习,毕业后赴晋察冀边区,长期从事部队宣传工作。从 1939 年起,开始发表诗作,1942 年发表长诗《黎明风景》,解放战争期间创作了《寄张家口》、《开上前线》、《白睿子战斗赞歌》等诗歌。抗美援朝期间,先后三次赴朝,为英雄事迹所鼓舞,写了《谁是最可爱的人》、《年轻人,让你的青春更美丽吧》、《依依惜别的深情》等报告文学。此外,魏巍还写有散文杂文集以及与其他同志合著的中篇小说、歌剧、电影小说等。近年来,又写了散文集《在欢乐的鼓声中前进》和悼念老一辈无产阶级革命家的诗作。小说创作有《地球的红飘带》、《火凤凰》、《东方》等,《东方》获第一届茅盾文学奖。

  魏巍的散文,以文艺通讯为其主要形式。鲜明的时代精神,对英雄人物的热情赞颂,善于开掘具有重大意义的主题,善于把抒情、叙事、议论、写景熔为一炉,语言亲切、绚丽,富有浓郁的诗意,这是魏巍散文和报告文学的主要特色。

【作品简析】

《谁是最可爱的人》发表后，在国内产生很大影响，人们普遍用"最可爱的人"来称呼中国人民志愿军。

这篇作品之所以能产生如此巨大的影响，首先在于它提炼了一个有鲜明时代精神的主题，表现了能感染、激励、教育人们的深刻思想。魏巍在《我怎样写〈谁是最可爱的人〉》中谈到："我能写出《谁是最可爱的人》，最基本的原因，是我们的战士的英雄气魄、英雄事迹，是这样的伟大，这样的感人；而这一切，把我完全感动了。"正是基于这种思想感情，和在长期部队生活及朝鲜前线的战斗中对战士本质的深刻认识，使他能在许许多多的感受中提炼出"谁是最可爱的人"这个有鲜明时代色彩、有深刻思想内涵的主题。这一主题既深刻地概括了志愿军战士的崇高品格，又传达出亿万群众对志愿军的崇敬、热爱之情，因此，能在广大读者中激起强烈共鸣。这一主题的思想核心是志愿军战士身上最本质的东西——爱国主义、国际主义以及革命英雄主义精神。作者认为"这是我们战士英勇无畏的最基本的动力"。

善于选择典型事例表现主题，是这篇散文写作上的一个突出特点。

志愿军入朝作战，动人事迹成千上万，如何从中选择出最能表现"最可爱的人"思想本质的典型事例，是考验作者政治和文艺见识力的一项工作。魏巍从大量英雄事迹中选出二十多个例子，又从二十多个例子中选出三个故事（松骨峰战斗、马玉祥救朝鲜儿童、防空洞里的一席谈话），从三个侧面充分地表现了主题，有以一当十之效。

松骨峰战斗，着重写志愿军战士对敌人的恨。在弹尽粮绝的最后时刻，面对"蜂拥上来的敌人"，勇士们也决不后退，"他们把枪一摔，身上帽子上呼呼地冒着火苗，向敌人扑去，把敌人抱住，让身上的火，也要把占领阵地的敌人烧死"。他们每个人的牺牲都是一首悲壮的史诗：有的掐住敌人的脖子把敌人摁倒在地上，有的手榴弹上沾满了敌人的脑浆，有的嘴里还衔着敌人的半块耳朵……正是对侵略者的深仇大恨，才激发出他们这种要压倒一切敌人而不被敌人所屈服，即使剩下一个人也要继续战斗下去的革命英雄主义精神。

马玉祥冲入熊熊大火中抢救朝鲜妇女和儿童，表现志愿军战士对朝鲜人民的爱,这是国际主义精神的集中体现。马玉祥听到孩子的哭声,毫不犹豫地冒着烈火浓烟冲进屋里去,他想的是"朝鲜人民和我们祖国的人民不是一样的吗?"所以在这里,国际主义与爱国主义两种崇高的感情是交织、融合在一起的。

在防空洞里"我"同战士们的一席谈话,更进一步展示了志愿军战士们的美好心灵。"我在这里吃雪,正是为了我们祖国的人民不吃雪","我在这里蹲防空洞,祖国的人民就可以不蹲防空洞","只要能使人民得到幸福,也就是我们最大的幸福"。从这些普普通通的话语里,使我们看到了志愿军战士为人民吃苦、为祖国献身的高尚的品质和伟大的情怀!这一点,正是他们在朝鲜战场上创造出惊天动地英雄业绩的力量的源泉。

这三个故事,描绘了三个场景、三组形象:有战场上的,也有战场以外的生活;有英雄的集体,也有英雄的个人;有知名的英雄,也有无名的战士。这样就从不同侧面表现了志愿军战士的全部生活经历,展现了他们崇高的精神境界,最后为我们塑造出了"最可爱的人"的英雄雕像。

作者说:"写战士怎样才能生动?我觉得不仅应写战士的英雄行为,还要写出英雄的思想感情。"作品正因为写出了战士不平凡的思想感情,才有力地揭示了那个伟大的时代,使读者感受到那个震惊世界的抗美援朝战争所以能取得胜利的根本原因;使读者因为我们有"历史上、世界上第一流的战士"而感到骄傲,为"生在这个英雄的国度而自豪!"这三个有代表性、典型性的故事,珠联璧合、浑然一体,有力地阐明了具有强烈时代精神的主题,表现出作者善于选材、深入开掘主题的才能。

形象化叙事与抒情性议论的完美结合,以及饱含感情的诗化的语言,也为这篇作品增添了感人的艺术魅力。开头和结尾用诗化的语言、用许多引人深思的排语来点化主题,拨动读者的心弦。中间的三小段抒情性议论分插在对三个故事的形象化叙述中,使叙事、抒情、形象塑造完美地交融在一起,语言形象、生动、晓畅、明快,具有节奏感和音乐美,如开头"他们的……是那样……"四个排比句,结尾"当你……的时候"六个排比句读来使人心情激荡、热血沸腾,仿佛又回到了那个火热的战斗年代。

(李丽中)

在桥梁工地上[*]（节选）

刘宾雁

……

四

我记忆里的罗立正，是一九四九年随军南下，抗着几十斤重的行李披星戴月奔走在京汉路沿线的那个人。那时节，工作确实困难：工人要自己招，自己训练；器材也要自己去找。抢修桥梁的限期又十分急促。

多少次晚间，我们在帐篷旁边烧起一个火堆，一面烘烤着湿透了的衣裳，一面海阔天空地闲扯。年轻人看着熊熊烈火谈话，又怎么能不海阔天空呢？

"等仗打完了，我还要修桥，"罗立正说，"把技术好好摸摸，带上一批人，机器——那时候准有机器啦，到黄河、长江上把大桥一个个地架起来！……没有桥，就没有路。造桥的人走过去，后面的人就不怕甚么大河、沟壑，可以一拥而过了……"

我们从造桥谈到造汽车、拖拉机，谈到坦克大炮，然后又回过头来谈到造桥。

"你们见过拱桥没有？"罗立正又问火堆旁的众人，自己回答说："最漂亮了。像条带子。咱们现在只能造石拱桥，要是能在黄河、长江上造一座钢拱桥，那该多美……"

他似乎为自己的幻想害羞，轻轻地笑了。火光照着他红红的脸，发亮的眼睛……

经过六年时光，从前是梦想的，现在都有了。罗立正，就是这个人，

---

[*] 原载《人民文学》1956 年第 4 期。

已经在黄河上造了不止一座桥梁,中国第一座大拱桥,也要在他手下竖立起来了。

奇怪的是,现在罗立正并不为这些感到兴奋。当然,回顾这几年成绩的时候,他并不是不感到骄傲,疲乏的脸上也会露出微笑,但一会儿也就过去了。

要说罗立正对什么事都平淡,那也不对。我的朋友有了新的嗜好。他爱打猎。几乎成了规律,每逢星期三、四,他总要自己开着吉普车到旷野里去打黄羊。有一天晚上——大概是星期四,他从城里回来,一见我,就把我拉到他房里,泡上两杯红茶。一面擦着猎枪,他就一面连说带比划地对我开起讲来:

"奇遇,真叫奇遇呀!刚才路上,碰见五六只黄羊,见了汽车也不跑,倒站在公路中间,伸直脖子,瞪着小眼睛看汽车灯。我把子弹装好了,瞄准了,手都扳住了枪机,可是心忽然那么一软,就鸣了下车笛,把它们赶跑了,有意思,真有意思……"

他自己跟自己笑起来。我忽然发觉,在讲小黄羊的这一刹那,他的容貌、神情跟一九四九年那时非常相似,好像就在火堆旁边讲幻想那个模样……

然后,他又对我讲起另一次打猎时为了追赶黄羊怎么把汽车弄到草原上前不着村后不着店的地方抛了锚的故事。说完,就打开抽屉,拿出一个小匣子,戴上一只放大眼镜,修理起表来。这也是他的一个新嗜好——晚上没事的时候,在静静的房间里静静地修理修理手表、怀表。队部里的人知道队长有这个特长,表出了毛病,都找他修理。罗立正呢,也把这当作一种消遣。

是的,罗立正变了。经过这几年锻炼,他确实比从前成熟得多了,可时间好像也在他身上注入了一些别的东西。我一时说不清这变化是甚么,但记得从前的罗立正对任何事情都有兴趣,总想亲手摸一摸,现在呢,他有点讨厌具体的、繁杂的事情。几次队部的计划会议上,各科室的主任提起一些问题——例如计件工资实行以后定额不合理、工人有意见之类的问题时,我从默默无言的罗立正的脸上看见的,总是淡漠和烦躁混在一起的表情。局里常常找他去开会,又往往是队里事情最

257

忙的时候,这时,罗立正常常把通知捏在手里给别人看,作出哭笑不得的样子,意思是:看,又来了,真没办法呀!可是一进城,就是两三天——其实第二天就回来也是可以的。有两次,我也参加了会。罗立正坐在离我不远的地方。几个钟头的报告和发言,虽然是长了些,可是应该说还是挺有内容的。我看罗立正,只见他不是在笔记本上画圈圈,就是和旁边的熟人开个玩笑甚么的。他既不去听人们的发言,也不觉得坐在那里有甚么无聊。是啊,开会时不必作主席或发言,要比在家里听自己工作里的问题轻松得多啊。你可以坐在那里,甚么也不想,甚么也不做,时间就滴滴嗒嗒溜过去的,又不能说你不是在工作。……

要说变化,还有一点。看见甚么事跟自己想的不同,或者只不过是自己不能理解,他不怀疑自己,却时常轻蔑地评头论足,有时简直就是嘲笑:

"看见了么,曾工程师看《红楼梦》呢,"有一次他忽然把嘴对准我耳朵说,见我莫名其妙,又重复一遍:"团委委员,又是工程师,居然看起《红楼梦》来!有意思,真有意思!"

我想说,这有甚么奇怪,一个桥梁队长、党委委员一两个星期不摸报纸,从来不看小说才是怪事呢。

我不禁想起一个笑话来。一个人生了懒病,成天躺在床上,还认为人的最正常的姿态是躺着,于是觉得别人在地上走路是反常的,自己拚命打哈欠,来嘲笑这些反常的人,并以此纠正别人的脑筋。

……四月底的一天傍晚,我从凌口大桥工地搭罗队长的车子返回队部。车子是他自己驾驶的,我坐在他旁边的座位上。

是个大风天,车子在茫茫的黄土烟雾中缓缓前进。车前面的小旗杆被暴风打击得不住地颤抖。沙粒从吉普车的每个空隙钻进来。我好像能够感觉得出,沙土怎样渐渐塞满了我的头发根。

我的朋友这天心绪很不对劲。从上车起,一句话也没说,皱着眉直瞅着车窗外的滚滚黄沙,双手小心地调整着驾驶盘。

走了约摸有十几分钟,他忽然狠狠地吐了口唾沫。我以为他是在吐口里的沙土,可是他接着就说:

"一团火!……"

我才知道,他是在回想方才在三分队和工人们一起开的会。出了一个误会:罗队长本是来给大家作报告的,工人们却七嘴八舌地给队部提起意见来。这当然不很痛快。

"你带过队伍么?"他把头朝我这边偏一点,眼睛却仍然看着前方说:"有句老话,叫'带兵如带虎'。我看,带工人比带兵困难得多。我真羡慕部队的干部。部队,用不着叫战士讨论作战计划,战士给团长提意见,更不许可。……可是我们这儿呢,说话的人多还是小事,说不准哪一天就给你闹出个乱子来。出了事,作领导的就得首当其冲。……"

我反驳他说,工人尽管提意见,劳动纪律和技术纪律一般还是遵守的。我在桥梁队住了半个多月,还没见过队部的哪一道命令下面不执行的。

"可是他们有多少意见!要天也得给半面!"罗立正使劲摇了几下头:"再说,你知道我们干桥梁的有多少犯错误的机会么?刮风下雨,洪水流冰,老天爷不跟你商量,这是一。水底下情况,摸不着看不见,这是二。上面的政策、决定、指示不能疏忽,这是三。现在又多了一个四——人民监察室,建设银行的监督,工人的意见……"

车子前面出现了一个标志牌,上面画着像几条闪电连在一起似的记号。路的右边是山,左边是峡谷,前边是一条和那记号同样形状的道路。走过这一段曲曲弯弯的路,罗立正才继续谈下去:

"我常想,有了党的正确领导,我们还需要作甚么呢?"他停了一下,好像要让我也想想该怎么回答这个问题,过一会儿接着慢慢说下去:"就是一条:不犯错误!不犯错误,就是胜利!就这一条,也很难做到……"

这话,听来有点道理,可又不完全对。把这话跟我这些时候在桥梁队所见所闻联系起来,我才明白它的意思。假定我们此刻乘着的不是个车子,而是条轮船,这位水手在说:好,停下来罢,这样保险触不了礁。……不,航行的目的不是不触礁,工作的目的不应该是不犯错误!

看了看紧闭着嘴陷入沉思的罗立正,我觉得现在才终于了解了他。

天完全黑了。车灯光里,是一片灰尘的海。我们的衣服、皮肤上已经罩满了一层黄黄的灰尘。灰尘塞住鼻子,呼吸都觉得干辣辣地有些困难了。

五

四月底,黄河的水发黑了。

这是警报,洪水就要来了。这一带,造桥的人每年要两次面对自然的威胁:春季的洪水和冬季的流冰。

眼看着水位一天比一天高,流速一天比一天急。工人们的心比水还急:不赶快把桥墩抢修出水面,就要扔掉半年时间,到秋天,洪水退了,才能继续施工。工作速度一鼓劲地加快了。

洪水也不让步。它要抢先。它横冲直撞地朝桥墩工程袭来,要冲倒立在河心的钢板桩。

水文站每天几次来电话通知水位,流速的发展。能够安全施工的日子屈指可数了。但黄河上两座大桥,有两个桥墩还在施工。钢板桩有被冲垮的危险。

五月七日这天,拱桥的一号墩钢板桩迎着水头的那一面有点向后倾斜了。继续施工?还是先去把钢板桩加固?主管工程师拿不定主意,向队部请示。罗队长跑到桥头看了看,又跑回来,愁眉深锁,忧虑重重:继续施工吧,不一定能抢修得出来,钢板桩被冲垮或是水淹了人可怎么办?停止施工吧,万一洪水来得太猛,以后无法把桥墩抢出水面,这责任谁负得了?需要决定,即刻作出决定。可是这太困难了啊:无论怎么决定,都没有十分把握,倒有七分犯错误的可能。要负责任,这责任可担待不了啊……

急中生智:请示工程局!再没有比这更如意的办法了。只要处长或局长说话,一切问题,一切困难就都不存在了。

于是,罗队长拿起电话耳机来。处长不在,副处长也不在。第二次拿起耳机,仍然不在。第三次,交换台算是从会议上把处长找来了。可是,罗队长总算还在河边看过,处长却看也没看见水势怎样。自然需要考虑。约好了,夜里来电话,通告处理的意见。

就在罗立正站在电话机旁着急、对话的时候,黄河的水朝河心的钢板桩一次又一次猛力打来。下午五时,就是罗队长好容易在耳机里听到处长声音的时候,圆圆的钢板桩变扁了,整个朝后仰过身去。河岸上的工人张罗着要上去抢救里面的机器。可是这已经确实要冒险了,谁也不放他们上去。五点半钟,便桥的木头吱吱嘎嘎地响了起来。下午六时,钢板桩前面的便桥叫河水给冲断了。七点钟左右,周副队长仍然在办公室等着电话,外面传来群众惊呼、忙乱的声音。罗立正不看就知道出了什么事。但他还是跟着众人朝河边走去。他走到河边的时候,钢板桩已经没有了影子。在他身旁,一个工人哭了。

"一百多根钢板桩,怎么打捞啊?"

"不打捞也不行,桥墩还得修在这块地方……"

"抽水机也给冲走了……"

工人们议论着这次灾害造成的损失。队长比他们清楚得多,他早都想过了。打捞费、材料费、工时损失费……,你如果要,他可以在十分钟内就计算出来。他想的是另一回事:

"万幸,万幸,电话总算打通了——不管怎样,我请示过了……"

就在这同一段时间,凌口大桥上发生着另一件事。

凌口大桥离大拱桥有十几里路远。打在拱桥桥墩上的洪水,几分钟以后就朝河口大桥的桥墩上冲来了。

五月七号早晨,曾刚从桥头帐篷里走出来的时候,河水快跟五号墩桩子扫平了。下面,基础还差六寸多就可以落底。

但是洪水每分钟都可能冲垮便桥,断绝工人的后路,随时都可能打进桥墩工事,把工人埋在里面。

"桥墩不出水,就要影响通车!"

"瞧这水头,快有你高了。"

"怎么着也得把它抢出来!"

工人们议论纷纷。曾刚马上召集积极分子开会讨论:能不能继续施工?如果能够,有甚么办法保证安全?

还没等会开完,这天早晨接班的基础工就成立了突击队。这群小伙子穿上胶皮衣裤走过颤颤悠悠的便桥去上班,并不是不担心:只要洪水耍个急躁,就准保有去无回呀。但是谁都知道这八小时多么重要,也相信主管工程师和老工人们有办法,不会叫他们吃亏。

前一天,就作了准备。修理了便桥,检查了一切钢索,调换了钢板桩下的抽水机,在钢板桩中间加了一道支撑,上面还加了一圈土口袋。这天的会议上又想了许多办法,方针是:能坚持,就多坚持一分钟;水情剧变,就立即停止工作。党团组织在工人中间也作了工作。

水下,破碎机加快了凿岩速度,响声连成一片。梯子上设置了专人注视着岸上,手里紧捏着电门——岸上一摇旗,他就要关死绿灯,打开红灯,命令工人们撤退。工人们却谁也顾不得仰头去看灯。

河上水涨一点,沉井下面马上就觉得出来。到中午,水都没了工人们的膝盖。下午二时,钢板桩的支撑被洪水硬给挤断了,水从钢板桩的缝子里扑扑地淌进来。工人们不敢挺直腰板——一挺身,就灌一脖子水。水一股一股地涌进来,抽水机的大管子都抽不干了。工人们仍然坚持工作,沉井缓缓地下沉着……

这个时刻,分队办公室里电话响了。没人接。过了几分钟,又响了。还是没人接。电话执拗地响个不停,一个过路去接班的工人进来拿起了听筒。电话里说,据了解,凌口大桥的便桥不行了,必须马上拆掉。这工人告诉它,便桥昨天早已修好了,要拆也不行——沉井下面的工人们怎么回来啊。电话里的声音沉默了一会儿,又说,必须停止施工,等待局里指示,还要找曾工程师说话。这工人放下耳机,朝工地走去。他在桥头上见了曾工程师,想叫他来接电话,可是又一想,算了,抢工要紧,现在就是要谁放弃工作他也不肯干的,于是,就脱下棉衣,换上胶衣,走上了便桥……,电话还在办公室里等着,就再也没人理会。

沉井下面,水还在上涨。人们工作四小时,就疲劳了,石粉呛人,空气也不是味道。曾工程师下令,把三八制工班改成四六制,另外随时准备一批人接替疲乏过度的工人。

……天刚扑亮,沉井落底了。最后一班工人顺梯子爬上水面时,耳朵震动得甚么也听不见了。心里呢,可着实欢哪,就像烧了把火似的。一上来,没顾水面已经把便桥给浮了起来,就扯着嗓子朝岸上喊:

"提前啦——!"

"交——出去啦——!"

"这边没问题啦——!"

岸上,人们早已在等着这个消息了。

事情可还没完。砌石工接着就爬上了桥墩砌镶面石。说也紧张,工人在上面砌,水在下面涨;石头起一层,水涨起一层。刚把镶面石作完,水就淹上来了……

人们都轻松地喘了口气:就靠这二十四小时,真险哪!但他们没有欢乐多久。几分钟以后,他们得到一个丧气的消息:拱桥的一号墩叫洪水给冲垮了。

六

在离开桥梁队以前,我来到河边和未完成的拱桥告别。

这将是一座多么漂亮的桥梁啊!从南岸扬起的第一个拱架,活像一只雄鹰的翅膀。如果一号墩修起来,那么另一只翅膀也该张开了。现在,在河心仅有的一个桥墩的北侧,露出几根钢筋,拱架却没有了,就像甚么人一刀砍断了这只翅膀,只剩下几根筋骨似的……

令人惋惜的,当然不仅是这一座桥梁。半年以后,被冲垮的桥墩仍然要树立起来。火车仍然要从这桥上开过。人们仍然有机会欣赏这座雄伟的大桥。另一件事远比这件更为重要。

我向罗队长、周主任告别。天气已是黄昏时候,工地上一片寂静。往常这个时候,工人们正来来往往交班,最热闹不过了。一号墩冲垮以后,各项工作大都停了下来,于是整个工地便沉陷在对于这个不幸事件的哀悼之中。看见这副景象,我不禁叹了口气。罗立正跟着也叹了口气。但是我知道,从最近他写给局里的报告看,他并不认为自己在一号墩事件上有甚么责任。洪水来得太早,自然灾害,有什么办法呀!……每逢提起一号墩的事,罗立正总是苦笑着摇头。起初闹不清他这笑和摇头是甚么意思,仔细看了几次才恍然大悟,这意思是:有甚么办法呢?倒霉事都叫我们摊上了。今天,叹气之后他又这样苦笑起来。

我忽然想起周主任最爱说的一句说,也苦笑着说:"造桥,不容易啊!"

"是呢,不容易啊!"周主任马上发生了共鸣:"好在,这次没出人身

263

事故,一个人也没有死。这么大的洪水!来得又那么突然!不死人,这不简单哪……"

罗队长马上又把问题提到哲学的高度,说:"就是,就是。不可避免。谁让老天爷不跟咱们商量呢!光凭主观愿望办事,就是行不通。不可避免的,就是不可避免……"

我想问:假如既不让桥墩冲垮,又不出人身事故,岂不是更好么?三分队的凌口大桥跟拱桥同在一条河上,不是也避免了"不可避免"的灾害么?

一路上,我的思想里不停地翻腾着这个问题。是的,在我们建设初期,由于缺乏经验,不能不遭受一些不可避免的损失。今后,经验不足、自然灾害也是不能完全防止的。但是,我们少炼出的每一吨钢水、少铺下的每一根钢轨、糟蹋掉的每一方木材和多耗费的每一元资金都是"不可避免"的么?就在今天,条件完全一样的两个地方,事故次数、工作速度和成本与质量的高低悬殊很大,这又怎么解释呢?

五个月以后,一九五五年十月里,毛主席"关于农业合作化问题"的报告发表了。随着农业合作化高潮的到来,随着资本主义工商业社会主义改造高潮的开始,工业建设战线上也发生了深刻的变化。这一年年底,工人们听到了毛主席关于反对右倾保守、加快建设速度的指示。工人们说,"毛主席给咱们撑腰了!"

一个空前规模的劳动高潮首先从辽宁省、从抚顺的矿下和沈阳的车间里出现,紧接着就开始在全国各地形成。群众的劳动热情像潮水一般,冲破保守主义者设下的堤防,卷走了许许多多据说是"祖传下来"因而"动不得"的东西。工人们扬眉吐气,用自己的双手修改了计划和指标,扩大了先进生产者名单,打破了许许多多似是而非的迷信。大批大批昨天的"落后分子"挤入了最前列,一天干两个定额的青年突击手们越来越多了。

过去也有过劳动热潮,有过群众性的技术改革运动,但哪一次也没有这么广泛,没有这么迅速;这是第一次,群众竞赛的矛头首先指向保守主义和官僚主义。一再斟酌、壮着胆子拟出的规划,一拿到工人大会上就被更高的要求给突破了。愁坏了计划工作者,忙坏了搞原材料供应的人……

二月里,我为一个采访任务去西北,路上忽然想起了老朋友罗立正和他的桥梁队。这位仁兄今天在干些甚么?还是那么泰然自若么?还是在群众大会上擦着汗朗读自己修改了几次的检讨呢?想起这些,我忍不住要笑。

我决定顺便去看望看望他。

从高兰市乘公共汽车走二十多分钟,就到了西冈镇。从这里,还要翻过几个山头,才是桥梁队队部的所在地。

这里刚刚下过一场大雪。沿着路轨走那段平路还没有甚么,上山的时候可就有点艰难了。我身上的老羊皮大衣骤然增加了十几斤分量。翻过两个山头,我就累得满头大汗了。

走上最后一个山头,我不由自主地站住了。面前是一片迷人的雪景。无边的白雪罩住了目所能及的一切。黄河不见了。没有风,缕缕炊烟从窑洞和土房的门前像条线般向空中升起。在一片静穆之中,沐浴着阳光的枯树枝儿和一两声吱喳的鸟鸣,透露着分外强烈的生气。我张开嘴,狠狠地吸了一口清鲜的、带着一股甜味的空气。春天要到了。

阳光在那屹立在河心的拱桥石墩上抹下了最浓的色彩。这时我才看见,一群稀稀拉拉的黑影在河边雪地上来回移动。对岸也是一样。定睛看去,才知道这些工人们是在搬运木桩。一定是一号墩的重新修建又要开始了。我在编辑部看过来稿,说是五月的事故发生以后,在洪水的威胁下,半年多时间桥墩不能动工。十二月才请来潜水工人,在河底把一百多根钢板桩一一拆开,有的还要一段段锯开,然后才慢慢打捞上来。看来这些工作都已经作完了。

我身后传来吱吱咯咯的踏雪声。回头一看,原来是两个工人赶上了我。那个子稍矮的一个,穿着一身染满了油垢的黄色棉大衣。看见我,他忽然站了下来,然后就迈着大步跑来拉我的手。原来他是起重工张广发,从前教过我认各种绳扣的。我们一起朝队部走去。这三里地路上,他忽而兴奋、忽而气愤地对我追述着半年多时间里桥梁队发生的事情。他的脸通红,冒着热气,眼睛显得分外地黑白分明,露着一股稚气。我奇怪为甚么他一句也没提到他十分敬爱的曾工程师。问起曾工程师,他忽然站住,直瞪着我惊讶地问道:

"怎么,你还不知道曾工程师早就调走了?"

这回是轮到我惊讶了。他这才说道:

"那还是六月的事,半年多了……"

他的同伴,一路上一言未发的,这时忽然开口纠正他:

"哪是六月,五月底么,棉衣还没脱下来呢……"

"对,许是五月底,"张广发郑重其事地说下去。显然,这次人事调动在他们看来是桥梁队的一个大事件:"抢修五号墩过去没几天,就给调走了。这都是咱们听说的。那几天队部里成天开会,我们还以为是检查一号墩冲垮的事故呢。后来才知道是讨论曾工程师跟周主任的关系问题。说是,两人都有缺点,曾工程师骄傲自满,周维本也有毛病……。最后领导上的意见是两个人里一定得调走一个。我就不信曾工程师有缺点,可没想偏偏就把曾工程师给调走了……"

"那也不是,"那个个子稍微高一些的工人说,我这时才发觉他年纪要比张广发大得多,四十岁总有了:"曾工程师也不是一点缺点都没有。骄傲,大概也有点。可是人年轻,做事怎么能没有点不是?就说你,张广发,要挑毛病也总能挑出一箩子。你别笑。……我是说,不能光从这上看。凡事都得先把谁是谁非弄清楚。主任跟工程师不和,不能说两人都不对。早先劝架的常说,一个巴掌拍不响,可是这一件跟吵嘴打架是两码事……"

"就算是两人都不对,为什么单把曾工程师给调走呢?我想不通!"张广发说完把嘴一闭,脸更红了。

"吴书记的意思,是两个都不调。要调,就调主任走。局里说,闹关系,就得拆开。偏巧水泥成品厂缺人。也怪,偏巧就非曾工程师这样的人去不可……"

我们已经走到最后的一个斜坡。队部办公室屋顶上滴下的雪水,都看得清清楚楚了。我辞别了两位同伴,就朝队部走去。

我推开门,就走进队长办公室。罗立正正伏在桌上,聚精会神地好像在写甚么。仔细一看,原来他还在修理手表!见我进来,他惊呼一声,就过来用左手紧紧握住我的手——右手上尽是油泥。

他满面笑容地和我寒暄。他一点也没瘦,还是满面红光,倒还胖了点。忽然间,他非常严肃地板起面孔,小声问我:

"听见中央的指示了么?"

不等我回答,就一面沏着红茶,感慨不已地说:

"英明啊,党中央真是无限英明!你说,咱们怎么就那么迟钝呢?故步自封,故步自封啊!"

接连歌颂了几句党中央英明之后,他瞅瞅我,忽然妙不可言地大笑起来。喝了口红茶,才说:

"小脚女人,哈,小脚女人,我们都是工业方面的小脚女人啦!哈……没长犄角,我们都没长犄角啊……"一阵笑声过去以后,他擦着眼泪,慷慨激昂地说:"豁然开朗,真叫是豁然开朗啊!谁说不保守?谁说中国没有官僚主义?啊?我们不就是?……"

我忽然想起一个熟识的厂长。这人平日矢口否认他有资本主义经营思想。为了我们报纸上的一篇批评稿里有这个字样,他竟争辩到面红耳赤,不肯退让,官司一直打到党省委工业部。可是上面一批判这类现象,大家都或多或少地检查出这一类思想的时候,他又逢人便说自己就是"最典型"的资本主义经营思想的代表,而且作了"深刻"的检查。这次反保守斗争,他又是奋勇承认自己是"最典型"的一个。而且多么巧,这人在谈到这些话的时候,也像今天罗立正这样大笑。连笑的声音都那么相似!

罗立正接着又谈了许多事例,证明"我们"过去是如何保守。他说了那么多"我们",从话音里看,他这"我们"里既包括了他,也有全体干部和一切工人,好像除了党中央,大家都保守,而罗立正只不过是其中的一个而已。

我提醒他,不久以前就在这个桥梁队,有人反对过保守,可是保守主义者不仅自己不长"犄角",也不许别人头上长这类东西,把一切意见、建议都给打回去了。

他不笑了,可也没怎么介意,随便说道:

"那时节,还不是谁都一样?没有中央的指示嘛……。"沉思了一会儿,他忽然若有所感,激动地说:"这就叫党的领导啊!有了党的领导,我们还怕甚么?啊?还怕甚么?无论甚么问题,中央都想得周周到到,迟早总要解决的。"说完,他又笑了。

不知是因为黄土墙上那只大钟的响声太单调了呢,还是因为罗立正的笑容过于熟悉了,我觉得烦闷起来。我信步走到窗边,向外面看去。拱桥附近燃起的灯火,像星星似地在蓝色的黄河上颤抖。这个劳动日的第三班开始了。这些将要在零下十几度的严寒里工作的共产党员、青年团员和普通工人们,是不是也在想"反正有了党的领导,一切都没有问题"呢?……

在这里再坐下去,已经无聊,可是我还是随便问了一句:

"队里的反保守进行得怎么样了?"

"自下而上,"看来他非常乐于回答这个问题:"我们是自下而上地搞,群众性的。先由工人、技术人员检查自己的保守思想,领导上加以批判,再由小队长、领工员检查——这些干部,保守思想最严重。然后,各分队、各科室的干部再作自我检查……"

我打断他,问道:"队长甚么时候才检查呢?"

他又笑了,拉开抽屉,拿出一大本文件递给我,胸有成竹地说:"呶,都在这里头了,两年规划。"他走过来,拉住我的胳臂亲热地说:"写篇文章,报道报道我们罢。写罢,写我们的保守也行。嘿,对,我可以给你找个典型,周主任!技术室的周主任!"

一股十分激烈的失望感忽然在我心头升起,又觉得懊丧而气愤。我曾以为,在今天这样全国性的高潮正在形成的时候,反掉保守、至少使保守者清醒过来该不是太难的事。我想错了。困难恰恰在于罗立正这样的人并不抵抗这个浪潮,困难在于问题不仅是个保守思想……

外面,暴风从夜的黄河上呼啸着、翻腾着飞过。透过窗子,好像也能闻到春天的充满生命的气息。北方的春天派狂风为春天扫路来了。

我的朋友呢,还坐在那里,眼里凝结着睡意。

春风啊,你几时才吹进这个办公室呢?

(选自《刘宾雁自选集》,中国文联出版公司 1988 年 9 月版。)

【作者简介】

刘宾雁(1925~2005),报告文学家、编辑、记者。吉林长春人。幼年家贫,几度辍学。1943年起在天津参加中国共产党领导的地下工作,1944年加入共产党。1946年后到哈尔滨、沈阳工作,并从事苏联文学的翻译。1951到北京,先后任《中国青年报》修养部、采访部、工商部的主任、编委。1956年发表报告文学《在桥梁工地上》、《本报内部消息》,引起社会反响和争议。1957年被错划为"右派",先后在山西、山东、北京农村劳动改造。1961年回《中国青年报》。"文化大革命"后,错案得到改正,恢复党籍。1978年到中国社会科学院哲学所工作。1979年到人民日报社任记者。1985年当选为中国作协副主席。这期间他所写的报告文学《人妖之间》、《一个人和他的影子》、《艰难的起飞》、《关东奇人传》、《没有上银幕的故事》,分别获得第一、二、三、四届全国优秀报告文学奖。1987年因"坚持资产阶级自由化"被开除党籍。1988年应邀去美国讲学、访问。1989年中国作协主席团认为刘宾雁"在国外进行反政府活动",取消他的作协会籍、撤消其作协副主席职务。2005年,在美国新泽西州去世。

刘宾雁作品结集出版的有:《内部消息》、《刘宾雁报告文学选》、《刘宾雁报告文学集》、《艰难的起飞》、《告诉你一个秘密》、《因为我爱》、《我的日记》、《我的自白》、《刘宾雁自选集》等。刘宾雁的作品贴近现实,针砭时弊,思想深邃,文笔犀利。他常常选取出生活中某些有代表性的人物和具有重大社会意义的问题作一种灵魂的透视和综合性的社会解剖。由于这种透视和剖析常常糅合着政治学、经济学、哲学、社会学、心理学、伦理学等理论性的论辩,所以作品具有很强的政治性与思辨性。有的作品由于政治的敏感性、思想的尖锐性和某些材料的失实而引起争议或受到批判。

【作品简析】

《在桥梁工地上》写于1956年。当时我国正执行第一个五年计划,开展大规模的经济建设;而官僚主义、保守主义等思想却严重挫伤着广大人民群众的创造性、积极性,障碍着社会前进的步伐。作者敏锐地发现了现实生活中这一重要问题。《在桥梁工地上》揭露与鞭挞的正是罗立正这样的一个官僚主义者和保守主义者。

罗立正曾经是一个革命战士,但解放后,他陶醉于自己的英雄历史和已有的成绩,居功自傲,意志消沉,不求进取,得过且过。在桥梁工地,人们都以最大的热情和主动精神投入紧张的劳动,投身于生活的激流。而作为工程队长的罗立正却过着他的悠然自得的生活。每逢星期三、四,他总要开着吉普车到旷野里去打黄羊;要不就一个人躲在屋子里,修理自己那两块并不需要修理的手表和怀表,以消磨时光。他在打黄羊、修手表时废寝忘食,专心致志,而工作上却敷衍塞责,荒于职守,这是他厌倦火热斗争、追求安逸生活的革命意志衰退的表现。

在涉及个人的利害得失和生死抉择的关键时刻,罗立正的肮脏灵魂更是赤裸裸地暴露了出来。"战洪水"是作品的高潮。一次洪水暴涨,正在施工的拱桥一号桥墩和钢板桩受到了洪水的严重威胁。在这紧急的时刻,罗立正不是勇于负责,当机立断,率领大家抢险,而是首先考虑自己的功过荣辱。他"急中生智",打电话请示上级怎么办。他想,只要工程局的领导说了话,一切问题就好办了;即使出了问题也没有自己的责任了。罗立正有一句名言:"不犯错误就是胜利"。

电话从下午一直打到夜里,终于得到了上级的回复。这时,作品中出现了一组电影叠印镜头:罗立正打电话,洪水冲击钢板桩;罗立正打电话,工人抢险;罗立正打电话,洪水冲毁钢板桩、便桥;工人为国家财产遭受的损失哭泣。最后,罗立正终于打通了电话,他面带笑容说:"万幸,万幸,电话总算打通了——不管怎样,我请示过了……"在这里,作者用一束强光,照在正在打电话的罗立正的身上,使我们仿佛看到了罗立正的五脏六腑:在危难面前怯懦无能,在关键时刻患得患失,在渎职、失职后逃避责任,以及他对国家财产、工人生命安全那种令人不能容忍的冷漠态度,都赤裸裸地呈现在我们面前。他那颗曾为革命事业跳动过的心灵积满了灰尘和污垢。在和平建设的环境里他没有经受住考验,从一个革命战士变成了生活里的懦夫和逃兵!

值得注意的是,作者不仅为我们勾勒出了官僚主义者、保守主义者罗立正的丑恶嘴脸,而且还展示出罗立正为自己的官僚主义、保守主义辩护的一套"理论"。比如,在办事以前,他强调要多多请示汇报,"领会领导意图"。他这样做,并不表明他的组织观念强,而是事后逃避责任的一种伎俩。他说过:"按行政命令办事,即使违反了党的政策,责任也不会追到下边来"。又比如他受到群众批评的时候,就大讲"成绩是主要的"。有人提出桥梁工地浪费太大,建两座桥就要赔一座桥。他却说:"不管缺点怎么多,成绩还是主要的","我们没来,这一带黄河上没有桥,我们一走——这块儿就有了桥。从无到有,这叫成就。"犯错误还冠冕堂皇,理直气壮,而当工作中出了问题,他又大讲"错误难免"论,大搞"错误人人有份"。罗立正就是用"领会领导意图"来推卸自己的责任,用"成绩是主要的"来抵制群众的批评,用"错误难免"掩盖自己的错误。他用这一系列似是而非的"理论"装饰自己、保护自己,以求在革命肌体上继续寄生下去。

  罗立正谙熟政治斗争的权术。他本来是一个地地道道的官僚主义者、保守主义者,然而当反右倾保守的浪潮在全国掀起的时候,他并不"抵抗这个浪潮",而是把自己打扮成贯彻拥护中央指示精神的领导者。罗立正阳奉阴违,公开场合唱反右倾保守的高调,暗地里仍然我行我素。他不仅排挤走了反保守的英雄、工程师曾刚,而且还"自下而上"地搞人人检查,层层过关,扭转运动的方向。他不正面抗拒革命浪潮,而是用表面上拥护、实际上歪曲、篡改的手法来阻挡潮流前进。作者还进一步点出,"问题不仅仅是个保守思想",而是一股"势力"。罗立正们占据着领导岗位,形成一股很有能量的社会势力,这就使反官僚主义、保守主义的斗争呈现十分复杂、严峻的局面。所以作品最后写道:人们"好像也能闻到春天的充满生命的气息",但真正的春天尚未到来。春风还没有吹进"眼里凝洁着睡意"的罗立正的办公室,还必须"派狂风为春天扫路"!

  刘宾雁对官僚主义者、保守主义者所作的入木三分的精神分析和灵魂解剖,对反官僚主义、保守主义斗争的长期性、艰巨性、复杂性的远见卓识,即使在50多年后的今天仍有一种震撼人心的力量。《在桥梁工地上》和其后发表的《本报内部消息》,使刘宾雁成为20世纪50年代"干预生活"文学思潮的主将。

(张学正)

哥德巴赫猜想[*]（节选）

徐　迟

……………

二

以上引自一篇解析数论的论文。这一段引自它的"（一）引言"，提出了这道题。它后面是"（二）几个引理"，充满了各种公式和计算。最后是"（三）结果"，证明了一条定理。这篇论文，极不好懂。即使是著名数学家，如果不是专门研究这一个数学的分支的，也不一定能读懂。但是这篇论文已经得到了国际数学界的公认，誉满天下。它所证明的那条定理，现在世界各国一致地把它命名为"陈氏定理"，因为它的作者姓陈，名景润。他现在是中国科学院数学研究所的研究员。

陈景润是福建人，生于一九三三年。当他降生到这个现实人间时，他的家庭和社会生活并没有对他呈现出玫瑰花朵一般的艳丽色彩。他父亲是邮政局职员，老是跑来跑去的。当年如果参加了国民党，就可以飞黄腾达，但是他父亲不肯参加。有的同事说他真是不识时务。他母亲是一个善良的操劳过甚的妇女，一共生了十二个孩子。只活了六个，其中陈景润排行老三。上有哥哥和姐姐；下有弟弟和妹妹。孩子生得多了，就不是双亲所疼爱的儿女了。他们越来越成为父母的累赘——多余的孩子，多余的人。从生下的那一天起，他就像一个被宣布为不受欢迎的人似的，来到了这人世间。

---

[*] 原载《人民文学》1978年第1期。

他甚至没有享受过多少童年的快乐。母亲劳苦终日,顾不上爱他。当他记事的时候,酷烈的战争爆发。日本鬼子打进福建省。他还这么小,就提心吊胆过生活。父亲到三元县的三明市一个邮政分局当局长。小小邮局,设在山区一座古寺庙里。这地方曾经是一个革命根据地。但那时候,茂郁山林已成为悲惨世界。所有男子汉都被国民党匪军疯狂屠杀,无一幸存者。连老年的男人也一个都不剩了。剩下的只有妇女。她们的生活特别凄凉。花纱布价钱又太贵了;穿不起衣服,大姑娘都还裸着上体。福州被敌人占领后,逃难进山来的人多起来。这里飞机不来轰炸,山区渐渐有点儿兴旺。却又迁来了一个集中营。深夜里,常有鞭声惨痛地回荡;不时还有杀害烈士的枪声。第二天,那些戴着镣铐出来劳动的人,神色就更阴森了。

　　陈景润的幼小心灵受到了极大的创伤。他时常被惊慌和迷惘所征服。在家里并没有得到乐趣,在小学里他总是受人欺侮。他觉得自己是一只丑小鸭。不,是人,他还是觉得自己也是一个人。只是他瘦削、弱小。光是这副窝囊样子就不能讨人喜欢。习惯于挨打,从来不讨饶。这更使对方狠狠揍他,而他则更坚韧而有耐力了。他过分敏感,过早地感觉到了旧社会那些人吃人的现象。他被造成了一个内向的人,内向的性格。他独独爱上了数学。不是因为被压,他只是因为爱好数学,演算数学习题占去了他大部分的时间。

　　当他升入初中的时候,江苏学院从远方的沦陷区搬迁到这个山区来了。那学院里的教授和讲师也到本地初中里来兼点课,多少也能给他们流亡在异地的生活改善一些。这些老师很有学问。有个语文老师水平最高。大家都崇拜他。但陈景润不喜欢语文。他喜欢两个外地的数学老师。外地老师倒也喜欢他。这些老师经常吹什么科学救国一类的话。他不相信科学能救国。但是救国却不可以没有科学,尤其不可以没有数学。而且数学是什么事儿也少不了它的。人们对他歧视,拳打脚踢,只能使他更加更加爱上数学。枯燥无味的代数方程式却使他充满了幸福,成为惟一的乐趣。

　　十三岁那年,他母亲去世了,是死于肺结核的;从此,儿想亲娘在梦中,而父亲又结了婚,后娘对他就更不如亲娘了。抗战胜利了,他们回到福州。陈景润进了三一中学。毕业后又到英华书院去念高中。那里有个数学老师,曾经是国立清华大学的航空系主任。

三

老师知识渊博,又诲人不倦。他在数学课上,给同学们讲了许多有趣的数学知识。不爱数学的同学都能被他吸引住,爱数学的同学就更不用说了。

数学分两大部分:纯数学和应用数学。纯数学处理数的关系与空间形式。在处理数的关系这部分里,讨论整数性质的一个重要分支,名叫"数论"。十七世纪法国大数学家费马是西方数论的创始人。但是中国古代老早已对数论作出了特殊贡献。《周髀》是最古老的古典数学著作。较早的还有一部《孙子算经》。其中有一条余数定理是中国首创。后来被传到了西方,名为孙子定理,是数论中的一条著名定理。直到明代以前,中国在数论方面是对人类有过较大的贡献的。五世纪的祖冲之算出来的圆周率,比德国人的奥托的早出一千年多。约瑟夫(指斯大林)领导的科学家把月球的一个山谷命名为"祖冲之"。十三世纪下半纪更是中国古代数学的高潮了。南宋大数学家秦九韶著有《数书九章》。他的联立一次方程式的解法比瑞士大数学家欧拉的解法早出了五百多年。元代大数学家朱世杰,著有《四元玉鉴》。他的多元高次方程的解法,比法国大数学家毕朱,也早出了四百多年。明清以后,中国落后了。然而中国人对于数学好像是特具禀赋的。中国应当出大数学家。中国是数学的好温床。

有一次,老师给这些高中生讲了数论之中一道著名的难题。他说,当初,俄罗斯的彼得大帝建设彼得堡,聘请了一大批欧洲的大科学家。其中,有瑞士大数学家欧拉(他的著作共有八百余种);还有德国的一位中学教师,名叫哥德巴赫,也是数学家。

一七四二年,哥德巴赫发现,每一个大偶数都可以写成两个素数的和。他对许多偶数进行了检验,都说明这是确实的。但是这需要给予证明。因为尚未经过证明,只能称之为猜想。他自己却不能够证明它,就写信请教那赫赫有名的大数学家欧拉,请他来帮忙作出证明。一直到死,欧拉也不能证明它。从此这成了一道难题,吸引了成千上万数学家的注意。两百多年来,多少数学家企图给这个猜想作出证明,都没有成功。

说到这里,教室里成了开了锅的水。那些像初放的花朵一样的青年学生叽叽喳喳地议论起来了。

老师又说,自然科学的皇后是数学。数学的皇冠是数论。哥德巴赫猜想,则是皇冠上的明珠。

同学们都惊讶地瞪大了眼睛。

老师说,你们都知道偶数和奇数。也都知道素数和合数。我们小学三年级就教这些了。这不是最容易的吗?不,这道难题是最难的呢。这道题很难很难。要有谁能够做了出来,不得了,那可不得了呵!

青年人又吵起来了。这有什么不得了。我们来做。我们做得出来。他们夸下海口。

老师也笑了。他说,"真的,昨天晚上我还作了一个梦呢。我梦见你们中间的有一位同学,他不得了,他证明了哥德巴赫猜想。"

高中生们轰的一声笑了。

但是陈景润没有笑。他也被老师的话震动了,但是他不能笑。如果他笑了,还会有同学用白眼瞪他的。自从升入高中以后,他越发孤独了。同学们嫌他古怪,嫌他脏,嫌他多病的样子,都不理睬他。他们用蔑视的和讥讽的眼神瞅着他。他成了一个踽踽独行,形单影只,自言自语,孤苦伶仃的畸零人。长空里,一只孤雁。

第二天,又上课了。几个相当用功的学生兴冲冲地给老师送上了几个答题的卷子。他们说,他们已经做出来了,能够证明那个德国人的猜想了。可以多方面地证明它呢。没有什么了不起的。哈!哈!

"你们算了!"老师笑着说,"算了!算了!"

"我们算了,算了。我们算出来了!"

"你们算啦!好啦好啦,我是说,你们算了吧,白费这个力气做什么?你们这些卷子我是看也不会看的,用不着看的。那么容易吗?你们是想骑着自行车到月球上去。"

教室里又爆发出一阵哄堂大笑。那些没有交卷的同学都笑话那几个交了卷的。他们自己也笑了起来,都笑得跺脚,笑破肚子了。惟独陈景润没有笑。他紧结着眉头。他被排除在这一切欢乐之外。

第二年,老师又回清华去了。他现在是北京航空学院副院长,全国航空学会理事长沈元。他早该忘记这两堂数学课了。他怎能知道他被多么深刻地铭刻在学生陈景润的记忆中。老师因为同学多,容易忘记,学生却常常记着自己青年时代的老师。

四

福州解放!那年他高中三年级。因为交不起学费,一九五○年上半年,他没有上学,在家自学了一个学期。高中没有毕业,但以同等学力报考,他考进了厦门大学。那年,大学里只有数学物理系。读大学二年级时,才有了一个数学组,但只四个学生。到三年级时,有数学系了,系里还是这四个人。因为成绩特别优异,国家又急需培养人才,四个人提前毕业;而且,立即分配了工作,得到的优待,羡慕煞人。一九五三年秋季,陈景润被分配到北京了!在第 X 中学当数学教师。这该是多么的幸福了呵!

然而,不然!在厦门大学的时候,他的日子是好过的。同组同系就只四个大学生,倒有四个教授和一个助教指导学习。他是多么饥渴而且贪馋地吸饮于百花丛中,以酿制芬芳馥郁的数学蜜糖呵!学习的成效非常之高。他在抽象的领域里驰骋得多么自由自在!大家有共同的 dx 和 dy 等等之类的数学语言。心心相印,息息相通。三年中间,没有人歧视他,也不受骂挨打了。他很少和人来往,过的是黄金岁月;全身心沉浸在数学的海洋里面。真想不到,那么快,他就毕业了。一想到他将要当老师,在讲台上站立,被几十对锐利而机灵,有时难免要恶作剧的眼睛盯视,他禁不住吓得打颤!

他的猜想立刻就得到了证明。他是完全不适合于当老师的。他那么瘦小和病弱,他的学生却都是高大而且健壮的。他最不善说话,多说几句就嗓子发痛了。他多么羡慕那些循循善诱的好老师。下了课回到房间里,他叫自己笨蛋。辱骂自己比别人的还厉害得多。他一向不会照顾自己,又不注意营养。积忧成疾,发烧到摄氏三十八度。送进医院一检查,他患有肺结核和腹膜结核症。

这一年内,他住医院六次,做了三次手术。当然他没有能够好好地教书。但他并没有放弃了他的专业。中国科学院不久前出版了华罗庚的名著《堆垒素数论》。刚摆上书店的书架,陈景润就买到了。他一头扎进去了。非常深刻的著作,非常之艰难!可是他钻研了它。住进医院,他还偷偷地避开了医生和护士的耳目,研究它。他那时也认为,这样下去,学校没有理由欢迎他。

他想他也许会失业?又有什么办法呢?好在他节衣缩食,一只牙刷也不买。他从来不随便花一分钱,他积蓄了几乎他的全部收入。他横下心来,失业就回家,还继续搞他的数学研究。积蓄这几个钱是他搞数学的保证。这保证他失了业也还能研究数学的几个钱,就是他的生命:他的生命就是数学。至于积蓄一旦用光了,以后呢?他不知道,那时又该怎么办?这也是难题;也是尚未得到解答的猜想。而这个猜想后来也证明是猜对了的。他的病好不了,中学里后来无法续聘他了。

厦门大学校长来到了北京,在教育部开会。那中学的一位领导遇见了他,谈起来,很不满意,提出了一大堆的意见:你们怎么培养了这样的高材生?

王亚南,厦门大学校长,就是马克思的《资本论》的翻译者,听到意见之后,非常吃惊。他一直认为陈景润是他们学校里最好的学生。他不同意他所听到的意见。他认为这是分配学生的工作时,分配不得当。他同意让陈景润回到厦门大学。

听说他可以回厦门大学数学系了,说也奇怪,陈景润的病也就好转了。而王亚南却安排他在厦大图书馆当管理员。又不让管理图书,只让他专心致志地研究数学。王亚南不愧为政治经济学的批判家,他懂得价值论,懂得人的价值。陈景润也没有辜负了老校长的培养。他果然精深地钻研了华罗庚的《堆垒素数论》和大厚本儿的《数论导引》。陈景润都把它们吃透了。他的这种经历却也并不是没有先例的。

当初,我国老一辈的大数学家、大教育家熊庆来,我国现代数学的引进者，在北京的清华大学执教。三十年代之初，有一个在初中毕业以后就失了学，失了学就完全自学的青年人，寄出了一篇代数方程解法的文章，给了熊庆来。熊庆来一看，就看出了这篇文章中的英姿勃发和奇光异彩。他立刻把它的作者，姓华名罗庚的，请进了清华园来。他安排华罗庚在清华数学系当文书，可以一面自学，一面大量地听课。尔后，派遣华罗庚出国，留学英国剑桥。学成回国，已担任在昆明的云南大学校长的熊庆来又介绍他当联大教授。华罗庚后来再次出国，在美国普林斯顿和依利诺的大学教书。中华人民共和国成立以后，华罗庚马上回国来了，他主持了中国科学院数学研究所的工作。

陈景润在厦门大学图书馆中也很快写出了数论方面的专题文章，文章寄给了中国科学院数学研究所。华罗庚一看文章，就看出了文章中的英姿勃发和奇光异彩，也提出了建议，把陈景润选调到数学研究所来当实习研究员。正是：熊庆来慧眼认罗庚，华罗庚睿目识景润。

一九五六年年底，陈景润再次从南方海滨来到了首都北京。

一九五七年夏天，数学大师熊庆来也从国外重返祖国首都。

这时少长咸集，群贤毕至。当时著名的数学家有熊庆来、华罗庚、张宗燧、闵嗣鹤、吴文俊等等许多明星灿灿；还有新起的一代俊彦，陆启铿、万哲生、王元、越民义、吴方等等，如朝霞烂漫；还有后起之秀，陆汝钤、杨乐、张广厚等等已入北京大学求学。在解析数论、代数数论、函数论、泛函分析、几何拓扑学等等的学科之中，已是人才济济，又加上了一个陈景润。人人握灵蛇之珠，家家抱荆山之玉。风靡云蒸，阵容齐整。条件具备了，华罗庚作出了部署。侧重于应用数学，但也要向那皇冠上的明珠，哥德巴赫猜想挺进！

五

要懂得哥德巴赫猜想是怎么一回事？只需把早先在小学三年级里就学到过的数学再来温习一下。那些１２３４５，个十百千万的数字，叫做正整数。那些可以被２整除的数，叫做偶数。剩下的那些数，叫做奇数。还有一种数，如２，３，５，７，11，13等等，只能被１和它本数，而不能被别的整数整除的,叫做素数。除了 1 和它本数以外,还能被别的整数整除的,这种数如 4,6,8,9,10,12 等等就叫做合数。一个整数,如能被一个素数所整除,这个素数就叫做这个整数的素因子。如 6,就有 2 和 3 两个素因子。如 30,就有 2,3 和 5 三个素因子。好了,这暂时也就够用了。

一七四二年,哥德巴赫写信给欧拉时,提出了:每个不小于 6 的偶数都是二个素数之和。例如,6＝3＋3。又如,24＝11＋13 等等。有人对一个一个的偶数都进行了这样的验算,一直验算到了三亿三千万之数,都表明这是对的。但是更大的数目,更大更大的数目呢?猜想起来也该是对的。猜想应当证明。要证明它却很难很难。

整个十八世纪没有人能证明它。

整个十九世纪也没有能证明它。

到了二十世纪的二十年代,问题才开始有了点儿进展。

很早以前,人们就想证明,每一个大偶数是二个"素因子不太多的"数之和。他们想这样子来设置包围圈,想由此来逐步、逐步证明哥德巴赫这个命题一个素数加一个素数(1＋1)是正确的。

一九二〇年,挪威数学家布朗,用一种古老的筛法(这是研究数论的一种方法)证明了:每一个大偶数是二个"素因子都不超九个的"数之和。布朗证明了:九个素因子之积加九个素因子之积(9＋9),是正确的。这是用了筛法取得的成果。但这样的包围圈还很大,要逐步缩小之。果然,包围圈逐步地缩小了。

一九二四年,数学家拉德马哈尔证明了(7＋7);一九三二年,数学家爱斯斯尔曼证明了(6＋6);一九三八年,数学家布赫斯塔勃证明了(5＋5);一九四〇年,他又证明了(4＋4)。一九五六年,数学家维诺格拉多夫证明了(3＋3)。一九五八年,我国数学家王元又证明了(2＋3)。包围圈越来越小,越接近于(1＋1)了。但是,以上所有证明都有一个弱点,就是其中的二个数没有一个是可以肯定为素数的。

早在一九四八年,匈牙利数学家兰恩易另外设置了一个包围圈。开辟了另一战场,想来证明:每个大偶数都是一个素数和一个"素因子都不超过六个的"数之和。他果然证明了(1＋6)。

但是，以后又是十年没有进展。

一九六二年，我国数学家、山东大学讲师潘承洞证明了（1＋5），前进了一步；同年，王元、潘承洞又证明了（1＋4）。一九六五年，布赫斯塔勃、维诺格拉多夫和数学家庞皮艾黎都证明了（1＋3）。

一九六六年五月，一颗璀璨的讯号弹升上了数学的天空，陈景润在中国科学院的刊物《科学通报》第十七期上宣布他已经证明了（1＋2）。

自从陈景润被选调到数学研究所以来，他的才智的蓓蕾一朵朵地烂漫开放了。在圆内整点问题，球内整点问题，华林问题，三维除数问题等等之上，他都改进了中外数学家的结果。单是这一些成果，他那贡献就已经很大了。

但当他已具备了充分依据，他就以惊人的顽强毅力，来向哥德巴赫猜想挺进了。他废寝忘食，昼夜不舍，潜心思考，探测精蕴，进行了大量的运算。一心一意地搞数学，搞得他发呆了。有一次，自己撞在树上，还问是谁撞了他？他把全部心智和理性统统奉献给这道难题的解题上了，他为此而付出了很高的代价。他的两眼深深凹陷了。他的面颊带上了肺结核的红晕。喉头炎严重，他咳嗽不停。腹胀、腹痛，难以忍受，有时已人事不知了，却还记挂着数字和符号。他跋涉在数学的崎岖山路，吃力地迈动步伐。在抽象思维的高原，他向陡峭的巉岩升登，降下又升登！善意的误会飞入了他的眼帘。无知的嘲讽钻进了他的耳道。他不屑一顾；他未予理睬。他没有时间来分辩；他宁可含垢忍辱。餐霜饮雪，走上去一步就是一步！他气喘不已；汗如雨下。时常感到他支持不下去了。但他还是攀登。用四肢，用指爪。真是艰苦卓绝！多少次上去了摔下来。就是铁鞋，也早该踏破了。人们嘲笑他穿的鞋是破了的；硬是通风透气不会得脚气病的一双鞋子。不知多少次发生了可怕的滑坠！几乎粉身碎骨。他无法统计他失败了多少次。他毫不气馁。他总结失败的教训，把失败接起来，焊上去，作登山用的尼龙绳子和金属梯子。吃一堑，长一智。失败一次，前进一步。失败是成功之母；成功由失败堆垒而成。他越过了雪线，到达雪峰和现代冰川，更感缺氧的严重了。多少次坚冰封山，多少次雪崩掩埋！他就像那些征服珠穆朗玛峰的英雄登山运动员，爬呵，爬呵，爬呵！而恶毒的诽谤，恶意的诬蔑像变天的乌云和九级狂风。然而热情的支持为他拨开云雾;爱护的阳光又温暖了他。他向着目标,不屈不挠;继续前进,继续攀登。战胜了第一台阶的难以登上的峻峭;出现在难上加难的第二台阶绝壁之前。他只知攀登,在千仞深渊之上;他只管攀登,在无限风光之间。一张又一张的运算稿纸,像漫天大雪似的飞舞,铺满了大地。数字、符号、引理、公式、逻辑、推理,积在楼板上,有三尺深。忽然化为膝下群山,雪莲万千。他终于登上了攀登顶峰的必由之路,登上了(1+2)的台阶。

他证明了这个命题,写出了厚达二百多页的长篇论文。

闵嗣鹤老师给他细心地阅读了论文原稿。检查了又检查,核对了又核对。肯定了,他的证明是正确的,靠得住的。他给陈景润说,去年人家证明(1+3)是用了大型的,高速的电子计算机。而你证明(1+2)却完全靠你自己运算。难怪论文写得长了。太长了,建议他加以简化。

本文第一段最后一句说到的"文献〔10〕"就是这时他以简报形式,在《科学通报》上宣布的,但只提到了结果,尚未公布他的证明。他当时正修改他的长篇论文。就是在这个当口,突然陈景润被卷入了政治革命的万丈波澜。①

六

……② 这是进步与倒退,真理与谬论,光明与黑暗的搏斗,无产阶级巨人与资产阶级怪兽的搏斗!中国发生了内战。到处是有组织的激动,有领导的对战,有秩序的混乱。无产阶级的革命就是经常自己批判自己。一次一次的胜利;一次一次的反复。把仿佛已经完成的事情,一次一次的重新来过,把这些事情再做一遍,每一次都有了新的提高。它搜索自己的弱点、缺点和错误,毫不留情。像马克思说过的要让敌人更加强壮起来,自己则再三往后退却,直到无路可退了,才作罗陀斯岛上的跳跃;粉碎了敌人,再在玫瑰园里庆功。只见一个一个的场景,闪来

---

①② 此处编者略有删节。

闪去,风驰电掣,惊天动地。一台一台的戏剧,排演出来,喜怒哀乐,淋漓尽致;悲欢离合,动人心肺。一个一个的人物,登上场了。有的折戟沉沙,死有余辜;四大家族,红楼一梦;有的昙花一现,萎谢得好快呵。乃有青松翠柏,虽死犹生,重于泰山,浩气长存!有的是国杰豪英,人杰地灵;干将莫邪,千锤百炼,拂钟无声,削铁如泥。一页一页的历史写出来了,大是大非,终于有了无私的公论。肯定——否定——否定之否定,化妆不经久要剥落;被诬的终究要昭雪。种籽播下去,就有收获的一天。播什么,收什么。

  天文地理要审查;物理化学要审查。生物要审查;数学也要审查。陈景润在"文化大革命"中受到了最严峻的考验。老一辈的数学家受到了冲击,连中年和年轻的也跑不了。庄严的科学院被骚扰了;热腾腾的实验室冷清清了。日夜的辩论,剧烈的争吵。行动胜于语言;拳头代替舌头。"文化大革命"像一个筛子。什么都要在这筛子上过滤一下。它用的也是筛法。该筛掉的最后都要筛掉;不该筛掉的怎么也筛不掉。

  曾经有人强调了科学工作者要安心工作,钻研学问,迷于专业。陈景润又被认为是这种所谓资产阶级科研路线的"安钻迷"的典型。确实他成天钻研学问。不关心政治,是的,但也参加了历次的政治运动。共产党好,国民党坏,这个朴素的道理他非常之分明。数学家的逻辑像钢铁一样坚硬;他的立场站得稳。他没有犯过什么错误。在政治历史上,陈景润一身清白。他白得像一只仙鹤。鹤羽上,污点沾不上去。而鹤顶鲜红;两眼也是鲜红的,这大约是他熬夜熬出来的。他曾下厂劳动,也曾用数学来为生产服务,尽管他是从事于数论这一基础理论科学的。但不关心政治,最后政治要来关心他。并且,要狠狠地批评他了。批评得轻了,不足以触动他,只有触动了他,才能使他今后注意路线关心政治。批评不怕过分,矫枉必须过正。但是,能不能一推就把他推过敌我界线?能不能将他推进"专政队"里去?尽量摆脱外界的干扰,以专心搞科研又有何罪?

  善意的误会,是容易纠正的。无知的嘲讽,也可以谅解的。批判一个数学家,多少总应该知道一些数学的特点。否则,说出了糊涂话来自己还不知道。陈景润被批判了。他被帽子工厂看中了;修正主义苗子,安钻迷,白专道路典型,白痴,寄生虫,剥削者。就有这样的糊涂话:这个人,研究(1+2)的问题。他搞的是一套人们莫名其妙的数学。让哥德巴赫猜想见鬼去吧!(1+2)有什么了不起!1+2不等于3吗?此人混进数学研究所,领了国家的工资,吃了人民的小米,研究什么1+2=3,什么玩艺儿?!伪科学!

说这话的人才像白痴呢。

并不懂得科学的人说出这样的话,那是可以理解的,可是说这些话的人中间,有的明明是懂得数学,而且是知道哥德巴赫猜想这道世界名题的。那么,这就是恶意的诽谤了。权力使人昏迷了;派性叫人发狂了。

理解一个人是很难的。理解一个数学家也不容易。至于理解一个恶意的诽谤者却很容易,并不困难。只是陈景润发病了,他病重了。钢铁工厂也来光顾了。陈景润听着那些厌恶与侮辱他的,唾沫横飞的,听不清楚的言语。他茫然直视。他两眼发黑,看不到什么了。他像发寒热一样颤抖。一阵阵刺痛的怀疑在他脑中旋转。血痕印上他惨白的面颊。一块青一块黑,一种猝发的疾病临到他的身上。他眩晕,他休克,一个倒栽葱,从上空摔到地上。"资产阶级认为最革命的事件,实际上却是最反革命的事件。果实落到了资产阶级脚下,但它不是从生命树上落下来,而是从知善恶树上落下来的。"(马克思《雾月十八日》——二)

七

台风的中心是安静的。

过了一段时间,不知是多少天多少月?"专政队"的生活反倒平静无事了。而旋卷在台风里面的人却焦灼着、奔忙着、谋划着、叫嚷着、战斗着,不吃不睡,狂热地保护自己的派性,疯狂地攻击对方的派性。他们忙着打派仗,竟没有时间来顾及他们的那些"专政"对象了。这时有一个老红军,主动出来担当了看守他们的任务。实际是一个热情的支持者,他保护了科学家们,还允许他们偷偷地看书。

待到工人宣传队进驻科学院各所以后,陈景润被释放了,可以回到他自己的小房间里去住了。不但可以读书,也可以运算了。但是总有一些人不肯放过了他。每天,他们来敲敲门,来查查户口,弄得他心惊肉跳,不得安身。有一次,带来了克丝钳子;存心不让他看书,把他房间里的电灯铰了下来,拿走了。还不够,把开关拉线也剪断了。

于是黑暗降临他的心房。

但是他还得在黑暗中活下去呵,他买了一只煤油灯。又深怕煤油灯光外露,就在窗子上糊了报纸。他挣扎着生活,简直不成样子。对搞工作的,扣他们工资;搞打砸抢的,反而有补贴。过了这样久心惊肉跳的生活,动辄得咎,他的神经极度衰弱了。工作不能做,书又不敢读。工宣队来问:为什么要搞 $1+1=2$ 以及 $1+2=3$ 呢?他哭笑不得,张皇失措了。他语无伦次,不知道怎样对师傅们解说才能解释清楚。工人同志觉得这个人奇怪。但是他还是给他们解释清楚了。这(1+1)(1+2)只是一个通俗化的说法,并不是日常所说的 $1+1$ 和 $1+2$。好像我们说一个人是纸老虎,并不就是老虎了。弄清楚了之后,工人师傅也生气地说:那些人为什么要胡说?他们也热情支持他,并保护他了。

"九一三"事件之后,大野心家已经演完了他的角色,下场遗臭万年去了。陈景润听到这个传达之后,吃惊得说不出话来。这时,情况渐渐地好转。可是他却越加成了惊弓之鸟。激烈的阶级斗争使他无所适从。惟一的心灵安慰从来就是数学。他只好到数论的大高原上去隐居起来。现在也允许他这样做,继续向数学求爱了。图书馆的研究员出身的管理员也是他的热情支持者。事实证明,热情的支持者,人数众多。他们对他好,保护他。他被藏在一个小书库的深深的角落里看书。由于这些研究员的坚持,数学研究所继续订购世界各国的文献资料。这样几年,也没有中断过;这是有功劳的。他阅读,他演算,他思考。情绪逐步地振作起来。但是健康状况却越加严重了。他从不说,他也不顾,他又投身于工作。白天在图书馆的小书库一角。夜晚在煤油灯底下,他又在攀登,攀登,攀登了,他要找寻一条一步也不错的最近的登山之途,又是最好走的路程。

敬爱的周总理,一直关心着科学院的工作,腾出手来排除帮派的干扰。半个月之前,有一位周大姐被任命为数学研究所的政治部主任。由解析数论、代数数论等学科组成的五学科室恢复了上下班的制度。还任命了支部书记,是个工农出身的基层老干部,当过第二野战军政治部的政治干事。

到职以后,书记就到处找陈景润。周大姐已经把她所了解的情况告诉了他。但他找不到陈景润。他不在办公室里,办公室里还没有他的办公桌。他已经被人忘记掉了。可是他们会了面,会面在图书馆小书库的一个安静的角上。

刚过国庆,十月的阳光普照。书记还只穿一件衬衣,衰弱的陈景润已经穿上棉袄。

"李书记,谢谢你,"陈景润说,他见人就谢。"很高兴,"他说了一连串的很高兴。他一见面就感到李书记可亲。"很高兴,李书记,我很高兴,李书记,很高兴。"

李书记问他,"下班以后,下午五点半好不好?我到你屋去看看你。"

陈景润想了一想就答应了,"好,那好,那我下午就在楼门口等你,要不你会找不到的。"

"不,你不要等我,"李书记说。"怎么会找不到呢?找得到的。完全用不到等的。"

但是陈景润固执地说,"我要等你,我在宿舍大楼门口等你。不然你找不到。你找不到我就不好了。"

果然下午他是在宿舍大楼门口等着的。他把李书记等到了,带着他上了三楼,请进了一个小房间。小小房间,只有六平方米大小。这房间还缺了一只角。原来下面二楼是个锅炉房。长方形的大烟囱从他的三楼房间中通过,切去了房间的六分之一。房间是刀把形的。显然它的主人刚刚打扫过清理过这间房了。但还是不太整洁。窗子三桶,糊了报纸,糊得很严实。尽管秋天的阳光非常明丽,屋内光线暗淡得很。纱窗之上,是羊尾巴似的卷起来的窗纱。窗上缠着绳子,关不严。虫子可以飞出飞进。李书记没有想到他住处这样不好。他坐到床上,说:

"你床上还挺干净!"

"新买了床单。刚买来的床单,"陈景润说,"你要来看看我。我特地去买了床单,"指着光亮雪白的蓝格子花纹的床单。"谢谢你,李书记,我很高兴,很久很久了,没有人来看望……看望过我了。"他说,声音颤抖起来。这里面带着泪音。霎时间李书记感到他被这声音震撼起来。满腔怒火燃烧。这个党的工作者从来没有这样激动过。不像话;太不像话了!这房间里还没有桌子。六平方米的小屋,竟然空如旷野。一捆捆的稿纸从屋角两只麻袋中探头探脑地露出脸来。只是四叶暖气片的暖气上放着一只饭盒。一堆药瓶,两只暖瓶。连一只短凳子也没有。怎么还有一只煤油灯?他发现了,原来房间里没有电灯。"怎么?"他问,"没有电灯?"

"不要灯,"他回答,"要灯不好。要灯麻烦。这栋大楼里,用电炉的人家很多。电线负荷太重,常常要检查线路,一家家的都要查到。但是他们从来不查我。我没有灯,也没有电线。要灯不好,要灯添麻烦了。"说着他凄然一笑。

"可是你要做工作。没有灯,你怎么做工作?说是你工作得很好。"

"哪里哪里。我就在煤油灯下工作;那,一样工作。"

"桌子呢?你怎么没有桌子?"

陈景润随手把新床单连同褥子一起翻了起来,露出了床板,指着说,"这不是?这样也就可以工作了。"

李书记皱起了眉头,咬牙切齿了。他心中想着:"唔,竟有这样的事!在中关村,在科学院呢。糟蹋人呵,糟蹋科学!被糟蹋成了这个状态。"一边这样想,一边又指着羊尾巴似的窗纱问道,"你不用蚊帐?不怕蚊虫咬?"

"晚上不开灯,蚊子不会进来。夏天我尽量不在房间里耽着。现在蚊子少了。"

"给你灯,"李书记加重了语气说,"接上线,再给你桌子,书架,好不好?"

"不好不好,不要不要,那不好,我不要,不……不……"

李书记回到机关,他找到了比他自己早到了才一个星期的办公室老张主任。主任听他说话后,认为这一切不可能,"瞎说!怎么会没有灯呢?"李书记给他描绘了小房间的寂寞风光。那些身上长刺头上长角的人把科学院搅得这样!立刻找来了电工。电工马上去装灯。灯装上了,开关线也接上了。一拉,灯亮了。陈景润已经俯伏在一张桌子之上,写起来了。

光明回到陈景润的心房。

八

〔他写着,写着〕…………①
…………

何等动人的一页又一页!这些是人类思维的花朵。这些是空谷幽兰、高寒杜鹃、老林中的人参、冰山上的雪莲、绝顶上的灵芝、抽象思维的牡丹。这些数学的公式也是一种世界语言。学会这种语言就懂得它了。这里面贯穿着最严密的逻辑和自然辩证法。它是在探索太阳系、银河系、河外系和宇宙的秘密,原子、电子、粒子、层子的奥妙中产生的。但是能升登到这样高深的数学领域去的人,一般地说,并不很多。

且让我们这样稍稍窥视一下彼岸彼土。那里似有美丽多姿的白鹤在飞翔舞蹈。你看那玉羽雪白,雪白得不沾一点尘土;而鹤顶鲜红,而且鹤眼也是鲜红的。它踯躅徘徊,一飞千里。还有乐园鸟飞翔,有鸾凤和鸣,姣妙、娟丽,变态无穷。在深邃的数学领域里,既散魂而荡目,迷不知其所之。

闵嗣鹤老师却能够品味它,欣赏它,观察它的崇高瑰丽。他当时说过:"陈景润的工作,最近好极了。他已经把哥德巴赫猜想的那篇论文写出来了。我已经看到了,写得极好。"

"你的论文写出了。"一位军代表问陈景润,"为什么不拿出来?"陈景润回答他:"正做正做,没有做完。"军代表说,"希望你早日完成。"

室里的领导老田对李书记说,"可以动员动员他,让他拿出来。但

---

① 编者略去数学公式。

也不急。他不拿出来,自然有他的道理的。"

李书记问了问他,陈景润说,"有人还在骂我,说我不交论文是因为现在没有稿费了。说是恢复了稿费我就会交了。"李书记追了他一句,"谁这样说你?"他回答,"你不要问了。谢谢你,你可别去问呵!问了我更麻烦了。没有稿费,谢天谢地。我不要稿费。我压根儿也没有想到它。那个稿子我还在做。我确实没有做完。"

九

"我确实还没有做完。我的论文是做完了,又是没有做完的。自从我到数学研究所以来,在严师、名家和组织的培养、教育、熏陶下,我是一个劲儿钻研。怎么还能干别的事?不这样怎么对得起党?在世界数学的数论方面三十多道难题中,我攻下了六七道难题,推进了它们的解决。这是我的必不可少的锻炼和必不可少的准备。然后我才能向哥德巴赫猜想挺进。为此,我已经耗尽了我的心血。

"一九六五年,我初步达到了(1+2)。但是我的解答太复杂了,写了两百多页的稿子。数学论文的要求是:(一)正确性。(二)简洁性。譬如从北京城里走到颐和园那样,可有许多条路,要选择一条最准确无错误,又最短最好的道路。我那个长篇论文是没有错误,但走了远路,绕了点儿道,长达两百多页,也还没有发表。国外没有承认它,也没有否认它,因为它没有发表。从那年到今天已经过去了七年。

"这个事是比较困难的,也是难于被人理解的。从学习外语来说,我是在中学里就学了英语,在大学里学的俄语;在所里又自学了德语和法语。我勉强可以阅读而且写写了。又自学了日语,意大利语和西班牙语,到了勉强可以阅读外国资料和文献的程度。因而在借鉴国外的经验和成就时,可以从原文阅读,用不到等人翻译出来了再读。这是必不可少的一个条件。我必须检阅外国资料的尽可能的全部总和。消化前人智慧的尽可能不缺的全部果实。而后我才能在这样的基础上解答(1+2)这样的命题。

"我的成果又必须表现在这样的一篇论文中,虽然是专业性质的论文,文字是比较简单的;尽管是相对地严密的,又必须是绝对地精确的。若干地方就是属于哲学领域的了。所以我考虑了又考虑,计算了又计算,核对了又核对,改了又改,改个没完。我不记得我究竟改了多少遍?科学的态度应当是最严格的,必须是最严格的。

"我知道我的病早已严重起来。我是病入膏肓了。细菌在吞噬我的肺腑内脏。我的心力已到了衰竭的地步。我的身体确实是支持不了啦!惟独我的脑细胞是异常活跃,所以我的工作停不下来。我不能停止。……"

十

一九七三年二月,春节来临。

早一天,数学研究所的周大姐说,佳节前后,要特别关心一下病号。她说:"那些老八路的作风,那些过去部队里形成的作风,我们千万不能丢掉了。尤其像陈景润那样的同志,要关心他,他很顽强。他病得起不来了,但又没有起不来的时候。在任何情况下挣扎起来,他坚持工作。他为什么?他为谁?为他自己吗?为他自己,早就不干了。不是,他是为人民,为党工作。我们要去慰问他。也要慰问单位里所有的病人。"

其实,外表看来魁梧,说话声音洪亮的周大姐自己也是一个力疾从公,患有心脏病,应当受到慰问的人。

大年初一早晨,周大姐和几个书记,包括李书记,一行数人,把头天买好了的苹果、梨子装进一些塑料网线袋子。若干袋子大家分头提了,然后举步出发,慰问病人。他们先到陈景润那里。他住得最近。

陈景润正从楼梯上走下来。大家招呼他。他很惊讶,来了这许多的领导同志。周大姐说,"过春节,我们看你来了,你的病好点了吧。"李书记也说,"新年好,给你贺新年。"陈景润说,"噢,今天是新年了呵?我很高兴,谢谢你们,谢谢你们。新年好,你们好。"李书记说,"到你屋里去坐坐吧。""不,不行,"陈景润说,"你没有先给我打招呼,不能进去。"周大姐沉吟了一下,说:"好吧,我们就不去了。李书记,你给他送水果上楼吧。我们还上别家去,你回头再赶上我们好了。"李书记说:"好。"

周大姐和陈景润握手,并祝他早日恢复健康,然后转过身走了。李书记把水果袋递给陈景润说:"春节了。这是组织上送给你的。希望你在新的一年里,多给党做点工作。""不要水果,不要水果,"陈景润推却了,"我很好,我没有病,没有什么……这点点病,呃……呃,谢谢你,我很高兴。"说着说着他收下了水果。李书记说:"上你屋聊聊?"他又张手拦住,"不,不要进屋了,你没有给我打招呼。"

李书记说,"那好,我不上去了。你有什么事,随时告诉我。我也得去追上他们,到别家去看望看望。"于是握手作别,他返身走。刚走两步,后面又叫,"李书记,李书记!"陈景润又追过来,把水果袋子给了李书记,并说,"给你家的小孩吃吧。我吃不了这多。我是不吃水果的。"李书记说:"这是组织上给你的,不过表示表示,一点点的心意罢了。要你好好保养身体,可以更好地工作。你收下吧,吃不了,你慢慢地吃吧。"

他默然收下了。他噙着泪送李书记到大楼门口。李书记扬手走了,赶上了周大姐他们的行列。陈景润望着李书记的背影,凝望着周大姐一行人的背影模糊地消失在中关村路林阴道旁的切面铺子后面了。突然间,他激动万分。他回上楼,见人就讲,并且没有人他也讲:"从来所领导没有把我当作病号对待,这是头一次;从来没有人带了东西来看望我的病,这是头一次。"他举起塑料袋,端详它,说:"这是水果,我吃到了水果,这是头一次。"

他飞快地进了小屋。一下子把自己反锁在里面了。

他没有再出来。直到春节过去了。有一天上班,陈景润把一叠手稿交给了李书记,说:

"这是我的论文。我把它交给党。"

李书记看看他,又轻声问他:"是那个(1+2)?"

"是的,闵老师已看过,不会有错误的。"陈景润说。

数学研究所立即组织了一次小型的学术报告会。十几位专家,听了陈景润的报告,一致给以高度评价。然后,数学研究所业务处将他的论文上报院部。

十一

............①

以上就是陈景润的著名论文:《大偶数表为一个素数及一个不超过二个素数的乘积之和》的"(三)结果"。作为结果的定理就是那个"陈氏定理"。

四月中的一天,中国科学院在三里河工人俱乐部召开全院党员干部大会。武衡同志在会上作报告。他说到数学研究所一位中级的研究员作出了世界水平的重大成果。当时没说人名,听到了,还不知说谁。李书记在座中,捅了一下旁边的人。"干什么?"那人说。他问:"你听到没有?""怎么啦?"那人又说。"这活儿是陈景润做出来的呵!""噢?还这么重要?"那人说。"这是世界名题。真不简单!"

第二天,新华社记者来访。他见到了陈景润,谈了话,进他房间看了看。回去就写出一篇报道,立即在内部刊物上发表。其中,说到陈景润的经历;他刻苦钻研的精神;重大的科研成果以及他现在还住在一间烟熏火烤的小房间里。生活条件很差!疾病严重!!生命垂危!!!

伟大领袖和导师毛主席看到了这篇报道,立即作出了指示。

当天深夜,武衡同志走进了陈景润的小房间。

他立即被送进医院,由首都医院内科主任和卫生部一位副部长给他作了全面的身体检查。他患有多种疾病。他们要他立即住院疗养,他不肯。于是,向他传达了毛主席的指示。

他一共住院一年半。

在住院期间,敬爱的周总理曾亲自安排了陈景润的全国人民代表席位。在第四届全国人民代表大会上,陈景润见到了周总理,并和总理在一个小组里开会。人代会期间,当他得知总理的病时,当场哭了起来,几夜睡不着觉。大会后,他仍回医院治疗。

当他出院的时候,医院的诊断书上写着:

"经住院治疗后,一般情况较好。精神改善;体温正常。体重增加

---

① 编者略去数学公式。

十斤;饮食睡眠好转。腹痛腹胀消失;两肺未见活动性病灶。心电图正常;脑电图正常。肝肾功能正常;血沉及血象正常。"

关于他的工作和健康,中央领导同志也非常关心,并亲自作过几次批示。

早在他的论文发表时,西方记者迅即获悉,电讯传遍全球。国际上的反响非常强烈。英国数学家哈勃斯丹和西德数学家李希特的著作《筛法》正在印刷所校印。他们见到了陈景润的论文立即要求暂不付印,并在这部书里加添了一章,第十一章:"陈氏定理"。他们誉之为筛法的"光辉的顶点"。在国外的数学出版物上,诸如"杰出的成就"、"辉煌的定理",等等,不胜枚举。一个英国数学家给他的信里还说:"你移动了群山!"

真是愚公一般的精神呵!

或问:这个陈氏定理有什么用处呢?它在哪些范围内有用呢?

大凡科学成就有这样两种:一种是经济价值明显,可以用多少万,多少亿人民币来精确地计算出价值来的,叫做"有价之宝";另一种成就是在宏观世界、微观世界、宇宙天体、基本粒子、经济建设、国防科研、自然科学、辩证唯物主义哲学等等等等之中有这种那种作用,其经济价值无从估计,无法估计,没有数字可能计算的,叫做"无价之宝",例如,这个陈氏定理就是。

现在,离开皇冠上的明珠,只有一步之遥了。

但这是最难的一步。且看明珠归于谁之手吧!

十二

陈景润曾经是一个传奇式的人物。关于他,传说纷纭,莫衷一是。有善意的误解、无知的嘲讽、恶意的诽谤、热情的支持,都可以使得这个人扭曲、变形、砸烂或扩张放大。理解人不容易;理解这个数学家更难。他特殊敏感、过于早熟、极为神经质、思想高度集中。外来和自我的肉体与精神的折磨和迫害使得他试图逃出于世界之外。他相当成功地逃避在纯数学之中,但还是藏匿不了。纯数学毕竟是非常现实的材料的反映。"这些材料以极度抽象的形式出现,这只能在表面上掩盖它起源于外部世界的事实。"(恩格斯)陈景润通过数学的道路,认识了客观世界的必然规律。他在诚实的数学探索中,逐步地接受了辩证唯物论的世界观。没有一定的世界观转变,没有科学院这样的集体和党的关怀,他不可能对哥德巴赫猜想作出这辉煌贡献……①被冷酷地逐出世界的人,被热烈的生命召唤了回来。帮派体系打击迫害,更显出党的恩惠温暖。冲击对于他好像是坏事;也是好事,他得到了锻炼而成长了。病人恢复了健康。畸零人成了正常人。正直的人已成为政治的人。多余的人,为国增了光。他进步显著,他坚定抗击了"四人帮"对他的威胁与利诱。无所用其极地威胁他诬陷邓副主席,他不屈!许以高官厚禄,利诱他向人妖效忠,他不动!真正不简单!数学家的逻辑像钢铁一样坚硬!今后,可以信得过,他不会放松了自己世界观的继续改造。他生下来的时候,并没有玫瑰花,他反而取得成绩。而现在呢?应有所警惕了呢,当美丽的玫瑰花朵微笑时。

1977年9月于中关村

(选自报告文学集《哥德巴赫猜想》,人民文学出版社1978年版)

【作者简介】

徐迟(1914～1996),浙江省吴兴县人。苏州东吴大学文学院肄业。1933年开始发表作品,以创作诗歌和散文为主,并从事翻译工作。20世纪40年代,开始接触马克思主义,学习、研究、翻译、介绍进步的、革命的文艺作品。解放后,在《人民中国》编辑部工作。50年代,曾作为《人民中国》和《人民日报》的特约记者,两次到朝鲜战场、四次到鞍钢、六次到长江大桥工地访问,并在全国各地旅行采访,跑遍了大半个中国。他以"社会主义建设的代言人"为己任,写了不少报道,出版了诗集《战争·和平·进步》《美丽·神奇·丰富》和《共和国之歌》;论文集有《诗与生活》;特写集有《我们时代的人》和《庆功宴》。1962年,他发表

---

① 此处编者略有删节。

了报告文学《祁连山下》,描写了两个爱国知识分子的动人事迹,受到普遍好评。十年动乱中,受林彪、"四人帮"的残酷迫害。粉碎"四人帮"之后,他致力于报告文学的创作,先后发表了《地质之光》、《哥德巴赫猜想》、《生命之树常绿》、《在湍流的涡漩中》等,塑造了科学技术工作者的美好形象,被人们誉为"科学诗篇"。作品集有《哥德巴赫猜想》、《徐迟散文选集》等。

【作品简析】

《哥德巴赫猜想》是"科学诗篇"的代表作品,写的是数学家陈景润的事迹。在作品中,作家不是孤立地写他的科学探索,而是把他的科学活动同时代风云紧密联系起来,既写了他在数学上的创造性的劳动和贡献,又写了他在政治斗争中的高尚品格和节操。"四人帮"的爪牙无所不用其极地胁迫他诬陷邓小平同志,他不屈;许以高官厚禄,利用他向"女皇"效忠,他不动。他的数学家的逻辑像钢铁一样坚硬!

《哥德巴赫猜想》是在文学领域中比较早地对"文革"禁区的一次勇猛冲击。在粉碎"四人帮"之后的一段时间内,"文化大革命"一直被视作禁区而不能触及。采写于1977年8月至9月间的《哥德巴赫猜想》受到当时历史的局限,在作品中对"文革"也不能不说了一些入时的话,这是可以理解的;但通观全篇,详细体味作者的真意,他对"文革"的批判是很明显、很尖锐的。特别是第六、第七两节,详细记述了陈景润如何被卷入了"文革"这场"政治革命的万丈波澜",受到种种迫害,政治上的批判、斗争,精神和肉体上的侮辱、折磨,生活上的无理刁难,使这样一位在世界数学研究史上有过杰出贡献的科学家濒临死亡的边缘!通过这些描写,使人们真切地感受到,"文革"作为一场完全错误的"政治大革命",是怎样在糟蹋着科学,摧残着人才!这种对"文革"的批判性的描写在当时是很了不起的,表现了作者的胆识和勇气。由于作品说出了广大人民群众长期郁闷在心头想说而又不敢说的话,因而发表后引起了社会上的强烈反响。可以说,《哥德巴赫猜想》为此后彻底否定"文革"的文学创作开辟了道路。

《哥德巴赫猜想》的另一成就是陈景润这个真人典型的成功塑造。

徐迟笔下的人物不是平面的,而是立体的、活生生的、充分个性化的。陈景润由于家庭环境和社会环境的影响,从小形成一种内向的性格。在家里,他是一个不受欢迎的"多余的人";在学校又总是受人欺侮,但他"从来不讨饶"。人们以蔑视的眼神和讥讽的口吻对待他,但他从不自暴自弃;正是在同学们的哄笑声中,他暗暗地立下了献身祖国科学事业、攻下哥德巴赫猜想这一世界数学难题的宏大志愿。为此,他把自己的"全部心智和理性"都贡献给了科学事业。他废寝忘食,昼夜不舍,潜心思考,顽强攀登,有一种惊人的内在意志力。生活的艰窘、无知的嘲讽、恶毒的诽谤、"四人帮"的迫害,都不能动摇他向科学高峰攀登的决心和阻挠他前进的步伐。陈景润的外在形象并不是那么惹人喜爱的,但他的心灵是美丽的;他的身体是单薄虚弱的,但他的意志是坚韧刚强的;他神情痴呆,语言木讷,但他的思想却是敏捷而深邃的,他具有世界上第一流的科学思维的能力。

在这篇报告文学中,徐迟运用了细节描写、心理刻画、环境渲染等小说创作的手法,从而增强了作品的感染力。像数学研究所李书记到陈景润的住处去看望他的那一节,春节送苹果那一节,对环境和人物的描写、刻画都非常细腻动人。作者仿佛把我们带到了那间不足六平方米的小屋,让我们看到了陈景润伏在床板上工作的情景;好像陈景润就站在我们面前,穿着那双"通风透气"的鞋,嘴里连连说着:"我很高兴……很高兴。"徐迟不是用"报告"的方式,而更多的是用小说的手法来写报告文学,这是一种新的探索。

《猜想》的语言也很有特色,是一种很美的诗化的语言。如第五节中对陈景润冲击哥德巴赫猜想的艰苦历程的描写,作者把实写与虚写巧妙地结合起来,对于那些抽象思维、数学运算,以及一步一步向"猜想"逼近的复杂、烦琐的过程,作者都机智地把它们化为登山运动员攀登高山雪峰的可感的形象,不仅画面生动感人,而且节省了不少的笔墨。又如在第八节中,作者把科学家所取得的成果称作是"人类思维的花朵",是"空谷幽兰、高寒杜鹃、老林中的人参、冰山上的雪莲、绝顶上的灵芝、抽象思维的牡丹"。作者用"玉羽雪白"的仙鹤,"姣妙、娟丽"的鸾凤等形象,把科学领域描写得那样圣洁和崇高,那么辽阔和幽远,那么和谐和美好,激发起人们去追求它、探索它、征服它的兴趣与热情。

徐迟还喜爱用排比、对比、对偶等修辞手法,使语言具有一种形式美和音乐美。如"少长咸集,群贤毕至","人人握灵蛇之珠,家家抱荆山之玉",文中有很多这类句子。特别是第六节对"文革"的那一段描写:"只见一个一个的场景,闪来闪去,风驰电掣,惊天动地。一台一台的戏剧,排演出来,喜怒哀乐,淋漓尽致;悲欢离合,动人心肺。一个一个的人物,登上场了。有的折戟沉沙,死有余辜;四大家族,红楼一梦;有的昙花一现,萎谢得好快呵。乃有青松翠柏,虽死犹生,重于泰山,浩气长存!……"句式整齐,音韵响亮,词语富丽,文采飞扬,充分地表达了作者的浓烈的感情和鲜明的褒贬。这样的文字简直可以当作诗去朗读,可称得上是真正的"美文"。

(张学正)

唐山大地震*(节选)
——"7·28"劫难十周年祭

钱 钢

第一章 蒙难日"7·28"

……………

濒死的拂晓。

唐山第一次失去了它的黎明。

它被漫天迷雾笼罩。石灰、黄土、煤屑、烟尘以及一座城市毁灭时所产生的死亡物质,混合成了灰色的雾。浓极了的雾气弥漫着,飘拂着,一片片,一缕缕,一絮絮地升起,像缓缓地悬浮于空中的帷幔,无声地笼罩着这片废墟,笼罩着这座空寂无声的末日之城。

已经听不见大震时核爆炸似的巨响,以及大地颤动时发出的深沉的喘息。仅仅数小时前,唐山还像一片完整的树叶,在狂风中簌簌抖动;现在,它已肢残体碎,奄奄一息。灰白色的雾霭中,仅仅留下了一片神秘的、恐怖的战场,一个巨人———一个二十世纪的赫拉克力士奋力搏斗之后留下的战场。所有的声息都消失了。偶尔地,有几声孩子细弱的哭声,也像是从遥远的地心深处传来,那般深幽,那般细长,像幻觉中一根飘飘欲断的白色的线。

——空空凝视着的不再合拢的眼睛;

——冰冷了的已不会再发出音响的张着的嘴;

唐山,奄拉着它流血的头颅,昏迷不醒。淡淡的晨光中,细微的尘

---

* 原载《解放军文艺》1986年第3期。

末,一粒粒、一粒粒缓慢地飘移,使人想起濒死者唇边那一丝悠悠的活气。

一切音响都被窒息了,一切生命都被这死寂的雾里藏了。

朦朦大雾中,已不见昔日的唐山。笔者仅据当年目睹及查阅资料在此录下几个角落的情景:

· 三层钢筋混凝土结构的唐山矿冶学院图书馆藏书楼,第一层楼面整个儿向西剪切滑动,原三层楼的建筑像被地壳吞没了一层,凭空矮了一截;

· 唐山火车站,东部铁轨成蛇行弯曲,俯瞰,其轮廓像一只扁平的铁葫芦;

· 开滦医院七层大楼,成了一座坟丘似的三角型斜塔,顶部仅剩两间病房大小的建筑,颤巍巍地斜搭在一堵随时可能塌落的残壁上,阳台全部震塌,三层楼的阳台,垂直地砸在二层楼的阳台上,欲落未落;

· 唐山市委宿舍楼的一扇墙面整个儿被推倒,三层楼的侧面,暴露出六块黑色的开放着的小空间,一切家庭所用的设备都还在,完整的桌子、床铺,甚至一盏小小的台灯;

· 凤凰山脚下的外宾招待所,两层楼的餐厅仅剩下一个空空的框架,在没有塌尽的墙壁上,华丽的壁灯还依稀可见;

· 唐山第十中学那条水泥马路,被拦腰震断,一截向左,一截向右,错位达一米之多;

· 吉祥路两侧的树木,在大地震动的那一瞬间,似乎曾想躲而避之,有的树欲"逃",并已跨离树行,却又被死死的扯住,错位的树与树行,相距一点五米;

· 迁安县野鸡坨公社卫生院,一侧门垛整个儿向南滑去,斜倚在另一个门垛上,而开平化工厂厂门的高大门垛,在地震的那一刻,也仿佛被一双巨手扭断,成左旋而倾斜;

  ············

更为惊心的是,在"7·28"地震地裂缝穿过的地方,唐山地委党校、东新街小学、地区农研所以及整个路南居民区,都像被一双巨手抹去了似的不见了。仿佛有一个黑色的妖魔在这里肆虐,是它踏平了街巷,折断了桥梁,掐灭了烟囱,将列车横推出轨。一场大自然的恶作剧使得唐山面目全非,七零八落的混凝土梁柱,冰冷的机器残骸,斜矗着的电线杆,半截的水塔,东倒西歪,横躺竖倚,像万人坑里根根支棱着的白骨。落而未落的楼板,悬挂在空中的一两根曲弯的钢筋,白色其外而内里泛黄色的土墙断壁,仿佛是在把一具皮开肉绽的形容可怖的死亡的躯体推出迷雾,推向清晰。二十世纪七十年代的死亡实况,就这样残酷地被记录在案了。

浓浓的雾气中,听不见呻吟,听不见呼喊,只有机械的脚步声,沉重的喘吁声,来不及思索的匆匆对话,和路边越堆越高、越堆越高的尸体山!头颅被挤碎的,双脚被砸烂的,身体被压扁的……

陆军二五五医院护士李洪义永远也不会忘记,一个女兵被一根水泥梁柱戳穿了胸膛,胸口血肉模糊;一个孕妇已快临产,她人已断气,下身还在流血。

二五五医院外一科副主任张木杰亲眼看见一位遇难者,眼球外突,舌头外伸,整个头颅被挤压成了一块平板;另一位遇难者,上半身完好,下半身和腿脚却已模糊难辨。

开滦医院医生谢美荣,讲述她心爱的孩子时说,儿子死去时,头上还压着一本掀开的小说《剑》,可是他永远也不可能翻完这本书了,就像他短暂的生命,也不可能继续到它最后的一页。

这无疑是人类史上最悲惨的一页。无辜的死难者,几乎都是在毫无准备的状况下,被突如其来地推向死亡。太匆忙、太急促,死亡就发生在一刹那间。

惨淡的灰雾中,最令人心颤的,是那一具具挂在危楼上的尸体。有的仅有一双手被楼板压住,砸裂的头耷拉着;有的跳楼时被砸住脚,整个人倒悬在半空。他们是遇难者中反应最敏捷的一群:已经在酣梦中惊醒,已经跳下床,已经奔到阳台或窗口,可是他们的逃路却被死神截断了。有一位年轻的母亲,在三层楼的窗口已探出半个身子,沉重的楼板硬落下来把她压在窗台上。她死在半空:怀里抱着孩子,在死的一瞬间,还本能地保护着小生命。随着危楼在余震中摇颤,母亲垂落的头发在雾气中拂动。

一座城市毁于一旦,在中国历史上有过这样的惨例么?一五五六年陕西大地震,一九二〇年甘肃大地震,都未曾发生在人口稠密的城市,——尽管如此,惨重的伤亡已令世代震惊。而今天,被7.8级地震所击中的唐山,却是一座有一百万人口的城市。

一片废墟。

在路南区小山街道,有一位幸免于难的老太太从瓦砾中挣扎着钻出来。眼前的一切,使她呆呆地翕动着嘴,说不出一句话。这条老街,这条历史悠久的街。这条繁华一时的老街,就像她满头飘动的丝丝银发,它如今在哪里?许多年之后,当她常常孤零零一人站在那片废墟上时,她呆滞的目光中还有几分犹豫,像在追忆以往,又像在追寻现实。"大世界"商场在哪里?听评戏的"落子院"(剧场)在哪里?那些杂耍场呢?那些澡塘、药铺呢?那些布店、刻字店、"委托店"呢?那些出售"棋子烧饼"、"开平麻花"、"唐山熏鸡"的小铺子呢?还有她们——从前天天在一起拎菜篮上街的老姐妹们,她们都到什么地方去了?一片死寂。路都没有了,只有从一行歪歪倒倒的电线杆上,才能分辨出那是老街。因为它本来是那么窄小,两边的老楼塌下来,整个儿把它填平了。早起的清洁工,运粪的马车,都被埋葬在窄窄的老街上。更悲惨的是小巷两侧的平房区,就这样被恶魔一脚踩平,像踩碎了一堆蛋壳。此时,这里变成了空旷得骇人的广场,阴风凄凄,只有些许人影,在僵死般伫立着。

唐山人伫立着。在那些被浓雾裹着的废墟上,在那些被浓雾裹着的大路边,他们呆呆地伫立着,许多人还在噩梦之中:是原子弹爆炸?是煤矿失事?他们不知道擦去脸上流动着的血,不知该怎么抢救地狱中的亲人,连自己站在什么地方都忘了。有人不知为什么,手里攥着一只死鹅,怎么也不撒手;有人眼盯着放在脚盆里的死孩子,半天不动一动。许多人赤身裸体,那些只戴一个胸罩的姑娘,甚至忘了找件衣服遮身……这些默默喘息着的尚存的生灵,就像那一座痛苦地拦腰扭转过去的门柱,已经没有力气,也没丝毫欲望去叫喊了。沉默。黯淡的目光。僵硬的四肢。凝冻的血液。这就是濒死的一切。

一位名叫陆实的唐山人,震后在一篇回忆录中这样描写他在那个拂晓见到的幸存者们:

……因为大都是光着身子从废墟里爬出来的,所以用什么遮体的都有。有相当一部分人(不分男女)都穿着宽袍大袖、长及脚面的外国睡衣,我知道这是从服装厂弄出来的出口服装;几个小伙子身穿灰制服,头戴新四军帽,有两个居然戴着日本战斗帽,还有一个光着膀子穿着日本马裤,这一定是京剧团的戏装,因为这都是《沙家浜》里的东西。有个挂棍子的白胡子老头,光着干瘦的身子,下边却围了一条姑娘穿的花布裙。一个十多岁的小孩搀着一个中年人走过来,那人腿受了伤,一拐一拐的。他右手搭在小孩肩膀上,左手却紧握着一把鱼皮鞘的宝剑,鲜艳的橘红色灯笼穗飘然地在他腿边荡来荡去。大概是祖传的吧!

　　……形形色色的人群,在灰雾中晃动着。他们惊魂未定,步履踉跄,活像一群梦游者,恍恍惚惚被抛到了一个陌生的星球上。他们的一切都是麻木的:泪腺、声带,传导疼痛的神经。谁也想像不到这场浩劫的规模,他们无暇思索,无暇感觉,甚至来不及为骨肉剥离而悲恸。

　　太阳出来了。当这轮火球像往常一样高高悬起的时候,大雾中,也仅像一张圆圆的薄薄的淡色的剪纸,在这片浓极的濒死的雾中滑动。但是,炽热的光终究使浓雾开始变薄,开始流动。笼罩着雾的废墟出现了嗡嗡的声浪,那声浪像来自大地的深处,低低地,动荡地,不安地,它预示着昏迷中的濒死者又开始疼痛,又开始痉挛。昏迷中的唐山即将苏醒。当雾就要散尽的时候,惊恐着的人们,发现两只从动物园里逃出来的同样惊恐的狼。它们相依着,站在远处黑色的废墟上,孤独地睁着惊惧的眼睛,余悸未消地喘息着。突然,它们纵身一跳,仿佛重受惊吓似的又飞快地奔窜起来,它们跃过断墙,跃过倒塌了的屋顶,跃过那一堆堆暴露在旷野中的尸体,箭一般地在凤凰山脚下转着圈子,像是在寻找一条求生的路。茫然之中,它俩双双奔上凤凰山顶。断崖上,它们终于站住了,石雕一般。面对这样一片灾难的海洋,它们发出了酷似人声的凄厉的嗥叫。

"7·28"的清晨,残雾以及这充满恐怖的狼嗥,久久不散,久久不散。

我的面前,放着一叠震灾资料和一张从凤凰山上俯拍的唐山废墟照片:

作为这片废墟北界的万里长城,烽火台已经倒塌;

位于蓟县的辽代白塔,塔身震裂,塔尖落地;

位于遵化县的清东陵——那葬有包括慈禧在内的清代帝、后、妃、皇子、公主一百六十一人的陵寝,石人石兽被震翻……

仅仅几秒钟之内,凝结着数千年历史的古代建筑,便受到了来自地壳之中的深刻的震撼。

我的耳边,我的眼前,又同时出现了"7·28"清晨的狼嗥和浓雾。我想,当时如果有一位历史学家,面对这样一片废墟,他会看到些什么?

作为一座城市,唐山的历史并不久远,明代,这里不过是个小小的集镇。然而,它地底丰富的资源,似乎使它注定会有车水马龙的日子。人们在这里挖煤,采石,制陶……村落渐密,商贾云集。一八七八年设唐山镇。"唐山"的名字,因镇北一座山上有唐太宗东征所筑的石城(又一说因有后唐将军姜兴之墓)而得。唐山是近代中国资本主义工业发展十分迅速的一个城市。我国历史上自行兴建的第一条铁路(唐胥铁路)和我国自行制造的第一台蒸汽机车("龙"字号)都诞生在这里。然而此时呢?历史悠久的唐山第一中学——这所建于戊戌维新后不久的老学堂,和五十年代后兴办的那些中学、大学一起被毁于一旦。唐山陶瓷公司那个"五百年陶瓷制品陈列室"里,古老的缸、盆和现代的高级出口瓷器——薄胎瓷、骨灰瓷的成套茶具、中西餐具、酒具、烟具、咖啡具,一起在塌落的楼板之下成为碎片。

纵观历史,辉煌的印度河流域文明持续了约一千年,其中心正是在公元前十八世纪前后的地震高潮期开始衰落。如今,国外有些学者认为,印度河流域古文明城市的衰亡,是公元前一千七百年左右发生的大地震和地震引起的水灾造成的。

公元前一千六百年,地中海上的希腊克里特岛曾发生过三次震中烈度为十度的地震,于是,史前的这一大文明区消失了,克里特文化毁灭了。

那么,今天的唐山呢?

如果当时有一位建筑学家就站在历史学家的身旁,那么,我想他的眼光一定不是悠远的,而是现实的。

他看到的烈度为十一度的极震区,就位于唐山市区——东起近郊越河公社,西至土产仓库、矿冶学院,南到女织寨公社,北到煤研所、二十一中一线,等震线成椭圆形,长轴十一点五公里,短轴三点五至五点五公里,面积约为四十七平方公里。

十度区:东起古冶、大庄坨公社,西达兰高庄公社,南至丰南稻地镇、董各庄公社,北到傅家屯公社和王楼庄公社,面积约为三百二十平方公里。

九度区:东起滦县霍庄一带,西至宁河岳龙庄、小张庄一带,南达丰南县小集、蜂坨、西葛庄一线,北到丰润县新庄子、李庄子一线,面积约一千四百三十平方公里。

八度区:东起卢龙县石门,西至宝坻县林亭口,北起丰润县北部的火石营,南到渤海边,面积约为五千四百七十平方公里(天津边的破坏已达八度)。

七度区:东起抚宁县磨姑营、枣园,西至黄骅县的歧口,北达三河、蓟县、遵化以北,面积约为二万六千平方公里。

在极震区内,工业厂房绝大部分倒塌毁坏,厂房屋盖大面积塌落,围护砖墙特别是外包砖墙,柱间支撑严重变形,钢筋混凝土的柱子开裂、挤酥,或折断。多层厂房的破坏尤为严重。而所有民用住房——多层砖混结构房屋全部倒塌。许多新建筑的用砖质量低次,近似沙砖,震动中几乎全部碎成了拳头大的砖砾。房屋砖墙倾倒,预制板的屋盖、楼板散落,造成严重伤亡。

而农村房屋——绝大多数是砖石、土墙承重,上履由炉渣和白灰混合的厚焦子顶重屋盖,此类房屋在烈度八、九度区已破坏严重,十度区大量倒塌,在极震区更是荡然无存。倒塌原因主要是墙体强度低,屋盖重,连接不牢靠。

房屋,本是人类保护自己、抗风御雨的处所。人类在自己的发展史中,从穴居野处到学会建筑房屋,从建造草、木的房屋到营造砖、石、金属的房屋,他们的栖身之处在不断地改善着,进化着。然而在一场大地震中,人类却首先直接死于倒塌的建筑物!房屋,使灾难变本加厉,它成了助纣为虐的帮凶,成了人类的坟墓,在唐山城乡总计六十八万二千二百六十七间、一千零九十三万二千二百七十二平方米的民用建筑中,竟有六十五万六千一百三十六间、一千零五十万一千零五十六平方米在地震中倒塌和遭到严重破坏!

这一切确实是令人震惊的。唐山是历史上不曾记录过破坏性地震的地区,在城市建筑上,是一个不设防的六度区。可是偏偏在这里,发生了震级为 7.8 级、烈度为 11 度的强震!

显然,建筑学家特有的目光还会注意到另一些房屋。在十度区,竟然有一座八层高楼完整的框架独立于废墟之上,这是尚未完全竣工的新华旅馆主楼。该楼原设计是内框架外墙承重结构,海城地震后,又在周边承重外墙中续加了十二根构造柱,结果经受强震而未倒。还有一些形体简单、开门较小、高度较矮、屋盖较轻的房屋,也幸免于难。

面对着几十万唐山人死伤于不坚固建筑的冷酷事实,那些"幸存"房屋,会引起建筑学家多少痛心的思考和沉重的惋叹!

我又想到,如果当时,有一位经济学家俯瞰唐山废墟,那么他看到的将会是一连串沉默着的却又是触目惊心的数字。

唐山,华北著名的工业城市。它的面积约占全中国的万分之十,人口约占全中国的千分之一,而产值,约占全中国百分之一!

唐山素有"煤都"之称,它以当时全国最大的煤矿开滦矿为主体,形成了自己的重工业体系。开滦煤矿的煤炭产量,占全国的二十分之一,在整个国家的经济生活中,它起着牵一发而动全身的作用。它的煤种以炼焦配煤——肥煤为主,煤炭除供鞍钢、首钢、本钢、包钢以及京津沪地区生活用煤外,还远销日本和朝鲜。

唐山的电力工业也是举足轻重的。一九七六年正在兴建中的陡河电站,是华北电网的主力电站之一,是我国最大的火力发电站。

唐山还是著名的"华北瓷都"。唐山陶瓷有着和景德镇陶瓷一比高下的竞争力,从全国解放至一九七五年,唐山陶瓷业的总产值超过十亿元。

还有冶金业,还有纺织业,还有水泥、汽车、机械制造……许许多多极其重要的企业!

然而此时,整个唐山——这座河北省最大的重工业城市,却几乎已经看不见一根直立的烟囱。作为一个巨大的经济生命体,它已经没有了呼吸,没有了脉搏,没有了流动着的血液。

只见瓦砾一片。

只有短短的几秒钟,中国国家经济大厦的一根极为重要的支柱,便被无情地摧垮了。一种强烈的经济震波,将传遍华北,传遍中国。整个中国的经济结构将发生强烈的摇撼。——难道还有比摧垮一个重要能源基地更可怕的吗?

毫无疑问,唐山经济在"7·28"地震中的可计算的直接损失达三十亿元以上!

用于救灾和重建的投资几乎是无法计算的……

一八三五年三月四日,伟大的进化论者达尔文来到刚刚发生过强烈地震的智利康塞普西翁市,面对一片废墟,他发出了由衷的感慨:"……人类无数时间和劳动所建树的成绩,只在一分钟之内就被毁灭了;可是,我对受难者的同情,比另外一种感觉似乎要淡薄些,就是那种被这往往要几个世纪才能完成,而现在一分钟就做到了的变动的情景所引起的惊愕的感觉……"

这也是无数中国人对唐山蒙难日——"7·28"的感觉。

(选自《解放军文艺》1986年第3期)

【作者简介】

钱钢(1953～　),浙江省杭州市人。1969年入伍,1979年初调《解放军报》社任记者。1984年9月考入解放军艺术学院文学系。1972年开始发表作品,作品有《"蓝军司令"》、《奔涌的潮头》(均与江永红合作),分获第一、第二届全国优秀报告文学奖。1986年发表《唐山大地震》,获第四届全国优秀报告文学奖。1989年发表《海葬——大清国北洋海军成军100周年祭》。

钱钢十分关注现实社会人生的重大问题,体现出作者的时代使命感和责任感。他的作品多采用全景式的写法,把历史与现实联结起来进行宏观性的、综合性的分析叙述,具有开阔的视野、巨大的信息量和深邃的理性色彩。

【作品简析】

《唐山大地震——"7·28"劫难十周年祭》是一篇记述历史事件的长篇报告文学,由九个部分组成:〇章,关于我和我的唐山;第一章,蒙难日"7·28";第二章,唐山——广岛;第三章,渴生者;第四章,在另一个世界里;第五章,非常的八月;第六章,孤儿们;第七章,大震前后的国家地震局;我的结束语。

《唐山大地震》被称作是"全景式报告文学",它的一个基本特点就是内容的广度和思想的深度。它不仅是有关这次大地震的过程、地震所造成的后果的一份实录,也不仅是抗震救灾的英雄事迹汇编,作者透过这次大地震,对大自然,对政治、社会、人性等进行了全面的考察与检讨,提出了许多对于中国和人类、今人和后人都具有重要价值的问题,有着沉甸甸的容量。作者在作品的开头曾讲到自己的创作动机及作品的总体构想:"我要给今天和明天的人类学家、社会学家、地震学家、医学家、心理学家……不仅是他们,我要给整个地球上的人们,留下一部关于大毁灭的真实记录,留下一部关于天灾中的人的真实记录,留下尚未有定评的历史事实,也留下我的思考和疑问。"可见作者的眼光已不局限在这次唐山大地震,而是面对"整个地球上的人们";已不局限在这次地震所触及的政治、经济层面(诸如一方有难、八方支援,抗震救灾,人定胜天等等),而是深入到人类学、社会学、地震学、医学、心理学等各个领域,深入到生命和人性的层次,对大地震进行了全方位的思考,成为一部镌刻在废墟上的关于自然、社会、人类以及我们民族自身的启示录。同过去类似题材的报告文学相比,《唐山大地震》显然是一次大的突破与飞跃。

文献性与文学性的完美结合,是《唐山大地震》创作上的另一个显著特色。作者作为一名防疫队员,参加了唐山抗震救灾的工作。他通过亲见、亲历,掌握了大量第一手感性材料。此外,为了创作这篇长篇报告文学,作者还进行了广泛细致的调查,上至国家地震局,下至成百上千的受难者、劫难的亲身经历者和目击者,都作了采访。同时,作者还查阅了有关地震的大量历史资料和当时的各种文字资料(包括国务院文件,领导人批示,地震局及各地震台站的简报、报告和电话记录,通讯社文稿,私人书信等)。可以说,《唐山大地震》是关于大地震的一份资料翔实的考察报告,是一份具有高度文献价值、学术价值的历史科技档案。

作品中不乏文学性很强的关于环境与人物的描写。如地震后唐山的第一个早晨,作者以细致入微的笔触,写出由各种"死亡物质"混合而成的"灰色的雾",如何"笼罩着这座空寂无声的城市"。震后黑色的雨水和从废墟中流出的血水,如何交汇在一起,"像一道道细细的殷红色的泉水,从预制板的裂缝中淌出来,沿着扭曲的钢筋滴下来,绕过毁断的窗棂门框,又从灰白的墙壁碎土中渗出来……在黑色的废墟上,留下了一道道离逝了生命的轨迹"。客观、冷峻的文字中,凝聚着对"我可亲可爱的唐山"以及父老兄弟的无尽情思,具有撼人心魄的感染力量。

(张学正)

伐木者,醒来!*(存目)

徐 刚

【作者简介】

徐刚(1945~),上海崇明人。读高中一年级时应征参加中国人民解放军。1965年退役。1970年入北京大学中文系学习,1974年毕业,从事新闻报道工作。1977年调任《人民日报》文艺部。1985年调《中国作家》任编辑部主任。著有诗集和长诗《鲁迅》、《毛泽东之歌》、《献给十月》、《抒情诗100首》、《徐刚九行抒情诗》、《遥远歌》等。著有传记和散文集《艾青传》、《范曾传》、《沧海歌》、《雨后》、《小草》、《秋天的雕像》、《摇篮集》等。

徐刚是中国环境文学的先驱者之一。1987年,徐刚写作报告文学《伐木者,醒来!》,此后便以主要精力写作人与自然题材的环保文学作品。主要作品有《绿梦》(1988)、《中国,另一种危机》(1993)、《守望家园》(6卷本,1996)、《地球传》、《长江传》等,徐刚是中国当代作家中孜孜不倦地关心人类生存环境和未来命运者。他的作品中有自然的素描、诗意的流淌,有详尽的资料、忧患的思考和历史的凝重。基于他较早关注环保问题以及对于环保文学所作出的突出贡献,人们把他称为"中国环保文学之父"。

【作品简析】

自20世纪60年代以来,在经济发达的西方社会,渐渐涌现出一些表现现代科学技术、现代社会发展造成严重生态灾难的文学艺术作品。

---

* 原载《新观察》1988年第2期。

继而,在一些文学艺术作品中也强烈地表现出人应当与自然和谐共处、应当善待自然、亲近自然的良好愿望。1962年,美国海洋生物学家雷切尔·卡逊出版了她的长篇报告文学《寂静的春天》,该书以深入的调查、生动的事例、翔实的资料、悲天悯人的情怀,讲述了美国中部一个美丽如画、安静祥和的小城镇,如何变成一个怪病流行、生命凋零、死气沉沉的地方的故事。作家揭露、控诉了"DDT"等农药对大地、海洋的毒化,对大地上的昆虫、海洋中的鱼虾、天空中的飞鸟的荼毒,以及这些工业时代的化学药剂如何扼杀了人类生存环境中的生机,如何把一个有声有色的春天变成了荒凉死寂的春天。这本书出版后,很快在西方世界产生了轰动性的影响,并由此拉开了西方当代生态文艺舞台的大幕。中国的环保文学则是从80年代中后期开始的。徐刚的《伐木者,醒来!》可称之为中国环保文学的开端。

　　生态危机是目前困扰人类最严重的全球性问题,它具有两大特征:即全球特征和人为特征。生态危机的全球特征不仅是指它在空间范围上具有广泛性,还指它造成的灾难不是一个民族或一个国家的灾难,而是整个人类的灾难;而人为特征则是指我们今天所面临的生态危机是由放任生育、纵欲无度、过度牧垦、滥伐森林、排放废物等人为的原因造成的。徐刚也正是从这两个方面来揭示在中国愈演愈烈的滥伐森林之风的危害的。文章是从1968年罗马俱乐部就人类滥伐森林而发出的警告开始的。这个由专家、学者组成的民间环保组织告诫人们:随着一片片森林被夷为平地,世界已失去平衡,人类正面临困境。如果再让滥伐森林之风发展下去,我们的子孙也许将不再知道森林,不再能享受森林之美。作家是用诗一般的语言表达对这些超越国界、超越意识形态的环保先驱者们的感谢的:"1968年春天,全世界的森林都在向罗马致敬。"接着作家讲述了两个在中国发生的毁林、护林的感人至深的故事。一个是发生在武夷山的"爱山爱树如爱命"的陈建霖的故事:武夷山盗伐林木成风,由于基层领导的鼠目寸光、功利主义,以及官僚、渎职行为,使这种盗伐之风愈演愈烈,不可遏制。对此现状,武夷山的保护者陈建霖进行了孤独的、顽强的抗争:因为护林,他被人骂作"狗官",他干脆刻了一个"狗官建霖"的图章,坦承自己"就是武夷山的看山狗,谁砍树我就咬谁！我就是狗官！"为了护林,他想尽了一切办法,付出了巨大的心血,但由于官僚主义的纵容、庇护,总是收效甚微。他仿效古人立了一个"毁林碑",将一些大队干部、社员盗伐森林的行为刻在碑上示众,起到了一些效果,但迫于来自各方面的压力,被勒令将碑推倒。由于民众环保意识的薄弱和缺乏基层领导的支持,使得陈建霖的护林工作困难重重、孤立无援,他本人也被搞得身心疲惫,精神近乎崩溃。与此恰成对照的则是西天目山,西天目山的森林,解放之后非但未受到破坏,而且有了大量的增加。这一方面是因为西天目山同样有一位像陈建霖一样的爱林如命的守林人宋永增老人,而且还因为有当地历任政府的大力支持。基层领导有没有环保意识和长远眼光,能不能有法必依、违法必究是环境保护的关键。中国民众的思想观念的落后,也是导致生态危机的一大原因。作家写到了出现在温州的一种怪现象：那就是先富了起来的温州人把大量的金钱耗费在了占山建墓上,毁坏了大片的山林,侵占了大片的山地。这种有害无益的迷信行为造成了对环境保护的严重破坏。作家全面回顾了中国历史上的环境灾难,又走遍了全国各地,对到处存在的或明或暗的滥伐森林现象,进行了全面的揭露,指出：正是这种滥伐的无情、冷酷、自私组成了中国土地上生态破坏的恶性循环：越穷越开山,越穷越砍树,越砍树越穷。历史再也不能这样继续下去了。由此,作家呼唤一种文化、文明观念的更新,要让人们知道：我们只有一个地球！人类把森林砍伐殆尽之日,便是新的茹毛饮血年代的开始。要从思想上走出人类中心主义的误区,人要学会做存在的守护者,而不是存在的征服者和破坏者。

徐刚是以诗化的语言来写作他的环保作品的,在他的作品中既奔涌着诗人狂放的爱憎、锐敏的直觉,又表现出诗人细腻的观察、精微的描摹。作者将他自己完全融入进了他所面对的山川、荒漠、森林、湖泊之中,所以他进入了一种在精神上与自然合而为一的至高境界。在他的作品中,贯穿着一条"绿色的情感纽带",这情感就是对大自然的敬畏,对生灵万物的体贴和理解,对人类社会前途的忧虑,对宇宙间生态平衡、秩序和谐的祈盼。正因为如此,他的这些充满事例和数字的报告文学读起来不使人感到枯燥,反使人心驰神往,产生一种强烈的艺术感染力。徐刚的作品时时传递出他作为人向自然表示的忏悔;他的文章的写作过程也就是他的思想和感情的提升、净化过程。因为他意识到"假如没有多样化的生物物种,没有脆弱而美丽的生态平衡,苟延残喘之于人类,便算是幸运的"。这种抛开了宰制自然的"人类中心主义"的自负,诚挚、迫切地向着"自然"的忏悔,是徐刚环保作品的灵魂。作为报告文学,该文也堪称典范之作,首先从文化角度来看,它代表着一种走在时代前头的新的人类生存观念,一种与自然和谐共存的人类生存之道。其次,它将报告文学所具有的非虚构性、新闻性、文学性、文献性、现实感、社会性、批判性与公众意识等特性融为一体,代表着作为一种复合审美范畴的报告文学的发展、进步和完善。

(耿传明)

戏 剧

十 五 贯[*]（存目）

浙江省昆苏剧团《十五贯》整理小组

【作者简介】

　　昆剧《十五贯》的故事最早出自宋代话本《错斩崔宁》，后明代冯梦龙将其收入《醒世恒言》，改题为《十五贯戏言成巧祸》，写的是"十五贯"的巧合，崔宁遭到冤狱的故事。到清朝初年，吴县人朱素臣又从《错斩崔宁》中敷演而成《双熊梦》。《双熊梦》分上下两卷，共二十六出，解放后由路工、傅惜华收编入《十五贯戏曲资料汇编》一书中。

　　1956年，浙江省昆苏剧团《十五贯》整理小组根据朱素臣的《双熊梦》进行了提炼、加工、改造，删除了枝蔓横生、过于离奇的情节，突出了三个古代官吏形象的塑造。这个剧的改编，无论从剧本思想教育意义、艺术处理，还是导演、演员的再创造，都取得了突出的成就，为戏曲改革提供了丰富的经验，成为戏曲改革的典范作品。

【作品简析】

　　从宋话本《错斩崔宁》到朱素臣的《双熊梦》再到浙江省昆苏剧团的《十五贯》，经历了一个复杂的推陈出新的过程。最初的本子头绪较多，对"问官胡涂"的社会现象缺乏本质的认识，把造成错斩的原因归在"不要戏言"上，主题是消极的。发展到清初的《双熊梦》，主题前进了一步，它抛去了话本"不要戏言"的主题，增添了况钟这个主要人物，突出了他审案的正直，但仍将发现冤情寄托在神明托梦上，梦是解决问题的关键，带有很浓的迷信色彩。

------

[*] 原载《剧本》1956年第6期。

改编后的昆剧《十五贯》，以唯物史观为指导，突出为民伸冤的主题，深刻地批判了原本的因果报应的错误观点，塑造了况钟、周忱、过于执三个古代官吏的典型形象，思想上和艺术上都有质的升华。

《十五贯》通过塑造三个古代官吏的典型，歌颂了实事求是的作风，抨击了主观武断、草菅人命的官场恶习。况钟是古代一位体恤民苦的清官典型。他既有为民请命的胆量与气魄，又有调查研究、重真凭实据的求实作风。他不轻信三审六问的案卷，更不轻信"犯人打过指模的口供"，他"执法严明，德威并行"，"体民苦，察民情，平生愿，效包拯"。在"夜讯"一场中，他听到死囚高喊"冤枉"时，顿时感到"一笔千钧"，轻率判斩，要冤屈两条人命，于是连夜赶至都堂，向巡抚周忱请求重理此案。他三次求见，巡抚不见，况钟又冒生命危险击鼓求见。面对周忱的威严与刁难，他以"丢官不怕，一切后果独自承担"的决心，终于取得重审的权力。随后又化装成算命先生，一查到底，终于查出娄阿鼠这个隐蔽的凶手。况钟这个敢于坚持真理、注重调查研究的古代清官形象，至今仍有着深刻的现实意义。

《十五贯》塑造的另一个成功的人物形象是山阴县令过于执，他是一个草菅人命、主观武断的主观主义者的典型。他不是贪赃枉法、蓄谋害人的官吏，也曾"决意一生要做清官"，并自我标榜"爱民犹子、执法如山"，觉得自己做了几十年的县令，办案有经验。但由于主观自傲，自以为是，审起案来粗枝大叶。案子到手，不搞调查，常凭一面之词，主观推测断案。当苏戌娟、熊友兰被拖至公堂时，过于执凭着"看她艳如桃李，岂能无人勾引？年正青春，怎会冷若冰霜？"的直观作出结论。过于执就是这样借"察言观色"、"揣摩推测"错判错定，造成民间无数场冤案。过于执对况钟的严肃求实精神极为反感，冷嘲热讽，幸灾乐祸。在"疑鼠"一场中，处处以"常情"与况钟对立，对人命大事毫不关心。这两个形象对照着写，既表现了况钟明察秋毫"为民不怕跋涉苦"的可贵品格，又表现了过于执草率定案的恶劣作风。过于执自命清高，沽名钓誉，表面爱民，实则害民，他爱的不是民而是名。对于这样的昏官庸吏，反被提升为常州理事，这是对古代封建社会官场的讽刺。

《十五贯》对官僚主义者周忱也作了深刻的批判。他做官五十多年,将人民的生命视为草芥。他全部的做官哲学是保官。周忱这个官僚主义者很有代表性。《十五贯》对三个不同性格的封建官吏的刻画,反映着古代人民的愿望和要求。

改编后的《十五贯》突出了审理公案戏的单一特点,突出了三个官吏对处理重大人命案的不同态度和作风,使原作得到了脱胎换骨的改造。改编本将文化遗产中的民主性的精华发扬光大,做到了"古为今用"、"推陈出新",是改革传统戏曲的典范。

(田旭修)

茶　馆[*]

老　舍

人 物 表

王利发——男。最初与我们见面,他才二十多岁。因父亲早死,他很年轻就做了裕泰茶馆的掌柜。精明、有些自私,而心眼不坏。
唐铁嘴——男。三十来岁。相面为生,吸鸦片。
松二爷——男。三十来岁。胆小而爱说话。
常四爷——男。三十来岁。松二爷的好友,都是裕泰的主顾。正直,体格好。
李　三——男。三十多岁。裕泰的跑堂的。勤恳,心眼好。
二德子——男。二十多岁。善扑营当差。
马五爷——男。三十多岁。吃洋教的小恶霸。
刘麻子——男。三十来岁。说媒拉纤,心狠意毒。
康　六——男。四十岁。京郊贫农。
黄胖子——男。四十多岁。流氓头子。
秦仲义——男。王掌柜的房东。在第一幕里二十多岁。阔少。后来成了维新的资本家。
老　人——男。八十二岁。无倚无靠。
乡　妇——女。三十多岁。穷得出卖小女儿。
小　妞——女。十岁。乡妇的女儿。
庞太监——男。四十岁。发财之后,想娶老婆。
小牛儿——男。十多岁。庞太监的书童。

---

[*] 原载《收获》1957 年第 7 期。

宋恩子——男。二十多岁。老式特务。
吴祥子——男。二十多岁。宋恩子的同事。
康顺子——女。在第一幕中十五岁。康六的女儿。被卖给庞太监为妻。
王淑芬——女。四十来岁。王利发掌柜的妻。比丈夫更公平正直些。
巡　警——男。二十多岁。
报　童——男。十六岁。
康大力——男。十二岁。庞太监买来的义子，后与康顺子相依为命。
老　林——男。三十多岁。逃兵。
老　陈——男。三十岁。逃兵。老林的把弟。
崔久峰——男。四十多岁。做过国会议员。后来修道，住在裕泰附近的公寓里。
军　官——男。三十岁。
王大拴——男。四十岁左右，王掌柜的长子。为人正直。
周秀花——女。四十岁。大拴的妻。
王小花——女。十三岁。大拴的女儿。
丁　宝——女。十七岁。女招待。有胆有识。
小刘麻子——男。三十多岁。刘麻子之子，继承父业而发展之。
取电灯费的——男。四十多岁。
小唐铁嘴——男。三十多岁。唐铁嘴之子，继承父业，有做天师的愿望。
明师傅——男。五十多岁。包办酒席的厨师傅。
邹福远——男。四十多岁。说评书的名手。
卫福喜——男。三十多岁。邹的师弟，先说评书，后改唱京戏。
方　六——男，四十多岁。打小鼓的，奸诈。
车当当——男。三十岁左右。买卖现洋为生。
庞四奶奶——女。四十岁。丑恶，要做皇后。庞太监的四侄媳妇。
春　梅——女。十九岁。庞四奶奶的丫环。
老　杨——男。三十多岁。卖杂货的。
小二德子——男。三十岁。二德子之子，打手。

于厚斋——男。四十多岁。小学教员,王小花的老师。
谢勇仁——男。三十多岁。与于厚斋同事。
小宋恩子——男。三十来岁。宋恩子之子,承袭父业,做特务。
小吴祥子——男。三十来岁。吴祥子之子,世袭特务。
小心眼——女。十九岁。女招待。
沈处长——男。四十岁。宪兵司令部某处处长。
茶　客　若干人,都是男的。
茶　房　一两个,都是男的。
难　民　数人,有男有女,有老有少。
大　兵　三五人,都是男的。
公寓住客　数人,都是男的。
押大令的兵　七人,都是男的。
宪　兵　四人。男。
傻　杨——男。数来宝的。

第 一 幕

人　　物　王利发、刘麻子、庞太监、唐铁嘴、康六、小牛儿、松二爷、黄胖子、宋恩子、常四爷、秦仲义、吴祥子、李三、老人、康顺子、二德子、乡妇、茶客甲、乙、丙、丁、马五爷、小妞、茶房一二人。
时　　间　一八九八年(戊戌)初秋,康梁等的维新运动失败了。早半天。
地　　点　北京,裕泰大茶馆。
〔**幕启**:这种大茶馆现在已经不见了。在几十年前,每城都起码有一处。这里卖茶,也卖简单的点心与菜饭。玩鸟人们,每天在蹓够了画眉、黄鸟等之后,要到这里歇歇腿,喝喝茶,并使鸟儿表演歌唱。商议事情的,说媒拉纤的,也到这里来。那年月,时常有打群架的,但是总会有朋友出头给双方调解;三五十口子打手,经调人东说西说,便都喝碗茶,吃碗烂肉面(大茶馆特殊的食品,价钱便宜,作起来快当),就可以化干戈为玉帛了。总之,这是当日非常重要的地方,有事无事都可以来坐半天。

〔在这里,可以听到最荒唐的新闻,如某处的大蜘蛛怎么成了精,受到雷击。奇怪的意见也在这里可以听到,像把海边上都修上大墙,就足以挡住洋兵上岸。这里还可以听到某京戏演员新近创造了什么腔儿,和煎熬鸦片烟的最好的方法。这里也可以看到某人新得到的奇珍——一个出土的玉扇坠儿,或三彩的鼻烟壶。这真是个重要的地方。简直可以算作文化交流的所在。

〔我们现在就要看见这样的一座茶馆。

〔一进门是柜台与炉灶——为省点事,我们的舞台上可以不要炉灶。后面有些锅勺的响声也就够了。屋子非常高大,摆着长桌与方桌,长凳与小凳,都是茶座儿。隔窗可见后院,高搭着凉棚,棚下也有茶座儿。屋里和凉棚下都有挂鸟笼的地方。各处都贴着"莫谈国事"的纸条。

〔有两位茶客,不知姓名,正眯着眼,摇着头,拍板低唱。有两三位茶客,也不知姓名,正入神地欣赏瓦罐里的蟋蟀。两位穿灰色大衫的——宋恩子与吴祥子,正低声地谈话,看样子他们是北衙门的办案的(侦缉)。

〔今天又有一起打群架的,据说是为了争一只家鸽,惹起非用武力解决不可的纠纷。假若真打起来,非出人命不可。因为被约的打手中包括着善扑营的哥儿们和库兵,身手都十分厉害。好在,不能真打起来,因为在双方还没把打手约齐,已有人出面调停了——现在双方在这里会面。三三两两的打手,都横眉立目,短打扮,随时进来,往后院去。

〔马五爷在不惹人注意的角落,独自坐着喝茶。

〔王利发高高地坐在柜台里。

〔唐铁嘴踏拉着鞋,身穿一件极长极脏的大布衫,耳上夹着几张小纸片,进来。

王利发	唐先生,你外边蹓蹓吧!
唐铁嘴	(惨笑)王掌柜,捧捧唐铁嘴吧!送给我碗茶喝,我就先给您相

相面吧！手相奉送，不取分文！（不容分说，拉过王利发的手来）今年是光绪二十四年，戊戌。您贵庚是……

王利发　（夺回手去）算了吧，我送给你一碗茶喝，你就甭卖那套生意口啦！用不着相面，咱们既在江湖内，都是苦命人！（由柜台内走出，让唐铁嘴坐下）坐下！我告诉你，你要是不戒了大烟，就永远交不了好运！这是我的相法，比你的更灵验。

〔松二爷和常四爷都提着鸟笼进来，王利发向他们打招呼。他们先把鸟笼子挂好，找地方坐下。松二爷文绉绉的，提着小黄鸟笼；常四爷雄赳赳的，提着大而高的画眉笼。茶房李三赶紧过来，沏上盖碗茶。他们自带茶叶。茶沏好，松二爷、常四爷向邻近的茶座让了让。

松二爷
常四爷　你喝这个！（然后，往后院看了看）

松二爷　好像又有事儿？

常四爷　反正打不起来！要真打的话，早到城外头去啦，到茶馆来干吗？

〔二德子，一位打手，恰好进来，听见了常四爷的话。

二德子　（凑过去）你这是对谁甩闲话呢？

常四爷　（不肯示弱）你问我哪？花钱喝茶，难道还教谁管着吗？

松二爷　（打量了二德子一番）我说这位爷，您是营里当差的吧？来，坐下喝一碗，我们也都是外场人。

二德子　你管我当差不当差呢！

常四爷　要抖威风，跟洋人干去，洋人厉害！英法联军烧了圆明园，尊家吃着官饷，可没见您去冲锋打仗！

二德子　甭说打洋人不打，我先管教管教你！（要动手）

〔别的茶客依旧进行他们自己的事。王利发急忙跑过来。

王利发　哥儿们，都是街面上的朋友，有话好话。德爷，您后边坐！

〔二德子不听王利发的话，一下子把一个盖碗搂下桌去，摔碎。翻手要抓常四爷的脖领。

常四爷　（闪过）你要怎么着？

二德子　怎么着？我碰不了洋人，还碰不了你吗？
马五爷　(并未立起)二德子，你威风啊！
二德子　(四下扫视，看到马五爷)喝，马五爷，您在这儿哪？我可眼拙，没看见您！(过去请安)
马五爷　有什么事好好地说。干吗动不动地就讲打？
二德子　嗻！您说的对！我到后头坐坐去。李三，这儿的茶钱我候啦！(往后面走去)
常四爷　(凑过来，要对马五爷发牢骚)这位爷，您圣明，您给评评理！
马五爷　(立起来)我还有事，再见！(走出去)
常四爷　(对王利发)邪！这倒是个怪人！
王利发　您不知道这是马五爷呀？怪不得您也得罪了他！
常四爷　我也得罪了他？我今天出门没挑好日子！
王利发　(低声地)刚才您说洋人怎样，他就是吃洋饭的。信洋教，说洋话，有事情可以一直地找宛平县的县太爷去，要不怎么连官面上都不惹他呢！
常四爷　(往原处走)哼，我就不佩服吃洋饭的！
王利发　(向宋恩子、吴祥子那边稍一歪头，低声地)说话请留点神！(大声地)李三，再给这儿沏一碗来！(拾起地上的碎瓷片)
松二爷　盖碗多少钱？我赔，外场人不作老娘们事！
王利发　不忙，待会儿再算吧！(走开)
　　　　〔纤手刘麻子领着康六进来。刘麻子先向松二爷、常四爷打招呼。
刘麻子　您二位真早班儿！(掏出鼻烟壶，倒烟)您试试这个！刚装来的，地道英国造，又细又纯！
常四爷　唉！连鼻烟也得从外洋来！这得往外流多少银子啊！
刘麻子　咱们大清国有的是金山银山，永远花不完！您坐着，我办点小事！(领康六找了个座儿)
　　　　〔李三拿过一碗茶来。
刘麻子　说说吧，十两银子行不行？你说干脆的！我忙，没工夫专伺候你！

康　六　刘爷!十五岁的大姑娘,就值十两银子吗?
刘麻子　卖到窑子去,也许多拿一两八钱的,可是你又不肯!
康　六　那是我的亲女儿!我能够……
刘麻子　有女儿,你可养活不起,这怪谁呢?
康　六　那不是因为乡下种地的都没法子混了吗?一家大小要是一天能吃上一顿粥,我要还想卖女儿,我就不是人!
刘麻子　那是你们乡下的事,我管不着。我受你之托,教你不吃亏,又教你女儿有个吃饱饭的地方,这还不好吗?
康　六　到底给谁呢?
刘麻子　我一说,你必定从心眼里乐意!一位在宫里当差的!
康　六　宫里当差的谁要个乡下丫头呢?
刘麻子　那不是你女儿的命好吗?
康　六　谁呢?
刘麻子　庞总管!你也听说过庞总管吧?侍候着太后,红的不得了,连家里打醋的瓶子都是玛瑙做的!
康　六　刘大爷,把女儿给太监做老婆,我怎么对得起人呢?
刘麻子　卖女儿,无论怎么卖,也对不起女儿!你胡涂!你看,姑娘一过门,吃的是珍馐美味,穿的是绫罗绸缎,这不是造化吗?怎样,摇头不算点头算,来个干脆的!
康　六　自古以来,哪有……他就给十两银子?
刘麻子　找遍了你们全村儿,找得出十两银子找不出?在乡下,五斤白面就换个孩子,你不是不知道!
康　六　我,唉!我得跟姑娘商量一下!
刘麻子　告诉你,过了这个村可没有这个店,耽误了事别怨我!快去快来!
康　六　唉!我一会儿就回来!
刘麻子　我在这儿等着你!
康　六　(慢慢地走出去)
刘麻子　(凑到松二爷、常四爷这边来)乡下人真难办事,永远没有个痛痛快快!

松二爷　这号生意又不小吧?
刘麻子　也甜不到哪儿去,弄好了,赚个元宝!
常四爷　乡下是怎么了? 会弄得这么卖儿卖女的!
刘麻子　谁知道! 要不怎么说,就是一条狗也得托生在北京城里嘛!
常四爷　刘爷,您可真有个狠劲儿,给拉拢这路事!
刘麻子　我要不分心,他们还许找不到买主呢! (忙岔话)松二爷(掏出个小时表来),您看这个!
松二爷　(接表)好体面的小表!
刘麻子　您听听,嘎登嘎登地响!
松二爷　(听)这得多少钱?
刘麻子　您爱吗? 就让给您! 一句话,五两银子,您玩够了,不爱再要了,我还照数退钱! 东西真地道,传家的玩艺!
常四爷　我这儿正咂摸这个味儿:咱们一个人身上有多少洋玩艺儿啊! 老刘,就看你身上吧:洋鼻烟,洋表,洋缎大衫,洋布裤褂……
刘麻子　洋东西可是真漂亮呢! 我要是穿一身土布,像个乡下脑壳,谁还理我呢!
常四爷　我老觉乎着咱们的大缎子,川绸,更体面!
刘麻子　松二爷,留下这个表吧,这年月,戴着这么好的洋表,会教人另眼看待! 是不是这么说,您哪?
松二爷　(真爱表,但又嫌贵)我……
刘麻子　您先戴两天,改日再给钱!
〔黄胖子进来。
黄胖子　(严重的沙眼,看不清楚,进门就请安)哥儿们,都瞧我啦! 我请安了! 都是自己弟兄,别伤了和气呀!
王利发　这不是他们,他们在后院哪!
黄胖子　我看不大清楚啊! 掌柜的,预备烂肉面,有我黄胖子,谁也打不起来! (往里走)
二德子　(出来迎接)两边已经见了面,您快来吧!
〔二德子同黄胖子入内。
〔茶房们一趟又一趟地往后面送茶水。老人进来,拿着些牙签、胡梳、耳挖勺之类的小东西，低着头慢慢地挨着茶座儿走；没人买他的东西。他要往后院去，被李三截住。

李　三　老大爷，您外边蹓蹓吧！后院里，人家正说和事呢，没人买您的东西！（顺手儿把剩茶递给老人一碗）

松二爷　（低声地）李三！（指后院）他们到底为了什么事，要这么拿刀动杖的？

李　三　（低声地）听说是为一只鸽子。张宅的鸽子飞到了李宅去，李宅不肯交还……唉，咱们还是少说话好，（问老人）老大爷您高寿啦？

老　人　（喝了茶）多谢！八十二了，没人管！这年月呀，人还不如一只鸽子呢！唉！（慢慢走出去）

〔秦仲义，穿得很讲究，满面春风，走进来。

王利发　哎哟！秦二爷，您怎么这样闲在，会想起下茶馆来了？也没带个底下人？

秦仲义　来看看，看看你这年轻小伙子会做生意不会！

王利发　唉，一边做一边学吧，指着这个吃饭嘛。谁叫我爸爸死的早，我不干不行啊！好在照顾主儿都是我父亲的老朋友，我有不周到的地方，都肯包涵，闭闭眼就过去了。在街面上混饭吃，人缘儿顶要紧。我按着我父亲遗留下的老办法，多说好话，多请安，讨人人的喜欢，就不会出大岔子！您坐下，我给您沏碗小叶茶去！

秦仲义　我不喝！也不坐着！

王利发　坐一坐！有您在我这儿坐坐，我脸上有光！

秦仲义　也好吧！（坐）可是，用不着奉承我！

王利发　李三，沏一碗高的来！二爷，府上都好？您的事情都顺心吧？

秦仲义　不怎么太好！

王利发　您怕什么呢？那么多的买卖，您的小手指头都比我的腰还粗！

唐铁嘴　（凑过来）这位爷好相貌，真是天庭饱满，地阁方圆，虽无宰相之权，而有陶朱之富！

秦仲义　躲开我！去！

王利发　先生,你喝够了茶,该外边活动活动去!(把唐铁嘴轻轻推开)
唐铁嘴　唉!(垂头走出去)
秦仲义　小王,这儿的房租是不是得往上提那么一提呢?当年你爸爸给我的那点租钱,还不够我喝茶用的呢!
王利发　二爷,您说的对,太对了,可是,这点小事用不着您分心,您派管事的来一趟,我跟他商量,该长多少租钱,我一定照办!是!嘛!
秦仲义　你这小子,比你爸爸还滑!哼,等着吧,早晚我把房子收回去!
王利发　您甭吓唬着我玩,我知道您多么照应我,心疼我,决不会叫我挑着大茶壶,到街上卖热茶去!
秦仲义　你等着瞧吧!
　　　　〔乡妇拉着个十来岁的小妞进来。小妞的头上插着一根草标。李三本想不许她们往前走,可是心中一难过,没管。她们俩慢慢地往里走。茶客们忽然都停止说笑,看着她们。
小　妞　(走到屋子中间,立住)妈,我饿!我饿!
　　　　〔乡妇呆视着小妞,忽然腿一软,坐在地上,掩面低泣。
秦仲义　(对王利发)轰出去!
王利发　是!出去吧,这里坐不住!
乡　妇　哪位行行好?要这个孩子,二两银子!
常四爷　李三,要两个烂肉面,带她们到门外吃去!
李　三　是啦!(过去对乡妇)起来,门口等着去,我给你们端面来!
乡　妇　(立起,抹泪往外走,好像忘了孩子,走了两步,又转回身来,搂住小妞吻她)宝贝!宝贝!
王利发　快着点吧!
　　　　〔乡妇、小妞走出去。李三随后端出两碗面去。
王利发　(过来)常四爷,您是积德行好,赏给她们面吃!可是,我告诉您:这路事儿太多了,太多了!谁也管不了!(对秦仲义)二爷,您看我说的对不对?
常四爷　(对松二爷)二爷,我看哪,大清国要完!
秦仲义　(老气横秋地)完不完,并不在乎有人给穷人们一碗面吃没有。

327

|||小王,说真的,我真想收回这里的房子!
王利发　您别那么办哪,二爷!
秦仲义　我不但收回房子,而且把乡下的地,城里的买卖也都卖了!
王利发　那为什么呢?
秦仲义　把本钱拢在一块儿,开工厂!
王利发　开工厂?
秦仲义　嗯,顶大顶大的工厂!那才救得了穷人,那才能抵制外货,那才能救国!(对王利发说而眼看着常四爷)唉,我跟你说这些干什么,你不懂!
王利发　您就专为别人,把财产都出手,不顾自己了吗?
秦仲义　你不懂,只有那么办,国家才能富强!好啦,我该走啦。我亲眼看见了,你的生意不错,你甭再耍无赖,不长房钱!
王利发　您等等,我给您叫车去!
秦仲义　用不着,我愿意溜达溜达!
〔秦仲义往外走,王利发送。
〔小牛儿搀着庞太监走进来。小牛儿提着水烟袋。
庞太监　哟!秦二爷!
秦仲义　庞老爷!这两天您心里安顿了吧?
庞太监　那还用说吗?天下太平了:圣旨下来,谭嗣同问斩!告诉您,谁敢改祖宗的章程,谁就掉脑袋!
秦仲义　我早就知道!
〔茶客们忽然全静寂起来,几乎是闭住呼吸地听着。
庞太监　您聪明,二爷,要不然您怎么发财呢!
秦仲义　我那点财产,不值一提!
庞太监　太客气了吧?您看,全北京城谁不知道秦二爷!您比做官的还厉害呢!听说呀,好些财主都讲维新!
秦仲义　不能这么说,我那点威风在您的面前可就施展不出来了!哈哈哈!
庞太监　说得好,咱们就八仙过海,各显其能吧!哈哈哈!
秦仲义　改天过去给您请安,再见!(下)

庞太监　（自言自语）哼,凭这么个小财主也敢跟我逗嘴皮子,年头真是改了!（问王利发）刘麻子在这儿哪?
王利发　总管,您里边歇着吧!
　　〔刘麻子早已看见庞太监,但不敢靠近,怕打搅了庞太监、秦仲义的谈话。
刘麻子　喝,我的老爷子!您吉祥!我等了您好大半天了!（挽庞太监往里面走）
　　〔宋恩子、吴祥子过来请安,庞太监对他们耳语。
　　〔众茶客静默了一阵之后,开始议论纷纷。
茶客甲　谭嗣同是谁?
茶客乙　好像听说过!反正犯了大罪,要不,怎么会问斩呀!
茶客丙　这两三个月了,有些做官的,念书的,乱折腾乱闹,咱们怎能知道他们捣的什么鬼呀!
茶客丁　得!不管怎么说,我的铁杆庄稼又保住了!姓谭的,还有那个康有为,不是说叫旗兵不关钱粮,去自谋生计吗?心眼多毒!
茶客丙　一份钱粮倒叫上头克扣去一大半,咱们也不好过!
茶客丁　那总比没有强啊!好死不如赖活着,叫我去自己谋生,非死不可!
王利发　诸位主顾,咱们还是莫谈国事吧!
　　〔大家安静下来,都又各谈各的事。
庞太监　（已坐下）怎么说?一个乡下丫头,要二百银子?
刘麻子　（侍立）乡下人,可长得俊呀!带进城来,好好地一打扮、调教,准保是又好看,又有规矩!我给您办事,比给我亲爸爸做事都更尽心,一丝一毫不能马虎!
　　〔唐铁嘴又回来了。
王利发　铁嘴,你怎么又回来了?
唐铁嘴　街上兵荒马乱的,不知道是怎么回事!
庞太监　还能不搜查搜查谭嗣同的余党吗?唐铁嘴,你放心,没人抓你!
唐铁嘴　嚛,总管,您要能赏给我几个烟泡儿,我可就更有出息了!

〔有几个茶客好像预感到什么灾祸,一个个往外蹓。

松二爷　咱们也该走啦吧!天不早啦!
常四爷　嗻!走吧!

〔二灰衣人——宋恩子和吴祥子走过来。

宋恩子　等等!
常四爷　怎么啦?
宋恩子　刚才你说"大清国要完"?
常四爷　我,我爱大清国,怕它完了!
吴祥子　(对松二爷)你听见了?他是这么说的吗?
松二爷　哥儿们,我们天天在这儿喝茶。王掌柜知道:我们都是地道老好人!
吴祥子　问你听见了没有?
松二爷　那,有话好说,二位请坐!
宋恩子　你不说,连你也锁了走!他说"大清国要完",就是跟谭嗣同一党!
松二爷　我,我听见了,他是说……
宋恩子　(对常四爷)走!
常四爷　上哪儿?事情要交代明白了啊!
宋恩子　你还想拒捕吗?我这儿可带着"王法"呢!(掏出腰中带着的铁链子)
常四爷　告诉你们,我可是旗人!
吴祥子　旗人当汉奸,罪加一等!锁上他!
常四爷　甭锁,我跑不了!
宋恩子　量你也跑不了!(对松二爷)你也走一趟,到堂上实话实说,没你的事!

〔黄胖子同三五个人由后院过来。

黄胖子　得啦,一天云雾散,算我没白跑腿!
松二爷　黄爷!黄爷!
黄胖子　(揉揉眼)谁呀?
松二爷　我!松二!您过来,给说句好话!

黄胖子　（看清）哟，宋爷，吴爷，二位爷办案哪？请吧！
松二爷　黄爷，帮帮忙，给美言两句！
黄胖子　官厅儿管不了的事，我管，官厅儿能管的事呀，我不便多嘴！（问大家）是不是？
众　　　嗻！对！
〔宋恩子、吴祥子带着常四爷、松二爷往外走。
松二爷　（对王利发）看着点我们的鸟笼子！
王利发　您放心，我给送到家里去！
〔常四爷、松二爷、宋恩子、吴祥子同下。
黄胖子　（唐铁嘴告以庞太监在此）哟，老爷在这儿哪？听说要安份儿家，我先给您道喜！
庞太监　等吃喜酒吧！
黄胖子　您赏脸！您赏脸！（下）
〔乡妇端着空碗进来，往柜上放。小妞跟进来。
小　妞　妈！我还饿！
王利发　唉！出去吧！
乡　妇　走吧，乖！
小　妞　不卖妞妞啦？妈！不卖啦？妈！
乡　妇　乖！（哭着，携小妞下）
〔康六带着康顺子进来，立在柜台前。
康　六　姑娘！顺子！爸爸不是人，是畜生！可你叫我怎么办呢？你不找个吃饭的地方，你饿死！我不弄到手几两银子，就得叫东家活活地打死！你呀，顺子，认命吧，积德吧！
康顺子　我，我……（说不出话来）
刘麻子　（跑过来）你们回来啦？点头啦？好！来见见总管！给总管磕头！
康顺子　我……（要晕倒）
康　六　（扶住女儿）顺子！顺子！
刘麻子　怎么啦？
康　六　又饿又气。昏过去了！顺子！顺子！

庞太监　我要活的,可不要死的!
　　　　〔静场。
茶客甲　(正与乙下象棋)将!你完啦!

——幕落

第 二 幕

人　物　王淑芬、报童、康顺子、李三、常四爷、康大力、王利发、松二爷、老林、难民数人、宋恩子、老陈、巡警、吴祥子、崔久峰、押大令的兵七人、公寓住客二三人、军官、唐铁嘴、刘麻子、大兵三五人。

时　间　与前幕相隔十余年,现在是袁世凯死后,帝国主义指使中国军阀进行割据,时时发动内战的时候。初夏,上午。

地　点　同前幕。

〔幕启:北京城内的大茶馆已先后相继关了门。"裕泰"是硕果仅存的一家了,可是为避免被淘汰,它已改变了样子与作风。现在,它的前部仍然卖茶,后部却改成了公寓。前部只卖茶和瓜子什么的;"烂肉面"等等已成为历史名词。厨房挪到后边去,专包公寓住客的伙食。茶座也大加改良:一律是小桌与藤椅,桌上铺着浅绿桌布。墙上的"醉八仙"大画,连财神龛,均已撤去,代以时装美人——外国香烟公司的广告画。"莫谈国事"的纸条可是保存了下来,而且字写的更大。王利发真像个"圣之时者也",不但没使"裕泰"灭亡,而且使它有了新的发展。

〔因为修理门面,茶馆停了几天营业,预备明天开张。王淑芬正和李三忙着布置,把桌椅移了又移,摆了又摆,以期尽善尽美。

〔王淑芬梳时行的圆髻,而李三却还带着小辫儿。

〔二三学生由后面来,与他们打招呼,出去。

王淑芬　(看李三的辫子碍事)三爷,咱们的茶馆改了良,你的小辫儿也

　　　　该剪了吧？
李　三　改良！改良！越改越凉,冰凉!
王淑芬　也不能那么说！三爷你看,听说西直门的德泰,北新桥的广泰,鼓楼前的天泰,这些大茶馆全先后脚儿关了门！只有咱们裕泰还开着,为什么？不是因为拴子的爸爸懂得改良吗？
李　三　哼！皇上没啦,总算大改良吧？可是改来改去,袁世凯还是要做皇上。袁世凯死后,天下大乱,今儿个打炮,明儿个关城,改良？哼！我还留着我的小辫儿,万一把皇上改回来呢！
王淑芬　别顽固啦,三爷！人家给咱们改了民国,咱们还能不随着走吗？你看,咱们这么一收拾,不比以前干净,好看？专招待文明人,不更体面？可是,你要还带着小辫儿,看着多么不顺眼哪！
李　三　太太,你觉得不顺眼,我还不顺心呢!
王淑芬　哟,你不顺心？怎么？
李　三　你还不明白？前面茶馆,后面公寓,全仗着掌柜的跟我两个人,无论怎么说,也忙不过来呀!
王淑芬　前面的事归他,后面的事不是还有我帮助你吗？
李　三　就算有你帮助,打扫二十来间屋子,侍候二十多人的伙食,还要沏茶灌水,买东西送信,问问你自己,受得了受不了！
王淑芬　三爷,你说的对！可是呀。这兵荒马乱的年月,能有个事儿做也就得念佛！咱们都得忍着点!
李　三　我干不了！天天睡四五个钟头的觉,谁也不是铁打的!
王淑芬　唉！三爷,这年月谁也舒服不了！你等着,大拴子暑假就高小毕业,二拴子也快长起来,他们一有用处,咱们可就清闲点啦。从老王掌柜在世的时候,你就帮助我们,老朋友,老伙计啦！
　　　　〔王利发老气横秋地从后面进来。
李　三　老伙计？二十多年了,他们可给我长过工钱？什么都改良,为什么工钱不跟着改良呢？
王利发　哟！你这是什么话呀？咱们的买卖要是越做越好,我能不给你长工钱吗？得了,明天咱们开张,取个吉利,先别吵嘴,就这

333

么办吧！All right①？
李　三　就怎么办啦？不改我的良，我干不下去啦！
　　　　〔后面叫："李三！李三！"
王利发　崔先生叫，你快去！咱们的事，有工夫再细研究！
李　三　哼！
王淑芬　我说，昨天就关了城门，今儿个还说不定关不关，三爷，这里的事交给掌柜的，你去买点菜吧！别的不说，咸菜总得买下点呀！
　　　　〔后面又叫："李三！李三！"
李　三　对，后边叫，前边催，把我劈成两半儿好不好！（悠悠地往后走）
王利发　拴子的妈，他岁数大了点，你可得……
王淑芬　他抱怨了大半天了！可是抱怨的对！当着他，我不便直说；对你，我可得说实话：咱们得添人！
王利发　添人得给工钱，咱们赚得出来吗？我要是会干别的，可是还开茶馆，我是孙子！
　　　　〔远处隐隐有炮声。
王利发　听听，又他妈的开炮了！你闹，闹！明天开得了张才怪！这是怎么说的！
王淑芬　明白人别说胡涂话，开炮是我闹的？
王利发　别再瞎扯，干活儿去！嘿！
王淑芬　早晚不是累死，就得叫炮轰死，我看透了！（慢慢地往后边走）
王利发　（温和了些）拴子的妈，甭害怕，开过多少回炮，一回也没打死咱们，北京城是宝地。
王淑芬　心哪，老跳到嗓子眼里，宝地！我给三爷拿菜钱去。（下）
　　　　〔一群男女难民在门外央告。
难　民　掌柜的，行行好，可怜可怜吧！
王利发　走吧，我这儿不打发，还没开张！

---

① "All right"在这里是"好吧？"的意思。

难　民　可怜可怜吧！我们都是逃难的！
王利发　别耽误工夫！我自己还顾不了自己呢！
〔巡警上。
巡　警　走！滚！快着！
〔难民散去。
王利发　怎样啊？六爷！又打得紧吗？
巡　警　紧！紧得厉害！仗打得不紧，怎能够有这么多难民呢！上面交派下来，你出八十斤大饼，十二点交齐！城里的兵带着干粮，才能出去打仗啊！
王利发　您圣明，我这儿现在光包后面的伙食，不再卖饭，也还没开张，别说八十斤大饼，一斤也交不出啊！
巡　警　你有你的理由，我有我的命令，你瞧着办吧！（要走）
王利发　您等等！我这儿千真万确还没开张，这您知道！开张以后，还得多麻烦您呢！得啦，您买包茶叶喝吧！（递钞票）您多给美言几句，我感恩不尽！
巡　警　（接票子）我给你说说看，行不行可不保准！
〔三五个大兵，军装破烂，都背着枪，闯进门口。
巡　警　老总们，我这儿正查户口呢，这儿还没开张！
大　兵　屌！
巡　警　王掌柜，孝敬老总们点茶钱，请他们到别处喝去吧！
王利发　老总们，实在对不起，还没开张，要不然，诸位住在这儿，一定欢迎！（递钞票给巡警）
巡　警　（转递给兵们）得啦，老总们多原谅，他实在没法招待诸位！
大　兵　屌！谁要钞票？要现大洋！
王利发　老总们，让我哪儿找现洋去呢？
大　兵　屌！揍他个小舅子！
巡　警　快！再添点！
王利发　（掏）老总们，我要是还有一块，请把房子烧了！（递钞票）
大　兵　屌！（接钱下，顺手拿走两块新桌布）
巡　警　得，我给你挡住了一场大祸！他们不走呀，你就全完，连一个茶碗也剩不下!

王利发　我永远忘不了您这点好处!

巡　警　可是为这点功劳,你不得另有份意思吗?

王利发　对!您圣明,我胡涂!可是,您搜我吧,真是一铜子儿也没有啦!(掀起褂子,让他搜)您搜!您搜!

巡　警　我干不过你,明天见,明天还不定是风是雨呢!(下)

王利发　您慢走!(看巡警走去,跺脚)他妈的!打仗,打仗!今天打,明天打,老打,打他妈的什么呢?

〔唐铁嘴进来,还是那么瘦,那么脏,可是穿着绸子夹袍。

唐铁嘴　王掌柜!我来给你道喜!

王利发　(还生着气)哟!唐先生?我可不再白送茶喝!(打量,有了笑容)你混的不错呀!穿上绸子啦!

唐铁嘴　比从前好了一点!我感谢这个年月!

王利发　这个年月还值得感谢!听着有点不搭调!

唐铁嘴　年头越乱,我的生意越好!这年月,谁活着谁死都碰运气,怎能不多算算命、相相面呢?你说对不对?

王利发　Yes①,也有这么一说!

唐铁嘴　听说后面改了公寓,租给我一间屋子,好不好?

王利发　唐先生,你那点嗜好,在我这儿恐怕……

唐铁嘴　我已经不吃大烟了!

王利发　真的?你可真要发财了!

唐铁嘴　我改抽"白面"啦。(指墙上的香烟广告)你看,哈德门烟是又长又松,(掏出烟来表演)一顿就空出一大块,正好放"白面儿"。大英帝国的烟,日本的"白面儿"。两大强国侍候着我一个人,这点福气还小吗?

王利发　福气不小!不小!可是,我这儿已经住满了人,什么时候有了空房,我准给你留着!

唐铁嘴　你呀,看不起我,怕我给不了房租!

---

① "Yes"即"对"的意思。

王利发　没有的事,都是久在街面上混的人,谁能看不起谁呢?这是知心话吧?
唐铁嘴　你的嘴呀比我的还花哨!
王利发　我可不光耍嘴皮子,我的心放得正!这十多年了,你白喝过我多少碗茶?你自己算算!你现在混的不错,你想着还我茶钱没有?
唐铁嘴　赶明儿我一总还给你,那一共才有几个钱呢!(搭讪着往外走)
〔街上卖报的喊叫:"长辛店大战的新闻,买报瞧,瞧长辛店大战的新闻!"报童向内探头。
报　童　掌柜的,长辛店大战的新闻,来一张瞧瞧?
王利发　有不打仗的新闻没有?
报　童　也许有,您自己找!
王利发　走!不瞧!
报　童　掌柜的,你不瞧也照样打仗!(对唐铁嘴)先生,您照顾照顾?
唐铁嘴　我不像他,(指王利发)我最关心国事!(拿了一张报,没给钱即走)
〔报童追唐铁嘴下。
王利发　(自言自语)长辛店!长辛店!离这里不远啦!(喊)三爷,三爷!你倒是抓早儿买点菜去呀,待一会儿准关城门,就什么也买不到啦!嘿!(听后面没人应声,含怒往后跑)
〔常四爷提着一串腌萝卜,两只鸡,走进来。
常四爷　王掌柜!
王利发　谁?哟,四爷!您干什么哪?
常四爷　我卖菜呢!自食其力,不含糊,今儿个城外头乱乱哄哄,买不到菜,东抓西抓,抓到这么两只鸡,几斤老腌萝卜。听说你明天开张,也许用的着,特意给你送来了!
王利发　我谢谢您!我这儿正没有辙呢!
常四爷　(四下里看)好啊!好啊!收拾得好啊!大茶馆全关了,就是你有心路,能随机应变地改良。

王利发	别夸奖我啦!我尽力而为,可就怕天下老这么乱七八糟!
常四爷	像我这样的人算是坐不起这样的茶馆喽!
	〔松二爷走进来,穿的很寒酸,可是还提着鸟笼。
松二爷	王掌柜!听说明天开张,我来道喜!(看见常四爷)哎哟!四爷,可想死我喽!
常四爷	二哥,你好哇?
王利发	都坐下吧!
松二爷	王掌柜,你好?太太好?少爷好?生意好?
王利发	(一劲儿说)好!托福!(提起鸡与咸菜)四爷,多少钱?
常四爷	瞧着给,该给多少给多少!
王利发	对!我给你们弄壶茶来!(提物到后面去)
松二爷	四爷,你,你怎么样啊?
常四爷	卖青菜哪!铁杆庄稼没有啦,还不卖膀子力气吗?二爷,您怎么样啊?
松二爷	怎么样?我想大哭一场!看见我这身衣裳没有?我还像个人吗?
常四爷	二哥,您能写能算,难道找不到点事儿做?
松二爷	嗻,谁愿意瞪着眼挨饿呢!可是,谁要咱们旗人呢!想起来呀,大清国不一定好啊,可是到了民国,我挨了饿!
王利发	(端着一壶茶回来。给常四爷钱)不知道您花了多少,我就给这么点吧!
常四爷	(接钱,没看,揣在怀里)没关系!
王利发	二爷,(指鸟笼)还是黄鸟吧?哨的怎样?
松二爷	嗻,还是黄鸟!我饿着,也不能叫鸟儿饿着!(有了点精神)你看看,看看,(打开罩子)多么体面!一看见它呀,我就舍不得死啦!
王利发	松二爷,不准说死!有那么一天,您还会走一步好运!
常四爷	二哥,走!找个地方喝两盅儿去!一醉解千愁!王掌柜,我可就不让你啦,没那么多的钱!
王利发	我也分不开身,就不陪了!

〔常四爷、松二爷正往外走,宋恩子和吴祥子进来。他们俩仍穿灰色大衫,但袖口瘦了,而且罩上青布马褂。

松二爷　(看清楚是他们,不由地上前请安)原来是你们二位爷!

〔王利发似乎受了松二爷的感染,也请安,弄得二人愣住了。

宋恩子　这是怎么啦?民国好几年了,怎么还请安?你们不会鞠躬吗?

松二爷　我看见您二位的灰大褂呀,就想起了前清的事儿!不能不请安!

王利发　我也那样,我觉得请安比鞠躬更过瘾!

吴祥子　哈哈哈哈!松二爷,你们的铁杆庄稼不行了,我们的灰色大褂反倒成了铁杆庄稼,哈哈哈!(看见常四爷)这不是常四爷吗?

常四爷　是呀,您的眼力不错!戊戌年我就在这儿说了句"大清国要完",叫您二位给抓了走,坐了一年多的牢!

宋恩子　您的记性可也不错,混的还好吧?

常四爷　托福!从牢里出来,不久就赶上庚子年;扶清灭洋,我当了义和团,跟洋人打了几仗!闹来闹去,大清国到底是亡了,该亡!我是旗人,可是我得说公道话!现在,每天起五更弄一挑子青菜,绕到十点来钟就卖光。凭力气挣饭吃,我的身上更有劲了!什么时候洋人敢再动兵,我姓常的还准备跟他们打打呢!我是旗人,旗人也是中国人哪!您二位怎么样?

吴祥子　瞎混呗!有皇上的时候,我们给皇上效力;有袁大总统的时候,我们给袁大总统效力;现而今,宋恩子,该怎么说啦?

宋恩子　谁给饭吃,咱们给谁效力!

常四爷　要是洋人给饭吃呢?

松二爷　四爷,咱们走吧!

吴祥子　告诉你,常四爷,要我们效力的都仗着洋人撑腰!没有洋枪洋炮,怎能够打起仗来呢?

松二爷　您说的对!嘿!四爷,走吧!

常四爷　再见吧,二位,盼着你们快快升官发财!(同松二爷下)

宋恩子　这小子!

王利发　(倒茶)常四爷老是那么又倔又硬,别计较他!(让茶)二位喝碗吧,刚沏好的。
宋恩子　后面住着的都是什么人?
王利发　多半是大学生,还有几位熟人。我有登记簿子,随时报告给"巡警阁子"。我拿来,二位看看?
吴祥子　我们不看簿子,看人!
王利发　您甭看,准保都是靠得住的人!
宋恩子　你为什么爱租学生们呢?学生不是什么老实家伙呀!
王利发　这年月,做官的今天上任,明天撤职,做买卖的今天开市,明天关门,都不可靠!只有学生有钱,能够按月交房租,没钱的就上不了大学啊!您看,是这么一笔账不是?
宋恩子　都叫你咂摸透了!你想的对!现在,连我们也欠饷啊!
吴祥子　是呀,所以非天天拿人不可,好得点津贴!
宋恩子　就仗着有错拿,没错放的,拿住人就有津贴!走吧,到后边看看去!
吴祥子　走!
王利发　二位,二位!您放心,准保没错儿!
宋恩子　不看,拿不到人,谁给我们津贴呢?
吴祥子　王掌柜不愿意咱们看,王掌柜必会给咱们想办法!咱们得给王掌柜留个面子!对吧?王掌柜!
王利发　我……
宋恩子　我出个不很高明的主意:干脆来个包月,每月一号,按阳历算,你把那点……
吴祥子　那点意思!
宋恩子　对,那点意思送到,你省事,我们也省事!
王利发　那点意思得多少呢?
吴祥子　多年的交情,你看着办!你聪明,还能把那点意思闹成不好意思吗?
李　三　(提着菜筐由后面出来)喝,二位爷!(请安)今儿个又得关城门吧!(没等回答,往外走)
〔二三学生匆匆地回来。

学　　生　三爷,先别出去,街上抓伕呢!(往后面走去)
李　　三　(还往外走)抓去也好,在哪儿也是当苦力!
　　　　　〔刘麻子丢了魂似的跑来,和李三碰了个满怀。
李　　三　怎么回事呀?吓掉了魂儿啦!
刘麻子　(喘着)别,别,别出去!我差点叫他们抓了去!
王利发　三爷,等一等吧!
李　　三　午饭怎么开呢?
王利发　跟大家说一声,中午咸菜饭,没别的办法!晚上吃那两只鸡!
李　　三　好吧!(往回走)
刘麻子　我的妈呀,吓死我啦!
宋恩子　你活着,也不过多买卖几个大姑娘!
刘麻子　有人卖,有人买,我不过在中间帮帮忙,能怪我吗?(把桌上的三个茶杯的茶先后喝净)
吴祥子　我可是告诉你,我们哥儿们从前清起就专办革命党,不大爱管贩卖人口,拐带妇女什么的臭事。可是你要叫我们碰见,我们也不再睁一眼闭一眼!还有,像你这样的人,弄进去,准锁在尿桶上!
刘麻子　二位爷,别那么说呀,我不是也快挨饿了吗?您看,以前,我走八旗老爷们、宫里太监们的门子。这么一革命啊,可苦了我啦!现在,人家总长次长,团长师长,要娶姨太太讲究要唱落子的坤角,戏班里的女名角,一花就三千五千现大洋!我干瞧着,摸不着门!我那点芝麻粒大的生意算得了什么呢?
宋恩子　你呀,非锁在尿桶上,不会说好的!
刘麻子　得啦,今天我孝敬不了二位,改天我必有一份儿人心!
吴祥子　你今天就有买卖,要不然,兵荒马乱的,你不会出来!
刘麻子　没有!没有!
宋恩子　你嘴里半句实话也没有!不对我们说真话,没有你的好处!王掌柜,我们出去绕绕;下月一号,按阳历算,别忘了!
王利发　我忘了姓什么,也忘不了您二位这回事!
吴祥子　一言为定啦!(同宋恩子下)

王利发　刘爷,茶喝够了吧?该出去活动活动!
刘麻子　你忙你的,我在这儿等两个朋友。
王利发　咱们可把话说开了,从今以后,你不能再在这儿做你的生意,这儿现在改了良,文明啦!
〔康顺子提着个小包,带着康大力,往里边探头。
康大力　是这里吗?
康顺子　地方对呀,怎么改了样儿?(进来,细看,看见了刘麻子)大力,进来,是这儿!
康大力　找对啦?妈!
康顺子　没错儿!有他在这儿,不会错!
王利发　您找谁?
康顺子　(不语,直奔过刘麻子去)刘麻子,你认识我吗?(要打,但是伸不出手去,一劲地颤抖)你,你,你个……(要骂,也感到困难)
刘麻子　你这个娘儿们,无缘无故地跟我捣什么乱呢?
康顺子　(挣扎)无缘无故?你,你看看我是谁?一个男子汉,干什么吃不了饭,偏干伤天害理的事!呸!呸!
王利发　这位大嫂,有话好好说!
康顺子　你是掌柜的?你忘了吗?十几年前,有个娶媳妇的太监?
王利发　您,您就是庞太监的那个……
康顺子　都是他(指刘麻子)做的好事,我今天跟他算算账!(又要打,仍未成功)
刘麻子　(躲)你敢!你敢!我好男不跟女斗!(随说随往后退)我,我找人来帮我说说理!(撒腿往后面跑)
王利发　(对康顺子)大嫂,你坐下,有话慢慢说!庞太监呢?
康顺子　(坐下喘气)死啦。叫他的侄子们给饿死的。一改民国呀,他还有钱,可没了势力,所以侄子们敢欺负他。他一死,他的侄子们把我们轰出来了,连一床被子都没给我们!
王利发　这,这是……?
康顺子　我的儿子!
王利发　您的……?

康顺子　也是买来的,给太监当儿子。
康大力　妈,你爸爸当初就在这儿卖了你的?
康顺子　对了,乖! 就是这儿,一进这儿的门,我就晕过去了,我永远忘不了这个地方!
康大力　我可不记得我爸爸在哪里卖了我的!
康顺子　那时候,你不是才一岁吗?妈妈把你养大了的,你跟妈妈一条心,对不对? 乖!
康大力　那个老东西,掐你,拧你,咬你,还用烟签子扎我! 他们人多,咱们打不过他们! 要不是你,妈,我准叫他们给打死了!
康顺子　对! 他们人多,咱们又太老实! 你看,看见刘麻子,我想咬他几口,可是,可是,连一个嘴巴也没打上,我伸不出手去!
康大力　妈,等我长大了,我帮助你打! 我不知道亲妈妈是谁,你就是我的亲妈妈!
康顺子　好! 好! 咱们永远在一块儿,我去挣钱,你去念书! (稍愣了一会儿)掌柜的,当初我在这儿叫人买了去,咱们总算有缘,你能不能帮帮忙,给我找点事做?我饿死不要紧,可不能饿死这个无倚无靠的好孩子!
〔王淑芬出来,立在后边听着。
王利发　你会干什么呢?
康顺子　洗洗涮涮、缝缝补补、做家常饭,都会! 我是乡下人,我能吃苦,只要不再做太监的老婆,什么苦处都是甜的!
王利发　要多少钱呢?
康顺子　有三顿饭吃,有个地方睡觉,够大力上学的,就行!
王利发　好吧,我慢慢给你打听着! 你看,十多年前那回事,我到今天还没忘,想起来心里就不痛快!
康顺子　可是,现在我们母子上哪儿去呢?
王利发　回乡下找你的老父亲去!
康顺子　他? 他是活是死,我不知道。就是活着,我也不能去找他! 他对不起女儿,女儿也不必再叫他爸爸!
王利发　马上就找事,可不大容易!

王淑芬　（过来）她能洗能做,又不多要钱,我留下她了!
王利发　你?
王淑芬　难道我不是内掌柜的?难道我跟李三爷就该累死?
康顺子　掌柜的,试试我!看我不行,您说话,我走!
王淑芬　大嫂,跟我来!
康顺子　当初我是在这儿卖出去的,现在就拿这儿当作娘家吧!大力,来吧!
康大力　掌柜的,你要不打我呀,我会帮助妈妈干活!（同王淑芬、康顺子下）
王利发　好家伙,一添就是两张嘴!太监取消了,可把太监的家眷交到这里来了!
李　三　（掩护着刘麻子出来）快走吧!（回去）
王利发　就走吧,还等着真挨两个脆的吗?
刘麻子　我不是说过了吗,等两个朋友。
王利发　你呀,叫我说什么才好呢!
刘麻子　有什么法子呢!隔行如隔山,你老得开茶馆,我老得干我这一行!到什么时候,我也得干我这一行!
　　　　〔老林和老陈满面笑容地走进来。
刘麻子　（二人都比他年轻,他却称呼他们哥哥）林大哥,陈二哥!（看王不满意,赶紧说）王掌柜,这儿现在没有人,我借个光,下不为例!
王利发　她（指后边）可是还在这儿呢!
刘麻子　不要紧了,她不会打人!就是真打,他们二位也会帮助我!
王利发　你呀!哼!（到后边去）
刘麻子　坐下吧,谈谈!
老　林　你说吧!老二!
老　陈　你说吧!哥!
刘麻子　谁说不一样啊!
老　陈　你说吧,你是大哥!
老　林　那个,你看,我们俩是把兄弟!

老　陈	对！把兄弟，两个人穿一条裤子的交情！
老　林	他有几块现大洋！
刘麻子	现大洋？
老　陈	林大哥也有几块现大洋！
刘麻子	一共多少块呢？说个数目！
老　林	那，还不能告诉你咧！
老　陈	事儿能办才说咧！
刘麻子	有现大洋，没有办不了的事！
老　林 老　陈	真的？
刘麻子	说假话是孙子！
老　林	那么，你说吧，老二！
老　陈	还是你说，哥！
老　林	你看，我们是两个人吧？
刘麻子	嗯！
老　陈	两个人穿一条裤子的交情吧？
刘麻子	嗯！
老　林	没人耻笑我们的交情吧？
刘麻子	交情嘛，没人耻笑！
老　陈	也没人耻笑三个人的交情吧？
刘麻子	三个人？都是谁？
老　林	还有个娘儿们！
刘麻子	嗯！嗯！嗯！我明白了！可是不好办，我没办过！你看，平常都说小两口儿，哪有小三口儿的呢！
老　林	不好办？
刘麻子	太不好办啦！
老　林	（问老陈）你看呢？
老　陈	还能白拉倒吗？
老　林	不能拉倒！当了十几年兵，连半个媳妇都娶不上！他妈的！
刘麻子	不能拉倒，咱们再想想！你们到底一共有多少块现大洋？

〔王利发和崔久峰由后面慢慢走来。刘麻子等停止谈话。

王利发　崔先生,昨天秦二爷派人来请您,您怎么不去呢?您这么有学问,上知天文,下知地理,又做过国会议员,可是住在我这里,天天念经;干吗不出去做点事呢?您这样的好人,应当出去做官!有您这样的清官,我们小民才能过太平日子!

崔久峰　惭愧!惭愧!做过国会议员,那真是造孽呀!革命有什么用呢,不过自误误人而已!唉!现在我只能修持,忏悔!

王利发　您看秦二爷,他又办工厂,又忙着开银号!

崔久峰　办了工厂、银号又怎么样呢?他说实业救国,他救了谁?救了他自己,他越来越有钱了!可是他那点事业,哼,外国人伸出一个小指头,就把他推倒在地,再也起不来!

王利发　您别这么说呀!难道咱们就一点盼望也没有了吗?

崔久峰　难说!很难说!你看,今天王大帅打李大帅,明天赵大帅又打王大帅。是谁叫他们打的?

王利发　谁?哪个混蛋?

崔久峰　洋人!

王利发　洋人?我不能明白!

崔久峰　慢慢地你就明白了。有么一天,你我都得做亡国奴!我干过革命,我的话不是随便说的!

王利发　那么,您就不想想主意,卖卖力气,别叫大家做亡国奴?

崔久峰　我年轻的时候,以天下为己任,的确那么想过!现在,我可看透了,中国非亡不可!

王利发　那也得死马当活马治呀!

崔久峰　死马当活马治?那是妄想!死马不能再活,活马可早晚得死!好啦,我到弘济寺去,秦二爷再派人来找我,你就说,我只会念经,不会干别的!(下)

〔宋恩子、吴祥子又回来了。

王利发　二位!有什么消息没有?

〔宋恩子、吴祥子不语,坐在靠近门口的地方,看着刘麻子等。

〔刘麻子不知如何是好,低下头去。

〔老陈、老林也不知如何是好,相视无言。
〔静默了有一分钟。

老　陈　哥,走吧?
老　林　走!
宋恩子　等等!(立起来,挡住路)
老　陈　怎么啦?
吴祥子　(也立起)你说怎么啦?
〔四人呆呆相视一会儿。
宋恩子　乖乖地跟我们走!
吴祥子　逃兵,是吧?有些块现大洋,想在北京藏起来,是吧?有钱就藏起来,没钱就当土匪,是吧?
老　陈　你管得着吗?我一个人揍你这样的八个。(要打)
宋恩子　你?可惜你把枪卖了,是吧?没有枪的干不过有枪的,是吧?(拍了拍身上的枪)我一个人揍你这样的八个!
老　林　都是弟兄,何必呢?都是弟兄!
吴祥子　对啦!坐下谈谈吧!你们是要命呢?还是要现大洋?
老　陈　我们那点钱来的不容易!谁发饷,我们给谁打仗,我们打过多少次仗啊!
宋恩子　逃兵的罪过,你们可也不是不知道!
老　林　咱们讲讲吧,谁叫咱们是弟兄呢!
吴祥子　这像句自己人的话!谈谈吧!
王利发　(在门口)诸位,大令过来了!
老　陈
老　林　啊!(惊惶失措,要往里边跑)
宋恩子　别动!君子一言:把现大洋分给我们一半,保你们俩没事!咱们是自己人!
老　林
老　陈　就那么办!自己人!
〔"大令"进来:二捧刀——刀缠红布——背枪者前导,手捧令箭的在中,四持黑红棍者在后。军官在最后押队。
吴祥子　(和宋恩子、老林、老陈一齐立正,从帽中取出证章,叫军官看)

347

　　　　　报告官长,我们正在这儿盘查一个逃兵。
军　官　就是他吗?(指刘麻子)
吴祥子　(指刘麻子)就是他!
军　官　绑!
刘麻子　(喊)老爷!我不是!不是!
军　官　绑!(同下)
吴祥子　(对宋)到后面抓两个学生!
宋恩子　走!(同往后疾走)

　　　　　　　　　　　　　　　　　——幕落

第三幕

人　物　王大拴、明师傅、丁厚斋、周秀花、邹福远、小宋恩子、王小花、卫福喜、小吴祥子、康顺子、方六、常四爷、丁宝、车当当、秦仲义、王利发、庞四奶奶、小心眼、茶客甲、乙、春梅、沈处长、小刘麻子、老杨、宪兵四人、取电灯费的、小二德子、小唐铁嘴、谢勇仁。

时　间　抗日战争胜利后,国民党特务和美国兵在北京横行的时候。秋,清晨。

地　点　同前幕。

　　　〔幕启:现在,裕泰茶馆的样子可不像前幕那么体面了。藤椅已不见,代以小凳与条凳。自房屋至家具都显着暗淡无光。假若有什么突出惹眼的东西,那就是"莫谈国事"的纸条更多,字也更大了。在这些条子旁边还贴着"茶钱先付"的新纸条。

　　　〔一清早,还没有下窗板,王利发的儿子王大拴,垂头丧气地独自收拾屋子。

　　　〔王大拴的妻周秀花,领着小女儿王小花,由后面出来。她们一边走一边说话儿。

王小花　妈,响午给我做点热汤面吧!好多天没吃过啦!
周秀花　我知道,乖,可谁知道买得着面买不着呢!就是粮食店里可巧

	有面,谁知道咱们有钱没有呢!唉!
王小花	就盼着两样都有吧!妈!
周秀花	你倒想得好,可哪能那么容易!去吧,小花,在路上留神吉普车!
王大拴	小花,等等!
王小花	干吗?爸!
王大拴	昨天晚上……
周秀花	我已经嘱咐过她了!她懂事!
王大拴	你大力叔叔的事万不可对别人说呀!说了,咱们全家都得死!明白吧?
王小花	我不说,打死我也不说!有人问我大力叔叔回来过没有,我就说:他走了好几年,一点消息也没有!
	〔康顺子由后面走来。她的腰有点弯,但还硬朗。她一边走一边叫王小花。
康顺子	小花!小花!还没走哪?
王小花	康婆婆,干吗呀?
康顺子	小花,乖!婆婆再看你一眼!(抚弄王小花的头)多体面哪!吃的不足啊,要不然还得更好看呢!
周秀花	大婶,您是要走吧?
康顺子	是呀!我走,好让你们省点嚼谷呀!大力是我拉扯大的,他叫我走,我怎能不走呢?当初,我刚到这里的时候,他还没有小花这么高呢!
王小花	看大力叔叔现在多么壮实,多么大气!
康顺子	是呀,虽然他只在这儿坐了一袋烟的工夫呀,可是叫我年轻了好几岁!我本来什么也没有,一见着他呀,好像忽然间我什么都有啦!我走,跟着他走,受什么累,吃什么苦,也是香甜的!看他那两只大手,那两只大脚,简直是个顶天立地的男子汉!
王小花	婆婆,我也跟您去!
康顺子	小花,你乖乖地去上学,我会回来看你!
王大拴	小花,上学吧,别迟到!

王小花　婆婆,等我下了学您再走!
康顺子　哎!哎!去吧,乖!(王小花下)
王大拴　大婶,我爸爸叫您走吗?
康顺子　他还没打好了主意。我倒怕呀,大力回来的事儿万一叫人家知道了啊,我又忽然这么一走,也许要连累了你们,这年月不是天天抓人吗?我不能做对不起你们的事!
周秀花　大婶,您走您的,谁逃出去谁得活命!喝茶的不是常低声儿说:想要活命得上西山①吗?
王大拴　对!
康顺子　小花的妈,来吧,咱们再商量商量!我不能专顾自己,叫你们吃亏!老大,你也好好想想!(同周秀花下)

〔丁宝进来。

丁　宝　嗨,掌柜的,我来啦!
王大拴　你是谁?
丁　宝　小丁宝!小刘麻子叫我来的,他说这儿的老掌柜托他请个女招待。
王大拴　姑娘,你看看,这么个破茶馆,能用女招待吗?我们老掌柜呀,穷得乱出主意!

〔王利发慢慢地走出来,他还硬朗,穿的可很不整齐。

王利发　老大,你怎么老在背后褒贬老人呢?谁穷得乱出主意呀?下板子去!什么时候了,还不开门!

〔王大拴去下窗板。

丁　宝　老掌柜,你硬朗啊?
王利发　嗯!要有炸酱面的话,我还能吃三大碗呢,可惜没有!十几了?姑娘!
丁　宝　十七!
王利发　才十七?
丁　宝　是呀!妈妈是寡妇,带着我过日子。胜利以后呀,政府硬说我

---

① 北京西山一带当时是八路军的游击区。——絜青注。

爸爸给我们留下的一所小房子是逆产,给没收啦!妈妈气死了,我做了女招待!老掌柜,我到今天还不明白什么叫逆产,您知道吗?

王利发　姑娘,说话留点神!一句话说错了,什么都可以变成逆产!你看,这后边呀,是秦二爷的仓库,有人一瞪眼,说是逆产,就给没收啦!就是这么一回事!

〔王大拴回来。

丁　宝　老掌柜,您说对了,连我也是逆产,谁的胳臂粗,我就得侍候谁!他妈的,我才十七,就常想还不如死了呢!死了落个整尸首,干这一行,活着身上就烂了!

王大拴　爸,您真想要女招待吗?

王利发　我跟小刘麻子瞎聊来着!我一辈子老爱改良,看着生意这么不好,我着急!

王大拴　您着急,我也着急!可是,您就忘记老裕泰这个老字号了吗?六十多年的老字号,用女招待?

丁　宝　什么老字号啊!越老越不值钱!不信,我现在要是二十八岁,就是叫小小丁宝,小丁宝贝,也没人看我一眼!

〔茶客甲、乙上。

王利发　二位早班儿!带着叶子哪?老大拿开水去!(王大拴下)二位,对不起,茶钱先付!

茶客甲　没听说过!

王利发　我开过几十年茶馆,也没听说过!可是,您圣明:茶叶、煤球儿都一会儿一个价钱,也许您正喝着茶,茶叶又长了价钱!您看,先收茶钱不是省得麻烦吗?

茶客乙　我看哪,不喝更省事!(同茶客甲下)

王大拴　(提来开水)怎么?走啦!

王利发　这你就明白了!

丁　宝　我要是过去说一声:"来了?小子!"他们准给一块现大洋!

王利发　你呀,老大,比石头还顽固!

王大拴　(放下壶)好吧,我出去蹓蹓,这里出不来气!(下)

王利发　你出不来气,我还憋得慌呢!
〔小刘麻子上,穿着洋服,夹着皮包。
小刘麻子　小丁宝,你来啦?
丁　宝　有你的话,谁敢不来呀!
小刘麻子　王掌柜,看我给你找来的小宝贝怎样?人材、岁数、打扮、经验,样样出色!
王利发　就怕我用不起吧?
小刘麻子　没的事!她不要工钱!是吧,小丁宝?
王利发　不要工钱?
小刘麻子　老头儿,你都甭管,全听我的,我跟小丁宝有我们一套办法!是吧,小丁宝?
丁　宝　要是没你那一套办法,怎会缺德呢!
小刘麻子　缺德?你算说对了!当初,我爸爸就是由这儿绑出去的;不信,你问王掌柜。是吧,王掌柜?
王利发　我亲眼得见!
小刘麻子　你看,小丁宝,我不乱吹吧?绑出去,就在马路中间,磕喳一刀!是吧,老掌柜?
王利发　听得真真的!
小刘麻子　我不说假话吧?小丁宝!可是,我爸爸到底差点事,一辈子混的并不怎样。轮到我自己出头露面了,我必得干的特别出色。(打开皮包,拿出计划书)看,小丁宝,看看我的计划!
丁　宝　我没那么大的工夫!我看哪,我该回家,休息一天,明天来上工。
王利发　丁宝,我还没想好呢!
小刘麻子　王掌柜,我都替你想好啦!不信,你等着看,明天早上,小丁宝在门口儿歪着头那么一站,马上就进来二百多茶座儿!小丁宝,你听听我的计划,跟你有关系。
丁　宝　哼!但愿跟我没关系!
小刘麻子　你呀,小丁宝,不够积极!听着……
〔取电灯费的进来。

取电灯费的　掌柜的,电灯费!
王利发　电灯费?欠几个月的啦?
取电灯费的　三个月的!
王利发　再等三个月,凑半年,我也还是没办法!
取电灯费的　那像什么话呢?
小刘麻子　地道真话嘛!这儿属沈处长管。知道沈处长吧?市党部的委员,宪兵司令部的处长!你愿意收他的电费吗?说!
取电灯费的　什么话呢,当然不收!对不起,我走错了门儿!(下)
小刘麻子　看,王掌柜,你不听我的行不行?你那套光绪年的办法太守旧了!
王利发　对!要不怎么说,人要活到老学到老呢!我还得多学!
小刘麻子　就是嘛!
　　　　　〔小唐铁嘴进来,穿着绸子夹袍,新缎鞋。
小刘麻子　哎哟,他妈的是你,小唐铁嘴!
小唐铁嘴　哎哟,他妈的是你,小刘麻子!来,叫爷爷看看!(看前看后)你小子行,洋服穿的像那么一回事,由后边看哪,你比洋人还更像洋人!老王掌柜,我夜观天象,紫微星发亮,不久必有真龙天子出现,所以你看我跟小刘麻子,和这位……
小刘麻子　小丁宝,九城闻名!
小唐铁嘴　……和这位小丁宝,才都这么才貌双全,文武带打,我们是应运而生,活在这个时代,真是如鱼得水!老掌柜,把脸转正了,我看看!好,好,印堂发亮,还有一步好运!来吧,给我碗喝吧!
王利发　小唐铁嘴!
小唐铁嘴　别再叫我唐铁嘴,我现在叫唐天师!
小刘麻子　谁封你做了天师?
小唐铁嘴　待两天你就知道了。
王利发　天师,可别忘了,你爸爸白喝了我一辈子的茶,这可不能世袭!
小唐铁嘴　王掌柜,等我穿上八卦仙衣的时候,你会后悔刚才说了什么!你等着吧!

小刘麻子　小唐,待会儿我请你去喝咖啡,小丁宝作陪,你先听我说点正经事,好不好?

小唐铁嘴　王掌柜,你就不想想,天师今天白喝你点茶,将来会给你个县知事做做吗?好吧,小刘你说!

小刘麻子　我这儿刚跟小丁宝说,我有个伟大的计划!

小唐铁嘴　好!洗耳恭听!

小刘麻子　我要组织一个"拖拉撕"。这是个美国字,也许你不懂,翻成北京话就是"包圆儿"。

小唐铁嘴　我懂!就是说,所有的姑娘全由你包办。

小刘麻子　对!你的脑力不坏!小丁宝,听着,这跟你有密切关系!甚至于跟王掌柜也有关系!

王利发　我这儿听着呢!

小刘麻子　我要把舞女、明娼、暗娼、吉普女郎和女招待全组织起来,成立那么一个大"拖拉撕"。

小唐铁嘴　(闭着眼问)官方上疏通好了没有?

小刘麻子　当然!沈处长做董事长,我当总经理!

小唐铁嘴　我呢?

小刘麻子　你要是能琢磨出个好名字,请你做顾问!

小唐铁嘴　车马费不要法币!

小刘麻子　每月送几块美钞!

小唐铁嘴　往下说!

小刘麻子　业务方面包括:买卖部、转运部、训练部、供应部,四大部。谁买姑娘,还是谁卖姑娘;由上海调运到天津,还是由汉口调运到重庆;训练吉普女郎,还是训练女招待,是供应美国军队,还是各级军员,都由公司统一承办,保证人人满意。你看怎样?

小唐铁嘴　太好!太好!在道理上,这合乎统制一切的原则。在实际上,这首先能满足美国兵的需要,对国家有利!

小刘麻子　好吧,你就给想个好名字吧!想个文雅的,像"柳叶眉,杏核眼,樱桃小口一点点"那种诗那么文雅的!

小唐铁嘴　嗯——"拖拉撕","拖拉撕"……不雅！拖进来,拉进来,不听话就撕成两半儿,倒好像是绑票儿撕票儿,不雅！
小刘麻子　对,是不太雅！可那是美国字,吃香啊！
小唐铁嘴　还是联合公司响亮、大方！
小刘麻子　有你这么一说！什么联合公司呢？
丁　宝　缺德公司就挺好！
小刘麻子　小丁宝,谈正经事,不许乱说！你好好干,将来你有做女招待总教官的希望！
小唐铁嘴　看这个怎样——花花联合公司？姑娘是什么？鲜花嘛！要姑娘就得多花钱,花呀花呀,所以花花！"青是山,绿是水,花花世界",又有典故,出自《武家坡》！好不好？
小刘麻子　小唐,我谢谢你,谢谢你！（热烈握手）我马上找沈处长去研究一下,他一赞成,你的顾问就算当上了！（收拾皮包,要走）
王利发　我说,丁宝的事到底怎么办？
小刘麻子　没告诉你不用管吗？"拖拉撕"统办一切,我先在这里试验试验。
丁　宝　你不是说喝咖啡吗？
小刘麻子　问小唐去不去？
小唐铁嘴　你们先去吧,我还在这儿等个人。
小刘麻子　咱们走吧,小丁宝！
丁　宝　明天见,老掌柜！再见,天师！（同小刘麻子下）
小唐铁嘴　王掌柜,拿报来看看！
王利发　那,我得慢慢地找去。二年前的还许有几张！
小唐铁嘴　废话！

〔进来三位茶客：明师傅、邹福远和卫福喜。明师傅独坐,邹福远与卫福喜同坐。王利发都认识,向大家点头。

王利发　哥儿们,对不起啊,茶钱先付！
明师傅　没错儿,老哥哥！
王利发　唉！"茶钱先付",说着都烫嘴！（忙着沏茶）

邹福远　怎样啊？王掌柜！晚上还添评书不添啊？
王利发　试验过了，不行！光费电，不上座儿！
邹福远　对！您看，前天我在会仙馆，开三侠四义五霸十雄十三杰九老十五小，大破凤凰山，百鸟朝凤，棍打凤腿，您猜上了多少座儿？
王利发　多少？那点书现在除了您，没有人会说！
邹福远　您说的在行！可是，才上了五个人，还有俩听蹭儿的！
卫福喜　师哥，无论怎么说，你比我强！我又闲了一个多月啦！
邹福远　可谁叫你跳了行，改唱戏了呢？
卫福喜　我有嗓子，有扮相嘛！
邹福远　可是上了台，你又不好好地唱！
卫福喜　妈的唱一出戏，挣不上三个杂合面饼子的钱，我干吗卖力气呢？我疯啦？
邹福远　唉！福喜，咱们哪，全叫流行歌曲跟《纺棉花》给顶垮喽！我这么看，咱们死，咱们活着，还在其次，顶伤心的是咱们这点玩艺儿，再过几年都得失传！咱们对不起祖师爷！常言道：邪不侵正。这年头就是邪年头，正经东西全得连根儿烂！
王利发　唉！（转至明师傅处）明师傅，可老没来啦！
明师傅　出不来喽！包监狱里的伙食呢！
王利发　您，就凭您，办一二百桌满汉全席的手儿，给他们蒸窝窝头？
明师傅　那有什么办法呢，现而今就是狱里人多呀！满汉全席？我连家伙都卖喽！

〔方六拿着几张画儿进来。

明师傅　六爷，这儿！六爷，那两桌家伙怎样啦？我等钱用！
方　六　明师傅，您挑一张画儿吧！
明师傅　啊？我要画儿干吗呢？
方　六　这可画的不错！六大山人、董弱梅画的！
明师傅　画的天好，当不了饭吃啊！
方　六　他把画儿交给我的时候，直掉眼泪！
明师傅　我把家伙交给你的时候，也直掉眼泪！

方　六　谁掉眼泪,谁吃炖肉,我都知道!要不怎么我累心呢!你当是干我们这一行,专凭打打小鼓就行哪?
明师傅　六爷,人总有颗人心哪,你还能坑老朋友吗?
方　六　一共不是才两桌家伙吗?小事儿,别再提啦,再提就好像不大懂交情了!

〔车当当敲着两块洋钱,进来。

车当当　谁买两块?买两块吧?天师,照顾照顾?(小唐铁嘴不语)
王利发　当当!别处转转吧,我连现洋什么模样都忘了!
车当当　那,你老人家就细细看看吧!白看,不用买票!(往桌上扔钱)

〔庞四奶奶进来,带着春梅。庞四奶奶的手上戴满各种戒指,打扮得像个女妖精。卖杂货的老杨跟进来。

小唐铁嘴　娘娘!
方　六
车当当　娘娘!
庞四奶奶　天师!
小唐铁嘴　侍候娘娘!(让庞四奶奶坐,给她倒茶)
庞四奶奶　(看车当当要出去)当当,你等等!
车当当　嗻!
老　杨　(打开货箱)娘娘,看看吧!
庞四奶奶　唱唱那套词儿,还倒怪有个意思!
老　杨　是!美国针、美国线、美国牙膏、美国消炎片。还有口红、雪花膏、玻璃袜子细毛线。箱子小,货物全,就是不卖原子弹!
庞四奶奶　哈哈哈!(挑了两双袜子)春梅,拿着!当当,你跟老杨算账吧!
车当当　娘娘,别那么办哪!
庞四奶奶　我给你拿的本钱,利滚利,你欠我多少啦?天师,查账!
小唐铁嘴　是!(掏小本)
车当当　天师,你甭操心,我跟老杨算去!
老　杨　娘娘,您行好吧!他能给我钱吗?
庞四奶奶　老杨,他坑不了你,都有我呢!

357

老　　杨　　是！（向众）还有哪位照顾照顾？（又要唱）美国针……
庞四奶奶　听够了！走！
老　　杨　　是！美国针、美国线，我要不走是混蛋！走，当当！（同车当当下）
方　　六　　（过来）娘娘，我得到一堂景泰蓝的五供儿，东西老，地道，也便宜，坛上用顶体面，您看看吧？
庞四奶奶　请皇上看看吧！
方　　六　　是！皇上不是快登基了吗？我先给您道喜！我马上取去，送到坛上！娘娘多给美言几句，我必有份人心！（往外走）
明师傅　　六爷，我的事呢？！
方　　六　　你先给我看着那几张画！（下）
明师傅　　你等等！坑我两桌家伙，我还有把切菜刀呢！（追下）
庞四奶奶　王掌柜，康妈妈在这儿哪？请她出来！
小唐铁嘴　我去！（跑到后门）康老太太，您来一下！
王利发　　什么事？
小唐铁嘴　朝廷大事！

〔康顺子上。

康顺子　　干什么呀？
庞四奶奶　（迎上去）婆母！我是您的四侄媳妇，来接您，快坐下吧！（拉康顺子坐下）
康顺子　　四侄媳妇？
庞四奶奶　是呀，您离开庞家的时候，我还没过门哪。
康顺子　　我跟庞家一刀两断啦，找我干吗？
庞四奶奶　您的四侄子海顺呀，是三皇道的大坛主，国民党的大党员，又是沈处长的把兄弟，快做皇上啦，您不喜欢吗？
康顺子　　快做皇上？
庞四奶奶　啊！龙袍都做好啦，就快在西山登基！
康顺子　　在西山？
小唐铁嘴　老太太，西山一带有八路军。庞四爷在那一带登基，消灭八路，南京能够不愿意吗？

庞四奶奶　四爷呀都好,近来可是有点贪酒好色。他已经弄了好几个小老婆!

小唐铁嘴　娘娘,三宫六院七十二嫔妃,可有书可查呀!

庞四奶奶　你不是娘娘,怎么知道娘娘的委屈!老太太,我是这么想:您要是跟我一条心,我叫您做老太后,咱们俩一齐管着皇上,我这个娘娘不就好做一点了吗?老太太,您跟我去,吃好的喝好的,兜儿里老带着那么几块当当响的洋钱,够多么好啊!

康顺子　我要是不跟你去呢?

庞四奶奶　啊?不去?(要翻脸)

小唐铁嘴　让老太太想想,想想!

康顺子　用不着想,我不会再跟庞家的人打交道!四媳妇,你做你的娘娘,我做我的苦老婆子,谁也别管谁!刚才你要瞪眼睛,你当我怕你吗?我在外边也混了这么多年,磨练出来点了,谁跟我瞪眼,我会伸手打!(立起,往后走)

小唐铁嘴　老太太!老太太!

康顺子　(立住,转身对小唐铁嘴)你呀,小伙子,挺起腰板来,去挣碗干净饭吃,不好吗?(下)

庞四奶奶　(移怒于王利发)王掌柜,过来,你去跟那个老婆子说说,说好了,我送给你一袋子白面!说不好,我砸了你的茶馆!天师,走!

小唐铁嘴　王掌柜,我晚上还来,听你的回话!

王利发　万一我下半天就死了呢?

庞四奶奶　呸!你还不该死吗?(与小唐铁嘴、春梅同下)

王利发　哼!

邹福远　师弟,你看这算哪一出?哈哈哈!

卫福喜　我会二百多出戏,就是不懂这一出!你知道那个娘儿们的出身吗?

邹福远　我还能不知道!东霸天的女儿,在娘家就生过……得,别细说,我看这群混蛋都有点回光返照,长不了!

〔王大拴回来。

王利发　看着点，老大。我到后面商量点事！（下）

小二德子　（在外边大吼一声）闪开了！（进来）大拴哥，沏壶顶好的，我有钱！（掏出四块现洋一块一块地放下）给算算，刚才花了一块，这儿还有四块，五毛打一个，我一共打了几个？

王大拴　十个。

小二德子　（用手指算）对！前天四个，昨天六个，可不是十个！大拴哥，你拿两块吧！没钱，我白喝你的茶；有钱，就给你！你拿吧！（吹一块，放在耳旁听听）这块好，就一块当两块吧，给你！

王大拴　（没接钱）小二德子，什么生意这么好啊？现大洋不容易看到啊！

小二德子　念书去了！

王大拴　把"一"字都念成扁担，你念什么书啊？

小二德子　（拿起桌上的壶来，对着壶嘴喝了一气，低声说）市党部派我去的，法政学院。没当过这么美的差事，太美，太过瘾！比在天桥好的多！打一个学生，五毛现洋！昨天揍了几个来着？

王大栓　六个。

小二德子　对！里边还有两个女学生！一拳一拳地下去，太美，太过瘾！大拴哥，你摸摸，摸摸！（伸臂）铁筋洋灰的！用这个揍男女学生，你想想，美不美？

王大拴　他们就那么老实，乖乖地叫你打？

小二德子　我专找老实的打呀！你当我是傻子哪？

王大拴　小二德子，听我说。打人不对！

小二德子　可也难说！你看教党义的那个教务长，上课先把手枪拍在桌上，我不过抡抡拳头，没动手枪啊！

王大拴　什么教务长啊，流氓！

小二德子　对！流氓！不对，那我也是流氓喽！大拴哥，你怎么绕着脖子骂我呢？大拴哥，你有骨头！不怕我这铁筋洋灰的胳臂！

王大拴　你就是把我打死,我不服你还是不服你,不是吗?
小二德子　喝,这么绕脖子的话,你怎么想出来的?大拴哥,你应当去教党义,你有文才!好啦,反正今天我不再打学生!
王大拴　干吗光是今天不打?永远不打才对!
小二德子　不是今天我另有差事吗?
王大拴　什么差事?
小二德子　今天打教员!
王大拴　干吗打教员?打学生就不对,还打教员?
小二德子　上边怎么交派,我怎么干!他们说,教员要罢课。罢课就是不老实,不老实就得揍!他们叫我上这儿等着,看见教员就揍!
邹福远　(嗅出危险)师弟,咱们走吧!
卫福喜　走!(同邹福远下)
小二德子　大拴哥,你拿着这块钱吧!
王大拴　打女学生的钱,我不要!
小二德子　(另拿一块)换换,这块是打男学生的,行了吧?(看王大拴还是摇头)这么办,你替我看着点,我出去买点好吃的,请请你,活着还不为吃点喝点老三点吗?(收起现洋,下)
〔康顺子提着小包出来,王利发与周秀花跟着。
康顺子　王掌柜,你要是改了主意,不让我走,我还可以不走!
王利发　我……
周秀花　庞四奶奶也未必敢砸茶馆!
王利发　你怎么知道?三皇道是好惹的?
康顺子　我顶不放心的还是大力的事!只要一走漏了消息,大家全完!那比砸茶馆更厉害!
王大拴　大婶,走!我送您去!爸爸,我送送她老人家,可以吧?
王利发　嗯——
周秀花　大婶在这儿受了多少年的苦,帮了咱们多少忙,还不应当送送?
王利发　我并没说不叫他送!送!送!

王大拴　大婶,等等,我拿件衣服去!(下)
周秀花　爸,您怎么啦?
王利发　别再问我什么,我心里乱!一辈子没这么乱过!媳妇,你先陪大婶走,我叫老大追你们!大婶,外边不行啊,就还回来!
周秀花　老太太,这儿永远是您的家!
王利发　可谁知道也许……
康顺子　我也不会忘了你们!老掌柜,你硬硬朗朗的吧!(同周秀花下)
王利发　(送了两步,立住)硬硬朗朗的干什么呢?
〔谢勇仁和于厚斋进来。
谢勇仁　(看看墙上,先把茶钱放在桌上)老人家,沏一壶来。(坐)
王利发　(先收钱)好吧。
于厚斋　勇仁,这恐怕是咱们末一次坐茶馆了吧?
谢勇仁　以后我倒许常来。我决定改行,去蹬三轮儿!
于厚斋　蹬三轮一定比当小学教员强!
谢勇仁　我偏偏教体育,我饿,学生们饿,还要运动,不是笑话吗?
〔王小花跑进来。
王利发　小花,怎这么早就下了学呢?
王小花　老师们罢课啦!(看见于厚斋、谢勇仁)于老师,谢老师!你们都没上学去,不教我们啦?还教我们吧!见不着老师,同学们都哭啦!我们开了个会,商量好,以后一定都守规矩,不招老师们生气!
于厚斋　小花,老师们也不愿意耽误了你们的功课。可是,吃不上饭,怎么教书呢?我们家里也有孩子,为教别人的孩子,叫自己的孩子挨饿,不是不公道吗?好孩子,别着急,喝完茶,我们开会去,也许能够想出点办法来!
谢勇仁　好好在家温书,别乱跑去,小花!
〔王大拴由后面出来,夹着个小包。
王小花　爸,这是我的两位老师!
王大拴　老师们,快走!他们埋伏下了打手!

王利发　谁?

王大拴　小二德子! 他刚出去,就回来!

王利发　二位先生,茶钱退回,(递钱)请吧! 快!

王大拴　随我来!

〔小二德子上。

小二德子　街上有游行的,他妈的什么也买不着! 大拴哥,你上哪儿? 这俩是谁?

王大拴　喝茶的! (同于厚斋、谢勇仁往外走)

小二德子　站住! (三人还走)怎么? 不听话? 先揍了再说!

王利发　小二德子!

小二德子　(拳已出去)尝尝这个!

谢勇仁　(上面一个嘴巴,下面一脚)尝尝这个!

小二德子　哎哟! (倒下)

王小花　该! 该!

谢勇仁　起来,再打!

小二德子　(起来,捂着脸)喝! 喝! (往后退)喝!

王大拴　快走! (扯二人下)

小二德子　(迁怒)老掌柜,你等着吧,你放走了他们,待会儿我跟你算账! 打不了他们,还打不了你这个糟老头子吗? (下)

王小花　爷爷,爷爷! 小二德子追老师们去了吧? 那可怎么好!

王利发　他不敢! 这路人我见多了,都是软的欺,硬的怕!

王小花　他要是回来打您呢?

王利发　我? 爷爷会说好话呀。

王小花　爸爸干什么去了?

王利发　出去一会儿,你甭管! 上后边温书去吧,乖!

王小花　老师们可别吃了亏呀,我真不放心! (下)

〔丁宝跑进来。

丁　宝　老掌柜,老掌柜! 告诉你点事!

王利发　说吧,姑娘!

丁　宝　小刘麻子呀,没安着好心,他要霸占这个茶馆!

王利发　怎么霸占？这个破茶馆还值得他们霸占？

丁　宝　待会儿他们就来，我没工夫细说，你打个主意吧！

王利发　姑娘，我谢谢你！

丁　宝　我好心好意来告诉你，你可不能卖了我呀！

王利发　姑娘，我还没老胡涂了！放心吧！

丁　宝　好！待会儿见！（下）

〔周秀花回来。

周秀花　爸，他们走啦。

王利发　好！

周秀花　小花的爸说，叫您放心，他送到了地方就回来。

王利发　回来不回来都随他的便吧！

周秀花　爸，您怎么啦？干吗这么不高兴？

王利发　没事！没事！看小花去吧。她不是想吃热汤面吗？要是还有点面的话，给她做一碗吧，孩子怪可怜的，什么也吃不着！

周秀花　一点白面也没有！我看看去，给她做点杂合面疙疸汤吧！（下）

〔小唐铁嘴回来。

小唐铁嘴　王掌柜，说好了吗？

王利发　晚上，晚上一定给你回话！

小唐铁嘴　王掌柜，你说我爸爸白喝了一辈子的茶，我送你几句救命的话，算是替他还账吧。告诉你，三皇道现在比日本人在这儿的时候更厉害，砸你的茶馆比砸个砂锅还容易！你别太大意了！

王利发　我知道！你既买我的好，又好去对娘娘表表功！是吧？

〔小宋恩子和小吴祥子进来，都穿着新洋服。

小唐铁嘴　二位，今天可够忙的？

小宋恩子　忙得厉害！教员们大暴动！

王利发　二位，"罢课"改了名儿，叫"暴动"啦？

小唐铁嘴　怎么啦？

小吴祥子　他们还能反到天上去吗？到现在为止，已经抓了一百多，打了七十几个,叫他们反吧!
小宋恩子　太不知好歹!他们老老实实的,美国会送来大米、白面嘛。
小唐铁嘴　就是!二位,有大米、白面,可别忘了我!以后,给大家的坟地看风水,我一定尽义务!好!二位忙吧!(下)
小吴祥子　你刚才问,"罢课"改叫"暴动"啦?王掌柜!
王利发　岁数大了,不懂新事,问问!
小宋恩子　哼!你就跟他们是一路货!
王利发　我?您太高抬我啦!
小吴祥子　我们忙,没工夫跟你费话,说干脆的吧!
王利发　什么干脆的?
小宋恩子　教员们暴动,必有主使的人!
王利发　谁?
小吴祥子　昨天晚上谁上这儿来啦?
王利发　康大力!
小宋恩子　就是他!你把他交出来吧!
王利发　我要是知道他是哪路人,还能够随便说出来吗?我跟你们的爸爸打交道多少年,还不懂这点道理?
小吴祥子　甭跟我们拍老腔,说真的吧!
王利发　交人,还是拿钱,对吧?
小宋恩子　你真是我爸爸教出来的!对啦,要是不交人,就把你的金条拿出来!别的铺子都随开随倒,你可混了这么多年,必定有点底!

〔小二德子匆匆跑来。

小二德子　快走!街上的人不够用啦!快走!
小吴祥子　你小子管干吗的?
小二德子　我没闲着,看,脸都肿啦!
小宋恩子　掌柜的,我们马上回来,你打主意吧!
王利发　不怕我跑了吗?
小吴祥子　老梆子,你真逗气儿,你跑到阴间去,我们也会把你抓回来!
(打了王利发一掌,同小宋恩子、小二德子下)

王利发　（向后叫）小花！小花的妈！
周秀花　（同王小花跑出来）我都听见了！怎么办？
王利发　快走！追上康妈妈！快！
王小花　我拿书包去！（下）
周秀花　拿上两件衣裳，小花！爸，剩您一个人怎么办？
王利发　这是我的茶馆，我活在这儿，死在这儿！

〔王小花挎着书包，夹着点东西跑回来。

周秀花　爸爸！
王小花　爷爷！
王利发　都别难过，走！（从怀中掏出所有的钱和一张旧像片）媳妇，拿着这点钱！小花，拿着这个，老裕泰三十年前的像片！交给你爸爸！走吧！

〔小刘麻子同丁宝回来。

小刘麻子　小花，教员罢课，你住姥姥家去呀？
王小花　对啦！
王利发　（假意地）媳妇，早点回来！
周秀花　爸，我们住两天就回来！（同王小花下）
小刘麻子　王掌柜，好消息！沈处长批准了我的计划！
王利发　大喜，大喜！
小刘麻子　您也大喜，处长也批准修理这个茶馆！我一说，处长说好！他呀老把"好"说成"蒿"，特别有个洋味儿！
王利发　都是怎么一回事？
小刘麻子　从此你算省心了！这儿全属我管啦，你搬出去！我先跟你说好了，省得以后你麻烦我！
王利发　那不能！凑巧，我正想搬家呢。
丁　宝　小刘，老掌柜在这儿多少年啦，你就不照顾他一点吗？
小刘麻子　看吧！我办事永远厚道！王掌柜，我接处长去，叫他看看这个地方。你把这儿好好收拾一下！小丁宝，你把小心眼找来，迎接处长！带点香水，好好喷一气，这里臭哄哄的！走！（同丁宝下）

王利发　好！真好！太好！哈哈哈！
　　　　〔常四爷提着小筐进来，筐里有些纸钱和花生米。他虽年过七十，可是腰板还不太弯。
常四爷　什么事这么好哇！老朋友！
王利发　哎哟！常四哥！我正想找你这么一个人说说话儿呢！我沏一壶顶好的茶来，咱们喝喝！（去沏茶）
　　　　〔秦仲义进来。他老的不像样子了，衣服也破旧不堪。
秦仲义　王掌柜在吗？
常四爷　在！您是……
秦仲义　我姓秦。
常四爷　秦二爷！
王利发　（端茶来）谁？秦二爷？正想去告诉您一声，这儿要大改良！坐！坐！
常四爷　我这儿有点花生米，（拆）喝茶吃花生米，这可真是个乐子！
秦仲义　可是谁嚼得动呢？
王利发　看多么邪门，好容易有了花生米，可全嚼不动！多么可笑！怎样啊？秦二爷！（都坐下）
秦仲义　别人都不理我啦，我来跟你说说：我到天津去了一趟，看看我的工厂！
王利发　不是没收了吗？又物归原主啦？这可是喜事！
秦仲义　拆了！
常四爷
王利发　拆了？
秦仲义　拆了！我四十年的心血啊，拆了！别人不知道，王掌柜你知道：我从二十多岁起，就主张实业救国。到而今……抢去我的工厂，好，我的势力小，干不过他们！可倒好好地办哪，那是富国裕民的事业呀！结果，拆了，机器都当碎铜烂铁卖了！全世界，全世界找得到这样的政府找不到？我问你！
王利发　当初，我开的好好的公寓，您非盖仓库不可。看，仓库查封，货物全叫他们偷光！当初，我劝您别把财产都出手，您非都卖了开工厂不可!

常四爷　还记得吧?当初,我给那个卖小妞的小媳妇一碗面吃,您还说风凉话呢。

秦仲义　现在我明白了!王掌柜,求你一件事吧:(掏出一二机器小零件和一枝钢笔管来)工厂拆平了,这是我由那儿捡来的小东西。这枝笔上刻着我的名字呢,它知道,我用它签过多少张支票,写过多少计划书。我把它们交给你,没事的时候,你可以跟喝茶的人们当个笑话谈谈,你说呀:当初有这么一个不知好歹的秦某人,爱办实业。办了几十年,临完他只由工厂的土堆里捡回来这么点小东西!你应当劝告大家,有钱哪,就该吃喝嫖赌,胡作非为,可千万别干好事!告诉他们哪,秦某人七十多岁了才明白这点大道理!他是天生来的笨蛋!

王利发　您自己拿着这枝笔吧,我马上就搬家啦!

常四爷　搬到哪儿去?

王利发　哪儿不一样呢!秦二爷,常四爷,我跟你们不一样:二爷财大业大心胸大,树大可就招风啊!四爷你,一辈子不服软,敢作敢当,专打抱不平。我呢,做了一辈子顺民,见谁都请安、鞠躬、作揖。我只盼着呀,孩子们有出息,冻不着,饿不着,没灾没病!可是,日本人在这儿,二栓子逃跑啦,老婆想儿子想死啦!好容易,日本人走啦,该缓一口气了吧?谁知道,(惨笑)哈哈,哈哈,哈哈!

常四爷　我也不比你强啊!自食其力,凭良心干了一辈子啊,我一事无成!七十多了,只落得卖花生米!个人算什么呢,我盼哪,盼哪,只盼国家像个样儿,不受外国人欺侮。可是……哈哈!

秦仲义　日本人在这儿,说什么合作,把我的工厂就合作过去了。咱们的政府回来了,工厂也不怎么又变成了逆产。仓库里(指后边)有多少货呀,全完!哈哈!

王利发　改良,我老没忘了改良,总不肯落在人家后头。卖茶不行啊,开公寓。公寓没啦,添评书!评书也不叫座儿呀,好,不怕丢人,想添女招待!人总得活着吧?我变尽了方法,不过是为活

　　　　下去！是呀，该贿赂的，我就递包袱。我可没做过缺德的事，伤天害理的事，为什么就不叫我活着呢？我得罪了谁？谁？皇上，娘娘那些狗男女都活得有滋有味的，单不许我吃窝窝头，谁出的主意？
常四爷　盼哪，盼哪，只盼谁都讲理，谁也不欺侮谁！可是，眼看着老朋友们一个个的不是饿死，就是叫人家杀了，我呀就是有眼泪也流不出来喽！松二爷，我的朋友，饿死啦，连棺材还是我给他化缘化来的！他还有我这么个朋友，给他化了一口四块板的棺材；我自己呢？我爱咱们的国呀，可是谁爱我呢？看（从筐中拿出些纸钱）遇见出殡的，我就捡几张纸钱。没有寿衣，没有棺材，我只好给自己预备下点纸钱吧，哈哈，哈哈！
秦仲义　四爷，让咱们祭奠祭奠自己，把纸钱撒起来，算咱们三个老头子的吧！
王利发　对！四爷，照老年间出殡的规矩，喊喊！
常四爷　（立起，喊）四角儿的跟夫，本家赏钱一百二十吊！（撒起几张纸钱）①
秦仲义　　　　一百二十吊！
王利发
秦仲义　（一手拉住一个）我没的说了，再见吧！（下）
王利发　再见！
常四爷　再喝你一碗！（一饮而尽）再见！（下）
王利发　再见！
　　　　〔丁宝与小心眼进来。
丁　宝　他们来啦，老大爷！（往屋中喷香水）
王利发　好，他们来，我躲开！（捡起纸钱，往后边走）
小心眼　老大爷，干吗撒纸钱呢？

---

① 三四十年前，北京富人出殡，要用三十二人、四十八人或六十四人抬棺材，也叫抬杠。另有四位杠夫拿着拨旗，在四角跟随。杠夫换班须注意拨旗，以便进退有序；一班也叫一拨儿。起杠时和路祭时，领杠者须喊"加钱"——本家或姑奶奶赏给杠夫酒钱。加钱数目须夸大地喊出。在喊加钱时，有人撒起纸钱来。

369

王利发　谁知道！（下）

〔小刘麻子进来。

小刘麻子　来啦！一边一个站好！

（丁宝、小心眼分左右在门内立好。

〔门外有汽车停住声，先进来两个宪兵。沈处长进来，穿军便服；高靴，带马刺；手执小鞭。后面跟着二宪兵。

沈处长　（检阅似的，看丁宝、小心眼，看完一个说一声）好（蒿）！

〔丁宝摆上一把椅子，请沈处长坐。

小刘麻子　报告处长，老裕泰开了六十多年，九城闻名，地点也好，借着这个老字号，做我们的一个据点，一定成功！我打算照旧卖茶，派（指）小丁宝和小心眼做招待。有我在这儿监视着三教九流，各色人等，一定能够得到大量的情报，捉拿共产党！

沈处长　好（蒿）！

〔丁宝由宪兵手里接过骆驼牌烟，上前献烟；小心眼接过打火机，点烟。

小刘麻子　后面原来是仓库，货物已由处长都处理了，现在空着。我打算修理一下，中间做小舞厅，两旁布置几间卧室，都带卫生设备。处长清闲的时候，可以来跳跳舞，玩玩牌，喝喝咖啡。天晚了，高兴住下，您就住下。这就算是处长个人的小俱乐部，由我管理，一定要比公馆里更洒脱一点，方便一点，热闹一点！

沈处长　好（蒿）！

丁　宝　处长，我可以请示一下吗？

沈处长　好（蒿）！

丁　宝　这儿的老掌柜怪可怜的。好不好给他做一身制服，叫他看看门，招呼贵宾们上下汽车？他在这儿几十年了，谁都认识他，简直可以算是老头儿商标！

沈处长　好（蒿）！传！

小刘麻子　是！（往后跑）王掌柜！老掌柜！我爸爸的老朋友，老大爷！（入。过一会儿又跑回来）报告处长，他也不知怎么上了吊，

　　　　吊死啦！
沈处长　好(蒿)！好(蒿)！

　　　　　　　　　　　　——幕落·全剧终

附 录

此剧幕与幕之间须留较长时间,以便人物换装,故拟由一人(也算剧中人)唱几句快板,使休息时间不显着过长,同时也可以略略介绍剧情。

第一幕 幕 前

(我)大傻杨,打竹板儿,一来来到大茶馆儿。
大茶馆,老裕泰,生意兴隆真不赖。
茶座多,真热闹,也有老来也有少;
有的说,有的唱,穿章打扮一人一个样;
有提笼,有架鸟,蛐蛐蝈蝈也都养的好;
有的吃,有的喝,没有钱的只好白瞧着。
爱下棋,(您)来两盘儿,赌一卖(碟)干炸丸子外洒胡椒盐儿。
讲排场,讲规矩,咳嗽一声都像唱大戏。
有一样,听我说:莫谈国事您得老记着。
哼!国家事(可)不好了,黄龙旗子一天倒比一天威风小。
文武官,有一宝,见着洋人赶快跑。
外国货,堆成山,外带贩卖鸦片烟。
最苦是,乡村里,没吃没穿逼得卖儿女。
官儿阔,百姓穷,朝中出了一个谭嗣同,
讲维新,主意高,还有那康有为和梁启超。
这件事,闹得凶,气得太后咬牙切齿直哼哼。
她要杀,她要砍,讲维新的都是要造反。
这些事,别多说,说着说着就许掉脑壳。
〔幕徐启,大傻杨入茶馆。

打竹板,迈大步,走进茶馆找主顾。
哪位爷,愿意听,《辕门斩子》来了穆桂英。
　　〔王利发来干涉。
王掌柜,大发财,金银元宝一齐来。
您有钱,我有嘴,数来宝的是穷鬼。(下)

第二幕　幕　前

打竹板,我又来,数来宝的还是没发财。
现而今,到民国,剪了小辫还是没有辙。
王掌柜,动脑筋,事事改良讲维新。
(低声)动脑筋,白费力,胳臂拧不过大腿去。
闹军阀,乱打仗,白脸的进去黑脸的上,
赵打钱,孙打李,赵钱孙李乱打一炮谁都不讲理。
为打仗,要枪炮,一堆一堆给洋人老爷送钞票。
为卖炮,为卖枪,帮助军阀你占黄河他占扬子江。
老百姓,遭了殃,大兵一到粮食牲口一扫光。
王掌柜,会改良,茶馆好像大学堂,
后边住,大学生,说话文明真好听。
就怕呀,兵野蛮,进来几个茶馆就玩完。
先别说,丧气话,给他道喜是个好办法。
他开张,我道喜,编点新词我也了不起。(下)

(又上)老裕泰,大改良,万事亨通一天准比一天强。
　　〔王利发:今天不打发,明天才开张哪。
明天好,明天妙,金银财宝齐来到。
　　〔炮响。
您开张,他开炮,明天准唱《蚰蜡庙》。
　　〔王利发:去你的吧!
　　〔傻杨下。

373

第三幕 幕前

树木老,叶儿稀,人老毛腰把头低。
甭说我,混不了,王掌柜的也过不好。
(他)钱也光,人也老,身上剩了一件破棉袄。
自从那,日本兵,八年占据老北京。
人人苦,没法提,不死也掉一层皮。
好八路,得人心,一阵一阵杀退日本军。
盼星星,盼月亮,盼到胜利大家有希望。
(哼)国民党,进北京,横行霸道一点不让日本兵。
王掌柜,委屈多,跟我一样半死半活着。
老茶馆,破又烂,想尽法子也没法办。
天可怜,地可怜,就是官老爷有洋钱。(下)

〔王掌柜死后,傻杨再上,见小丁宝正在落泪。
小姑娘,别这样,黑到头儿天会亮。
小姑娘,别发愁,西山的泉水向东流。
苦水去,甜水来,谁也不再做奴才。

(选自《老舍剧作选》,人民文学出版社1978年版)

【作者简介】

老舍(1899～1966),原名舒庆春,字舍予,满族人。1913年考入北京师范学校,1922年到天津南开中学教国文。1924年夏到英国伦敦大学东方学院任教师,在英国五年的时间创作了《老张的哲学》、《赵子曰》、《二马》三部长篇小说。1930年回国,先后在齐鲁大学、山东大学任教授,这期间创作了长篇小说《离婚》和短篇小说集《赶集》、《樱海集》、《蛤藻集》。1936年著名长篇《骆驼祥子》问世,从此一举成名。抗战爆发后,于1939年随慰问团去延安,受到毛主席的接见,又将此行写成长诗《剑北篇》。抗战八年中,老舍以团结抗日为题材,从事通俗文艺及戏剧创作。影响较大的话剧有《残雾》、《国家至上》等。同时还出版了长篇小说《四世同堂》的第一部《惶惑》、第二部《偷生》和一些短篇小说集。1946年赴美讲学,并完成了《四世同堂》的第三部《饥荒》及长篇小说《鼓书艺人》。1949年回国后,他以高度的政治热情从事剧本创作,写有话剧《方珍珠》、《龙须沟》、《春华秋实》、《西望长安》、《茶馆》、《女店员》、《全家福》等。另有《老舍文集》(16卷)。

老舍是一位多产作家,在近半个世纪的创作生涯中,为我们留下了长篇17部,中短篇70余篇,剧本36部,另外还有通讯、诗歌、杂文等。老舍是中国市民社会的表现者,其作品具有浓厚的北京地方特色,用纯北京方言写作,通俗、晓畅、诙谐、幽默,在国内外享有很高声誉,北京市人民政府曾授予他"人民艺术家"的光荣称号。"文革"中因不堪凌辱,于1966年8月24日投湖自尽。

【作品简析】

戏剧家刘厚生说,《茶馆》"是半个世纪以来,中国话剧舞台上出现的第一流的作品"。西方评论界称《茶馆》是"东方话剧的奇迹"。

《茶馆》是一幅长卷式的展现社会生活的戏剧作品,它将我国1898年至1945年半个世纪的历史现实纳入了这出三幕剧中。剧本通过北京裕泰茶馆掌柜王利发,民族资本家秦仲义,旗人常四爷以及他们周围近七十个人物命运的浮沉,记录了近五十年间中国半封建半殖民地社会的演变和中国人民的觉醒过程。剧中交织着错综复杂的人物关系,千头万绪的历史事件,巨大的社会容量与高度的艺术概括力,使《茶馆》成为时代的一面镜子。

《茶馆》的成就是多方面的,塑造真实、深沉而又富于个性化的人物形象,是剧作的突出特色。贯穿全剧的中心人物王利发是一个旧社会小商人的典型,在他矛盾的性格因素中,寄托了老舍先生的美学追求。王利发为人善良又自私,对人热情又势利,既有处事经验又胆小怕事。他一生千方百计当好顺民,谨小慎微地顺应潮流进行改良,从他的圆滑处世中,我们看到了旧社会小商人的窘态。王利发一辈子对"世道"的"顺"和"求",到头来还是茶馆倒闭,全家陷入绝境,最后,以自杀向吃人的旧社会作了无声的控诉。王利发的悲剧是中国人民悲苦命运的写照。旗人常四爷耿直豪放，一辈子不服软。他凭着个人的良心、义气到处闯荡，打过洋人坐过牢，还参加过义和团。他单枪匹马地奋斗了几十年，仍然没有摆脱悲剧命运。这是老舍先生与王利发对照塑造的个人奋斗者的形象。资本家秦二爷，财大气粗、雄心勃勃，受维新思想影响，要搞实业救国。他毅然卖掉了产业，集中资金开办工厂，然而在半封建半殖民地的旧中国，等待他的也是彻底破产的命运。老舍先生通过对三条旧的生活道路的否定和批判，暗示了"只有社会主义才能救中国"的真理。

老舍从不孤立地刻画人物，他擅长三言两语、白描速写式的勾勒群像，并将人物放到广阔的历史背景中，放到复杂的人物关系中，使他们相互对比、摩擦、纠葛，形成尖锐的戏剧冲突。显示性格的差异色彩。他笔下的太监、教士、侦探、打手、人贩子、地痞流氓、相面先生、破产农民等等的群像也都不同程度地承载着时代的深刻内涵，辉映着人生与历史的尖锐矛盾，并从他们各自的性格对立中，开掘社会的病根，以引起疗效的注意。因此，《茶馆》中的人物个个性格鲜活，而且具有很强的象征性、启示性。

为交错地反映丰富的社会内涵，为刻画众多的人物形象，《茶馆》采用了一种网状的图卷式的戏剧结构形式，以几个主要人物的人生经历为经线，以其他五十多个人物的零碎生活片断为纬线，像蜘蛛结网似地将他们巧妙地编织在一起，使全剧结构庞大而不散，人物众多而不紊乱。并用"子承父业"的构思形式，突出一代比一代更荒唐，一幕比一幕更衰败的效果，以揭示社会衰亡的内在原因。

老舍先生是一位语言大师，《茶馆》突出地表现了他卓越的驾驭语言的才能，不仅"人各有貌、神情毕肖"，而且"张口就响，话到人到"，闻其声而知其人。像松二爷的软弱，庞太监的狠毒，沈处长的媚外，刘麻子的庸俗，黄胖子的势利，二德子的蛮横，马五爷的清高，都在三言两语的对话中得到形象的表现。《茶馆》语言的精练可以说达到了"从一句话里看一个世界"的浓度，并且又是"生活真正流动着的原味"，圆润有力，自然纯美，是真正的京华风韵。另外，老舍先生还具有幽默的天才，他的幽默是剔除庸俗、"寓谐于庄",在严肃紧张之中让人开怀大笑。《茶馆》中的幽默是深沉含蓄的,悲剧的内容用喜剧形式来表现,想得深、说得俏,深刻的社会内容、人生哲理用笑的形式表达出来。俄国戏剧家契诃夫曾经说过"造诣深的艺术家让人发笑比催人泪下还要难得多"。老舍先生擅长用喜剧思维,写出令人心酸的故事。他让《茶馆》的每段台词几乎都染上了笑的色彩。有的笑中含泪,有的笑中含讽,《茶馆》从总体风格看,使观众得到的是哀泪笑洒的美的享受。

《茶馆》的社会容量是惊人的,而语言的概括力也是惊人的,这主要依仗作家对潜台词的巧妙运用上。《茶馆》中的潜台词,词浅意深、显隐结合、话里套话,创造了全剧"此处无声胜有声"的强烈感染力。全剧的潜台词在人物的词句层、性格层和情韵层上都有艺术的使用,并且在针锋相对的对话中、在揭示人物丰富的心灵世界中都具有暗示和折射的冲击力量,为演员的再创造提供了艺术空间。

(田旭修)

关 汉 卿 *(选场)

田 汉

第 八 场

元至元十九年(1297)三月末的大都狱中。

深夜,狱吏设案问供,狱卒狰狞分列,虽在暮春,气象严冷。

〔狱吏翻案件后,望望管牢房的禁子和禁婆。

狱　吏　这几天关汉卿还安静吗?

禁　子　还好。

狱　吏　谁来看过他?

禁　子　他的家人关忠。

狱　吏　就他吗?

禁　子　还有杨显之、梁进之等人,王实甫也托人送了些吃用的东西。

狱　吏　东西都给了关汉卿吗?

禁　子　照您吩咐的,都给了他。

狱　吏　以后,谁也不让见,也不许人家送东西给他。(望禁婆)朱帘秀也是一样,知道吗?

禁　子
禁　婆　知道了。

狱　吏　有谁来看过朱帘秀?

禁　婆　她的徒弟燕山秀也来过,何总管也托人送了些东西。

狱　吏　还有呢?

禁　婆　没有了。

---

* 原载《剧本》1958年第5期。

狱　吏　从今天起多留点儿神!
禁　婆　是了。
狱　吏　那个赛帘秀呢?还骂吗?
禁　婆　还骂,可是也安静些了。只是眼睛里还出血,给她医吗?
狱　吏　说不定上面要提她,不要死在咱们这里,找个大夫给她擦点儿药吧。
禁　婆　是了。
狱　吏　来,提关汉卿!
狱　卒　提关汉卿!
　　　　〔禁子下,不一时,闻铁链镣铐相击声。关汉卿上。
禁　子　跪下!
　　　　〔关汉卿昂然不跪,禁子拿棒要敲。
狱　吏　(制止)别难为他。(向关)关汉卿,你坐下吧。(向狱卒)给他一条小凳。
　　　　〔狱卒给凳,关汉卿坐下。
狱　吏　怎么样?这些日子还好吗?
关汉卿　唔,日月照肝胆,霜雪添须眉,可还死不了。
狱　吏　是啊,真是不愿你死啊,你的文章我不懂,可是你的医道真高明,我娘吃了你的药好多了。她是多年的风湿,真没有想到好得那么快,已经能拄着拐杖自己走道儿了。
关汉卿　走走有好处,老年人可也不能太累。
狱　吏　是是,真是谢谢你。可是,关汉卿,你的案情越扯越大了。说老实的,恐怕很难救你,怎么办呢?
关汉卿　(诧异)"越扯越大"了?
狱　吏　对。大得够瞧的了。你认识一个叫王著的吗?
关汉卿　王著?
狱　吏　对。当益州千户的王著,记得吗?你跟他什么交情?
关汉卿　唔,记起来了,有这么个人,在玉仙楼演《窦娥冤》的时候,他到后台来看过我们。
狱　吏　他看了你们的戏,很受感动,对吗?

关汉卿　　他那么说,他很兴奋,还在场子里叫过,"为万民除害"。我们就见过那一次,没有什么交情。

狱　吏　　是啊,他后来就当真"为万民除害"了。你有一位老朋友叫白和甫的吗?

关汉卿　　唔,有那么一个人,不是什么老朋友。

狱　吏　　他要来跟你谈谈。

关汉卿　　我跟他没有什么可谈的。

狱　吏　　谈谈吧,对你许有些好处。(向内)白先生,请吧!

〔白和甫从里面走出来,对关汉卿很关切的口气。

白和甫　　哎呀,老朋友,真想不到在这样的地方跟你见面。当初你不听我的话,我害怕总会有这一天,所以我说,《窦娥冤》最好别写,要写必定是祸多福少,现在怎么样?不幸而言中了吧。

关汉卿　　(鄙夷地)你要跟我谈什么,快说吧。

白和甫　　瞧你,还这么急性子,不是应该熬炼得火气小一点儿吗?

关汉卿　　(不耐)有话快说吧!

白和甫　　(跟狱吏耳语)……

狱　吏　　(对狱卒们)你们都离开。

〔狱卒走开。

白和甫　　(低声)好,汉卿,先告诉你一个极可怕的消息,你那位朋友王著跟妖僧高和尚同谋,上个月初十晚上,在上都,把阿合马老大人和郝祯大人都给刺死了!

关汉卿　　唔,这是真的?

白和甫　　千真万确的,现在大元朝上上下下都为这事件发抖。你看这是国家多么大的不幸!

关汉卿　　你还想告诉我什么呢?

白和甫　　我就是想告诉你,你不听我的劝告,闯出了多么大的乱子! 逆臣王著就因为看过你的戏才起意要杀阿合马老大人的。

关汉卿　　(怒)怎见得呢?

白和甫　　许多人听见他在玉仙楼看《窦娥冤》时曾喊出"为万民除害",后来他在上都伏法的时候又大喊:"我王著为万民除害",而且你的戏里居然还有"把滥官污吏都杀坏"的词儿——

关汉卿　（怒火如焚）你觉得"滥官污吏"应不应该杀呢？
白和甫　这——"滥官污吏"当然应该杀。
关汉卿　阿合马、郝祯算不算"滥官污吏"呢？
白和甫　那，那当然不是。
关汉卿　既然不是，《窦娥冤》跟阿合马、郝祯的死有什么相干呢？再说我们"为万民除害"不应该吗？
白和甫　唔，应该的。可是王著把刺杀阿大人当作"为万民除害"就不对了。
关汉卿　杀阿合马是否为万民除害，天下自有公论。若说王著看了我的戏才起意才要杀阿合马，那么高和尚没有看过我的戏何以也要杀阿合马呢？
白和甫　这——
关汉卿　我们写戏的离不开褒贬两个字。拿前朝的人说，我们褒包拯，贬陈士美；褒岳飞，贬秦桧。看戏的人万一在什么时候激于义愤杀了像陈士美、秦桧那样的人，能说是写戏的人教唆的吗？孔子曰："乱臣贼子人人得而诛之"，有人读了孔子的书，后来诛了乱臣贼子，能说是孔子教唆的吗？
白和甫　汉卿，你这话何尝没有一些道理，可是于今正在风头上，皇上和大臣们怎么会听你的？再说，我今晚来看你，倒也不是为了跟你争论《窦娥冤》的后果究竟如何，（又低声）我是奉了忽辛大人的面谕来跟你商量一件大事的。你的事情虽说是十分严重，可是只要你答应这件事，还是可以减等甚至释放你的。
关汉卿　我跟忽辛没有什么好商量的！
白和甫　别这么火气大，老朋友，这事你也吃不了什么亏。反正王著已经死了，没有对证，只要你在大臣问你的时候，供出王著杀阿合马大人是想除掉捍卫大元朝的忠臣，联合各地金汉愚民图谋不轨。只要你肯这样招供，不只你的案子可以减轻，忽辛大人为了酬你的劳，还预备送你中统钞一百万。这不少哇，老朋友。

关汉卿　（怒火难遏）你还有什么说的？
白和甫　没有别的了。今晚就为的跟你谈这件大事来的。
关汉卿　你过来我跟你商量商量。
白和甫　你答应了吗？（过去）
关汉卿　我答应了。（他重重的一记耳光，竟把白和甫打倒在地下）
白和甫　汉卿，你怎么动起粗来了？
关汉卿　戏曲界竟然出了你这样无耻的禽兽，我恨不能吃你的肉！
白和甫　（狰狞无耻的面目毕露）你不答应，好，那你等着死吧。
关汉卿　死也不跟这无耻的禽兽说话，狱官，让我回号子去！
狱　吏　那么，白先生，您回去吧。
　　　　〔白和甫溜下。狱卒重集合。
狱　吏　是啊，关汉卿，你真是照他说的供，我们汉人又该倒霉了。姓白的回去，必然回报忽辛，忽辛必然加紧追究你的案子。你是个好人，又承你医好我娘，只恨我官小力微，帮不到你别的忙，给你送个信儿吧。你也就是这一两天的事了。没有别的，有什么要料理的，或是有什么话要告诉人家的，只要没有什么大关碍，我都可以跟你效劳转达。想吃点什么吗？我也可以给你买些。
关汉卿　（兴奋之后，定了定有些乱的心）谢谢你。我什么也不要吃，也没有什么要料理的。看你倒是挺疼你母亲的，这里有一封信请等我的事都结束了，转给我母亲吧。千万别唬着她老人家，这也是像窦娥不愿走后街一样的心愿吧。
狱　吏　（接信收起）好，我一定照你的意思送到，你可以放心。
关汉卿　明天可以让关忠来一趟吗？
狱　吏　对不起，办不到了。
关汉卿　那也好。
狱　吏　还有什么要对人家说的话吗？
关汉卿　话很多，此时不知从哪里说起，也不知该对谁说。（忽然想起）能不能让我跟朱帘秀再见一面呢？

狱　吏　这——也好吧。我可以担戴一下。不过你跟她说有什么用呢？她的情形跟你一样。

关汉卿　这也叫"涸渴之鱼，相濡以沫"吧。您能担戴一下，就请费心。

狱　吏　(对禁婆)来！提朱帘秀。

禁　婆　是。

〔禁婆下去不久，领朱帘秀罪衣罪裙，铁锁银铛地上来。

朱帘秀　(跪)给老爷叩头。

狱　吏　起来吧。关汉卿有话跟你谈。给你们半刻。(对禁子)谈完了送他们各自归号。留心着点儿！(对狱卒)我们撤了吧。

〔他们下。场上只有关朱两人。

朱帘秀　咱们总算又见面了，汉卿。

关汉卿　(沉重地)恐怕也就是这一面吧。

朱帘秀　(受感染地)是吗？

关汉卿　你还记得那位王千户吗？

朱帘秀　玉仙楼后台见过的那位王著？

关汉卿　对。是他。

朱帘秀　我只跟他说过两句话，就觉得他是个挺爽快的人，可没想到他能做出这样感天动地的大事，他真不愧是我们《惊天动地窦娥冤》的好看客。

关汉卿　你还说得这样带劲儿，他杀了阿合马你知道了？

朱帘秀　知道了。昨天来了个同号子的，是他住在大都的婶娘。她告诉我王千户临刑的时候还喊着说："我王著为万民除害，我现在死了，将来一定有人把我的事写上一笔的。"他真了不得！

关汉卿　是吓，就有人把这和我们的戏词儿"与一人分忧，万民除害"附会在一起，说我们教唆王著杀害朝廷大臣，所以我们的案情就加重了。

朱帘秀　可不是"为万民除害"吗？阿合马好狠的心，把我徒弟的眼睛都给挖了。

关汉卿　没想到王著给她报了仇，也给我们报了仇。我真想写他一笔，咳，可惜没有时候了。

朱帘秀　　怎么没有时候？在狱里就能写。
关汉卿　　刚才狱官给我送信来了。一两天之内我就完了，你恐怕也免不了，要我们趁早把该料理的事，该嘱咐人家的话告诉他，他可以给我们转达，你有什么要他转达的吗？还有，想吃些什么他也可以代买。（见她紧张）哎呀四姐，你你你不害怕吗？
朱帘秀　　（变色但力自镇定）不害怕。
关汉卿　　四姐，真是对不起，为了我的著作，竟然把你连累到这个地步。
朱帘秀　　什么话？我不说过你敢写我就敢演吗？说这话的时候，我就打算有今天的。
关汉卿　　可是哪知道这一天来得这么快。
朱帘秀　　迟早反正一样。我从没有像这些日子这样活得有意思。我觉得我越来越跟大伙儿联在一块了。不是吗？老百姓恨阿合马，我们也恨阿合马，而且敢于跟他们斗！王著替大伙儿除害，他死了，我们也站在王著这一边，跟坏人一直斗到死。窦娥不正是这样的女人吗，她至死也不向坏人低头。我欢喜这样的女人，我也愿意像她一样的死去。瞧我还穿着窦娥的行头，跟窦娥一样的打扮，回头还要跟窦娥一样的倒下去。我一定也不会轻易倒下去的，汉卿，在倒下去以前我一定像窦娥一样地喊着，不，也许像王著一样地喊着："为万民除害呀！"你看行吗？我现在真不知道是在过日子，还是在台上。我要像在台上一样，对着成千上万的看的人一点也不胆怯。说真的，你刚才告诉我我们快要死的消息，我心里还有点乱，这会儿好多了，我会像窦娥那样坚强的，你放心。
关汉卿　　你也放心，四姐。我姓关，现在虽算是大都人了，我原籍却是蒲州解良，我会像我祖宗那样英雄地死去的。"玉可碎而不可改其白，竹可焚而不可毁其节"，这也正是我今天的心胸。
朱帘秀　　咳，我最不能瞑目的是玉仙楼那天晚上，我托和卿设法让你连夜逃走，你怎么不走，反而第二天晚上来看戏呢？你那样爱看戏吗？
关汉卿　　我怎么能走？我怎么能让你一个人承担那样重的担子？

朱帘秀　我有什么？大不了一个唱杂剧的歌妓，怎么能比得你？你是一代作者，你替我们杂剧开了一条路，歌台舞榭没有你的戏人家就不高兴。你正应该替大伙儿多写些好东西，多替"有口难言"的百姓们说话，可是于今你跟我一样也这么完了……（她哭了）

关汉卿　四姐，谢谢你的好心。我们的死不就是为了替百姓们说话吗？人家说血写的文字比墨写的贵重，也许，我们死了，我们的话说得更响亮。可是你不像我，我已经快五十的人了，你还年轻，功夫好，那么早就成了名角儿，你死了人家要埋怨我的。不是伯颜老太太那样疼你，还说要认你做干闺女吗？干吗不写封信给她，求求她，我想一定有好处的。信可以托何总管转去，准能收到，快点写吧。要不，我给你代笔也成。

朱帘秀　那么你呢？你也求求她吧。

关汉卿　我怎么能求她？

朱帘秀　那为什么我就应该求她呢？她还不是杀人不眨眼的伯颜丞相的老太太吗？她疼我无非我这个女戏子把她给逗乐了。她也不是真懂我们的戏的，她不过让人家说她是多么慈悲，瞧戏都流眼泪。其实呢，伯颜丞相今天在这里屠城，明天在那里杀降，她半点眼泪也没有流过。我就恨这样的女人，我还去求她？死也不求她！

关汉卿　不求她那就得——

朱帘秀　就得死。跟关大爷这样的人一道死，我还有什么不足呢！

关汉卿　四姐，我觉得我们的心没有比这个时候靠得再紧的了。入狱的时候，我就打算有今天，我前几天晚上，写了一个曲子叫"蝶双飞"。想给你看看，他们害怕，不给传递，我也没有勉强，因为我还不知道你的心。现在我亲自交给你吧。要是你能唱唱该多好。

朱帘秀　给我。（接过去）

关汉卿　写得很乱，你看得清楚吗？

朱帘秀　看得清楚。

（念）将碧血、写忠烈，
化厉鬼、除逆贼，
这血儿啊化作黄河扬子浪千叠，
长与英雄共魂魄。
强似写佳人绣户描花叶，
学士锦袍趋殿阙，
浪子朱窗弄风月，
虽留得绮词丽语满江湖，
怎及得傲干奇枝斗霜雪？
念我汉卿啊，
读诗书，破万册，
写杂剧，过半百，
这些年风云改变山河色，
珠帘卷处人愁绝，
只为一曲窦娥冤，
俺与她双沥苌弘血，
差胜那孤月自圆缺，
孤灯自明灭，
坐时节共对半窗云，
行时节相应一身铁，
各有这气比长虹壮，
哪有那泪似寒波咽？
提什么黄泉无店宿忠魂，
争说道青山有幸埋芳洁。
俺与你发不同青心同热，
生不同床死同穴，
待来年遍地杜鹃花，
看风前汉卿四姐双飞蝶。
相永好，不言别！
〔朱帘秀十分受了词的感动。

朱帘秀　哦,汉卿!(拥抱关)
禁　子　半刻完了。回去吧。(分开他们)
禁　婆　听你们说得怪可怜的,以后只怕没有见面的时候了。容你们一别吧。
朱帘秀　不。
关汉卿　我们不告别,我们永久在一起的。
禁　婆　真不懂你们想些什么。那么回号子吧。
　　〔禁子牵着关汉卿,禁婆牵着朱帘秀,铁锁锒铛地各归狱室。

——暗转

【作者简介】

田汉(1898～1968),原名寿昌,湖南省长沙人。1916年留学日本,1921年与郭沫若、成仿吾等发起组织创造社,积极参加新文学运动,并发表了《咖啡店之一夜》、《获虎之夜》等剧作。1922年回国,1927年创办了南国社、南国艺术学院,并创作了《名优之死》、《苏州夜话》等剧作,表现了强烈的民主要求。

1930年田汉加入左联,1932年加入中国共产党。1935年被捕。1937年以后,他全力投入抗战戏剧运动,剧本创作趋于成熟,写有话剧《丽人行》、《秋声赋》,戏曲《白蛇传》,歌剧《扬子江暴风雨》等,并与聂耳合作创作了《义勇军进行曲》。

解放后,他创作了《关汉卿》、《文成公主》等著名话剧。1963年发表了新编历史剧《谢瑶环》。2000年,20卷本《田汉全集》出版。

田汉从事戏剧创作四十多年,形成了悲壮豪放的创作风格,从早期追求积极的人生,到中期唤起民众的觉醒,到解放后伸张正义的韧性战斗精神,都体现着田汉坚持真理、光明磊落的崇高品德。他半个世纪献身中国戏剧事业,成为我国现当代戏剧的奠基人之一。

【作品简析】

话剧《关汉卿》是中国当代戏剧的三大名作之一,它与《茶馆》(老舍)、《蔡文姬》(郭沫若)在话剧史上齐名。1958年《关汉卿》发表后,郭沫若在给田汉的信中说:"我一口气把它读完了,写得很成功,如果关汉卿还有知,他一定会感激您的。"该剧代表着田汉一生戏剧创作的最高成就。

　　田汉第一次将中国戏剧的开山大师、世界著名的戏剧家关汉卿的伟大形象搬上舞台,是对中国文学和世界文学的一大贡献。他凭借着历史上的稀有资料,凭借着自己在国民党统治时期的亲身遭遇和对关汉卿崇高品质的敬仰,以剧作家写剧作家,以战士写战士。《关汉卿》体现着田汉的人格和才华。

　　全剧以写作和上演《窦娥冤》的过程为主要线索,高度概括了元代社会的黑暗现实,突出塑造了关汉卿为民伸张正义、刚毅不屈的伟大形象。全剧交错地写了两场悲剧,一方面通过《窦娥冤》写了受压迫最深,骂天骂地骂鬼神,富有强烈自我牺牲精神的窦娥形象,这是一起惊天动地的千古奇冤,反映了元代普通老百姓的一场悲剧;另一方面通过关汉卿在"犯上恶言杀头"的时代,冒着生命危险写作《窦娥冤》的过程,反映了元代下层知识分子、艺人受到文字狱迫害的悲剧。两场悲剧大开大合,交相辉映,台上是窦娥宁死不屈而被斩首,台下是编、导、演员们受到毒打、入狱、挖眼,以及可歌可泣、宁死不屈的悲壮斗争,这两场悲剧凝聚着元代人民的"冤、恨、反"。这种戏中戏的巧妙构思是田汉的大胆虚构和设想。他遵照历史的事实完整地写关汉卿战斗的一生是不可能的,若想突出关汉卿"一管笔在手,敢与孙吴斗"的戏剧家特点,只有选取他反对残暴、伸张正义的光辉顶点作品《窦娥冤》才能体现。这一角度便于反映阶级矛盾、民族矛盾,也能将关汉卿周围的艺人们卷入斗争之中,使戏剧冲突、人物关系都围绕着演不演《窦娥冤》而紧张自然地展开了。

　　《关汉卿》全剧的总矛盾是以关汉卿为首的杂剧界同元代统治者阿合马及其反动文人的一场斗争,作者把冲突放到"生死关天"的当口上,因此斗争十分激烈。第一场至第三场写关汉卿为什么要写《窦娥冤》,这是戏剧冲突的开端,交代背景与原因。通过"一杀一抢",关汉卿发出"这是什么世界"的第一声呐喊。第四场写关汉卿怎样写《窦娥冤》,用文字写成剧本,潜在着杀头的危险,此场埋下更大危机。第五场写怎样上演《窦娥冤》,戏剧冲突明朗化。第六场写不改戏,双方冲突尖锐化。第七场写不出走,戏剧冲突白热化。第八场写视死如归,关汉卿、朱帘秀准备用生命捍卫替百姓伸张正义的《窦娥冤》。关汉卿身带铁链、镣铐,"昂然不跪",又将前来诱降的白合甫重打一耳光;朱帘秀决心效法"窦娥惊天地泣鬼神"的死。他们发誓为百姓伸冤,"玉可碎而不可改其白,竹可焚而不可毁其节",表现了"威武不能屈,富贵不能淫"的高贵品质。第八场的高潮用一曲《蝶双飞》将关汉卿和朱帘秀的斗争精神、崇高理想升华到更悲壮的境界,把关汉卿外在的刚强与内心的壮美完满地统一起来。文词优美,感情浓烈,是一首壮士、烈女的的慷慨悲歌。

戏剧是反映冲突的艺术,而冲突的高潮又是全剧的航标,是全剧冲突达到最紧张、最饱和状态的焦点。田汉严格遵循"由高潮统一全剧"的戏剧规律,将高潮戏写得充足、丰满、合理。戏的因果关系处理自然、巧妙。高潮戏是事物发展的结果,步步推向高潮的各场戏是事物发展的原因。话剧《关汉卿》第八场是全剧的高潮,联结高潮的各场冲突,安排得一环紧扣一环,一个矛盾比一个矛盾更激烈、紧张,悲剧气氛也一场比一场浓烈,一直达到矛盾的总爆发。第八场高潮的到来,不是奇峰突起,而是入情入理,水到渠成。田汉纯熟地把握了事物的内在规律。又有"设置冲突的巨大本领",戏剧冲突既跌宕起伏,又脉络清晰地向前发展。在《关》剧中,田汉吸取了中国传统戏曲的虚拟艺术,运用传统的写意手法,在话剧《关汉卿》中创造了艺术化程度很高的冲突形式,在环环相扣的戏剧冲突中,突出刻画了关汉卿"蒸不烂,煮不熟,捶不扁,炒不爆,响当当的一粒铜豌豆"的性格。

悲剧《关汉卿》注重人物总的精神、气质的刻画,注重时代背景的渲染,不在人物琐碎的细节上精雕细刻,并且常常以诗入戏,戏中有诗,情真意切,悲壮豪放。全剧给人以"感天动地"的美学效果,给人以壮美的艺术享受。

(田旭修)

蔡 文 姬*(存目)

郭沫若

【作者简介】

郭沫若(1892～1978),四川省乐山人。1914年赴日本留学,专攻医学,毕业后从事文学创作,决心用文学来改造社会。"五四"时期他积极从事反帝反封建的新诗创作,1921年出版了优秀诗集《女神》,从此开了一代诗风,成为中国新诗的奠基人。

1921年与成仿吾等组织创造社,出版了诗集《前茅》、《恢复》等。后又从事中国古代历史的研究,是较早地运用马列主义观点研究中国史的史学家。

抗日战争爆发后,他积极参加抗日救亡运动,创作了大量的优秀历史剧,如《屈原》、《虎符》、《棠棣之花》、《高渐离》、《孔雀胆》、《南冠草》等,这些历史剧借古喻今,揭露了国民党的卖国投降政策,歌颂了广大人民的爱国主义精神。如果说他的《女神》开了一代诗风,那么他的历史剧也是中国现代史剧的开山之作,被誉为我国历史剧星空中的"一座耀眼的星座"。1948年他由香港赴解放区,1949年第一次文代会上当选为中国文联主席。

解放后,郭沫若在担负着多种领导工作的同时,又创作了大型历史剧《蔡文姬》、《武则天》,诗集《新华颂》、《百花齐放》、《潮汐集》、《长春集》、《骆驼集》、《东风集》等。

郭沫若学识渊博,才华卓异。他的作品感情奔放,想像奇特,气势磅礴,以革命浪漫主义风格独树一帜,成为我国文化战线上继鲁迅之后

---

* 原载《收获》1959年第3期。

又一面光辉旗帜。

【作品简析】

郭沫若一贯主张历史剧要"古为今用,以古喻今","借古人的骸骨吹嘘些生命进去",并且第一次提出历史剧可以虚构的理论,他主张既要博考文献,言必有据,但又不受历史事实的束缚,把历史事实形象化。大型历史剧《蔡文姬》正是他的这种理论的一次重要艺术实践。

《蔡文姬》围绕文姬归汉的故事,褒扬了曹操统一北方,广罗人才,广开言路,发展民族文化的贡献,并且以此比喻我国20世纪50年代人才济济,各民族大团结的政治局面,反映了作者希望有更多的像蔡文姬这样聪明有才智的人出现,尤其希望有更多的像曹操这样重视人才会使用人才的政治家出现。这一创新的主题,突破长期的传统观念,表现了郭沫若惊人的胆量和不寻常的思想见地,使传统"文姬归汉"的故事闪射出新的思想光辉,富有更强的生命力。

郭沫若用"自己的心血和生命"塑造了爱国女诗人蔡文姬的典型形象,是《蔡文姬》的突出成就。蔡文姬出身于士大夫家庭,但不是风流飘逸的贵夫人,她富有政治远见,但不是英武豪放的女性,更不同于郭沫若"五四"时期笔下的卓文君、聂嫈等烈性女子。蔡文姬是一位饱经战乱创伤,外表美丽端庄,内心感情丰富幽深的女诗人;她既有母亲的温柔,又有爱国志士的抱负与刚强,在她身上凝聚着真挚的母爱、诗人的气质和爱国者高尚的情操。

《蔡文姬》是一部以描写人物内心冲突见长的戏。它将蔡文姬的理智与感情,个人恩怨与社会责任,母爱与爱国之间的冲突写得真实、自然,回环往复,悲喜交集。在"归汉"的"去"与"留"的问题上,她精神经受了一次大的波动。她强烈地希望回去,又舍不得一双儿女;决然不回去又深爱着祖国。她在"生离死别,去往两情难具陈"的矛盾冲突中,达到了"肝肠搅碎,人莫我知"的难以自拔的地步。在文姬"走"与"留"的矛盾尚未解开时,作家笔锋急转直下,将她的性格放到更复杂的政治关系中去展现,把家庭的矛盾引向社会,把对儿女的私情引向与周近的政治斗争中,从中考验着她的爱国精神。第三幕"古长安之行",戏剧冲突达到高潮及转化,文姬的性格出现了飞跃。她从个人缠绵的儿女之情中解脱出来,既重感情又不感情用事,而以报国大义为重。最后历尽艰难险阻回到邺下,遇到珍惜人才的曹丞相,她如鱼得水,专心写作,为汉朝的文化发展作出了贡献。然而第四幕又遇周近恶语中伤,曹操偏信,她与董祀又跌入奇冤的困境中。文姬据理力争,历诉真情,化险为夷,迎来了第五幕的"重睹芳华"的结局。全剧戏剧冲突展开的过程,也是她爱国主义精神步步升华净化的过程。全剧的冲突大起大落,大开大合,文姬的感情时而汹涌澎湃,时而微波涟漪,戏的冲突写得曲折细腻、真切感人。蔡文姬这一光辉的爱国诗人的形象,也在这回环往复的冲突中树立起来了。

《蔡文姬》不仅写活了一个蔡文姬,而且第一次塑造了一个崭新的曹操形象,郭沫若第一次在舞台上为曹操翻案。他笔下的曹操博学多才,平易近人,既广开言路,又失之偏听偏信,他执法如山,又勇于知错改错,他既暴怒轻率,又光明磊落,是一位有威可畏的政治家。曹操形象在揭示主题中起关键作用。他出场很晚,但其思想却支配着蔡文姬的行动。这一人物统率着全剧的发展。戏的结尾"祝愿魏王与王妃千秋万岁",是全剧主眼。前三幕通过虚写、侧写手法,由董祀的奔走游说,突出了曹操的雄才大略,后两幕通过实写、正写手法,再现曹操具有远见卓识的政治家形象。从历史学家的角度看,曹操这一形象的历史真实性问题可以进一步讨论,但《蔡文姬》第一次将千百年来"乱世奸雄"的曹操,人人痛恨的反面人物,写成一个具有平民风度的贤明丞相,一个文治武功的英雄,一改旧舞台的奸臣形象,在主要之点上恢复了曹操的历史真面目。这是戏曲形象中一大突破,开拓了历史剧创作的新领域,表现了郭沫若惊人的胆量和超人的历史见地。

郭沫若曾说过:"蔡文姬的形象注入了不少我的感情,是照着我写的。"郭沫若本人是大诗人,《蔡文姬》保持了他戏中有诗,以诗入戏的特点,使全剧充满浪漫主义风格。他用写诗的激情、想像构思《蔡文姬》;用诗的语言提炼情节,刻画人物,创造意境。全剧用名诗《胡笳十八拍》贯穿剧情,蔡文姬的性格步步引入诗的意境,不论是"上路"前的独思深叹,还是古墓前的深夜抚琴,都用"十八拍"的缠绵哀怨的情调恰到好处地表达了蔡文姬的遭遇和丰富的诗人感情。全剧的语言流动着诗人的激情,舞台动作都带有诗的形象和舞蹈的节奏。以诗入戏,是郭沫若刻画人物时一贯运用的抒情手段,可以说他的每部史剧都是一首抒情长诗。

(田旭修)

刘 三 姐(存目)

柳州《刘三姐》创作小组创编

【作者简介】

歌剧《刘三姐》是一次大规模集体创作的成果,是群众智慧的结晶。1958年,中共柳州地委首先组织戏剧编写人员深入民间采风,广泛收集有关刘三姐的传说和山歌,经过艺术加工,写出了彩调剧《刘三组》的稿本,又经过多次修改,由区内专业和业余剧团分别搬上舞台,演出后,深受观众的喜爱。1960年4月,广西举行了全区《刘三姐》会演大会,会后,广西壮族自治区《刘三姐》会演大会剧组又组织力量再次加工修改,在彩调剧《刘三姐》的基础上,吸收了演出中的各家之长,改编成一部具有民族特色的歌舞剧《刘三姐》。

【作品简析】

歌剧《刘三姐》是一部诗、歌、舞完美结合的优秀作品。它是继歌剧《白毛女》之后,我国新歌剧史上出现的第二个里程碑式的作品。它以优美、泼辣的风格,广西壮族特有的地方特色,为我国新歌剧的探索提供了丰富的创作经验。

《刘三姐》的艺术成就是多方面的,其中运用民歌形式塑造刘三姐的优美的艺术典型是作品的突出特色。在平凡的人物身上写出诗情画意,用山歌展示人物突出的性格和心灵世界,这是编导者们较早地在歌剧中突出写情写意的表现。刘三姐生长在唐代,千百年来,人们称她为"歌仙"、"歌祖"、"造歌之人"。作者在上千首民歌中,精选了百余首,从

---

* 原载《剧本》1960年第8~9期合刊。

写人写事写景的不同侧面,刻画了刘三姐的性格和情感。零散、孤立的山歌经过巧妙的艺术处理,使之戏剧化、性格化,化作刘三姐艺术的血肉。刘三姐的歌脱口而出,唱得自然、锋利,唱出了劳动人民的智慧,唱出了正义者不屈不挠的斗争精神,也唱出了刘三姐永不枯竭的艺术才华。全剧舒展自如地刻画了刘三姐的勤劳、聪明、勇敢、乐观的性格。在"霸山"、"拒婚"、"抗禁"几个主要戏剧场面中,刘三姐与三个地主蠢秀才对歌,口齿犀利,出口成歌,诗才敏捷,妙语掷地有声,显示了劳动人民的智慧。刘三姐超人的才华和斗争的勇气都是来自人民群众的支持,她深深懂得人民的力量才是她歌唱艺术永不枯竭的源泉。结尾处,作品点出"一人唱歌万人和,唱得金水滚金波,江水滚滚流不尽,千年万代不断歌"。刘三姐作为歌仙,最能突出这个美丽形象的首先应该是山歌;心灵美的人物用美的形式来表现,这是《刘三姐》的编导者们的艺术发现和创新。

另外,在艺术处理上,《刘三姐》也达到了诗、歌、舞三者完美统一。这部歌剧以传奇的神话故事为主调,每场戏都涂上一层浓厚的神秘色彩和浪漫色彩。诗化的词句、夸张的比喻的抒情手段,又将歌剧带入诗情画意之中。美的山水,美的音乐,美的歌词,美的人物,给观众带来多种审美启迪和美感享受。因此,在整体风格上,《刘三姐》继承了我国戏曲和西洋歌剧"以音乐为主"的表现形式。专曲专用,情戏并茂,载歌载舞,突出了用音乐语汇、音乐的节奏和韵律来刻画人物的形神心态,使平凡的生活渗透着诗意、理想和激情。

(田旭修)

陈毅市长*（选场）

沙叶新

第五场

〔1949年冬的一天深夜。

〔化学家齐仰之的家。这是一间简陋破旧的卧室兼书房。地板残缺不全，屋角结着蜘蛛网，书桌上堆满书籍和化学仪器。一张单人床，卧具凌乱不堪。墙上除贴着一些化学图表外，还贴着一张醒目的条幅，上书：闲谈不得超过三分钟。本室主人敬白。

〔在急促的电话铃声中幕启。齐仰之充耳不闻，一边翻书，一边在做试验。电话铃声停止。过了一会儿电话铃又响了起来。齐仰之大皱眉头，拿起话筒。

齐仰之 （极不耐烦地）谁……你不知道我在工作吗……知道！知道干吗还来打扰我！朋友……工作的时候只有元素、分子量、化合、分解是我的朋友……好，你说吧……不，我早就声明过，政治是与我绝缘的，我也绝不会溶解在政治里……我是个化学家，我干吗要去参加政府召开的会议……不去不去……什么？陈市长亲自下的请帖？哪个陈市长……他是何许人？不认识……对，不认识……不论谁，就是孙中山的请帖我也不去……对你算客气的了！要不是老朋友，我早就把电话挂了……不不不，你别来，你来了也没有用！最近半年我要写书，谁来我也不接待……好了，闲谈不得超过三分钟，时间到了！

---

* 原载《新剧作》1980年第3期。

（将电话挂上，坐下继续工作）

〔少顷，陈毅上，按门口的电铃。

齐仰之　（烦躁地）谁？
陈　毅　我！
齐仰之　（走过去开门）你找谁？
陈　毅　请问，这是齐仰之先生的府上吗？
齐仰之　你是谁？
陈　毅　姓陈名毅。
齐仰之　（打量）陈毅？不认识，恕不接待！（乓的一声将门关上，又回到桌边埋头工作）
陈　毅　（一惊）吃了个闭门羹！（想再敲门，又止住，思索）这可哪个办？真是个怪人！（欲走，又停了下来）我就不相信，偌大一个上海我都进得来，这小小一扇门我就进不去！

〔陈毅再次敲门。齐仰之只是将头偏了偏。陈毅继续敲门。齐仰之欲发作，气冲冲去开门。

齐仰之　又是你！
陈　毅　对头！
齐仰之　你！你究竟是干什么的？
陈　毅　你要问我是干什么的，我倒是个干大事的！敝人是上海市的父母官，本市的市长。
齐仰之　（一惊）什么！你就是电话里说的那个陈市长？！
陈　毅　正是在下。
齐仰之　那……半夜三更来找我有何贵干？
陈　毅　无事不登三宝殿嘛。
齐仰之　可我……我在工作。
陈　毅　我专程来拜访齐先生，也是为了工作。
齐仰之　（为难地）好吧。不过，我只有三分钟的空闲。
陈　毅　三分钟？
齐仰之　对！
陈　毅　可以，决不多加打扰。

齐仰之　请!
　　　　〔齐仰之延请陈毅进屋。
陈　毅　(打量房间)齐先生住在此地?
齐仰之　对,好多年了。
陈　毅　我倒想起了刘禹锡的《陋室铭》:山不在高,有仙则名;水不在深,有龙则灵。斯是陋室,惟吾德馨。
齐仰之　(高兴地)不不,过奖了,过奖了!
陈　毅　不过刘禹锡的陋室是苔痕上阶绿,草色入帘青,齐先生的这间陋室嘛,则是苔痕上墙绿,草色室中青。
齐仰之　(笑)陈市长真是善于笑谈。
陈　毅　(看墙上条幅,念)闲谈不得超过三分钟。
齐仰之　(看表)有何见教,请说吧!
陈　毅　(也看表)真的只许三分钟?
齐仰之　从不例外!
陈　毅　可我做报告,一讲就是几个钟头。
齐仰之　(看表)还有两分半钟了!
陈　毅　好好好!这次我登门拜访,一是为了向齐先生致以问候,二是为了谈谈本市市长对齐先生的一点不成熟的看法。
齐仰之　哦?敬听高论。
陈　毅　我以为,齐先生虽是海内闻名的化学专家,可是对有一门化学,齐先生好像一窍不通!
齐仰之　什么?我齐仰之研究化学四十余年,虽我生性驽钝,建树不多,但举凡是化学,不才总还略有所知!
陈　毅　不,齐先生对有门化学确实无知。
齐仰之　(不悦)我倒要请教,敢问是哪门化学?是否无机化学?
陈　毅　不是!
齐仰之　有机化学?
陈　毅　非也!
齐仰之　生物化学?
陈　毅　亦不是!

齐仰之　医药化学？
陈　毅　更不是！
齐仰之　这就怪了，那我的无知究竟何在？
陈　毅　齐先生想知道？
齐仰之　极盼赐教。
陈　毅　（看表）唉呀呀，三分钟已到，改日再来奉告。
齐仰之　话没说完，怎好就走？
陈　毅　闲谈不得超过三分钟嘛！
齐仰之　这……可以延长片刻。
陈　毅　可以延长片刻？好，可是说来话长，片刻之间，难以尽意，还是改日再来，改日再来。
　　〔陈毅站起，假意要走，齐仰之连忙拦住。
齐仰之　不不不，那就请陈市长尽情尽意言之，不受三分钟之限。
陈　毅　要不得，要不得，齐先生是从不破例的！
齐仰之　今日可以破此一例！
陈　毅　噢！可以破此一例！
齐仰之　学者以无知为最大耻辱，我一定要问个明白。
陈　毅　好，我以为，齐先生对我们共产党人的化学全然无知！
齐仰之　共产党人的化学？唷！这倒是一门新学问。
陈　毅　不，说新也不新，从《共产党宣言》算起，这门化学已经有一百年的历史了！
齐仰之　那么请问，所谓共产党人的化学，研究些什么？
陈　毅　社会。
齐仰之　社会？
陈　毅　正是。就以中国而言，这门化学就是要把半殖民地、半封建化的社会，变化成为新民主主义化的社会，就是要把封建主义、官僚资本主义、帝国主义统治压迫的旧中国，变化成为民主、自由、繁荣、富强的新中国。这个，就是我们共产党人的化学，社会变化之学。
齐仰之　这种化学？与我何干！不知亦不为耻。

陈　毅　先生之言差矣！孟子说，大而化之谓之圣。社会若不起革命变化，实验室里也无法进行化学变化。齐先生自己不是也说吗，致力于化学四十余年，而建树不多，啥子道理？并非齐先生才疏学浅，而是社会未起变化之故。想当初，齐先生从海外学成归国，雄心勃勃，一心想为中国的医药化学事业，贡献自己力量。可是国民党政府腐败无能，毫不重视，齐先生奔走呼告，尽遭冷遇，以致心灰意冷，躲进书斋，闭门研究学问以自娱，从此不再过问世事。齐先生之所以英雄无用武之地，难道不是当时腐败的社会所造成的吗？

齐仰之　（深有感触）是呀，是呀，归国之后，看到偌大一个中国，举目皆是外商所开设的药厂、药店，所有药品几乎全靠进口。S·T来自美国礼来药厂，叶酸全是日本武田药厂所出，酒精是荷兰的，盘尼西林是英国的，这真叫我痛心疾首。我也曾找宋子文当面谈过兴办中国医药工业之事，可他竟说外国药用也用不完，再搞中国药岂不多此一举？我几乎气昏了……

陈　毅　可是现在已经不一样了！你打开窗子往外看嘛，世界已经发生了翻天覆地的变化。十月一号，中华人民共和国成立，中国人民从此站起来了，科学也开始有了光明的前途。如今建国伊始，百废待举，不正是齐先生实现多年梦想，大有作为之时吗！

齐仰之　我也能为医药工业生产竭尽微力？

陈　毅　人民非常需要，否则我何必深夜来访？

齐仰之　（兴奋得不知如何回答）这……

陈　毅　我们知道齐先生是学者，是专家，只可就见，不可屈致，所以我才亲顾茅庐，如一顾不成，我愿三顾！

齐仰之　不不不，陈市长一片赤诚，枉驾来访，如此礼贤下士已使我深为感动。在此以前我之所以未能从命，一是我对共产党人的革命化学毫无所知，二是……也许我这个知识分子有着不少酸性……

陈　毅　我身上倒有不少的碱性，你我碰到一起就中和了！

齐仰之　（大笑）妙、妙！陈市长真不愧是共产党人的化学家,没想到你的光临使我这个多年不问政治、不问世事的老朽也起了化学变化。

陈　毅　我哪里是什么化学家哟！我只是一个剂,一个催化剂哟！

齐仰之　（笑）但不知陈市长对发展医药工业有何具体设想？

陈　毅　我们要在上海建立全国第一个盘尼西林药厂。

齐仰之　（大喜）哦？这可是我多年的愿望！

陈　毅　市政府已经决定聘请齐先生主持筹划。

齐仰之　好,我一定效力,一定效力。

陈　毅　详细计划,改日来跟齐先生细谈。

齐仰之　不,不,现在就谈！

陈　毅　（看表）已经谈了三十分钟了！

〔电灯突然熄灭。

齐仰之　咳,又停电！

陈　毅　停电倒不怕,怕只怕敌人破坏电厂,那就要一片漆黑了！

〔齐仰之点燃蜡烛。

齐仰之　没关系,我们可以秉烛夜谈。

陈　毅　再谈多久？

齐仰之　三天三夜！

陈　毅　不行,我要马上赶到电厂去！连三秒钟都不能耽搁,刻不容缓！

〔陈毅与齐仰之大笑。

——幕落

（选自《陈毅市长》,中国戏剧出版社 1981 年版）

【作者简介】

沙叶新（1939～　），回族,南京人。自幼爱好文学。1957 年考入华东师大中文系,1961 年毕业分配到中学当教师。后进入上海戏剧学院深造,1963 年被分配到上海人民艺术剧院担任专业编剧。

沙叶新是一位多产的剧作家。粉碎"四人帮"后,发表了十几部剧作、二十多篇小说,其中多幕剧《假如我是真的》(又名《骗子》)、《陈毅市长》、《马克思秘史》、《大幕已经拉开》,在社会上产生过强烈反响,并引起文艺界的激烈争论。另外,他的独幕剧《风波湾的风波》、《论烟草之有用》、《约会》等也独具特色。1985年沙叶新出任上海人民艺术剧院院长。之后,又先后推出幽默喜剧《寻找男子汉》和荒诞剧《孔子、耶稣和列侬》,从不同角度探索话剧表现生活的新形式。为再现宋庆龄这位"东方第一女性"的光辉形象,他创作了人物众多、场面浩大的电影文学剧本《宋庆龄》。另外,他还创作了剧本《江青和她的丈夫们》(1990)。

【作品简析】

新时期话剧文学在塑造无产阶级革命家形象方面走在了前面。剧作家们解放思想,敢闯"禁区",从生活的真实入手,选取多种角度刻画了领袖人物丰满的个性,使舞台上的"神"恢复为活生生的"人",这是话剧作家对新时期文学的突出贡献。《陈毅市长》在塑造领袖人物方面取得了可喜的成就,1980年荣获全国剧本创作一等奖。

作者从一个崭新的视角,真实地再现了陈毅威武的军人作风,豪爽的诗人气质以及爱护人民、依靠人民的伟大政治家的风度。他既能上马管军,又能下马管民;既有原则性,又讲灵活性。在陈毅身上,凝结着光明磊落、风趣诙谐的个性特征和中国共产党人对事业对人民无比忠贞的高尚品德。

全剧调动一切艺术手段,多侧面地烘托陈毅的性格特征,使人物从不同角度放射出光芒。第一幕陈老总出场一亮相就先声夺人,"用他那有修养,有风趣,严肃又诙谐,火辣辣的语言,那种即使挨骂,受批评也感到舒服的同志式的,战友式的,亲兄弟般的语言"(丁玲语)代替了政治说教,一千五百字的报告把陈毅的性格写活了。第一幕统领全剧,点明主题"究竟是上海把陈毅染黑了,还是我陈毅把上海染成了红通通。试看明日之上海,竟是谁家之天下!"

沙叶新在谈《陈毅市长》的创作时写道:"我塑造陈毅形象时,竭力做到在乐天达观的笑声中展示他的革命乐观主义精神,在天真无邪的笑声里体现他平易近人、蔼然可亲的品格,用笑缩短领袖与群众之间的距离。"陈毅的阅历丰富,知识渊博,讲话诙谐、深刻。他既能与知识分子"谈古典音乐,聊贝多芬、罗曼·罗兰",又能对普通战士通俗地解释"三大纪律八项注意"。陈毅对干部、战士、知识分子、艺术家、资本家以及国民党留用人员都表现了"团结人、教育人"的领导才干。第五场"夜访化学家"是全剧的戏眼,陈毅的个性写活了。当他敲开门后,首先风趣地自我介绍"敝人是上海市的父母官,本市的市长!"以引起将其拒于门外的齐仰之的惊讶。进室之后,又以"对有一门化学,齐先生好像一窍不通"的激将法,引化学家"出山",在谈笑之中展示了一个领袖人物的智慧和思贤若渴、礼贤下士的政治家风度。

《陈毅市长》是一部传记性的剧作,在结构上打破了"一人一事"的传统结构形式,采用了一人多事的散文体,使作品容纳更多的人物事件,组成一幅广阔的社会生活画面。这种"情节少,人物多"的开放式结构适于表现千变万化的人物生活。作者没有从"路线斗争"的角度写陈毅,而是选取他在上海任职期间十个平凡的小故事,从不同角度烘托了陈毅的性格和品德。各场均能独立成篇,但每场又都为下场埋下伏线,并由陈毅这一主要人物贯穿起来,做到了"形散神聚"。这种"一人多事"的结构作者称之为"冰糖葫芦结构"。

《陈毅市长》的人物对话也达到了"语求肖似"的艺术境地。台词写得高度个性化,使陈毅的喜笑怒骂跃然纸上。在口语化中既幽默诙谐又富有哲理性。在谈笑风生、妙语连珠中表现他的机警多变,刚强果断。《陈毅市长》的语言是刻画陈毅这个将军、诗人兼政治家的卓有表现力的艺术语言。

总之,《陈毅市长》在塑造无产阶级领袖方面有较大突破,开拓了一条以日常生活场景描绘领袖,用喜剧手法塑造无产阶级革命家崇高形象的新路。

(田旭修)

屋外有热流[*](存目)

马中骏　贾鸿源　瞿新华

【作者简介】

马中骏、贾鸿源、瞿新华原是上海市工人。1979年他们在上海市工人文化宫举办的第六期创作学习班结业后,共同创作了独幕哲理剧《屋外有热流》,一反传统话剧的结构形式,广泛吸取西方现代派的表现手法,获得了文化部、全国总工会授予的创新奖,后来又获全国优秀剧作奖。之后,马中骏、贾鸿源合作又相继发表了话剧《戴国徽的人》、《街上流行红裙子》和电视剧《祖国的儿子》,都以崭新的形式得到观众的肯定。后来,马中骏、贾鸿源创作的大型话剧《路》,舞台上第一次出现用"自我形象"幻化主人公心灵的外化手段,这是对意识流手法的发展,又使他俩的合作迈上了新的台阶。他们为振兴中国的话剧,拓展戏剧观念,向更高层次超越,1986年与秦培春合作创作了新型话剧《红房间、白房间、黑房间》,上海人民艺术剧院、中国青年艺术剧院相继上演,成为新时期传统的写实与现代派的写意相结合的典范作品。

【作品简析】

《屋外有热流》,是我国新时期出现的第一部荒诞剧。作者以不同凡响的创新意识,把西方的荒诞变形手法搬上中国的话剧舞台,对写实主义戏剧是一次重大的突破。此剧不仅是20世纪80年代戏剧新潮的发轫,也是当代话剧探索的第一株报春新笋,戏剧界把它的出现比作"戏剧殿堂里的异军突起"。

---

[*] 原载《剧本》1980年第6期。

这部剧描写了兄妹三人的不同追求。哥哥在边疆农场以身殉职；弟弟、妹妹在城里过着闲散生活，丧失了理想，终日蜷缩在冰冷的小屋内，打扑克、喝酒，以哥哥上山下乡为理由申请补助维持生活。他们都有一个怪诞的想法："宁愿到外国当资本家的奴隶，也不愿做自己工厂的主人。"他们经常说："国家与我们有什么关系，只有嘴里吃的，手里花的才是真的，能捞不捞是傻子。"由于个人失去了集体，失去了灵魂，更感到肉体的出奇的冷。全剧通过哥哥的鬼魂几次来到小屋内呼喊弟弟、妹妹的心魂，突出了"救救灵魂"的主题。这部荒诞剧，表面看来情节单一，人物单纯，其实从剧名到剧情都富有多向型的象征、哲理韵味。哥哥的鬼魂象征着生命长存的热流，弟弟、妹妹扭曲变态的心灵则是"十年浩劫"丢失的国魂。屋内是极端个人主义者的狭小天地，屋外是有志者的沸腾世界。剧中的人物、情节乃至冷热观都衍化成一种荒诞式的隐喻意义，给观众以深层的哲理启迪：人最宝贵的是灵魂，有高尚灵魂的人，虽死犹生；而失去灵魂的人，虽生犹死。剧中的弟弟、妹妹，终日生活在小屋子里，吃喝玩乐，消磨时光，消耗人生。妹妹热衷打扮，灵魂空虚；弟弟到处走后门，看行情，一味追求金钱利欲，"在金钱眼里跳'伦巴'"。利己主义的思想和麻木不仁的生活，使他们忘掉了国家，忘掉了亲人。作者痛切地感受到无限膨胀的物质欲吞噬了人们的信仰，这是当前社会存在的一个严峻问题。最后，作者借助哥哥赵长康的鬼魂真切地呼喊："回来吧，那发光发热有生命的灵魂！"

在表现物质与精神的冲突上，作者也多用荒诞手法。弟弟、妹妹由于失去灵魂，才感到体内出奇的冷。小屋内十分奇特，生着旺火，却满屋是冷气，火燃烧得越旺，气温越下降，甚至煮开的水又结了冰；弟妹们用毛毡裹着身子，四肢仍然麻木。而舞台的另一边是冰天雪地的边疆，哥哥在那里顽强地奋斗，周围充满了红色的光线和热流。全剧通过夸张离奇的冷热观对比，"屋内"与"屋外"自然环境的对照，强化了对生活热流的理性表现，说明只有热爱生活，投身到社会中去，人才能永葆青春，而为私利苟活的人永远感到空虚寒冷。观众对理性美感的获取多是通过舞台的象征表演符号得到的。

作为意念形态的冷热观，如何转换为舞台的视觉形象？如何将人物的心理活动转化为直觉形象?《屋外有热流》的作者们在舞台视觉化方面,作了大胆的尝试。全剧借鉴了西方现代派的梦幻、分身借替、人鬼对话、面具等外化手段,同中国戏曲的虚拟写意相结合,突出地探索了心灵塑像的特点。剧中哥哥三次出场三次招魂,使全剧迷漫着一种神秘、空阔的色彩。哥哥的梦魂、灵魂、鬼魂渐次出现在弟妹的幻觉、梦觉中,让人鬼进行对话交流,以虚写实、以实衬虚,让正常人与非人、活人与鬼魂、现实与梦幻、合理与荒诞交汇在一起,形成舞台的多义空间,让观众在"屋内"与"屋外"、"冷"与"热"、"生"与"死"、"金钱"与"正义"之间进行理性审美判断,获得自我体验的哲理效应和一种全新的美感享受。

(田旭修)

红白喜事*(存目)

魏敏(执笔)　孟冰　李冬青　林朗

【作者简介】

　　魏敏(1925～　)，河北省定县人。1938年参军，先后在晋察冀军区七月剧社、抗大七分校文工团、总政话剧团、广州军区战士话剧团、北京军区战友话剧团及文化部等单位工作，演过《小放哨》、《逼上梁山》、《血泪仇》、《刘胡兰》、《战斗里成长》，导过《槐树庄》、《李国瑞》、《平津决战》等剧目。剧本有《牧童山歌》、《粉碎糖衣炮弹的进攻》、《代代红》、《特殊的战斗》等。1985年编导的通俗喜剧《红白喜事》荣获全国剧本创作奖。

【作品简析】

　　《红白喜事》是新时期出现的一部喜剧性突出的通俗喜剧，它以清新、幽默和浓厚的泥土气息给艰难行进的喜剧创作带来了生机。

　　喜剧的本体精神是笑。但是，作为一种高层次的审美追求，喜剧是最难创作的，正如司汤达所说："笑是难以捉摸的，笑比哭难。"《红白喜事》的作者为了追求高档次的笑，首先从生活的真实入手，透过眼花缭乱的生活表层，寻找"一切喜剧的不和谐因素"，构成喜剧性格、喜剧冲突和喜剧节奏，让观众产生会心的笑，让"笑成为喜剧感情的顶点"。

　　《红白喜事》通过华北某农村一个郑家大院在婚丧嫁娶中的种种喜剧纠葛，揭示封建意识在消退过程中的顽固性和复杂性，作者以喜剧的形式对其进行了严肃的审视和嘲笑。全剧把以郑奶奶为家长的二十多

---

　　* 原载《剧本》1984年第5期。

口、三代人的关系纠葛,放到一个不协调的环境中进行对比摩擦,引出喜剧效果。开场,郑家大院的内院播放着的现代音乐和院外的算命的铜锣声相混杂;出口手工艺编织和封建迷信活动"借寿"同时出现在舞台上;包办婚姻的结婚场面和青年人热闹与女友的"私奔"同时进行,打乱了郑家的生活秩序和郑奶奶的一统天下。以青年人的"私奔"为导火线,将郑家"二十口子人的心思都勾引起来了",形成了大院中新与旧、先进与落后、文明与粗俗、土与洋的一场混战。在场面的对比度中,在强烈的讽刺性中,全剧产生了戏而不闹、诙而不谑的喜剧效果。

人物行动的对照是产生幽默的基本原则。单纯的美只产生敬仰和赞美的情感,却没有喜剧效果;单纯的丑也只有讽刺效果。只有美与丑的东西放到一起对比,在强烈的反差中,才能升华出喜剧的幽默来。《红白喜事》的作者熟练地把握了这一喜剧灵魂,突出刻画了喜剧性格的复杂性和矛盾性,反映人情世态的矛盾和荒谬。剧中的主角郑奶奶是一个自相矛盾的人物,她集老革命、老家长、老封建于一身,她有长辈对晚辈的慈爱、关切,又包办儿女婚姻、安排儿女命运;她反对女婿的不务正业,却不准女儿离婚;口头上说男女都一样,生活中她讨厌只生女不生男的五婶;她批评儿子为自己"借寿",是"打着红旗反红旗",自己又为儿孙们算命卜前途;郑奶奶既是老党员、老革命,又有浓厚的旧意识,她说落后话、办落后事还认为是"理所应当,那会儿也得老的说了算"。封建的老祖宗指挥着20世纪80年代的青年人,产生了极为鲜明的笑的效果,喜剧的笑自然糅合到性格刻画之中。除了郑奶奶的喜剧性格外,剧中二十多个人物都不同程度地带有喜剧色彩,也多是通过性格因素中的对比反差手法表现出来的。像小学教师三叔,上穿背心,下穿绒裤,教书三十年,为人师表,却有动手打人的坏习惯。党员五叔,宁肯受处罚,也要媳妇生儿子;他抓计划生育,自己却不计划;他极疼女人,又恨女人不争气;他孝敬母亲,骂女人让母亲消气,又骂得不当反招惹母亲生气。喜剧性格的多种因素多重矛盾都能恰到好处地融合在一个鲜活的形象中。还有"满天飞"窦老冈,热心为别人办事却办不到点子上,广播里常招呼他"到大队领爹"。那位八十多岁的齐老贵找郑奶奶谈土改时的友谊,这些神来之笔,也于细微之处见幽默。

在创作方法上,《红白喜事》将现实主义与现代主义结合起来。剧作中有逼真的河北农村风情描写,有鲜活的农民形象,但在结构故事时,编导者对传统的戏剧的表现手法作了大胆突破,把严谨的故事流变为放射型的生活流,每个戏剧场面,出场人物众多,纠纷此起彼伏,人物对话穿插进行,保持了原态生活的繁复纷呈的特点。在舞台空间环境处理上,也采用了虚实相间的立体化表现手法。像前院后院的层层叠叠,拆掉了房子隔墙,让观众感受郑家大院这个王国的整体环境。演员各自在规定的位置上生活着,抹去演员上台下台的痕迹,给观众形成一个立体、自然流动着的家庭生活画面。环境的立体、空间的交叉和气氛的渲染,突出了《红白喜事》作为喜剧的节奏美感。

(田旭修)

野 人 *（选场）

（多声部现代史诗剧）

高 行 健

第一章
耨草锣鼓、洪水与旱魃
第二章
《黑暗传》与野人
第三章
《陪十姐妹》与明天

时　间
　　七八千年前至如今
地　点
　　一条江河的上下游，城市和山乡
人　物（按出场顺序）
　　生态学家
　　老歌师曾伯
　　他的帮手
　　单名叫芳的年轻女人
　　林区林主任
　　女服务员
　　姓王的记者
　　男水文工作者
　　女水文工作者

---

* 原载《十月》1985年第6期。

防洪指挥部的两名工作人员
姓孙的小学教员
媒婆
李老大
后生（李老大之子）
后生的妈
梁队长
采购员
做木头生意的
买木头的农民
也来采购的
守林人
赤膊精瘦的中年汉子
陈干事
刘拐子
细毛的妈
男孩子细毛
幺妹的妈
幺妹子
愣头
孙四嫂子
老太婆
野人学家
博士
偷猎丹顶鹤的人两名
非野人学家
原始人（一名或数名）
女播音员
英国探险家
法国地质学家

美国博士
美国教授
野人考察队长
野人

　　以上角色,可以由同一名演员分别扮演多人。比如,演梁队长的可以兼扮守林人,以及美国教授;扮刘拐子的演员也可以扮成烧香的赤膊汉子;演女服务员的又可以扮孙四嫂子;演野人学家的也可以扮野人考察队长;非野人学家则又可扮成博士;如此等等。

　　以下的群众角色也可以分别由演以上角色的演员穿插扮演。剧中有:
男女演员们
城市居民们
工匠们
买木头的人们
哄抢山林的流民
驱旱魃的傩舞班子
伐木者们
男方家迎亲的队伍
唱《陪十姐妹》的女声歌队
野人考察队的队员们

第 一 章
耨草锣鼓、洪水与旱魃

〔扮演生态学家的演员在开演前可以向观众作大致如下的说明:比方说,我们这个戏是在整个剧场里演,而不只限于舞台上,有的演员有可能就在您身边的座位上,或是就在您身后。但绝不会在您座位底下,您不必有这份儿担心。只不过在他们上下场的时候,请您给些方便。也还可以说,我们这个戏之所以分为三章而不是三幕,是因为始终就不拉幕。又因为多少有点像交响乐,可又不是音乐,所以不叫做乐章,而只分为三章。每一章中有若干场戏,可是场与场有时候又交错重叠在一起,像粘在一起分不开来的馄饨皮。第一章的《耨草锣鼓》本来是南方山区田间的一种劳动号子,喊得越响,干活的就越加来劲。可在剧场里也这样喊叫就嫌吵闹了。好在我们对演员也都关照了,只喊两声,让那点意思到了就得。

〔老歌师和他的帮手上。剧场内灯光骤灭,舞台上只剩下老歌师和他的帮手在光亮中。老歌师击鼓,帮手打锣,一阵子开场锣鼓。

老歌师　（唱）

　　下得田来就喊个歌,

　　中不中听大家伙莫要怪我。

　　先唱个太阳东边起,

　　再唱个情姐姐穿花衣。

　　想到哪里哟就唱到哪里。

帮手　（唱）

　　嘿,就唱到哪里。

〔"依——哟——!"舞台上下,在光亮中纷纷出现的单个的或成双的农民与农妇接腔吆喝着,他们都拿着锄头、戴着斗笠在田地间耨草。

〔生态学家出现,背着旅行袋,边走边环顾着。

老歌师　（唱）

　　那边路上来了一个人,

　　不像是干部也不像是种田人,

　　莫不是又来了一个

　　不找情姐姐的只专门找野人。

帮手　（唱）

　　依呀个嘛子只专门找野人。

众农民和农妇　（开心地应答）依——哟——

〔老歌师和他的帮手继续敲打着,光线渐弱。生态学家放下旅行袋还原成演员的身份。

413

扮演生态学家的演员　在这样广大的土地上,无论是平原还是山岗,到处都是一座又一座城市——

〔音乐声起,由各种车辆噪音构成的城市公路上的音响,男女演员上。

男演员甲
女演员甲 ︸ 市镇连着市镇——

扮生态学家的演员　也还是城市,再有是田地。

男演员甲
女演员甲 ︸ 田地和乡村——

〔舞台深处,明亮的光线中,老歌师和他的帮手仍然打着锣鼓,唱着歌,不过,在城市的音响声中,显得遥远了。

〔以下Ⅰ、Ⅱ两组,同时进行。

(Ⅰ)

老歌师　(唱)

　　　一股清泉水,
　　　打姐田里过,
　　　掐片青菜叶子,
　　　舀点凉水喝。

(Ⅱ)

扮生态学家的演员　那连绵不断的,从火车上看是一条线,从飞机上往下俯视是一张网,那网眼之间便是田地。

男演员甲
女演员甲 ︸ 田地、田地、田地。

扮生态学家的演员　又网罗着城市,市郊连着市郊。

男演员甲
女演员甲 ︸ 市镇连着市镇。

扮生态学家的演员　城市。

男演员甲　城市。

女演员甲　城市。

〔以下Ⅰ、Ⅱ两组,同时进行。

(Ⅰ)

扮生态学家的演员　田地。

女演员甲　田地。

男演员甲　田地。

男演员甲 ｝ 城市,田地,城市,田地。
女演员甲

扮生态学家的演员　那无所不在的忙忙碌碌的人们,又哪里还找得到森林？那壮美的、宁静的、未经过骚扰、砍伐、践踏、焚烧、掠夺、未曾剥光过的、处女般的、还保持着原始生态的森林。

（Ⅱ）

帮手　（唱）上头下来一条河。

老歌师　（唱）一股清泉水。

帮手　（唱）郎骑白马,

老歌师　（唱）打姐田里过,

帮手　（唱）姐骑骡,

老歌师　（唱）舀点凉水喝,

帮手　（唱）郎在马上叫情姐——

〔男女演员们在舞台上、下各处出现。

〔以下Ⅰ、Ⅱ两组,同时进行。

（Ⅰ）

男女演员之中的甲　那壮美的宁静的

乙　未经过骚扰

丙　砍伐

丁　践踏

戊　焚烧

己　掠夺

庚　未经剥光过的

辛　处女般的

壬　还保持着原始生态的森林！

扮生态学家的演员　（在各种音响中,高声地）

415

你逆江而上,这混沌的、污浊的、泥沙和工业废水和城市的垃圾俱下的江河的两岸,哪里还有让被人类紊乱了的生态环境得以恢复平衡的那绿色的森林?

〔号子声逐渐遥远,微弱了。

(Ⅱ)
帮手　（唱）姐在骡上,
老歌师　（唱）打姐田里过,
帮手　（唱）叫情哥,
老歌师　（唱）舀点凉水喝,
帮手　（唱）穿声号子叫三遍,
老歌师　（唱）一股清泉水,
帮手　（唱）郎下白马,
老歌师　（唱）打姐田里过,
帮手　（唱）姐下骡,
老歌师　（唱）舀点凉水喝……

〔老歌师和帮手随号子声消失在黑暗中。城市里车辆行驶的轰隆声响中,逐渐分辨得清的是哗哗如注的雨声。同时显现出单名叫芳的年轻女人和拎着旅行袋的生态学家。

生态学家　我走了。
芳　唔。
生态学家　就没有别的话了?夫妻一场,连句再见都没有?
芳　我会记住你的。
生态学家　还有呢?
芳　你是个好人。
生态学家　你才知道。
芳　但不是一个好丈夫。
生态学家　行了。我们还会再见吗?
芳　也许……不过……还是不见的好。
生态学家　就算是一场误会。野蛮人碰到了文明人——

芳　还是别顶嘴的好。
生态学家　那就别了！
芳　去山里要多多保重。
　　〔雨声消失，芳隐去。又是隐约的榔草锣鼓声。
　　〔林区主任端着个茶杯上。生态学家挎着旅行袋上。
生态学家　请问，这是林区管理处？
林主任　人都下班了。
生态学家　我想找一下林区的负责人……
林主任　明天再来吧。
生态学家　我有林业部的介绍信。（掏信）
林主任　（一看到介绍信的图章，立刻改变语气，热情起来）噢，你是部里下来的？（连忙解释）我们没有接到县里的电话。县里林业局也没派个人陪你下来？
生态学家　我自己走来的。
林主任　他们连车子也没派？
生态学家　我走山路习惯了。
林主任　（上下打量他这一身长途旅行的穿着，再眯起眼睛细看介绍信）啊，你是部里介绍来的……
生态学家　我是由林业部介绍到你们林区来考察的。
林主任　（又换了一副腔调）明白，明白，都是来考察野人的。
生态学家　我是搞生态学的。
林主任　到我们林区来的搞什么的都有。（把介绍信还给他）你把这介绍信带上，到招待所去，找一下服务员，登个记，住下。明天人上班了，你找技术科就是了。（径自走了）
生态学家　（跟在他后面）请问，这里的负责同志贵姓？
林主任　我不是说了，叫你找技术科吗？明天你来，走廊尽头那个办公室就是。
生态学家　我想了解一下整个林区自然生态的情况，还要进山里去。我希望同这里的领导说明一下我的来意。
林主任　什么事都要找领导，领导都很忙，会、会、会。没看见吗？这刚开完会,我半辈子都泡在会里了!(大声地喊)小赵!

〔"来啦",女服务员应声跑上,人并不年轻,手里拿着一大串钥匙。

林主任　给这位来找野人的同志开个房间。看看明天有进山顺路的没有,把他带到刘家屋场,那里山高林子密,找野人的都往那里钻。(端着茶杯下)

女服务员　你跟我来。(领他走到一处)——六房间,你隔壁住的那个记者也是来找野人的。(用钥匙开开房门)

生态学家　谢谢你。

女服务员　不用谢。(下)

〔记者上。

记者　你好。

生态学家　你好。

记者　刚到?

生态学家　是的。

记者　你也来考察野人的?

生态学家　啊,嗯,就算是吧。

记者　我知道,这是非常敏感的问题,我不会随便发消息的。我是记者。(同他握手)我自己也是野人学会的会员。我负责野人考察的专题报道。

生态学家　这很有意思。

记者　你认为有没有野人呢?

生态学家　我对这问题还没有研究。

记者　你太谦虚了。

生态学家　我是研究生态的。

记者　这太好了,我们正需要听取专家的意见。(习惯地掏出小本子)

生态学家　你知道什么叫生态学吗?

记者　知道那么一点点,啊,不很清楚。

生态学家　这是研究人和他赖以生存的自然环境的相互关系的一门学问。

记者　那么,你是不是认为野人的考察对生态学的研究会带来某种重大的突破?

生态学家　我不想对我还没有研究的问题发表意见。

记者　你这当然是对的。不过,我是不是可以从中得到这么个印象:你是属于对野人的存在持否定态度的?

生态学家　对一件尚未调查清楚的事,我不想就得出肯定或否定的结论。

记者　这是搞科学的态度。不过,否认野人的存在,这也是一种观点。

生态学家　我不想争论。

记者　好,我们不争论。你来我很高兴,这山里什么娱乐都没有,天一黑就没地方可去,晚上我们正可以好好聊聊。

〔"嘣"地一声震响。

生态学家　这儿在放炮?

记者　开山修拉木材的公路,以后进山就可以坐汽车一直开到主峰了。

生态学家　这样放炮,野人还待得住?

记者　你看你,我说吧,你是个怀疑论者!

〔又一声轰响,这回是惊雷。舞台转暗。暴雨滂沱。出现洪水威胁下的城市的夜。一辆在积水的街道中缓缓驰过的车辆在广播:"全体居民请注意!全体居民请注意!请大家赶快从房里出来,转移到市内丘山公园高地。洪峰就要到来了!洪峰就要到来了!全体居民请注意,大家赶快从房子里出来,转移到丘山公园高地!洪峰就要到来了!"

〔舞台上显出生态学家的背影,他穿着衬衫站在窗前。角落里有一盏小台灯,芳穿睡袍,抱膝,坐在床上。广播声远去之后,舞台上下显现出城市各阶层的居民,都裹着雨衣或打着伞,静静地站在屋檐下。

一位老人　我的拐杖,我的拐杖?

他的孙女　这儿呢。

一位中年男人　妈,不要带包,这不是逃难!

一个孩子　我把小熊猫也带上好吗?

居民们　(纷纷地念叨着)

啊,这雨……这雨……唉……没完没了……这雨……真是的……这雨……这雨……真烦人……这雨……这雨……

生态学家的背影的声音　（沉思地）街上都可以撑船了……江水还在上涨……

〔以下Ⅰ、Ⅱ两组,同时进行。

（Ⅰ）

居民们　（纷纷喃呐地）

还在上涨……还在上涨……

还在上涨……还在上涨……

（Ⅱ）

一位男水文工作者　（用手电筒照看标尺）一小时又上涨了二十七公分,已经超过了历史上最高水位。

一位女水文工作者　（在作记录）是枯水季节的一千八百倍流量。

〔以下Ⅰ、Ⅱ两组,同时进行。

（Ⅰ）

无线电对讲机里的声音　防洪指挥部,防洪指挥部,你听见了吗？你听见了吗？电话已经中断了,我们这里是青龙桥段,出现险情!

〔两名防洪指挥部的人员从舞台前沿上,均穿雨衣和长筒胶皮靴,打着手电。

（Ⅱ）

一名防洪指挥部的人员　（对另一名）堤坝都在脚下颤动,感觉到了吗？（两人下。）

〔以下Ⅰ、Ⅱ两组,同时进行。

（Ⅰ）

男演员甲　城市在水位之下,

女演员甲　洪水在头顶上!

女演员乙　四面都是洪水,

男演员乙　城市在堤坝之中。

（Ⅱ）

无线电对讲机中一个男声　（喊叫）抢险队上去了没有？
无线电对讲机中另一个男声　部队在待命。
　　　〔在水中艰难地驶过的车辆声和人群跑动时的涉水声。
　　　〔以下Ⅰ、Ⅱ两组，同时进行。
（Ⅰ）
居民们　（纷纷地念叨着）啊，这雨……这雨……唉……没完没了……真是的……这雨……这雨……真烦人……这雨……
（Ⅱ）
孩子　妈妈，小熊猫会感冒吗？
　　　〔暴雨声中。生态学家站在床前。芳仍坐在床上。居民们隐没。
生态学家　怎么回事？芳！
芳　没有什么。不高兴，不高兴就是了。
生态学家　可你过去不是这样的。
芳　我不舒服，不痛快。
生态学家　什么事不痛快？
芳　我觉得没意思。
生态学家　跟我在一起你觉得没意思？
芳　我觉得一切都没意思，没意思极了！
生态学家　你是说我？
芳　也包括你。
生态学家　你是说我们之间共同的生活？
芳　我不知道，我烦透了。
生态学家　（搂住地）那你能不能告诉我，你烦什么？烦我？
芳　也许。（推开他）
生态学家　我这次回来，你就没有高兴过一天。我还是不回来的好！
芳　对了，你最好永远也别回到这个家，就当没有这个家。没有温暖，没有爱，我就同守寡一样！
生态学家　芳，你别这么说，我这是工作，我并不是出去玩。我在外面工作，深山沟里，一个人，也很辛苦。
芳　你不要对我说这些。那是你自找的，你根本就不需要家，你根本就不配有家!

生态学家　那这次我就不走了。我陪你一段时间,我就到所里去说,把计划推迟一个月。

芳　你根本不理解我!我无法同你在一起生活,我受不了!

生态学家　你怎么了?发什么神经病?

芳　这样下去我非得神经病!我无法忍受!

生态学家　我真不明白。别做戏了。芳,转过来,转过身来!你听我说——

芳　放开我,放开我!我讨厌,我讨厌!

哦,我是说——

〔生态学家就手把搁在床头柜上的一个茶杯掼了,在一张椅子上坐下,深深地埋下了头。

〔舞台转暗。屋外哗哗不停的雨声。其实是风吹着窗外的树叶子飒飒作响。

〔很重的敲门声。

生态学家的声音　谁呀?

〔舞台灯光复明。小学教员在敲门,他提个旧提包。生态学家蒙着被躺在床上。

小学教员　是我呀。

〔生态学家揭开被子,起身开门。

生态学家　(没好气的)你是谁?

小学教员　我是山里小学的,姓孙。

生态学家　请进。

小学教员　不了。你是不是来找野人的?是这样,他们说,叫我带一位找野人的同志进山里去,我回刘家屋场,我在那小学校里教书。

生态学家　那请你进来等一下。

〔小学教员进屋里去,生态学家关上房门。舞台转暗。

〔前台,上房梁的工匠们上,喊着号子。

工匠头　(领唱)呵呵依呀个嘛子哟呵,

众工匠　（合唱）哟呵！

工匠头　（领唱）一声那个号子嘞都来那个应和，

众工匠　（合唱）哟呵啊哟呵！

工匠头　（领唱）都使出劲来上大梁嘞，

众工匠　（合唱）哟呵！

工匠头　（领唱）关云长手拿青龙斩将刀哟，

众工匠　（合唱）哟呵啊哟呵！

工匠头　（领唱）过五关斩了他六员大将嘞，

众工匠　（合唱）哟呵！

工匠头　（领唱）张果老骑个毛驴上东京哟，

众工匠　（合唱）哟呵啊哟呵！

工匠头　（领唱）碰到了狗咬的那个吕洞宾嘞，

众工匠　（合唱）哟呵……

〔媒婆上。

媒婆　哟，好大的屋场呵！老大，给你娃盖屋呀？

〔李老大拿着一柱点燃的香上。

李老大　今朝真有福了，不早不晚，正上大梁，你这福人就到了。娃，快给你吴姑奶奶敬烟呀！

〔一个后生端着香火罐上，忙放在地上，从口袋里掏出一包香烟。李老大转身对着上方三作揖，转身把香插在香火罐里。

媒婆　你老大才是个福人呢，三个儿子两个丫头都成家的成家，出嫁的出嫁了，这会又给老儿子做新屋。

后生　（双手送上一支香烟）吴姑奶奶，你请吃烟。

媒婆　要娶媳妇了？

后生　还没定亲呢。

媒婆　这么大的屋还怕讨不到老婆？哪家的丫头呀？

后生　我听我爹的。

李老大　鬼话，要听我的早定下来了。人家方家的二丫头，老老实实的，你倒嫌人眼睛小了嘴巴大。娶媳妇是看家的，不是供在案子上叫人看的。

媒婆　不学那个城里人,兴什么自由恋爱!我讲呀,那自由恋爱也不能瞎恋,老大,是吧?自由,自由也总有个边边。
李老大　是这话,可现今娘老子的话哪个还听呀?
后生　爹,人家什么事没听你的?
李老大　我说要就要个守本分的,你妈脸上还有几颗麻子,也没少生儿子呀!
媒婆　哟,老嫂子俏就俏在那几个小窝窝上。
后生的妈　(提着个公鸡上)讲我什么怪话呢?
媒婆　夸你哟,夸你年轻时风流。
后生的妈　哪个还风流得过我们吴姑奶奶?那白皮嫩肉的,现今走起路来还花花子脚,身腰直扭摆。
媒婆　哪还有个身腰子,说来都伤心,早都像个打了箍的水桶了。快别讲了,忙你饭吧,这么多师傅。
后生的妈　不是的,是他爹请来赞上梁的。

〔老歌师曾伯提着斧子上。

媒婆　哟,咋把曾伯也搬动了!
老歌师　多年也不兴这个了,就怕犯原则。
李老大　是我请的,犯了原则要罚算我老大的!
媒婆　你是腰包里票子烧得慌啊。
老歌师　你舌头搁在嘴里就怕烂了?
媒婆　曾伯,你咋就忘了。你唱那古歌子《黑暗传》挂牌子游斗哩?
老歌师　你不就拉媒打胎,你还懂个啥子?不赞了。
李老大　咋能不赞了?香都拜了,杀只把子公鸡这犯得了好大的原则?图个吉利嘛。曾伯,你就搞你的!
老歌师　(往手掌心上唾了口唾沫)这就犯了?
李老大　犯了!

〔老歌师接过公鸡,舞起板斧。上梁的工匠们又喊起号子来了。

老歌师　(大声念诵道)
　　　　斧头一响天门开,
　　　　鲁班师傅下凡来,

　　　　　右手提的金钢斧,
　　　　　左手抓的凤凰鸡。
　　　　　此鸡不是寻常鸡,
　　　　　乃是王母娘娘的报晓鸡,
　　　　　日在昆仑山上叫,
　　　　　夜在主东家中啼。
　　　　　天煞归天,地煞归地。
　　　　　不管它牛鬼蛇神、蚂蚁、老鸹、天上飞的带地上爬的、屋里屋外的妖魔鬼怪、背上长的疔疮、脸面上的疤(抬手,跺脚,一斧头宰了公鸡)
　　　　　有我雄鸡来抵煞,
　　　　　鸡血落地,大吉大利!
媒婆　　恭喜,恭喜,大发财!子孙满堂好福气!
　　　〔众人随同着吆喝着号子的工匠们下。
　　　〔另一个方向,林场梁队长上。
梁队长　(对身后)都跟着我做什么?
　　　〔买木材的人们还是跟了上。
一位采购员　今天发货吧,梁队长?
　　　〔梁队长从裤子口袋掏出烟荷包,又从上衣口袋拿出一小张纸,往纸上倒烟。
做木头生意的　(忙拿烟,把一根带滤嘴的香烟伸到梁队长嘴边)抽我的,抽我的!
　　　〔梁队长用手挡开了。这人又连忙把整包的香烟要塞进他口袋里。
梁队长　(厉声呵道)干什么呀!
　　　〔那人只好把香烟装回自己口袋,向他傻笑。队长搓好了烟,嘴唇一舔,把卷烟的纸头掐了,叼在嘴上,又在身上摸火柴。采购员迟疑了一下,赶忙打着打火机。梁队长就着打火机,吸着了烟。
采购员　梁队长,今天能发多少材?我那五十立方能不能照顾一下?
一位来买木头的农民　(可怜的样子)梁队长,我只几根树就够了……
另一位也是来采购的　为这批木材我足足等了一个星期了,我们可是有省里的批件,就请你全发了!
梁队长　排队去,窗口排队去!
〔众人立刻挤在一张长凳前排队。
梁队长　都什么毛病?挤就挤得出木头来了?你们的货单子不都交了,就有个先来后到嘛。
〔众人都乖乖地在长条凳上坐下。
梁队长　(吸足了一口烟,开始训话)大家都知道,木材是紧缺物资——
买木头的农民　(可怜的样子)梁队长,我就要点等外材……
梁队长　听我把话讲完。
采购员　(献媚地)梁队长,你手底下稍许这么一松宽,我们那点材就都机动出来了,还不在队长你一句话?
梁队长　(不理会他)木材是紧缺物资。为什么紧缺呢?因为到处都把树砍掉了,都没有林子了,就只好都挤到我们这林场来了。我这里倒要问问,你们那里用木头的时候怎么就不想到种树呢?
采购员　我们每年都要造林的。
梁队长　那你们还到这里来买木头做什么?
采购员　还没长起来呗。
梁队长　是没长起来,还是长不起来?
〔众人面面相觑。
梁队长　你们倒回答呀!
另一位　(不耐烦地)两方面原因都有吧。
梁队长　这讲的就对啦。种树不是孵小鸡,十天半个月就出一窝。树也不像人头发,哪怕刮得光光的,不几天就又长出来了。它也不是韭菜,割了一茬,又长一茬。一棵树就是一个人。人要三十而立。树呢?一棵树没有三五十年长不成材!可现在都使那油锯、电锯,一棵树只要吱——啦一下子,就完啦!手底下松宽一点,这话说的就同放屁一样。我要松宽一点,这林子早就也砍光了!像你们对面那山头上一样。人哪,要由得他发疯,那就像铺天盖地来的蝗虫,好端端的一片庄稼一眨眼的工夫就吃得精光。这话都十多年工夫过去了,你们对面那抢光了的山林还长得了一棵像样的树不？别看你们这会一个个都那么乖巧，左一个梁队长，右一声梁队长，其实心里无非是想从我这里多挖点木材，公家的之外还有私人的，一个个都像狼样的贪着呢，恨不得能把我吃了。

〔小学教员领着生态学家从他背后上。

买木头的众人　（纷纷地）梁队长，看你说的，嘿嘿，你真是，梁队长，真会说笑话……

梁队长　笑话？要不是国法管着，你们早就把这片山吃个精光！

小学教员　梁队长，早起就又喝酒啦？

梁队长　不喝白不喝。孙老师，回转来了？

小学教员　农忙假也过了，学生该上课了。你这里一年四季都忙啊？

梁队长　都是来要木头的。（拦住生态学家）有证件吗？

小学教员　上面中央林业部派来的，考察野人的科学家。

梁队长　不看了，过去吧。科学家你们来多少我都欢迎。我就烦那些打着中央什么部、省里的什么大机关的招牌下来的那些采购员什么员的。回来上我这里来喝酒。

生态学家　（笑笑，同他握手）谢谢。一定要来的。

梁队长　（转身，继续对买木头的训话）你们别看我是个砍林子的，我同你们不一样，我心疼这些树！我心里为它们哭，这你们不懂。我还不如对木头去讲，树木倒都是有灵性的。不信，你一个人在林里走走，在那一棵棵遮天蔽日的大树底下，你就会听见，它们都会说话……

〔舞台深处转暗，队长的声音渐渐远去，他和买木头的人们消失在黑暗中。风声，林海的声潮。杜鹃啼鸣。

生态学家　（站住，倾听）杜鹃！

〔锯子声。林中伐木工人在倒树前提醒附近的人注意的吆喝声。小学教员下。一棵大树的折裂声和轰然倒地的喧哗声。

〔林中深处，显出守林人，他手里拿着一杆半自动步枪。人声吆喝，他周围出现许多举着斧头和扛着锯子的人影。他向愈益逼近的人群举枪叫骂，无效。他平端着枪对着威胁他的人群，后退着。于

427

是,在他和人群之间,腾出一小块空地,但人群并不退却。他喊叫着,对空举枪,打出了枪膛内的三颗子弹:砰!砰!砰!啊啊啊——激怒了的人群的反应。他挂着枪,倚着枪身旋转了大半个圈子,倒下。影像消失,生态学家下。而这番影像并没有声音,有的只是林中伐木工人的吆喝声和锯子声。于是又是油锯、电锯、拖拉机、重型柴油卡车的声音组成的音乐。随后又都变成了哗哗如注的雨声。

〔舞台转亮。仍是暴雨中城市的夜。
〔生态学家坐在椅子上,芳坐在床沿。

芳　我们需要好好地谈一谈。
生态学家　谈吧。
芳　我觉得我们应该结束了。
生态学家　你的意思是说离婚?
芳　是的。
生态学家　你很漂亮,也年轻,没有孩子。
芳　不要说这种话!
生态学家　我说的是事实,你不难再找到个称心如意的。或许,已经有了?
芳　你一点也不理解我。
生态学家　我永远也无法理解你们女人。
芳　男人没有你这样的。
生态学家　我是不是还不够潇洒?
芳　你太粗野了。
生态学家　有什么法子呢?在林子里钻久了,同野人打交道。
芳　没有一个女人能同你生活在一起。
生态学家　你讲的是心灵纤细的女人,或是时髦的女人。我只要个老婆生孩子。
芳　对了,你要的是女人,你根本不懂得一个女人的心。可我需要的是一个家,一个温暖的家,和丈夫的体贴,我要做一个名副其实的妻子。你温暖不了我,你经常连封信都没有,偶尔来封信,也是干巴巴的,就那么几行。我是个活人,我需要生活!你那科学救不了我,我不管一百年以后河水污染不污染,一百年以后地球怎么样,我那时都成了灰烬,我已经快三十了,我就要老了。一个女人的青春没有几年,我的青春就要过去了。我爱时髦,时髦也时髦不了几年。我爱打扮,喜欢人夸奖,我没法跟你到山沟里去,那里也没有我做的事情,我也不是做饭生孩子的机器。

生态学家　芳,我爱你。

芳　你温暖不了我,你爱你的事业去吧,爱你的森林去吧,爱野人去吧。(哭)

〔静场。雨声中在屋檐下的居民们向舞台深处的一个高地默默地走去,仍然都打着雨伞,穿着雨衣。

芳　(自己擦干了眼泪)有什么话你就说吧。

生态学家　我同意了。

芳　你是说同意离婚?

生态学家　我是说把这个家都给你,我住集体宿舍,你再结婚也不用买家具。可你能不能告诉我,你已经有意中人了?

芳　有了。

生态学家　你能告诉我他是谁吗?

芳　你自己也猜得到。

〔生态学家轻轻吹了一声口哨。两人都隐没了。呼应这声口哨的是知了的试探的断断续续的叫声。

〔挤在高地上的人们收起了伞,仰头张望着。直升飞机在空中盘旋的声音。

〔旱天的知了起劲地叫着。

〔一队赶早魆跳着傩舞的行列打着锣鼓上,还呜呜地吹着喇叭,这木制的长喇叭得一人在前扛在肩上,一人在后吹着。队前撑的飘着流苏的黄纸伞,后面打着镶着犬牙边的三角旗,一个个都戴着木雕的面具,穿的麻鞋,腰束红布带,头上还有插着雉翎的,手中大肆舞动着钢刀、铁叉、三节棍、铁链子各式家伙。为首的巫师同样也戴着面具,手持宝剑,前后左右,踏着醉汉样的谓之禹步的独特步法。

〔一个赤膊精瘦的中年汉子捧着一柱点燃的香,向驱旱魃的队伍跪拜。

扮生态学家的演员 (与赶旱魃的队伍同时上)七八千年前,更不用说那更为远古的年代,这江河的两岸、平原与山峦,都覆盖着无边无际的原始森林。江河只不过是浩翰的林海中时隐时现的线。从林莽中出来的人类,就在江河的两岸,用打削过的石片和好不容易磨制成形用割开的兽皮条捆绑做成的石斧,一斧头,一斧头,开辟出一小块,一小块,可以巢居,可以圈养,可以种植的地方……

(选自《十月》1985 年第 6 期)

【作者简介】

高行健(1940～　),江苏省泰州人。作家、诗人、翻译家、文学批评家、画家、剧作家、电影导演,被称为"全能艺术家"。1957 年考入北京外国语学院法语系,毕业后在国际书店任法语翻译。1971 年至 1974 年到干校劳动,在皖南山区农村教中学。1975 年回北京,任《中国建设》杂志社法文组组长。1977 年调中国作协对外联络部工作,1981 年调北京人民艺术剧院从事专业创作。作品有:话剧《绝对信号》、《车站》、《野人》、《彼岸》、《现代折子戏》等,因其艺术的创新性和前卫性而震动剧坛;他的剧作追求多主题、多层次、多声部的全新艺术形式,为新时期话剧开拓了新的道路。

另外,他还翻译了法国著名戏剧家尤内斯库的经典作品现代荒诞剧《秃头歌女》,创作了具有现代派意味的小说《寒夜的星辰》、《有只鸽子叫红唇》等。出版有《高行健戏剧集》、《高行健作品选》。

20 世纪 90 年代后定居法国,出版长篇小说《灵山》、《一个人的圣经》,2000 年获诺贝尔文学奖。

90 年代后,他创作了话剧《逃亡》、《生死界》、《周末四重奏》等,深入到人的内心中阴暗的一面,探索更深层次的人性;话剧《山海经传》、

《八月雪》等,表现的是民间文化、道家自然文化、禅宗感悟文化,既扎根中国文化,又超越中国文化,追寻人类共同精神家园,引起学界关注。

【作品简析】

多声部的哲理剧,是新时期话剧探索的主要成果的表现形式,其主要代表作则是高行健的《野人》。关于"野人"的传说,一直是中外学者的难解之谜,高行健选取这一题材,也让话剧《野人》涂上一层神秘色彩。它的虚空而博大的背景,鲜明不具体的人物和无数朦胧难明的艺术空间,都使我们在现代文化和远古文化的冲突中,感悟到生命的张力,纵览了人类发展史上从野蛮到文明的递变过程。它可以说是一部"关于人演变的浓缩世界"。

话剧《野人》重叠交叉着四个层次:对野人的寻找和推理,保护森林维持生态平衡,通过老巫师表现非人文化,现代人的生活、情感和婚姻。作家以寻找野人为主线,揭示了人与自然、人与生物圈、人与历史、人与人的辩证关系。我们随着生态学家的脚步,被带进边远山区的古老森林中,在这蛮荒而又神秘的背景中,老歌手曾伯吟唱的主题歌——汉民族史诗《黑暗传》,这是古老文化的象征,它与耥草锣鼓、上梁号子、《陪十姐妹》的婚嫁歌等民俗民情交织在一起,勾勒出中华民族的缓慢发展过程。它既是辉煌文化的标记,也是愚昧不开化的象征,侧面点出了民族文化的继承与扬弃关系,点出了人类发展的沿袭与突破。《野人》在民俗史的背景上生发开去,又在更深的层次上探讨了自然界和社会的生态平衡问题。大城市的污染使生存环境日益恶化,而人类自身的愚昧行为也为自己的生存环境制造着悲剧。作品中所揭示的巫师的野蛮粗俗、刘拐子买卖婚姻、幺妹子的抗婚悲剧、芳女人的开放虚伪、林区主任掠夺性的砍伐、记者的浅薄无知等等,这是一批社会上的"野人群",他们只关心寻找传说中的野人,不关心包括自己在内的"社会野人",正是他们的愚昧行为在不停顿地污染着人类赖以生存的自然环境和社会环境。全剧将失去平衡的自然之声和失去平衡的现代人心灵之声,汇集成一个时代的象征之声,向社会呼吁:救救森林,救救人类!作者从对自然界的思考引向对人类生存历史的思考,从而又引申开去:要保护自然界的生态平衡,更要保护社会生态平衡;要重视考察自然界的野人,更要考察"社会野人";挽救现实中的"社会野人"比挽救原始野人更为紧迫,激励人们去创造一个超越野人的更为文明的社会。

《野人》的内涵是深远博大的,观众可以从史学、伦理学、哲学、美学、心理学、艺术学等多方位地开掘《野人》之谜。剧作的后半部分,围绕野人考察所显露的形形色色的人生世相,现代人面临的事业、爱情的苦恼与思考,又凸显了失去平衡的社会生态与失去平衡的现代人的心态的纠葛,深化了"升华人类"这一主题。《野人》的多义朦胧的哲理蕴涵是令人深思的,它启迪人们思考人类缓慢的演变史、文化史、伦理史,让观众感悟到人的生命的动荡和生存的活力,让人感悟到古老文化形态的辩证关系,它的辉煌与历史的重载、纯朴与愚昧、古朴与不开化、文化原生态与开放文化,以及人类自身的迷惘与省悟,促使人类更快地进步。《野人》内涵的象征多元现象正是形成作品模糊美的独特风格。

由于《野人》是一部多声部的哲理剧,在表现手法上,高行健对传统剧作了大胆的突破,调动了话剧、舞蹈、戏曲、哑剧、朗诵、傀儡、面具等表现形式,并对音响、灯光作了特殊处理,烘托环境气氛,拓展意象空间。作者调动了二十多种象征手段,揭示人类翻江倒海的演变;忽古忽今、忽城忽乡的场景交替,加深了舞台的时空感受;近神近妖、亦人亦巫的幻觉变形,使人感受生命的张力;还用角色的跳出跳入,体现"布氏"间离效果;对人物刻画中还不时出现弗洛伊德的潜意识表现;剧中的人兽同舞、鱼虫欢跃的梦幻场面,又是通过舞蹈动作,把场面的多层含义传达给观众的。由于《野人》多种艺术媒介的综合使用,使全剧构成了一种多声部的复调形式。由于《野人》介入了作者的主体意识,追求形象的隐喻意义,突出舞台的意象创造和心灵塑造,因此,演出中带来了观众的多元审美体验,它以纯粹美感为网点,联系生理快感和理性同感,组成一个统一的情感冲动过程,来传达一个博大的审美世界和惊人的信息容量。用传统故事的单向审美经验去领悟它,是难以扣响《野人》之门的。《野人》给新潮戏剧带来了生机。

(田旭修)

潘 金 莲 *(选场)

——一个女人的沉沦史

魏明伦

天知道事情是发生在什么时代啊？

悲剧中的每一个人物都不属于历史，而是属于诗人的，尽管这个人物具有历史的名字。

（悲剧主角）既是有罪的，同时也是无罪的！

——别林斯基《论〈哈姆雷特〉》

时　跨朝越代，不分时间。
地　跨国越洲，不拘地点。
景　不用复杂布景，但需特效灯光，背景斗大繁体"戏"字，各场变换隶、楷、行、篆、草几种字体。台侧分设两级云阶，左阶书"荒"，右阶书"诞"。
"剧"中人　潘金莲　武松　武大郎　西门庆　张大户　王婆　泼皮甲　泼皮乙　泼皮丙
"剧"外人　吕莎莎　施耐庵　武则天　贾宝玉　安娜·卡列尼娜　芝麻官　人民法庭女庭长　红娘　现代阿飞　上官婉儿
男女配角若干，先后串演"剧"中"剧"外四士兵、邻居、猎户、猛虎、家院、四女人及銮舆仪仗队等角色

---

* 原载《戏友》1986年第2期。

她？

帮　　腔　（唱）
　　　　　　才子编野史，
　　　　　　戏台塑武松。
　　　　　　灵堂刀光闪，
　　　　　　血溅孝衣红。
　　　　　〔大幕徐启，灯光渐明，映出一组雕像——"武松杀嫂"场面。
　　　　　〔素烛白帏，武松横刀怒视潘金莲，两名土兵押着王婆，一邻居笔录供词，三邻居惊骇旁观。
　　　　　〔帮腔一止，群雕即活。
武　　松　（疾呼）杀！
　　　　　〔王婆怪叫一声，夺门欲逃，被士兵拖回，"托举"奔下。
　　　　　〔邻居纷纷作鸟兽散，下。
　　　　　〔武松杀嫂，按传统戏招式，刀光与水发飞舞，轻功随椅技翻滚。武松口含短刀，撕开潘金莲孝衣领襟，对准胸膛一刀剁去，潘金莲惨叫抚胸，身如落叶徐徐飘落。
　　　　　〔切光，四周黑暗，只留潘金莲"卧鱼"合目于血泊，渐隐没。
　　　　　〔惊堂木响，台侧云阶映出一位手捧线装书的古代文人。
古代文人　青竹蛇儿嘴，
　　　　　黄蜂尾上针。
　　　　　两般犹小可，
　　　　　最毒妇人心。
　　　　　诸位客官，话说本书二十六回，武松杀了淫妇，直奔狮子楼而去，欲知后事如何，且听下回分解。
　　　　　〔另侧云阶映出一位手拿望远镜的现代女郎。
现代女郎　谁在说书？
古代文人　谁在问话？
现代女郎　谁，云遮雾障……

古代文人　欲穷千里目？
现代女郎　借助望远镜！
二　　人　看——
　　　　　〔穿云拨雾寻视,台中相遇。
现代女郎　你！
古代文人　你！
现代女郎　你是谁呀？
古代文人　听我道来。（唱〔昆曲〕）
　　　　　吾笔下雄兵百万，
　　　　　吾巨著流传千年。
　　　　　颂好汉，
　　　　　反贪官，
　　　　　树忠义，
　　　　　立圣言，
　　　　　草泽才子施耐庵，
　　　　　草泽才子施耐庵。
现代女郎　啊,原来是《水浒》作者,我久闻才子大名,正要向先生请教。
　　　　　（握手）你好！
施耐庵　（拱手）男女有别,你是何人？如此放浪？
现代女郎　你问我？（唱流行歌曲风味）
　　　　　我来自崭新的山水，
　　　　　我来自光明的社会，
　　　　　女儿甜，
　　　　　青春美，
　　　　　思敏锐，
　　　　　志腾飞，
　　　　　八十年代新一辈，
　　　　　八十年代新一辈。
　　　　　（拉施耐庵跳起交谊舞）
施耐庵　荒唐,荒唐至极！（打量莎莎）你姓甚名谁？

现代女郎　吕莎莎。
施耐庵　家住哪里?
吕莎莎　花园街五号。
施耐庵　花园街!（抚髯）贵府离紫石街远否?
吕莎莎　（笑）太远了,我张开想像的翅膀,跨越时空的界限,飞到先生面前,表达几分敬意,附带一点遗憾!
施耐庵　有何憾事?施某洗耳恭听。
吕莎莎　先生写作《水浒》,歌颂梁山,不愧是农民起义代言人,遗憾的是,你书中对妇女贬得太低,杀得太多……
施耐庵　住口,一群荡妇淫娃,经我口诛笔伐,声名狼藉早已盖棺论定,你若不信,随我一观——
　　〔施耐庵登上云阶,戟指处,四女人蹁跹舞蹈而上。
吕莎莎　什么人?
女人甲　阎惜姣!
女人乙　潘巧云!
女人丙　贾氏!
女人丁　白秀英!
吕莎莎　哎呀,一个模式,女人坏,坏女人,谁是头号代表?
施耐庵　潘金莲——
　　〔潘金莲以传统戏荡妇面貌出现,莲步妖娆,手绢轻抛,四女人伴舞,亦步亦趋。
　　〔四女人退下,潘金莲纨扇半遮,回眸荡笑,"定格"。
施耐庵　祸水,祸水,唯女子与小人为难养也!
吕莎莎　老先生,这是你的"主观镜头"!
施耐庵　何为"主观镜头"?
吕莎莎　传统偏见!
施耐庵　正统高见。
吕莎莎　我承认,你的"高见"至今还有一定市场,可我们现代人不能老是被你古人牵着鼻子走啊!
施耐庵　你莫非想替潘金莲翻案么?

吕莎莎　不,"翻案"二字,太简单化了!(登上云阶)我是站在八十年代的角度,重新认识潘金莲,思考这一个无辜弱女是怎样一步一步走向沉沦……

〔锣鼓大作,四个男人掩袖而上,莎莎与施耐庵隐没。

〔四个男人收袖"亮相"——张大户,武大郎,西门庆,武松。

〔四个男人环绕一个女人舞蹈。

〔潘金莲移扇露面——神态与前不同,变作"青衣"声调。

吕莎莎　(呼吁)苦——啊!

追　求

〔唢呐长鸣,彩旗开道。

〔士兵鸣锣,猎户举匾,上书"为民除害"。

〔武松披红挂彩,打马游街,沿途招手致意。

武　松　(唱)

跨玉骢,鸣鞭炮,

游罢闹市近春郊。

柳条丝丝拂罗帽,

杨花点点沾皂袍。

半生皆潦倒,

一朝彩旗飘。

穷,骨不软!

达,志更高!

打尽人间白额虎,

望前方,景阳岗还有多少?

〔武松揽辔徐行,玉骢长嘶,武松扬鞭驭马,舞蹈。

〔吕莎莎手拿照相机,宛若摄影记者上去拍照,选角度对光圈……武松勒马回头——

吕莎莎　别动!

〔镁光灯一闪,旗队摆成镜框,将武松定成剧照。

吕莎莎　这张剧照神态好！（向内呼）潘金莲，别哭了，快来看热闹哟！
〔潘金莲上，闻街头闹声，急步观望，莎莎暗暗随后，选角度拍照。

潘金莲　（唱）
　　　　谁家新郎披红缎，
吕莎莎　（唱）
　　　　冷面二郎跨雕鞍。
潘金莲　（唱）
　　　　满城争看英雄汉，
吕莎莎　（唱）
　　　　千秋传颂打虎篇！
潘金莲　（唱）
　　　　钦佩他为民除祸患，
　　　　景阳岗英姿闪眼前——
〔猛虎跃上。武松挥拳打虎，莎莎拍照。
〔金莲钦佩神往，凭栏观看。

吕莎莎　别动！
〔镁光一闪，旗队另摆镜框，将金莲定成剧照。
吕莎莎　这张剧照角度妙！（寻视）我去把武大郎叫来，给他们照一张全家福啊！（寻下）
〔贾宝玉上，左瞧武松，右看金莲，忽发奇想。

贾宝玉　（唱）
　　　　左瞧瞧，右看看，
　　　　飞思遐想忽联翩。
　　　　《水浒》若是宝玉写——
　　　　墙头马上红线牵！
红　娘　（应声而出）我来牵！（亮相）
贾宝玉　嘿！你是何人？
红　娘　你问我呀，《西厢记》的小红娘！
贾宝玉　哈哈！（乐不可支）红娘姐姐，来得正好，把这"框"拆了，将英

　　　　　雄、美人牵到一起!
红　娘　(看)对,愿天下有情人都成眷属,把这"框框"拆了,拆了!
　　　　〔红娘拆框、牵线,将金莲、武松合成一张双人剧照。
　　　　〔武松、金莲均感出格,各奔一方,旗队又将二人隔成两张单人
　　　　　剧照。
贾宝玉　移步不变形!
红　娘　换汤不换药!
猛　虎　(忽作人语)红娘,几千年的框框,你打不破啊!
贾宝玉　(大惊)老虎说话了!
红　娘　(思忖)老虎说得对呀!(唱)
　　　　　英雄美人相见晚,
　　　　　落花流水两无缘。
　　　　　一道鸿沟逢中断,
　　　　　叔嫂不可肩并肩!
贾宝玉　扫兴!
红　娘　没缘!
　　　　〔金莲依然凝望武松。
红　娘　叫你别看了!
贾宝玉　钦佩过头了!
红　娘　要生爱慕!
贾宝玉　情天孽海,
红　娘　悲剧在后!
贾宝玉　走!
红　娘　走!(金莲不动)拉不走,怎么办?
贾宝玉　有了,(向内)游街的衙役听着,来个翻山调,把她吼醒!
红　娘　一!
贾宝玉　二!
二　人　(同向金莲)三!
幕　内　(大吼)嗷啊!
　　　　〔金莲、武松同惊醒。

〔锣鼓喧天,士兵交织绕场,旌旗如云,掩没台中主角。

〔旌旗过后,台中已是武大郎手携武松,引见金莲,一语省略过程。

武大郎　（唱）
　　　　弟兄街头重相见,
　　　　叔嫂初会草堂前!

〔唢呐牌子声中,叙别,诉苦。

〔牌子尾声中,众泼皮烂醉如泥上。

泼皮甲　开门,开门!

阿　飞　（叫）三寸丁,哥儿们酒醉饭饱,要你老婆陪着解闷,开门,滚出来!

武大郎　哎呀,正说泼皮,泼皮就来了!

武　松　来得好,小弟出去教训他们!

武大郎　打发走了就够了,不可惹事……

潘金莲　胆小鬼,让兄弟亮一手,我们上楼一观。

武　松　兄嫂请便。

〔金莲拉武大郎上楼。武松开门。

〔阿飞醉步闯进,武松轻轻一推,阿飞踉跄撞翻一串。

泼皮甲　哎呀!又撞鬼啦?

阿　飞　敲开两扇门,冒出一尊神——（指）

泼皮甲　啥子神罗?我瞧瞧……（醉眼昏花）
　　　　嘻嘻,是个新郎不是神,啊,他是潘金莲的野男人!

武　松　（一掌打倒泼皮甲）找死!

阿　飞　哥们,上!

武　松　打!

〔开打,阿飞脱去外衣,洋拳对古技,武松打得泼皮屁滚尿流,打得阿飞"原形毕露"。

潘金莲　（鼓掌）打得好!打得好!

武大郎　打不得,打出人命罗!

泼　皮
阿　飞　（同叩头）好汉饶命,饶命!

潘金莲　兄弟给为嫂出口气,叫他钻!
〔莎莎、宝玉、红娘拥上云阶,插话助威。
贾宝玉　恶有恶报!
吕莎莎　大快人心!
红　娘　钻,钻,钻!
武　松　钻——
泼　皮
阿　飞　(互相推诿,哭出声来)钻嘛!
潘金莲　壮哉,英雄!
〔金莲雀跃下楼,推开泼皮,拉着武松,赞不绝口。
〔武大郎缝中一隔,矮人突然长高。
众　人　嘿,你怎么长高了?
武大郎　兄弟,我蹲了半天,也该歇口气叫!
吕莎莎　好,请大家休息十分钟。
〔电铃响,众人鞠躬散下。
〔休息后,原场景。
〔抒情音乐中,潘金莲心事重重,托盘摆酒,先摆三个酒杯,金莲皱眉,收回一个,遂成双杯。
〔金莲面露喜色,不禁托盘旋转,旋转……
〔金莲开开门扉,朔风阵阵!
潘金莲　(唱)
　　一夜朔风紧,
　　开扉雪满门!
　　那日洗尘酒,
　　今夕酒饯行!
　　迎他时阳春烟景,
　　送他时风雪黄昏……
　　为什么似惊鸿翩翩闯进,
　　为什么如黄鹤匆匆飞腾?
　　为什么有了他热浪滚滚?

|||||||||为什么少了他死气沉沉？
|||||||||为什么见了他欲言又忍？
|||||||||为什么不见他意乱纷纷？

幕　　内　（帮腔）啊！
|||||||||情暗生！
|||||||||灾难临！

潘金莲　（唱）
|||||||||为什么当初无缘识豪俊？
|||||||||为什么见面已有叔嫂分……
|||||||||要走，要走你就快些走！
|||||||||免得，免得在此晃眼睛！
|||||||||潘金莲——
|||||||||依旧守我的有夫寡！
|||||||||依旧抱我的小木人！
|||||||||朝背圣贤训！
|||||||||暮诵女儿经！
|||||||||学一个三从四德，好品性！
|||||||||像一个带发修行苦尼僧。
|||||||||〔金莲抑制潜情，托盘下。
|||||||||〔武松挎公文行囊徐上。

武　　松　（唱）
|||||||||归家辞行，
|||||||||归家辞行，
|||||||||县衙领重任，
|||||||||单骑赴汴京，
|||||||||后顾忧——
|||||||||世上疮痍，
|||||||||城中恶棍，
|||||||||哥哥本分，
|||||||||嫂嫂年轻。

才相逢，又离分，
　　　远行人，难放心，
　　　披一身败鳞残甲添烦闷，
　　　且踏着乱琼碎玉回寒门。
　　　〔潘金莲上，迎进武松，见礼，对坐。
潘金莲　叔叔，饯行酒早已摆好，就等你弟兄俩上桌了。
武　松　有劳嫂嫂，哥哥还没有收摊么？
潘金莲　这个人，叫他今日早些回来，总是这样迟钝。
武　松　待武二到街头寻他……
潘金莲　慢，叔叔即将远行，今日小心受寒，坐下饮酒取暖，等你哥哥罢了。
武　松　好吧，那就慢斟慢叙，嫂嫂请。
潘金莲　叔叔请。
　　　〔二人呷一口酒，相对沉默。
潘金莲　寒冬岁暮，叔叔赴京，又是一番鞍马劳顿。
武　松　上司差遣，武二身不由己。
潘金莲　叔叔，你也知"身不由己"之苦么？
武　松　这……武二不怕苦差，只怕去后，那班泼皮又来生事！
潘金莲　为嫂不怕泼皮，只怕叔叔一去不返！
武　松　不瞒嫂嫂，男儿有志在四方，此番赴京，报国有门，这归期么……
潘金莲　何年甚月？
武　松　实实难料！
　　　〔潘金莲悲从中来，音乐如潮。
潘金莲　（唱）
　　　归期杳，迷迷茫茫满天雪！
　　　想人生最苦是离别。
　　　雪地空留鸿爪印，
　　　送远客。惜无青青柳条折……
　　　此去也——

443

　　　　　山重重,水叠叠;
　　　　　山雄水莽壮行色。
　　　　　男儿本应求上进,
　　　　　金莲平生敬豪杰。
　　　　　马萧萧,玉骢有幸随君去!
　　　　　威烈烈,沿途惊散地头蛇!
　　　　　路漫漫,鸡声茅店度寒夜!
　　　　　心切切,小城嫂嫂望孤月!
　　　　　此去也——
　　　　　鹏程远,天地阔,
　　　　　万紫千红吸游客,
　　　　　东京章台"柳"!
　　　　　江南断桥"雪"!
　　　　　三秋"桂子"好!
　　　　　十里"荷花"绝!
　　　　　早寻个高山流水知音者!
　　　　　早做个乘龙坦腹东床客!
　　　　　待他年芳草绿原野,
　　　　　嫂开门,笑迎接,
　　　　　开门迎接——
　　　　〔金莲言念及此,一滴清泪夺眶而出,急忙掩饰,强颜欢笑。
幕　内　(帮腔)
　　　　　莽二郎,你呀你,
　　　　　可听出弦外音色?
武　松　(唱)
　　　　　红泥火炉酒温热,
　　　　　饯行阳关唱三叠——
　　　　　一叠悲,悲离别,
　　　　　飒飒寒齐吹黄叶!
　　　　　一叠壮,壮行色,

　　　　　昂昂骏马朝天阙！
　　　　　一叠美，美佳节，
　　　　　洋洋喜庆团圆月！
　　　　　武松面冷心不冷，
　　　　　无情未必真豪杰，
　　　　　情似雪，雪纯洁，
　　　　　俺愿效——
　　　　　尊兄敬嫂，秉烛待旦关二爷！
　　　　〔金莲乍听通情，听到尾句，大为失望！

幕　内　（帮腔）
　　　　　武二爷，关二爷，
　　　　　偏不是倚红偎翠宝二爷！
武　松　（把杯敬酒，唱）
　　　　　一杯敬祝兄长寿，
　　　　　二杯酬答嫂贤德。
　　　　　三杯酒……
　　　　　贵子麟儿早生也！
　　　　　俺武门，香烟袅袅不熄灭。
潘金莲　（触动内心创伤）贵子麟儿？（苦笑）哈哈，多谢叔叔关心，为嫂有了！
武　松　有了！（喜）武门之幸，谢天谢地。
潘金莲　（取物）抱去看吧！（轻轻一掷）
武　松　木偶！
潘金莲　就是他——（唱）
　　　　　朝伴着死木偶，自游戏，
　　　　　夜伴着活木偶，好惨凄！
　　　　　有何幸？有何喜？
　　　　　此恨绵绵无尽期！
武　松　嫂嫂恨谁？
潘金莲　（唱）

445

　　　　　一恨豪门恶作剧，
　　　　　强扭成瓜结夫妻！
　　　　　二恨懦夫不争气，
　　　　　甘作泼皮胯下骑！
　　　　　你看他——
　　　　〔金莲带着二分醉意，模仿侏儒逆来顺受的身段神态。
潘金莲　气是㞎的，争来干啥？我钻，钻，钻！
武　松　（色愠）嫂嫂，你带酒了？
潘金莲　酒！（索性再饮半杯，把盏呈献武松，星眸露情，唱）
　　　　　酒后吐出真言语，
　　　　　情如浪潮冲破堤——
　　　　　但愿共饮交杯酒，
　　　　　恨不相逢未嫁时！
武　松　啊！（顿生反感）住口！
　　　　〔武松勃然大怒，拂翻酒杯。
　　　　〔金莲顿觉失口，酒醒大半，仓皇失措。
武　松　（唱）
　　　　　怒冲牛斗，
　　　　　怒冲牛斗，
　　　　　蜜酒甜言快快收。
　　　　　武松从不贪花柳，
　　　　　横眉冷对荡女流！
　　　　　武松打虎不打圣，
　　　　　关圣品德记心头。
　　　　　谁敬吾兄谁是友！
　　　　　谁欺吾兄谁是仇！
　　　　　兄嫂姻缘前生定，
　　　　　拜堂必须共白头，
　　　　　嫂嫂若把哥哥守，
　　　　　贞节牌坊我来修！

　　　　　　嫂嫂不把哥哥守，
　　　　　　管教你认得我——(挥拳进逼)
　　　　　　打虎降兽铁拳头！
　　　　　〔武松取公文包欲走，金莲拉着解释。
潘金莲　叔叔，为嫂酒后失言，你，你就不体谅我的苦衷么……
武　松　(更加恼怒)拉拉扯扯，成何体统，去！(武松搡倒金莲；扬长而去)
潘金莲　(哀号)叔叔……(绝望，昏厥)
　　　　　〔灯光变幻，扑朔迷离。
　　　　　〔御乐一派，銮舆仪仗鱼贯而出，庄严肃穆。
　　　　　〔内呼"金轮皇帝驾到！"
　　　　　〔则天皇帝出现，后随上官婉儿。
武则天　民女休得惶恐，孤则天皇帝替你作主。平身，仰面——
　　　　　〔金莲仰面，仪仗队山呼沉沉……
　　　　　〔金莲如进太虚幻境，步步退后，怪叫一声，掩面逃下。
上官婉儿　民女转来……
武则天　婉儿休惊民女，旁观此事，褒贬如何？
上官婉儿　微臣愚见，武松虽则粗暴，更加显得爱憎分明。恪守伦理节操，不愧华夏美德，英雄本色，(脱口而出)可敬可爱呀！
武则天　(失笑)哈哈，你也说到"爱"字了！依朕看来，潘金莲长年苦闷，一遇英雄。由敬生爱，也是情有可原。诚如民女自白——恨不相逢未嫁时啊！(唱)

　　　　　　女王深知民女凄，
　　　　　　离经叛道我是师！
　　　　　　跨代越朝从空至，
　　　　　　天下女儿多梦思。

仪仗队　(合唱)
　　　　　　啊，天下女儿多梦思……
芝麻官　(上)陛下跨朝降临，为臣越代迎接，恭请圣安。
武则天　下跪何臣？

芝麻官　七品芝麻官唐成！
武则天　啊，你就是为民作主的芝麻官。
芝麻官　这是百姓抬爱，万岁夸奖。
武则天　来得正好，快与民女潘金莲作主。
芝麻官　领诏。（取出史籍，唱河南梆子风味）
　　　　为官不与民作主，
　　　　不如回家卖红薯。
　　　　翻开历代法典簿，
　　　　字字行行不含糊。
　　　　在家应从父，
　　　　出嫁从丈夫。
　　　　父死从崽崽，
　　　　崽死光秃秃。
　　　　嫁给公鸡就成抱鸡母，
　　　　嫁给牙猪就成老母猪。
武则天　（不悦）哼！什么话？
芝麻官　回禀陛下，为臣翻遍历代法典，无有与潘金莲作主的条款，此妇敢向小叔子露情，实属大逆不道！
武则天　（冷笑）哈……历代王朝，男人可娶三妻四妾，帝王可纳三千粉黛，太宗皇帝选我为才人，高宗皇帝又封我为昭仪，父子同妃，岂不是悖离所谓"伦理"吗？
芝麻官　这……帝王行此天经地义，为臣不敢非议！
武则天　帝王荒淫有理，民女怀春有罪！潘金莲只不过向小叔子吐露一点苦闷，表白一丝爱慕，竟被你们视为"大逆不道"！哼，上贵下贱，男尊女卑，太不公平了。芝麻官，快想一条拯救民女的办法。
芝麻官　为臣无法，就是请来包公，海瑞，徐九经……都和我芝麻官的脑袋一样（脱纱帽，亮出秃头小辫）没得几根辫发（办法）啊！
武则天　咝，你们不是号称"清官"吗？
芝麻官　凡是王朝清官，只能医点伤风咳嗽，治不了大毛病，更医不好

　　　　　　"妇女病"！
武则天　（怒）无用之辈，退下。
　　　　〔芝麻官下。
上官婉儿　也难怪这些清官，即使如陛下之尊，一旦触动王朝根基，也会招来重重压力，种种辱骂。（低语）"牝鸡司晨"、"秽乱春宫"。
武则天　好歹由他说去，巍巍神州，应有一部为女流作主的法典！（振臂问天，古琴声起）
上官婉儿　难啦，难于上青天！
武则天　（颓然）我武媚娘力不从心，念天地之悠悠，独怆然而涕下，但不知哪一朝、哪一代才能予婚姻以自主，救女流出深渊？
上官婉儿　远矣，远矣！眼前民女，出路何在？
武则天　人欲横流，潘金莲凶多吉少啊……
上官婉儿　陛下请看，"玉面虎"西门庆来了！
　　　　〔仪仗队变形——恍若花团锦簇，姹紫嫣红。

（选自《戏友》1986年第2期）

【作者简介】

　　魏明伦(1941～　)，戏剧作家，四川省内江人。童年学艺，历经坎坷，自学成才。1956年开始发表作品。1962年调到四川省自贡市川剧团任编剧。20世纪80年代创作了《静夜思》、《易大胆》、《四姑娘》、《巴山秀才》、《岁岁重阳》、《潘金莲》等川剧，三次荣获全国优秀剧本奖。代表作《潘金莲》，以其荒诞全新的形式引起全国轰动，戏剧界曾有"魏明伦现象"之说。90年代发表的作品有《夕照祁山》、《变脸》、《中国公主杜兰朵》等。此外，还创作过若干电影文学剧本，其中《四川好人》再次受到关注。杂文集《巴山鬼话》在文坛广为流传。由于他以"探索创新为宗旨，一年一戏，一戏一招"，被誉为剧坛"巴蜀鬼才"、"梨园怪杰"和"戏剧状元"。作品集有《魏明伦剧作精品选》。

【作品简析】

　　魏明伦创作的荒诞川剧《潘金莲》上演之后,顿时引起国内外的轰动,多家剧团移植上演,许多报刊为此评论、争鸣。该剧在借用西方荒诞意识和荒诞技巧上达到了一定的深度,对中国传统的戏剧观是一次强烈的冲击和反拨,给沉闷的剧场带来了活力和生机。

　　川剧《潘金莲》是一部新美奇特的探索戏曲,它在文化观念上呈现了多方位的开拓势态。全剧围绕被古代伦理骂为"荡妇"的潘金莲的沉沦史,挖掘出中国千年的封建根源。戏曲史上为潘金莲翻案的戏早已有之,欧阳予倩的《潘金莲》、黄裳的《武松》,都曾赋予潘金莲新的光色。今天,魏明伦站在新时代的高度,透过潘金莲的形象对民族文化、戏剧观念作了一次历史的内省反思,对形象的改造"侧重翻理,不重翻案"。全剧用荒诞手法,牵进一批古今中外的历史人物,让其对潘金莲的命运进行互相交锋,作出重新评价;用不同的人生观念干预剧情,解剖封建的婚姻观。在艺术间离的空域中,观众反思着封建婚姻对民族文化的浸染,探讨了未来理想的婚姻形态。剧中潘金莲受人性压抑的苦闷心理,大胆追求理想的爱情行为,以及从无辜到有罪的挣扎,都突出了传统观念与当代意识的冲突与对比。

　　为了开拓新的戏美追求,作者将西方的荒诞、魔幻、意识流手法与古老的戏曲程式相汇合,把多种艺术的媒介与手段纳入戏曲之中,实现戏曲本体的艺术综合。全剧分设荒诞与非荒诞的双线结构,横向纵向的对比形式,既照顾了传统故事的戏美流线,也扩大了哲理的审美深度。主线戏,讲述了一个女人和四个男人的故事,一个男人一场戏,一场戏一个重心:张大户的"佛面兽心",武大郎的"懦弱善心",武松的"铁面冷心",西门庆的"粉面狼心"。四种人四种灵魂,依次逼使潘金莲走向沉沦。副线戏,强化了思辨色彩的意象创造,施耐庵、贾宝玉、武则天、红娘、吕莎莎、安娜·卡列尼娜、人民法庭庭长等,他们南腔北调,跨越时代国度,通过他们与潘金莲交流感情,比较命运,展开法律、道德上的论辩,引导观众从幻觉的情节共鸣中跳出来,冷静地作理性判断、对比:封建时代,为什么男人能三妻四妾,女人只能"三从四德"?男人"三宫六院",女人只能守"贞节牌坊"?这种虚实对照,情节与情感的对照,使剧本对传统道德的评判进入了对男权社会反人性的批判，揭示出潘金莲悲剧的深刻历史根源。另外，编导者们又以东方的潘金莲对照西方的卡列尼娜，以紫石街不幸的潘金莲对照花园街幸运的吕莎莎，以封建的婚姻制度对照了共和国婚姻法，如此评判对照，似乎荒诞，又似乎真实可信，在其背后我们感觉到了作为人的自觉意识的觉醒。川剧《潘金莲》正是以荒诞性的事件、故事，直喻心灵的真实，以哲理的深度反映人的情绪，给观众顿悟思索的美感享受，这是戏剧打破"第四堵墙"之后的新奇的间离效果，一种时代的全新的审美感受。

剧中的荒诞与非荒诞的主副线结构，一是具象，一是意象；一是情节纪实，一是心灵象征。一是模仿写实，一是荒诞直喻；一是悲剧冲突，一是喜剧论辩。主副线的虚实对照，互为因果，在戏剧审美过程中，观众的情感共鸣与理性判断相互交叉，形成审美层面的双向回流，充分调动了戏剧审美的多元功能和能动作用。

从审美的体验看，川剧《潘金莲》强调心灵的真实，用变形象征手段讽喻生活，带有深刻的批判精神。该剧超越了传统故事的写实真实，中心用变形隐喻写人写心，突出对一个女人、四个男人的心灵造象，突出象征后面的哲理的真实。剧中武大郎一脱那佝偻形态忽地长高了，这明显是人性形象的复归，又是自我价值观觉醒的象征。古今中外的人物共处时空，夸张荒唐的直观形态，也直喻各种人物隐蔽的心态。全剧无处不在的心灵象征符号，游荡于戏剧场面、人物的暗示之中，五颜六色的象征，抽象符号的组成，构成全剧复杂难解的情绪世界。

因为荒诞剧产生的土壤在西方，他们借荒诞意识引发荒诞手法，变态的内涵与扭曲的形态融汇统一。目前我国的荒诞剧创作还刚刚起步，作家多属于用理智方式解释人生，因此来自川剧《潘金莲》的荒诞也多属形式荒诞、滑稽荒诞，以荒诞为喻体，写中国的人生现实，更能为中国观众所接受。

（田旭修）

狗儿爷涅槃*（存目）

锦　云

【作者简介】

锦云（1938～　），原名刘锦云，河北省雄县人。1963年毕业于北京大学中文系。尔后，在京郊昌平县工作十六年，长期主管农村文化工作，在此期间创作了独幕剧《春天的故事》和戏曲剧本《九里山歌》。1979年调北京市委宣传部工作，三年后转入北京人民艺术剧院任专业编剧。他发表的大型话剧有《山乡女儿行》（合作）、《狗儿爷涅槃》、《背碑人》、《阮玲玉》、《乡村轶事》和京剧《杀妃剑》等，这期间还发表过中短篇小说二十余篇，大部分收入《笨人王老大》和《潇潇暮雨》两本集子中。

【作品简析】

在新潮戏剧的探索中，剧作家们既照顾到中国观众的审美心态，又较好地融进西方现代派的艺术手段，创作了一批优秀的写实与象征相结合的话剧，其中代表作就是《狗儿爷涅槃》。它的成功经验，证明了现实主义、现代主义两大体系在艺术实践中的潜力和话剧创新的广阔前景。它把纪实与象征构成了一个整体，既写人物的典型性格，又刻画人物的心态流动，既重戏剧的情节描写，又重哲理暗示，做到形象性与意象性兼顾，直观性与暗示性并融，作家们在写实象征剧中追求科学性（真）、道德性（善）和审美性（美）三位一体的综合效果。

《狗儿爷涅槃》在写实的情节流动中照顾了部分观众故事审美的趣味，在舞台的象征表现上，又满足了"旁观者"观众理性思索的快感。在

---

* 原载《剧本》1986年第6期。

狗儿爷形象的塑造中,有严格的现实主义的描写:他勤劳、俭朴、忠厚、保守,并兼有憨滑吝啬的个性,是一个老一代雇农的典型。作为现代主义的创作原则,作家又突出了狗儿爷心态的多向性展示和暗示。作为小生产者的农民,狗儿爷视土地如命,"庄稼人地是根本,有地就有根,有地就有指望"。狗儿爷的爹爹为了二亩地,搭上了一条命。祖祖辈辈的农民做梦都迷恋土地,为得到土地虽九死而未悔。土改后,狗儿爷们打倒了地主,要自己创业发家,但是三十多年的政治运动,土地的几次失而复得,悲喜交织的社会大动荡,使狗儿爷迷惑了、疯癫了,生活进入了荒诞状态,人物也进入了迷狂状态。舞台上借助地主祁永年的鬼魂,把狗儿爷的真实心态幻化为真实的外观。

狗儿爷这个典型的魅力正在于他形象的不界定性。他时时处在疯癫与清醒、梦幻与现实、荒诞与非荒诞、悲剧与喜剧之间。狗儿爷迷恋土地的特殊心态所引发的疯癫行为,正是中国小农经济造就的农民意识、皇权思想的痉挛。狗儿爷的一生从斗地主分土地,到合作化、公社化,到最后的"割尾巴"穷过渡,既描绘出一个清晰的形象轮廓,又使我们领悟到内在的多种暗示力量。狗儿爷可悲可怜的命运所批判的正是"左"的路线对农民的毒害,是历史对"左"的路线的嘲弄,是作者对农民文化意识的清醒剖析和反思。全剧对狗儿爷命运描写所折射出来的暗示力量,具有强烈的批判精神。剧的结尾,祁家门楼的被焚是农民旧意识的毁灭,新观念的涅槃和诞生。全剧用祁家门楼象征了农民几千年封建文化的积淀,这样,作品就把直观与象征、历史与现实联结起来,强烈地显现了戏剧表现手法的超越功能、象征功能。

全剧广泛地借鉴吸收了心理分析、意识流、象征隐喻、内心独白、荒诞变形等现代派手法和形式。对典型形象的塑造,深入到人物意识的不同层次,探及人物潜意识层,使狗儿爷的典型具备了复杂多元特点。在结构上,打破了写农村戏惯用的故事贯穿线,用狗儿爷不同时期和不同程度的疯狂心理、变态情绪把历史的风云连缀起来。用人物的回忆倒叙为结构手段,具有了浓重的主观色彩。全剧中,狗儿爷疯病时的狂疯、轻疯、武疯、文疯,以及暂时的清醒、清醒时的装疯卖疯,无一不是时代的风风雨雨对他灵魂冲击的结果。狗儿爷疯癫时与祁永年鬼魂的对话,也是幻觉与回忆等内心活动的外在形象化表现。至于背景的虚化、时空的交错、情节的淡化,也都是编导者们为塑造人物的心态、为表现形象的哲理深度孜孜以求的。另外,演员的表演艺术也从演绎故事升华为人物精神的直显。像启幕时,狗儿爷用颤抖的手从黑暗中点着了火柴,闪闪烁烁的光点,打开了人物的心扉,也将观众带入人物的心灵世界;解放后,狗儿爷买地、哭坟、与祁水年鬼魂的三次较量,作者都努力突出对这一人物失态心灵的造象表现。鬼魂幻化、人鬼对话、形体象征,从直觉形象看是荒诞的,但是,从狗儿爷的神经质出发,从立足于萦回在他心中的顽固的土地观念出发,恰好有助于表现更本质的生活真实和人的精神真实。

(田旭修)

曹操与杨修(选场)

陈亚先

第四场

〔大幕前。追光引招贤者上。

招贤者　曹丞相礼贤下士,大礼祭奠孔从事,升赏主簿杨修,犒劳三军将士,再下求贤之令,招贤呐——(隐去)

〔幕启。孔文岱灵堂。夜。

〔杨修在灵前祭奠。

杨　修　孔文岱呀! 唉,你这屈死的冤魂!

(唱)肝肠寸断哭文岱,

叫一声我那贤弟魂兮归来!

你独卧灵堂不把愚兄睬,

教杨修更向何处诉悲怀?

促膝谈心几时能再?

你有冤怎不向愚兄诉来?

岂有个建奇功反遭惨害?

文岱呀! 丞相非在梦中,君乃在梦中也! (跺足,接唱)

屈煞屈煞,冤哉冤哉!

〔曹操上。

曹　操　孔从事,文岱呀! 老夫来了!

杨　修　丞——相!

曹　操　祭礼摆开!

---

* 原载《剧本》1987年第1期。

〔众军士分持祭品上,摆祭。众跪。

杨　修　丞相祭礼如此丰厚,唉!我却只有一样!
曹　操　一样什么?
杨　修　一片真心。
曹　操　啊,如此说来,莫非是老夫无有诚意了?
杨　修　岂敢,岂敢!
曹　操　(步至灵前,拈香,一揖,念)
　　　　　梦中失手,错杀无辜,
　　　　　痛悔何及,酹酒一瓯!
　　　　　君欲此酒,天国神游,
　　　　　呜呼哀哉,泪落如豆!(拭泪)
　　　〔杨修轻蔑一笑,望见灵牌,不禁悲痛。
众军士　丞相节哀!(立起)
曹　操　杨主簿!
杨　修　卑职在。
曹　操　老夫为孔从事守灵一宵,你看如何?
杨　修　丞相要守灵一宵?
曹　操　以慰亡灵啊!
杨　修　卑职奉陪。
曹　操　不必了,你等都与我退下。
众军士　是。(下)
杨　修　(以手点额,略一思忖,计上心来,冷笑)嘿嘿!(下)
　　　〔更鼓三响,曹操对灵位发呆。
曹　操　(唱)寂寂三更人去后,
　　　　　迟迟钟鼓惹人愁。
　　　　　亡人若有魂一缕,
　　　　　归来听我说根由。
　　　　　文岱呀!
　　　　　原以为挥剑斩敌酋,
　　　　　却教你负屈含冤赴冥幽!

　　　　你若能黄泉路上留一步，
　　　　我与你负荆请罪三叩头。
　　　　赐你庆功酒，
　　　　封你万户侯。
　　　　叹只叹有功未赏反遭殒首，
　　　　悔只悔错杀无辜覆水难收。
　　　　无奈何假称作梦中失手，
　　　　免教我失人心，失天下，大业一旦休！
　　　　看来众人皆易服，
　　　　惟独难得服杨修。
　　唉！（坐于灵前昏昏欲睡）
　　〔倩娘持锦裘上。
倩　娘　相爷在哪里？（见曹操已睡）啊，他果然睡着了！（轻轻为曹操披衣）
曹　操　（醒来）你是哪一个？
倩　娘　相爷，是为妾我哇。
曹　操　倩娘，你来作甚？
倩　娘　三更寒冷，我特来为相爷添衣。
曹　操　小事一桩，差派丫头前来也就是了。
倩　娘　相爷的金安乃是大事，丫头顽皮，我放心不下。
曹　操　真贤妻也！
倩　娘　相爷，妻贤只合齐家，士贤方可治国。
　　　　相爷麾下有贤士，可喜可贺！
曹　操　哦？贤士是哪一个？
倩　娘　主簿杨德祖。
曹　操　怎见得呢？
倩　娘　是他告知为妾，说相爷守灵一宵，因此……
曹　操　（忽然醒悟）且慢！是杨修叫你来的？
倩　娘　（不解地）是啊。

曹　操　（旁白）杨修哇杨修,你果然心怀叵测！
倩　娘　相爷何故失惊？
曹　操　这个……贤妻,老夫平日待你如何？
倩　娘　相爷待我,恩同再造。为妾虽死不能报万一也！
曹　操　（拉住倩娘的手,深情地注视她)倩娘！（唱)
　　　　　　牵玉手,睹芳颜,
　　　　　　为丈夫有话对妻言。
　　　　　　谢贤妻常将我惦念,
　　　　　　谢贤妻为我把衣添。
　　　　　　你与我连心连肺同肝胆,
　　　　　　知冷知热共悲欢。
　　　　　　曾记得春宵酒醉人慵倦,
　　　　　　我与你卧看花影上斜栏。
　　　　　　侍者丫环扶不起,
　　　　　　夫妻恩爱重如山。
　　　　　　老夫今日遇危难,
　　　　　　全凭你助我度难关。
　　　　　　要借贤妻物一件,
倩　娘　（接唱）相爷教诲请明言。
曹　操　（惨然地）唉！贤妻,你可知我要借你的什么东西？
倩　娘　只要相爷降旨,为妾无不遵从,何用提起借字？
曹　操　我……我要借你项上的人头！
倩　娘　（惊呆）借我的人头？（思索,一笑）相爷,你喝醉了吧？
曹　操　不曾喝醉。
倩　娘　你糊涂了？
曹　操　我明白得很。
倩　娘　你莫非在梦中？
曹　操　梦中？是了,我正是在梦中啊！（唱）
　　　　　　我在灵堂方入梦,

　　　　　　你不该把我的好梦惊。
　　　　　　我梦中杀了孔文岱,
　　　　　　文官武将尽知情。
　　　　　　倘若留你一条命,
　　　　　　枉杀无辜担罪名。
　　　　　　怕的是识破真情人心冷,
　　　　　　也只得借你的头颅服众人!

倩　娘　(惊呆)啊呀——!(欲倒)
曹　操　(忙扶起)贤妻!(唱)
　　　　　　你不该对老夫柔情万种,
　　　　　　你不该时时将我挂心中。
　　　　　　你不该黉夜来把衣裘送,
　　　　　　一脚踏进枉死城。
　　　　　　倩娘啊,有朝一日乾坤靖,
　　　　　　我为你造一座烈女碑亭。

倩　娘　你……你不要说了!
曹　操　贤妻答应了么?
倩　娘　为相爷的大业,为天下苍生,倩娘甘愿受死……
曹　操　贤妻杀身成仁,我替天下人拜谢你了!
　　〔曹操三跪拜,倩娘三回避。最后,倩娘扶起曹操。
倩　娘　(唱)相爷一拜如山重,
　　　　　　三跪拜拜得我魄散魂惊!
　　　　　　倩娘一死不要紧,
　　　　　　撇下相爷受孤伶。
　　　　　　从今你翡翠衾寒谁与共?
　　　　　　容倩娘歌一曲长伴夫君。

曹　操　(哀伤不已)倩娘……
倩　娘　(唱)昔日螳螂去捕蝉,
　　　　　　岂知黄雀在后边。

　　　　　蝉儿未遭螳螂捕,
　　　　　螳螂先被雀儿衔!
　　　　　看起来强中更有强中手,
　　　　　山外青山天外天!
曹　操　啊!捕蝉曲……(沉思)
倩　娘　相爷记下了么?
曹　操　记下了,贤妻你……自裁了吧!
　　　　〔曹操授剑,倩娘上前接剑,忽又掩面而泣。
倩　娘　相爷……
　　　　〔二人无语凝望。
　　　　〔鹿鸣女内哭:"喂——呀——!"急上。
　　　　〔杨修追上。
　　　　〔曹操与倩娘谛听。
鹿鸣女　(欲撞入灵堂)哎呀,我那孔——
杨　修　(忙阻拦鹿鸣女)小姐留步!
　　　　〔鹿鸣女一怔,不知所以。
杨　修　(故意高声)丞相有梦中杀人之疾,你去不得!
鹿鸣女　啊……
　　　　〔曹操与倩娘闻言,呆住。
曹　操　贤妻听到了么?你……怪不得我了!
　　　　〔曹操捧剑上前,倩娘欲接剑,曹操忽转身。倩娘扑上,夺剑自刎。
曹　操　(欲夺剑已来不及)爱妻——来人哪!
　　　　〔杨修与鹿鸣女入灵堂,见倩娘尸,赫然。
　　　　〔静场。
杨　修　啊呀,丞相果然梦中杀人!
鹿鸣女　母——亲——!
曹　操　儿啊……
杨　修　唉,夫人!

鹿鸣女　孔郎！夫啊——(扑向灵前)
曹　操
杨　修　(同吃一惊)你……
曹　操　我儿急糊涂了么？
鹿鸣女　父相！儿与孔文岱，同居北海，自幼订下终身，兵乱失散，天各一方。想不到才得重逢，便成死别，叫儿好不悲凄啊！
杨　修　原来如此！
曹　操　我儿你怎不早说呀？
鹿鸣女　(唱)一声娘一声夫肝肠俱碎，
　　　　　　　薄命女从此后失了傍依！
曹　操　(旁唱)妻死儿伤我的心流泪，
杨　修　(旁唱)杨德祖惹大祸必死无疑！
曹　操　　　　贤　妻
杨　修　(同唱)孔贤弟！哎呀——！
鹿鸣女　　　　孔　郎
曹　操　杨主簿！
杨　修　丞相……
曹　操　依你之见，今日之事如何了结才好？
杨　修　(只待降罪)但听丞相仲裁！
曹　操　这个……老夫有意将我儿鹿鸣配你为妻，谅无推却吧？
杨　修　(大为意外)啊……
鹿鸣女　父相啊！儿要为母戴孝，替夫守节，难以从命！
曹　操　儿啊，你母一死，无人照看于你，况且杨主簿对我忠心无二，又是孔文岱的好友，你只有终身依傍于他，我才放心得下。你就该戴孝完婚！
鹿鸣女　(扑向倩娘尸)母亲！你要替儿作主呀！
杨　修　(旁唱)曹丞相这一招实在太妙，
　　　　　　　以恩报怨手段高！
　　　　丞相大恩，杨修生当殒首，死当结草，以图报答！(拜下)
曹　操　起来，起来！
　　　〔灯暗。

第五场

〔大幕前。追光引招贤者上。此时,他已是青须飘忽。

招贤者　汉相曹操,惜才如命,主簿杨修,得配鹿鸣。有识之士,快来投奔!招贤哪——(隐去)

〔大幕启。洛阳郊外。

〔鹿鸣女乘车上,杨修骑马随后。

杨　修　(唱)马萧萧,
鹿鸣女　(唱)车辚辚,
杨　修　(唱)香车玉辇送鹿鸣。
鹿鸣女　(唱)花烛堂前金兰订,
杨　修　(唱)你为贤妹我为兄。
　　　　　　小妹呀!
　　　　　　堪叹我戎马倥偬风飘絮,
　　　　　　生死浮沉雨打萍。
　　　　　　累及小妹我不忍,
　　　　　　因此送你转家门。
　　　　　　你去那邺城郊外桃花镇,
　　　　　　清溪流水小桥东。
　　　　　　寻着了我的娘呈上书信,
　　　　　　老母亲定为你择配郎君。
　　　　　　嫁一个勤劳本分的作田汉,
　　　　　　男耕女织度光阴。
鹿鸣女　(唱)谢兄长,恩义深,
　　　　　　劝兄长,要自珍。
　　　　　　鹿鸣女一生遭遇多不幸,
　　　　　　可幸遇你赤诚人!
　　　　　　我在家中将你等,
　　　　　　用心侍奉老娘亲。

|||||盼只盼天下狼烟尽,
|||||我迎你衣锦荣归返家门。
杨　修　(一怔)啊,小妹何出此言?
鹿鸣女　兄不归,妹不嫁,此心已决。兄长不要再送了,转去罢!
杨　修　这……待我再送一程!
　　　　〔车马下。
　　　　〔曹操内唱:
|||||"闻一讯惊得我魂魄飞走——"
|||||打马急上。公孙涵骑马随后。
曹　操　(唱)杨主簿大喜之期逃出京都!
|||||他有一双医国手,
|||||尤恐他弃魏奔蜀吴。
|||||流水疾风马蹄骤,
|||||要学个萧相国追赶韩侯!
|||||马前忽有三条路,
|||||不知他往哪边投?
公孙涵　卑职启禀丞相,杨主簿从右边岔道去了!
曹　操　你不曾看错?
公孙涵　(从袖内扯出折章)启禀丞相,我这折章之上记载得一清二楚,他是往右边去了,定是投奔东吴去了啊!
曹　操　忒啰嗦了。追!
公孙涵　是是,追!
　　　　〔曹操、公孙涵策马西行。
曹　操　(唱)哎呀呀,我那杨主簿,
|||||你匆匆出走缘何故?
　　　　〔杨修骑马上。
杨　修　(唱)送罢鹿鸣转回头。
　　　　〔曹操、公孙涵、杨修三马相遇。
杨　修　啊,丞相!(忙下马施礼)
曹　操　(惊喜过望,滚鞍下马,抱住杨修)德祖哇德祖!这下你可跑不脱了！哈哈哈哈……
杨　修　丞相撒手。
曹　操　不可不可,我若撒手,你又要逃跑了!
杨　修　逃跑？哈哈哈哈！我若逃跑,怎会反投洛阳而来？
曹　操　这……
公孙涵　你原来不曾逃跑？
杨　修　又是你通风报信吧？
公孙涵　啊,不不不……
曹　操　公孙先生,你呀!
　　　　〔公孙涵快快下。
曹　操　杨主簿,追得我一身大汗!
杨　修　你叫我好吃一惊!
　　　　〔曹操与杨修同笑。
曹　操　(怀中取出一纸战表)德祖请看。
杨　修　看什么？
曹　操　(唱)诸葛亮批回了我的战表,
　　　　　　　上写着四行诗好不蹊跷。
　　　　　　　是战是降不明了,
　　　　　　　刁钻古怪费推敲。
杨　修　待我看来。(看战表,念诗)
　　　　　　　黄花逐水飘,
　　　　　　　二人过木桥;
　　　　　　　好景无心爱,
　　　　　　　须防歹徒刀。
　　　　原来是一句暗语,诸葛亮好欺人也!
　　　　(旁唱)黄花本是一女子,
　　　　　　　女旁有水是"汝"字,(音尔)
　　　　　　　木上二人是"来"字,
　　　　　　　爱字无心是"受"字,
　　　　　　　刀字须作匕字解,

　　　　　　歹徒持匕是为"死"。
　　　　　　"汝来受死"四个字，
　　　　　　批在战表费深思！
曹　操　杨主簿解得孔明诗中之意么？
杨　修　区区小诗一首，何难之有？
曹　操　怎么，你已知道了？
杨　修　（自豪地）知道了。
曹　操　（难堪地）你且不要说破，待我仔细想想。
杨　修　（讥讽地）只恐丞相想它不透。
曹　操　岂有此理！只需马行十里，本相自然想透。
杨　修　马行十里？
曹　操　马行十里。
杨　修　丞相请！
曹　操　请！
　　　　　〔二人上马。音乐声中圆场。
曹　操
杨　修　（同唱）信马由缰往前行，
　　　　　　茵茵绿草没蹄痕。
杨　修　（唱）要解孔明五言令，
曹　操　（唱）马行十里便知情。
杨　修　丞相，你的马走慢了。
曹　操　走慢了？待我加鞭。（打马）
杨　修　（唱）走走走，
曹　操　（唱）行行行，
杨　修　（唱）弯弯小溪马前横。
曹　操　（唱）低头忽见溪中水，
　　　　　　一半浊来一半清；
　　　　　　莫非说，他是清水明如镜，
　　　　　　我偏是浊水混沌沌。
　　　　　　好不恼煞人！
杨　修　丞相，走哇！

曹　操　走！

〔二人跃马过溪。

杨　修　（唱）往前走，
曹　操　（唱）马不停，
杨　修　（唱）丞相顺马靠右行，
曹　操　（唱）却是为何因？
杨　修　（唱）君不见青山投入路中影，
　　　　　　　左边暗来右边明。
曹　操　却也未必！（唱）
　　　　　　明暗未可定，
　　　　　　此话不为凭。
　　　　　　待到日落西山顶，
　　　　　　明处暗来暗处明！

杨　修　说得好！
曹　操　哈哈！

〔杨修与曹操圆场。杨修勒马。

曹　操　勒马作甚？
杨　修　十里路到了。
曹　操　啊，休要胡说！
杨　修　丞相，你看啊！
曹　操　这……（十分难堪）
杨　修　不知丞相可曾解出孔明的四句诗？
曹　操　（讪讪地）马行十里过于仓卒，倘若步行十里我定能猜出。
杨　修　（故意地）丞相不猜也罢！
曹　操　（执拗地）要猜，要猜！
杨　修　如此，请丞相下马。

〔二人下马。

杨　修　丞相，走哇！
曹　操　走！
杨　修　哎哎哎，慢来慢来！

曹　操　作甚？

杨　修　这步行十里,你若猜出来了,倒还好说,倘若猜不出来,又当如何？

曹　操　此番若再猜不出来,老夫甘愿……

杨　修　甘愿怎样？

曹　操　甘愿替你牵马。

杨　修　哎呀呀,这却使不得！堂堂宰相,为我这小小主簿牵马成何体统？

曹　操　一言既出,决无反悔。

杨　修　讲定了？

曹　操　讲定了。

杨　修　走？

曹　操　走！

杨　修
曹　操　（唱）走了一程又一程,
　　　　　　　远望天边起乌云。

杨　修　丞相！（唱）
　　　　　　乌云起,雨将临,
　　　　　　兵家宜守不宜攻。

曹　操　（唱）攻其不备可制胜,
　　　　　　要将西蜀一扫平。

杨　修　（唱）丞相未可太自信,
　　　　　　孔明不是等闲人。

曹　操　（唱）诸葛村夫不足道,
　　　　　　他早已惧我两三分。
　　　　　　战表题诗,他有难言隐,
　　　　　　咬文嚼字藏苦衷。

杨　修　哦？丞相已解出孔明的诗了？

曹　操　这……不曾解出。

杨　修　还未解出,如何是好？

曹　操　容我再想。

杨　修　二十里到了。
曹　操　(一怔)什么？又到了？(发呆)
杨　修　丞相……
曹　操　(羞恼地)再行十里，我誓要猜出！
杨　修　再行十里倒也无妨，只是丞相你，却少不得要为卑职牵马呀！
曹　操　当真要牵马？
杨　修　丞相岂可言而无信？
曹　操　(自信地)老夫牵马，哪个敢骑？
杨　修　丞相牵马，杨修敢骑。
曹　操　(终于气恼)你好大胆！
杨　修　哎哎，这就是丞相的不是了，打赌取乐，岂可当真！
曹　操　(无言以对)……老夫不曾当真。
杨　修　既未当真，就请丞相牵马过来。
曹　操　(无奈)好吧！(牵马)马来了！
杨　修　有劳丞相！
　　　　〔杨修上马，亮相。
曹　操
杨　修　(唱)没来由，没来由，
　　　　　　堂堂丞相做马夫。
　　　　　　世间只有牛吃草，
　　　　　　几曾见过草吃牛？
杨　修　(唱)跨上这青骢马遛上一遛，
曹　操　(唱)杨德祖果然是胆大狂徒。
杨　修　(唱)谁叫你好逞强自作自受，
曹　操　(唱)落得个半真半假受人羞。
杨　修　丞相，不走了罢。
曹　操　(无处发作)走走！(唱)
　　　　　　走一步，恼一步，
杨　修　(唱)闭目养神任你游。
曹　操
杨　修　(唱)人在路上走，

　　　　　　影在石上留。
　　　　　　马下之人矮半截,
　　　　　　马上之人高一头。
曹　操　（唱）矮半截,实难受,
杨　修　（唱）高一头,好风流,
曹　操　（唱）一时风流难长久,
杨　修　（唱）乐极生悲分外愁。
曹　操　（唱）走走走,
杨　修　（唱）愁愁愁,
　　　　　　忽听杜鹃啼不休!
　　　〔远处传来杜鹃叫声。
杨　修　丞相你听。
曹　操　听什么?
杨　修　那杜鹃在叫:不如归,不如归呀!
曹　操　不、如、归?
杨　修　此乃是兵发西蜀的不吉之兆啊!
曹　操　（思索,猛醒）哦,我明白了!
　　　〔曹操猛然抽马。杨修落马。
杨　修　丞相解出来了?
曹　操　孔明的四句诗,竟是四字隐语:汝来受死!（一怔）汝、来、受、死——（狂怒）啊呀呀!诸葛村夫,欺我太甚!
杨　修　丞相啊,非是诸葛亮敢吐狂言,他用的乃是激将法,丞相若引兵入川,必遭大败!
曹　操　大胆!你竟敢长他人志气,灭自家威风。是何居心?
杨　修　如此说来,丞相是决意发兵的了?
曹　操　谁敢阻挡,定斩不饶!
杨　修　杨修愿冒死相劝,丞相啊!（唱）
　　　　　　双膝跪地忙叩拜,
　　　　　　杨德祖有一言丞相听来:
　　　　　　我三尺微命如草芥,

　　　　　劝丞相兵马休向蜀中开。
　　　　　诸葛亮派重兵把守关隘,
　　　　　五虎将一个个明伏暗埋。
　　　　　此战必然遭惨败,
　　　　　怎忍见三军将士血洒尘埃!
　　　　　一念差必酿成愁天怨海,
　　　　　为主帅,你要三思再想好自安排!
曹　操　（旁白）如此心多顾虑,非雄才也!又何必计较于他!（对杨修）恕你无罪。起来!
杨　修　谢恩!
曹　操　你,才华高出老夫三十里,加封你为行军主簿,随军入川!
杨　修　啊……
　　　　〔灯暗。

(选自《剧本》1987年第1期)

【作者简介】

　　陈亚先(1948～　),湖南省岳阳县人。1966年高中毕业任教师,先后任剧团编剧、文艺研究所编剧。现为岳阳市文联主席兼湖南省文联副主席。

　　1972年开始戏剧创作,主要作品有:京剧《曹操与杨修》、《宰相刘罗锅》(与人合作)、《无限江山》、《霸王别姬》,湘剧《李世民与魏徵》,电视剧《乾隆王朝》(与人合作)等。作品集有《湖南当代剧作家剧作选——陈亚先卷》和《戏剧编剧浅谈》。戏剧作品曾获曹禺戏剧文学奖、文化部优秀编剧奖、第六届中国艺术节金奖等多个奖项。他的《曹操与杨修》在1989年、1996年形成两次演出高潮。

【作品简析】

　　由陈亚先编剧、马科导演的新编历史剧《曹操与杨修》,大胆地将现代意识、现代艺术融入京剧之中,让古老的戏曲形式展现鲜明的时代特色,这是新时期京剧艺术革新探索的重大收获。

《曹操与杨修》突破了戏剧舞台心灵塑像的高难点,开拓了"戏剧干预灵魂"的新形式,把感情、感觉、情绪等心灵现象外化为直观的人物性格,把人物隐蔽的心灵交锋幻化为多元的性格刻画。曹操与杨修是剧中集中塑造的两个悲剧人物。赤壁之战之后,为振兴曹魏再图大业,曹操大量招贤纳士。"渴求人才,终得杨修",他曾感叹"千军易得,一将难求啊",为留住杨修,甘愿为其牵马走三十里路,以示诚意。曹操求贤若渴,建业宏伟,然而他又忌贤妒能,奸诈多疑,惟我独尊,宠信小人,陷入爱才又忌才的矛盾痛苦之中。该剧多侧面地刻画了曹操真实的心理过程。当他感到杨修的才气、才策威胁着自己的声望、地位时,便"忌其才、恶其才、怒其才",顿生疑忌,引动杀机,陷入痛苦绝望之中,明知是人才又怕高过自己留下后患,斩头台上道出心声:"鱼味虽好刺卡喉","我实在地不想杀你,可又实实地不得不杀"。曹操的悲剧性格决定了杨修的悲剧命运。杨修被曹操招贤后,封为掌管国家钱粮的"仓曹属主簿"。他仰慕丞相的雄才大略,又以"谋士之才,文士之才"智取十万胡马千船粮,建奇功立奇业,却因其恃才傲物、得理不让人、直言进谏的独立个性,不能取信于曹操。两人悲剧心态的激烈冲突演示着古代的权势者与智能者的相互周旋和对耗,更体现着"横贯中国历史的封建权势人格和文人智能人格之间难以调合的对峙矛盾"(《京剧艺术的新突破——京剧〈曹操与杨修〉座谈纪要》,1989年3月21日《人民日报》)。《曹操与杨修》的艺术价值,在于通过两个悲剧心灵的真与假、善与恶、伟大与卑微、坚强与脆弱的对比,以及私欲、权欲、情欲等人性的展示,在通幽的深层世界里,对人的灵魂作了细腻而奇特的描塑。以悲剧作底色,以人生哲理为灵魂,演绎了一场场世代知识分子与权势者的不解恩怨。像为曹魏立下汗马功劳的孔文岱被曹操错杀而冤死,曹操为其守灵,对着神灵的内心独白,真诚忏悔,令人震撼;曹操后又借"灵堂入梦"赐杀爱妻倩娘,为的是"以服众人",倩娘对曹操的甘愿受死,情意缠绵的临行场面,曹操也谓之"我心在流泪";剧中,曹操四次想杀杨修,他们相互试探,处处斗智,这种种人物的难言之苦,都渗透着一种更深厚的人文哲理,让观众领悟到权力与才智相左、政治家与知识者相隔的历史悲剧。

《曹操与杨修》突破了精细再现故事的写实手法,大量运用现代艺术的写意、象征、隐喻技巧,刻画心灵的运转过程,着力于人性、情感、心理活动的渲染,突出对人本体的认识分析,这是古老戏曲的可贵升华。因为直观造象的目的是为讲故事,心灵造形的目的是剖析灵魂。《曹操与杨修》为突出灵魂的塑造,淡化外在冲突,拆散情节,打乱故事的连贯性,人物的痛苦、矛盾、犹豫、杀机等情绪变化都外化为斗智场面。当杨修筹到钱粮时,曹操暗惊"杨修旷世奇才亘古无","忽有所思,论机谋曹差他一筹也",于是顿敛笑容。为避免杨修看出心机,假托自己有"梦中杀人之疾",又连杀家人,以压服杨修,其实曹操早中了杨修的试探之计,落得个"妻死儿亡"的结局。杨修深知奸恶的曹操不会放过自己,顿感"杨修我惹大祸必死无疑",所以在"牵马"一场时二人明争暗斗,是"走,走,走","愁,愁,愁","走一步,恼一步","落得个半真半假受人差"。全剧多是以曹操与杨修二人的心灵冲突展开的,由于作者深化了对人的潜意识活动的真实描写,用暗示叠生的潜台词把人物的意识视觉化了,变心理内涵为有声的性格台词,使曹操、杨修两个典型呈现多义性、模糊性特点。

　　一般地说,戏美不存在于故事的表层,而存在于心灵的深处。因此,深层意蕴不是写实手段所能获取的。《曹》剧对人物情节的哲理开掘,多是采用舞台意象的暗示、隐喻幻化出来的。全剧七场戏,人物活动场面都安排在"墓地"、"灵堂"、"斩头台"、"深秋"、"夜晚"等幽深神秘的空间之中,渲染悲剧气氛,给人以朦胧难明、意象丛生之感。舞台上的"亡灵"、"鬼魂"、"幻象"、"深夜",都是人物难以摆脱的精神世界的意象符号,这是西方现代派戏剧常用的戏剧外化手段。这些象征符号容易形成虚幻缥缈、神秘莫测的心理感受,使悲剧更显幽远丰厚。像戏一开场,观众看到的是非常厚重的城墙和象征皇权的"龙壁",龙壁吊起来,开始了一场沉重的惊心动魄的人生悲剧。剧中的隐隐山脉,数十里茫茫大漠,众将踏雪驰骋,加之演员的大武戏动作,意写曹操的胸怀和精神的恐惧与茫然。舞台上的"疾风"、"马嘶"、"杜鹃啼叫"、"漆黑静止的舞台"等,也多暗示着人物的心理情绪。这种朦胧美感和思辨美感,只能用观众的心灵去感悟它。

剧中更以"招贤者"的形象贯穿全剧。他的幕前插话,既是全剧内容的提示,又是写人的点睛之笔。从第一场"黑发无须的少年"到结尾"白发苍苍的老者",一剧终了,他仍在发出苍老悲壮的"招贤了!"的呼喊,这是时代的声音,更暗示了"招贤"悲剧的世代延续性。

(田旭修)

天下第一楼*（存目）

何冀平

【作者简介】

何冀平(1950～　)，女，北京人。中学毕业后，插过队，当过工人。1978年入中央戏剧学院学习。1982年后任北京人民艺术剧院编剧。作品有《好运大厦》、《天下第一楼》等。1989年去香港定居。90年代后的作品有《德龄与慈禧》(1998)、《开市大吉》(1999)、《烟雨红船》(2000)、《明月何曾是两乡》(2001)、《还魂香》(2002)等。

【作品简析】

该剧通过清末民初北京福聚德烤鸭店的兴衰史，描绘了70年前的京华风情，探讨了中国美食文化的悠久历史，以及形形色色的民族文化心态。这部剧作在表现民族精神上有其独特的角度。在新时期的"寻根热潮"中，作者没有着眼于对蛮荒的生命意识和粗陋的野性欲念的表现，更没有重复古老而落后的原生态描写，而是站在科学的、历史的、审美的高起点上，细腻地刻画了美食文化的创造者，堂、柜、厨等下层人民的生态风情，以及他们的苦、辣、酸、甜的人生命运，公正地评价和颂扬了他们创造的文化价值，也揭示了民族文化在他们心灵深处的历史积淀。因此，话剧《天下第一楼》表层写吃的世界、吃的艺术、吃的文化，实则揭示的是民族心态的发展历程。由于作家追求文化意识和文化心态的表现，因此，使作品内涵深邃，时代感强，让饮食文化具有了很强的哲理和美学色彩。

---

* 原载《十月》1988年第3期。

作者在探寻中华民族传统文化之根时,都是落笔在对个性化的人物刻画上。全剧塑造了几十个性格不同、命运各异的人物,其中贯穿全剧的堂头常贵和接手掌柜卢孟实是两个异常感人的形象。常贵是鸭店老跑堂的,地位卑微却兢兢业业地办店堂,善于应变,巧于应酬,上至总统,下至哥儿大爷,他都笑脸相迎,侍候左右。他视顾客为"饮食父母",顾客的夸奖乃是他至高的慰藉。常贵终生苦干,为老唐家立下了汗马功劳,却始终被唐家少爷"当成一条老狗任意驱使"。他把委曲压在心底,仍然是穿梭于店堂、雅座、厨房之间,最后,从楼上跌下来结束了悲惨的一生。他临死前还伸出五个指头,不是要求人们照顾他的爱子小五,而是要伙计们快给楼上的客人端上五两白酒。这是何等可贵的敬业精神!他地位卑微却敬业自重,是老店的台柱子。作者对旧社会这个堂倌的典型倾注了无限的爱。作为一个复杂的艺术个性,作品还展示了这个人物矛盾的内心世界。他有追求和尊严,但无权表达;热爱职业又深知"五子行当"的低下,希望儿子尽快摆脱出来;总想挺直做人,又习惯地弯下腰去,作为人的本性,他已被时代和职业扭曲了。该剧正是通过常贵这一闪光的形象透视了中国美食文化后面的血和泪。剧中另一个关键人物卢孟实也是一个写活了的角色。这是一个旧社会开拓型的企业家的典型形象。在烤鸭店即将垮台时,老掌柜委任于他。他深知"天时、地利、人和"和谙熟经营之道,团结同仁,自强自重,礼贤下士,广揽人才,靠堂、柜、厨三者的配合救活了垂死的买卖。在竞争中,他精明干练,灵活多招儿,用"空城计"吓退了讨债主,用"抓彩"引来了八方阔主顾,盖起了高楼,增加了热炉,挤垮了同行的大饭店。然而正当烤鸭店振兴时,他却被败家子唐家少爷挤跑了。最后他品味出了人生的况味:"干事的就怕搅合的","天下没有不散的筵席"。这个壮志未酬的创业者的命运带有深刻的现实意义。另外,烤鸭技师罗大头也很有个性。他技高自傲、倚老卖老,平时吸大烟成瘾,成为侦缉队敲诈福聚德的祸根。作者赋予他旧社会把头、行帮的性格特征。剧中还特意刻画了一对老主顾克五爷和修鼎新,前者是满清遗少,后者是精通食经、懂得个中三昧的美食专家。还有精于"堂子菜"的青楼名妓玉絜、灶头李小辫,以及众多帮闲食客、达官贵人、纨绔子弟等近二十多个舞台形象,也各有各的戏。

　　作者在细腻地刻写人物的同时,还精心地设置了舞台上的戏剧冲突,让舞台表现人和人性,表现心结、心态和心灵。全剧用多组纠葛的交叉并进引发戏剧性,凸现人物性格,像福聚德内部东家、伙计之间的争斗,柜厨之间的纠纷,父子之间的矛盾,炉头和灶头的同行摩擦,在人物交叉的纠葛中,表现时代的人情风貌。

　　《天下第一楼》所运用的台词也十分精练。作者在深化现实主义的基础上,达到台词的写实与写意的自然融合,用象征性的本色台词突出人生哲理表现。结尾处,"好一座危楼,谁是主人谁是客?只三间老屋,时宜明月时宜风"的匾联点题,表面看,主人是老东家、少东家,而真正使烤鸭店事业兴旺的则是那些伙计们。主客位置和人生价值的颠倒,正是作者要批判的。虚实结合的台词,使剧作呈现一种俗中透雅和平凡深沉的风格。

(田旭修)

有一种毒药*（存目）

万方

【作者简介】

万方（1952～　），出生于北京，北京市戏剧家协会副主席。14岁时，因父亲曹禺在"文革"中遭受错误批判，万方在中学受到歧视，没有资格进入教室学习，只能蹲在台阶上看《毛泽东选集》。16岁到东北农村插队劳动。18岁时，沈阳军区招收文艺兵，一位部队领导听说她是曹禺的女儿，认定必有创作天赋，将其招收为沈阳军区前进歌剧团创作员。1978年转业，到《剧本》月刊做编辑，后来调入中央歌剧院做专职编剧。自上世纪80年代以来，她创作了小说、舞台剧、电影及电视剧本等30余部。主要有小说《纸饭馆》、《明明白白》、《幸福派》、《香气迷人》、《和天使一起飞翔》、《没有子弹》等，电影剧本《日出》、《黑眼睛》，分别获得中国电影"金鸡奖"、"华表奖"，电视剧《牛玉琴的树》、《空镜子》，分别获得中国优秀电视剧"飞天奖"、"金鹰奖"。此外，她创作的电视连续剧《空房子》、《走过幸福》、《你是苹果我是梨》、《女人心事》等也在播出后广受好评。近年来她主要从事话剧创作，发表的剧本有《有一种毒药》、《关系》、《报警者》等，其中《有一种毒药》获2008年第二届"中国戏剧奖·曹禺剧本奖"。

【作品简析】

《有一种毒药》是万方的话剧处女作，经任鸣、王鹏导演，2006年12月19日，在北京人民艺术剧院小剧场首演，首轮演出30场，观众反响

＊ 原载《剧本》2007年第1期。

热烈。

此剧讲述的是一个普通家庭两代人的恩怨情仇,在梦想与现实、情感与理智之间,他们选择、求索、纠结、挣扎。剧作家将细腻的笔触,剖开生活表层的面纱,打捞起静水深流之下层层淤积在生活河床里的沉渣。

戏剧一开始,便是一个漆黑的深夜,一个寂寥的家庭,儿子高科紧张地询问母亲兰宏,父亲为什么还没有回家,他到底去了哪里?母亲兰宏却带着几分冷漠,镇静地说"他死不了"。

高希天与兰宏是一对怨偶,彼此厌恶又相互依存,虽然不断吵闹却从没打算过离婚,共同度过了20多年的家庭生活。原本应该是一家之主的高希天,曾经是一位声乐爱好者,梦想成为歌唱家,可是后来却一事无成,常常在外酗酒晚归,对家里的事情不管不问。兰宏精明强干,有几分女强人的特质,她经营着一家房屋装修公司,生意做得不错,是家里的经济支柱,自然也掌控着家里的决策权和话语权。她渐渐感到精力不济,有意培养儿子接班,把公司的事务交由高科打理,但又放心不下,事事过问,实际上依然控制着公司的管理权。当她发现账上少了10万块钱,便不住地追问儿子到底是怎么回事,而高科却总是支支吾吾。

高科自小生长在母亲强势的家庭里,在父母情感不睦的夹缝中,他学会了凡事顺从,乖巧懂事。但是,唯独在婚姻问题上,他不顾母亲的激烈反对,娶了一位患有严重风湿病的女孩儿小雅为妻。小雅的病症日益加剧,只能坐轮椅,两代四口人住在同一个屋檐下,儿媳小雅轮椅上的背影,就成为婆婆兰宏永远的厌烦永远的痛。

醉得晕晕乎乎的高希天总算自己摸进了家门,兰宏看到他那份落魄潦倒的样子,心里充满了恨铁不成钢的无奈。她冷言冷语地讽刺、训斥,碰上的是高希天逆来顺受的嘴脸,巴结讨好的架势,这又让兰宏找回了内心的平衡。

儿媳小雅是位有艺术气质的女孩儿,母亲的早逝让她常感孤单,而身体的病患又让她不免自怜。她与高科一见钟情后陷入热恋,她渴望爱情又不忍拖累高科,本来不打算与之结婚,但是兰宏对她的打击和伤害,反而激起了她内心的不满和怨恨,她以报复的心理反抗兰宏的强势,决然走进高家,成为高科的妻子,从此与兰宏形成尖锐的婆媳对立。

小雅的表弟季杰是个活在梦想里的人,他发狂地迷恋电影,不顾一切,无论如何也要自己拍电影。没有钱,他就偷取母亲的存折,这让父亲十分恼怒,将其赶出家门。即便是居无定所,食不果腹,季杰还是要坚持梦想。小雅被他的这种"疯"劲所打动,她的身体无法自由活动,但梦想的天空却愈加辽阔。在她看来,"肉体是可以消失的,只要有足够的想象力,你可以到达任何地方"。为了资助表弟季杰实现梦想,同时也想让高科证明自己在公司里拥有自主权,她怂恿高科从公司账上拿出10万块钱,资助季杰拍电影。高科深爱妻子,不忍让她灰心失意,便毅然背着母亲把钱拿回家,由小雅交给表弟,从此,高科便要忍受母亲不断的追问,他也只能不断地圆谎。

出于对小雅的怨恨,兰宏恨不得高科早点与其离婚,她甚至诱导儿子说,小雅既然无法尽到妻子的义务,你如果与别的女人有染,比如与公司对门洗头房的丽丽有来往,把钱拿给她,也是可以理解的。高科觉得母亲的说法很荒唐,居然生发出这样的想象。但随后,兰宏就巧妙地旁敲侧击地告诉小雅,你不要太相信你的爱情;后来,在家庭矛盾爆发、情绪激动时,兰宏干脆告诉小雅,高科已经背叛你了。高科在母亲与妻子的矛盾中,左右不是,只有努力安慰妻子,尽管这无法毁掉两个年轻人的爱情,但是毕竟让小雅饱受创痛。

高希天原本渴望自己成为歌唱家,妻子兰宏却并不支持他。经过多年的声乐学习之后,他兴冲冲地筹办自己的独唱音乐会,可是在妻子的掌控和干涉下,音乐会成为泡影,他的艺术美梦被毁,从此便一蹶不振,整天借酒浇愁。

高希天酗酒的毛病日益严重,从兰宏那里要不到酒钱,他就偷拿儿媳房间里的钱。被小雅撞见后,高希天十分惭愧,他说,"当人恨得咬牙切齿的时候,往往是在恨自己","我不是不后悔,有时候我很后悔,那滋味可真难受,所以我怕醒过来,每次喝醉酒醒过来,回到大白天的现实……可怕,十分可怕……"小雅同情这位在婆婆的淫威下苟活残喘的公公,告诉他需要钱您就自己拿吧。而兰宏看到高希天在与小雅聊天,十分恼怒,并以尖刻的话语训斥他们。

季杰带着朋友,拿着设备,一次次闯进高家,开拍他的电影,这让兰宏十分反感。季杰采访并拍摄高希天和小雅,让他们对着镜头回答:下辈子你想干什么?当兰宏得知那10万块钱,竟然是高科给了季杰,便理所当然地认为这是小雅的阴谋,她疯了似地驱赶摄制组,并且让高希天帮她扣留摄影机,季杰和他的朋友想要抢回机器,于是双方发生激烈的肢体冲突,高家乱作一团。暴怒之下,兰宏指着小雅和季杰痛骂:"你,还有你,你们不是别的,你们是毒药!你们疯疯颠颠,无法无天,自己不好好活,还要把别人的生活搅得一团糟。你们什么都不在乎,心里只有你们自己!可你们还要靠着我,靠我这样的人来养活你们。"季杰和他的摄制组仓皇逃离,而高科和小雅则准备离开这个家。此时,兰宏拿出了一张诊断书,她在20年前就被诊断出癌症,她努力打拼,就是为了保障和维护家庭。母亲越是付出辛劳,越会抱怨生活;越是追求家庭的经济利益,越会导致家人与她情感的背离。这是一个现代女性的悲剧。

谈起这部戏剧的名字,万方说,"在《有一种毒药》里,我无法告诉人们哪种是毒药,什么是毒药。但有一点我非常肯定,每个人的心中都怀着渴望。无论它会给生活带来什么,是成功还是失败,是痛苦还是快乐,是迸发而出的创造还是可怕的破坏,人们无法遏制心中的渴望。对此我们别无选择。"当人们处在一个崇尚物质而精神匮乏的时代,现实的考量与精神的渴望之间,日益滋生的是内心的困惑和自我的矛盾。

万方笔下的人与生活,不是简单的好与坏、对与错,而是在各种扭曲的关系中所显现的生活本真的样貌、人自身的无奈与挣扎,以及人性内涵的复杂。生活有它自己的严苛的逻辑,现实的经济压力足以把梦想摧毁,可是梦想的萌芽一旦被生生掐断,人的内心却又永感着那份深深的痛苦和失意。

剧中的季杰吟诵过一首诗:

　　如果我不能做我想做的事
　　那么我的工作就是
　　不做我不想做的

事情

　　这不是同一回事

　　但,这是我能做的最好的事情。

　是按照自己的意愿做自己想做的事情,还是按照生存的逻辑做别人需要我们做的事情,这的确是摆在人们面前的一个选题,戏剧无法给出明确的答案。在各种关系的扭结与变动中,现实的人面临不同的境遇和不同的情势,因此选择需要面对特定的条件,也需要人文的情怀与人生的智慧。它却引导人们思索,无论你怎样选择,都应对于他人怀有一份理解和尊重,不去伤害与你关系密切的他人。对于剧中人物,万方不做简单的道德判定,而是怀有深深的悲悯,去刻画他们隐秘的内心,从而表现他们行为方式的内在动因。

(万镜明)

窝头会馆*（存目）

刘 恒

【作者简介】

刘恒（1954～　），原名刘冠军，北京人，北京市作家协会主席。曾就读于北京外国语学院附属小学及中学。其父母原为河北宛平农民，20世纪50年代初定居北京。刘恒中学未毕业即返乡参加劳动，这使其与农村生活结下不解之缘。1969年他应征入伍，在海军部队服役；1975年复员，在北京汽车制造厂装配车间当钳工；1977年发表处女作《小石磨》，展露文学才华；1979年调入北京市文联，任《北京文学》编辑。1986年他因发表风格独特的小说《狗日的粮食》，荣获第八届全国优秀短篇小说奖，引起文坛关注。此后作品不断发表，主要有：长篇小说《黑的雪》、《逍遥颂》、《苍河白日梦》等，中短篇小说《伏羲伏羲》、《白涡》、《虚证》、《教育诗》等，现有《刘恒文集》五卷本问世。在影视剧创作方面，曾经完成电影剧本《菊豆》、《本命年》、《秋菊打官司》、《张思德》、《云水谣》、《集结号》等，电视连续剧《少年天子之顺治王朝》、《贫嘴张大民的幸福生活》等。

【作品简析】

2009年，受北京人民艺术剧院邀请，刘恒创作了三幕话剧《窝头会馆》，2009年9月25日，经林兆华等人导演，此剧在首都剧场首演。

《窝头会馆》以1948年的历史变迁为背景，以北京南城一座破败的四合院——窝头会馆为场景，写了一群在末世里挣扎求生的小人物的

---

* 原载《人民文学》2010年第1期。

苦痛和悲情,从而揭示了时代交替之时隐秘的人性。

生活在破败大院里的人们,在现实层面上,忍耐着旧社会将死未死、新社会将生未生的历史阵痛;在心理层面上,承载了时代交替的黎明前最沉重的黑暗;在精神层面上,无论他们信奉天主、观音还是关公,在风雨飘摇的社会里,都感受着灵魂无所皈依的隐痛。戏一开始,两个家庭主妇田翠兰与金穆蓉一见面,就为了两片膏药吵嘴,她们有一腔莫名的积怨,理不顺说不清。一种弥漫在每个人心中的压抑、凝滞、沉郁的气息,像阴云一样弥漫在小院的上空。

剧中的主人公是窝头会馆的房东苑国钟,若是平常年景,他靠着长租客们的房租,足可以养活自己和儿子,如今房客们穷得拿不出房钱,弄得他每次索租金就像在讨饭。苑家上了大学的儿子身患肺病,休学在家,苑国钟的生活日见困窘,只好到街上卖点私酒、咸菜、花草,换点小钱度命。

西屋住着的田翠兰,身世凄苦。瘟疫之年家人遭殃,她带着奄奄一息的小女进城求生,快要饿死的时候,曾经迫不得已做过皮肉生意,后来被一个卖炒肝儿的男人领进家门。如今女儿大了,招了个养老女婿,一家人手脚勤快,按说日子应该不难,可逃兵吃炒肝不给钱还打人,木匠女婿除了偶尔打副棺材,找不到活儿干。每当苑国钟催房租,吵得最凶的是田翠兰,可是暗地里她与苑国钟又有私情纠缠,这不免让邻居冷眼相看。

东屋住着的中医周玉浦,购买药材时常被骗,坐堂行医赚不到钱,大把的膏药卖不出去,一天到晚苦不堪言。他的妻子金穆蓉曾是王府的格格,如今家族落败,亲眷们在炮火里辗转,她自己置身大杂院,上大学的独养女儿忙着闹学潮,弄得这位主妇整天心烦,寝食不安,只有向天主祷告,求个平安。

窝头会馆的楼上,住着旧主人、73岁的古月宗。此人像一个幽灵,见天儿在屋角、墙根前晃动,拿把铁钎子扎墙,说是玩蛐蛐解闷儿,实际是在寻找意外之财。他最得意的事情,是利用卖房时房契上用词的含糊,白住小屋 20 多年,从未付过房钱。楼上打了隔断的一侧,住着苑国钟的儿子苑江淼,他以养病为名,终日闭门不出。

按照老房主古月宗的说法,窝头会馆的得名,是因为他的祖上进京赶考,在这里度过了一段窝头咸菜的艰难时光,有幸考中后,即购下小院,招待往来的穷苦书生。民国16年,小院骤然发生变故——一个革命党人从院子里被抓走,还被砍了头。而住在隔壁的军阀又朝这里开枪。"坏了风水"的小院,古月宗不得不卖(卖房的原因或许还与他坐吃山空有关)。而此时,与革命党人一同被抓的门房苑国钟,却被放了出来,随后,苑国钟拿出300块大洋,把窝头会馆买下来。古月宗时常唠叨此事的蹊跷,显然弦外有音,认为苑国钟出卖了革命党,拿到了大笔赏钱。苑国钟对此讳莫如深,这就加大了人们的疑心,也成为戏剧的主要悬念。

到了第二幕,苑国钟在众人逼问下讲出房款的来源,他说那的确是革命党人的遗产,此人就义前告知了他藏钱的地点。直到第三幕,窝头会馆就要被肖保长霸占,苑国钟误中了保长儿子的子弹,临死前他才讲出实情:革命党人委托他把那笔钱交于别人,可是那联络点早被查抄,联络人生死不明。这样他才用那笔钱买下了窝头会馆。发财的偶然,死因的荒谬,误解的深重,境遇的凄惨,凡此种种,让苑国钟成了一个被误解的冤者。

身份的寻找与确证,一直是刘恒关注的人性内容。作为房主的苑国钟因为内心的善良,始终显得气短心虚,让原房主嘲笑、蔑视、揶揄了半辈子;作为父亲的苑国钟对儿子百依百顺,简直像个谦恭、殷勤的仆人。为了延续儿子的命,他想办法弄钱,"您要说卖脑袋能救他的命,我这就把脖子上顶的这东西切下来给您搁这儿,您信不信?"而儿子正在用他病入膏肓的生命,做着他认为最有价值的事情:利用被隔离的处境,悄然从事着为地下党印制传单的工作,与死神和旧的世界进行决绝的抗争。

这对父子的悲情就在于,他们因为各有秘密而彼此疏离。苑家父子这两代人,他们的人生趣味、精神世界根本不同,父亲的内心苦痛无法向儿子表达,儿子的理想憧憬也无法向父亲言说。他们就这么相互隔膜,直到死亡把谜底说破。

编剧刘恒说,"本剧的主题说文了是'困境',说白了就是'钱'。""外在的困境是资源短缺,内在的困境是欲望不灭。性是大欲,钱是大欲之欲。"(白瀛、万一:《北京人艺〈窝头会馆〉首演,底层人物体现人性之美》)在《窝头会馆》中,钱这个"大欲之欲"对苑国钟的诱惑是如此强烈,当中医肖玉浦询问苑国钟的个人信仰时,苑国钟咬牙切齿地喊出一个字:"钱"!钱,让人爱到绝望,恨到极致。

钱,作为剧中的重要道具,也作为剧中人欲望的体现,不只一次地出现。一个典型的场面,是房主苑国钟死乞白赖地催要房钱,要得狠了,不掏不行了,房客金穆蓉干脆端出一大簸箕纸币哗啦倒在地上,爱与恨,纠结在钱上,显现在这个动作上。而房主着急的是怎样尽快把这一堆烂纸片换成硬通货。时局动荡之中,物价不断飞涨。在随后的剧情里,苑国钟抱怨说,上月还能买袋面的钱,这月就只能买到一小把,够包两个饺子了。这样的经济让社会失序,让人心失衡。任何时代,民不聊生,总意味着制度的变更,社会的异动。

通货膨胀是钱自身在缩水,而苛捐杂税又让贫民口袋里本来缩水的钱又归了大堆。剧中保长肖启山来到窝头会馆催捐,他一张口就像念绕口令一般,冒出一大堆花样繁多的名目:"电灯费,渣土费,大街清扫费,大街洒水费,城防费,兵役费,水牌子费……绥靖临时捐,绥靖建设捐,护城河修缮捐、下水道清理捐、丧葬捐,植树捐,房捐,粪捐,树捐……"这样的层层盘剥,肆意搜刮,还让老百姓活吗?难怪人们大眼瞪小眼,欲哭无泪。

混乱的世道自然会催生混世魔王,肖保长就是其中之一。他借着收敛捐税,不断地搜刮民脂民膏。为了霸占窝头会馆的房产,他绞尽脑汁。先是准备把疯子女儿嫁给苑家濒死的儿子,一计不成,又利用高利贷压垮了苑国钟,终于把窝头会馆据为己有。苑国钟眼看就要无家可归,而肖保长却不知螳螂捕蝉,黄雀在后。新政权还来不及把他掀翻在地,他那准备出逃的儿子已经抄了他的家底。

在《窝头会馆》里,钱像是一个死结,一头儿系着风雨飘摇、岌岌可危的社会,一头儿系着在末世里为活下去不断挣扎的人心。钱,这个符号化了的戏剧意象的凸现,让人们看到了旧时代社会危机的本质。从捐税中,人们看到了统治者与被统治者之间掠夺与被掠夺的关系;在人性上,人们看到了极端贫困中人心的原欲和灵魂的变异。看穿世相的落魄文人古月宗,自有一番关于"钱"与"刀"的评说,看似荒诞不经,其实别有深意。当"钱"所代表的占有欲望打破了人心承受的底线时,"刀"所代表的厮杀争斗就会发挥调控作用,然后建立起新的社会平衡。

《窝头会馆》的语言带有京味文化特点,生动俏皮,幽默风趣,表现出人性的狡黠与滑稽。比如,古月宗让人砍了院子里的树要给自己做棺材,房东苑国钟不乐意了,他说这是"蹬鼻子上脸踹脑门儿……想蹲我天灵盖儿上拉屎",可是古月宗一通狡辩:卖房时没写卖树,所以树是我的,院子里的一切都属于你,我在院子里属于你吗?院子里的蛐蛐属于你吗?你同意蛐蛐同意吗?接着又大谈房契的事儿,因为语义模糊,只要我找不到合适的房子,就这么白住下去。苑国钟气急了,说你赶紧爬到棺材里,我好给你钉钉子。古月宗抓住话把儿:树归你,棺材归我。

贫乏的日子,过剩的精力,琐碎的牢骚,零乱的心绪。这与死水般的旧中国缓慢的社会节奏有关,也与生活在其中的人们向死而生、内心压抑的生活状态有关,更与他们潜意识中的表现欲和攻击性有关。贫嘴滑舌、嬉笑怒骂,这是他们打发贫乏日子的方式。在《窝头会馆》里,人物的语言常常出现词汇的叠加,同义的反复,既是为了突出言说者的话语权,强化语言的表义功能,也是为了在倾泻的语流中宣泄那份积郁的情绪。

刘恒说:"我最重要的编剧技巧就是,做一个善良的人。"这样的人文情怀,让刘恒透过窝头会馆里住着的一群人,带着悲悯的情怀,审视那个"烂透了"的旧的社会形态,同时也带着希望的真诚,预报一个崭新的时代必将到来。

(宋宝珍)

小 说

登 记*

赵树理

一 罗汉钱

诸位朋友们:今天让我来说个新故事。这个故事题目叫《登记》,要从一个罗汉钱说起。

这个故事要是出在三十年前,"罗汉钱"这东西就不用解释;可惜我要说的故事是个新故事,听书的朋友们又有一大半是年轻人,因此在没有说故事以前,就得先把"罗汉钱"这东西交代一下:

据说罗汉钱是清朝康熙年间铸的一种特别钱,个子也和普通的康熙钱一样大小,只是"康熙"的"熙"字左边少一直画;铜的颜色特别黄,看起来有点像黄金。相传铸那一种钱的时候,把一个金罗汉像化在铜里边,因此一个钱有三成金。这种传说可靠不可靠不是我们要管的事,不过这种钱确实有点可爱——农村里的青年小伙子们,爱漂亮的,常好在口里衔一个罗汉钱,和城市人们爱包镶金牙的习惯一样,直到现在还有些偏僻的地方仍然保留着这种习惯;有的用五个钱叫银匠给打一个戒指,戴到手上活像金的。不过要在好多钱里挑一个罗汉钱可很不容易:兴制钱的时候,聪明的孩子们,常好在大人拿回来的钱里边挑,一年半载也不见得能碰见一个。制钱虽说不兴了,罗汉钱可是谁也不出手的,可惜是没有几个。说过了钱,就该说故事:

有个农村叫张家庄。张家庄有个张木匠。张木匠有个好老婆,外号叫个"小飞蛾"。小飞蛾生了个女儿叫"艾艾",算到一九五〇年阴历正月十五元宵节,虚岁二十,周岁十九。庄上有个青年叫"小晚",正和

---

* 原载《说说唱唱》1950 年第 6 期。

艾艾搞恋爱。故事就出在他们两个人身上。

照我这么说,性急的朋友们或者要说我不在行:"怎么一个'罗汉钱'还要交代半天,说到故事中间的人物,反而一句也不交代?照这样说下去,不是五分钟就说完了吗?"其实不然:有些事情不到交代的时候,早早交代出来是累赘;到了该交代的时候,想不交代也不行。闲话少说,我还是接着说吧:

张木匠一家就这么三口人——他两口子和这个女儿艾艾——独住一个小院:他两口住北房,艾艾住西房。今年①阴历正月十五夜里,庄上又要玩龙灯,张木匠是老把式,甩尾巴的,吃过晚饭丢下碗就出去玩去了。艾艾洗罢了锅碗,就跟她妈相跟着,锁上院门,也出去看灯去了。后来三个人走了个三岔:张木匠玩龙灯,小飞蛾满街看热闹,艾艾可只看放花炮起火,因为花炮起火是小晚放的。艾艾等小晚放完了花炮起火就回去了,小飞蛾在各街道上飞了一遍也回去了,只有张木匠不玩到底放不下手,因此他回去得最晚。

艾艾回得北房里等了一阵等不回她妈来,就倒在她妈的床上睡觉了。小飞蛾回来见闺女睡在自己的床上,就轻轻推了一把说:"艾艾!醒醒!"艾艾没有醒来,只翻了一个身,有一个明晃晃的小东西从她衣裳口袋里溜出来,叮铃一声掉到地下,小飞蛾端过灯来一看:"这闺女!几时把我的罗汉钱偷到手?"她的罗汉钱原来藏在板箱子里边的首饰匣子里。这时候,她也不再叫艾艾,先去放她的罗汉钱。她拿出钥匙来,先开了箱子上的锁,又开了首饰匣子上的锁,到她原来放钱的地方放钱:"咦!怎么我的钱还在?"摸出来拿到灯下一看:一样,都是罗汉钱,她自己那一个因为隔着两层木头没有见过潮湿气,还是那么黄,只是不如艾艾那个亮一点。她看了艾艾一眼,艾艾仍然睡得那么憨(酣)。她自言自语说:"憨闺女!你怎么也会干这个了?说不定也是戒指换的吧?"她看看艾艾的两只手,光光的;捏了捏口袋,似乎有个戒指,掏出来一看是顶针圈儿。她叹了一口气说:"唉!算个甚?娘儿们一对戒指,换了两个罗汉钱!明天叫五婶再去一趟赶快给她把婆家说定了就算了!不要

---

① 指一九五〇年。——作者原注。

等闹出什么故事来!"她把顶针圈儿还给艾艾装回口袋里去,拿着两个罗汉钱想起她自己那一个钱的来历。

这里就非交代一下不行了。为了要说明小飞蛾那个罗汉钱的来历,先得从小飞蛾为什么叫"小飞蛾"说起:

二十多年前,张木匠在一个阴历腊月三十日娶亲,娶的这一天,庄上人都去看热闹。当新媳妇取去了盖头红的时候,一个青年小伙子对着另一个小伙子的耳朵悄悄说:"看!小飞蛾!"那个小伙子笑了一笑说:"活像!"不多一会,屋里、院里,你的嘴对我的耳朵,我的嘴又对他的耳朵,各哩各得都嚷嚷这三个字——"小飞蛾""小飞蛾""小飞蛾"……

原来这地方一个梆子戏班里有个有名的武旦,身材不很高,那时候也不过二十来岁,一出场,抬手动脚都有戏,眉毛眼睛都会说话。唱《金山寺》她装白娘娘,跑起来白罗裙满台飞,一个人撑满台,好像一只蚕蛾儿,人都叫她"小飞蛾"。张木匠娶的这个新媳妇就像她——叫张木匠自己说,也说是"越看越像"。

第二天是大年初一,按这地方的习惯,用两个妇女挽着新媳妇,一个小孩在头里背条红毯儿,到邻近各家去拜个年——不过只是走到就算,并不真正磕头。早饭以后,背红毯的孩子刚一出门,有个青年就远远地喊叫"都快看!小飞蛾出来了!"他这么一喊,马上聚了一堆人,好像正月十五看龙灯那么热闹,新媳妇的一举一动大家都很关心:"看看!进了她隔壁五婶院子里了!""又出来了又出来了!到老秋孩院子里去了!……"

张木匠娶了这么个媳妇,当然觉得是得了个宝贝,一九里,除了给舅舅去拜了一趟年,再也不愿意出门,连明带夜陪着小飞蛾玩;穿起小飞蛾的花衣裳扮女人,想逗小飞蛾笑;偷了小飞蛾的斗方戒指,故意要叫小飞蛾满屋子里撵他……可是小飞蛾偏没心情,只冷冷地跟他说:"不要打哈哈!"

几个月过后,不知道谁从小飞蛾的娘家东王庄带了一件消息来,说小飞蛾在娘家有个相好的叫保安。这消息传到张家庄,有些青年小伙子就和张木匠开玩笑:"小木匠,回去先咳嗽一声,不要叫跟保安碰了头!""小飞蛾是你的?至少有人家保安一半!"张木匠听了这些话,才明白了小飞蛾对自己冷淡的原因,好几次想跟小飞蛾生气,可是一进了家门,就又退一步想:"过去的事不提它吧,只要以后不胡来就算了!"后来这消息传到他妈耳朵里,他妈把他叫到背地里,骂了他一顿"没骨头",骂罢了又劝他说:"人是苦虫!痛痛打一顿就改过来了!舍不得了不得……"他受过了这顿教训以后,就好好留心找小飞蛾的岔子。

有一次他到丈人家里去,碰见保安手上戴了个斗方戒指,和小飞蛾的戒指一个样;回来一看小飞蛾的手,小飞蛾的戒指果然只留下一只。"他妈的!真是有人家保安一半!"他把这消息报告了他妈,他妈说:"快打吧!如今打还打得过来!要打就打她个够受!轻来轻去不抵事!"他正一肚子肮脏气,他妈又给他打了算盘,自然就非打不行了。他拉了一根铁火柱正要走,他妈一把拉住他说:"快丢手!不能使这个!细家伙打得疼,又不伤骨头,顶好是用小锯子上的梁!"

他从他的一捆木匠家具里边抽出一条小锯梁子来,尺半长,一指厚,木头很结实,打起来管保很得劲。他妈为什么知道这家具好打人呢?原来他妈当年年轻时候也有过小飞蛾跟保安那些事,后来是被老木匠用这家具打过来的。闲话少说,张木匠拿上这件得劲的家伙,黑丧着脸从他妈的房子里走出来,回到自己的房里去。

小飞蛾见他一进门,照例应酬了他一下说:"你拿的那个是什么?"张木匠没有理她的话,用锯梁子指着她的手说:"戒指怎么只剩了一只?说!"这一回,问得小飞蛾头发根一支楞。小飞蛾抬头看看他的脸,看见他的眼睛要吃人,吓得她马上没有答上话来,张木匠的锯梁子早就打在她的腿上了。她是个娇闺女,从来没有挨过谁一下打,才挨了一下,痛得她叫了一声低下头去摸腿,又被张木匠抓住她的头发,把她按在床边上,拉下裤子来"披、披、披"一连打了好几十下。她起先还怕招得人来看笑话,憋住气不想哭,后来实在支不住了,只顾喘气,想哭也哭不上来,等到张木匠打得没了劲扔下家伙走出去,她觉得浑身的筋往一处抽,喘了半天才哭了一声就又压住了气,头上的汗,把头发湿得跟在热汤里捞出来的一样,就这样喘一阵哭一声喘一阵哭一声,差不多有一顿饭工夫哭声才连起来。一家住一院,外边人听不见,张木匠打罢了早已走了,婆婆连看也不来看,远远地在北房里喊:"还哭什么?看多么排场？多么有体面？"小飞蛾哭了一阵以后，屁股蛋疼得好像谁用锥子剜，摸了一摸满手血，咬着牙兜起裤子，站也站不住。

她的戒指是怎样送给保安的，以后张木匠也没有问，她自己自然也没有说。原来是她在端午那一天到娘家去过节，保安想要她个贴身的东西，她给保安卸了一个戒指；她也要叫保安给她个贴身的东西，保安把口里衔的罗汉钱送了她。

自从她挨了这一顿打之后，这个罗汉钱更成了她的宝贝。人怕伤了心：从挨打那天起，她看见张木匠好像看见了狼，没有说话先哆嗦。张木匠也莫想看上她一个笑脸——每次回来，从门外看见她还是活人，一进门就变成死人了。有一次，一个鸡要下蛋，没有回窝里去，小飞蛾正在院里撵，张木匠从外边回来，看见她那神气，真有点像在戏台上系着白罗裙唱白娘娘的那个小飞蛾，可是小飞蛾一看见他，就连鸡也不撵了，赶紧规规矩矩走回房子里去。张木匠生了气，撵到房子里跟她说："人说你是'小飞蛾'，怎么一见了我就把你那翅膀耷拉下来了？我是狼？""呱"一个耳刮子。小飞蛾因为不愿多挨耳刮子，也想在张木匠面前装个笑脸，可惜是不论怎么装也装得不像，还不如不装。张木匠看不上活泼的小飞蛾，觉着家里没了趣，以后到外边做活，一年半载不回家，路过家门口也不愿进去，听说在外面找了好几个相好的。张木匠走了，家里只留下婆媳两个，婆婆跟丈夫是一势，一天跟小飞蛾说不够两句话，路上碰着了扭着脸走，小飞蛾离娘家虽然不远，可是有嫌疑，去不得；娘家爹妈听说闺女丢了丑，也没有脸来看望。这样一来，全世界上再没有一个人跟小飞蛾是一势了，小飞蛾只好一面伺候婆婆，一面偷偷地玩她那个罗汉钱。她每天晚上打发婆婆睡了觉，回到自己房子里关上门，把罗汉钱拿出来看了又看，有时候对着罗汉钱悄悄说："罗汉钱！要命也是你，保命也是你！人家打死我我也不舍你！咱俩死活在一起！"她有时候变得跟小孩子一样，把罗汉钱暖到手心里，贴到脸上，按到胸上，衔到口里……除了张木匠回家来那有数的几天以外，每天晚上她都是离了罗汉钱睡不着觉，直到生了艾艾，才把它存到首饰匣子里。

她剩下的那只戒指是自从挨打之后就放进首饰匣子里去的。当艾艾长到十五那一年，她拿出匣子来给艾艾找帽花，艾艾看见了戒指就

493

要,她生怕艾艾再看见罗汉钱,赶快把戒指给了艾艾就把匣子锁起来了。那时候张木匠和小飞蛾的关系比以前好了一点,因为闺女也大了,他妈也死了,小飞蛾和保安也早就没有联系了。又因为两口子只生了艾艾这么个孤闺女,两个人也常借着女儿开开玩笑。艾艾戴上了小飞蛾那只斗方戒指,张木匠指着说:"这原来是一对来!"艾艾问:"那一只哩?"张木匠说:"问你妈!"艾艾正要问小飞蛾,小飞蛾翻了张木匠一眼。艾艾只当是她妈丢了,也就不问了。这只戒指就是这么着到了艾艾手的。

以前的事已经交代清楚,再回头来接着说今年(一九五〇年)正月十五夜里的事吧:

小飞蛾手里拿着两个罗汉钱,想起自己那个钱的来历来,其中酸辣苦甜什么味儿也有过:说这算件好事吧,跟着它吃了多少苦;说这算件坏事吧,想一遍也满有味。自己这个,不论好坏都算过去了;闺女这个又算件什么事呢?把它没收了吧,说不定闺女为它费了多少心;悄悄还给她吧,难道看着她走自己的伤心路吗?她正在想来想去得不着主意,听见门外有人走得响,张木匠玩罢了龙灯回来了,因此她也再顾不上考虑,两个钱随便往箱里一丢,就把箱子锁住。

这时候鸡都快叫了,张木匠见艾艾还没有回房去睡,就发了脾气:"艾艾,起来!"因为他喊的声音太大,吓得艾艾哆嗦了一下一骨碌爬起来,瞪着眼问:"什么事,什么事?"小飞蛾说:"不能慢慢叫?看你把闺女吓得那个样子!"又向艾艾说:"艾!醒了没有?什么事也没有,你爹叫你回去睡哩!"张木匠说:"看你把她惯成什么样子!"艾艾这才醒过来,什么也没有说,笑了一笑就走了。

张木匠听得艾艾回西房去关上门,自己也把门关上,回头一边脱衣服一边悄悄跟小飞蛾说:"这二年给咱艾艾提亲的那么多,你总是挑来挑去都觉着不合适。东院五婶说的那一家有成呀没成?快把她出脱了吧!外面的闲话可大哩!人家都说:一个马家院的燕燕,一个咱家的艾艾,是村里两个招风的东西;如今燕燕有了主了,就光剩下咱艾艾了!"小飞蛾说:"不是听说村公所不准燕燕跟小进结婚吗?我听说他们两个要到区上登记,村公所不给开证明,后来怎么又说成了?"张木匠说:"人家说她招风,就指的是她跟小进的事,当然人家不给他们证明!后来说的另是一家西王庄的,是五婶给保的媒,后天就要去办登记!"小飞蛾说:"我看村公所那些人也是些假正经,瞎挑眼!既然嫌咱艾艾的声名不好,这二年说媒的为什么那么多哩?民事主任为什么还托着五婶给他的外甥提哩?"张木匠说:"我这几天只顾玩灯,也忘记了问你:这一家这几年过得究竟怎么样?"小飞蛾说:"我也摸不着!虽说都在一个东王庄,可是人家住在南头,我妈住在北头,没有事也不常走动。五婶说她明天还要去,要不我明天也到我妈家走一趟,顺便到他家里看看去吧?"张木匠说:"也可以!"停了一下子他又向小飞蛾说:"我再问你个没大小的话:咱艾艾跟小晚究竟是有的事呀没的事?"小飞蛾当然不愿意把罗汉钱的事告诉他,只推他说:"不用管这些吧!闺女大了,找个婆家打发出去就不生事了!"

二 眼 力

艾艾也和她妈年轻时候一样,自从有了罗汉钱,每天晚上把钱捏在手里,衔在口里睡觉。这天晚上回去把衣服上的口袋摸遍了,也找不着罗汉钱,掌着灯满地找也找不着,只好空空地睡了。第二天早晨她比谁也起得早,为了找罗汉钱,起来先扫地,扫得特别细致——结果自然还是找不着。停了一会,她听见妈妈开了门,她就又跑去给她妈扫地。她妈见她钻到床底下去扫,明知道她是找钱,也明知道是白费工夫找不着,可是也不好向她说破,只笑着说了一句:"看我的艾艾多么孝顺?"

吃过早饭,五婶来叫小飞蛾往娘家去,张木匠照着二十多年来的老习惯自然要跟着去。

张木匠这个老习惯还得交代一下:自从二十多年前他发现小飞蛾把一只戒指送给了保安以后,知道小飞蛾并不爱他,不是就跟小飞蛾不好了吗?可是每当小飞蛾要去娘家的时候,他就又好像很爱护她,步步不离她。后来他妈也死了,艾艾也长大了,两个人的关系又定下来了,可是还不改这个老习惯。有一回,小飞蛾说:"还不放心吗?"张木匠说:"反正跟惯了,还是跟着去吧!"直到现在还是这样。

五婶、张木匠、小飞蛾三个人都要动身了,小飞蛾说:"艾艾!你不去看看你姥姥①!"艾艾说:"我不去,初三不是才去过了吗?"张木匠说:"不去就不去吧!好好给我看家,不要到外边飞去!"说罢,三个人就相跟着走了。

　　艾艾仍忘不了找她的罗汉钱。她要是寻出钥匙,到箱子里去找,管保还能多找出一个来,不过她梦也梦不到箱子里,她只沿着她到过的地方找,直找到响午仍是没有影踪。钱找不着,也没有心思做饭吃,天气响午多了,她只烤了两个馒头吃了吃。

　　刚刚吃过馒头,小晚来了。艾艾拉住小晚的手,第一句话就是:"罗汉钱丢了!""丢就丢了吧!""气得我连饭也吃不下去!""那也值得生个气?我看那都算不了什么!在着能抵什么用?听说你爹你妈跟东院里五奶奶去给你找主儿去了。是不是?""咱哪里知道那老不死的为什么那么爱管闲事?""咱们这算吹了吧?""吹不了!""要是人家说成了呢?""成不了!""为什么?""我不干!""由得了你?""试试看!"正说着,外边有人进来,两个人赶快停住。

　　进来的是马家院的燕燕。艾艾说:"燕燕姊!快坐下!"燕燕看见只有他们两个人,就笑着说:"对不起!我还是躲开点好!"艾艾笑了笑没答话,按住肩膀把她按得坐到凳子上。燕燕问:"你们的事怎么样?想出办法来了没有?"艾艾说:"我们正谈这个!"燕燕的眼圈一红接着就说:"要办快想法,不要学我这没出息的耽搁了事!"说了这么句话,眼里就滚出两点泪来,引得艾艾和小晚也陪着她伤心,眼边也湿了。

　　过了一阵,三个人都揉了揉眼,小晚问燕燕:"不是还没有登记?"燕燕说:"明天就要去!"艾艾问:"这个人怎么样?"燕燕说:"谁可见过人家个影儿?"艾艾又问:"不能改口了吗?"燕燕说:"我妈说:'你不愿意我就死在你手!'我还说什么?"艾艾说:"去年腊月你跟小进到村公所去写证明信,村公所不给写,是怎么说的?什么理由?"燕燕说:"什么理由!还不是民事主任那个死脑筋作怪?人家说咱声名不正,除不给信,还叫我检讨哩!"小晚说:"明天你再去了,人家民事主任就不要你检讨了吗?"

---

① 姥姥:即外祖母。——作者原注。

燕燕说:"那还用我亲自去? 只要是父母主婚,谁去也写得出来;真正自由的除不给写还要叫检讨! 就那人家还说是反对父母主婚!"小晚向艾艾说:"我看咱这算吹了! 五奶奶今天去给你说的这个,一来是人家民事主任的外甥,二来又有你妈作主。你妈今天要听了东院五奶奶的话,回来也跟你死呀活呀地一闹,明天你还不跟人家到区上去登记?"艾艾说:"我妈可不跟我闹,她还只怕我闹她哩!"

正说着,门外跑进一个人来,隔着窗就先喊叫:"老张叔叔,老张叔叔!"艾艾拉了燕燕一把说:"小进哥哥又来找你!"还没等燕燕答话,小进就跑进来了。燕燕本来想找他诉一诉苦,两三天也没有找着个空子,这会见他来了,赶快和艾艾坐到床边,把凳子空出来让他坐,两眼直对着他,可是一时想不起来该怎样开口。小进没有理她,也没有坐,只朝着艾艾说:"老张叔叔哩? 场上好多人请他教我们玩龙灯去哩!"艾艾说:"我爹到我姥姥家去了。你快坐下!"小进说:"我还有事!"说着翻了燕燕一眼就走出去,走到院里,又故意叫着小晚说:"小晚! 到外边玩玩去吧,瞎磨那些闲工夫有什么用处? 回去叫你爹花上几石米吧! 有的是!"说着就走远了。燕燕一肚子冤枉没处说,一埋头趴在床边哭起来,艾艾和小晚两个人劝也劝不住。

劝了一会,燕燕忍住了哭跟他两个人说:"我劝你们早些想想办法吧! 你看弄成这个样子伤心不伤心?"艾艾说:"你看有什么办法? 村里的大人们都是些老脑筋,谁也不愿揽咱的事,想找个人到我妈跟前提一提也找不着。"小晚说:"说好话的没有,说坏话的可不少;成天有人劝我爹说:'早些给孩子定上一个吧! 不要叫尽管耽搁着!'"燕燕猛然间挺起腰来,跟发誓一样地说:"我来当你们的介绍人! 我管跟你们两头的大人们提这事!"又跟艾艾说:"一村里就咱这么两个不要脸闺女,已经耽搁了一个我,难道叫连你也耽搁了?"小晚站起来说:"燕燕姊! 我给你敬个礼! 不论行不行冒跟我爹提一提! 不行也不过是吹了吧? 总比这么着不长不短好得多! 就这样吧,我得走了! 不要让民事主任碰上了再叫你们检讨!"说了就走了。

艾艾又和燕燕计划了一下,见了谁该怎样说见了谁该怎样说,东院里五奶奶要给民事主任的外甥说成了又该怎样顶。她两人正计划得起

497

劲,小飞蛾回来了。她两个让小飞蛾坐了之后,燕燕正打算提个头儿,可是还没有等她开口,五婶就赶来了。五婶说:"不论说人,不论说家,都没有什么包弹的!婆婆就是咱村民事主任的姊姊,你还不知道人家那脾气多么好?闺女到那里管保受不了气,你还是不要错打了主意!"小飞蛾说:"话叫有着吧!回头我再和她爹商量商量。"五婶见小飞蛾不愿意,又应酬了几句就走了,艾艾可喜得满脸笑涡。

小飞蛾为什么不愿意呢?这就得谈谈她这一次去娘家的经过:早饭后他们三个人相跟着到了东王庄,先到了小飞蛾她妈家里。五婶叫小飞蛾跟她到民事主任的外甥家里看看去,小飞蛾说:"相跟去了不好!不如你先到她家去,我随后再去,就说是去叫你相跟着回去,省得人家说咱是亲自送上门的!"

南头这家也只有三口人——老两口,一个孩子——就是张家庄民事主任的姊姊、姊夫和外甥。孩子玩去了,家里只剩下老两口。五婶一进去,老汉老婆齐让坐。几句见面话说过后,老汉就问:"你说的那三家,究竟是哪一家合适些?"五婶说:"依我看都差不多,不过那两家都有主了,如今只剩下小飞蛾家这一个了!"老汉说:"怎么那么快?"五婶说:"十八九的大姑娘自然快得很了!"老婆向老汉说:"我叫快点决定,你偏是那么慢腾腾地拖!好的都叫人家挑完了!"五婶故意说:"小一点的不少!就再说个十四五的吧?反正还比你的孩子大!"老婆说:"老嫂子!不要说笑话了!我要是愿意要十四五的,还用得搬你这么大的面子吗?"五婶说:"要大的可算再找不上了!你怎么说'好的都叫人家挑完了'?我看三个里头,就还数人家小飞蛾这一个标致!我想你也该见过吧!长得不是跟二十年前的小飞蛾一个样吗?"老婆:"人样儿满说得过去,不过听说她声名不正!"五婶说:"要不是那点毛病,还能留到十八九不占个家吗?以前那两个不一样吗?"老婆说:"要是有那个毛病,咱不是花着钱买个气布袋吗?"五婶说:"你不要听外人瞎谣传,要真有大毛病的话,你娘家兄弟还叫我来给你提吗?那点小毛病也算不了什么,只要到咱家改过来就行了!"老汉说:"还改什么?什么样的老母下什么样的儿!小飞蛾从小就是那么个东西!"五婶说:"改得了!人是苦虫,痛痛打一顿以后就没事了!"老汉说:"生就的骨头,哪里打得过来?"五婶说:"打得过来!打得过来!小飞蛾那时候,还不是张木匠一顿锯梁子打过来的?"

他们正说到这里,小飞蛾正走到当院里,正赶上听见五婶末了说的那两句话。她一听,马上停了步,看了看院里没人,就又悄悄溜出院来往回走。她想:"难道这挨打也得一辈传一辈吗?去她妈的!我的闺女用不着请你管教!"回到她家里,她妈和张木匠都问:"怎么样?"她说:"不行!不跟他来!"大家又问她为什么,她说:"不提他吧!反正不合适!"她妈见她咕嘟着个嘴,问她怎么那样不高兴,她自然不便细说,只说是"昨天晚上熬了夜",说了就到套间里睡觉去了。

其实她怎么睡得着呢?五婶那两句话好像戳破了她的旧伤口,新事旧事,想起来再也放不下。她想:"我娘儿们的命运为什么这么一样呢?当初不知道是什么鬼跟上了我,叫我用一只戒指换了罗汉钱,害得后来被人家打了个半死,直到现在还跟犯人一样,一出门人家就得在后边押解着。如今这事又出在我的艾艾身上了。真是冤孽!我会干这没出息事,你偏也会!从这前半截事情看起来,娘儿们好像钻在一个圈子里。傻孩子呀!这个圈子,你妈半辈子没有得跳出去,难道你就也跳不出去了吗?"她又前前后后想了一下:不论是和她年纪差不多的姊妹们,不论是才出了阁的姑娘们,凡有像罗汉钱这一类行为的,就没有一个不挨打——婆婆打,丈夫打,寻自尽的,守活寡的……"反正挨打的根儿已经扎下了,贱骨头!不争气!许就许了吧!不论嫁给谁还不是一样挨打?"头脑要是简单一点,打下这么个主意也就算了,可是她的头脑偏不那么简单,闭上了眼睛,就又想起张木匠打她那时候那股牛劲:瞪起那两只吃人的眼睛,用尽他那一身气力,满把子揪住头发往那床沿上"扑差"一按,跟打骡子一样一连打几十下也不让人喘口气……"妈呀!怕煞人了!二十年来,几时想起来都是满身打哆嗦!不行!我的艾艾哪里受得住这个?……"就这样反一遍、正一遍尽管想,晌午就连一点什么也吃不下去,为着应付她妈,胡乱吃了四五个饺子。

午饭以后,五婶等不着她,就到她妈家里来找。五婶还要请她到南头看看,她说:"怕天气晚了赶天黑赶不到家。"三个人往张家庄走,五婶还要跟她麻烦,说了民事主任的外甥一百二十分好。她因为不想听下去,又拿出二十多年前那"小飞蛾"的精神在前边飞,虽说只跟五婶差十来步远,可弄得五婶直赶了一路也没有赶上她。进了村,张木匠被一伙学着玩龙灯的青年叫到场里去了,小飞蛾一直飞回了家。五婶还不甘心,就赶到小飞蛾家里,后来碰了个软钉子,应酬了几句就走了。艾艾见她妈妈没有答应了,自然眉开眼笑,燕燕看见这情形,也觉得要说的话更好说一点。

燕燕趁着小飞蛾没有注意,给艾艾递了个眼色叫她走开。艾艾走开了,燕燕就向小飞蛾说:"婶婶,我也给艾艾做个媒吧?"小飞蛾觉着她有点孩子气,笑着跟她说:"你怎么也能做媒?"燕燕也笑着说:"我怎么就不能做媒?"小飞蛾说:"你有人家东院五婶那张嘴?"燕燕:"她那么会说,怎么还没有把你说得答应了她?"小飞蛾说:"不合适我就能答应她了?"燕燕说:"可见全看合适不合适,不在乎会说不会说!我提一个管保合适!"小飞蛾说:"你冒说说!"燕燕说:"我提小晚!"小飞蛾说:"我早就知道你说的是他!快不要提他!你们这些闺女家,以后要放稳重点!外边闲话一大堆!"燕燕说:"我也学东院五奶奶几句话:'不论说人,不论说家,都没有什么包弹的!'不过我的话比她的话实在得多,不像她那老糊涂,'有的说没的道!'婶婶!你想想我的话对不对!"小飞蛾说:"你光说好的,不说坏的!外边的闲话你挡得住吗?"燕燕说:"闲话也不过出在小晚身上,说闲话的人又都是些老脑筋,索性把艾艾嫁给小晚,看他们还有什么说的?"小飞蛾一想:"这孩子不敢轻看!这么办了,管保以后不生闲气,挨打这件事也就再不用传给艾艾了!"她这么一想,觉着燕燕实在伶俐可爱,就伸手抚摩着燕燕的头发说:"好孩子!你还当得了个媒人!"燕燕见她转过弯来,就紧赶着问她:"婶婶!你算愿意了吧?"小飞蛾说:"好孩子!不要急!还有你叔叔!等他回来跟他商量商量!"

燕燕说服了小飞蛾,就辞别过小飞蛾去给艾艾报喜信,不想一出门,艾艾就站在窗外。艾艾拉住她的手,叫她不要声张。两个人相跟着到了院门外,燕燕说:"都听见了吧!"艾艾说:"听见了!谢谢你!"燕燕说:"且不要谢,还有一头哩!你先到街上看灯去,到合作社门口那个热闹地方等着我,我到小晚家试试看!"说了就走了。

燕燕到了小晚家,也走的是妇女路线,先和小晚他娘接头。这地方的普通习惯,只要女家吐了口,男家的话好话,没有费多大工夫,就说妥了。

她跑到合作社门口,拉上艾艾走到个僻静处,把胜利的结果一报告,并且说:"只要你妈今天晚上能跟你爹说通,明天就可以去登记。"艾艾听罢,自然是千恩万谢高高兴兴回去了,剩下她想想人家的事,又想想自己的事,两下一对照,伤心得很,趁着这个僻静地方,悄悄哭了一大阵,直到街上人都散了她才回去,回去躺下之后,一直考虑"明天到区上还是牺牲自己呀,还是得罪妈妈",一夜也不曾合上眼。

小飞蛾呢?自从燕燕和艾艾走出去,她把小晚这一家子细细研究了好几遍:日子也过得,家里也和气,大人们脾气都很平和,孩子又漂亮又能干,年纪也相当,挑来挑去挑不着毛病。这时候,她完全同意了,暗暗夸奖艾艾说:"好孩子!你的眼力不错!说闲话的人真是老脑筋!"想到这里,她又想起头一天晚上那个罗汉钱。她又揭开箱子找出那个钱来,心想还了艾艾,又想不到该怎样还她。她正拿着这个在手里搓来搓去想法子,艾艾一股劲跑回来。艾艾看见她手里有个东西,就问:"妈!你拿了个什么的?"小飞蛾用两根指头捏起来向她说:"罗汉钱!""哪儿来的?""我拾(拣)的!""妈!那是我的!""你哪儿来的?""我,我也是拾的!"艾艾说着就笑了。小飞蛾看了看她的脸说:"是你的还给了你!"艾艾接过来还装在她的衣裳口袋里。

一会,张木匠玩罢龙灯回来了,艾艾回房去做她的好梦,张木匠和小飞蛾商量艾艾的婚事。

三　不准登记

当天晚上,艾艾回房以后,明知道她的爹妈要谈自己的婚事,自然睡不着觉,趴在窗上听了一会,因为隔着半个院子两重窗,也听不出道理来,只听见了两句话。听见两句什么话呢?当她爹妈谈了一阵争执起来之后,她妈说:"你说这么办了有什么坏处?"她爹说:"坏处是没有,不过挡不住村里人说闲话!"以后的声音又都低下去,艾艾就听不见了。

这一晚艾艾自然没有睡好,第二天早晨起来,本来想先去找燕燕,可是乡村姑娘们,要是家里没有个嫂嫂的话,扫地、抹灰尘、生火做饭、洗锅、碗这几件事就成了自己照例的公事,非办不行。她只担心燕燕往区上走了,好容易等到吃过饭,把碗筷收拾起来泡到锅里,偷偷地用锅盖盖起来就跑到燕燕家里去。

她本来想请燕燕替她问一问她妈和她爹商量的结果如何,可是一到了燕燕家,就碰上了别的情况,这番话就不得不搁一搁。这时候,燕燕在床上躺着,她妈坐在那里央告她起来,五婶站在地上等候着。艾艾问:"燕燕姊怎么样了?"燕燕她妈说:"燕燕只怕怄不死我哩!"燕燕躺着说:"都由了你了,还要说我是跟你怄气!"她妈说:"不是怄气怎么不起来啊?好孩子!不要怄了!快起来让你五奶奶给你说说到区上的规矩!再到村公所要上一封介绍信,快走吧!天不早了!"燕燕说:"我死也不去村公所!我还怕民事主任再要我检讨哩!"她妈说:"小奶奶!你不去村公所我替你去!可是你也得起来叫你五奶奶给你说说规矩呀?"燕燕赌着气坐起来说:"分明是按老封建规矩办事,偏要叫人假眉三道去出洋相!什么好规矩?说吧!"五婶见她的气色不好,就先劝她说:"孩子!再不要别别扭扭的!要喜欢一点!这是恭喜事!"燕燕说:"快说你们那假眉三道的规矩吧!什么恭喜事?你们喜的吧,我也喜的?"五婶说:"算了算了!气话不要说了!到了区上,我把介绍信递给王助理员。王助理员看了信,问你多大了,你就说多大了;问你是'自愿',你就说'自愿'……"燕燕说:"这哪里能算自愿?"五婶说:"傻孩子!你就那么说对了!问过自愿以后,他要不再问什么就算了;他要再问你为什么愿意,你就说'因为他能劳动'。"燕燕说:"屁!我连人家个鬼影儿也没有见过,怎么知道人家劳动不劳动?"她妈说:"我这闺女的主意可真哩!怄不死我总不能算拉倒!"燕燕说:"妈!这怎么能算是我怄你?我真正是不知道呀!你也不要生气了!要我说什么我给你说什么好了!反正就是个我来!五奶奶!还有什么鬼路道,一股气说完了算!我都照着你的来!"五婶说:"也再没有什么了。"

这时候,小晚来找艾艾,见燕燕母女俩闹得不开交,也就站住来看结果。结果是燕燕答应到了区上照五婶的话说,她妈跟五婶替她到村公所去要介绍信。

等燕燕她妈跟五婶出去之后,艾艾跟燕燕说:"燕燕姊!你今天不高兴,我也不知道该怎样劝劝你……"燕燕说:"我这辈子算现成了,还有什么高兴不高兴?我还没有问你:你爹同意不同意?"艾艾说:"我也不好问!你今天遇了事了,改日再说吧!"燕燕说:"不!我偏要马上管!要管管到底,不要叫都弄成我这样!能办成一件也叫我妈长长见识!你就在我这里等一等,让我去问一问你妈,要是答应了,咱们相跟到区上去!"

燕燕走了,剩下了小晚和艾艾。艾艾说:"听我爹那口气,那像也不反对,听说你家的大人们也愿意了,现在担心的只是民事主任的介绍信!"小晚说:"我也是这么想:咱庄上凡是他插过腿的事,不依了他就都出不了他的手。别看他口口声声说你声名不好,只要嫁给他的外甥,管保就没事了!"艾艾说:"对!事情是明明白白的!他不给咱们写,咱们该怎么办?"两个人都愣了,谁也想不出办法来。停了一会,燕燕回来了,说是张木匠也愿意了,可以一同到区上去登记。艾艾跟她说到村公所写介绍信不容易,她也觉着是一件难事,后来想了想说:"你们去吧!趁着他给我写罢了你们就提出,他要是不愿意写的话,你们就问他,'别人来了可以替人写,亲自来了为什么不行?'看他说什么!"小晚说:"对!他要是再不给写,咱俩就不拿介绍信到区上去登记。区上问起介绍信,咱就说民事主任是封建脑筋,别人去了可以替人写,自己去了偏不给写!"艾艾说:"那样你不把燕燕姊的事给说漏了吗?"燕燕说:"说漏了自然更好了!你们给说漏了,我妈也怨不着我!"小晚说:"人家要问介绍人哩?"燕燕说:"就说是我!"小晚说:"写信时候,介绍人也得去呀?"燕燕想了一想说:"可以!我跟你们去!"艾艾说:"你不是不愿意到村公所去吗?"燕燕说:"我是不去要我的介绍信,给别人办事还可以。咱们到村公所门口等着,等我妈一出门咱们就进去!"艾艾说:"民事主任要说你声名不正不能当介绍人呢?"燕燕说:"这回我可有话说!"三个人商量好了,就往村公所去。他们正走到村公所门口,他妈跟五婶就出来了。五婶说:"不用来了!信写好了!"燕燕说:"我也得问问是怎么写的,不要叫去了说不对!"她妈听着只当是燕燕真愿意了,就笑着跟她说:"你要早是这样,不省得妈来跑一趟?快问问回来吃些饭走吧!"说着就分头走开。

他们三个走进村公所,民事主任才写过信,墨盒还没有盖上。民事主任看见他们这几个人在一块就没有好气,撇开艾艾和小晚,专对燕燕说:"回去吧!信已经交给你妈了!"燕燕说:"我知道!这回是给他们两个人写!"主任瞟了小晚和艾艾一眼说:"你两个?""我两个!""自己也都不检讨一下!"小晚说:"检讨过了!我两个都愿意!"主任说:"怕你们不愿意哩!"艾艾说:"你说怕谁不愿意?我爹我妈也都愿意!"小晚说:"我爹我妈也都愿意!"主任说:"谁的介绍人?"燕燕说:"我!""你怎么能当介绍人?""我怎么不能当介绍人?""趁你的好声名哩?""声名不好为什么还给我写介绍信?"主任答不上来就发了脾气:"去你们的!都不是正经东西!"艾艾看见仍不行了,就又顶了他一句:"嫁给你的外甥就成了正经东西了,是不是?"

这一下更问得主任出不上气来。主任对艾艾,确实有两种正相反的估价:有一次,他看见艾艾跟小晚拉手,他自言自语说:"坏透了!跟年轻时候的小飞蛾一个样!"又一次,他在他姊姊家给他的外甥提亲提到了艾艾名下,他姊姊说:"不知道闺女怎么样?"他说:"好闺女,跟年轻时候的小飞蛾一个样!"这两种评价,在他自己看起来并不矛盾:说"好"是指她长得好,说"坏"是指她的行为坏——他以为世界上的男人接近女人就是坏透了的行为。不过主任对于"身材"和"行为"还不是平均主义看法:他以为"身材"是天生的,是什么就是什么;行为是可以随着丈夫的意思改变的,只要痛痛打一顿,说叫她变个什么样就能变成个什么样。在这一点上,他和东院五婶的意见根本相同。可是这道理他向艾艾说不得,要是说出来,艾艾准会对他说:"这个民事主任用不着你来当,最好是让给东院五奶奶当吧!"

闲话少说,还是接着说吧:当艾艾问嫁给他的外甥算不算正经的时候,他半天接不上气来,就很蛮地把墨盒盖子一盖说:"任你们有天大的本事,这个介绍信我不写!"艾艾说:"不写我们也要去登记!区上问起来我就请他们给评一评这个理!"主任说:"不服劲你就去试试!区上又不是不知道你们的好声名!"吵了半天,还是不给写,他们只得走出来。

燕燕回家去吃过饭,艾艾回家去洗过锅碗,五婶、燕燕、小晚和艾艾,四个人都往区上走。

三个青年人都觉着五婶讨厌,故意跑在前边不让五婶追上,累得五婶直喘气。走到区公所门口,门口站着五六个人,男女老少都有,只是一个也认不得。原来五婶约着人家西王庄那个孩子在区公所门口等,现在这五六个人,好像也都是等人,有两个大人似乎也是当介绍人的,其中有两个青年男子,一个有二十多岁,一个有十五六岁。燕燕他们三个人,都估量着那个十五六岁的就是给燕燕说的那一个,因为五婶说过:"实岁数是十五",可是谁也认不得,不愿意随便打招呼。停了一会,五婶赶到了。五婶在区门边一看说:"怎么西王庄那个孩子还没有来?"她这么一说,他们三个才知道是估量错了,原来哪一个也不是。就在这时候,收发室里跑出一个小孩子来向五婶嚷着说:"老大娘!我早就来了!"嗓子比燕燕的嗓子还尖。燕燕一看,比自己低一头,黑光光的小头发,红红的小脸蛋,两只小眼睛睁得像小猫,伸直了他的小胖手,手背上还有五个小涡涡。燕燕想:"这孩子倒也很俏皮,不过我看他还该吃奶,为什么他就要结婚?"五婶说:"咱们进去吧!"他们先到收发处挂了号,四个人相跟着进去了。

五月天,亲戚们彼此来往得多,说成了的亲事也特别多,王助理员的办公室挤满了领结婚证的人,累得王助理员满头汗。屋子小,他们进去站在门边,只能挨着次序往桌边挤。看见别人办的手续,跟五婶说的一样,很简单:助理员看了介绍信,"你叫什么名?"叫什么。"多大了?"多大了。"自愿吗?""自愿!""为什么愿嫁他?"或者"为什么愿娶她?""因为他能劳动!"这一套,听起来好像背书,可是谁也只好那么背着,背了就发给一张红纸片叫男女双方和介绍人都盖指印。也有两件不准的,那就是有破绽:一件是假岁数报得太不相称,一件是从前有过纠纷。

快轮到他们了,燕燕把艾艾推到前边说:"先办你的!"艾艾便挤到桌边。这时候弄出个笑话来:助理员伸着手要介绍信,西王庄那个孩子也已经挤到桌边,信就在手里预备着,一下子就递上去!五婶看见着了急,拉了他一把说:"错了错了!"那孩子说:"不错,人家都是一人一封!"原来五婶在区门口没有把艾艾和燕燕向那孩子交代清楚,那孩子看见艾艾比燕燕小一点,以为一定是这个小的。王助理员接住他的信还没有赶上拆开,小晚就挤过去跟他说:"说你错了你还不服哩!"回头指了指燕燕又向他说:"你是跟那一个!"经他一说破,满屋子弄了个哄堂大笑!王助理员又把信递给那个孩子说:"你怎么连你的对象也认不得?"小晚说:"我两个没有介绍信,能不能登记?"王助理员说:"为什么没有介绍信?"艾艾说:"民事主任不给写!燕燕她妈妈替她去还给写,我们亲自去了不给写!他要叫我嫁给他的外甥!""你们是哪个村?""张家庄!"问艾艾:"你叫什么?""张艾艾!"王助理员注意了她一下说:"你就是张艾艾呀?""是!"王助理员又看着小晚说:"那么你一定就是李小晚了?"小晚说:"是!"王助理员说:"谁的介绍人呢?"燕燕说:"我!""你叫什么?""马燕燕!"王助理员说:"你两个都来了?你怎么能当介绍人?""我怎么不能当介绍人?""村里有报告,说你的声名不正!"三个人同问:"有什么证据?"王助理员说:"说你们早就有来往!"小晚说:"早有个来往有什么不好?没来往不是会把对象认错了吗?"这句话又说得大家笑起来。王助理员说:"村里既然有报告,等调查调查再说吧!"燕燕说:"助理员!你说叫他们两人结了婚有什么不好?为什么还要调查呢?他们两个人都没有结过婚,和谁也没有麻烦!两个人又是真正自愿,还要调查什么呢?"助理员说:"反正还得调查调查!这件事就这样了。"又指着西王庄那个孩子说:"拿你的信来吧!"小孩子递上了信,五婶一边把村公所给燕燕的介绍信也递上去。

王助理员问西王庄那个孩子:"你叫什么?""王旦!""十几了?""十……二十了!"小王旦说了个"十"就觉着五婶教他的话不一样,赶快改了口,王助理员说:"怎么叫个'十二十'呢?"小王旦没话说,王助理员又问:"你们是自愿吗?""自愿。""为什么愿意跟她结婚?""因为她能劳动!"王助理员又看了看燕燕的介绍信说:"马燕燕!你说他究竟多大了!"燕燕说:"我不知道!"五婶急得向燕燕说:"你怎么说不知道?"燕燕回答说:"五奶奶!我真正不知道!你哪里跟我说过这个?"五婶不知道燕燕是有意叫弄不成事,还暗暗地埋怨燕燕说:"这闺女心眼儿为什么这么死?就算我没有跟你说过,可是人家说二十,你就不会跟着说二十吗?"在这时候,小王旦偏要卖弄他的聪明。他说:"人家是真正不知道!

我住在西王庄,人家住在张家庄,我两个谁也没有见过谁,人家怎么知道我多大了呢?"王助理员说:"我早就知道你没有见过她!要是见过,怎么还能认错了呢?你没有见过人家,怎么知道人家能劳动?小孩子家尽说瞎说!不准你们两个登记!一来男方的岁数不实在,说不上什么自愿不自愿;二来见了面连认也不认得,根本不能算自由婚姻!都回去吧!"

五个人都出了区公所:小王旦回西王庄去了,五婶和他们三个年轻人仍回张家庄去。在路上,五婶怪燕燕说错了话,燕燕故意怪五婶教她说话的时候没有教全。艾艾跟小晚说王助理员的脑筋不清楚,燕燕说王助理员的脑筋还不错。

他们四个人相跟了一段,还跟来的时候一样,三个青年走在前边商量自己的事,五婶在后边赶也赶不上。他们谈到以后该怎么样办,燕燕仍然帮着艾艾和小晚想办法,他们两个也愿意帮着燕燕。叫她重跟小进好起来。用外交上的字眼说,也可以叫做"订下了互助条约"。

四 谁该检讨

前边说过:张家庄的民事主任对妇女的看法是"身材第一,行为第二,行为是可以随着丈夫的意思改变的"。其实这种看法在张家庄是很普遍的一种看法,不只是民事主任一个人如此——要是他一个人,也不会给这两个大闺女造成坏的"声名"。张家庄只剩这么两个大闺女,这两个人又都各自结交了个男人。谁也说她们"坏透了",可是谁也只想给自己人介绍,介绍不成功就越说她们"坏",因此她们两个的声名就"越来越坏"。

自从她们到区上走了一趟,事情公开了,老年人都认为"更坏得不能提了",也就不提了;打算给自己人介绍的看见没有希望了,也就提得少了;青年人大部分从前只跟着大人瞎吵吵,心里边其实早就赞成,见大人不多提了也就不吵吵了;另有几个原来想和小晚竞争一下,后来见艾艾的心已经落到小晚身上,他们也就没劲了;再加上公开了之后,谁要当面说闲话,她们就要当面质问:"我们结了婚有什么坏处?"这句话的力量很大,谁也回答不出道理来。有这么好多原因,说闲话的人一天比一天少起来。她两个的声名也一天比一天好起来。

在这两对婚姻问题上,成问题的只有三个人:一个是燕燕她妈,说死说活嫌败兴,死不赞成;一个是民事主任,死不给写介绍信;再一个就是区上的王助理员,光说空话不办事,艾艾跟小晚去问过几次,仍是那一句话:"以后调查调查再说。"因为有这么三个人,就把四个人的事情给拖延下来。

他们四个都是不当家的孩子,家里的大人,燕燕她妈还反对,其余的纵不反对也不给他们撑腰,有心到县里去告状去,在家里先请不准假。在这个情况下面,气得他们每天骂民事主任,骂王助理员。

一直骂了两个月,还是不长不短,仍然没有结果。种谷的时候,有一天晚上,小晚到合作社去,合作社掌柜笑着跟他说:"小晚!你们结婚的事情怎么样了?"小晚说:"人家区上还没有调查好哩!"掌柜说:"几时就调查好了?"小晚说:"还不得个十年二十年?"掌柜说:"你真会长期打算!现在不用等那么长时候了!婚姻法公布出来了!看了那上边的规定!你们两个完全合法!"小晚只当他是开玩笑,就说:"看你这个掌柜多么不老实?"掌柜正经跟他说:"真的!给你看看报!"说着递给他一张报。小晚先看见报上的大字觉着真有这回事,就拿到灯下各里各节往下念,掌柜说:"让我念给你听!"说着接过来一口气念下去。等掌柜念完,大家都说:"小晚这一下撞对了!明天再去登记去吧!完全合法!"

小晚有了这个底,从合作社出来就去找艾艾;因为他们和燕燕小进有互助条约,艾艾又去找燕燕,小晚又去找小进。不大一会,四个人到了艾艾家开了个会,因为燕燕不愿意马上得罪她妈,决定第二天先让艾艾和小晚去登记。燕燕说:"只要你们能领回结婚证来,我妈那里的话就好说一点。虽然你们说我妈不同意也可以,依我看能说通还是说通了好!"大家也就同意了她的话。

这天晚上散会之后,小晚和艾艾各自准备了半夜,计划着第二天到区上,王助理员要仍然不准,他们用什么话跟他说。不料第二天到了区上,王助理员什么也没有再问就给填上了结婚证。

隔了一天,区公所通知村公所,说小晚和艾艾的婚姻是模范婚姻,要村里把结婚的日期报一下,到那时候区里的干部还要来参加他们的结婚典礼。

因为区里说是模范婚姻,村里人除了太顽固的,差不多也都另换了一种看法;青年们本来就赞成,有好多自动来给他们帮忙筹备,不几天就准备停当了。

结婚这一天,区上来了两个干部——一个区分委书记,一个王助理员。村上的干部差不多全体参加了——民事主任本来不想到场,区上说别的干部可以不参加,他非参加不可,他没法,也只得来。

因为区上说是模范婚姻,村上的群众自然也来得特别多,把小晚家一个院子全都挤满。

会开了,新人就了位,不知道哪个孩子从外边学来的新调皮,要新媳妇报告恋爱经过,还要叫从罗汉钱说起。艾艾说:"那算什么稀奇?我送了他个戒指,他送了我个罗汉钱。一句话不就说完了吗?"

有个青年小伙子说:"她这么说行不行?"大家说:"不行!""不行怎么办?""叫她再说!"艾艾说:"你们这么说我可不赞成!这又不是斗争会!"有的说:"我们好意来给你帮个忙,凑个热闹,你怎么撵起我们来了?"艾艾说:"大家帮我的忙我很欢迎,不过可不愿意挨斗争!罗汉钱的事实在没有多少话说的,大家要我说,我可以说一些别的事!"大家说:"可以""说什么都好!"艾艾说:"大家不是都知道我的声名不正吗?你们知道这怨谁?"有的说:"你说怨谁?"艾艾说:"怨谁?谁叫我们两个人结婚就怨谁!你们大家想想:要是早一年结了婚,不是早就正了吗?大家讲起官话来,都会说:'男女婚姻要自主',你们说:咱们村里谁自主过?说老实话,有没有一个不是父母主婚?"大家心里都觉着对,只是对着区干部不好意思那么说。艾艾又接着说:"要说有的话,女的就只我和燕燕两个!可是民事主任常常要叫我们检讨,我们检讨过了,要说有错的话,就是说我们不该自主!说到这里了我也坦白坦白:为了这事,我整整骂了民事主任两个月了,现在让我来赔个情!"大家问:"都骂了些什么话?"艾艾说:"现在我们俩人的事情已经成功了,前边的事就都不提它了……"大家一定要艾艾说,艾艾总不肯说,小晚站起来笑着说:"我说了吧!我也骂过!主任可不要恼,我不过是当成故事来说的。我说：……我也愿意，她也愿意，就是你这个当主任的不愿意！我两个结了婚，能把你的什么事坏了？老顽固！死脑筋！外甥路线！嫁给你的外甥，管保就不用检讨了！"大家都看着民事主任笑，民事主任没有说话。区分委书记说："你也给王助理员提点意见！"小晚说："王助理员倒是个好人，可惜认不得真假！光听人家说个'自愿'，也不看说得有劲没劲，连我都能看出是假的来，他都给人家发了结婚证！问人家自愿的理由，更问得没道理：只要人家真是自愿，哪管得着人家什么理由？他既然要这样问，人家就跟背书一样给他背一句'因为他能劳动'。哪个庄稼人不能劳动？这也算个理由吗？轮上我们这真正自愿的了，他说村里有报告，说我们两个人早就有来往，还得调查调查。村里报告我们早就有来往，还不能证明我们是自愿吗？那还要调查什么？难道过去连一点来往也没有才叫自愿吗？"小晚说到这里，又吃吃吃笑着说："我再说句老实话，我们也骂过王助理员。我们说：'助理员，傻不傻，不要真，光要假！多少假的都准了，一对真的要调查．'王助理员你可不要恼我们！从你给我们发了结婚证那一天，我们就再也没有骂过你一句！"

区分委书记说："你骂得对！我保证谁也不恼你们！群众说你们声名不正，那是他们头脑里还有些封建思想，以后要大家慢慢去掉。村民事主任因为想给他外甥介绍，就不给你们写介绍信，那是他干涉婚姻。中央人民政府公布了婚姻法以后，谁再有这种行为，是要送到法院判罪的。王助理员迟迟不发结婚证，那叫官僚主义不肯用脑子！他自己这几天正在区上检讨。中央人民政府的婚姻法公布以后，我们共产党全党保证执行，我们分委会也正在讨论这事，今天就是为了搜集你们的意见来的！"区分委书记说着向全场看了一看说："党员同志们，你们说说人家骂得对不对呀？检查一下咱们区上村上这几年处理错了多少婚姻问题？想想有多少人天天骂咱们？再要不纠正，受了党内处分不算，群众也要把咱们骂死了！"

散会以后，大家都说这种婚姻结得很好，都说："两个人以后一定很和气，总不会像小飞蛾那时候叫张木匠打得个半死！"连一向说人家声名不正的老头子老太太，也有说好的了。

这天晚上,燕燕她妈的思想就打通了,亲自跟燕燕说叫她第二天跟小进到区上去登记。

(选自《1949—1979 短篇小说选》〔一〕,人民文学出版社1979年版)

【作者简介】

赵树理(1906～1970),山西省沁水县人。1937年参加革命,同年加入中国共产党,开始在农村做宣传、民政工作,担任过区长、剧团团长等。后到《黄河日报》《新华日报》《中国人》等报社当副刊编辑。

赵树理长期扎根于人民群众的生活之中,熟悉农村生活,吸收了丰富的群众文艺滋养。在毛泽东《在延安文艺座谈会上的讲话》的鼓舞下,发表了著名短篇小说《小二黑结婚》、中篇小说《李有才板话》和长篇小说《李家庄的变迁》,成为人民文艺的主要代表作家。解放后,赵树理担任了文艺行政领导工作,但仍坚持深入生活,进行写作,发表了《登记》《三里湾》《灵泉洞》(上部)等多部有影响的作品。"文化大革命"中,赵树理受到残酷迫害,于1970年9月含冤而死。他的作品集有《下乡集》《三复集》《赵树理选集》《赵树理文集》等。

赵树理遵循革命现实主义的创作原则,真实地描绘农村生活的丰富性和复杂性,塑造各种类型的农民形象。

他追求民族化、大众化的艺术风格,注重运用白描手法刻画人物,故事情节完整曲折,引人入胜,作品可读可讲,呈现一种朴实、明快、诙谐、幽默的独特风貌。

【作品简析】

《登记》是建国后赵树理创作的第一篇小说。它虽然同样是以农村青年争取婚姻自由为题材,但在揭示社会矛盾上,较之《小二黑结婚》深了一步。作品反封建的思想锋芒所向,已不是欺压人民的恶霸势力,而是几千年来把妇女当成男子附属品的封建传统意识。作品通过小飞蛾母女在恋爱婚姻上相似而又不同的遭遇,生动地表明新中国的建立为广大劳动妇女摆脱旧的习惯势力,争得美满婚姻创造了条件;同时又大胆地揭露了封建主义残余和新政权中的官僚主义,仍在障碍着她们美好合理的恋爱婚姻。在热情讴歌社会、时代的巨大变革之时,清醒而严肃地剖示了新生活中的腐朽落后事物,充分表现了作家忠于生活的勇气和胆识。

小说生动地刻画了解放初期我国农村形形色色的人物形象,特别是小飞蛾的形象更为真切丰满。这是一个旧时代中国农村劳动妇女的典型。她青年时聪明、漂亮、善良、多情,追求美好的爱情,向往幸福的婚姻。然而这合理的要求却被封建礼教所不容,她手里的爱情信物——罗汉钱成了悲剧的见证。小飞蛾的悲剧是我国千百万劳动妇女婚姻爱情的悲剧命运的缩影。作者在描写这个人物的不幸遭遇时,注意展示她鲜明独特的个性和丰富的内心世界,写出了这个有着我们民族感情的自制和含蓄美的劳动妇女对于爱情的忠贞,对于生活的坚强力量,符合其性格逻辑地表现了她摆脱封建思想束缚的觉醒过程。小飞蛾的形象有着较强的典型意义,她在爱情上悲剧性的命运和对新婚姻意识的觉醒,概括了广大劳动妇女争取解放的曲折道路和痛苦历程。

《登记》采用了群众喜闻乐见的评书体形式。它围绕着小飞蛾母女的恋爱婚姻,展开了一系列矛盾冲突,引出了一串生动的故事,环环相扣,形成色彩斑斓的艺术画面。作者将人物描写和环境描写融化在故事之中,使故事在人物的行动和对话中从容不迫、有条有理地连贯发展。随着故事发展,人物的性格、心灵则栩栩如生地凸现了出来,充分显示出作家娴熟的组织故事的才能。

小说的语言通俗、活泼、幽默,既口语化,又富有个性化和表现力。作品全篇洋溢着浓郁的生活气息和乐观、明朗、诙谐、幽默的基调。

(张志英)

百合花*

茹志鹃

  一九四六年的中秋。

  这天打海岸的部队决定晚上总攻。我们文工团创作室的几个同志,就由主攻团的团长分派到各个战斗连去帮助工作。大概因为我是个女同志吧!团长对我抓了半天后脑勺,最后才叫一个通讯员送我到前沿包扎所去。

  包扎所就包扎所吧!反正不叫我进保险箱就行。我背上背包,跟通讯员走了。

  早上下过一阵小雨,现在虽放了晴,路上还是滑得很,两边地里的秋庄稼,却给雨水冲洗得青翠水绿,珠烁晶莹。空气里也带有一股清鲜湿润的香味。要不是敌人的冷炮,在间歇的盲目的轰响着,我真以为我们是去赶集的呢!

  通讯员撒开大步,一直走在我前面。一开始他就把我撩下几丈远。我的脚烂了,路又滑,怎么努力也赶不上他。我想喊他等等我,却又怕他笑我胆小害怕;不叫他,我又真怕一个人摸不到那个包扎所。我开始对这个通讯员生起气来。

  嗳!说也怪,他背后好像长了眼睛似的,倒自动在路边站下了。但脸还是朝着前面。没看我一眼。等我紧走慢赶地快要走近他时,他又蹬蹬蹬地自个向前走了,一下又把我甩下几丈远。我实在没力气赶了,索性一个人在后面慢慢晃。不过这一次还好,他没让我撩得太远,但也不让我走近,总和我保持着丈把远的距离。我走快,他在前面大踏步向

---

* 原载《延河》1958 年第 3 期。

前;我走慢,他在前面就摇摇摆摆。奇怪的是,我从没见他回头看我一次,我不禁对这通讯员发生了兴趣。

刚才在团部我没注意看他,现在从背后看去,只看到他是高挑挑的个子,块头不大,但从他那副厚实实的肩膀看来,是个挺棒的小伙,他穿了一身洗淡了的黄军装,绑腿直打到膝盖上。肩上的步枪筒里,稀疏地插了几根树枝,这要说是伪装,倒不如算作装饰点缀。

没有赶上他,但双脚胀痛得像火烧似的。我向他提出了休息一会后,自己便在做田界的石头上坐了下来。他也在远远的一块石头上坐下,把枪横搁在腿上,背向着我,好像没我这个人似的。凭经验,我晓得这一定又因为我是个女同志的缘故。女同志下连队,就有这些困难。我着恼地带着一种反抗情绪走过去,面对着他坐下来。这时,我看见他那张十分年轻稚气的圆脸,顶多有十八岁。他见我挨他坐下,立即张惶起来,好像他身边埋下了一颗定时炸弹,局促不安,掉过脸去不好,不掉过去又不行,想站起来又不好意思。我拼命忍住笑,随便地问他是哪里人。他没回答,脸涨得像个关公,讷讷半晌,才说清自己是天目山人。原来他还是我的同乡呢!

"在家时你干什么?"

"帮人拖毛竹。"

我朝他宽宽的两肩望了一下,立即在我眼前出现了一片绿雾似的竹海,海中间,一条窄窄的石级山道,盘旋而上。一个肩膀宽宽的小伙,肩上垫了一块老蓝布,扛了几枝青竹,竹梢长长的拖在他后面,刮打得石级哗哗作响。……这是我多么熟悉的故乡生活啊!我立刻对这位同乡越加亲热起来。我又问:

"你多大了?"

"十九。"

"参加革命几年了?"

"一年。"

"你怎么参加革命的?"我问到这里自己觉得这不像是谈话,倒有些像审讯。不过我还是禁不住地要问。

"大军北撤时①我自己跟来的。"

"家里还有什么人呢?"

"娘、爹,弟弟妹妹,还有一个姑姑也住在我家里。"

"你还没娶媳妇吧?"

"……"他飞红了脸,更加忸怩起来,两只手不停地数摸着腰皮带上的扣眼。半晌他才低下了头,憨憨地笑了一下,摇了摇头。我还想问他有没有对象,但看到他这样子,只得把嘴里的话,又咽了下去。

两人闷坐了一会,他开始抬头看看天,又掉过来扫了我一眼,意思是在摧我动身。

当我站起来要走的时候,我看见他摘了帽子,偷偷地在用毛巾拭汗。这是我的不是,人家走路都没出一滴汗,为了我跟他说话,却害他出了这一头大汗,这都怪我了。

我们到包扎所,已是下午两点钟了。这里离前沿有三里路,包扎所设在一个小学里,大小六个房子组成品字形,中间一块空地长了许多野草,显然,小学已有多时不开课了。我们到时屋里已有几个卫生员在弄着纱布棉花,满地上都是用砖头垫起来的门板,算作病床。

我们刚到不久,来了一个乡干部,他眼睛熬得通红,用一片硬拍纸插在额前的破毡帽下,低低的遮在眼睛前面挡光。他一肩背枪,一肩挂了一杆秤;左手挎了一篮鸡蛋,右手提了一口大锅,呼哧呼哧地走来。他一边放东西,一边对我们又抱歉又诉苦,一边还喘息地喝着水,同时还从怀里掏出一包饭团来嚼着。我只见他迅速地做着这一切,他说的什么我就没大听清。好像是说什么被子的事,要我们自己去借。我问清了卫生员,原来因为部队上的被子还没发下来,但伤员流了血,非常怕冷,所以就得向老百姓去借。哪怕有一二十条棉絮也好。我这时正愁工作插不上手,便自告奋勇讨了这件差事,怕来不及就顺便也请了我那位同乡,请他帮我动员几家再走。他踌躇了一下,便和我一起去了。

---

① 一九四五年日本鬼子投降后,共产党为了全国人民实现和平的愿望,和国民党进行和平谈判,并忍痛撤出江南。但时隔不久,国民党竟背信撕毁"双十"协定,又向我中原、苏中等解放区大举进攻。

我们先到附近一个村子,进村后他向东,我往西,分头去动员。不一会,我已写了三张借条出去,借到两条棉絮,一条被子,手里抱得满满的,心里十分高兴,正准备送回去再来借时,看见通讯员从对面走来,两手还是空空的。

"怎么,没借到?"我觉得这里老百姓觉悟高,又很开通,怎么会没有借到呢?我有点惊奇地问。

"女同志,你去借吧!……老百姓死封建。……"

"哪一家?你带我去。"我估计一定是他说话不对,说崩了。借不到被子事小,得罪了老百姓影响可不好,我叫他带我去看看。但他执拗地低着头,像钉在地上似的,不肯挪步。我走近他,低声地把群众影响的话对他说了。他听了,果然就松松爽爽地带我走了。

我们走进老乡的院子里,只见堂屋里静静的,里面一间房门上,垂着一块蓝布红额的门帘,门框两边还贴着鲜红的对联。我们只得站在外面向里"大姐、大嫂"的喊,喊了几声,不见有人应,但响动是有了。一会,门帘一挑,露出一个年轻的媳妇来,这媳妇长得很好看,高高的鼻梁,弯弯的眉,额前一溜蓬松松的刘海。穿的虽是粗布,倒都是新的。我看她头上已硬挠挠地挽了髻,便大嫂长大嫂短地向她道歉,说刚才这个同志来,说话不好别见怪等等。她听着,脸扭向里面,尽咬着嘴唇笑。我说完了,她也不作声,还是低头咬着嘴唇,好像忍了一肚子的笑料没笑完。这一来,我倒有些尴尬了,下面的话怎么说呢!我看通讯员站在一边,眼睛一眨不眨地看着我,好像在看连长做示范动作似的。我只好硬了头皮,讪讪地向她开口借被子了,接着还对她说了一遍共产党的部队,打仗是为了老百姓的道理。这一次,她不笑了,一边听着,一边不断向房里瞅着。我说完了,她看看我,看看通讯员,好像在掂量我刚才那些话的斤两。半晌,她转身进去抱被子了。

通讯员乘这机会,颇不服气地对我说道:

"我刚才也是说的这几句话,她就是不借,你看怪吧!……"

我赶忙白了他一眼,不叫他再说。可是来不及了,那个媳妇抱了被子,已经在房门口了。被子一拿出来,我方才明白她刚才为什么不肯借的道理了。这原来是一条里外全新的新花被子,被面是假洋缎的,枣红底,上面撒满白色百合花。她好像是在故意气通讯员,把被子朝我面前一送,说:"抱去吧。"

我手里已捧满了被子,就一咂嘴,叫通讯员来拿。没想到他竟扬起脸,装作没看见。我只好开口叫他,他这才绷了脸,垂着眼皮,上去接过被子,慌慌张张地转身就走。不想他一步还没走出去,就听见"嘶"的一声,衣服挂住了门钩,在肩膀处,挂下一片布来,口子撕得不小。那媳妇一面笑着,一面赶忙找针拿线,要给他缝上。通讯员却高低不肯,挟了被子就走。

刚走出门不远,就有人告诉我们,刚才那位年轻媳妇,是刚过门三天的新娘子,这条被子就是她惟一的嫁妆。我听了,心里便有些过意不去,通讯员也皱起了眉,默默地看着手里的被子。我想他听了这样的话一定会有同感吧!果然,他一边走,一边跟我嘟哝起来了。

"我们不了解情况,把人家结婚被子也借来了,多不合适呀!……"我忍不住想给他开个玩笑,便故作严肃地说:

"是呀!也许她为了这条被子,在做姑娘时,不知起早熬夜,多干了多少零活,才积起了做被子的钱,或许她曾为了这条花被,睡不着觉呢。可是还有人骂她死封建。……"

他听到这里,突然站住脚,呆了一会,说:

"那!……那我们送回去吧!"

"已经借来了,再送回去,倒叫她多心。"我看他那副认真、为难的样子,又好笑,又觉得可爱。不知怎么的,我已从心底爱上了这个傻呼呼的小同乡。

他听我这么说,也似乎有理,考虑了一下,便下了决心似的说:

"好,算了。用了给她好好洗洗。"他决定以后,就把我抱着的被子,统统抓过去,左一条、右一条地披挂在自己肩上,大踏步地走了。

回到包扎所以后,我就让他回团部去,他精神顿时活泼起来了,向我敬了礼就跑了。走了几步,他又想起了什么,在自己挂包里掏了一阵,摸出两个馒头,朝我扬了扬,顺手放在路边石头上,说:"给你开饭啦!"说完就脚不点地地走了。我走过去拿起两个干硬的馒头,看见他背的枪筒里不知在什么时候又多了一枚野菊花,跟那些树枝一起,在他耳边抖抖地颤动着。

他已走远了,但还见他肩上撕挂下来的布片,在风里一飘一飘。我真后悔没给他缝上再走。现在,至少他要裸露一晚上的肩膀了。

包扎所的工作人员很少。乡干部动员了几个妇女,帮我们打水、烧锅,做些零碎活。那位新媳妇也来了,她还是那样,笑眯眯地抿着嘴,偶然从眼角上看我一眼,但她时不时地东张西望,好像在找什么。后来她到底问我说:"那位同志弟到哪里去了?"我告诉她同志弟不是这里的,他现在到前沿去了。她不好意思地笑了一下说:"刚才借被子,他可受我的气了!"说完又抿了嘴笑着,动手把借来的几十条被子、棉絮,整整齐齐地分铺在门板上、桌子上(两张课桌拼起来,就是一张床)。我看见她把自己那条白百合花的新被,铺在外面屋檐上的一块门板上。

天黑了,天边涌起一轮满月。我们的总攻还没发起。敌人照例是忌怕夜晚的,在地上烧起一堆堆的野火,又盲目地轰炸,照明弹也一个接一个地升起,好像在月亮下面点了无数盏的汽油灯,把地面的一切都赤裸裸地暴露出来了。在这样一个"白夜"里来攻击,有多困难,要付出多大的代价啊!我连那一轮皎洁的月亮,也憎恶起来了。

乡干部又来了,慰劳了我们几个家做的干菜月饼。原来今天是中秋节了。

啊!中秋节,在我的故乡,现在一定又是家家门前放一张竹茶几,上面供一副香烛,几碟瓜果月饼。孩子们急切地盼那炷香快些焚尽,好早些分摊给月亮娘娘享用过的东西,他们在茶几旁边跳着唱着:"月亮堂堂,敲锣买糖……"或是唱着:"月亮嬷嬷,照你照我……"我想到这里,又想起我那个小同乡,那个拖毛竹的小伙,也许,几年以前,他还唱过这些歌吧!……我咬了一口美味的家做月饼,想起那个小同乡大概现在正趴在工事里,也许在团指挥所,或者是在那些弯弯曲曲的交通沟里走着哩!……

一会儿,我们的炮响了,天空划过几颗红色的信号弹,攻击开始了。不久,断断续续地有几个伤员下来,包扎所的空气立即紧张起来。

我拿着小本子,去登记他们的姓名、单位,轻伤的问问,重伤的就得拉开他们的符号,或者翻看他们的衣襟。我拉开一个重彩号的符号时,

"通讯员"三个字使我突然打了个寒战,心跳起来。我定了下神才看到符号上写着×营的字样。啊!不是,我的同乡他是团部的通讯员。但我又莫名其妙地想问问谁,战地上会不会漏掉伤员。通讯员在战斗时,除了送信,还干什么,——我不知道自己为什么要问这些没意思的问题。

战斗开始后的几十分钟里,一切顺利,伤员一次次带下来的消息,都是我们突破第一道鹿砦,第二道铁丝网,占领敌人前沿工事打进街了。但到这里,消息忽然停顿了,下来的伤员,只是简单的回答说:"在打。"或是"在街上巷战。"但从他们满身泥泞,极度疲乏的神色上,甚至从那些似乎刚从泥里掘出来的担架上,大家明白,前面在进行着一场什么样的战斗。

包扎所的担架不够了,好几个重彩号不能及时送后方医院,耽搁下来。我不能解除他们任何痛苦,只得带着那些妇女,给他们拭脸洗手,能吃得的喂他们吃一点,带着背包的,就给他们换一件干净衣裳,有些还得解开他们的衣服,给他们拭洗身上的污泥血迹。

做这种工作,我当然没什么,可那些妇女又羞又怕,就是放不开手来,大家都要抢着去烧锅,特别是那新媳妇。我跟她说了半天,她才红了脸,同意了。不过只答应做我的下手。

前面的枪声,已响得稀落了。感觉上似乎天快亮了,其实还只是半夜。外边月亮很明,也比平日悬得高。前面又下来一个重伤员。屋里铺位都满了,我就把这位重伤员安排在屋檐下的那块门板上。担架员把伤员抬上门板,但还围在床边不肯走。一个上了年纪的担架员,大概把我当做医生了,一把抓住我的膀子说:"大夫,你可无论如何要想办法治好这位同志呀!你治好他,我……我们全体担架队员给你挂匾……"他说话的时候,我发现其他的几个担架员也都睁大了眼盯着我,似乎我点一点头,这伤员立即会好了似的。我心想给他们解释一下,只见新媳妇端着水站在床前,短促地"啊"了一声。我急拨开他们上前一看,我看见了一张十分年轻稚气的圆脸,原来棕红的脸色,现已变得灰黄。他安详地合着眼,军装的肩头上,露着那个大洞,一片布还挂在那里。

"这都是为了我们……"那个担架员负罪地说道,"我们十多付担架挤在一个小巷子里,准备往前运动,这位同志走在我们后面,可谁知道狗日的反动派不知从哪个屋顶上撂下颗手榴弹来,手榴弹就在我们人缝里冒着烟乱转,这时这位同志叫我们快趴下,他自己就一下扑在那个东西上了。……"

新媳妇又短促地"啊"了一声。我强忍着眼泪,给那些担架员说了些话,打发他们走了。我回转身看见新媳妇已经转移过一盏油灯,解开他的衣服,她刚才那种忸怩羞涩已经完全消失,只是庄严而虔诚地给他拭着身子,这位高大而又年轻的小通讯员无声地躺在那里。……我猛然醒悟地跳起身,磕磕绊绊地跑去找医生,等我和医生拿了针药赶来,新媳妇正侧着身子坐在他旁边。

她低着头,正一针一针地在缝他衣肩上那个破洞。医生听了听通讯员的心脏,默默地站起身说:"不用打针了。"我过去一摸,果然手都冰冷了。新媳妇却像什么也没看见,什么也没听到,依然拿着针,细细地、密密地缝着那个破洞。我实在看不下去了,低声地说:"不要缝了。"她却对我异样地瞟了一眼,低下头,还是一针一针地缝。我想拉开她,我想推开这沉重的氛围,我想看见他坐起来,看见他羞涩的笑。但我无意中碰到了身边一个什么东西,伸手一摸,是他给我开的饭,两个干硬的馒头。……

卫生员让人抬了一口棺材来,动手揭掉他身上的被子,要把他放进棺材去,新媳妇这时脸发白,劈手夺过被子,狠狠地瞪了他们一眼。自己动手把半条被子平展展地铺在棺材底,半条盖在他身上。卫生员为难地说:"被子……是借老百姓的。"

"是我的——"她气汹汹地嚷了半句,就扭过脸去。在月光下,我看见她眼里晶莹发亮,我也看见那条枣红底色上洒满白色百合花的被子,这象征纯洁与感情的花,盖上了这位平常的、拖毛竹的青年人的脸。

一九五八年三月

(选自《百合花》,人民文学出版社 1978 年版)

【作者简介】

茹志鹃(1925~1998),女,上海人,祖籍浙江杭州。1943年参加新四军。抗日战争和解放战争期间,在部队文工团工作,当过话剧团的演员,并从事创作活动。1947年加入中国共产党。1955年转业到中国作家协会上海分会,任《文艺月报》编辑。1958年3月发表了著名短篇小说《百合花》,开始显露出她独特的艺术风格。此后两三年里又创作出《如愿》、《春暖时节》、《静静的产院》等一批质量较高的作品,受到好评。粉碎"四人帮"后,茹志鹃先后创作了《出山》、《冰灯》、《剪辑错了的故事》、《草原上的小路》、《儿女情》等十余篇小说,其中《剪辑错了的故事》获1979年全国优秀短篇小说一等奖。这些作品较作家"文化大革命"前的创作,无论在思想内容上,还是在艺术风格上,都出现了明显的变化,被人们称作"从微笑到沉思"。

茹志鹃的作品集子有《高高的白杨树》、《静静的产院》、《百合花》、《草原上的小路》、《茹志鹃小说选》等。

【作品简析】

《百合花》是茹志鹃的成名作,也是体现她创作风格的代表作。作品从选材立意到人物塑造,从艺术手法到格调色彩,都表现出茹志鹃小说特有的清新、柔婉、优美、俊逸的艺术风格。

这篇小说取材于解放战争时期的生活,但却没有正面描写炮火纷飞的战场和出生入死的战斗,而仅仅写了前沿阵地包扎所里发生的一个小插曲。作品通过部队战士"我"和小通讯员与当地群众,特别是一个结婚刚三天的新媳妇之间的借被子、缝衣服等细微平凡的生活故事,展开了动人的军民关系的描写,富有诗意地抒发了人民子弟兵和老百姓之间真挚纯洁的骨肉深情,表现了普通人的美好心灵和高尚品格,从一个较小的侧面揭示了革命战争胜利的基础和力量的源泉,小中见大,意味隽永,在当时众多反映革命战争题材的作品中别具一格。

《百合花》构思精巧缜密,在短短六千字的篇幅里刻画了三个人物形象:19岁的通讯员、新媳妇和"我"。作品首先通过"我"的眼睛集中描写小通讯员,然后到包扎所由借被子引出新媳妇,于是在小通讯员和新媳妇的冲突纠葛中,交错展开对这两个人物的刻画。这里,小说把洒满白色百合花的新被子作为情节纽带,巧妙自然地将两个人物联结起来。通过他们各自不同的音容笑貌和动作神态的描写、映衬,真切地展示了他们纯洁美好的内心世界。最后,当小通讯员负伤身亡时,作品又通过缝衣服和铺盖新被子两个典型情节,更加动人地刻画了新媳妇对解放军骨肉般的热爱,细腻而有层次地表现了她内心的波澜和感情的升华,完成了对她性格的塑造。同时,也进一步烘托了小通讯员的崇高形象。整个小说没有曲折离奇的情节,没有惊心动魄的场面,却起伏跌宕,富有节奏感,在严密细致、和谐自然的结构中,完成了人物的刻画和主题的表达。

通过细腻的心理活动来刻画人物,增强作品的抒情色彩,是茹志鹃小说的突出特点。《百合花》采用第一人称的手法,以"我"贯穿全篇,透过"我"的内心活动,由远及近、由淡到浓地描画出小通讯员的性格风貌。随着"我"的心扉一扇扇的打开,小通讯员的性格越来越鲜明、清晰,人物的感情也表现得细腻、绵密,富有层次。

这篇小说的细节描写十分成功,以至使人"初看时不一定感到它的分量,可是后来就嵌在我们脑子里,成为人物形象的有机部分"(茅盾语)。像通讯员枪筒里插的树枝和野菊花,通讯员给"我"开饭的两个馒头,以及象征纯洁与感情的印有白色百合花的新被子等,特别是小通讯员肩头被门钩挂破的大洞,在作品中反复出现,不仅成为塑造人物不可缺少的重要笔墨,而且使作品前后呼应,首尾贯串,增强了结构的严密性。

《百合花》的语言自然、清新、优美、动人,作品色彩柔和素雅,诗情浓郁,呈现出一种圣洁高尚的艺术境界。

(张志英)

李双双小传*（存目）

李准

【作者简介】

李准(1928~2000)，蒙古族，生于河南省孟津县。15岁辍学开始自己谋生。先后在洛阳市和农村小镇当盐号学徒、邮政收发、银行职员、语文教师等，接触和熟悉农村的各种生活及各阶层的人物，为后来的文学创作打下了坚实的生活基础。

1953年11月，李准发表了短篇小说《不能走那条路》，引起强烈反响。自此，他不断有新作问世。接连写出一批歌颂农村新人，反映农村社会变革的小说。1960年，相继发表了《李双双小传》、《耕云记》等优秀作品，创作走向成熟。40年来，他以充沛的热情写出四五十部小说及一些戏曲、话剧和散文。此外还创作和改编了《老兵新传》、《李双双》、《大河奔流》、《牧马人》、《高山下的花环》等十几部有影响的电影文学剧本。他的第一部长篇力作《黄河东流去》荣获第二届茅盾文学奖。

李准是建国后成长起来的一位较有影响的作家。他以写农村题材见长，善于从农村生活的激流中敏锐地提出新矛盾、新问题，及时地传达出社会发展变化的新信息。在人物塑造上，对农村新人倾注了更多的热情。他的小说艺术风格洗练、明快、朴素、清新，具有生活气息和地方色彩。

【作品简析】

《李双双小传》是李准短篇小说的代表作。它成功地塑造了李双双

---

* 原载《人民文学》1960年第3期。

这个农村社会主义新人形象,通过她的性格发展和生活道路,生动地反映了社会时代的变革对于人们精神面貌的巨大影响,从而为新时代和新人物谱写了一曲赞歌。

李双双是农村集体经济制度下涌现出来的先进妇女的典型。她聪明、正直、勤劳、能干,有着"敢说敢笑的爽快劲儿"和"火辣辣的性子"。但由于旧的习惯势力的影响,她仍被束缚在狭小的天地之中。然而随着农村社会主义革命的深入发展,这个热烈追求当家作主权利的普通妇女,再也不愿呆在家里仅仅做丈夫的"做饭的"和"屋里人"了。她冲破小家庭的羁绊,走向社会,投身于火热的集体劳动和斗争生活,并焕发出了极大的聪明才智。李双双的生活道路,在一定程度上概括了农村广大劳动妇女的生活道路和命运。作品在刻画这个人物时,注意写出她作为社会主义新时代先进妇女的时代特征——公道无私、热爱集体、敢于向落后事物作斗争。她的这些思想品格,辉映着鲜明的时代精神。

小说将这个人物置于丰富复杂而又富于生活气息的矛盾冲突之中,充分展示她性格成长的生活依据。为此,作品在结构上设置了两条线索,一是李双双与丈夫喜旺之间的冲突,二是她与孙有父子之间的矛盾,前者为主,后者为辅,两条线索交错进行,形成故事情节发展中一个又一个的波澜,使李双双的新思想、新品格在这一个个的情节波澜中,显现出动人的光彩。作品还运用对比的手法在双双与喜旺之间形成鲜明强烈的对比,通过他们对人对事种种截然不同的言行,既真实地表现了喜旺在新思想启迪下的觉醒过程,又有力地烘托和加强了李双双这一新人的形象。同时,小说运用富有表现力的细节和个性化的语言也相当出色。所有这些,都有助于成功地刻画李双双大公无私、见义勇为的高贵品德和心直口快、泼辣爽朗的独特个性,使得这个人物成为20世纪五六十年代文学创作中的一个艺术典型。

除李双双外,喜旺的形象也很富有艺术光彩。他和善、淳朴、热爱劳动,有着朴素的劳动人民的思想感情。但在旧社会的复杂经历,使他沾染上了自私狭隘、爱耍大男子主义等旧意识。作品没有把这个人物简单地处理为李双双的对立面,而是以风趣、幽默的笔触,真实地描绘他思想性格的复杂表现,并通过李双双与他一系列的矛盾冲突,亲切可信地写出了他的转变和进步。

作品具有欢快、幽默的喜剧色彩。李准喜欢以一种明朗、轻松的笔调来描绘农村生活,表现农村新旧事物、新旧思想的斗争。他笔下的许多矛盾冲突常常是在笑声中进行的:新人物、新思想在笑声中成长壮大,旧事物、旧习惯在笑声中节节败退,后进人物"笑着同自己的过去告别"。加上作家的语言淳朴、自然、清新、流畅,构成了这篇小说明朗、欢快的喜剧式风格。

《李双双小传》也带有明显的"大跃进"的"左"倾斑痕,诸如大办食堂、写大字报等,这是小说的缺陷,也是时代的局限。

(张志英)

永远的尹雪艳

白先勇

一

尹雪艳总也不老。十几年前那一班在上海百乐门舞厅替她捧场的五陵年少,有些头上开了顶,有些两鬓添了霜;有些来台湾降成了铁厂、水泥厂、人造纤维厂的闲顾问,但也有少数却升成了银行的董事长、机关里的大主管。不管人事怎么变迁,尹雪艳永远是尹雪艳,在台北仍旧穿着她那一身蝉翼纱的素白旗袍,一径那么浅浅地笑着,连眼角儿也不肯皱一下。

尹雪艳着实迷人。但谁也没能道出她真正迷人的地方。尹雪艳从来不爱擦胭抹粉,有时最多在嘴唇上点着些似有似无的蜜丝佛陀;尹雪艳也不爱穿红戴绿,天时炎热,一个夏天,她都浑身银白,净扮得了不得。不错,尹雪艳是有一身雪白的肌肤,细挑的身材,容长的脸蛋儿配着一副俏丽甜净的眉眼子,但是这些都不是尹雪艳出奇的地方。见过尹雪艳的人都这么说,也不知是何道理,无论尹雪艳一举手、一投足,总有一份世人不及的风情。别人伸个腰、蹙一下眉,难看,但是尹雪艳做起来,却又别有一番妩媚了。尹雪艳也不多言、不多语,紧要的场合插上几句苏州腔的上海话,又中听、又熨帖。有些荷包不足的舞客,攀不上叫尹雪艳的台子,但是他们却去百乐门坐坐,观观尹雪艳的风采,听她讲几句吴侬软语,心里也是舒服的。尹雪艳在舞池子里,微仰着头,轻摆着腰,一径是那么不慌不忙地起舞着;即使跳着快狐步,尹雪艳从来也没有失过分寸,仍旧显得那么从容、那么轻盈,像一球随风飘荡的

* 原载台湾《现代文学》1965 年第 24 期。

柳絮,脚下没有扎根似的,尹雪艳有她自己的旋律。尹雪艳有她自己的拍子,绝不因外界的迁异,影响到她的均衡。

　　尹雪艳迷人的地方实在讲不清、数不尽,但是有一点却大大增加了她的神秘。尹雪艳名气大了,难免招忌,她同行的姊妹淘醋心重的就到处嘈起说:尹雪艳的八字带着重煞,犯了白虎,沾上的人,轻者家败,重者人亡。谁知道就是为着尹雪艳享了重煞的令誉,上海洋场的男士们都对她增加了十分的兴味。生活优闲了,家当丰沃了,就不免想冒险,去闯闯这颗红遍了黄浦滩的煞星儿。上海棉纱财阀王家的少老板王贵生就是其中探险者之一。天天开着崭新的开德拉克,在百乐门门口候着尹雪艳转完台子,两人一同上国际饭店十四楼摩天厅去共进华美的宵夜,望着天上的月亮及灿烂的星斗,王贵生说,如果用他家的金条儿能够搭成一道天梯,他愿意爬上天空去把那弯月牙儿掐下来,插在尹雪艳的云鬓上。尹雪艳吟吟地笑着,总也不出声,伸出她那兰花般细巧的手,慢条斯理地将一枚枚涂着俄国乌鱼子的小月牙儿饼拈到嘴里去。

　　王贵生拼命地投资,不择手段地赚钱,想把原来的财富堆成三倍、四倍,将尹雪艳身边那批富有的逐鹿者一一击倒,然后用钻石玛瑙串成一根链子,套在尹雪艳的脖子上,把她牵回家去。当王贵生犯上官商勾结的重罪,下狱枪毙的那一天,尹雪艳在百乐门停了一宵,算是对王贵生致了哀。

　　最后赢得尹雪艳的却是上海金融界一位热可炙手的洪处长。洪处长休掉了前妻,抛弃了三个儿女,答应了尹雪艳十条条件;于是尹雪艳变成了洪夫人,住在上海法租界一栋从日本人接收过来华贵的花园洋房里,两三个月的工夫,尹雪艳便像一株晚开的玉梨花,在上海上流社会的场合中以压倒群芳的姿态绽发起来。

　　尹雪艳着实有压场的本领。每当盛宴华筵,无论在场的贵人名媛,穿着紫貂,围着火狸,当尹雪艳披着她那件翻领束腰的银狐大氅,像一阵三月的微风,轻盈盈地闪进来时,全场的人都好像给这阵风熏中了一般,总是情不自禁地向她迎过来。尹雪艳在人堆子里,像个冰雪化成的精灵,冷艳逼人,踏着风一般的步子,看得那些绅士以及仕女们的眼睛都一起冒出火来,这就是尹雪艳:在兆丰夜总会的舞厅里、在兰心剧院

527

的过道上,以及在霞飞路上一栋栋侯门官府的客堂中,一身银白,歪靠在沙发椅上,嘴角一径挂着那流吟吟浅笑,把场合中许多银行界的经理、协理,纱厂的老板及小开,以及一些新贵和他们的夫人们都拘到跟前来。

可是洪处长的八字到底软了些,没能抵得住尹雪艳的重煞。一年丢官、两年破产,到了台北来连个闲职也没捞上。尹雪艳离开洪处长时还算有良心,除了自己的家当外,只带走一个从上海跟来的名厨司及两个苏州娘姨。

二

尹雪艳的新公馆落在仁爱路四段的高级住宅区里,是一栋崭新的西式洋房,有个十分宽敞的客厅,容得下两三桌酒席。尹雪艳对她的新公馆倒是刻意经营过一番。客厅的家具是一色桃花心红木桌椅,几张老式大靠背的沙发,塞满了黑丝面子鸳鸯戏水的湘绣靠枕,人一坐下去就陷进了一半,倚在柔软的丝枕上,十分舒适。到过尹公馆的人,都称赞尹雪艳的客厅布置妥帖,叫人坐着不肯动身。打麻将有特别设备的麻将间,麻将桌、麻将灯都设计得十分精巧。有些客人喜欢挖花,尹雪艳还特别腾出一间有隔音设备的房间,挖花的客人可以关在里面恣意唱和。冬天有暖炉,夏天有冷气,坐在尹公馆里,很容易忘记外面台北市的阴寒及溽暑。客厅案头的古玩花瓶,四时都供着鲜花。尹雪艳对于花道十分讲究,中山北路的玫瑰花店常年都送来上选的鲜货。整个夏天,尹雪艳的客厅中都细细地透着一股又甜又腻的晚香玉。

尹雪艳的新公馆很快地便成为她旧雨新知的聚会所。老朋友来到时,谈谈老话,大家都有一腔怀古的幽情,想一会儿当年,在尹雪艳面前发发牢骚,好像尹雪艳便是上海百乐门时代永恒的象征,京沪繁华的佐证一般。

"阿囡,看看干爹的头发都白光喽!侬还像枝万年青一式,愈来愈年轻!"

吴经理在上海当过银行的总经理,是百乐门的座上常客,来到台北赋闲,在一家铁工厂挂个顾问的名义。见到尹雪艳,他总爱拉着她半开玩笑而又不免带点自怜的口吻这样说。吴经理的头发确实全白了,而且患着严重的风湿,走起路来,十分蹒跚,眼睛又害沙眼,眼毛倒插,常年淌着眼泪,眼圈已经开始溃烂,露出粉红的肉来。冬天时候,尹雪艳总把客厅里那架电暖炉移到吴经理的脚跟前,亲自奉上一盅铁观音,笑吟吟地说道:

"哪里的话,干爹才是老当益壮呢!"

吴经理心中熨帖了,恢复了不少自信,眨着他那烂掉了睫毛的老花眼,在尹公馆里,当众票了一出《坐宫》,以苍凉沙哑的嗓子唱出:

我好比浅水龙,
被困在沙滩。

尹雪艳有迷男人的功夫,也有迷女人的功夫。跟尹雪艳结交的那班太太们,打从上海起,就背地数落她。当尹雪艳平步青云时,这起太太们气不忿,说道:凭你怎么爬,左不过是个货腰娘。当尹雪艳的靠山相好遭到厄运的时候,她们就叹气道:命是逃不过的,煞气重的娘儿们到底沾惹不得。可是十几年来这起太太们一个也舍不得离开尹雪艳,到了台北都一窝蜂似地聚到尹雪艳的公馆里,她们不得不承认尹雪艳实在有她惊动人的地方。尹雪艳在台北的鸿翔绸缎庄打得出七五折,在小花园里挑得出最登样的绣花鞋儿,红楼的绍兴戏码,尹雪艳最在行,吴燕丽唱《孟丽君》的时候,尹雪艳可以拿到免费的前座戏票,论起西门町的京沪小吃,尹雪艳又是无一不精了。于是这起太太们,由尹雪艳领队,逛西门町、看绍兴戏,坐在三六九里吃桂花汤团,往往把十几年来不如意的事儿一股脑儿抛掉,好像尹雪艳周身都透着上海大千世界荣华的麝香一般,熏得这起往事沧桑的中年妇人都进入半醉的状态,而不由自主都津津乐道起上海五香斋的蟹黄面来。这起太太们常常容易闹情绪,尹雪艳对于她们都一一施以广泛的同情,她总耐心地聆听她们的怨艾及委屈,必要时说几句安抚的话,把她们焦躁的脾气一一熨平。

"输呀,输得精光才好呢!反正家里有老牛马垫背,我不输,也有旁人替我输!"

每逢宋太太搓麻将输了钱时就向尹雪艳带着酸意地抱怨道。宋太太在台湾得了妇女更年期的痴肥症,体重暴增到一百八十多磅,形态十分臃肿,走多了路,会犯气喘。宋太太的心酸话较多,因为她先生宋协理有了外遇,对她颇为冷落,而且对方又是一个身段苗条的小酒女。十几年前宋太太在上海的社交场合出过一阵风头,因此她对以往的日子特别向往。尹雪艳自然是宋太太倾诉衷肠的适当人选,因为只有她才能体会宋太太那种今昔之感。有时讲到伤心处,宋太太会禁不住掩面而泣。

"宋家阿姐,'人无千日好,花无百日红',谁又能保得住一辈子享荣华、受富贵呢?"

于是尹雪艳便递过热毛巾给宋太太揩面,怜悯地劝说道。宋太太不肯认命,总要抽抽搭搭地怨怼一番:

"我就不信我的命又要比别人差些!像侬吧,尹家妹妹,侬一辈子是不必发愁的,自然有人会来帮衬侬。"

三

尹雪艳确实不必发愁,尹公馆门前的车马从来也未曾断过。老朋友固然把尹公馆当做世外桃源,一般新知也在尹公馆找到别处稀有的吸引力。尹雪艳公馆一向维持它的气派。尹雪艳从来不肯把它降低于上海霞飞路的排场。出入的人士,纵然有些是过了时的,但是他们有他们的身份,有他们的派头,因此一进到尹公馆,大家都觉得自己重要,即使是十几年前作废了的头衔,经过尹雪艳娇声亲切地称呼起来,也如同受过诰封一般,心理上恢复了不少的优越感。至于一般新知,尹公馆更是建立社交的好所在了。

当然,最吸引人的,还是尹雪艳本身。尹雪艳是一个最称职的主人。每一位客人,不分尊卑老幼,她都招呼得妥妥帖帖。一进到尹公馆,坐在客厅中那些铺满黑丝面椅垫的沙发上,大家都有一种宾至如归,乐不思蜀的亲切之感,因此,做会总在尹公馆开标,请生日酒总在尹公馆开席,即使没有名堂的日子,大家也立一个名目,凑到尹公馆成一个牌局。一年里,倒有大半的日子,尹公馆里总是高朋满座。

尹雪艳本人极少下场,逢到这些日期,她总预先替客人们安排好牌局;有时两桌,有时三桌。她对每位客人的牌品及癖性都摸得清清楚楚,因此牌搭子总配得十分理想,从来没有伤过和气。尹雪艳本人督导着两个头干脸净的苏州娘姨在旁边招呼着。午点是宁波年糕或者湖州粽子。晚饭是尹公馆上海名厨的京沪小菜:金银腿、贵妃鸡、炝虾、醉蟹——尹雪艳亲自设计了一个转动的菜牌,天天转出一桌桌精致的筵席来。到了下半夜,两个娘姨便捧上雪白喷了明星花露水的冰面巾,让大战方酣的客人们揩面醒脑,然后便得一碗鸡汤银丝面作了宵夜。客人们掷下的桌面十分慷慨,每次总上两三千。赢了钱的客人固然值得兴奋,即使输了钱的客人也是心甘情愿。在尹公馆里吃了、玩了,末了还由尹雪艳差人叫好计程车,一一送回家去。

当牌局进展激烈的当儿,尹雪艳便换上轻装,周旋在几个牌桌之间,踏着她那风一般的步子,轻盈盈地来回巡视着,像个通身银白的女祭司,替那些作战的人们祈祷和祭祀。

"阿囡,干爹又快输脱底喽!"

每到败北阶段,吴经理就眨着他那烂掉了睫毛的眼睛,向尹雪艳发出讨救的哀号。

"还早呢,干爹,下四圈就该你摸清一色了。"

尹雪艳把个黑丝椅垫枕到吴经理害了风湿症的背脊上,怜恤地安慰着这个命运乖谬的老人。

"尹小姐,你是看到的。今晚我可没打错一张牌,手气就那么背!"

女客人那边也经常向尹雪艳发出乞怜的呼吁,有时宋太太输急了,也顾不得身份,就抓起两颗骰子啐道:

"呸!呸!呸!勿要面孔的东西,看你霉到啥个辰光!"

尹雪艳也照例过去,用着充满同情的语调,安抚她们一番。这个时候,尹雪艳的话就如同神谕一般令人敬畏。在麻将桌上,一个人的命运往往不受控制,客人们都讨尹雪艳的口彩来恢复信心及加强斗志。尹雪艳站在一旁,叼着金嘴子的三个九,徐徐地喷着烟圈,以悲天悯人的眼光看着她这一群得意的、失意的、老年的、壮年的、曾经叱咤风云的、曾经风华绝代的客人们，狂热地互相厮杀，互相宰割。

四

新来的客人中，有一位叫徐壮图的中年男士，是上海交通大学的毕业生；生得品貌堂堂，高高的个儿，结实的身体，穿着剪裁合度的西装，显得分外英挺。徐壮图是个台北市新兴的实业巨子，随着台北市的工业化，许多大企业应运而生，徐壮图头脑灵活，具有丰富的现代化工商管理的知识，才是四十出头，便出任一家大水泥公司的经理。徐壮图有位贤惠的太太及两个可爱的孩子。家庭美满，事业充满前途，徐壮图成为一个雄心勃勃的企业家。

徐壮图第一次进入尹公馆是在一个庆生酒会上。尹雪艳替吴经理做六十大寿，徐壮图是吴经理的外甥，也就随着吴经理来到尹雪艳的公馆。

那天尹雪艳着实装饰了一番，穿着一袭月白短袖的织锦旗袍，襟上一排香妃色的大盘扣；脚上也是月白缎子的软底绣花鞋，鞋尖却点着两瓣肉色的海棠叶儿。为了讨喜气，尹雪艳破例地在右鬓簪上一朵酒杯大血红的郁金香，而耳朵上却吊着一对寸把长的银坠子。客厅里的寿堂也布置得喜气洋洋。案上全换上才铰下的晚香玉，徐壮图一踏进去，就嗅中一阵沁人脑肺的甜香。

"阿囡，干爹替侬带来顶顶体面的一位人客，"吴经理穿着一身崭新的纺绸长衫，伛着背，笑呵呵地把徐壮图介绍给尹雪艳道，然后指着尹雪艳说：

"我这位干小姐呀，实在孝顺不过。我这个老朽三灾五难的还要赶着替我做生。我忖忖：我现在又不在职，又不问世，这把老骨头天天还要给触霉头的风湿症来折磨。管他折福也罢，今朝我且大模大样地生受了干小姐这场寿酒再讲。我这位外甥，年轻有为，难得放纵一回，今朝也来跟我们这群老朽一道开心开心。阿囡是个最妥当的主人家，我把壮图交给侬，侬好好地招待招待他吧。"

"徐先生是稀客,又是干爹的令戚,自然要跟别人不同一点。"尹雪艳笑吟吟地答道,发上那朵血红的郁金香颤巍巍地抖动着。

徐壮图果然受到尹雪艳特别的款待。在席上,尹雪艳坐在徐壮图旁边一径殷勤地向他劝酒让菜,然后歪向他低声说道:

"徐先生,这道是我们大师傅的拿手,你尝尝,比外面馆子做的如何?"

用完席后,尹雪艳亲自盛上一碗冰冻杏仁豆腐捧给徐壮图,上面却放着两颗鲜红的樱桃。用完席戏上牌局的时候,尹雪艳走到徐壮图背后看他打牌。徐壮图的牌张不熟,时常发错张子,才是八圈,已经输掉一半筹码。有一轮,徐壮图正当发出一张梅花五筒的时候,突然尹雪艳从后面欠过身伸出她那细巧的手把徐壮图的手背按住说道:

"徐先生,这张牌是打不得的。"

那一盘徐壮图便和了一副"满园花",一下子就把输出去的筹码赢了大半。客人中有一个开玩笑抗议道:

"尹小姐,你怎么不来替我也点点张子,瞧瞧我也输光啦。"

"人家徐先生头一趟到我们家,当然不好意思让他吃了亏回去的喽。"徐壮图回头看到尹雪艳正朝着他满面堆着笑容,一对银耳坠子吊在她乌黑的发脚下来回地浪荡着。

客厅中的晚香玉到了半夜,吐出一蓬蓬的浓香来。席间徐壮图喝了不少热花雕,加上牌桌上和了那盘"满园花"的亢奋,临走时他已经有些微醺的感觉了。

"尹小姐,全得你的指教,要不然今晚的麻将一定全盘败北了。"

尹雪艳送徐壮图出大门时,徐壮图感激地对尹雪艳说道。尹雪艳站在门框里,一身白色的衣衫,双手合抱在胸前,像一尊观世音,朝着徐壮图笑吟吟地答道:

"哪里的话,隔日徐先生来白相,我们再一道研究研究麻将经。"

隔了两日,果然徐壮图又来到了尹公馆,向尹雪艳讨教麻将的诀窍。

五

徐壮图太太坐在家中的藤椅上,呆望着大门,两腮一天天削瘦,眼睛凹成了两个深坑。

当徐太太的干妈吴家阿婆来探望她的时候,她牵着徐太太的手失惊叫道:

"嗳呀,我的干小姐,才是个把月没见着,怎么你就瘦脱了形?"

吴家阿婆是一个六十来岁的妇人,硕壮的身材,没有半根白发,一双放大的小脚,仍旧行走如飞。吴家阿婆曾经上四川青城山去听过道,拜了上面白云观里一位道行高深的法师做师父。这位老法师因为看上吴家阿婆天生异禀,飞升时便把衣钵传了给她。吴家阿婆在台北家中设了一个法堂,中央供着她老师父的神像。神像下面悬着八尺见方黄绫一幅。据吴家阿婆说,她老师父常在这幅黄绫上显灵,向她授予机宜,因此吴家阿婆可以预卜凶吉,消灾除祸。吴家阿婆的信徒颇众,大多是中年妇女,有些颇有社会地位。经济环境不虞匮乏,这些太太们的心灵难免感到空虚。于是每月初一、十五,她们便停止一天麻将,或者标会的聚会,成群结队来到吴家阿婆的法堂上,虔诚地念经叩拜,布施散财,救济贫困,以求自身或家人的安宁。有些有疑难大症,有些有家庭纠纷,吴家阿婆一律慷慨施以许诺,答应在老法师灵前替他们祈求神助。

"我的太太,我看你的气色竟是不好呢!"吴家阿婆仔细端详了徐太太一番,摇头叹息。徐太太低首俯面忍不住伤心哭泣,向吴家阿婆道出了衷肠话来。

"亲妈,你老人家是看到的,"徐太太流着泪断断续续地诉说道:"我们徐先生和我结婚这么久,别说破脸,连句重话都向来没有过。我们徐先生是个争强好胜的人,他一向都这么说:'男人的心五分倒有三分应该放在事业上。'来台湾熬了这十来年,好不容易盼着他们水泥公司发达起来,他才出了头,我看他每天为公事在外面忙着应酬,我心里只有暗暗着急。事业不事业倒在其次,求祈他身体康宁,我们母子再苦些也是情愿的。谁知道打上月起,我们徐先生竟好像变了一个人似的。经常两晚、三晚不回家。我问一声,他就摔碗砸筷,脾气暴得了不得。前天连两个孩子都挨了一顿狠打。有人传话给我听,说是我们徐先生外面有了人,而且人家还是个有头有脸的人物。亲妈,我这个本本分分的人哪里经过这些事情?人还撑得住不走样?"

"干小姐,"吴家阿婆拍了一下巴掌说道:"你不提呢,我也就不说了。你晓得我是最怕兜揽是非的人。你叫了我声亲妈,我当然也就向着你些。你知道那个胖婆儿宋太太呀,她先生宋协理搞上个什么'五月花'的小酒女。她跑到我那里一把鼻涕一把眼泪要我替她求求老师父。我拿她先生的八字来一算,果然冲犯了东西。宋太太在老师父灵前许了重愿,我替她念了十二本经。现在她男人不是乖乖地回去了?后来我就劝宋太太:'整天少和那些狐狸精似的女人穷混,念经做善事要紧!'宋太太就一五一十地把你们徐先生的事情原原本本数了给我听。那个尹雪艳呀,你以为她是个什么好东西?她没有两下,就能笼得住这些人?连你们徐先生那么个正人君子她都有本事抓得牢。这种事情历史上是有的:褒姒、妲己、飞燕、太真——这起祸水!你以为都是真人吗?妖孽!凡是到了乱世,这些妖孽都纷纷下凡,扰乱人间。那个尹雪艳还不知道是个什么东西变的呢!我看你呀,总得变个法儿替你们徐先生消了这场灾难才好。"

"亲妈,"徐太太忍不住又哭了起来,"你晓得我们徐先生不是那种没有良心的男人。每次他在外面逗留了回来,他嘴里虽然不说,我晓得他心里是过意不去的。有时他一个人闷坐着猛抽烟,头筋叠暴起来,样子真唬人。我又不敢去劝解他,只有干着急。这几天他更是着了魔一般,回来嚷着说公司里人人都寻他晦气。他和那些工人也使脾气,昨天还把人家开除了几个。我劝他说犯不着和那些粗人计较,他连我也呵斥了一顿。他的行径反常得很,看着不像,真不由得叫人担心哪!"

"就是说呀!"吴家阿婆点头说道,"怕是你们徐先生也犯着了什么吧?你且把他的八字递给我,回去我替他测一测。"

徐太太把徐壮图的八字抄给了吴家阿婆说道:

"亲妈,全托你老人家的福了。"

535

"放心,"吴家阿婆临走时说道,"我们老师父最是法力无边,能够替人排难解厄的。"

然而老师父的法力并没有能够拯救徐壮图。有一天,正当徐壮图向一个工人拍起桌子喝骂的时候,那个工人突然发了狂,一把扁钻从徐壮图前胸刺穿到后背。

六

徐壮图的治丧委员会吴经理当了总干事。因为连日奔忙,风湿又弄翻了,他在极乐殡仪馆穿出穿进的时候,一径拄着拐杖,十分蹒跚。开吊的那一天,灵堂就设在殡仪馆里。一时亲朋友好的花圈丧幛白簇簇地一直排到殡仪馆的门口来。水泥公司同仁挽的却是"痛失英才"四个大字。来祭吊的人从早上九点钟起开始络绎不绝。徐太太早已哭成了痴人,一身麻衣丧服带着两个孩子,跪在灵前答谢。吴家阿婆却率领了十二个道士,身着法衣,手执拂尘,在灵堂后面的法坛打解冤洗业醮。此外并有僧尼十数人在念经超度,拜大悲忏。

正午的时候,来祭吊的人早挤满了一堂,正当众人熙攘之际,突然人群里起了一阵骚动,接着全堂静寂下来,一片肃穆。原来尹雪艳不知什么时候却像一阵风一般地闪了进来。尹雪艳仍旧一身素白打扮,脸上未施脂粉,轻盈盈地走到管事台前,不慌不忙地提起毛笔,在签名簿上一挥而就地签上了名,然后款款地步到灵堂中央,客人们都倏地分开两边,让尹雪艳走到灵台跟前,尹雪艳凝着神、敛着容,朝着徐壮图的遗像深深地鞠了三鞠躬。这时在场的亲友大家都呆若木鸡。有些显得惊讶,有些却是忿愤,也有些满脸惶惑,可是大家都好似被一股潜力镇住了,未敢轻举妄动。这次徐壮图的惨死,徐太太那一边有些亲戚迁怒于尹雪艳,他们都没有料到尹雪艳居然有这个胆识闯进徐家的灵堂来。场合过分紧张突兀,一时大家都有点手足无措。尹雪艳行完礼后,却走到徐太太面前,伸出手抚摸了一下两个孩子的头,然后庄重地和徐太太握了一握手。正当众人面面相觑的当儿,尹雪艳却踏着她那轻盈盈的步子走出了极乐殡仪馆。一时灵堂里一阵大乱,徐太太突然跪倒在地,昏厥了过去,吴家阿婆赶紧丢掉拂尘,抢身过去,将徐太太抱到后堂去。

当晚,尹雪艳的公馆里又成上了牌局,有些牌搭子是白天在徐壮图祭悼会后约好的。吴经理又带了两位新客人来:一位是南国纺织厂新上任的余经理;另一位是大华企业公司的周董事长。这晚吴经理的手气却出了奇迹,一连串的在和满贯。吴经理不停地笑着叫着,眼泪从他烂掉了睫毛的血红眼圈一滴滴淌下来。到了第十二圈,有一盘吴经理突然双手乱舞大叫起来:

"阿囡,快来!快来!'四喜临门'!这真是百年难见的怪牌。东、南、西、北——全齐了,外带自摸双!人家说和了大四喜,兆头不祥。我倒霉了一辈子,和了这副怪牌,从此否极泰来。阿囡、阿囡,侬看看这副牌可爱不可爱?有趣不有趣?"

吴经理喊着笑着把麻将撒满了一桌子。尹雪艳站到吴经理身边,轻轻地按着吴经理的肩膀,笑吟吟地说道:

"干爹,快打起精神多和两盘。回头赢了余经理及周董事长他们的钱,我来吃你的红!"

一九六五年春于美爱我华城

(选自《台北人》,作家出版社 2000 年版)

【作者简介】

白先勇(1937～　),生于广西桂林,原籍江苏南京。父亲白崇禧系国民党高级将领。抗日战争期间和抗战胜利后,在重庆、上海、南京等地居住。1948 年到香港。1952 年赴台湾。1956 年高中毕业,入台湾成功大学水利系。转年,考入台湾大学外文系,1961 年毕业。1960 年,与欧阳子、陈若曦、王文兴等创办《现代文学》杂志,"栽培了台湾年轻一代最优秀的作家",对台湾文学影响深远。1963 年,白先勇到美国爱荷华大学爱荷华作家工作室从事创作研究,1965 年获硕士学位。其后,任美国加州大学圣塔·巴巴拉分校教授,讲授中国语言文学课程。

白先勇是"当代短篇小说家中少见的奇才"(夏志清语)。他的文学创作大多划分为三个时期:初期,代表作是《寂寞的十七岁》,描写作者少年时代的生活与人物的畸型心态;中期,以《纽约客》、《台北人》为代表,写异乡漂泊者的屈辱人生和由大陆到台湾的官宦、富商等上层人物的历史命运;晚近期以长篇小说《孽子》为代表,以同性恋和团伙卖淫、吸毒为题材,表现社会的没落和腐朽。历史兴衰的沧桑感与感时伤怀的悲剧意识是他作品的鲜明特色。

作品集有《金大奶奶》、《寂寞的十七岁》、《谪仙记》、《游园惊梦》、《纽约客》、《台北人》,剧本《游园惊梦》、《金大班的最后一夜》,电影剧本《玉卿嫂》,散文及评论集《蓦然回首》等。

【作品简析】

1965年至1971年间,白先勇创作了系列小说《台北人》。《台北人》由14个短篇小说组成,《永远的尹雪艳》是其中的第一篇。《台北人》中的人物多数是从大陆撤退到台湾的国民党军政大员、工商巨子、幕僚佣仆、食客舞女等。小说表现了他们由兴而衰的历史命运,是一曲曲旧时代的哀歌与挽歌。

尹雪艳原是旧上海百乐门舞厅中走红的舞女,到台湾后又成了台北上层社会的交际花。她不但"有迷男人的功夫,也有迷女人的功夫",既超越了时间——"总也不老",也超越了空间——"绝不因外界的迁移,影响到她的均衡"。但是她的真正迷人之处,却在于她还是一个神通广大、普渡众生的神灵——她赐福给那些沦落了的阔老遗少,这些人"一进到尹公馆,大家都觉得自己重要,即使是十几年前作废了的头衔,经过尹雪艳娇声亲切地称呼起来,也如同受过诰封一般,心理上恢复了不少优越感",使他们从不堪忍受的尘世中得到一次超脱;她也常把那"周身都透着上海大千世界荣华的麝香一般"的奇妙异香,随缘普降于她的信女,"熏得这起往事沧桑的中年妇人都进入半醉的状态",恍惚进入了她们失去了的天堂。然而这一切都纯粹是那些"台北人"的精神幻觉。事实上,尹雪艳从来没有给任何一个人有效的帮助。她的全部法力只限于给人们以空洞无用的慰藉,说穿了只不过是一种巧妙的欺骗。不仅如此,她嘴上表白爱人,心里却冷若冰霜,专门勾引和毁灭被她迷上的男人。上海棉纱财阀王家的少老板王贵生,为她犯"官商勾结"罪而被枪决;上海金融界炙手可热的洪处长,为她"休掉了前妻,抛弃了三个儿女",后来却"一年丢官、两年破产";台北新兴实业巨子徐壮图本来"家庭美满","事业充满前途",也是为了她而失魂落魄,最后死于非命。尹雪艳是一个"尤物",一颗"煞星儿",大官小吏,巨商大贾,沾上她的人,"轻者家败,重者人亡"。她是"冰雪化成的精灵",她冷艳逼人。"冷"是她最主要的特征。别人玩牌,她站在一旁,"徐徐地喷着烟圈",观看着客人们"狂热地互相厮杀,互相宰割",正是这位"艳丽其外,冰雪其内"的女人的绝好写照。

白先勇既有中国古典文学的深厚修养,又从西方现代派文学中汲取了丰富的营养,所以在创作中他能熔中西于一炉。

白先勇是一位真诚的现实主义者。他作为国民党将领的后代,虽然不情愿看到国民党的悲剧结局,但他的可贵之处在于他是一个清醒的、忠于历史、忠于生活、忠于自己艺术良心的作家。他怀着痛惜、伤感而又无奈的心情,叙写了父辈一代——被历史遗弃的一代、走向崩溃和灭亡的一代的历史。他特别擅长通过日常生活,细腻描写人物的性格心理和人情世态、社会变迁,善于通过人物对话、外貌衣饰和环境的精雕细刻去塑造人物,从中可看出《红楼梦》等现实主义文学传统对他的深刻影响。

白先勇又是台湾现代派小说的旗手。在作品中,他大量运用了意识流、象征及心理分析等手法。尹雪艳本身就是一个象征,她象征着美艳、妖冶、冷酷,又象征着梦幻、虚无、死亡。正如白色是死亡之色一样,集白色于一身的尹雪艳不是降福于人间的美女善佛,而是带来灾难与横祸的死神的象征。白先勇在小说中较多地使用"意识流"手法,同人物的身份有关。他的人物大都经历过巨大的时空变迁,他们从大陆到台湾,从上海的百乐门到台北的尹公馆,常常有物换人非之感,产生今与昔、此与彼的鲜明对比,从而形成内心的激烈动荡与冲突。这样,触景生情、浮想联翩的"意识流"就自然成为作者惯用的手法。

这里,还要提到白先勇描绘女性的特殊功力。对于尹雪艳,他用浑身银白("雪白的肌肤","素白旗袍","白缎子绣花鞋")表明其圣洁不可侵犯;用"随风飘荡的柳絮"来形容她的轻盈和难以捉摸的内心世界;用给人缥缈感的衣着来加强尹雪艳的不受任何人控制的个性;用插在鬓边的"血红的郁金花",显示出她对男人的热烈的挑逗性。她一身的阴气与冷气。她像幽灵一样飘来荡去。她亦虚亦实,若有若无,似梦似幻,像人像精,充分揭示出她外表美艳动人,内心冷酷无情的复杂性格。台湾女作家於梨华说:"在20世纪60年代的中国,没有任何一位作家,刻画女人,能超过他的。"

需要指出的是,白先勇的作品具有浓郁的感伤主义色彩,流露出人生无常、因果报应、生死轮回等虚无主义和宿命论等消极思想。当然,他的许多作品中,也有"根之所托,梦之所寄"的浓浓乡愁,曲折地反映了作者和人物的民族感情与爱国主义情怀。

(张学正)

班 主 任 [*]（节选）

刘心武

……………

四

谢惠敏的个头比一般男生还高，她腰板总挺得直直的，显得很健壮。在一回，她打业余体校栅栏墙外走过，一眼被里头的篮球教练看中，教练热情地把她请了进去，满心以为发现了一个难得的培养对象。谁知让这位长圆脸、大眼睛的姑娘试着跑了几次篮后，竟格外地失望——原来，她弹跳力很差，手臂手腕的关节也显得过分僵硬，一问，她根本对任何球类活动都没有兴趣。

的确，谢惠敏除了随着大伙看看电影、唱唱每个阶段的推荐歌曲，几乎没有什么业余爱好。她功课中平，作业有时完不成，主要是由于社会工作占去的精力和时间太多了——因此倒也能获得老师和同学们的谅解。

头年夏天，张老师接任这个班的班主任时，谢惠敏已经是团支部书记了。张老师到任不久便轮到这个班下乡学农。返校的那天，队伍离村二里多了，谢惠敏突然发现有个男生手里转动着个麦穗，她不禁又惊又气地跑过去批评说："你怎么能带走贫下中农的麦子？给我！得送回去！"那个男生不服气地辩解说："我要拿回家给家长看，让他们知道这儿的麦子长得有多么棒！"结果引起一场争论，多数同学并不站在谢惠

---

[*] 原载《人民文学》1977 年第 11 期。

敏一边。有的说她"死心眼",有的说她"太过分"。最后自然轮到张老师表态。谢惠敏手里紧紧握着那根丰满的麦穗,微张着嘴唇,期待地望着张老师。出乎许多同学的意料,张老师同意了谢惠敏送回麦穗的请求。耳边响着一片扬声争论与喁喁低议交织成的音波,望着在雨后泥泞的大车道上奔回村庄的谢惠敏那独特的背景,张老师曾经感动地想:问题不在于小小的麦穗是否一定要这样来处理;看哪,这个仅仅只有三个月团龄的支部书记,正用全部纯洁而高尚的感情,在维护"绝不能让贫下中农损失一粒麦子"的信念——她的身上,有着多么可贵的闪光素质啊!

但是,这以后,直到"四人帮"揪出来之前,浓郁的阴云笼罩着我们祖国的大地,阴云的暗影自然也投射到了小小的初三(三)班。被"四人帮"控制的那个团市委,已经向光明中学派驻了联络员,据说是来培养某种"典型",是否在初三(三)班设点,已在他们考虑之中。谢惠敏自然常被他们找去谈话。谢惠敏对他们的"教诲"并不能心领神会,因为她没有丝毫的政治投机心理,她单纯而真诚。但是,打从这时候起,张老师同谢惠敏之间开始显露出某种似乎解释不清的矛盾。比如说,谢惠敏来告状,说团支部过组织生活时,五个团员竟有两个打瞌睡。张老师没有去责难那两个不像样子的团员,却向谢惠敏建议说:"为什么过组织生活总是念报纸呢?下回搞一次爬山比赛不成吗?保险他们不会打瞌睡!"谢惠敏瞪圆了双眼,几乎不相信自己的耳朵,隔了好一阵,才抗议地说:"爬山,那叫什么组织生活?我们读的是批宋江的文章啊……"再比如,那一天热得像被扣在了蒸笼里,下了课,女孩子们都跑拢窗口去透气,张老师把谢惠敏叫到一边,上下打量着她说:"你为什么还穿长袖衬衫呢?你该带头换上短袖才是,而且,你们女孩子该穿裙子才对啊!"谢惠敏虽然热得直喘气,却惊讶得满脸涨红,她简直不能理解张老师在提倡什么作风!班上只有宣传委员石红才穿带小碎花的短袖衬衫,还有那种带褶子的短裙,这在谢惠敏看来,乃是"沾染了资产阶级作风"的表现!

"四人帮"揪出来之后,张老师同谢惠敏之间的矛盾自然可以解释清楚了,但并没有完全消除。

现在,谢惠敏找到张老师,向他汇报说:"班上同学都知道宋宝琦要来了,有的男生说他原来是什么'菜市口老四',特别厉害;有些女生害怕了,说是明天宋宝琦真来,她们就不上学了!"

张老师一愣。他还没有来得及预料到这些情况。现在既然出现了这些情况,他感到格外需要团支部配合工作,便问谢惠敏:"你怕吗?你说该怎么办?"

谢惠敏晃晃小短辫说:"我怕什么?这是阶级斗争!他敢犯狂,我们就跟他斗!"

张老师心里一热,一霎时,那在泥泞的大车道上奔走的背影活跳在记忆的屏幕上。他亲热地对谢惠敏说:"你赶紧把团支部和班委会的人找齐,咱们到教室开个干部会!"

五

四点二十左右,干部会结束了。其他干部们都走了,教室里只剩下张老师、谢惠敏和石红三个人。

石红恰好面对窗户坐着,午后的春阳射到她的圆脸庞上,使她的两颊更加红润;她拿笔的手托着腮,张大的眼眶里,晶亮的眸子缓慢地游动着,丰满的下巴微微上翘——这是每当她要想出一个更巧妙的方法来解决一道数学题时,为数学老师所熟悉、所喜爱的神态。可是此刻她并不是在解数学题,而是在琢磨怎么写明天一早同大家——也包括宋宝琦——见面的"号角诗"。

张老师同谢惠敏在一旁谈着话。围绕着接收宋宝琦需要展开的工作,已经全部落实。男生干部们分头找男生们做工作去了,跟他们讲宋宝琦并不是什么威震菜市口的"英雄",而是个犯了错误的需要帮助的人。对他既别好奇乃至于敬畏,也不能歧视打击,大家要齐心合力地帮助他。女生干部将分头到那几个或者是因为胆小,或者是出于赌气,宣布明天不来上学的女生家去,对她们和她们的家长讲清楚,学校一定会保证女孩子们不受宋宝琦欺侮;对宋宝琦这样的小流氓,消极躲避只能助长他的恶习,只有团结起来同他斗争,进行教育,才能化有害为无害,并且逐步化有害为有益。张老师则要对宋宝琦进行家访,对他以及他的家长进行初步了解,并进行第一次思想工作。石红的"号角诗"明天一早向大家强调:"让我们的教室响彻抓纲治国的脚步声!"

当石红的"号角诗"快要写完的时候,张老师同谢惠敏的谈话结束了。张老师把摊在桌上、刚给干部们看过的几件东西往一块敛,那是张老师从派出所带回来的、宋宝琦犯案后被搜出的物品:一把用来斗殴的自行车弹簧锁,一副残破油腻的扑克牌,一个式样新颖附有打火机的镀镍烟盒,还有一本撕掉了封皮的小说。小干部们面对这些东西都厌恶得皱鼻子、撇嘴角。谢惠敏提议说:"团支部明天课后开个现场会,积极分子们也参加,摆出这些东西,狠狠批判一顿!"大伙都同意,张老师也点头说:"对。要利用这个机会,进一步抓好反腐蚀教育。"

没曾想,临到张老师收敛这几件物品时,突然出现了矛盾,还闹得挺僵。

别的东西都收进书包了,只剩下那本小说。张老师原来顾不得细翻,这时拿起来一检查,不由得"啊"了一声。原来那是本文化大革命以前,中国青年出版社出版的长篇小说《牛虻》。

谢惠敏感到张老师神情有点异常,忙把那本书要过来翻看。她以前没听说过、更没看见过这本书。她见里头有外国男女讲恋爱的插图,不禁惊叫起来:"唉呀!真黄!明天得狠批这本黄书!"

张老师皱起眉头,思索着。他回忆起自己中学时代的情况。那时候,团支部曾向班上同学们推荐过这本小说……围坐在篝火旁,大伙用青春热情轮流读过它;倚扶着万里长城的城堞,大伙热烈地讨论过"牛虻"。这个人物的优缺点……这本英国小说家伏尼契写成的作品,曾激动过当年的张老师和他的同辈人,他们曾从小说主人公的形象中,汲取过向上的力量……也许,当年对这本小说的缺点批判不够?也许,当年对小说的精华部分理解得也不够准确、不够深刻?……但,不管怎么说——张老师想到这儿,忍不住对谢惠敏开口分辩道:

"这本《牛虻》可不能说成是黄书……"

谢惠敏的两撇眉毛险些飞出脑门,她瞪圆了双眼望着张老师,激烈地质问说:"怎么?不是黄书?!这号书不是黄书什么是黄书?"在谢惠敏的心目中,早已形成一种铁的逻辑,那就是凡不是书店出售的、图书馆外借的书,全是黑书、黄书。这实在也不能怪她。她开始接触图书的这些年,恰好是"四人帮"搞法西斯文化专制主义最凶的几年。可爱而又可怜的谢惠敏啊,她单纯的崇信一切用铅字新排印出来的东西,而在"四人帮"控制舆论工具的那几年里,她用虔诚的态度拜读的报纸刊物上,充塞着多少他们的"帮文",喷溅出了多少戕害青少年的毒汁啊!倘若在谢惠敏最亲近的人当中,有人及时向她点明:张春桥、姚文元那两篇号称"阐述无产阶级专政理论"的"重要文章"大可怀疑,而"梁效"、"唐晓文"之类的大块文章也绝非马列主义的"权威论著"……那该有多好啊!但是,由于种种主观和客观上的原因,没有人向她点明这一点。她的父母经常嘱咐谢惠敏及其弟妹,要听毛主席的话,要认真听广播、看报纸;要求他们遵守纪律、尊重老师;要求他们好好学功课……谢惠敏从这样的家庭教育中受益不浅,具备了强烈的无产阶级感情、劳动者后代的气质;但是,在资产阶级、修正主义的白骨精化为美女现形的斗争环境里,光有朴素的无产阶级感情就容易陷于轻信和盲从,而"白骨精"们正是拼命利用一些人的轻信与盲从以售其奸!就这样,谢惠敏正当风华正茂之年,满心满意想成为一个好的革命者,想为共产主义这个大目标而奋斗,却被"四人帮"害得眼界狭窄、是非模糊。岂止《牛虻》这本书她会认为是毒草,我们这段故事发生的时候,《青春之歌》已经进行再版了,但谢惠敏还保持着"四人帮"揪出前形成的习惯——把那些热衷于传播"文艺消息",什么又会有某个新电影上演啦,电台又播了个什么新歌呀这样的同学们,看成是"沾染了资产阶级思想"。就在前几天,她发现石红在自习课上看一本厚厚的小说,下课她便给没收了。那是一九五九年出版的《青春之歌》,她随便翻检了几页,把自己弄得心跳神乱——断定是本"黄书",正想拿来上交给张老师,石红笑嘻嘻地一把抢了回去,还拍着封面说:"可带劲啦!你也看看吧!"结果两人争吵了一场,后来她忙着去团委开会,倒忘记向张老师反映了,没想到今天张老师竟比石红还要石红——亲口否认这本外国"黄书"不黄!在谢惠敏心中,外国的"黄书"当然一律又要比中国的"黄书"更黄了。面对着这样一位张老师,她又联想起以前的许多细琐冲突来。于是,往常毕竟占据支配地位的尊敬之感,顿然减少了许多。她微微撅起嘴,飞走的眉毛落回来拧成了个死疙瘩。

这时候,石红写完"号角诗",正准备给张老师和谢惠敏朗诵,忽然听到张老师说:"这本《牛虻》可不能说成是黄书……"她这才知道那本破书原来就是《牛虻》,赶忙凑拢谢惠敏身边去看。谢惠敏大声质问张老师的话刚一出口,她便热情地晃动着谢惠敏胳膊说:"别这么说!我听爸爸妈妈讲过,《牛虻》这本书值得一读!这两天我正读《钢铁是怎样炼成的》,里头的保尔·柯察金是个无产阶级英雄,可他就特别佩服'牛虻'……"石红早就想找本《牛虻》来看,一直没有借到,所以她从谢惠敏手中拿过来翻动时,心里翻腾着强烈的求知欲:这本书写的是什么时代的事儿?故事发生在什么地方?"牛虻"究竟是个啥样的人?真的有值得佩服的地方吗?……当她把破书还到张老师手上时,不禁问道:"读这本书,该注意些啥?学习些啥?"谢惠敏咬住嘴唇,眯起眼睛,不满地望着石红,心里怦怦直跳。

张老师翻动着那本饱经沧桑的《牛虻》。他本想耐心地对谢惠敏解释为什么不能把它算作"黄书",但这本书是从宋宝琦那儿抄出来的,并且,瞧,插图上,凡有女主角琼玛出现,一律野蛮地给她添上了八字胡须。又焉知宋宝琦他们不是把它当成"黄书"来看的呢?生活现象是复杂的。这本《牛虻》的遭遇也够光怪陆离了。对谢惠敏这样实际上还很幼稚的孩子,分析过于复杂的生活现象和精华糟粕并存的文艺作品,需要充裕的时间和适宜的场合。

想到这些,我们的张老师便把破旧的《牛虻》放入书包,和蔼地对谢惠敏说:"关于这本书的事儿,咱们改天再谈吧。看,快五点了,咱们赶紧听听石红写的'号角诗'吧,听完分头按计划行动。"

石红念的诗,谢惠敏一句也没装进脑子里去。她痛苦而惶惑地望着映在课桌上的那些斑驳的树影。她非常、非常愿意尊敬张老师,可张老师对这样一本书的古怪态度,又让她不能不在心里嘀咕:"还是老师呢,怎么会这样啊?!……"

六

五点刚过,张老师骑车抵达宋家的新居。小院的两间东屋里,东西还来不及仔细整理,显得很凌乱。比如说,一盆开始挂花的"令箭",就很不恰当地摆放在了歪盖着塑料布的缝纫机上。

宋宝琦的母亲是个售货员,这天正为搬家倒休,忙不迭地拾掇着屋子。见张老师来了,她有些宽慰,又有点羞愧,忙把宋宝琦从里屋喊出来,让他给老师敬礼,又让他去倒茶。我们且不忙随张老师的眼光去打量宋宝琦,先随张老师坐下来同宋宝琦母亲谈谈,了解一下这个家庭的大概。

宋宝琦的父亲在园林局苗圃场工作,一直上"正常班",就是说,下午六点以后就能往家奔了。但他每天常常要八九点钟才回家。为什么?宋宝琦母亲说起来连连叹气,原来这些年他养成了个坏习惯:下班的路上经过月坛,总要把自行车一撂,到小树林里同一些人席地而坐,打扑克消遣,有时打到天黑也不散,挪到路灯底下接茬打,非得其中有个人站起来赶着去工厂上夜班,他们才散。

显然,这样一位父亲,既然缺乏丰富而有意义的精神生活,那么,对宋宝琦的缺乏教育管束也就可想而知了。至于当母亲的,从她含怨的叙述中,不难看出她是怎样自食了溺爱与放任独生子的苦果。

绝不要以为这个家庭很差劲。张老师注意到,尽管他们还有大量的清理与安置工作,才能使房间达到窗明几净的程度,但是那张镶镜框的毛主席像,却已端正地挂到了北墙,并且,一张稍小的周总理像,装在一个自制的环绕着银白梅花图案的镜框中,被郑重地摆放在了小衣柜的正中。这说明这对年近半百的平凡夫妇,内心里也涌荡着和亿万人民相同的感情波澜。那么,除了他们自身的弱点以外,谁应当对他们精神生活的贫乏负责呢?……

差一刻六点的时候,张老师请当母亲的尽管去忙她的家务事,他把宋宝琦带进里屋,开始了对小流氓的第一次谈话。

现在我们可以仔细看看宋宝琦是个什么模样了。他上身只穿着尼龙弹力背心，一疙瘩一疙瘩的横肉，和那白里透红的肤色，充分说明他有幸生活在我们这个不愁吃不愁穿的社会里，营养是多么充分，躯体里蕴藏着多么充沛的精力。唉，他那张脸啊，即便是以经常直视受教育者为习惯的张老师，乍一看也不免浑身起粟。并非五官不端正，令人寒心的是从面部肌肉里，从殴斗中打裂又缝上的上唇中，从鼻翅的神经质扇动中，特别是从那双一目了然地充斥着空虚与愚蠢的眼神中，你立即会感觉到，仿佛一个被污水泼得变了形的灵魂，赤裸裸地立在了聚光灯下。

经过三十来个回合的问答，张老师已在心里对宋宝琦有如下的估计：缺乏起码的政治觉悟，知识水平大约只相当初中一年级程度，别看有着一身犟肉，实际上对任何一种正规的体育活动都不在行。张老师想到，一些满足于贴贴标签的人批判起宋宝琦这样的小流氓来，一定会说他是"满脑子资产阶级思想"。但是，随着进一步的询问，张老师便愈来愈深切地感到，笼统地说宋宝琦这样的小流氓具有资产阶级思想，那就近乎无的放矢，对引导他走上正路也无济于事。

宋宝琦的确有严重的资产阶级思想，但究竟是哪一些资产阶级思想呢？

资产阶级标榜"自由、平等、博爱"，讲究"个人奋斗"、"成名成家"，用虚伪的"人性论"掩盖他们追求剥削、压迫的罪行。而宋宝琦呢？他自从陷入了那个流氓集团以后，便无时无刻不处于森严的约束之中，并且多次被大流氓"扇耳茄子"与用烟头烫后脑勺。他愤怒吗？反抗吗？不，他既无追求"个性解放"、呼号"自由、平等"的思想行动，也从未想到过"博爱"；他一方面迷信"哥儿们义气"，心甘情愿地替大流氓当"炊拨儿"，另一方面又把扇比他更小的流氓耳光当作最大的乐趣。什么"成名成家"，他连想也没有想过，因为从他懂事的时候起，一切专门家——科学家、工程师、作家、教授……几乎都被林贼、"四人帮"打成了"臭老九"，论排行，似乎还在他们流氓之下，对他来说，何羡慕之有？有何奋斗而求之的必要？"知识即力量"吗？对不起，我们的宋宝琦也绝无此种观念。知识有什么用？无休无止地"造反"最好。张铁生考试据说得了个"大鸭蛋"，不是反而当上大官了吗？……所以，不能笼统地给宋宝琦贴上个"满脑袋资产阶级思想"的标签便罢休,要对症下药!资产阶级在上升阶段的那些个思想观点,他头脑里并不多甚至没有,他有的反倒是封建时代的"哥儿们义气"以及资产阶级在没落阶段的享乐主义一类的反动思想影响……请不要在张老师对宋宝琦的这种剖析面前闭上你的眼睛,塞上你的耳朵,这是事实!而且,很遗憾,如果你热爱我们的祖国,为我们可爱的祖国的未来操心的话,那么,你还要承认,宋宝琦身上所反映出的这种问题,在一定程度上还并不是极个别的!请抱着解决实际问题、治疗我们祖国健壮躯体上的局部痛疽的态度,同我们的张老师一起,来考虑考虑如何教育,转变宋宝琦这类青少年吧!

张老师从书包里取出那本饱遭蹂躏的小说来,问宋宝琦:"这本书叫什么名儿?你还记得吗?"

宋宝琦刚经历过专政机关严厉的审讯和带强制性的训斥,那滋味当然远比一个班主任老师的询问与教育难受,所以,他尽可能用最恭顺的态度回答说:"记得。这是牛亡。"他不认识虻字,照他识字的惯例,只读一半。

"不是牛亡,是'牛虻'。你知道这两个字是什么意思吗?"

面部没有表情,两眼直愣愣地望着对面在窗玻璃外扑腾的一只粉蝶,极坦率地回答说:"不懂。"

"那么,这本书你究竟读完了没有呢?"

"翻了翻篇。我不懂。"

"不懂,你要它干什么呢?这本书是打哪儿来的呢?"

"我们偷的。"

"打哪儿偷的呢?偷它干什么呢?"

"打原来我们学校废书库偷的。听说那里头的书都是不让借、不让看的。全是坏书。我们撬开锁,偷了两大抱。我们偷出来为的是拿去卖。"

"怎么没把这本卖了呢?"

"后来都没卖。我们听说,盖了图书馆戳子的书,我们要是去卖,人家就要逮着我们。"

"你们偷出来的书里,还有些什么呢?你还能说出几个名儿来吗?"

"能!"宋宝琦为能表现一下自己并非愚钝无知感到非常高兴,他第一次有了专注的神情,眨着眼,费劲地回忆着:"有《红岩》,有……《和平与战争》,要不,就是《战争与和平》,对了,还有一本书特怪,叫……叫《新嫁车的词儿》……"

这让张老师吃了一惊。他想了想,掏出钢笔在手心里写了《辛稼轩词选》几个字,伸出去让宋宝琦看,宋宝琦赶忙点头:"就是!没错儿!"

张老师心里一阵阵发痛。几个小流氓偷书,倒还并不令人心悸。问题是,凭什么把这样一些有价值的、乃至于非但不是毒草,有的还是香花的书籍,统统扔到库房里锁起来,宣布为禁书呢?宋宝琦同他流氓伙伴堕落的原因之一,出乎一般人的逻辑推理之外,并非一定是由于读了有毒素的书而中毒受害,恰恰是因为他们相信能折腾就能"拨份儿",什么书也不读而堕落于无知的深渊!

张老师翻动着《牛虻》,责问宋宝琦:"给这插图上的妇女全画上胡子,算干什么呢?你是怎样想的呢?"

宋宝琦垂下眼皮,认罪地说:"我们比赛来着,一人拿一本,翻画儿,翻着女的就画,谁画的多,谁运气就好……"

张老师愤然注视着宋宝琦,一时说不出话来。宋宝琦抬起眼皮偷觑了张老师一眼,以为一定是自己的态度不够老实,忙补充说:"我们不对,我们不该看这黄书……我们算命,看谁先交上女朋友……我们……我再也不敢了!"他想起了在公安局里受审的情景,也想起了母亲接他出来那天,两只红红的、交织着疼和恨的眼睛。

"我们不该看这黄书"——这句话像鼓槌落到鼓面上,使张老师的心"咚"地一响。怪吗?也不怪——谢惠敏那样品行端方的好孩子,同宋宝琦这样品质低劣的坏孩子,他们之间的差别该有多大啊,但在认定《牛虻》是"黄书"这一点上,却又不谋而合——而且,他们又都是在并未阅读这本书的情况下,"自然而然"地作出这个结论的。这是多么令人震惊的一种社会现象!谁造成的?谁?

当然是"四人帮"!

一种前所未及的,对"四人帮"铭心刻骨的仇恨,像火山般喷烧在张老师的心中。截至目前为止,在人类文明史上,能找出几个像"四个帮"

这样用最革命的"逻辑"与口号,掩盖最反动的愚民政策的例子呢?

望着低头坐在床上,两只肌肉饱满的胳膊撑在床边,两眼无聊地瞅着互相搓动的、穿着白边懒鞋的双脚,拒绝接受一切人类文明史上有益的知识和美好的艺术结晶的这个宋宝琦,张老师只觉得心里的火苗扑腾扑腾往上窜,一种无形的力量冲击着他的喉头,他几乎要喊出来——

救救被"四人帮"坑害的孩子!

....

(选自《人民文学》1977年第11期)

【作者简介】

刘心武(1942~),四川省成都市人。1950年随父迁居北京。1956年升入北京65中读高中,毕业后考入北京师范专科学校,1961年分配在北京13中任教,先后担任过十多年班主任。1976年10月刘心武从中学调至北京出版社当编辑。1980年4月调至中国作协北京分会从事专业创作。

刘心武从中学时代便热爱文学,"文革"前曾在《北京晚报》、《人民日报》、《光明日报》等报刊上发表过作品。1977年11月在《人民文学》上发表短篇小说《班主任》,在文艺界和社会上引起强烈反响,开"伤痕文学"的先河。之后,又发表了短篇小说《爱情的位置》、《醒来吧,弟弟》、《我爱每一片绿叶》、《5·19长镜头》、《公共汽车咏叹调》,中篇小说《如意》、《立体交叉桥》,长篇小说《钟鼓楼》、《四牌楼》、《风过耳》、《栖凤楼》等。由于作品常常提出一些人们所关心的社会问题或令人感兴趣的人性、人道主义等问题而引起读者的瞩目和争论。近年,刘心武的"刘心武揭密《红楼梦》"的系列讲座及其同名著作,引起广泛争议。

刘心武的作品集有《母校留念》、《班主任》、《绿叶与黄金》、《大眼猫》、《刘心武短篇小说选》、《都会咏叹调》等。另有《刘心武文集》。

【作品简析】

《班主任》是文学冲破黑暗王国之后的第一声呐喊,它曾猛烈地震撼了读者,特别是青年一代的心灵。

《班主任》中除了班主任张俊石老师外,塑造得最成功的是宋宝琦、谢惠敏这两个青少年形象。

小流氓宋宝琦有健壮的体魄,他那"白里透红"的肤色和身上那"一疙瘩一疙瘩的横肉",充分说明他有幸生活在我们这个不愁吃、不愁穿的社会里,营养是多么充分,躯体里蕴藏着多么充沛的精力。但他却是一个畸形儿,他的脸使人看了不寒而栗:他的上嘴唇有在殴斗中被打裂过又缝上的明显痕迹;他的鼻翅经常神经质地扇动,表现出一种野兽般的凶悍;特别是他那双充斥着空虚与愚蠢的眼神,使人清晰地看到,"一个被污水泼得变了形的灵魂,赤裸裸地立在聚光灯下"。

宋宝琦不仅缺乏起码的政治觉悟,而且知识水平也十分低下。在他的头脑里既没有"知识即力量"的观念,也没有"个人奋斗"、"成名成家"的个人野心,更没有共产主义的理想、情操,有的只是愚昧。宋宝琦这些犯罪青少年,他们以互相"扇耳茄子"和用烟头烫后脑勺当作最大乐趣;他们从给一些作品插图上的妇女全画上胡子这种庸俗无聊的事情中寻求刺激。他们看到,张铁生考"大鸭蛋"反而可以当大官,而科学家、作家、教授,都是"臭老九",论排行,似乎还要在他们之下,所以读书是无用的。他们的精神支柱是流氓集团的"哥儿们义气",他们所追求的是没落阶级的及时行乐和极端利己主义。作品告诉我们:宋宝琦及其同伙堕落的原因之一,出乎一般人的逻辑推理之外,并非由于读了有毒的书而中毒受害,恰恰是因为他们什么书也不读而坠入罪恶的深渊!

团支部书记谢惠敏是一个品行端庄的学生干部。她有朴素纯洁的阶级感情,可以说达到了一尘不染的地步;她单纯而真诚,没有丝毫的政治投机心理;她学习努力,工作负责,是一个公认的好学生。然而,由于她受林彪、"四人帮"那一套思想观点的影响比较深,思想僵化、盲从。她从小就知道应该把"阶级斗争的弦"绷得紧紧的;她总是把帮报、帮刊上的言论看作绝对真理而虔诚诵读,完全照办。更令人吃惊的是,她竟然跟宋宝琦一样,在没有看过《牛虻》的情况下,也一口咬定是本"黄书",并主张要狠狠批判。谢惠敏和宋宝琦一样,都拒绝接受人类文明史上一切有益的知识和美好的艺术成果,这是林彪、"四人帮"在"革命"

的口号下实行最反动的愚民政策的直接结果。从表面上看,他们虽然各自有着不同的政治态度,不同的生活道路,但实际上都是林彪、"四人帮"极左路线的受害者和牺牲品!

《班主任》深刻地揭示出林彪、"四人帮"给我们国家所造成的外伤与内伤。作品告诉人们:不仅要看到他们给国民经济造成的有形危害,更要看到他们给亿万群众,特别是青少年的灵魂造成的毒害。他们不仅糟踏着中华民族的现在,更残害着中华民族的未来,所以作者在作品中发出"救救被'四人帮'坑害了的孩子!"这一振聋发聩的呐喊,点明了作品的主旨,并且期望引起人们疗救的注意。

《班主任》在创作中坚持了被十年动乱破坏了的文学现实主义传统。作品忠于现实,直面人生,敢于大胆揭示现实生活中的矛盾和问题;在艺术上,他突破了"主题先行"、"三突出"等唯心主义、形而上学的文学模式,力求真实地表现现实生活。作品中的生活场景是真实的,人物也是真实的,每一个人都是有感情、有个性的活生生的"这一个"。矛盾并没有像过去的很多作品那样得到圆满解决,而只是有了一个改造宋宝琦的计划,这恰恰是当时社会生活所"规定"的必然的结局。

《班主任》是一篇具有开创意义的作品,它不论从思想上或艺术上都标志着一个文学新时期的真正的开始。

(张学正)

乔厂长上任记*（存目）

蒋子龙

【作者简介】

蒋子龙(1941～　)，河北省沧县人。1958年初中毕业后进天津重型机器厂工作。1960年参军，1965年复员回到原工厂，当过工人、生产组长、厂长办公室秘书、车间党总支副书记、车间副主任等。1964年开始发表作品，20世纪70年代初开始写工业题材方面的小说和报告文学。1976年发表的《机电局长的一天》引起了人们的注目。粉碎"四个帮"后，蒋子龙的创作进入了旺盛期，有多部作品问世，其中《乔厂长上任记》、《一个工厂秘书的日记》、《拜年》分别获1979年、1980年、1982年全国优秀短篇小说奖。《开拓者》、《赤橙黄绿青蓝紫》、《燕赵悲歌》分别获第一、二、三届全国优秀中篇小说奖。长篇小说有《农民帝国》。

蒋子龙在创作实践中形成了独特的艺术风格。他的小说题材重大，思想敏锐深刻，有着强烈的时代气息，呈现一种刚健、雄浑的艺术风采。他善于以粗犷雄劲的笔调，炽热饱满的情感，塑造工业战线上具有鲜明个性的各种人物形象，揭示为广大群众普遍关注的重大现实问题。他的创作开拓了工业文学的社会内容和艺术新天地。

小说集有《蒋子龙短篇小说集》、《开拓者》、《蒋子龙中篇小说集》、《一个工厂秘书的日记》、《拜年》、《蒋子龙选集》、《蒋子龙代表作》和长篇小说《蛇神》等。另有《蒋子龙文集》。

---

* 原载《人民文学》1979年第7期。

【作品简析】

《乔厂长上任记》是较早反映我国"四化"建设的优秀作品。它以鲜明的艺术形象和敏锐的思想见识,真实地描绘了"四化"征途上的矛盾和斗争,成功地塑造了乔光朴这个新时期创业者的英雄典型。

在乔光朴的身上,既有老一辈无产阶级战士的优秀品质,又有社会主义企业家的胆识、才干和科学精神。他主动放弃不少人梦寐以求的公司经理的"美缺",知难而进,毛遂自荐,勇挑重担,到"老大难"的电机厂当厂长。面对这个厂生产落后、管理混乱的严重局面,他以进攻者的姿态,大刀阔斧地进行整顿和改革,坚定地率领全厂干部职工,按照现代化企业的标准建设电机厂。乔光朴是当之无愧的新时代的英雄,在他的身上集中体现了人民的理想、愿望和要求,表达了历史巨澜奔腾的潮头!但他决不是脱离现实的完人,而是深深扎根于生活土壤的有独特个性的"四化"建设带头人。尽管这一形象内在的精神素质尚缺乏丰富性和多样性,但是作家从当时的现实生活出发,努力揭示人物的独特性格。既写他在重重阻力面前热爱事业的赤诚,也写他心灵深处的困惑和苦恼;既表现他作为勇敢的开拓者的力量和决断,也不回避他性格中的缺陷和弱点。从而将现实和理想、理智和感情熔为一炉,使乔光朴的形象既高大又真实,有棱有角,亲切可信。

作品在浓墨重彩描绘英雄人物的同时,还深刻地揭示了社会主义现代化道路上"千奇百怪的矛盾,五花八门的问题",特别是揭露了来自干部队伍内部的重重阻力,尖锐地提出干部队伍的问题是当前迫切需要解决的关键问题,因而深深牵动了人们的心。这篇小说的重要意义,就在于它是新时期"改革文学"中第一面鲜亮的旗帜。它较早地把注意力转向开拓新路的斗争,不只是揭露"四人帮"造成的伤痕,而且热情地呼唤在现实中开拓未来的新人,塑造了乔光朴这个具有新时代"社会精神状态的典型",为文学作品如何反映现实生活提供了经验。

这篇小说的艺术风格粗犷雄劲,热情奔放,与作家笔下主人公的进攻性格十分和谐。蒋子龙喜欢并善于刻画新时代进攻者和开拓者的形象,常常在疾速进展的故事情节中,通过一连串的动作和场面凸现人物的性格风貌。《乔厂长上任记》在大起大落、奔腾流畅的情节里,成功地将主人公雄心勃勃、锐意改革的英姿推到了读者面前。作品语言生动、犀利,富有论辩性和哲理色彩,呈现出一种雄浑、豪放的艺术风貌。总之,《乔厂长上任记》在反映新时期的新生活、新人物等方面,作出了开拓性的贡献。在以反映"四化"、改革为题材的文学潮流中起了带头作用,为新时期文学的拓展提供了有益的经验。

(张志英)

爱,是不能忘记的[*]

张 洁

我和我们这个共和国同年。三十岁,对于一个共和国来说,那是太年轻了。而对一个姑娘来说,却有嫁不出去的危险。

不过,眼下我倒有一个正儿八经的求婚者。看见过希腊伟大的雕塑家米伦所创造的"掷铁饼者"那座雕塑么?乔林的身躯几乎就是那尊雕塑的翻版。即使在冬天,臃肿的棉衣也不能掩盖住他身上那些线条的优美的轮廓。他的面孔黝黑,鼻子、嘴巴的线条都很粗犷。宽阔的前额下,是一双长长的眼睛。光看这张脸和这个身躯,大多数的姑娘都会喜欢他。

可是,倒是我自己拿不准主意要不要嫁给他。因为我闹不清楚我究竟爱他的什么,而他又爱我的什么?

我知道,已经有人在背地里说长道短:"凭她那些条件,还想找个什么样的?"

在他们的想像中,我不过是一头劣种的牲畜,却变着法儿想要混个肯出大价钱的冤大头。这使他们感到气恼,好像我真的干了什么伤天害理的、冒犯了众人的事情。

自然,我不能对他们过于苛求。在商品生产还存在的社会里,婚姻,也像其他的许多问题一样,难免不带着商品交换的烙印。

我和乔林相处将近两年了,可直到现在我还摸不透他那缄默的习惯到底是因为不爱讲话,还是因为讲不出来什么?逢到我起意要对他来点智力测验,一定逼着他说出对某事或某物的看法时,他也只能说出

---

[*] 原载《北京文艺》1979 年第 11 期。

托儿所里常用的那种词藻:"好!"或"不好!"就这么两挡,再也不能换换别的花样儿了。

当我问起"乔林,你为什么爱我"的时候,他认真地思索了好一阵子。对他来说,那段时间实在够长了。凭着他那宽阔的额头上难得出现的皱纹,我知道,他那美丽的脑壳里面的组织细胞,一定在进行着紧张的思维活动。我不由地对他生出一种怜悯和一种歉意,好像我用这个问题刁难了他。

然后,他抬起那双儿童般的、清澈的眸子对我说:"因为你好!"

我的心被一种深刻的寂寞填满了。"谢谢你,乔林!"

我不由地想:当他成为我的丈夫,我也成为他的妻子的时候,我们能不能把妻子和丈夫的责任和义务承担到底呢?也许能够。因为法律和道义已经紧紧地把我们拴在一起。而如果我们仅仅是遵从着法律和道义来承担彼此的责任和义务,那又是多么悲哀啊!那么,有没有比法律和道义更牢固、更坚实的东西把我们联系在一起呢?

逢到我这样想着的时候,我总是有一种古怪的感觉,好像我不是一个准备出嫁的姑娘,而是一个研究社会学的老学究。

也许我不必想这么许多,我们可以照大多数的家庭那样生活下去:生儿育女,厮守在一起,绝对地保持着法律所规定的忠诚……虽说人类社会已经进入了二十世纪七十年代,可在这点上,倒也不妨像几千年来人们所做过的那样,把婚姻当成一种传宗接代的工具,一种交换、买卖,而婚姻和爱情也可以是分离着的。既然许多人都是这么过来的,为什么我就偏偏不可以照这样过下去呢?

不,我还是下不了决心。我想起小的时候,我总是没缘没故地整夜啼哭,不仅闹得自己睡不安生,也闹得全家睡不安生。我那没有什么文化却相当有见地的老保姆说我"贼风入耳"了。我想这带有预言性的结论,大概很有一点科学性,因为直到如今我还依然如故,总好拿些不成问题的问题不但搅扰得自己不得安宁,也搅扰得别人不得安宁。所谓"禀性难移"吧!

我呢,还会想到我的母亲,如果她还活着,她会对我的这些想法,对乔林,对我要不要答应他的求婚说些什么?

我之所以习惯地想到她,绝不因为她是一个严酷的母亲,即使已经不在人世也依然用她的阴魂主宰着我的命运。不,她甚至不是母亲,而是一个推心置腹的朋友。我想,这多半就是我那么爱她,一想到她已经离我远去便悲从中来的原因吧!

她从不教训我,她只是用她那没有什么女性温存的低沉的嗓音,柔和地对我谈她一生中的过失或成功,让我从这过失或成功里找到我自己需要的东西。不过,她成功的时候似乎很少,一生里总是伴着许许多多的失败。

在她最后的那些日子里,她总是用那双细细的、灵秀的眼睛长久地跟随着我,仿佛在估量着我有没有独立生活下去的能力,又好像有什么重要的话要叮嘱我,可又拿不准主意该不该对我说。准是我那没心没肺,凡事都不大有所谓的派头让她感到了悬心。她忽然冒出了一句:"珊珊,要是你吃不准自己究竟要的是什么,我看你就是独身生活下去,也比糊里糊涂地嫁出去要好得多!"

照别人看来,作为一个母亲,对女儿讲这样的话,似乎不近情理。而在我看来,那句话里包含着以往生活里的极其痛苦的经验。我倒不觉得她这样叮咛我是看轻我或是低估了我对生活的认识。她爱我,希望我生活得没有烦恼,是不是?

"妈妈,我不想嫁人!"我这么说,绝不是因为害臊或是在忸怩作态。说真的,我真不知道一个姑娘什么时候需要作出害臊或忸怩的姿态,一切在一般人看来应该对孩子隐讳的事情,母亲早已从正面让我认识了它。

"要是遇见合适的,还是应该结婚。我说的是合适的!"

"恐怕没有什么合适的!"

"有还是有,不过难一点——因为世界是这么大,我担心的是你会不会遇上就是了!"她并不关心我嫁得出去还是嫁不出去,她关心的倒是婚姻的实质。

"其实,您一个人过得不是挺好吗?"

"谁说我过得挺好?"

"我这么觉得。"

"我是不得不如此……"她停住了说话,沉思起来。一种淡淡的、忧郁的神情来到了她的脸上。她那忧郁的、满是皱纹的脸,让我想起我早年夹在书页里的那些已经枯萎了的花。

"为什么不得不如此呢?"

"你的为什么太多了。"她在回避我。她心里一定藏着什么不愿意让我知道的心事。我知道,她不告诉我,并不是因为她耻于向我披露,而多半是怕我不能准确地估量那事情的深浅而曲扭了它,也多半是因为人人都有一点珍藏起来的、留给自己带到坟墓里去的东西。想到这里,我有点不自在。这不自在的感觉迫使我没有礼貌,没有教养地追问下去:"是不是您还爱着爸爸?"

"不,我从没有爱过他。"

"他爱您吗?"

"不,他也不爱我!"

"那你们当初为什么结婚呢?"

她停了停,准是想找出更准确的字眼来说明这令人费解和反常的现象,然后显出无限悔恨的样子对我说:"人在年轻的时候,并不一定了解自己追求的、需要的是什么,甚至别人的起哄也会促成一桩婚姻。等到你再长大一些、更成熟一些的时候,你才会明白你真正需要的是什么。可那时,你已经干了许多悔恨得让你感到锥心的蠢事。你巴不得付出任何代价,只求重新生活一遍才好,那你就会变得比较聪明了。人说'知足者常乐',我却享受不到这样的欢乐。"说着,她自嘲地笑了笑,"我只能是一个痛苦的理想主义者。"

莫非我那"贼风入耳"的毛病是从她那里来的?大约我们的细胞中主管"贼风入耳"这种遗传性状的是一个特别尽职尽责的基因。

"您为什么不再结婚呢?"

她不大情愿地说:"我怕自己还是吃不准自己到底要什么。"她明明还是不肯对我说真话。

我不记得我的父亲。他和母亲在我很小的时候便分手了。我只记得母亲曾经很害羞地对我说过他是一个相当漂亮的、公子哥儿似的人物。我明白,她准是因为自己也曾追求过那种浅薄而无聊的东西而感到害臊。她对我说过:"晚上睡不着觉的时候,我常常迫使自己硬着头皮去回忆青年时代所做过的那些蠢事、错事!为的是使自己清醒。固然,这是很不愉快的,我常会羞愧地用被单蒙上自己的脸,好像黑暗里也有许多人在盯着我瞧似的。不过这种不愉快的感觉里倒也有一种赎罪似的快乐。"

我真对她不再结婚感到遗憾。她是一个很有趣味的人,如果她和一个她爱着的人结婚,一定会组织起一个十分有趣味的家庭。虽然她生得并不漂亮,可是优雅,淡泊,像一幅淡墨的山水画。文章写得也比较美,和她很熟悉的一位作家喜欢开这样的玩笑:"光看你的作品,人家就会爱上你的!"

母亲便会接着说:"要是他知道他爱的竟是一个满脸皱纹、满头白发的老太婆,他准会吓跑了。"

到了这种年龄,她绝不会是还不知道自己到底要什么。这分明是一句遁词。我之所以这么说,是因为她有一些引起我生出许多疑惑的怪毛病。

比如,不论她上哪儿出差,她必得带上那二十七本一套的,一九五○年到一九五五年出版的契诃夫小说选集中的一本。并且叮咛着我:"千万别动我这套书。你要看,就看我给你买的那一套。"这话明明是多余的。我有自己的一套,干嘛要去动她的那套呢?况且这话早已三令五申地不知说过多少遍了。可她还是怕有个万一的时候。她爱那套书爱得简直像是得了魔症一般。

我们家有两套契诃夫小说选集。这也许说明对契诃夫的爱好是我们家的家风,但也许更多的是为了招架我和别的喜欢契诃夫的人。逢到有人想要借阅的时候,她便拿了我房间里的那套给人。有一次,她不在家的时候,一位很熟的朋友拿了她那套里的一本。她知道了之后,急得如同火烧了眉毛,立刻拿了我的一本去换了回来。

从我记事的那天起,那套书便放在她的书橱里了。别管我多么钦佩伟大的契诃夫,我也不能明白,那套书就那么百看不厌,二十多年来有什么必要天天非得读它一读不可?

有时,她写东西写累了,便会端着一杯浓茶,坐在书橱对面,瞧着那套契诃夫小说选集出神。要是这个时候我突然走进了她的房间,她便会显得慌乱不安,不是把茶水泼了自己一身,便是像初恋的女孩子,头一次和情人约会便让人撞见似地羞红了脸。

我便想:她是不是爱上了契诃夫?要是契诃夫还活着,没准真会发生这样的事。

当她神志不清,就要离开这个世界的时候,她对我说的最后一句话是:"那套书——"她已经没有力气说出"那套契诃夫小说选集"这样一个长句子。不过我明白她指的就是那一套。"……还有,写着'爱,是不能忘记的'笔记本,和我,一同火葬。"

她最后叮咛我的这句话,有些,我为她做了,比如那套书。有些,我没有为她做,比如那些题着"爱,是不能忘记的"笔记本子。我舍不得。我常想,要是能够出版,那一定是她写过的那些作品里最动人的一篇,不过它当然是不能出版的。

起先,我以为那不过是她为了写东西而积累的一些素材。因为它既不像小说,也不像札记,既不像书信,也不像日记。只是当我从头到尾把它们读了一遍的时候,渐渐的,那些只言片语与我那支离破碎的回忆交织成了一个形状模糊的东西。经过久久地思索,我终于明白,我手里捧着的,并不是没有生命、没有血肉的文学,而是一颗灼人的、充满了爱情和痛苦的心,我还看见那颗心怎样在这爱情和痛苦里挣扎、熬煎。二十多年啦,那个人占有着她全部的情感,可是她却得不到他。她只有把这些笔记本当做是他的替身,在这上面和他倾心交谈。每时,每天,每月,每年。

难怪她从没有对任何一个够意思的求婚者动过心,难怪她对那些说不出来是善意的愿望或是恶意的闲话总是淡然地一笑付之。原来她的心已经填得那么满,任什么别的东西都装不进去了。我想起"曾经沧海难为水,除却巫山不是云"的诗句,想到我们当中多半有人不会这样去爱,而且也没有人会照这个样子来爱我的时候,我便感到一种说不出来的怅惘。

我知道了三十年代末,他在上海做地下工作的时候,一位老工人为了掩护他而被捕牺牲,撇下了无依无靠的妻子和女儿。他,出于道义,责任,阶级情谊和对死者的感念,毫不犹豫地娶了那位姑娘。逢到他看见那些由于"爱情"而结合的夫妇又因为"爱情"而生出无限的烦恼的时候,他便会想:"谢天谢地,我虽然不是因为爱情而结婚,可是我们生活得和睦、融洽,就像一个人的左膀右臂。"几十年风里来、雨里去,他们可以说是患难夫妻。

他一定是她那机关里的一位同志。我会不会见过他呢?从到过我家的客人里,我看不出任何迹象,他究竟是谁呢?

大约一九六二年的春天,我和母亲去听音乐会。剧场离我们家不太远,我们没有乘车。

一辆黑色的小轿车悄无声息地停在人行道旁边。从车上走下来一个满头白发、穿着一套黑色毛呢中山装的、上了年纪的男人。那头白发生得堂皇而又气派!他给人一种严谨的、一丝不苟的、脱俗的、明澄得像水晶一样的印象。特别是他的眼睛,十分冷峻地闪着寒光,当他急速地瞥向什么东西的时候,会让人联想起闪电或是舞动着的剑影。要使这样一对冰冷的眼睛充满柔情,那必定得是特别强大的爱情,而且得为了一个确实值得爱的女人才行。

他走过来,对母亲说:"您好!钟雨同志,好久不见了。"

"您好!"母亲牵着我的那只手突然变得冰凉,而且轻轻地颤抖着。

他们面对面地站着,脸上带着凄厉的、甚至是严峻的神情,谁也不看着谁。母亲瞧着路旁那些还没有抽出嫩芽的灌木丛。他呢,却看着我:"已经长成大姑娘了。真好,太好了,和妈妈长得一样。"

他没有和母亲握手,却和我握了握手。而那手也和母亲的手一样,也是冰冷的,也是轻轻地颤抖着的。我好像变成了一路电流的导体,立刻感到了震动和压抑。我很快地从他的手里抽出我的手,说道:"不好,一点也不好!"

他惊讶地问我:"为什么不好?"或许我以为他故作惊讶。因为凡是孩子们说了什么直率得可爱的话的时候,大人们都会显出这副神态的。

我看了看妈妈的面孔。是,我真像她。这让我有些失望:"因为她不漂亮!"

他笑了起来,幽默地说:"真可惜,竟然有个孩子嫌自己的妈妈不漂亮。记得吗？五三年你妈妈刚调到北京，带你来机关报到的那一天？她把你这个小淘气留在了走廊外面，你到处串楼梯，扒门缝，在我房间的门上夹疼了手指头。你哇啦哇啦地哭着，我抱着你去找妈妈？"

"不，我不记得了。"我不大高兴，他竟然提起我穿开裆裤时代的事情。

"啊，还是上了年纪的人不容易忘记。"他突然转身向我的母亲说："您最近写的那部小说我读过了。我要坦率地说，有一点您写得不准确。您不该在作品里非难那位女主人公……要知道，一个人对另一个人产生感情原没有什么可以非议的地方，她并没有伤害另一个人的生活……其实，那男主人公对她也会有感情的。不过为了另一个人的快乐，他们不得不割舍自己的爱情……"

这时，有一个交通民警走到停放小汽车的地方，大声地训斥着司机，说车停的不是地方。司机为难地解释着。他停住了说话，回头朝那边望了望，匆匆地说了声："再见！"便大步走到汽车旁边，向那民警说："对不起，这不怪司机，是我……"

我看着这上了年纪的人，也俯首贴耳地听着民警的训斥，觉得很是有趣。当我把顽皮的笑脸转向母亲的时候，我看见她是怎样地窘迫呀！就像小学校里一个一年级的小女孩，凄凄惶惶地站在那严厉的校长面前一样，好像那民警训斥的是她而不是他。

汽车开走了，留下了一道轻烟。很快地，就连这道轻烟也随风消散了，好像什么都没有发生过，而我，不知道为什么却没有很快地忘记。

现在分析起来，他准是以他那强大的精神力量引动了母亲的心。那强大的精神力量来自他那成熟而坚定的政治头脑，他在动荡的革命时代里出生入死的经历，他活跃的思维，工作上的魄力，文学艺术上的素养……而且——说起来奇怪，他和母亲一样喜欢双簧管。对了，她准是崇拜他。她说过，要是她不崇拜那个人，那爱情准连一天也维持不了。

至于他爱不爱我的母亲，我就猜不透了。要是他不爱她，为什么笔记本里会有这样一段记载呢？

"这礼物太厚重了。不过您怎么知道我喜欢契诃夫呢？"

"你说过的!"

"我不记得了。"

"我记得。我听到你有一次在和别人闲聊的时候说起过。"

原来那套契诃夫小说选集是他送给母亲的。对于她,那几乎就是爱情的信物。

没准儿,他这个不相信爱情的人,到了头发都白了的时候才意识到他心里也有那种可以称为爱情的东西存在,到了他已经没有权力去爱的时候,却发生了这足以使他献出全部生命的爱情。这可真够凄惨的。也许不只是凄惨,也许还要深刻得多。

关于他,能够回到我的记忆里来的就是这么一小点。

她那迷恋他,却又得不到他的心情有多么苦呀!为了看一眼他乘的那辆小车,以及从汽车的后窗里看一眼他的后脑勺,她怎样煞费苦心地计算过他上下班可能经过那条马路的时间;每当他在台上作报告,她坐在台下,隔着距离、烟雾、昏暗的灯光、攒动的人头,看着他那模糊不清的面孔,她便觉得心里好像有什么东西凝固了,泪水会不由充满她的眼眶。为了把自己的泪水瞒住别人,她使劲地咽下它们。逢到他咳嗽得讲不下去,她就会揪心地想到为什么没人阻止他吸烟?担心他又会犯了气管炎。她不明白为什么他离她那么近而又那么遥远?

他呢,为了看她一眼,天天,从小车的小窗里,眼巴巴地瞧着自行车道上流水一样的自行车辆,闹得眼花缭乱;担心着她那辆自行车的闸灵不灵,会不会出车祸;逢到万一有个不开会的夜晚,他会不乘小车,自己费了许多周折来我们家的附近,不过是为了从我们家的大院门口走这么一趟;他在百忙中也不会忘记注意着各种报刊,为的是看一看有没有我母亲发表的作品。

在他的一生中,一切都是那么清楚、明确,哪怕是在最困难的时刻。但在这爱情面前却变得这样软弱,这样无能为力。这在他的年纪来说,实在是滑稽可笑。他不能明白,生活为什么偏偏是这样安排着的?

可是,临到他们难得地在机关大院里碰了面,他们又竭力地躲避着对方,匆匆地点个头便赶紧地走开去。即使这样,也足以使我母亲失魂落魄,失去听觉、视觉和思维的能力,世界立刻会变成一片空白……如果那时她遇见一个叫老王的同志,她一定会叫人家老郭,对人家说些连她自己也听不懂的话。

她一定死死地挣扎过,因为她写道:

我们曾经相约:让我们互相忘记。可是我欺骗了你,我没有忘记。我想,你也同样没有忘记。我们不过是在互相欺骗着,把我们的苦楚深深地隐藏着。不过我并不是有意要欺骗你,我曾经多么努力地去实行它。有多少次我有意地滞留在远离北京的地方,把希望寄托在时间和空间上,我甚至觉得我似乎忘记了。可是等到我出差回来,火车离北京越来越近的时候,我简直承受不了冲击得使我头晕眼花的心跳。我是怎样急切地站在月台上张望,好像有什么人在等着我似地。不,当然不会有。我明白了,什么也没有忘记,一切都还留在原来的地方。年复一年,就跟一棵大树一样,它的根却越来越深地扎下去,想要拔掉这生了根的东西实在太困难了,我无能为力。

每当一天过去,我总是觉得忘记了什么重要的事情,或是夜里突然从梦中惊醒:发生了什么事情!不,什么也没有发生,我清清楚楚地意识到:没有你!于是什么都显得是有缺陷的,不完满的,而且是没有任何东西可以弥补的。我们已经到了这一生快要完结的时候了,为什么还要像小孩子一样地忘情?为什么生活总是让人经过艰辛地跋涉之后才把你追求了一生的梦想展现在你的眼前?而这梦想因为当初闭着眼睛走路,不但在叉道上错过了,而且这中间还隔着许多不可逾越的沟壑。

对了,每每母亲从外地出差回来,她从不让我去车站接她,她一定愿意自己孤零零地站在月台上,享受他去接她的那种幻觉。她,头发都白了的、可怜的妈妈,简直就像个痴情的女孩子。

那些文字并没有多少是叙述他们的爱情的,而多半记载的都是她生活里的一些琐事:她的文章为什么失败,她对自己的才能感到了惶惑和猜疑;珊珊(就是我)为什么淘气,该不该罚她;因为心神恍惚她看错了戏票上的时间,错过了一场多么好的话剧;她出去散步,忘了带伞,淋得像个落汤鸡……她的精神明明日日夜夜都和他在一起,就像一对恩爱的夫妻。其实,把他们这一辈子接触过的时间累计起来计算,也不会超过二十四小时,而这二十四小时,大约比有些人一生享受到的东西还深、还多。莎士比亚笔下的朱丽叶说过:"我不能清算我财富的一半。"大约,她也不能清算她的财富的一半。

似乎他在文化大革命中死于非命。也许因为当时那种特定的历史条件,这一段的文字记载相当含糊和隐晦。我奇怪我那因为写文章而受着那么厉害的冲击的母亲,是用什么办法把这习惯坚持下来的?从这隐晦的文字里,我还是可以猜得出,他大约是对那位红极一世,权极一时的"理论权威"的理论提出了疑问,并且不知对谁说过:"这简直就是右派言论。"从母亲那沾满泪痕的纸页上可以看出,他被整得相当惨,不过那老头子似乎十分坚强,从没有对这位有大来头的人物低过头,直到死的时候,留下来的最后一句话还是:"就是到了马克思那里,这个官司也非打下去不可!"

这件事一定发生在一九六九年的冬天,因为在那个冬天里,还刚近五十岁的母亲一下子头发全白了。而且,她的臂上还缠上了一道黑纱。那时,她的处境也很难。为了这条黑纱,她挨了好一顿批斗,说她坚持四旧,并且让她交代这是为了谁?

"妈妈,这是为了谁?"我惊恐地问她。

"为一个亲人!"然后怕我受惊似地解释着,"一个你不熟悉的亲人!"

"我要不要戴呢?"她做了一个许久都没有对我做过的动作,用手拍了拍我的脸颊,就像我小的时候她常做的那样。她好久都没有显出这么温柔的样子了。我常觉得,随着她的年龄和阅历的增长,特别是那几年她所受过的折磨,那种温柔的东西似乎离她越来越远了,也或许是被她越藏越深了,以致常常让我感到她像个男人。

她恍惚而悲凉地笑了笑,说:"不,你不用戴。"

她那双又干又涩的眼睛显得没有一点水分,好像已经把眼泪哭干了。我很想安慰她,或是做点什么使她高兴的事。她却对我说:"去吧!"

我当时不知为什么生出了一种恐怖的感觉,我觉得我那亲爱的母亲似乎有一半已经随着什么离我而去了。我不由地叫了一声:"妈妈!"

我的心情一定被我那敏感的妈妈一览无余地看透了。她温和地对我说："别怕,去吧!让我自己呆一会儿。"

我没有错,因为她的确这样地写着:

你去了。似乎我灵性里的一部分也随你而去了。

我甚至不能知道你的下落,更谈不上最后看你一眼。我也没有权利去向他们质询,因为我既不是亲眷又不是生前友好……我们便这样地分离了。我恨不能为你承担那非人间的折磨,而应该让你活下去!为了等到昭雪的那一天,为了你将重新为这个社会工作,为了爱你的那些个人们,你都应该活着啊!我从不相信你是什么三反分子,你是被杀害的、最优秀者中间的一个。假如不是这样,我怎么会爱你呢?我已经不怕说出这三个字。

纷纷扬扬的大雪不停地降落着。天哪,连上帝也是这样地虚伪,他用一片洁白覆盖了你的鲜血和这谋杀的丑恶。

我从没有拿我自己的存在当成一回事。可现在,我无时不在想,我的一言一行会不会惹得你严厉地蹙起你那双浓密的眉毛?我想到我要好好地活着,好好地生活,像你那样,为我们这个社会——它不会总像现在这样,惩罚的利剑已经悬在那帮狗男女的头上——真正地做一点工作。

我独自一人,走在我们惟一一次曾经一同走过的那条柏油小路上,听着我一个人的脚步声在沉寂的夜色里响着、响着……我每每在这小路上徘徊、流连,哪一次也没有像现在这样使我肝肠寸断。那时,你虽然也不在我身边,但我知道,你还在这个世界上,我便觉得你在伴随着我,而今,你的的确确不在了,我真不能相信!

我走到了小路的尽头,又折回去,重新开始,再走一遍。

我弯过那道栅栏,习惯地回头望去,好像你还站在那里,向我挥手告别,我们曾淡淡地、心不在焉地微笑着,像两个没有什么深交的人,为的是尽力地掩饰住我们心里那镂骨铭心的爱情。那是一个没有一点诗意的初春的夜晚,依然在刮着冷峭的风。我们默默地走着,彼此离得很远。你因为长年害着气管炎,微微地喘息着。我心疼你,想要走得慢一点,可不知为什么却不能。我们走得飞快,好像有什么重要的事情在等着我们去做,我们非得赶快走完这段路不可。我们多么珍惜这一生中惟一的一次"散步",可我们分明害怕,怕我们把持不住自己,会说出那可怕的、折磨了我们许多年的三个字:"我爱你"。除了我们自己,大概这个世界上没有一个活着的人会相信我们连手也没有握过一次!更不要说到其他!

不,妈妈,我相信,再没有人能像我那样眼见过你敞开的灵魂。

啊,那条柏油小路,我真不知道它是那样充满了辛酸的回忆的一条小路。我想,我们切不可忽略世界上任何一个最不起眼的小角落,谁知道呢?那些意想不到的小角落会沉默地缄藏着多少隐秘的痛苦和欢乐呢?

难怪她写东西写得疲倦了的时候,她还会沿着我们窗后的那条柏油小路慢慢地踱来踱去。有时是彻夜不眠后的清晨,有时甚至是月黑风高的夜晚,哪怕是在冬天,哪怕峭厉的风像发狂的野兽似地吼叫,卷着沙石噼哩叭啦地敲打着窗棂⋯⋯那时,我只以为那不过是她的一种怪癖,却不知她是去和他的灵魂相会。

她还喜欢站在窗前,瞅着窗外的那条柏油小路出神。有一次,她显出那样奇特的神情,以致我以为柏油小路上走来了我们最熟悉的、最欢迎的客人。我连忙凑到窗前,在深秋的傍晚,只有冷风卷着枯黄的落叶,飘过那空荡荡的小路的路面。

好像他还活着一样,用文字和他倾心交谈的习惯并没有因为他的去世而中断。直到她自己拿不起来笔的那一天。在最后一页上,她对他说了最后的话:

我是一个信仰唯物主义的人,现在我却希冀着天国。倘若真有所谓天国,我知道,你一定在那里等待着我。我就要到那里去和你相会,我们将永远在一起,再也不会分离。再也不必怕影响另一个人的生活而割舍我们自己。亲爱的,等着我,我就要来了——

我真不知道,妈妈,在她行将就木的这一天,还会爱得那么沉重。像她自己所说的,那是镂骨铭心的。我觉得那简直不是爱,而是一种疾痛,或是比死亡更强大的一种力量。假如世界上真有所谓不朽的爱,这也就是极限了。她分明至死都感到幸福:她真正地爱过。她没有半点遗憾。

如今,他们的皱纹和白发早已从碳水化合物变成了其他的什么元素。可我知道,不管他们变成什么,他们仍然在相爱着。尽管没有什么人间的法律和道义把他们拴在一起,尽管他们连一次手也没有握过,他们却完完全全地占有着对方。那是任什么都不能使他们分离的。哪怕千百年过去,只要有一朵白云追逐着另一朵白云;一棵青草傍依着另一棵青草;一层浪花拍打着另一层浪花;一阵轻风紧跟着另一阵轻风……相信我,那一定就是他们。

每每我看着那些题着"爱,是不能忘记的"笔记本,我就不能抑制住自己的眼泪。我哭,这不止一次地痛苦,仿佛遭了这凄凉而悲惨的爱情的是我自己。这要不是大悲剧就是大笑话。别管它多么美,多么动人,我可不愿意重复它!

英国大作家哈代说过:"呼唤人的和被呼唤的很少能互相答应。"我已经不能从普通意义上的道德观念去谴责他们应该或是不应该相爱。我要谴责的却是:为什么当初他们没有等待着那个呼唤着自己的灵魂?

如果我们都能够互相等待,而不糊里糊涂地结婚,我们会免去多少这样的悲剧哟!

到了共产主义,还会不会发生这种婚姻和爱情分离着的事情呢?既然世界是这么大,互相呼唤的人也就可能有互相不能答应的时候,那么说,这样的事情还会发生?可是,那是多么悲哀啊!可也许到了那时,便有了解脱这悲哀的办法!

我为什么要钻牛角尖呢?

说到底,这悲哀也许该由我们自己负责。谁知道呢?也说不定还得由过去的生活所遗留下来的那种旧意识负责。因为一个人要是老不结婚,就会变成对这种意识的一种挑战,有人就会说你的神经出了毛病,或是你有什么见不得人的隐私,或是你政治上出了什么问题,或是你刁钻古怪,看不起凡人,不尊重千百年来的社会习惯,你准是个离经叛道的邪人……总之,他们会想出种种庸俗无聊的玩意儿来糟蹋你。于是,你只好屈从于这种意识的压力,草草地结婚了事。把那不堪忍受的婚姻和爱情分离着的镣铐套到自己的脖子上去,来日又会为这不能摆脱的镣铐而受苦终身。

我真想大声疾呼地说:"别管人家的闲事吧!让我们耐心地等待着,等着那呼唤我们的人,即使等不到也不要糊里糊涂地结婚!不要担心这么一来独身生活会成为一种可怕的灾难。要知道,这兴许正是社会生活在文化、教养、趣味……等等方面进化的一种表现!"

(选自《张洁小说剧本选》,北京出版社1980年版)

【作者简介】

张洁(1937～　),女,原籍辽宁,生于北京。1960年毕业于中国人民大学计划统计系,分配到一机部工作。1969年下放"五七"干校劳动,1972年返回北京机关。1978年发表处女作《从森林里来的孩子》,受到好评并获奖。此后,《谁生活得更美好》《条件尚未成熟》又分别获1979年、1983年全国优秀短篇小说奖,《祖母绿》获第三届全国优秀中篇小说奖。她的《爱,是不能忘记的》及散文《拣麦穗》、中篇小说《方舟》等,触及了婚姻道德和感情领域中一些尖锐问题,引起人们的广泛关注和热烈讨论。1981年发表长篇小说《沉重的翅膀》,1984年修订出版后,荣获第二届茅盾文学奖。

张洁结集出版的作品主要有《张洁小说剧本选》《爱,是不能忘记的》《方舟》《祖母绿》等。这些作品不以情节取胜,而以镂心见长。笔致委婉细腻,有一种淡淡的温柔的伤感。近年来,她发表了《他有什么病?》《只有一个太阳》等,采用幻觉、变形、变态心理描写等手法,针砭时弊,挖掘民族心理的历史沉积,创作取向出现新的变化。晚近的作品有长篇回忆散文《世界上最疼我的那个人去了》、长篇小说《无字》等。《无字》获第六届茅盾文学奖。

【作品简析】

这篇作品的核心内容是对理想婚姻爱情的探索、追求,以及对这种追求的痛苦所作的出色描绘。

女作家钟雨当初因追求那种浅薄无聊的东西而草率结婚,当然无理想的婚姻爱情可言;而"老干部"出于道义和情谊的婚姻,因缺乏爱情基础同样是不理想的。当他们相互真正找到了自己的所爱时,却又可望而不可及。然而,爱是不能忘记的,人物的灵魂在无爱的婚姻现实中痛苦地挣扎着。作品新鲜深刻的题意,不仅在于它大胆地向人们指出了婚姻与爱情分离的不幸现实,提出了"只有以爱情为基础的婚姻才是合乎道德的"这一严肃人生课题,还在于它对这爱情悲剧的性质所作的独特揭示。障碍男女主人公实现他们镂骨铭心的爱情的阻力,不是人们习常所见的社会舆论或旧意识的自我束缚,而是更为复杂深刻的社会历史原因,是人类前进过程中的矛盾和痛苦,即理想和特定现实之间的距离所产生的人类悲剧。作品摄人心魄的力量,正来自崇高美好的理想与尚属合理的现实的剧烈冲突。主人公,特别是女作家决不放弃对理想爱情的追求,同时又受着强大现实的制约。在制约中痛苦,在痛苦中追求!由此构成张洁特有的格调:沉郁温柔的伤感之中内蕴着灼热和执著。

艺术上,人们可以指出这篇作品形象的不足,人物的不丰满,却无法否认作者长于抒写人的心灵和感情世界的艺术才能。"女作家"那颗为爱而时刻颤栗的心,被作者描绘得真切、细腻、具体、可感,从而将其真挚热烈、难以实现又绝难忘怀的爱,无时无刻不在品尝又无时无刻不在苦苦挣扎的爱表现得淋漓尽致!或许正是因为作者对这种无爱的婚姻现实太过同情,对这曲爱的哀歌太过痛心,以至生出一种难以掩饰的偏颇:对人物崇高精神追求的极度同情赞美,给人以某些柏拉图的味道,从某种意义上削弱了作品深刻的批判现实的力量。

(张志英)

陈奂生上城[*]

高晓声

一

"漏斗户主"①陈奂生,今日悠悠上城来。

一次寒潮刚过,天气已经好转,轻风微微吹,太阳暖烘烘,陈奂生肚里吃得饱,身上穿得新,手里提着一个装满东西的干干净净的旅行包,也许是气力大,也许是包儿轻,简直像拎了束灯草,晃荡晃荡,全不放在心上。他个儿又高,腿儿又长,上城三十里,经不起他几晃荡;往常挑了重担都不乘车,今天等于是空身,自更不用说,何况太阳还高,到城嫌早,他尽量放慢脚步,一路如游春看风光。

他到城里去干啥?他到城里去做买卖。稻子收好了,麦垅种完了,公粮余粮卖掉了,口粮柴草分到了,乘这个空当,出门活动活动,赚几个活钱买零碎。自由市场开放了,他又不投机倒把,卖一点农副产品,冠冕堂皇。

他去卖什么?卖油绳②。自家的面粉,自家的油,自己动手做成的。今天做好今天卖,格啦嘣脆,又香又酥,比店里的新鲜,比店里的好吃,这旅行包里装的尽是它;还用小塑料袋包装好,有五根一袋的,有十根一袋的,又好看,又干净。一共六斤,卖完了,稳赚三元钱。

赚了钱打算干什么?打算买一顶簇新的、刮刮叫的帽子。说真话,

---

* 原载《人民文学》1980年第2期。
① "漏斗户主":系作者写的另一篇小说《漏斗户主》(发表于《钟山》1979年第2期)主人公陈奂生的外号。漏斗户,意指常年负债的穷苦人家。
② 油绳:一种油煎的面食。

从三岁以后,四十五年来,没买过帽子。解放前是穷,买不起;解放后是正当青年,用不着;文化大革命以来,肚子吃不饱,顾不上穿戴,虽说年纪到把,也怕脑后风了。正在无可奈何,幸亏有人送了他一顶"漏斗户主"帽,也就只得戴上,横竖不要钱。七八年决分以后,帽子不翼而飞,当时只觉得头上轻松,竟不曾想到冷。今年好像变娇了,上两趟寒流来,就缩头缩颈,伤风打喷嚏,日子不好过,非买一顶帽子不行,好在这也不是大事情,现在活路大,这几个钱,上一趟城就赚到了。

陈奂生真是无忧无虑,他的精神面貌和去年大不相同了。他是过惯苦日子的,现在开始好起来,又相信会越来越好,他还不满意么?他满意透了。他身上有了肉,脸上有了笑;有时候半夜里醒过来,想到囤里有米,橱里有衣,总算像家人家了,就兴致勃勃睡不着,禁不住要把老婆推醒了陪他聊天讲闲话。

提到讲话,就触到了陈奂生的短处,对着老婆,他还常能说说,对着别人,往往默默无言,他并非不想说,实在是无可说。别人能说东道西,扯三拉四,他非常羡慕。他不知道别人怎么会碰到那么多新鲜事儿,怎么会想得出那么多特别的主意,怎么会具备那么多离奇的经历,怎么会记牢那么多怪异的故事,又怎么会讲得那么动听。他毫无办法,简直犯了死症毛病,他从来不会打听什么,上一趟街,回来只会说"今天街上人多"或"人少"、"猪行里有猪"、"青菜贱得卖不掉"……之类的话。他的经历又和村上大多数人一样,既不特别,又是别人一目了然的,讲起来无非是"小时候娘常打我的屁股,爹倒不凶"、"也算上了四年学,早忘光了"、"三九年大旱,断了河底,大家捉鱼吃"、"四九年改朝换代,共产党打败了国民党"、"成亲以后,养了一个儿子,一个小女"……索然无味,等于不说。他又看不懂书;看戏听故事,又记不牢。看了《三打白骨精》,老婆要他讲,他也只会说:"孙行者最凶,都是他打死的。"老婆不满足,又问白骨精是谁,他就说:"是妖怪变的。"还是儿子巧,声明"白骨精不是妖怪变的,是白骨精变成的妖怪",才算没有错到底。他又想不出新鲜花样来,比如种田,只会讲"种麦要用锄头抨碎泥块"、"莳秧一蔸莳六棵"……谁也不要听。再如这卖油绳的行当,也根本不是他发明的,好些人已经做过一阵了,怎样用料?怎样加工?怎样包装?什么价钱?

多少利润？什么地方、什么时间买客多、销路好？都是向大家学来的经验。如果他再向大家夸耀，岂不成了笑话！甚至刻薄些的人还会吊他的背筋："嗳！连'漏斗户主'也有油、粮卖油绳了，还当新闻哩！"还是不开口也罢。

如今，为了这点，他总觉得比别人矮一头。黄昏空闲时，人们聚拢来聊天，他总只听不说，别人讲话也总不朝他看，因为知道他不会答话，所以就像等于没有他这个人。他只好自卑，他只有羡慕。他不知道世界上有"精神生活"这一个名词，但是生活好转以后，他渴望过精神生活。哪里有听的，他爱去听；哪里有演的，他爱去看；没听没看，他就觉得没趣。有一次大家闲谈，一个问题专家出了个题目："在本大队你最佩服哪一个？"他忍不住也答了腔，说："陆龙飞最狠。"大家问："一个说书的，狠什么？"他说："就为他能说书，我佩服他一张嘴。"引得众人哈哈大笑。

于是，他又惭愧了，觉得自己总是不会说，又被人家笑，还是不说为好。他总想，要是能碰到一件大家都不曾经过的事情，讲给大家听听就好了，就神气了。

二

当然，陈奂生的这个念头，无关大局，往往蹲在离脑门三四寸的地方，不大跳出来，只是在尴尬时冒一冒尖，让自己存个希望罢了。比如现在上城卖油绳，想着的就只是新帽子。

尽管放慢脚步，走到县城的时候，还只下午六点不到。他不忙做生意，先就着茶摊，出一分钱买了杯热茶，啃了随身带着当晚餐的几块僵饼，填饱了肚子，然后向火车站走去。一路游街看店，遇上百货公司，就弯进去侦察有没有他想买的帽子，要多少价钱？三爿店查下来，找到了满意的一种。这时候突然一拍屁股，想到没有带钱，原先只想卖了油绳赚了利润再买帽子，没想到油绳未卖之前商店就要打烊；那么，等到赚了钱，这帽子就得明天才能买了。可自己根本不会在城里住夜，一无亲，二无眷，从来是连夜回去的，这一趟分明就买不成，还得光着头冻

575

几天。

　　受了这点挫折,心情挺不愉快,一路走来,便觉得头上凉嗖嗖,更加懊恼起来。到火车站时,已经八点了,时间还早,但既然来了,也就选了一块地方,敞开包裹,亮出商品,摆出摊子来。这时车站上人数不少,但陈奂生知道难得会有顾客,因为这些都是吃饱了晚饭来候车的,不会买他的油绳,除非小孩嘴馋吵不过,大人才会买。只有火车上下车的旅客到了,生意才会忙起来。他知道九点四十分、十点半,各有一班车到站,这油绳到那时候才能卖掉,因为时近半夜,店摊收歇,能买到吃的地方不多,旅客又饿了,自然争着买。如果十点半卖不掉,十一点二十分还有一班车,不过太晏了,陈奂生宁可剩点回去也不想等,免得一夜不得睡,须知跑回去也是三十里啊。

　　果然不错,这些经验很灵,十点半以后,陈奂生的油绳就已经卖光了,下车的旅客一拥而上,七手八脚,伸手来拿,把陈奂生搞得昏头昏脑,卖完一算帐,竟少了三角钱,因为头昏,怕算错了,再认真算了一遍,还是缺三角,看来是哪个贪小利拿了油绳未付款。他叹了一口气,自认晦气,本来他也晓得,人家买他的油绳,是不能向公家报销的,那要吃而不肯私人掏腰包的,就会耍一点魔术,所以他总是特别当心,可还是丢失了,真是双拳不敌四手,两眼难顾八方。只好认了吧,横竖三块钱赚头,还是有的。

　　他又叹了口气,想动身凯旋回府。谁知一站起来,双腿发软,两膝打颤,竟是浑身无力。他不觉大吃一惊,莫非生病了吗?刚才做生意,精神紧张,不曾觉得,现在心定下来,才感浑身不适,原先喉咙嘶哑,以为是讨价还价喊哑的,现在连口腔上片都像冒烟,鼻气火热;一摸额头,果然滚烫,一阵阵冷风吹得头皮好不难受。他毫无办法,只想先找杯热茶解渴。那时茶摊已无,想起车站上有个茶水供应地方,便强撑着移步过去。到了那里,打开龙头,热水倒有,只是找不到茶杯。原来现在讲究卫生,旅客大都自带茶缸,车站上落得省劲,就把杯子节约掉了。陈奂生也顾不得卫生不卫生,双手捧起龙头里流下的水就喝。那水倒也有点烫,但陈奂生此时手上的热度也高,还忍得住,喝了几口,算是好过一点。但想回家,竟是千难万难;平常时候,那三十里路,好像经不起脚板一颤,现在看来,真如隔了十万八千里,实难登程。他只得找个位置坐下,耐性受痛,觉得此番遭遇,完全错在忘记了带钱先买帽子,才受凉发病,一着走错,满盘皆输;弄得上不上,下不下,进不得,退不得,卡在这儿,真叫尴尬。万一严重起来,此地举目无亲,耽误就医吃药,岂不要送掉老命!可又一想,他陈奂生是个堂堂男子汉,一生干净,问心无愧,死了也口眼不闭;活在世上多种几年田,有益无害,完全应该提供宽裕的时间,没有任何匆忙的必要。想到这里,陈奂生高兴起来,他嘴巴干燥,笑不出声,只是两个嘴角,向左右同时嘻开,露出一个微笑。那扶在椅上的右手,轻轻提了起来,像听到了美妙的乐曲似的,在右腿上赏心地拍了一拍,松松地吐出口气,便一头横躺在椅子上卧倒了。

三

一觉醒来,天光已经大亮,陈奂生体肢瘫软,头脑不清,眼皮发沉,喉咙痒痒地咳了几声;他懒得睁眼,翻了一个身便又想睡。谁知此身一翻,竟浑身颤了几颤,一颗心像被线穿着吊了几吊,牵肚挂肠。他用手一摸,身下贼软;连忙一个翻身,低头望去,证实自己猜得一点不错,是睡在一张棕绷大床上。陈奂生吃了一惊,连忙平躺端正,闭起眼睛,要弄清楚怎么会到这里来的。他好像有点印象,一时又糊涂难记,只得细细琢磨,好不容易才想出了县委吴书记和他的汽车,一下子埋出头绪,把一串细关节脉都拉了出来。

原来陈奂生这一年真交了好运,逢到急难,总有救星。他发高烧昏睡不久,候车室门口就开来一部吉普车,载来了县委书记吴楚。他是要乘十二点一刻那班车到省里去参加明天的会议。到火车站时,刚只十一点四十分,吴楚也就不忙,在候车室徒步起来,那司机一向要等吴楚进了站台才走,免得他临时有事找不到人,这次也照例陪着。因为是半夜,候车室旅客不多,吴楚转过半圈,就发现了睡着的陈奂生。吴楚不禁笑了起来,他今秋在陈奂生的生产队里蹲了两个月,一眼就认出他来,心想这老实肯干的忠厚人,怎么在这儿睡着了?若要乘车,岂不误事。便走去推醒他;推了一推,又发现那屁股底下,垫着个瘪包,心想坏了,莫非东西被偷了?就着紧推他,竟也不醒。这吴楚原和农民玩惯了的,一时调皮起来,就去捏他的鼻子;一摸到皮肤热辣辣,才晓得他病倒了,连忙把他扶起,总算把他弄醒了。

这些事情,陈奂生当然不晓得。现在能想起来的,是自己看到吴书记之后,就一把抓牢,听到吴书记问他:"你生病了吗?"他点点头。吴书记问他:"你怎么到这里来的?"他就去摸了摸旅行包。吴书记问他:"包里的东西呢?"他就笑了笑。当时他说了什么?究竟有没有说?他都不记得了;只记得吴书记好像已经完全明白了他的意思,便和驾驶员一同扶他上了车,车子开了一段路,叫开了一家门(机关门诊室),扶他下车进去,见到了一个穿白衣服的人,晓得是医生了。那医生替他诊断片刻,向吴书记笑着说了几句话(重感冒,不要紧),倒过半杯水,让他吃了几片药,又包了一点放在他口袋里,也不曾索钱,便代替吴书记把他扶上了车,还关照说:"我这儿没有床,住招待所吧,安排清静一点的地方睡一夜就好了。"车子又开动,又听吴书记说:"还有十三分钟了,先送我上车站,再送他上招待所,给他一个单独房间,就说是我的朋友……"

陈奂生想到这里,听见自己的心扑扑跳得比打钟还响,合上的眼皮,流出晶莹的泪珠,在眼角膛里停留片刻,便一条线挂下来了。这个吴书记真是大好人,竟看得起他陈奂生,把他当朋友,一旦有难,能挺身而出,拔刀相助,救了他一条性命,实在难得。

陈奂生想,他和吴楚之间,其实也谈不上交情,不过认识罢了。要说有什么私人交往。平生只有一次,记得秋天吴楚在大队蹲点,有一天突然闯到他家来吃了一顿便饭,听那话音,像是特地来体验体验"漏斗户"的生活改善到什么程度的,还带来了一斤块块糖,给孩子们吃。细算起来,等于两顿半饭钱。那还算什么交情呢!说来说去,是吴书记做了官不曾忘记老百姓。

陈奂生想罢,心头暖烘烘,眼泪热辣辣,在被口上拭了拭,便睁开来细细打量这住的地方,却又吃了一惊。原来这房里的一切,都新堂堂、亮澄澄,平顶(天花板)白得耀眼,四周的墙,用青漆漆了一人高,再往上就刷刷白,地板暗红闪光,照出人影子来;紫檀色五斗橱,嫩黄色写字台,更有两张出奇的矮凳,比太师椅还大,里外包着皮,也叫不出它的名字来。再看床上,垫的是花床单,盖的是新被子,雪白的被底,崭新的绸面,刮刮叫三层新①。陈奂生不由自主地立刻在被窝里缩成一团,他知道自己身上(特别是脚)不大干净,生怕弄脏了被子……随即悄悄起身,悄悄穿好了衣服,不敢弄出一点声音来,好像做了偷儿,被人发现就会抓住似的。他下了床,把鞋子拎在手里,光着脚跑出去;又眷顾着那两张大皮椅,走近去摸一摸,轻轻捺了捺,知道里边有弹簧,却不敢坐,怕压瘪了弹不饱。然后才真的悄悄开门,走出去了。

到了走廊里,脚底已冻得冰冷,一瞧别人是穿了鞋走路的,知道不碍,也套上了鞋。心想吴书记照顾得太好了,这哪儿是我该住的地方!一向听说招待所的住宿费贵,我又没处报销,这样好的房间,不知要多少钱,闹不好,一夜天把顶帽子钱住掉了,才算不来呢。

他心里不安,赶忙要弄清楚。横竖他要走了,去付了钱吧。

他走到门口柜台处,朝里面正在看报的大姑娘说:"同志,算账。"

"几号房间?"那大姑娘恋着报纸说,并未看他。

"几号不知道。我住在最东那一间。"

那姑娘连忙丢了报纸,朝他看看,甜甜地笑着说:"是吴书记汽车送来的?你身体好了吗?"

"不要紧,我要回去了。"

"何必急,你和吴书记是老战友吗?你现在在哪里工作?……"大姑娘一面软款款地寻话说,一面就把开好的发票交给他。笑得甜极了。陈奂生看看她,真是绝色!

但是,接到发票,低头一看,陈奂生便像给火钳烫着了手。他认识那几个字,却不肯相信。"多少?"他忍不住问,浑身燥热起来。

"五元。"

"一夜天?"他冒汗了。

"是一夜五元。"

陈奂生的心,志志忑忑大跳。"我的天!"他想:"我怕困掉一顶帽子,谁知竟要两顶!"

---

① 三层新:被面、被里、被絮都是新的。

"你的病还没有好,还正在出汗呢!"大姑娘惊怪地说。

千不该,万不该,陈奂生竟说了一句这样的外行语:"我是半夜里来的呀!"

大姑娘立刻看出他不是一个人物,她不笑了,话也不甜了,像菜刀剁着砧板似的笃笃响着说:"不管你什么时候来的,横竖到今午十二点为止,都收一天钱。"这还是客气的,没有嘲笑他,是看了吴书记的面子。

陈奂生看着那冷若冰霜的脸,知道自己说错了话,得罪了人,哪里还敢再开口,只得抖着手伸进袋里去摸钞票,然后细细数了三遍,数定了五元,交给大姑娘时,那外面一张人民币,已经半湿了,尽是汗。

这时大姑娘已在看报,见递过来的钞票太零碎,更皱了眉头,但她还有点涵养,并不曾说什么,收进去了。

陈奂生出了大价钱,不曾讨得大姑娘欢喜,心里也有点忿忿然。本想一走了之,想到旅行包还丢在房间里,就又回过来。

推开房间,看看照出人影的地板,又站住犹豫:"脱不脱鞋?"一转念,忿忿想道:"出了五块钱呢!"再也不怕弄脏,大摇大摆走了进去,往弹簧太师椅上一坐:"管它,坐瘪了不关我事,出了五元钱呢。"

他饿了,摸摸袋里还剩一块僵饼,拿出来啃了一口,看见了热水瓶,便去倒了一杯开水和着饼吃。回头看刚才坐的皮凳,竟没有瘪,便故意立直身子,扑嗵坐下去……试了三次,也没有坏,才相信果然是个好家伙。便安心坐着啃饼,觉得很舒服。头脑清爽,热度退尽了,分明是刚才出了一身大汗的功劳。他是个看得穿的人,这时就有了兴头,想道:"这等于出晦气钱——譬如买药吃掉!"

啃完饼,想想又肉痛起来,究竟是五元钱哪!他昨晚上在百货店看中的帽子,实实在在是二元五一顶,为什么睡一夜要出两顶帽钱呢?连沈万山①都要住穷的;他一个农业社员,去年工分单价七角,困一夜做七天还要倒贴一角,这不是开了大玩笑!从昨半夜到现在,总共不过七八个钟头,几乎一个钟头要做一天工,贵死人!真是阴错阳差,他这副骨头能在那种床上躺尸吗!现在别的便宜拾不着,大姑娘说可以住到

---

① 沈万山:民间传说里的大富翁。

十二点,那就再困吧,困到足十二点走,这也是捞着多少算多少。对,就是这个主意。

这陈奂生确是个向前看的人,认准了自然就干,但刚才出了汗,吃了东西,脸上嘴上,都不惬意,想找块毛巾洗脸,却没有。心一横,便把提花枕巾捞起来干擦了一阵,然后衣服也不脱,就盖上被头困了,这一次再也不怕弄脏了什么,他出了五元钱呢。——即使夜间弄成了猪圈,也不值!

可是他睡不着,他想起了吴书记。这个好人,大概只想到关心他,不曾想到他这个人经不起这样高级的关心。不过人家忙着赶火车,哪能想得周全!千怪万怪,只怪自己不曾先买帽子,才伤了风,才走不动,才碰着吴书记,才住招待所,才把油绳的利润搞光,连本钱也蚀掉一块多……那么,帽子还买不买呢?他一狠:买,不买还要倒霉的!

想到油绳,又觉得肚皮饿了。那一块僵饼,本来就填不饱,可惜昨夜生意太好,油绳全卖光了,能剩几袋倒好;现在懊悔已晚,再在这床上困下去,会越来越饿,身上没有粮票,中饭到哪里去吃!到时候饿得走不动,难道再在这儿住一夜吗?他慌了,两脚一踹,把被头踢开,拎了旅行包,开门就走。此地虽好,不是久恋之所,虽然还剩得有二三个钟点,又带不走,忍痛放弃算了。

他出得门来,再无别的念头,直奔百货公司,把剩下来的油绳本钱,买了一顶帽子,立即带在头上,飘然而去。

一路上看看野景,倒也容易走过;眼看离家不远,忽然想到这次出门,连本搭利,几乎全部搞光,马上要见老婆,交不出账,少不得又要受气,得想个主意对付她。怎么说呢?就说输掉了;不对,自己从不赌。就说吃掉了;不对,自己从不死吃。就说被扒掉了;不对,自己不当心,照样挨骂。就说做好事救济了别人;不对,自己都要别人救济。就说送给一个姑娘了;不对,老婆要犯疑……那怎么办?

陈奂生自问自答,左思右想,总是不妥。忽然心里一亮,拍着大腿,高兴地叫道:"有了。"他想到此趟上城,有此一番动人的经历,这五块钱花得值透。他总算有点自豪的东西可以讲讲了。试问,全大队的干部、社员,有谁坐过吴书记的汽车?有谁住过五元钱一夜的高级房间?他可要讲给大家听听,看谁还能说他没有什么讲的!看谁还能说他没见过世面?看谁还能瞧不起他。唔!……他精神陡增,顿时好像高大了许多。老婆已不在他眼里了;他有办法对付,只要一提到吴书记,说这五块钱还是吴书记看得起他,才让他用掉的,老婆保证服贴。哈,人总有得意的时候,他仅仅花了五块钱就买到了精神的满足,真是拾到了非常的便宜货,他愉快地划着快步,像一阵清风荡到了家门……

果然,从此以后,陈奂生的身份显著提高了,不但村上的人要听他讲,连大队干部对他的态度也友好得多,而且,上街的时候,背后也常有人指点着他告诉别人说:"他坐过吴书记的汽车。"或者"他住过五块钱一夜的高级房间。"……公社农机厂的采购员有一次碰着他,也拍拍他的肩胛说:"我就没有那个运气,三天两头住招待所,也住不进那样的房间。"

从此,陈奂生一直很神气,做起事来,更比以前有劲得多了。

(选自《人民文学》1980年第2期)

【作者简介】

高晓声(1928~1999),江苏省武进县人。从小酷爱文学,高中毕业后曾进大学学经济,后因家境困难而辍学。解放后,高晓声从事了他向往已久的文艺工作,并于20世纪50年代初开始发表作品。先后写出短篇小说《收田财》、《解约》、《不幸》和锡剧《走上新路》等。1957年,因和江苏省几个文学青年组织"探求者"文学社,提出"干预生活,探求人生"的口号,被错划为右派,回乡劳动改造,直到粉碎"四人帮"后才返回文坛。

二十多年艰苦的农村生活,加深了高晓声对社会,特别是对农村和农民的了解和认识,沟通了他和农民的心。从1979年重新握笔以后,他带着"我写他们,是写我心"的激情和深情,忠实地为农民说话,为农民歌唱,写出了一批描绘农民命运和农民心灵的优秀之作,受到广泛称赞。其中《李顺大造屋》、《陈奂生上城》分别获1979年、1980年全国优秀短篇小说奖。他已出版的小说集有《1979年小说集》、《高晓声一九八〇年小说集》、《高晓声一九八一年小说集》、《陈奂生》、《高晓声小说选》和长篇小说《青天在上》等。

高晓声擅长农村生活题材,尤其致力于写普通农民。他的小说思想深刻,艺术个性鲜明,闪耀着对农民生活命运独创性的艺术思考和探求精神。

【作品简析】

陈奂生是高晓声塑造的一个出色的艺术典型。作家以这个人物为主人公写出了《漏斗户主》、《陈奂生上城》、《陈奂生转业》、《陈奂生包产》、《陈奂生出国》等系列小说,在广阔的农村生活背景上,从不同的角度刻画了陈奂生曲折的命运和丰富的性格,展现了我国新时期农村变革的生活图景和这一变革在农民心里引起的反应,真实地记录了时代前进的脚步和农民灵魂的演进。

《陈奂生上城》是陈奂生系列小说中的第二篇。它以轻松愉快而又深沉幽默的笔调,描绘了陈奂生上城一连串悲喜交织、妙趣横生的故事,发人深思,耐人寻味。这时的陈奂生,已经摘掉了"漏斗户"主的帽子。他肚里吃得饱,身上穿得新,"悠悠上城来"卖油绳了。他在精神上也有了新追求,开始为自己言辞拙讷,不被别人看重而感到遗憾。他希望能碰上一件大家都不曾经历过的事讲一讲,那么么神气。果然,他的运气来了,他坐了县委书记的小汽车,住进了五元钱一夜的高级房间!作品紧紧抓住陈奂生命运发展历程上的这一意外事件,充分展示他在特定环境中独有的行貌情状。由他开始在招待所里的谨慎从事,到听说要花五元钱后的报复之举,再到心疼之余忽然想到"总算有点自豪的东西可以讲讲了"因而又得意起来,入木三分地活画出了陈奂生的灵魂。这是一个活脱脱的、相当丰满深厚的农民艺术典型。在他的性格里,既有勤劳、善良、淳朴、憨厚的一面,又有见少识浅、愚昧自卑的一面;既相信党,热爱社会主义,又因袭着沉重的负担和某些阿Q气,缺乏主人翁的精神。作品透过这个人物复杂丰富的性格侧面,概括了深厚的历史内容,展现出我们整个社会正在艰难中前进的面影。

《陈奂生上城》全面地显示出高晓声的艺术才华。小说通篇不过由"上城"的几件小事组成,然而由于作家对于典型化情节的精选和个性化细节的妙用,以及独具特色的心理描写,便使陈奂生有声有色地演出了一场奇异的活剧。他举手投足,一颦一笑,无不准确地传达出他心迹的变化,灵魂的搏动。一个个细节,犹如通向人物灵魂的窗户,使读者清晰地窥见了陈奂生丰富复杂的内心世界。

高晓声善于借鉴中外优秀作品的长处,形成自己一套"寓土于洋"、中西合璧式的表现艺术。他将叙述、白描与人物的心理分析结合起来。他的叙述平易朴素,从容不迫,然而朴中见彩,似淡实浓,具有引人入胜的魅力。他多用白描手法来刻画人物,点染环境,不追求语言的华丽和夸饰。《陈奂生上城》突出地体现了这种创作特色。人物的心绪,故事的演进,环境气氛的点染,完全熔为一炉,达到了一种很高的艺术境界。

小说的语言朴实、凝练、诙谐、风趣。作品从浓重的喜剧色彩中时时透出一种决非轻松的幽默感,通过"含泪的微笑",使人深思。所有这些,形成高晓声小说独树一帜的艺术风格。

(张志英)

春 之 声

王 蒙

　　咣地一声,黑夜就到来了。一个昏黄的、方方的大月亮出现在对面墙上。岳之峰的心紧缩了一下,又舒张开了。车身在轻轻地颤抖。人们在轻轻地摇摆。多么甜蜜的童年的摇篮啊!夏天的时候,把衣服放在大柳树下,脱光了屁股的小伙伴们一跃跳进故乡的清凉的小河里,一个猛子扎出十几米,谁知道谁在哪里露出头来呢?谁知道被他慌乱中吞下的一口水里,包含着多少条蛤蟆蝌蚪呢?闭上眼睛,熟睡在闪耀着阳光和树影的涟漪之上,不也是这样轻轻地、轻轻地摇晃着的吗?失去了的和没有失去的童年和故乡,责备我么?欢迎我么?母亲的坟墓和正在走向坟墓的父亲!

　　方方的月亮在移动,消失,又重新诞生。惟一的小方窗里透进了光束,是落日的余辉还是站台的灯?为什么连另外三个方窗也遮严了呢?黑咕隆冬,好像紧接着下午便是深夜。门咣地一关,就和外界隔开了。那愈来愈响的声音是下起了冰雹吗?是铁锤砸在铁砧上?在黄土高原的乡下,到处还靠人打铁,我们祖国的胳膊有多么发达的肌肉!呵,当然,那只是车轮撞击铁轨的噪音,来自这一节铁轨与那一节铁轨之间的缝隙。目前不是正在流行一支轻柔的歌曲吗,叫做什么来着——《泉水叮咚响》。如果火车也叮咚叮咚地响起来呢?广州人可真会生活,不像这西北高原上,人的脸上和房屋的窗玻璃上到处都蒙着一层厚厚的黄土。广州人的凉棚下面,垂挂着许许多多三角形的瓷板,它们伴随着清风,发出叮叮咚咚的清音,愉悦着心灵。美国的抽象派音乐却叫人发

---

* 原载《人民文学》1980年第5期。

狂。真不知道基辛格听我们的杨子荣咏叹调时有什么样的感受。京剧锣鼓里有噪音,所有的噪音都是令人不快的吗?反正火车开动以后的铁轮声给人以鼓舞和希望。下一站,或者下一站的下一站,或者许多许多的下一站以后的下一站,你所寻找的生活就在那里,母亲或者孩子,友人或者妻子,温热的澡盆或者丰盛的饮食正在那里等待着你。都是回家过年的。过春节,我们的古老的民族的最美好的节日。谢天谢地,现在全国人民都可以快快乐乐地过年了。再不会用"革命化"的名义取消春节了。

这真有趣。在出国考察三个月回来之后,在北京的高级宾馆里住了一阵——总结啦,汇报啦,接见啦,报告啦……之后,岳之峰接到了八十多岁的刚刚摘掉地主帽子的父亲的信。他决定回一趟阔别二十多年的家乡。这是不是个错误呢?他怎么也没想到要坐两个小时零四十七分钟的闷罐子车呀。三个小时以前,他还坐在从北京开往X城的三叉戟客机的宽敞、舒适的座位上。两个月以前,他还坐在驶向汉堡的易北河客轮上。现在呢,他和那些风尘仆仆的,在黑暗中看不清面容的旅客们挤在一起,就像沙丁鱼挤在罐头盒子里。甚至于他辨别不出火车到底是在向哪个方向行走。眼前只有那月亮似的光斑在飞速移动,火车的行驶究竟是和光斑方向相同抑或相反呢?他这个工程物理学家竟为这个连小学生都答得上来的、根本算不上是几何光学的问题伤了半天脑筋。

他已经有二十多年没有回过家乡了。谁让他错投了胎?地主,地主!一九五六年他回过一次家,一次就够用了——回家呆了四天,却检讨了二十二年!而伟人的一句话,也够人们学习贯彻一百年。使他惶惑的是,难道人生一世就是为了作检讨?难道他生在中华,就是为了作一辈子检讨的么?好在这一切都过去了。斯图加特的奔驰汽车工厂的装配线在不停地转动,车间洁净敞亮,没有多少噪音。西门子公司规模巨大,具有一百三十年的历史。我们才刚刚起步。赶上,赶上!不管有多么艰难。哞,哞,哞,快点开,快点开,快开,快开,快,快,快,车轮的声音从低沉的三拍一小节变成两拍一小节,最后变成高亢的呼号了。闷罐子车也罢,正在快开。何况天上还有三叉戟?

尘土和纸烟的雾气中出现了旱烟叶发出的辣味,像是在给气管和肺作针灸。梅花针大概扎在肺叶上了。汗味就柔和得多了。方言的浓度在旱烟与汗味之间,既刺激,又亲切。还有南瓜的香味哩!谁在吃南瓜?X城火车站前的广场上,没有见卖熟南瓜的呀。别的小吃和土特产倒是都有。花生、核桃、葵花籽、柿饼、醉枣、绿豆糕、山药、蕨麻……全有卖的。就像变戏法,举起一块红布,向左指上两指,这些东西就全没了,连火柴、电池、肥皂都跟着短缺。现在呢,一下子又都变了出来,也许伸手再抓两抓,还能抓出更多的财富。柿饼和枣朴质无华,却叫人甜到心里。岳之峰咬了一口上火车前买的柿饼,细细地咀嚼着儿时的甜香。辣味总是一下子就能尝到,甜味却埋得很深很深。要有耐心,要有善意,要有经验,要知觉灵敏。透过辛辣的烟草和热烘烘的汗味儿,岳之峰闻到了乡亲们携带的绿豆香。绿豆苗是可爱的,灰兔子也是可爱的,但是灰色的野兔常常要毁坏绿豆。为了追赶野兔。他和小柱子一口气跑了三里,跑得连树木带田垄都摇来摆去。在中秋的月夜,他亲眼见过一只银灰色的狐狸,走路悄无声息,像仙人,像梦。

车声小了,车声息了。人声大了,人声沸了。咣——哧,铁门打开了,女列车员——一个高个子,大骨架的姑娘正在洒利地用家乡方言指挥下车和上车的乘客。"没有地方了,没有地方了,到别的车厢去吧。"已经在车上获得了自己的位置的人发出了这种无效的,也是自私的呼吁。上车的乘客正在拥上来,熙熙攘攘。到哪里都是熙熙攘攘。与我们的王府井相比,汉堡的街道上简直可以说是看不见人,而且市区的人口还在减少。岳之峰从飞机场来到X城火车站的时候吓了一跳——黑压压的人头,压迫得白雪不白,冬青也不绿了。难道是出了什么事情?一九四六年学生运动,人们集合在车站广场,准备拦车去南京请愿,也没有这么多人!岳之峰上大学的时候在北平,有一次他去逛故宫博物院,刚刚下午四点就看不见人影了,阴森森的大殿使他的后脊背冒凉气。他小跑着离开了故宫,上了拥挤的有轨电车才放心了一点。如果跑慢了,说不定珍妃会从井里钻出来把他拉下去哩!

但是现在,故宫南门和北门前买入场券的人排着长队。而且不是星期天。X城火车站前的人群令人晕眩。好像全中国有一半人要在春节前夕坐火车。到处都是团聚,相会,团圆饺子,团圆元宵,对于旧谊,对于别情,对于天伦之乐,对于故乡和童年的追寻。卖刚出屉的肉馅包子的,盖包子的白色棉褥子上尽是油污。卖烧饼、锅盔、油条、大饼的。卖整盒整盒的点心的。卖面包和饼干的。X车站和X城饮食服务公司倾全力到车站前露天售货。为了买两个烧饼也要挤出一身汗。岳之峰出了多少汗啊!他混饱了(环境和物质条件的急骤改变已使他分辨不出饥和饱了)肚子,又买到了去家乡的短途客车的票。找给钱的时候使他一怔,写的是一块二,怎么只收了六角呢?莫非是自己没有报清站名?他想再问一问,但是排在他后面的人已经占据了售票窗口前的有利阵地,他挤不回去了。

他怏怏地看着手中的火车票。火车票上黑体铅字印的是1.20元,但是又用双虚线勾上了两个占满票面的大字:陆角。这使他百思不得其解,简直像是一种生物学上的密码。"这是怎么回事?为什么我买一块二角的票她却给了我六角钱的?"他自言自语。他问别人。没有人回答他。等待上车的人大多是一些忙碌得可以原谅的利己主义者。

各种信息在他的头脑里撞击。黑压压的人群。遮盖热气腾腾的肉包子的油污的棉被。候车室里张贴着的大字通告:关于春节期间增添新车次的情况,和临时增添的新车次的时刻表。男女厕所门前排着等待小便的人的长队。陆角的双钩虚线。大包袱和小包袱,大篮筐和小篮筐,大提兜和小提兜……他得出了这最后一段行程会是艰难的结论。他有了思想准备。终于他从旅客们的闲谈中听到了"闷罐子车"这个词儿,他恍然了。人脑毕竟比电脑聪明得多。

上到列车上的时候,他有点垂头丧气。在二十世纪八十年代的第一个春节即将来临之时,正在梦寐以求地渴望实现四个现代化的人们,却还要坐瓦特和史蒂文森时代的闷罐子车!事实如此。事实就像宇宙,就像地球,华山和黄河,水和土,氢和氧,钛和铀。既不像想像那样温柔,也不像想像那么冷酷。不是么,闷罐子车里坐满了人,而且还在一个两个,十个二十个地往人与人的缝隙,分子与分子,原子与原子的空隙之中嵌进。奇迹般地难以思议,已经坐满了人的车厢里又增加了那么多人。没有人叫苦。

有人叫苦了:"这个箱子不能压。"一个包着头巾的抱着孩子的妇女试探着能不能坐到一只箱子上。"您到这边来,您到这边来。"岳之峰连忙站起身,把自己的靠边的位置让了出来。坐在靠边的地方,身子就能倚在车壁上,这就是最优越的"雅座"了。那女人有点不好意思。但终于抱着小孩子挪动了过来,她要费好大的力气才能不踩着别人。"谢谢您!"妇女用流利的北京话说。她抬起头。岳之峰好像看到一幅炭笔的素描。题目应该叫《微笑》。

叮铃叮铃的铃声响了,铁门又哐地一声关上了,是更深沉的黑夜。车外的暮色也正在浓重起来嘛。大骨架的女列车员点起了一支白蜡,把蜡烛放到了一个方形的玻璃罩子里。为什么不点油灯呢?大概是怕煤油摇洒出来。偌大车厢,就靠这一盏蜡烛照亮。些微的亮光,照得乘客变成了一个又一个的影子。车身又摇晃了,对面车壁上的方形的光斑又在迅速移动了。离家乡又近一些了。摘了帽子,又见到了儿子,父亲该可以瞑目了吧?不论是他的罪恶或者忏悔,不论是他的眼泪还是感激,也不论是他的狰狞丑恶还是老实善良,这一切都快要随着他的消失而云消雾散了。老一辈人正在一个又一个地走向河的那边。咚咚咚,噔噔噔,嘭嘭嘭,是在过桥了吗?联结着过去和未来,中国和外国,城市和乡村,此岸和彼岸的桥啊!

靠得很近的蜡灯把黑白分明的光辉和阴影印制在女列车员的脸上。女列车员像是一尊全身的神像。"旅客同志们,春节期间,客运拥挤,我们的票车①去支援长途……提高警惕……"她说得挺带劲,每吐出一个字就像拧紧了一个螺母。她有一种信心十足,指挥若定的气概,以小小的年纪,靠一支蜡烛的光亮,领导着一车的乌合之众。但是她的声音也淹没在轰轰轰,嗡嗡嗡,隆隆隆,不仅是七嘴八舌,而且是七十嘴八十舌的喧嚣里了。

自由市场。百货公司。香港电子石英表。豫剧片《卷席筒》。羊肉泡馍。醪糟蛋花。三接头皮鞋。三片瓦帽子。包产到组。收购大葱。中医治癌。差额选举。结婚筵席……在这些温暖的闲言碎语之中,岳

---

① 票车:铁路人员一般称客车为票车。

之峰轮流把体重从左腿转移到右腿,再从右腿转移到左腿。幸好人有两条腿,要不然,无依无靠地站立在人和物的密集之中,可真不好受。立锥之地,岳之峰现在对于这句成语才有了形象的理解。莫非古代也有这种拥挤的、没有座位和灯光的旅行车辆吗?但他给一个女同志让了"座位"。不,没有座,只有位。想不到她讲一口北京话。这使岳之峰兴致似乎高了一些。"谢谢","对不起",在国外到处是这种礼貌的用语。虽然有一个装着坚硬的铁器的麻袋正在挤压他右腿的小腿肚子,而另一个席地而坐的人的脊背干脆靠到了他的酸麻难忍的左腿上。

简直是神奇。不仅在慕尼黑的剧院里观看演出的时候,而且在北京,在研究所、部里和宾馆里,在二十三平方米的住房和一〇三和三三二路公共汽车上,他也想不到人们还要坐闷罐子车。这不是运货和运牲畜的车吗?倒霉!可又有什么倒霉的呢?咒骂是最容易不过的。咒骂闷罐子车比起制造新的美丽舒适的客运列车来,既省力又出风头。无所事事而又怨气冲天的人的口水,正在淹没着忍辱负重、埋头苦干的人的劳动。人们时而用高调,时而又用低调冲击着、替代着那些一件又一件,一天又一天,一年又一年地坚韧不拔的工作。

"给这种车坐,可真缺德!"

"你凑合着吧。过去,还没有铁路哩!"

"运兵都是用闷罐子车,要不,就暴露了。"

"要赶上拉肚子的就麻烦了,这种车上没有厕所。"

"并没有一个人拉到裤子里么。"

"有什么办法呢?每逢春节,有一亿多人要坐火车……"

黑暗中听到了这样一些交谈。岳之峰的心平静下来了。是的,这里曾经没有铁路,没有公路,连自行车走的路也没有。阔人骑毛驴,穷人靠两只脚。农民挑着一千五百个鸡蛋,从早晨天不亮出发,越过无数的丘陵和河谷,黄昏时候才能赶到 X 城。我亲爱的美丽而又贫瘠的土地!你也该富饶起来了吧?过往的记忆,已经像烟一样,雾一样地淡薄了,但总不会被彻底地忘却吧?历史,历史;现实,现实;理想,理想;哞——哞——咣气咣气……喀郎喀郎……沿着莱茵河的高速公路。山坡上的葡萄。暗绿色的河流。飞速旋转。

这不就是法兰克福的孩子们吗？男孩子和女孩子，黄眼睛和蓝眼睛，追逐着的，奔跑着的，跳跃着的，欢呼着的。喂食小鸟的，捧举鲜花的，吹响铜号的，扬起旗帜的。那欢乐的生命的声音。那友爱的动人的呐喊。那红的、粉的和白的玫瑰。那紫罗兰和蓝蓝的母忘我。

不。那不是法兰克福。那是西北高原的故乡。一株巨大的白丁香把花开在了屋顶的灰色的瓦瓴上。如雪，如玉，如飞溅的浪花。摘下一条碧绿的柳叶，卷成一个小筒，仰望着蓝天白云，吹一声尖厉的哨子。惊得两个小小的黄鹂飞起。挎上小篮，跟着大姐姐，去采撷灰灰菜。去掷石块，去追逐野兔，去捡鹌鹑的斑斓的彩蛋。连每一条小狗，每一只小猫，每一头牛犊和驴驹都在嬉戏。连每一根小草都在跳舞。

不，那不是西北高原。那是解放前的北平。华北局城工部（它的部长是刘仁同志）所属的学委组织了平津学生大联欢。营火晚会。"太阳下山明朝依旧爬上来……我的青春小鸟一样不回来"，"山上的荒地是什么人来开？地上的鲜花是什么人来栽？"一支又一支的歌曲激荡着年轻人的心。最后，大家发出了使国民党特务胆寒的强音："团结就是力量……让一切不民主的制度死亡！"信念和幸福永远不能分离。

不，那不是逝去了的，遥远的北平。那是解放了的，飘扬着五星红旗的首都。那是他青年时代的初恋，是第一次吹动他心扉的和煦的风。春节刚过，忽然，他觉察到了，风已经不那么冰冷，不那么严厉了。二月的风就带来了和暖的希望，带来了早春的消息。他跑到北海，冰还没有化哩。还没有什么游人哩。他摘下帽子，他解开上衣领下的第一个扣子。还是冬天吗？当然，还是冬天。然而是已经联结着春天的冬天，是冬与春的桥。有风为证，风已经不冷！风会愈来愈和煦，如醉，如酥……他欢迎着承受着别人仍然觉得凛冽，但是他已经为之雀跃的"春"风，小声叫着他悄悄地爱着的女孩子的名字。

那，那……那究竟是什么呢？是金鱼和田螺吗？是荸荠和草莓吗？是孵蛋的芦花鸡吗？是山泉，榆钱，返了青的麦苗和成双的燕子吗？他定了定神。那是春天，是生命，是青年时代。在我们的生活里，在我们每个人的心房里，在猎户星座和仙后星座里，在每一颗原子核，每一个质子、中子、介子里，不都包含着春天的力量，春天的声音吗？

他定了定神,揉了揉眼睛。分明是法兰克福的儿童在歌唱,当然,是德语,在欢快的童声合唱旁边,有一个顽强的、低哑的女声伴随着。

他再定了定神,再揉了揉眼睛,分明是在从 X 城到 N 地的闷罐子车上。在昏暗和喧嚣当中,他听到了德语的童声合唱,和低哑的,不熟练的,相当吃力的女声伴唱。

什么?一台录音机。在这个地方听起了录音。一支歌以后又是一支歌,然后是一个成人的歌。三支歌放完了,是叭啦叭啦的揿动键钮的声音,然后三支歌重新开始。顽强的,低哑的,不熟练的女声也重新开始。这声音盖过了一切喧嚣。

火车悠长的鸣笛。对面车壁上的移动着的方形光斑减慢了速度,加大了亮度。在昏暗中变成了一个个的影子的乘客们逐渐显出了立体化的形状和轮廓。车身一个大晃,又一个大晃,大概是通过了岔道。又到站了。咣——哧,铁门打开了,站台的聚光灯的强光照进了车厢。岳之峰看清楚了,录音机就放在那个抱小孩的妇女的膝头。开始下人和上人。录音机接受了女主人的指令,"叭"地一声,不唱了。

"这是……什么牌子的?"岳之峰问。

"三洋牌。这里人们开玩笑地叫它作'小山羊'。"妇女抬起头来,大大方方地回答。岳之峰仿佛看到了她的经历过风霜的,却仍然是年轻而又清秀的脸。

"从北京买的么?"岳之峰又问,不知为什么这么有兴趣。本来,他并不是一个饶舌的人。

"不,就从这里。"

这里?不知是指 X 城还是火车正在驶向的某一个更小的县镇。他盯着"三洋"商标。

"你在学外国歌吗?"岳之峰又问。

妇女不好意思地笑了,"不,我在学外国语。"她的笑容既谦逊,又高贵。

"德语吗?"

"噢,是的。我还没学好。"

"这都是些什么歌儿呀?"一个坐在岳之峰脚下的青年问。岳之峰的连续提问吸引了更多的人。

"它们是……《小鸟,你回来了》,《五月的轮转舞》和《第一株烟草花》,"女同志说,"欣梅尔——天空,福格尔——鸟儿,布鲁米——花朵……"她低声自语。

他们的话没有再继续下去。车厢里充满了的照旧是"别挤!""这个箱子不能坐!""别踩着孩子!""这边没有地方了!"……之类的喊叫。

"大家注意啦!"一个穿着民警服装的人上了车,手里拿着半导体扬声喇叭,一边喘着气一边宣布道:"刚才,前一节车厢里上去了两个坏蛋,混水摸鱼,流氓扒窃。有少数坏痞,专门到闷罐子车上偷东西。那两个坏蛋我们已经抓住了。希望各位旅客提高警惕,密切配合,向刑事犯罪分子作坚决的斗争。大家听清楚了没有?"

"听清楚了!"车上的乘客像小学生一样地齐声回答。

乘务警察满意地,匆匆地跳了下去,手提扩音喇叭,大概又到别的车厢作宣传去了。

岳之峰不由得也摸了摸自己携带的两个旅行包,摸了摸上衣的四个和裤子的三个口袋。一切都健在无恙。

车开了。经过了短暂的混乱之后,人们又已经各得其所,各就其位。各人说着各人的闲话,各人打着各人的瞌睡,各人嗑着各人的瓜子,各人抽着各人的烟。"小山羊"又响起来了,仍然是《小鸟,你回来了》,《五月的轮转舞》和《第一株烟草花》。她仍然在学着德语,仍然低声地歌唱着欣梅尔——天空,福格尔——鸟儿,和布鲁米——花朵。

她是谁?她年轻吗?抱着的是她的孩子吗?她在哪里工作?她是搞科学技术的吗?是夜大学的新学员吗?是"老三届"的毕业生吗?她为什么学德语学得这样起劲?她在追赶那失去了的时间吗?她做到了一分钟也不耽搁了吗?她有机会见到德国朋友或者到德国去或者已经到德国去过了吗?她是北京人还是本地人呢?她常常坐火车吗?有许多个问题想问啊。

"您听音乐吧。"她说。好像是在对他说。是的,三支歌曲以后,她没有揿键钮。在《第一株烟草花》后面,是约翰·斯特劳斯的《春之声圆舞曲》。闷罐子车正随着这春天的旋律而轻轻地摇摆着,熏熏地陶醉着,袅袅地前行着。

车到了岳之峰的家乡。小站,停车一分钟。响过了到站的铃,又立刻响起了发车的铃。岳之峰提着两个旅行包下了车。小站没有站台,闷罐子车又没有阶梯。每节车厢放着一个普通木梯,临时支上。岳之峰从这个简陋的木梯上终于下得地来。他长出了一口气。他向那位女同志道了再见。那位女同志也回答了他的再见。他有点依依不舍。他刚下车,还没等着验票出站,列车就开动了。他看到了闷罐子车的破烂寒伧的外表:有的地方已经掉了漆,灯光下显得白一块、花一块的。但是,下车以后他才注意到,火车头是蛮好的,火车头是崭新的、清洁的、轻便的内燃机车。内燃机车绿而显蓝,瓦特时代毕竟没有内燃机车。内燃机车拖着一长列闷罐子车向前奔驶。天上升起了月亮。车站四周是薄薄的一层白雪。天与雪都泛着连成一片的青光。可以看到远处墓地上的黑黑的、永远长不大的松树。有一点风。他走在了坑坑洼洼的故乡土地上。他转过头,想再多看一眼那一节装有小鸟、五月、烟草花和约翰·斯特劳斯的神秘的春之声的临时代用的闷罐子车。他好像从来还没有听过这么动人的歌。他觉得如今每个角落的生活都在出现转机,都是有趣的,有希望的和永远不应该忘怀的。春天的旋律,生活的密码,这是非常珍贵的。

(选自《王蒙小说报告文学选》,北京出版社1981年版)

【作者简介】

王蒙(1934~　),祖籍河北省南皮县,生于北京。在北京上小学、中学。1946年,与当时的中共地下党员建立了联系,并阅读了大量革命书籍,向往革命事业。14岁便加入中国共产党。解放后,从事青年团的工作。

1953年11月开始创作处女作、长篇小说《青春万岁》。1956年9月发表小说《组织部新来的青年人》,并因此被错划为"右派分子",受到不公正的批判。1958年至1962年,先在北京郊区劳动改造,后调至北京师院中文系任教。1963年10月举家迁往新疆,1979年迁回北京,平反并恢复名誉。1978年重返文坛后,发表的主要作品有短篇小说《最宝贵的》、《悠悠寸草心》、《春之声》、《海的梦》、《夜的眼》、《高原的风》、《来劲》等,中篇小说《布礼》、《蝴蝶》、《杂色》、《相见时难》、《名医梁有志传奇》、《淡灰色的眼珠》(系列小说《在伊犁》)等,长篇小说《青春万岁》、《活动变人形》、《恋爱的季节》、《失态的季节》、《踌躇的季节》、《狂欢的季节》、《青狐》、《尴尬风流》等;散文、杂文、随笔集《德美两国记行》、《橘黄色的梦》、《访苏心潮》、《永远的美丽》、《中国当代名人随笔·王蒙卷》《苏联祭》等;文论著作《当你拿起笔……》、《漫话小说创作》、《创作是一种燃烧》、《王蒙谈创作》、《文学的诱惑》、《风格散记》、《红楼启示录》、《王蒙王干对话录》等;《王蒙自传》(第一卷《半生多事》,第二卷《大块文章》,第三卷《九命七羊》)、《王蒙自述:我的人生哲学》、《一辈子的活法》(王蒙的人生历练)等;思想论著《老子的帮助》、《庄子的享受》、《庄子的奔腾》等。另有《王蒙代表作》、《王蒙选集》(4卷)、《王蒙文集》(10卷)、《王蒙文存》(23卷)。

【作品简析】

王蒙是新时期中文学探索、创新的勇士。20世纪70年代末80年代初,他率先借鉴西方意识流手法,创作发表了《布礼》、《夜的眼》、《春之声》、《海的梦》、《风筝飘带》、《蝴蝶》六篇作品,这些作品像一捆"集束手榴弹",对单一的传统文学模式实行了大爆破,从而开创了一个多元化的文学新局面。

《春之声》写的是一个工程物理学家岳之峰刚从西德考察归来、又坐闷罐子车回家探亲的一段经历和感受。作品由"哐"地一声闷罐子车的车门被关上写起,岳子峰的"意识"就开始流动了:由"车身在轻轻地颤抖","人们在轻轻地摇摆",岳之峰自然而然地想到童年的摇篮,想到故乡,想到故乡母亲的坟墓和正在走向坟墓的父亲,想到即将与家人团圆的新春佳节,以及过去因回家探望地主分子的父亲,在家住了四天而检讨了二十二年,他的心情是很沉重的。

作品没有像传统小说那样按照时间顺序去叙写岳之峰乘车回家的过程和见闻,而是着重表现他坐在闷罐子车中的意识流动。车厢里的拥挤和龌龊,旅客们天南海北地聊天,以及那位抱小孩的中年妇女打开三洋牌录音机学德语,都引发了岳之峰的种种联想:莱茵河畔的高速公路,法兰克福孩子们的鲜花与铜号,西北高原故乡的蓝天与白云、黄鹂与野兔,解放前夕平津学生大联欢的营火晚会,解放了的北京,飘扬的五星红旗,北海的春风以及他的初恋……从中国到外国,从城市到乡村,从现在到过去和未来,真可谓心游万仞,思接千载。《春之声》完全不同于传统的情节小说,它是依据着人物意识的流动,按照人物浮想联翩的心理轨迹而写出来的小说。这种小说突破了时空的限制,呈现出一种放射型的、跳跃式的结构,所以意识流小说又叫心理结构小说。

《春之声》的"意识流"不是像有些人所担心的那样是什么"瞎流"、"泥石流",而是既放得开,又收得拢。它是有一个中心点的,是有明确的思想指归的,那就是通过岳之峰坐在闷罐子车中的种种联想,作者要表现党的十一届三中全会之后生活中出现的转机,出现的春天的旋律的时代和人物心灵中的"春之声"。

《春之声》改变了传统小说从人物外貌、语言、动作来写人物的方法,直接深入到人物内心,运用人物内心独白以及人物对外界事物产生的感觉、联想、幻觉等心理活动,以"主观镜头"折射客观事物,将客观再现与主观表现统一起来,体现了王蒙既面向客观世界,也面向主观世界、面向人的心灵的创作思想。

从《春之声》的写作可以看出,王蒙在借鉴"意识流"手法的过程中,有自己的改造与创新。比如他作品中的"意识流"表现的不是阴暗的、病态的、绝望的心理,而是注意表现人的积极向上的人生意识;不是完全非理性的,而是在主题制约下的意识辐射和理性疏导下的意识流动。另外,他作品中的"意识流"并不完全排除情节和作者一定程度的介入。所以,王蒙的"意识流"又被称作是"东方意识流"或"意识流的东方化"。

(张学正)

受　戒[*]

汪曾祺

　　明海出家已经四年了。

　　他是十三岁来的。

　　这个地方的地名有点怪,叫庵赵庄。赵,是因为庄上大都姓赵。叫做庄,可是人家住得很分散,这里两三家,那里两三家。一出门,远远可以看到,走起来得走一会,因为没有大路,都是弯弯曲曲的田埂。庵,是因为有一个庵。庵叫菩提庵,可是大家叫讹了,叫成荸荠庵。连庵里的和尚也这样叫。"宝刹何处?"——"荸荠庵。"庵本来是住尼姑的。"和尚庙"、"尼姑庵"嘛。可是荸荠庵住的是和尚。也许因为荸荠庵不大,大者为庙,小者为庵。

　　明海在家叫小明子。他是从小就确定要出家的。他的家乡不叫"出家",叫"当和尚"。他的家乡出和尚。就像有的地方出劁猪的,有的地方出织席子的,有的地方出箍桶的,有的地方出弹棉花的,有的地方出画匠,有的地方出婊子,他的家乡出和尚。人家弟兄多,就派一个出去当和尚。当和尚也要通过关系,也有帮。这地方的和尚有的走得很远。有到杭州灵隐寺的、上海静安寺的、镇江金山寺的、扬州天宁寺的。一般的就在本县的寺庙。明海家田少,老大、老二、老三,就足够种的了。他是老四。他七岁那年,他当和尚的舅舅回家,他爹、他娘就和舅舅商议,决定叫他当和尚。他当时在旁边,觉得这实在是在情在理,没有理由反对。当和尚有很多好处。一是可以吃现成饭,哪个庙里都是管饭的;二是可以攒钱。只要学会了放瑜伽焰口,拜梁皇忏,可以按例

---

[*] 原载《北京文学》1980 年第 10 期。

分到辛苦钱。积攒起来,将来还俗娶亲也可以;不想还俗,买几亩田也可以。当和尚也不容易,一要面如朗月,二要声如钟磬,三要聪明记性好。他舅舅给他相了相面,叫他前走几步,后走几步,又叫他喊了一声赶牛打场的号子:"格当嘚——",说是"明子准能当个好和尚,我包了!"要当和尚,得下点本,——念几年书。哪有不认字的和尚呢!于是明子就开蒙入学,读了《三字经》、《百家姓》、《四言杂字》、《幼学琼林》、《上论、下论》、《上孟、下孟》,每天还写一张仿。村里都夸他字写得好,很黑。

舅舅按照约定的日期又回了家,带了一件他自己穿的和尚领的短衫,叫明子娘改小一点,给明子穿上。明子穿了这件和尚短衫,下身还是在家穿的紫花裤子,赤脚穿了一双新布鞋,跟他爹、他娘磕了一个头,就随舅舅走了。

他上学时起了个学名,叫明海。舅舅说,不用改了。于是"明海"就从学名变成了法名。

过了一个湖。好大一个湖!穿过一个县城。县城真热闹:官盐店,税务局,肉铺里挂着成边的猪,一个驴子在磨芝麻,满街都是小磨香油的香味,布店,卖茉莉粉、梳头油的什么斋,卖绒花的,卖丝线的,打把式卖膏药的,吹糖人的,耍蛇的……他什么都想看看。舅舅一劲地推他:"快走!快走!"

到了一个河边,有一只船在等着他们。船上有一个五十来岁的瘦长瘦长的大伯,船头蹲着一个跟明子差不多大的女孩子,在剥一个莲蓬吃。明子和舅舅坐到舱里,船就开了。

明子听见有人跟他说话,是那个女孩子。

"是你要到荸荠庵当和尚吗?"

明子点点头。

"当和尚要烧戒疤呕!你不怕?"

明子不知道怎么回答,就含含糊糊地摇了摇头。

"你叫什么?"

"明海。"

"在家的时候?"

"叫明子。"

"明子！我叫小英子！我们是邻居。我家挨着荸荠庵。——给你！"

小英子把吃剩的半个莲蓬扔给明海，小明子就剥开莲蓬壳，一颗一颗吃起来。

大伯一桨一桨地划着，只听见船桨泼水的声音：

"哗——许！哗——许！"

....

荸荠庵的地势很好，在一片高地上。这一带就数这片地高，当初建庵的人很会选地方。门前是一条河。门外是一片很大的打谷场。三面都是高大的柳树。山门里是一个穿堂。迎门供着弥勒佛。不知是哪一位名士撰写了一副对联：

大肚能容容天下难容之事
开颜一笑笑世间可笑之人

弥勒佛背后，是韦驮。过穿堂，是一个不小的天井，种着两棵白果树。天井两边各有三间厢房。走过天井，便是大殿，供着三世佛。佛像连龛才四尺来高。大殿东边是方丈，西边是库房。大殿东侧，有一个小小的六角门，白门绿字，刻着一副对联：

一花一世界
三藐三菩提

进门有一个狭长的天井，几块假山石，几盆花，有三间小房。

小和尚的日子清闲得很。一早起来，开山门，扫地。庵里的地铺的都是筹底方砖，好扫得很，给弥勒佛、韦驮烧一炷香，正殿的三世佛面前也烧一炷香，磕三个头，念三声"南无阿弥陀佛"，敲三声磬。这庵里的和尚不兴做什么早课、晚课，明子这三声磬就全都代替了。然后，挑水，喂猪。然后，等当家和尚，即明子的舅舅起来，教他念经。

教念经也跟教书一样,师父面前一本经,徒弟面前一本经,师父唱一句,徒弟跟着唱一句。是唱哎。舅舅一边唱,一边还用手在桌上拍板。一板一眼,拍得很响,就跟教唱戏一样。是跟教唱戏一样,完全一样哎。连用的名词都一样。舅舅说,念经:一要板眼准,二要合工尺。说:当一个好和尚,得有条好嗓子。说:民国十年闹大水,运河倒了堤,最后在清水潭合龙,因为大水淹死的人很多,放了一台大焰口,十三大师——十三个正座和尚,各大庙的方丈都来了,下面的和尚上百。谁当这个首座? 推来推去,还是石桥——善因寺的方丈! 他往上一坐,就跟地藏王菩萨一样,这就不用说了;那一声"开香赞",围看的上千人立时鸦雀无声。说:嗓子要练,夏练三伏,冬练三九,要练丹田气! 说:要吃得苦中苦,方为人上人! 说:和尚里也有状元、榜眼、探花! 要用心,不要贪玩! 舅舅这一番大法说得明海和尚实在是五体投地,于是就一板一眼地跟着舅舅唱起来:

"炉香乍爇——"
"炉香乍爇——"
"法界蒙薰——"
"法界蒙薰——"
"诸佛现金身……"
"诸佛现金身……"
…………

等明海学完了早经,——他晚上临睡前还要学一段,叫做晚经,——荸荠庵的师父们就都陆续起床了。

这庵里人口简单,一共六个人。连明海在内,五个和尚。

有一个老和尚,六十几了,是舅舅的师叔,法名普照,但是知道的人很少,因为很少人叫他法名,都称之为老和尚或老师父,明海叫他师爷爷。这是个很枯寂的人,一天关在房里,就是那"一花一世界"里。也看不见他念佛,只是那么一声不响地坐着。他是吃斋的,过年时除外。

下面就是师兄弟三个,仁字排行:仁山、仁海、仁渡。庵里庵外,有的称他们为大师父、二师父；有的称之为山师父、海师父。只有仁渡，没有叫他"渡师父"的，因为听起来不像话，大都直呼之为仁渡。他也只配如此，因为他还年轻，才二十多岁。

仁山，即明子的舅舅，是当家的。不叫"方丈"，也不叫"住持"，却叫"当家的"，是很有道理的，因为他确确实实干的是当家的职务。他屋里摆的是一张账桌，桌子上放的是账簿和算盘。账簿共有三本。一本是经账，一本是租账，一本是债账。和尚要做法事，做法事要收钱，——要不，当和尚干什么？常做的法事是放焰口。正规的焰口是十个人。一个正座，一个敲鼓的，两边一边四个。人少了，八个，一边三个，也凑合了。荸荠庵只有四个和尚，要放整焰口就得和别的庙里合伙。这样的时候也有过。通常只是放半台焰口。一个正座，一个敲鼓，另外一边一个。一来找别的庙里合伙费事；二来这一带放得起整焰口的人家也不多。有的时候，谁家死了人，就只请两个，甚至一个和尚咕噜咕噜念一通经，敲打几声法器就算完事。很多人家的经钱不是当时就给，往往要等秋后才还。这就得记账。另外，和尚放焰口的辛苦钱不是一样的。就像唱戏一样，有份子。正座第一份。因为他要领唱，而且还要独唱。当中有一大段"叹骷髅"，别的和尚都放下法器休息，只有首座一个人有板有眼地慢声吟唱。第二份是敲鼓的。你以为这容易呀？哼，单是一开头的"发擂"，手上没功夫就敲不出迟疾顿挫！其余的，就一样了。这也得记上：某月某日，谁家焰口半台，谁正座，谁敲鼓……省得到年底结账时赌咒骂娘。……这庵里有几十亩庙产，租给人种，到时候要收租。庵里还放债。租、债一向倒很少亏欠，因为租佃借钱的人怕菩萨不高兴。这三本账就够仁山忙的了。另外香烛灯火、油盐"福食"，这也是随时记记账呀。除了账簿之外，山师父的方丈的墙上还挂着一块水牌，上漆四个红字："勤笔免思"。

仁山所说当一个好和尚的三个条件，他自己其实一条也不具备。他的相貌只要用两个字就说清楚了：黄，胖。声音也不像钟磬，倒像母猪。聪明么？难说，打牌老输。他在庵里从不穿袈裟，连海青直裰也免了。经常是披着件短僧衣，袒露着一个黄色的肚子。下面是光脚踏拉着一双僧鞋，——新鞋他也是踏拉着。他一天就是这样不衫不履地这

601

里走走,那里走走,发出母猪一样的声音:"哼——哼——"。

二师父仁海。他是有老婆的。他老婆每年夏秋之间来住几个月,因为庵里凉快。庵里有六个人,其中之一,就是这位和尚的家眷。仁山、仁渡叫她嫂子,明海叫她师娘。这两口子都很爱干净,整天的洗涮。傍晚的时候,坐在天井里乘凉。白天,闷在屋里不出来。

三师父是个很聪明精干的人。有时一笔账大师兄扒了半天算盘也算不清,他眼珠子转两转,早算得一清二楚。他打牌赢的时候多,二三十张牌落地,上下家手里有些什么牌,他就差不多都知道了。他打牌时,总有人爱在他后面看歪头胡。谁家约他打牌,就说:"想送两个钱给你。"他不但经忏俱通(小庙的和尚能够拜忏的不多),而且身怀绝技,会"飞铙"。七月间有些地方做盂兰会,在旷地上放大焰口,几十个和尚,穿绣花袈裟,飞铙。飞铙就是把十多斤重的大铙钹飞起来。到了一定的时候,全部法器皆停,只几十副大铙紧张急促地敲起来。忽然起手,大铙向半空中飞去,一面飞,一面旋转。然后,又落下来,接住。接住不是平平常常地接住,有各种架势,"犀牛望月"、"苏秦背剑"……这哪是念经,这是耍杂技,也许是地藏王菩萨爱看这个,但真正因此快乐起来的是人,尤其是妇女和孩子。这是年轻漂亮的和尚出风头的机会。一场大焰口过后,也像一个好戏班子过后一样,会有一个两个大姑娘、小媳妇失踪,——跟和尚跑了。他还会放"花焰口"。有的人家,亲戚中多风流子弟,在不是很哀伤的佛事——如做冥寿时,就会提出放花焰口。所谓"花焰口"就是在正焰口之后,叫和尚唱小调,拉丝弦,吹管笛,敲鼓板,而且可以点唱。仁渡一个人可以唱一夜不重头。仁渡前几年一直在外面,近二年才常住在庵里。据说他有相好的,而且不止一个。他平常可是很规矩,看到姑娘媳妇总是老老实实的,连一句玩笑话都不说,一句小调山歌都不唱。有一回,在打谷场上乘凉的时候,一伙人把他围起来,非叫他唱两个不可。他却情不过,说:"好,唱一个。不唱家乡的。家乡的你们都熟。唱个安徽的。"

    姐和小郎打大麦,
     一转子讲得听不得。

听不得就听不得,
打完了大麦打小麦。

唱完了,大家还嫌不够,他就又唱了一个:

姐儿生得漂漂的,
两个奶子翘翘的。
有心上去摸一把,
心里有点跳跳的。
············

这个庵里无所谓清规,连这两个字也没人提起。

仁山吃水烟,连出门做法事也带着他的水烟袋。

他们经常打牌。这是个打牌的好地方。把大殿上吃饭的方桌往门口一搭,斜放着,就是牌桌。桌子一放好,仁山就从他的方丈里把筹码拿出来,哗啦一声倒在桌上。斗纸牌的时候多,搓麻将的时候少。牌客除了师兄弟三人,常来的是一个收鸭毛的,一个打兔子兼偷鸡的,都是正经人。收鸭毛的担一副竹筐,串乡串镇,拉长了沙哑的声音喊叫:

"鸭毛卖钱——!"

偷鸡的有一件家什——铜蜻蜓。看准了一只老母鸡,把铜蜻蜓一丢,鸡婆子上去就是一口。这一啄,铜蜻蜓的硬簧绷开,鸡嘴撑住了,叫不出来了。正在这鸡十分纳闷的时候,上去一把薅住。

明子曾经跟这位正经人要过铜蜻蜓看看。他拿到小英子家门前试了一试,果然! 小英的娘知道了,骂明子:

"要死了! 儿子! 你怎么到我家来玩铜蜻蜓了!"

小英子跑过来:

"给我! 给我!"

她也试了试,真灵,一个黑母鸡一下子就把嘴撑住,傻了眼了!

下雨阴天,这二位就光临荸荠庵,消磨一天。

有时没有外客,就把老师叔也拉出来,打牌的结局,大都是当家和尚气得鼓鼓的:"×妈妈的!又输了!下回不来了!"

他们吃肉不瞒人。年下也杀猪。杀猪就在大殿上。一切都和在家人一样,开水、木桶、尖刀。捆猪的时候,猪也是没命地叫。跟在家人不同的,是多一道仪式,要给即将升天的猪念一道"往生咒",并且总是老师叔念,神情很庄重:

"……一切胎生、卵生、息生,来从虚空来,还归虚空去。往生再世,皆当欢喜。南无阿弥陀佛!"

三师父仁渡一刀子下去,鲜红的猪血就带着很多沫子喷出来。

....

明子老往小英子家里跑。

小英子的家像一个小岛,三面都是河,西面有一条小路通到荸荠庵。独门独户,岛上只有这一家。岛上有六棵大桑树,夏天都结大桑葚,三棵结白的,三棵结紫的;一个菜园子,瓜豆蔬菜,四时不缺。院墙下半截是砖砌的,上半截是泥夯的。大门是桐油油过的,贴着一副万年红的春联:

　　向阳门第春常在
　　积善人家庆有余

门里是一个很宽的院子。院子里一边是牛屋、碓棚;一边是猪圈、鸡窠,还有个关鸭子的栅栏。露天地放着一具石磨。正北面是住房,也是砖基土筑,上面盖的一半是瓦,一半是草。房子翻修了才三年,木料还露着白茬。正中是堂屋,家神菩萨的画像上贴的金还没有发黑。两边是卧房。隔扇窗上各嵌了一块一尺见方的玻璃,明亮亮的,——这在乡下是不多见的。房檐下一边种着一棵石榴树,一边种着一棵栀子花,都齐房檐高了。夏天开了花,一红一白,好看得很。栀子花香得冲鼻子。顶风的时候,在荸荠庵都闻得见。

这家人口不多。他家当然是姓赵。一共四口人:赵大伯、赵大妈,两个女儿,大英子、小英子。老两口没有儿子。因为这些年人不得病,牛不生灾,也没有大旱大水闹蝗虫,日子过得很兴旺。他们家自己有田,本来够吃的了,又租种了庵上的十亩田。自己的田里,一亩种了荸荠,——这一半是小英子的主意,她爱吃荸荠,一亩种了茨菇。家里喂了一大群鸡鸭,单是鸡蛋鸭毛就够一年的油盐了。赵大伯是个能干人。他是一个"全把式",不但田里场上样样精通,还会罩鱼、洗磨、凿砻、修水库、修船、砌墙、烧砖、箍桶、劈篾、绞麻绳。他不咳嗽,不腰疼,结结实实,像一棵榆树。人很和气,一天不声不响。赵大伯是一棵摇钱树,赵大娘就是个聚宝盆。大娘精神得出奇。五十岁了,两个眼睛还是清亮亮的。不论什么时候,头都是梳得滑溜溜的,身上衣服都是格挣挣的。像老头子一样,她一天不闲着。煮猪食,喂猪,腌咸菜,她腌的咸萝卜干非常好吃,舂粉子,磨小豆腐,编蓑衣,织芦筐。

她还会剪花样子。这里嫁闺女,陪嫁妆,瓷坛子、锡罐子,都要用梅红纸剪出吉祥花样,贴在上面,讨个吉利,也才好看:"丹凤朝阳"呀、"白头到老"呀、"子孙万代"呀、"福寿绵长"呀。二三十里的人家都来请她:"大娘,好日子是十六,你哪天去呀?"——"十五。我一大清早就来!"

"一定呀!"——"一定!一定!"

两个女儿,长得跟她娘像一个模子里托出来的。眼睛长得尤其像,白眼珠鸭蛋青,黑眼珠棋子黑,定神时如清水,闪动时像星星。浑身上下,头是头,脚是脚。头发滑溜溜的,衣服格挣挣的。——这里的风俗,十五六岁的姑娘就都梳上头了。这两个丫头,这一头的好头发!通红的发根,雪白的簪子!娘女三个去赶集,一集的人都朝她们望。

姐妹俩长得很像,性格不同。大姑娘很文静,话很少,像父亲。小英子比她娘还会说,一天咭咭呱呱地不停。大姐说:

"你一天到晚咭咭呱呱——"

"像个喜鹊!"

"你自己说的!——吵得人心乱!"

"心乱?"

"心乱!"

"你心乱怪我呀!"

二姑娘话里有话。大英子已经有了人家。小人她偷偷地看过,人很敦厚,也不难看,家道也殷实,她满意。已经下过小定,日子还没有定下来。她这二年,很少出房门,整天赶她的嫁妆。大裁大剪,她都会。挑花绣花,不如娘。她可又嫌娘出的样子太老了。她到城里看过新娘子,说人家现在绣的都是活花活草。这可把娘难住了。最后是喜鹊忽然一拍屁股:"我给你保举一个人!"

这人是谁?是明子,明子念"上孟下孟"的时候,不知怎么得了半套《芥子园》,他喜欢得很。到了荸荠庵,他还常翻出来看,有时还把旧账簿子翻过来,照着描。小英子说:

"他会画!画得跟活的一样!"

小英子把明海请到家里来,给他磨墨铺纸,小和尚画了几张,大英子喜欢得了不得:

"就是这样!就是这样!这就可以乱孱!"——所谓"乱孱"是绣花的一种针法:绣了第一层,第二层的针脚插进第一层的针缝,这样颜色就可由深到淡,不露痕迹,不像娘那一代绣的花是平针,深浅之间,界限分明,一道一道的。小英子就像个书僮,又像个参谋:

"画一朵石榴花!"

"画一朵栀子花!"

她把花掐来,明海就照着画。

到后来,凤仙花、石竹子、水蓼、淡竹叶、天竺果子、腊梅花,他都能画。

大娘看着也喜欢,按住明海的和尚头:

"你真聪明!你给我当一个干儿子吧!"

小英子捺住他的肩膀,说:

"快叫!快叫!"

小明子跪在地上磕了一个头,从此就叫小英子的娘做干娘。

大英子绣的三双鞋,三十里方圆都传遍了。很多姑娘都走路坐船来看。看完了,就说:"啧啧啧,真好看!这哪是绣的,这是一朵鲜花!"她们就拿了纸来央大娘求了小和尚来画。有求画帐檐的,有求画门帘飘带的,有求画鞋头花的。每回明子来画花,小英子就给他做点好吃的,煮两个鸡蛋,蒸一碗芋头,煎几个藕团子。

因为照顾姐姐赶嫁妆,田里的零碎生活小英子就全包了。她的帮手,是明子。

这地方的忙活是栽秧、车高田水、薅头遍草,再就是割稻子、打场了。这几茬重活,自己一家是忙不过来的。这地方兴换工。排好了日期,几家顾一家,轮流转。不收工钱,但是吃好的。一天吃六顿,两头见肉,顿顿有酒。干活时,敲着锣鼓,唱着歌,热闹得很。其余的时候,各顾各,不显得紧张。

薅三遍草的时候,秧已经很高了,低下头看不见人。一听见非常脆亮的嗓子在一片浓绿里唱:

　　栀子哎开花哎六瓣头哎……
　　姐家哎门前哎一道桥哎……

明海就知道小英子在哪里,三步两步就赶到,赶到就低头薅起草来。傍晚牵牛"打汪",是明子的事。——水牛怕蚊子。这里的习惯,牛卸了轭,饮了水,就牵到一口和好泥水的"汪"里,由它自己打滚扑腾,弄得全身都是泥浆,这样蚊子就咬不透了。低田上水,只要一挂十四轧的水车,两个人车半天就够了。明子和小英子就伏在车杠上,不紧不慢地踩着车轴上的拐子,轻轻地唱着明海向三师父学来的各处山歌。打场的时候,明子能替赵大伯一会,让他回家吃饭。——赵家自己没有场,每年都在荸荠庵外面的场上打谷子。他一扬鞭子,喊起了打场号子:

"格当嘚——"

这打场号子有音无字,可是九转十三弯,比什么山歌号子都好听。赵大娘在家,听见明子的号子,就侧起耳朵:

"这孩子这条嗓子!"

连大英子也停下针线:

"真好听!"

小英子非常骄傲地说:

"一十三省数第一!"

晚上,他们一起看场。——荸荠庵收来的租稻也晒在场上。他们并肩坐在一个石磙子上,听青蛙打鼓,听寒蛇唱歌,——这个地方以为蝼蛄叫是蚯蚓叫,而且叫蚯蚓叫"寒蛇",听纺纱婆子不停地纺纱,"吵——",看萤火虫飞来飞去,看天上的流星。

"呀!我忘了在裤带上打一个结!"小英子说。

这里的人相信,在流星掉下来的时候在裤带上打一个结,心里想什么好事,就能如愿。

....

"捏"荸荠,这是小英子最爱干的生活。秋天过去了,地净场光,荸荠的叶子枯了,——荸荠的笔直的小葱一样的圆叶子里是一格一格的,用手一捋,哗哗地响,小英子最爱捋着玩,——荸荠藏在烂泥里。赤了脚,在凉浸浸滑溜溜的泥里踩着,——哎,一个硬疙瘩!伸手下去,一个红紫红紫的荸荠。她自己爱干这生活,还拉了明子一起去。她老是故意用自己的光脚去踩明子的脚。

她挎着一篮子荸荠回去了,在柔软的田埂上留了一串脚印。明海看着她的脚印,傻了。五个小小的趾头,脚掌平平的,脚跟细细的,脚弓部分缺了一块。明海身上有一种从来没有过的感觉,他觉得心里痒痒的。这一串美丽的脚印把小和尚的心搞乱了。

....

明子常搭赵家的船进城,给庵里买香烛,买油盐。闲时是赵大伯划船;忙时是小英子去,划船的是明子。

从庵赵庄到县城,当中要经过一片很大的芦花荡子。芦苇长得密密的,当中一条水路,四边不见人。划到这里,明子总是无端端地觉得心里很紧张,他就使劲地划桨。

小英子喊起来:

"明子!明子!你怎么啦?你发疯啦?为什么划得这么快?"

....

明海到善因寺去受戒。

"你真的要去烧戒疤呀?"

"真的。"

"好好的头皮上烧八个洞,那不疼死啦?"

"咬咬牙,舅舅说这是当和尚的一大关,总要过的。"

"不受戒不行吗?"

"不受戒的是野和尚。"

"受了戒有啥好处?"

"受了戒就可以到处云游、逢寺挂褡。"

"什么叫'挂褡'?"

"就是在庙里住。有斋就吃。"

"不把钱?"

"不把钱。有法事,还得先尽外来的师父。"

"怪不得都说'远来的和尚会念经'。就凭头上这几个戒疤?"

"还要有一份戒牒。"

"闹半天,受戒就是领一张和尚的合格文凭呀!"

"就是!"

"我划船送你去。"

"好。"

小英子早早就把船划到荸荠庵门前。不知是什么道理,她兴奋得很。她充满了好奇心,想去看看善因寺这座大庙,看看受戒是个啥样子。

善因寺是全县第一大庙,在东门外,面临一条水很深的护城河,三面都是大树,寺在树林子里,远处只能隐隐约约看到一点金碧辉煌的屋顶,不知道有多大。树上到处挂着"谨防恶犬"的牌子。这寺里的狗出名的厉害。平常不大有人进去。放戒期间,任人游看,恶狗都锁起来了。

好大一座庙!庙门的门坎比小英子的胳膝都高。迎门矗着两块大牌,一边一块,一块写着斗大两个大字:"放戒",一块是:"禁止喧哗"。这庙里果然是气象庄严,到了这里谁也不敢大声咳嗽。明海自去报名办事,小英子就到处看看。好家伙,这哼哈二将、四大天王,有三丈多高,都是簇新的,才装修了不久。天井有二亩地大,铺着青石,种着苍松翠柏。"大雄宝殿",这才真是个"大殿"!一进去,凉飕飕的。到处都是金光耀眼。释迦牟尼佛坐在一个莲花座上。单是莲座,就比小英子还高。抬起头来也看不全他的脸,只看到一个微微闭着的嘴唇和胖墩墩的下巴。两边的两根大红蜡烛,一搂多粗。佛像前的大供桌上供着鲜花、绒花、绢花,还有珊瑚树、玉如意、整棵的大象牙。香炉里烧着檀香。小英子出了庙,闻着自己的衣服都是香的。挂了好些幡。这些幡不知是什么缎子的,那么厚重,绣的花真细。这么大一口磬,里头能装五担水!这么大一个木鱼,有一头牛大,漆得通红的。她又去转了转罗汉堂;爬到千佛楼上看了看。真有一千个小佛!她还跟着一些人去看了看藏经楼。藏经楼没有什么看头,都是经书!好吧!逛了这么一圈,腿都酸了。小英子想起还要给家里打油,替姐姐配丝线,给娘买鞋面布,给自己买两个坠围裙飘带的银蝴蝶,给爹买旱烟,就出庙了。

等把事情办齐,晌午了。她又到庙里看了看,和尚正在吃粥。好大一个"膳堂",坐得下八百个和尚。吃粥也有这样多讲究:正面法座上摆着两个锡胆瓶,里面插着红绒花,后面盘膝坐着一个穿了大红满金绣袈裟的和尚,手里拿了戒尺。这戒尺是要打人的。哪个和尚吃粥吃出了声音,他下来就是一戒尺。不过他并不真的打人,只是做个样子。真稀奇,那么多的和尚吃粥,竟然不出一点声音!她看见明子也坐在里面,想跟他打个招呼又不好打。想了想,管他禁止不禁止喧哗,就大声喊了一句:"我走啦!"她看见明子目不斜视地微微点了点头,就不管很多人都朝自己看,大摇大摆地走了。

第四天一大清早小英子就去看明子。她知道明子受戒是第三天半夜,——烧戒疤是不许人看的。她知道要请老剃头师傅剃头,要剃得横摸顺摸都摸不出头发茬子,要不然一烧,就会"走"了戒,烧成了一片。她知道是用枣泥子先点在头皮上,然后用香头子点着。她知道烧了戒疤就喝一碗蘑菇汤,让它"发",还不能躺下,要不停地走动,叫做"散戒"。这些都是明子告诉她的。明子是听舅舅说的。

她一看,和尚真在那里"散戒",在城墙根底下的荒地里。一个一个,穿了新海青,光光的头皮上都有八个黑点子。——这黑疤掉了,才会露出白白的、圆圆的"戒疤"。和尚都笑嘻嘻的,好像很高兴。她一眼就看见了明子。隔着一条护城河,就喊他:

"明子!"

"小英子!"

"你受了戒啦?"

"受了。"

"疼吗?"

"疼。"

"现在还疼吗?"

"现在疼过去了。"

"你哪天回去?"

"后天。"

"上午？下午？"

"下午。"

"我来接你！"

"好！"

…………

小英子把明海接上船。

小英子这天穿了一件细白夏布上衣,下边是黑洋纱的裤子,赤脚穿了一双龙须草的细草鞋,头上一边插着一朵栀子花,一边插着一朵石榴花。她看见明子穿了新海青,里面露出短褂子的白领子,就说:"把你那外面的一件脱了,你不热呀！"

他们一人一把桨。小英子在中舱,明子扳艄,在船尾。

她一路问了明子很多话,好像一年没有看见了。

她问,烧戒疤的时候,有人哭吗？喊吗？

明子说,没有人哭。有个山东和尚骂人:

"俺日你奶奶！俺不烧了！"

她问善因寺的方丈石桥是相貌和声音都很出众吗？

"是的。"

"说他的方丈比小姐的绣房还讲究？"

"讲究。什么东西都是绣花的。"

"他屋里很香？"

"很香。他烧的是伽楠香,贵得很。"

"听说他会做诗,会画画,会写字？"

"会。庙里走廊两头的砖额上,都刻着他写的大字。"

"他是有个小老婆吗?"

"有一个。"

"才十几岁?"

"听说。"

"好看吗?"

"都说好看。"

"你没看见?"

"我怎么会看见?我关在庙里。"

明子告诉她,善因寺一个老和尚告诉他,寺里有意选他当沙弥尾,不过还没有定,要等主事的和尚商议。

"什么叫'沙弥尾'?"

"放一堂戒,要选出一个沙弥头,一个沙弥尾。沙弥头要老成,要会念很多经。沙弥尾要年轻,聪明,相貌好。"

"当了沙弥尾跟别的和尚有什么不同?"

"沙弥头,沙弥尾,将来都能当方丈。现在的方丈退居了,就当。石桥原来就是沙弥尾。"

"你当沙弥尾吗?"

"还不一定哪。"

"你当方丈,管善因寺?管这么大一个庙?!"

"还早呐!"

划了一气,小英子说:"你不要当方丈!"

"好,不当。"

"你也不要当沙弥尾!"

"好,不当。"

又划了一气,看见那一片芦花荡子了。

小英子忽然把桨放下,走到船尾,趴在明子的耳朵旁边,小声地说:

"我给你当老婆,你要不要?"

明子的眼睛鼓得大大的。

"你说话呀!"

明子说:"嗯。"

"什么叫'嗯'呀!要不要,要不要?"

明子大声地说:"要!"

"你喊什么!"

明子小小声说:"要——!"

"快点划!"

英子跳到中舱,两只桨飞快地划起来,划进了芦花荡。

芦花才吐新穗,紫灰色的芦穗,发着银光,软软的,滑溜溜的,像一串丝线。有的地方结了蒲棒,通红的,像一枝一枝小蜡烛。青浮萍,紫浮萍,长脚蚊子,水蜘蛛。野菱角开着四瓣的小白花。惊起一只青桩(一种水鸟),擦着芦穗,扑鲁鲁鲁飞远了。

....

一九八〇年八月十二日,写四十三年前的一个梦。

(选自《汪曾祺短篇小说选》,北京出版社1982年版)

【作者简介】

汪曾祺(1922~1997),江苏高邮人。1939年考入昆明西南联大中国文学系,在大学学习期间深受沈从文的影响,于20世纪40年代初开始发表作品,主要写短篇小说、散文、戏曲剧本及评论。解放前曾出版短篇小说集《邂逅集》。新时期以来创作的小说《受戒》、《大淖记事》等受到好评,其中短篇小说《大淖记事》获1981年全国优秀短篇小说奖。曾任北京京剧院编剧。汪曾祺善于描写富有情趣的地方风习和世态人情,作品故事性不强,散文式的笔致洒脱、明净,给人以美的享受。作品集有《汪曾祺短篇小说选》、《汪曾祺自选集》、《汪曾祺文集》、《汪曾祺全集》等。

【作品简析】

《受戒》是汪曾祺的一篇民俗小说。和他的《大淖记事》等一样,作家在对自己故乡旧事的抒情描写中,着意渲染田园水乡的风物、习俗和人情之美,从而构造出一种美好的人生环境和人生境界。小说以明丽动人的笔调描绘了一段少男少女的纯真爱情,为读者展现出一个独特的"法外之地"——荸荠庵。这里是佛门,却没有佛门的清规、佛法,和尚可以唱情歌、娶媳妇,像常人一样追求人情、追求爱。小和尚明海和小英子之间,更由天真无邪的孩提情谊发展为纯洁真挚的爱情。作品充满了浓郁的人情味和健康的人性美。然而作家申明,《受戒》是"写四十三年前的一个梦",他笔下的一切实在是表达了一种希望,一种向往,一种对自由、对健康的现实的人性与人情的肯定和赞美。从这个意义上讲,这篇小说是对中国历史和现实中那些束缚人性、限制自由的生活与文化传统的否定和批判,也正是在这个意义上,《受戒》是新时期文坛上较早出现的"民俗派"的文化寻根作品。

洒脱自如的散文笔法是这篇小说艺术表现上的最大特色。它不讲究情节、故事,而着意捕捉人物心灵外化的神情、动作、话语,以极简练传神的笔墨揭示人物的感情世界,勾勒人物的音容笑貌。整个作品格调清新明快,感情真率自然,朴素而有光彩,空灵而又蕴藉,充盈着诗的韵律和美感,显示了这位老作家独特的美学追求和深厚的艺术功力。

(张志英)

高女人和她的矮丈夫[*]

冯骥才

一

你家院里有棵小树,树干光溜溜,早瞧惯了,可是有一天它忽然变得七扭八弯,愈看愈别扭。但日子一久,你就看顺眼了,仿佛它本来就应该是这样子。如果某一天,它忽然重新变直,你又会觉得说不出多么不舒服。它单调、乏味、简易,像根棍子!其实,它不过恢复最初的模样,你何以又别扭起来?

这是习惯吗?嘿,你可别小看了"习惯"!世界万事万物中,它无所不在。别看它不是必须恪守的法定规条,惹上它照旧叫你麻烦和倒霉。不过,你也别埋怨给它死死捆着,有时你也会不知不觉地遵从它的规范。比如说:你敢在上级面前喧宾夺主地大声大气说话吗?你能在老者面前放肆地发表自己的主见吗?在合影时,你能叫名人站在一旁,你却大模大样站在中间放开笑颜?不能,当然不能。甭说这些,你娶老婆,敢娶一个比你年长十岁,比你块头大,或者比你高一头的吗?你先别拿空话呛火,眼前就有这么一对——

二

她比他高十七厘米。

她身高一米七五,在女人们中间算做鹤立鸡群了;她丈夫只有一米五八,上大学时绰号"武大郎"。他和她的耳垂儿一般齐,看上去却好像

---

[*] 原载《上海文学》1982 年第 5 期。

差两头!

再说他俩的模样:这女人长得又干、又瘦、又扁,脸盘像没上漆的乒乓球拍儿。五官还算勉强看得过去,却又小又平,好似浅浮雕;胸脯毫不隆起,腰板细长僵直,臀部瘪下去,活像一块硬挺挺的搓板。她的丈夫却像一根短粗的橡皮滚儿:饱满,结实,发亮;身上的一切——小腿啦,脚背啦,嘴巴啦,鼻头啦,手指肚儿啦,好像都是些溜圆而有弹性的小肉球。他的皮肤柔细光滑,有如质地优良的薄皮子,过剩的油脂就在这皮肤下闪出光亮,充分的血液就从这皮肤里透出鲜美微红的血色。他的眼睛简直像一对电压充足的小灯泡。他妻子的眼睛可就像一对糊里糊涂的玻璃球儿了。两人在一起,没有谐调,只有对比。可是他俩还总在一起,形影不离。

有一次,他们邻居一家吃团圆饭时,这家的老爷子酒喝多了,乘兴把桌上的一个细长的空酒瓶和一罐矮墩墩的猪肉罐头摆在一起,问全家人:"你们猜这像嘛?"他不等别人猜破就公布谜底,"就是楼下那高女人和她的矮爷儿们!"

全家人轰然大笑,一直笑到饭后闲谈时。

他俩究竟是怎么凑成一对的?

这早就是团结大楼几十户住家所关注的问题了。自从他俩结婚时搬进这大楼,楼里的老住户无不投以好奇莫解的目光。不过,有人爱把问号留在肚子里,有人忍不住要说出来罢了。多嘴多舌的人便议论纷纷。尤其是下雨天气,他俩出门,总是那高女人打伞。如果有什么东西掉在地上,矮男人去拾便是最方便了。大楼里一些闲得没事儿的婆娘们,就对着他俩这不相称的背影指指划划。难禁的笑声,憋在喉咙里咕咕作响。大人的无聊最能纵使孩子们的恶作剧。有些孩子一见到他俩就哄笑,叫喊着:"扁担长,板凳宽……"他俩闻如未闻,对孩子们的哄闹从不发火,也不搭理。可能为此,也就与大楼里的人们一直保持着相当冷淡的关系。少数不爱管闲事的人,上下班碰到他们时,最多也只是点点头,打一下招呼而已。这便使真正对他俩感兴趣的人,很难再多知道一些什么。比如,他俩的关系如何?为什么结合一起?谁将就谁?没有正式答案,只有靠瞎猜了。

这是座旧式的公寓大楼,房间的间量很大,向阳而明亮,走道又宽又黑。楼外是个很大的院子,院门口有间小门房。门房里也住了一户,户主是个裁缝。裁缝为人老实;裁缝的老婆却是个精力充裕、走家串户、专好说长道短的女人,最喜欢刺探别人家里的私事和隐秘。这大楼里家家的夫妻关系、姑嫂纠纷、做事勤懒、工资多少,她都一清二楚。凡她没弄清楚的事情,就要千方百计地打听到;这种求知欲能使愚顽成才。她这方面的本领更是超乎常人,甭说察言观色,能窥见人们藏在心里的念头;单靠嗅觉,就能知道谁家常吃肉,由此推算出这家的收入状况。不知为什么,六十年代以来,处处居民住地,都有这样一类人被吸收为"街道积极分子",使得他们的能力、兴趣和对别人的干涉欲望合法化并得到发挥。看来,造物者真的不会荒废每一个人才的。

尽管裁缝老婆能耐,她却无法获知这对天天从眼前走来走去的怪夫妻结合的缘由。这使她很苦恼,好像她的才干遇到了有力的挑战。但她凭着经验,苦苦琢磨,终于想出一条最能说服人的道理:夫妻俩中,必定一方有某种生理缺陷。否则谁也不会找一个比自己身高逆差一头的对象。她的根据很可靠:这对夫妻结婚三年还没有孩子呢!于是团结大楼的人都相信裁缝老婆这一聪明的判断。

事实向来不给任何人留情面,它打败了裁缝老婆!高女人怀孕了。人们的眼睛不断地瞥向高女人渐渐凸出来的肚子。这肚子由于离地较高而十分明显。不管人们惊奇也好,质疑也好,困惑也好,高女人的孩子呱呱堕地了。每逢大太阳或下雨天气,两口子出门,高女人抱着孩子,打伞的事就落到矮男人身上。人们看他迈着滚圆的小腿、半举着伞儿、紧紧跟在后面滑稽的样子,对他俩居然成为夫妻,居然这样形影不离,好奇心仍然不减当初。各种听起来有理的说法依旧都有,但从这对夫妻身上却得不到印证。这些说法就像没处着落的鸟儿,啪啪地满天飞。裁缝老婆说:"这两人准有见不得人的事。要不他们怎么不肯接近别人?身上有脓早晚得冒出来,走着瞧吧!"果然一天晚上,裁缝老婆听见了高女人家里发出打碎东西的声音。她赶忙以收大院扫地费为借口,去敲高女人家的门。她料定长久潜藏在这对夫妻间的隐患终于爆发了,她要亲眼看见这对夫妻怎样反目,捕捉到最生动的细节。门开了，高女人笑吟吟迎上来，矮丈夫在屋里也是笑容满面，地上一只打得粉碎的碟子——裁缝老婆只看到这些。她匆匆收了扫地费出来后，半天也想不明白这夫妻之间到底发生了什么事。打碎碟子，没有吵架，反而像什么开心事一般快活。怪事！

后来，裁缝老婆做了团结大院的街道居民代表。她在协助户籍警察挨家查对户口时，终于找到了多年来经常叫她费心的问题答案。一个确凿可信、无法推翻的答案。原来这高女人和她的矮丈夫，都在化学工业研究所工作。矮男人是研究所总工程师，工资达一百八十元之多！高女人只是一名普普通通的化验员，收入不足六十元，而且出生在一个辛苦而赚钱又少的邮递员家庭。不然她怎么会嫁给一个比自己矮一头的男人？为了地位，为了钱，为了过好日子，对！她立即把这珍贵情况，告诉给团结大楼里闲得难受的婆娘们。人们总是按照自己的思维方式去解释世界，尽力把一切事物都和自己的理解力拉平。于是，裁缝老婆的话被大家确信无疑。多年来留在人们心里的谜，一下子被打开了。大家恍然大悟：原来这矮男人是个先天不足的富翁，高女人是个见钱眼开、命好有福的穷娘儿们。当人们谈到这个模样像匹大洋马、却偏偏命好的高女人时，语调中往往带一股气。尤其是裁缝老婆。

三

人，命运的好坏不能看一时，可得走着瞧。

1966年，团结大楼就像缩小了的世界，灾难降世，各有祸福，楼里的所有居民都到了"转运"时机。生活处处都是巨变和急变。矮男人是总工程师，迎头遭到横祸，家被抄，家具被搬得一空，人挨过斗，关进牛棚。祸事并不因此了结，有人说他多年来，白天在研究所工作，晚上回家把研究成果偷偷写成书，打算逃出国，投奔一个有钱的远亲。把国家科技情报献给外国资本家——这个荒诞不经的说法居然有很多人信以为真。那时，世道狂乱，人人失去常态，宁肯无知，宁愿心狠，还有许多出奇的妄想，恨不得从身旁发现到希特勒。研究所的人们便死死缠住总工程师不放，吓他、揍他、施加各种压力，同时还逼迫高女人交出那部谁也没见过的书稿,但没效果。有人出主意,把他俩弄到团结大楼的院里开一次批斗大会;谁都怕在亲友熟人面前丢丑,这也是一种压力。当各种压力都使过而无效时,这种做法,不妨试试,说不定发生作用。

那天,团结大楼有史以来这样热闹。

下午研究所就来了一群人,在当院两棵树中间用粗麻绳扯了一道横标,写着有那矮子的姓名,上边打个叉;院内外贴满口气咄咄逼人的大小标语,并在院墙上用十八张纸公布了这矮子的"罪状"。会议计划在晚饭后召开,研究所还派来一位电工,在当院拉了电线,装上四个五百烛光的大灯泡。此时的裁缝老婆已经由街道代表升任为治保主任,很有些权势,志得意满,人也胖多了。这天可把她忙得够呛,她带领楼里几个婆娘,忙里忙外,帮着刷标语,又给研究所的革命者们斟茶倒水,装灯用电还是从她家拉出来的呢! 真像她家办喜事一样!

晚饭后,大院里的居民都给裁缝老婆召集到院里来了。四盏大灯亮起来,把大院照得像夜间球场一般雪亮。许许多多人影,好似放大了数十倍,投射在楼墙上。这人影都是萧条不动的,连孩子们也不敢随便活动。裁缝老婆带着一些人,左臂上也套上红袖章,这袖章在当时是最威风的了。她们守在门口,不准外人进来。不一会儿,化工研究所一大群人,也戴袖章,押着高女人和她的矮丈夫,一边呼着口号,浩浩荡荡来了。矮男人胸前挂一块牌子,高女人没挂。他俩一直给押到台前,并排低头站好。裁缝老婆跑上来说:"这家伙太矮,后边的革命群众瞧不见。我给他想点办法!"说着,带着一股冲动劲儿扭着肩上的两块肉,从家里抱来一个肥皂箱子,倒扣过来,叫矮男人站上去。这样一来,他才与自己的老婆一般高,但此时此刻,很少有人对这对大难临头的夫妻不成比例的身高发生兴趣了。

大会依照流行的格式召开。宣布开会,呼口号,随后是进入了角色的批判者们慷慨激昂的发言,又是呼口号。压力施足,开始要从高女人嘴里逼供了。于是,人们围绕着那本"书稿",唇枪舌剑地向高女人发动进攻。你问,我问,他问;尖声叫,粗声吼,哑声喊;大声喝,厉声逼,紧声追……高女人却只是摇头。真诚恳切地摇头。但真诚最廉价;相信真诚就意味着否定这世界上的一切。

619

无论是脾气暴躁的汉子们跳上去,挥动拳头威胁她,还是一些颇攻心计的人,想出几句巧妙而带圈套的话问她,都给她这恳切又断然的摇头拒绝了。这样下去,批判会就会没结果,没成绩,甚至无法收场。研究所的人有些为难,他们担心这个会开得虎头蛇尾;乘兴而来,败兴而归。

裁缝老婆站在一旁听了半天,愈听愈没劲。她大字不识,既对什么"书稿"毫无兴趣,又觉得研究所这帮人说话不解气。她忽地跑到台前,抬起戴红袖章的左胳膊,指着高女人气冲冲地问:

"你说,你为什么要嫁给他?"

这句突如其来的问话使研究所的人一怔。不知道这位治保主任的问话与他们所关心的事有什么奇妙的联系。

高女人也怔住了。她也不知道裁缝老婆为什么提出这个问题。这问题不是这个世界所关心的。她抬起几个月来被折磨得如同一张皱巴巴枯叶的瘦脸,脸上满是诧异神情。

"好呵!你不敢回答。我替你说吧!你是不是图这家伙有钱,才嫁给他的?没钱,谁要这么个矮子!"裁缝老婆大声说。声调中有几分得意,似乎她才是最知道这高女人根底的。

高女人没有点头,也没摇头。她好像忽然明白了裁缝老婆的一切,眼里闪出一股傲岸、嘲讽、倔犟的光芒。

"好,好,你不服气!这家伙现在完蛋了,看你还靠得上不!你心里是怎么回事,我知道!"裁缝老婆一拍胸脯,手一挥,还有几个婆娘在旁边助威,她真是得意到达极点。

研究所的人听得稀里糊涂。这种弄不明白的事,就索性糊涂下去更好。别看这些婆娘们离题千里地胡来,反而使会场一下子热闹起来。没有这种气氛,批判会怎好收场?于是研究所的人也不阻拦,任使婆娘们上阵发威。只听这些婆娘们叫着:

"他总共给你多少钱?他给你买过什么?说!"

"你一月二百块钱不嫌够,还想出国,美的你!"

"邓拓是不是你们的后台?"

"有一天你往北京打电话,给谁打的,是不是给'三家村'打的?"

会开得成功与否,全看气氛如何。研究所主持批判会的人,看准时机,趁会场热闹,带领人们高声呼喊了一连串口号,然后赶紧收场散会。跟着,研究所的人又在高女人家搜查一遍,撬开地板,掀掉墙皮,一无所获,最后押着矮男人走了,只留下高女人。

高女人一直呆在屋里,入夜时竟然独自出去了。她没想到,住在大院门房的裁缝家虽然闭了灯,裁缝老婆却一直守在窗口盯着她的动静。见她出去,就紧紧尾随在后边,出了院门,向西走过了两个路口,只见高女人穿过街在一家门前停住,轻轻敲几下门板。裁缝老婆躲在街这面的电线杆后面,屏住气,瞪大眼,好像等着捕捉出洞的兔儿。她要捉人,自己反而比要捉的人更紧张。

咔嚓一声,那门开了。一位老婆婆送出个小孩。只听那老婆婆说:
"完事了?"
没听见高女人说什么。
又是老婆婆的声音:
"孩子吃饱了,已经睡了一觉。快回去吧!"

裁缝老婆忽然想起,这老婆婆家原是高女人的托儿户,满心的兴致陡然消失。这时高女人转过身,领着孩子往回走,一路无话,只有娘俩的脚步声。裁缝老婆躲在电线杆后面没敢动,待她们走出一段距离,才独自怏怏地回家了。

第二天一早,高女人领着孩子走出大楼时眼圈明显地发红,大院里没人敢和她说话,却都看见了她红肿的眼皮。特别是昨晚参加过批斗会的人们,心里微微有种异样的、亏心似的感觉,扭过脸,躲开她的目光。

四

矮男人自批判会那天被押走后,一直没放回来。此后据消息灵通的裁缝老婆说,矮男人又出了什么问题,进了监狱。高女人成了在押囚犯的老婆,落到了生活的最底层,自然不配住在团结大楼内那种宽敞的房间,被强迫和裁缝老婆家调换了住房。她搬到离楼十几米远孤零零

621

的小屋去住,倒也不错。省得经常和楼里的住户打头碰面,互相不敢搭理,都挺尴尬。但整座楼的人们都能透过窗子,看见那孤单的小屋和她孤单的身影。不知她把孩子送到哪里去了,只是偶尔才接回家住几天。她默默过着寂寞又沉重的日子,不过三十多岁,从容貌看上去很难说她还年轻。裁缝老婆下了断语:

"我看这娘儿们最多再等上一年。那矮子再不出来,她就得改嫁。要是我呵——现在就离婚改嫁,等那矮子干嘛,就是放出来,人不是人,钱也都没了!"

过了一年,矮男人还是没放出来,高女人依旧不声不响地生活。上班下班,走进走出,生着炉子,就提一个挺大的黄色的破草篮去买菜。一年三百六十五天,天天如此……但有一天,矮男人重新出现了。这是秋后时节,他穿得单薄,剃了短平头,人大变了样子,浑身好似小了一圈儿,皮肤也褪去了光泽和血色。他回来径直奔楼里自家的门,却被新户主、老实巴交的裁缝送到门房前。高女人蹲在门口劈木柴,一听到他的招呼,刷地站起身,直怔怔看着他。两年未见的夫妻,都给对方的明显变化惊呆了。一个枯槁,一个憔悴;一个显得更高,一个显得更矮。两人互相看了一忽儿,赶紧掉过头去,高女人扭身跑进屋去,半天没出来;他蹲在地上拾起斧头劈木柴,直把两大筐木块都劈成细木条。仿佛他俩再面对片刻就要爆发出什么强烈而受不了的事情来。此后,他俩又是形影不离地一起上班,一起下班回家,一切如旧。大楼里的人们从他俩身上找不出任何异样,兴趣也就渐渐减少。无论有没有他俩,都与别人无关。

一天早上,高女人出了什么事。只见矮男人惊慌失措从家里跑出去。不会儿,来了一辆救护车把高女人拉走。一连好些天,那门房总是没人,夜间灯也闭着。二十多天后,矮男人和一个陌生人抬一副担架回来,高女人躺在担架上,走进小门房。从此高女人便没有出屋。矮男人照例上班,傍晚回来总是急急忙忙生上炉子,就提着草篮去买菜。这草篮就是一两年前高女人天天使用的那个,如今提在他手里便显得太大,底儿快蹭地了。

转年天气回暖时,高女人出屋了。她久久没见阳光的脸,白得像刷一层粉那样难看。刚刚立起的身子东倒西歪。她右手拄一根竹棍,左胳膊弯在胸前,左腿僵直,迈步困难,一看即知,她的病是脑血栓。从这天起,矮男人每天清早和傍晚都搀扶着高女人在当院蹓两圈。他俩走得艰难缓慢。矮男人两只手用力端着老婆打弯的胳膊。他太矮了,抬她的手臂时,必须向上耸起自己的双肩。他很吃力,但他却掬出笑容,为了给妻子以鼓励。高女人抬不起左脚,他就用一根麻绳,套在高女人的左脚上,绳子的另一端拿在手里。高女人每要抬起左脚,他就使劲向上一提绳子。这情景奇异,可怜,又颇为壮观,使团结大楼的人们看了,不由得受到感动。这些人再与他俩打头碰面时,情不自禁地向他俩主动而友善的点头了……

五

高女人没有更多的福气,在矮小而挚爱她的丈夫身边久留。死神和生活一样无情。生活打垮了她,死神拖走了她。现在只留下矮男人了。

偏偏在高女人离去后,幸运才重新来吻矮男人的脑门。他被落实了政策,抄走的东西发还给他了,扣掉的工资补发给他了。只剩下被裁缝老婆占去的房子还没调换回来。团结大楼里又有人眼盯着他,等着瞧他生活中的新闻。据说研究所不少人都来帮助他续弦,他都谢绝了。裁缝老婆说:

"他想要什么样的,我知道。你们瞧我的!"

裁缝老婆度过了她的极盛时代,如今变得谦和多了。权力从身上摘去,笑容就得挂在脸上。她怀里揣一张漂亮又年轻的女人照片,去到门房找矮男人。照片上这女人是她的亲侄女。

她坐在矮男人家里,一边四下打量屋里的家具物件,一边向这矮小的阔佬提亲。她笑容满面,正说得来劲,忽然发现矮男人一声不吭,脸色铁青,在他背后挂着当年与高女人的结婚照片;裁缝老婆没敢掬出侄女的照片,就自动告退了。

几年过去,至今矮男人还是单身鳏居,只在周日,从外边把孩子接回来,与他为伴。大楼里的人们看着他矮墩墩而孤寂的身影,想到他十多年来一桩桩事,渐渐好像悟到他坚持这种独身生活的缘故……逢到下雨天气,矮男人打伞去上班时,可能由于习惯,仍旧半举着伞。这时,人们有种奇妙的感觉,觉得那伞下好像有长长一大块空间,空空的,世界上任什么东西也填补不上。

(选自《高女人和她的矮丈夫》,上海文艺出版社1984年版)

【作者简介】

冯骥才(1942~　),生于天津,祖籍浙江慈溪。自幼酷爱美术、文学、音乐和体育。1960年高中毕业后进天津市男子篮球队,后因受伤离开,进天津市书画社、天津工艺美术厂从事绘画和教学等工作。1978年开始专业文学创作。著有长篇历史小说《义和拳》(与人合作)、《神灯前传》,中、短篇小说《铺花的歧路》、《啊!》、《神鞭》、《三寸金莲》、《雕花烟斗》、《高女人和她的矮丈夫》、《俗世奇人》,系列报告文学《一百个中国人的十年》。其中《啊!》、《神鞭》、《雕花烟斗》分获全国优秀中短篇小说奖。另有散文、随笔集《逆光的风景》、《灵性》、《天籁》、《浪漫的灵魂》、《人类的敦煌》、《秋日的絮语》、《永远的吻》、《我的太阳》、《拒绝句号》、《砚农自语》、《手下留情》、《抢救老街》、《以心吻美》、《心灵的水墨》、《紧急呼救》、《倾听俄罗斯》等。2012年出版个人画传《生命经纬》。

冯骥才文思敏捷,博学多才,能写能画。他的小说创作题材广泛,视角新颖,注重开掘生活和人性的底蕴,展现斑驳陆离的社会文化景观。作品不拘一格,尤擅描绘知识分子(新旧文人)的生存情状和天津近代历史文化故事。

此外,冯骥才在城市历史文化研究和保护方面也颇多贡献。由他策划并主持的天津市"旧城文化采风"活动及其后来所编辑出版的画册《旧城遗韵》、《天津老房子》(四册)等,均产生了广泛影响。

【作品简析】

《高女人和她的矮丈夫》是冯骥才创作于20世纪80年代初期的短

篇小说。它的题材、故事并不新奇,人物、情节也不复杂,然而经过作家的艺术匠心,却于平淡无奇的生活现象中概括出丰富深刻的社会人生蕴含,从一个新颖独特的视角,开掘透视了某些民族民俗文化心态。不仅在当时众多有着强烈政治色彩的作品中显得清新脱俗,新人耳目,而且经过时间的淘洗,愈加显示出独特的魅力和韵味。

小说写的是一对普通知识分子夫妻高女人和她的矮丈夫的命运遭遇。但作者没去正面表现他们的理想事业,也没有详细叙写他们的工作和生活,而是别出心裁,围绕其高矮不相称的身材在周围邻里中引起的种种风波,展开真实的世态描写和美与丑的灵魂刻画。

高女人因比丈夫高出一头而不被世俗所容,成了周围人们怀疑和窃笑的对象。然而他们自己却坦然自若,保持着内心的平衡,形影不离。作品真实而含蓄地表现了高女人和她的矮丈夫对世俗观念的蔑视和精神上的优势。但是到了"世道狂乱"的年代,美与丑、是与非更加颠倒混乱,这对情深意笃的夫妻遭到了被批斗的厄运。作品在展现人物的不幸命运时,注意将其放置在一定的社会现实关系之中,既真实地揭示人物命运变化的社会政治根源,更着力于开掘特定环境中的诸种社会文化因素。特别是通过裁缝老婆这个庸俗而无知的小市民形象,深刻揭示了陈腐的传统婚俗观念在人们心灵、意识中的积垢,以及由此而造成的人与人的隔膜和疏远,表现了作家观察和把握生活的独到眼光。

小说刻画人物的手法也很别致。高女人夫妇是作品中的正面形象,作家将其对人物的深切同情和含蓄的赞美蕴藏在客观冷静的描述之中。在作品里,这对夫妇自始至终没有一句话,没有心理活动描写,只有几个有限动作和表情。然而,这些特定环境下的神情动作,恰似一幅幅含义深邃的画面,又像一个个长短不同的镜头,在作家的精心连缀、组接下,富有层次地凸显出人物的性格,披露了人物的心迹。作品结尾处,高女人已经去世,每逢下雨天,矮丈夫仍旧习惯地半举着他们夫妇常常合用的那把伞,而那伞下却空了一大块,那份深深的缺憾,是世上任何东西也填补不上的……这个细节不仅又一次照亮了这对恩爱夫妻的品格心灵,也平添了作品的抒情气氛,将前面对人物略显戏谑的相貌描绘淡化了。如此刻画人物,朴素自然,真切感人,使得整个作品文字简约,幽深含蓄,富于韵味。

　　小说中的裁缝老婆是个成功的艺术形象。她的身上负荷着很重的传统文化积习,孤陋寡闻,世俗无聊,"总是按照自己的思维方式去解释世界,尽力把一切事情都和自己的理解力拉平"。或许她对高女人夫妇并无太大的恶意,然而其根深蒂固的男高女低(实则为男尊女卑)的婚俗观念,使之在高女人夫妇不幸的命运中扮演了不光彩的角色。她出现在故事进展的不同时期、不同场合,成为作品主要矛盾线索的一方。作家从生活中敏锐地捕捉到了这个人物,活画出她的面孔和心态,为我们提供了一个具有某种文化类型意义的人物形象。

(张志英)

哦，香雪*

铁　凝

　　如果不是有人发明了火车，如果不是有人把铁轨铺进深山，你怎么也不会发现台儿沟这个小村。它和它的十几户乡亲，一心一意掩藏在大山那深深的皱褶里，从春到夏，从秋到冬，默默地接受着大山任意给予的温存和粗暴。

　　然而，两根纤细、闪亮的铁轨延伸过来了。它勇敢地盘旋在山腰，又悄悄地试探着前进，弯弯曲曲，曲曲弯弯，终于绕到台儿沟脚下，然后钻进幽暗的隧道，冲向又一道山梁，朝着神秘的远方奔去。

　　不久，这条线正式营运，人们挤在村口，看见那绿色的长龙一路呼啸，挟带着来自山外的陌生、新鲜的清风，擦着台儿沟贫弱的脊背匆匆而过。它走得那样急忙，连车轮碾轧钢轨时发出的声音好像都在说：不停不停，不停不停！是啊，它有什么理由在台儿沟站脚呢，台儿沟有人要出远门吗？山外有人来台儿沟探亲访友吗？还是这里有石油储存，有金矿埋藏？台儿沟，无论从哪方面讲，都不具备挽住火车在它身边留步的力量。

　　可是，记不清从什么时候起，列车时刻表上，还是多了"台儿沟"这一站。也许乘车的旅客提出过要求，他们中有哪位说话算数的人和台儿沟沾亲；也许是那个快乐的男乘务员发现台儿沟有一群十七八岁的漂亮姑娘，每逢列车疾驰而过，她们就成帮搭伙地站在村口，翘起下巴，贪婪、专注地仰望着火车。有人朝车厢指点，不时能听见她们由于互相捶打而发出的一两声娇嗔的尖叫。也许什么都不为，就因为台儿沟太

＊原载《青年文学》1982年第5期。

小了,小得叫人心疼,就是钢筋铁骨的巨龙在它面前也不能昂首阔步,也不能不停下来。总之,台儿沟上了列车时刻表,每晚七点钟,由首都方向开往山西的这列火车在这里停留一分钟。

这短暂的一分钟,搅乱了台儿沟以往的宁静。从前,台儿沟人历来是吃过晚饭就钻被窝,他们仿佛是在同一时刻听到大山无声的命令。于是,台儿沟那一小片石头房子在同一时刻忽然完全静止了,静得那样深沉、真切,好像在默默地向大山诉说着自己的虔诚。如今,台儿沟的姑娘们刚把晚饭端上桌就慌了神,她们心不在焉地胡乱吃几口,扔下碗就开始梳妆打扮。她们洗净蒙受了一天的黄土、风尘,露出粗糙、红润的面色,把头发梳得乌亮,然后就比赛着穿出最好的衣裳。有人换上过年时才穿的新鞋,有人还悄悄往脸上涂点胭脂。尽管火车到站时已经天黑,她们还是按照自己的心思,刻意斟酌着服饰和容貌。然后,她们就朝村口、朝火车经过的地方跑去。香雪总是第一个出门,隔壁的凤娇第二个就跟了出来。

七点钟,火车喘息着向台儿沟滑过来,接着一阵空哐乱响,车身震颤一下,才停住不动了。姑娘们心跳着涌上前去,像看电影一样,挨着窗口观望。只有香雪躲在后面,双手紧紧捂着耳朵。看火车,她跑在最前边,火车来了,她却缩到最后去了。她有点害怕它那巨大的车头,车头那么雄壮地吐着白雾,仿佛一口气就能把台儿沟吸进肚里。它那撼天动地的轰鸣也叫她感到恐惧。在它跟前,她简直像一叶没根的小草。

"香雪,过来呀,看!"凤娇拉过香雪向一个妇女头上指,她指的是那个妇女头上别着的那一排金圈圈。

"怎么我看不见?"香雪微微眯着眼睛。

"就是靠里边那个,那个大圆脸。看,还有手表哪,比指甲盖还小哩!"凤娇又有了新发现。

香雪不言不语地点着头,她终于看见了妇女头上的金圈圈和她腕上比指甲盖还要小的手表。但她也很快就发现了别的。"皮书包!"她指着行李架上一只普通的棕色人造革学生书包。就是那种连小城市都随处可见的学生书包。

尽管姑娘们对香雪的发现总是不感兴趣,但她们还是围了上来。

"呦,我的妈呀!你踩着我的脚啦!"凤娇一声尖叫,埋怨着挤上来的一位姑娘。她老是爱一惊一咋的。

"你喳呼什么呀,是想叫那个小白脸和你答话了吧?"被埋怨的姑娘也不示弱。

"我撕了你的嘴!"凤娇骂着,眼睛却不由自主地朝第三节车厢的车门望去。

那个白白净净的年轻乘务员真下车来了。他身材高大,头发乌黑,说一口漂亮的北京话。也许因为这点,姑娘们私下里都叫他"北京话"。"北京话"双手抱住胳膊肘,和她们站得不远不近地说:"喂,我说小姑娘们,别扒窗户,危险!"

"呦,我们小,你就老了吗?"大胆的凤娇回敬了一句。

姑娘们一阵大笑,不知谁还把凤娇往前一搡,弄的她差点撞在他身上,这一来反倒更壮了凤娇的胆,"喂,你们老呆在车上不头晕?"她又问。

"房顶子上那个大刀片似的,那是干什么用的?"又一个姑娘问。她指的是车厢里的电扇。

"烧水在哪儿?"

"开到没路的地方怎么办?"

"你们城里人一天吃几顿饭?"香雪也紧跟在姑娘们后面小声问了一句。

"真没治!""北京话"陷在姑娘们的包围圈里,不知所措地嘟囔着。

快开车了,她们才让出一条路,放他走。他一边看表,一边朝车门跑去,跑到门口,又扭头对她们说:"下次吧,下次一定告诉你们!"他的两条长腿灵巧地向上一跨就上了车,接着一阵叽哩哐啷,绿色的车门就在姑娘们面前沉重地合上了。列车一头扎进黑暗,把她们撇在冰冷的铁轨旁边。很久,她们还能感觉到它那越来越轻的震颤。

一切又恢复了寂静,静得叫人惆怅。姑娘们走回家去,路上还要为一点小事争论不休:"谁知道别在头上的金圈圈是几个?"

"八个。"

"九个。"

"不是!"

"就是!"

"凤娇你说哪?"

"她呀,还在想'北京话'哪!"

"去你的,谁说谁就想。"凤娇说着捏了一下香雪的手,意思是叫香雪帮腔。

香雪没说话,慌得脸都红了。她才十七岁,还没学会怎样在这种事上给人家帮腔。

"他的脸多白呀!"那个姑娘还在逗凤娇。

"白?还不是在那大绿屋里捂的。叫他到咱台儿沟住几天试试。"有人在黑影里说。

"可不,城里人就靠捂。要论白,叫他们和咱们香雪比比。咱们香雪,天生一副好皮子,再照火车那些闺女的样儿,把头发烫成弯弯绕,啧啧!'真没治'!凤娇姐,你说是不是?"

凤娇不接茬儿,松开了香雪的手。好像姑娘们真的在贬低她的什么人一样,她心里真有点替他抱不平呢。不知怎么的,她认定他的脸绝不是捂白的,那是天生。

香雪又悄悄把手送到凤娇手心里,她示意凤娇握住她的手,仿佛请求凤娇的宽恕,仿佛是她使凤娇受了委屈。

"凤娇,你哑巴啦?"还是那个姑娘。

"谁哑巴啦!谁像你们,专看人家脸黑脸白。你们喜欢,你们可跟上人家走啊!"凤娇的嘴巴很硬。

"我们不配!"

"你担保人家没有相好的?"

……

不管在路上吵得怎样厉害,分手时大家还是十分友好的,因为一个叫人兴奋的念头又在她们心中升起:明天,火车还要经过,她们还会有一个美妙的一分钟。和它相比,闹点小别扭还算回事吗?

哦,五彩缤纷的一分钟,你饱含着台儿沟的姑娘们多少喜怒哀乐!

日久天长,这五彩缤纷的一分钟,竟变得更加五彩缤纷起来,就在这个一分钟里,她们开始挎上装满核桃、鸡蛋、大枣的长方形柳条篮子,站在车窗下,抓紧时间跟旅客和和气气地做买卖。她们垫着脚尖,双臂伸得直直的,把整筐的鸡蛋、红枣举上窗口,换回台儿沟少见的挂面、火柴,以及属于姑娘们自己的发卡、香皂。有时,有人还会冒着回家挨骂的风险,换回花色繁多的纱巾和能松能紧的尼龙袜。

凤娇好像是大家有意分配给那个"北京话"的,每次都是她提着篮子去找他。她和他做买卖故意磨磨蹭蹭,车快开时才把整篮的鸡蛋塞给他。又是他先把鸡蛋拿走,下次见面时再付钱,那就更够意思了。如果他给她捎回一捆挂面、两条纱巾,凤娇就一定抽回一斤挂面还给他。她觉得,只有这样才对得起和他的交往,她愿意这种交往和一般的做买卖有区别。有时她也想起姑娘们的话:"你担保人家没有相好的?"其实,有没有相好的不关凤娇的事,她又没想过跟他走。可她愿意对他好,难道非得是相好的才能这么做吗?

香雪平时话不多,胆子又小,但做起买卖却是姑娘中最顺利的一个。旅客们爱买她的货,因为她是那么信任地瞧着你,那洁如水晶的眼睛告诉你,站在车窗下的这个女孩子还不知道什么叫受骗。她还不知道怎么讲价钱,只说:"你看着给吧。"你望着她那洁净得仿佛一分钟前才诞生的面孔,望着她那柔软得宛若红缎子似的嘴唇,心中会升起一种美好的感情。你不忍心跟这样的小姑娘耍滑头,在她面前,再爱计较的人也会变得慷慨大度。

有时她也抓空儿向他们打听外面的事,打听北京的大学要不要台儿沟人,打听什么叫"配乐诗朗诵"(那是她偶然在同桌的一本书上看到的)。有一回她向一位戴眼镜的中年妇女打听能自动开关的铅笔盒,还问到它的价钱。谁知没等人家回话,车已经开动了。她追着它跑了好远,当秋风和车轮的呼啸一同在她耳边鸣响时,她才停下脚步意识到,自己的行为是多么可笑啊。

火车眨眼间就无影无踪了。姑娘们围住香雪,当她们知道她追火车的原因后,便觉得好笑起来。

"傻丫头!"

"值不当的!"

631

她们像长者那样拍着她的肩膀。

"就怪我磨蹭,问慢了。"香雪可不认为这是一件值不当的事,她只是埋怨自己没抓紧时间。

"咳,你问什么不行呀!"凤娇替香雪挎起篮子说。

"谁叫咱们香雪是学生呢。"也有人替香雪分辩。

也许就因为香雪是学生吧,是台儿沟唯一考上初中的人。

台儿沟没有学校,香雪每天上学要到十五里以外的公社。尽管不爱说话是她的天性,但和台儿沟的姐妹们总是有话可说的。公社中学可就没那么多姐妹了,虽然女同学不少,但她们的言谈举止,一个眼神,一声轻轻的笑,好像都是为了叫香雪意识到,她是小地方来的,穷地方来的。她们故意一遍又一遍地问她:"你们那儿一天吃几顿饭?"她不明白她们的用意,每次都认真地回答:"两顿。"然后又友好地瞧着她们反问道:"你们呢?"

"三顿!"她们每次都理直气壮地回答。之后,又对香雪在这方面的迟钝感到说不出的怜悯和气恼。

"你上学怎么不带铅笔盒呀?"她们又问。

"那不是吗。"香雪指指桌角。

其实,她们早知道桌角那只小木盒就是香雪的铅笔盒,但她们还是做出吃惊的样子。每到这时,香雪的同桌就把自己那只宽大的泡沫塑料铅笔盒摆弄得哒哒乱响。这是一只可以自动合上的铅笔盒,很久以后,香雪才知道它所以能自动合上,是因为铅笔盒里包藏着一块不大不小的吸铁石。香雪的小木盒呢,尽管那是当木匠的父亲为她考上中学特意制作的,它在台儿沟还是独一无二的呢。可在这儿,和同桌的铅笔盒一比,为什么显得那样笨拙、陈旧?它在一阵哒哒声中有几分羞涩地畏缩在桌角上。

香雪的心再也不能平静了,她好像忽然明白了同学对她的再三盘问,明白了台儿沟是多么贫穷。她第一次意识到这是不光彩的,因为贫穷,同学才敢一遍又一遍地盘问她。她盯住同桌那只铅笔盒,猜测它来自遥远的大城市,猜测它的价值肯定非同寻常。三十个鸡蛋换得来吗?还是四十个、五十个?这时她的心又忽地一沉:怎么想起这些了?娘攒下鸡蛋,不是为了叫她乱打主意啊!可是,为什么那诱人的哒哒声老是在耳边响个没完?

深秋,山风渐渐凛冽了,天也黑得越来越早。但香雪和她的姐妹们对于七点钟的火车,是照等不误的。她们可以穿起花棉袄了,凤娇头上别起了淡粉色的有机玻璃发卡,有些姑娘的辫梢还缠上了夹丝橡皮筋。那是她们用鸡蛋、核桃从火车上换来的。她们仿照火车上那些城里姑娘的样子把自己武装起来,整齐地排列在铁路旁,像是等待欢迎远方的贵宾,又像是准备着接受检阅。

火车停了,发出一阵沉重的叹息,像是在抱怨着台儿沟的寒冷。今天,它对台儿沟表现了少有的冷漠:车窗全部紧闭着,旅客在黄昏的灯光下喝茶、看报,没有人向窗外瞥一眼。那些眼熟的、长跑这条线的人们,似乎也忘记了台儿沟的姑娘。

凤娇照例跑到第三节车厢去找她的"北京话"。香雪紧紧头上的紫红色线围巾,把臂弯里的篮子换了换手,也顺着车身不停地跑着。她尽量高高地垫起脚尖,希望车厢里的人能看见她的脸。车上一直没有人发现她,她却在一张堆满食品的小桌上,发现了渴望已久的东西。它的出现,使她再也不想往前走了,她放下篮子,心跳着,双手紧紧扒住窗框,认清了那真是一只铅笔盒,一只装有吸铁石的自动铅笔盒。它和她离得那样近,她一伸手就可以摸到。

一位中年女乘务员走过来拉开了香雪。香雪挎起篮子站在远处继续观察。当她断定它属于靠窗的那位女学生模样的姑娘时,就果断地跑过去敲起了玻璃。女学生转过脸来,看见香雪臂弯里的篮子,抱歉地冲她摆了摆手,并没有打开车窗的意思,不知怎么的她就朝车门跑去,当她在门口站定时,还一把扒住了扶手。如果说跑的时候她还有点犹豫,那么从车厢里送出来的一阵阵温馨的、火车特有的气息却坚定了她的信心,她学着"北京话"的样子,轻巧地跃上了踏板。她打算以最快的速度跑进车厢,以最快的速度用鸡蛋换回铅笔盒。也许,她所以能够在几秒钟内就决定上车,正是因为她拥有那么多鸡蛋吧,那是四十个。

香雪终于站在火车上了。她挽紧篮子,小心地朝车厢迈出了第一步。这时,车身忽然悸动了一下,接着,车门被人关上了。当她意识到眼前发生了什么事时,列车已经缓缓地向台儿沟告别了。香雪扑在车门上,看见凤娇的脸在车下一晃。看来这不是梦,一切都是真的,她确实离开姐妹们,站在这又熟悉、又陌生的火车上了。她拍打着玻璃,冲凤娇叫喊:"凤娇!我怎么办呀,我可怎么办呀!"

列车无情地载着香雪一路飞奔,台儿沟刹那间就被抛在后面了。下一站叫西山口,西山口离台儿沟三十里。

三十里,对于火车、汽车真的不算什么,西山口在旅客们闲聊之中就到了。这里上车的人不少,下车的只有一位旅客,那就是香雪,她胳膊上少了那只篮子,她把它塞到那个女学生座位下面了。

在车上,当她红着脸告诉女学生,想用鸡蛋和她换铅笔盒时,女学生不知怎么的也红了脸。她一定要把铅笔盒送给香雪,还说她住在学校吃食堂,鸡蛋带回去也没法吃。她怕香雪不信,又指了指胸前的校徽,上面果真有"矿冶学院"几个字。香雪却觉着她在哄她,难道除了学校她就没家吗?香雪一面摆弄着铅笔盒,一面想着主意。台儿沟再穷,她也从没白拿过别人的东西。就在火车停顿前发出的几秒钟的震颤里,香雪还是猛然把篮子塞到女学生的座位下面,迅速离开了。

车上,旅客们曾劝她在西山口住上一夜再回台儿沟。热情的"北京话"还告诉她,他爱人有个亲戚就住在站上。香雪没有住,更不打算去找"北京话"的什么亲戚,他的话倒更使她感到了委屈,她替凤娇委屈,替台儿沟委屈。她只是一心一意地想:赶快走回去,明天理直气壮地去上学,理直气壮地打开书包,把"它"摆在桌上。车上的人既不了解火车的呼啸曾经怎样叫她像只受惊的小鹿那样不知所措,更不了解山里的女孩子在大山和黑夜面前到底有多大本事。

列车很快就从西山口车站消失了,留给她的又是一片空旷。一阵寒风扑来,吸吮着她单薄的身体。她把滑到肩上的围巾紧裹在头上,缩起身子在铁轨上坐了下来。香雪感受过各种各样的害怕,小时候她怕头发,身上粘着一根头发择不下来,她会急得哭起来;长大了她怕晚上一个人到院子里去,怕毛毛虫,怕被人胳肢(凤娇最爱和她来这一手)。现在她害怕这陌生的西山口,害怕四周黑幽幽的大山,害怕叫人心惊肉跳的寂静,当风吹响近处的小树林时,她又害怕小树林发出的窸窸窣窣的声音。三十里,一路走回去,该路过多少大大小小的林子啊!

一轮满月升起来了,照亮了寂静的山谷,灰白的小路,照亮了秋日的败草,粗糙的树干,还有一丛丛荆棘、怪石,还有满山遍野那树的队伍,还有香雪手中那只闪闪发光的小盒子。

她这才想到把它举起来仔细端详。她想,为什么坐了一路火车,竟没有拿出来好好看看?现在,在皎洁的月光下,她才看清了它是淡绿色的,盒盖上有两朵洁白的马蹄莲。她小心地把它打开,又学着同桌的样子轻轻一拍盒盖,"哒"的一声,它便合得严严实实。她又打开盒盖,觉得应该立刻装点东西进去。她丛兜里摸出一只盛擦脸油的小盒放进去,又合上了盖子。只有这时,她才觉得这铅笔盒真属于她了,真的。它又想到了明天,明天上学时,她多么盼望她们会再三盘问她啊!

她站了起来,忽然感到心里很满意,风也柔和了许多。她发现月亮是这样明净。群山被月光笼罩着,像母亲庄严、神圣的胸脯;那秋风吹干的一树树核桃叶,卷起来像一树树金铃铛,她第一次听清它们在夜晚,在风的怂恿下"豁啷啷"地歌唱。她不再害怕了,在枕木上跨着大步,一直朝前走去。大山原来是这样的!月亮原来是这样的!核桃树原来是这样的!香雪走着,就像第一次认出养育她长大成人的山谷。台儿沟呢?不知怎么的,她加快了脚步。她急着见到它,就像从来没有见过它那样觉得新奇。台儿沟一定会是"这样的":那时台儿沟的姑娘不再央求别人,也用不着回答人家的再三盘问。火车上的漂亮小伙子都会求上门来。火车也会停得久一些,也许三分、四分,也许十分、八分。它会向台儿沟打开所有的门窗,要是再碰上今晚这种情况,谁都能从从容容地下车。

今晚台儿沟发生了什么事?对了,火车拉走了香雪,为什么现在她像闹着玩儿似地去回忆呢?四十个鸡蛋没有了,娘会怎么说呢?爹不是盼望每天都有人家娶媳妇、聘闺女吗?那时他才有干不完的活儿,他才能光着红铜似的脊梁,不分昼夜地打出那些躺柜、碗橱、板箱,挣回香雪的学费。想到这儿,香雪站住了,月光好像也黯淡下来,脚下的枕木变成一片模糊。回去怎么说?她环视群山,群山沉默着;她又朝着近处的杨树林张望,杨树林窸窸窣窣地响着,并不真心告诉她应该怎么做。

是哪来的流水声?她寻找着,发现离铁轨几米远的地方,有一道浅浅的小溪。她走下铁轨,在小溪旁边坐了下来。她想起小时候有一回和凤娇在河边洗衣裳,碰见一个换芝麻糖的老头。凤娇劝香雪拿一件汗衫换几块糖吃,还教她对娘说,那件衣裳不小心叫河水给冲走了。香雪很想吃芝麻糖,可她到底没换。她还记得,那老头真心实意等了她半天呢。为什么她会想起这件小事?也许现在应该骗娘吧,因为芝麻糖怎么也不能和铅笔盒的重要性相比。她要告诉娘,这是一个宝盒子,谁用上它,就能一切顺心如意,就能上大学、坐上火车到处跑,就能要什么有什么,就再也不会被人盘问她们每天吃几顿饭了。娘会相信的,因为香雪从来不骗人。

小溪的歌唱高昂起来了,它欢腾着向前奔跑,撞击着水中的石块,不时溅起一朵小小的浪花。香雪也要赶路了,她捧起溪水洗了把脸,又用沾着水的手抿光被风吹乱的头发。水很凉,但她觉得很精神。她告别了小溪,又回到了长长的铁路上。

前边又是什么?是隧道,它愣在那里,就像大山的一只黑眼睛。香雪又站住了,但她没有返回去,她想到怀里的铅笔盒,想到同学们惊羡的目光,那些目光好像就在隧道里闪烁。她弯腰拔下一根枯草,将草茎插在小辫里。娘告诉她,这样可以"避邪"。然后她就朝隧道跑去。确切地说,是冲去。

香雪越走越热了,她解下围巾,把它搭在脖子上。她走出了多少里?不知道。尽管草丛里的"纺织娘"和"油葫芦"总在鸣叫着提醒她。台儿沟在哪儿?她向前望去,她看见迎面有一颗颗黑点在铁轨上蠕动。再近一些她才看清,那是人,是迎着她走过来的人群。第一个是凤娇,凤娇身后是台儿沟的姐妹们。

香雪想快点跑过去,但腿为什么变得异常沉重?她站在枕木上,回头望着笔直的铁轨,铁轨在月亮的照耀下泛着清淡的光,它冷静地记载着香雪的路程。她忽然觉得心头一紧,不知怎么的就哭了起来,那是欢乐的泪水,满足的泪水。面对严峻而又温厚的大山,她心中升起一种从未有过的骄傲。她用手背抹净眼泪,拿下插在辫子里的那根草棍儿,然后举起铅笔盒,迎着对面的人群跑去。

山谷里突然爆发了姑娘们欢乐的呐喊,她们叫着香雪的名字,声音是那样奔放、热烈;她们笑着,笑得是那样不加掩饰,无所顾忌。古老的群山终于被感动得颤栗了,它发出宽亮低沉的回音,和她们共同欢呼着。

哦,香雪! 香雪!

【作者简介】

铁凝(1957~),女。生于北京,祖籍河北赵县。父亲是画家,母亲是音乐教师,她在青少年时代就得到了良好的艺术熏陶。1975年高中毕业后到河北博野县农村插队落户四年。1975年开始发表作品。1979年调保定地区文联《花山》编辑部任小说编辑,1984年调河北省文联创作室。她的短篇小说《哦,香雪》、《六月的话题》获全国优秀短篇小说奖,《没有钮扣的红衬衫》获全国优秀中篇小说奖。著有长篇小说《玫瑰门》、《无雨之城》、《永远有多远》、《大浴女》、《笨花》等。作品集有《夜路》、《没有钮扣的红衬衫》、《红屋顶》、《铁凝小说集》、《铁凝文集》等。现任中国作家协会主席。

铁凝的创作经历了一个明显的蜕变过程。以《夜路》、《没有钮扣的红衬衫》为代表的早期作品,大多写的是自己亲历的生活或同时代人的故事,作品格调清新明丽、热情奔放,具有浓重的美色与亮色。后来的作品《六月的话题》、《麦秸垛》、《棉花垛》等,进一步涉及农村的传统文化,在人性层面展示出人物的复杂性格。从1988年的《玫瑰门》开始,铁凝一改过去的甜美与柔情,将视线投入到丑恶的事物上,拆解和颠覆了母性神话的幻想,直逼女性自身的文化痼疾,写出女性卑鄙、丑陋的一面,背离了她早期清纯、明丽的审美个性,引起了争议,但也有人指出:在《玫瑰门》等作品中,铁凝完成了将女性写作由控诉社会到解构自我的深化,宣告了一个新的女性文学时代的到来。

【作品简析】

《哦,香雪》以一个偏远小山村台儿沟作为故事的背景。台儿沟"掩藏在大山那深深的皱褶里",闭塞而又贫穷。后来有一条铁路从这里通过,并且在这里停留一分钟,从此打乱了山村人的平静,引起了小山村姑娘们对新生活的向往与追求。尤其是17岁的香雪,为了从旅客那里求得一个带吸铁石的塑料铅笔盒,而不惜拿40个鸡蛋去交换,不怕坐过站,然后跑30里路回家。

《哦,香雪》构思的精妙之处就在于:它通过一个狭小的空间(小山村)、短暂的时间(一分钟)和一个微小的物件(带吸铁石的塑料铅笔盒)表现出了时代的变化和人心的觉醒这一重大主题。

台儿沟原是一个古老而封闭的小山村,只有十几户人家。人们日出而作,日入而息,"吃过晚饭就钻被窝",蒙昧、贫穷、落后,从没有见过外面的世界。然而自从有了铁路,文明的春风开始吹进了小山村。山村姑娘们从过路的乘客那里看到了"妇女头上别的金圈圈"、"比指甲盖还小的手表"、"人造革学生书包"以及高大、白净、"说一口漂亮北京话"的年轻乘务员。知道了"北京的大学要不要台儿沟的人"、"城里人一天吃几顿饭"以及什么是"配乐诗朗诵"这些新奇事儿。这一切都引起姑娘们对外面世界的极大兴趣和对未来生活的憧憬。于是,她们用红枣、核桃、鸡蛋与乘客换挂面、火柴、发卡、纱巾、尼龙丝袜。她们渴望过一种新的生活。

一个小小的时空中发生的故事,却预言了一种古老陈旧的生存观念与生活方式的解体,传达出新一代人对于知识的渴求,对于高层文明生活的向往。小说在短短的篇幅里,却蕴含着历史的和现实的丰富内容,足见作者小中见大,见微知著之工。

作为作品中心人物的香雪,刻画是成功的。

香雪有一副像雪一样洁白的面孔,有一双如水晶般明亮的眼睛,还有"柔软得宛若红缎子似的嘴唇"。她是台儿沟的一支花。然而她生活得并不如意。她从同班同学"你们那儿一天吃几顿饭"的一遍又一遍的盘问中,从同桌把带吸铁石的泡沫塑料铅笔盒故意在她面前摆弄得哒哒乱响的炫耀中,"她第一次意识到这是不光彩的"。贫穷带给她的是屈辱与自卑。后来,她又从火车上旅客体面的穿戴、高雅的谈吐和他们透露的有关大城市生活的信息中,知晓了外面的世界是多么的精彩,明白了台儿沟人应当有另一种活法。她相信将来的台儿沟一定是这样的:"那时台儿沟的姑娘不再央求别人,也用不着回答人家的再三盘问。火车上漂亮的小伙子都会求上门来。火车也会停得久一些……"总之,台儿沟的人"再也不会叫人瞧不起"!"再也不会叫人瞧不起"也就是要维护做人的尊严,追求幸福的生活。这种自尊与进取精神是香雪思想的核心,也是她行动的力量源泉。

香雪是一个单纯、羞涩,甚至有些胆怯的少女;然而在追求自己的理想、实践自己的信念时又表现出惊人的勇敢与坚韧。香雪的这些性格是通过细致的心理描写表现出来的。她在学校受到同学们嘲笑时的委屈,她与火车上乘客交谈时的羡慕,她用40个鸡蛋与大学生交换带吸铁石塑料铅笔盒时的真诚与果敢,她一个人摸黑走30里山路并穿越隧道时的恐惧与坚持……正是在这种委屈与自尊、希冀与追求、羞涩与勇敢、胆怯与执着的交替转换中,展现出了香雪美丽的内心世界。尤其是夜行一节,本来连毛毛虫都害怕的香雪,却不听劝阻,偏要连夜赶路回家。一路上,作者将不断变换的外部环境与人物的感觉、幻觉、回忆、遐想糅为一体。由景生情,移情入境,创造出一个既曲折幽深,又跌宕起伏的情景交融的艺术境界。

作品的再一个突出特色是诗情画意。那掩藏在大山深深皱褶里的小山村;那纤细、闪亮、弯弯曲曲通向远方的铁轨;那挟带着来自山外的陌生而又新鲜的清风,从台儿沟呼啸而过的绿色长龙;那淡绿色的、盒盖上有两朵洁白马蹄莲的带吸铁石的塑料铅笔盒;那一群欢笑着、奔跑着、打闹着、追逐着的山村姑娘;那皎洁月光下的寂静的山谷、树林、小溪以及风吹核桃树发出的"豁啷啷"的歌唱;最后,寻找香雪的姐妹们与香雪见面时发出的"欢乐的呐喊",连古老的群山也"终于被感动得颤栗了"。这是一个和谐的,充满生机和希望的美好世界。孙犁称赞《哦,香雪》"从头到尾都是诗","是一首纯净的诗"。

(张学正)

棋　　王[*]（节选）

阿　城

一

　　车站是乱得不能再乱，成千上万的人都在说话。谁也不去注意那条临时挂起来的大红布标语。这标语大约挂了不少次，字纸都折得有些坏。喇叭里放着一首又一首的语录歌儿，唱得大家心更慌。

　　我的几个朋友，都已被我送走插队，现在轮到我了，竟没有人来送。我虽无父无母，孤身一人，却算不得独子，不在留城政策之内。父母生前颇有些污点，运动一开始即被打翻死去。家具上都有机关的铝牌编号，于是统统收走，倒也名正言顺。我野狼似的转悠一年多，终于还是决定要走。此去的地方按月有二十几元工资，我便很向往，争了要去，居然就批了。因为所去之地与别国相邻，斗争之中除了阶级，尚有国际，出身孬一些，组织上不太放心。我争得这个信任和权利，欢喜是不用说的，更重要的是，每月二十几元，一个人如何用得完？只是没人来送，就有些不耐烦，于是先钻进车厢，想找个地方坐下，任凭站台上千万人话别。

　　车厢里靠站台一面的窗子已经挤满各校的知青，都探出身去说笑哭泣。另一面的窗子朝南，冬日的阳光斜射进来，冷清清地照在北边儿众多的屁股上。两边儿行李架上塞满了东西，令人担心。我走动着找我的座位号，却发现还有一个精瘦的学生孤坐着，手拢在袖管儿里，隔窗望着车站南边儿的空车皮。

　　我的座位恰与他在一个格儿里，是斜对面儿，于是就坐下了，也把

---

[*] 原载《上海文学》1984年第7期。

手拢在袖里。那个学生瞄了我一下,眼里突然放出光来,问:"下棋吗?"倒吓了我一跳,急忙摆手说:"不会!"他不相信地看着我说:"这么细长的手指头,就是个捏棋子儿的,你肯定会,来一盘吧,我带着家伙呢。"说着就抬身从窗钩上取下书包,往里掏着。我说:"我只会马走日,象走田。你没人送吗?"他只把棋盒拿出来,放在茶几上。塑料棋盘却搁不下,他想了想,就横摆了,说:"不碍事,一样下。来来来,你先走。要不,让你车、马、炮?"我笑起来,说:"你没人送吗?这么乱,下什么棋?"他一边码好最后一个棋子,一边:"我他妈要谁送?去的是有饭吃的地方,闹得这么哭哭啼啼的。来,你先走。"我奇怪了,可还是拈起炮,往当头上一移。我的棋还没移到,他的马却"啪"地一声跳好,比我还快。我就故意将炮移过当头的地方停下。他很快地看了一眼我的下巴,说:"你还说不会?这炮二平六的开局,我在郑州遇见一个葛人,就是这么走,险些输给他。炮二平五当头炮,是老开局,可有气势,而且是最稳的。嗯?你走。"我倒不知怎么走了,手在棋盘上游移着。他不动声色地看着整个棋盘,又把手袖起来。

就在这时,车厢乱了起来。好多人拥进来,隔着玻璃往外招手。我就站起身,也隔着玻璃往北看月台上。站上的人都拥到车厢前,都在叫,乱成一片。车身忽地一动,人群"嗡"地一下,哭声四起。我的背被谁捅了一下,回头一看,他一手护着棋盘,说:"没你这么下棋的,走哇!"我实在没心思下棋,而且心里有些酸,就硬硬地说:"我不下了。这是什么时候!"他很惊愕地看着我,忽然像明白了,身子软下去,不再说话。

车开了一会儿,车厢开始平静下来。有水送过来,大家就掏出缸子要水。我旁边的人打了水说:"谁的棋?收了放缸子。"他很可怜的样子,问:"下棋吗?"要放缸子的人说:"反正没意思,来一盘吧。"他就很高兴,连忙码好棋子。对手说:"这横着算怎么回事儿?没法儿看。"他搓着手说:"凑合了。平常看棋的时候,棋盘不等于是横着的?你先走。"对手很老练地拿起棋子儿,嘴里叫着:"当头炮。"他跟着跳上马。对手马上把他的卒吃了,他也立刻用马吃了对方的炮。我看这种简单的开局没有大意思,又实在对象棋不感兴趣,就转了头。

这时一个同学走过来,像在找什么人,一眼望到我,就说:"来来来,四缺一,就差你了。"我知道他们是在打牌,就摇摇头。同学走到我们这一格,正待伸手拉我,忽然大叫:"棋呆子,你怎么在这儿?你妹妹刚才把你找苦了,我说没见啊。没想到你在我们学校这节车厢里,气儿都不吭一声儿。你瞧你瞧,又下上了。"

棋呆子红了脸,没好气儿地说:"你管天管地,还管我下棋?走,该你走了。"就又催促我身边的对手。我这时听出点音儿来,就问同学:"他就是王一生?"同学睁了眼,说:"你不认识他?唉呀,你白活了。你不知道棋呆子?"我说:"我知道棋呆子就是王一生,可不知道王一生就是他。"说着,就仔细看着这个精瘦的学生。王一生勉强笑一笑,只看着棋盘。

王一生简直大名鼎鼎。我们学校与旁边几个中学常常有学生之间的象棋厮杀,后来拼出几个高手。几个高手之间常摆擂台,渐渐地,几乎每次冠军就都是王一生了。我因为不喜欢象棋,也就不去关心什么象棋冠军,但王一生的大名,却常被班上几个棋篓子供在嘴上,我也就对其事迹略闻一二,知道王一生外号棋呆子,棋下得很神不用说,而且在他们学校那一年级里数理成绩总是前数名。我想棋下得好而有个数学脑子,这很合情理,可我又不信人们说的那些王一生的呆事,觉得不过是大家"寻逸闻鄙事,以快言论"罢了。后来运动起来,忽然有一天大家传说棋呆子在串联时犯了事儿,被人押回学校了。我对棋呆子能出去串联表示怀疑,因为以前大家对他的描述说明他不可能解决串联时的吃喝问题。可大家说呆子确实去串联了,因为老下棋,被人瞄中,就同他各处走,常常送他一点儿钱,他也不问,只是收下,后来才知道,每到一处,呆子必然挤地头看下棋。看上一盘,必然把输家挤开,与赢家杀一盘。初时大家看他其貌不扬,不与他下。他执意要杀,于是就杀。几步下来,对方出了小汗,嘴却不软。呆子也不说话,只是出手极快,像是连想都不想。待到对方终于闭了嘴,连一圈儿观棋的人也要慢慢思索棋路而不再支招儿的时候,与呆子同行的人就开始摸包儿。大家正看得紧张,哪里想到钱包已经易主?待三盘下来,众人都摸头。这时呆子倒成了棋主,连问可有谁还要杀?有哪位不服,就坐下来杀,最后仍是无一盘得利。后来常常是众人齐做一方,七嘴八舌与呆子对手。呆子也不忙,反倒促众人快走,因为师傅多了,常为一步棋如何走自家争吵起来。就这样,在一处呆子可以连杀上一天。后来有那观棋的人发觉钱包丢了,闹嚷起来。慢慢有几个有心计的人暗中观察,看见有人掏包,也不响,之后见那人晚上来邀呆子走,就发一声喊,将扒手与呆子齐绑了,由造反队审。呆子糊糊涂涂,只说别人常给他钱,大约是可怜他,也不知钱如何来,自己只是喜欢下棋。审主看他呆相,就命人押了回来,一时各校传为轶事。后来听说呆子认为外省马路棋手高手不多,不能长进,就托人找城里名手近战。有个同学就带他去见自己的父亲。据说是国内名手。名手见了呆子,也不多说,只摆一副据说是宋时留下的残局,要呆子走。呆子看了半晌,一五一十道来,替古人赢了。名手很惊奇,要收呆子为徒。不料呆子却问:"这残局你可走通了?"名手没反应过来,就说:"还未通。"呆子说:"那我为什么要做你的徒弟?"名手只好请呆子开路,事后对自己的儿子说:"你这个同学桀骜不驯,棋品连着人品,照这样下去,棋品必劣。"又举了一些最新指示,说若能好好学习,棋锋必健。后来呆子认识了一个捡烂纸的老头儿,被老头儿连杀三天而仅赢一盘。呆子就执意要替老头儿去撕大字报纸,不要老头儿劳动。不料有一天撕了某造反团刚贴的"檄文",被人拿获,又被这造反团栽诬于对立派,说对方"施阴谋,弄诡计",必讨之,而且是可忍,孰不可忍!对立派又阴使人偷出呆子,用了呆子的名义,对先前的造反团反戈一击。一时呆子的大名"王一生"贴得满街都是,许多外省来取经的革命战士许久才明白王一生原来是个棋呆子,就有人请了去外省会一些江湖名手。交手之后,各有胜负,不过呆子的棋据说是越下越精了。只可惜全国忙于革命,否则呆子不知会有什么造就。

这时我旁边的人也明白对手是王一生,连说不下了。王一生便很沮丧。我说:"你妹妹来送你,你也不知道和家里人说说话儿,倒拉着我下棋!"王一生看着我说:"你哪儿知道我们这些人是怎么回事儿?你们这些人好日子过惯了,世上不明白的事儿多着呢!你家父母大约是舍不得你走了?"我怔了怔,看着手说:"哪儿来父母,都死毬了。"我的同学就添油加醋地叙了我一番,我有些不耐烦,说:"我家死人,你倒有了故事了。"王一生想了想,对我说:"那你这两年靠什么活着?"我说:"混一天算一天。"王一生就看定了我问:"怎么混?"我不答。呆了一会,王一生叹一声,说:"混可不易。一天不吃饭,棋路都乱,不管怎么说,你父母在时,你家日子还好过。"我不服气,说:"你父母在,当然要说风凉话。"我的同学见话不投机,就岔开说:"呆子,这里没有你的对手,走,和我们打牌去吧。"呆子笑一笑,说:"牌算什么,瞌睡着也能赢你们。"我旁边儿的人说:"据说你下棋可以不吃饭?"我说:"人一迷上什么,吃饭倒是不重要的事。大约能干出什么事儿的人,总免不了有这种傻事。"王一生想一想,又摇摇头,说:"我可不是这样。"说完就去看窗外。

  一路下去,慢慢我发觉我和王一生之间,既开始有互相的信任和基于经验的同情,又有各自的疑问。他总是问我与他认识之前是怎么生活的,尤其是父母死后的两年是怎么混的。我大略地告诉了他,可他又特别在一些细节上详细地打听,主要是关于吃,例如讲到有一次我一天没有吃到东西,他就问:"一点儿也没吃到吗?"我说:"一点儿也没有。"他又问:"那你后来吃到东西是在什么时候?"我说:"后来碰到一个同学。他要用书包装很多东西,就把书包翻倒过来腾干净,里面有一个干馒头,掉在桌上就碎了。我一边儿和他说话,一边儿就把这些碎馒头吃下去。不过,说老实话,干烧饼比干馒头解饱得多,而且顶时候儿。"他同意我关于干烧饼的见解,可马上又问:"我是说,你吃到这个干馒头的时候是几点?过了当天夜里十二点吗?"我说:"噢,不。是晚上十点吧。"他又问:"那第二天你吃了什么?"我有点儿不耐烦。讲老实话,我不太愿意复述这些事情,尤其是细节。我觉得这些事情总在腐蚀我,它们与我以前对生活的认识太不合辙,总好像是在嘲笑我的理想。我说:"当天晚上我睡在那个同学家。第二天早上,同学买了两个油饼,我吃了一个。上午我随他去跑一些事,中午他请我在街上吃。晚上嘛,我不好意思再在他那儿吃,可另一个同学来了,知道我没什么着落,硬拉了我去他家,当然吃得还可以。怎么样?还有什么不清楚?"他笑了,说:"你才不是你刚才说的什么'一天没吃东西',你十二点以前吃了一个馒头,没有超过二十四小时。更何况第二天你的伙食水平不低,平均下来,你两天的热量还是可以的。"我说:"你恐怕还是有些呆!要知道,人吃饭,不但是肚子的需要,而且是一种精神需要。不知道下一顿在什么地方,人就特别想到吃,而且,饿得快。"他说:"你家道尚好的时候,有这种精神压力吗?恐怕没有什么精神需求吧?有,也只不过是想好上再好,那是馋。馋是你们这些人的特点。"我承认他说得有些道理,禁不住问他:"你总在说你们、你们,可你是什么人?"他迅速看着其他地方,只是不看我,说:"我当然不同了。我主要是对吃要求得比较实在。唉,不说这些了,你真的不喜欢下棋?'何以解忧?唯有象棋'。"我瞧着他说:"你有什么忧?"他仍然不看我,"没有什么忧,没有。'忧'这玩意儿,是他妈文人的佐料儿。我们这种人,没有什么忧,顶多有些不痛快。何以解不痛快?唯有象棋。"

我看他对吃很感兴趣,就注意他吃的时候。列车上给我们这几节知青车厢送饭时,他若心思不在下棋上,就稍稍有些不安。听见前面大家拿饭时铝盒的碰撞声,他常常闭上眼,嘴巴紧紧收着,倒好像有些恶心。拿到饭后,马上就开始吃,吃得很快,喉节一缩一缩的,脸上绷满了筋。常常突然停下来,很小心地将嘴边或下巴上的饭粒儿和汤水油花儿用整个儿食指抹进嘴里。若饭粒儿落在衣服上,就马上一按,拈进嘴里。若一个没按住,饭粒儿由衣服上掉下地,他也立刻双脚不再移动,转了上身找。这时候他若碰上我的目光,就放慢速度。吃完以后,他把两只筷子吮净,拿水把饭盒冲满,先将上面一层油花吸净,然后就带着安全到达彼岸的神色小口小口地呷。有一次,他在下棋,左手轻轻地叩茶几。一粒干缩了的饭粒儿也轻轻地小声跳着。他一下注意到了,就迅速将那个干饭粒儿放进嘴里,腮上立刻显出筋络。我知道这种干饭粒儿很容易嵌到槽牙里,巴在那儿,舌头是赶它不出的。果然,呆了一会儿,他就伸手到嘴里去抠。终于嚼完,和着一大股口水,"咕"地一声儿咽下去,喉节慢慢移下来,眼睛里有了泪花。他对吃是虔诚的,而且很精细。有时你会可怜那些饭被他吃得一个渣儿都不剩,真有点儿惨无人道。我在火车上一直看他下棋,发现他同样是精细的,但就有气度得多。他常常在我们还根本看不出已是败局时就开始重码棋子,说:"再来一盘吧。"有的人不服输,非要下完,总觉得被他那样暗示死刑存些侥幸。他也奉陪,用四五步棋逼死对方,略带嘲讽地说:"给你棋脸,非要听'将'有瘾?"

645

我每看到他吃饭,就回想起杰克·伦敦的《热爱生命》,终于在一次饭后他小口呷汤时讲了这个故事。我因为有过饥饿的经验,所以特别渲染了故事中的饥饿感觉。他不再喝汤,只是把饭盒端在嘴边儿,一动不动地听我讲。我讲完了,他呆了许久,凝视着饭盒里的水,轻轻吸了一口,才很严肃地看着我说:"这个人是对的。他当然要把饼干藏在褥子底下。照你讲,他是对失去食物发生精神上的恐惧,是精神病?不,他有道理,太有道理了。写书的人怎么可以这么理解这个人呢?杰……杰什么?嗯,杰克·伦敦,这个小子他妈真是饱汉子不知饿汉子饥。"我马上指出杰克·伦敦是一个如何如何的人。他说:"是呀,不管怎么样,像你说的,杰克·伦敦后来出了名,肯定不愁吃的,他当然会叼着根烟,写些嘲笑饥饿的故事。"我说:"杰克·伦敦丝毫也没有嘲笑饥饿,他是……"他不耐烦地打断我说:"怎么不是嘲笑?把一个特别清楚饥饿是怎么回事儿的人写成发了神经,我不喜欢。"我只好苦笑,不再说什么。可是一没人和他下棋了,他就又问我:"嗯?再讲个吃的故事?其实杰克·伦敦那个故事挺好。"我有些不高兴地说:"那根本不是个吃的故事,那是一个讲生命的故事,你不愧为棋呆子。"大约是我脸上有种表情,他于是不知怎么办才好。我心里有一种东西升上来,我还是喜欢他的,就说:"好吧,巴尔扎克的《邦斯舅舅》听过吗?"他摇摇头。我就又好好儿描述了一下邦斯这个老饕,不料他听完,马上就说:"这个故事不好,这是一个馋的故事,不是吃的故事。邦斯这个老头儿若只是吃而不馋,不会死。我不喜欢这个故事。"他马上意识到这最后一句话,就急忙说:"倒也不是不喜欢。不过洋人总和咱们不一样,隔着一层。我给你讲个故事吧。"我马上感了兴趣:棋呆子居然也有故事!他把身体靠得舒服一些,说:"从前哪,"笑了笑,又说:"老是他妈从前,可这个故事是我们院儿的五奶讲的。嗯——老辈子的时候,有这么一家子,吃喝不愁。粮食一囤一囤的,顿顿想吃多少吃多少,嘿,可美气了。后来呢,娶了个儿媳妇。那真能干,就没说把饭做糊过,不干不稀,特解饱。可这媳妇,每做一顿饭,必抓一把米藏好……"听到这儿,我忍不住插嘴:"老掉牙的故事了,还不是后来遇到了荒年,大家没饭吃,媳妇把每日攒下的米拿出来,不但自家有了,还分给穷人?"他很惊奇地坐直了,看着我说:

646

"你知道这个故事?可那米没有分给别人,五奶没有说分给别人。"我笑了,说:"这是教育小孩儿要节约的故事,你还拿来有滋有味儿地讲,你真是呆子。这不是一个吃的故事。"他摇摇头,说:"这太是吃的故事了。首先得有饭,才能吃,这家子有一囤一囤的粮食。可光穷吃不行,得记着断顿儿的时候,每顿都要欠一点儿。老话儿说'半饥半饱日子长'嘛。"我想笑但没笑出来,似乎明白一些什么。为了打消这种异样的感触,就说:"呆子,我跟你下棋吧。"他一下高兴起来,紧一紧手脸,啪啪啪就把棋码好,说:"对,说什么吃的故事,还是下棋。下棋最好,何以解不痛快?唯有下象棋。啊?哈哈哈!你先走。"我又是当头炮,他随后把马跳好。我随便动了一个子儿,他很快地把兵移前一格儿。我并不真心下棋,心想他念到中学,大约是读过不少书的,就问:"你读过曹操的《短歌行》?"他说:"什么《短歌行》?"我说:"那你怎么知道'何以解忧,唯有杜康'?"他愣了,问:"杜康是什么?"我说:"杜康是一个造酒的人,后来也就代表酒,你把杜康换成象棋,倒也风趣。"他摆了一下头,说:"啊,不是。这句话是一个老头儿说的,我每回和他下棋,他总说这句。"我想起了传闻中的捡烂纸的老头儿,就问:"是捡烂纸的老头儿吗?"他看了我一眼,说:"不是。不过,捡烂纸的老头儿棋下得好,我在他那儿学到不少东西。"我很感兴趣地问:"这老头是个什么人?怎么下得一手儿好棋还捡烂纸?"他很轻地笑了一下,说:"下棋不当饭。老头儿要吃饭,还得捡烂纸。可不知他以前是什么人。有一回,我抄的几张棋谱不知怎么找不到了,以为当垃圾倒出去了,就到垃圾站去翻。正翻着,这个老头儿推着筐过来了,指着我说:'你个大小伙子,怎么抢我的买卖?'我说不是,是找丢了东西,他问什么东西,我没搭理他。可他问个不停,'钱?存折儿?结婚帖子?'我只好说是棋谱,正说着,就找着了。他说叫他看看。他在路灯底下挺快就看完了,说'这棋没根哪。'我说这是以前市里的象棋比赛。可他说,'哪儿的比赛也没用,你瞧这,这叫棋路?狗脑子。'我心想怕是遇上异人了,就问他当怎么走。老头儿哗哗说了一通谱儿,我一听,真的不凡,就提出要跟他下一盘。老头让我先说。我们俩就在垃圾站下盲棋,我是连输五盘。老头儿棋路猛听头几步,没什么,可着子真阴真狠,打闪一般,网得开,收得又紧又快。后来我们见天儿在垃圾站下盲棋,每天回去我就琢磨他的棋路,以后居然跟他平过一盘,还赢过一盘。其实赢的那盘我们一共才走了十几步。老头儿用铅丝扒子敲了半天地面,叹一声,'你赢了。'我高兴了,直说要到他那儿去看看。老头儿白了我一眼,说,'撑的?!'告诉我明天晚上再在这儿等他。第二天我去了,见他推着筐远远来了。到了眼前,从筐里取出一个小布包,递到我手上,说这也是谱儿,让我拿回去,看瞧得懂不。又说哪天有走不动的棋,让我到这儿来说他听听,兴许他就走动了。我赶紧回到家里,打开一看,还真他妈看不懂。这是本异书,也不知是哪朝哪代的,手抄,边边角角儿,补了又补。上面写的东西,不像是说象棋,好像是说另外的什么事儿。我第二天又去找老头儿,说我看不懂,他哈哈一笑,说他先给我说一段儿,提个醒儿。他一开说,把我吓了一跳。原来开宗明义,是讲男女的事儿。我说这是四旧。老头儿叹了,说什么是旧?我这每天捡烂纸是不是在捡旧?可我回去把他们分门别类,卖了钱,养活自己,不是新?又说咱们中国道家讲阴阳,这开篇是借男女讲阴阳之气。阴阳之气相游相交,初不可太胜,太胜则折,折就是'折断'的'折'。我点点头。'太胜则折,太弱则泻'。老头儿说我的毛病是太胜。又说,若对手胜,则以柔化之。可要在化的同时,造成克势。柔不是弱,是容,是收,是含。含而化之,让对手入你的势。这势要你造,需无为而无不为。无为即是道,也就是棋运之大不可变,你想变,就不是象棋,输不用说了,连棋边儿都沾不上。棋运不可悖,但每局的势要自己造。棋运和势既有,那可就无所不为了。玄是真玄,可细琢磨,是那么个理儿。我说,这么讲是真提气,可这下棋,千变万化,怎么才能准赢呢?老头儿说这就是造势的学问了。造势妙在契机。谁也不走子儿,这棋没法儿下。可只要对方一动,势就可入,就可导。高手你入他很难,这就要损。损他一个子儿,损自己一个子儿,先导开,或找眼钉下,止住他的入势,铺排下自己的入势。这时你万不可死损,势式要相机而变。势式有相因之气,势套势,小势导开,大势含而化之,根连根,别人就奈何不得。老头儿说我只有套,势不太明。套可以算出百步之远,但无势,不成气候。又说我脑子好,有琢磨劲儿,后来输我的那一盘,就是大势已破,再下,就是玩了。老头儿说他日子不多了,无儿无女,遇见我,就传给我吧。我说你老人家棋道这么好,怎么还干这种营生呢？老头儿叹了一口气,说这棋是祖上传下来的,但有训——'为棋不为生',为棋是养性,生会坏性,所以生不可太胜。又说他从小没学过什么谋生本事,现在想来,倒是训坏了他。"我似乎听明白了一些棋道,可很奇怪,就问:"棋道与生道难道有什么不同吗？"王一生说:"我也是这么说,而且魔症起来,问他天下大势。老头儿说,棋就是这么几个子儿,棋盘就这么大,无非是道同势不同,可这子儿你全能看在眼底。天下的事,不知道的太多。这每天的大字报,张张都新鲜,虽看出点道儿,可不能究底。子儿不全摆上,这棋就没法儿下。"

我就又问那本棋谱。王一生很沮丧地说:"我每天带在身上,反复地看。后来你知道,我撕大字报被造反团捉住,书就被他们搜了去,说是四旧,给毁了,而且是当着我的面儿毁的。好在书已在我脑子里,不怕他们。"我就又和王一生感叹了许久。

火车终于到了。所有的知识青年都又被用卡车运到农场。在总场,各分场的人上来领我们。我找到王一生,说:"呆子,要分手了,别忘了交情,有事儿没事儿,互相走动。"他说当然。

············

四

第二天一早儿,大家满身是土地起来,找水擦了擦,又约画家到街上去吃。画家执意不肯,正说着,脚卵来了,很高兴的样子。王一生对他说:"我不参加这个比赛。"大家呆了,脚卵问:"蛮好的,怎么不赛了呢？省里还下来人视察呢!"王一生说:"不赛就不赛了。"我说了说,脚卵叹道:"书记是个文化人,蛮喜欢这些的。棋虽然是家里传下的,可我实在受不了农场这个罪,我只想有个干净的地方住一住,不要每天脏兮兮的。棋不能当饭吃的,用它通一些关节,还是值的。家里也不很景气,不会怪我。"画家把双臂抱在胸前,抬起一只手摸了摸脸,看着天说:"理想没有了,只剩下目的。倪斌,不能怪你。你没有什么不得了的要求。我这两年,也常常犯糊涂,生活太具体了。幸亏我还会画画儿。何以解忧?唯有——唉。"王一生很惊奇地看着画家,慢慢转了脸对脚卵说:"倪斌,谢谢你。这次比赛决出高手,我登门去与他们下。我不参加这次比赛了。"脚卵忽然很兴奋,攥起大手一顿,说:"这样,这样!我呢,去跟书记说一下,组织一个友谊赛。你要是赢了这次的冠军,无疑是真正的冠军。输了呢,也不太失身份。"王一生呆了呆:"千万不要跟什么书记说,我自己找他们下,要不,就与前三名都下。"

大家也不好再说什么,就去看各种比赛,倒也热闹。王一生只钻在棋类场地外面,看各局的明棋。第三天,决出前三名。之后是发奖,又是演出,会场乱哄哄的。也听不清谁得是什么奖。

脚卵让我们在会场等着,过了不久,就领来两个人,都是制服打扮。脚卵作了介绍,原来是象棋比赛的第二、三名。脚卵说:"这位是王一生,棋蛮厉害的,想与你们两位高手下一下,大家也是一个互相学习的机会。"两个人看了看王一生,问:"那怎么不参加比赛呢?我们在这里呆了许多天,要回去了。"王一生说:"我不耽误你们,与你们两人同时下。"两人互相看了看,忽然悟到,说:"盲棋?"王一生点一点头。两人立刻变了态度,笑着说:"我们没下过盲棋。"王一生说:"不要紧,你们看着明棋下。来,咱们找个地方儿。"话不知怎么就传了出去,立刻嚷动了,会场上各县的人都说有一个农场的小子没有赛着,不服气,要同时与亚、季军比试。百十个人把我们围了起来,挤来挤去地看,大家觉得有了责任,便站在王一生身边儿。王一生倒低了头,对两个人说:"走吧,走吧,太扎眼。"有一个人挤了进来,说:"哪个要下棋?就是你吗?我们大爷这次是冠军,听说你不服气,叫我来请你。"王一生慢慢地说:"不必。你大爷要是肯下,我和你们三人同下。"众人都轰动了,拥着往棋场走去。到了街上,百十人走成一片。行人见了,纷纷问怎么回事,可是知青打架?待明白了,就都跟着走。走过半条街,竟有上千人跟着跑来跑去。商店里的店员和顾客也都站出来张望。长途车路过这里开不过,乘客们纷纷探出头来,只见一街人头攒动,尘土飞起多高,轰轰的,乱纸踏得嚓嚓响。一个傻子呆呆地在街中心,咿咿呀呀地唱,有人发了善心,把他拖开,傻子就依了墙根儿唱。四五条狗窜来窜去,觉得是它们在引路打狼,汪汪叫着。

到了棋场,竟有数千人围住,土扬在半空,许久落不下来。棋场的标语标志早已摘除,出来一个人,见这么多人,脸都白了。脚卵上去与他交涉,他很快地看着众人,连连点头儿,半天才明白是借场子用,急忙打开门,连说"可以可以",见众人都要进去,就急了。我们几个,马上到门口守住,放进脚卵、王一生和两个得了荣誉的人。这时有一个人走出来,对我们说:"高手既然和三个人下,多我一个不怕,我也算一个。"众人又嚷动了,又有人报名。我不知怎么办好,只得进去告诉王一生。王一生咬一咬嘴说:"你们两个怎么样?"那两个人赶紧站起来,连说可以。我出去统计了。连冠军在内,对手共是十人。脚卵说:"十人是满数,不吉利的,九个人好了。"于是就九个人。冠军总不见来,有人来报,既是下盲棋,冠军只在家里,命人传棋。王一生想了想,说好吧。九个人就关在场里。墙外一副明棋不够用,于是有人拿来八张整开白纸,很快地画了格儿。又有人用硬纸剪了百十个方棋子儿,用红黑颜色写了,背后粘上细绳,挂在棋格儿的钉子上,风一吹,轻轻地晃成一片,街上人们也嚷成一片。

人是越来越多。后来的人拼命往前挤,挤不进去,就抓住人打听,以为是杀人的告示。妇女们也抱着孩子们,远远围成一片。又有许多人支了自行车,站在后架上伸脖子看,人群一挤,连着倒,喊成一团。半大的孩子们钻来钻去,被大人们用腿拱出去。数千人闹闹嚷嚷,街上像半空响着闷雷。

王一生坐在场当中一个靠背椅上,把手放在两条腿上,眼睛虚望着,一头一脸都是土,像是被传讯的歹人。我不禁笑起来,过去给他拍一拍土。他按住我的手,我觉出他有些抖。王一生低低地说:"事情闹大了。你们几个朋友看好,一有动静,一起跑。"我说:"不会。只要你赢了,什么都好办。争口气。怎么样?有把握吗?九个人哪!头三名都在这里!"王一生沉吟了一下,说:"怕江湖的不怕朝廷的,参加过比赛的人的棋路我都看了,就不知道其他六个会不会冒出冤家。书包你拿着,不管怎么样,书包不能丢。书包里有……"王一生看了看我,"我妈的无字棋。"他的瘦脸上又干又脏,鼻沟儿也黑了,头发立着,喉咙一动一动

651

的,两眼黑得吓人。我知道他拼了,心里有些酸,只说:"保重!"就离了他。他一个人空空地在场中央,谁也不看,静静的像一块铁。

棋开始了。上千人不再出声儿。只有自愿服务的人一会儿紧一会儿慢地用话传出棋步,外边儿自愿服务的人就变动着棋子儿。风吹得八张大纸哗哗地响,棋子儿荡来荡去。太阳斜斜地照在一切上,烧得耀眼。前几十排的人都坐下了,仰起头看,后面的人也挤得紧紧的,一个个土眉土眼,头发长长短短吹得飘,再没人动一下,似乎都把命放在棋里搏。

我心里忽然有一种很古的东西涌上来,喉咙紧紧地往上走,读过的书,有的近了,有的远了,模糊了,平时十分佩服的项羽、刘邦都在目瞪口呆,倒是尸横遍野的那些黑脸士兵,从地下爬起来,哑了喉咙,慢慢移动。一个樵夫,提了斧在野唱。忽然又仿佛见了棋呆子的母亲,用一双弱手一页一页地折书页。

我不由伸手到王一生的书包里去掏摸,捏到一个小布包儿,拽出来一看,是个旧蓝斜纹布的小口袋,上面用线绣了一只蝙蝠,布的四边儿都用线做了圈口,针脚很是细密。取出一个棋子,确实很小,在太阳底下竟是半透明的,像是一只眼睛,正柔和地瞧着。我把它攥在手里。

太阳终于落下去,立刻爽快了。人们仍在看着,但议论起来。里边儿传出一句王一生的棋步,外边儿的人就嚷动一下。专有几个人骑车为在家的冠军传送着棋步,大家就不太客气,笑话起来。

我又进去,看见脚卵很高兴的样子,心里就松开一些,问:"怎么样?我不懂棋。"脚卵抹一抹头发,说:"蛮好,蛮好。这种阵势,我从来也没见过,你想想看,九个人与他一个人下,九局连环!车轮大战!我要写信给我的父亲,把这次的棋谱都寄给他。"这时有两个人从各自的棋盘前站起来,朝着王一生一鞠躬,说:"甘拜下风。"就捏着手出去了。王一生点点头儿,看了他们的位置一眼。

王一生的姿势没有变,仍旧是双手扶膝,眼平视着,像是望着极远极远的远处,又像是盯着极近极近的近处,瘦瘦的肩挑着宽大的衣服,土没拍干净,东一块儿,西一块儿。喉节许久才动一下。我第一次承认象棋也是运动,而且是马拉松,是多一倍的马拉松!我在学校时,参加过长跑,开始后的五百米,确实极累,但过了一个限度,就像不是用脑子跑,而像一架无人驾驶的飞机,又像是一架到了高度的滑翔机,只管滑翔下去。可这象棋,始终是处在一种机敏的运动之中,兜捕对手,逼向死角,不能疏忽。我忽然担心起王一生的身体来。这几天,大家因为钱紧,不敢怎么吃,晚上睡得又晚,谁也没想到会有这么一个场面。看着王一生稳稳地坐在那里,我又替他赌一口气:死顶吧!我们在山上扛木料,两个人一根,不管路不是路,沟不是沟,也得咬牙,死活不能放手。谁若是顶不住软了,自己伤了不说,另一个也得被木头震得吐血。可这回是王一生一个人过沟过坎儿,我们帮不上忙。我找了点儿凉水来,悄悄走近他,在他眼前一挡,他抖了一下,眼睛刀子似的看了我一下,一会儿才认出是我,就干干地笑了一下。我指指水碗,他接过去,正要喝,一个局号报了棋步。他把碗高高地平端着,水纹丝儿不动。他看着碗边儿,回报了棋步,就把碗缓缓凑到嘴边儿。这时下一个局号又报了棋步,他把嘴定在碗边儿,半晌,回报了棋步,才咽一口水下去,"咕"的一声儿,声音大得可怕,眼里有了泪花。他把碗递过来,眼睛望望我,有一种说不出的东西在里面游动,苦甜苦甜的。嘴角儿缓缓流下一滴水,把下巴和脖子上的土冲干一道沟儿。我又把碗递过去,他竖起手掌止住我,回到他的世界里去了。

我出来,天已黑了。有山民打着松枝火把,有人用手电照着,黄乎乎的,一团明亮。大约是地区的各种单位下班了,人更多了。狗也在人前蹲着,看人挂动棋子,不知是懂不懂,只是眼神凄凄的,像是在担忧。几个同来的队上知青,各被人围了打听。不一会,"王一生"、"棋呆子"、"是个知青"、"棋是道家的棋",就在人们嘴上传。我有些发噱,本想到人群里说说,但又止住了,随人们传吧,我开始高兴起来。这时墙上只有三局在下了。

忽然人群发一声喊。我回头一看,原来只剩了一盘,恰是与冠军的那一盘。盘上只有不多几个子儿。王一生的黑子儿远远近近地峙在对方棋营格里,后方老帅稳稳地呆着,尚有一"士"伴着,好像帝王与近侍在聊天儿,等着前方将士得胜回朝;又似乎隐隐看见有人在伺候酒宴,点起尺把长的红蜡烛,有人在悄悄地调整管弦,单等有人跪奏捷报,鼓乐齐鸣。我的肚子拖长了音儿在响,脚下觉得软了,就拣个地方坐下,仰头看最后的围猎,生怕有什么差池。

红子儿半天不动,大家不耐烦了,纷纷看骑车的人来没来,嗡嗡地响成一片。忽然人群乱起来,纷纷闪开。只见一老者,精光头皮,由旁人搀着,慢慢走出来,嘴嚼动着,上上下下看着八张定局残子。众人纷纷传着,这就是本届地区冠军,是这个山区的一个世家后人,这次"出山"玩玩儿棋,不想就夺了头把交椅,平了这次比赛的大势,直叹棋道不兴。老者看完了棋,轻轻抻一抻衣衫,跺一跺土,昂了头,由人搀进棋场。众人都一拥而起。我急忙抢进了大门,跟在后面。只见老者进了大门,立定,往前看去。

王一生孤身一人坐在大屋子中央,瞪眼看着我们,双手支在膝上,铁铸一个细树桩,似无所见,似无所闻。高高的一盏电灯,暗暗地照在他脸上,眼睛深陷进去,黑黑的似俯视大千世界,茫茫宇宙。那生命像聚在一头乱发中,久久不散,又慢慢弥漫开来,灼得人脸热。

众人都呆了,都不说话。外面传了半天,眼前却是一个瘦小黑魂,静静地坐着,众人都不禁吸了一口凉气。

半响,老者咳嗽一下,底气很足,十分洪亮,在屋里荡来荡去。王一生忽然目光短了,发觉了众人,轻轻地挣了一下,却动不了。老者推开搀的人,向前迈了几步,立定,双手合在腹前摩挲了一下,朗声叫道:"后生,老朽身有不便,不能亲赴沙场。命人传棋,实出无奈。你小小年纪,就有这般棋道,我看了,汇道禅于一炉,神机妙算,先声有势,后发制人,遣龙治水,气贵阴阳,古今儒将,不过如此。老朽有幸与你接手,感触不少,中华棋道,毕竟不颓,愿与你做个忘年之交。老朽这盘棋下到这里,权做赏玩,不知你可愿意平手言和,给老朽一点面子?"

王一生再挣了一下,仍起不来。我和脚卵急忙过去,托住他的腋下,提他起来。他的腿仍然是坐着的样子,直不了,半空悬着。我感到手里好像只有几斤的分量,就示意脚卵把王一生放下,用手去揉他的双腿。大家都拥过来,老者摇头叹息着。脚卵用大手在王一生身上、脸上、脖子上缓缓地用力揉。半响,王一生的身子软下来,靠在我们手上,喉咙嘶嘶地响着,慢慢把嘴张开,又合上,再张开,"啊啊"着。很久,才呜呜地说:"和了吧。"

老者很感动的样子,说:"今晚你是不是就在我那儿歇了?养息两天,我们谈谈棋?"王一生摇摇头,轻轻地说:"不了,我还有朋友。大家一起出来的,还是大家在一起吧。我们到、到文化馆去,那里有个朋友。"画家就在人群里喊:"走吧,到我那里去,我已经买好了吃的,你们几个一起去。真不容易啊。"大家慢慢拥了我们出来,火把一圈儿照着。山民和地区的人层层围了,争睹棋王丰采,又都点头儿叹息。

我搀了王一生慢慢走,光亮一直随着。幼时曾见过荷兰画家伦勃朗名作《夜巡》,恍惚觉得就是这般情景。进了文化馆,到了画家的屋子,虽然有人帮着劝散,窗上还是挤满了人,慌得画家急忙把一些画儿藏了。

人渐渐散了,王一生还有些木。我忽然觉出左手还攥着那个棋子,就张了手给王一生看。王一生呆呆地盯着,似乎不认得,可喉咙里就有了响声,猛然"哇"地一声儿吐出一些黏液,眼泪就流了下来,呜呜地哭着说:"妈,儿今天明白事儿了。人还要有点儿东西,才叫活着。妈——"大家都有些酸,扫了地下,打来水,劝了。王一生哭过,滞气调理过来,有了精神,就一起吃饭。画家竟喝得大醉,也不管大家,一个人倒在大床上睡去。电工领了我们,脚卵也跟着,一齐到礼堂台上去睡。

夜黑黑的,伸手不见五指。王一生已经睡死。我却还似乎耳边人声嚷动,眼前火把通明,山民们铁了脸,掮着柴禾在林中走,咿咿呀呀地唱。我笑起来,想:不做俗人,哪儿会知道这般乐趣?家破人亡,平了头每日荷锄,却自有真人生在里面,识到了,即是幸,即是福。衣食是本,自有人类,就是每日在忙这个。可囿在其中,终于还不太像人。倦意渐渐上来,就拥了幕布,沉沉睡去。

(选自《上海文学》1984年第7期)

【作者简介】

阿城(1949~),原名钟阿城,四川江津人,生于北京。从1968年起,阿城先后到山西、内蒙古插队,以后,又去云南农场当了十年林业工人。1979年回北京,当过工人、编辑。1984年发表《棋王》,后又发表

《树王》、《孩子王》、《遍地风流》等作品。现定居美国加州。

【作品简析】

《棋王》写了个绰号叫"棋呆子"的王一生。这是一个卑微得近于猥琐的小人物。他对于吃,是那样的郑重,那样的虔诚,那样的精细。吃东西时,"喉节一缩一缩的,脸上绷满了筋",掉一个米粒儿,也要把它拈进嘴里。有时,"饭被他吃得一个渣儿都不剩,真有点惨无人道"。然而这不是馋,而是由于穷才有的寒酸相。人们并不笑他的吃相,而只是为他落泪。他对于棋更是入迷,像得了"魔症"。饭可以不吃,觉可以不睡,家可以不回,棋不能不下。"何以解忧?唯有下棋。"在农场插队期间,他竟不顾百里之遥,去找人对弈。他俗而且呆。然而,他又活得很实在、很磊落、很壮烈。他不偷不骗,靠诚实的劳动养活自己;他拒绝通过私人交易参加地区的象棋比赛;他"把性命放在棋里搏",九局连环,车轮大战,获得全胜!弱体托出了强魂,寒门养出了高士。"家破人亡,平了头每日荷锄,却自有真人生在里面",这是王一生的崇高之处。

作品最后有一句话说:"衣食是本,自有人类,就是每日在忙这个。可囿在其中,终于还不太像人。"这是全文的点睛之笔。王一生既看重"衣食"这个"本",又不"囿在其中",而在精神上多有所寄托和追求,因而是一个真正意义上的人。有人认为《棋王》"高扬了人的本体精神",有人指出,"阿城把道家的思想揉进了小说",评价不一。但有一点是共同的,即阿城的小说涉入了中国哲学和中国文化这一最高思想层次。阿城自谦地称自己的小说是"半文化小说";其实,正是阿城,较早地使自己的小说"侵入"了中国文化这一纵深领域,当之无愧地应是文化寻根小说的开拓者。

《棋王》的文字平实、冷静,几乎全篇皆是不动声色的叙述和朴拙而又琐屑的白描:在千万人话别的火车站上,王一生在车厢里"孤坐着,手拢在袖管儿里,隔窗望着车站南边儿的空车皮";王一生吃完饭后,还"把两只筷子吮净";王一生抽烟,"他支起肩深吸进去,慢慢地吐出来,浑身荡一下,笑了";王一生走在公路上,"脚下扬起细土,衣裳晃来晃去,裤管前后荡着,像是没有屁股"……孤独、饥饿、潦倒,这就是一个十几岁的中学生在"文化大革命"中的命运！这里一字一句,仿佛都是在血泪里浸泡过的。

　　第四章九局连环、车轮大战是小说的高潮。王一生同时向地区象棋赛的前三名发出挑战,全城都为之震动。这时作者竭力渲染当时万人空巷、争看象棋大决战的盛况,为后来王一生的出场和胜利进行了铺垫。接着写赛场。王一生一人同时和九个人对阵,而且是下"盲棋",难度可想而知。他虽然坐在那里"静静的像一块铁",然而手却"有些抖"。作者反复写王一生的静态。从王一生静止的神态中,我们不难体会到他是怎样以一种高强度的思维活动,全身心地投入到九局连环的厮杀格斗之中！作者运用动静之法,以静写动。决胜之后,当王一生看到妈妈临死前为他磨制的一副棋子时,"猛然'哇'地一声儿吐出一些黏液,眼泪就流了下来,呜呜地哭着说:'妈,儿今天明白事儿了,人还要有点儿东西,才叫活着。'"一句话,把全篇的主旨点明了。"人还要有点儿东西,才叫活着",这正是王一生对人生价值的严肃思考。

（张学正）

铁木前传(节选)

孙 犁

一

在人们的童年里，什么事物，留下的印象最深刻？如果是在农村里长大的，那时候，农村里的物质生活是穷苦的，文化生活是贫乏的，几年的时间，才能看到一次大戏，一年中间，也许听不到一次到村里来卖艺的锣鼓声音。于是，除去村外的田野、坟堆、破窑和柳杆子地，孩子们就没有多少可以留恋的地方了。

在谁家院里，叮叮当当的斧凿声音，吸引了他们。他们成群结队跑了进去，那一家正在请一位木匠打造新车，或是安装门户。在院子里放着一条长长的板凳，板凳的一头，突出一截木楔，木匠把要刨平的木材，放在上面，然后弯着腰，那像绸条一样的木花，就在他那不断推进的刨子上面飞卷出来，落到板凳下面。孩子们跑了过去，刚捡到手，就被监工的主人吆喝跑了：

"小孩子们，滚出去玩。"

然而那噬噬的声音，多么引诱人！木匠的手艺，多么可爱啊！还有生在墙角的那一堆木柴火，是用来熬鳔胶和烤直木材的，那噼剥噼剥的声音，也实在使人难以割舍。而木匠的工作又多是在冬天开始，这堆好火，就更可爱了。

在这个场合里，是终于不得不难过地走开的。让那可爱的斧凿声音，响到墙外来吧；让那熊熊的火光，永远在眼前闪烁吧。在童年的时候，常常就有这样一个可笑的想法：我们家什么时候也能叫一个木匠来

---

* 原载《人民文学》1956年第12期。

做活呢?当孩子们回到家里,在吃晚饭的时候,把这个愿望向父亲提出来,父亲生气了:

"你们家叫木匠?咱家几辈子叫不起木匠,假如你这小子有福分,就从你这儿开办吧。要不,我把你送到黎老东那里学徒,你就可以整天和斧子凿子打交道了。"

黎老东是这个村庄里的惟一的木匠,他高个子,黄胡须,脸上有些麻子。看来,很少有给黎老东当徒弟的可能。因为孩子们知道,黎老东并不招收徒弟。他自己就有六个儿子,六个儿子都不是木匠。他们和别的孩子一样,也是整天背着柴筐下地捡豆楂。

但是,希望是永远存在的,欢乐的机会,也总是很多的。如果是在春末和夏初的日子,村里的街上,就又会有叮叮当当的声音,和一炉熊熊的火了。这叮叮当当的声音,听来更是雄壮,那一炉火看来更是旺盛,真是多远也听得见,多远也看得见啊!这是傅老刚的铁匠炉,又来到村里了。

他们每年总是要来一次的。像在屋梁上结窠的燕子一样,他们总是在一定的时间来。麦收和秋忙就要开始了,镰刀和锄头要加钢,小镐也要加钢,他们还要给农民们打造一些其他的日用家具。他们一来,人们就把那些要修理的东西和自备的破铁碎钢拿来了。

傅老刚被人们叫做"掌作的",他有五十岁年纪了。他的瘦干的脸就像他那左手握着的火钳,右手抡着的铁锤,还有那安放在大木墩子上的铁砧的颜色一样。他那短短的连鬓的胡须,就像是铁锈。他上身不穿衣服,腰下系一条油布围裙,这围裙,长年被火星冲击,上面的大大小小的漏洞,就像蜂窠。在他那脚面上,绑着两张破袜片,也是为了防御那在锤打热铁的时候迸射出来的火花。

傅老刚是有徒弟的。他有两个徒弟,大徒弟抡大锤,沾水磨刃,小徒弟拉大风箱和做饭。小徒弟的脸上,左一道右一道都是污黑的汗水,然而他高仰着头,一只脚稳重地向前伸站,一下一下地拉送那忽忽响动的大风箱。孩子们围在旁边,对他这种傲岸的劳动的姿态,由衷地表示了深深的仰慕之情。

"喂!"当师父从炉灶里撤出烧炼得通红的铁器,他就轻轻地关照孩子们。孩子们一哄就散开了,随着叮当的锤打声,那四溅的铁花,在他们的身后飞舞着。

如果不是父亲母亲来叫,孩子们是会一直在这里观赏的,他们也不知道,到底要看出些什么道理来。是看到把一只门吊儿打好吗?是看到把一个套环儿接上吗?童年啊!在默默的注视里,你们想念的,究竟是一种什么境界?

铁匠们每年要在这个村庄里工作一个多月。他们是早起晚睡的:早晨,人们还躺在被窝里的时候,就听到街上的大小铁锤的声音了;天黑很久,他们炉灶里的火还在燃烧着。夜晚,他们睡在炉灶的边旁,没有席棚,也没有帐幕。只有连绵阴雨的天气,他们才收拾起小车炉灶,到一个人家去。

他们经常的下处,是木匠黎老东家。黎老东家里很穷,老婆死了,留下六个孩子。前些年,他曾经下个狠心,把大孩子送到天津去学生意,把其余的几个,分别托靠给亲朋,自己背上手艺箱子,下了关东。在那遥远的异乡,他只是开了开眼界,受了很多苦楚,结果还是空着手儿回来了。回来以后,他拉扯着几个孩子住在人家的一个闲院里,日子过得越发艰难了。

黎老东是好交朋友的,又出过外,知道出门的难处。他和傅老刚的交情是深厚的,他不称呼傅老刚"掌作的",也不像一些老年人直接叫他"老刚",他总称呼"亲家"。

下雨天,铁匠炉就搬到他的院里来。铁匠们在一大间破碾棚里工作着。为了答谢"亲家"的好意,傅老刚每年总是抽时间给黎老东打整打整他那木作工具。该加钢的加钢,该磨刃的磨刃。这种帮助也是有酬答的,黎老东闲暇的日子,也就无代价地替铁匠们换换锤把,修修风箱。

"亲家"是叫得很熟了,但是,谁也不知道这"亲家"的准确的含义。究竟是黎老东的哪一个儿子认傅老刚为干爹了呢,还是两个人定成了儿女亲家?

"亲家,亲家,你们到底是干亲家,还是湿亲家?"人们有时候这样探问着。

"干的吧?"黎老东是个好说好笑的人,"我有六个儿子,亲家,你要哪一个叫你干爹都行。"

"湿的也行哩!"轻易不说笑的傅老刚也笑起来,"我家里是有个妞儿的。"

但是,每当他说到妞儿的时候,他那脸色就像刚刚烧红的铁,在冷水桶里猛丁一沾,立刻就变得阴沉了。他的老婆死了,留下年幼的女儿一人在家。

"明年把孩子带来吧。"晚上,黎老东和傅老刚在碾棚里对坐着抽烟,傅老刚一直不说话,黎老东找了这样一个话题。他知道,在这个时候,只有这样一把钥匙,才能通开老朋友的紧紧封闭着的嘴,使他那深藏在内心的痛苦流泄出来。

"那就又多一个人吃饭,"傅老刚低着头说,"女孩子家,又累手累脚。"

"你看我。"黎老东忍住眼里的泪说,"六个。"

这种谈话很是知心,可是很难继续。因为,虽然谁都有为朋友解决困难的热心,但是谁也知道,实际上真是无能为力。就连互相安慰,都也感到是徒然的了。

这时候,黎老东最小的儿子,名字叫六儿的,来叫父亲睡觉。傅老刚抬起头来,望着他说:

"我看,你这几个孩子,就算六儿长得最精神,心眼儿也最灵。"

"我希望你将来收他做个徒弟哩。"黎老东把六儿拉到怀里说,"我那小侄女儿,也有他这么大?"

"六儿今年几岁了?"傅老刚问。

"九岁。"六儿自己回答。

"我那女儿也是九岁。"傅老刚说,"她比你要矮一头哩,她要向你叫哥哥哩。"

二

第二年头麦熟,傅老刚真的从老家把女儿带来了。他在小车的一边,给女儿安置了一个座位。这座位当然很小,小孩子用右手紧把住小车的上装,把脚盘起来,侧着身子坐在垫好的一小块破褥上。他们在路上走了五六天,住了几次小店,吃了很多尘土。然而女孩子是很高兴的,她可以跟父亲,这惟一的亲人,长住在一起,对她说来是最幸福的了。

到了村里,先投奔了黎老东家。黎老东很是高兴,招呼左邻右舍的女孩子们来和小客人玩。

"你叫什么名儿呀?"那些女孩子们问她。

"我叫九儿。"小客人回答。

"你姐妹九个?"女孩子们问。

"就我一个哩。"小客人说。

"那你为什么叫九儿?"女孩子们奇怪了,"在我们这里,谁是老几就叫几儿,比如六儿,他就是老六。"

"这是我娘活着的时候,给我起的名儿。"小客人难过地说,"我是九月初九的生日哩。"

"啊。"女孩子们明白了,"那么,你们那里还兴留小辫儿吗?"

"唔。"小客人有些害羞了,缠在她那独根大辫上的绳儿,红得多么耀眼呀!

和女孩子们玩了几天,和六儿也就熟了。九儿看出,六儿和她很亲近,就像两个人的父亲在一起时表现得那样。傅老刚活儿忙,女孩子跟在身边不方便,他打夜作,给六儿和九儿每人打了一把拾柴的小镐儿,黎老东给他们拾掇上镐柄,白天就打发他们到野外去。六儿背着红荆条大筐,提着小镐儿,扬长走在前头,九儿背一个较小的筐子,紧跟在后面,走到很远很远的野地里去。

六儿不喜欢在村边村沿拾柴,他总是愿意到人们不常到、好像是他一个人发现的新地方去。可是,走出这样远,他并不好好的工作,他总是把时间浪费在路上。他忽然轰起一个窠卵儿鸟,那种鸟儿贴着地皮飞、飞不远又落下,好像引逗人似的,六儿赶了一程又一程。有时候,他又追赶一只半大不小的野兔儿,他总以为这是可以追上的,结果每次都失败了。

"我们赶紧拾柴吧。"九儿劝告地说。

"忙什么?"六儿说,"天黑拾满一筐回去就行。"

"我们不许一人拾两筐吗?"九儿说。

"就是一天拾三筐,也过不成财主!"六儿严肃地驳斥着。

他慢慢地走在草地里,注视着脚下。在一处作个记号,又察看着。后来,他把柴筐扔在一旁,招呼着九儿:

"你守住这个洞口,不要叫它从这里跑了。"

他回到作记号的那里,弯下腰,用小镐儿飞快地掘起来。

这天,他们高兴地捉住了一只短尾巴的小田鼠,晚上带回家里来,装在一只小木匣里。木匠家总是有好多木匣子的。

第二天,风很大。他两个没有到地里去,在六儿家里玩。父亲出去做活了,六儿拿出小田鼠来,对九儿说:

"它在匣里住了一夜,一定很闷,我们叫它在地下跑跑吧。"

"捉不住了,怎么办?"九儿说。

"不要紧,你把水道守住就行了。"六儿把小田鼠放在地下。起初小田鼠伏在他的脚下,一动也不动。六儿"嘘"它,跺脚轰它,它跑开了,绕着房根儿转,突然钻进了一个洞。

六儿发急了,他命令九儿:

"你看瓮里有水没有?"

瓮里干着。六儿抓起瓢来,跑到咸菜缸那里,淘来一瓢盐水,灌进了鼠洞。看看不顶事,又要去淘。

"大叔回来要骂了,"九儿说,"盐是很贵的。"

六儿用力把瓢扔在地下,瓢摔裂了。

这一回,两个人玩得很不好。六儿失去了小田鼠,心里很难过。九儿心疼那一瓢盐水,她也是个穷人家的孩子,她在家里,是一针一线也不敢糟蹋的。

风越刮越大,他俩躲到破碾棚里去。那座不常有人使用的大石碾,停在中间。碾台上蒙着一层尘土,九儿坐在上面。六儿爬到那架大空扇车里面,卷起身子像只虾米一样,仰天睡下了。他招呼九儿:

"你也进来吧,盛得下。"

"我不进去。"九儿说。

她在思想，面对着现实。外面的风，刮得天黑地暗，屋顶上的蜘蛛网抖动着，一只庞大的蜘蛛，被风吹得掉下来，又急遽地团回去了。她没有母亲，她的父亲，现时在外面的大风里工作着。她新结交的小伙伴，躺在扇车里睡着了。童年的种种回忆，将长久占据人们的心，就当你一旦居住在摩天大楼里，在这低矮的碾房里的一个下午的景象，还是会时常涌现在你沉思的眼前吧？

三

就在这一年，开始了抗日战争。这是在平原上急骤兴起的，动摇旧的生活基础的第一次大风暴。从这一年起，人们在战争的考验里，接受了阶级斗争的新道理，广大的劳苦半生的人们，包括他们那从前以为累赘、无法养教的儿女们，开始打破有形无形、传统久远的束缚和枷锁。黎老东在家的两个较大的儿子，都参军去了。

在兵荒马乱里，傅老刚没有能够按时回到老家去，好在女儿也在身边，他不想去冒那长远路途上的危险了。在这些年月里，木匠、铁匠除去为农业生产服务，还都要为战争服务。傅老刚的两个徒弟，不久也参加了八路军附设的兵工厂。在这一年冬天，傅老刚和女儿，给来往不断和越聚越多的骑兵打钉马掌。九儿兴奋地工作着，有一次她只顾观望那过往的部队，被一匹性劣的马踢了一脚，从此在额角上留下一块小小的伤痕。当时，部队上的卫生员替她包扎好，她连一声也没哭。以后，大家公认，这块小伤痕，不但没有损害九儿的颜面，反而给她增加了几分美丽。

孩子们在风雨里、炮火里，饥饿和寒冷的煎熬里，战斗和胜利的兴奋里，完成了他们的童年，可珍贵的童年的历程。傅老刚在村里人缘很好，附近村庄的人们也都认识他。在逃难的时候，那些妇女们看到九儿，都自动地愿意带着她，跑到哪个村庄，人们一听说是铁匠的女孩子，也愿意收留吃饭和安排住宿。在战争的最后二年，因为年岁大些了，游击经验也丰富些了，九儿总是好和六儿一同走。六儿胆子很大，很机警,照顾九儿也很周到。当他们在一块儿的时候,在九儿那刚刚懂事的心里,除去有人作伴仗胆,感到幸福,还产生了一种相依相靠的感情。当她和六儿在一块的时候,也真的没有遇到什么大的危险。因此,她有时也真的相信六儿自我吹嘘的话了。

六儿常常对她说:

"你谁也不要跟着,就跟着我吧,日本鬼子不敢着我的边。"

"你净瞎说。"九儿跟在他身后边说。

"你跟着我,饥不着也渴不着,"六儿自信地说,"我会像一只大老家(雀),给你打食儿吃。"

在九儿的眼里,六儿的办法就是多一些。下雨的时候,他总是能很好地把九儿安置起来,就是在野地里,也淋不湿。在九儿觉饿的时候,他能跑出多远,找些吃的东西回来。那时候,在野外躲藏的人很多,人们是愿意帮助孩子们的。而更重要的是,九儿从心里发生的那一种感激和喜欢的心情,也确实能战胜一时的饥饿和寒冷。

日本投降以后,因为多年不回老家,老铁匠急于要带女儿回去看望一下。

临走的那天晚上,黎老东打了一壶酒,给傅老刚送行。平日,傅老刚即使在喝酒的时候,话也是很少的;黎老东酒一沾唇,那话就像黄河开了口子一样,滔滔不绝。可是今天晚上,两个老朋友中间放上一盏菜油灯,一把酒壶,在快要分别的时候,黎老东只是勉强地说了几句普通话。以后,就也把头低下来,一直沉默着。

这是很稀奇的现象。傅老刚问:

"亲家,你心里有什么事?"

"有点事儿。"黎老东突然兴奋起来,他是单等着老朋友这句问话的。"亲家,我想向你请求一件事。你看,我有六个儿子,穷得这样,我这一辈子也不打算什么了。不过六儿这孩子,我看还许有些出息。"

"亲家,"傅老刚插断他的话,"你就是娇惯了他一些。孩子们是要管得严紧些的。"

"是这样。"黎老东急于要把话说完,"咱也别绕圈子,据我冷眼观看,九儿和六儿,两个人的感情还合得来。按说,像我这个穷光蛋,还想支使儿媳妇?不过,咳!"

他一口把壶里的酒喝干了,就又低下头去。

"我明白你的意思了。"傅老刚说,"你穷,我就富吗?"

"不过,不过,养女儿总是要攀个高枝儿的。"黎老东低着头说。

"孩子们年纪还小,等我们从老家回来再定规,你说好不好?"傅老刚这样冷漠地结束了这场本来应该激动人心的交谈,使得老朋友的心冷了半截。

这一晚上,九儿在附近的婶子大娘家里辞行。姐妹们留恋她,在这家停一会儿,又一群一伙地到另一家去。六儿也一直跟在后面,就有姐妹们说他:

"你老是跟着干什么?一个小子家。这又不是打游击的时候了。"

"人家也是来送九儿哩。"有的姑娘说。

"快家去睡觉吧,六儿。"有的大娘斥责他。

"我就是跟着!"六儿有些气愤地在心里说,"我就是不去睡觉!你们管得着吗?"

九儿一直和别人说笑着。

第二天,打早起,六儿跟着父亲,帮九儿家收拾小车。在黑影儿里,九儿小声对他说:

"我们还要回来的呀。"

....

七

就在这个时候,久别的傅老刚父女,回到了这个村庄。

傅老刚还是推着他那铁匠炉,前面拉车的,是九儿。

傅老刚越显得年老和削瘦,小车已经破烂不堪,吱扭的声音,也没有了当年的气派。九儿长高了,但穿的衣服也很破旧。她的脸蛋儿很是干瘦,头发上挂满尘土,鞋面儿已经飞裂,只有那一对大眼睛里射出的纯洁亲热的光芒,使人看出她对于回到这里来,是感到多么迫切和愉快。

把小车推到十字街口,傅老刚放下绊带,和人们问好。九儿拉下脖里围着的旧毛巾,擦着脸上的汗水。

"我们又回来了,"傅老刚说,"可是,你们为什么吵架呀?"

"不为什么,"青年们说,"两位女同志,吃饱了没事儿,在这里练把式。"

"不要这样。"傅老刚郑重地说,"你们一直生活在咱们的根据地,真是生活在天堂里了。你们看我们那里,在国民党占据着的时候,人们的生活困难到了什么地步!我同九儿回去,正好陷在网儿里。还好,总算是逃了个活命儿出来。"

"你们那里生产怎么样?"青年们问。

"正在恢复,今年又遇到荒年。"傅老刚说,"你们有好日子,不好生过,就对不起共产党和毛主席。这些年,我一直想念你们,我想这里是老解放区,工作一定进步得多。六儿哩,怎么不见六儿?"

傅老刚在人群里巡视着,转身望了望他的女儿。女儿好像已经寻觅过了,她现在只是站在那里,注视着正在推碾的那个长得极端俊俏,眉眼十分飞动的女孩子,她不认识这个女的,以为是谁家新娶的小媳妇。

"刚才,我看见六儿在村北边赶鸽子,这会儿,也许回家去了。"一个青年说,"你也该去看望看望你的老亲家了,黎老东这二年的生活,可提高大发了!"

傅老刚和人们告别,架起小车。九儿拉着牵绳,还不断地回头看小满儿。

见到老朋友,黎老东高兴极了。他带着亲家到他那新宅子里去看他打制的大车。

"亲家你看,就等你来了。"黎老东兴奋地说,"明天,咱们就在这院里支起炉灶来。你看,这院子多么豁亮,做起活儿来多醒脾?"

"真是好哩。"傅老刚说,"就是在这里开个木货厂,也满宽绰呢。"

"打上这辆车,我也就该休息了。"黎老东十分得意地说,"你知道,现在运销很赚钱,车轱辘儿一动,就是大把的票子。天津解放了,老大挣钱也多了,你看,刚一进冬天,就给我买来了这个。可是穿上这个,我还能做活吗?"

傅老刚打量着亲家高高翻起的新黑细布面的大毛羔皮袍,忽然觉得身上有些寒冷似的。黎老东还没有让远来的客人进屋休息的意思,他详细地说明了建设这所宅院的计划,又带着亲家去看猪圈。最后,推开北房门,叫亲家看马,这才顺便把客人让到里间坐下来。

当两个老人进了屋,九儿刚要跟进去的时候,她抬头看看,六儿站在房顶上向她招手儿,并且指给她上房的梯子所在。九儿轻轻上到房上,看见六儿躲在一排干树枝后面,引逗着一群鸽子玩儿。鸽子看到生人上来,都拍翅飞向天空,现在太阳西沉,西天的红霞映照到白灰抹平的房顶上。红色的白色的鸽子在他们头顶上奋飞着,追逐着,翻腾着。

"我早就看见你来了。"六儿说,"有我父亲,我不敢大声叫你。"

"你喂这些鸽子干什么?"九儿问。

"好玩呗。"六儿说,"新近,杨卯儿从北京弄来一对纯白的外国种,实在好,我还想买来哩,人家就是贵贱不卖。"

"青年团不批评你吗?"九儿问。

"我不是青年团。"六儿扬手引逗着天空的鸽子,使它们飞下来又飞上去,"你加入了吗?"

"我也是刚加入。"九儿说着沉默了。

"这东西玩熟了,最有意思。"六儿说着站立起来,向天空呼叫着,"鸽儿,鸽儿。"

鸽子们先后驯顺地落在房檐儿上。

"六儿,那个姑娘是谁?"九儿忽然看见,在西边隔几户人家的一间房上,站着刚才推碾的那个姑娘。那姑娘直直地望着这里,脸上带着那么一种逼人而又难以理解的笑容。

"那是黎大傻的小姨子小满儿。"六儿说,"包子蒸熟了,我该去装柜子了,我们下去吧。"

吃晚饭的时候,六儿也没有回家来。当四儿知道九儿也是个青年团员的时候,非常高兴地说:

"你的关系带来了吗?今天晚上,你先参加我们的学习会吧。"

"我一路上,把关系转了来。"九儿笑着说,"我很愿意参加你们的学习会,四哥在团支部负责吗?"

"我是宣传委员。"四儿说,"咱这一带地方风沙大,每年春天缺雨,上级号召人们打井栽树,变旱田为水田,这是好事儿。可是村里还有很多人认识不清楚。"

"就是他妈的你认识清楚,"黎老东说,"你少在外头给我挣骂吧。"

"六儿为什么不参加青年团?"九儿问。

"谁知道他为什么?"四儿说,"他说脑筋不好,一开会就头痛。你看他像脑筋不好的人吗?"

"你要帮助他。"九儿说,"我看他把心都用到旁处去了。"

"你劝劝他也许好些。"四儿叹气说,"他一点儿也瞧不起我。我在我们家里,威信太低。"

"胡说八道。"黎老东又斥责他,"你在外边威信高,高了什么来?"

"年轻人进步是好事。"傅老刚劝说着,"亲家,要不是这个世道,你的生活能过得这样好吗?"

"你说的这话对。"黎老东说,"时代是不断前进的,可是,我们过日子,还是按照老理儿才行。"

....

十二

黎老东的大车的铁匠工序,正式开始了。铁匠炉安设在新买来的宅院里。早晨,天晴得很好,六儿的鸽群在天空飞翔着。

黎老东最后修整着车的上装,在他心里,只等铁匠完工,就可以开始油漆了。傅老刚把铁匠炉点着,一股浓烟翻转着升向天空,然后折下来在庭院里散开。九儿拉着风箱,四儿被派练习抡大锤。

黎老东把几年来积累的烂铁和新买来的铁料,搬到炉下来。

九儿今天穿的很单薄,上身只穿了一件蓝色夹袄,她把擦脸的毛巾绺起来,齐着脑门把头发捆住,就像绣像上孙悟空戴的戒箍一样。她的脸色是更显得明朗了,充满了工作之前的热情和虔诚,轻捷而又稳重地推动着风箱。

傅老刚炼好第一块铁,用大铁钳夹着放在铁砧上,四儿赶过去抢起大锤。傅老刚用小锤敲点着砧子边教导着他,他还是不能用最适当的力量打在最适当的地方,有时把锤空落在砧子上,有时竟打在傅老刚的小锤上。九儿放下风箱把,来打给他看,在她的热心的示范和帮助下,四儿抢锤的技术,开始进步了。

黎老东在一边做着木匠活,注意力主要放在这边来了。他不断地斥责着四儿,说他笨,没有出息,唠叨不休。傅老刚在休息的时候,走到黎老东的身边说:

"亲家,我看你的脾气变坏了,对孩子们不能这样。这样不能使他工作得好,反会使他工作得更坏。他工作着,你一个劲儿斥责他,他的脚手就不知道往哪里放了。"

"你怎么说这样的话,你不是说管孩子应该严格些吗?"黎老东说,"打制这辆车是我心上的大事,早打成一天,好早一天用它去赚钱。亲家,让我们老兄弟把最好的手艺都施展出来吧!"

建立友情,像培植花树一样艰难。花树可以因为偶然的疏忽而枯萎。在黎老东和傅老刚这一次合作里,两个人心里都渐渐觉得和过去有些不一样。过去,两个人共同给人家做工,那是兄弟般的,手足般的关系。这一次,傅老刚越来越觉得黎老东不是同自己合作,而是在监督着。赶工赶得过紧,简直连抽袋烟,黎老东都在一旁表示着不满意。最使他闷气的是,自己远道赶来,黎老东却再也不说九儿和六儿的事,好像他从前没提过似的。

最后几天,黎老东只是穿着大皮袄,在院里察看着,指点着;六儿也打扮的像个客人似的,有时来在院里转游一下,就不见了。傅老刚身体有些不舒服,在这样冷的天气里,他穿着一件破旧的小衫,还是辛勤地工作着。天天,有些参观的人,来到院里,这些人都是傅老刚的旧相识、老朋友。过去,他们来是同时观赏黎老东和傅老刚的手艺的;今天,在这些人的眼里,傅老刚的手艺,和黎老东的家业,被分别了出来。人们不再注意黎老东的木匠手艺,在新的形势下面,只在关心他的发家致富的前途。

　　两个老朋友,显然已经站在不同的地位上。黎老东完全觉到了这一点,傅老刚很快也完全觉到了,这就是我们的悲剧产生的根源。傅老刚感到,过去多年来,他和黎老东共同厌恶、共同嘲笑过的那种"主人"态度,现在是由他的老朋友不加掩饰地施展起来了,而对象就是自己。这当然不是新的社会制度的过错,而是传统习惯的过错。

　　当铁工也接近完成,一次吃饭的时候,黎老东忽然笑着说:

　　"亲家,我过日子越来越细了,你不要笑话我,我要积些钱给六儿他们把房子盖好。我想,你是不争这些的。"傅老刚以为他要提说九儿和六儿的事了,抬起头来听着,谁知道下文却是这么一句:"这些日子,就当你们是在老家度荒年吧!"

　　最后一句话,十分激怒了傅老刚,他把饭碗一推,立起身来,说:

　　"亲家,我不是到你这里来逃荒呀!"

　　他叫出女儿来,提起水桶,泼灭了炉灶。他打整好小车,推到了街上来。很多人来劝说,老头儿说什么也不回去。

　　两位老朋友的决裂,村里人都说不出那真正的道理。在四儿和九儿那经历较少的身世里,也还没有体验过这样伤心的事情。傅老刚是感到十分痛苦的,他把四儿叫到一边说:

　　"孩子,你看,这到底是怨谁呢?"

　　"这样正好。"四儿说,"你给我们解决了难题。"

　　"什么难题?"傅老刚问,"你这小子倒要看我们两个老头子的哈哈笑吗?"

　　"我们青年要组织一个钻井队。"四儿说,"在今年冬天,把我们村里能利用的水井都钻好下管。我们已经借到一杆锥。很多工具需要修理,我们想请你帮忙,又怕我爹不让。这样一闹,你就可以去帮助我们了。"

　　"你们有钢有铁?"傅老刚问。

　　"我们每人捐献一些,就够用了。"四儿说,"我们把小车,拉到青年团办公的大院里去吧。"

　　到了那里,青年们对老人说:

"大伯,我们是多么需要你啊!你再不要回山东老家。我们和村干部商量好了,把这院里的东屋给你拾掇出来,把窗子糊好。你就在这里常住吧,晚上我们抱柴来给你烧炕。"

十三

黎老东一个人呆呆地坐在院里一截木头上。当傅老刚决绝地推车出门的时候,他心里也曾经想:这样的交情,断绝了也好。你晒不了我黎老东的干儿,剩下的活,我会找别人来帮助,天下又不是只有一个铁匠。他拿起斧头来,气愤地锤击着车尾板上的大钉。但是,当他渐渐平静下来,听到只有他的斧头声音,在空旷的院落里回响,失去了亲切的钢铁的伴奏的时候,他忽然不能工作了,把斧头放在一边,坐了下来。他想,同傅老刚的交情,不是一年二年建立起来的,而且经过多次患难的考验。他用手抚摸着左边这一只脚。有一年,他同傅老刚给一家做活,他心情不好,一时失手,这只脚被锛砍伤了。那时离家在外,举目无亲,手里没有多少钱。在自己养伤的几个月的时间里,是傅老刚请医生,花药钱,背出背进,给水给饭。当然,这也报答过他了。同一年热天,傅老刚被热铁烫伤,自己曾经服侍了他。

他难过的是,究竟为了什么,傅老刚这样决绝?是他看我过得好些了,心里嫉恨?但想来想去,傅老刚从来也不是这样的人。是我变得嫌贫爱富,慢待了多年的朋友?他回忆着在这一段日子里,自己的言谈举动,他的痛苦就被惭愧的心情搅扰,变得更加沉重了。

这时六儿走了进来。黎老东抬头望着自己的儿子,在儿子的身上脸上,只能看见一层不成材的灰败的气象。他一时想到:自己这二年,一心要打车,要盖房,得罪亲友,都为的是他!而这个孩子,只知道自己玩乐,从来也没有想想当父亲的心情。

"做熟饭了,爹?"六儿站在窗台下太阳地里,懒洋洋地问。

"做熟了,就等你了!"老头儿跳了起来,抡着斧子赶过去。

六儿眼快,回头就跑。他刚才在街上又和杨卯儿争吵了一次,杨卯儿知道了那只雄鸽的死亡,要找黎老东来说理。六儿在门口碰上他,向他作个揖说：

"卯儿哥,咱们的事儿别闹了。你快去劝劝我爹,他要打死我哩。"

杨卯儿生来经不住别人半点奉承,一句好话。仓促之间,他把这个委托应承下来,他快步向前,在梢门洞里,举起胳膊拦住了黎老东：

"看在侄儿面上。"杨卯儿说,"回家去,有话慢慢说。"

他把黎老东推进院里,给他找了一个坐物,又递给他一支香烟,自己蹲在一边,慢慢劝说着：

"快把车装制起来,别错过这个冬季,正是赚好钱的时候啊！你看见黎七儿了,一趟定州就是几十万,除去人吃马喂,三趟就可以盖座大砖房。老东叔,西村有座砖房要卖,价钱公道,你倒是有意思没有？"

"没有意思。"黎老东说,"我的心凉了。"

"谁家的老人也是这样。"杨卯儿说,"最恨小人儿不争气。我爹活着时,你们交情好,是知道的,管我管得多么紧？在我身上费了多大力？我当然不能说给他老人家挣来了多少光荣,平心而论,一辈子也没有给他老人家丢过什么脸面呀！咱是个正直人,从小儿走南闯北,打抱不平,为朋友两肋插刀,花钱从不分你我。到老来没落下什么,不是我不能干,是命里穷苦。六儿兄弟,我看不错,为人聪明懂事,就是荒唐点儿,这也是年轻人必经之路,你快把车打整起来,交给他,一有正经事儿,他也就不胡跑了,你说是不是？"

黎老东的气渐渐消了,杨卯儿又把他引到原来的思路上。这时四儿回来了,他一声不言语,到屋里给牲口筛了两底儿草,手里提着一件什么东西,叫棉袍掩盖着,躲躲闪闪又要出去。

"你手里提的什么？"黎老东问。

"一把破铁锹。"四儿只好站住,把东西亮出来。

"哪里来的这个,我这些日子到处找烂铁,你怎么不言语？"黎老东又挂了火。

"这是那年拆日本炮楼,我捡来的,因为没有用,就扔在一边了。"四儿说,"现在上级号召打井,我想去修理修理它。"

"他妈的,整个儿的六国反叛！"黎老东说着站起来,"从哪里拿的,还给我放回哪里去。上级号召打井,我号召打车！人家不给我干了,你

673

快去做饭,饭饱了帮我上钉子!"

杨卯儿又赶过来劝解,四儿只好先去抱柴做饭,再慢慢想法把铁锹运出去。

十四

九儿所想的,吸收六儿参加学习或是参加工作,都是很困难的事。他轻易不接近这些集会和活动。干部去找他,他会说现在是生产第一,装模作样地背上一副柴禾筐,溜溜达达到地里去了。干部们也曾讨论先从改造小满儿入手。接近小满儿是容易的,但男青年们不愿意去,有的是胆怯,有的是避嫌疑。当然,女同志们也可以和她去谈。女同志去了,小满儿总是热情地招待着,如果抱着小孩,她总得给孩子弄些好吃的东西来,并且要接到怀里,不停地在孩子的脸上亲亲吻吻。任何认生或是任性的孩子,到了小满儿的怀里,也会高兴起来的,孩子的脸也会叫她的充满青春热情的面孔,陪衬得更为出色。她会说,说笑起来,嘴上像撩上油儿似的。在这种场合,女同志们都是有些喜欢她,在批评上,那口气就自然软和多了。

"小满儿,拿着你这样聪明伶俐的人儿,好好学习学习吧;晚上,我来叫你,我们一块到民校听课去。"女同志热心地说服着。

"那很好,"小满儿笑着说,"我盼不能得儿愿意去学习呢。不用大姐来叫,黑灯瞎火,道路又不好走,你抱着个孩子,跌倒怎么办?我自己去吧,这个村子,街道都叫我磨平了,谁家我不认识呀!"

"你可一定去。"女同志又叮咛一句。

"一定。"小满儿把她送到门口,又和孩子招手耍笑着。等到女同志一拐弯儿,她把脸一沉,想了想,到家里换上件衣服,就进城回娘家去了。如果村里有什么运动,连续开会,她会几天几夜不露面儿。有时,她也到民校晃晃。她总是坐在灯光不亮的地方,在讲课刚开始,人们安静不下来的时候,她装作安静的听讲。当人们渐渐入神的时候,她就偷偷溜出来了。

无论在娘家或是在姐姐家,她好一个人绕到村外去。夜晚,对于她,像对于那些喜欢在夜晚出来活动的飞禽走兽一样。炎夏的夜晚,她像萤火虫儿一样四处飘荡着,难以抑止那时时腾起的幻想和冲动。她拖着沉醉的身子在村庄的围墙外面,在离村很远的沙岗上的丛林里徘徊着。在夜里,她的胆子变得很大,常常有到沙岗上来觅食的狐狸,在她身边跑过,常常有小虫子扑到她的脸上,爬到她的身上,她还是很喜欢地坐在那里,叫凉风吹拂着,叫身子下面的热沙熨贴着。在冬天,狂暴的风,鼓舞着她的奔流的感情,雪片飘落在她的脸上,就像是飘落在烧热烧红的铁片上。

每天,她在夜深人静的时候,才回到家里去。她熟练敏捷地绕过围墙,跳过篱笆,使门窗没有一点儿响动,不惊动家里任何人,回到自己炕上。天明了,她很早就起来,精神饱满地去抱柴做饭,不误工作。她的青春是无限的,抛费着这样宝贵的年华,她在危险的崖岸上回荡着。

而且,她的才能是多方面的,谁都相信,如果是种植在适当的土壤里,她可以结下丰盛的果实。不管多么复杂的花布,多么新鲜的鞋样,她从来一看就会,织做起来又快又好。她的聪明,像春天的薄冰,薄薄的窗纸,一指点就透。高兴的时候,她到菜园里生产,浇起园来,可以和最壮实的小伙子竞赛,一个早晨把井水浇干。她可以担八十斤的豆角儿走出十里去上市。在这个时候,连村里一些老年人,都称赞她,希望有一种力量,能把她引纳到人生的正轨上来。今年,村里宣传婚姻法的时候,这女孩子忽然积极起来。她自动地到会,请人读报给她听,正正经经地沉默着,思想着。在那些文件上说明:女人和男人是平等的,她们已经做了很多工作,将来还会对国家有更大更多的贡献。但后来听到有些人,想把问题引到检查村里的男女关系,她就退了出来,恢复了自己的放荡的生活方式。因此,副村长向青年们提议,把那位高级干部带到黎大傻的家里。

这一天,她的母亲来了。这是一位到了五十多岁年纪,还在热心打扮的女人。可以看出在探看女儿的这次行动上,她曾经在头面上做了很细致的准备。她见到小满儿,就说:

"满儿,你男人快回来了,你婆婆找到咱家去,眼下就过年,你该到人家那里去住些时候了。"

"我不去。"小满儿说,"婚姻是你和姐姐包办的,你们应该包办到底,男人既然要回来,你们就快拾掇拾掇上车走吧。"

"你他妈的说的这是什么话?"母亲说,"你在这村里疯跑,人家有闲话哩!"

"既是闲话,"小满儿坐在炕沿上低着头整理着鞋袜说,"我管它干什么,叫他们吃了饭没事,瞎嚼去吧!"

"名声不好听哩,"母亲拍着巴掌,"我的小祖宗。"

"名声不好听,"小满儿跳下炕来对着镜子梳理着头发,直眉立眼地说,"也不是从我开始,是你们留给我的好榜样呀!"

她这样和母亲冲突,使得姐姐也不高兴了,姐姐说:

"小满儿,你不要胡说八道,谁给你留下的榜样?你够得上当我的徒弟吗!看你和小六儿,恋了一冬天,连条新棉裤也穿不上,还有脸强嘴哩!"

"你先去挣一条来给我穿吧!"小满儿打整好,一摔门帘出去了。

她一个人走到她姐姐家的菜园子里,这个菜园子紧靠村西的大沙岗,因为黎大傻一家人懒惰,年久失修,那沙岗已经侵占了菜园的一半,园子里有一棵小桃树,也叫流沙压得弯弯地倒在地上。小满儿用手刨了刨沙土,叫小桃树直起腰来,然后找了些干草,把树身包裹起来。她在沙岗的避风处坐了下来,有一只大公鸡在沙岗上高声啼叫,干枯的白杨叶子,落到她的怀里。她忽然觉得很难过,一个人掩着脸,啼哭起来。在这一时刻,她了解自己,可怜自己,也痛恨自己。她明白自己的身世:她是没有亲人的,她是要自己走路的。过去的路,是走错了吧?她开始回味着人们对她的批评和劝告。

十五

她看见姐姐送着母亲走出村来,她才绕道儿回到家里去。到家里,看见黎大傻正帮着一个干部收拾屋子,小满儿惊奇了,她知道姐姐家因为落后、肮脏和名声不好,是从来没住过干部的。他们收拾的是东房的里间,这间屋里堆着一些烂七八糟的东西,外间,喂着一匹很小的毛驴。

她看见姐夫在这位干部面前,表现了很大的敬畏和不安,他好像不明白为什么村干部忽然领了这样一位上级来在他的家里下榻。他不断向干部请示,手足不知所措地搬运着东西。

小满儿看来,这位干部的穿着和举止,都和他要住的这间屋子不相称。从他的服装看来,至少是从保定下来的。他对清洁卫生要求很严格,自己弯腰搜索着扫除那万年没人动过的地方。小满儿不知道为什么忽然愿意帮帮他的忙,她用自己的花洗脸盆打来水,用手在那尘土飞扬的地上泼洒。

"你是这家的什么人?"那位干部直起身来问。

"她是我的小姨子。"黎大傻站在一边有些得意又有些害怕地说。

"啊,你就是小满同志。"干部注视着她说,"村干部刚才向我介绍过了。"

"他们怎样介绍我?"小满儿低头扫着地问。

"简单的介绍,还不能全面地说明一个人。"干部说,"我住在这里,我们就成了一家人,慢慢会互相了解的。"

干部在炕上铺好行李,小满儿抱来茅柴,把锅台扫净,把锅刷好,然后添上水,说:

"这屋里长年不住人,很冷。我给你烧烧炕吧。"

"我来烧。"黎大傻站在她身边说。

小满儿没有理他。她把水烧热了,淘在洗脸盆里,又到北屋里取来自己的胰子,送进里间:

"洗脸,你自己带着毛巾吧?"

晚上,干部出去开会,回来已经夜深了,进屋看见,小小的擦抹得很干净的炕桌上面,放着灌得满满的一个热水瓶;一盏洋油灯,罩子擦得很亮,捻小了灯头。摸了摸炕,也很暖和。

他听见北屋的房门在响。黎大傻的老婆,掩着怀走进屋来。她说:

"同志,以后出去开会,要早些回来才好。我们家的门子向来严紧,给你留着门儿,我不敢放心睡觉。"

说完,就用力带上门子走了。

干部利用小桌和油灯,在本子上记了些什么。他正要安排着睡觉,小满儿没有一点儿响动地来到屋里。她头上箍着一块新花毛巾,一朵大牡丹花正罩在她的前额上。在灯光下,她的脸色有些苍白,她好像很疲乏,靠着隔山墙坐在炕沿上,笑着说:

"同志,倒给我一碗水。"

"这样晚,你还没有睡?"干部倒了一碗水递过去说。

"没有。"小满儿笑着说,"我想问问你,你是做什么工作的?是领导生产的吗?"

"我是来了解人的。"干部说。

"这很新鲜。"小满儿笑着说,"领导生产的干部,到村里来,整年价像走马灯一样。他们只看谷子和麦子的产量,你要看些什么呢?"

干部笑了笑没有讲话。他望着这位青年女人,在这样夜深人静,男女相处,普通人会引为重大嫌疑的时候,她的脸上的表情是纯洁的,眼睛是天真的,在她的身上看不出一点儿邪恶。他想:了解一个人是困难的,至少现在,他就不能完全猜出这位女人的心情。

"喝完水去睡觉吧!"他说,"你姐姐还在等你哩。"

"她们早吹灯睡了。"小满儿说,"我很累,你这炕头儿上暖和,我要多坐一会儿。"

干部拿起一张报纸,在灯下阅读着。他不知道,这位女人是像村里人所说的那样,随随便便,不顾羞耻,用一种手段在他面前讨好,避免批评呢?还是出于幼年好奇和乐于帮助别人的无私的心。

"你来了解人,"小满儿托着水碗说,"怎么不到那些积极分子和模范们的家里,反倒来在这样一个混乱地方?"

"怎样混乱?"干部问。

"你住在这里,就像在粮堆草垛旁边安上了一只夹子,那些鸟儿们都飞开,不敢到这里来吃食儿了。"小满儿说,"平日这里可没有这样安静。平日,每到晚上,我姐姐的屋里,是挤倒屋子压塌炕的。"

"这样说,是我妨碍了你们的生活。"干部说,"明天我搬家吧。"

"随便。"小满儿说,"我不是杨卯儿,并没有撵你的意思。我是说,你了解人不能像看画儿一样,只是坐在这里。短时间也是不行的。有些人,他们可以装扮起来,可以在你的面前说得很好听;有些人,他就什么也可以不讲,听候你来主观的判断。"

她先是声音颤抖着,忍着眼泪,终于抽咽着,哭了起来,泪珠接连落在她的袄襟上。

干部惊异地放下报纸。但是小满儿再也没讲什么,扯下毛巾擦干了眼泪,稳重地放下水碗,转身走了。

整个夜里,黎大傻并不来给小毛驴添草,小毛驴饿了,号叫着,踢着墙角,啃着槽帮。耗子们因为屋里暖和了还是因为添了新的客人,也活动起来,在箱子上,桌面上,炕头和窗台上吱叫着游行。

干部长久失眠。醒来的时候,天还很早,小满儿跑了进来。她好像正在洗脸,只穿一件红毛线衣,挽着领子和袖口,脸上脖子上都带着水珠,她俯着身子在干部头起翻腾着,她的胸部时时摩贴在干部的脸上,一阵阵发散着温暖的香气。然后抓起她那胰子盒儿跑出去了。

....

十九

每天,九儿回到家里,傅老刚已经做好了饭。知道女儿做的是重活,老人还是按照打铁时的习惯,做小米干饭。每天,父女两个坐在里间炕上,守着一盏小煤油灯吃着晚饭。

这两天,父亲注意到女儿很少说话,他以为她是太疲累了。他说:"今天,有几个互助组,给我们拿来一些工钱,这些日子,我帮他们拾掇了一些零碎活儿。我不要,他们说我们出门在外,又没有园子地里的收成,只凭着手艺生活,一定要我收下。我想眼下就要过年了,你也该添些衣裳。"

"不添也可以。"女儿低着头说,"过年,我把旧衣裳拆洗拆洗就行了。爹的棉袄太破了,应该换一件。"

"我老了,更不要好看。"父亲说,"村长和我说,他们几个互助组,明年就要合并成合作社。村长愿意我们也加入,说是社里短不了铁匠活儿。我说等你回来商量商量,你帮我想想,是加入好,还是不加入好。"

"我愿意加入。"女儿笑着说,"这是最好不过的事。"

"我也是这么想。"父亲兴奋地说,"当然我们可以回老家去参加。可是,这里的工作更靠前一步,我们和这个村子又有感情,就在这里参加也好。村长还说,他们也希望六儿家参加,那样,社里有铁匠也有木匠,工作方便得多。可是黎老东正迷着赶大车,不乐意参加。这些日子,我总见不到六儿,你见到他了吗?"

女儿没有说话。

"你不舒服吗?"父亲注意地问,"怎么看你吃不下?"

"不。"女儿说,"我只是有点儿累。"

她到外间去收拾锅碗。

"我和黎老东吵翻了。"父亲在里间说,"这只是一人一家的问题,只是两个老头子的问题,算不了什么。你不要把这件事情放在心上。"

"我没有放在心上。"九儿说,"今年冬天,我看着爹的身体不大结实,我希望爹多休息休息。"

"你不要惦记我。"老人笑着说,"我这病到春天就会好起来的。今天晚上不开会,收拾好了,你早点睡觉去吧!"

九儿给父亲铺好炕,带上屋门,到女伴们那里去。

今天夜里,天晴得很好,月亮很圆,很明净,九儿在院里停站了一会儿,听了听,父亲在吹灯躺下以后,并没有像往常那样咳嗽。她的心情也明快平静下来,她觉得她现在的心境,无愧于这冬夜的晴空,也无愧于当头的明月。她定睛观望,好像是第一次看清了圆月里那只小兔儿的可爱的活泼的姿态。

二十

童年啊,你的整个经历,毫无疑问,像航行在春水涨满的河流里的一只小船。回忆起来,人们的心情永远是畅快活泼的。然而,在你那鼓胀的白帆上,就没有经过风雨冲击的痕迹?或是你那昂奋前进的船头,就没有遇到过逆流礁石的阻碍吗?有关你的回忆,就像你的负载一样,有时是轻松的,有时也是沉重的啊!

但是,你的青春的火力是无穷无尽的,你的舵手的经验也越来越丰富了,你正在满有信心地,负载着千斤的重量,奔赴万里的途程!你希望的不应该只是一帆风顺,你希望的是要具备了冲破惊涛骇浪、在任何艰难的情况下也不会迷失方向的那一种力量。

1956年初夏

(选自《孙犁文集》〔一〕,百花文艺出版社1981年版)

【作品简析】

《铁木前传》不仅是孙犁小说创作高峰期的一个标志,而且是中国当代中篇小说中最优秀的作品之一。

《铁木前传》写的是铁匠傅老刚和木匠黎老东两家人的友谊从建立以至最后破裂的过程。在革命战争的艰苦岁月里,在共同的劳动中,傅老刚和黎老东之间结下了以"亲家"相称的亲密友谊。但是,随着黎老东经济地位的变化和生活水平的提高,他对傅老刚的态度也发生了明显的变化。他们不再是兄弟般、手足般的共同合作的关系,傅老刚实际上变成了一个雇工,而黎老东却是主人和监工了。傅老刚感到,过去多少年来他和黎老东共同厌恶、共同嘲笑过的那种"主人态度",现在是由他的老朋友不加掩饰地施展出来了,而施展的对象正是自己!于是,他们的友谊终于破裂了。"铁木"友谊的破裂,既不是因为生活琐事的争吵,也不是性格禀性的冲突,而应当从社会的地层里去挖掘枯萎了的友谊之树的根须。经济地位的变化引起人的思想意识的变化,所以,只能从当时农村正在发生的两极分化中,去寻求问题的最终答案和悲剧产生的真正根源。

六儿和九儿的"爱情"具有同样的性质。九儿和六儿曾有过一段两小无猜的友谊,但后来六儿思想感情上的变化,把他们的友谊严重地污染了;特别是六儿的感情被小满儿夺走以后,他们的友谊的纽带就完全被割断了。九儿和六儿最后未能结合,一方面同父辈的感情破裂有关,但主要还是由于他们两个人走着两条完全不同的生活道路,这就决定了六儿和九儿不能结合而只能分离。这不是六儿抛弃了九儿,而是九儿对爱情作出了痛苦的、正确的抉择。

小满儿是中国当代文学中一个独特的艺术形象。她相貌出众,心灵手巧,像一棵茂盛的小果树,如果能得到精心护理,可以枝繁叶茂,并结下丰硕的果实。然而小满儿的性格被严重地扭曲了。她没有父母,是养母把她带大的,养母不仅把风流放荡的作风传染给了她,而且还包办了她的婚姻。她对自己的丈夫很不满意,加上丈夫常年在外,所以小满儿在感情生活上是很痛苦的。

小满儿是一个感情丰富而充溢的女子。她仿佛有着无限的青春的活力,她难以抑止时时腾起的幻想和冲动。但是,她没有明确的生活目标,也得不到别人的正确的指引,所以一直桎梏在个人感情的小天地里而不能自拔,徘徊在人生的十字路口,抛费着宝贵的年华。最后,她爬上六儿跑买卖的大车走了,等待她的决不是幸福的命运。

这是一个落后的人物,但仅仅用"落后"二字又不能完全概括和充分说明小满儿的思想性格上的复杂性。小满儿对政治不感兴趣,从不参加村里青年们的集会和活动。但对宣传婚姻法的活动,她却表现出格外的积极。文件上讲:女人和男人是平等的,妇女们将来也会对国家作出很多的贡献。她不仅专心地听,而且"正正经经地沉默着,思想着"。这说明,她对生活与爱情也有着自己的向往和追求。她跟六儿整天厮混在一起,受到舆论的责难,她既感到委屈,又可怜和痛恨自己;她开始向堕落的深渊滑行,但又不自甘就这样堕落下去;她希望有一种新的生活,但又感到前途茫茫,不明去向,她内心里经历着激烈的斗争。这是一个充满着矛盾、思想性格颇为复杂的人物,这是一个具有许多美好的素质,但灵魂已遭到严重的扭曲,尚未找到正确人生道路的青年妇女形象。

孙犁严格地坚持着现实主义创作原则,没有把人物简单化,而且依照生活的本来面目,塑造出了小满儿这样一个具有丰富内涵的人物形象,这在当代文学的人物画廊中是少有的。

作者在谈到《铁木前传》的创作时说:"这本书从表面看,是我1953年下乡的产物。其实不然,它是我有关童年的回忆,也是我当时思想感情的体现。"在谈到小说创作的起因时,他说:"它的起因,好像是由于一种思想。这种思想,是我进城以后产生的,过去是从来没有的。这就是:进城以后,人和人的关系,因为地位,或者因为别的,发生了在艰难环境中的意想不到的变化。我很为这种变化所苦恼……因为这种思想,使我想到了朋友,因为朋友,使我想到了铁匠和木匠,因为二匠,使我回忆了童年,这就是《铁木前传》的开始。"由此看来,《铁木前传》虽然"接触并着重表现的,是当前的合作化运动",然而它涉及的生活内容却是多方面的,要表现的主题也不是单一的。《铁木前传》真实而深刻地表现了合作化运动初期,在社会经济制度大变动中,我国农村各个阶级、各个阶层、各种类型的人物的思想感情以及人与人关系的复杂变化,反映了由各种生活潮流所汇集而成的斑驳绚丽的农村生活图景。

茅盾在评价孙犁的小说创作风格时曾说:他的小说不讲究篇章结构,而是用谈笑从容的态度来描摹风云变幻,虽多风趣而不落轻佻。孙犁的《铁木前传》保持了他一贯的小说散文化的风格,他不追求曲折离奇的情节,而把笔墨主要放在对人物形象的刻画和对人的心灵的揭示上;他不正面地、直接地写运动、写政策,而是在对一定历史时期人情世态的描写中,展示出时代风云的变幻。也正因为如此,这部作品才能经受住时间的严峻考验而成为传世之佳作。

(张学正)

人到中年*（节选）

谌 容

一

仿佛是星儿在太空中闪烁，仿佛是船儿在水面上摇荡。眼科大夫陆文婷仰卧在病床上，不知自己是在什么地方。她想喊，喊不出声来。她想看，什么也看不见。只觉得眼前有无数的光环，忽暗忽明，变幻无常。只觉得身子被一片浮云托起，时沉时浮，飘游不定。

这是在迷惘的梦中，还是在死亡的门前？

她记得，好像她刚来上班，刚进手术室，刚换上手术衣，刚走到洗手池边。对，她的好友姜亚芬是主动要求给她当助手的。姜亚芬的出国申请被批准了，他们一家就要去加拿大，这是姜亚芬跟自己一起做最后的一次手术了。

她们并肩站在一起洗手。这两个五十年代在医学院一起读书，六十年代初一起分配到这所大医院，同窗共事二十余载的好友即将天各一方，两人心情都很沉重。这种情绪在手术之前是不适宜的。她记得，自己曾想说些什么，调节一下这种离别前的惨淡的气氛。她说了些什么呢？对，她扭头问过：

"亚芬，飞机票订好了吗？"

姜亚芬说什么了？她好像什么也没有说，只是眼圈儿红了。

停了好久，姜亚芬才问了一句：

"文婷，你一上午做三个手术，行吗？"

她回答了吗？不记得了，好像是没有回答，只是一遍一遍地用刷子

---

* 原载《收获》1980 年第 1 期。

刷手。那小刷子好像是新换上的,一根根的鬃毛尖尖的,刺得手指尖好疼啊!她只看见手上白白的肥皂泡,只注视着墙上的挂钟,严格地按照规定,刷手、刷腕、刷臂,一次三分钟。她刷完三次,十分钟过去,她把双臂浸泡在消毒酒精水桶里。那酒精含量百分之七十五的消毒水好像是白色的,又好像是黄色的,直到现在,她的手和臂都发麻,火辣辣的。这是酒精的刺激吗?好像不是的。从二十年前实习时第一次上手术台到如今,她的手和臂几乎已经被酒精泡得发白,并没有感到什么刺痛呀?为什么现在这手好像抬也抬不起来了?

她记得,已经上了手术台,已经给病人的眼球后注射了奴佛卡因,手术就要开始了,这时,姜亚芬却悄悄问了一句话:

"文婷,你小孩的肺炎好了吗?"

啊!亚芬今天是怎么啦?难道她不知道一个眼科大夫上了手术台,就应该摒弃一切杂念,全神贯注于病人的眼睛,忘掉一切,包括自己,也包括自己的爱人,孩子和家庭。怎么能在这时候探问小佳佳的病呢?或许,亚芬正为她将去到异国而不安,竟至忘掉了她正在协助手术?

陆文婷几乎有些生气了,只答了一句:

"现在我除了这只眼睛,什么也不想。"

于是,她低下头去,用弯剪刀剪开了病眼的球结膜,手术就进行下去了。

啊!手术,手术,一个接着一个,这天上午怎么安排了三个手术呢?焦副部长的白内障摘除;王小曼的斜视矫正;张老汉的角膜移植。从八点到十二点半,整整四个半小时,她坐在高高的手术凳上,俯身在明亮的灯下,聚精会神地操作。剪开,缝合;再剪开,再缝合。当她缝完最后一针,给病人眼睛上盖上纱布时,她站起身来,腿僵了,腰硬了,迈不开步了。

姜亚芬换好了衣服,站在门边叫她:

"文婷,走啊!"

"你先走吧!"陆文婷站住不动说。

"我等你。今天是我最后一次到医院来了。"

说着,姜亚芬的眼圈儿又红了。她那对漂亮的大眼睛水汪汪的,她是在哭吗?她为什么难过?

"你快回家收拾东西吧,刘大夫一定等你呢!"

"他都弄好了。"姜亚芬抬起头来,忽然叫道:"你,你的腿怎么啦?"

"坐久了,有点麻,一会儿就好了。晚上我去看你。"

"那,我先走了。"

姜亚芬走了,陆文婷退身到墙边,用手扶着白色瓷砖镶嵌的冰冷的墙壁,站了好一阵,才一步一步走到更衣室。

她记得,她是换了衣服的,是那件灰色的布上衣。她记得她走出医院的大门,几乎已经走进那条小胡同,已经望见了家门口。可是忽然,她觉得疲劳,一种从来没有感到过的极度的疲劳。这疲劳从头到脚震动着她,眼前的路变得模糊了,小胡同忽然变长了,家门口忽然变远了,她觉得永远也走不到了。

手软了,腿软了,整个身子好像都不是自己的了。眼睛累了,睁不开了。嘴唇干了,动不了了。渴啊,渴啊,到哪里去找一点水喝?

她那干枯的嘴唇颤动了一下。

....

三

眼睛,眼睛,眼睛……

一双双眼睛纷至沓来,在陆文婷紧闭的双眸前飞掠而过,男的,女的;老的,少的;大的,小的;明亮的,浑浊的,千差万别,各不相同,在她四周闪着,闪着……

这是一双眼底出血的病眼,

这是一双患白内障的浊眼,

这是一双眼球脱落的伤眼。

这,这……啊!这是家杰的眼睛!喜悦和忧虑,烦恼和欢欣,痛苦和希望,全在这双眼睛中闪现。不用眼底灯,不用裂隙镜,就可以看到他的眼底,看到他的心底。

家杰的眼底清澈明亮,就像天上金色的太阳。家杰的心底是火热的,他曾给过她多少温暖啊!

是他的声音,家杰的声音!那么亲切,那么温柔,却又那么遥远,好似从九天之外的另一个世界飘来:

"我愿意是激流,
…………
只要我的爱人,
是一条小鱼,
在我的浪花中,
快乐地游来游去。"

这是在什么地方?啊,是在一片银白色的天地中。冰冻的湖面,水晶一般透明。红的、蓝的、紫的、白的身影在冰面上飞翔。那欢乐的笑声啊,好似要把这透明的宫殿震穿!她和他也手拉着手,穿梭在人流里。笑脸,一张张的笑脸,她都看不见,她只看见他。他们并肩滑翔着,旋转着,嬉笑着,那是多么快乐的日子啊!

银装素裹的五龙亭,庄严古老,清幽旷寂,她和他倚身在汉白玉的亭台栏杆旁。片片雪花打在他们脸上,戏弄着他们的头发。他们不觉得冷,四只手紧紧地握在一起,傲视着这冷峻无情的严寒。

那时她是多么年轻!

她没有幻想过飞来的爱情,也没有幻想过超出常人的幸福。从小,她就是个孤苦伶仃的女孩子,幼年父亲出走,母亲在困苦中把她抚养成人。她不记得曾有过欢乐的童年,只记得一盏孤灯伴着早衰的母亲,夜夜剪裁缝补,度过了一个个冬春。

进了医学院,她住女生宿舍,在食堂吃大锅饭。天不亮,她就起床背外语单词。铃声响,她夹着书本去听课,大课小课,密密麻麻的笔记。接着是晚自习,然后在解剖室呆到深夜。她把青春慷慨地奉献给一堂接着一堂的课程,一次接着一次的考试。

爱情似乎与她无缘。姜亚芬是她同班同学,两人同住一间宿舍。姜亚芬有一双会说话的眼睛,有一张迷人的小嘴;有修长的身材,有活泼的性格。每个星期,她都会收到不能公开的来信;每个周末,她都有神秘的约会。而陆文婷却是茕茕孑立,形影相吊,没有来信,也没有约会。她似乎是一个被人遗忘的少女。

当她和姜亚芬一起被分配到这所具有一百多年历史的著名的大医院时,医院向她们宣布了一条规定:医学院的毕业生分配到本院先当四年住院医。在任住院医期间,必须二十四小时呆在医院,并且不能结婚。

姜亚芬背后咒骂"这简直是修道院",陆文婷却心甘情愿地接受了这种苛求。二十四小时呆在医院,这算什么?她恨不得一天有四十八小时献给医院!四年之内不能结婚,这又算得了什么?医学上有成就的人,不是晚婚就是独身,这样的范例还少吗?小陆大夫把自己全身的精力投入了工作,兢兢业业地在医学的大山上登攀。

然而,生活总是出人意料的。傅家杰忽然闯进了她那宁静的、甚至是刻板的生活中来。

这是怎么回事?这事是怎么发生的?她一直闹不明白,她也没有去闹明白。他因为突然的眼病来住院了,恰巧是她负责的病人。她为他治好了眼睛,也许,就在她认真细巧的治疗中,唤起了他的另一种感情。这种感情蔓延着,燃烧着,使得他们两人的生活都改变了。

北国的冬天多么冷啊!那年的冬天对她又是多么温暖!她从来不曾想到,爱情竟是这样的迷人,这样的令人心醉!她简直有些后悔,为什么不早去寻求?那一年,她已在人世间经历了二十八个春天,算不得年轻,然而,她的心却是年轻的。她用整个纯洁的身心来迎接这迟到的爱情。

"我愿意是荒林,
…………
只要我的爱人,
是一只小鸟,

在我的稠密的
树林间做窝、鸣叫……"

这简直不可思议。傅家杰是学冶金的。他在冶金研究所里专攻金属力学,据说是为"上天"研制新型材料的。他有点傻气,有点呆气,姜亚芬就说他是"书呆子"。可是,这个书呆子会念诗,而且念得那么好!

"这是谁的诗?"她问他。

"裴多菲,匈牙利的诗人。"

"真怪,你是搞科学的,还有时间读诗?"

"科学需要幻想,从这一点说,它同诗是相通的。"

谁说傅家杰傻? 他回答得很聪明。

"你呀? 你喜欢诗吗?"他问她。

"我? 我不懂诗,也很少念诗。"她微笑着略带嘲讽地说:"我们眼科是手术科,一针一剪都严格得很,不能有半点儿幻想的……"

"不,你的工作就是一首最美的诗。"傅家杰打断她的话,热切地说:"你使千千万万人重见光明……"

他微笑着挨近她,脸对着脸,靠得那么近。她从未感到过的男人的热气,猛然地飘洒在她脸上,使她迷惑,使她慌乱。她觉得好像要发生什么事情,果然,他伸开双臂,那么有力地把她拥进自己的怀里。

这一切,来得那么突然,她惶恐地望着这双贴近的含笑的眼睛,张开的双唇。她心跳神驰,微仰起头,下意识地躲闪着,慌乱地紧闭了眼睛,承受着这不可抗拒的爱情的袭击。

雪中的北海,好像是专为她而安排。浓浓的雪花,纷纷扬扬,遮盖着高高的白塔、葱葱的琼岛、长长的游廊和静静的湖面,也遮盖着恋人们甜蜜的羞涩。

于是,出乎所有人的意料,在四年住院医的独身生活结束之后,陆文婷最先举行了婚礼。这只能说是命运的安排,谁能想到在她生活的路上会跳出一个傅家杰来? 他要结婚,她怎么能拒绝呢? 你看他多么固执地追求着,渴望着,愿意为她牺牲一切——

"我愿意是废墟,
…………
只要我的爱人,
是青青的常青藤,
沿着我荒凉的额,
亲密地攀援上升。"

多好啊,生活!多美啊,爱情!这久远的往事重现在脑际,使得垂危中的她似乎有了生的活力,她的眼睛微微启开了一下。

四

在服用了大量镇静和镇痛的药物之后,陆文婷大夫仍在昏睡。内科主任亲自来为她做了检查。他仔细听了她心脏和肺部的情况,看了心动电描图和病房记录。嘱咐值班大夫继续为病人静脉滴注极化液,注射罂粟碱和吗啡,密切监视心电变化,以防止梗塞面扩大和发生严重的合并症。

走出病房,内科主任对孙逸民说道:

"她的体质太弱了。我记得,陆大夫刚到我们医院的时候,身体很好嘛!"

"是啊!"孙逸民摇摇头,叹息着说:"她到我们医院,算来有十八年了,来的时候还是个小姑娘啊!"

十八年前,孙逸民已经是一位享有盛名的眼科专家了。他高超的医术和对工作一丝不苟的态度,赢得了眼科全体大夫的敬畏。这位年富力强、精力旺盛的教授,把培养年轻医生当作自己不容推卸的责任。每当医学院分来一批学生,他都要逐个考察,亲自挑选。他认为,要把这所医院的眼科办成全国最好的眼科,必须从挑选最有前途的住院医开始。

陆文婷是怎么被他挑上的呢?他记得很清楚。最初,这个二十四岁的医学院毕业生并没有给他留下很深的印象。

那天一上午,孙主任已经同五个新分配来的大学生谈了话,心里感到非常失望。这五个大学生,有的很适宜搞眼科,可是看不起眼科,表示不愿意在眼科工作;有的倒是愿意在眼科,可又把眼科看得很简单,以为这是很清闲的一科。当他拿起第六份档案,看到陆文婷这个名字时,他感到有点累,也并不期待还能出现奇迹。他心里想的是应该改进医学院的教学工作,使学生从一开始对眼科就有一个正确的看法。

这时,门悄悄地推开。一个苗条的女生轻步走了进来,孙逸民抬起头来,只见进来的这个女学生穿一身布衣布裤,袖口补着一圈新布边,长裤的膝盖处已经发白。她是朴素的,甚至显得有些寒酸。孙逸民望着档案袋上陆文婷三个字,又抬头漫不经心地打量了她一眼。这个女大学生看起来真像一个小姑娘。她小巧的身子,瓜子型的脸儿,一头乌黑透亮的好头发,短短地剪齐在耳垂下。她坐在对面的椅子上,安静得像一滴水。

孙主任照例问了一般学业上的问题。陆文婷一一回答了,但只限于回答,没有更多的话。

"你愿意在眼科吗?"孙逸民几乎决定草草结束这谈话了。他手臂撑在桌沿上,用手指揉着太阳穴,疲倦地问道。

"愿意。我在学校的时候就对眼科有兴趣。"她说话略有南方口音。

这个回答,使孙逸民那么高兴。他松开了按在太阳穴上的手指,好像额头不那么胀痛。他立刻改变了主意,要把谈话认真地进行下去。他审视着这女学生,问道:

"为什么有兴趣呢?"

话一出口,他自己感到这个问题提得不好,叫人家太难回答了。不想,那女学生却不慌不忙地回答了:

"我们国家的眼科太落后了……"

"好,你讲讲看,怎么落后?"孙逸民简直是急急地问了。

"我也讲不好,反正我觉得,有些手术,外国已经搞开了,我们还是空白。比如,用激光封闭视网膜破口。我觉得,我们也应该尝试的。"

"是啊!"孙逸民在心里已经给这个学生打了"五"分。他又问道,"还有呢?还有什么想法?"

"还有……嗯……用冷冻摘除白内障,也应该普遍推广。反正我觉得,有很多新的课题,值得研究。"

"好啊,你讲得很好,你能看外文资料吗?"

"查字典看,很吃力。我喜欢外语。"

"这太好了。"

孙逸民主任在一个新来的大学生面前连连赞好,这是绝无仅有的。过了几天,陆文婷和姜亚芬首先被眼科要了来。如果说姜亚芬以她的聪慧、热情、精干被孙逸民挑上,那么,陆文婷就是以她的朴实、深沉、敏锐而被选中。

第一年,她们做外眼手术,熟读眼科学。第二年,她们做内眼手术,读屈光学和眼肌学。第三年,她们能做比较精细的白内障之类的手术了。这一年,有一件事更使孙主任对陆文婷大夫另眼相看。

那是一个春天的早晨。星期一,孙主任查病房来了。穿白大褂的各级大夫跟了一群。病人怀着急切的心情,都早已坐好在床上,翘首盼望这位有名的教授给自己看上一眼。好像他的手一按到自己的眼睛上,那病就会好似的。

每到一个床位,孙主任总是接过从背后递上来的病历,一边翻阅着,一边听主治大夫或高年大夫汇报诊断与治疗的情况。有时他掰开病人的眼皮瞧上一眼,有时他拍拍病人的肩膀,嘱咐病人手术时不要紧张,然后转到下一个床位。

查完病房之后,照例有一个短会,交换意见,安排工作。在这样的会上,通常都是孙主任和主治大夫们发言,住院医只用心地在一边听着,谁也不敢说什么,怕说错了在这些眼科权威们面前出乖露丑,日后成为全科的笑料。这一次也是如此,该说的说完了,该布置的布置了。孙逸民准备走了,他站起来问:

"大家还有什么意见吗?"

这时,在屋子角落里,响起了一个很低的女同志的声音:

"四室三床的病人,请孙主任再看看片子。"

满屋的人都朝说话的方向转过头去。孙逸民也看清了,说话的是陆文婷大夫。她确实长得个子不高,而且很不显眼。刚才查房时,孙逸民就没有注意到尾随在自己身后的还有这个住院医。后来进了办公室,谈了这么长时间,他也没有注意到参加会的还有这个陆文婷大夫。

"三床?"孙逸民侧过脸望着总住院医生。

"三床是工伤。"总住院医答道。

"门诊收住院时,给他照过片子。"陆文婷说,"放射科的报告是未见金属异物。住院后,伤口缝合了,病人还是嚷痛。我又给他做了无骨照像,我认为确实有异物。请孙主任再看看。"

片子被取来了。孙主任看了,在场的总住院医和主治大夫们都轮流看着。

姜亚芬直拿大眼瞪自己的同学,心说:你不会等会再给孙主任看,万一你判断错了,就在全科闹下话柄;就算你诊断对了,那也等于说人家门诊的大夫不够仔细,人家可是主治大夫呀!

"你的看法对,是有异物。"孙逸民又接过片子来,点着头。然后,他环视着在场的大夫说道:"陆大夫到眼科不久,肯钻业务,对工作认真细致,这是很可贵的。"

听到这话,陆文婷反低下了头。她没有想到孙主任会当众表扬自己,一时脸红了。孙主任看着她那神情却微微笑了。他也很明白,这个住院医敢于对主治医的诊断怀疑,不仅要有对病人的高度责任心,还需要极大的勇气。

医院与别的单位不同,一级一级,等级森严。这倒也没有什么明文规定,然而,低年大夫要服从高年大夫;住院医要听主治医的;教授、副教授的意见则是不容辩驳的,如此等等。这个还算不上高年大夫的陆文婷竟然能对主治医的诊断提出不同看法,不能不引起孙逸民格外的重视。

"她是一个很有希望的眼科大夫。"从那时起,孙主任就对陆文婷下了这样的断语。

如今,转瞬之间十八年过去了。陆文婷、姜亚芬这批大夫,已经成为这所医院眼科的骨干。按规定,如果凭考试晋升,她们早就应该是主任级大夫了。可是,实际上她们不仅不是主任级大夫,连主治大夫都不是。她们是十八年一贯的住院大夫。文化大革命砍断了她们晋级的阶梯,粉碎"四人帮"后的春雨还没有来得及洒到这些多年住院医的身上。

"一茎瘦草!"望着奄奄一息的陆文婷,一种怜悯之情,从他心中油然而生。孙逸民拉住内科主任问道:

"你看她,还不至于……"

内科主任回头朝病房望了望,叹了口气,又摇着头低声说:

"孙老,只希望她很快脱离危险吧!"

孙逸民忧心忡忡地又回身往病房走去。他的步履变得沉重,看上去真是老态龙钟了。到门边,他一眼看见姜亚芬还偎在陆文婷枕边,就站住了,没有前去惊动这两个挚友。

深秋天气,昼短夜长。五点多钟,天已经暗了下来。秋风吹动着窗外的梧桐树叶,沙沙地响。一片、两片、三片……枯黄的叶儿在秋风中飘落了。

孙主任眼望窗外漂泊落下的黄叶,耳听那如泣如诉的沙沙沙的声响,感到一阵从来未曾有过的怅惘。他面前的这两位骨干,两名有造就的眼科医生,一个已经倒下去了,能不能再站起来,尚不可知;一个即将离去,能不能再回来,亦不可料。她们是支撑着这著名医院眼科的两根柱子。撤掉了这两根柱子,他感到整个眼科就如同那秋风中的梧桐,正在一天天地衰落下去。

....

十七

从来没有睡得这么久,从来没有睡得这么累。陆文婷觉得好像是从高高的云端摔落下来,跌得浑身疼痛难禁,没有一点力气了。这突然的静卧,四肢休息了,心也静了下来,脑海里几乎成了一片空白。

多少年来,她奔波在生活的道路上,没有时间停下来,看一看走过的路上曾有多少坎坷困苦;更没有时间停下来,想一想未来的路上还有多少荆棘艰难。如今,肩上的重担卸下了,种种的操劳免去了,似乎有足够的时间去寻找过去的足迹,去探求未来的路。然而,脑子里空空荡荡,没有回忆,没有希望,什么也没有。

啊! 多么可怕的空白!

也许,这只是一个梦,一个寂寞的梦。过去,也曾有过这样的梦,也是这样孤独,这样悲凉……

那一年,她还是一个五岁的小姑娘。一个北风呼啸的夜晚,妈妈出去了,只留下她一个人。天黑了,妈妈还没有回来。她第一次感到孤单、感到恐怖。她哭着,喊着:"妈妈……妈妈呀!"后来,这情景,常在她的梦中萦绕。那怒吼的风声,那被吹开了的房门,那昏暗的油灯,是如此逼真,竟使她长久以来分辨不清,是当真入梦,还是把梦当真。

不,这一回不是梦,是真的了!

自己是躺在病床上,家杰还守在自己身旁。看,他累了。他歪倒身子靠在床沿上睡着了。他会着凉的,应该把他叫醒。可是她试了几次,总听不见自己的嗓音。喉咙好像被什么卡住了,叫不出声来。她想伸过手去,拉一件衣服给他披上,可是手动不了,它好像不是属于自己的了。

她朝四周打量了一眼,发现自己是躺在单人病房里。这种"特殊照顾"通常都属于垂危的病人。她忽然感到一阵恐怖:难道我也……

瑟瑟的秋风叩打着门窗,沉沉的夜色吞噬着病房。她出了一身冷汗,神志反而清醒了。她意识到眼前的一切真真实实,这确实不是梦。这是生的尽头,这是死的来临。

死亡原来是这样的,并不可怕,并不痛苦。它不过是生命逐渐地枯萎,意识逐渐地朦胧,它不过是缓缓地沉落,像一片漂在水中的叶儿,正随波逝去,终致淹没在水底。

她觉得一切都无可挽回地结束了。汹涌的波涛漫过了她的胸前,她正随水而去……

"妈妈……妈妈……"

她听见佳佳在呼喊,她看见佳佳沿着河岸追来。她忙回过头去,伸开双臂喊着:

"佳佳……我的女儿……"

流水把她席卷而去。佳佳的面容模糊了,沙哑的呼喊变成了可怜

的抽噎:

"妈妈……我要梳小辫儿……"

为什么不给她扎小辫儿呢?她来到人间才六个年头,她对生活的希望,不过是扎上两个小辫儿。每逢看见那些扎着小辫、系着蝴蝶结的小姑娘,她是多么羡慕!可是,就连这一点小小的要求,她都不能满足她。她没有时间,星期一早上医院的病人也最多,哪怕一分钟的时间,对她来说都是宝贵的。

"妈妈……妈妈……"

她听见圆圆在呼喊,她看见圆圆沿着河岸追来。她忙回过头去,伸出双臂喊着:

"圆圆……圆圆……"

一个浪头把她打下去,她挣扎出水面,圆圆已经看不见了,只有他的声音从远处传来:

"妈妈……别忘了……白球鞋……"

各式各样的球鞋像装在万花筒里,在她面前转开了:白色的,蓝色的,高筒的,矮帮的,白色带红边的,白色带蓝边的。给圆圆挑一双吧,他脚上的鞋早已破了。给他买一双白球鞋吧,他会高兴一个月。可是,顷刻间,这样那样的球鞋都消失了。一张张标价牌迎面打来:三元一角,四元五角,六元三角……

家杰追来了。流水倒映出他狂奔的身影。他跑得那么急,他的声音在发抖:

"文婷,你不能走……"

她多么想停住,等他追来,拉自己一把,然而,流水无情,她身不由主随波逐流。

"陆大夫!陆大夫!"

两岸有多少人在呼喊她啊!穿着白大褂的亚芬、老刘、赵院长、孙主任,穿着病房衣服的焦成思、张老汉、王小嫚,还有许多认识和不认识的病人,都在喊着,喊着。

他们在喊我?我不能走,是不能走啊!在这世界上,我还有很多事情没有了结,还有很多责任没有尽到。我不能让圆圆和佳佳变成没有妈妈的孤儿。我不能让家杰遭到中年丧妻的打击。我离不开我的医院,我的病人,离不开啊,离不开这折磨人而又叫人难舍的生活!

我不能在这死亡之水中沉没。我要挣扎,我要反抗,我要留在人间。可,我怎么那么累呢?我没有力气反抗,没有力气挣扎,我正在沉下去,沉下去……

啊!永别了,圆圆!永别了,佳佳!你们还会想起妈妈吗?在这生命的最后一息,妈妈是带着对你们深深的眷恋离去的。我多么想念你们,让我紧紧地搂住你们,听我对你们说:孩子啊!原谅妈妈对你们爱得太少,原谅妈妈不得不一次次缩回向你们伸出的双臂,推开你们扑向我的笑脸,使你们在幼小的年纪就离开了妈妈的怀抱。

永别了,家杰!你为我付出了一切。没有你,我的生活寸步难行。没有你,我活在这世界上索然无味。啊,你为我作了多么大的牺牲!如果允许我忏悔,我将跪倒在你面前,请你原谅,原谅我没有能报答你对我无微不至的关怀和体贴,原谅我对你照顾得那么少,给你的那么少。多少次我想着,等我稍许空一点,我要多尽一点妻子的责任,我要按时下班回家,让你吃上一顿现成的晚饭。我要把三屉桌让给你,给你创造条件,写完你的论文。遗憾啊,晚了,我再也没有时间了。

永别了,门诊的病人!住院的病人!十八年来,我生活中最重要的部分属于你们。无论我行、走、坐、卧,回旋在我脑际的是你们,是你们的眼睛!你们不知道,每治好一双眼睛,你们给予我——一个医生,多么巨大的慰藉和快乐。可惜,这种快乐再也不会有了!

永别了,我的亲人!永别了,医院!永别了,我的病人!我是舍不得离开你们的啊!

我……

············

二十

············

"陆大夫身体很弱,你,不要跟她多说话!"

傅家杰就这样无言地守了一个下午。黄昏时,陆文婷好像又好了一些,她把头转向傅家杰,双唇动了动,努力要说什么的样子。

"文婷,你想说什么呀?你说吧!"傅家杰握住她的手哀求道。

她终于说了:

"给圆圆……买一双白球鞋……"

"我明天就去买。"他答着,泪水不自主地滴下来,他忙用手背擦去。

她望着他,还想说什么的样子。半天,才又说出几个字来:

"给佳佳,扎,扎小辫儿……"

"我,给她扎!"傅家杰吞泣着,他透过泪水模糊的眼望着妻子,希望她把想说的话都说出来。可是,她闭上嘴,好像已经用尽了力气,再不开口了。

············

二十二

一个半月以后,陆文婷大夫病体初愈,被允许出院了。

这几乎是一个奇迹。以陆文婷平日极为虚弱的身体,突然遭到这样一场大病的袭击,几次濒于死亡的边缘,最后竟能活了过来,内科大夫都感到惊异和庆幸。

这天上午,傅家杰怀着感恩的心情在妻子身边忙着。他替她穿上棉衣毛裤,又穿上一件蓝布棉猴,围上一条驼色大长毛围巾。

"家里怎么样了?"她问。

"挺好。昨天你们支部还派人去帮着收拾了。"

她立即想起那间小屋,那个罩着白布的大书架,那窗台上的小闹钟,那张三屉桌……

从死亡线上回来的她,虽然穿了这么多衣服,仍觉得身上轻飘飘的。当她站起来时,两腿打着哆嗦,很难支持身体的重量。她整个身子几乎全靠在丈夫身上,一手拽住他的衣袖,一手扶着墙,才迈出了步子。

接着,一步又一步,她慢慢地走出了病房。

赵天辉院长、孙逸民主任,还有内科和眼科的一些同志们,跟在她身后,看着她一步一停地沿着长长的甬道,朝门外走去。

接连下了几天雨,一阵冷风吹得光秃的树枝呼呼地响。雨后的阳光格外地明媚,强烈的光束直射进这长长的长廊,冷风也呼啸着迎面吹来。傅家杰倍加小心地搀着妻子,迎着朝阳和寒风朝前走去。

门外石阶下停着一辆黑色的小卧车。那是赵院长亲自打电话给行政处要来的。

陆文婷大夫靠在丈夫臂上,艰难地一步一步朝门外走去……

一九七九年十一月于北京

(选自《人到中年》,百花文艺出版社1980年版)

【作者简介】

谌容(1936～　),女,生于湖北汉口,祖籍四川巫山县。1954年考入北京俄语学院,1957年毕业后分配到中央人民广播电台担任音乐编辑和俄语翻译。1963年到山西汾阳县农村体验生活一年,并开始从事话剧创作。1969年下放到北京郊区通县农村插队。1972年创作长篇小说《万年青》。1976年再次去山西农村体验生活,创作长篇小说《光明与黑暗》。1979年后,陆续发表《永远是春天》、《人到中年》、《白雪》、《赞歌》、《真真假假》、《太子村的秘密》、《杨月月与萨特之研究》、《错、错、错》、《散淡的人》、《献上一束夜来香》、《懒得离婚》、《减去十岁》及长篇小说《人到老年》等,在文学界有广泛影响。

【作品简析】

《人到中年》是新时期中篇小说中的佼佼者。它是关于中年知识分子不幸命运的一曲悲歌,又是关于中年一代理想、奋斗、情操的一首赞歌。

作品中的中心人物是眼科大夫陆文婷。陆文婷是中年知识分子的典型形象,她的思想性格的核心是高度自觉的献身精神和牺牲精神。

"一切为了病人的眼睛"是陆文婷全部精力、心血和生命的集结点。

为了病人,她付出了沉重的代价。她从早到晚,"全神贯注于病人的眼睛,忘掉一切,包括自己,也包括自己的爱人、孩子和家庭",为了病人,她经常"超负荷运转",劳累得像"一茎瘦草",最后,终于累垮了。她为病人献出了自己的一切,而且贡献得是那么自觉,那么彻底。陆文婷正是鲁迅称赞过的那种人:"在生活的道路上,将血一滴一滴地滴过去,以饲别人,虽自觉渐渐瘦弱也以为快活。"

更可贵的是,陆文婷的这种牺牲精神和献身精神是无条件的。她对于种种生活上的不公平的待遇和政治上的粗暴的对待并不计较,仍然不声不响地做着她应当做的事情。她的牺牲精神不被人重视和承认,甚至冷淡她、亏待她、误解她,都没有丝毫减退她工作的热情和影响她对病人的责任感。她坚毅地背负着十字架,走着她自己选定的生活之路。对于生活,她没有非分的企求:一间小屋,足以安身;两件布衣,足以御寒;三餐粗饭,足以充饥。她就是鲁迅所称赞的"孺子牛",吃的是草,挤出的是奶,是血。

陆文婷又是一个有鲜明个性的形象。在大学时代,她是"一个被人遗忘的少女"。但是,她充满着自信力,埋头钻研,刻苦奋斗,自强不息,终于取得了优异的学习成绩。在生活里,她从来不示弱。毕业后分配到医院工作,平时沉默寡言,不动声色;但在关键时刻,她又敢于以一个普通住院医的身份,对主治医师的诊断提出不同看法。在真理面前,她没有丝毫的怯懦。从外表看,陆文婷的长相、穿着是那么平平常常,性格是那么温柔文静,然而她却有一种惊人的精神力量,她是那样的顽强、坚韧和刚毅!陆文婷是在和平时期在平凡的岗位上为人民献身的一位真正的英雄;在由千千万万英雄组成的祖国的灿烂星空中,她是一颗晶莹闪亮的星!

《人到中年》的另一重要成就是"马列主义老太太"秦波形象的成功塑造。这是谌容对当代文学的一个独特的贡献。

焦副部长的夫人秦波具有浓厚的封建阶级的等级观念和"夫贵妻荣"的特权思想,她随时随地表现出一种高干夫人的优越感和对别人的人格的蔑视。她无知而又骄横,自私而又虚伪。她嘴皮子上讲的是"马列主义",脑袋里却充斥着很多资产阶级的乃至封建阶级的垃圾;她的身份是高贵的,然而她的思想境界却是低下的。在现实生活中,像这样的"马列主义老太太"虽然是少数,但却有一定的代表性和不可忽视的危害性。她们整天过着养尊处优的生活,虽然没有正式的头衔,甚至没有正式工作,但是她们却无时无刻不在干扰着"四化"大业,败坏着党的威信。这是很值得注意并需要认真对待的一个问题。

《人到中年》因为具有强烈的现实意义而引起全社会的巨大反响。作品反映了中年知识分子问题的重要性、尖锐性和紧迫性,陆文婷的悲剧命运是千千万万中年知识分子悲剧命运的写照,应当引起全社会的普遍关注。

作者对小说进行了精心的构思。作品由陆文婷生命垂危、入院抢救开始,并以抢救陆文婷为经线,以她的成长过程和前半生的不幸命运为纬线展开情节。这样组织结构有以下几个好处:第一,自始至终给人一种紧张的节奏感,让那些关心着陆大夫命运的读者不得不焦急地读下去,避免了那种从头说起,平铺直叙的单调感。第二,给人一种象征性的紧迫感。作品仿佛在告诉人们:陆文婷处在垂危之中,中年一代处在危机的边缘上,必须像抢救陆文婷大夫一样,抢救整个中年一代!第三,这种交错穿插的结构,使作者可以十分自如地运用多视角的方法,通过许多人的眼睛观察、描绘一个人物,这不仅避免了人称上的单调,而且在人物身上浸透着观察者的浓重的感情色彩,增强了作品的感染力。

《人到中年》在写作中综合运用了多种艺术手段,除了小说的叙述描写而外,还运用了戏剧冲突、电影蒙太奇、诗歌的吟咏、散文的抒情、书信的倾诉等多种表现手段,使得作品的形象、画面和韵律丰满多变,给人以美的享受。

(张学正)

北方的河(节选)

张承志

....

他们来到了河边上。他一出了红脸后生的窑洞就大步流星地在前面疾走。等他走到了浊浪拍溅的河漫滩上,才回头看了看那姑娘摇晃的身影。真像一根杨柳,他想,给她的照相机压得一弯一闪。他沿着黄河踱着,大步踏着咯响的卵石。河水隆隆响着,又浓又稠,闪烁而颤动,像是流动着沉重的金属。这么宽阔的大峡都被震得摇动啦,他惊奇地想着,也许有一天两岸的大山都会震得坍塌下来,真是北方第一大河啊。远处有一株带着枝叶的树干被河水卷着一沉一浮,他盯准那绿叶奔跑起来,想追上河水的速度。他痛快地大声叫嚷着,是感到自己已经完全融化在这喧腾声里,融化在河面上生起的、掠过大河长峡的凉风中了。

她刚刚给照相机换上一个长镜头,带好遮光罩,调整了光圈和速度。她擦着汗喘着,使劲地追赶着前面的他。她看见他这时正站在上游的一个尖岬上,一动不动。

"你怎么啦,喂!"她快活地招呼着。她轻轻扣好相机快门上的保险,她已经拍了第一张。她相信河水层次复杂的黄色,对岸朦胧的青山,以及远处无定河汇入黄河的银白的光影会使这张柯达胶片的效果很好。河底村小小的招待所很干净,现在她一点儿担心也没有了。

"你说话呀,研究生!"她朝旅伴开起玩笑来了。

"全想起来了,"他开口道,"我早知道,一到这儿我就能想起来。"

---

* 原载《十月》1984年第1期。

"想起来什么？地理讲义么？"她兴致很高地问,她挺想和这个大个子青年开开玩笑。

"不,是这块石头。"他说,"十几年前,我就是从这儿下水的。"

"游泳么？"她歪着头瞧着他。他默默地站着,长长地叹了一口气。告诉她么？"我上错了车,喏,那时的长途班车正巧就是辆解放牌卡车,"他迟疑地说,"我去延川看同学,然后想回北京。从绥德去军渡然后才能进山西往北京走,可是我上错了车。那辆车没有往北去军渡,而是顺着无定河跑到这儿来啦。而且,路被雨水冲垮了,车停在青羊坪。在青羊坪我听说这儿有渡船,就赶了四十里路来到了这里。"他凝视着向南流逝的黄河水,西斜的阳光下,河里像是满溢着一川铜水,他看见姑娘的身影长长地投在铜水般的河面上,和他的并排挨着。告诉她吧,他想道。"在这里,就在这儿我下了水,游过了黄河。"

她静了一会儿,轻声问:"你为什么不等渡船呢？"

那船晚上回来,八天后才再到河东去。当时他远远地望见船在河东岸泊着。他是靠扒车到各地同学插队的地方游逛的,他从新疆出发,先到巴里坤,再到陕北,然后去山西,最后回北京。他想看看世界,也看看同学和人们都在怎么生活。

姑娘又补充说道:"我是说,游过去——太冒险了,你不能等渡船么？"

"我没钱,"他说,"我在村子里问了:住小店,吃白面一天九毛钱,吃黑面一天六毛钱。那时候我住不起。"

她感动地凝视着他。"你真勇敢,"她说。

他的心跳了一下。你为什么把这些都告诉她？他的心绪突然坏了。他发现这姑娘和他的距离一下子近了,她身上的一股气息使他心烦意乱。今天在这儿遇上这个女的可真是见鬼,他想,原来可以在黄河边搞搞调查、背背讲义的。本来可以让这段时间和往事追想一点点地流过心间,那该使他觉得多宝贵啊。可是这女的弄得他忍不住要讲话,而这么讲完全像是吹牛。

"游过黄河……我想,这太不容易了。"他听见那姑娘自语般地说道。他觉得她已经开始直视着他的眼睛。你这会儿不怕没有招待所

703

啦,哼!他忿忿地想。她在放松了戒备的神经以后,此刻显得光彩袭人。这使他心慌意乱。他咬着嘴唇不再理睬她,只顾盯着斜阳下闪烁的满溢一川的滚滚黄河。

她举起照相机,取出一个变焦距镜头换上。这个小伙子很吸引人,浑身冒着热情和一股英气。他敢从这儿游到对岸去。上游拂来的、带着土腥味儿的凉风撩着她的额发,抚着她放在快门上的手指。这个可不像以前人家介绍的那个。那个出了一趟国,一天到晚就光知道絮絮叨叨地摆弄他那堆洋百货。那家伙甚至连眼睛都不朝别处瞧,甚至不朝我身上瞧,她遐想着。而这个,这个扬言要考上地理研究生的小伙子却有一双烫人的眼睛。她想着又偷偷地瞟了他一眼。瞧人家,她想,人家眼睛里是什么?是黄河。

"坐下歇歇吧,"她建议说,并且把手绢铺在黄沙上,坐了下来。黄河就在眼前冲撞着,倔犟地奔驰。这河里流的不是水,不是浪,她想。"喂!研究生!你看这黄河!"她喊他说,"我说,这黄河里没有浪头。不是水,不是浪,是一大块一大块凝着的、古朴的流体。你说我讲得对吗?"她问道。

一块一块的,他听着,这姑娘的形容很奇怪,但更奇怪的是她形容得挺准确。一块块半凝固的、微微凸起的黄流在稳稳前移,老实巴交但又自信而强悍,而陕北高原扑下来了,倾斜下来,潜入它的怀抱。"你说的,挺有意思。"他回答道,"我是说,挺形象。"

"我搞摄影。这一行要求人总得训练自己的感受。"

"不过,我觉得这黄河——"他停了一下。他也想试试。我的感受和你这小姑娘可不太一样。他感到那压捺不住的劲头又跃跃而来了。算啦,他警告自己说。

"你觉得像什么?"她感兴趣地盯着他的脸。他准是个热情的人,瞧这脸庞多动人。她端起照相机,调了一下光圈。"你说吧!你能形容得好,我就能把这感觉拍在底片上。"她朝他挑战地眯起了眼睛。

"我觉得——这黄河像是我的父亲!"他突然低声说道。他的嗓音浊重沙哑,而且在颤抖。"父亲,"他说。我是怎么啦?怎么和她说这个!可是他明白他忍不住。眼前这个姑娘在吸引着他说这个。也许是她身上的那股味道和她那微微眯起的黑眼睛在吸引着他说这个。他没想到心底还有个想对个姑娘说说这个的欲望。他忍不住了。

"我从小……没有父亲。我多少年把什么父亲忘得一干二净。那个人把我妈甩啦——这个狗杂种,"他恶狠狠地骂了一句,然后牢牢地闭上了嘴。对岸山西的青灰色岩山似乎在悄悄移动着,变成了黛色。瞧,这黄河的块,她静静地凝望着黄河想,它凝住啦。唉,人的心哪。

"我多少年一直有个愿望,就是长成一个块大劲足的男子汉。那时我将找到他,当着他老婆孩子的面,狠狠地揍他那张脸。"他觉得自己的牙齿剧烈地格格响着。他拼命忍住了,不再开口。这种事姑娘猜不到,她想像不出来这种事的。可是我有一个伟大的妈妈——告诉你,那些所谓的女英雄、女老干部、女革命家根本不配和我妈比。我有了她,一生什么全够了。我从小不会叫"爸爸"这个恶心词儿,也没想过我该有个父亲。他颤着手指划亮一根火柴,点燃一支香烟。可是,今天你忽然间发现,你还是应该有一个父亲,而且你已经给自己找到了一个。他喷出一团烟雾,哦,今天真好,今天你给自己找到了父亲——这就是他,黄河。他默默想着,沉入了自己的感动。但当他看到旁边那对充满同情的黑眼睛时,他又感到羞耻。你太嫩啦,看来你是毫无出息。你什么都忍不住,你这么轻易就把这些告诉了她。你,你怎么能把这样的秘密随便告诉一个女人?!他的心情恶劣透了。他忍着愤怒从沙滩上站了起来,朝河边的尖岬大步走去。他想躲开那个女的,他甚至恨那个女的,是她用那可恶的黑眼睛和一股什么劲儿把他弄得失去了自制。他走到黄河边上,河水拍溅着他的脚,他觉得含沙的夏季河水又粗糙又温暖。他忘记了背后那个姑娘,他感到眼前的大河充满了神秘。

哦,真是父亲,他在粗糙又温暖地安慰着我呢。"爸——爸,"他偷偷试着嘟囔了一声,马上又觉得无比别扭和难受。远处的河水不可思议地凸起着摇荡着。你告诉我一切吧,黄河,让我把一切全写上那张考卷,让那些看卷的老头目瞪口呆。那将不是一张考卷,而是一支歌,一首诗,一曲永恒的关于父与子的音乐。老头们的试卷真能容纳下它么?他问自己,不可能,他又回答自己。这是写不出来的,也不应当告诉别人的一个秘密。你原来那么傻,他嘲笑着自己,你忘了那次横渡黄河时

705

究竟有没有什么神示或者特殊的感觉。你活像只快乐的小鸭子一样，相跟着一个陕北老乡，把衣服和鞋塞进油浸的整羊皮口袋里，就大模大样地下了水。你不买票扒了车，走了四十里沟壑梁峁的黄土路，只吃了些西瓜和青涩的河畔枣，命催着似地跑到这儿来游黄河。你游过去了，当天赶到了山西。难道没有神助么？难道没有什么特殊的东西在保护着你么？你游水时的感觉和平常在游泳池，在水库，在京密引水渠里的感觉一样好，轻松又容易。你把那个抱着吹足气的羊皮油口袋的老乡甩在后面。你的两腿和手臂不仅没有抽筋，而且那么有力和舒展。你横渡了这条北方最伟大的河，又赶了二十里山西的青石头山道，当晚赶到了柳林镇附近的一个小村。第二天你拦卡车到了介休，又扒上"三八红旗白拉线"的火车，一直到了北京。后来你对同学讲了游黄河的事，而二宝和徐华北他们挤眉弄眼地说，他们也游过来了，而且是游蝶泳过来的。——这一切中的每一步，在今天几乎都不可能。合理的答案只有一个，这答案你今天自己找到了：黄河是你的父亲，他在暗暗地保护着他的小儿子。

　　他抬起头来。黄河正在他的全部视野中急驶而下，满河映着红色。黄河烧起来啦，他想。沉入陕北高原侧后的夕阳先点燃了一条长云，红霞又撒向河谷。整条黄河都变红啦，它烧起来啦。他想，没准这是在为我而燃烧。铜红色的黄河浪头现在是线条鲜明的，沉重地卷起来，又卷起来。他觉得眼睛被这一派红色的火焰灼痛了。他想起了梵·高的《星夜》，以前他一直对那种画不屑一顾；而现在他懂了。在梵·高的眼睛里，星空像旋转翻腾的江河；而在他年轻的眼睛里，黄河像北方大地燃烧的烈火。对岸山西境内的崇山峻岭也被映红了，他听见这神奇的火河正在向他呼唤。我的父亲，他迷醉地望着黄河站立着，你正在向我流露真情。他解开外衣的纽扣，随即把它脱了下来。

　　她踉跄着冲过来，一把抓住他的手臂。

　　"你干什么？"她气喘吁吁地喊，"你要下水？"

　　他回过头来，困惑地望着姑娘。

　　"不行！太危险了！"她坚决地摇摇头。好骄傲的男人呐，他以为我怀疑他那段英雄史。"我知道你能游过去……你已经游过去啦，"她紧紧抓住他的手不放,"不过现在没有必要这样,这太危险了!"她喊着,想使自己的声音压住河水震耳的轰鸣。

他谨慎地抽出了手,打量着她。这姑娘怎么啦？看来男子汉在关键的时候,身边不能有女人。她们总是在这种时候搅得你心神不宁。她们可真有本事。

"别游了,太危险,"她仰着脸望着他说。"咱们不如聊聊天。要不,我再照几张照片,你对着黄河温温功课。"带着变焦距长镜头的相机沉重地在她胸前晃动着,他觉得她那长长的脖子快要被那机器坠断了。他挺想帮她托着那台金属的大相机。

"你去照你的相吧,上那边转转,"他嘎哑着嗓子,不高兴地嘟哝着,"我有点私事,你最好走开点。"

"不!"她喊起来,"这是黄河! 你懂吗？"她把两只小手攥成可笑的拳头晃着。

我不懂,难道你懂么。他被深深地激怒了。谁叫你那么愿意和姑娘往一块儿凑？瞧她狂的。你懂,你大概只懂怎么把头发烫得更招人看两眼。他狠狠地咬着嘴唇,几乎想骂出一句粗话。

"喂,你听着:我不认识你。你不是已经找着招待所了吗？"他尽量有分寸地说。

她怔了一下,然后退了两步。他看见她脸上的神情先是凝固了,接着就渐渐褪尽。"好,随你吧,"她小声说道,双手扶住胸前的相机。他看见她的眼睛里充满了痛苦和责备的神情。

他吃惊地望着她。她这会儿显得真动人,简直像尊圣洁的雕像。你们真行,姑娘们。怪不得我一下子就吐出了心底的秘密,这秘密我从没向任何一个人说过。他抱歉地搓搓手,"对不起,"他说,"我有个爱发火的坏毛病。"

"你太凶了,"她伤感地说。为什么要这样对待别人呢,我已经看透了:在最深的意识里,他们都一样。"真难得,刚才你还算诚恳些。我以为——"

"刚才我是在瞎编,"他打断了她的话。我为告诉了你那个而羞耻呢,他想。"你别当真。"

"不！人应该学得真诚些！"她激烈地反驳着，"而且——"而且你也用不着那么骄傲。讲人生滋味，也许我尝得比你多得多。她涨红了脸，突然颤声说："我也没有父亲，我也好久好久没有喊过爸爸这个词儿，而且……我也一想到这个词就难受。"

"哦？"他吃了一惊。

"他在一个中学传达室工作，当打钟的工友。他们说，他在解放前当过国民党的兵，是残渣余孽。六六年，他们把他打死了。就在那个传达室里。那一年我十二岁，小学六年级。"她平静地说着，眼睛一直凝视着他。

"我懂了。"他冷峻地迎着她的目光，"你骂吧！我在那时候也是一个红卫兵。"

她疲惫地摇摇头，叹了口气："不，我不骂。而且，我一眼就看得出来，你和那些人根本不一样，那些人——"

"狗东西！"他从牙缝里恶狠狠地咒骂着。

"你太粗野了，"她忧郁地说。他从她低柔的声音里感到一种距离很近的信赖。

"后来呢？"他阴沉地问。

"我母亲有病，青光眼。医生说她一急就会失明。所以，我……"她的头低下去了。他看见她的黑发在风中颤抖着。"我就一个人跑到那个传达室，给爸爸洗身上的血。"

"好了，别说了，"他轻声打断了她。

"我用一块毛巾给爸爸洗身上的血。那血，那血——"

"别说了！"他转过身去。

她微张着嘴，安静地望着他的肩膀，接着就颓然坐在沙滩地上。被高原的烈日烤了一天的粗砂子舒服地烙着她。她感到心情非常宁静。是呵，别说啦。他全明白。像他对我一样，我也把一切都对他说啦。

他默默地面对着黄河站着，风拂着他裸着的前胸。我不能想像，小妹妹，他想。他的确不能想像，这个眼睛黑黑、身材柔细的姑娘，心里怎能盛着那么沉重的苦难。

这时，黄河，他看见黄河又燃烧起来了。赤铜色的浪头缓缓地扬起着,整个一条大川长峡此刻全部熔入了那片激动的火焰。山谷里蒸腾着朦胧的气流,他看见眼前充斥着、旋转着、跳跃着、怒吼着又轻唱着的一团团通红的浓彩。这是在呼唤我呢,瞧这些一圈圈旋转的颜色。这是我的黄河父亲在呼唤我。他迅速甩掉上衣,褪掉长裤,把衣服团成一团走向那姑娘。"不,太危险了,"她仰着头恳求着他。他又清楚地听见了这声音里的那种信赖。他感动得心里一阵难受。"拿着,等着我,"他低声说,"你看那渡船泊在对面呢,我回来时坐渡船。"他望着那姑娘的黑发在风中飘拂着,他使尽力气才忍住了想抚摸一下这黑发的念头。时间不早了,他想,他又看了一眼那姑娘的头发,就急匆匆地朝着那片疾速流动的火焰奔去。

她站了起来,紧抱着他脱下的乱糟糟的衣服。这衣服上带着一股强烈的男人的汗味儿和烟草味儿。糟糕,我好像爱上他啦,她惊慌地想。但她马上赶跑了这个怪念头。一丝冷静的神色慢慢地浮上了她的黑眼睛。她缓缓地端起了沉重的相机,那团衣服一下子落在沙滩上。她迅速地顾盼了一下视野左右,冰冷的目镜轻轻地、稳稳地抵住了她的眉梢。她不出声地拉动着照相机镜头上的变焦环,沉着地分析着目镜中的画面和她心中闪过的感受。

她看见了一幅动人的画面:一条落满红霞的喧嚣大河正汹涌着棱角鲜明的大浪。在构图的中央,一个半裸着的宽肩膀男人正张开双臂朝着莽莽的巨川奔去。

她嘴角泛出了一个紧张的笑纹。当那男人纵身扑向黄河的一刹,她稳稳地按下了快门。

他垂直对准着河对岸的山。他双臂均匀地划着水。我就这样游,注意手臂推水时别太猛,两腿后蹬时也要用劲均匀,你总喜欢用力过猛。记得那次我就是这样,游蛙泳,但头不埋进水里。要用眼睛瞄着从上游打来的浪。绝对不能抽筋。他觉得浑身被温暖的河水浸得很舒服,但他的每一根神经都绷紧着。那回你登上山西的河岸时,激动得跳着喊了一声"万岁",可是你不知道有个十二岁的小女孩在用毛巾擦着父亲尸体上的血污。"你真够浑的,"他说出了声,一个浪头哗地打在他脸上,使他把后半句咽了回去。今天我才明白,你是仗着黄河父亲的庇护和宽容才横渡成功。这时他停了一瞬,河水浮力很大,他感觉着身躯被浑重的河水托住的滋味。真的,黄河在保护着我呢,他想,他心里又掠过一阵激动。接着他笔直地对准了山西,对准了雄伟的吕梁山脉。他在浪头打来时吐气,在浪峰上吸气。他瞥见自己肩头的肌肉上水珠滚动。我感激你,小姑娘,你使我得到了宝贵的修正,而且你还给了我那样的信任。你居然看得出来。是的,那时我是个地道的红卫兵,但是我没有打过人,更没有打过你那当工友的爸爸。不过,我愿意也承担我的一份责任,我要永远记住你的故事。他觉得自己心情沉重,但他也觉得自己的心变得丰富了。他全神贯注地游着,这时,他看见了河的中流。

一下跌入中流,他就吃惊地发觉黄河正疯狂地搂着他飞跑。一条小鱼碰了他的大腿一下,他觉得那鱼像是对他闪电般地一刺。接着他又碰上了几条,每碰上一条都像挨了清晰的一击。他还仿佛听见了鱼群的叫声。不过中流的水面平稳极了,像凝固的一块在滑走。他想起了那姑娘对黄河的形容。我愿对你承担责任,十二岁的小姑娘。他想,既然当时我像只小鸭子一样毫无顾忌地跳下河水,既然我那时不懂得关心和感受世界上的痛苦。他发现他正被中流的河水抓着迅速向南滑翔着,他赶快对正河岸,努力游着。黄河,他默默地唤着,今天我已经不是那只肤浅的小鸭子啦。黄河轰轰地应声响着,对岸壁立的悬崖已经近了,这石壁已经近了,他想,这石壁在动呢,像是移动着向北走。他深吸了一口气,更专心地游着。

渐渐他觉得两臂上的三角肌发酸。我累了,他警觉地想。上一次我一点儿也不觉得累,记忆中只有轻松活泼、满心舒畅。这回刚游了一半你就累了,而且这回你没有走那四十里路,肚子里是白荞麦馅饼而不是青枣子。伙计,你在衰老。他突然觉得满心凄凉。十几年流逝得像这黄河水。你还没有长成人,你的肉体就已经开始要背叛你。可是我的青春别想背叛!"妈的,我活着就不让你背叛!"他又骂出声来。他划上一个浪峰吸了一口气,脸颊仿佛在发烧。他记起了那姑娘的责备。你总在讲粗话,十几年来,你变野了。可是十几年来我经历过多少啊,我变野了也变文明了。我受过汉语专业本科训练,我还将是地理学的研究生,我可不是不会文质彬彬。不过别再当着那姑娘说粗话,他嘱咐自己。十几年来不知她变没变。她那惊人的坚强和眼光不知道是不是背叛过她。应该对她温和一点,十二岁就有过那么一段经历的姑娘,应该多得到些温暖,包括语言。他使劲地游着,这时他渡过了块状滑行的中流,看见了速度慢得多,但是浪头很大的东侧的浅流。

他的心激动地跳了起来:河岸已经近在眼前啦。他的喉头哽住了,呼吸有些急促。哦,黄河父亲又一次卫护了我,剩下的这二百米我可以稳稳游过去。肉体也没有背叛,三角肌忍住了疲乏,严格地服从了青春指挥。我还没有衰老,我不会衰老的,他高兴地想。我可以帮那姑娘的忙,找到那个带头毒打她爸爸的恶棍,把那个贵族味儿十足的恶棍揍一顿。"狗东西!"他又骂了一句。这时他冲出了中流。河水的流速骤然减了下来,他又开始瞟着上面打来的浪头。不过,教训贵族的事儿应当留给她的男朋友或是丈夫干,我呢,我可以请她吃一顿。吃饭的时候,我给她唱一个额尔齐斯河边的哈萨克情歌,让她觉得世上好人多,让她觉得没有看错人。然后我就去专心地研究人文地理学。

他在激浪中游到了离河岸十几米的水面。眼前粘满青苔的岩壁飞快地移动着。这水流得太快啦,他想。就在这时他瞥见一块从河底伸出的巨石正朝他冲来。他蜷起身子,双脚拼命地蹬了那石头一下,巨石在水里半隐半现地一掠而过。流得太快了,这水把我冲下去啦,他有些惊慌。他奋力扬起臂膀,鼓足力气,用爬泳对准山西的石壁冲刺,他觉得石崖上的绿苔已经伸手可触了。可是河水抓着他仍然向下飞流。闪过的石壁上的纹理裂隙晃得他睁不开眼睛。两条手臂突然瘫软了,他感到肩头上沉重如铅,酸疼难忍。河水拥着他贴着石岸滑下,他看见又一块狰狞的巨石朝他驶来了。他低哑地从喉头里吼了一声。他蔑视这块礁石,他知道自己已经胜利。他用尽全身力气向河岸。当他看见陡崖上的一个棱角闪过眼前时,他一把攫住了它。他的身体立即被河水冲得横了过去。他的身躯翻转了,右臂被一股强力重重地拉了一下。他死死抓紧了右手攀住的那个石棱,感到急流正在他的两个肩头和两只脚掌那儿哗哗地激起浊白的浪花。

他心满意足地闭上了眼睛。温暖多沙的水流抚着他的肉体滑过,朝着他的身体指着的方向继续向前。浑黄的浪头激烈地推撞着他,在他四周响成轰轰的一片。黄河父亲,他想道,我感激你。接着他逆着水流收起双腿,然后牢牢地踏住了坚实的石岸。

....

他沉沉地、香甜地睡熟了。开始他还听见桌上闹钟在嘀嗒地响,后来那嘀嗒声溶进了一片潮水般的风声中。他费劲地听着那潮声,他似乎从那声响中辨认出一种动静。他翻了个身,被子掀在了一边。他琢磨着那一丝缥缈的消息。他闻到了一股被腐殖质染成清黑色的河水的气味儿。黑龙江,他在梦中喃喃着,这是黑龙江的水腥味儿。那条河在呼唤着我呢。

他终于大声喊起来:"黑龙江——"母亲披着衣服,轻手轻脚地走进屋来,替他掖紧了薄棉被。他翻了一个身,紧紧地抓住了被角。那轰轰作响的波涛声已经淹没了他,此刻他正伏在一张狗拉爬犁上驰过茫茫的雪原。他目不暇接地看着密密的针叶林和阔叶林,以及斑驳闪幻的茫茫林海正从爬犁两侧滑过。他看见前方出现了一条明铮铮、亮晶晶的光洁冰面。黑龙江,我来看你啦,他朝那道冰河招呼说。是我来啦,我在黄河找到了自己的父亲,我在湟水找到了自己的血脉,现在我看你来啦。

他看见白皑皑的雪原吞没了起伏的沙洲和纵横的河汊。在雪盖的冻土地和沼泽上,稀疏的灌木丛刺破积雪,星罗棋布地、黑斑斑地布满荒原。一个戴着狐皮帽子的魁梧大汉用长鞭子打着精神抖擞的狗,雪撬轻灵地滑上了冰冻的江面。

开冻吧,黑龙江!他喊道,你从去年十一月就封河静止,你已经沉睡了半年时光,你在这北方神秘的冬季早已蓄足了力量,你该醒来啦。裂开你身上白色的坚甲,炸开你首尾的万里长冰,使出你全部的魔力,把我送到下游,把我带到你的入海口吧!我在额尔齐斯河就爱上了你的性格,我在永定河已经懂得了坚韧沉着。我东出山海关,穿越了整个松嫩平原和三江低地,我翻越了兴安岭,跋涉了万里雪原,我怀着对你的爱情,我点燃了自己的生命,我高举着自己年轻的诗篇来找你,请你为我开冻吧!

他举起自己的诗稿,在粗厉的风啸声中朗读起来。他读着,激动地挥着手臂。狂风卷起雪雾,把他的诗句远远抛向河心。他读着,觉得自己幼稚的诗句正在胸膛里升华,在朗诵中完美,像一支支烈焰熊熊的火箭镞,猛烈地朝着那冰河射去。

一声低沉而暗哑的、撼人心弦的巨响慢慢地轰鸣起来。整个雪原,整个北方大地都呻吟着震颤着。迷蒙的冰河开冻了。坚硬的冰甲正咔咔作响地裂开,清黑的河水翻跳起来,拥推开巨船般的冰岛。在同一个霎间,雪原上长长地拂来了一股暖流。积雪融化了,汩汩的细流渗透着,在凹地和低处汇成了清亮的雪水溪,朝着大河快乐地奔跑。河中间已经出现了一条发亮的微黑的水道,正在庄严的音乐中朝着下游平稳地起程。而整个一条河流的上下却仍在连声炸响着,冰排、冰洲、冰块、冰岛在漩流中愤怒又惬意地粗野碰撞。他目瞪口呆地站着,手里紧握着那沓诗稿。这河苏醒啦,黑龙正在舒展筋骨。他默默望着眼前这又可怖又迷人的大河,黑龙江解冻了,黑龙就要开始飞腾啦。

那赶雪橇的魁梧大汉卸下了狗群,领着他走到了河边。河岸上站着一个束鹿皮坎肩的,系红头巾的小女孩。他们对他笑着,领着他登上了一只桦皮舟。

轻盈的桦皮舟像一条大鱼,在滚滚的黑色波涛和冰排中间飞一般地前进。他站在桦皮舟尖吻般的船头上,眺望着上下无际的满江流冰。他久久说不出一句话来。他甚至屏住了呼吸。他被彻底地慑服了,震惊了,吞没了。

他香甜地熟睡着。他不再说梦话。他的声音已经和这轰鸣的巨川的吼声溶在一起。他觉得自己的身体也和这桦皮舟一块化成了一个大浪。我就要成熟了,他听见自己在用浪涛的语言说着,我就要成人了。我很快就要窥见那北方的秘密。他感到自己正随着一泻而下的滚滚洪流向前挺进,他心里充满了神圣的豪情。我感谢你,北方的河,他说道,你用你粗放的水土把我哺养成人。你在不觉之间把勇敢和深沉、粗野和温柔、传统和文明同时注入了我的血液。你用你刚强的浪头剥着我昔日的躯壳,在你的世界里我一定将会变成一个真正的男子汉和战士。你让额尔齐斯为我开道,你让黄河托浮着我,你让黑龙江把我送向那辽阔的入海口,送向我人生的新的旅程。我感激你,北方的河。

他在梦中紧紧地攥住拳头,脸上现出幸福的笑容。他知道自己已经启程了。他感到力量正在每一块肌肉和每一根骨骼中蓄集。他惊喜地发现自己正在继续获得着青春。他听到一些新鲜的诗句正踏着浪涛的节奏远远传来,他已经朦胧地读到了一首真正的诗篇。他明白,在黑龙江和北方的条条大江长河上,那首诗就要诞生了。他也仿佛看见了一个活生生的姑娘:那是一个任何艰难困苦都不能把她打垮的、热情似火的姑娘。那姑娘正轻蔑地踩着河岸上丛生的荆棘,笔直地正对着他大步走来。他甜美地睡着,静静地等待着她走近。他的脸上露出了一个慰藉的微笑。

最后的这个夜晚正在悄悄地消逝着,他用炽热的爱情和不安宁的生命等待的一天正在降临。

窗口渐渐变得亮了起来。东方出现了晨曦。

(选自《十月》1984年第1期)

【作者简介】

张承志(1948~),回族,原籍山东济南,生于北京。1968年到内蒙古插队。1972年进北京大学历史系考古专业学习,毕业后分配到中国历史博物馆工作。1978年考取中国社会科学院研究生,1981年毕业后在中国社会科学院民族研究所工作,并曾赴日本研修。1987年调入海军政治部文化部当专业作家。

张承志1978年开始发表作品,短篇小说《骑手为什么歌唱母亲》获1978年全国优秀短篇小说奖。中篇小说《黑骏马》、《北方的河》分获第二、三届全国优秀中篇小说奖。他的小说集有《老桥》、《北方的河》、《黄泥小屋》等,长篇小说有《金牧场》、《心灵史》、《金草地》等,散文集有《无援的思想》、《荒芜英雄路》、《大陆与情感》、《大地散步》等。另有《张承志文学作品选集》。张承志的小说具有凝重的历史感和浪漫主义的激情,风格沉雄苍凉,有力度。他喜欢运用象征、写意等艺术手法,以造成作品诗的意境,并寄寓其复杂、强烈的情怀。

【作品简析】

《北方的河》被誉为"大地和青春的礼赞"。它借助一简单的故事框架,着力于主人公的行踪和思绪的抒写。其中既有对历史的追忆、反思,也有对未来的憧憬、向往,更有对现实中锲而不舍的奋进搏击的描绘,从而真实而有力度地展现了青年一代的青春、理想、奋斗、追求,以及他们在时代生活中的人生选择和艰难的成长历程。读者不难发现,作家惯有的执著的理想主义,在这里已体现为主人公善于行动的强者气质和果敢顽强的拼搏精神。作品于凝重雄浑之中,回荡着奋发进取的时代强音,充盈着鲜亮动人的时代色彩!

出色的艺术构思和表现手法是这部中篇饮誉的重要原因。张承志喜欢用象征来开拓自己的艺术世界。在这部作品中,他成功地运用象征、写意、隐喻等艺术手法,将具体与抽象、写实与写意、抒情与哲理、现实与浪漫相糅合,使作品的人物、情节、意境、哲理得到多层次的展现,内涵和艺术想像空间大大扩充。他笔下的那些北方的河,既是具体的、自然的河流,又是包孕丰富的象征体。每条河都充满灵性,都有着自己的仪态、个性和风度。正是这些北方的河,在不觉之间把勇敢和深沉、粗犷和温柔、传统和文明同时注入了主人公的血液,滋润了他的心灵,使他成了真正的男子汉。因此,北方的河是主人公奋斗搏击之魂,是他不停的人生进击,朝大海奔腾而去的性格象征,是祖国、人民和自强不息的时代精神的象征!于是自然景观和人物的心灵巧妙地融成了一体,幻化成了人物的灵魂和风貌。浓郁的诗意包裹着沉雄的力度,使作品具有深厚的哲理意蕴和强烈的抒情色彩。可以说,这部小说艺术构思最见功力,艺术描写最为精彩,意境最为深邃之处,便是那些象征意味最浓的笔墨。其动人的美学力量,充分显示出象征作为一种美学思潮和创作方法,有着巨大的生命力,它在新时期文学中的兴起决非偶然。

(张志英)

绿 化 树 (节选)

张贤亮

……

七

晚上,我万分小心地钻进棉花网套里,就像把一件珍贵器皿放进衬着缎垫的锦匣中一样。因为我既要当心脚趾头伸进破洞里去,或是勾断了线,把破洞越撕越大,又不能把被筒敞得太开,不然脊背就直接贴在稻草上挨扎了。随后,从盖在网套上的棉衣里掏出早上得到的两个稗子面馍馍,在被筒里嗅一嗅,玩味玩味,用洗脸的毛巾包好,埋在墙根下的稻草里面。

夜,寂静得使人以为世界已经离开了自己。而在劳改农场里,半夜都有值班人员的脚步声。

于是,我的另一面开始活动了。那被痛苦的、我不理解的现实所粉碎了的精神碎片,这时都聚集拢来,用如碎玻璃似的锋利的碴子碾磨着我。深夜,是我最清醒的时刻。

白天,我被求生的本能所驱使,我谄媚,我讨好,我妒嫉,我耍各式各样的小聪明……但在黑夜,白天的种种卑贱和邪恶念头却使自己吃惊,就像朵连格莱看到被灵猫施了魔法的画像,看到了我灵魂被蒙上的灰尘;回忆在我的眼前默默地展开它的画卷,我审视这一天的生活,带着对自己深深的厌恶。我颤栗;我诅咒自己。

可怕的不是堕落,而是堕落的时候非常清醒。

---

* 原载《十月》1984 年第 2 期。

我不认为人的堕落全在于客观环境,如果是那样的话,精神力量就完全无能为力了;这个世界就纯粹是物质与力的世界,人也就降低到了禽兽的水平。宗教史上的圣徒可以为了神而献身,唯物主义的诗人把崇高的理想当作自己的神。我没有死,那就说明我还活着。而活的目的是什么?难道仅仅是为了活?如果没有比活更高的东西,活着还有什么意义?

可是,现在我是一切为了活,为了活着而活着。

我想起了普希金的诗句:

> 当阿波罗还没有向诗人
> 要求庄严的牺牲的时候,
> 诗人尽在琐事上盘算,
> 想着世俗的无谓的烦忧;
> 他的神圣的竖琴喑哑了,
> 他的灵魂浸沉于寒冷的梦;
> 在游戏世界的顽童中间,
> 也许他比谁过得都空洞。

我何止于"空洞",简直是腐烂!但怎么办?"牺牲",必须要有一个明确的目的。过去朦胧的理想,在它还没有成形时就被批判得破灭了。尽管我也怀疑为什么把能促使人精神高尚起来的东西、把不平凡的抒情力量都否定掉,但我也不得不承认,现实的否定比一切批判都有力!那么,新的理想、新的生活目的究竟应该是什么呢?

据说,我这种家庭出身的人,一生的目的都在于改造自己,但是说"牺牲就是为了改造自己",显然是不合理的。因为那等于说我不死便不能改造好,改造自己也就失去了意义。今天,我已成了自由人,如果说接受惩罚是为了赎罪,那么,惩罚结束了就可说是赎清了"右派"的罪行;如果说释放标志着改造告一段落,那么,对我的改造也就进行得差不多了吧。今后怎么样生活呢?这是不能不考虑的。但是,这个农场并不能使我感到乐观,并不能把我的文化知识发挥出来,以检验我改造的程度。

我虽然自由了,但我觉得我并没有落在某一处实地上,相反,更像是悬浮在四边没有着落的空中……

我脸朝着墙壁。墙角散发着潮湿的霉味和老鼠洞的气味,还有一股淡淡的、温暖的干草味。旁边,老会计在坚忍不拔地磨牙,那不把牙齿咬碎不罢休的格格声,仿佛象征着我们艰辛的未来。棉絮冷似铁,我浑身没有一点热气。"我怎么会落到这种地步"的感叹又油然而生。我经常发这样的感叹。这成了揣摸不透的谜。有时,我觉得劳改之前不过是场大梦,有时,我又觉得现在是场噩梦。第二天醒来我照旧会到课堂上去给学员们讲唐诗宋词,或是在我的书桌前读心爱的莎士比亚。但是肚皮给了我最唯物主义的教育。你不正视现实吗?那就让你挨挨饿吧!

我目前的境遇是铁的现实!

那么,这是宿命吗?但普遍性的饥饿正使千千万万人共享着同样的命运。我耳边又响起了哲学讲师的声音:"个人的命运和国家的命运是联在一起的。"

我悄悄摸了摸枕在我头底下的《资本论》。"也许你还能从那里知道,我们今天怎么会成了这种样子。"现在,只有这本书作为我和理念世界的联系了,只有这本书能使我重新进入我原来很熟悉的精神生活中去,使我从馍馍渣、黄萝卜、咸菜汤和稠稀饭中升华出来,使我和饥饿的野兽区别开……

棉花网套被我微弱的体温慢慢焐暖了。我感到了暖烘烘的、软绵绵的,感到了我的存在。存在是什么?笛卡尔说,我思,故我在。活着多么好,能够思想多么好!好得我都不想睡觉……但我还是睡着了。

....

十六

外面已是一片银白色的世界。初雪把广阔无垠的大地一律拉平,

718

花园也好,荒村也罢,全都失去了各自的特色,到处美丽得耀眼眩目,使人不能想像这个世界上竟会有几分钟之前发生的那种荒诞的丑剧,不能想像人会有那种龌龊得对自己也没有什么好处的心地。

啊,大自然,你每隔一段时间就要用你的默默无言来教诲我们净化自己!

她的一串脚步印在洁白的雪地上,给人一种轻盈而又温暖的感觉。她回去也踏着来时的足迹:均匀、整齐、毫不零乱,拐弯处弧线优美,精致得像一串珍珠项链。我仔细地踩着她的脚印走,像沿途把那宝贵的东西拾起来,一粒一粒地,一粒一粒地……装在我的心里。

我敲敲门。她不说"请进"、"进来",而是在屋里大声喊:"推嘛,门开着的嘛!"

她斜坐在炕上逗弄孩子。这是个两岁多的孩子,穿着一身和她棉袄的花布一样花色的小棉袄,看来是个女孩,却又推了个平头,眉毛也很浓,长着一副男孩子的样子。见我进来,孩子和她都嘻嘻地笑出了声,但看见我也笑时,孩子却吓得往她怀里直躲。我有点无趣。我想,我的模样一定挺吓人,连笑脸也是可怕的吧。

"在哪儿打炉子?"我问,"有瓦刀没有?还要土坯和砖……"

"你忙啥?!"她长得很匀称的细长的手摩挲着孩子,朝我笑着说,"看你这棺材瓢子,干活倒挺积极!你先坐会儿。"

"棺材瓢子"!可怕而又可笑。我把我这副"棺材瓢子"坐在那不能移动的土坯砌的凳子上。房里没有火,却和我们"家"一样暖和。这种暖和是温和的、全面的暖,不像火炉那样只烤一面,还带着逼人的炙灼。这是农家火炕的作用。我看着那贫穷而整洁的炕,突然产生了一种对家的向往。家,不是谢队长说的"家",而是真正的家。经过四年严酷的强制性集体劳动和濒于死亡的饥饿,种种不切实际的雄心壮志和布尔乔亚式的罗曼蒂克的幻想,全抛到了东洋大海。我心里记得《叶甫根尼·奥涅金》中的几句诗,这几句诗倒能说明我现在的理想。

有个主妇,
还有一罐牛肉白菜汤,

一大罐牛肉白菜汤——
　　　这就是我现在的理想。

　　她继续安抚着孩子,没有理我。我呆呆地坐在土坯凳子上,不觉低下了头。我心里猝然涌起了一阵失望的悲哀。不知是对原先希望的失望,还是对"主妇"和"牛肉白菜汤"的失望,抑或是对所有希望都失去了希望……总之,我进到这小小的、简陋的,然而又弥漫着一种不可言状的温馨的土房里,好像更清楚地看到了我目前状况的可悲……
　　不知她注意到我的表情没有,她哄好孩子,把孩子放在炕上,轻捷地跳下炕,掀开锅台上的锅盖,拿出一个白面馍馍,爽气地伸到我面前:
　　"给!"
　　我大吃一惊!用惶惑的眼睛看看馍馍,又看看她。她坦然地站在我面前,眼神里有掩饰不住的温柔与怜悯,但绝对没有一丝嘲笑和鄙薄。
　　我不敢接。因为这样的东西在这样的时候太贵重了,贵重得令人不敢相信这是能无代价地馈赠的。疑惧和望外的喜悦搅在一起,使我晕眩起来。
　　孩子在炕上叫唤她了:"妈妈,妈妈……"小手抓挠着往炕边爬来。她一把把馍馍塞在我的怀里,转身又坐到炕沿上抱起孩子,头顶着孩子的头,边摇晃边唱:

　　　打箩箩,磨面面,
　　　舅舅来了做饭饭。
　　　擀白面,舍不得;
　　　下黑面,丢人哩!
　　　给舅舅宰个大公鸡,
　　　公鸡叫鸣哩!
　　　宰个大母鸡,
　　　母鸡下蛋哩!
　　　给舅舅擀上两张齐花面,

舅舅喝面汤,
我吃一大碗!

她是唱,而不是像一般妇女念儿歌时那样朗诵,不但有节拍,并且有旋律。旋律在多变中带着单纯的稚气。她爽朗的声音,快活的曲调,诙谐的歌词,搂着孩子像玩翘翘板似的摇上摇下的天真的神态,和孩子叽叽嘎嘎的笑声溶在一起,在这小土房里荡漾。只有丝毫未脱孩子气的人才能这样与孩子、与这首别致的儿歌浑然无间。任何人都不能怀疑她的纯真。她给我这个珍贵的东西在她来说是非常自然的,是没有目的的,全然出于她的好心。

不过,我还是嗫嚅地说:

"我不饿,给孩子吃吧。"我把馍馍向孩子伸过去。

"她刚吃了。"她说,"你吃吧,吃吧。"

可是孩子伸出手来嚷嚷:"我吃,我吃。"

"尔舍,听话!"她把孩子往炕里挪去,不让孩子的手够着我手中的馍馍。旋即跳下炕,又揭开锅盖,拿出一个蒸熟的土豆。

"给!尔舍,你看这是啥?你吃这个。"

孩子笑了,接过去,用小手笨拙地剥着皮。

因为她纯真的慷慨,我更不忍心吃掉她给的这样珍贵的东西了。我的饥饿感,被对这个馍馍的珍惜抑制住了。我甚至觉得有点"暴殄天物",我的肚皮,是随便什么都可以填满的,何必要吃这么贵重的食品呢?我很想把这个馍馍换两个还在笼屉上放着的土豆——我的近视眼对食物却异常敏锐,她一掀一盖锅之间,我就看见笼屉上放满了土豆。可是,我又不好意思说出口。

她见我还把馍馍拿在手里,指着我对孩子说:

"说:'叔叔,你吃,你吃吧。'说!"

孩子把塞在嘴里的土豆取出来,用沾满土豆泥的小手指着我:

"吃,你吃,你吃嘛!"

"我不吃,"我酸楚地对孩子说,"留给你爸爸吃,好不好?"

"嘻嘻!"她又笑了,"她爸爸在爪哇国哩!你吃了吧。你看,你们念过书的人尽来这个虚套套!"

我不知道她说的这个"爪哇国"是什么意思。我只知道古典小说中常把非常遥远的或根本没有的地方叫"爪哇国",而这个地区农民的许多日常用语还保留着古汉语的特色。那么,是她丈夫在很远很远的地方呢?还是孩子现在没有爸爸?

"那么……还是,你自己留着吃吧。"我眼睛看着锅,想把馍馍仍放进去。如果她再客气的话,我就可以说我吃两个土豆就行了。

"你看你这个没起色的货!"不料,她勃然嗔怒了,"扶不起个撂不起!那你把馍馍给我放下,你哪儿来的还滚到哪儿去吧!"她掉转身搂着孩子,眼睛也不看我了。

我尴尬地两手捧着馍馍不知所措,和端着一盆盛得满满的热汤不知放在什么地方好似的。

"你,你不是说要打炉子么?"

"打个球!"她又忍不住嘻嘻笑了,"我的炉子是喜喜子给我打的,也好烧着哩。是这么回事:昨天休息,我把喜喜子拾来的麦子推了点白面,蒸了五个馍馍。喜喜子一个,我一个,娃娃两个,还有一个,我就想着给你。可我昨天找你找不见……没酵子,只好蒸死面的。你凑合着吃吧。白面我还有哩,酵子我也酸下了,下次就能吃酸面的了。"

还有下次!我也不好问她为什么"想着"给我。这是不礼貌的。除了怜悯,还能为什么呢?我不像"营业部主任"、中尉和老会计几个人,一出劳改农场就把那层皮扒了,换上家里寄来的干部服。我一身棉衣棉裤还是劳改农场发的。这种没有领子、三个贴兜的衣服,和脸上的金印同样是受惩罚的记号。布,近似于医用的纱布,刚穿几天就磨了几个窟窿,现在又硬得跟甲壳一样,我缩在这样一套棉衣棉裤里,如同一只蛹没有成熟就死在茧里似的。

沉默了一会儿,她见我低着头,看着手中的馍馍,有要吃的意思,就又掀开那土台子的布帘,端出一碟咸萝卜,拿出一双筷子,用手抹了抹,放在我的旁边。

"以后,你肚子饿了你就来。那天我看你,脸都发灰了,跟伊不利斯一个样……"不知她想起了什么,突然又嘻嘻笑了。可是她马上忍住笑,抿着嘴,坐在炕上瞅着我。

经过这一番推让,我当然要吃了。"恭敬不如从命"。但我很不好意思在她面前吃东西,我那致命的虚荣心还没有完全丢掉。同时,我知道我现在的吃相很不好,我怕一个女人看见我狼吞虎咽的模样。

她不理解我这种心理,也不懂得不要坐在旁边看客人吃东西的社交礼貌,奇怪地问:"吃吧,还等啥?"又催促我,"快吃,一会儿说不定来人哩。"

是的,这倒有点可怕。今天农工们都休息,很可能有人来她这儿串门子。看见我在她这里吃东西,这多不好!我又不能把这珍贵的食物拿到我们"家"去享用,那里还有好几双眼睛!

我慢慢地把馍馍拿起来。

这确实是个死面馍馍,面雪白雪白,她一定箩过两道。因为是死面馍馍,所以很结实,有半斤多重,硬度和弹性如同垒球一样。我一点点地啃着、嚼着,啃着、嚼着……尽量表现得很斯文。我已经有四年没有吃过白面做的面食了——而我统共才活了二十五年。它宛如外面飘落的雪花,一进我的嘴就融化了。它没有经过发酵,还饱含着小麦花的芬芳,饱含着夏日的阳光,饱含着高原的令人心醉的泥土气,饱含着收割时的汗水,饱含着一切食物的原始的香味……

忽然,我在上面发现了一个非常清晰的指纹印。

它就印在白面馍馍的表皮上,非常非常地清晰,从它的大小,我甚至能辨认出来它是个中指的指印。从纹路来看,它是一个"罗",而不是"箕",一圈一圈的,里面小,向外渐渐地扩大,如同春日湖塘上小鱼喋起的波纹。波纹又渐渐荡漾开去,荡漾开去……

噗!我一颗清亮的泪水滴在手中的馍馍上了。

她大概看见了那颗泪水。她不笑了,也不看我了,返身躺倒在炕上,搂着孩子,长叹一声:

"唉——遭罪哩!"

她的"唉"不是直线的,而是咏叹调式的。表现力丰富,同情和爱惜多于怜悯。她的叹息,打开了我泪水的闸门,在"营业部主任"作践我时没有流下的眼泪,这时无声地向外汹涌。我的喉头哽塞住了,手中的半个馍馍,怎么也咽不下去。

土房里一时异常静谧。屋外,雪花偶尔地在纸窗上飘洒那么几片;炕上,孩子轻轻地吧唧着小嘴。而在我心底,却升起了威尔第《安魂曲》的宏大旋律,尤其是《拯救我吧》那部分更回旋不已。

啊,拯救我吧!拯救我吧!……

一会儿,她在炕上,幽幽地对孩子说:

"尔舍,你说:叔叔你放宽心,有我吃的就有你吃的。你说,你跟叔叔说:叔叔你放宽心,有我吃的就有你吃的……"

从声音上判断,孩子的脸向我转过来。

"叔叔,你放心。叔叔,你放心……"

孩子越说越来劲儿,可能她觉得这句她尚未理解的话很好玩,站起来朝炕沿边跨了跨,小手指着我:

"叔叔,你放心。叔叔,你放心……"

"还有哇!"她翻起身扶着孩子,"有我吃的就有你吃的。说呀!"

孩子愣了愣,口齿不清地学着:

"有你吃的,就有我吃的。"

她哈哈大笑了,一把搂起孩子,返身把孩子按在炕上,用手指胳肢孩子。

"没起色的货!有我吃的就有你吃的,不是'有你吃的就有我吃的'……没起色的货!没起色的货!……"

她和孩子在炕上打滚,嘻嘻哈哈地闹成一团。屋里的气氛即刻欢快起来,我的心情也开朗了。我很快把馍馍吃完,连咸萝卜也没就。

"还有土豆哩。"她等我吃完了,坐起来,拢了拢头发,把棉袄往下抻了抻,指指炕下的锅台,"土豆还有一锅哩。你自己拿。"

这时,我才有心情看清楚她。

首先让我惊奇的是她面庞上那南国女儿的特色:眼睛秀丽,眸子亮而灵活,睫毛很长,可以想像它覆盖下来时,能够摩擦到她的两颧。鼻梁纤巧,但很挺直,肉色的鼻翼长得非常精致;嘴唇略为宽大,却极有表现力。很多小说中描写女人都把眼睛作为重点,从她脸上,我才知道嘴唇是不亚于眼睛的表现内在感情的部位。线条优美的嘴唇和她瘦削的两腮及十分秀气的鼻子,一起组成了一个迷人的、多变的三角区。她的皮肤比一般妇女黑,但很光滑,只是在鼻子两侧有些不显眼的雀斑。下眼睑也有一圈淡淡的青色。这淡淡的青色,使她美丽的黑色的眸子表现出一种令人难以忘怀的深情。她脸上各个部分配合得是那样地和谐,因而总能给人以愉快与抚慰。从她和我谈的不多的话里,从她的行动举止来看,我感到她的性格是泼辣的、刚强的、爽朗的、热情的。这和她南国女儿式的面庞也极吻合。后来我才了解,这种南国女儿的特色,也是从中亚细亚迁徙过来的民族所具有的。

她的岁数在二十岁到二十五岁之间,不会比我大。

她的名字叫马缨花!

…………

二十六

啊!……

我跟跟跄跄地跑回"家"。我头晕得厉害,天旋地转。我摸到墙边,没有脱棉袄,也不顾会把棉花网套扯坏,拉开网套往头上一蒙,倒头便睡。

不久,小土房里其他人也睡下了。老会计在我头顶上灭了灯,唏唏溜溜地钻进被窝。万籁俱寂。我想我大概已经死了!

死,多么诱惑人啊!生与死的界限是非常容易逾越的。跨进一步,那便是死。所有的事,羞耻、惭愧、悔恨、痛苦……都一死了之。

我此刻才回忆起来,在此之前,我什么都设想过,甚至想到她会拒绝,打我一耳光,但绝没有想到她会说出那样一句话把我带有邪气的意念扑灭。

"你还是好好地念你的书吧!"这比一记耳光更使我震撼。灵魂里的震撼。这种震撼叫我浑身发抖。

死了吧!死了吧!……

我真的像死了一般,刚才那如爆炸似的激情的拥抱,仿佛已耗去了我全部的生命。但是,我的灵魂还在太阳穴与太阳穴之间的那一片狭窄的空间里横冲直撞,似乎是满怀着憎恨地要撕裂自己的躯壳。我不敢回顾过去二十多天里我的行为举止,然而像是有意惩罚我似的,有一张银幕在我眼帘内部显示出我的种种劣迹,我眼睛闭得越紧,银幕上的影子却越清晰。海喜喜愤怒地指着我的鼻子尖:"你驴日的没少吃!"像闪电之前的雷声叫我颤栗。我是靠谁的施舍恢复健康的啊!在那段时间,我就像《梨俱吠陀》里说的,"木匠等待车子坏,医生盼人腿跌断,婆罗门希望施主来",心怀恶意去扮演着乞讨者的角色。我出主意给她修炕,我跑去给她说故事,我……目的只是在那一碗杂合饭。我清楚地认识到了,我表面上看来像个苦修苦炼的托钵僧,骨子里却是贵公子落魄时所表现出来的依赖性。歌德曾把"不知感激"称为德性:"不愿意表示感激的脾气是难得的,只有一般出众的人物才会有。他们出身于最贫寒的阶级,到处不得不接受人家的帮助;而那些恩德差不多老是被施恩者的鄙俗毒害了。"但在我却是相反,是我的鄙俗把施恩者毒害了。在我逐渐强壮起来的身体里钻出来一个妖魔,和从海滩的瓶子中钻出来的那个魔鬼一样,要把从瓶子里放出他的施恩者吃掉。这原因在哪里呢?这原因就在于我不是"出身于最贫寒的阶级",公子落难,下层妇女搭救了他,他只要一脱险,马上就想着占有这个妇女,并把这种举动当成一种报答,这不是一种千篇一律的古老的故事吗?

这时,昨天夜里在我脑子里幻想出来的种种欲念,成了佛教密宗里的毗那夜迦,兽头人身的怪物,而马缨花就在这个邪恶的、面目狰狞的怪物手中挣扎!

是的,她最后的那句话,将她给我的食物中注入了仁爱,注入了精神力量。这样,就更叫我无地自容了。

我想忏悔,我想祈祷,但我才发觉,对一个唯物主义者来说,对一个无神论者来说,对现在的我来说,最大的悲哀莫过于忏悔和祈祷都找不到对象。我不信神,所有的神我都不信!我经历过一次"死"以后,全部宗教都在我眼前失去了它们的神圣性质!那么,我能向谁来忏悔,来祈祷呢?人民吗?人民早已把我开除他们的行列——"你活该吧!你现在的行为正证明了我们把你开除出去是对的!那不是某个领导的意志,而是我们全体人民的意志!你已经永远被钉在耻辱柱上了!"

"嘘嘘嘘……嘘嘘嘘……"墙角响起了一阵阵可疑的声音,好像是从一个极其阴暗的世界传来的。但我知道,那不是上帝,也不是魔鬼,那是死的召唤。我很早就对死有一种莫名的迷恋,和酷爱生一样酷爱死。因为那是一个我活着永远不能知道,并且也是一个任何人都不知道的东西,永恒的谜就是永恒的诱惑。很多人都忽视了,死其实是生活的一个重要内容;热爱生活的人最不怕死。尤其,对一个无神论者来说,对现在的我来说,死是最轻松的解脱。一切都会随生命的停止而告终。那么,我就制造了一个永恒的秘密。明天早晨,太阳照样地升起,风照样地刮,云儿照样地飘,农工们照样地出工,而我却变成了一堆没有生气的骨头和肉,就像一只死羊,一条死狗。我的悔恨,我的羞愧,我良心的责备,在这世界上留不下一点痕迹。我死了,我带走了一个秘密,我销毁了我制造的秘密,难道这个秘密还不是永恒的吗?

我在死亡的边缘时极力要活、要活、要活下去,我肚子吃饱了却想死。过去,在没有灵感的时候,在创作苦闷的时候,毒药、绳子、利器、高度和深度都曾对我有过吸引力。现在,我在黑暗中摸索着她给我的那根用布头编的带子。布带柔软而有弹性,它的长度、宽度、耐拉强度都会使我的脖子感到非常舒适。世界上的事是多么奇妙,多么不可思议啊!昨天晚上她给我带子的情景历历在目,她是为了我暖和,为了我活得好,可恰恰我要在这根带子上结束我罪孽深重的一生;她说我连根绳子也没有,是出于对我的同情和爱怜,可恰恰似乎是有意地要送我一个结束生命的工具;我想像我拥抱着她时是多么美好,可恰恰是我拥抱了她以后却悔恨欲死……于是,一种对自己命运的奇怪的念头在脑子里产生出来:我这个没落阶级的家庭出生的最后一代,永远不能享受美好的东西;一切美好的东西在我身上都会起到相反的作用……那么,只有死,才能是最后的解脱了。

于是,我死了!

我全身只剩下头颅,在一片黑茫茫、莽苍苍的大森林里游荡。因为失去了身躯,失去了四肢,头颅只能在空间飞翔。我飘呀、飘呀……飞呀、飞呀……四周是像墙一般密密层层的巨树,高不见顶,遮天蔽日,但茂密的枝叶从不会刷在我的脸上。我的头游在哪里,它们就会像水草似的荡开。我不知道我要往哪里飞,我只觉得有一股力量在托浮着我,推动着我,或是吸引着我,一会儿向这儿,一会儿向那儿飞去……黑暗是透明的,发出蓝幽幽的光;巨树不是立体的,全像舞台上的道具,是一片片的平面竖在四面八方。大森林没有尽头,没有边缘。在这大森林里,所有的树木都是静止的,只是因为我头颅的位移才使它们不断地移动:时而向我逼进,时而远离开我……它们并不特别阴森可怖,阴森可怖是从我自己的脑子里喷射出来的,于是蓝色的黑暗和巨大的树木之间都弥漫着阴森可怖的浓雾。这里绝对没有音响,但我头颅上毕竟有耳朵。这时,有一种雷鸣般洪亮的声音在大森林里庄严地响起来:

"你为什么要死——死——死——死——"

"死"的余音不绝如缕,在巨树之间缭绕,发出"丝丝"的金属声。

我冷笑了。我谁也不怕,既然连死也不怕,还怕什么?!

"这正是我要问你的!"我的头颅大张开嘴,翻起眼睛向四面八方搜寻,但那声音不是发自哪一方,而是在整个森林中回荡。我大声地问那声音:

"我为什么要活——活——活——活——"

"活"的余音也不绝如缕,在巨树之间缭绕,发出"花花"的金属音。

沉默了!那个声音沉默了!像被狂风噎住了嗓子。哈哈!我的问题"你"能回答吗?

我继续在大森林里横冲直撞。我享受到了死的乐趣。

可是,那一株株阴森的巨树越来越稠密了,枝桠纵横,像张在我上上下下的一面没有缝隙的巨网。并且,它们从周遭逐渐逐渐地收拢来,我头颅的天地越来越小了。最后,我头颅只能不动地悬浮在空中,两眼不住地轱辘轱辘乱转;我大张着嘴,喘着粗气。我没有胳膊,我不能抵挡;我没有腿脚,我不能蹬踢。我等待着:难道死了还会遇到什么鬼花样!

那个声音又像山间的回声似的响了起来,带着鬼魂特殊的嗓音,瓮声瓮气地:

"到天堂去吧！到天堂去吧——去吧——去吧——"

"天堂在哪里？"我头颅上淌着冷汗，但我脑子里并没有一丝恐惧，"天堂在哪里？"我用责问的语气大声地喊，"哪里有什么天堂？我不信什么鬼上帝！"难道我死了还要受欺骗！

"超越自己吧——超越自己吧——超越自己吧……对你来说，超越自己就是你的天堂——天堂——天堂——超越自己吧——超越自己吧——超越自己吧——"

这一句话，突然使我流泪了。混浊的泪水滴滴答答地滚落到我头颅下的浓雾中。是的，"超越自己吧！"这声音不是什么鬼魂的声音，好像是我失落了的那颗心发出的声音。

"超越自己吧！超越自己吧！超越自己就是天堂——天堂——天堂——"

"啊！我怎么样才能超越自己呢？"我绝望地哭叫，"在这穷乡僻野，这个地方和我一样，好像也被世界抛弃了！我怎么样才能超越自己呢？"

"要和人类的智慧联系起来——要和人类的智慧联系起来——联系起来——联系起来——那个女人是怎么说的——怎么说的——怎么说的——"

那个声音越来越小，好像离我越来越远，最终完全消失了。我的头颅大汗淋漓，像一颗成熟的果子似的力不可支地坠入到浓雾下面，仿佛刚才是那个声音使我的头颅悬浮在空中一样。我觉得我的头颅掉在一片潮湿的泥地上，柔软的、毛茸茸的藓苔贴着我的面颊，还有清露像泪水似的在我脸上流淌。那冰凉的湿润的空气顿时令我十分舒畅。

而这时，巨大的森林里重归宁静，浓雾也逐渐消散，树冠的缝隙开始透下一道阳光，像一把金光灿灿的利剑，从天空直插到地上。与此同时，大森林里不知从什么方向，轻轻地响起了 03 33 |1—|02 22|7—|7—|……的钢琴声。啊！那是命运的敲门声！好像是惊惶不安，又好像异常坚定。一会儿，圆号吹出了命运的变化，一股强大的、明朗的、如阳光下的海涛般的乐声朝我汹涌而来，我耳边还响起了贝多芬的话："我要扼住命运

的咽喉,他不能使我完全屈服……啊!能把生命活上几千次该有多美啊!"

……我完全清醒了。我发觉我泪流满面,泪水浸湿了我头下的棉网套。在棉网套下,我摸到了一本精装的坚硬的书——《资本论》。

三十七

整整二十年过去了。二十年,五分之一世纪!我们国家和我都摆脱了厄运,付清了历史必须要我们付的代价。还是在那种多雪的春天,我和省文化厅的负责人及制片厂的同志,分乘两辆"丰田"小轿车,带着一部根据我写的长篇小说拍摄的彩色宽银幕影片,到这个农场来举行答谢演出。电影放映完了,场长、书记们把我们送回招待所。我问场长:谢队长在哪里,他甚至不知道有谢队长这个干部;他是一九七八年调来的,大概谢队长早就离开这个农场了吧。

但是,在深夜,我还是从设备很好的招待所里悄悄走出来。月色朦胧,夜凉如冰。我没有惊动司机,独自一人踏上了通往一队的大路。

白皑皑的雪,还是那种白皑皑的雪,把我居住过的一队整个罩住,羊圈那边传来阵阵狗吠,除此之外,夜静得像梦幻一般。我伫立在桥头上,往事如烟如雾,从小桥那边漫卷而来。我耳边分明响起了她的歌声,她的"花儿",那么清晰,那么悠扬,那么婉转,那么情深:

> 金山银山八宝山,
> 檀香木刻下的地板;
> 若要咱俩的姻缘散,
> 十二道黄河的水干!

我清清楚楚地看见她向我笑盈盈地迎过来。她飘飞着,雪地上没有留下一点足迹。她仍然是那样美丽、那样健康、那样开朗、那样容光

焕发。到我面前,她嘻嘻一笑——啊,那种笑我是多么熟悉!——说:

"就是钢刀把我头砍断,我血身子还陪着你哩!"

……可是,还是静悄悄的夜,还是白茫茫、灰糊糊的雪。除了我,四周没有一个人,没有一点声息……我发觉,一颗清凉的泪水,在我久已干涸的眼眶中流了出来。它是从记忆的深处渗出来的,冰得真如古井中渗出的水滴。是的,人不应该失去记忆,失去了记忆也就失去了自己。我虽然在这里度过了那么艰辛的生活,但也就是在这里开始认识到生活的美丽。马缨花、谢队长、海喜喜……虽然都和我失去了联系,但这些普通的体力劳动者心灵中的闪光点,和那宝石般的中指纹,已经溶进了我的血液中,成了我变为一种新的人的因素。

一九八三年六月,我出席在首都北京召开的一次共和国重要会议。军乐队奏起庄严的国歌,我同国家和党的领导人,同来自全国各地各界有影响的人士一齐肃然起立,这时,我脑海里蓦然掠过了一个个我熟悉的形象。我想,这庄严的国歌不只是为近百年来为民族生存、国家兴盛而奋斗的仁人志士演奏的,不只是为缔造共和国而奋斗的革命先辈演奏的,不只是为保卫国家领土和尊严而牺牲的烈士演奏的……这庄严的乐曲,还为了在共和国成立以后,始终自觉和不自觉地紧紧地和我们共和国、我们党在一起,用自己的耐力和刻苦精神支持我们党,终于探索到这样一条正确道路的普通劳动者而演奏的吧!他们,正是在祖国遍地生长着的"绿化树"呀!那树皮虽然粗糙、枝叶却郁郁葱葱的"绿化树",才把祖国点缀得更加美丽!

而我,一个出身于资产阶级家庭、接受过封建文化和资产阶级文化的知识分子,今天能负起振兴中华的历史使命,在人民大会堂同国家和党的领导人共商国事,我要永远记住在我的灵魂处在深渊的边缘时,是他们,那些普普通通的体力劳动者,给了我物质和精神力量,使我有可能在马克思的书里寻求真理,恰恰是在共和国最困难的时期,获得了对我们国家和党的信心;是他们扶着我的两腋,开始踏上通往这座大会堂的一条红地毯的。

啊,我的遍布于大江南北的、美丽而圣洁的"绿化树"啊!

(选自《十月》1984年第2期)

【作者简介】

张贤亮(1936～　），生于南京，原籍江苏盱眙。20世纪50年代开始发表诗歌，1957年因创作长诗《大风歌》被错划为右派，遣送到宁夏的一个偏远农场劳动管制，关押达22年，受尽种种迫害。粉碎"四人帮"后，重新执笔，创作了长、中、短篇多部小说。其中《灵与肉》、《肖尔布拉克》分别获1980年、1983年全国优秀短篇小说奖，《绿化树》获第三届全国优秀中篇小说奖。自《绿化树》起，张贤亮开始了"唯物论者的启示录"系列小说的创作，其后发表的《男人的一半是女人》更引起读者的普遍关注和热烈讨论。他的作品集主要有《肖尔布拉克》、《张贤亮自选集》、《男人的一半是女人》、《感情的历程》、《张贤亮代表作》以及长篇小说《男人的风格》、《习惯死亡》、《我的菩提树》、《一亿六》等。

张贤亮的作品，大多写的是知识分子的苦难历程，但他能在灰暗的底色上展示出生活的亮色和普通劳动者的美好情操，在对生活进行"令人颤栗"的现实主义描绘中，融进对历史、社会、人生的哲理思索。作品深沉雄健而又清新隽雅。这类自身经验型的小说最能体现他的创作风格，代表他的创作成就。

【作品简析】

《绿化树》是张贤亮拟写的"唯物论者的启示录"系列小说中最早发表的一部中篇。它以出色的现实主义描绘，表现了青年知识分子章永璘在20世纪60年代初的困厄历史环境中所走过的一段苦难历程，探索了中国知识分子在特定历史背景下的命运和道路。

章永璘原本是有文化、有教养、会写诗的青年知识分子，却被抛到大西北的边远农场，受着可怕的饥饿的煎熬，灵与肉遭到残酷的挤压而陷入由求生本能驱使的、盲目地活着的可悲状态。然而未泯的良知，普通劳动者真诚的人性之美，特别是马缨花那带野味的爱和温情的施与，以及马克思《资本论》的启悟，使他又不愿自甘堕落。他痛苦、愧疚、怅惘、悔恨，时时处于自我反省、自我批判之中。作品像一部心灵传奇，将章永璘在特定境遇中追求超越、不断提升着自己的生命，并终于达到信仰马克思主义的心灵历程袒露得细腻真切，撼人心魄，从而为中国当代文学画廊增添了一个复杂而独特的知识分子艺术典型。

马缨花是《绿化树》中另一独具光彩的形象，她在人人面临严重饥饿威胁的时刻，用自己的粮食喂饱了"瘦鸡猴"似的章永璘，以真挚的同情和无私的温爱抚慰了这个不幸者的心。她由爱怜、同情而生成的爱情，真挚、刚烈，充满了献身精神，超乎情欲之上，然而又含有一种特殊的狡狯，混合着现实生活的甘甜与苦涩！马缨花的性格带有更多的拙朴的原始美，是西北地区落后生产力条件下的自然形态。她的出现，使章永璘的苦难历程充满了某些浪漫情调和传奇色彩。这个寄托着作家审美情感的女性形象，犹如绽放在西北高原贫困农村环境中的一枝奇异的花朵，以其独有的诗意和"喜光、耐干旱瘠薄"的绿化树般的品格而令人难以忘怀。

《绿化树》不是完美之作，但它的成就是多方面的。特别是它对特定情境下知识分子精神世界的深层挖掘有着自己的尝试。章永璘激烈的内心冲突尽管还缺少更有力度的社会实践作依据，其反省和忏悔意识也明显地带有历史局限和对现实的认同混乱，却有着极大的心理真实。作家从历史真实的意义上表现知识分子的不幸和迷误，使人透过严酷的生活画面，感受到人的顽强求生欲望，人的灵魂被扭曲后的艰难复归，从而将特定时代的病态历史真实揭示得令人颤栗。张贤亮说："我要写一部书。这'一部书'将描写一个出身于资产阶级家庭，甚至曾经有过朦胧的资产阶级人道主义和民主主义思想的青年，经过'苦难的历程'最终变成了一个马克思主义的信仰者。"《绿化树》可以说是这一宏大创作构想的重要实践。

（张志英）

你别无选择 (节选)

刘索拉

一

李鸣已经不止一次想过退学这件事了。

有才能,有气质,富于乐感。这是一位老师对他的评语。可他就是想退学。

上午来上课的讲师精神饱满,滔滔不绝,黑板上画满了音符。所有的人都神志紧张,生怕听漏掉一句。这位女讲师还有一手厉害的招数就是突然提问。如果你走神了,她准会突然说:"李鸣,你回答一下。"

李鸣站起来。

"请你说一下,这道题的十七度三重对位怎么做?"

"……"

"你没听讲,好,马力你说吧。"

于是李鸣站着,等马力结巴着回答完了,在一片莫名其妙的肃静中,李鸣带着满脸歉意坐下了。他仔细注意过女讲师的眼睛,她边讲课边不停地注意每个人的表情。一旦出现了走神的人,她无一漏网地会叫你站起来坐不下去。

有时李鸣真想走走神,可有点儿怕她。所有的讲师教授中,他最怕她。他只有在听她的课和做她布置的习题时才认真点儿。因为他在做习题时时常会想起她那对眼睛。结果,他这门功课学得最扎实。马力也是。他旷所有人的课,可惟独这门课他不敢不来。

自从李鸣打定主意退学后,他索性常躲在宿舍里画画,或者拿上速

---

* 原载《人民文学》1985 年第 3 期。

写本在课堂上画几位先生的面孔。画面孔这事很有趣,每位先生的面孔都有好多"事情"。画了这位的一二三四,再凭想像去添上五六七八。不到几天,每位先生都画遍了,惟独没画上女讲师。然后,他开始画同学。同学的脸远没先生的生动,全那么年轻,光光的,连五六七八都想像不出来。最后他想出办法,只用单线画一张脸两个鼻孔,就贴在教室学术讨论专栏上,让大家互相猜吧。

马力干的事更没意思,他总是爱把所有买的书籍都登上书号,还认真地画上个马力私人藏书的印章,像学院图书馆一样还附着借书卡。为了这件事,他每天得花上两个钟头。他不停地购买书籍,还打了个书柜,一个写字台,把琴房布置得像过家家。可每次上课他都睡觉,他有这样的本事,拿着讲义好像在读,头一动不动,竟然一会儿就能鼾声大作。

宿舍里夜晚十二点以前是没有人回来的。全在琴房里用功。等十二点过后,大家陆陆续续回到宿舍,就开始了一天最轻松的时间。可马力一到这时早已进入梦乡。他不喜欢熬夜,即使屋里人喊破天,他还是照睡不误。李鸣老觉得他会突然睡死掉。所以在十二点钟以后老把他推醒。

"马力!马力!"

马力腾地一下坐起,眼睛还没睁开。李鸣松了口气,扔下他和别人聊天去了。

"今天的题你做完了吗?"

"没有。太多了。"

"见鬼了,留那么多作业要了咱们老命了。"

"又要期中考试了。"

"十三门。"

"我已经得了腱鞘炎。"同屋的小个子把手一伸,垂下手背,手背上鼓出一个大包。

马力对什么都无动于衷,他从不开口,除了他的本科——作曲得八十分,别的科目都是"中"。

李鸣跑到王教授那儿请教关于退学问题的头天晚上,突然发生了地震。全宿舍楼的人都跑出站在操场上。有人穿着裤衩,有人披着毛巾被。女生们躲在一个黑角落里叽叽喳喳,生怕被男生看见,可又生怕人家不知道她们在这里。据说声乐系有两个女生到现在还在宿舍里找合适的衣服,说是死也要个体面。站在操场上的人都等再震一下,可站了半天,什么事也没发生。后来才知道,根本没地震,不知是谁看见窗外红光一闪,就高喊了一声地震,于是大家都跑了出来。

第二天,李鸣就到王教授那儿向他请教是否可以退学。王教授是全院公认的"神经病",他精通几国语言,搞了几百项发明,涉及十几门学问,一口气兼了无数个部门的职称。他给五线谱多加了一根线,把钢琴键重新排了一次队,把每个音都用开平方证实了。这种发明把所有人都能气疯。李鸣最崇拜的就算王教授了。尽管听不懂他说的话,也还是爱听。

"嗯。"

"我不学了。我得承认我不是这份材料。"

"嗯。"

"就这样,我得退学。"

"嗯。"

"别人以为自己是什么就是什么,我以为我不行。"

"嗯。"

"也许我干别的更合适。"

"嗯。"

"我去打报告。"

"嗯。"

李鸣站起来,王教授也站起来:

"你老老实实学习去吧,傻瓜。你别无选择,只有作曲。"

二

现在惟一的事情就只好是做题。无数道习题,不做也得做。李鸣只做上两分钟,就想去上厕所或者喝水。更多的时候是找旁边 235 琴房管弦系的女孩站在236琴房门口聊天。边聊天那女孩还边让弓子和琴弦发出种种噪音,气得236琴房的石白猛砸钢琴。

和石白,李鸣永远也处不好。一道和声题要做六遍,得出六种结果。他已经把一本"和声学"学了七年,可他的和声用在作曲上听起来像大便干燥。但在课上老师要是讲错了半个字,他都能引经据典地反驳一气。

"不对,老师。在275页上是这样说的……"他站起来说。

这时同班的女生就会咳嗽,打喷嚏。

"我不愿和你们这些人在一起。"石白对所有的人说。他不参加任何活动,碰上人家在那儿"撞拐",他就站在一旁拉小提琴。他学了十五年琴,可还走调。

"你得像个作曲家!"他对小个子说。"作曲家要有风度,比方说吧……"

连个儿都没长全的小个子只能缩缩肩膀从他的眼皮下溜走。要是玩起"撞拐"来,小个子还老占大家上风。

石白对"撞拐"这事气得嘴唇直哆嗦。他在一首自作的钢琴曲谱旁边注上:"这首乐曲表达了人生的最高理想境界。"这结果就是使一个作曲系的女生写了同样长短的一首钢琴曲来描写石白,一连串不均等节奏和不谐和音。这曲子在全系演奏,所有人都听得出来它说的是什么。

李鸣住的宿舍是一间房子四个人。屋子里有发的存衣柜、写字台和钢琴,还有马力自己打的家具,弄得宿舍里不能同时站四个人。原来石白和他们一个宿舍,后来石白申请到理论系宿舍睡觉去了,因为理论系的人到了夜里两点谈话的内容仍是引经据典。这使他觉得脱了俗。于是指挥系的聂风搬进李鸣宿舍,他以一种与作曲系迥然不同的风度出现在这间屋里,头发烫成蓬松的花卷,衬衣雪白,胸脯笔挺。随着他的到来,女孩子就来了。本来四个人已站不下的屋子,现在要装八个人不止。一到晚上,全宿舍的人自动撤出,供聂风指挥女孩子们的重奏小组用。从此,晚上十二点以后回到宿舍,大家都能闻见女孩们留下的满屋香气。

隔壁的四个全是作曲系的。戴齐钢琴弹得出众,人长得修长苍白,作品中流露出肖邦的气质,可女孩们爱管他叫"妹妹"。留了大鸟窝式长发的森森,头发永远不肯趴在头上,就像他这个人一样。他不洗衣裳不洗澡,有次钢琴课上把钢琴老师熏得憋气五分钟。那是个和蔼的教授老太太。终于她命令森森脱下衣服,光着膀子离开琴房。一个星期后,管邮件的女生收到一个给森森的包裹,当众让他打开一看,是那件脱给老太太的衬衣,已经洗得干干净净,连扣子也钉上了。有个女生当场说,为这事,如果全世界只剩下森森一个男人,她也不会理他。森森当场反驳说,如果全世界只剩下他和她,他就干脆自杀。

三

李鸣一人躲在宿舍里,不打算再去琴房了,他宁可睡在被窝里看小说,也不愿到琴房去听满楼道的轰鸣。琴房发出的噪音有时比机器噪音还可怕。即使你躲在宿舍里,它们照样还能传过来,搅得你六神无主。刚入学的时候,也不知是哪位用功的大师每天早晨四点起来在操场上吹小号,像起床号似的,害得所有人神经错乱。李鸣甚至有几个星期夜晚即使在梦中仍听见小号声。先是女生打开窗户破口大骂,然后是管弦系的男生把窗户打开,拿着自己的乐器一齐向楼下操场示威,让全体乐器发出巨大的声响,盖住了那小号。第二天,小号手就不再起床了。可又出现了一个勤奋的钢琴手,他每天早晨五点开始练琴,弹奏和弦连接时从来不解决,老是让旋律在"7"音上停止,搞得人更别扭。终于有位教授(那时教授还没搬进新居,也住在大楼道里)忍不住了,在弹琴人又停止在"7"音上时,他探出脑袋冲着那琴房大吼了一声"i—",把"7"解决了。所有人的感觉才算一块石头落了地。

李鸣把不去琴房看成神仙过的日子,他躺在被子里拿着一本小说。

"喂,哥们儿,借琴练练。"森森推开门,大摇大摆走到钢琴那儿,打开琴盖就弹。

"你没琴房?"

"没空。我要改主科。"

"少出声。"

"知道。"

可是森森不仅没少出声,而且他的作品里几乎就没有一个和弦是协和的,一大群不协和和弦发出巨大的音响和强烈的不规律节奏,震得李鸣把头埋在被子里,屁股撅起来冲天,趴了足有半小时,最后终于把头从被子里伸出来:

"行行好吧。"

"最后四小节,最后四小节。"

"我已经神经错乱了。"

"因为我在所有的九和弦上又叠了一个七和弦。"

"为什么?"

"妈的力度。"森森得意洋洋。他说完就用力地砸他的和弦,一会儿在最高音区,一会儿在最低音区,一会儿在中音区,不停地砸键盘,似乎无止无休了。李鸣看着他的背影,想拿个什么东西照他脑后来一下,他就不会这么吵人了。

"妈的力度。"森森砸出一个和弦,"还不够。我发现有调性的旋律远远不如无调性的张力大。"

"你的张力就够大了,我已经变成乌龟了。"

森森看着被子里的李鸣大笑:"你干吗要睡觉?"

"我讨厌你们。"

"你小子少不谈正业。"

"你把十二个音同时按下去非说那是个和弦,那算什么务正?"

"我讨厌三和弦。"

"可你总不能让所有的人听了你的作品都神经分裂吧?"

"我不想。可他们要分裂我也没办法。但我的作品一定得有力度。不是先生说的那种力度,是我自己的力度,我自己的风格。"说完他又砸出一串和弦。

李鸣了解森森,他想干什么谁也阻拦不了。不像孟野。孟野的才气不在森森话下,可一天到晚让女朋友缠住不放。经常莫名其妙地失踪好几天。有几次都是面临考试时失踪的。孟野也长得太出众了点儿,浓密的黑发和卷曲的胡子,脉脉含情的眼睛老给人一种错觉,由此惹得女生们合影时总爱拉上他,被他女朋友发觉免不了要闹个天翻地覆。有一次那姑娘追到学校把孟野大骂了一顿,然后哭着跑到街上,半夜不归,害得作曲系女生全体出动去叫她。她坐在电线杆子底下,扭动着肩膀,死活不肯回去。最后还是李鸣叫马力戴上保卫组的红袖章,走过去问:"同志,你是哪儿的?"她才一下从地上站起,跟着大家回去了。

"你这讨厌鬼。"李鸣对森森骂道。森森砸完最后一节和弦,晃着肩膀走了。他一开门,从外面传来一声震天的巨响,那是管弦系在排练孟野作品中的一个高潮。

每次作曲系的汇报演出,都能在院里引起不小的骚动。教十个作曲系学生的主科教授只有两位,一位是大谈风纪问题的贾教授,一位是才思敏捷的金教授。贾教授平时不苟言笑,假如他冲你笑一下,准会把你吓一跳。他的生活似乎只有一件事情就是讲学。他从不作曲,就像他从不穿新衣服,偶尔作出来的曲调也平庸无奇,就像他即使穿上件新衣服也还是深蓝涤卡中山装一样。但所有人都得承认他的教学能力,循序渐进、严谨有条,无一人可比。但在有些作曲系学生眼里,贾教授除了严谨的教学和埋头研究古典音乐之外,剩下的时间就是全力以赴攻击金教授。金教授太不注意"风纪",一把年纪的人总爱穿灯芯绒猎装,劳动布的工裤,有时甚至还散发出一股法国香水的味道。以前他在上大课时总爱放一把花生米在讲台上,说几句话就往嘴里扔一颗。自从他无意中扔进一颗粉笔头之后,就再也没看见他吃过花生米了。

金教授在讲课时,几乎不会慷慨陈词,老是懒洋洋地弹着钢琴。如果你体会不到他手下的暗示,你就永远也不明白他讲的是什么。随便几个音符的动机他都能随意弹成各种风格的作品,但他懒得讲,有时自己一弹起来,就谁也不理了。马力是贾教授的学生,有次破天荒跑到金教授班上听课,结果什么也没听懂,打了个长长的呵欠。金教授腾地从琴凳上站起来,冲马力鞠了个躬,笑着说:"祝您健康。"然后又坐下去弹起琴来。从此马力就不爱在贾教授班上听课了。

每次作曲系学生汇报会,实际上也是这二位教授的成就较量,自从金教授的学生在一次汇报会上演出了几首无调性的小品后,贾教授大动肝火,随即要给全体作曲系学生讲一次关于文艺要走什么方向的问题。开会的事情是让李鸣去通知的,李鸣本来连学也要退的,更不愿开什么会,于是,在黑板上写了一个通知,即某日某时团支部与学生会组织游园,请届时参加等等。于是害得贾教授在教室里等了学生一下午。又无法与团支部学生会抗争。

为了弥补这次会议,贾教授呼吁全体作曲系教员要开展对学生从生活到学习的一切正统教育,不仅作品分析课绝不能沾二十世纪作品的边儿,连文学作品讲座也取消了卡夫卡。同时,体育课的剑术多加了一套,可能是为了逻辑思维;长跑距离又加了三圈,为了消耗过剩的精力。搞得男生们脸色蜡黄,女生们唉声叹气,系里有名的"懵懂"——因为她能连着睡三天不起床,中间只起来两次吃饭,两次上厕所——自从贾教授的教育运动开展后,躺在床上大叫:"我宁可去劳改!"

李鸣先撕了一本作业,然后去找王教授。

'没劲,没劲。"他边说边在纸上画小人。

"你为什么不学学孟野?你听过亨德米特的《宇宙的谐和》吗?"

李鸣走回去把作业本又拼起来了。

孟野这疯子,门门功课都是五分,可就是不照规章办事。他的作品里充满了疯狂的想法,一种永远渴望超越自身的永不满足的追求。音程的不协和状态连本系的同学都难接受。可金教授还是喜欢他。

"孟野的结构感好,分寸把握好。"金教授对"懵懂"说:"所以他可以这么写,你不行。"

"懵懂"正想模仿孟野,也写个现代派作品。

孟野一说起自己的作品来就滔滔不绝,得意非常。长手指挥上挥下,好像他正在指挥一个乐队。有时他的作品让弦乐的音响笔直地穿过人们的思维,然后让铜管像炸弹似的炸开,打击乐像浓烟一样剧烈地滚动。这可以使乐队和听众都手舞足蹈。而李鸣却不考虑乐队和听众对自己作品的看法,他只想着写完了就算解放了。

"这地方和声是不是这样?"圆号手问。

"什么和声?"李鸣在自己谱子上根本找不到圆号手吹的是哪儿,他早走神了,"随你便吧,管它呢。"

于是圆号手和长号手吹的不在一个和弦里,演奏完了,竟有人说李鸣也搞现代派。

"你们把握不住就不要这样写,"金教授说,"孟野的基本功好。"

孟野用手指勾住大提琴的弦,猛然拨出几个单音,然后把弦推进去、拉出来;又用手掌猛拍几下琴板,突然从喉咙里发出一种非人的喊叫。森森大叫:"妈的力度!"然后把两只手全按在钢琴键上。李鸣捂着耳朵钻进被窝。

楼道里充满了孟野像狼一样的嚎叫。

宇宙的谐和。疯子。李鸣想。

....

十五

比赛的事情公布后,森森一直在自己的作品中徘徊。他对自己最近追求的和声效果不太满意,但又没想出更好的。他甚至难以容忍自己的音响。

他除了音乐对什么都漠不关心。包括自己的饮食起居。如果说他留长发,那是他忘记了剃头,常常忘记吃饭,又使他两腮消瘦。他衣冠不整,但举止洒脱,苍白的脸上有一双聪明的黑眼睛,明朗开阔的额头与他整个五官构成一副很自信的面孔。他惟一遗憾自己的就是手指短了点儿。

这是个遗传学上的错误。他是个天才的大音乐家,却长着十根短手指。他知道这无法补救,因此常常看着"猫"的修长而秀丽的手指在钢琴上流动出神。但更多的出神是因为钢琴上滚动出来那些谐和美妙的音响使他越来越纯粹地感到他自身需要的不是这种音响。他需要的是比这更遥远更神秘,更超越世俗但更粗野更自然的音响。他在探索这种音响。他挖掘了所有现代流派现代作品,但写出来的只是那些流派的翻版。

这种探索不断折磨他。有没有一种真正属于他自己的音响?他自己的追求在哪儿?他自己的力度在哪儿?从谐和到不谐和,从不谐和又返回谐和,几百年来,音乐家们都在忙什么?音乐的上帝在哪儿?巴托克找到了匈牙利人的灵魂,但在贾教授的课上巴托克永远超不过贝多芬。匈牙利人的灵魂是巴托克找到的,但也许匈牙利人更懂得贝多芬。这是最让森森悲哀的事。森森要找自己民族的灵魂,但自己民族的人也会说森森不如贝多芬。贝多芬,贝多芬,他的力度征服了世界,在地球上竖起了一座可怕的大峰,靠着顽固与年岁,罩住了所有后来者的光彩。

那天,孟野在森森的琴房,悠长地哼着一首古老简单的调子。森森问孟野:"你感到没感到这里面的力度?"孟野把大提琴拿过来,深深地拉动琴弓,这首古老简单的曲调骤然变得无比哀伤。森森觉得呼吸都急促了,他拿起小提琴用双弦拉出几个刺耳的和弦,又拉出一连串民间打击乐的节奏。他想和孟野合力去体验那种原始的生存与神秘。他明显地感到他与孟野有一种共同但又不同的追求。他比孟野更重视力度,而孟野比他更深陷于一种原始的悲哀中。孟野就像一个魔影一样老是和大地纠缠不清。尽管他让心灵高高地趴在天上,可还是老和大地无限悲哀地纠缠不清,而森森想表现的是人。是人的什么?他其实说不清,也许是哪块肌肉的抽动?

他喜欢"猫"。"猫"能把他从那种混浊的探索中拉出来,使他得到片刻的休息。"猫"手底下能生出各种动听简单的音乐。听到这种音乐他甚至想放弃任何探索。世界上有那么简单动人的声音,要那些艰涩难懂的音响干什么用?就像这个不爱动脑子的女孩儿一本正经地弹着小品,单纯、年轻、修长的手指使他相形见绌。他坐在这儿彻头彻尾是个动荡不安混沌不堪的怪物。所以他不能爱她。可是他又真想爱。

就在森森为自己的种种追求苦恼时,小个子有一天突然对他说,"我求你别摘那个功能圈。"

"为什么?"森森觉得离奇古怪。

"因为我要走了。"

"我并没有要摘它的意思。"

"那我就放心了。"

"你上哪儿?"

"出国。"

"干什么去?"

"去找找看。我在这儿什么也找不到。"

"怎么可能呢?"

小个子低下头,由于老用水擦功能圈把手指都泡白了,像干了好多家务的主妇一样粗糙。森森突然感到这种举动有种神圣的所在。他开始尊重小个子了。

"你一个人走吗?"

"嗯。"

"谁照顾你?"

"走到哪儿都会有女人。"

森森苦笑了一下:"如果你什么也找不到呢?"

"我就不找了。"小个子坦白地说。

小个子对他说的这些使他又感到一种震动。他更觉得有许多事情得做,尽管贝多芬蹩在这儿。也许贝多芬压根没见过用方块表达文字的人。音乐的上帝在哪儿?他自己的力度在哪儿?真正属于他的音响在哪儿?也许他一辈子也不会忘记小个子抠着泡白了的手指对他说的话:"去找找看。"

············

十八

全体作曲系参加比赛的作品在礼堂进行公演,由专家鉴定,决定送谁的作品出去。莉莉死拉活拽才把戴齐从琴房揪出来让他去听。李鸣破例从床上爬起来坐在最后一排最边上的一个角落。音乐会正常进行,有的作品充满激情但思绪混乱,有的作品逻辑严谨但平淡无味。倒是董客的几种风格的作品引起大家注意。但他毕竟照顾不周。每部作品都有些地方能让人感到天才作曲家的手忙脚乱。随后是森森的五重奏。这部作品给人带来了远古的质朴和神秘感,生命在自然中显出无限的活力与力量。好像一道道质朴粗犷的旋律在重峦叠嶂中穿行、扭动、膨胀。李鸣听着听着突然产生一种向前伸手抓住琴弦的欲望,一种想让肌肉紧张的欲望。他龇牙咧嘴地发出无声的傻笑。

当森森的作品演奏完,全场竟无一人鼓掌。所有的人都不想说话,只想抓住什么揍一顿。森森被人们包围住。正要尝受那些激动的拳头袭击,孟野的大提琴协奏曲响起来了。

弦乐队像一群昏天黑地扑过来的幽灵一样语无伦次地呻吟着。大提琴突然悲哀地反复唱起一句古老的歌谣。这句歌谣质朴得无与伦比,哀伤得如泣如诉。把刚才人们听森森作品引起的激动全扭成了一种歪七扭八的痛苦。好像大提琴这个魔鬼正紧抱着泥土翻来滚去,把听众搅得神智不安。"懵懂"哭起来了,李鸣想哭可哭不出来,一个劲张大嘴呵气。森森走到孟野坐的地方,掐住孟野的脖子,孟野看了他一眼,死命握住森森的手腕。

全体乐队情绪高涨。铜管劈天盖地地铺下来,把所有高山巨石所有参天古树一齐推倒让它们滚落。而那魔鬼似的大提琴仿佛是在这大地的毁灭中挣扎,挣扎出来又不停地给万物唱那首质朴的古老曲调。

"噢!——"演奏会结束了。台上台下的学生叫成一片。有人把森森举到台上打算再扔到台下去。有人想把孟野一弓子捅死。谱纸被抛得满天飞。"猫"飞奔到台上,飞快地吻了森森一下,随后就被大家扔到台下去了。

只有戴齐没有上台,他离开礼堂,跑进琴房,拿起肖邦的谱子飞快地往教学楼跑,越跑越快。他爬上教学楼的最高层,冲着操场大叫起来。然后把肖邦的谱子拼命扔向操场,正好砸在莉莉的头上。莉莉一看是本肖邦曲集,就抱着头坐在地上不起来了。

演奏会的当天晚上,孟野不见踪影。

…………

二十三

又是一个夏季,作曲系这班学生的毕业典礼快开始了。森森在国际作曲比赛中获奖的事恰在毕业典礼前公布。当那张布告一贴上墙,作曲系全体师生无论在干什么,都跳起来了。连李鸣也从被窝里钻出来,跑到森森琴房打了森森一顿。森森简直不相信这是发生在自己身上的事,他想揪住李鸣问个明白,可李鸣打完他就大笑着溜走了。森森的手心出了一层冷汗,他狠狠揪了揪自己的前头发,对着在镜子里龇牙咧嘴的脸使劲打了一拳。然后捂着发疼的脸跑出来看布告。等他发现这是事实时,他就跑回琴房,把门锁上了。

李鸣为了森森的作品获奖之事从被窝里钻出来后,就再不打算钻进去了。他把马力的铺盖重新捆好,整整齐齐地和马力的书籍摆在一起。明天就会有人来取它们,这次是真的。但李鸣仍不放心,还是写了个条子在上面:"请你爱护它们。"李鸣坐在马力床上,想起马力最后一次在宿舍里的情景。那天是假期的前一天,晚上不到九点,马力就钻进被窝。李鸣想叫他起来打扑克,他死活不肯出来。"你放了假有的是时间睡觉。"李鸣隔着被子打他,他还是死活不肯出来。床下放着的全是他要带走的书,从西洋音乐史一直到梅兰芳京剧曲谱。李鸣怀疑他带这么多书回去是否看得完。"你想在这儿把觉睡够,回家去看书?"马力没理他,鼾声大作,李鸣站起来,走到钢琴旁,想用琴声吵醒马力,可脚下又被绊了一下。他低头一看,是马力的另一个挎包,那里面又是书,全是精装的总谱和音乐辞典。李鸣把那包书拎起来,一下放在马力身上,然后把所有马力的书包都堆在他身上。现在想起来,李鸣真后悔。那天晚上,李鸣拿书活埋了马力。可马力却是让黄土压死的。但李鸣还是觉得对不起马力。要是他不把书放在马力身上多好。要是他把马力从被窝里叫出来多好。马力,马力。他干吗老睡觉?死亡可不管你醒过多长时间,它叫你接着睡,你就得接着睡。它叫你消失你就得消失,它叫你腐烂你就得腐烂。马力,马力,你干吗老睡觉呢?毕业典礼就要开始了,毕业典礼一结束,大家就各奔东西。李鸣急于想去的就是教室。他想在典礼前去摘下那个功能圈。这是他惟一想带走的东西。他走到教室,去年新年拉的红纸条还留在那儿。功能圈的镜框还是歪斜着。他蹬上讲台桌,伸手去取那镜框,突然小个子的话在他耳边响起来:"不,我带不走。"李鸣的手缩回来。他想了想,随后把镜框摆正,掏出手绢擦了擦,跳下讲台桌。

毕业典礼开始时,森森还在琴房里,楼道里空无一人。这个充满噪音的楼道突然静下来。使空气加了分量。森森戴着耳机,好像已经被自己的音响包围了半个世纪了。他越听思路越混乱,越听心情越沉重。一股凉气从他脚下慢慢向上蔓延。他想起孟野;想起"懵懂"冲着功能圈为孟野大哭;想起小个子到处给人暗示;想起李鸣从来不出被窝……所有的人在他眼前掠过,像他的重奏那种粗犷的音响一样在搅扰他。他把抽屉打开,用手无目的地翻来翻去。还有一支香烟,可火柴已经没了。有半张总谱纸躺在里面,还够起草一道复调题。他把整个抽屉都抽出来,发现最里面有一盘五年都不曾听过的磁带,封面上写着:《莫扎特朱庇特C大调交响乐》。他下意识地关上了自己的音乐,把这盘磁带放进录音机。顿时,一种清新而健全、充满了阳光的音响深深地笼罩了他。他感到从未有过的解脱。仿佛置身于一个纯净的圣地,空气中所有混浊不堪的杂物都荡然无存。他欣喜若狂,打开窗户看看清净如玉的天空,伸手去感觉大自然的气流。突然,他哭了。

(选自《人民文学》1985年第3期)

【作者简介】

刘索拉(1955~),女,生于北京,祖籍陕西志丹县。1977年考入中央音乐学院作曲系,1983年毕业留校任教,1988年旅居英国。1985年3月发表了成名作《你别无选择》,被认为是中国当代第一部真正具有现代意识的作品。后来又发表了《蓝天绿海》、《寻找歌王》等作品,小说集有《你别无选择》。现居英国伦敦,从事音乐和文学创作。近作有《浑沌加哩格楞》、《伊甸园之梦》、《多余人的故事》、《大继家的小故事》、《缠》、《身体》、《女贞汤》,音乐剧《梦游》,歌舞剧《蓝天绿海》等。

【作品简析】

《你别无选择》被美学家李泽厚称作是当代中国第一部真正具有现代意识的现代派小说。

当我们走进刘索拉笔下那座音乐学院的时候,看到的是一个喧哗与骚动的世界:一直想退学、每天躺在床上睡大觉的李鸣;学了七年"和声学",可作出的曲子听起来像"大便干燥"的石白;用力地砸钢琴的键盘,寻找"妈的力度"的森森;经常和女朋友一起"失踪",但一接触音符又如醉如痴的孟野;爱发玄妙之论、又很功利主义的董客;不停地擦拭神秘的T—S—D功能圈的小个子;还有能连睡三天不起床的"懵懂";以及爱哭的"猫"……表面看来,他们玩世不恭,放荡不羁,近于胡闹,其实,在种种怪诞言行的外衣下面,我们可以看到一代青年人的迷惘、愤懑、沉沦、毁灭,也看到了他们的抗议、挣扎、拼搏和追求。

李鸣,这是一个"有才能,有气质,富于乐感"的学生,但面对着令人窒息的环境,他感到生活的无聊。上课开小差,课下画老师和同学的画像,要不就睡大觉,"他想永远这么躺着,哪怕躺到毕业,躺到老,躺到死",以一种消极的方式表示同旧的教育制度的对抗。后来,李鸣受到森森获奖的鼓舞,从被窝里钻了出来,"就再不打算钻进去了",仍然是一个积极的结果。

石白,是学生中最平庸的一个。他信奉的人生哲学是:"人家已经干过了不可企及的事,你就不要想再去干什么新的了,你再干也是白费。"他虽然多门功课都能得个好的分数,然而缺乏音乐才能。他在贾教授的指导下,业务上收效甚微。可喜的是,他在受到森森、孟野那充满生命力的音乐的感染之后,认识到自己的风格"已经过时了",决心走新的路。

森森和孟野是音乐学院中有才华、有个性、有追求的两个高材生。森森在音乐中顽强地追求"自己的力度"、"自己的风格",最后终于在国际比赛中获奖;孟野的作品里,同样有一种"永远渴望超越自身的永不满足的追求",他宁肯不要爱情,也不放弃音乐。他们都是具有强烈个性意识和创造精神的新一代大学生的代表。

作品的主要笔墨用于渲染一种令人窒息的氛围,突现青年人的骚动不安的情绪,从而表现出传统教育制度、传统价值观念同个性觉醒之间冲突的深刻性和不可避免性。

作品中反复出现的T—S—D功能圈,这是一个神秘而又功力无比的东西,实际上,它是包括旧的教学内容、教学方法,旧的管理制度、考试制度在内的旧的教育制度的一个象征物。学院中出现的种种问题、事件(如马力的死、小个子的出走、孟野的退学等)都同这个T—S—D怪圈有关。所以最后,"懵懂"叫喊着"全是它,全是它干的",并且"咬牙切齿"地要把它从黑板上方的墙上摘下来砸烂,表达出当代青年对旧的教育体制的不满和抗争。

作品中散乱无章的情节,联系松散的人物,互不连贯的叙述,都表现出这篇小说与传统小说迥异的新的艺术品格。小说中对人物和事件有许多夸张变形的描写,具有浓厚的荒诞色彩。作品里充满着对所谓神圣、崇高的人物和事物的亵渎和嘲弄,也有对自身弱点的讽刺与自嘲,颇具《第二十二条军规》的"黑色幽默"的风味。

(张学正)

爸 爸 爸 (节选)

韩少功

一

　　他生下来时,闭着眼睛睡了两天两夜,不吃不喝,一个死人相,把亲人们吓坏了,直到第三天才哇地哭出一声来。能在地上爬来爬去的时候,就被寨子里的人逗来逗去,学着怎样做人。很快学会了两句话,一是"爸爸",二是"×妈妈"。后一句粗野,但出自儿童,并无实在意义,完全可以把它当作一个符号,比方当作"×吗吗"也是可以的。三五年过去了,七八年也过去了,他还是只能说这两句话,而且眼目无神,行动呆滞,畸形的脑袋倒很大,像个倒竖的青皮葫芦,以脑袋自居,装着些古怪的物质。吃饱了的时候,他嘴角沾着一两颗残饭,胸前油水光光的一片,摇摇晃晃地四处访问,见人不分男女老幼,亲切地喊一声"爸爸"。要是你冲他瞪一眼,他也懂,朝你头顶上的某个位置眼皮一轮,翻上一个慢腾腾的白眼,咕噜一声"×吗吗",调头颠颠地跑开去。他轮眼皮是很费力的,似乎要靠胸腹和颈脖的充分准备,才能翻上一个白眼。调头也很费力,软软的颈脖上,脑袋像个胡椒碾锤晃来晃去,须沿着一个大大的弧度,才能成功地把头稳稳地旋过去。跑起来更费力,深一脚浅一脚找不到重心,靠头和上身尽量前倾才能划开步子,目光扛着眉毛尽量往上顶,才能看清方向。一步步跨度很大,像在赛跑中慢慢地做最后冲线。

　　都需要一个名字,上红帖或墓碑。于是他就成了"丙崽"。
　　丙崽有很多"爸爸",却没见过真实的爸爸。据说父亲不满意婆娘

* 原载《人民文学》1985年第6期。

的丑陋,不满意她生下了这个孽障,很早就贩鸦片出山,再也没有回来。有人说他已经被土匪"裁"掉了,有人说他在岳州开了个豆腐坊,有人则说他拈花惹草,把几个钱都嫖光了,曾看见他在辰州街上讨饭。他是否存在,说不清楚,成了个不太重要的谜。

丙崽他娘种菜喂鸡,还是个接生婆。常有些妇女上门来,叽叽咕咕一阵,然后她带上剪刀什么的,跟着来人交头接耳地出门去。那把剪刀剪鞋样,剪酸菜,剪指甲,也剪出山寨一代人,一个未来。她剪下了不少活脱脱的生命,自己身上落下的这团肉却长不成个人样。她遍访草医,求神拜佛,对着木人或泥人磕头,还是没有使儿子学会第三句话。有人悄悄传说,多年前,有一次她在灶房里码柴,弄死了一只蜘蛛,蜘蛛绿眼赤身,有瓦罐大,织的网如一匹布,拿到火塘里一烧,臭满一山,三日不绝。那当然是蜘蛛精了,冒犯神明,现世报应,有什么奇怪的呢?

不知她听说过这些没有,反正她发过一次疯病,被人灌了一嘴大粪。病好了,还胖了些,胖得像个禾场碌子,腰间一轮轮肉往下垂。只是像儿子一样,间或也翻一个白眼。

母子住在寨口边一栋孤零零的木屋里,同别的人家一样,木柱木板都毫无必要地粗大厚重——这里的树很不值钱。门前常晾晒一些红红绿绿的小孩衣裤及被褥,上面有荷叶般的尿痕,当然是丙崽的成果了。丙崽在门前戳蚯蚓,搓鸡粪,玩腻了,就挂着鼻涕打望人影。碰到一些后生倒树归来或上山去"赶肉",被那些红扑扑的脸所感动,就会友好地喊一声"爸爸——"

哄然大笑。被他眼睛盯住了的后生,往往会红着脸,气呼呼地上前来,骂几句粗话,对他晃拳头。要不然,干脆在他的葫芦脑袋上敲一丁公。

有时,后生们也互相逗耍。某个后生上来笑嘻嘻地拉住他,指着另一位,哄着说:"喊爸爸,快喊爸爸。"见他犹疑,或许还会塞一把红薯片子或炒板栗。当他照办之后,照例会有一阵开心的大笑,照例要挨丁公或耳光。如果愤怒地回敬一句"×吗吗",昏天黑地中,头上和脸上就火辣辣地更痛了。

两句话似乎是有不同意义的,可对于他来说,效果都一样。

他会哭,哭起来了。

妈妈赶来,横眉横眼地把他拉走,有时还拍着巴掌,拍着大腿,蓬头散发地破口大骂。骂一句,在大腿弯子里抹一下,据说这样就能增强语言的恶毒。"黑天良的,遭瘟病的,要砍脑壳的!渠是一个宝(蠢)崽,你们欺侮一个宝崽,几多毒辣呀!老天爷你长眼呀,你视呀,要不是吾,这些家伙何事会从娘肚子里拱出来?他们吃谷米,还没长成个人样,就烂肝烂肺,欺侮吾娘崽呀!⋯⋯"

她是山外嫁进来的,口音古怪,有点好笑。只要她不咒"背时鸟"——据说这是绝后的意思,后生们一般不会怎么计较,笑一阵,散开。

骂着,哭着,哭着又骂着,日子还热闹,似乎还值得边发牢骚边过下去。后生们一个个冒胡桩了,背也慢慢弯了,又一批挂鼻涕的奶崽长成后生了。丙崽还是只有背篓高,仍然穿着开裆的红花裤。母亲总说他只有"十三岁",说了好几年,但他的相明显地老了,额上隐隐有了皱纹。

夜晚,她常常关起门来,把他稳在火塘边,坐在自己的膝下,膝抵膝地对他喃喃说话。说的词语,说的腔调,甚至说话时悠悠然摇晃着竹椅的模样,都像其他母亲对待自己的孩子:"你这个奶崽,往后有什么用啊?你不听话罗,你教不变罗,吃饭吃得多,又不学好样罗。养你还不如养条狗,狗还可以守屋。养你还不如养头猪,猪还可以杀肉咧。呵呵呵,你这个奶崽,有什么用啊,睚眦大的用也没有,长了个鸡鸡,往后哪个媳妇愿意上门罗?⋯⋯"

丙崽望着这个颇像妈妈的妈妈,望着那死鱼般眼睛里的光辉,舔舔嘴唇,觉得这些喃喃的声音一点也不新鲜,兴冲冲地顶撞:"×吗吗。"

母亲也习惯了,不计较,还是悠悠然地前后摇着身子,竹椅吱吱呀呀地呻吟。

"你收了亲以后,还记得娘么?"

"×吗吗。"

"你生了娃崽以后,还记得娘么?"

"×吗吗。"

"你当了官以后,会把娘当狗屎嫌吧?"

"×吗吗。"

"一张嘴只晓得骂人,好厉害咧。"

丙崽娘笑了,眼小脖子粗。对于她来说,这种关起门来的模仿,是一种谁也无权夺去的享受。

············

七

连连失利,连连赔头,大家慌了,就乱想了。有个后生突然想起了一些古怪的事。他说那天要杀丙崽祭谷神,突然天降霹雳。后来宰牛占卜胜败,不灵;丙崽咒了句"㑇妈妈",像是给了个坏兆头,却灵验了……这不十分可疑吗?

这一想,大家都觉得丙崽神秘,你看他只会说"爸爸"和"×吗吗"两句话,莫非就是阴阳二卦?

大家决定打一打这个活卦。于是连忙拆了张门板,把丙崽抬到祠堂前。

"丙相公。"

"丙大爷。"

"丙仙。"

汉子们伏拜在他面前,紧紧盯住他,一双双眼球顶得额头上皱纹叠着皱纹。

丙崽刚坐过门板,很快活,脸上笑得皱纹舒展,把停下来的门板踩了好半天,发现它不再动了,便翻了个白眼。

实在不好理解。

是不是他要吃了才显灵呢?有人给他弄来了一块粽粑,又使他兴奋起来。他掰了一块,没抓稳,掉了,其实就掉在他右脚边,但他眼睛和脑袋转起来都不灵活,轮着眼皮居然左边望了一下。这样吃下去,吃一半掉一半,每掉一块,照例去找,照例找错了方向。发现了前几次掉的,捡起来就往嘴里塞。

他拍拍巴掌,听见了麻雀叫,仰头轮了个方向不够准确的白眼。最后,手指定了一个方向,咕哝一句:"爸爸。"

"胜卦!"

汉子们欢呼着一跃而起。不过,丙崽的手指是什么意思呢?顺着他指的方向看去,那是祠堂一个尖尖的檐角,向上弯弯地翘起。瓦上生了几根青草,檐板已经腐朽苍黑,像一只伤痕累累的老凤,拖着长长的大翼,凝望着天空。檐下有麻雀叽叽喳喳地叫。

"渠是指麻雀。"

"不,是指屋檐。"

"檐和言同音,怕是要言和?"

"絮聒!檐和炎同音,双火为炎,是要用火攻。"

争了半天,最后还是服从有"话份"的。于是用火攻,又打了一仗。混战回来点人头,发现又少了几颗。

寨子里的狗,已经习惯牛角声了,一听到呜呜地吹起来,须毛就蓬勃地张扬竖立,纷纷挤出门缝,跳越石墙,身体拉成一条线,向号声射去,满怀希望地尾随着人影,坡上,路口,圳沟里,都可能出现尸体。它们撕咬着,咀嚼着,咬得骨头咯咯咯地脆响。一只只已经吃得肥大起来,眼睛都发红,在茅草中窜来窜去时,只见草动,动成一线,像条条草龙。龙头所到之处,都有血迹,还有丝丝块块,被它们叼得满处都是。有时你去灶房,无意中搬开一捆柴禾,也许会突然发现柴弯里滚出一只陌生的手或脚来。

它们对人突然变得十分有兴趣了。有一群人在议事,或者有两个人吵架,都会引来狗。它们大大方方地露出尖牙,长长的舌头活泼得像一条飘带,一片水波,等待着什么结果发生。据说竹义家的阿公有次在树下打瞌睡,被狗误认成尸体,大咬了一口。

丙崽把一包屎拉在椅子上了。

丙崽娘照例唤狗来舔:"呵哩——呵哩——呵哩——"

狗来了,嗅一嗅屎又走了。似乎对屎尿已丧失了热情。它们来,是因为听到召唤,来敷衍一下,在主人面前不显得过分的趾高气昂,富贵不忘旧情。

于是寨子里屎多了,苍蝇多了,臭起来。

丙崽娘遇到竹义家的媳妇,缩缩鼻子,"你身上怎么有股臭味?"

竹义家的瞪大眼:"怪事!是你身上臭。"

两人嗅了一阵,发现手是臭的,袖口是臭的,连槌棒和竹篮也有股怪味,这才恍然大悟。原来空气早就臭了。只说这些天,没人去出猪牛粪,地坪里一片片黑糊糊的,空气能不臭么?

丙崽娘的娘家那边是颇讲究清洁索利的,因此她一直有些与众不同的习惯。她带上草把和茶枯,把丙崽拉脏了的裤子和椅子,拿到溪边去擦洗,洗了两遍,还没有除掉臭味。她喘着气,翻着白眼,感到气虚。虽然以前吃过不少胞衣,可现在腹中的米粮实在太少了。猛地站起来,两眼一黑便歪歪地倒下去。

不知道是怎样爬回来的。没有被狗分了吃,就是万幸。她望着蚊帐上一片密密麻麻的苍蝇,伤心地嚎哭了一场:"吾那娘老子哎,你做的好事呀!你疼大姐,疼二姐,疼三姐,就是不疼吾呀,马桶脚盆都没有哇……"

丙崽怯怯地看着她,试探地敲了一下小铜锣,似乎想使她高兴。

她望着儿子,手心朝上地推了两把鼻涕,慈祥地点头,"来,坐到娘面前来。"

"爸爸。"儿子稳稳地坐下了。

"对,你要去找你那个砍脑壳的鬼!"

她咬着牙关,两眼像两片孔雀毛,黑眼球往中间挤,眼球之处有一圈宽宽的白眼睑。当然是很可怕的,丙崽愣了。

"×吗吗。"他轻声试了一句。

"你要去找你爸爸,他叫德龙,淡眉毛,细脑壳,会唱些瘟歌。"

"×吗吗。"

"你记住,他兴许在辰州,兴许在岳州,有人视见过他的。"

"×吗吗。"

"你要告诉那个畜牲,他害得吾娘崽好苦啊!你天天被人打,吾天天被人欺,大户人家的哪个愿意朝我们看一眼?要不是祠堂一份猫食,吾娘崽早就死了。其实死了还是福,比死还不如啊!你要一五一十都

755

告诉那个畜牲啊!"

"×吗吗。"

"你要杀了他!"

丙崽不吭声了,半边嘴唇跳了跳。

"吾晓得,你听懂了,听懂了的。你是娘的好崽。"丙崽娘笑了,眼中溢出了一滴清泪。

她挽着个菜篮子,一顿一顿地上山去了,再也没有回来。后来有各种传说,有的说她被蛇咬死了。有的说她被鸡尾寨的人杀了,还有的说她碰上岔路鬼,迷了路,摔到陡壁下去了……这些都无关紧要。尸身被狗吃了,却是可以基本肯定的。

丙崽一直等妈妈回来。太阳下山,石蛙呱呱地叫,门前小道上的脚步声也稀少了,还没有见到那张熟悉的面孔。好像有很多蚊子,咬得全身麻麻地直炸。小老头使劲地搔着,搔出了血,愤怒起来。他要报复那个人。走到家里去,把椅子推倒,把茶水泼在床上,又把柴灰灌到吊壶里。一块石头砸过去,铁锅也叭地一声裂开。他颠覆了一个世界。

一切都沉到黑暗中去了,屋外还是没有熟悉的脚步声。只有隔邻的那栋木屋里,传来麻脸裁缝断断续续的呻吟。

小老头在蚊虫的包围下睡了一觉,醒来后觉得肚子饿,跟跟跄跄地走。

月亮很圆,很白,浓浓的光雾,照得世界如同白昼,连对面山上每棵树,每一叶茅草,似乎也看得清楚。溪那边,哗哗响处有一片银光灼灼的流水,大块的银光中有几团黑影,像捅了几个洞,当然是雄踞溪水中的礁石。石蛙声已经消停了,大概它们也睡了。但远处不知什么地方有密集的狗吠,像发生了什么事。

丙崽含着指头,在鸡埘前坐了一阵,想了想,走出了寨子。

妈妈曾带他出去接生,也许妈妈现在在那些地方。他要去找。

他在月光下的山道上走着,在笼罩大地的云雾之上走着,走得很自由,上身微微前倾,膝弯处悠悠地一晃一晃,像随时可能折断。不知过了多久,不知走了多远,他踢到了一个斗笠,又踢到了一个藤编的盾牌,空落落地响。他咕噜了几声,撒了一泡尿,继续往前走。前面躺着一个人影,是女的,但丙崽从来没有见过。他摇了摇她的手,打她的耳光,扯她的头发,见她总是不能醒来。手触到了乳房,那肥大的东西似乎是可以吃的,小老头捧着它吸了几口,却没吸到任何东西,便扫兴地撒手了。但这个人的肢体很柔软,有弹性,小老头骑上腹去,仰了仰,压了压,瘦尖尖的屁股头感觉到十分舒服。

"爸爸。"他累了,靠着乳头,靠着这个很像妈妈的女人睡了。两人的脸都被月光照得如同白纸。还有耳环一闪。

那也是一个孩子的妈妈。

八

"爸爸。"

丙崽指着祠堂的檐角傻笑。

檐角确实没有什么奇怪,像伤痕累累的一只老凤。瓦是寨子里烧的,用山里的树,山里的泥,烧出这凤的羽毛。也许一片片羽毛太沉重了,它就飞不起来了,只能听着山里的斑鸠、鹧鸪、画眉、乌鸦,听着静静的早晨和夜晚,于是听老了。但它还是昂着头,盯着一颗星星或一朵云。它还想拖起整个屋顶腾空而去,像当年引导鸡头寨的祖先们一样,飞向一个美好的地方。

两个后生从祠堂里抬着大铁锅出来,见到丙崽,不禁有些奇怪。

"那不是丙崽吗?"

"渠还没死?"

"八字贱的好,死不到渠的头上。"

"兴怕是阎王老子忘记渠了。"

"这个小杂种,上次妈妈的一臭卦,险些把老子的命都'卦'去了。"

这些天,人们对丙崽已经不以为然。甚至觉得打冤的惨败,也是受了他的愚弄。鸡头寨的天灾人祸,也是沾了他的晦气。两个后生放下锅,见留在树下的一个斗笠,刚被丙崽坐得瘪瘪的,更冒火。其中一位大步闯上前来,甩了他一个耳光——根本没用什么气力,他就像一棵草倒了下去。另一位抽出尖刀顶住他的鼻尖,唾沫星又飞到他脸上:"快!

打自己的嘴巴,不打,老子收拾你祭刀!"

"敢!"身后冒出冷冰冰的声音,回头看,是铁青色的一张麻脸。

仲裁缝是最讲辈分的,伸出双指,点着两个后生的额头,"渠是你们叔爹,岂能无礼?"

后生立刻想到了自己的地位,想到了仲裁缝还是丙崽的伯伯,立即避开裁缝的怒目交换了一个什么眼色,抬锅去了。

仲裁缝向家里走去,想了想,又回转身,对坐在地上的侄儿伸出巴掌:"手!"

丙崽往后躲,眼睛不像是看他,而是看他头上的一棵树。脸皮紧张得直抽搐,半边上唇跳了跳,是试图压住恐惧的勉强一笑。好半天,才抬起小手。手太瘦,太冷,简直是只鸡爪子。仲裁缝抓住它,颤了一下,胸口有些发热。

他帮丙崽抹了抹脸,赶走头上几只苍蝇,扣好一个衣扣。这件衣不知是谁做的,他从来没给丙崽做过衣。

"跟吾走。"

"爸爸。"

"听话。"

"爸爸。"

"谁是你爸爸?"

"×吗吗。"

"畜生!"

…………

他不再看他,牵着他,默默走下台阶。不知为什么,他突然想起自己做过的很多很多衣,长的,短的,胖的,瘦的,一件件向他飘来,像一个个无头鬼,在眼前乱晃。那天他看见鸡尾寨的一具尸体,上面的衣不就是他做的么?——他认得那针脚。想到这里,把丙崽的小爪又抓得更紧了:"不要怕,吾就是你爸爸,跟吾走。"

山里有一种草,叫雀芊,很毒,传说鸟触即死,兽遇则僵。仲裁缝刚才已采来了几株,熬了半锅汁。寨里已无三日粮了,几头牛和青壮男女,要留下来作阳春,繁衍子孙,传接香火,老弱就不用留了罢。族谱上白纸黑字,列祖列宗们不也是这样干过吗?仲裁缝想起自己生不逢时,愧对先人,今日却总算殉了古道,也算是稍稍有了点安慰。

裁缝先给丙崽灌了半碗,才走出门去。从他家进寨子有一条石阶路,弯曲上升。两旁有石板垒成的矮墙,或厚重的木房。墙缝中伸出些杂草,野花,逗引着蜻蜓或蜜蜂。有些准备盖房子的,在路边或跨路占了地基,立了些光溜溜的木柱和横梁。有时一占多年,并不急着行墙上瓦,让路人们坐了歇息,遇到什么事情,这些空梁上也要贴红,用来辟邪。

裁缝知道哪家有老小残弱,提着瓦罐子,一户户送上门。老人们都在门槛边等着,像很有默契,一见到他就扶着门,或扶着拐棍迎出来,明白来意地点点头。

"时辰到了?"

"到了。收拾好了么?"

"收拾好了。"

元贵老倌请求:"仲满,吾还想去铡把牛草。"

裁缝说:"你去,不碍事的。"

老人颤颤抖抖地走了,铡完草,搓搓手,又颤颤抖抖地回来。接过瓷碗,喉头滚动了两下,就喝光了。胡须上还挂着几点水珠。

"仲满,你坐。"

"不坐了,今天天气好燥热。"

"嗯啦。"

另一位老人抱着一个小奶崽,给仲裁缝看了看,眼里旋着一圈泪。"仲满,你视视,兴许要给渠换件褂子?你连的那件,渠还没上过身。"

裁缝眨了一下眼皮。表示了赞同。

老人转身回屋去了,一会儿,让奶崽穿着新崭崭的褂子来了,长命锁也戴好了。枯瘦的手在新布上摸着,划出嚓嚓的响声。"这下就好了,这下就好了。"

他先给奶崽灌了,自己再一饮而尽。

罐子已经很轻了,仲裁缝想了想,记起最后一位——玉堂娭馳。这位老人总是坐在门前晒太阳,像一座门神。老得莫辨男女,指甲长长的,用无齿的牙龈艰难地勾留着口水,皮肤像一件宽大的衣衫,落在骨架上,架起的一条瘦腿,居然可以和下面那条腿同时踩着地。任何人上前问话,她都听不见,只是漠然地望你一眼。也许人们在很多地方,都看见过这种村寨所常有的活标志。

裁缝走到她正前面,她才感觉到身边有了人,昏浊的眼帘里闪耀一丝微弱的光。她也明白什么,牙龈勾一勾口水,指指裁缝,又慢慢地指指自己。

裁缝知道她的意思,先磕了个头,再朝无牙的深深口腔里灌下黑水。

所有的这些老人都面对东方而坐。祖先是从那边来的,他们要回到那边去。那边,一片云海,波涛凝结不动,被太阳光照射的一边,雪白晶莹,镶嵌着阴暗的另一边。几座山头从云海中探出头来,好像太寂寞,互相打打招呼。一只金黄色的大蝴蝶从云海中飘来,像一闪一闪的火花,飘过永远也飞不完的青山绿岭,最后落在一头黑牯牛的背上——似乎是世界上最大的一只蝴蝶。

鸡尾寨的男人来了,还陆陆续续来了些妇女,儿童,狗。听说这边的人要"过山",迁往其他地方,想来捡点什么有用的东西。昨天已办过赔礼酒席了,双方交清人头,又折刀为誓,永不报冤。

一座座木屋,已经烧毁,冒出淡淡的青烟,暴露出一些破瓦坛子或没有锅的灶台——贪婪的黑灶口,暴露出现在看来窄狭得难以叫人相信的屋基——人们原来活在这样小的圈子里吗?头缠白布的青壮男女们,脸黄得像一盏盏油灯,准备上路了,赶着牛,带上犁耙、棉花、锅盆、木鼓,错错落落,筐筐篓篓的。一个锈马灯壳子,也咣咣地晃在牛屁股上。

作为仪式,他们在一座座新坟前磕了头,抓起一把土包入衣襟,接着齐声"嘿哟喂——"开始唱"简"。

他们的祖先是姜凉,姜凉没有府方生得早,府方没有公牛生得早,公牛没有优耐生得早,优耐没有刑天生得早。他们原来住在东海边,子孙渐渐多了,家族渐渐大了,到处住满了人,没有晒席大一块空地。五家嫂共一个春房,六家姑共一担水桶。这怎么活得下去呢?没有晒席大一块空地啊,于是大家带上犁耙,在凤凰的引导下,坐上了枫木船和楠木船。

> 奶奶离东方兮队伍长,
> 公公离东方兮队伍长。
> 走走又走走兮高山头,
> 回头看家乡兮白云后。
> 行行又行行兮天坳口,
> 奶奶和公公兮真难受。
> 抬头望西方兮万重山,
> 越走路越远兮哪是头?
> ············

男女们都认真地唱,或者说是卖力地喊。声音不太整齐,很干,很直,很尖厉,没有颤音,一直喊得引颈塌腰,气绝了才留一个向下的小小滑音,落下音来,再接下一句。这种歌能使你联想到山中险壁,林间大竹,还有毫无必要那样粗重的门槛。这种水土才会渗出这种声音。

还加花,还加"嘿哟嘿"。当然是一首明亮灿烂的歌,像他们的眼睛,像女人的耳环和赤脚,像赤脚边笑眯眯的小花。毫无对战争和灾害的记叙,一丝血腥气也没有。

一丝也没有。

人影像一支牛帮,已经缩小成黑点,折入青青的山坳,向更深远的山林里去了。但牛铃声和歌声,还从绿色中淡淡地透出来。山冲显得静了很多,哗哗流水声显得突然膨胀了。溪边有很多石头,其中有几块比较特别,晶莹,平整,光滑,是女人们捣衣用过的。像几面暗暗的镜子,摄入万相光影却永远不再吐露出来。也许,当草木把这一片废墟覆盖之后,野物也会常来这里嚎叫。路经这里的猎手或客商,会发现这个山坳和别处的没有什么不同,只是溪边那几块青石有点奇异,似有些来历,藏着什么秘密的。

丙崽不知从什么地方冒出来了——他居然没有死,而且头上的脓疮也褪了红,结了壳。他赤条条地坐在一条墙基上,用树枝搅着半个瓦坛子里的水,搅起了一道道旋转的太阳光流。他听着远方的歌,方位不准地拍了一下巴掌,用很轻的声音,咕哝着他从来不知道是什么模样的那个人:

"爸爸。"

他虽然瘦,肚脐眼倒足足有铜钱大,使旁边几个小娃崽很惊奇,很崇拜。他们瞥一瞥那个伟大的肚脐,友好地送给他几块石头,学着他的样,拍拍巴掌,纷纷喊起来:

"爸爸爸爸爸!"

一位妇女走过来,对另一位妇女说:"这个装得漰水么?"于是,把丙崽面前那半坛子旋转的光流拿走了。

(选自《人民文学》1985年第6期)

【作者简介】

韩少功(1953~　),湖南省长沙人。1968年初中毕业后,到湖南省汨罗县天井茶场天井公社插队劳动。1974年调汨罗县文化馆工作。1978年考入湖南师院中文系,1982年毕业后分到湖南省总工会工作。1985年调到湖南省作家协会任专业作家。1987年到海南省工作,任《海南纪实》主编等职。

韩少功1974年开始发表作品。新时期的作品有《月兰》、《飞过蓝天》、《西望茅草地》等。1985年春,发表《文学的"根"》,较早提出了"文化寻根"的主张,引起文学界的热烈反响;与此同时,他发表了体现文化寻根精神的小说《归去来》、《蓝盖子》、《爸爸爸》、《女女女》、《诱惑》等,对此后形成的寻根文学思潮产生了重大的影响。1997年出版长篇小说《马桥词典》引起争议。

【作品简析】

《爸爸爸》写了一个叫鸡头寨的古老村寨的故事。鸡头寨地处"夷蛮之地","寨子落在大山里,白云上",几乎与世隔绝。寨子里的人,终年过着一种贫穷、落后的原始性的生活。在同邻村鸡尾寨的一次械斗中,鸡头寨人遭到惨败。他们烧村砸寨,毒死老弱,剩下的青壮年男女,过山迁徙到另外一个地方去了。

小说展示了生活于鸡头寨中的一个族类的历史及其赖以生存的原始性的文化形态:畏天祭神,祖先崇拜,集团仇杀,蒸煮冤家,兽性摧残……正是这样一些愚昧、野蛮、丑恶的东西,使得鸡头寨从古至今很少有发展和进步,而且最后走向必然的衰败。作者怀着变革的渴望,对于上述传统民族文化中的劣质部分进行了无情的揭露与批判。正如作者所说:寻根,就是要寻出那有生命力的根源与病态的根源,"为重铸民族的新人格、新心态、新精神、新思维和新的审美体系"提供某些参照系,从而"为中华民族的发达腾飞作出贡献"。

作品中的一个中心人物是丙崽。他是在这个封闭、蒙昧、野蛮的文化生态环境中诞生的一具怪胎。丙崽"眼目无神,行动呆滞",长到七八岁还只能说两句话:表示肯定时,说"爸爸";表示否定时,说"×吗吗"。他始终只有这样一种原始性的智力与语言系统。许多年过去了,他"额上隐隐有了皱纹",明显地老了,然而,他的身材、思想、言行,仍停留在"十三岁",总是长不高,长不大,而且历劫不死。这个丑陋、呆痴、愚顽之物,既是那种长存不变的文化生态的伴生物,同时又是封闭的、惰性的、僵死的、退化的文化生态的一种象征。

可以明显地看出《爸爸爸》在写作上受到的现代主义的影响。除了丙崽这一形象的象征意义外,作者更多地吸收了魔幻现实主义手法,如用夸张和荒诞的手法对鸡头寨原始自然景观的描写,对于鸡头寨原始性的带有浓厚迷信色彩的习俗的渲染,以及作品中关于德龙伯的唱古、丙崽的大难不死、丙崽娘的神秘失踪等情节的叙述,虚虚实实,亦真亦幻,扑朔迷离,神秘莫测,从中可以感受到《百年孤独》的某些氛围。

(张学正)

红　高　粱*（节选）

莫　言

一

　　一九三九年古历八月初九,我父亲这个土匪种十四岁多一点。他跟着后来名满天下的传奇英雄余占鳌司令的队伍去胶平公路伏击日本人的汽车队。奶奶披着夹袄,送他们到村头。余司令说:"立住吧。"奶奶就立住了。奶奶对我父亲说:"豆官,听你干爹的话。"父亲没吱声,他看着奶奶高大的身躯,嗅着奶奶的夹袄里散出的热烘烘的香味,突然感到凉气逼人,他打了一个战,肚子咕噜噜响一阵。余司令拍了一下父亲的头,说:"走,干儿。"

　　天地混沌,景物影影绰绰,队伍的杂沓脚步声已响出很远。父亲眼前挂着蓝白色的雾幔,挡住他的视线,只闻队伍脚步声,不见队伍形和影。父亲紧紧扯住余司令的衣角,双腿快速挪动。奶奶像岸愈离愈远,雾像海水愈近愈汹涌,父亲抓住余司令,就像抓住一条船舷。

　　父亲就这样奔向了耸立在故乡通红的高粱地里属于他的那块无字的青石墓碑。他的坟头上已经枯草瑟瑟,曾经有一个光屁股的男孩牵着一只雪白的山羊来到这里,山羊不紧不忙地啃着坟头上的草,男孩子站在墓碑上,怒气冲冲地撒了一泡尿,然后放声高唱:高粱红了——日本来了——同胞们准备好——开枪开炮——

　　有人说这个放羊的男孩就是我,我不知道是不是我。我曾经对高密东北乡极端热爱,曾经对高密东北乡极端仇恨,长大后努力学习马克思主义,我终于悟到:高密东北乡无疑是地球上最美丽最丑陋、最超脱

---

*　原载《人民文学》1986 年第 3 期。

最世俗、最圣洁最龌龊、最英雄好汉最王八蛋、最能喝酒最能爱的地方。生存在这块土地上的我的父老乡亲们,喜食高粱,每年都大量种植。八月深秋,无边无际的高粱红成洸洋的血海。高粱高密辉煌,高粱凄婉可人,高粱爱情激荡。秋风苍凉,阳光很旺,瓦蓝的天上游荡着一朵朵丰满的白云,高粱上滑动着一朵朵丰满白云的紫红色影子。一队队暗红色的人在高粱棵子里穿梭拉网,几十年如一日。他们杀人越货,精忠报国,他们演出一幕幕英勇悲壮的舞剧,使我们这些活着的不肖子孙相形见绌,在进步的同时,我真切感到种的退化。

出村之后,队伍在一条狭窄的土路上行进,人的脚步声中夹杂着路边碎草的窸窣声响。雾奇浓,活泼多变。我父亲的脸上,无数密集的小水点凝成大颗粒的水珠,他的一撮头发,粘在头皮上。从路两边高粱地里飘来的幽淡的薄荷气息和成熟高粱苦涩微甘的气味,我父亲早已闻惯,不新不奇。在这次雾中行军里,父亲闻到了那种新奇的、黄红相间的腥甜气息。那味道从薄荷和高粱的味道中隐隐约约地透过来,唤起父亲心灵深处一种非常遥远的回忆。

七天之后,八月十五日,中秋节。一轮明月冉冉升起,遍地高粱肃然默立,高粱穗子浸在月光里,像蘸过水银,汩汩生辉。我父亲在剪破的月影下,闻到了比现在强烈无数倍的腥甜气息。那时候,余司令牵着他的手在高粱地里行走,三百多个乡亲叠股枕臂、陈尸狼藉,流出的鲜血灌溉了一大片高粱,把高粱下的黑土浸泡成稀泥,使他们拔脚迟缓。腥甜的气味令人窒息,一群前来吃人肉的狗,坐在高粱地里,目光炯炯地盯着父亲和余司令。余司令掏出自来得手枪,甩手一响,两只狗眼灭了;又一甩手,灭了两只狗眼。群狗一哄而散,坐得远远的,呜呜地咆哮着,贪婪地望着死尸。腥甜味愈加强烈,余司令大喊一声:"日本狗!狗娘养的日本!"他对着那群狗打完了所有的子弹,狗跑得无影无踪。余司令对我父亲说:"走吧,儿子!"一老一少,便迎着月光,向高粱深处走去。那股弥漫田野的腥甜味浸透了我父亲的灵魂,在以后更加激烈更加残忍的岁月里,这股腥甜味一直伴随着他。

高粱的茎叶在雾中滋滋乱叫,雾中缓慢地流淌着在这块低洼平原上穿行的墨河水明亮的喧哗,一阵强一阵弱,一阵远一阵近。赶上队伍了,父亲的身前身后响着踢踢踢踢的脚步声和粗重的呼吸。不知谁的枪托撞到另一个谁的枪托上了。不知谁的脚踩破了一个死人的骷髅什么的。父亲前边那个人吭吭地咳嗽起来,这个人的咳嗽声非常熟悉。父亲听着他咳嗽就想起他那两扇一激动就充血的大耳朵。透明单薄布满细密血管的大耳朵是王文义头上引人注目的器官。他个子很小,一颗大头缩在耸起的双肩中。父亲努力看去,目光刺破浓雾,看到了王文义那颗一边咳一边颤动的大头。父亲想起王文义在演练场上挨打时,那颗大头颠成那般可怜模样。那时他刚参加余司令的队伍,任副官在演练场上对他也对其他队员喊:向右转——,王文义欢欢喜喜地跺着脚,不知转到哪里去了。任副官在他腚上打了一鞭子,他嘴咧开,叫一声:孩子他娘!脸上表情不知是哭还是笑。围在短墙外看光景的孩子们都哈哈大笑。

余司令飞去一脚,踢到王文义的屁股上。

"咳什么?"

"司令……"王文义忍着咳嗽说,"嗓子眼发痒……"

"痒也别咳!暴露了目标我要你的脑袋!"

"是,司令。"王文义答应着,又有一阵咳嗽冲口而出。

父亲觉出余司令前跨了一大步,只手捺住了王文义的后颈皮。王文义口里咝咝地响着,随即不咳了。

父亲觉得余司令的手从王文义的后颈皮上松开了,父亲还觉得王文义的脖子上留下两个熟葡萄一样的紫手印,王文义幽蓝色的惊惧不安的眼睛里,飞进出几点感激与委屈。

很快,队伍钻进了高粱地。我父亲本能地感觉到队伍是向着东南方向开进的。适才走过的这段土路是由村庄直接通向墨水河边的惟一的道路。这条狭窄的土路白天颜色青白,路原是由乌油油的黑土筑成,但久经践踏,黑色都沉淀到底层,路上叠印过多少牛羊的花瓣蹄印和骡马毛驴的半圆蹄印,马骡驴粪像干萎的苹果,牛粪像虫蛀过的薄饼,羊粪稀拉拉像振落的黑豆。父亲常走这条路,后来他在日本炭窑中苦熬岁月时,眼前常常闪过这条路。父亲不知道我的奶奶在这条土路上主演过多少风流悲喜剧,我知道。父亲也不知道在高粱阴影遮掩着的黑土上,曾经躺过奶奶洁白如玉的光滑肉体,我也知道。

　　拐进高粱地后,雾更显凝滞,质量加大,流动感少,在人的身体与人负载的物体碰撞高粱秸秆后,随着高粱嚓嚓啦啦的幽怨鸣声,一大滴一大滴的沉重水珠扑簌簌落下。水珠冰凉清爽,味道鲜美,我父亲仰脸时,一滴大水珠准确地打进他的嘴里。父亲看到舒缓的雾团里,晃动着高粱沉甸甸的头颅。高粱沾满了露水的柔韧叶片,锯着父亲的衣衫和面颊。高粱晃动激起的小风在父亲头顶上短促出击,墨水河的流水声愈来愈响。

　　父亲在墨水河里玩过水,他的水性好像是天生的,奶奶说他见了水比见了亲娘还急。父亲五岁时,就像小鸭子一样潜水,粉红的屁眼儿朝着天,双脚高举,父亲知道,墨水河底的淤泥乌黑发亮,柔软得像油脂一样。河边潮湿的滩涂上,丛生着灰绿色的芦苇和鹅绿色车前草,还有贴地爬生的野葛蔓,支支直立的接骨草。滩涂的淤泥上,印满螃蟹纤细的爪迹。秋风起,天气凉,一群群大雁往南飞,一会儿排成个"一"字,一会儿排成个"人"字,等等。高粱红了,成群结队的、马蹄大小的螃蟹都在夜间爬上河滩,到草丛中觅食。螃蟹喜食新鲜牛屎和腐烂的动物的尸体。父亲听着河声,想着从前的秋天夜晚,跟着我家的老伙计刘罗汉大爷去河边捉螃蟹的情景。夜色灰葡萄,金风串河道,宝蓝色的天空深邃无边,绿色的星辰格外明亮。北斗勺子星——北斗主死,南斗簸箕星——南斗司生,八角玻璃井——缺了一块砖,焦灼的牛郎要上吊,忧愁的织女要跳河……都在头上悬着。刘罗汉大爷在我家工作了几十年,负责着我家烧酒作坊的全面工作,父亲跟着罗汉大爷脚前脚后地跑,就像跟着自己的爷爷一样。

　　父亲被迷雾扰乱的心头亮起了一盏四块玻璃插成的罩子灯,洋油烟子从罩子灯上盖的铁皮、钻眼的铁皮上钻出来。灯光微弱,只能照亮五六米方圆的黑暗。河里的水流到灯影里,黄得像熟透的杏子一样可爱,但可爱一霎霎,就流过去了,黑暗中的河水倒映着一天星斗。父亲和罗汉大爷披着大蓑衣,坐在罩子灯旁,听着河水的低沉呜咽——非常低沉的呜咽。河道两边无穷的高粱地不时响起寻偶狐狸的兴奋鸣叫。螃蟹趋光,正向灯影聚拢。父亲和罗汉大爷静坐着,恭听着天下的窃窃秘语，河底下淤泥的腥味，一股股泛上来。成群结队的螃蟹团团围上来，形成一个躁动不安的圆圈。父亲心里惶惶，跃跃欲起，被罗汉大爷按住了肩头。"别急！"大爷说，"心急喝不得热黏粥。"父亲强压住激动，不动。螃蟹爬到灯光里就停下来，首尾相衔，把地皮都盖住了。一片青色的蟹壳闪亮，一对对圆杆状的眼睛从凹陷的眼窝里打出来。隐在倾斜的脸面下的嘴里，吐出一串一串的五彩泡沫。螃蟹吐着彩沫向人类挑战，父亲身上披着的大蓑衣长毛乍起。罗汉大爷说："抓！"父亲应声弹起，与罗汉大爷抢过去，每人抓住一面早就铺在地上的密眼罗网的两角，把一块螃蟹抬起来，露出了螃蟹下的河滩涂地。父亲和罗汉大爷把网角系起扔在一边，又用同样的迅速和熟练抬起网片。每一网都是那么沉重，不知网住了几百几千只螃蟹。

父亲跟着队伍进了高粱地后，由于心随螃蟹横行斜走，脚与腿不择空隙，撞得高粱棵子东倒西歪。他的手始终紧扯着余司令的衣角，一半是自己行走，一半是余司令牵拉着前进，他竟觉得有些瞌睡上来，脖子僵硬，眼珠子生涩呆板。父亲想，只要跟着罗汉大爷去墨水河，就没有空手回来的道理。父亲吃螃蟹吃腻了，奶奶也吃腻了。食之无味，弃之可惜，罗汉大爷就用快刀把螃蟹斩成碎块，放到豆腐磨里研碎，加盐，装缸，制成蟹酱，成年累月地吃，吃不完就臭，臭了就喂罂粟。我听说奶奶会吸大烟但不上瘾，所以始终面如桃花，神清气爽。用蟹酱喂过的罂粟花朵肥硕壮大，粉、红、白三色交杂，香气扑鼻。故乡的黑土本来就是出奇的肥沃，所以物产丰饶，人种优良。民心高拔健迈，本是我故乡心态。墨水河盛产的白鳝鱼肥得像肉棍子一样，从头至尾一根刺。它们呆头呆脑，见钩就吞。父亲想着的罗汉大爷去年就死了，死在胶平公路上。他的尸体被割得零零碎碎，扔得东一块西一块。躯干上的皮被剥了，肉跳，肉蹦，像只褪皮后的大青蛙。父亲一想起罗汉大爷的尸体，脊梁沟就发凉。父亲又想起大约七八年前的一个晚上，我奶奶喝醉了酒，在我家烧酒作坊的院子里，有一个高粱叶子垛，奶奶倚在草垛上，搂住罗汉大爷的肩，呢呢喃喃地说："大叔……你别走，不看僧面看佛面，不看鱼面看水面，不看我的面子也看在豆官的面子上，留下吧，你要我……我也给你……你就像我的爹一样……"父亲记得罗汉大爷把奶奶推到一边,晃晃荡荡走进骡棚,给骡子拌料去了。我家养着两头大黑骡子,开着烧高粱酒的作坊,是村子里的首富。罗汉大爷没走,一直在我家担任业务领导,直到我家那两头大黑骡子被日本人拉到胶平公路修筑工地上去使役为止。

这时,从被父亲他们甩在身后的村子里,传来悠长的毛驴叫声。父亲精神一振,眼睛睁开,然而看到的,依然是半凝固半透明的雾气。高粱挺拔的秆子,排成密集的栅栏,模模糊糊地隐藏在气体的背后,穿过一排又一排,排排无尽头。走进高粱地多久了,父亲已经忘记,他的神思长久地滞留在远处那条喧响着的丰饶河流里,长久地滞留在往事的回忆里,竟不知这样匆匆忙忙拥拥挤挤地在如梦如海的高粱地里蹽进是为了什么。父亲迷失了方位。他在前年有一次迷途高粱地的经验,但最后还是走出来了,是河声给他指引了方向。现在,父亲又谛听着河的启示,很快明白,队伍是向正东偏南开进,对着河的方向开进。方向辨清,父亲也就明白,这是去打伏击,打日本人,要杀人,像杀狗一样。他知道队伍一直往东南走,很快就要走到那条南北贯通,把偌大个低洼平原分成两半,把胶县平度县两座县城连在一起的胶平公路。这条公路,是日本人和他们的走狗用皮鞭和刺刀催逼着老百姓修成的。

高粱的骚动因为人们的疲惫困乏而频繁激烈起来,积露连续落下,漓湿了每个人的头皮和脖颈。王文义咳嗽不断,虽连遭余司令辱骂也不改正。父亲感到公路就要到了,他的眼前昏昏黄黄地晃动着路的影子。不知不觉,连成一体的雾海中竟有些空洞出现,一穗一穗被露水打得精湿的高粱在雾洞里忧悒地注视着我父亲,父亲也虔诚地望着它们。父亲恍然大悟,明白了它们都是活生生的灵物。它们根扎黑土,受日精月华,得雨露滋润,上知天文下知地理。父亲从高粱的颜色上,猜到了太阳已经把被高粱遮挡着的地平线烧成一片可怜的艳红。

忽然发生变故,父亲先是听到耳边一声尖利呼啸,接着听到前边发出什么东西被迸裂的声响。

余司令大声吼叫:"谁开枪?小舅子,谁开的枪?"

父亲听到子弹钻破浓雾,穿过高粱叶子高粱秆,一颗高粱头颅落地。一时间众人都屏气息声。那粒子弹一路尖叫着,不知落到哪里去了。芳香的硝烟迷散进雾。王文义惨叫一声:"司令——我没有头啦——司令——我没有头啦——"

余司令一愣神,踢了王文义一脚,说:"你娘个蛋!没有头还会说话!"

余司令撇下我父亲,到队伍前头去了。王文义还在哀嚎。父亲凑上前去,看清了王文义奇形怪状的脸。他的腮上,有一股深蓝色的东西在流动。父亲伸手摸去,触了一手黏腻发烫的液体。父亲闻到了跟墨水河淤泥差不多、但比墨水河淤泥要新鲜得多的腥气。它压倒了薄荷的幽香,压倒了高粱的甘苦,它唤醒了父亲那越来越迫近的记忆,一线穿珠般地把墨水河淤泥、把高粱下黑土、把永远死不了的过去和永远留不住的现在连系在一起,有时候,万物都会吐出人血的味道。

"大叔,"父亲说,"大叔,你挂彩了。"

"豆官,你是豆官吧,你看看大叔的头还在脖子上长着吗?"

"在,大叔,长得好好的,就是耳朵流血啦。"

王文义伸手摸耳朵,摸到一手血,一阵尖叫后,他就瘫了:"司令,我挂彩啦!我挂彩啦,我挂彩啦。"

余司令从前边回来,蹲下,捏着王文义的脖子,压低嗓门说:"别叫,再叫我就毙了你!"

王文义不敢叫了。

"伤着哪儿啦?"余司令问。

"耳朵……"王文义哭着说。

余司令从腰里抽出一块包袱皮样的白布,嚓一声撕成两半,递给王文义,说:"先捂着,别出声,跟着走,到了路上再包扎。"

余司令又叫:"豆官。"父亲应了,余司令就牵着他的手走。王文义哼哼唧唧地跟在后边。

适才那一枪,是扛着一架耙在头前开路的大个子哑巴不慎摔倒,背上的长枪走了火。哑巴是余司令的老朋友,一同在高粱地里吃过"拤饼"的草莽英雄,他的一只脚因在母腹中受过伤,走起来一颠一颠,但非常快。父亲有些怕他。

黎明前后这场大雾,终于在余司令的队伍跨上胶平公路时溃散下去。故乡八月,是多雾的季节,也许是地势低洼土壤潮湿所致吧。走上公路后,父亲顿时感到身体灵巧轻便,脚板利索有劲,他松开了抓住余司令衣角的手。王文义用白布捂着血耳朵,满脸哭相。余司令给他粗手粗脚包扎耳朵,连半个头也包住了。王文义痛得龇牙咧嘴。

余司令说:"你好大的命!"

王文义说:"我的血流光了,我不能去啦!"

余司令说:"屁,蚊子咬了一口也不过这样,忘了你那三个儿子啦吧!"

王文义垂下头,嘟嘟哝哝说:"没忘,没忘。"

他背着一支长筒子鸟枪,枪托儿血红色。装火药的扁铁盒斜吊在他的屁股上。

那些残存的雾都退到高粱地里去了。大路上铺着一层粗砂,没有牛马脚踪,更无人的脚印。相对着路两侧茂密的高粱,公路荒凉、荒唐,令人感到不祥。父亲早就知道余司令的队伍连聋带哑连瘸带拐不过四十人,但这些人住在村里时,搅得鸡飞狗跳,仿佛满村是兵。队伍摆在大路上,三十多人缩成一团,像一条冻僵了的蛇。枪支七长八短,土炮、鸟枪、老汉阳,方六方七兄弟俩抬着一门能把小秤砣打出去的大抬杆子。哑巴扛着一盘长方形的平整土地用的、周遭二十六根铁尖齿的耙,另有三个队员也各扛着一盘。父亲当时还不知道打伏击是怎么一回事,更不知道打伏击为什么还要扛上四盘铁齿耙。

二

为了为我的家族树碑立传,我曾经跑回高密东北乡,进行了大量的调查,调查的重点,就是这场我父亲参加过的、在墨水河边打死鬼子少将的著名战斗。我们村里一个九十二岁的老太太对我说:"东北乡,人万千,阵势列在墨河边。余司令,阵前站,一举手炮声连环。东洋鬼子魂儿散,纷纷落在地平川。女中魁首戴凤莲,花容月貌巧机关,调来铁耙摆连环,挡住鬼子不能前……"老太婆头顶秃得像一个陶罐,面孔都朽了,干手上凸着一条条丝瓜瓤子一样的筋。她是三九年八月中秋节那场大屠杀的幸存者,那时她因腿上生疮跑不动,被丈夫塞进地瓜窖子里藏起来,天凑地巧地活了下来。老太婆所唱快板中的戴凤莲,就是我奶奶的大号。听到这里,我兴奋异常。这说明,用铁耙挡住鬼子汽车退路的计谋竟是我奶奶这个女流想出来的。我奶奶也应该是抗日的先锋,民族的英雄。

提起我的奶奶,老太太话就多了。她的话破碎零乱,像一群随风遍地滚的树叶。她说起我奶奶的脚,是全村最小的脚。我们家的烧酒后劲好大。说到胶平公路时,她的话连贯起来:"路修到咱这地盘时哪……高粱齐腰深了……鬼子把能干活的人都赶去了……打毛子工,都偷懒磨滑……你们家里那两头大黑骡子也给拉去了……鬼子在墨水河上架石桥……罗汉,你家那个老长工……他和你奶奶不大清白咧,人家都这么说……呵呀呀,你奶奶年轻时花花事儿多着咧……你爹多能干,十五岁就杀人,杂种出好汉,十个九个都不善……罗汉去铲骡子腿……被捉住零刀子剐啦……鬼子糟害人呢,在锅里拉屎,盆里撒尿。那年,去挑水,挑上来一个什么呀,一个人头呀,扎着大辫子……"

刘罗汉大爷是我们家历史上的一个重要的人物。关于他与我奶奶之间是否有染,现已无法查清,诚然,从心里说,我不愿承认这是事实。

道理虽懂,但陶罐头老太太的话还是让我感到难堪。我想,既然罗汉大爷对待我父亲像对待亲孙子一样,那他就像我的曾祖父一样;假如这位曾祖父竟与我奶奶有过风流事,岂不是乱伦吗?这其实是胡想,因为我奶奶并不是罗汉大爷的儿媳而是他的东家,罗汉与我的家族只有经济上的联系而无血缘上的联系,他像一个忠实的老家人点缀着我家的历史而且确凿无疑地为我们家的历史增添了光彩,我奶奶是否爱过他,他是否上过我奶奶的炕,都与伦理无关。爱过又怎么样?我深信,我奶奶什么事都敢干,只要她愿意。她老人家不仅仅是抗日的英雄,也是个性解放的先驱,妇女自立的典范。

我查阅过县志,县志载:民国二十七年,日军捉高密、平度、胶县民伕累计四十万人次,修筑胶平公路。毁稼禾无数。公路两侧村庄中骡马被劫掠一空。农民刘罗汉,乘夜潜入,用铁锹铲伤骡蹄马腿无数,被捉获。翌日,日军在拴马桩上将刘罗汉剥皮零割示众。刘面无惧色,骂不绝口,至死方休。

....

八

飞霞的高粱米粒在奶奶脸上弹跳着,有一粒竟蹦到她微微翕开的双唇间,搁在她清白的牙齿上。父亲看着奶奶红晕渐褪的双唇,哽咽一声娘,双泪落胸前。在高粱织成的珍珠雨里,奶奶睁开了眼,奶奶的眼睛里射出珍珠般的虹彩。她说:"孩子……你爹呢……"父亲说:"他在打仗,我爹。""他就是你的亲爹……"奶奶说。父亲点了点头。

奶奶挣扎着要坐起来,她的身体一动,那两股血就汹涌地窜出来。

"娘,我去叫他来。"父亲说。

奶奶摇摇手,突然折坐起来,说:"豆官……我的儿……扶着娘……咱回家、回家啦……"

父亲跪下,让奶奶的胳膊揽住自己的脖颈,然后用力站起,把奶奶也带了起来。奶奶胸前的血很快就把父亲的头颈弄湿了,父亲从奶奶的鲜血里,依然闻到一股浓烈的高粱酒味。奶奶沉重的身躯,倚在父亲身上,父亲双腿打颤,趔趔趄趄,向着高粱深处走,子弹在他们头上屠戮着高粱。父亲分拨着密密匝匝的高粱秸子,一步一步地挪,汗水泪水掺和着奶奶的鲜血,把父亲的脸弄得残缺不全。父亲感到奶奶的身体越来越沉重,高粱秸子毫不留情地绊着他,高粱叶子毫不留情锯着他,他倒在地上,身上压着沉重的奶奶。父亲从奶奶身下钻出来,把奶奶摆平,奶奶仰着脸,呼出一口长气,对着父亲微微一笑,这一笑神秘莫测,这一笑像烙铁一样,在父亲的记忆里,烫出一个马蹄状的烙印。

奶奶躺着,胸脯上的灼烧感逐渐减弱。她恍然觉得儿子解开了自己的衣服,儿子用手捂住她乳房上的一个枪眼,又捂住她乳下的一个枪眼。奶奶的血把父亲的手染红了,又染绿了;奶奶洁白的胸脯被自己的血染绿了,又染红了。枪弹射穿了奶奶高贵的乳房,暴露出了淡红色的蜂窝状组织。父亲看着奶奶的乳房,万分痛苦。父亲捂不住奶奶伤口

773

的流血,眼见着随着鲜血的流失,奶奶脸愈来愈苍白,奶奶的身体愈来愈轻飘,好像随时都会升空飞走。

奶奶幸福地看着在高粱阴影下,她与余司令共同创造出来的、我父亲那张精致的脸,逝去岁月里那些生动的生活画面,像奔驰的走马掠过了她的眼前。

奶奶想起那一年,在倾盆大雨中,像坐船一样乘着轿,进了单廷秀家住的村庄,街上流水洸洸,水面上漂浮着一层高粱的米壳。花轿抬到单家大门时,出来迎亲的只有一个梳着豆角瓣的干老头子。大雨停后,还有一些零星落雨打在地面上的水汪汪里。尽管吹鼓手也吹着曲子,但没有一个来看热闹,奶奶知道大事不妙。扶我奶奶拜天地的是两个男人,一个五十多岁,一个四十多岁。五十多岁的就是刘罗汉大爷,四十多岁的是烧酒锅上的一个伙计。

轿夫、吹鼓手们落汤鸡般站在水里,面色严肃地看着两个枯干男子把一抹酥红的我奶奶架到了幽暗的堂房里。奶奶闻到两个男人身上那股强烈的烧酒气息,好像他们整个人都在酒里浸泡过。

奶奶在拜堂时,还是蒙上了那块臭气熏天的盖头布。在蜡烛燃烧的腥气中,奶奶接住一根柔软的绸布,被一个人牵着走。这段路程漆黑憋闷,充满了恐怖。奶奶被送到炕上坐着。始终没人来揭罩头红布,奶奶自己揭了。她看到在炕下方凳上蜷曲着一个面孔痉挛的男人。那个男人生着一个扁扁的长头,下眼睑烂得通红。他站起来,对着奶奶伸出一支鸡爪状的手,奶奶大叫一声,从怀里摸一把剪刀,立在炕上,怒目逼视着那男人。男人又萎萎缩缩地坐到凳子上。这一夜,奶奶始终未放下手中的剪刀,那个扁头男人也始终未离开方凳。

第二天一早,趁着那男人睡着,奶奶溜下炕,跑出房门,开开大门,刚要飞跑,就被一把拉住。那个梳豆角瓣的干瘦老头子抓住她的手腕,恶狠狠地看着她。

单廷秀干咳了两声,收起恶容换笑容,说:"孩子,你嫁过来,就像我的亲女儿一样,扁郎不是那病,你别听人家胡说。咱家大业大,扁郎老实,你来了,这个家就由你当了。"单廷秀把一大串黄铜钥匙递给奶奶,奶奶未接。

第二夜,奶奶手持剪刀,坐到天明。

第三天上午,我曾外祖父牵着一匹小毛驴,来接我奶奶回门,新婚三日接闺女,是高密东北乡的风俗。曾外祖父与单廷秀一直喝到太阳过晌,才动身回家。

奶奶偏坐毛驴,驴背上搭着一条薄被子,晃晃荡荡出了村。大雨过后三天,路面依然潮湿,高粱地里白色蒸气腾腾升集,绿高粱被白气缭绕,俱有了仙风道骨。曾外祖父褡裢里银钱叮当,人喝得东倒西歪,目光迷离。小毛驴蹩着长额,慢吞吞地走,细小的蹄印清晰地印在潮湿的路上。奶奶坐在驴上,一阵阵头晕眼花,她眼皮红肿,头发凌乱,三天中又长高了一节的高粱,嘲弄地注视着我奶奶。

奶奶说:"爹呀,我不回他家啦,我死也不去他家啦……"

曾外祖父说:"闺女,你好大的福气啊,你公公要送我一头大黑骡子,我把毛驴卖了去……"

毛驴伸出方方正正的头,啃了一口路边沾满细小泥点的绿草。

奶奶哭着说:"爹呀,他是个麻风……"

曾外祖父说:"你公公要给咱家一头骡子……"

曾外祖父已醉得不成人样,他不断地把一口口的酒肉呕吐到路边的草丛里。污秽的脏物引逗得奶奶翻肠搅肚。奶奶对他满心仇恨。

毛驴走到蛤蟆坑。一股扎鼻的恶臭,刺激得毛驴都垂下耳朵。奶奶看到了那个劫路人的尸体,他的肚子鼓起老高,一层翠绿的苍蝇,盖住了他的肉皮。毛驴驮着奶奶,从腐尸跟前跑过,苍蝇愤怒地飞起,像一团绿云。曾外祖父跟着毛驴,身体似乎比道路还宽,他忽而擦动左边高粱,忽而踩倒右边野草。在倒尸面前,曾外祖父喃喃连声,嘴唇啜嗦着说:"穷鬼……你这个穷鬼……你躺在这里睡着了吗……"奶奶一直不能忘记劫路人南瓜般的面孔,在苍蝇惊起的一瞬间,死劫路人雍容华贵的表情与活劫路人凶狠胆怯的表情形成鲜明的对照。走了一里又一里,白日斜射,青天如涧,曾外祖父被毛驴甩在后面,毛驴认识路径,驮着奶奶,徜徉前行。道路拐了个小弯,毛驴走到弯上,奶奶身体后仰,脱离驴背,一只有力的胳膊挟着她,向高粱深处走去。

奶奶无力挣扎,也不愿挣扎,三天新生活,如同一场大梦惊破,有人在一分钟内成了伟大领袖,奶奶在三天中参透了人生禅机。她甚至抬起一只胳膊,揽住了那人的脖子,以便他抱得更轻松一些。高粱叶子嚓嚓响着。路上传来曾外祖父嘶哑的叫声:"闺女,你去哪儿啦?"

石桥附近传来大喇叭凄厉的长鸣和机枪分不清点儿的射击声。奶奶的血还在随着她的呼吸,一线一线往外流。父亲叫着:"娘啊,你的血别往外流啦,流完了血你就要死啦。"父亲从高粱根下抓起黑土,堵在奶奶的伤口上,血很快洇出,父亲又抓上一把。奶奶欣慰地微笑着,看着湛蓝的、深不可测的天空,看着宽容温暖的、慈母般的高粱。奶奶的脑海里,出现了一条绿油油的缀满小白花的小路,在这条小路上,奶奶骑着小毛驴,悠闲地行走,高粱深处,那个伟岸坚硬的男子,顿喉高歌,声越高粱。奶奶循声而去,脚踩着高粱梢头,像腾起一片绿云……

那人把奶奶放到地上,奶奶软得像面条一样,眯着羊羔般的眼睛。那人撕掉蒙面黑布,显出了真像。是他!奶奶暗呼苍天,一阵类似幸福的强烈震颤冲激得奶奶热泪盈眶。

余占鳌把大蓑衣脱下来,用脚踩断了数十棵高粱,在高粱的尸体上铺上了蓑衣。他把我奶奶抱到蓑衣上。奶奶神魂出舍,望着他脱裸的胸膛,仿佛看到强劲剽悍的血液在他黝黑的皮肤下川流不息。高粱梢头,薄气袅袅,四面八方响着高粱生长的声音。风平,浪静,一道道炽目的潮湿阳光,在高粱缝隙里交叉扫射。奶奶心头撞鹿,潜藏了十六年的情欲,迸然炸裂。奶奶在蓑衣上扭动着。余占鳌一截截地矮,双膝啪哒落下,他跪在奶奶身边,奶奶浑身发抖,一团黄色的、浓香的火苗,在她面上哗哗剥剥地燃烧。余占鳌粗鲁地撕开我奶奶的胸衣,让直泻下来的光束照耀着奶奶寒冷紧张、密密麻麻起了一层小白疙瘩的双乳上。在他的刚劲动作下,尖刻锐利的痛楚和幸福磨砺着奶奶的神经,奶奶低沉暗哑地叫了一声:"天哪……"就晕了过去。

奶奶和爷爷在生机勃勃的高粱地里相亲相爱,两颗蔑视人间法规的不羁心灵,比他们彼此愉悦的肉体贴得还要紧。他们在高粱地里耕云播雨,为我们高密东北乡丰富多彩的历史上,抹了一道酥红。我父亲可以说是秉领天地精华而孕育,是痛苦与狂欢的结晶。毛驴高亢的叫声,钻进高粱地里来,奶奶从迷荡的天国回到了残酷的人世。她坐起来,六神无主,泪水流到腮边。她说:"他真是麻风。"爷爷跪着,不知从什么地方抽出一柄二尺多长的小剑,噌一声拔出鞘,剑刃浑圆,像一片韭叶。爷爷手一挥,剑已从高粱秸秆间滑过,两棵高粱倒地,从整齐倾斜的茬口里,渗出墨绿的汁液。爷爷说:"三天之后,你只管回来!"奶奶大感不解地看着他。爷爷穿好衣。奶奶整好容。奶奶不知爷爷又把那柄小剑藏到什么地方去了。爷爷把奶奶送到路边,一闪身便无影无踪。

三天后,小毛驴又把奶奶驮回来。一进村就听说,单家父子已经被人杀死,尸体横陈在村西头的湾子里。

奶奶躺着,沐浴着高粱地里清丽的温暖,她感到自己轻捷如燕,贴着高粱穗子潇洒地滑行。那些走马转蓬般的图像运动减缓,单扁郎、单廷秀、曾外祖父、曾外祖母、罗汉大爷……多少仇视的、感激的、凶残的、敦厚的面容都已经出现过又都消逝了。奶奶三十年的历史,正由她自己写着最后的一笔,过去的一切,像一颗颗香气馥郁的果子,箭矢般坠落在地,而未来的一切,奶奶只能模模糊糊地看到一些稍纵即逝的光圈。只有短暂的又黏又滑的现在,奶奶还拼命抓住不放。奶奶感到我父亲那两只兽爪般的小手正在抚摸着她,父亲胆怯的叫娘声,让奶奶恨爱漶灭、恩仇并泯的意识里,又溅出几束眷恋人生的火花。奶奶极力想抬起手臂,爱抚一下我父亲的脸,手臂却怎么也抬不起来了。奶奶正向上飞奔,她看到了从天国射下来的一束五彩的强光,她听到了来自天国的,用唢呐、大喇叭、小喇叭合奏出的庄严的音乐。

奶奶感到疲乏极了,那个滑溜溜的现在的把柄、人生世界的把柄,就要从她手里滑脱。这就是死吗?我就要死了吗?再也见不到这天,这地,这高粱,这儿子,这正在带兵打仗的情人?枪声响得那么遥远,一切都隔着一层厚重的烟雾。豆官!豆官!我的儿,你来帮娘一把,你拉住娘,娘不想死,天哪!天……天赐我情人,天赐我儿子,天赐我财富,天赐我三十年红高粱般充实的生活。天,你既然给了我,就不要再收回,你宽恕了我吧,你放了我吧!天,你认为我有罪吗?你认为我跟一个麻风病人同枕交颈,生出一窝癞皮烂肉的魔鬼,使这个美丽的世界污秽不堪是对还是错?天,什么叫贞节?什么叫正道?什么是善良?什么是邪恶?你一直没有告诉过我,我只有按着我自己的想法去办,我爱幸福,我爱力量,我爱美,我的身体是我的,我为自己做主,我不怕罪,不怕罚,我不怕进你的十八层地狱。我该做的都做了,该干的都干了,我什么都不怕。但我不想死,我要活,我要多看几眼这个世界,我的天哪……

奶奶的真诚感动上天,她的干涸的眼睛里,又滋出了新鲜的津液,奇异的来自天国的光辉在她的眼里闪烁,奶奶又看到了父亲金黄的脸蛋和酷似爷爷的那两只眼睛。奶奶嘴唇微动,叫一声豆官,父亲兴奋地大叫:"娘,你好了!你不要死,我已经把你的血堵住了,它已经不流了!我就去叫俺爹,叫他来看看你,娘,你可不能死,你等着我爹!"

父亲跑走了。父亲的脚步声变成了轻柔的低语,变成了方才听到过的来自天国的音乐。奶奶听到了宇宙的声音,那声音来自一株株红高粱。奶奶注视着红高粱,在她朦胧的眼睛里,高粱们奇谲瑰丽,奇形怪状,它们呻吟着,扭曲着,呼号着,缠绕着,时而像魔鬼,时而像亲人,它们在奶奶眼里盘结蛇样的一团,又忽喇喇地伸展开来,奶奶无法说出它们的光彩了。它们红红绿绿,白白黑黑,蓝蓝绿绿,它们哈哈大笑,它们嚎啕大哭,哭出的眼泪像雨点一样打在奶奶心中那一片苍凉的沙滩上,高粱缝隙里,镶着一块块的蓝天,天是那么高又是那么低。奶奶觉得天与地、与人、与高粱交织在一起,一切都在一个硕大无朋的罩子里罩着。天上的白云擦着高粱滑动,也擦着奶奶的脸。白云坚硬的边角擦得奶奶的脸□□作响。白云的阴影和白云一前一后相跟着,闲散地转动。一群雪白的野鸽子,从高空中扑下来,落在了高粱梢头。鸽子们的咕咕鸣叫,唤醒了奶奶,奶奶非常真切地看清了鸽子的模样。鸽子也用高粱米粒那么大的、通红的小眼珠来看奶奶。奶奶真诚地对着鸽子微笑,鸽子用宽大的笑容回报着奶奶弥留之际对生命的留恋和热爱。奶奶高喊:我的亲人,我舍不得离开你们!鸽子们啄下一串串的高粱粒,回答着奶奶无声的呼唤。鸽子一边啄,一边吞咽高粱,它们的胸前渐渐隆起来,它们的羽毛在紧张的啄食中奓起,那扇状的尾羽,像风雨中幡动着的花序。我家的房檐下,曾经养过一大群鸽子。秋天,奶奶在院子里摆一个盛满清水的大木盆,鸽子从田野里飞回来,整齐地蹲在盆沿上,面对着清水中自己的倒影,把嗉子里的高粱吐噜吐噜吐出来。鸽子们大摇大摆地在院子里走着。鸽子!和平的沉甸甸的高粱头颅上,站着一群被战争的狂风暴雨赶出家园的鸽子,它们注视着奶奶,像对奶奶进行沉痛的哀悼。

奶奶的眼睛又朦胧起来,鸽子们扑棱棱一起飞起,合着一首相当熟悉的歌曲的节拍,在海一样的蓝天里翱翔,鸽翅与空气相接,发出飕飕的风响。奶奶飘然而起,跟着鸽子,划动新生的羽翼,轻盈地旋转。黑土在身下,高粱在身下。奶奶眷恋地看着破破烂烂的村庄,弯弯曲曲的河流,交叉纵横的道路;看着被灼热的枪弹划破的混沌的空间和在死与生的十字路口犹豫不决的芸芸众生。奶奶最后一次嗅着高粱酒的味道,嗅着腥甜的热血味道,奶奶的脑海里忽然闪过了一个从未见过的场面:在几万发子弹的钻击下,几百个衣衫褴褛的乡亲,手舞足蹈躺在高粱地里……

最后一丝与人世间的联系即将挣断,所有的忧虑、痛苦、紧张、沮丧都落在了高粱地里,都冰雹般打在高粱梢头,在黑土上扎根开花,结出酸涩的果实,让下一代又一代承受。奶奶完成了自己的解放,她跟着鸽子飞着,她的缩得只如一只拳头那么大的思维空间里,盛着满溢的快乐、宁静、温暖、舒适、和谐。奶奶心满意足。她虔诚地说:

"天哪!我的天……"

(选自《人民文学》1986年第3期)

【作者简介】

莫言(1956~),原名管谟业,山东高密人。小学六年级辍学回乡务农十年。1976年入伍,历任战士、班长、保密员、马列主义理论教员。1981年开始文学创作,1984年进解放军艺术学院文学系学习。1985年发表中篇小说《透明的红萝卜》,向人们展示了他与众不同的创作个性和艺术风格;1986年发表《红高粱》,更使这位刚及而立之年的军人作家名重一时。其主要作品有《民间音乐》、《春夜雨霏霏》、《透明的红萝卜》、《球状闪电》、《金发婴儿》、《爆炸》、《断手》、《红高粱》、《高粱酒》、《狗道》、《筑路》、《高粱殡》、《欢乐》、《红蝗》、《复仇记》等中短篇小说及长篇小说《天堂蒜台之歌》、《丰乳肥臀》、《檀香刑》、《酒国》、《红树林》、

《四十一炮》、《生死疲劳》、《蛙》等。2011年《蛙》获第8届茅盾文学奖。

莫言的小说所以引人注目,主要在于他独特的艺术思维方式和表达方式。他不是以理性的逻辑判断驾驭形象和情感,而常以感性直观的统觉来融化对象或现象,即以主观超验的感知方式,直接表达其最初始状态的内在情绪。因此,他笔下的世界有着极浓的主观色彩,是一个感觉化了的世界。而这感觉化的世界又以冷静客观的描叙呈现出来,从而在读者面前展开一个新鲜而奇瑰的艺术世界。

2012年10月11日,莫言荣获诺贝尔文学奖,评委会称他的作品"很好地将幻觉现实主义与民间故事、历史与当代社会结合在一起",因而受到世界读者的欢迎。

【作品简析】

中篇小说《红高粱》是莫言有关高密东北乡的系列作品中写得最出色的一部。

小说写了一支小小的地方"土匪"武装抗击装备精良的日寇汽车队的故事,当属革命战争题材。但它决非那种浅俗老套、让人读了开头便知结局的战斗故事,而有着全新的审美情态和艺术魅力。莫言摒弃写一场战斗或战役来表现某种思想观念的路数,把艺术的聚焦点投向了人,投向了纷纭复杂、五彩斑斓的人性和人生。正如评论家们所说,他"无意于制作精细逼真的革命战争史的图画,也极少从如何处理战争题材的角度进行构思,他只是要复活那些游荡在他的故乡红高粱地里的英魂和冤魂,要用笔涂绘出一股浸透着历史意识的情绪、感觉和民族的生命意志,让今天的读者呼吸领受"。

作品情节不再凝固于打日寇的封闭故事框架,而是交错存在于"我"和"奶奶"、"爷爷"、"父亲"和多重感觉之中。呈现在读者眼前的是充溢着人物生命气息和展示着人物生命过程的广阔天地,是红如血、浩瀚如海的高粱世界。它远远超越了作者的生活经历和感情经历,却奇迹般地激发了作者纷扰的情绪,使之借助丰富的感觉和想像,恣情尽意地再现了高密东北乡那"最美丽最丑陋、最超脱最世俗、最圣洁最龌龊、最英雄好汉最王八蛋、最能喝酒最能爱"的独特文化形态,再现了人民革命惨烈悲壮的历史。《红高粱》所包含的异常复杂丰富的意蕴,决非一些首尾圆合的线性故事所能比拟。

与作者把握、感受生活的特殊方式相吻合,《红高粱》中的人物不是单色的英雄或孬种,而真真切切是那片长满了红高粱的土地上爱着、恨着、痛苦着、欢欣着的本色人。血性方刚、英武粗暴的余司令,敢爱敢恨、蔑视陈规的"奶奶",忠厚刚勇、被鬼子活剥了皮仍叫骂不止的罗汉大爷,他们的血液里深潜着民族的气质风骨,勤劳耐苦,勇于抗争,却又那样朴野自然、鲁莽、单纯。作家以他对故乡父老气质心性的深切了解,毫无讳饰地再现了他们威武雄壮、可歌可泣的的人生活剧和强悍风流的生命力,用"不肖子孙"被"酱油腌透了的心"来祭奠这些红高粱地里的"英魂和冤魂",宣泄他民族的"种的退化"的忧虑。

莫言善于以通感造成直接的感觉效应。作品意象奇诡,诗意盎然。无论是那田野的腥味,那喇叭吹出的暗红色的声音,还是那奶奶的脸洗红了的高粱酒,以及那弹洞里流出的高粱酒味,无不清新脱俗,意味深长。尤其那无边无际、辉煌、凄艳、忧郁、庄严的红高粱,更是涵盖全篇的主体意象。它与那些腾跃于其间的人物相伴相随,成了无处不在的生灵,成了民族精神民族魂的象征。莫言重视对语言自身结构功能的利用,喜欢用奇特的语义组合方式宣泄其爱恨交织、悲怆激荡、复杂纷乱的炽热情感。所有这些造就了他的小说酣畅淋漓、瑰丽奇谲的艺术风貌。

(张志英)

顽 主 (节选)

王 朔

一

"我是个作家,叫宝康——您没听说过?"

"哦,没有,真对不起。"

在"三T"公司办公室里,经理于观正在接待上午的第三位顾客,一个大脑瓜儿细皮嫩肉的青年男子。

"我的笔名叫智清。"

"还是想不起来。您说吧,您有什么事,不是想在我们这儿体验生活吧?"

"不不,我生活底子不体验也是够厚。是这样的,我写了一些东西,很精彩很有分量的东西,都是冷门,任何人看了脑袋都'嗡'一下,傻半天——我这么说没有一点言过其实,很多看过的人都这么认为,认为起码可以得个全国奖,可是……"

"落了空?"

"准确地说我压根没参加评奖,我认为毫无希望,瞧,我是个有自知之明的人。也许你不太了解文学圈儿里的事,哪次评奖都是平衡的结果,上去了一些好的作品,但一些同样好的作品偏偏上不去。"

"这个我们恐怕爱莫能助,我们目前和作协没什么业务联系,我们缺乏有魅力的女工作人员。"

"噢,我不是让你们去为我运动。我不在乎得不得全国奖,我对名利其实是很淡泊的,我只希望我的劳动得到某种承认,随便什么奖都

---

* 原载《收获》1987年第6期。

可以。"

"您的意思是说哪怕是个'三 T'奖?"于观试探地问。

宝康紧张地笑起来:"真不好意思,真难为情,我是不是太露骨了?"

"不不,您恰到好处。您当然是希望规模大一点喽?"

"规模大小无所谓,但要隆重,奖品丰厚,租最豪华的剧场,请些民主党派的副主席——我有的是钱。"

"奖品定为每位获奖者一台空调怎么样?"

"每位?我可是为自个的事……"

"红花也得绿叶扶,您自个站在台上难道不寂寞?该找几个凑趣的。我想给您发奖的同时也给一些著名作家发奖,这样我们这个奖也就显得是那么回事,您也可一样跻身著名作家之列。和著名作家同台领奖,说起来多么令人羡慕。"

"一人一台空调,这要多少钱?虽然我很想有机会和著名作家并排站会儿,可也不想因此倾家荡产。"

"要是您不赞成奢侈,俭省的办法也有,把奖分为一二三等,特等奖为空调您自己得,其余各类为不同档次的'傻瓜'相机,再控制一下获奖人数,我们只选最有名的。"

"这样好,这样就合理多了。"宝康喜笑颜开,"我得空调,别人得'傻瓜'。你列个预算吧,回头我就交钱。"

"您来付钱时能不能把您的作品带来让我们拜读一下?当然哪篇获奖我们不管您自己定,我只是从来没这么近地和一个货真价实的作家脸儿对脸儿过,就是再和文学无缘也不得不受感动。"

"可以。"宝康既矜持又谦逊地说,"我甚至可以给你签个名儿呢。我最有名的作品是发在《小说群》上的《东太后传奇》和发在《作家林》上的《我要说我不想说但还是要说》。"

"了不起,一定很有意思,我简直都无心干别的了。"

"你说,那些名作家会不会端臭架子,拒绝领奖?"于观把青年作家送到门口,青年作家忽而有些忧心忡忡。

于观安慰他:"不怕的,领不领是他们的事,不领我们硬发。"

"谢谢,太谢谢了。"青年作家转身和于观热情地握手,"灯不拨不明,您这一席话真使人豁然开朗。"

"不客气,我们公司的宗旨就是帮助像您这样素有大志却无计可施的人。"

在一条繁华商业街的十字路口,杨重正满面春风地大步向站在警察岗楼下的一个他从未见过面的姑娘走去。

"对不起我来晚了,我紧赶慢赶还是迟到了,你等半天了吧?"

"没关系,你用不着道歉。"刘美萍好奇地看着杨重,"反正我也不是等你,你不来也没关系。"

"你就是等我,不过你自己不知道就是了。今天除了我没别人再来了。"

"是吗?你比我还知道我在干吗——别跟我打岔儿,警察可就在旁边。"

"难道我认错人了?"杨重仍然满脸堆笑,一点也不尴尬,"你不是叫刘美萍吗?是百货公司手绢柜台组长,在等肛门科大夫王明水,到底咱俩谁搞错了?"

"可王明水鼻子旁有两个痦子呀。"

"噢,他那两个痦子还在。今天早晨他被人从家里接去出急诊了,有个领导流血不止,因而匆匆给我公司打了个电话,委托我公司派员代他赴约,他不忍让你扫兴。我叫杨重,是'三T'公司的业务员,这是名片。"

"'三T'公司?"刘美萍犹疑地接过杨重递过来的名片,扫了一眼,"那是什么?听名儿像卖杀虫剂的。"

"'三T'是替人解难替人解闷替人受过的简称。"

"居然有这种事,你们都是什么人?厚颜无耻的闲人?"

"我们是正派的生意人,目的是在社会服务方面补遗拾缺。您不觉得今天要没我您会多没趣儿吗?"

"可我不习惯,本来是在等自己的男朋友,却来了一个亲热的替身,让我和这个替身谈情说爱……像真的一样?"

"您完全不必移情,我们的职业道德也不允许我往那方面诱您,我们对顾客是起了誓的,大概这么说您更好懂点,我只是要像王明水那样照料您一天,陪您一天。"

"您能有他那么温存体贴、善解人意吗?"

"不敢说丝毫不走样——那就乱了——我尽量遵循人之常情吧。你们今天原打算上哪儿玩?"

两个人并肩往街里走。

"他答应今天给我去买皮大衣的。"

"哦,这个他可没让我代劳。"

"我说不会一样嘛,我们明水历来都是慷慨大方的。"

"活着没劲。"

一个粗粗壮壮的汉子坐在于观办公桌对面沮丧地说。

"活着没劲。"于观心不在焉地附和说。

"那怎么办呀?"

"有什么办法?没劲也得活着呀。"于观抬起头。

"我不想活了。"汉子盯着于观说。

"别别,别不想活。"于观嘟哝着劝道,"好死不如赖活着。"

"那好,你让活那我就活。你给我找点事儿干,我烦了。"

"会玩牌吗?咱俩玩牌吧?"于观提议。

"没劲。"汉子摇摇头。

"那下象棋?"

"更没劲。"

"去公园?划船?看电影?"

"越说越没劲。"汉子来了气,"你也就是这些俗套儿。"

"那你说干什么?干什么我都陪着你。"

"跳楼你也陪着——我要你陪干吗?你也不是女的。"

"哦,我们这儿不给人拉皮条。有专门干这事的地方——婚姻介绍所。你要空闲时间太多,可以练练书法,欣赏欣赏音乐或者义务劳动。"

"见你的鬼,闹了半天我花两毛钱挂号你就给我出这些主意,这不是蒙人吗?"

"我也不是神仙,也不是美国大使馆管签证的,个人的幸福要依赖社会的进步,沉住气。"

"你觉着你活着有劲吗?"汉子目光灼灼问。

于观看看汉子,看不出他是不是在挑衅。

"挺有劲。"

"我觉得你没劲,你这人特没劲,没劲得我都不想抽你了。"

"你这个不要脸的还回来干吗?接着和你那帮哥儿们'砍'去呀!"一个年轻的少妇在自己的公寓里横眉立目地臭骂马青。

"别回家了,和老婆在一起多枯燥,你就整宿地和哥儿们神'砍',没准还能'砍'晕个把眼睛水汪汪的女学生,就像当初'砍'晕我一样,卑鄙的东西!你说你是什么鸟变的?人家有酒瘾棋瘾大烟瘾,什么瘾都说得过去,没听说像你这样有'砍'瘾的,往哪儿一坐就屁股发沉眼儿发光,抽水马桶似的一拉就哗哗喷水,也不管认识不认识听过没听过,早知道有这特长,中苏谈判请你去得了。外头跟个八哥似的,回家见我就没词儿,跟你多说一句话就烦。"

"我改。"

"改屁!你这辈子改过什么?除了尿炕改了生来什么模样现在还是什么模样。"少妇哭闹起来,"不过了,坚决不过了,没法过了,结婚前还见得着面儿,结婚后整个成了小寡妇。"

少妇一抬手把桌上的杯子扫到地上,接着把一托盘茶杯挨个摔在地上。马青也抓起烟灰缸摔在地上,接着端起电视机:"不过就不过!"

"别价。"少妇尖叫着扑过来按住他的手,"这个不能摔——你是来让我出气的还是来气我的?"

"你说过你丈夫急了逮什么摔什么。"马青理直气壮地说,"你又要求我必须像他。"

"可我丈夫急也不摔贵重物品,你这是随意发挥。"

"你没交代清楚。"

"这是不言而喻的。"

"好吧,电视机放回去。下边该什么词儿了?"

"真差劲,看来你们公司没经过良好的职业培训就把你派来了。下边是我爱……"

"我爱你。"

马青和少妇愣愣地互相看着。

"我爱你。"马青重复了一遍,看到少妇仍没反应,十分别扭地又说,"别闹了,宝贝儿。"

少妇笑了起来。

马青涨红脸为自己辩解:"我没法再学得更像了,这词儿扎人。"

"好好,我不苛求你。"少妇笑着摆摆手,"意思到了就行。"

"其实我是心里对你好,嘴上不说。"

"你最好还是心里对我不好,嘴上说。"

"现在不是提倡默默地奉献吗?"马青的样子就像被武林高手攥住了裤裆,"你生起气来真好看。"

"好啦好啦,到此为止吧,别再折磨你了。"

少妇笑得直打嗝地说,"真难为你了。"

"难为我没什么,只要您满意。"

"满意满意。"少妇拿出钱包给马青钞票,"整治我丈夫也没这么有意思,下回有事还找你。"

"唉,人生,"杨重吐着烟圈,眼望冷饮室的天花板,比划着说,"人生就是那么回事。就是踢足球,一大帮人跑来跑去,可能整场都踢不进去一个球,但还得玩命踢,因为观众在玩命地喝彩、打气。人生就是跑来跑去,听别人叫好。"

"我发觉你特深沉。"刘美萍手托腮着迷地盯着杨重,连酸奶也忘了喝,"你是不是平时特爱思考?"

"是。"杨重眼神儿空洞地说,"我平时特爱思考,特深沉。"

"你是不是上过大学?"

"唔,上过吧。"

"怪不得,上过大学的人都心事重重,若有所思。"

"你是不是也特爱思考?"

"啊,我特爱瞎想,我特爱琢磨人。像我们这种职业吧,就是和人打交道的职业,每天都得和几千人说话,我就观察这几千人的特点。譬如说胖子吧,一般爱买大手绢,胖子鼻涕多嘛,瘦子就买小一点的。"

"腺体分泌和体重有关系吗?"

"当然有关系,世上万物谁和谁没关系?你和这个酸奶瓶要嚼起亲来没准还有点血缘关系呢,你先人死了,烧成骨灰,扬到地里,连土挖出来,烧成瓷器或者玻璃,装了酸奶,卖给你。"

"这就是辩证法吧?比较朴素的。"

"我也不知道是不是,我只知道凡事都有个理儿,打个喷嚏不也有人写几十万字的论文,得了博士。"

"有这么回事,这论文我们上学时传阅过。人家不叫喷嚏,这是粗俗的叫法儿,人家叫'鼻粘膜受到刺激而起的一种猛烈带声的喷气现象'。"

"你懂得真多。"

"哪里,还是你懂得多。"

"你懂得多。"

"惭愧惭愧。"

"谦虚谦虚。"

"咱们别争了,这样下去没个完,您爱才我心领。"

"我真是诚心诚意夸你。我觉得跟你特说得来,特知音。"

"别别,我这人经不住夸。"

"你老这么一味地谦虚我要生气了,好像我夸你是害你似的。"

"那就算我懂得多吧,其实我也觉得和你特谈得来特知音。"

"我特愉快。"

"我也特愉快。"

马青身心交瘁地回到公司办公室时,于观正被那汉子揪着脖领子在办公室里拖来拖去。

"你别这样,放开我,让人看见不体面。"

"你就成全我吧,就扇两个嘴巴,就两个。"

"不行,我吃不住,我体质弱。"

"你就让我干一件想干的事吧,我长这么大还没自个做过回主呢。"

"别的事可以商量,这件事坚决不行。我正告你,如果你动我一指头,我就和你拼了。"

"都这么自私,只顾自己不顾别人,什么替人解难替人解闷儿,一触到自己就不干了。"汉子松开于观,哭了起来,"我真不幸,真不自由。"

于观喘上来一口气,拉拉被揪皱的衣服,示意马青把手里的垒球棒放回门后。走回办公桌后坐下,对汉子说:

"别哭鼻子了,挂号费退给你,赶紧走吧。"

汉子哭泣着,从马青手里接过两毛钱,紧紧攥着一路走出门。

"胡大,咱们干的这是什么倒霉差使。"

门关上后,马青几步走过来,一屁股坐在于观的办公桌上,大声说。

"我每天挨家去让人骂,你又差点让人打了,就杨重享福,每天去大街上吊膀子,当代用券。我要和他对换工种,种田还得休耕呢。"

"我们不是有君子协定在先,任人唯贤,因材施教。"于观仰在椅子靠背上疲倦地说,"你太温柔,让你去和别人的女友谈心,你每回都把临时帮工变成全面承包,我不能隔一天就让一个丈夫打上门一回。"

"依你说,我只能永远挨女人不歇气儿地暴骂而得不到机会和她们交流了?"

"别她们她们的,她,就一个,一个随便你怎么交流。饭要一口一口吃,仗要一个一个打。有时你那种老少咸宜、兼容并蓄的气魄每个有正义感的人都感到气愤,那不道德……"

"可杨重也不是宦官。"

电话铃响了,于观边伸手接边反驳:

"可他懂得荟萃,去粗取精,而你总是囫囵吞枣。他有耐性,可以胡扯一天仍津津有味,你三分钟端不了簸箕便拔腿去找下一个……喂,找谁?"

"就找你。"话筒传来嗡嗡的男声,"我是杨重,我坚持不住了,这女人缠得我受不了啦。"

"我刚刚还在夸你有耐性,会胡扯。"

"你不知道这女人是个现代派,爱探讨人生的那种,我没词儿了,我记住的所有外国人名都说光了。"

"对付现代派是我的强项。"马青在一边说。

于观瞪了他一眼,对话筒说:"跟她说尼采。"

"尼采我不熟。而且我也不能再诌'砍'了,她已经把我引为第一知己,眼神已经不对了。"

"那可不行,我们要对那个肛门科大夫负责,你要退。"

"她不许我退,拼命架我。"

"这样吧,我们马上就去救你,你先把话题往低级引,改变形象,让她认为你是个粗俗的人。"

"你们可快来,我都犊了,过去光听说不信,这下可尝到现代派的厉害了……她向我走来了,我得挂电话了。"

"记住,用弗洛伊德过渡。"

"快来,我坚持不了多一会儿。"

马青嘻嘻笑着,从办公桌上跳下来,兴奋地在屋里转圈踱着步,等立身收拾办公桌的于观。

"弗洛伊德我拿手,我就是弗洛伊德的中国传人。"

"你是弗洛伊德病例的中国自动复印版。"于观绕过办公桌走出来,"我不许你趁机卖弄。"

这是个阳光灿烂的中午,街上人群摩肩接踵,所有小餐馆、快餐店都挤满吃饭的人,有些没座的人还把饭菜端到街上站着吃。于观和马青费了半天劲儿,才在一家画着彩色广告的电影院门厅里的冷饮柜台旁找到杨重和女顾客。电影院刚散场,门厅里人挤人,所有人都在大声说话,嘈杂喧闹,他们挤到杨重身边,他也没发现。杨重显然已经才尽,面对滔滔不绝、神采飞扬的手绢柜台组长显得精神恍惚。

"你一定特想和你妈妈结婚吧?"

"不不,和我妈妈结婚的是我爸爸,我不可能在我爸爸和我妈结婚前先和我妈妈结婚,错不开。"

"我不是说你和你妈结了婚,那不成体统,谁也不能和自个的妈结婚,近亲。我是说你想和你妈结婚可是结不成因为有你爸除非你爸被阉了但就是你爸被阉了也无济于事因为有伦理道德所以你痛苦你看谁都看不上只想和你妈结婚可是结不成因为有你爸怎么又说回来了我也说不明白了反正就是这么回事人家外国语录上说过你挑对象其实就是挑你妈。"

"可我妈是独眼龙。"

"他妈不是独眼龙他也不会想跟他妈结婚给自己生个弟弟或者妹妹因为没等他把他爸阉了他爸就会先把他阉了因为他爸一顿吃八个馒头二斤猪头肉又在配种站工作阉猪阉了几万头都油了不用刀手一挤就是一对像挤丸子日本人都尊敬地叫他爸睾丸太郎。"马青斜刺里杀出来傍着刘美萍坐下对着她脸连珠炮似地说了一通直到使她目瞪口呆不知所措才停下来露出微笑。

"这是我的同事,马青,这是我们经理于观。"杨重还了魂似地活跃起来,把不错眼珠地盯着刘美萍微笑的马青和刚拖过一把椅子坐下的于观介绍给刘美萍,"他们都是我老师,交大砍系即食面专业的高材生,中砍委委员。"

"是么?可我很少跟三个人同时谈人生。"

"没关系。"马青侧身挡住于观和杨重,"你主要和我谈就行了,有没谈透的地方再让他们俩补充。"

"你别跟我这么近乎,我还不了解你呢。"

"那个肛门科大夫是不是特像你爸爸,他活儿好吗?"

"你说的什么呀?我听不懂你说的话……"

于观笑着转脸对杨重说:"你们就在这儿耗了一上午?没进去看电影?"

"看了,《奥比多斯驴在行动》。"

"外国片?"

"哪儿呀,国产片,你不知道现在国产片都起洋名儿?"

"嗐,我也觉得特空虚,结婚特没劲。"马青拿腔拿调地说,"找来找去不是找着自己爹就是找着自己妈。哪像人家外国,谁跟谁都能睡觉,人家也方便,都有房子,你自个有房子吗?"

于观和杨重一起笑起来,杨重掏出烟递给于观一支,两个人头凑在一起点火。

"……我就特钦佩人家外国女的,怎么睡也不拧着男的胳膊去商店买这买那……我没被人拧过,杨重老被人拧,脱臼好几回了。"

马青扭过头眨着眼儿笑着问杨重:"是不是杨重?"

杨重磕磕烟灰笑着说:"你就拿我开心吧。"

"咱们走吧杨重。"刘美萍伸着脖子从马青头后露出脸。

"再坐会儿再坐会儿。"杨重说。

"你甭老拉我们哥儿们走,你我已经接管了,今儿下午杨重还有别的约会。"

"是么杨重?"

"是。"杨重点点头,对刘美萍笑笑,"身不由己。"

"你就踏踏实实跟我聊着吧,我想和你说的话多着呢。"

"你没正经的,要不你请我吃饭去吧,我这儿坐着听你说都听饿了。"

"要是咱俩单独约会我肯定请你吃,这会儿我是办公呢,要请你吃饭得请示我们经理。经理,我能招待美萍吃顿便饭么?"

"可以,不过得你自个掏腰包。"

"毁我?"马青回头对刘美萍说,"要不我请你玩碰碰车得了,那也贵着呢,不过特好玩,玩完你就不饿了。"

"不去,我见车就晕。"

"去吧去吧,那不是一般的车,你玩回试试,保你上去就不爱下来。你们俩也动动。"马青硬把刘美萍从座位上拉起来,搀着,招呼在一旁乐的于观和杨重。

一行人出了电影院,穿街来到街口一家游乐场。刘美萍立刻被花花绿绿的游乐设施吸引了,马青去售票房买了四张碰碰车票,手护着嘴对于观和杨重说:"过会儿咱哥仨一起撞她,撞晕了算。"

碰碰车场里空空荡荡没什么人,三个男人忍着笑进场各选了一辆车坐进去,马青还扬着嗓子教也往车里坐的刘美萍:"等一通电你就胡撞一气。"

管理员接通了碰碰车的电源。四辆车立刻发疯似的打起转儿,四散驶开,接着纷纷掉头回来,接二连三地猛撞在一起。刘美萍没玩过碰碰车,根本不能得心应手地操纵、规避,瞪眼瞧那三位从不同方向向自己冲来束手无策,被撞得连连从座位上蹦起。碰碰车在急剧旋转,高速滑行,三个男人咧着嘴大笑,一次又一次驱车冲撞刘美萍,只见四辆车隆隆吼叫着叠错在一堆,刘美萍不时飞在半空中。

一场玩完,刘美萍已是脸色苍白,又气又惊,她腿软软地从车上爬下来,一时话都说不出来。

"还行吧?"马青跑过来假惺惺地说,"人家外国人就爱玩这个,刺激。"

"还行。"刘美萍硬撑着说,随即话里带了哭腔,"可我们明水从没让我不吃饭就从事剧烈运动。"

"那你快找你们明水去吧,他一定也想你了。"马青拥着刘美萍脚不沾地一阵风地往街上走,刘美萍挣扎着扭过头冲刚出碰碰车场的杨重喊:"再见。"

丁小鲁和林蓓坐在无轨电车里由南向北通过街口,从车窗看到于观和两个人站在路边眉飞色舞地说话,电车经过他们身边时,她露脸喊了一声。"有人叫你。"杨重对于观说。

于观回头往身后川流的人群张望:"哪儿呢?我好像也听见一声。"

"过去了,前面电车里。"

电车在街边车站停下,几乎下空了,又在顷刻间塞满,摇摇晃晃开走,满街仍是熙攘的人群。

"管他是谁呢,走吧。"

三个人正要转身走,有人又在很近的地方叫了声于观。三个人转过身,丁小鲁和她的女伴随着人流走到他们跟前。

"嘿,碰上你了,真是少见。"于观高兴地说。

"叫你都听不见。"丁小鲁对杨重马青点点头,笑着问于观,"干吗呢站在街上?打算去哪儿?"

"找地方吃饭去。"于观把杨重马青介绍给丁小鲁,丁小鲁也把林蓓介绍给他们。

"演员？啊,好职业。"于观敷衍地说。

"我看你们别在街上晃着找饭馆了。"丁小鲁建议道,"到我家去一起做吧,我们也没吃。"

"你家有人吗?"杨重问。

"就我妈妈。"丁小鲁转脸看着杨重,"不过不碍事。"

"她妈不碍事。"于观也说,"还挺神。"

"那咱就走吧。"马青探头插嘴,"别像老百姓似地站在街上说个没完。坐几路车?"

"接着坐电车。"丁小鲁笑着挽起林蓓,领头在前面走。

"你们下午没事吧?"在电车上,丁小鲁小声问于观。

"没事。"于观说,"本来下午也没事。"

丁小鲁家是五十年代苏联援建期间盖的那种俄国风格的笨重结实的灰砖楼房,厚屋顶,窗户巨大,每套单元开间不多但面积宽阔。家具也都是那时公家配发的,式样陈旧,油漆剥落,皮沙发的弹簧已经塌陷。老太太正抱着一只大白猫坐在重新绑过的旧藤椅上怡然自得,看到一大群人呼啦啦进来,大白猫跳下地跑了。一大群人乱七八糟地叫了通"阿姨",老太太矜持得体地招呼年轻人们坐下。看得出来,老太太是受过教育的,经过残酷斗争考验的,既平和又保持着尊严。

"他们是来吃饭的,妈。"丁小鲁说,"家里现在还有什么吃的?"

"我给你看看去。"老太太站起来,往厨房走,一边对于观说,"你好长时间没来了。"

"我这段挺忙。"

"哦,于观也忙了。"

于观不好意思地笑,追着老太太说:"阿姨您别忙,吃什么我们自己弄。"

"我给你看看有什么,反正你到阿姨这儿也得凑合,只能管饱。"

一会儿,老太太从厨房回来对丁小鲁说:

"冰箱里只有一点肉馅了,厨房里也就是土豆白菜了。"

"我去买。"丁小鲁说着站起来。

"千万别去。"于观按住丁小鲁掏钱包的手,"这点就够,咱们包饺子。"

"很近的。"老太太说,"楼下就有个菜市场。"

"我知道,那也别去。我们什么也不想吃,包饺子挺好。"

"不用去不用去。"杨重马青也说,"甭麻烦,咱们就随便吃点。"

"还是去买点。"老太太对女儿说,"男孩子可以将就,姑娘得有点可口的。"

"我也不用。"林蓓说,"我爱吃带馅的。"

"真的别去了。"于观对丁小鲁说,"你太客气,我们就走了。"

"那好,那咱们就包饺子吧。"丁小鲁对她妈说,"反正也不是外人。"

"这就对了,我和面小鲁拌馅,老太太您歇着什么都甭管净等着吃——杨重别光自个抽烟,给老太太一颗。"

"哎哟,我不知道阿姨也吸烟,您来这颗。"刚把烟叼上嘴的杨重忙拎着根烟递给老太太。

老太太点着烟看了看牌子:"现在年轻人净抽好烟。"

"我们也不置房子置地,有钱就抽两颗烟玩玩。"

老太太吐了口烟,笑着点点头,坐回藤椅上:"现在的年轻人没负担啊。"

"您抽烟够溜的。"

"我抽烟的历史比你年龄都长,那会儿天天开会天天熏,就会了。"

于观跟着丁小鲁来到厨房,丁小鲁找出个铝盆,从面口袋里舀出面让给于观,自己洗菜切菜。两个人很起劲儿地干着,一声不吭;客厅里的人聊得挺热闹,不时蓦地响起一阵笑声,老太太的笑声格外响亮。

"你妈精神真好。"

"不操心,不着急,自然精神好。"

"你呢,也挺好?"

"你呢?"丁小鲁甩了下搭下来的头发,侧脸问。

"挺好。"于观专心致志地揉着面,脸上沁出了汗。

"我发觉你不太爱说话了。"

"谁说的?我说话时你没听见就是了,哦,有时话是少了。"

客厅传来马青一个人的快速说话声,当他停顿时,响起一片欢笑,笑声刚停,杨重又说了几句什么,笑声再起。

"你这两个同事挺逗的。"

"他们是我最好的朋友。"

丁小鲁手停了一下,又继续剁菜:"你终于有这样的朋友了。"

"和他们在一起我总是很快乐。"

笑声忽然大了,厨房门开了,林蓓走进来。

"你怎么来了?你们说什么呢这么乐?"丁小鲁抬头说。

"他们在说他们公司的顾客的事呢。"林蓓倚着门说,"我不爱听。"

"可我听见你跟着笑呢。"

"笑归笑,可我不喜欢。他们特坏,人家一个女顾客就是想跟他们探讨一下人生,也没什么不对,他们就把人家骗到游乐场,故意用碰碰车撞人家,把人家撞岔了气儿。"

"没说的,这坏点子准是于观出的。"丁小鲁笑着直起腰看着于观说。

"不是我,马青的主意。"于观也笑着说,使劲用手拍打着揉得光滑的面团。

"你们真不像话,那么过分。"林蓓噘着嘴说。

"她没察觉是故意的。"

"那也不好,对人一点都不真诚。"

"我们小蓓可有正义感了。"

"不是正义感不正义感。本来嘛,我就不爱跟这种人打交道,谁知道他什么时候是真的什么时候是拿你开心。"

"林蓓怎么跑这儿站着来啦?"马青笑嘻嘻地叼着烟进厨房找火,丁小鲁从煤气灶上把火柴拿起给他,笑着对他说:

"正说你呢。"

"说我什么。"马青点着烟,把火柴扔回去。

"说你坏,干坏事。"林蓓直筒筒地说,眼睛瞪着马青。

马青把烟从嘴上拿下来,看了眼于观,对林蓓说:"我没敢得罪你呀,怎么就'坏'了。"

"你对别人坏,我也是女的,不爱听你吹怎么捉弄人家女的。"

"就是,要尊重妇女。"丁小鲁把剁好的菜推进盛肉馅的盆,用力搅起来。

"可我不是老'坏'。"马青对林蓓说,"我'好'一个给你看行吗?您容我酝酿酝酿。"·

"包饺子了包饺子了。"丁小鲁端着馅盆往堂屋走,"别贫啦,都去洗手。"

林蓓扭身去卫生间,马青吮着烟对于观说:"瞧我别扭——这姑娘。"

"她还没习惯你。"于观笑着端起面盆,"人家是好姑娘。"

"敢情咱们都是坏蛋。"

众人七手八脚包饺子时,老太太建议"给干活的人放点曲子"。丁小鲁拧了半天老式箱形收音机旋钮,调出一组豪迈、缠绵的出征歌曲,这些歌曲也是流行歌曲,大家都随着旋律摇头晃脑地哼哼。当歌手唱到:"如果是这样,你不要悲哀。"三个男人一齐昂首唱第二声部:"——我不悲哀!"

....

(选自《王朔谐趣小说选》,作家出版社1990年版)

【作者简介】

王朔(1958~),北京人。1976年初中毕业后参军,在北海舰队任卫生员。1980复员后进北京医药公司批发商店任业务员。1983年辞职从事写作。1984年发表了第一个短篇小说《空中小姐》。从此,一发而不可收,接连创作了《浮出海面》、《一半是火焰,一半是海水》、《橡皮人》、《顽主》、《一点正经没有》、《千万别把我当人》等一批引起人们关注和争论的作品。贬之者称其为"痞子文学",褒之者称其为"新京味小说"。此外,王朔改编或创作的电影《轮回》、《一半是火焰,一半是海水》、《大喘气》、《顽主》、《青春无悔》、《阳光灿烂的日子》等,也赢得了众多的观众。大型室内电视连续剧《渴望》、《编辑部的故事》、《爱你没商量》问世后,王朔更为广大读者和观众所熟知。

近年他发表的《你不是个俗人》、《许爷》、《我是你爸爸》、《玩的就是心跳》、《刘慧芳》、《动物凶猛》、《看上去很美》、《我的千岁寒》等中长篇小说,在基调和内涵上发生了明显的变化,被认为既有"强烈的艺术效果,同时又不失郁重的崇高与庄严的艺术风范","昭示了王朔小说创作一种新的文化思考空间与向度"。这一切,无疑显示了王朔深厚的创作潜力和可喜的发展前景。1992年出版四卷本的《王朔文集》,颇有影响。

【作品简析】

王朔小说自成一格。他惯于描绘当代京都的各色青年形象,尤其是那些没有固定职业、终日赋闲的青年形象。他喜欢不加掩饰地表现他们与社会人生常规秩序和道德规范的格格不入,揭示他们既不愿循规蹈矩、苦守老一辈人的樊篱,又不愿付出艰辛的劳动开创一番事业,却鄙夷高尚,嘲弄严肃,内心矛盾困惑,人格美丑混杂的复杂心态和生活情状,从而在历史转型期的背景上,为人们提供了一个前所未有的当代都市青年的文学形象——顽主,概括了社会变迁中的某种特定文化现象。

《顽主》是王朔较早受到文学界注目和认可的一部中篇小说,它具有王朔小说特有的色调和意味,在塑造当代都市青年顽主的形象上显得更为准确和有分寸。他改变了以往的偏执态度,突破了半是魔鬼半是天使的人物模式,将于观们的顽主心态和行为置于整个现实社会环境之中加以观照和展现。尽管他们仍顽性十足,但已不是那些豪赌滥饮、毫无道德羞耻心的"害群之马"。他们创办的"三T"公司,替人解难、替人解闷、替人受过,虽带有几分荒诞色彩,却是以积极参与社会活动为出发点;虽谈不上严肃高尚,可毕竟超越了消极享乐主义的泥淖。当然在精神上,他们对社会人生仍持不屑与对抗的态度,然而稍加留意就会发现,他们鄙夷、嘲弄、憎恶的多是些虚伪、卑鄙、丑恶的东西。如果说王朔以往某些"顽主"常以世俗的,甚至是黑道人物的眼光看待社会正面的话,那么《顽主》里的于观们则能以非世俗的,甚至相当清醒的眼光去看待社会的负面。他们顽性十足的举止言行中不乏普通人的苦乐忧烦和真诚。因此,更加贴近现实,也更为真实可信。作品也因此抹淡了某些反社会主流文化的意绪而增加了一缕明亮的色调,包含了一些深沉的意蕴。

在艺术上,王朔小说的最大成就莫过于他在"雅"和"俗"之间走出了自己的宽敞路子。他不惮作品的通俗味和现实感,长于用简洁明晰的叙述结构出富于浪漫情调的通俗故事,喜欢以人物自身的言行表达人物的内心世界。作品语言多用口语,幽默调侃,挥洒自如,既不乏一语中的的犀利率直,也时或插科打诨,京味十足,常于地道的特定社会群体或生活圈子的语言中,透发着浓重的平民意识,造成一种独特的平民语境,极大地增强了作品的可读性和观实感。《顽主》较好地体现了王朔的这种风格。

(张志英)

一地鸡毛 (节选)

刘震云

一

小林家一斤豆腐变馊了。

一斤豆腐有五块,二两一块,这是公家副食店卖的。个体户的豆腐一斤一块,水份大,发稀,锅里炒不成团。小林每天清早六点起床,到公家副食店门口排队买豆腐。排队也不一定每天都能买到豆腐,要是排队的人多,排到,豆腐已经卖完了;要么还没排到,已经七点了,小林得离开豆腐队去赶单位的班车。最近单位办公室新到一个处长老关,新官上任三把火,对迟到早退抓得挺紧。最使人感到丧气的是,队眼看排到了,上班的时间也到了。离开豆腐队,小林就要对长长的豆腐队咒骂一声:

"妈拉个×,天底下穷人多了真不是好事!"

但今天小林把豆腐买到了。不过他今天排队排到七点十五,把单位的班车给误了。不过今天误了也就误了,办公室处长老关今天到部里听会,副处长老何到外地出差去了,办公室管考勤的临时变成了一个新来的大学生,这就不怕了,于是放心排队买豆腐。豆腐拿回家,因急着赶公共汽车上班,忘记把豆腐放到冰箱里,晚上回来,豆腐仍在门厅塑料兜里藏着,大热的天,哪有不馊的道理?

豆腐变馊了,老婆又先于他下班回家,这就使问题复杂化了。老婆一开始是责备看孩子的保姆,怪她不打开塑料袋,把豆腐放到冰箱里。谁知保姆一点不买账。保姆因嫌小林家工资低,家里饭菜差,早就闹着

---

* 原载《小说家》1991年第1期。

罢工,要换人家,还是小林和小林老婆好哄歹哄,才把人家留下;现在保姆看着馊豆腐,一点不心疼,还一古脑把责任都推给了小林,说小林早上上班走时,根本没有交代要放豆腐。小林下班回来,老婆就把怒气对准了小林,说你不买豆腐也就罢了,买回来怎么还让它在塑料袋里变馊?你这存的是什么心?小林今天在单位很不愉快,他以为今天买豆腐晚点上班没什么,谁知新来的大学生很认真,看他八点没到,就自作主张给他划了一个"迟到"。虽然小林气鼓鼓上去自己又改成"准时",但一天心里很不愉快,还不知明天大学生会不会汇报他。现在下班回家,见豆腐馊了,他也很丧气,一方面怪保姆太斤斤计较,走时没给你交代,就不能往冰箱里放一放了?放一块豆腐能把你累死?一方面怪老婆小题大作,一斤豆腐,馊了也就馊了,谁也不是故意的,何必说个没完,大家一天上班都很累,接着还要做饭弄孩子,这不是有意制造疲劳空气?于是说:

"算了算了,怪我不对,一斤豆腐,大不了今天晚上不吃,以后买东西注意放就是了!"

如果话到此为止,事情也就过去了,可惜小林憋不住气,又补了一句:

"一斤豆腐就上纲上线个没完了,一斤豆腐才值几个钱?上次你丢手打碎了一个暖水壶,七八块钱,谁又责备你了?"

老婆一听暖水壶,马上又来了火,说:

"动不动你提暖水壶,上次暖水壶怪我吗?本来那暖水壶就没放好,谁碰到都会碎!咱们别说暖水壶,说花瓶吧!上个月花瓶是怎么回事?花瓶可是好端端地在大立柜边上放着,你抹灰尘给抹碎了,你倒有资格说我了!"

接着就戗到了小林跟前,眼里噙着泪,胸部一挺一挺的,脸变得没有血色。根据小林的经验,老婆的脸一无血色,就证明她今天在单位也很不顺。老婆所在的单位,和小林的单位差不多,让人愉快的时候不多。可你在单位不愉快,把这不愉快带回来发泄就道德了?小林就又气鼓鼓地想跟她理论花瓶。照此理论下去,一定又会盘盘碟碟牵扯个没完,陷入恶性循环,最后老婆会把那包馊豆腐摔到小林头上。保姆看到小林和小林老婆吵架,已经习惯了,就像没看见一样,在旁边若无其事地剪指甲。这更激起了两个人的愤怒。小林已做好破碗破摔的准备,幸好这时有人敲门。大家便都不吱声了。老婆赶紧去抹脸上的眼泪,小林也压抑住自己的怒气。保姆把门打开,原来是查水表的老头来了。

查水表的老头是个瘸子,每月来查一次水表。老头子腿瘸,爬楼很不方便,到每一个人家都累得满头大汗,先喘一阵气,再查水表。但老头积极性很高,有时不该查水表也来,说来看看水表是否运转正常。但今天是该查水表的日子,小林和小林老婆都暂时收住气,让保姆领他去查水表。老头查完水表,并没有走的意思,而是自作主张在小林家床上坐下了。老头一坐下,小林心里就发凉,因为老头一在谁家坐下,就要高谈阔论一番,说说他年轻时候的事。他说他年轻时曾给某位死去的大领导喂过马。小林初次听他讲,还有些兴趣,问了他一些细节,看他一副瘸样,年轻时竟还和大领导接触过?但后来听得多了,心里就不耐烦,你年轻时喂过马,现在不照样是个查水表的?大领导已经死了,还说他干什么?但因为他是查水表的,你还不能得罪他。他一不高兴,就敢给你整个门洞停水。老头子手里就提着管水闸的扳手。看着他手里的扳手,你就得听他讲喂马。不过今天小林实在不欢迎他讲马,人家家里正闹着气,你也不看一看家庭气氛,就擅自坐下,于是就板着脸没过去,没像过去一样跟他打招呼。

但查水表的老头不管这个,自己从口袋已经掏出了烟。划火点着烟,屋里就飘起了老头鼻腔的味道。小林知道老头接着就要讲马,但小林猜错了,这次老头没有讲马,而是一脸严肃地说,他要谈些正事。他说,据群众反映,这个门洞有人偷水,晚上不把水管龙头关死,故意让水往下滴,下边放个水桶接着;滴水水表不转,桶里的水不成偷的了?这样下去是不行的,大家都偷水,自来水厂如何受得了?

听了老头的话,小林与小林老婆脸上都一赤一白的。说来惭愧,因为上个礼拜小林家就偷过几次水,是小林老婆在单位闲聊中听到的办法,回来指使保姆试验。后来小林看不上,觉得这事太委琐,一吨水才几分钱,何必干这个?一夜水管嘀嘀嗒嗒个没完,大家也难心安理得睡觉。于是在第三天就停止了。但这事老头子怎么会知道？是谁汇报的？小林和小林老婆都不约而同想到了对门。对门住着一对胖子,女主人自称长得像印度人,眉心常点着一个红豆。他们家也有一个孩子,大小与小林家孩子差不多,两家孩子常在一起玩,也常打架;为了孩子,小林老婆与印度女人有些面和心不和。两家主人不和,两家保姆却很要好,虽然不是一个省来的,却常在一起共同商讨对付主人的办法。准是两家保姆乱串,印度女人得知小林家滴过两回水,就汇报了老头子,现在有了老头子一番话。但这种事如何上得了台面,如何说得出口？说出口以后在人前怎么站？小林赶紧到老头子跟前,正色声明,这门洞有没有人偷水他不知道,但他家是决不干这种事。他家虽然穷,但穷有穷的骨气！小林老婆也上去说,谁反映的这事,就证明谁偷水,不然他怎么会知道偷水的方法,这不是贼喊捉贼是什么？老头子听了他们的话,弹了一下烟灰：

"行了,这事就到这里为止了。以前大家偷没有偷,就既往不咎了,以后注意不偷就行了！"

说完,站起来,作出宽宏大量的样子,一瘸一瘸走了,留下小林和小林老婆在那里发尴。

由于有偷水这件事的介入,使豆腐发馊事件变得不那么重要了。小林心里还责备老婆,一个大学生,什么时候学得这么市民气,偷了两桶水,值不了几分钱,丢人现眼让人数落了一顿。小林老婆也自感惭愧,就不好意思再追究馊豆腐一事,只是瞪了小林一眼,自己就下厨房做饭去了。因为这件事的介入,使本来要爆发战争的家庭平静下来,小林又有些感激老头子。

晚饭一个炒豆角,一个炒豆芽,一碟子小泥肠,一碗昨天剩下的杂烩菜。小泥肠主要是让孩子吃的,其它三个菜是让小林、小林老婆和保姆吃的。但保姆不吃剩菜,说她一吃剩菜就闹肚子。为此小林老婆还和保姆吵过一架,说你倒成贵族了,我还吃剩菜,你倒闹肚子,过去你在农村吃什么来着？保姆便又哭又闹,闹罢工,要换人家。最后还是小林从中斡旋,才又把她留下。把人留下人家就有了资本,从此更不吃剩菜。小林老婆也没办法,吃饭时只好和小林先吃剩菜,剩菜吃完再吃新

803

的。吃饭时孩子很闹,抓东抓西的,看样子有些想流鼻涕,小林老婆怀疑她是否想感冒。好歹把饭吃完,已经快八点半了。按照惯例,这时保姆洗碗,小林给孩子洗澡,老婆应该上床睡觉。因老婆上班比小林远,清早上班要早起,早点上床睡觉理所当然。但今天老婆没有早睡,脚也没洗,坐在床前想心思。老婆一想心事,小林心里就有些发毛,不知老婆心思想过以后,会不会又提出什么新的话题。不过今天老婆不错,心思想过以后,没有说什么,草草洗完脚就上床睡觉了。老婆睡觉有这点好处,平时嘴唠叨,一上床就不唠叨了,三分钟就能入睡,响起轻微的鼾声,比孩子入睡还快。前几年刚结婚,小林对这点很不满意,哪能上床就入睡?问:

"你怎么躺倒就着,长此以往,可让人受不了!"

老婆不好意思地解释:

"累了一天,跟猪似的,哪有不躺倒就着的道理!"

后来有了孩子,生活越来越复杂,几次折腾搬家,上班下班,弄吃喝拉撒,弄大人小孩,大家都很疲劳,老婆也变得爱唠叨了,这时小林倒觉得老婆上床就入睡是个优点,大家闹矛盾有个盼头,只要头一挨枕头,战争就停止了。所以小林觉得世界上没有绝对的优点缺点,优点缺点是可以转化的。

老婆入睡,孩子入睡,保姆入睡,三个人都响起鼾声,小林检查了一下屋里的灯火水电,也上床睡觉。过去临睡觉之前,小林有看书看报的习惯,动不动还爬起来记笔记。现在一天家务处理完,两个眼皮早在打架,于是这一切过程都省略了。能早睡就早睡,第二天清早还要起床排队买豆腐。想起买豆腐,小林突然又想起今天那一斤变馊的豆腐,现在仍在门厅里扔着,没有处理。这是导火索。明天清早老婆起来再看到它,说不定又会节外生枝,于是又从床上爬起来,到门厅打开灯,去处理那包馊豆腐。

二

小林的老婆叫小李,没结婚之前,是一个静静的、眉清目秀的姑娘。

别看个头小,小显得小巧玲珑,眼小显得聚光,让人见了从心里怜爱。那时她言语不多,打扮不时髦,却很干净,头发长长的。通过同学介绍,小林与她恋爱。她见人有些腼腆,与她在一起,让人感到轻松、安静,甚至还有一点淡淡的诗意。那时连小林都开始注意言语、注意身体卫生了。哪里想到几年之后,这位安静的富有诗意的姑娘,会变成一个爱唠叨、不梳头、还学会夜里滴水偷水的家庭妇女呢?两人都是大学生,谁也不是没有事业心,大家都奋斗过,发愤过,挑灯夜读过,有过一番宏伟的理想,单位的处长局长,社会上的大大小小机关,都不在眼里,哪里会想到几年之后,他们也跟大家一样,很快淹没到黑压压的千篇一律千人一面的人群之中呢?你也无非是买豆腐、上班下班、吃饭睡觉洗衣服,对付保姆弄孩子,到了晚上你一页书也不想翻,什么宏图大志,什么事业理想,狗屁,那是年轻时候的事,大家都这么混,不也活了一辈子?有宏图大志怎么了?有事业理想怎么了?"古今将相在何方,荒冢一堆草没了!"一辈子下来谁不知道谁!有时小林想想又感到心满意足,虽然在单位经过几番折腾,但折腾之后就是成熟,现在不就对各种事情应付自如了?只要有耐心,能等,不急躁,不反常,别人能得到的东西,你最终也能得到。譬如房子,几年下来,通过与人合居,搬到牛街贫民窟;贫民窟要拆迁,搬到周转房;几经折腾,现在不也终于混上了一个一居室的单元?别人家一开始有冰箱彩电,小林家没有,让小林感到惭愧,后来省着攒着,现在不也买了?当然现在还没组合家具和音响,但物质追求哪里有个完。一切不要着急,耐心就能等到共产主义。倒是使人不耐心的,是些馊豆腐之类的日常生活琐事。过去总说,老婆孩子热炕头,是农民意识,但你不弄老婆孩子弄什么?你把老婆孩子热炕头弄好是容易的?老婆变了样,孩子不懂事,工作量经常持久,谁能保证炕头天天是热的?过去老说单位如何复杂不好弄,老婆孩子炕头就是好弄的?过去你有过宏伟理想,可以原谅,但那是幼稚不成熟,不懂得事物的发展规律。千里之行,始于足下,小林,一切还是从馊豆腐开始吧。第二天早上六点,小林照例爬起来,到公家副食店前排队买豆腐。这时老婆已经睡醒,大睁着两眼在看天花板。老婆入睡快,醒来脑子清醒的也快,不像小林,睡觉起来头半天是木的,得半个小时才能缓过劲儿来,老婆只要五分钟就可以清醒,续上入睡前的思路。这是优点,也是缺点。如果两个人正闹矛盾,老婆早晨醒来,又会迅速续上昨天的事情,继续补课。看今天老婆发呆的样子,又回到了昨天入睡前坐在床沿上想心思的模样,小林心里就有些打鼓,不知老婆又要搞什么名堂。但老婆见他起床,并没有搭理他。小林就有些放心,赶忙刷牙洗脸,拿上塑料袋悄悄出门。但等小林刚要去拉门,老婆在床上发了言:

"我说你,今天的豆腐就别买了!"

原来老婆并没有放过他,仍要续昨天的豆腐事件。小林心里就"嘟嘟"地冒火,一斤馊豆腐,已经扔了,又过了一夜,还真纠缠个没完了?于是说:

"馊了一斤豆腐,还至于今后不买了?今天买回放到冰箱里不就结了!你还要纠缠多少年!"

老婆向他摆摆手:

"我不是跟你说豆腐,今天我想了一夜,我再也不能在这个单位呆了,我一定得调,你得跟我来商量商量这事!你不能对我的事漠不关心!"

原来并不是豆腐事件,小林有些放心。但老婆说的是调工作,调工作也是个让人窝心烦躁的事,比馊豆腐事件还复杂。本来老婆的工作单位不错,大学毕业坐办公室,每天也就是搞搞文件,写写工作总结,余下的时间是喝茶看报纸。但老婆性格很直,像小林初到单位一样,各方面关系一开始没处理好,留下后遗症。后来觉悟了,改正了,但以前总留下伤疤,免不了有磕磕碰碰的时候。单位不愉快,回来就向小林唠叨,说要换个单位。小林就拿自己现身说教,说只要将幼稚不懂事的毛病改掉,时间长了自然会适应,换什么单位,天下单位都一样。再说换个单位是容易的?我们都无权无势,两眼一抹黑,哪个单位会要你?老婆就说小林没本领,看着老婆在水深火热之中,一点帮不上忙。小林说,外边帮不上忙,内里不也帮了?不也向你解释了?解释不也是帮忙?就把老婆劝下了。老婆唠叨一顿,怨气出了,第二天就不说了,仍照常上班。如果这样下去,老婆慢慢也会适应,没有单位非换不可的烦恼。但小林家搬了几次家,搬来搬去,住的离小林老婆单位越来越远。

当初搬家时,因房子越搬越好,老婆很高兴,说咱们终于在北京也有个房子了,把主要精力花在布置房子上,怎么装窗帘,怎么布局,怎么摆冰箱和电视,还差什么东西,苦恼主要在这个方面。等家伙收拾得差不多了,老婆就又不满意了,怪这个地方离她单位太远。因她的单位在这条线上没有班车,她得挤公共汽车上班,往返一趟,得三四个小时。清早六点起床,晚上八点回来,顶着星星出去,戴着月亮回来,天天如此,车又挤,老婆就受不了,觉得是非换单位不可了。小林看着老婆每天下班疲惫不堪的样子,也觉得这和在单位不愉快不同,在单位不愉快可以忍耐、改正,离单位太远无法人为缩短距离,是得换个离家近一点的单位。真要决定换单位,两人才感到面前的困难像山一样,因为换不换单位,并不是小林和小林老婆能决定的。瞎猫撞老鼠,小林和小林老婆找了几个单位,人家都是一口回绝,连个商量的余地都不留,弄得小林和小林老婆挺丧气。

小林说:

"算了算了,别跑了,再跑也是瞎跑,你凑合着吧,北京还有比你上班更远的呢!别光想路程,想想纺织女工,人家上一天班,站着干一天活,你上班是喝茶看报纸,还不知足吗?"

小林老婆发了火:

"你没有本事,就让我凑合。你当然能凑合了,天天有班车坐,我挤四个小时车的滋味你哪里有体验?我非换单位不可,要不换单位,我明天就不上班,你挣钱养活我们娘俩!"

第二天就真不去上班。把小林急坏了。急了一次真管用,小林开动脑筋,真想出一个办法,前三门有一个单位,听有人说,那单位管人事的头头,和小林单位的副局长老张是老同学。小林帮老张搬过家,十分卖力,老张对小林看法不错。老张自与女老乔犯过作风问题以后,夹着尾巴做人,对下边同志特别关心,肯帮助人,只要有事去求他,他都认真帮忙。小林觉得这事如去找老张,老张不至于一口回绝。通过老张介绍,说不定前三门那个单位倒有些希望。前三门那个单位虽离小林家也很远,如坐公共汽车,也得两个小时,但前三门那里和小林家连地铁,地铁跑得快,四十分钟就够了,况且地铁不像公共汽车那么挤,有时上车还有座位。小林将这想法向小林老婆说了,老婆也很高兴,同意去那个单位,让小林去找老张。小林找到老张,将老婆的困难摆出来,又提出前三门那个单位,说听说老领导在那里有熟人,想请老领导帮帮忙。老张果然痛快,说:

"可以,可以,单位那么远,是应该换一换!"

又说:

"前三门那个单位,我也不熟,但管人事的同志,是我的同学,我给他写一封信,你找他,看他能不能给办!"

小林又大着胆子说:

"最好老领导再给他打一个电话!"

老张摸着胖脑袋"哈哈"笑了,照小林头上打了一巴掌:"现在的年轻人,比我们那时精明多了! 好,好,我给你打一个电话!"

老张又打了一个电话,又给小林写了一封信。小林捧到这封信,如同捧到圣旨一样高兴。小林老婆看到信,也很高兴。小林拿着这信到前三门的单位去,果然管用。管人事的头头接见了他,看了那封信说:

"老张是我的老同学,当年在大学,我们两个都爱搞田径!"

小林斜欠着身子坐在头头办公桌前,忙接上去说:

"现在老张也爱锻炼!"

头头看他一眼,突然又问起老张前一段出事的事,让小林讲一讲细节。小林感到有些为难,讲不好,不讲也不好,于是只拣些重要的讲了讲,说老张也只是和女老乔在办公室里坐了一坐,并没有真正在一起,其它一切都是谣传。那头头听后"哈哈"笑了,说:

"这个老张,还是那么可爱!"

最后才谈起小林老婆调动的事。那头头情绪正好,说:

"行,行,老张托的事,就是我的事,我看看下边哪个单位缺人!"

这不等于答应了? 小林回来向老婆一汇报,老婆马上抱着他在脸上乱亲。两人度过了一个愉快的夜晚。如果就这样等着,小林老婆一定能调成,能每天坐着地铁到前三门那个单位上班。但这时小林和小林老婆聪明反被聪明误,自己把事情办坏了。本来人家管人事的头头正在努力,小林和小林老婆仍不放心,小林老婆打听出一个熟人的丈夫,也在前三门那个单位工作,而且是一个处长,就同小林商量,单是一个管人事的头头是否太单薄,是否也找找这个处长?当时小林也没犯考虑,觉得多一个人就多一份力量,找一找总没什么坏处。于是就又找了这个处长。谁知道这一找不要紧,让人家管人事的头头知道了,管人事的头头马上停止了努力。小林再去找他,他比以前冷淡了,说:

"你不是也找某某了,让他给办办看吧!"

小林这才着了急,知道自己犯了路线性错误。找人办事,如同在单位混事,只能投靠一个主子,人家才死力给你办;找的人多了,大家都不会出力;何况你找多了,证明你认识的人多,显得你很高明,既然你高明能再找人,何必再找我?这时除了不帮忙不说,还容易产生抵触心理,说不定背后再给你帮点倒忙,看你不依靠我依靠别人这事能办成!小林和小林老婆认识到这个道理,明白过来,事情已经晚了。两个人一开始是互相埋怨,埋怨以后,又共同想补救的办法。但这时能想出什么补救办法?小林只好再找老张,让他给同学再打电话。但老张又不是你的亲兄弟,人家是单位的副局长,老找人家也不好。于是小林老婆调工作的事,就这样不上不下地放着。时间一长,小林事情一忙就暂时把这件事给忘记了。但小林老婆忘不了,时常一个人坐在那里想心思。昨天发生了馊豆腐事件,馊豆腐事件过去以后,她没洗脚坐在床边想的,就是这件事,今天早早起来,她将这话题又重新向小林提出。小林一开始以为老婆又叫他找老张,但再找老张小林已很憷头,于是说:

"事情已经让咱们办坏了,光让我找老张有什么用?"

小林老婆说:

"这次不让你找老张,还让你找前三门单位那个管人事的头头。"

再找管人事的头头,比让他找老张还憷头,小林说:

"因为找你那个熟人的丈夫,人家态度都冷淡了,如何有脸面再找人家?再找作用也不大!"

小林老婆说:

"为什么作用不大,这事我想了,你也别光怪我那个熟人的丈夫,这不是问题的关键,关键还是功夫下得不够。现在社会上办事,光动嘴皮子如何行?我考虑,咱得给他上个供。现在苍蝇没有不见血的,你不出血,他能给你来真的,还是得出血!"

小林说:

"只和人家见过几次面,熟都不熟,连人家家在哪里住都不知道,这供如何上?"

小林老婆发了火:

"看你说话的口气,就是对我的事情漠不关心!上次你要入党,给女老乔送了什么?那时咱们那么困难,孩子吃奶都没有钱,我不照样让你送了?轮到我的事,你怎么就这么推三挡四的,你这存的是什么心!"

说着说着脸就白了。小林见她越说越多真生气了,忙说:

"好,好,咱送,咱送,看送了能起什么作用?"

话说到这里就算完了。白天两人照常上班。等晚上回来,两人匆匆吃完饭,交代保姆看好孩子,就一起到前三门单位管人事的头头家里去上供。但真到上供,供上些什么,两人都犯了难。两人来到商店,逛了半个小时,拿不定主意。礼太小了送不出去,礼太大了又心疼钱。最后小林老婆相中了一个工艺品,一个玻璃匣子里镶嵌了几个花鸟和小鱼,美观大方,四十多元,可以买。但两人商量半天,觉得这个礼品也不合适,管人事的头头能会喜欢花鸟?别以为是随便十几块钱买的贱价货搪塞他,那样作用更不好。最后又转,转到食品冷饮柜,小林突然眼睛一亮,说:

"有了!"

小林老婆问:

"什么有了?"

小林便向老婆指了指一箱一箱的"可口可乐",上边挂着一块牌子:"大减价,一块九一听",而可口可乐的正常价格,却是三块五。"可口可乐"拿得出手,一听一块九,一箱二十四听,也就四十多块,看着体积大,又是名牌饮料,拿出来实用大方,管人事的头头肯定喜欢。只是不知它为何减价。小林老婆说:

"别是过期了吧,那样就不好了!"

问了售货员,也不过期,实在是奇怪,好像是单为今天他们送礼准备的。小林说:

"看这样子,今天顺利,这事肯定能成!"
老婆兴致也高了,马上掏钱买了一箱,由小林扛着,两人挤上公共汽车去送礼。兴高采烈到了管人事头头家的楼下,已是晚上八点半,时间也合适。但等两人进楼道刚要上楼,从楼上走下来一个人,正是前三门单位管人事的头头。小林忙向他打招呼,倒让正下楼的头头吃了一惊,等看清是小林,因在家门口,倒比在办公室客气,忙止住脚步笑着说:
"你们来了?"
小林说:
"王叔叔,这是我爱人,为她工作的事,老张让我们再来找您一次!"
头头说:
"我知道了,那个工作的事,我这里没有问题,关键是下边接收单位不好办,你们如能找到哪个处室可以接收,让他们再来找我不就行了?今天晚上我出去还有点事,车子在下边等着,恕不能接待你们了!"
小林和小林老婆心里都凉了半截。这不等于回绝了?等头头走到了楼外,小林才意识到自己肩上还扛着一箱"可口可乐",忙向楼外喊:
"王叔叔,我还给您带了一箱饮料!"
头头在楼外笑着答:
"我这里还缺几筒饮料?扛回去自己喝吧!"
接着,车子发动开走了。把小林和小林老婆尴到了楼道里。尴了半天,两人才缓过劲来。小林将箱子摔到楼梯上:
"×他妈的,送礼人家都不要!"
又埋怨老婆:
"我说不要送吧,你非要送,看这礼送的,丢人不丢人!"
小林老婆也说:
"这个人怎么这么恶劣,这个人怎么这么小心眼!"
两人便重新扛着饮料回家。因为礼没有送出去,回家以后两人又为买礼心疼了半天,四十多块钱买一箱"可口可乐"放到家里,这不是吃饱了撑的?一箱"可口可乐"怎么处理?退回商店,入口的东西人家一律不退,自己喝了吧,哪能关起门没事喝"可口可乐"?过了两天,还是

811

老婆聪明,把"可口可乐"打开,时常拿出一筒让孩子到院子里去喝。过去从来没买过饮料,也没买过带鱼,孩子穿得破烂,在院子里穷出了名。一次倒是买了带鱼,是贱价处理的,有些发臭,臭味跑到了楼道里,让对门印度女人到处宣扬,现在让小女儿拿着"可口可乐"到处喝,也起一个正面宣传的作用,也算这箱"可口可乐"买的没有白费。只是工作的事仍没有着落,仍是小林和小林老婆继续窝心的问题。

(选自《官场》,华生出版社 1992 年版)

【作者简介】

刘震云(1958~　),河南省延津人。1973 年参加中国人民解放军,1978 年复员,在家乡当中学教师。同年考入北京大学中文系,1982 年毕业。曾任《农民日报》记者,现为专业作家。主要作品有:短篇小说《塔铺》,中篇小说《新兵连》、《头人》、《单位》、《官场》、《官人》、《一地鸡毛》、《温故一九四二》,长篇小说《故乡天下黄花》、《故乡相处流传》、《故乡面和花朵》、《一句顶一万句》、《我叫刘跃进》等,作品集有《官场》、《官人》等。《一句顶一万句》获第八届茅盾文学奖。

刘震云的大多数作品反映的是当代中国普遍存在的以"官本位"为特征的政治文化生态。他始终在探讨"权力"是如何支配着人的日常生活并成为许多人的行为动机的。权力意识渗透于许多人的头脑中。从崇拜权力,到为权力所驱使去追逐权力,最终为更强大的权力所愚弄和吞噬,走向权力的宿命。所以刘震云的小说又被称为政治文化小说。

【作品简析】

刘震云的创作有特殊的切入点。他的许多作品写的是生活中的小人物(普通士兵、普通农民、小公务员、小知识分子、小市民、小官员等),反映是连队、农村、基层单位的原生态的生活。由于这些原因,人们把刘震云的作品归于新写实小说一族。然而,他与一些新写实作家又有很大不同:他不一味地复制原生态的生活,而是对生活有更深入的观察和独具一格的阐释,是一位思想型的作家。

作为姐妹篇的《单位》与《一地鸡毛》,表现渗透了权力意识的日常生活对人的腐蚀与异化。《单位》中的小林原本是很善良、纯洁的青年，但在机关中，他逐渐学得乖巧，善于察颜观色、见机行事。对领导唯唯诺诺，惟命是从。对党小组长女老乔，明知她身上有狐臭，还得一月一次挨着女老乔向她汇报谈心，即使熏晕了，也得面带笑容。《一地鸡毛》中的小林回到家里，事情更多：为豆腐变馊同老婆争吵；为偷水而忍受查水表老头的训斥；为调动工作同老婆一起费尽心机。此外，诸如孩子入托、孩子生病、班车问题、代人卖鸭子、接待从乡下来北京看病的老师、买冬贮大白菜……从机关到家里，小林夫妇整天为这些"鸡毛蒜皮"的琐事疲于奔命，纠缠不休。在大学的时候，他们都不是平庸之人，小林有事业心，发愤过，奋斗过；他的妻子小李是一个文静的、眉目清秀而且富有诗意的姑娘。但后来小林变成一个卑琐的小公务员，而小李则变成了一个爱唠叨、不梳头、还学会夜里偷水的家庭妇女。这说明，平庸的生活可以扼杀人的生命。在平平庸庸之中，理想慢慢消失，感情渐渐冷却，心灵悄悄死灭。正如作者在《磨损与丧失》一文中所说的："生活是严峻的，那严峻不是让你上刀山下火海，上刀山下火海并不严峻，严峻的是那个日复一日、年复一年的日常生活琐事……生活固然使我们一天天成熟，但它也使我们一天天衰老、变假、一天天远离'我们'自身"。物质的东西固然不可或缺；然而精神的东西，人的灵魂更需要救赎。这样才能有人的尊严，人的价值，从而成为一个真正的人。

当然，小林、小李的这种异变不能完全怪罪于他们，他们生活于由大大小小权力编织而成的社会大网中：查水表的瘸老头，小林单位里的张副局长，"前三门那个单位"的"管人事的头头"和某处处长，修自行车的老头和他的当幼儿园阿姨的女儿，幼儿园园长以及需送"炭火"的老师，还有保管文件的小彭，他们各有各的权力。他们之间建立起了错综复杂的权力链与利益链。人们无可逃避地处于这个"链"中。人们自觉或不自觉地认同权力，使权力渗透进我们每时每刻的生存，渗透进家庭的每个角落，由此构成现代社会的重要本质。而小林夫妇无权无势又无钱，于是他们在这个链条和大网中只能苦苦挣扎，艰难生存；有时又被迫"加入其中"，随波逐流，甚至也顺手捞一把。人们对于他们的卑琐与无奈，更多的不是责难，而是洒一杯同情辛酸的泪。

《一地鸡毛》在写作上的另一个特点是冷幽默与反讽的运用。

小林每天早起去抢购豆腐,后来夫妇俩又为五小块豆腐变馊而争吵不休,凸显出底层老百姓生活的艰难与困窘;查水表的瘸老头,先是以过去为首长喂马的光荣历史而自吹自擂,并居高临下,训斥像小林夫妇这样的"偷水者",后来他又带着微波炉,低三下四找小林走后门,人脸多变,透出人生的滑稽与荒唐;小林为小李调动工作找"管人事的头头",扛一箱减价的可口可乐当见面礼,却遭头头拒收,更衬出小人物生存的尴尬与悲凉;小林夫妇害怕"乡下来客"和冷待中学恩师,写尽了无权无势者的无奈与寒酸;有钱的"印度女人"热心帮忙解决小林孩子入幼儿园问题,实际上是为她的女儿找个"陪读",小林得知内情后,"心里像吃了马粪一样感到龌龊";小林"堂堂一个国家干部",屈尊替大学同学"小李白"卖板鸭,虽然面子尽失,但每次却能得到20元的报酬,感觉"好像当娼妓"……面对生活中那么多让人啼笑皆非的矛盾,那么多难知难解的悖论,作者或"鸡毛蒜皮",小题大做,或正话反说,反话正说,运用冷幽默与反讽的手法,撕下人的种种伪装,露出麒麟下的马脚。在苦涩的笑声中蕴含着辛辣的讽刺,收到了针砭时弊的奇效。

(张学正)

红旗谱*（节选）

梁 斌

…………

二

二十五年以后的一个春天，从关东开进一一二次列车，直向保定驰来。列车通过一座长桥，轮声隆隆，车身震荡。汽笛一声吼叫，把朱老忠从梦里惊醒过来，猛的一起身，没站住脚，趔趄了两步，倒在座椅上。同车的人们，以为他得了什么症候，都扭过身子来看，说："他是怎么了……"

这时候，一个中年妇女急忙走过来，搂着朱老忠的肩膀说："醒醒儿，你是怎么了？"见朱老忠满脸通红，睫毛上吊着泪珠子，忙递过一块花条子粗布手巾，说："快擦擦，你看！"那妇女有三十五六年纪，高身干，大脚，微黑的脸色，满脑袋黑油油的头发。说话很是干脆、响亮，一腔外路口音。朱老忠摘下毛毧毧的山羊皮帽子，把老羊皮短袄的袖子翻卷过来。敞开怀襟，小褂没结着扣儿，露出胸脯来。他接过手巾，擦了一把汗，说："啊呀！我做了一个梦。"又摇摇头说："不，不是个梦！"

妇人伸手给他掩上怀襟，说："看你，叫风吹着了！"

他合上眼睛，略歇一歇儿。又慢悠悠撩起眼皮，走到车窗跟前。探头窗外一看，黄色的平地，屋舍树林，土地河流，正落向车后。路旁柳树青青，阳光通过绿柳，射进车窗，将淡绿色的影子照在他们身上。他两手凭着窗，嘴上轻轻念着："快呀，真是快呀！二十多年时光，眨眼之间，

---

* 中国青年出版社1957年版。

在眼前溜过去了。如今,四十开外的人了,才回到家乡啦!"猛的,他又想起父亲逝世的时候,正和他现在的年岁差不多,也许正在这个年岁上。

一个黑黑实实的、十八九岁的小伙子,挨到他的跟前,问:"到了家?不是还有一两天的路程吗?"

另一个七八岁的男孩,听说到了还没见过的家乡,也挤过来,扒着窗户说:"哪里?还没有到嘛!"

大的,叫大贵。小的,叫二贵。中年妇人,是孩子的母亲。一说到了老家,孩子们都高兴。朱老忠也抖擞着精神说:"人,到了边远的地方,一见了直隶人,都是乡亲。回到保定,就像到了家乡一样,身上热烘烘的。"

真像到了家乡一样呀,他们心上兴奋得突突跳起来。朱老忠还是迷迷怔怔,心里想:当他出外的时候,正比大贵小一点,比二贵大一点……他舒开两条胳膊,打了个呵欠,又低下头去。眯糊上眼睛,细细回味梦里的情节和人物。父亲朱老巩,那个刚强的老人,矫健的形象,永远留在他的心上,不会磨灭。又想起姐姐,二十多年不通音讯,她……想着,他的思想,不知不觉又沉入过往的回忆里。

父亲过世了以后,剩下他和姐姐过日子。还和过去一样,他每天出去做活,回来姐姐做熟了的饭,两人一块吃。年岁小,日子过得很难。有天晚上,姊弟两个正插着门儿睡觉,有人从墙外咕咚咕咚跳过来。姐姐爬起身子,悄悄把他捅醒,说:"虎子!小虎子!你听墙外头跳过人来!"

他睡得迷迷糊糊,扒着窗格棂望外一看,月亮地里,有人走近小屋,影影绰绰,看见那两个人,脸上都蒙着白布,露着两个眼儿。走过来扒着窗户说:"开门!开门!"

吓得姐姐浑身直打机灵。他说:"姐姐!甭怕甭怕!"话是这么说,外面敲门声,一阵紧似一阵,连他自己心里也打起噤呻来。

两个强人,在窗棂外头,贼眉鼠眼地虓着:"开门不开?不开,我们就要砸!"

他捏手捏脚走到外屋,掂起一把禾叉,立在门道口锅台上,姐姐站在他的脊背后头,浑身哆嗦圆了。那两个家伙果然要砸门,咣咣!咣的几家伙,把门砸开。一个箭步,跳进屋子来。他举起禾叉一叉,也没叉住。被强人拃着叉杆抓住他,摁窝儿拧过胳膊,按在地上,把他捆起来,嘴里塞上棉花套子,姐姐嚷了两声,要往外跑,被强人拦腰搂住,拖到屋里……

听见姐姐惨叫,他心里气呀,急呀,年纪小,骨头嫩,又有什么办法?

等强人走了,姐姐踉踉跄跄走过来,脸色惨白得怕人。颤着手,解开绳子放了他,说:"虎子!走吧,走吧,逃活命吧!爹爹死了,霸道们不叫咱姐弟活下去呀!"

他眯瞪眯瞪眼睛,说:"一个人,孤孤零零,怎么走法?"

姐姐哭哭泣泣,包上几件破衣裳,捆上一条破棉被子,说:"去找老祥大伯,叫他送你。走吧!普天下,哪里黄土不生芽,非死在这儿?"

他问:"你呢?"

姐姐说:"我?"她说出一个字,又沉默住。瞪起眼睛,在黑暗里盯着弟弟,老半天,才哭出来说:"兄弟,亲兄弟,甭管我了,我见不得人啦。你走吧,走吧!"

黑夜里,周围静寂得厉害,姐弟两个踏着月光,偷偷走出小院子。出了门,往西一扭,沿着房后头的水塘,走进大柳树林子,到了河神庙底下,小虎子又站住。父亲的形象,现在他的眼前。姐姐扯着他的手说:"快走!快走!"才沿着千里堤走出来。出村时引起一阵犬吠。离远听得千里堤外头,潴沱河里水流声,哗哗响着。走到小严村村东,下了大堤,走进老祥大伯家里。

老祥大伯,听说十几岁的孩子也要出外,心上皱起疙瘩,半天不说话。老祥大娘也暗里抽泣,看着朋友的孩子为难。实在难离难舍呀!等公鸡叫了一遍,天快亮了,老祥大伯杀了杀腰,在房顶上摘下那杆红缨枪,扛在肩上。叫他儿子志和背上行李。穿过梨树林子,送虎子出村,走出梨树林子的时候,老祥大娘又把他叫回来,拍着他肩膀说:"虎儿!虎儿!不管走到哪里,莫忘了给我来封信,嗯!常言说:'儿行千里,母担忧'啊!你娘虽死了,还有我,还有你姐姐,心上牵你。孩子!"她说着,又流下眼泪来。

路上走着,志和说:"虎儿哥,出去了,找到了落脚的地方,也给我来

817

封信,我去找你。"

他回过头,盯着志和走了七八步,说:"不,兄弟!几年以后,我一定要回来!"说着,抬头一看,老祥大伯高大的身影,扛着长枪,在后头跟着。

走了十里路的样子,他们才分手了。

他一个人悄悄离开锁井镇,上了保定。那时候,这条铁路早就修上,没有钱,坐不上火车,沿着铁路旁的村庄,要着饭,到了北京。在北京,看见了很多拖长辫、戴花翎缨帽、坐着八抬大轿的老爷们。他在那里当了半年小工,又到天津学织毯子。织着织着,爹爹的容貌就现在他的眼前。一想起爹的死,心上就烦躁不安。他想:这一条线一条线的,织到什么时候是个头儿呀?又背上铺盖卷,提起腿下了关东。

他一个人,在关东的草原上走来走去:在长白山上挖参,在黑河里打鱼,在海兰泡淘金。受了多少年的苦,落下几个钱,娶下媳妇,生了孩子,才像一家子人家了。可是,他一想起家乡,心上就像辘轳一样,搅动不安。说:"回去!回到家乡去!他拿铜铡铡我三截,也得回去报这份血仇!"

车身颠荡,摇得身子巍巍颤颤。他眯糊着眼睛,回忆了一生的遭遇。想到这里,不知不觉出了一口长气,眼上掉出泪花来。放开铜嗓子,铜声响器的喊出来。同车的旅客们都停止了声音,你看着我,我看着你,笑着纳闷儿:"这人儿,是怎么了?"

火车还没有进站,徐徐慢下来。旅客们开始鼓捣行李,准备下车。大贵他娘,也从座位上站起来,伸手打个舒展,才说取下行李,朱老忠说:"不忙,不忙,一忙就要失手。"

听得说,贵他娘停住手。又递过毛巾说:"看你,再擦擦汗。"

朱老忠接过毛巾,说:"在北满的时候,还冷着呢,一进关就热了。"

火车一进站,嘈杂的声音像潮水般涌上来。用旧道木夹起来的围墙上,有卖烧鸡的,卖甜酱的,卖"春不老"的,一股劲儿乱喊。

火车进站了,脚夫推着手车走上来。检票员手里拿着钳子,开了栅门,等待收票。等不得火车停住,就有人从窗口扔出行李,又从窗口跳下车去。看人们着急,大贵和二贵也着了急,扛上包袱向外撞。朱老忠一把将大贵捞回来,又一把将二贵也捞回来,连连说"不慌,不慌,慌什么?"

抓回二贵,大贵又挣出去,伸直脖子望人群里钻。他把脑袋伸到人们胳肢窝底下,三扛两扛,像泥鳅钻沙,钻出人群去。

二贵见哥哥先出去,也挣脱了父亲的手,伸起脑袋向人群里碰。这边碰碰,那边碰碰,他哪里碰得动?又低头搭脑地走回来,红着脸,钻进娘胳肢窝里。

朱老忠背着褥套,看着他的两个儿子,摸着胡髭,笑模悠悠儿说:"青年人,就是爱抢先儿!"

贵他娘说:"哼!两头小犊儿!"又摩挲着二贵的头顶说:"看看,长出抵角芽儿不?"低头看了看二贵,笑了笑。二贵也笑了。

朱老忠带着一家大小下了车,人挤,一时走不出栅口去。在月台上停住脚,扬起头望着站上的房屋树木。他离开家乡的时候,这站房才修上,铁道两边的树才栽上。如今铁路旁的树木,遮住多老大的荫凉儿……

三

等旅客走完,月台上人稀了,朱老忠才带上一家大小走过栅口。进了候车室,看见一个人,在售票处窗口背身站着,胳肢窝里夹着一把铁瓦刀,手里提着个小铺盖卷,铺盖卷上裹着块麻包片儿。朱老忠看他的长身腰,长脑瓜门儿,挺实的腰膀,心上一曲连,急跳了几下,扪着心窝说:"嘀!好面熟的人!"他停住脚,仔细瞧着,看那人端着烟袋抽烟的硬架子,完全像是练过拳脚的,完全像!看他满脸的连鬓胡髭,却又不像。

朱老忠抿着嘴儿暗笑一下,抬起脚,兴冲冲走过去。一下子,把被套角儿挂在那人的腿胳肢上,挂个侧不楞,仄歪了两步又站住。那人慢搭搭回过头来,问:"你干吗碰我?"

这时,朱老忠已经走过去。又返回身来,睁圆了眼睛,泄出两道雪亮的光芒,射在那人的脸上。听语声,看相貌,心里肯定说:"是,一定是

819

志和!"

　　一个警察,离老远看见这个阵势,颠着步儿跑过来。还没跑到眼前,朱老忠扔下被套,跨过两步,一把抄住那人的手腕子,说:"兄弟!你在这儿发什么愣?"

　　那人把手一甩,抽回胳膊,皱起浓厚的眉毛,抬起眼睫,弓起肩膀仔细打量朱老忠。又看看贵他娘,看看大贵和二贵。喑哑着嗓子,一个字一个字儿说:"你认错了人吧?"

　　朱老忠又赶上去,攥住他的手,哈哈大笑说:"没有,我没认错人!"

　　说到这里,那人睃睁眼睛,盯了朱老忠半天,在朱老忠身上找不出什么特征,看到大贵、二贵的脸形、鼻子、嘴,又睁起两只大眼睛,盯了一会子。猛的,朱老忠幼时的相貌,在他内心唤起了久远的回忆。他"呵"了一声,扬起颏儿,扳着指头,暗暗算记。摇摇头,悄悄儿说:"二十多年,二十多年不见了呵!"迈开大步赶过来,抬起长胳膊搂住朱老忠。不提防膈肢窝里那片铁瓦刀,当啷一声掉在洋灰地上,惊动了周围的人们。一齐扭过头,睁起怀疑的眼睛看。

　　那人就是严老祥的儿子严志和。他和朱老忠,从小儿跟着老人们在一个拳房里跳哒过拳脚,在一块背柴禾筐,大了在一起赶靛颏鸟,打短工儿。朱老忠远走高飞的时候,他背上行李送出十里以外。想不到二十五年以后,在这里会见了!严志和跟朱老忠站在一块,正比朱老忠高一头。严志和这时心上一闪,记起和父亲扛着长枪送朱老忠离开锁井镇的情景儿。

　　严志和抱起朱老忠,把下巴墩在他的肩膀上,瞪圆眼珠子说:"虎子哥,你可回来啦!"两颗大泪珠子,从眼角里掉出来,落在朱老忠的脸颊上。

　　朱老忠返身,捧起严志和的脸,这么看看,那么看看,拍拍他的长脑瓜门,说:"兄弟!想啊!想啊!想你们呀,我回来了!"

　　那个警察,提着警棍转游了一溜遭,最后看到他俩的虎式子,总有些放心不下。旁边一个浑身风尘的老太太,插嘴说:"离乡背井,还不够受的?还你一拳我一脚的!"那个警察又提起警棍,颠起脚儿跑过来,把人们赶散一看,严志和正攥住朱老忠的手,说:"哥!你一去二十多年,二十多年音讯全无!"

朱老忠说:"甭说写信,一想起家乡啊,心上就一剜一剜的疼!"又扯住严志和的手说:"来吧!这是你嫂子,这是你两个侄子。"他摸着嘴巴上胡髭,笑眯眯儿站着。

严志和笑咧咧地说:"唉呀!出去的时候,嘴上还没有毛毛。回来,老婆孩子一大堆了!"

那个警察,看他们完全不像打架斗殴,是在异乡逢着亲人,就骨突起嘴,嘟嘟囔囔说:"以为是他娘的干什么,也这么大惊小怪!"

朱老忠一听,扭过头横了他一眼,回头又对严志和说:"说了半天,还不知道你去干什么?"

朱老忠一问,严志和红了脸,怯生生愣了一下,唷唷哧哧说:"我要闯关东,离开这个愁根子!"

朱老忠说:"怎么,你也要下关东?"他也愣了一刻,心里想,他在关东二十多年,多咱一想起家乡啊,想起老街旧邻,想起千里堤上的白杨树,想起滹沱河里的流水,心上就像蒙上一层愁网,这才一心一意要回老家,千里迢迢,好不容易赶回来,志和又要走。他又问:"到底是为了什么呀?"

严志和颤着嘴唇,低了一会头,才说:"要去找我那老人家。"

朱老忠眯了一下眼睛,说:"怎么,老祥大伯也下了关东?"

严志和说:"提起来,一句话说不完,咱先找个地方住下再说。"

严志和猫腰拾起瓦刀,就势双手一抡,把被套扛在脊梁上,就向城里走。朱老忠和孩子们背着行李,提着包袱,在后头跟着。

朱老忠进了城,大街上人来来往往,车马也多,一眼看去,完全不像从前的老样子,添了几处洋式楼房,玻璃门面。不知不觉走到万顺老店。店掌柜拿出一串钥匙,开了一间小房,问严志和:"没上得了车?"

严志和说:"碰上老熟人,给你招个买卖来。"又指着朱老忠说:"他就是锁井镇上朱老巩的儿子,我们是生死之交。"说着,把被套往炕上一扔,听得咕咚一声响,又说:"好重的行李!"

店掌柜是个细高挑儿,听得说是朱老巩的儿子,搓着手走上来,上下打量着朱老忠。左瞧瞧右看看,笑着说:"朱老巩,好响亮的名儿呀!

821

当年老人家在世的时候,每次上府都住我这儿,倒不是高攀,咱们还是世交,老巩叔和我爹相好了一辈子!"他攥起朱老忠两只手,抖了一抖,说:"真是,老子英雄儿好汉,你和你们老人家精神头儿一模一样。"

自从朱老巩死了以后,方圆百里出了名,一直流传到现在,人们还是忘不了他。有个说梨花大鼓的先生,给他编了个小书段,叫"朱老巩大闹柳树林",那个说书先生,自从编了这个小书段,也就出了名。人们戏上、庙上、送号还愿的,净爱打车摇铃请他去说书。白胡子老头们,只怕孩子们把朱老巩忘了,夏天拉着孩子们找个树阴凉,冬天坐在热炕头上,嗑瓜子儿,像讲三国志一样,讲说朱老巩的家世和为人。直到把孩子们感动得流下眼泪来。如今一说起朱老巩,大人孩子都知道。要是有人看见朱老忠的身貌、长相、脾气和性格,就不难想起他的老爹朱老巩。

朱老忠听店掌柜说是世交,立时笑了,拱了拱手说:"那时节我还年轻,不记得了……"

店掌柜也说:"没说的,一家人。你这咱晚才打关东回来?带回多少银子钱?"

朱老忠说:"哪里来的钱,还不是光着屁股回家。"

掌柜的说:"下关东的老客们,有几个不带银钱回来的。不落钱,谁肯傻着脸回家。"

朱老忠说:"这倒是一句真话!一辈子剩不下钱,把身子骨儿扔在关东的多着呢!"

店掌柜拿了把笤帚来,扫着地问:"怎么样,东北有战事没有?"

朱老忠从柜房里拿出把缨摔,掸着满身的尘土说:"眼下东北倒是没有战事……咳!民国以来,天天打仗。这年头,有枪杆子的人吃香!今天你打我,明天我打你,谁也打不着,光是过来过去揉搓老百姓。"一面说着,皱着眉心笑,似乎军阀混战的硝烟,还在他们鼻子上缭绕。

店掌柜说:"各人扩充自个儿地盘呗!别的不用说,不管哪个新军头一来,先是要兵。要兵,人们就得花钱买。还叫人们种大烟,又说什么'……谁敢种大烟一亩,定罚大洋六元'。你看看这个,不是捂着耳朵捅铃铛?"

严志和伸起脖子说:"你不种,他硬要派给你种。种,还得拿'种'钱,什么世道儿?他娘的快把人勒掯死了!"他抽着烟,嘴上嘟嘟囔囔说个不休。

今天来了老朋友,店掌柜热情招待。说着话,搬了个炕桌来,又沏了壶好叶子,一包"大翠鸟"香烟。说是今天的饭由他准备。还说:"你们以后上府,一定住我这儿。如今没有别的了,就剩下这几间破房子!"说着话,又忙着去张罗饭食。

贵他娘洗个手脸,说:"我上街看看。"带着孩子们出去了。

朱老忠斟上两碗茶,跨上炕沿问:"兄弟!你倒说说,怎么单身独马,一个人闯关东?"

严志和喝了口茶,低头坐在炕沿上,老半天,才伸直脖子咕嗒咽下去。摇了摇头,不说一句话。

朱老忠看他像有很沉重的心事,慢慢走过来,坐在一边。拍拍他的肩膀,问:"你可说呀!"

严志和还是低着头,连连摇晃,不说什么。

实在闷得朱老忠不行。他知道严志和自幼儿语迟,你越是问,他越是不说。问得紧了,他还打口吃。朱老忠说:"你还是这个老脾性,扎一锥子不冒血!"

严志和沉着头呆了一会子,才从嘴唇里一个字一个字儿蹦出一句话来,说:"甭提了,看咱还能活吗?"

朱老忠一听,话中有因,紧皱眉头问:"村乡里又出了什么大事?"

严志和慢吞吞地说:"可是出了大事情!"他说了这么一句话,又停住。摇晃着脑袋,老半天才说:"说起来话长呀……前三年,咱地方打过两次仗,闹过两次兵乱。锁井镇上,冯老兰和冯老洪,闹起民团来。他们拉着班子壮丁打逃兵,打下骡子车和洋面来发洋财。不承望,逃兵们打保定捅来了一个团,架上大炮,要火洗锁井镇。冯老兰慌了神,上深县请来个黑旋风,从中调停。你想,黑旋风是个什么家伙,硬要锁井镇拿出大洋五千块,这才罢兵。五千块洋钱摊到下牌户身上呀,咳!庄园地土乱打哆嗦……"

严志和说起话来,总是慢慢儿的。本来一句话说完的事情,他就得

823

说半天。朱老忠一听,心窝里像有一股火气,向上拱了拱。抬起头,舒了一口长气,才忍住。呆了一会,他问:"他们上牌户不出?"

严志和说:"我那大哥!你还不知道?上牌户哪里出过公款银子?回回都是下牌户包着。"

严志和说着,朱老忠心里那股火气,像火球一样在胸膛里乱滚。他攥紧拳头,在胸口上砸着,问:"谁是冯老兰?"

严志和说:"就是冯兰池呀!他儿孙们大了,长了胡子,村乡里好事的人们抱他粗腿,送了个大号,叫冯老兰。"

这时,朱老忠心里那个火球,一下子窜上天灵盖,脸上腾的红起来。闪开怀襟,把茶碗在桌子上一顿。伸手拍拍头顶,倒背了手儿走来走去。又停住脚看看窗外,闭住嘴缄默了老半天。盘脚坐上炕沿,问:"他还是这么霸道?"

严志和把两条胳膊一伸,放大嗓音说:"他霸道得更加厉害了!"

朱老忠一时气愤,浑身一颤,右大腿一簸,一下子碰着桌子挡儿。哗啦一声,把茶壶茶碗颠了老高,桌子上汤水横流。这时,朱老忠猛醒了过来,伸开胳膊搂住茶壶,不叫滚落地上。嘴上打着响舌儿,说:"啧,啧,失手了,失手了!"又笑嘻嘻儿找了块擦桌子布来,擦干桌子上的茶水。

严志和并没有看出朱老忠心气不舒,心里想:"这人儿,倒是山南海北闯荡惯了,变得一点没有火性。"

朱老忠抽着烟,闭上眼睛呆了一会。猛然间放开铜嗓子说:"好!他更加厉害了。好,出水才看两腿泥!"一下子震得屋子里嗡嗡的响。一说到锁井镇上冯老兰,好像仇人见面,分外眼红。可是他不露声色,暗自思忖……

严志和直了直腰,看着朱老忠愣了一下,想:"别看不动声色,脾气许是越发梗直了。"

朱老忠又问:"你们也没跟他打官司?"

严志和说:"看怎么打吧!锁井镇上出了个朱老明,串通了二十八家穷人告了状,我也参加啦。头场官司打到县,输到县。二场官司打到保定法院,输到保定法院。三场官司打到北京大理院,又输到大理院了!"

朱老忠猛的抿了一口茶,吧咂吧咂嘴头儿,用着沉重的语音说:"好!朱老明是个硬汉子!"

严志和说:"亏他是能干的人,领着人们上城下县打了三年官司,也把官司打输了。"

朱老忠问:"输到底了?"

严志和说:"都输得趴下了!不用说,朱老明是拿头份儿,我也饶上了一条牛,输了个唏咧哗啦呀。过不成啦!"

朱老忠问:"锁井镇上的事,碍着你什么?"

严志和说:"那天,我到镇上去赶集,回来碰上朱老明,在他家串了个门儿。听他念叨打官司的事,我心里不平,就说:'我也算上一份!'一句话,输了一条牛。咳!完啦!走啊,在这地方咱算是直不起腰来。"

朱老忠看严志和是个义气人,够朋友。把眉泉一锁,说:"那就该不打这官司!"他立起身来,在地上走了两遭,把头一摆,说:"不走!"

严志和问:"不走?"

朱老忠梗起脖子,摇摇头说:"不走。"

严志和又低下头去呆了一会子,说:"不走又怎么办?把我肚子快气崩了,我就是爱生闷气。那个土豪霸道,咱哪里惹得起?"

朱老忠红着脖子脸,把胸膛一拍,伸出一只手掌,举过头顶,说:"这天塌下来,我朱老忠接着。朱老忠穷了一辈子,可是志气了一辈子。没有别的,咱为老朋友两肋插刀!有朱老忠的脑袋,就有你的脑袋,行吗?"

严志和忽闪着长眼睫毛,看着朱老忠,愣了抽袋烟工夫。看朱老忠刚强的气色,像个有"转花儿"的人,才有些回心转意。颤搭着长身腰,说:"听大哥的话。要不,咱就回去?"

朱老忠看说动了严志和,又鼓了鼓劲,说:"回去,跟他干!"

严志和慢慢儿抬起长眼睫毛,说:"我的大哥,干得过吗?"他说着,又连连摇头。

朱老忠看严志和又松了劲,走过去拍着他的肩膀,温声细气儿说:"拉长线儿,古语说得好,大丈夫报仇,十年不晚。"

听了这句话,严志和弯下腰,沉着头,"瓷"着眼珠盯着地上。想起他爹严老祥离乡前后的情景。

严老祥和朱老巩是同年生人,比朱老巩大三个月。自从朱老巩大闹柳树林,又过几年,一连发了两场大水,涝得籽粒不收,秋天又连连下起雨来。那天,天刚放晴,阳光在天空照着。严老祥不言不声儿蹲在千里堤上,看着滹沱河里翻滚的水流。堤边上的河蛙,咕儿哇儿乱叫唤。年景不好,使他上愁。忽的闻到身子后头有浓烈的烟味。回头一看,冯老兰正在他背后站着抽烟,瞪出一对网着血丝的大眼,直盯着他的脑袋。严老祥浑身寒颤了一下子,慑悄悄站起身来,走开了。他怕冯老兰抽个冷不防,把他推进大河里,被洪水卷走了。

严老祥走回来,硌蹭腿儿蹲在门前小碌碡上。独自一人,低头扬头抽了一袋烟,又抽一袋烟。总疑忌冯老兰的眼睛里有事,半天也忘不了那阴毒的眼光,想起来又后怕。

他又想起:朱老巩死了,他失去了一条臂膀,单丝不成线,孤树不成林,只怕冯家对他不利。猛的想起要离开锁井镇,离开这仇气地方,走西口,下关东……

严老祥想到这里,从小碌碡上站起来。这时,千里堤大杨树上,老鸦呱啦呱啦乱叫唤。他一个人,拎着烟袋,走上千里堤,走走转转。想到:当他还在壮年的时候,那时他们还住在滹沱河的下梢里。在连年荒涝的年月,把最后一间房子、一亩地,卖净吃光,推上一辆虎头小车,带上老婆孩子和全部家财——一条破棉被和一口破铁锅,沿着滹沱河的堤岸,走到大严村,投靠了严老尚。严老尚看他着实能做活,就收留下了。他会收拾梨树,给严家扛个长工,后来志和也在严家帮工。冬天,严家给几件破烂衣裳。青黄不接的季节,给点糠糠菜菜,给个一升半碗的粮食。一家人苦做活,过了多少穷愁日子,才在村前盖了三间小房。后来,又在村南要了二亩地。好不容易安起家来。如今,看看年纪老下来,要离开可爱的家乡,闯到边远的关东去。他心上热火燎乱,像在沸水里煮着。咳呀!难呀,难呀,穷家难舍,熟地难离呀!

他站在堤坝高处,看着低矮的家屋,比河里的水浪还低。只要河水向外一溢,就要冲掉。他积攒了二十年的工钱,要的二亩地,就得淹进深深的河水……想着,泪满眼眶,禁不住夺眶而出,流到衣襟上……

咳！老朋友死了,他觉得孤独,觉得寂寞。眼看秋天快过去,田地里是水,街道上空空的,满目荒凉、空阔……一忽儿,觉得他的心,像是悬在飘渺的空中。于是,下定决心,要离开老婆孩子,离开他血汗建立起来的家园……

一想到离开家乡,他心上又热烘起来……

独自一人在那里站着。看着太阳,快晌午了,走回家去,跟老伴要了一双布袜子。走出来,坐在门前井池旁洗了洗脚,把袜子穿上。又把严志和跟孙子运涛叫到眼前,说："儿呀！我扛了二十年的长工,流了二十年血汗,盖上这几间土坯小房,要了这二亩地,算是给你们成家立业,对得起你们了。"说着,他流下眼泪来,说："你老巩叔叔死了,如今老霸道还是无事生非,动不动找咱的碴儿,欺侮咱。我要是不离开这块地方,怕是早晚落不了囫囵尸壳儿。我要闯关东,去受苦啊！"

严志和一听,觉得爹爹像是到了秋天树叶黄的年岁上。他还要受苦,走关东。眼泪刷地流下来,说："爹！甭走啊,你一辈子不是容易,咱也有了家屋住处,有了孩子们,这还不好吗？"

老祥大娘也说："你心里想的什么哟？今年年景不好,还有来年。田地上长不出东西,咱养梨树。梨树上长不出东西,咱学治鱼……你想的是什么哟！"说着,挥泪大哭了一场。

运涛那时还不到十岁,一说爷爷要离开他闯到关东去,趴在爷爷腿上不起来。

严志和说不转严老祥,转身找了老驴头来。老驴头跺跶着两脚,气急败坏地说："老祥叔,你要下关东？不行！谁要叫我去,叫我离开这家,说什么我也不干。我老爷爷生长在这儿,我爷爷生长在这儿,我爹也生长在这儿,他们一辈辈葬在这儿,叫我离开这儿,说什么也不行,打死我也不行。"他一面说,一面比划着,心上满带火气。

正说着,老套子背着筐走过来,在一边听着。听清严老祥要出外,笑眯糊糊说："咳呀,出什么外呀,外头给你摞着金子哩,还是摞着银子哩？即便摞着金子银子,那金窝银窝不如咱自己的穷窝儿呀。大伯！

827

别走啊,不看别人,看着咱孩子们面上,也不能扔下他们不管。"

老驴头嘴唇厚,也说不清个话,急着跺脚连声,说:"不能走,你就是不能走!"

会儿不多,集了一堆人。绵甜细语,你说一个理儿,他说一个理儿,谁也说不转严老祥。他觉得,这些年幼的人们,嘴上无毛,办事不牢,没有多少人生的经验。他们的话,听不听两可。

那天晚上,朱全富打了四两酒,把严老祥请到家里,叫老婆摊了两个鸡蛋,就着炕沿喝着。说来说去,严老祥还是要闯关东。

第二天,老祥大娘到邻家借了半斤面来,给他做了一顿好饭吃。为了使他回心转意,守着老婆孩子把日子过下去。

可是,说什么也不灵,他下定决心,要闯关东。

严老祥吃过早饭,硬叫老伴给他打叠铺盖、衣服,对着一家人说:"好,我要走了!这二亩地,只许你们种着吃穿,不许去卖。久后一日,我回来,要是闹好了,没有话说。闹不好,这还是个饭碗。你看,咱在下梢里时候,把土地卖净吃光,直到如今,回不去老家。咱穷人,土地就是根本,没有土地,就站不住脚根呀!"听了老人的话,直到如今,不管手上有多少急窄,严志和不肯舍弃这二亩地。这就是他家的"宝地",每年打不少粮食。

老人家说了一场话,不管老祥大娘哭得死去活来,背上铺盖卷就要走。严志和掉下两点眼泪说:"爹,甭走啊!"又指指运涛和运涛他娘,说:"也看着咱这大人孩子们!"老人家摆摆头说:"人多累多,我要闯关东!"一家大小送他上了千里堤,严志和背着铺盖卷儿,沿着大堤,走到锁井镇南。严老祥在河神庙前头上了船,要坐船上天津,下关东去。那年雨水连天,河水挺大。严志和立在河神庙前大青石头上,望着那条小船飘飘悠悠去远了。一去十几年没有音讯。他一想起老人一辈子不是容易,心里就难受得不行,想着,不知不觉又说出口来:"我想下关东,把他老人家找回来。就是他不在人世了,把老人家骨殖找回来,心里也是痛快的!"慢慢讲着,还是不抬起头来,把头低到桌子底下,哭起来。

朱老忠说:"兄弟!我不怕你心里难受,告诉你吧!关东三省,地方大着哪,你知道他在哪一省?就是知道他在那个省,你知道他在哪个

828

县？哪个村？"

严志和猛地抬起头来问："真的？像你这一说，我那老人……"说到这里，他转动眼珠看着房梁，老半天没有说出话来，屋子里的空气低沉下来，两个人互相听得见心跳。

朱老忠也想起那个慈悲的老人。看严志和沉着脸呆着，走过去拍拍他的肩膀说："兄弟！你没出过远门，如今这个世道，我怕你一个人出去，把身子骨扔在关东。"停了一会，又说，"那年有河间府的一个乡亲，从东满到里河，说有一个锁井镇上姓严的，在那里兴家立业了。咱写个信去问问，要是他的话，你再去。要不是他，你也就别去了。咳！我不知道他老人家也下了关东，要是知道，得找找他，现在说也晚了！"

严志和点点头说："大哥说得倒是个高明理儿。"

朱老忠说："我怕你憞着头去了，人找不回来，你也回不到老家了。"说了这句话，抽着烟，在屋子里走动了几步。猛地想起一件事情，抬起颏儿问："我那老姐姐呢？"

严志和说："这会不跟你说。"

朱老忠说："你说说有什么关系！"

严志和把头一摆说："不。"

两个人交谈了一会，屋子里的空气又沉寂下来，你看看我，我看看你，谁也不再说什么。

严志和一场话，引起朱老忠满腔愁绪。他想起北中国雪封冰冻的群山，山上的密林。他曾在那原始的森林中，伴着篝火度过严寒。如今离开广阔的原野走回来，一想到锁井镇上有个冯老兰在等着他，二十多年的仇恨，在心中翻腾起来。心里说："从南闯到北，从北走到南，躲遍天下，也躲不开他们。"可是，他并不后悔，一心要回到祖祖辈辈居住的老家去。他想："我要回去，擦亮眼睛看着他，等着他。他发了家，我也看着。他败了家，我也看着。我等不上他，我儿子等得上他。我儿子等不上他，我孙子等得上他。总有看到他败家的那一天，出水才看两腿泥！"

(选自《红旗谱》，中国青年出版社 1957 年版)

【作者简介】

梁斌(1914~1997),河北省蠡县人。1927年参加共青团,1930年考入保定第二师范学校。1933年保定二师发生"七六"学潮,他参加了护校运动。同年9月,故乡发生高蠡暴动,对他影响极大。1935年他以这个事件为题材,创作了第一个短篇小说《夜之交流》,发表在当时北平左联主办的《伶仃》月刊上。1937年加入中国共产党,在冀中地区从事文化宣传工作和创作活动,并继续以高蠡暴动为题材写出了短篇小说《三个布尔什维克的爸爸》、中篇小说《父亲》以及剧本《千里堤》、《五谷丰登》等。1942年后,离开文化工作岗位,转做农村地方工作,担任过中共蠡县县委宣传部长、副书记。在长期的生活和艺术积累的基础上,于1953年开始写作多卷本长篇小说《红旗谱》,1957年出版了第一部《红旗谱》,1963年出版了第二部《播火记》,第三部《烽烟图》也于粉碎"四人帮"后整理修改,1983年出版。此外,梁斌还于"文化大革命"中的1972年秘密创作了另一部反映土地改革的长篇小说《翻身记事》,1978年出版。

【作品简析】

《红旗谱》是建国以来最优秀的长篇小说之一。这部描绘农民革命斗争的历史画卷,以宏伟的艺术构思概括了深广的社会内容,塑造了众多丰满的人物形象,具有鲜明醇厚的民族风格和民族气派。《红旗谱》是中国当代文学的骄傲。

《红旗谱》以大革命前后十年为历史背景,围绕着冀中平原上的伟大历史变革,着力描绘了20世纪二三十年代中国北方农村和城市的人民革命斗争。小说以朱老巩大闹柳树林为序幕,以"反割头税"和"保二师学潮"为主峰,通过朱严两家三代不同的生活斗争道路和历史命运,真实地反映了在中国共产党领导下的中国农民运动由自发到自觉的历史性转折,艺术地概括了中国农民的斗争道路,讴歌了我国农民的革命斗争精神和党的伟大领导作用。

《红旗谱》成功地塑造了众多人物形象,特别是几代革命农民的英雄形象。而在这几代革命农民的英雄谱系中,朱老忠的形象最为出色。

这是一个概括了深广时代内容的农民英雄典型。他横跨新旧两个时期,既有我国历史上农民英雄传统的优秀品格,又接受了新时代无产阶级的先进思想,有着革命农民的崭新风貌。他的思想性格和生活道路集中概括了我国劳动人民的宝贵品质和历史命运。他突出的性格特征是:强烈的阶级爱憎和有胆有识、坚韧顽强的斗争精神,以及豪爽义气、"为朋友两肋插刀"的侠义品格。然而他不再像父辈那样单枪匹马地进行反抗,而是把仇恨深深地蕴积在心底,有胆有识地同敌人进行韧的战斗。他坚信"出水才看两腿泥",无论在什么困难面前,都表现出了非同凡响的气魄和坚毅乐观的精神。他的豪爽义气、救困扶危的宝贵品格也非常动人。他关心所有穷苦农民兄弟的命运,特别是对严志和一家的友谊和援助,更是义重情深,感人肺腑。这种品德不但和我国劳动人民传统的慷慨义气、团结互助的伟大精神一脉相承,而且辉映着新时代革命农民共同革命理想的光芒,有着更为深刻、更为崇高的含义。

  作家在塑造这个形象时,成功地将严肃的现实主义精神和革命理想主义融会起来,既充分表现凝聚在朱老忠身上的传统美德和反抗性格,又深刻地揭示其思想性格的发展过程,生动地描写了朱老忠在党启发帮助下,逐步从充满复仇心理的自发反抗,到阶级觉悟的萌生,投入党领导的有组织的群众运动,终于成为一个无产阶级的先进战士的历程。这一切,使得朱老忠的形象高大丰满,光彩照人,成为当代文学史上一个具有丰富思想内容和较大历史深度的艺术典型。

  严志和的形象也很成功。他忠厚、善良、勤劳、本分,性格比朱老忠软弱。但在深重的阶级压迫下,在党的领导和战友的帮助下,也走上了革命道路,作家以现实主义的雕刀,真实地刻画了他性格的复杂性,使之和朱老忠的形象鲜明对照,交相辉映,造成强烈的艺术效果。

  小说还热情地描绘了青年一代农民和知识分子的形象,如运涛、江涛、大贵、张嘉庆、春兰、严萍等,从一个侧面加强了作品的时代气息,反映了革命力量的日益壮大。其他像老知识分子严知孝,革命农民朱老明、伍老拔,落后农民老驴头、老套子,以及反面人物冯兰池、冯贵堂父子,也都刻画得各有特色。这些艺术形象组成了《红旗谱》多姿多彩的人物画卷,显示了作家丰厚的生活积累和巨大的艺术魄力。

《红旗谱》在追求富有民族气派的艺术风格上,也取得了重大成就。首先,小说所反映的是具有鲜明民族特点的农民革命斗争,无论是内容上或斗争方式上,都有着中国农民革命的显著特点。小说注意真实地描绘冀中一带的地方景物、风土人情以及生活习俗,展现了富有泥土气息的冀中农村生活画面,从浓郁的地方色彩中透露出民族的特点。

其次,在艺术方法上,《红旗谱》吸取了中国古典小说的手法,善于通过人物的语言行动刻画人物的性格。梁斌曾说,他追求的是一种"比西洋小说的写法略粗一些,但比中国的一般小说更细一些"的方法。作品中许多精彩动人的章节,都表现了作家这种结合时代特点,继承借鉴中外优秀文学传统的创新精神。因而作品不仅具有故事性强的民族传统特点,而且故事情节进展缓急得当,人物形象饱满生动,富于立体感、行动感。

小说在语言运用上,主要采用了经过加工提炼的人民群众的语言,朴素清新,自然亲切,具有淳朴的乡土气息和明快的口语习惯。用这些富有特色的语言状景叙事,刻画人物,常常激起读者的民族感情和对生活的热爱。

《红旗谱》的不足之处是它的两个主要事件"反割头税运动"和"保二师学潮"之间缺乏有机的联系,有损于整个作品的完整统一。另外,作为党的主要领导人,贾湘农的形象缺乏鲜明的个性。

2010年,王彬彬在当年《当代作家评论》第3期上发表《〈红旗谱〉:每一页都是虚假和拙劣的》一文,引起争议。

(张志英)

创 业 史[*]（存目）

柳 青

【作者简介】

　　柳青(1916～1978)，陕西省吴堡县人。出身于一个普通农民家庭。在小学读书时就接受了当时大革命潮流的影响，参加了进步的社会活动，1928年加入共产主义青年团。后来，接触了鲁迅等中外革命作家的作品，开始爱上了文学。1934年到西安上高中，在此期间，他积极投身到爱国学生运动中去，并曾负责《救亡线》、《学生呼声》等刊物的编辑工作。1937年，柳青到革命圣地延安。1939年至1940年，他以随军记者、文化教员的身份，和连队战士们辗转在山西抗日前线。1943年至1945年，柳青到米脂县民丰区三乡做乡文书，和基层干部、农民群众朝夕相处，同甘共苦，对他思想感情的变化有很大影响。他根据这一时期的生活积累，创作了长篇小说《种谷记》。解放战争期间，创作了以战争生活为题材的长篇小说《铜墙铁壁》。1952年，他从北京来到陕西长安县，并在皇甫村安了家。他在那里生活、工作了十四年，构思并创作了中篇小说《恨透铁》，多卷长篇小说《创业史》。

　　在"文革"中，柳青惨遭林彪、"四人帮"一伙的迫害，身心受到严重摧残，但他不妥协、不动摇，一面进行不屈不挠的斗争，一面推敲、构思他的作品。1974年，他抱病重返长安落户，并对《铜墙铁壁》和《创业史》第一部进行了修改；同时，他还争分夺秒地从事《创业史》第二部上、下卷的创作和修改，直到生命的最后一息。

---

[*] 原载《延河》1959年第4～11期，原题为《稻地风波》；中国青年出版社于1960年出版单行本，改名为《创业史》。

【作品简析】

《创业史》(第一部)写的虽然只是一个互助组建立、巩固和发展的过程,但它反映的却是从私有制到公有制的根本转变,是一场涉及中国农民命运的伟大的革命。正如作者所说:"我这个小说只有一个主题——农民是如何放弃私有制、接受公有制的。这个主题写完了,小说就写完了。"又说:"我这个小说没有别的主题,就是一个:农民放弃私有制、接受公有制的过程、方式、心理……第三、四部还是这个主题,没有新的:习惯公有制、捍卫公有制。"《创业史》通过一个蛤蟆滩,反映了社会主义在中国农村发生发展的历史,真实地表现了农村社会制度经历深刻变革中农民的思想、心理及人与人关系的艰难而曲折的变化过程,这是比土地改革意义更为深远的变革。所以,从思想容量上讲,《创业史》具有史诗的性质。

梁生宝和梁三老汉是《创业史》中两个主要人物。梁生宝是中国社会主义农村中涌现出的一代新人,是无产阶级化的新型农民。作者说:"我要把梁生宝描写为党的忠实儿子。我以为这是当代英雄最基本最有普遍性的性格特征。"表现在梁生宝身上的一个主要思想性格特征,就是他对党的淳朴的、深厚的感情和他对党的事业的忠诚,他把自己的一切热情、智慧、时间和精力都投入党所号召的事业。梁生宝不像"轰炸机"郭振山那样用一副大嗓门整天哇啦哇啦喊叫,而是扑下身子带头去干;梁生宝把党交给自己的改造世界的重任具体落实在不乱花集体的每一分钱和爱护、团结互助组的每一个同志等等这些琐碎、细小的事情上。革命理想主义和埋头苦干的作风在他身上是统一在一起的。梁生宝还勤于思考,善于思考,遇事爱动脑,分析分析,琢磨琢磨,这种敏于思索的习惯,使他摆脱了一般农民那种愚昧状态,成为一个具有自觉革命意识的共产主义战士。

梁三老汉是一个小私有者的农民的典型。从他的阶级素质来说,他跟梁生宝、卢支书的心是相通的,对社会主义有一种天然的向心力;但是,那种在长期的历史中形成的小生产者的自私性、狭隘性、保守性,又使梁三老汉这样的老一代的农民对社会主义有一种暂时的离心力。

他的这种矛盾的心理状态,就使他成为两种势力争夺的对象,因而梁三老汉的形象在作品中具有特殊的地位和意义。最后,梁三老汉在事实的教育下转变了。从开始反对"梁伟人"到最后对儿子及其所从事的事业信服、支持,这是具有高度典型意义的事件。作品从梁家父子的矛盾写起,又以他们两代人的统一结束,这草棚院内的矛盾的统一,不仅是家庭纠纷的解决,而且是广大的没有觉悟的劳动农民和社会主义道路的矛盾统一。在梁三老汉身上,生动地体现了公有制代替私有制的艰难的然而又是胜利的历史进程。作者把由互助合作运动所引起的社会矛盾、党内矛盾、家庭矛盾等糅合在一起,从而揭示出这场社会主义的深度与广度。

《创业史》结构严谨。从内部结构讲,一条红线(公有制战胜私有制)贯串五组矛盾,即梁生宝与梁三老汉、梁生宝与姚士杰、梁生宝与郭世富、梁生宝与郭振山、梁生宝与改霞之间的矛盾,五组矛盾有主有次,时隐时显,互相交错。从外部结构讲,开始有"题叙",回顾旧社会劳动人民的创业史实际是一部"劳苦史、饥饿史和耻辱史",从而写出了新社会创业的历史背景。中间三十章是正文。其中上卷十七章,以活跃贷款为中心,解决一个必须走互助合作道路的问题;下卷十三章,以进山割竹为中心,解决怎么走互助合作道路的问题。最后是"结局",斗争初步取得胜利,灯塔农业社成立,但又预示着新的矛盾斗争即将展开。这样第一部的"结局"又成为第二部的"题叙",故事从一个高潮过渡到另一个高潮,使作品具有内在连续性的多卷的史诗的性质。

《创业史》在艺术上的另一特色是注重对人物的心理分析。作者在运用传统的手法,通过对话和行动刻画人物性格的同时,尤擅长对人物的思想和心理作一些提示、解说和剖析,揭示出人物掩藏着的内心世界。如对于梁生宝遇事爱思考的个性的描写,对富农姚士杰仇恨新社会的阴暗心理的揭露,对富裕中农郭世富卖粮作弊的心理刻画,对郭振山、改霞、梁三老汉的矛盾心理分析,都是很精彩的。《创业史》可以说是一部表现农业合作化时期各阶级、各阶层人物形象的心理发展史。

《创业史》出版后受到文艺界的广泛赞誉,获得很高的评价,但也引起过讨论和争论。特别是近年来,有人从新的角度指出《创业史》在创作中受到"左"的思潮的影响,是"以阶级斗争、路线斗争为纲"的"左"的理论在文艺创作中的具体表现。但很多同志不同意这种否定性的观点。

(张学正)

又见棕榈,又见棕榈*(存目)

於梨华

【作者简介】

　　於梨华(1931～　),女,生于上海,祖籍浙江镇海。抗日战争期间,随家流徙于福建、四川等地。1948年其父赴台湾,第二年於梨华到台湾并转学到台中女中读书,同年考入台湾大学外文系,后转历史系,1953年毕业。旋即赴美留学,曾度过一段相当艰苦的日子。1954年进入加州大学新闻系,1956年获硕士学位。1977年至1978年,任该校中文研究部主任。20世纪70年代中期以后,於梨华曾多次回祖国大陆探亲和访问。

　　於梨华中学时代就酷爱文学,大学期间开始发表作品。1962年创作第一部长篇小说《梦回青河》。其后又出版长篇小说《变》(1965)、《又见棕榈,又见棕榈》(1967)、《焰》(1969)、《考验》(1974)、《傅家的儿女们》(1976);中篇小说《也是秋天》(1964)、《三人行》(1979);短篇小说集《归》(1963)、《雪地上的星星》(1966)、《白驹集》(1969)、《会场现形记》(1972)。此外,还有访问大陆后写的报告文学、散文、小说《新中国的女性及其他》、《一个夏天的收获》、《谁在西双版纳》等。1980年《於梨华作品集》出版。

　　於梨华是20世纪60至70年代台湾"留学生文学"的开创者和代表者。她的作品以海外留学生的生存困境、人生体验为主要内容,以离弃故土、失落文化之根和对故园的怀恋、思念为基本主题,塑造了"无根的一代"的感人形象,在我国台湾及东南亚以及海外华侨和留学生中有着广泛的影响。在台湾各大学,她的作品被列为现代文学的教材和留

---

* 台湾皇冠出版社1967年版。

学生出国前的必读书。

【作品简析】

　　於梨华是台湾"留学生文学的鼻祖"。《又见棕榈,又见棕榈》是她早期留学生文学的代表作品。小说写一个叫牟天磊的台湾大学生赴美留学。他本来有一个美丽的人生之梦,然而来到异国他乡之后,他却在餐馆里端盘子,在女生宿舍刷厕所,在汽车保险公司当一名小职员,在一所名不见经传的大学里讲授初级中国话。他在求生、事业、爱情等各方面,都经受了意想不到的艰辛、屈辱和磨难。又由于远离故土而产生孤独、寂寞和浓浓的乡愁。十年后,当他戴着"博士"的桂冠荣归故里时,想不到自己梦牵魂绕的故园也发生了很大的变化:从前的恋人已做他人之妇;新的未婚妻则要求他带她出国去圆"黄金之梦";崇美狂潮在全岛泛滥,爵士乐、酒吧间、洋话洋礼,使他认为"自己踏进了芝加哥勒虚街的舞厅"。他感到,他已没有真正的家可回了。他充满了矛盾、痛苦和失望。自我放逐,而又不能完全地融入异国的生活与文化;回到故土,又是那么的无奈与隔膜。在美国,他是"异乡人",扎不下根;在台湾,他是"陌生客",落不下脚。于是,他成了一个真正的"无根者"。书中的棕榈树具有一种象征意义:当年的棕榈树,依然挺拔地伸向天空,根牢牢地扎在地下,而他却无所依托,注定要永远漂泊天涯。

　　於梨华的小说以中国小说的写实传统为基础,从日常生活场景切入,真实地再现了出国学子们的生存状态和心灵世界;同时,又吸收了西方现代小说的表现技巧(如时空转换、意识流手法、象征等),形成一种中西合璧的艺术风格。

　　《又见棕榈,又见棕榈》打破了中国传统小说的线性叙述模式,在三个时间——过去、现在、未来,三个空间—美国、中国台湾、祖国大陆展开故事。作家通过触景生情的意识流手法,在不断交错变幻的时空中推进情节和描写人物。如当牟天磊从台北机场回到家里,见到墙上挂满了他的照片,于是勾起他对在美国刚刚度过的艰难痛苦的留学生活的回忆。当他回到卧室,发现床的凉席上仍残留着褪了色的蓝墨水痕迹,便想起了过去的恋人眉立,而今却物是人非了。在意珊的父母为牟天磊接风的宴席上,当饭店的侍者对他们谦卑地微笑时,他马上想到自己在一家美国的餐馆当侍者,因不熟悉业务而引起顾客不满,受到领班责备、暗自流泪的情景。作者把人物的过去自然地穿插于他的现实的意识流动之中,将不同的时间和空间糅合在一起,构成了一幅幅人物的心理图卷。

於梨华特别擅长于描写人物的性格和心理。牟天磊出国前对未来的憧憬,在异乡处于生活重压下的辛酸、孤寂与苦闷,衣锦还乡时所见的人性的虚荣与自己的幻灭感,以及徘徊在两种文化间的困惑与彷徨的心态,都写得真切可感,撼人心魄。

於梨华的作品朴实无华,亲切自然,更富有女性作家特有的清新、细腻、明快等特点,被夏志清先生誉之为"近年来罕见的最精致的文体家",是旅美作家中能为"当今文坛留下几篇值得给后世朗诵的作品"的作家之一(另一位是白先勇)。

《又见棕榈,又见棕榈》的出版,使於梨华成了"没有根的一代"的代言人。诗人余光中说:"她(指於梨华)在下笔之际常带一股豪气,和一种身在海外心存故国的充沛的民族感情。在女作家之中,她是少数能免于脂粉气和闺怨腔中的一位。"作家白先勇高度评价於梨华的小说创作:"在全面描绘中国知识分子旅美生涯方面,没有台湾作家比得上於梨华。她的作品,从此被称为'放逐者之歌'。"

(张学正)

古　　船*（存目）

张　炜

【作者简介】

张炜（1956～　），山东省栖霞县人，生于山东龙口。1976年高中毕业回乡务农。1978年考取烟台师专中文系，1980年毕业后分到山东省档案局工作。1984年调山东省文联从事专业创作。

张炜1980年开始发表作品，作品集有《芦青河告诉我》《浪漫的秋夜》《秋天的愤怒》《秋夜》等，长篇小说有《古船》《九月寓言》《柏慧》《家族》《两省书》，散文集有《忧愤的归途》等。2011年，他创作的《你在高原》获第八届茅盾文学奖。

【作品简析】

《古船》通过胶东半岛上一个小镇（洼狸镇）上的三大家族——隋家、赵家、李家，写了从20世纪40年代末到80年代中期近四十年的中国农民的命运。小说重点写了四个有代表性的时期：1947年的土地改革复查运动，1958年的大跃进以及随后的大饥荒，十年"文革"浩劫，近年来的农村经济体制改革。每一个时期都充满着激烈复杂的斗争，充满着生活的精神的震荡与痛苦。农民的苦难连绵不断，无尽无休，"洼狸镇血流成河！"而苦难的根源概括起来就是两条：封建的宗族观念与愈演愈烈的极左思潮。

作者把拯救洼狸镇的希望寄托在隋家的长子隋抱朴身上。隋抱朴虽然蛰居于老磨屋，乍看起来，他沉默、隐忍，甚至有些精神萎缩，似乎

---

* 原载《当代》增刊1986年第5期，人民文学出版社于1987年出版单行本。

为命运所屈服了;实际上,他却在认真地研读《共产党宣言》,思考着洼狸镇的昨天、今天和明天。他从自己家庭的败落中,从洼狸镇四十年的风风雨雨中,从马克思、恩格斯的著作中,顿悟到历史的真谛和明确了自己应走的生活道路。他不愿做像父亲那样的剥削者,也不愿做像弟弟那样的个人复仇者,更不能成为像赵炳、赵多多那样的专制者和掠夺者,而要走一条充满着博爱与人情味儿的社会主义道路,这是他思考了赵家的发迹、隋家的破落、四十多年洼狸镇人的"互相撕咬"的历史之后,终于找到了"大家一起过生活的办法"。所以隋抱朴对于赵炳等人,不是简单的取而代之,而是要坚决摆脱小农的狭隘眼界、历史偏见以及私有制在意识形态上的一切表现,要彻底结束洼狸镇的贫穷、愚昧、流血、苦难的循环史。隋抱朴真正实现了对传统农民的历史命运的超越,他是惟一能带领群众走出苦难的人。他成为洼狸镇的主人,是时代和人民对他的选择。

从艺术上看,《古船》基本上是现实主义的,但也有不少虚幻的成分,追求的是现实主义与现代主义的融合。

《古船》中大量运用了象征和隐喻的手法,如作品中反复出现的呜隆呜隆转动的老磨以及像古堡一样阴暗破旧的磨屋,铁色的古城墙,支离破碎、锈迹斑斑的古船,赵多多的生锈的砍刀,以及《天问》、《海道针经》、《共产党宣言》三本书,都具有深刻的象征意义,发人深思。另外,像赵炳的腹内藏蛇,老庙遭巨雷轰击着火,火焰中呜咽的啼号,隋不召在雷电交加中失踪,隋迎之在枣红马上突然吐血而死,赵炳对自己结局的未卜先知,赵多多的驾车自毁,隋见素的不治之症,古船出土时在高空盘旋的大雁,"文革"中无端丢失的大印,勘探队不翼而飞的盛放放射性物质的铅筒等等,真真假假,虚虚实实,引人进入一种半是现实半是虚幻的艺术境界。这种描写的神秘性,表达了包括作者在内的众多人们对自然、社会、历史、未来的种种疑问,激发人们去索解这一系列的自然与人生之谜。这是魔幻现实主义所特具的魅力。

对于《古船》,文学界和广大读者给予充分的肯定和赞誉,认为它是"民族心史的一块厚重的碑石"。但也有人提出批评,认为它宣扬了"一种抽象的人道主义思想"。也有的说,隋抱朴那种克制私欲的道德说教,"和大家一道过生活"的空洞设想,"不过是农业社会主义的梦想而已"。

(张学正)

活动变人形*（存目）

王　蒙

【作品简析】

《活动变人形》是在文化寻根文学思潮中产生的第一部文化反思长篇小说。

小说没有写惊天动地的大事变，也无曲折离奇的情节，展现在我们面前的全是家庭的日常生活，通过这些"无故事的故事"，王蒙表现了在一种笼罩着浓重封建伦理道德阴影的文化背景下，人们是如何被吃、吃人和自食。

小说的主人公倪吾诚，是一个现代儒生的典型。他出身于一个败落的地主家庭。他曾经是一个聪明、活泼的少年。十几岁时，就发表过反对女人缠足的意见，反对封建迷信，扬言要砸烂祖宗牌位，并且大讲应当把土地分给农民，实行"耕者有其田"。他的这些表现，惊动了家人，认定他中了什么邪气，于是合谋用抽大烟、娶媳妇和教他手淫的办法，"拢住他的心，收住他的神，要他服服贴贴过日子"。

后来，倪吾诚在县城上中学，到北京读大学，又去欧洲留学。回国后，倪吾诚完全变成了另一个人，他接受了西方的价值观念和生活方式，因而刺激了他的那些在中国这块土地上不可能产生的种种欲望，然而这些欲望一个也不能实现。他永远渴望着，又永远绝望着，在渴望与绝望的双重煎熬中受尽痛苦；他徒劳地、无休止地追求着，又徒劳地、无休止地被生活嘲弄着，就在这种无休止地追求和嘲弄中度完了他悲剧的一生。倪吾诚对过去那种不能忍受的生活逐渐习惯了，麻木了，他感

---

* 原载人民文学出版社编《当代长篇小说》(1986年)，人民文学出版社于1987年出版单行本。

到"比原来那样在各种欲望和理念的火焰中燃烧灼烤,要舒服一些"。这位西方文明的狂热崇拜者,终于又走向了对"存天理,灭人欲"的封建文化的认同!

当然,倪吾诚在生活中屡遭失败,除了封建文化对他的扼杀这一根本原因外,也同他自身的思想性格弱点有关。他曾立志做一番事业,然而他缺乏能力和毅力,结果一事无成。他从西洋镀金回来,重要的东西没有学来,皮毛的东西学了不少,而且生吞活剥,生搬硬套,处处碰壁。他把现代文明变成了新的繁文缛节和理想主义的高谈阔论,结果行不通。他什么都过,最后他什么也不是;他什么都做过,但最后他等于什么也没有做。倪吾诚表面看来是被妻子姜静宜、妻姐姜静珍和岳母姜赵氏三个女人打败的,实际上是被旧文化打败的,也是被他自己打败的。刘再复说"倪吾诚的心灵历程正是二十世纪中国知识分子的心灵历程的缩影"。

倪吾诚人生失败的悲剧,宣布了封建文化的死刑,宣布了全盘西化的死刑,也宣布了软弱、无能、崇尚空谈的现代儒生的末路。这就是倪吾诚这一形象的典型意义及其历史价值。

《活动变人形》采用的基本上是现实主义创作方法,在历史的真实、人的心灵的真实和细节的真实方面,都是经得起挑剔的。当然,作品中最为精彩的部分,还是对于人的心灵的剖析(如对倪吾诚由激进到沉沦以至灵魂死灭的心路历程的揭示,对寡妇姜静珍变态心理的淋漓尽致的描写等,都可以说达到了入木三分的地步),这正是王蒙所擅长的。作品中,对人物的行动、心态作精细入微的刻画时,又能糅进对历史的思考;历史的回顾与现实的叙述相交织,在时空变幻中完成了对人生的思辨;作品中的艺术视角,在倪吾诚、姜静宜、姜静珍以及倪藻、倪萍之间不断转换,从而丰富了作品的艺术表现力。总之,《活动变人形》在艺术上是开放的和兼容的。

(张学正)

平凡的世界*（存目）

路　遥

【作者简介】

路遥(1949～1992)，陕西省清涧县人。在贫困的山区农村度过了童年、少年时代。1969年高中毕业后返乡务农，教过小学，做过临时工。1973年开始发表作品，同年入延安大学中文系读书，1976年毕业后到《延河》杂志当编辑。1980年发表《惊心动魄的一幕》，1982年发表《人生》，分获第一、第二届全国优秀中篇小说奖。1982年至1988年，创作并出版了三卷本的长篇小说《平凡的世界》，1991年获第三届茅盾文学奖，且名列榜首。

路遥的作品集有《人生》、《当代纪事》、《姐姐的爱情》和长篇小说《平凡的世界》。他的作品多以现实主义的手法，描绘了时代变革下一代农民对现代文明的向往和改变生存状况的奋争，特别是表现了城乡交叉地带普通农家子弟在改革开放浪潮冲击下自身文化心态的痛苦调整，社会历史蕴涵深厚，具有强烈的人生命运感，渗透着作家自己的情感力量和人格力量。2010年，六卷本的《路遥全集》面世。

【作品简析】

《平凡的世界》(1、2、3)酝酿于1982年至1985年，写作于1985年至1988年。这是一部全景式反映1975年至1985年间，中国城乡社会生活的历史画卷。20世纪70年代中期至80年代中期，这是中国社会的大转折期："文化大革命"十年浩劫结束；中国社会从"以阶级斗争为

---

* 原载《花城》1986年第6期、《黄河》1988年第3期，中国文联出版公司于1986、1987、1988年出版单行本。

纲"转向以经济建设为中心;由农村到城市,逐渐开始经济体制和政治体制的改革。由此引发了政治权力、经济利益、价值观念、伦理道德等各方面的错综复杂的矛盾和冲突。小说以陕北黄土高原上贫穷落后的双水村孙家两兄弟少安、少平的命运为主线,全方位描写了从双水村到石圪节公社(镇、乡)、原西县、黄原地区直到省城西安市及首都北京的广阔社会人生图画,塑造了普通农民、厂矿工人、机关干部、中高级领导人等众多人物群像,展现出改革开放前后中国社会和人的精神面貌的巨大变化,堪称新时期的一部史诗。

  孙少安、孙少平是小说中的两个重点人物。少安因家境贫寒,小学毕业即辍学回家务农。为了支持弟弟、妹妹完成学业,他牺牲了与田润叶的爱情,承担起全家生活的重担,成为孙家的"家庭保护人"。同时,他担任生产队长,带领众多乡亲搞农业承包,办砖窑厂,脱贫致富。他不仅要为父亲建一个有石狮把门的体面的庭院,还为村里的小学翻建了校舍,受到大家的拥戴。他诚实纯朴,吃苦耐劳,严于律己,宽厚待人,在他身上可以更多地看到中国老一代农民的优秀品德。

  少平有很强的自尊心。在中学时代,他由于吃高粱面黑馍(被同学戏称为"非洲")而遭受歧视,就有一种改变自己屈辱命运的强烈愿望。高中毕业后,他不满足于在农村中做一个民办教师,总想走出狭小的生活天地而去实现一个远行之梦。他勇敢走上街头,去做"揽工小子";他不怕流汗流血,当上了一名煤矿工人。他不仅要做一条能"吃钢咬铁"的男子汉,而且要攻读科学知识,做有文化、有智慧的新一代矿工。一次,他为抢救工人受了重伤。治愈后,妹妹兰香一再劝他留在省城工作,他因渴望到艰苦的地方去而谢绝了;金秀对他表达真挚的爱情,他因怕耽误金秀的美好前程而婉拒了。最后,他又回到了大牙湾煤矿,承担起了抚养因公殉职的师傅一家人的责任。

  少安、少平不同于《创业史》中的梁生宝。梁生宝是20世纪50年代中国农村由私有制向公有制转变过程中成长起来的一代新人。他是"党的忠实儿子",他没有任何个人的私心,而是把自己全部的热情、才智和精力都投入到了改变私有制、捍卫公有制的事业中了。少安、少平则是80年代在改革开放中涌现出的新式农民。虽然他们和梁生宝一样保持着劳动农民的许多美德,然而他们却有了自我意识和个人欲望的觉醒,为维护个人和家族的尊严,为追求生活的幸福和自我人生价值的实现而去拼搏、奋斗。

少安、少平也不同于《人生》中的高加林。高加林是改革初期从农村冲出来的青年。他有改变自己卑微地位的强烈愿望,也有为实现自己的人生目标而顽强奋斗的干劲,但同时他的极端个人主义思想,他的太多的势利之心和急于求成的浮躁之气,使他最终失败。而少安、少平是将个人的追求与为他人谋利益结合起来,将个人理想的实现与农村的变革和煤矿的建设结合起来,而且在实现个人理想、欲望的过程中,始终遵循着现有的道德规范。因此,他们能牢牢地扎根在现实生活之中,最终各自都收获了丰硕的人生果实。高加林身上体现的是个体与社会的冲突,而少安、少平追求的则是个体与社会的和解。

少安、少平都是土生土长的农民的后代,都有一部艰辛而辉煌的奋斗史。他们都是浑身沾满黄土又志向高远的农民中的能人和精人,是从中国农村"血统农民"中走出来的当代英雄。但是兄弟俩又有不同:少安老成持重,有时又过于安分守己,拘谨忍让;而少平在生活中常常是主动地去开拓自己的人生新路,以进取和挑战的姿态面对生活,是作者人生理想的寄托者。

《平凡的世界》是一部现实主义的力作。作者精确而细腻的现实主义创作方法,真实再现了当时人们的生存与生活状态,尽到了一位生活"书记官"的职责。路遥坚信现实主义在中国没有过时,"在现有的历史范畴和以后相当长的时代里,现实主义仍然会有蓬勃的生命力"。所以,他运用现实主义方法是一种清醒状态之下的坚定选择。

路遥运用的虽然是传统现实主义手法,但他的思想观念却具有鲜明的当代性。他敏锐地感应着时代的脉搏和关注着中国农民心灵演变的轨迹。城市生活对农村生活的冲击,农村生活对城市生活的影响,农村生活城市化的追求倾向,现代生活方式与古老生活方式的抵牾,文明与落后、现代思想意识与传统道德观念的冲突,在小说中都有生动的表现。

为了写好这部"以青春和生命作抵押的作品",路遥提着一个装满书籍和资料的大箱子在生活中奔波。"乡村城镇、工矿企业、学校机关、集贸市场、国营、集体、个体;上至省委书记,下至普通老百姓,只要能触及,就竭力去触及……对一切常识性、技术性的东西却不敢有丝毫马虎。"为了事实准确,他逐月逐日地查阅了1975年至1985年间的有关报纸和期刊,力求使作品达到历史的和细节的真实(参阅路遥《早晨从中午开始——〈平凡的世界〉创作随笔》)。路遥是一位现实主义的忠实守望者,他成功了。

《平凡的世界》出版后,受到学界和读者广泛的持久的好评。小说中所表现的青春的激情、人性的温暖、人生的哲理打动着千万读者的心灵。这部引起广泛关注的作品,1999年被评选为"百年百种优秀中国文学图书",成为"当代文学经典"之一。

1992年11月17日,路遥因长期的穷困和劳累而英年早逝。他欠着未偿还的债务离开了生他、养他并曾为他歌哭的"平凡的世界",年仅42岁!"就生命的历程而言,路遥是短暂的;就生命的质量而言,路遥是辉煌的。"(陈忠实《在路遥墓前的告别词》)

(张学正)

活 着[*]（存目）

余 华

【作者简介】

余华（1960～　），祖籍山东高唐，生于杭州，长于浙江省海盐县。1977年中学毕业，到镇卫生院工作，当过5年的牙医（其间读过一年卫生学校）。后到海盐县文化馆工作。1983年开始创作并发表作品，曾就读于鲁迅文学院与北师大联合招收的研究生班。现定居北京，从事专业创作。

20世纪80年代，余华创作的《十八岁出远门》、《现实一种》、《河边的错误》、《难逃劫数》、《四月三日事件》、《死亡叙述》、《古典爱情》、《鲜血梅花》、《世事如烟》等，多为中短篇小说，写的大多是犯罪、暴力、仇杀、死亡等内容，重点表现人性之恶。在艺术上，余华致力于先锋文学的实验与探索。进入90年代，他先后创作出版了长篇小说《呼喊与细雨》（又名《在细雨中呼喊》）、《活着》、《许三观卖血》、《兄弟》（上下）等，注意表现人的高尚与温情的一面，叙述方式向写实转型。1995年出版了三卷本的《余华作品集》。

【作品简析】

《活着》是余华前后期创作转型的标志性作品。

小说写一个叫福贵的老人与下乡采风者"我"的一次谈话。老人叙述了他大起大落的苦难的一生。他本来是一个富家子弟，后来成为赌徒，输得精光，家破人亡。他的亲人一个个死去，最后他孑然一身，与一头也叫福贵的老牛为伴。他承受了所有的苦难，即使一个人也要继续

---

[*] 原载《收获》1992年第6期。

"活着",在忍受痛苦中"活着",为活着而"活着",这就是他生活中的惟一目标和全部意义。

与前期的以"情感的零度",揭露"残酷的真实",表现"阴森的美"迥然不同,在《活着》中,作者注入了新的生活理想与艺术理念。作者在谈到《活着》的创作契机时说:他是在听过《老黑奴》这首美国民歌之后,产生了创作的冲动,"歌中那位老黑奴经历了一生的苦难,家人都先他而去,而他依然友好地对待世界,没有一句抱怨的话。这首歌深深打动了我,我决定写下一篇这样的小说,就是这篇《活着》,写人对苦难的承受能力,对世界乐观的态度。写作过程让我明白,人是为活着本身而活着,而不是为活着之外的任何事物所活着。我感到自己写下了高尚的作品。"

他又说:"作家的使命不是发泄,不是控诉或者揭露,他应该向人们展示高尚。这里所谓的高尚不是那种单纯的美好,而是对一切事物理解之后的超然,对善与恶一视同仁,用同情的目光看待世界。"(《活着》前言)其中讲到的"对苦难的承受能力"、"对世界的乐观态度"、"展示高尚"、"对一切事物理解之后的超然",以及用"同情的目光看待世界"等等,同前期作品中对罪恶的血淋淋的展示、对恐怖的肆意渲染形成了鲜明的对照。

《活着》写了一连串的死亡:福贵的母亲和妻子的病死,儿子在献血中因失血过多而死,女儿难产而死,女婿被水泥板压死,外孙吃豆过多撑死……然而这些死亡并不像前期作品所描写的那样是人性恶直接导致的悲剧,不是人为的暴力造成的,多数是属于正常的或意外的死亡。有死亡,但没有暴力和杀戮,自然也就没有对暴力、杀戮实施者的强烈的谴责和愤怒的控诉。作者只是平静而客观地叙述着这一切。面对着生活的无奈与人生的宿命,作者所表达的是一种本体论层面的而非道德社会层面的终极性的生命悲剧。

与前期回避甚至排除创作主体对苦难的明确价值判断与情感渗透的"不介入"立场不同,《活着》提出一种新的在世态度:"人是为活着本身而活着",面对苦难和悲剧命运,要"活着"而不是死亡。这就给人一种救赎的希望。小说中褪去了前期作品中血腥、恐怖、阴暗、绝望等色调,而增加了许多亮色。福贵的坚韧,家珍的善良,凤霞的贤淑,二喜的质朴等,都表现出人性中美好的一面。人们不再在互相敌视中互相欺骗与仇杀,而是在同甘苦共患难中互相关爱,相濡以沫,因而让生存者更加感到自我的价值与生命的意义,更加执著地"活着"。余华不再是一个"愤怒的和冷漠的作家",他给人一种温暖、温情、力量和感动。

在艺术上,前期的余华对客观真实和传统现实主义进行了彻底的颠覆。他注重的是主观的真实、心理的真实,更多地写人的直感、幻觉、呓语,以及幽灵、心灵的感应,使用的更多的是时空的置换,事物的夸张、变形等手法。莫言称余华是"清醒的说梦者",他的小说是"仿梦小说"不无道理。余华的小说中将历史与现实抽象化,因此,作品中细节的真实并不能掩盖其所蕴涵的寓言的性质——人性之恶的寓言,人世之厄的寓言,因果报应的寓言,人生宿命的寓言。

《活着》则是民间叙事,以老百姓的话语讲述了一个普通老百姓的故事,讲述了他从小到大、由富到穷、由"天堂"到"地狱"的苦难史。它更贴近历史的和生活的真实,而不是以传达某种理念为能事;人物的性格与命运更生活化,而不是体现理念的符号;不是"不介入",而是寻求价值与意义。叙事风格趋于平实和冷静,悲苦中又有令人欣慰的幽默和温情。多数评论家认同《活着》标示着余华由现代主义向古典与传统的回归和转型。

文学界对余华的《活着》的评价分歧较大。

有人认为《活着》"惟问人是否'活着',不追问咋个'活法'?为何'活'?如何'活'?活在何等水平?这种'温情的受难',便在冷酷剥夺弱势群体的孤苦诉告权的同时,又慷慨地豁免了现世秩序及其历史本应承担的道义与政治责任",由此可以说《活着》在宣扬一种"好死不如赖活着"的思想。余华借福贵这一形象"来'很优雅'地化民族痛史为一笑,不仅忘却了'文革',忘却自己所熬过的百年苦难,甚至最终将妻子婿孙的悼亡之谱写成对苟活的赞美"。

有人指出,福贵和许三观"他们没有抗争,没有挣扎,对自己的痛苦处境没有意识,对自己身上的伟大品质也没有任何发现。他只是被动、粗糙而无奈的活着","福贵表现出来的所谓平静,实际上只是一种麻木之后的寂然而已……从中,不仅没有读到高尚,反而读到一种存在的悲哀,因为放弃存在的价值和光辉,比存在的消失本身还要可怕得多"。

　　有人把余华的作品当作是后人道主义的文本,认为余华站在后人道主义的立场上,不仅解构了包括鲁迅在内的启蒙话语,也解构了人道主义加诸人身上的许多本质及属性。"在余华看来,人生的价值和意义也就是'活着'。所谓'活着',也就是尽生命之理,走完从生到死这一过程,享受可以得到的快乐,承受难以回避的痛苦,尽自己的生而为人的本分而已","不再在生活之外确立意义和价值,以此来要求生活,不再因生活不符合其要求时仇视生活,诅咒生活,而是从生活无罪的立场上来肯定生活,理解生活","福贵他不再是一个命运的反抗者,而是一个命运的承受者,他在这种承受中走向了达观和超脱,领悟了人世无常的宿命",这是一位"顺命者的典型"。

(张学正)

白 鹿 原[*]（存目）

陈忠实

【作者简介】

陈忠实（1942～　），生于西安市东郊灞桥区西蒋村。1962年中学毕业，此后担任过农村中小学教师，并长期从事基层文化工作。1965年发表散文处女作《夜过流沙沟》，后又发表散文作品多篇。1973年开始小说创作，1979年《信任》获全国优秀短篇小说奖，同年加入中国作家协会。1982年为陕西省作协专业作家。他的作品主要有《陈忠实小说自选集》（三卷）、《陈忠实文集》（五卷），短篇小说集《乡村》、《到老白杨树背后去》，中篇小说集《四妹子》、《初夏》、《蓝袍先生》，以及长篇小说《白鹿原》等。1997年，《白鹿原》获第四届茅盾文学奖。

【作品简析】

《白鹿原》是陈忠实的第一部长篇，也是他最重要的代表作，凝结着作家长期的生活体验和艺术积累。为了创作这部长篇，作家离开喧嚣的城市，先是用一年的时间辗转于西安周围的三个县（区）调查研究，查阅资料，而后回到简陋的祖居，拒绝采访，拒绝应酬，沉心静气，历时五年，终于向世人奉献出一部沉甸甸的《白鹿原》。作品以不同凡响的思想艺术魅力征服了广大读者和专业评论家。

《白鹿原》以宏大的气魄和不凡的识见，艺术地概括了我国陕西关中地区，自清末至民国结束近半个世纪内农民的生活命运和历史变迁。从全新的视角，对中华民族文化和民族精神进行了深沉的反思和富于独创性的表现，成功地塑造了传统文化的正统人格典范——白嘉轩的

---

[*] 原载《当代》1992年第6期、1993年第1期，人民文学出版社于1992年出版单行本。

形象。作品厚重质朴,博大深邃,艺术格调苍劲沉雄,代表了20世纪90年代中国长篇小说艺术所能达到的水平。

《白鹿原》突破性的贡献首先在于它观照历史的眼光发生了深刻的变化。它不再以阶级斗争、党派斗争的单一政治视角去描写历史,而是站在时代的、民族的、文化的思想制高点上去全方位地观照历史,从而揭去了长期以来覆盖在历史生活上的层层观念蔽障,使历史真正回到了自身。

作品呈现给读者的是十分广阔的历史生活画面。这里有白、鹿两家几代人的人生命运及其家族利益的争夺;有从督府到军阀、国民革命军、农协、土匪以及新政权等等各种政治权势的更迭嬗替;有族长白嘉轩、关中大儒朱先生与鹿子霖等的人格高下、美丑的较量;还有黑娃、田小娥、白孝文等的爱欲情仇的灵肉厮杀……相互交织,变幻莫测,你中有我,我中有你,如同生活本身那样浩瀚深邃,充满着复杂微妙的矛盾冲突和无穷的变数。其历史的原生态之深沉厚重,在当代长篇小说中开了新生面。

当然,作品摒弃单一政治视角的惯常思维方式,并不等于全然抛弃政治视角,取消阶级斗争。作家也未模糊自己的政治立场,其爱憎褒贬的情感倾向毋庸置疑。但是,作者能够真正以一种冷静、客观的态度去谛视一切,以睿智的心灵之光去探察民族历史、民族精神的混沌之域和隐秘角落,敢于放胆展示历史的局限乃至悲剧,真实地揭示各种人、事生死沉浮的偶然与必然。小说中毅然背叛家庭、热忱献身革命事业的白鹿原的女儿白灵,却在革命队伍里蒙冤被活埋;富于反抗精神的黑娃,真心投诚革命,率众起义,最后却遭到暗算被革命政权所镇压;由孝子而浪子,又由浪子而保安团营长的白孝文,则堂而皇之地当上了人民政府的县长……这一幕幕凝结着血和泪的错位的历史悲剧,较之那些肤浅地认同某些现成观念的作品,无疑更具撼人心魄的艺术魅力和更具深刻的认识价值。它以自身强大的内在逻辑和鲜活的生活细节告诉人们:历史是多种力量、多种因素扭结合力的脉动,是不断向偶然开放的活生生的人类活动的运演,而非人们一厢情愿的单线条发生,它不应被僵死的政治概念去图解。

应当指出的是,《白鹿原》不仅突破了旧的创作模式,摆脱了狭隘的功利原则,而且也完全不同于某些消解社会意义,意在解构历史的"新历史主义"倾向。它涵纳了我们民族特定历史全部的丰富、芜杂、曲折,又从民族文化心理、民族精神等方面去重构民族历史、民族人格,从而成为独一无二的"民族秘史"。

《白鹿原》丰厚深邃的历史文化意蕴,还在于其成功的人物形象塑造。作品反映历史的沧桑和时代的变革,不是靠写历史事件,而是通过写人,写人的命运、心灵、人性和人格,着力展示人物的历史文化存在和个体生命存在。

在众多出色的人物形象中,白嘉轩是作家倾全力塑造的中国传统文化正统人格的代表,是作家正面观照中华文化精神的重大发现和收获。作为白鹿原白、鹿两姓家族族长的白嘉轩,家境殷实,雇有长工,经济上理应是地主身份。然而他不同于以往文学作品中出现过的任何地主形象。这是一个有着饱满精神力量和个人人格魅力的全新的族长形象。他自尊自信,刚直威严;重视教育,修建学堂;崇尚"耕读传家";对长工真挚相待,情同手足;被"风搅雪"的农民运动游街示众不记恨,不报复,十足仁者胸襟。然而但凡有谁敢于冒犯礼义道德、纲常名教,他则立即判若两人,寡恩刻薄,毫不手软,即使自己的亲生儿女也不例外。他的身上浸透着传统文化的汁液:既有某些有价值的东西,也有反进步、反人性的保守和残酷。作品没有简单化地对人物进行正、反、善、恶的道德评价,从而奉献给文学一个真实完整、包容了中国文化传统正负两方面价值的艺术典型。其独特的意义在于告诉人们,白嘉轩们既是支撑了我国几千年封建大厦的脊梁,也是社会历史前进的巨大阻碍。他们背逆历史潮流的精神理想和文化追求则注定了其必然的悲剧命运。

除白嘉轩之外,黑娃、田小娥、鹿子霖、白孝文等人物形象,也都个个血肉丰盈,极具光彩。"人不再是观念的符号,人与人的冲突也不再直接诉诸社会观和价值观的冲突,而是转化为人性的深度,灵魂内部的鼎沸煎熬。"每一个人物都恪守着自己的性格逻辑行动,他们的命运既难以预料,又合情合理。有着天然阶级意识的黑娃,从一开始就与家族宗法文化激烈对抗,参加农民运动,可最后却又回到白氏宗祠,虔诚地拜伏在封建家族文化的脚下,并悲剧性地被人民政府处决。美丽多情的田小娥,貌似淫乱下贱,实则是被奴役、被歧视、遭凌辱、遭迫害最深重的白鹿原的冤魂。当然的白氏家族族长接班人的白孝文,以一种畸形的方式从宗族文化的桎梏中挣扎出来,所作所为的确不具备任何的革命性,然而却奇迹般地进入人民政权,其日后会做些什么,则给人们留下深深的忧虑。还有鹿子霖的贪欲、邪恶,鹿家兄弟相异而又相同的追求和不同命运等,无不令人惊心动魄。陈忠实曾说,《白鹿原》的构思"出于对一个重大命题的思考——民族命运的思考",他要"用自己的笔画出民族的灵魂"。《白鹿原》一个个饱含民族文化意蕴的人物形象,构成了一幅恢宏的、动态的、纵深感很强的民族生活史、命运史和灵魂秘史。

《白鹿原》的艺术成就也是显而易见的。首先它"既是现实主义很充分的艺术,也是具有鲜明特色的现代艺术"。作家立足于现实主义创作方法,同时又致力于创造性的整合,即文化审视与社会历史概括的整合,原生态与典型化的整合,现实主义方法与某些现代主义手法的整合。从而创造了《白鹿原》全新的审美面貌,一种充分的、严格的和开放的现实主义文学品格。

其次,立体的网状式结构,成功地负载了作家的全部思考和所有人物独特的命运、灵魂。《白鹿原》舍弃了单线或所谓复线的描述方式,而在大体上的时间经线的导引下,将显层次的政治风云和家族争斗的勾勒与隐层次的人心、人性的揭示自然地结合起来,形成立体的网状式结构,为作品全方位概括近半个世纪的民族历史变迁,深刻揭示民族文化心理和民族灵魂、人格,提供了气宇轩昂的史诗性构架。使之举重若轻,疏密有致,涵纳了丰富深广的内容。

再次,小说的语言凝练生动,雅俗适度。叙述上采取融叙事、动作、心理、情绪于一体的方法。叙述包孕着情节、细节,而不只是静态地附丽于情节与场面之间或之外的部分。这样的叙述有着铺陈与推进的双重功效,较之传统现实主义的静态叙述,无疑有着更强的艺术张力。

对《白鹿原》,文学界也有不同意见。有人说,小说"存在着一些根本性的缺陷","白鹿原成了鳌子",把白鹿原的历史当作是"一部翻煎饼的历史","本身背离了历史唯物主义"。另外,"作者以浓墨重彩讴歌了传统的宗法文化",白嘉轩、朱先生都"大大地被理想化了","一部反映中华民族近现代历史的文化作品,从中只看到传统的宗法文化的作用,却几乎看不到五四运动以来新文化的影响,这不能认为是真正意义上的真实的"。

关于小说中的性描写,有人认为:"似乎也投入了过分的热忱,赋予了过多的篇幅……是有悖于现实主义文学的宗旨的。"

争议仍在继续。

(张志英)

长 恨 歌 *（存目）

王安忆

【作者简介】

　　王安忆(1954～　　)，女，祖籍福建同安，生于江苏南京。1955年随母迁居上海。1969年初中毕业，1970年赴淮北五河县农村插队，1972年考入徐州地区文工团。1978年回上海任《儿童时代》杂志编辑。1980年发表短篇成名作《雨，沙沙沙》。自此至20世纪80年代中期，陆续发表大量中短篇小说和长篇小说《黄河故道人》、《69届初中生》、《流水三十章》等。其中《本次列车终点》和《流逝》、《小鲍庄》分别获全国优秀短篇和中篇小说奖。80年代后期，创作了《小城之恋》、《荒山之恋》、《锦绣谷之恋》、《岗上的世纪》、《弟兄们》等勘探性爱、性心理的小说，引起强烈反响。

　　进入90年代后，王安忆的小说理念和审美追求发生重大变化。提出小说创作"四不要"原则（不要特殊环境特殊人物，不要材料太多，不要语言风格化，不要独特性）；强调小说的虚构本质，以及理性、逻辑对于小说的意义；并以革命性的小说叙事实验构建自己的小说新诗学。90年代初，创作出《叔叔的故事》、《纪实与虚构》、《乌托邦诗篇》、《伤心太平洋》等具有明显反省、探索特征的中、长篇作品；90年代中期则将精力倾注于都市生活的描绘，注重对城市生态、城市精神的把握，叙事方式创造性地继承了民间传统叙事。中、长篇小说《香港的情和爱》、《长恨歌》、《米尼》、《我爱比尔》、《富萍》、《妹头》、《上种红菱下种藕》、《桃之夭夭》、《遍地枭雄》、《启蒙时代》、《天香》等是此阶段的重要收获。其中《长恨歌》获第五届茅盾文学奖和首届花踪世界华文文学奖。另有

---

* 原载《钟山》1995年第2、3、4期，作家出版社于1996年出版单行本。

《重建象牙塔》、《独语》、《漂泊的语言》、《心灵的世界》、《蒲公英》等论著和散文。1996年,六卷本的《王安忆自选集》出版。

王安忆是位严肃、执著,有着很高追求的作家。从事创作二十余年来,她不断地突破自己,上达新境。其献身文学事业的精神和贡献,得到广泛的尊重和肯定。2001年受到上海市委、上海作家协会的表彰和嘉奖,2002年荣获第四届中国"十大女杰"称号,她本人及其长篇《长恨歌》还被海内外百位专家推荐为90年代十位最有影响的作家之一和十部最有影响的作品之一。

【作品简析】

《长恨歌》是王安忆20世纪90年代新的小说理念和审美追求的成功范例。它以个人化的叙述方式,抒写了上海一位40年代平民出身的美丽女性的一生命运,并对都市民间特有的生活形态和城市文化精神作了独到的开掘和思考。被誉为王安忆"本人创作历程及至中国现当代城市小说中里程碑式的作品"。

小说的主人公王琦瑶是上海弄堂的女儿,她美而不艳,善良聪明,虚荣而不张扬,世俗却不低俗。从40年代的上海小姐,到80年代的死于非命,一直默默地生活在社会的边缘。虽曾一度辉煌,成为"上海三小姐",并金丝雀般地住进"爱丽丝"公寓,可她的辉煌转瞬而逝。其遭遇的几个男人,一个个都离她而去。命运的重压,艰辛漫长的日子,全靠她自己来承担。但是王琦瑶却凭着一股既柔且韧的生命力,在凡俗的日常生活中顽强地燃起做人的兴趣,时时以上海女人特有的本领,为实现种种微末而真实的物质、情感欲求,默默地抗争与妥协,谨慎地冒险与算计,孜孜于既谋生也谋爱。作品十分准确地把握并展示了这个人物复杂微妙的心灵世界,让人在看到其卑微凡俗一面的同时,也看到那卑微凡俗的背后是独立直面人生的冷静与平和,是承受生活命运重压的艰辛与坚忍,感受到这个小人物耐得住世事,经得起沉浮的一颗"上海女人心"。

王安忆曾说:"要写上海,最好的代表是女性,不管有多大的委屈,上海也给了她们好舞台,让她们伸展身手……要说上海的故事也有英雄,她们才是。"正是在这个意义上,王琦瑶具有了某种隐喻的性质,成了上海这座城市的一种精神表征。她的生命轨迹就是一座城市的印痕。

《长恨歌》的另一成就是它对于上海城市精神和历史文化的独特思考与开掘。小说写一个女人的一生仅只是一个层面,实际上它更是写一个城市。作家自己就说:"我写王琦瑶,是想写出上海这个城市的精神。"那么,什么是上海的城市精神、历史文化呢?首先,在王安忆看来,"上海是一个女性形象","上海城市的精神就像上海的女性,没有太高的精华,却也没有特别的沦落,她有一种平民精神"。其次,作家眼中的历史是日常的,认为"历史的面目不是由若干重大事件构成的,历史是日复一日,点点滴滴的生活演变",而"无论多大的问题,到小说中都应该是真实、具体的日常生活"。《长恨歌》正是这种独特的城市观、历史观的审美化追求的集大成。

作品描写40年跨度的人生故事,却不追求传统的史诗性效果,而是有意避开重大历史事件,集中笔墨于上海的弄堂,即深入到都市的肌里,去寻找瞬息万变的都市中最稳定的部分,去关注普通人生命流逝中的切肤之感。于是《长恨歌》的城市和历史全然不同于社会学家、历史学家眼中的城市和历史:平凡,琐碎,小人物,小风波,柴米油盐,小悲小欢。然而这决非就是作家的汲汲于物。王安忆是一位有着明晰理念和清晰思路的作家,《长恨歌》纷繁送出的细节背后是审慎而理性的目光。小说意在以一个女人眼中的物化世界,去掘进上海这个城市的精神,传达出市井民间的细密和韧性,展现时代风云的底色和历史变革的根基。可以说它既疏离了宏大叙事的主流话语,突破了长篇小说历来崇尚历史叙事的结构范本,游离出了历史叙述的传统视野,又以朴实温暖的平民姿态和更为宽阔的文化视野,超越了90年代盛行于文坛的私人欲望话语,从而在"历史"和"个人"之间,建构起了属于自己的"众生话语"方式。

《长恨歌》的价值还在于它独异的文本特征。

第一,独特的女性叙事。不难看出,《长恨歌》描绘的城市故事是女性视域中的城市故事,集中展示的是女性生存文化的种种特质,笔调细腻、温婉,有着鲜明的女性文本特征。然而它的女性抒写姿态却与众不同,它没有其他女性主义(女权主义)作品常有的激烈和偏执,不以批判、对抗男性文化为目的,更无颠覆解构什么的企图。作品主人公一生的不幸和悲剧命运,均与男性不无关系,包括她最后死于非命。但作品的着眼点不在这里,它不是要对男性、女性做一番价值评判,而是以女性细腻入微的心灵,去打捞城市中那些容易被人忽略、被人遗忘的生活维面和文化向度,从而呈现女性生命的真实图景,探寻女性独特的生存文化和生存历史。这种"女性"而不"主义"的写作姿态,使《长恨歌》具有了理性的从容和大气,较之时下一些女性文本的隐私曲折和无从捉摸的情绪变幻,显得既深厚凝重,又清晰单纯。

第二,纯叙述性的话语方式。王安忆认为,叙述方式是小说真正本质的方式。《长恨歌》创造性地采用一种纯叙述的方式,叙述立场置身事外,叙述视点巧妙利用"鸽子"的视点:既可盘旋于上海城市上空俯瞰,又能贴近落脚到人们生存其间的弄堂阁楼。这是全知智慧型的视点,为作家施展独特的叙述追求提供了广阔的空间。叙述人以一种知悉全部来龙去脉和各种细枝末节的讲故事者的姿态,从容不迫,娓娓道来。不但将城市里的景物,诸如弄堂、阁楼等演化成叙述的存在,把时间空间的秩序叙述出来,就连人物对话也常以叙述来处理,画面也由叙述来传递,从而形成别具魅力的文本叙事。令人称道的是这种叙述既不再靠传统的人物命运、性格的故事推进作品,也完全不同于以玩弄种种技巧为能事的各类新潮小说叙事,而是在吸纳传统民间叙事资源的基础上,创造性地将主观叙述与客观叙述融合起来。叙述人自由出入于人、事,进可融入自己的意识情感,立场态度,退则以局外人的口吻平静地描述一切。调控灵活,分寸适度,为读者创造出一个具有完美形式感的比现实更为真实的艺术世界。

第三,具象与抽象奇异融合的概括性叙述语言。《长恨歌》的语言是富有高度表现力和综合抽象能力的叙述语言。除了逼真的呈现功能之外,还有着很强的涵盖性和理性穿透力。诸如"上海的弄堂是性感的,有一股肌肤之亲似的。它有着触手的凉和暖,是可感可知,有一些私心的",而"流言总是带着阴沉之气","是那黄梅天里的雨,虽不暴烈,却是连空气都湿透的",等等。这种叙述既概括,又十分感性,是叙述,又是阐释,是细腻敏锐的艺术感觉,又是对事物本质的掘进,故被评论家称之为"充满了通感和睿思","是迄今为止有关这方面的最精彩最经典的文字"。王安忆认为:"归根到底,小说语言是一种叙述性的语言,也可以说是语言的语言或抽象性语言。"自90年代始,她即致力于追求一种可以书写一切东西的"成熟的叙述语言",以"把小说语言和日常语言区别开来"。《长恨歌》可谓这种"成熟语言"的标志。

著名学者李欧梵教授在为《长恨歌》获得首届华文文学奖致评审词中说,它"描写的不只是一座城市,而是将这座城市写成一个在历史研究或个人经验上很难感受到的一种视野。这样的大手笔……是非常罕见的。"

(张志英)

私人生活*(存目)

陈 染

【作者简介】

陈染(1962～　)，女。1986年北京师范大学分校中文系毕业，做过大学教师、报社记者、出版社编辑等。20世纪80年代中期开始发表作品，1986年发表的《世纪病》被视为先锋小说女作家的代表作之一。主要作品集有《纸片儿》(1989)、《嘴唇里的阳光》(1992)、《无处告别》(1993)、《与往事干杯》(1993)、《独语人》(1993)、《在禁中守望》(1994)、《潜性逸事》(1995)、《另一只耳朵的敲击声》(1995)、《断篇残简》(1995)、《私人生活》(1996)、《声声断断》(2000)、《不可言说》(2000)。另有《陈染文集》、《陈染文丛》等。

陈染的小说写的大多是少女或年轻的知识女性的个人隐私生活，着重表达的是个人的生命体验，特别是性和性爱方面的体验，被人们称为"女性私人化写作"或"私化小说"。对女性生存境遇和命运的恒久关注和对生命的哲理思索是陈染作品的显著特点。她的作品具有强烈的女性意识，被认为是女性主义作家。

【作品简析】

以陈染、林白等为代表的一批20世纪60年代出生的青年女作家所创作的私化小说出现于90年代的中国文坛不是偶然的。90年代是市场经济大发展的年代，是文化环境相对宽松和自由的年代，也是一个个人意识、个人欲望和人的个性得到张扬的个人化的时代，从而使得一些作家有可能从自觉的性别立场出发，把自我生命成长的经历、体验以

---

* 作家出版社1997年版。

及幽闭场景(属于女性特有的隐秘场所与情景)带到大众阅读空间。又由于这一批作家是"记忆稀薄的一代",缺乏对父兄一代历史的记忆,所以她们更易于沉入自己的内心世界,写"私人生活"和"一个人的战争"。

《私人生活》写一个叫倪拗拗的女孩儿心灵和生命成长的历史。倪拗拗幼年时,父母感情破裂并离异,所以她从来没有感受过父爱与母爱的温暖。这种爱的缺失,造成她心灵的创伤和孤独、孤僻的性格,与环境和人群格格不入。上中学时,班主任T先生采用各种手段最终破了她少女的贞操。后来,她在同禾寡妇的"同性恋"中获得一种感情的补偿;在同尹楠的热恋中,尝到了真正爱情的甜蜜。然而,生活的风雨无情:倪拗拗的母亲病逝,禾寡妇烧死,尹楠逃亡国外。在一连串的打击之下,倪拗拗竟成了一个"零女士"("我没有了,我消失了","我"的生命已不存在)。她被送进精神病院。出院后,她整天泡在浴缸里。她觉得她找到了最后的归宿,似乎世上没有比浴缸更有怀抱感、更温暖美好的地方了。

这是最真诚坦率的女性欲望书写。它为人们呈现了一部有关女性的心灵秘史,表达了女性探索自我、认识自我、开发自我的渴望。作为女性,"我"要弄清:"我"是谁?"我"究竟在想什么,做什么?我们女人不同于男人的是什么?我们女性与女性、女性与男性、女性与社会的关系是怎样的?"我"的生命价值何在?"我"向何处去?小说可以看作是"我"的精神自传。

《私人生活》具有鲜明的叛逆性与挑战性。少年的倪拗拗曾用剪刀铰坏了专制、粗暴的父亲的毛料裤,凸显出她不驯服的性格。她还对T先生对她的占有与玩弄,表示出自己的厌恶与鄙视,并进行了顽强的抗争。在作品中,女性不再是被男性玩赏的欲望化对象,也不是守身如玉的禁欲主义者和古典爱情的理想主义者,更不是传统中的贤妻良母,而是敢于独自去体验并完成青春和生命成长过程的新女性,是向男权中心文化挑战的勇士。

《私人生活》写的完全是个人的记忆,从头至尾是独白体的叙述,是纯粹的自叙自吟、自言自语、窃窃私语。作者用个人话语代替集体话语,用私人话语代替公共话语,以边缘话语代替主流话语,以人性话语代替政治话语,以纯女性话语代替"准女性"、"伪女性"话语(女性作家的无性别话语),体现出作家在男权中心世界中为争取女性的个人化写作权利而进行的不懈的追求与探索。

陈染的作品呈现出一种"直视自我,背对社会、历史、人群的姿态。或许正是由于这种极度的自我关注与写作行为的个人化,陈染的写作在其起始处便具有一种极为明确的性别意识","固执并认可自己的性别身份,力不胜任但顽强地撑起一线自己——女人的天堂;逃离男性话语无所不在的网罗,逃离、反思男性文化内在化的阴影,努力地书写或曰记录自己的一份真实,一己体验,一段困窘、纷繁的心路;做女人,同时通过对女性体验的书写,质疑性别秩序、性别规范与道德原则"(戴锦华《陈染:个人和女性的书写》)。

从《私人生活》等私化小说可以看出,作者重视直觉、潜意识等非理性因素在创作中的作用。创作前常常缺乏周密的计划和理性的思考,而是边想边写,"跟着感觉走",因而视点散漫,小说中充满了"记忆的碎片",显得有些跳跃、杂乱、枝蔓。这表明,一定的理性导引在小说创作中仍是十分必要的。

另外,在女性与社会之间寻找到一个契合点,在私人生活与公共生活之间找到沟通的桥梁,也是值得作者深入思考并妥善解决的一个问题。

有人指责私化小说的作者是"赤裸裸地出卖自己",其作品不是"女性反抗的记录",反而成了"男性窥私欲满足的对象"。这表明一部分读者和评论者对私化小说人性与文化内涵的误读。

(张学正)

秦　腔[*]（存目）

贾平凹

【作品简析】

贾平凹在《秦腔》的后记中，对于这部小说的创作动机、创作经过、作品内容及写作方法均作了较详细的说明，是我们解读《秦腔》的一把钥匙。

贾平凹生于陕西丹凤县和商县交界处的一个叫棣花街的村镇。他在故乡生活了19年，1971年他才离开棣花街去西安上大学。故乡有着丰厚的文化底蕴，村镇中不乏能工巧匠和文墨之士。但故乡又是极度贫困的。"大跃进"的折腾和极左政策下对农民的不断剥夺，酿成了1959—1961年包括棣花街在内的全国性的大饥荒。"文革"后的1979—1989年，故乡土地承包，风调雨顺，粮食丰收，农民生活安定、富足而又舒心。那是"乡亲们最快活的岁月"。后来，商品经济发展，城市化进程加快，农村"有限的土地在极度地发挥了它的潜力后，粮食产量不再提高，而化肥、农药、种子以及各种各样的税费迅速上涨，农村又成了一切社会压力的泄洪池。"一批又一批的青壮年农民从农村出走，到城市打工，下矿山开矿，不少土地因无人耕种而转租，甚至荒芜；个体利益凸显，贫富分化严重；税赋繁苛，干群矛盾加剧，群体事件增多；道德滑坡，人与人关系冷漠，亲情断裂，婚姻家庭危机……"旧的东西稀里哗啦地没了，像泼出去的水，新的东西迟迟没再来。"短短的欣欣向荣之后，农村出现混乱与衰败的迹象。棣花街也几乎要废弃了。贾平凹站在故乡的街巷中发出一系列的疑问："难道棣花街上我的亲人、熟人就这么很快地要消失吗？这条老街很快就要消失吗？土地也从此要消失吗？真

---

[*]《秦腔》原载《收获》2005年第1、2期，2005年3月由作家出版社出版单行本。

的是在城市化,而农村能真正地消失吗?如果消失不了,那又该怎么办呢?"作者陷入深深的困惑与迷茫之中。正是在这种思想与感情的背景下,他要为故乡写一本书。"写作充满了矛盾和痛苦","我不知道该赞歌现实还是诅咒现实,是为棣花街的父老乡亲庆幸还是为他们悲哀"。

小说正是通过清风街(现实中的棣花街)这个小世界,全方位地透视了上世纪90年代以来处于转型期中的中国农村、农业、农民的现状。其中,既有改革开放给农村、农民带来的物质上的巨大变化:扩展的新国道,兴隆的农贸市场,新建的二层小楼民居以及不愁吃穿的生活等等;但同时,农村、农民中也滋生、泛滥着许多丑恶的东西:腐败、欺诈、暴富、奢靡、赌博、淫乱,等等。社会进步常常伴随着卑鄙、龌龊甚至血泪。面对这种乱花迷眼的现实,改革之初曾发生过的历史尺度与道德评价问题又提到了人们的面前。在作品中,作者表达了对传统农业文明衰落的焦虑和失去文化之根的哀叹。他虽然没有给人指出一条前进的道路,但却表现出作家直面现实人生时的真诚。《秦腔》是解读当代乡土中国最生动的读本。

《秦腔》以清风街夏氏家族为中心,写了一大批农村干部、知识分子、民间艺人及普通农民的形象。

夏天义是清风街几十年的老主任。他从20岁当干部,"一辈子都是共产党的一杆枪,指到哪儿就打到哪儿"。土改时,他是斗地主、分田地的骨干;合作化、人民公社化时期,他为集体抓生产,兴水利,是一马当先的劳动模范;"文革"中,他带领群众,流血流汗,学大寨,造标准田。他了解民情,"巷子里跑过一只鸡,他知道这是谁家的鸡";他当干部"从不占集体的便宜",侄子庆玉盖房砌院墙,多占了公家仅一步宽的宅基地,他命令庆玉将砌好的院墙推倒,退出多占的地;他注重实干,事事身先士卒,最后因为填七里沟、搬石头、砌坝、造地而累倒了,累死了。在清风街,他"没亏过人,也没服过人",是一位德高望重,威震乡里的领导者,被人尊称为"清风街的毛泽东"。

但夏天义毕竟是一个传统的农民,他对土地有一种天然的敬畏、挚爱之情。这位"老愚公"、"老犟牛",他大半生耕地、分地、管地、造地,把全部的心血与生命都贡献给了家乡的土地;然而,他又有小农的保守、狭隘与偏执,对商品经济、多种经营、农民外出打工有偏见,认为"人是土命""是农民就好好地在地里种庄稼"。后来他不顾一切,带领哑巴、"疯子"两个人和一条狗,淤地造田,无果而终。他还提出要重新分地,遭到反对。他"一根筋""一条道走到黑",命运凄凉而又悲壮。

新任村支书君亭(夏天义的侄子)是新一代农村基层领导人。他和夏天义一样,具有改变家乡面貌的雄心壮志,认为"每一位村干部总得留些东西",总得为老百姓做些实事、好事。作为新一代领导者,君亭有魄力也有能力:他软硬兼施,设置圈套,降服了恶人三踅;他暗中操作,玩弄手腕,借查赌、抓赌,气病了村长秦安,削去了自己的一个政敌;他连哄带骗,驯服了因他的一夜情败露而吵闹不休的老婆麻巧;他单骑走高巴,成功推销了清风街卖不出去的土特产;他上下应对,左右逢源,在清风街建立了自己说一不二的一统天下。

在执政理念上,君亭与夏天义迥然不同。在"要地还是要钱"的问题上,他更为灵活。面对农业的凋敝和土地的闲置,他寻找新的出路,兴建农贸市场,开办万宝酒楼,使陷于停滞的农村又活泛起来。然而对于农村中出现的一系列新问题,有时他也一筹莫展,无能为力,甚至随波逐流,同流合污。他竟然宣扬干部"适度腐败有理"论,为自己和同伙的腐败行为辩解。在他身上,交织着天使与魔鬼的双重性格。等待他的是"成也萧何,败也萧何"的结局。

其他像夏天礼、夏天智、秦安、上善、金莲、陈星、三踅、赵宏声、马大中、中星、中星爹,也都是很有个性的人物。

老三夏天礼贩卖银元,却抠门到家,一个糖也不给孩子吃;老四夏天智,当过学校校长,又酷爱秦腔艺术,他废寝忘食在马勺上画秦腔脸谱,出版秦腔脸谱著作,对传统文化一片痴情;砖窑主三踅是一个农村无赖,贪财好色,欠钱不还,拨弄是非,刁钻蛮横,是一只"咬狼的狗",最后蛇钻进他的嘴里只能割断喉管拔出,乃是恶有恶报;马大中靠吹牛拍马,坑蒙拐骗暴发,吃喝嫖赌俱全,但他能呼风唤雨,匪气十足,却被"生意人"的身份掩盖了。另外像狗剩、武林这些农村小人物,虽着墨不多但都写得形神兼备,其命运令人唏嘘。

书中还有几个特别的人物,一个是被称为"疯子"的引生,他暗恋白雪,曾为此遭众人羞辱而自残生殖器,是一个典型的花痴。疯狂的爱和古怪的疾病使他具有某些特异功能。他游荡在村子里,像一个窥探者和倾听者,获得了村里许多人的隐私和清风街的秘密,这使他成为全书的一个不可或缺的叙述元素。白雪与夏风的爱情,看似一次完美的结合,但在骨子里两人却志不同道不合,婚后又生下一个无屁眼儿的女儿,最终婚姻破裂。从中既折射出当前中国爱情婚姻的种种困局与危机,又成为全书的一个中心情节而推动故事的发展。

值得深思的是,夏家的第一代除老三夏天礼外,老大夏天仁在一次排除哑炮中为集体牺牲,老二夏天义是一心为公的老主任,老四夏天智是传统文化秦腔的热心传播者与传承者,可以说都是清风街的英武好强的一代。然而到了第二代(君亭、庆金、庆玉、庆满、庆堂、瞎瞎、雷庆、夏风)第三代(光利、文成、腊八、哑巴、翠翠)从人生理想、道德人格乃至身体素质等各方面,都一代不如一代了。"夏家的脉气在衰败"了。这看似偶然,而内里又有其必然性的根由。这既是夏家的问题,也是一个普遍的社会现象,所谓"君子之泽,五世而斩",富、官二代,无人继业,值得认真思考。

《秦腔》在叙述上有其鲜明特色。小说采用原生态的展示手段,将农村日常、本真的生活形态几乎是和盘托出。作者"写的是一堆鸡零狗碎的泼烦日子",没有刻意的情节设计,没有精心雕琢的人物造型,人物的对话、动作也没有修饰性、分析性的描写,甚至没有章节的分割(只用＊＊稍作间歇)。一个个鲜活的人物,一桩桩动人的故事,一个接一个,一个套一个,一个撵一个地向我们涌来,这完完全全的是一条原生态的生活之流,清水混着浊水,带着泥沙,携着枯枝败叶,滚滚而下。作者把这种叙述方式称作是"密实的流年式的叙写"。正是由于赤裸裸的本真而增加了作品的亲切感和可信性;也正是由于本真,人们才可能从这些无遮拦、无筛选的细枝末节、鸡毛蒜皮的原生态的生活展示中,抵达生活的本相与本质。

然而,《秦腔》又非传统现实主义作品。作者在运用现实主义手法的同时,也吸收了现代主义的一些因素,如将动物、植物、器物通灵化、人化,人与物情感互通、互感。小说中有不少夸张、变形、荒诞的情节设置与描写,如灵魂出窍,梦魂相扰,"疯子"引生的特异功能,白雪小手帕的魔力,夏天义家怪怪的痒痒树,来运与赛虎两条灵异的狗,七里沟长出的"麦王",怪云与怪风,黑雨与白雨,血水一样的阳光……充满神秘、怪诞的魔幻色彩。这些设置与描写,扩展了读者想象的空间,增添了许多阅读的趣味,这是经过蜕变的一种新现实主义。

秦腔是小说要表现的一个重要对象。书中穿插的30余段带乐谱的秦腔唱段、鼓乐与戏文,既表达了人物的感情,渲染了环境氛围,又推动了情节的发展。秦腔乃秦人之腔,在小说中又是一种寓意。作为一种地方戏曲和传统文化,秦腔的衰败是注定的。它在今日的传唱,只是一种"衰败中的挣扎","生命中透着凉气。"

秦腔有欢音与苦音之分。欢音刚健有力,苦音则深沉哀婉。《秦腔》中的秦腔以苦音为主,这与小说浓重的悲剧色彩有关。《秦腔》中的秦腔成为前途未卜的清风街的挽歌和绝唱。

2008年,《秦腔》获第七届茅盾文学奖。评委会对《秦腔》给出的评价是:贾平凹的写作,既传统又现代,既写实又高远,语言朴拙、憨厚,内心却波澜万丈。他的《秦腔》以精微的叙事,绵密的细节,成功地仿写了一种日常生活的本真状态,并对变化中的乡土中国所面临的矛盾、迷茫,作了充满赤子情怀的记述和解读。他笔下的喧嚣,藏着哀伤,热闹的背后,是一片寂寥,或许坚固的东西都烟消云散之后,我们所面对的只能是巨大的沉默。《秦腔》的这声喟叹,是当代小说写作的一记重音,也是这个大时代的生动写照。

贾平凹在谈到《秦腔》时说:"我决心以这本书为故乡树起一块碑子。"他实现了自己的心愿。他为故乡,也为自己,为中国当代文学树起了一块新的里程碑与纪念碑。

(张学正)

附录(一)　中国当代文学思潮纪事(1949—2012)

一、工农兵文学思潮(1942年至新中国成立后的50年代)

背景：

1942年，毛泽东发表《在延安文艺座谈会上的讲话》，强调工农兵是革命的主体，作为"革命机器上的齿轮和螺丝钉"的文艺，应为工农兵服务。在抗日战争、解放战争及新中国成立后的50年代，工农兵文学成为文学的主流。

新中国成立之后，受到苏联文学的影响，中国当代文学认同社会主义现实主义；由于它在文学观念与创作方法等许多方面与工农兵文学相重合，故可视为同一个文学思潮。

特点：

1.表现工农兵的生活与斗争，歌颂工农兵在革命与建设中的丰功伟绩，塑造工农兵的英雄形象。

2.强调文学为无产阶级的政治服务，为党的方针政策与中心工作服务。

3.采用革命现实主义的创作方法。

代表作家作品：

赵树理：小二黑结婚、李有才板话、李家庄的变迁；丁玲：太阳照在桑干河上；周立波：暴风骤雨；贺敬之、丁毅：白毛女；李季：王贵与李香香。

杜鹏程：保卫延安；梁斌：红旗谱；吴强：红日；罗广斌、杨益言：红岩；柳青：创业史(第一部)；曲波：林海雪原；贺敬之：放声歌唱、雷锋之歌；陈其通：万水千山；魏巍：谁是最可爱的人。

二、"干预生活"文学思潮(1956年至1957年上半年)

背景:

1. 中国大陆的所有制改造完成,大规模经济建设开始,阶级关系大调整,社会大变动,人民内部矛盾凸显,现实生活向文学提出新任务。

2. 苏共20大之后,苏联"解冻"文学思潮兴起,"干预生活"的作品大量涌现,对中国的文艺界产生影响。

3. 1956年春,毛泽东提出"百花齐放,百家争鸣"的方针,为文学的探索与创新提供了政治上的保障和思想上的鼓励。

特点:

1. 遵循"写真实"的原则,作家们勇敢正视现实生活中的矛盾,大胆揭露与批判生活的"阴暗面"。

2. 作家对生活不是冷眼旁观和客观表现,而是企望通过作品积极参与现实矛盾的解决过程,起到"干预生活"、推动生活前进的作用。

3. 开掘了新的题材领域(如历史题材、爱情题材),使创作呈现出丰富性与多样性。

4. 在艺术上,在总体构思、人物塑造、表现手法、语言运用等方面,都具有鲜明的艺术个性,这对于长期困扰文坛的公式化、概念化的创作倾向是一次有力的冲击。

代表作家作品:

何直(秦兆阳):现实主义——广阔的道路;周勃:论现实主义及其在社会主义时代的发展;黄秋耘:不要在人民的疾苦面前闭上眼睛。

王蒙:组织部新来的青年人;刘宾雁:在桥梁工地上、本部内部消息;刘绍棠:西苑草、田野落霞;李国文:改选;邓友梅:在悬崖上;陆文夫:小巷深处;宗璞:红豆;流沙河:草木篇;郭小川:白雪的赞歌、深深的山谷、一个和八个;海默:洞箫横吹;杨履方:布谷鸟又叫了。

三、"两结合"(革命现实主义与革命浪漫主义相结合)文学思潮(1958年至1960年)

背景:

1.问题的提出:1958年3月,毛泽东对新诗发展的道路发表意见:"中国诗的出路,第一条民歌,第二条古典,在这个基础上产生出新诗来,形式是民歌的,内容是现实主义和浪漫主义的对立统一。"

1958年4月,郭沫若发文,赞扬毛泽东的《蝶恋花·答李淑一》是"革命现实主义与革命浪漫主义的典型结合"。

1958年6月,周扬在《红旗》杂志创刊号上发表《新民歌开拓了诗歌的新道路》,从理论上对"两结合"进行了阐释。

1960年7月,在第三次文代会上,将"革命现实主义与革命浪漫主义相结合"确定为我国文艺创作应遵循的基本原则。

2.1958年,全国开展"大跃进"运动,"共产风"、"浮夸风"盛行。政治上、经济上的狂热催生文艺上的浮夸与冒进,提出大力弘扬"革命浪漫主义"和"建设共产主义文艺"等口号。

3.中、苏分歧,文艺上需要提出新的口号同"社会主义现实主义"相区别,遂有"两结合"的提法。

特点:

1.作品着重表现人民群众的浪漫主义情怀、冲天干劲及英雄气概。

2.文学应自觉地以"革命浪漫主义精神"鼓舞、教育人民,以适应"一天等于20年"的大跃进形势的需要。实际上是以浮夸的文学为浮夸的政治服务。

代表作家作品:

郭沫若、周扬编:红旗歌谣;田汉:十三陵水库畅想曲。

四、"艺术民主化"思潮(1961年至1962年)

背景:

新中国成立后文艺界开展的一系列运动和斗争:1951年对电影《武训传》的批判,1954年对俞平伯《红楼梦》研究的批判,1955年对"胡风反革命集团"的批判,1957年的反右斗争,1958年知识界的"拔白旗"运动,1959年的反右倾运动,1960年的批判修正主义运动,等等,给思想、文化、学术及文艺界造成了严重的后果,并引起各界的强烈不满,民主的呼声已成为知识分子和文艺家们的一致诉求。

三年经济困难时期,中国共产党调整了有关的经济政策。文艺界也亟须总结新中国成立后10多年的经验教训,纠正"左"的错误,从而调动一切积极因素,使文艺事业获得一个新的发展。为此,1961年—1962年间,周恩来先后发表了以发扬艺术民主为中心内容的几次讲话,为"资产阶级知识分子"摘了帽子,为一批无辜受到批判的作品平了反,并制订了《文艺八条》、《电影工作三十二条》,使文艺理论与创作都出现了新的局面。

特点:

1. 提出"文艺为最广大的人民群众服务"的口号,文艺方针政策有所调整。

2. 文艺理论方面,针对创作中存在的浮夸、虚假等不良倾向,提出"现实主义深化"、"写中间人物"等理论主张,促进了现实主义文学的发展。

3. 创作题材有新突破。作品敢于触及现实矛盾,并尝试涉及人性、人道主义的内容。

4. 追求艺术的创新。

代表作家作品:

吴晗:海瑞罢官;田汉:谢瑶环;孟超:李慧娘。

陈翔鹤:陶渊明写《挽歌》、广陵散;黄秋耘:杜子美还家;赵树理:实干家潘永福;西戎:赖大嫂;张庆田:"老坚决"外传;王汶石:在沙滩上;刘真:长长的流水;刘澍德:归家;茹志鹃:同志之间、阿舒、静静的产院;欧阳山:苦斗。

马南邨(邓拓):燕山夜话;吴南星(邓拓、吴晗、廖沫沙):三家村札记。

谢铁骊:早春二月;阳翰笙:北国江南;白刃、林辰:兵临城下;高缨:达吉和她的父亲。

五、极左文学思潮(1963年至1976年)

背景:

1962年秋,毛泽东提出"以阶级斗争为纲"的口号;1963年12月

12日、1964年6月27日,毛泽东先后两次对文艺工作作了批示,对新中国建立后的文艺工作提出了严厉的批评,由此导致了文艺界的整风运动和1964年开始的涉及各个文学、艺术门类的大批判运动。

1966年,"文化大革命"开始,林彪、江青密谋炮制了《部队文艺工作座谈会纪要》,并以它为纲领,在1966—1976的十年间,在全国全面实行文化专制主义,大批优秀作品被当做"封、资、修"的黑货遭到批判、查禁甚至焚毁;大批文艺工作者遭到批斗、监禁甚至被迫害致死。文艺同全国一样经历了一场空前的文化浩劫。

特点:

1. 鼓吹文学政治化。要求文艺创作要无条件地为政治服务,为党的中心工作服务(所谓"写中心"、"唱中心"、"画中心"),从而堵塞了文学为最广大人民群众服务的广阔道路;强调"政治标准第一"的原则,使历史的、美学的批评沦为纯政治的说教。

2. 推行文学一体化。主张"一个阶级一个典型"、"写重大题材"、"写工农兵"、"写本质"、"写主流"、"写光明面";推销"三突出"创作原则,使文学公式化、概念化、模式化、雷同化。

3. 大搞"阴谋文艺",以批判"走资本主义道路的当权派"为名,炮制了一大批美化、歌颂"四人帮"的作品,为篡党夺权大造舆论。

代表作家作品:

八个样板戏:现代京剧:红灯记、沙家浜、智取威虎山、奇袭白虎团、海港、龙江颂,芭蕾舞剧:红色娘子军、白毛女。

上海县《虹南作战史》写作组:虹南作战史;南哨:牛田洋;清明:初春的早晨;谷雨:第一课;立夏:金钟长鸣。

小靳庄诗歌;张永枚:西沙之战(诗报告)。

电影:春苗、盛大的节日、千秋业、欢腾的小凉河、反击。

六、新时期现实主义文学的伟大复兴(70年代末至80年代初)

背景:

1976年10月粉碎"四人帮"后,文艺界对林彪、江青等人推行的极左文艺路线进行了总清算:一方面,对"四人帮"操纵下炮制的一批"阴谋文艺"作品以及所鼓吹的一整套反动文艺谬论进行清理、批判;另一方面,对遭到林彪、江青一伙否定的作品、理论以及被他们迫害的作家、艺术家进行平反昭雪。经过这次总清算和1978年进行的关于"实践是检验真理的唯一标准"的大讨论,文艺界拨乱反正,正本清源,砸碎了长期以来套在作家、艺术家身上的精神枷锁;特别是1979年,邓小平在第四次文代会上郑重宣布:对文艺"不要横加干涉",唤醒和激发了作家们的探索勇气和创作热情,使他们沿着"五四"以来的批判的、战斗的现实主义道路大步前进。伤痕文学、反思文学、改革文学、"人的文学"、知青文学、军旅文学,一波又一波的文学浪潮,收获了累累的果实。这是现实主义文学的一次伟大复兴!

1.伤痕文学:揭露和批判"文化大革命"的文学。批判性与控诉性是它的基本特点。通过叙写知识分子、革命干部、青年一代以及普通群众的悲剧命运,批判"文革"的反人民、反人道的本质,控诉林彪、"四人帮"所实行的封建法西斯专政的罪行。

代表作家作品:

刘心武:班主任;卢新华:伤痕;王亚平:神圣的使命;王蒙:最宝贵的;冯骥才:铺花的歧路、啊!竹林:生活的路;张贤亮:邢老汉和狗的故事;周克芹:许茂和他的女儿们;从维熙:大墙下的红玉兰;金河:重逢;郑义:枫;陈国凯:我应该怎么办?代价;徐旭明:调动;刘克:飞天。

白桦:苦恋(电影《太阳与人》);王靖:在社会的档案里;李克威:女贼。

金振家、王景愚:枫叶红了的时候;苏叔阳:丹心谱;沙叶新、李守诚、姚明德:假如我是真的(《骗子》)。

艾青:在浪尖上、听,有一个声音;雷抒雁:小草在歌唱。

2.反思文学:对新中国成立后30年的历史或更久远的历史进行回顾,在更深层次上思考社会与人生。反思文学从对历史的重新审视、对自我的重新拷问与民族共忏悔三个层面展开。

代表作家作品:

王蒙:布礼、蝴蝶、悠悠寸草心、相见时难;茹志鹃:剪辑错了的故事;刘真:黑旗;张一弓:犯人李铜钟的故事;鲁彦周:天云山传奇;古华;

芙蓉镇;方之:内奸;王安忆:流逝;张弦:记忆;高晓声:李顺大造屋。

刘宾雁:人妖之间;巴金:随想录(随想录、探索集、真话集、病中集、无题集)。

艾青:古罗马的大斗技场;白桦:阳光,谁也不能垄断。

崔德志:报春花;锦云:狗儿爷涅槃。

3.改革文学:把批判"文革"、反思历史同关注现实结合起来,表现改革开放的新主题。

代表作家作品:

蒋子龙:乔厂长上任记、一个工厂秘书的日记、开拓者、赤橙黄绿青蓝紫、锅碗瓢盆交响曲、拜年、燕赵悲歌;柯云路:三千万、新星、夜与昼;水运宪:祸起萧墙;张洁:沉重的翅膀;张贤亮:河的子孙、男人的风格;李国文:花园街5号;矫健:老人仓;王润滋:鲁班的子孙;贾平凹:小月前本、鸡窝洼的人家、腊月·正月;高晓声:陈奂生上城;陈世旭:惊涛;王兆军:拂晓前的葬礼;张炜:秋天的愤怒。

刘宾雁:艰难的起飞;黄宗英:大雁情;李延国:在这片国土上。

骆耕野:不满;白桦:春潮在望。

宗福先、贺国甫:血,总是热的。

4."人的文学":以揭示人的本性、弘扬人道主义精神为主要内容的文学,具体表现在:第一,对"文革"中把人"非人化"的批判;第二,呼唤优美的人性;第三,肯定人的尊严、人的个性、人的价值;第四,表现人的异化现象。"人的文学"是继"五四"之后重新发现人、颂扬人的文学。

代表作家作品:

宗璞:我是谁? 三生石;谌容:人到中年;叶蔚林:在没有航标的河流上;戴厚英:人啊,人! 刘心武:如意、我爱每一片绿叶;张抗抗:夏;张洁:爱,是不能忘记的;张弦:挣不断的红丝线、银杏树、未亡人、被爱情遗忘的角落;张辛欣:在同一地平线上、疯狂的君子兰;张笑天:离离原上草、公开的"内参";汪雷:女俘;礼平:晚霞消失的时候;遇罗锦:春天的童话;杨东明:失去的,永远失去了;戴舫:挑战。

5.知青文学:由"文革"中上山下乡的知识青年创作的反映知青生活的作品。知青文学中的多数作品在表现知青运动的荒谬性的同时,又充满青春激情地叙写了知青一代在磨难中逐步成长、成熟的人生历程,作为"英勇悲壮的'知青'纪念碑",知青文学既是中国的"特产",又具特殊的价值。

代表作家作品:

王安忆:广阔天地的一角、冷土、本次列车终点;孔捷生:南方的岸、在小河那边、大林莽;梁晓声:这是一片神奇的土地、今夜有暴风雪;张承志:骑手为什么歌唱母亲、黑骏马;史铁生:我的遥远的清平湾;阿城:棋王、树王、孩子王;铁凝:麦秸垛、棉花垛;叶辛:蹉跎岁月;朱晓平:桑树坪纪事。

6.军旅文学:以革命战争、人民军队为主要表现对象的文学。新时期军旅文学的新特点是:第一,内容上,从过去单纯表现军事行动和军营生活开始面向更广阔的社会人生;第二,从写战役、战斗和训练过程,到注重写人,写人的内心世界;第三,从"无冲突论",到敢于揭露军内的矛盾和斗争;第四,塑造具有更丰富的精神世界和更复杂的思想性格的新的英雄形象。

代表作家作品:

徐怀中:西线轶事;李存葆:高山下的花环、山中,那十九座坟茔;朱苏进:射天狼、引而不发;李斌奎:天山深处的"大兵";刘兆林:啊,索伦河谷的枪声;刘亚洲:两代风流。

叶文福:将军,不能这样做。

七、80年代多元化文学思潮(80年代中期至80年代末期)

背景:

中国共产党的十一届三中全会后,推行改革开放政策,文化环境相对宽松。1984年12月召开的中国作协第四次全国会员代表大会,批评了对文艺干涉太多、"帽子"太多、行政命令太多的现象,提出创作自由、批评自由的口号,极大地激起了文学理论家、批评家及作家们的创造激情,开始了全方位的新尝试、新实验,迎来了一个文学多元化的黄金期。满足读者对文学的多方面需求是多元化文学思潮产生的主因;西方文艺新理论、新思潮、新方法以及异质作品的大量翻译、引进,也成为多元化文学思潮的催生剂。

特点：

1. 题材选择：从政治社会层面向文化、生命层面掘进。

2. 创作方法：现实主义、浪漫主义、现代主义（其中又包括各种流派）、后现代主义……各种创作方法并立、互补。

3. 表现手法：写实、口述实录、新新闻主义、变形、荒诞、黑色幽默、意象、象征、魔幻、意识流……由单一到多样。

多元化的文学类型：

1. 现代主义文学：这是完全不同于传统现实主义的一种文学；它在文学主题、文学形式、文学手法上颠覆了已有的文学正统与规范。反叛性、先锋性、陌生化是它的鲜明特征。

现代派小说：包括意识流与心理分析小说、荒诞与黑色幽默小说、意象小说、象征与哲理小说、魔幻现实主义小说、结构主义小说，等等。

代表作家作品：

王蒙：夜的眼、海的梦、春之声、布礼、蝴蝶、风筝飘带；李陀：魔界、七奶奶、余光、自由落体；刘索拉：你别无选择；徐星：无主题变奏；残雪：山上的小屋、苍老的浮云、阿梅在一个太阳天里的愁思；莫言：透明的胡萝卜、爆炸；苏童：1934年的逃亡、乘滑轮车远去；格非：青黄、褐色鸟群、迷舟；余华：河边的错误、四月三日事件、现实一种、在劫难逃；孙甘露：访问梦境；叶兆言：枣树的故事；马原：冈底斯的诱惑、拉萨生活的三种时间、叠纸鹞的三种方法、虚构；洪峰：湮没、奔丧、瀚海、极地之侧；邓刚：迷人的海；张承志：绿夜、大坂、老桥、九座宫殿、黄泥小屋、北方的河、金牧场。

现代派诗歌：以意象或意象群的手法表达自我对生活的体验；语言的朦胧性和思想的深邃性使它同直露、浅显的诗作划出了鲜明的界限。

代表作家作品：

北岛：回答、迷途、宣言、结局或开始；舒婷：致橡树、双桅船、祖国啊，我亲爱的祖国；顾城：一代人、远和近；江河：纪念碑；杨炼：大雁塔、半坡、敦煌；梁小斌：雪白的墙、中国，我的钥匙丢了。

荒诞剧：以超现实的夸张、变形和暗喻、象征等手法表现现实社会的荒谬性和现代人的困境与思考。

代表作家作品：

马中骏、贾鸿源、瞿新华:屋外有热流;高行健:车站、绝对信号、野人;魏明伦:潘金莲;王培公:WM(我们);刘树纲:一个死者对生者的访问。

2.纪实主义文学:以记录、叙写真人真事为基本特征的文学,包括:口述实录体小说、分析性纪实小说、新新闻主义小说、自传体、准自传体小说、人物报告和社会问题报告等。对长期以来文学"假大空"的憎恶,对了解历史与现实真相的渴望以及人类固有的窥视欲是纪实主义文学兴盛的原因。

代表作家作品：

张辛欣、桑晔:北京人;刘心武:5·19长镜头、公共汽车咏叹调;老鬼:血色黄昏;王蒙:在伊犁、淡灰色的眼珠;梁晓声:父亲、从复旦到北影、京华见闻录。

徐迟:地质之光、哥德巴赫猜想;苏晓康:阴阳大裂变、神圣忧思录、自由备忘录、洪荒启示录;李延国:走出神农架;涵逸:中国的"小皇帝";孟晓云:多思的年华;徐刚:伐木者,醒来！赵瑜:强国梦;麦天枢:西部在移民;贾鲁生:第二渠道;胡平、张胜友:世界大串联;谢德辉:钱,疯狂的困兽;钱钢:唐山大地震。

3.文化寻根文学:新时期文学在经历了政治性反思(伤痕文学、反思文学)之后,80年代中期进入了文化性的反思。作家以更深远的目光开始对整个中华民族的历史进行审视,对于以儒、释、道为核心内容的传统文化以及由传统文化长期积淀而形成的民族心理进行解剖与反省,寻找民族生存、发展、繁衍之根,于是产生文化寻根文学。

文化寻根文学有对民风民俗的展示,对原始生命力的张扬,对民族心理结构与国民性的剖析,以此对中华民族的灵魂进行改造和重塑。

代表作家作品：

汪曾祺:受戒、大淖纪事;邓友梅:那五、烟壶;冯骥才:神鞭;韩少功:爸爸爸、女女女、归去来;郑义:远村、老井;李锐:厚土——吕梁山印象系列;李杭育:葛川江系列:沙灶遗风、最后一个渔佬、珊瑚岛上的弄潮儿;贾平凹:商州系列:商州初录、商州又录、商州再录、商州;张炜:古船;王安忆:小鲍庄、大刘庄;乌热尔图:七岔犄角的公鹿、琥珀色的篝火;扎西达娃:西藏:系在皮绳扣上的魂、去拉萨的路上;郑万隆:异乡异闻系列:老棒子酒馆、黄烟;刘心武:钟鼓楼;王蒙:活动变人形。

杨炼:诺日朗。

4.通俗文学:以传奇的故事和通俗的语言为广大群众所喜闻乐见的文学。通俗文学包括武侠、言情、历史演义、黑幕小说、推理与侦破小说、探险与科幻小说等。武侠和言情是其中的两大类。武侠讲的是关于"男人的英雄神话",言情讲的是关于"女人的情感神话",都是人类的美好愿望("正义战胜邪恶"、"有情人终成眷属")在现实生活中未能得到满足而通过文学作品所作的一种心理补偿,因而有重要的教化、抚慰、消遣、娱乐的功能。

代表作家作品:

金庸:书剑恩仇记、射雕英雄传、神雕侠侣、倚天屠龙记、笑傲江湖、天龙八部、鹿鼎记。

琼瑶:在水一方、月朦胧鸟朦胧、我是一片云、几度夕阳红、问斜阳、彩霞满天。

5.性爱文学:以表现人的性意识、性心理、性行为为主要内容的文学。性作为人的生命和社会生活的一个重要组成部分,人类对之进行着永恒的探求与追问。性爱文学涉及对生命本能(食、色)的关注;对男女之爱与男女之战的生命悖论的解索;对爱、性、婚姻三元统一道路的探寻。

代表作家作品:

张贤亮:绿化树、男人的一半是女人、早安,朋友;王安忆:小城之恋、荒山之恋、锦绣谷之恋、冈上的世纪;贾平凹:黑氏、天狗、美穴地;刘恒:狗日的粮食、伏羲伏羲(电影《菊豆》)、白涡;谌容:献你一束夜来香;铁凝:玫瑰门。

翟永明:女人;伊蕾:独身女人的卧室。

6."新写实"文学:表现生活原生态的文学。生活日益物质化、世俗化,人们更加关注自己的生存环境与生活质量,关注自己的切身利益。

因而一种更贴近"柴、米、油、盐"现实人生的文学——"新写实"文学应运而生。它的特点是:着重表现平民百姓的日常生活场景;展示生活原生态的写实手法(消解典型,淡化情节,语言生活化);客观冷峻的风格("零度写作")。

代表作家作品:

方方:风景;池莉:烦恼人生、不谈爱情;刘震云:塔铺、新兵连、官场、官人、头人、单位、一地鸡毛。

7.传统现实主义文学:有一批作家,一般不参与当下的文学运动与追逐某种文学潮流,而是以对生活与文学的一片真诚,以传统的写实手法,坚守着现实主义文学领地,留下不俗的业绩。

代表作家作品:

李準:黄河东流去;路遥:人生、平凡的世界;黎汝清:皖南事变;浩然:苍生。

八、新现实主义:后新时期文学主潮(90年代)

背景:进入90年代,随着商品经济的飞速发展和大量现代都市的兴起,中国出现了新都市小说、新移民小说、新儒林小说、新改革小说、新体验小说等新的文学品种。除一部分作家在继续着前卫性、先锋性的文学实验外,大部分作品所采用的均是现实主义的创作方法;一部分在80年代从事现代主义创作的作家也开始向现实主义靠拢。现实主义再次成为文学主流。然而这种现实主义已非传统意义上的现实主义,而是经过了改造,吸纳了许多新质的现实主义,故称新现实主义。90年代多元文学并存中,新现实主义作为主潮引领着文学的发展。

90年代,散文创作活跃,诗歌、戏剧创作相对沉寂,而小说创作出现许多新品种,呈繁荣景象。

1.新都市小说:重点展现的是现代大都市中人的生存状态与心理裂变。

代表作家作品:

刘毅然:摇滚青年;吴滨:城市独白系列;何顿:生活无罪、就这么回事、太阳你好、告别自己;邱华栋:城市中的马群、时装人、别墅推销员;

钟道新:股票市场的迷走神经、单身贵族、特别提款权;张欣:城市爱情、永远的徘徊、冬至、伴你到黎明、无人倾诉、爱又如何、岁月无敌。

2.新移民小说:反映大陆人出国留学、打工、经商的奋斗经历及感受的文学。

代表作家作品:

严歌苓:人寰;张翎:交错的彼岸;闫真:白雪红尘;宋晓亮:涌进新大陆;陈谦:爱在无爱的硅谷;刘观德:我的财富在澳洲;曹桂林:北京人在纽约;周励:曼哈顿的中国女人;樊祥达:上海人在东京。

3.新历史小说:作家根据个人的或家族的记忆,记叙主流之外的即民间的心灵史、人格史、家庭史、村社史,故称新历史小说。

代表作家作品:

莫言:红高粱、檀香刑、丰乳肥臀;乔良:灵旗;方方:祖父在父亲心中;刘震云:故乡天下黄花;张承志:心灵史;陈忠实:白鹿原;苏童:妻妾成群、红粉;叶兆言:追月楼、半边营、日本鬼子来了;王蒙:恋爱的季节、变态的季节、踌躇的季节、狂欢的季节;王安忆:纪实与虚构、伤心太平洋;阿来:尘埃落定;韩少功:马桥词典。

4.新体验小说:作者以一个生活的亲自参加者的身份去亲历生活、体验生活后写出的小说。小说强调亲历性和主观体验性。

代表作家作品:

陈建功:半日跟踪、天道;许谋清:富起来要多少时间;毕淑敏:预约死亡;李功达:枯坐街头;袁一强:"祥子"的后人。

5.新儒林小说:以表现高校、文化圈、艺术界各类知识分子生活与心态为主要内容的小说。

代表作家作品:

汤吉夫:本系无牢骚、新闻年年有、上海阿江、葛懿教授;刘心武:风过耳;陈世旭:裸体问题;马瑞芳:蓝眼睛·黑眼睛、天眼;王小波:黄金时代;贾平凹:废都。

6.新改革小说:表现改革深化后出现的官员腐败、贫富分化、农商矛盾、文化冲突等一系列改革开放新问题的小说。

代表作家作品:

刘醒龙：支书、凤凰琴、秋风醉了、分享艰难；陆天明：苍天在上；关仁山：秋殇、风潮如诉、醉鼓、眩秋、大雪无乡、九月还乡；何申：村民组长、穷县、穷乡、信访办主任、奔小康王志祥、年前年后、县委宣传部；谈歌：年底、官道、天下大事、天下无忌、大厂。

7. 私化小说：一批女作家表现个人隐私生活的小说。叙述个人生活经历（主要是情感生活经历）和表达个人的生活体验（特别是性体验）是其基本特点。

代表作家作品：

林白：一个人的战争、致命的飞翔；陈染：私人生活、与往事干杯、无处告别；虹影：饥饿的女儿；铁凝：大浴女。

8. "另类"小说：表现社会中的"另类"人群（独身者、同性恋者、流浪汉、吸毒者、艾滋病患者、妓女、地下摇滚歌手等）的"另类"生活的小说。揭示处于地下状态的阴暗场景和人的变态心理、分裂人格是小说的显著特征。

代表作家作品：

卫慧：上海宝贝；棉棉：糖。

九、新世纪文学：无主调、无主帅、无主潮的时代（2000年至2012年）

新世纪文学的新变化：

第一，文学队伍加速分化：一方面，愈来愈多作者的创作进一步去政治化和意识形态化，而追求文学的娱乐化、游戏化（如网络文学）；另一方面，仍有许多作者恪守文学的责任与使命，为现实人生而创作（如官场、职场写作、底层写作）。一方面，有许多作家保留在体制之内；另一方面，有更多的作者（如青少年作者、自由撰稿人、民间写手）却游离于体制之外，从事独立自由的书写。

第二，文学创作普遍逃避宏大叙事，愈益走向个人化、私人化、欲望化（如青春写作、女性写作）。

第三，文学进一步与市场相结合，更加世俗化、功利化、时尚化。金钱越来越多地成为文学创作、编办文学报刊、文学网站运营以及文学图书出版发行的原始的甚至是基本的推动力。

第四,文学进一步与科技相结合,作为新传媒的网络文学迅猛发展。成千上万的网络作者参与文学制作,数以百万千万计的网民浏览网上作品。文学具有了空前的人民性与大众化品格。

这是一个无奇不有、无所不包、八仙过海、各显神通、众声喧哗、百舸争流的文学时代,是一个无主调、无主帅、无主潮的文学时代。这本是文学应有的正常状态,但又面临着诸多的严峻的挑战(如主导审美力量的缺失、思想深度的缺失、道德高度的缺失等)。

新世纪文学主要有以下五大板块:

1. 青春写作:出生于20世纪80年代、90年代的青少年学生表现自我青春成长和青春幻想的创作。

代表作家作品:

韩寒:三重门、长安乱、一座城池;郭敬明:幻城、梦里花落知多少、左手倒影,右手年华、小时代;张悦然:葵花迷失在1890、十爱、誓鸟;春树:北京娃娃、2条命;李傻傻:红X;孙睿:草样年华。

2. 网络写作:以新媒体文学网站为活动平台进行的类型化、戏仿化写作(如驾空/穿越、游戏/竞技、都市/情爱、武侠/仙侠、玄幻/科幻、神秘/灵异、惊悚、悬疑、侦探/谍战、军事/谋略,等)。

代表作家作品:

今何在:悟空传;宁肯:蒙面之城;宁财神:第二次亲密接触、无数次亲密接触;李寻欢:迷失在网络与现实之间的爱情;沙子:轻功是怎样炼成的;安妮宝贝:告别薇安、八月未央、莲花、彼岸花;当年明月:明朝那些事儿、萧鼎、诛仙;唐家三少:光之子、狂神、善良的死神、惟我独仙、空速星痕、冰火魔厨、生肖守护、帝琴、斗罗大陆;饶雪漫:沙漏、左耳、离歌、临暗;我吃西红柿:星峰传说、一寸芒、星辰变、盘龙;天下霸唱:鬼吹灯;蔡骏:天机;阿越:新宋;黄易:寻秦记;金子:梦回大清;席娟:交错时光的爱恋;血红:巫颂;大爆炸;窈明;烟雨江南;尘缘;酒徒:家园。

3. 官场、职场写作:表现官场黑幕、反腐倡廉、职场内斗内容的作品。

代表作家作品:

李佩甫:羊的门;王跃文:国画、梅次故事、苍黄;陆天明:苍天在上、大雪无痕、省委书记、高纬度战栗；张平：天网、抉择、国家干部；周梅森：中国制造、绝对权利；王晓方：驻京办主任、市长秘书；李可：杜拉拉升职记。

4.底层写作：关注底层老百姓生活、关怀弱势群体命运的作品。

代表作家作品：

陈桂棣、春桃：中国农民调查；刘庆邦：福利、鸽子、红煤、神木；曹征路：问苍茫、那儿、霓虹；孙惠芬：吉宽的马车；刘震云：我叫刘跃进；贾平凹：高兴；六六：蜗居；胡学文：命案高悬；陈应松：马嘶岭血案。

5.精英写作：一些坚持人文关怀与艺术追求的作家的创作。

代表作家作品：

王蒙：青狐；张洁：无字、世界上最疼爱我的那个人去了；阿莱：空山；莫言：生死疲劳；姜戎：狼图腾；严歌苓：第九个寡妇、小姨多鹤；余华：兄弟；李洱：花腔；贾平凹：秦腔；刘醒龙：圣天门口；刘震云：一句顶一万句；熊召政：张居正；铁凝：笨花；史铁生：我的丁一之旅；王安忆：富萍、桃之夭夭、遍地枭雄；王海鸰：牵手、中国式离婚、新结婚时代；麦家：暗算、风声。

关于《纪事》的几点说明：

一、1987年至2002年，我先后为本科生、研究生、外国留学生开设了"中国当代文学思潮"课。这份《纪事》系在该课程讲稿的基础上整理而成。"新世纪文学"部分是新加的。

二、名为"中国当代文学思潮"，实际上是以大陆文学为主。个别地方涉及到台湾、香港的一些作家作品。

三、每个文学思潮都有一个酝酿、形成和蜕变的过程。所以思潮所标年代只是一个大致的时间阶段，不能作机械的理解。

四、思潮与思潮有时在时间上有交叉、重叠，这说明在大的文学格局下也会有另一种文学思潮的涌动（如50年代中期的"干预生活"文学思潮，60年代初期的"艺术民主化"文学思潮等）。

五、"代表作家作品"，限于篇幅只能列出在社会上、文学界有较大影响者，故难免挂一漏万；作品既有较优秀的，也有引起争议的，一并列出,可互相参照、比较。

六、在《纪事》编写中,参考了白烨选编的《中国年度文坛纪事》(1999—2004)和白烨主编的《中国文情报告》(2004—2012)。

(张学正)

(原载张学正、刘慧贞著《作家·思潮》,天津人民出版社2011年版,收入时略有修改)

附录(二) 中国当代文学自学参考书目

一、文学史类

1. 郭志刚等编著:中国当代文学史初稿(上、下),人民文学出版社1984年新版
2. 王庆生主编:中国当代文学(3册),上海文艺出版社1983、1984、1989年版
3. 张钟等编著:当代中国文学概观,北京大学出版社1986年版,2002年修订版
4. 陈涛主编:中国当代文学扫描,四川文艺出版社1989年版
5. 刘锡庆主编:新中国文学史略,北京师范大学出版社1996年版
6. 张学正著:现实主义文学在当代中国,南开大学出版社1997年版
7. 孔范今主编:20世纪中国文学史(上、下),山东文艺出版社1997年版
8. 黄修已主编:20世纪中国文学史(上、下),中山大学出版社1998年版
9. 谢冕主编:百年中国文学总系,山东教育出版社1998年版
10. 杨匡汉、孟繁华主编:共和国文学50年,中国社会科学出版社1999年版
11. 洪子诚著:中国当代文学史,北京大学出版社1999年版,2007年修订版
12. 陈思和主编:中国当代文学史教程,复旦大学出版社1999年版
13. 张炯编著:新中国文学史(上、下),海峡文艺出版社2000年版
14. 金汉、冯云青、李新宇主编:中国当代文学发展史,上海文艺出版社2002年第二版
15. 於可训著:中国当代文学概论(修订版),武汉大学出版社2003年版
16. 王晓明主编:20世纪中国文学史论(上下),东方出版中心2003

年版

17. 董健、丁帆、王彬彬主编:中国当代文学史新稿(第二版),人民文学出版社2005年版

18. 王万森、吴义勤、房福贤主编:中国当代文学50年(修订版),中国海洋大学出版社2006年版

19. 陶东风、和磊主编:中国新时期文学30年(1978－2008),中国社会科学出版社2008年版

20. 杨匡汉主编、张文勇副主编:共和国文学60年,人民出版社2009年版

21. 樊星主编:中国当代文学,北京大学出版社2010年版

22. 吴秀明主编:中国当代文学史写真(上、下),北京大学出版社2010年版

23. 孟繁华、程光炜主编:中国当代文学发展史(第二版),北京大学出版社2011年版

24. 朱东霖主编:中国现代文学史(1917－2010),北京大学出版社2011年版

二、作品选类

1. 22院校编选:中国当代文学参阅作品选(12册),海峡文艺出版社1983～1990年版

2. 22院校编选:中国当代文学名作赏析丛书(12册),海峡文艺出版社1986－1996年版

3. 文艺探索书系(4册),上海文艺出版社1986年版

4. 马德俊、张学正、周相海主编:中国当代文学作品选评(上、下),河北人民出版社1986年修订版

5. 王庆生主编:中国当代文学作品选(4册),华中师范大学出版社1988年版

6. 张学正、李丽中、田旭修、张志英选评:80年代中国文学新潮丛书(6册),花山文艺出版社1988年版

7. 李复威、蓝棣之主编:80年代文学新潮丛书(12册),北京师范大学出

版社1988年版
8. 李何林主编:中国现当代著名作家文库(100卷),黄河文艺出版社、河南人民出版社出版
9. 孙波主编:中国当代著名作家新作大系,华艺出版社1991年版
10. 刘锡庆主编:当代小说潮流回顾·写作艺术借鉴丛书(6册),北京师范大学出版社1992年版
11. 傅用霖主编:中国跨世纪全新小说精品库,作家出版社1995年版
12. 谢冕主编:中国百年文学经典(按体裁编排,10册),海天出版社1996年版
13. 谢冕、钱理群编:百年中国文学经典(按年代编排,8册),山东教育出版社1996年版
14. 郏珞、邝邦洪主编:中国当代文学作品选(3册),人民文学出版社1998年第2版,2002年印刷
15. 李复威主编:90年代文学潮流大系(18册),北京师范大学出版社1999年版
16. 钱谷融主编:中国现当代文学作品选(下卷,1949-1995),华东师大出版社1999年版
17. 中国当代文学作品精选(1949-1999)(12册),北京十月文艺出版社2000年版
18. 许道明、朱文华主编:新编中国当代文学作品选(上、中、下),复旦大学出版社2000年版
19. 中国当代实力派作家大系——走向诺贝尔(20卷),太白文艺出版社2001年版
20. 谢冕、洪子诚主编:中国当代文学作品精选(1949-1999),北京大学出版社2002年版
21. 洪子诚主编:中国当代文学史·作品选(1949-1999),长江文艺出版社2002年版
22. 陈骏涛主编:跨世纪文丛(分辑出版),长江文艺出版社出版
23. 朱东霖主编:中国现当代文学作品选(1917-2000,4卷),高等教育出版社2002年版

24. 杨匡汉、杨早主编：六十年六十部，生活·读书·新知三联书店 2009 年版
25. 谢冕主编：中国新诗总系（1917－2000，10 卷），人民文学出版社 2010 年版
26. 王蒙主编：中国新文学大系第四辑（1949－1976），20 册，上海文艺出版社 1997 年版
27. 王蒙、王元化总主编：中国新文学大系第五辑（1976－2000），30 册，上海文艺出版社 2009 年版
28. 朱东霖：中国现代文学经典（1917－2010）（精编版），北京大学出版社 2011 年版
29. 张学正主编：中国当代文学名篇选读（1984 年初版，1993 年第二版，2003 年第三版，2013 年第四版），南开大学出版社 2013 年版

三、工具书类

1. 仲呈祥：新中国文学纪事和重要著作年表，四川省社会科学出版社 1984 年版
2. 冯树广等编著：中国文学史料学（上、下），黄山书社 1992 年版
3. 北京语言学院《中国文学家辞典》编委会编：中国文学家辞典（现代，1－5 分册），四川文艺出版社 1979－1992 年版
4. 潘旭澜主编：新中国文学词典，江苏文艺出版社 1993 年版
5. 洪子诚主编：当代文学研究，北京出版社 2001 年版
6. 洪子诚主编：中国当代文学史·史料卷（1949－1999，上、下），长江文艺出版社 2002 年版
7. 张学正、丁茂远、陈公正、陆广训主编：文学争鸣档案——中国当代文学作品争鸣实录（1949－1999），南开大学出版社、百通（香港）出版社 2002 年版
8. 蔺羡璧、吴开晋主编：中国当代文坛群星（3 册），北岳文艺出版社 1986－2003 年版
9. 白烨选编：中国年度文坛纪事（1999 年卷、2000 年卷、2001 年卷、2002 年卷、2003 年卷、2004 年卷），长江文艺出版社出版、漓江出版

社出版；白烨主编：中国文情报告（2004—2005,2005—2006,2006—2007,2007—2008,2008—2009,2009—2010,2010—2011,2011—2012），社会科学文献出版社出版
10. 陈思和主编：中国当代文学60年（1949—2009，文论选），上海大学出版社2010年版
11. 孔范今、雷达、吴义勤、施战军主编：中国新时期文学研究资料汇编（甲种综合卷9种，乙种作家卷9种），山东文艺出版社2006年版
12. 杨义主编、江腊生执笔：中国当代文学研究，中国社会科学出版社2011年版
13. 中国当代文学研究资料丛书编委会：中国当代文学研究资料丛书（作家研究专集或合集），18家出版社分别出版

（张学正辑）

后　记

　　为适应文学形势的飞速发展和满足读者的需要,我们对《中国当代文学名篇选读》2003年修订本进行了重新修订。

　　这次修订有较多的增删。增补了新世纪以来的新作品,也适当更换了一些作家的入选作品。新修订本共选收作品92篇(部)。

　　参加本次修订的有:张学正(提出修订方案及初选篇目,审定、补充、修改2003年修订版及新增篇目的"作者简介"、"作品简析",参与小说部分新增篇目的文稿撰写,起草"前言"、"后记",拟定附录(一)(二),全书定稿)、宋玉珍、万镜明(负责戏剧新增篇目的文稿撰写)、耿传明、李润霞、商瑞芹(分别承担了散文、诗歌新增篇目文稿的撰写)。

　　在本次修订中,北京大学洪子诚先生、山东大学吴开晋先生、中国社会科学院杨匡汉先生、刘平先生、天津作协万镜明先生、中国艺术研究院宋宝珍先生,曾出谋划策,热诚相助,特致谢忱。

　　由于水平所限,所选篇目及有关述介难免有错讹与疏漏之处,恳请读者与方家批评指正。

编　者

2013年3月31日